目 录

"我女儿的博士毕业论文!"

★会去和棋友炫耀女儿的爹.

2023.12.10

梦里什么都有

上

星球酥 著

XINGQIU SU

九州出版社
JIUZHOUPRESS

「你要给我讲很多故事。」小男孩儿说，「我会保护你。」

「好呀。」小昼叶抱着酸奶罐问，「结婚了也讲吗？」

两个人想了半天结婚是什么意思，最后小啸之笃定道～

「讲。」

第一章

优秀的导师

沈昼叶坐在桌前，用额头顶着钢笔，冥思苦想。

窗外鸟儿啁啾，北加州灿烂的阳光洒进屋里，沈昼叶用胳膊肘压住了一本老旧的本子，用钢笔端端正正地写下了一行字——

“十年前的沈昼叶，展信佳。”

沈昼叶在下面写道：“我这里一切都好。一周多前，因为联合培养项目，我终于来到我梦想了很久的小利兰。”

她的字迹非常漂亮，停顿了一会儿，又善意地写道：“这里什么都是好的……”

然而沈昼叶还没写完，“砰”的一声，房间门就被推开了。

张臻冒冒失失地冲了进来，大喊：“沈昼叶！”

“啊啊啊！”沈昼叶惨叫着将本子“啪”地一合，那动作宛如一个写日记的青春期少女，将本子死死护在身后。

张臻狐疑地问：“昼叶，你还在……写日记吗？”

沈昼叶从张同学藏不住事儿的脸上看出了她憋住没说的话：在2018年的夏天，走到哪儿都有Wi-Fi的年代，一个二十五岁还写日记的理工科学生，简直比穿红秋裤的鸵鸟还罕见。

沈昼叶抬起头，冲张臻露出了个甜丝丝的笑容。

“没有的事儿，”她笑眯眯强调，“怎么可能在写日记呢。张臻，怎么了呀？”

沈昼叶生得清淡白皙，笑起来像只小山雀，天生招人疼。张臻突然懂了为什么周院士课题组里的人都喜欢沈昼叶了。

张臻决定不再追究，对沈昼叶宣布正事儿：“罗什舒亚尔教授终于叫我们了，让我们去办公室，说今天会给我们分派导师。”

她们足足等了一周，如今终于步入正轨了。

半年前，沈昼叶的大导师周院士与小利兰的罗什舒亚尔教授达成了战略合作，两个学校强强联手，合作一个科研项目。在他们的合作中自然包括了人员交流——沈昼叶和张臻二人，就是被派来交流的优秀博士生。

在此前一周，小利兰这一方不知出于什么原因，一直没有给她们指派导师，只让这俩姑娘在小利兰里如游魂般晃荡……如今叫她们过去，显然是要让她们正式开始在这里的研究生活了。

金黄的阳光落了一地。

张臻坐在沈昼叶的床上，晃着腿说：“我希望导师是个帅哥。”

沈昼叶赤着脚将旧本子塞回书架上，一边穿鞋一边泼冷水：“还帅哥导师？在咱物理系？臻臻别做梦了，能给你个有头发的中年人就不错了。”

张臻怒道：“你咋这么狭隘！”

沈昼叶一边提鞋跟一边冷酷地泼冷水：“你看看你那些师兄，你那些师弟，那些青年教师，哪个不是脂溢性脱发？你导师有头发不？”

“咱搞应用物理的，”沈昼叶拽拽鞋带，“知识和头发不可兼得。”

张臻抛出重磅炸弹：“他们有一个上过社会新闻的帅教授。”

沈昼叶毫不犹豫地拆台：“因为秃头上的吧？”

张臻急得捶床：“沈昼叶你这人咋这样！有的好吧！小利兰物理系里百年一遇的天才！当时上过社会新闻，我还在微博刷到过，照片巨帅，才二十五岁。Associate Professor，副教授。”

张臻总结：“他还没带过学生呢，昼叶，你心动不心动？”

沈昼叶反问道：“张臻，你心动吗，搞不好你年纪比导师都大。”

这话没法接了。

“最近有不少有意思的东西，”张臻顾左右而言他，“不如聊聊近期的科研动态。”

沈昼叶随口应了声。

张臻笑起来：“我刚才看了你们组最新的研究成果。”

沈昼叶眉毛一挑：“嗯？”

“刚发表的，”张臻笑道，“那篇关于界面膜的。我刚看完，觉得你们组真厉害啊。”

沈昼叶微微一愣，睁大眼睛，看着张臻。

张臻笑道：“数据和实验设计都太漂亮了，是你们组一个叫李磊的年轻老师写的。你知道他吗？”

沈昼叶闭了一下眼睛，过了许久才慢慢道：“认识，他是我的前老板。”

张臻即刻崇拜道：“这个李磊老师有做过工作汇报吗？我想听他讲讲他设计实验的思路！这文章的实验和数据都太漂亮了，简直是艺术！”

沈昼叶半边脸拢在金沙般的阳光里，仿佛听到什么好笑的事儿似的，浅淡道：“他不做这个。”

“那篇论文是我的。”沈昼叶平和地说，“数据我攒了一年。可是李老师要评职称，逼我把文章给他了。”

张臻愣住了。

沈昼叶除了那句话，再没有说别的，除了事实之外，连一句抱怨都没有，只匆匆说了句：“你先去找罗什舒亚尔教授吧，我拿本书，要还给图书馆。”

张臻语无伦次道：“好……好的。”

明明是被抢走了近一年的心血，沈昼叶却只是垂下眼睛去，低头绕了一下自己的帽绳。

“那，”沈昼叶绕着帽绳，温温一笑，“臻臻，一会儿物理系A楼前见？”

张臻手足无措地应了。

沈昼叶在张臻走后，从书架上拿出了一本她借阅的关于太空研究的书，是一本厚度惊人的大部头。

她拿起书的那瞬间，李磊的声音忽然如鬼魅般黏了过来，仿佛阴魂不散的、黏腻的恶鬼。

“小沈，你的文章和去小利兰的机会，二者你只能选其一。”他说。

接着，那鬼魂般的声音又附在她耳边道：“沈昼叶，你不选的话，我有的是办法让你生不如死。”

沈昼叶摇了摇头，把那些声音摇出去，深呼吸了一下。

恍惚间，仿佛又有十五岁的陈啸之笑着凑过来，趴在地上和她一起看英文的大部头，听她讲宇宙的温柔和神秘。

这些场景已经过去，它在这时空中，存在于十年前的下午。

沈昼叶自嘲地笑了笑，将书放回书架上，走了。

她身后，门“咔嗒”一声轻响。

无人的房间中，本子“砰”地掉落，诡异地露出了一张薄薄的、陌生的信笺。

其实，沈昼叶突然想起陈啸之这个人，是有原因的。

一来小利兰就是陈啸之的母校，二来他就是在这里度过了他的本硕博时期。这里就是他的老窝，如果他今年还没有毕业，沈昼叶极有可能会在这里遇到他。

沈昼叶在步行去物理系大楼的路上，就一直在给自己打气，为即将发生在未来几个月内（甚至更短）的重逢做心理准备。

这十年的时间中，她从来没主动去问过陈啸之过得如何，只有逢年过节时他们初中同学聚会，朋友们偶尔会聊起他。

最初，沈昼叶听说他在加州某个私立贵族高中混得风生水起——十七岁的时候就开上了超跑载着金发妹，发在社交平台上，纸醉金迷，在同学聚会时引得一片啧啧的称羡声。后来沈昼叶听说他被小利兰录取，大家感慨了一通天才还是天才，又一起吹了一会儿当年班上唯一一个大北学生沈昼叶。

有人问你们现在还联系吗，沈昼叶笑着摇头。

毕竟大家都在世上活得不容易，没空去关注另一个世界里的人。

而陈啸之这人，在十五岁时，就显露出了“仿佛是为了物理而生”的苗头。

他对“物理乃万物之理”这句话极其痴迷，又对物理极其擅长，沈昼叶毫不怀疑他会一路读到博士。

也就是说，陈啸之，现在很有可能就在这栋楼里。

沈昼叶凝重地看着面前的小利兰物理系实验A楼。

小利兰的楼都不太高，最大的实验A楼也不过四层，且大多是天体物理和流体物理方向的实验室，凝聚态和半导体的都在实验B楼。罗什舒亚尔教授给她的门牌号是416，沈昼叶推开楼门的时候，想到陈啸之应该也在这楼里读博，感觉胃都有点儿绞紧。

不过，沈昼叶苦哈哈地想，都十年了……再相遇，至少也能当个陌生人吧。

都是苦哈哈的科研工作人员，说不定还能周末一起喝个苦酒。

沈昼叶又平淡地想到，陈啸之应该有女朋友了吧。

她屈指，在416的门上敲了两下。

开门的是罗什舒亚尔教授。

这位教授是个非常热情的法裔美国人，今年七十多岁，慈祥，和蔼，热爱拥抱。沈昼叶曾在童年时买的一本厚重的科普读物里见过这老教授的脸。老教授那时还不是教授，仅是个三十几岁的年轻人，却在照片中和他的导师一起，捧着金质的诺伊尔奖章。

教授笑呵呵地打招呼："下午好，沈小姐。"

沈昼叶笑了起来："教授下午好。"

她说英文时口音清脆干净，令人印象很好。

罗什舒亚尔教授和蔼道："沈小姐，带你的导师定下来啦。"

沈昼叶立刻好奇地往里看了看。

老教授神秘地拍了拍手道："周院士曾提及，你是个很有野心的科研工作者，只不过他们那边条件有限，你无法发挥，希望我给你找个优秀的导师。我想了很久，觉得也许只有我的这个学生适合。"

沈昼叶暖暖笑道："您这么一说，我非常好奇我的导师到底会是怎样的人。"

"很优秀，和你一样是中国人，是我们最年轻的副教授，"老教授道，"要知道，他连社会新闻都上过……"

然后，罗什舒亚尔稍稍让开了些身体，露出办公室里靠着桌子的人。

沈昼叶首先看到的是一条修长的、踩着双名牌球鞋的长腿，黑衬衫袖口稍微挽起，露出名贵腕表，这一切昭示着这是个气盛的年轻人。

这鞋炒到天价了吧，沈昼叶的思绪漂移至天外。

"陈教授今年只有二十五岁，专业方向是凝聚态与天体物理。"

罗什舒亚尔说着，又让开了些，露出那个人的全貌。

看到沙发上的人后，沈昼叶一口气没喘上来。

第二章

十年前的信

沈昼叶语无伦次地用英语道："我、我的天啊——"

"陈教授真的很优秀，"罗什舒亚尔教授带着丝骄傲道，"我没有见过比他更敏锐的人。"

沈昼叶的大脑瞬间过载，她朝后退了两步，死死抓住了门框，抬头一看，416的门牌上挂着Xiaozhi Chen的名字。

老教授察觉了空气中微妙的不协调，关切地问："沈小姐？你还好吗？"

陈啸之，是他。

罗什舒亚尔教授说："你有点儿苍白……"

沈昼叶颤抖得像风中落叶："我……"

可是她还没说完，就听到了老教授身后那个人，慢悠悠、闲适地开了口："教授，您下午还有一个董事会议吧？"

罗什舒亚尔教授为难地说："是，而且马上就要开始了……沈小姐，我把你交给陈教授，他是一个可靠的人，有什么问题都可以找我或者系主任。那么，祝你在这里的生活愉快。"

然后这位老人绅士地一点头，离开了现场，把沈昼叶留在了原地。

416办公室不算干净，角落堆着一堆打印出来的文献和奇怪的模型，墙边竖着两面黑板，满黑板都是沈昼叶只在书上粗略扫过的公式。

陈啸之靠在办公桌子上，宽阔的脊背对着窗户，是一个锐利如刃的、年轻的王的姿态。

他也没笑，只看着沈昼叶。

地平线尽头的残阳燃烧，棕榈树泛着金光，这里离北京，已是万里之外。

沈昼叶还算灵光的大脑在关机前给她留下了一个应对方法，非常简单，就是装不认识他。

沈昼叶立刻开口，而且一开口就问了个不太聪明的问题："Are you Chinese?"

她一问出来就觉得自己要完蛋：姓陈的亚裔难道还能是韩国人吗？

陈啸之慢慢地看她。

那是一种非常细致的打量，仿佛在端详沈昼叶身上的每一点小细节：从她穿的牛仔裤和帆布鞋，到她手指上贴着的小创可贴，再到她扎得极其随意、好像一条狗尾巴的马尾辫，一一打量。

被审视的沈昼叶几乎语无伦次，结巴道："O-Or，Singaporean..."

陈啸之单手漫不经心插兜，以中文缓慢道："我是谁你没数？"

汉语标准，一口京片子。

"新加坡，新个鬼，"陈啸之回办公桌前坐下，扳开笔记本电脑，漠然道，"我有朝一日居然要给初中同窗当导师……"

沈昼叶注意到，他用的词是"初中同窗"。

她有点儿蒙。

陈啸之摘下眼镜，不耐烦地道："两条规矩：第一，我的学生办公室在隔壁，配套实验室和各类仪器都在F3；第二，学生进我的办公室前必须敲门，禁止未经允许碰触任何东西。"

沈昼叶耳根通红地"嗯"了一声。

然后陈啸之冷漠地道："和我相处，遵循一个原则——我希望我的学生和我之间公私分明，我不干涉你的私事，你也不干涉我的。"

"你别怪我说得难听，"这个英俊年轻的教授朝后一仰，缓慢道，"因为这样对谁都好。现在你可以去收拾东西了。"

从始至终，陈啸之没叫过沈昼叶一次名字，也没有让她在沙发上坐一下，仿佛她是个不速之客。

沈昼叶握住门把手，突然想起一件事，犹豫着喊道："教……授？"

陈啸之有些受用地抬起头。

沈昼叶颤抖着道："你……你不方便的话，我可以自己申请换导师的。"

陈啸之受用的神色消散无踪，指节青筋凸起，仿佛在忍耐着什么。

沈昼叶急忙补充道："我不会麻烦你的。"

陈啸之嘲讽："你以为有人喜欢联培学生？都当烫手山芋呢。别自取其辱，只有我要你，懂吗？"

沈昼叶静了下，说："懂了。"

外面走廊上洒满阳光，远处几个美国女孩儿在棕榈树下骑着自行车，大笑着闹来闹去。

沈昼叶说了声"教授再见"，就关上了门。

她站在走廊里发了一会儿呆，拍了拍脸，试图让红晕消散。

沈昼叶的晚饭是一个三明治。

她在大北读书的这七八年，偶尔会步行去附近的连锁快餐店买个鸡肉三明治吃，这店周五半价，非常划算，而且总让她想起小时候的味道。

沈昼叶小时候和父母一起住在华盛顿。

有时候她去上兴趣班回来，如果父母都不在家，沈昼叶就会去快餐店里坐着，点个最经典的鸡胸肉热狗，盯着街角，一边写作业一边等她爸爸妈妈的车回家。

那是十多年前的事，却像是上辈子发生的一般。

二十五岁的沈昼叶盘腿坐在小利兰宿舍的床上，拆开黄绿色的包装纸，露出里面烤得外皮酥脆的白面包。

那一刹那，她手机微微一亮，是一封邮件。

沈昼叶咬着面包，将屏幕划开了。

新邮件一封，发件人陈啸之，来自他的校内邮箱。

沈昼叶愣了下，在自己的牛仔裤上抹了抹手，点开邮件。那封邮件里面只有一句话，是用英语写的，让她在下午七点前把研究生期间做出的成果发给他看看，他得掌握自己学生的基本情况。

沈昼叶将热狗咬在嘴里，爬回了自己的电脑前。

成果并不难找。她戴上眼镜，插上移动硬盘，毫无保留地将自己这些年发表的期刊、写过的论文还有处理过的数据全部打了个包，一敲回车，邮件"咻"地钻进了网络，消失得无影无踪。

然后沈昼叶就一个人在她温暖的小阁楼里坐着，望着玫瑰色的夕阳，慢慢地喝着热咖啡，吃凉掉的三明治。

"陈啸之。"

她把这三个字在舌尖一滚。

已经十年了。

十年足够改变一个社会，也足以让一个青涩的女孩儿长大成人。

可是这十年来，沈昼叶每次在心里念起这三个字，心脏都是一阵抽痛。

记忆里那个少年几乎都模糊了，她却总记得他与生俱来的光芒。

她记得少年陈啸之在冬天下午紧紧握着自己的手，把带着体温的耳机塞进自己的耳朵，还有初雪中少年温热的目光……

他也是沈昼叶和他绝交后，追到她家楼下，赤红着眼眶等了她一整夜的少年。

二十五岁的沈昼叶揉了揉自己的鼻尖，一个人坐在床头看壮阔的夕阳。

自从沈昼叶读研之后，她已经很少有这样的闲暇时光了。

她读研后忙得要命，大导师周院士身体欠佳，将她分配给了李磊，李磊为人刻薄，总是使唤她。如果不是沈昼叶能在实验室泡到凌晨，她连做自己实验的时间都没有。

那时，沈昼叶甚至经常见到北京的日出。

就连这样，都被抢走了无数次成果。

沈昼叶有点儿自嘲地别过头去，拿了杯热咖啡捧在手心。

下一秒，邮件“咻”的一声飞进了她的邮箱！

这么高效的吗？沈昼叶感慨了一下陈啸之这人有点儿东西，咸鱼般捧着暖融融的咖啡，好奇地划开了那封来自自己新导师的邮件。

陈啸之的邮件只有一串疑问：“你科研成果就这点儿？你认真的啊？你博几了？能毕业吗？”

捧着咖啡的“咸鱼”沉默了。

外面天黑了。

夜空清朗，盛夏星星漫天。

宿舍小阁楼里，夜风习习，张臻苦口婆心地劝说沈昼叶：“姐妹你不能喝酒，真的别喝了……”

沈昼叶一摔易拉罐，醉醺醺道：“我不！陈啸之是个王八蛋！”

张臻头疼死了：“陈啸之到底是谁啊，你从本科开始一喝酒就骂他……你今天又受了什么刺激？”

沈昼叶手里的啤酒还有大半罐，但是她小脸儿已经红了，她将易拉罐大马金刀地一挥：“他……他是我前……以前的同学！陈啸之的屁震天动地，我把他脑袋摘下来送给内马尔当球踢……”

张臻哀号着将沈昼叶卷进被子：“你不准用顺口溜骂人！太丢人了！”

沈昼叶趴在软乎乎的被子里，醉得耳朵尖都红了：“我不！我偏要！陈啸之的脑袋是个大麻袋，出了胡同右拐收破烂儿的都不买……”

张臻尖叫：“啊啊啊，沈昼叶你好丢脸！”

沈昼叶也不羞愧，她喝醉了，把被子使劲儿卷了卷。

张臻叹了口气，看了看床上安详的春卷，关上灯走了。

满室温暖静谧，柚子味香薰燃着，在黑暗中明明灭灭。

喝醉的沈昼叶一个人窝在被子里迷迷糊糊的，还在嘀嘀咕咕地坚持不懈卷紧被子，过了一会儿她又想起陈啸之，又被自己的被子裹得喘不过气，气得眼眶都红了一小圈。

她的手机恰到好处地微微亮起，又是一封邮件，沈昼叶摸起来看了看，正是罪魁祸首发来的。

罪魁祸首：“你人呢？来我办公室。”

二十五岁的沈昼叶……她喝醉了，精神脆弱，看到这句话眼眶又是一红，觉得自己简直是遇到了奴隶主……

沈昼叶爬起来跑到书架前，找到那个旧本子，又跑回书桌前，“啪”地摊开！

人生太惨了！

怀才不遇，满目萧然，科研成果被抢不说，昔日同学竟还成了自己导师！加之酒精上头，沈昼叶感极而悲，她愤怒地将信笺一压，在那行“十年前的沈昼叶展信佳”后面，正式写信——

“别的我不知道，你离陈啸之远一点。”

沈昼叶想到十五岁的陈啸之也不是什么好东西，顿时带着醉酒的张狂，愤怒地书写：“他本来就不喜欢你！！！”

然后沈昼叶又在下面画了一只乌龟，并在乌龟头上画了个小旗，写了陈啸之的名字，还给乌龟加了猪鼻子，加了大小眼儿……

总之，她将这乌龟画成了个触手怪物，连它妈都认不出来，她打量了一番，终于满足地栽在桌子上，沉沉地睡了过去。

夜风吹过熟睡的女孩儿的卧室，那老本子被吹得翻了一页。

那一刹那，如同魔法一般，本子上的乌龟，甚至连信笺本身，都消失得无影无踪！

接着那本子又“哗啦”翻了回去，现出另一页老旧信笺以及上面陈旧的笔迹。

那竟是一封来自十年前的信。

十年前，2008年的北京。

早晨六点多。

十五岁的沈昼叶醒来时挂着两个黑眼圈，她昨晚没睡好，一直在做梦。

那个梦非常长，非常令人疲惫。

梦里的她大约只有五六岁光景，那时她父母工作繁忙，她和奶奶住在浥春胡同，胡同尽头有个与她年龄相仿的孩子，在梦里模模糊糊的，看不清面孔，可那小小的手指却十分温暖，与小昼叶十指紧紧交握。

“等会儿给你买糖吃……”梦中那孩子拉着她的手，温柔地哄道，“乖。”

梦醒之后，沈昼叶往往记不得那孩子的相貌，却总会断断续续地梦到那个小男孩儿。

尤其是回国之后，梦境变得更为频繁。

外头下着雨，窗台上贴着几张“北京欢迎你”的贴纸，胡同里嘈杂不堪。

沈昼叶忙不迭地装书包，她把中性笔盖合了，随手塞进书包侧袋。昨天的作业她还没写完，只能到学校去补。

当转学生太难了，她痛苦地想。

沈昼叶踮脚，从书架上拿下来了一本厚厚的皮面本。

那本子是沈昼叶的爸爸去年送她的，非常新，藏蓝色封面，上面烫着“赠予爱女沈昼叶，致繁星，父沈青慈”的金字，里面厚厚的夹着数张信笺。

沈昼叶的房间外，她妈妈敲了敲门：“叶叶，吃早饭了。”

十五岁的沈昼叶含糊地“嗯”了一声，飞快地将本子和里面新出现的信笺塞进了书包里。

窗户开着，一滴雨水落在2008年9月的那张日历上。

教室里闹腾得要命。

黑板上写着昨天的作业和没交的人的名单。初三的少年年轻气盛，汗也出得多，早自习前教室没开空调，弥漫着一股闷闷的味儿，沈昼叶一进来就觉得要昏迷了。

沈昼叶头晕目眩，说：“不开窗吗？”

魏莱立刻提高嗓门儿：“把窗开了！一群大小伙子窝屋里沤臭豆腐呢？”

靠窗的那群男同学便嘻嘻哈哈地把窗户开了，那带雨的风朝里一吹，才令沈昼叶稍扯回些神志。她把在校门口小卖部买的小零食往课桌子上一放，刚一放上去，就被魏莱给塞进了桌洞里。

魏莱是沈昼叶的同桌，班上的纪律委员，非常干练，但大多数时候都非常随和。潘老师将刚从国外转学回来的沈昼叶安排在魏莱旁边，就是希望魏莱能帮她熟悉环境。

“别放在明面儿上，”纪律委员魏同学拍了拍沈昼叶的肩膀，“班主任看到零食就没收。”

沈昼叶拿着那一袋糖和小饼干看了看，立刻乐了，问同桌：“他凭什么没收呀？这是我买的。”

魏莱道：“我支持您继续摆明面儿上，在美国待久了，也该受受社会主义老师的教育。”

沈昼叶乖乖地将那袋东西藏进了桌洞。

她拿出了语文课本，翻开《小石潭记》，看着上面自己小学生一样的字，突然想起了什么似的，从书包里摸出一管今早买的软糖，转过了身。

她身后那对同桌都是男的，一个是英语课代表，一个是初三（4）班的班长。

转学来的沈昼叶被老师分配进了个金旮旯儿，前后左右都是班干部。

“吃吗？”沈昼叶拆开包装，“草莓味的。”

课代表徐子豪没脸没皮一伸手：“要，转学生，多给我点儿。”

沈昼叶一笑就有两个甜甜的小酒窝，给徐子豪抠了两块小软糖出来，然后望向了他的同桌。

他的同桌是个有点儿懒散的俊秀的少年人，他手里捻着眼镜，扭过头，看着教室后门外。

“糖。”沈昼叶笑得眼睛弯成两只小月牙儿，对他伸出手问，“班长？吃不吃？”

十五岁的陈啸之笑容一凝。

他有点儿找碴儿似的撩她一眼，声音清晰：“不吃，拿开。”

厕所狭小的窗外，闷雷滚滚，两个女孩儿在水龙头前挤着洗手。

沈昼叶把手放在水流下冲，一边冲一边嘀咕："没道理呀。"

魏莱挤了点儿洗手液："陈啸之对你这么坏确实没道理……是因爱生恨也说不定呢。"

沈昼叶仿佛听到什么好笑的事似的，扑哧笑了出来："可是直到上周前，我都不认识他。"

魏莱颇为疑惑道："可是你转学来的时候，他看你看了挺久的……"

沈昼叶又思索了一会儿，严肃地摇头："真不认识，怎么可能认识。"

"我在华盛顿生活了十五年呢。"沈昼叶挽起裤腿，抬头道，"我怎么可能认识陈啸之？"

魏莱在沈昼叶屁股上一拍："美国人了不起吗！"

沈昼叶反驳："你才美国人呢！我明明是正经华侨……"

"华侨不就是美国人吗？"

女孩儿们的笑闹声音逐渐远去。

窗外是绵密的、属于北京城的雨。

那天下午，他们有一个去北京市科技馆的参观学习活动。

靠近校门口的操场上，停着一排整整齐齐的大巴车。

外面雨下得不小，沈昼叶吃过午饭后就一路从教学楼跑过来，挽起的裤腿上都湿漉漉的，她上车后捏着宽松的校服裤子抖了抖，帆布鞋已经进了水，有点儿难受，那动作露出一截纤细白皙的脚腕，像是上好的白玉。

大巴车上闷闷暗暗的，雨水淋在车窗上。

魏莱给沈昼叶占了个后排的座位，把位置指给她，又轻声道："嘘。"

沈昼叶好奇地一看，发现她的位置隔壁，歪着一个头上蒙着校服的男同学。

这男同学在普遍偏高的北方少年中都算高个，头上不伦不类地顶着他们鲜红的校服，看不出是谁。他穿着双篮球鞋，在大巴车窄小的座位上坐得十分憋屈，长腿叉开，是个睡着睡着就会滑下去的危险姿势。

魏莱对沈昼叶比画了一下，示意这人已经睡了，别吵他。

沈昼叶便了然点头，坐在了这同学的身边。

这个同学——沈昼叶不知道他是谁，但是他睡觉的姿势看起来非常痛苦。

车辆轰隆发动起来。

沈昼叶靠在靠背上胡思乱想，车里嘈杂不堪，一群十五六岁的少年笑笑闹闹，怎么看也不像个能睡觉的场合。

于是那男同学不适地吁了口气，伸直了腿，沈昼叶注意到他手腕上戴着一块航空机械表，她爸爸有一块非常相似的，沈昼叶忍不住多看了两眼。

接着，腕表的主人不太舒服地醒了。

陈啸之将校服扯下来，摘了眼镜，烦躁地揉了揉被眼镜压红的鼻梁，环顾四周。

沈昼叶挠了挠头，露出一个友好的笑容："你醒了？"

她笑起来的时候非常甜，颊上两个小梨涡。陈啸之眼里有些血丝，就这么看着她，仿佛极力忍耐着什么——但那只是一瞬间而已，接着他就成为那个坐在沈昼叶斜后方的、对她有着莫名敌意的、极其优秀的班长。

沈昼叶抬手好奇地点了点他的表盘："这块表是不是可以显示星象？"

那其实是个很普通的动作，女孩儿细润的指尖在表盘上叩了两下而已。

十五岁的陈啸之却如触了电一般，将手往回一抽！

沈昼叶沉默片刻，以为陈啸之会解释一下，但是他没有……他垂下眼睛，从书包里拿出本费恩曼的书，开始在车上读。

窗外下着雨，沈昼叶抱着自己沉甸甸的大书包，感觉还是有点儿小小的尴尬。

在绵延的落雨中，沈昼叶挠了挠自己的脸蛋儿，拉开包的拉链，里面装着一堆小罐的零食。她抠开罐子，在手上倒了两颗红红粉粉的星星糖，朝陈啸之的方向递了过去。

"吃吗？"沈昼叶落落大方。

而这位据说非常仗义、差不多是个校园明星的陈啸之抬头看了一眼，极其挑事地回答："不吃。"

过了一会儿，沈昼叶不死心，朝他的方向抖了抖小薯片，笑出小梨涡，问："糖不吃的话，薯片吃吗？"

这人这次连看都不看她："自个儿吃。"

沈昼叶有点儿坐不住，偷偷瞥了两眼陈啸之正翻着的费恩曼物理讲义，瞥到一个熟悉的电场力的概念，便指着那公式道："这个公式，我爸以前和我讲过，是个很有意思的东西。"

陈啸之抬头看了她一眼，懒散地说："我知道。"

就差把"我不想搭理你"写在脸上了。

沈昼叶终于意识到自己招了讨厌，挫败且一言不发地、蔫巴巴地坐在他身边。

陈啸之到底为什么会对她有这么深的敌意呢……沈昼叶有点儿难过地捏了块土耳其软糖，一边发呆一边啃，面颊上沾了一片糖粉。

沈昼叶低着头发呆时，陈啸之却抬起了头，静静地看着她。

如果有人注意到陈啸之的目光，会发现他看上去极其矛盾，看着沈昼叶有点儿毛茸茸的后脑勺的他，使劲儿揉了揉眉心，把自己揉出了个漠不关心的表情。

灰蒙蒙的雨噼里啪啦砸下，窗外花花绿绿的小店飞掠而过，宣告着2008年的秋天已降临于世。

初三（4）班来享受科技馆的人不多。

大多数人都兴致缺缺异常敷衍，不少人甚至溜达完了一圈，就在大厅的恐龙骨架下坐着玩手机，等班主任通知解散，他们好回家。

周一空旷的科技馆里，一个外班男生大声问："陈啸之呢？"

同时，分馆内，沈昼叶抬起头看着面前的展示板，上面写着"中国航天"四个字。

她身上仍背着自己的书包，那书包挺沉的，她抬起头看那牌子上关于航天动力学的历史科普，突然想起自己父亲讲述过的关于星空的奥妙。

"宝宝，你知道费米悖论吗？"记忆中的父亲在花园里笑着问。

那时小小的沈昼叶懵懂地说："爸爸我知道，是为什么还没有外星人找到我们的意思。"

"不是，"她的父亲在午后温暖的阳光中道，"是在这广袤的宇宙之中，我们到底在哪里的意思。"

沈昼叶静静地看着投影模拟的星空，片刻后，茫然地伸手触摸了一下——那毕竟是投影，她只摸到了空气。

她伸直了手臂，抬起头，仰望科技馆漆黑空间里的投影星空。

那瞬间，一种怀念的感觉油然而生，像是许多许多年前，她曾和一个年龄相仿的小男孩儿一起手拉着手，跑过层层深几许的胡同，去仰望过真正的星空似的……但那像是上辈子的事情，在她模糊的记忆中都蒙着一层黄黄的窗纸。

甚至让人怀疑那是她年幼的梦境。

沈昼叶回过头，陈啸之正好捏着筒展馆地图从她身后经过。

她试探着对这名少年挥了挥手。

沈昼叶呆呆地喃喃道："别……别走啊。"

陈啸之连面子工程都不做，走得头都不回。

沈昼叶有点儿难过地站在繁星的投影中，目送陈啸之的背影。她实在是不知道他为什么会这么抵触自己，一时间非常难过。

沈昼叶转学回国的时候，她班主任潘老师看着沈昼叶从小获得的那些奖项奖牌，友好地告诉她："像你喜欢探究万物之理一样，班长也喜欢，你们应该很聊得来。"沈昼叶那时失去了最爱和自己一起讨论应用物理的人，在暑假里就开始期待这个班长了。

可是班长没来由地，十分讨厌沈昼叶。

沈昼叶低下了头，轻轻触碰那片投影出来的星空。

她想起她三四岁时，父亲温柔地给她讲中子星和黑洞。

黑洞真的存在吗？他们讨论这个问题到深夜，最后还是她妈妈发火，爸爸把小昼叶塞进了被子里，强硬地关上灯。

那时小小的沈昼叶的卧室天花板上贴着九大行星的夜光贴纸，当灯光消失时，九大行星就代为照入小昼叶的梦。

十五岁的沈昼叶站在空无一人的天文展馆中，她停了一会儿，将书包背在身前，拉开了拉链。

太难了，沈昼叶无助地想，她短暂的、缺乏经验的人生中，十五岁困难到举步维艰。

而可能正是因为这个，她的人生出现了一丝奇迹。

沈昼叶眼眶有些发红，颤抖着从包里抽出那本藏蓝的皮面本子，那本子崭新，是她父亲送给她的第一本实验记录本。

可是从夏天，她父亲的葬礼结束后的某一天开始，这实验记录本上出现了一种时间魔法。

她能用这个本子，和十年后的自己沟通。

十五岁的沈昼叶一摸内页，突然意识到，里面又有了一封全新的信。

那封古怪的来自"二十五岁"的信，是在近两个月前，她父亲被火化的那天出现的。

沈昼叶在华盛顿的殡仪馆里哭得撕心裂肺，回到家整理父亲留下的遗物，在昏黄的灯下翻看父亲送给她的本子。

然后，她在这新的本子里看到了两张被夹在一起的纸。

是一封信。

那信写得非常长，有些地方模糊得看不清楚，像是穿梭了数十年的岁月而来。信写得漫无目的，带着哄孩子的意思。沈昼叶一开始以为这是妈妈与自己的恶作剧，直到她看到信里提起一些只有她自己知道的小细节。

沈昼叶那时的心情太灰暗了，生活中难得有点儿有意思的事情，就玩票式提笔，在那张纸后回了信。

第二天，回信甚至那封信笺本身，全数消失得无影无踪。

沈昼叶吓了一跳。

紧接着，七月的那天晚上，妈妈躺在沙发上说“叶叶，我们回国”之后，沈昼叶哭着躲回卧室，居然又在那本子上看到了全新的、甚至墨痕未干的信笺——

“是2008年7月26日吗？”

信上这样写道：“我记得这一天。爸爸去世后，妈妈承受不了我们家带给她的回忆，在漆黑的卧室里对我说，‘叶叶，我们回国吧’。”

是的，十五岁的沈昼叶想，是今天。它怎么会知道呢？妈妈刚刚说过，就在十二分钟前。她说，我们回国吧。

沈昼叶看着那封信，缩在卧室门口哭得上气不接下气。

“就是这天晚上，我没记错……会出事。叶叶，你已经是个十五岁的大姑娘了，我希望你盯紧妈妈。”

沈昼叶看到了那行字，怔了下。

她头脑还有点儿木，理智已经开始接受这是未来的自己送来的信，而信中的“妈妈”就是她们共同的母亲。

沈昼叶在黑暗中一个人雕塑般坐着，消化这封简短的信件。

接着，她触电般跑了出去。

那天晚上，沈昼叶救下了她的妈妈。

七月下旬的夜晚，沈昼叶一个人顽强地把妈妈送到了最近的医院。一路上，她泪水流了满脸，她妈妈在后座上捂着血流不止的手腕大哭不已，从父亲火化后就封闭了自己的母亲，终于颤抖着伸手，抱住了女儿。

到医院时，母女二人身上都是血，通红通红的，医生缝了几针，又觉得这女孩儿可怜，轻声安慰她，说你妈妈一点儿事都不会有。

那天，沈昼叶坐在诊室外，没来由地想起那封信的结尾——

“叶叶，人生不应有遗憾，所以，我带你走。落笔于春风中，2018，昼叶书。”

十年的岁月塑出了一个温暖的姐姐一般的自己。

十五岁的昼叶几乎是立刻就喜欢上了和未来的自己的通信，她毫不保留（也没有必要保留）地将自己的烦恼写进信中，譬如回国的烦恼，譬如告别朋友的痛苦，而经历过这一切的她自己会给她建议，听她倾诉。

每一件，都是在帮她。

时间转回2008年，科技馆。

一声闷雷划过天际，灰暗阴沉的天空下，十五岁的沈昼叶抱着书包，坐在了科技馆的大楼梯上。

外面雨势渐大，兼以狂风骤雨，有种将北京城冲垮的架势。

沈昼叶鬼鬼祟祟地看了看前后左右，确定没有人后才将书包里的厚本子拿了出来。

一定是有什么重要指示！

重生小说的情节就要开始了！马上就可以赶上下一波炒房热潮走上人生巅峰了！

沈昼叶思及至此，迅速地翻开了本子！

她本来期待的是长篇大论的致富经，可实际上本子里的信笺上只有两段话——

“我这里一切都好。一周多前，因为联合培养项目，我终于来到我梦想了很久的小利兰……”

中间隔了好长一段空白。

“别的我不知道，你离陈啸之远一点。他本来就不喜欢你！！！”

其中“陈啸之”三个字张牙舞爪，力透纸背，怨念仿佛穿越千年，简直不像是人写的。

十五岁的沈昼叶呆滞地看向楼梯扶手下方。

科技馆的大厅里同学们已经聚了起来，陈姓班长正维持纪律。

“声音小点儿，”楼下的陈姓班长冷淡地道，“人还没来齐，总共三十四……转学来的那个美国人呢？”

众人喊道：“美国人不在！”

我明明是华侨！沈昼叶悲愤地心想，他果然恨我！

下午五点多，潘老师一声令下，初三（4）班终于解散了，还了可怜的科技馆一个清静。

雨势丝毫不减，唯一的转学生沈昼叶在科技馆外，蹲着把自己的校服裤腿卷了三道。

与她相熟的魏莱和徐子豪二人回家顺路，已经打车走了。其他的同学坐公交的坐公交，坐地铁的坐地铁，家长来接的家长接，此时科技馆空空荡荡，已经不剩人了。

“我们先走了哈！”

她身后传来一声中气十足的道别，七八个穿着红白校服的少年笑哈哈地挤在两把伞下，踏进了雨里。

沈昼叶卷裤腿之余抬头看了一眼，发现那是陈啸之的朋友们。

他朋友就是有这么多。

陈啸之接到司机的电话往外走时，一抬头就看见了在门外站着的女孩子。

大雨瓢泼，十五岁的沈昼叶站在屋檐下，背影亭亭，有种荷花般的、属于少女的青涩。

“我开的那辆SUV，在靠马路对面的一侧。”他家司机江叔说。

女孩子的背影细细瘦瘦。

陈啸之顿了顿，艰难道：“叔，你等下。”

沈昼叶背对着他，裤脚挽着，露出细致如玉的脚腕，一脚踩在水里。

陈啸之看着她，犹豫了一秒，“嘟”地把电话掐了。

送她回家是义务，只顺路捎一程而已。陈啸之告诉自己，倘若没看见就算了，可既然撞见了，就得负起责任来把她送回家。

毕竟雨下得这么大，而阿十又长得这么细弱，风一吹就能吹跑了。

阿十，他的阿十。

他心里微动，朝沈昼叶走过去，冷漠地开口：“还没走呢？”

然而沈昼叶看到这位陈姓班长，立刻警惕地后退一步！

怎么突然这样？这是被欺负了吗？

陈啸之皱起眉头问：“沈昼叶，你家在哪儿？”

沈昼叶警惕地说：“朝阳区。”

这回答了跟没回答有什么两样。

陈啸之的关心掉进了棉花里，连个响儿都听不着，他烦躁地问：“方不方便回去？”

小姑娘没看他，用脚后跟磨了磨水洼，低着毛茸茸的脑袋，送客的意思摆在明面儿上了。

她道：“还行吧。”

这到底什么态度……

“天儿太差了，”陈啸之这次忍耐了一下怒气，尽量心平气和地说，“不方便回去的话跟我走，我家有车。”

沈昼叶用一种非常难以描述的眼神看向了他。

那一眼里包含的情绪对比太过强烈了，让陈啸之甚至都开始怀疑自己说错了什么。

先前沈昼叶看他时眼睛总眨巴眨巴，眸中的小星星一闪一闪，可是如今，沈昼叶看他，像是看着随时会掏出针线包将她扎成刺猬的容嬷嬷……

十五岁陈啸之烦躁至极：“你来不来——”

“不用了，”沈昼叶婉言道，“谢谢，地铁挺好。”

当夜，外面仍在下着雨，窗外的城市在雨中灯火阑珊。

沈昼叶坐在黑咕隆咚的书房里，她写完的作业摞在书桌一侧，大书桌上则堆满了一堆乱七八糟的垃圾——那是她从小区的奶奶处淘来的宝贝，甚至还有一节很长的、还算干净的尼龙绳。

沈昼叶戴着眼镜，拿着一枚圆圆的凹透镜，在光下端详。

她得到人生第一架天文望远镜，是在四岁那年。

那天下午画着笑脸的包裹送到，她欢天喜地拆开，将望远镜架在阁楼上观察星星。爸爸和妈妈陪着小昼叶一起辨识星座，给她讲红巨星和白矮星。当然，仅仅一个月后，小昼叶就和爸爸聚在一起，背着她妈，偷偷将那架昂贵的望远镜拆了。

拆大件才有意思，爸爸压低了声音和小昼叶说，然后拿着拆下来的零件一样样地和女儿讲，这是微调杆，那是遮光罩。

“物理是万物之理。”

它立足于数学，扎根于他们所在的客观宇宙，是力，是光，是热，是电和磁，是存在其本身。

小昼叶的父亲亲手将对万物的好奇心种在了她的心头。

然后他离开了自己的女儿。

沈昼叶甩了甩头，将凹透镜试探性地嵌入一个小盒子，结果还是毫无头绪。

她得不出结论，索性放下手头的东西，拿出了那本皮面的，萦绕着神秘力量的笔记本。

“陈啸之”。

沈昼叶突然想起这个名字。

2008年，沈昼叶初三，小学毕业不过两年，却已经连小学同学的名字都记不太清了。一个人淡出另一个人的生活后，名字是从记忆河流中消失的第一样东西。

可是十年过去了，十年后的沈昼叶高中毕业、本科毕业，甚至连研究生都毕业了……却还记得陈啸之。

十五岁的沈昼叶犯了嘀咕，陈啸之这人到底干了什么十恶不赦的事，自己居然记了他的名字十年……

但是如果真的去问，是得不到答案的。沈昼叶知道这一点。

这本子的通信，在穿越十年的过程中，会抹去所有与未来有关的关键信息。

因此大昼叶只能告诉自己“你该怎么做”，却不能透露任何关于未来的细节，更不能告诉自己该这么做的原因。

但是陈啸之这事儿，太让人好奇了。

十五岁的沈昼叶对着桌子冥思苦想，终于在十分钟的思考后得出了结论——陈啸之，百分之九十五是仗着自己有点儿喜欢他，一不做二不休，当了欺骗感情的人渣。

第三章

这是一场噩梦

三日后的清晨，阳光正好，黑板上映着风里的花影。

按惯例，在老班进来前，三年四班教室会持续嘈杂。

班长陈啸之破天荒地站在沈昼叶桌前，用卷起的试卷在她课桌子上一敲。

“交作业。”这位陈姓班长欠揍地道，“沈昼叶，你默写改错还没交。”

他们语文老师非常严格，在课堂上默写文言文翻译，错一个字就得连原文带翻译罚抄一遍。

而沈昼叶刚从国外回来，别说文言文翻译了，连正经汉字都写不利索，她的“真”字里永远只有两横，“满”字能写成上下结构，一场默写下来，得罚抄十遍。

沈昼叶正拿着个空白本子画她课题的构思图，听了这句话，慢吞吞地抬头瞥了陈啸之一眼。

陈啸之伸手，漫不经心地说：“十遍，少一遍都不行。”

魏莱嘀咕道：“你有病吧，怎么突然逮着沈妹妹欺负上了，语文老师又不看改错……”

结果，沈昼叶“啪”地甩出一本凯撒双线本。

那个双线本封皮上写着“9月27日语文默写纠错”，当日改错写满了一个本子，里头满满当当，连纸都写卷了。

整整十遍，一遍没少。

然后沈昼叶看都不看陈啸之，低下头去，继续画设计图了。

中午十一点五十，最后一节课的下课铃悦耳地响起。

初中的时候，这群萝卜头正长身体，一个赛一个的能吃，别说正餐了，课间都断不得零食，从打铃前十分钟就开始系鞋带准备冲刺了。

沈昼叶抢饭经历几乎为零，跑到食堂时，是最后一个排上队的。

食堂落地大窗户透进灿烂的阳光，沈昼叶排在队伍尾巴处，连食堂都没进去，还排在大楼梯上，看了看前头的大几百号人，觉得自己今天恐怕连肉汤都没得喝了……

沈昼叶认命地蹲下系鞋带，接着她身后突然出现了一双篮球鞋。

还有人比我更慢？

沈昼叶充满好奇地扭头，然后看见了陈啸之。

怎么哪儿都有这人啊！沈昼叶冒出了满头的问号。

沈昼叶站起来，专心排队。

她实在不晓得陈啸之为什么在这儿，因为陈啸之和她不一样，他跑得挺快的，再者他这么大一群哥们儿，恨不能遍布初三各班，去找谁插队不行呢？非得排在尾巴吗？

但是，他想找谁插队，都和沈昼叶没关系。

打饭的队伍一点点缩短。

陈啸之在她身后，把重心从左脚换到右脚，不安地以脚蹭墙，沈昼叶只低着头发呆，思考到底该用什么公式去推一道题，不知不觉地就排到了打饭的窗口。

“喂？”大妈用勺子一挥道，“哎！小姑娘发啥呆呢？你吃啥呀？”

沈昼叶吓了一跳，慌张道：“番茄炒蛋，半份米饭，肉菜要鱼香肉丝和红烧狮子头。”

大妈麻利地把饭打了，在刷卡机上摁了两下，说：“八块。”

沈昼叶一掏校服兜，兜里空空如也，连饭卡的影子都没有。

她求救地望向远处，但是魏莱今天肚子不舒服，没下来吃饭，此时她连借饭卡都不知道问谁借。

打饭的大妈催道：“快刷啊，别人还等着打饭呢。”

沈昼叶犹豫道：“我……”

她刚想问大妈能不能借了卡来刷，可还没等她开口，陈啸之立刻拈出张饭卡，傲慢地道：“没带卡？刷我的。”

沈昼叶想到那句石破天惊的“离陈啸之远一点”，脊背一阵发麻。

“不用了。”她立刻拒绝，并加上称谓划清界限，“班长。”

这位班长比沈昼叶高出一个头，此时修长的手指拈着饭卡，僵硬地站在打饭窗口前，半分钟前极其傲慢的气焰已经逐渐凝固。

沈昼叶浑身上下写满抗拒，推了他的手一下，饭也不吃，直接跑了。

下午三点十五。

阳光斜斜地落在黑板上，物理课如火如荼地进行。

教物理的老师叫李正廷，是个二三十岁的脾气很好的男教师，毕业于大北物理系，现在教初三物理。据他说，这是读书没能改变命运的典范。

李老师正拿着灯泡并几个电池组，在课堂上演示串联电路与并联电路，他讲课风趣，大家都聚精会神地听着课，心里暗搓搓地等待着电池组爆炸。

而沈昼叶十一二岁就旁听了自己母亲给大学二年级的学生们上的基础电力学，初中这些知识她在益智读物上就学完了，因此干脆趴在桌子上，用电子词典“叽叽叽”地玩贪吃蛇。

魏莱在她胳膊上戳了戳。

“昼叶，”魏莱用气声问，“陈啸之这是去哪儿了？”

沈昼叶回过头一看，陈啸之的位置上空无一人，书包却还挂在挂钩上。

她充满恶意地推测：“上厕所没带纸被关厕所里了吧？”

魏莱哽了一下说：“他上节课就不在了。”

沈昼叶玩着贪吃蛇，恶毒溢于言表：“那他就是在厕所坑里被困了两节课，真惨，真惨啊。”

“你对陈啸之的态度转变也太快了吧！”

“那不然咧？”

魏莱没说完，李老师手里捏着个绿灯泡，猛地抬起了头。

“沈昼叶，魏莱？”年轻老师看着俩小姑娘，拧着眉头道，“怎么，课桌的舞台不够你俩发挥？悄悄话说这么大声，这课你们来讲算了。”

沈魏同桌二人低头沉默。

“太嚣张了。”老师斥责道，“你们这个组还能不能行？陈啸之带头翘课，你们俩嘀嘀咕咕说小话……徐子豪？徐子豪你干吗呢？”

徐子豪一个哆嗦，将正在打勇者斗恶龙的游戏机合了起来。

“不着调。”物理老师拧着眉头道，“徐子豪，把你那个游戏机给我送上来！”

接着，物理老师将灯泡捏在手里，宣判了沈昼叶的“死刑”：“沈昼叶，下课和陈啸之一起，来我办公室一趟。”

和谁？沈昼叶不想和陈啸之一起，竭力分辩：“可是他现在不在……”

“那你就等他回来，”物理老师说，“跟他一块儿，今天下午，来我办公室报道。”

陈啸之回来的时候，恰好是课间。

他回来的时候拎着个袋子，那袋子里丁零当啷的，一看装的就是吃的东西。

沈昼叶盯着那袋子咽了咽口水，觉得自己太凄惨了。

她中午为了在陈啸之面前装一下，没吃饭，饿得肚子都扁扁的，下午上课时随便说了两句小话，却还没说几句就被物理老师点名批评，如今居然还要和陈啸之一起去初三物理教研组挨批。

和陈啸之沾边就倒霉……难怪那封信上不让她和陈啸之走得太近。

下午四点，沈昼叶推开初三教研室的门的瞬间，肚子适时地发出“咕”的一声，她忍不住揉了揉肚子，神情惨淡地朝里看了看。

教研室颇为干净，窗边立式空调上长着片瀑布似的绿吊兰。

陈啸之不受控制地瞥了眼沈昼叶毛茸茸的发旋儿，又欲盖弥彰地冷静道：“老师好。”

李老师从教案上抬起头：“进来吧。”

下午最后一节课，有课的老师去上课，没课的老师都提前下班接孩子去了，此时教研室只剩一个伶仃的李正廷。

“先坐下，”李老师严肃道，“你们两个都坐。”

陈啸之拿了两个凳子，人模狗样地分给沈昼叶一个，两人在老师面前坐了下来。

李老师穿着件格子衬衫，捧着个摔得凹凸不平的刻着大北校徽的保温杯，平和地问：“小沈，潘老师和我讲，你是从国外回来的？之前在哪个国家呀？”

老师居然和班主任通了气！在国内上课说小话的后果这么严重吗……她诚实地答道：“之前在美国，爸爸妈妈都在那边工作。”

李老师沉吟片刻，问：“我记得你爸妈是搞物理的？”

沈昼叶又点了点头。

这下完了，沈昼叶要命地想，物理老师肯定会觉得我仗着以前有底子，爸妈都是搞物理的，就不听他的课……

“我妈是纳米工程的，”沈昼叶坦白，“我爸是天体和粒子物理方面的。”

陈啸之忍不住看了沈昼叶一眼，沈昼叶给了他个充满抗拒的后脑勺。

李老师养生地捧着保温杯，慢条斯理地问：“在以前的学校学过什么？”

沈昼叶不敢露锋：“电学热学光学力学，都了解过。”

“力学学到哪儿了？”李老师也没什么特别的反应，却追问起了细节，“经典力学的进度如何？”

沈昼叶诚实地道：“都看过了。”

这答案太普通了——可沈昼叶一般只会说到这里。

这是她在圣乔治亚诺中学读书时就养成的习惯。

沈昼叶早慧的不只是头脑而已。

她晓得周围大多是普通的同学，如果与他们聊起自己平时看的书，会招致讨厌。因此她不到万不得已时，不会提及自己早就有所涉猎的更深层次的学科，更不会提及自己曾在大学旁听的事情。

李老师沉吟片刻，在夕阳下，搁下保温杯，又探究地望向她旁边的陈啸之。

少年眉毛一扬，半边脸沐浴在橙红的阳光里。

李老师隔着眼镜片，目光终于现出一丝锐利，问道：“班长，你呢？看到哪儿了？”

陈啸之点头，回答：“该看的都看完了。”

沈昼叶一愣。

她终于发现，李老师让他们二人来教研室，不是为了兴师问罪。

“全国中学生物理竞赛的报名开始了。去年咱们班班长陈啸之就想参加，但是我没有同意。”老师指尖碰着指尖，慢条斯理道，“参加的考生都是想参加‘985’自招的，以高中生居多，一群高二高三的‘学霸’‘学神’挤破了头要拿名次。他呢，初二小毛孩，刚开物理课，就要去跟人同台竞技，太狂。我就给拒绝了。”

陈啸之纳闷地问：“初三去就不狂？”

李正廷老师瞥了眼班长，不快地捧起泡着枸杞胖大海的保温杯：“本来是只打算让陈啸之去的，但是潘老师前几天找到我，坚持让沈昼叶你也试试。”

十五岁沈昼叶立刻道：“谢谢老师！”

她答应得特别干脆，干脆得能让人生出不信任来。

“潘老师说你底子好，”李老师狐疑地打量着沈昼叶道，“很坚持让你参加……我呢，就打一问号。小沈，你对这竞赛感兴趣吗？”

沈昼叶点头：“我感兴趣的！”

她自然感兴趣。

沈昼叶从很小的时候就极擅长动手实验，也极热爱学这个，在国外时她就是班里最聪明最得老师喜爱的学生，可回国之后没人找她，学霸的光环也变得暗淡。

不仅如此，她甚至被老师当成重点保护对象，老师们刻意保护她，将她安排在学霸堆里，不顾沈昼叶曾经的成绩。

沈昼叶终于有了一丝自己被认可的感觉。

李老师看看陈啸之，又充满不信任地望向沈昼叶，最终敷衍地一挥手：“行，那我给你俩把预赛的名报上。”

沈昼叶拎着老师打印的竞赛章程回到初三（4）班。

空无一人的教室中，温暖金黄的阳光落在课桌上，夏日黄昏的风一吹，书页和卷子哗哗作响。

陈啸之紧随其后，看了眼沈昼叶，有点儿赧然地对她搭话：“他们去上体育课了。”

周五最后一节课是体育课，沈昼叶闻言朝窗外一看，一队穿红校服的少年人在体育老师哨声中在夺目的夕阳下向前奔跑，青春如火焰燃烧。

谁会喜欢跑圈啊。

沈昼叶打定主意不去体育课，同时装作自己是个高冷的有气节的御姐，连看都没看他。

陈啸之意识到沈昼叶真的完全不理他，又卑微道：“徐子豪给咱俩请假了，沈昼叶，别去上课了吧，来写作业？”

他这次直接用了问句。

沈昼叶一向是个礼貌的人，既然陈啸之都已经点到她的名字了，便礼貌地回应了一下：“好呀。”

下午四点半，温热的阳光洒满教室，又染红天空。

陈啸之在阳光里倚着窗台，脚踩在徐子豪的凳子上，不知在思考什么。沈昼叶揉了揉饥饿的肚子——她中午没吃饭，此时饿得前胸贴后背，想着放学回去的路上得去买点儿啥。

还不等沈昼叶拉开凳子，一声清晰的肠鸣音清脆地滚过了教室。

饿了一下午的沈昼叶捂住了自己的肚子，简直尴尬至极，它响的时候就不能分一下场合吗？如果被陈啸之听见岂不是尴尬到升天……

陈啸之奇怪地皱着眉头问："刚刚那声咕噜是你肚子叫的？"

沈昼叶内心只剩一句话不断回荡：撞死算了。

这下沈昼叶装不了高冷了，甚至恨不得找个缝钻进去，她用语文书包住自己的脑袋，红着脸支支吾吾："我居然现在才觉得饿！放学去买点儿吃的就好了……"

她还没说完，陈啸之突然问："吃不吃？"

沈昼叶红着脸，抬头朝他望去。

陈啸之的眉峰探究地挑起，审视地看着沈昼叶，片刻后从桌子上捞了个东西，丢到了她桌子上。

那是他翘课回来时，气喘吁吁提来的塑料袋。

陈啸之别开脸，冷道："这玩意本来是买了我自己吃的。"

沈昼叶看了看袋子里的三明治，饿得眼睛一绿，差点儿抛弃原则，却又在最后关头找回了自己仅剩的尊严，坚定道："那我更不能吃了。"

"现在我不想吃了。"这位班长毫无人情味地补充，"要么你扔了它，要么你吃了它。"

沈昼叶立刻道："我吃，谢谢你。"

塑料袋中有草莓奶油软糖，纸包着的三明治，还有个蓝油纸和皮筋封口的圆滚滚小瓦罐。

沈昼叶一怔。

这个小瓦罐她见过，甚至非常熟悉。

她五岁时，母亲忙于博士毕业的论文，父亲也忙得不行，夫妻二人只得将小昼叶送回国内。

她脑海中的记忆已经模糊了，却还记得自己那时住在位于浥春胡同的奶奶家，那狭长的胡同外就是卖这种瓷罐酸奶的货郎。

小昼叶简直抗拒不了凝固型酸奶，又被圆圆可爱的瓦罐和油纸上的"蜂蜜"二字吸引，特别爱喝这个。

这是来自她遥远童年的温柔记忆。

沈昼叶温暖地笑起来，戳戳那个罐子，感慨道："我以前在国内待过一段时间，那时候喝过这种酸奶。”

陈啸之个子高，靠在窗台上时影子长长地拖着，长腿散漫地支起，有种天资卓绝少年的洒脱与散漫。

“你还在国内待过？”陈啸之别开脸，“几岁？”

沈昼叶用吸管戳开油纸，想了想，带着一丝不确定道：“五岁那年吧。”

她说完，教室里一片沉默。

过了会儿，陈啸之带着一丝自嘲道：“哦，是吗。”

语毕，他跳下窗台，走了。

沈昼叶正吸着小酸奶，满头的雾水。

周六，天气阴沉沉的，看起来将会下一场大雨。

浥春胡同21号的红门油漆斑驳，里头传来碗筷磕碰的声音。

沈昼叶坐在饭桌前，桌子上悬挂的灯没开，她就在黑昏的天光中，打量着摆在桌子上的摄于1967年的黑白全家福。

这是个位于寸土寸金的海淀的四四方方的一个小院儿，房龄比她爸爸还老，窗框是铁刷油漆，是二十世纪的产物，如今锈得斑驳陆离。屋里的沙发、椅子乃至遥控器上，都套着洗得发白的布套，茶几上则放着奶奶看过的书。

最新一本是《近思录集说》。

厨房内传出沉闷的咳嗽声，片刻后抽油烟机关了，一位老人端着盘刚炸完的藕盒，步履蹒跚地走了出来。

沈昼叶的奶奶一头的白发被发箍箍在脑后，她戴着一架擦得干干净净的老花镜，脸上的皱纹仿佛岁月的刻纹。老太太分明已年至古稀，又有肺心病缠身，常年不离药瓶，目光却如刀锋般锐利。

沈奶奶将盘子放在桌子上，问道：“最近学业跟得上吗？”

沈昼叶想了想，凝重地点了点头，又摇了摇头。

沈奶奶问：“什么意思？”

“我不配做您孙女的意思。”沈昼叶沉痛道。

说着，她从旁边的书包里掏出一沓听写卷和历史政治考卷，一张张地摊开，从左往右分别是20分、15分、30分和45分。考卷就更厉害了，上头伶仃的一个血红的“9”，竟能考个位数。

大北中文系离退老教授赵兰君，感觉偏头痛要犯了。

沈昼叶在国外时成绩优异，是班级毫无争议的前3%，要不然这所学校也不会这么轻易地松口，让她插班进最好的初三（4）班。

然而这个据说在国外学习很好的孙女，一回国，就展现出了惊人的水土不服。

沈昼叶还在介绍："这都是错别字，错别字一号二号三号……"

"第三十四号。"沈昼叶介绍完毕，好奇地发问，"奶奶，为什么中文有这么多讲究呢？"

沈奶奶诘问："为什么你写不对中文呢？"

沈昼叶摇头表示自己不知道，过了会儿她对奶奶说："奶奶，老师让我去参加竞赛。"

沈奶奶夹了个藕盒，眼皮都不抬地道："那是我拜托的。"

沈昼叶瞬间一怔。

"你插班太晚了。"沈奶奶言语中毫不掩饰地透露着对沈昼叶妈妈的不满，"你妈不愿意留国外，非得在这个节骨眼回国，别说你正好去上初三，哪有孩子在美国读书，还非要回国的？"

沈昼叶停顿了片刻，怅然道："让妈妈待在华盛顿，太残忍了。"

雨声劈瓦，落在屋檐上。

沈奶奶沉默了许久，终于叹了口气，说："是。"

沈昼叶的奶奶是高级知识分子，丈夫走得早，是沈奶奶一人将爸爸抚养大。后来爸爸出国求学，1989年的秋天，在麻省剑桥市的某个咖啡馆与妈妈相遇，后来在华盛顿和妈妈结婚。

奶奶希望爸爸回国，她希望爸爸用他学过的知识报效国家，而且奶奶那时已经年届六十，一个人在国内寡居多年，太孤独了。

可是爸爸爱妈妈，终于选择了和妈妈一起，漂泊在异国他乡。

奶奶不喜欢这桩婚事，甚至有五年没有与爸爸通过一封信。

再后来，昼叶出生了。

那是个漫长又甜蜜的故事，沈昼叶总记得她的父母在餐桌子上讨论一些她听不懂的话题，争论，吵架，互相不能说服……然后小小的沈昼叶在指缝里偷窥父母接吻。

那是犹如沙滩暖阳般的却又一去不再回的岁月。

沈奶奶怅然地望着窗外的雨。

十五岁的沈昼叶鼻尖有点儿发红，不知是因为那曾穿插在她生命中的却不会再出现的吻，还是那点儿令她开心的“老师的认可”消失在了雨里。

她参加物理竞赛的资格，并非全然来自老师们的认可。

沈奶奶咳嗽了半天，咳嗽得脸都红了，半晌道：“让你去，是因为你插班太晚了，有好的竞赛成绩的话，会有保送的资格。”

沈昼叶抚着奶奶的后背，心里晓得奶奶说的是对的。

“奶奶还记得你小时候呢，”奶奶咳嗽着道，“那么小小的一个人，奶奶去机场把你接回来，你什么汉字都不认识……连名字怎么写都得教。”

沈昼叶弯起眉眼，甜甜道：“所以奶奶疼我呀。”

沈奶奶瞥了自己的小孙女一眼。

昔日小小的一个人，如今已经是个少年人了。

“好好参加竞赛吧，”沈奶奶不善表达地别开了眼睛，“昼叶，你爸给我写的信里都是夸女儿的，说你天资之聪颖，实所罕见……你爸妈都这么说，所以不要让别人看不起。”

十五岁的沈昼叶托着腮，鼻尖还红着，笑着点了点头。

外头滚过一声闷雷，奶奶又咳嗽了起来，咳嗽了许久，低声道：“昼叶。”

沈昼叶应了声。

“回家多陪陪你妈，她是最不容易的一个。”奶奶说。

尽管她们婆媳仍不和睦。

沈昼叶忍着眼泪，重重地“嗯”了一声。

在穿透屋瓦的雨声中，沈昼叶想起那本爸爸送给她的皮面本。那皮面本扉页上，以她自己十年后娟秀的字体，写了一行字——

“起风了，唯有努力生存。”

这句话是宫崎骏在2013年时，在他的收官之作《起风了》的结尾说的，这部作品讲的是对天空的探索与浪漫，是永不言弃与梦想。

还活在2008年的沈昼叶那时刚看完《悬崖上的金鱼姬》不久，制作花絮中宫崎骏老人头发花白但精神矍铄，无论如何都不像个会封笔的模样。

高中教学楼，多功能教室103，教室外贴着张刚印出来的“2008全国中学生物理竞赛培训”的纸。

下午的阳光透过嫩绿色的窗帘，教室里挤满了人高马大的高中学长。

“吱呀”一声，十五岁的沈昼叶推门而入。

这女孩儿因生得稚嫩，与周围格格不入，不少人转过头来看她。

沈昼叶本就被竞赛资格的事儿堵着心，觉得其他人是正统的，自己是冒牌的关系户，又突然被这么一围观，一抹红“噗”地烧到了耳根，忙不迭抱着书包跑到教室后排。

她跑过过道时，还听见两个高中学长压低了声音讨论：“我听说这次有两个初中生来参加培训。”

另一个人便朝沈昼叶一努下巴，道：“我估计那小姑娘就是，毕竟高中部这些我大多见过。”

沈昼叶听到这些话，头顶都在羞耻地冒着烟。

她找了个空位落座，摸出自己的电子词典要玩贪吃蛇的时候，旁边的凳子嘎吱一响。

她抬头的瞬间，陈啸之在那个空位上坐了下来。

沈昼叶点头向他致意：“班长好。”

陈啸之看了她一眼，闲散地“嗯”了声，又摸出支笔，对沈昼叶一扬眉：“有纸吗？”

他长得好，那嚣张的模样竟有种难言的少年风流。

其实，从陈啸之把他不吃的东西塞给她的那天起，冷战就结束了。

一来，这位班长是初中部仅有的两个参加物理竞赛的人之一，可以说是她唯一的同伴；二来，在沈昼叶拿到那个小瓷罐酸奶后，再看陈啸之，不知怎么就是没法再对他拉下脸了。

那瓷罐，是沈昼叶童年的一角。

沈昼叶依稀记得十年前胡同口的童年，那时她似乎有个一起抵着额头喝酸奶的青梅竹马的玩伴，他们一起玩过泥巴，玩过家家。沈昼叶的手心记忆着一种陌生的温暖，应该是属于那个孩子手掌的温度和汗。

只是，小昼叶的记忆，早已模糊得如同雾里看花。

培训的课程上，沈昼叶坐在阳光里，抬起头，望向讲台。

负责预赛培训的老师已经就位，拿着花名册开始点名，陈啸之的名字排在沈昼叶前头。老师把共计一百一十二人的名单点完，在讲台上安静了一会儿，开口道：“坐在第一排的几个男生去打印室把教材和考纲抱来，剩下的同学坐好。这个竞赛全国每年报名预赛的人约为六十万，但是有资格参与复赛的人不过两万。复赛名额不多，所以大家要努力。”

下面登时一片哗然。

突然，这位老师不确定地问：“陈啸之是哪个？举手让我看看。”

为什么要叫他？沈昼叶不理解。

陈啸之就在沈昼叶身边，散漫地举了下手。

老师审视了他一会儿，又收回了目光，说：“很好。”

沈昼叶那时还不知道老师为什么会点陈啸之的名。

直到数日后，十五岁的她才后知后觉地意识到，对陈啸之的关注，是人们对天才这一群体的第一次注目礼。

暖风拂过窗帘与花，阳光洒进了教室。

第一轮培训课讲得非常赶。

毕竟十一月就要考预赛，如今已经是九月底，马上要放十一假期，时间十分紧迫，甚至已经体现在了课程设置上。课程非常不友好——至少和沈昼叶平时上的物理课不是一个量级。

这课上，全是高中甚至高中以上的知识，老师讲课速度奇快，一道在普通物理课上至少会留出七分钟让同学们做的题目，在这课上几乎只会留出两分钟的时间。

沈昼叶立刻就发现了，这课程本身也是在筛选。

它是在筛选学生的思维速度和逻辑能力。这位老师挑出的题都是非常灵活、综合性很强的，和平常课后的练习题甚至考试题完全不同。这班上一百多个人，到时间时仅有四十几人能堪堪做完。

沈昼叶跟着做了两三道题，就发现这课程挺有意思的，比平时的物理课有趣得多。

陈啸之也听课，然而当他听到第三十分钟时，老师讲了个同类型题，他打了个哈欠，然后低下头，直接睡了。

应该是嫌这课无聊。

沈昼叶就坐在脑袋一点一点的班长旁边，撑着脸听讲。课程内容她都会，但是听讲总没坏处。

下课前有个随堂小测。

小测是五道力学的类型题，考完要统计，难度中规中矩，然而考试时间仅有十五分钟，十分紧迫。沈昼叶粗略扫过一遍试卷，认为这些题不算难，没有超纲之处，有几个还挺有意思的坑，应该会有人栽进去。

在她做题时，时间一分一秒流过。

老师在讲台上拍手示意停笔的瞬间，沈昼叶紧张地屏着气，连她都只是堪堪写完了最后一题的答案。

还好写完了，她放松地长吁口气，瞄了下班长的方向。

夕阳万丈，映着少年已显成熟的轮廓，陈啸之打着哈欠，摘下眼镜，将笔一扔。

“节省时间起见，”讲课的老师朗声道，“我把答案放在投影屏上，同桌交换批卷。”

沈昼叶把卷子递给陈啸之时，甜甜一笑，笑出了一对温温软软的小酒窝。

“做完了吗？”沈昼叶温暖地道，“我觉得时间有点儿紧。”

那真的只是个问候。

然而她笑起来温暖恬淡，如早夏枝上的甜杏，又有种少年人的清朗，令人怦然心动。

这是阿十，那刹那，陈啸之控制不住地想。

陈啸之看着笑眯眯的阿十，怔怔地，一时说不出话来，半晌喉结忍耐地一动。

他怎么沉默了？沈昼叶立即就是一慌，大概是他嫌我和他没这么熟？

沈昼叶立刻补充了称号：“班长。”

空气瞬间凝固了。

班长别开眼，冷漠道：“批卷子。”

陈啸之又把冷淡和不耐烦写在了脸上，拒她于千里之外。沈昼叶一边纳闷自己也没惹到他，甚至还想讨好他，这人怎么这么难讨好……一边拿着红笔给他对答案。

沈昼叶字像小学生，一笔一画都透着没写过方块字的生涩。

陈啸之则写得一笔好字，笔锋锐利遒劲，是练过的硬笔行书，应该是有很深的家学渊源。

沈昼叶打眼儿一扫，发觉陈啸之的答案和她完全一样，连个小数点都不差，全对了。

十五岁的沈昼叶连大学物理都学了一部分，这还是头回遇到与自己旗鼓相当的同龄人，感动至极，心中充满了想要认亲的柔情，结果转头一看，陈啸之双手抵着下巴，神情不爽地给她写了两个数字——

“74”。

然后拿起来重新核了一遍分数，确定无误，又给她推了回去。

沈昼叶看看那血红屈辱的74分，又看看批卷人：“我们答案一样吧？”

陈啸之双手交握，答得慢条斯理：“一样。”

“一样……”沈昼叶憋闷坏了，“对啊，对吧？！可是你……”

陈啸之从镜片后头看着她：“为什么你是74分？”

沈昼叶觉得自己好像被欺负了，憋着气，点了点头。

陈啸之敲了敲桌子，问她：“那行，问你个问题，你原公式写了吗？”

沈昼叶沉默了。

“受力分析怎么画的？”班长在第三道应用题的滑块上画了个通红的圈，“用尺子没？”

沈昼叶瞬间毛都要炸了，喊道：“可是你也没带尺子啊！”

紧接着，陈啸之就捏起张饭卡，示威地在桌子上磕了两下。

他是用饭卡比量着画的。

沈昼叶垂死挣扎：“可是我做出了正确答案……”

“什么时候物理题只看结果了？”陈啸之凉飕飕道，“一道题满分20，18分都是步骤分，你就写个答案上去？”

沈昼叶差点儿喘不过气来，心想我哪里晓得步骤分这么多，心中充满绝望，甚至无意识地抓了下少年的校服袖子。

陈啸之刹那眯起双眼，两指将沈昼叶纤细的胳膊往回一推，充满恶意地开口：“美国人，我是男的，你能不能矜持点儿？”

美国人吃你家大米了啊！

小美国人憋屈地收回了爪子。

夜色拢住世间时，路灯在城市缝隙中温暖地亮起。

沈昼叶吃力地拖着大书包，推开家门。

家里没开灯，只有昏光从窗户里映进些许。妈妈在沙发上躺着，手边放着备课的笔记本电脑，睡得非常熟。沈昼叶蹑手蹑脚地凑过去，看见妈妈眼角仍湿润着，像是连睡梦中都流着眼泪。

饭桌上有两个可降解塑料袋，摸起来像纸，装着妈妈路上买的食堂饭菜。

沈昼叶没开灯，怕惊扰了妈妈难得的睡眠，她轻轻放下书包，摸黑坐在餐桌前，拿了筷子，轻轻拨开装着也许是糖醋里脊的塑料袋。

华清食堂的饭菜全国有名，至少比妈妈做的好吃，沈昼叶想。

但是她一动袋子，妈妈就揉了揉眼睛，从沙发上坐了起来。

“叶叶，开灯，”妈妈疲惫地问，“怎么回来得这么晚？”

“今天是第一次竞赛培训，讲到很晚，我就自己走回家了。”

沈昼叶说着，“啪”地开了灯，客厅和餐厅刹那间灯火通明。

妈妈点点头，从沙发上爬了起来：“给你热热饭……妈妈今天上完课有点儿累，晚饭从食堂买的，糊弄了，但不要吃冷饭。”

沈昼叶乖乖点了点头。

妈妈一边进厨房一边问：“今天去参加竞赛培训来着？”

沈昼叶其实之前就和妈妈提过这件事，但是妈妈一直魂游天外。

“嗯。”沈昼叶认真答道，“今天是第一次培训，只有我和我们班长两个初中部的，其他的全都是高中部学长。培训课讲得很快，我觉得很好玩的。”

沈妈妈终于被吸引了兴趣，惊奇道：“除了我们叶叶，居然还有初中学生？你们班长？学习好吗？”

沈昼叶胸闷气短地道：“他啊……期初考试考了我们年级第三，除了语文和历史，全科第一。”

煤气灶噼啪作响，沈妈妈在厨房里不太熟练地翻炒热菜。

“那还真挺厉害的。”沈妈妈问，“男的女的呀？”

沈昼叶抱着椅子背，认认真真答道：“是男孩子呀。”

沈妈妈笑道：“长得怎么样？”

沈昼叶回忆了一下陈啸之那张脸，感觉不太爽利，告诉妈妈：“脾气非常少爷，但是长得不错。”

沈妈妈笑了笑：“有多不错？”

沈昼叶越想越心塞，摇摇脑袋，示意自己不想再说。

沈妈妈道：“好吧……那竞赛怎么样了呀，宝宝？”

刚拿了史上最低分的沈昼叶，又想起心狠手辣批卷的陈啸之，哽了一下，发自内心地难受了。

如果说回国前后有什么区别的话，沈昼叶是有话要说的。

直到回国之前，沈昼叶都没藏过小测卷子，她是她那所初中的前3%，是当之无愧的“学神”，但是当她回了国，情况就变成了这样……

沈昼叶坐在自己的房间里头，从书包里拿出了她拼命藏起来的三张卷子。

然后她看看上头的数字，把卷子叠成方块，一张张塞进书架最高层的最边缘。

沈妈妈在外面拖着地，突然问：“宝宝，这周考试了吗？”

踮着脚的沈昼叶立即羞耻地红了耳根，将陈啸之改的耻辱小测卷重重塞进书架，结巴道：“没……没有，我们假期过后才有月考。”

沈妈妈对她一向放心，便没有再问。

大概是环境太安静了，沈昼叶坐在自己的桌前，突然朦胧地想起自己过去的日子。

上学期，晚上这个时间，全家人会挤在沙发上，一起看非常傻的脱口秀，有时候会一起做拼字游戏。

而如今，门外，妈妈慢慢地拖着地，缓慢挪动椅子，沙发上空无一人。哪里都不一样了，连人都少了一个。

可这种日常会持续下去。

这是一场噩梦吗？

然而噩梦都有醒来的一天，沈昼叶知道，她这一生都不会再见到疼爱她的父亲了。

失去至亲之后，最痛苦的并非葬礼，葬礼只是个开端。最痛苦的是在葬礼之后的无数个昼夜里，在人生中的每个独处时刻，在每个父亲应该存在的人生节点中，总有一处永不能愈合的伤口。

沈昼叶看着桌角上的皮面本，上面“赠予爱女”的烫金字样令她眼眶发酸。

这个本子不是来改变她的人生的吗？沈昼叶酸涩地想。

可是，它为什么不能从爸爸生病的那天起就给她写信？为什么不能让她鲜活温暖的父亲陪在她的身边？明明只是一场脑梗……一场脑梗，一辆救护车就能解决的事情。

十五岁的沈昼叶颤抖着吐出气，眼眶发红，知道自己是在胡搅蛮缠。

她的手机突然发出一声振动。

小滑盖诺基亚屏上浮现信件标志，是来了条新短信。这手机是她从六年级开始用的，沈昼叶拿起手机点开未读短信，发现来自一个132开头的陌生号码。

信息是这样的："培训课作业最后一道大题会做吗？"

沈昼叶咕叽咕叽地按着按键，认真回短信："你是谁？"

应该是竞赛培训的同学吧，沈昼叶想，从书包里找到那张作业小卷。预赛显然不是靠题量取胜的，卷子上只有四道选择和两道大题，最后一道大题是关于两根与地面构成等腰三角形的绝缘细管和在其中运动的带电小球。

这题并不超纲，难就难在这球莫名带电，还要考虑混杂因素。

短信"嗡"地飞进手机，沈昼叶从桌下抽了张空白的A4纸准备解题，拿起手机一看。

"我是陈啸之，存下手机号。"

是班长。

沈昼叶颇为欣慰地想，陈啸之不会也正常，这里明显涉及了他们还没学的知识。鉴于她父母从小就教育她要乐于助人，于是她拿起笔去钻研那道题，想着先告诉他思路，明天上课时给他好好讲讲。

那题实在不简单，沈昼叶解了半天毫无进展，还跳进了个挖好了的坑，在用上微积分的前一瞬间，她终于意识到自己跑了远路。

物理题大多有多种解法，但是就像数学中的"过两点有且只有一条直线"一样，一道题永远存在着最优解。

沈昼叶还和她妈讨论了二十分钟……

她回到房间，又拿起自己的小手机，发现又有一条未读短信："最后一道题你会不会？"

发信人"初三（4）班班长陈啸之"。

这是沈昼叶存的通信录。她对人名不太敏感，所以都是存属性加姓名，陈啸之也不例外。

沈昼叶便捋捋满头卷毛，严谨地回复："会，我刚刚花了二十分钟做出来了。"

她想了想，觉得人要以德报怨，便又善意地说了句："不会的话我打电话给你讲讲？"

下一秒，一个小信封飞了进来，沈昼叶点开了短信。

初三（4）班班长陈啸之："哦。我也会。"

你有病啊！

阿叶，你刚转学回国，人生地不熟，不能和陈啸之搞僵。

沈昼叶含着满嘴牙膏泡沫，看着镜中满头茸茸卷毛龇牙咧嘴刷牙的小姑娘，反反复复地洗脑自己——

“忍”字头上一把刀，成大事者能忍常人所不能忍，你已经是个成熟的大人了，不能和陈啸之吵架。

毕竟各科老师都喜欢陈啸之这种“开朗”“善良”又“充满责任心”的学生，他是班长，又有那么多朋友，每次放学班门口都等着一堆和他一起回家的哥们儿。

转学生沈昼叶则人生地不熟，到现在都还只能自己回家。

因此，陈啸之这人万万得罪不得。

至少，她是得罪不起……

正因为这个，虽然理智上想把陈啸之踢进银河系，但沈昼叶还是克制住了想杀他的心，将嘴里的泡沫吐了，擦干净脸。

偌大的客厅里仅余帘后清冷的月光，沈妈妈已经睡了。

沈昼叶站在空无一人的客厅里，恍惚又回到了原先她在美国的家。可眼前的是个完全陌生的客厅，窗外是个崭新陌生的、她几乎只在父母交谈时听到过的城市。如今这城市却将成为她以后生活的地方。

曾经最好的朋友成为回忆里的人名，就读的学校化为万里外的建筑，她伶仃地站在陌生的土地上，与妈妈相依为命。

她甚至都不能在人前流露出对爸爸的思念。

沈昼叶揉了揉通红的鼻尖，摸黑锁了门。

她找到那本通信的本子，上一封骂陈啸之的信还在，下面那一张纸安静地等着她的回信。沈昼叶先是规规矩矩写了“十年后的我自己收”，接着写下了自己已经憋了许多天的疑问——

“你总说要让我少走弯路。那么我的弯路，是什么？”

十五岁的沈昼叶用笔抵了抵眉心。

晚夏夜风刮过，她窗棂上悬挂的火花风铃当啷地响了起来。她清澈又茫然地望着那串风铃，片刻后又揉了揉脸，继续写道——

“还有陈啸之。明明已经过去了十年……我都快不记得我小学同学的名字了，可你都二十五岁了，为什么还会记得他呢？是因为他太坏了吗？”

第四章

离坏人远点儿

她们的通信，双方的回复一直都不太及时。

但是无论怎样，都会收到回信。

十五岁的沈昼叶知道十年后自己在读博，而读博是非常疲惫的，读博的她曾提及自己经常凌晨三点才做完实验，疲惫得在实验室和衣睡觉。

那时候十五岁昼叶还挺想叮嘱一句，你可别把我们累得猝死了呀……不过想了想还是算了。

第二天是十一假期的第一天，理论上是个能休息一天的日子——除了准备竞赛的人，毕竟他们的培训课程都集中在周末和假期。

天穹暗沉，风大，像要下雨。

沈昼叶临出门时沈妈妈追了出来，给她塞了把伞，让她别淋着，她顺从地将伞塞在了书包侧袋里。

路上堵了半个小时的车，沈昼叶到阶梯教室时，课都已经开始了。

多功能教室里坐得满满当当，陈啸之居然极富绅士风度地给沈昼叶占了个位置，见她来了，就朝她挥了挥手，把占座用的书包挪了，示意她坐过来。

讲课的老师还是上次的那位，在讲台上拿着一张成绩单，轻飘飘地总结昨日的小测成绩。

“满分的同学有三个，”他看着成绩单懒洋洋地说，“分别是陆之鸣、梁乐和陈啸之。”

“75分以上的同学有十二个……”老师对着成绩单念道。

最后一张是沈昼叶的，老师念完成绩，又掀起眼皮看了她一眼，道：“76

分，沈昼叶。”

沈小同学想起那份答案全对的76分卷子，心里对陈啸之问候了无数次。她临上学前又屈辱地把卷子从书柜里取了出来，因为今天要讲。

陈啸之翻开新的参考教材《力学》，同时不太舒服地扫了沈昼叶一眼。

看我干什么？沈昼叶极其愤怒，然而对陈啸之敢怒不敢言，将满腔怒火憋在了心里。

那节课乏善可陈。

虽说老师在往深里挖应用和综合，拓展知识，可沈昼叶听了一下，觉得其实这某种程度上算是物理学入门课程，这课程和她父母之前给她讲的思路很像。

沈昼叶知道这世上多的是难以逾越的高山，因此一向不敢称自己学的有多好，但她可以说，自己已经完成了这一阶段的学习。

因此她听课听得有点儿玩票的性质，后来干脆撕了本子开始叠“东西南北”玩。

第一节是在十点钟时结束的。

那时秋雨已经噼里啪啦地砸在了窗户上，课间共计二十五分钟的休息时间，又不能出去玩，老师也不在教室，教室里登时炸了锅。

“啊我记得你……”沈昼叶听见教室里有人寒暄，“兄弟，以前咱俩在一个考场，没想到能在这里再见到你。”

沈昼叶又听到有人说：“我成绩也还行吧，当时考得不算太好，还不到95。亏了物理老师愿意给我这个机会……”

太假了吧，沈昼叶想，这不就是学霸显摆时专用的语气吗。

至于沈昼叶为什么会知道——因为她以前就用过，只可惜如今光荣不再。

沈小同学一个人坐在班长旁边，玩着游戏机，下定决心不和那群人同流合污，安静地当她的“宝可梦”训练师。

前头坐着的两个高中男生却突然转过了身。

其中一个高中生感慨道：“没想到他们也会让初中生来参与竞赛啊……”

十五岁的陈啸之其实长得还有点儿青涩，却已显出了刀尖般的锋利，他取下眼镜，温和地笑了下。

“你们学习很好吧？”其中一个高中生问道，“我们物理老师提过，至少要在年级里考前10%，而且数理成绩特别突出，才会被推荐来参加竞赛。”

又是来问成绩的。沈昼叶想，这群成绩好的人真虚伪。

陈啸之点了点头："还可以，上次考了年级第三。"

沈昼叶开始装透明人，她发现自己进入学渣角色非常得心应手。

但是她毕竟不是透明人，她客观存在于物质世界，是会被人注意到的。

于是一个人在她屏幕上点了点："那你呢？"

沈昼叶觉得成绩这事不好隐瞒，想了一会儿，不无羞耻地道："不是，我排名很一般，其实很不好的。"

那个人好奇道："能有多差？"

"你这小测都考了76分，"那男生戳了戳沈昼叶放在桌面上的卷子，"这班上能比你高的不到十五个人，能差到哪里去？你太谦虚了吧。"

沈昼叶挠了挠头，坦白道："是真的不好，也就年级四百多名吧。"

那一瞬间，空气都凝固了。

紧接着，沈昼叶意识到自己的坦白是个错误。因为那个高中男孩儿看她的眼神瞬间变了，那眼神掺杂着无语和些许轻蔑，直直地刺了过来。

让人胃里发酸。

陈啸之突然开口道："她刚转学来的，不熟悉环境。"

如果是熟悉陈啸之的人，会发现他是个回护的姿态。

他甚至伸手按在了姑娘的卷子上，不容他人窥视分毫。

可是，陈啸之完全没注意到，"刚转学来的""不熟悉环境"的"年级四百多名"，在这培训课的教室里，简直没有比这三个短语更能定义不知天高地厚的了。

被定义为不知天高地厚的沈昼叶，眼角余光看见陈啸之修长指缝间血红的"76"字样。

有病啊！连在这儿都要拐着弯骂我！

陈啸之又道："虽然不熟悉环境也不能写这种错别字……"

他指着那卷子上歪歪扭扭的"置于水中的方快"字样，刚要嘲笑他护住的小文盲两句，小文盲就一把将自己的卷子扯走了。

耳根通红的那种。

"这世上所有人都是排外的。"

沈昼叶曾经在一本书上读到过这句话，而这句话的应用，是从很小的时候开始的。

小学三年级的小鬼头尚且会唱“一年级的小偷，二年级的贼，三年级的美眉没人追”，某些论坛中地域歧视和互撕就构成了很大一部分流量。连沈昼叶自己都在初一升初二时，十分看不起初一刚刚入校的小朋友。

而在这班上的情况，就是高中生们对他们下意识的排斥。

他们凭什么在这里？

为什么连初中部都能来参与？

人们天然地讨厌与自己不同的人，除非对方过于优秀，令他们臣服。

陈啸之做到了，但是沈昼叶没有。

沈昼叶趴在桌面上午休时，教室里几乎没有人，大多都成群结队出去吃饭了。陈啸之在一上午的时间内就发展出了几个一起去吃饭的伙伴，被排外了的沈昼叶则孤零零地吃了午饭，趴在桌子上睡午觉。

特别惨。

沈同学都要被自己惨哭了，耳机里放着《悲惨世界》的音乐剧，死死塞住耳朵。

陈啸之推开教室大门。

男生这群体，出门在外几乎没几个带伞的，哪怕成群结队也只能顶着雨跑。与他一起的几个高中男生都淋得满头——其中陈啸之最惨，因为他路过一家超市时，无意识地进去溜了一圈，买了一袋乌七八糟的小散碎零食。

出来时那几个高中的颇为惊讶，指着包话梅问他：“陈啸之，你还喜欢吃这种小姑娘喜欢的东西啊？”

谁吃这个啊，陈啸之想，这玩意又不垫肚子。

然而事实就是，他提着满袋不垫肚子的零嘴儿，头发都淋得垂在额前，冒着雨回了教室。

见不得人饿着恐怕是病……

毕竟阿十太小了。这女孩儿套着宽松柔软的吊带，尚能现出一节纤细柔软的腰腿。陈啸之虽然看她时横挑鼻子竖挑眼，却见不得阿十的肩胛那样嶙峋，觉得她还是圆些看着顺眼。

沈昼叶正趴在桌子上，无知无觉地塞着耳机睡觉。

陈啸之没好气地在她桌子上敲了敲。

沈昼叶醒来，见陈啸之提着满袋零食，带着丝找碴儿的意味道：“让开，我进去。”

沈昼叶揉了揉眼睛。

她的凳子后还有很宽松的位置，陈啸之进去显然是没有问题的，但是他就非得把沈昼叶叫起来，让她给自己腾窝儿。

特别让人看不懂。

沈昼叶被从梦中拽出来，气得都不觉得委屈了，觉得陈啸之这人搞不好是欠锤。毕竟真的讨厌一个人应该是连理都懒得理，而他这是往面前凑，应该是来找架吵的。

沈昼叶正要开口骂陈啸之个体无完肤时，突然听到了背后传来的一个声音："她刚刚睡着了。"

沈昼叶揉着眼睛回头一看，发现说话的竟是那个和陈啸之一起在小测考了满分的高二的学长。

那个学长直直地看着沈昼叶，道："那个沈昼叶，你干脆跟我坐算了。"

"物理学究竟是什么？"

定义谁都会背，可是真正明白它是什么的人非常少，有一部分人连进入大学之后，都对这学科一知半解。

在这班上，明白它的人，更是少数中的少数。

可以确定的是，物理不是简单的题。

哪怕是对听起来十分"假大空"的理论物理而言，它也不只是理论而已。哪怕是思想实验，也是以现实为蓝本，建立一个只存在于理想中的实验条件。

那天下午是节实验课，目的是令学生们熟悉这门学科。

大雨中，梧桐虚弱地垂着枝条，外头咕隆响过一声响雷，豆大的雨滴砸在窗上。

陈啸之进实验室时，室内开着十分足的冷气，他直接去找了他的直系前辈，混进了前辈的组里，一对对的同桌或同学各自找到自己的试验台……然后沈昼叶孤零零地走了进来。

陈啸之这次直接把沈昼叶丢下了。

午休时陈啸之淋得一身透湿，手里还提着个满当当的塑料袋，结果那学长一勾手，沈昼叶就抛下他，去素不相识的学长那里午休。陈啸之这辈子没经历过这种事儿，看着沈昼叶那毛茸茸还透着委屈的小脑袋，看了一眼，便冷漠地别过了脸去。

沈昼叶的脸上还有被课桌压出的红印儿。她穿着个细吊带，显得格外单薄。实验室里的冷气开得足，因此这小姑娘一进来，就冻得一哆嗦。

陈啸之眼角余光瞥见，这女孩儿好像刚睡醒。

沈昼叶看了看周围，全都是有搭档的人，便跑到陈啸之面前，求助般地小声道："班长……"

陈啸之说："组里人满了，抱歉。"

他的直系学长陆之鸣拿着实验器材清单回来，看了一眼教室，忽而疑道："陈啸之，那小姑娘不是你们班的吗？"

他指的是站在门口的沈昼叶。

被点到名的人不置可否地"嗯"了声。

"挺可怜的啊，"陆之鸣感慨道，"你不去跟她一起？跟我一组不太好吧？"

陈啸之礼貌道："不了，我还要脸。"

陆之鸣沉默片刻后说："陈啸之，我认识你这么多年，知道你平时挺好说话一人……但是，这小姑娘有没有得罪过你，我必须打个问号。"

陈啸之清点实验器材，他心里说这丫头片子把我人生都给得罪了，沈昼叶五岁的时候能跟我扯着头发干架，十五岁就能给我添堵。

"为什么？"陈啸之慢条斯理地问，"哥，你都没跟她说过话。"

陆之鸣看看那个孤零零的小姑娘，又瞥陈啸之一眼，终于道："她挺漂亮的，漂亮小姑娘一般得罪不了人。"

这也叫理由？！

陈啸之耳根都有些发红："哪里漂——"

陆之鸣立刻打断他："这还叫不漂亮？你们这代人要求也太高……"

可陆之鸣还没说完，他也被带实验的老师打断了。

暴雨声中，老师拍了拍手，实验室的喧嚣声戛然而止。老师问道："同学们，各自都有搭档了没有？"

稀稀落落地有人答应着，说有了。

老师指着一个角落，问道："你有没有搭档？没有的话我给你指派个……那个女同学，说你呢。"

老师说的是沈昼叶。

陈啸之终于发觉，沈昼叶仍站在角落里，背对着他，单薄的肩膀甚至在发抖。

十五岁的陈啸之冷冷地看着女孩儿的身形，心想她是活该。

“没有必要，阿啸，没必要和女孩子计较这个。”一片寂静中，天使小人“噗”的一声出现，趴在陈啸之耳边，这样说。

“没必要计较吗？你记不记得那袋零食？”恶魔小人也“砰”地出场。

天使小人立刻在陈啸之脑袋上打转：“她又不知道那袋零食什么意思！”

恶魔小人不甘示弱，用魔鬼尾巴戳戳陈啸之的耳朵，说：“她不知道的事儿还多了去了呢，比如她知道你是谁吗？她知道你对她掏心掏肺好过……”

天使小人安静了一会儿，说了六个字——

“可是阿十会哭。”

恶魔小人支吾半天说不出话来，仿佛天使犯规一般，可是那句话又确实无法反驳。恶魔小人“砰”地消失，实验室的喧嚣终于扑面而来。

陈啸之看着沈昼叶，无声翕动嘴唇。

可他还没发出第一个音，就被一个平直的声音打了回去。

“老师，”梁乐举起手，平淡道，“我和她搭档。”

沈昼叶是个和谁搭档都无所谓，和谁做同桌都没关系的人，心大得很。何况对沈昼叶来说，陈啸之这名字只能和“班长”二字画等号。

陈啸之没有任何干涉沈昼叶的决定的立场，但他可以保留对沈昼叶翻白眼的权利。

放到今天下午的场合，就是拒绝拉她一起做实验。

这很合理，他想。

“啊！”

这声音属于一个女孩子，声色清亮，陈啸之十分熟悉。

沈昼叶和他隔了两个过道，陈啸之扭过头时正好看见她用两张抽纸拼命擦着自己的实验记录本——她应该是把红墨水洒在了本子上。陈啸之心想，她等死吧。

那个学长梁乐走了过去。

陈啸之便隔着两个过道，冷漠地看着他俩。

梁乐这人，特别不适合做搭档。

只要不是转学生，应该都会知道这件事。梁乐原本就是从他们学校初中部升上去的，初中时期就为人孤僻，人缘不好，有时说话甚至极为刻薄。如今梁乐突然去找沈昼叶，难道是以为她好欺负？

不过沈昼叶愿意，陈啸之懒得干涉，甚至生出一种“我老惦记着她是不是我脑子有病”的想法。

梁乐为什么找她？

陈啸之突然感觉到了不对劲，他清楚地听见那“一向待人尖酸刻薄”的梁乐说：“你手上都是墨水，看这儿。”

然后梁乐在沈昼叶细白的指头上点了点，示意她张开指缝，他一手拿着湿巾，在陈啸之的角度看来，他握住了少女柔软的指节，细致地擦了起来。

除去红墨水事件，那天下午非常安静，也不太堵心，沈昼叶同梁乐一组，顺顺当当地把实验做完了。

“学长，”沈昼叶拿着打孔机好奇地问，“你为什么不和同学一起呢？”

她问得非常直白，不和他兜圈。

梁乐漠然道：“同学太吵。别说了，给我弄缸水来。”

“可我也挺吵的，”沈昼叶一边去拿水缸，一边自嘲地笑笑，“要不然也不会这么招嫌弃了。”

梁乐摆弄着手里的设备，摇了摇头，直白地说：“你虽然话多，但听起来不太烦。而且，我判断你是被欺负了。”

被欺负吗？沈昼叶想，也可以这么说吧。

梁乐又将设备摆了下，问：“他为什么这么对你？”

沈昼叶摇了摇头，表示不知道，将三分之二缸水放到实验台上让梁乐做实验，设备就位，梁乐也便不再问询。

沈昼叶正打算打开课本，梁乐却突然开了口。

“保护自己应该成为本能。”梁乐淡淡地说，“知道会受伤的话，就离坏人远点儿。”

实验室真的太冷了，放学后，沈昼叶哆哆嗦嗦回教室，拎起了自己的书包。

教室里的人几乎走光了，只剩零星几张桌子上还摆着东西。

沈昼叶的桌子上空着，隔壁桌子上则摆着陈啸之的东西，还有一个超市的白袋子。沈昼叶将自己的书包收拾完，不小心动了一下陈啸之的便利店袋，里头居然咕噜噜滚出一包小熊形状的橡皮糖。

这个班长居然吃这么可爱的零食吗？沈昼叶头上冒出个问号。

沈昼叶把糖塞回去，背包走人，出门时正好撞上了班长。

陈啸之连一眼都没看她，目光傲慢地掠过沈昼叶，仿佛她只是背景中最无关紧要的部分。

沈昼叶无声地叹了一口气，她不知道自己到底是怎么得罪了陈啸之。

陈啸之有时候会展露出一点儿温柔，可那只是昙花一现，大多数时候他都十分冷漠，甚至有一种沈昼叶是他仇人的样子。

沈昼叶以前还想争取一下，但如今，她已经开始看开了。

只是心里会有点儿说不清道不明的酸楚。

高中部的位置较之他们初中部要偏不少，校门口紧靠着几条窄小的胡同，人群繁杂。

沈昼叶撑着伞走出这条街时，撞见了几个流里流气的、敞着怀穿花衬衫的人高马大的混混儿。

混混儿和平常人的区别是很大的，一见就能分辨出来。他们显然不会在学生放学时活动——他们目标太大，而且这条小街上学生与家长川流不息，这群人活动起来非常不方便。但是如今学生已经放假了，这群人便纷纷出来收租。

其中领头的男人约莫三十岁，头发下都是青龙文身，左脸一道刀疤。

十五岁的沈昼叶第一次见头上的文身，视线刚不受控制地飘到那人头上——

“瞅什么？”那男的立刻吊起眼睛。

2018年，加州，奥克兰湾区，帕奥罗多。

早晨阳光洒进阁楼的小窗，照亮了窗下像山一样堆着的书和打印出的文档。

清晨六点钟，在这个几乎所有人都没起床的时间，二十五岁的沈昼叶将电脑装进书包，然后从桌子上拿起了正在视频通话的手机。

“妈妈，我很好。”沈昼叶揉了揉眼睛，“你放心吧，我在这儿吃得好睡得香，我初中在华盛顿天天吃三明治也没见你这么唠叨我……”

屏幕里的沈妈妈充满担忧地问：“宝宝，你的脸色怎么这么差？昨晚几点睡的？”

二十五岁的沈昼叶看着桌子上一排喝空的啤酒罐，她喜欢抱着睡的狐狸阿布撅着屁股栽在墙角，昨天晚上模糊的记忆又回了笼，好像有什么顺口溜，什么“陈啸之的屁……”

我又干了什么！

“妈妈！”沈昼叶大喊道，“张臻来找我一起走了，我先挂了！爱你！晚安！啾啾啾！”

然后她挂了电话，将桌子上的东西一拢，一股脑地装进自己书包里，抓起钥匙和手机，丁零当啷逃跑一般冲下了楼。

张臻正在一楼吃早饭，见到沈昼叶便热情洋溢地打招呼：“姐妹恭喜你宿醉之后成功起床！虽然我们已经认识七年了，但每次你醉酒的模样都提醒我，我对你的了解还是不够，所以姐妹，请问陈——”

“滚。”沈昼叶表情冷酷至极，用凉牛奶冲了碗麦片，端着小碗，板着张脸坐在了桌前。

张臻拌了一下自己的小米粥，问：“陈啸之到底是谁？”

沈昼叶立刻堵住耳朵尖叫：“啊啊啊啊！！！”

张臻慢吞吞地道：“七年了，你一喝酒就骂他，一喝酒就骂他，一开始我们都以为那是你初恋男友，后来我们一致认为这人欠了你几百万块钱……”

沈昼叶掩耳盗铃地捂着耳朵惨叫：“啊啊啊啊啊！！！”

“不说拉倒，”张臻面无表情道，“别叫唤了，反正我也没觉得我能问出来。”

沈昼叶羞耻至极，趴在桌子上一言不发，她碗里的麦片咕噜一声冒出个泡，空气十分宁静。张臻很有眼色地安静了一会儿，突然开口：“他到底欠了你多少钱？”

沈昼叶“砰”的一声，以头抢桌。

沈昼叶和张臻都住在西部宿舍区。因为她们严格来说不算本校的学生，这宿舍区距离学校有一段距离，沈昼叶抱着自己的一大堆参考书，差点儿把胳膊给抱断了。

张臻也没好到哪儿去，两个人从这个村往那个村负重前行，到物理系大楼时，两个人离累死就差那么一点点。

“我还没抱完，”张臻气喘吁吁地说，“我还没带我的腰枕……”

沈昼叶踢了一脚地上装满书和少许文具的纸箱，悻悻道：“我睡觉用的柴犬屁股也没带。”

张臻撑着腰，气喘如牛：“我……我想问这句话很久了，沈昼叶你天天在柴犬屁股里午睡，你是变态吧？”

沈昼叶反问："臻臻，你最崇拜的博一发了一篇一区论文的社交恐惧症邢师兄天天抱着'绫波丽'等身抱枕睡觉，他是变态不？"

张臻挥手道："滚吧，滚进你的办公室。"

沈昼叶立刻抱起自己的箱子，顶开了玻璃门，朝楼上跑去。

"等等莫走！"张臻忽然大喊，"沈昼叶你还没告诉我呢！你导师是谁！"

那天阳光真的特别好。

二十五岁的沈昼叶想到答案的瞬间，感觉人生无望，啪叽一声，在楼梯上摔了一跤。

那办公室不算大——陈啸之还没开始招学生，目前也只有一个来联培的博士生，也就是沈昼叶。办公室非常整洁空旷，有两张干净的桌子，一张靠窗，另一张靠休息区。

虽说休息区只有个饮水机，但也比国内的条件好多了……

沈昼叶那一下摔得不轻，她本就皮嫩，在地上一磋磨就是一个血淋淋的大创面，连裙角都沾了点儿血。

她将箱子重重地放在了靠窗的桌子上，放下的那一瞬间，她就觉得自己惨。

十五岁版的沈昼叶现在对她言听计从，但是她怎么想，都觉得自己不像个能担事儿的人。

还有，隔壁办公室里坐着的人。

沈昼叶挫败地低下了脑袋。

本来想着让十五岁的自己赶紧放弃最无谓的挣扎，现在来看，还是先掐死她喜欢陈啸之的可能性好了。

二十五岁版的沈昼叶一边想，一边把东西一样样掏了出来：她最喜欢的猫爪笔筒、墨水盒、近期在用的参考书目、打印出来还没看的文献……

她正在归类，一只山雀掠过窗户。

沈昼叶朝外一看，看到楼下停了一辆颇为显眼的超跑，正在罗什舒亚尔教授专属的停车位旁，嚣张得很。她眯起眼睛一看，发现车牌上画着"CALVIN"的字样。

沈昼叶发自内心地觉得，这车牌挺适合他的，够傻。

正在这时，门笃笃地响了两声。

沈昼叶转头一看，发现是张臻。

张臻辛苦地抱着自己的箱子，靠在门边，道："我导师他们办公室人太多了，那边暂时安排不开我的位置，只能先借用Calvin Chen教授的空间。”

张臻被一个阴影从身后笼罩了起来。

“没办法，”张臻靠着门诉苦，“我进去的时候连学生桌子上都摆着离心机……也亏得他们不做生物实验……”

沈昼叶看着她身后，终于切实地意识到了这世界的残酷之处。

张臻问道：“那个Prof.Chen在哪儿？于情于理我都得找他道谢……”

嘴巴最大的舍友知道你有一个平时绝口不提，一喝醉酒就滔滔不绝的名字，其实不是件大事儿，大不了就是全班一起来调侃你。

那真正残酷的是什么呢？

“So you must be Helen，”陈教授端着黑咖啡面无表情地说，“Welcome to my office.”

陈啸之发音纯正流利，但能听出英语并非他的母语。

陈教授微微一推张臻，示意她赶紧进去，漠然地看向沈昼叶。

张臻震惊地望向陈教授，几乎是哆嗦着道：“So you are Prof. Chen？”

陈啸之微一点头。

与十五岁的他不同，二十五岁的陈啸之的轮廓已经长开了，鼻梁高挺，眉峰如剑，却又有种书卷气。他太年轻了，看上去完全就是个受欢迎的男大学生。

“Shen,”陈啸之道，“Finish dealing your stuff ASAP.”①

然后他转身离开。

哈？沈昼叶满头问号，这人昨天不是中文说得挺溜吗？那口京片子呢？今天怎么回事？

张臻呆呆地问：“他是……华人，对吧？”

沈昼叶想起陈啸之邮件里那句石破天惊的“你博几了？能毕业吗”的人身攻击，冷笑道：“我哪晓得，应该是韩国人吧。”

陈教授对自己的新国籍无知无觉，在上午9:02时，隔着一堵墙，给沈昼叶发了一封口气不善的邮件，让她十分钟内来自己办公室。

那时候沈昼叶已经快收拾完了，正要把老旧的皮面本抽出来摆进架子里。

她在把本子塞进架子之前，又翻了一下，发现收到了十五岁的自己的回信。

① 尽快处理完你的东西。

这次日期落款是2008年9月29日，上次信件是9月15日，中间间隔了十四天。

但是对处于2018年的沈昼叶而言，这两次的信件间隔其实是五天。

在这之前是2008年的三天对应2018年的十一天，间隔时间时短时长，两个时间点的她收信的时间都有着绝对的随机性。

不仅是双方的时间不同步，来信的时间更是毫无规律可循。

可是，但凡是客观发生的事情，必定是科学，而科学是可以解释的。

二十五岁的沈昼叶找规律时甚至怀疑过裴波那契数列和杨辉三角，但是都不是。她把来信的时间做了初步的统计和分析，目前因为属于时间的样本量太少，根本看不出其中的任何内在联系。

然而导师让她五更死，她绝不敢活到六更。沈昼叶战战兢兢地推开了另一扇办公室大门。

天空万里无云，加利福尼亚的阳光洒在陈啸之的黑板上，照亮了一串干净整洁的公式。沈昼叶感觉胃里难受得紧，甚至都不太敢看坐在办公桌后面的那个人。

他们的差距已经太大了，沈昼叶难过地想。

她这么多年庸庸碌碌，一事无成，连学位都还没能到手，却已经把热情和天分磨得精光。

勤奋却可悲。

陈啸之坐在转椅里，用中文冷漠道："问好都不会？"

沈昼叶闭了下眼睛，沙哑地说："老……老师好。"

陈啸之不置可否地哼了声。

沈昼叶知道自己是来挨骂的，纤细的手指紧紧捏着自己的裙子，不住地劝自己别哭出来。可是，没有人，哪怕是铁骨铮铮的汉子都受不了这种委屈。

确实已经是云泥之别了，沈昼叶想。

可是，要坚强一点儿呀，阿叶。

"我昨晚看了你博士期间的成果。"那个冷漠而熟悉的声音响起。

这句话伴随而来的羞耻令沈昼叶无法承受。

屈辱，绝望和苦楚几乎将她压垮。

沈昼叶下意识地攥紧了自己的裙子，低下头遮掩眼里的泪光，而她低下头的瞬间，瞥见了陈啸之胳膊上一道熟悉的伤疤。

十年前，那是一道深可见骨的伤口，花了一个多月才好利索。

十年后的如今，变成一道不自然的浅色凸起。

“沈昼叶，你来描述一下你做过的课题。”刺眼的阳光中，陈啸之遮了下伤口，淡淡道。

二十五岁的沈昼叶一时有些恍惚。她的记忆中，陈啸之还是那个和她一起上课的年轻男孩儿，如今却在她面前盘问她做过的课题，这场景实在称得上物是人非。

不过，比什么言情小说里女主人公参加面试发现面试官……甚至公司都是前男友的，还是要好一些。

毕竟陈啸之现在是导师，而且显然他也还没买下小利兰。

沈昼叶想了下，觉得自己还是比言情小说女主人公幸运点儿……就幸运那么一点儿。

“我硕士期间成果是两篇二区和一篇一区论文，”沈昼叶垂首道，“本科时出于兴趣写过一篇有关宇宙暗物质的综述，不过研究生期间的课题已经偏向应用。”

“综述……”陈啸之翻了翻手上那一沓A4纸，挑出一沓钉在一起的，散漫地问，“这个？”

沈昼叶看了一眼标题，认真地“嗯”了一声。

陈啸之沉默片刻，抬头望向沈昼叶：“你研究生期间做的是什么？”

沈昼叶想了想，在加州的阳光里答道：“P型电解液和晶体管的实际应用。”

陈啸之倍觉荒谬地笑了一声。

沈昼叶难受地握紧了自己的裙子。

“做这种非原创研究都做成这样，”陈啸之一抖那沓纸，嘲讽道，“都博士生了，不太合适吧？”

沈昼叶耳根通红，眼泪都要流出来了，语无伦次地解释道：“毕业……要求，其实已经满足了的。其他专业，比如之前写综述的天体物理实在太难……”

沈昼叶从来没想过，自己有朝一日会说出“已经满足毕业要求”这种话。

这句话太过软弱，可是在这地方，却是她唯一能保护自己的武器。她几乎是被撕开了最软弱的地方，让她的伤口暴露于光天化日之下。

陈啸之说：“知道我的研究领域是什么吗？”

沈昼叶手指发抖，忍着眼泪，摇了摇头。

陈啸之放下那沓凝聚着沈昼叶多年心血的文献。

然后他慢条斯理地抬起头盯着沈昼叶，带着一丝说不出的意味：“粒子与天体物理。就你嫌难的那个。”

沈昼叶失魂落魄地回了自己的办公室，一头栽进了桌子里。

张臻愣了一下：“你怎么了？”

沈昼叶摇了摇头，抽了两张纸。

张臻道：“你导师骂你了？”

沈昼叶没说话，她深知，陈啸之说的其实没有错。

她那个“晶体管电解液”，是小导师提出的。小导师之前从来没做过这东西，是他一拍屁股的决定，组员全都要从零开始摸索。

沈昼叶那时为了跟着周鸿钧院士做天体物理的研究，便同意了。

一开始小导师说这课题是暂时的，他说他这里缺人，只要沈昼叶做出成果来，就会送她去周院士处。

后来……

二十五岁的沈昼叶早已看淡看开了，有时甚至会觉得那时不失为一种幸运。

可她总会想起自己开题的那天。

“开题”，对于一个博士生而言，就是介绍自己这么多年在做什么，介绍自己的成果，介绍“我将以什么成果来得到我梦想的博士学位”。

沈昼叶小时候曾经旁听过博士论文答辩。那些人站在台前讲述自己最骄傲的成果，脸上洋溢着最灿烂的光。后来这些毕业生去了航天局，去了大学，也有少数人回到中学执起教鞭，向新的少年们讲述宇宙的奥秘。

七八岁时，沈昼叶和爸爸模拟过自己的博士答辩。

小昼叶带着一颗陨石上前，对唯一的评委展示，说：“我找到了广袤宇宙的一个全新的秘密。”

沈爸爸便哈哈大笑。

可是谁都没料到，现实竟然会是这样的。

沈昼叶早上摔了一跤，一动就疼，膝关节直接青紫了起来。按理说她那天一般会放弃午饭，然而碰巧她被曾经的初中同学兼如今的导师一顿臭骂，压力和愤怒疯狂叠加，便身残志坚地挪出去，去校外吃垃圾食品。

张臻没去，她留在办公室里，听着音乐看小说，直到沈昼叶的那个“韩国导师”走了进来。

张臻觉得那是韩国人，礼貌地用英语和对方问了好。

这人很英俊，但其实一看就知道并不好相处，他手上拎着件外套，在沈昼叶桌前打了个转，伸手按了一下女孩儿的笔记本电脑，检查CPU发烫情况。

过了会儿，这不好相处的人用英语问："你们有近期的实验记录本吗？"

张臻回答："没有，不过April应该带了，她东西一向备得很齐，您找找她的书架。"

陈啸之站在沈昼叶的桌子前，打量片刻，看见了一本非常老旧的藏蓝色的实验记录本，并把它抽了出来。

那本子张臻有点儿印象，她记得沈昼叶这几个月和本子形影不离。她同时看到沈昼叶导师的胳膊上有一道很深的刀疤。

那道伤疤在夺目阳光之下，看上去像一道擦不去的月亮。

第五章

勒　索

2008年10月，傍晚。

十五岁的沈昼叶回到家时手脚冰凉，手里还紧紧抱着自己的书包。

这是她第一次被勒索。

混混儿们大约是看这个女孩儿生得细嫩漂亮，又有点儿学霸的单纯，非常好调戏，本来骂她两句的事情，硬将她堵在角落里，把她钱包里那百八块钱的饭钱全拿了出来，甚至还翻了一遍她的书包，翻出了包卫生棉条。

那些人说得不堪入耳，其中一人拍了拍沈昼叶的脸，哈哈大笑着说：“小美人儿，你如果当哥的女朋友，哥就把这点儿东西还给你。”

沈昼叶哆嗦着抱着书包，小声道：“妈妈，我到家了。”

沈妈妈正在厨房热饭，看到女儿回家，先是探出头笑了一下，问：“宝宝，今天课上得怎么样呀？”

沈昼叶笑了笑：“很好呀，大家都很友好。”

沈妈妈笑得眼睛都弯了起来：“嗯，那当然啦，我家宝贝这么乖，谁会不喜欢呢？来，放下书包开饭了，妈妈今天试着炒了西红柿炒鸡蛋。”

沈妈妈什么都没有发现。

沈昼叶拍了拍脸，努力笑了笑。

她听见厨房里传来的翻炒的声音，又看见五斗柜上爸爸的照片，把书包放在脚边，在桌旁落座。

沈昼叶从没遇到过这样的事情，她从小就被父母保护得很好，沈爸爸坚持接送宝贝女儿上下学，加上她家周围的治安并不太差，这是沈昼叶第一次遭受流氓的骚扰。

可是她不愿意让妈妈担心。

妈妈要操心的事情已经够多了。

十一假期几乎没出太阳，阴雨连绵。

沈昼叶一天天去上课，总算切切实实体会了一把冷暴力。陈啸之干脆连装都懒得装了，上课时直接去找他认识的新朋友坐，反正不愿意坐在沈昼叶的身边。

沈昼叶实在不知道自己怎么得罪了他……但是被讨厌总是难过的。

所幸梁乐有时嫌后面看不清楚黑板，搬到前面来和她坐，令沈昼叶避免了不少尴尬的情况。

沈昼叶从回国之后一直不快乐，也快乐不起来，尤其是那天被抢的还是她的零花钱，是包含饭钱在内的。沈昼叶同学回国之后积蓄为0，不告诉妈妈的唯一结果，就是没饭吃。

这对于一个正在长身体的青春期少女，称得上是毁灭性打击……

梁乐在课上悄悄问她："你那个同桌怎么回事？"

那时候陈啸之刚从梁乐屁股后头拿完《力学基础》，临走连句话都没说。

沈昼叶摇摇头："我不知道，我觉得他就是单纯的讨厌我。"

"我说句实话，"梁乐想了一会儿，犹豫道，"青春期的男生一般没有这种心思，我认识的男生里，把鞋看得比女生重要的大概有20%，这群人和女生的交集，要么是问女生借橡皮，要么上着课突然问女生要一张湿巾并疯狂擦自己的鞋底。"

沈昼叶想了下，严谨道："这个数据在社会学角度上是可以信赖的。"

梁乐双重确认："美国也这样吧？还有35%的男生沉迷打游戏，下课除了他们的装备和他们的操作之外不会聊别的，你同桌显然没到沉迷的境界。"

沈昼叶沉吟片刻："还有38%的男生脑子是用篮球做的。"

梁乐认可："这群男生上课翘课打篮球，下课还是打篮球，在平地走路都要突然跳起来扣篮，差不多是一只大猩猩，显然和你同桌不太一样。"

沈昼叶同意："学长真厉害！所以我们还剩下……"

梁乐曲起手指在沈昼叶额头上使劲儿一敲："他这是显而易见的报复心理，你推测不出来？这是被以前喜欢的小姑娘冷酷无情地一脚踹开之后产生的应激反应，尤其看到这小姑娘在他面前天天晃悠，日子过得比他滋润十万倍，恨不得食其肉寝其皮薅其毛……你不如好好想想自己是不是惹过他吧。”

老师在上面讲课，像是最透明的背景音。

十五岁的沈昼叶看了一会儿梁乐学长，又看了看陈啸之的背影。接着，她充满迷茫地开了口：“我哪儿晓得，我之前都不认识他呀。”

雨水连绵如瀑布，砸在透明玻璃上。

上午九点五十，陈啸之跷着二郎腿，靠窗坐着，笔在手里转，目不转睛地盯着在讲台上讲课的老师。

陆之鸣一撞他，不动声色地问：“中午吃什么？”

又是每日的“灵魂一问”。

陈啸之回答：“想吃鸡条了，薯条也好吃。”

非常饥饿的陆之鸣回过头用气声说：“中午吃汉堡，有没有意见？”

这群小伙子纷纷表示没有，于是陆之鸣学长定下了午饭菜单，试图集中精神听课，片刻后放弃，对陈啸之说：“我好饿。”

陈啸之拉开书包拉链，里面有一个白色的袋子。那袋子已经在他书包里滚了好几天，皱皱巴巴的。

陈啸之连片刻的犹豫都没有，将袋子丢给了陆之鸣。

陆之鸣感慨：“这么多？我感觉我好像在被追，谢了兄弟。”

追个球。陈啸之又回去听课，老师终于开始讲点儿有意思的东西了……接着他身旁，传来一阵陆之鸣“吱吱”嘬话梅的声音。

他回头一看，陆之鸣嘬着夹心黑糖话梅糖，跷着二郎腿，惬意得很。

“哥，”陈啸之嫌弃道，“你吃得太恶心了。”

陆之鸣咬着棒棒糖：“这东西分明是小姑娘喜欢的，你爱吃？想不到啊。”

陈啸之懒得搭理他。

这东西从来都不是给他自己吃的，他就不爱吃这东西。

他抿着嘴唇去看沈昼叶。

她正和梁乐打闹。

那个梁乐先是狠狠弹了下沈昼叶的脑袋，沈昼叶笑得非常甜，眉眼弯成两轮小月牙儿，片刻后，她在梁乐的胳膊上拍了一下。

陈啸之知道，那地方是他让出来的。

是他不坐了，让出的位置。

可是陈啸之的心里，酸得几乎像是打翻了醋缸。

阿十怎么可以不记得他？他苦闷地想。

那年胡同的太阳雨、月亮和杨树，小昼叶吃光了小啸之所有的零花钱，圆滚滚的酸奶罐儿在地上滚来滚去，后来被小昼叶捡起来，种上了蒲公英。

夏夜星空下，他们躺在屋顶上睡觉，稚嫩的面颊蹭着青瓦生出的鲜嫩绿草。

小啸之半梦半醒地咕哝了一声："我们要当一辈子的朋友，阿十。"

阿十小小的、暖暖的，还带着小肉窝的手环住了他。

"好呀。"那个困倦的小女孩儿蹭着小男孩儿的颈窝，这样说。

沈昼叶说了好，那么就是承诺了。

重逢后，陈啸之觉得自己有病，怎么会把一个童年的誓言当真。

可是他记忆力实在太好了。他甚至还记得童年玩伴给他的拥抱里有青草的香气，记得小昼叶把自己爱吃的冰棍给他舔，记得小朋友脸上软软湿湿的儿童面霜的味道。

那味道有种岁月的残忍与温柔，陈啸之花了十年都没能忘掉。

陈啸之中午准备出去吃饭时，梁乐已经走了。

那个位置只有沈昼叶一个人，毛茸茸的一颗脑袋，趴在桌子上用小词典看小说，是个不打算吃饭的模样。

陈啸之一脚踢开陆之鸣吃空的那堆丰盛的垃圾——什么草莓软糖抹茶硬糖的壳，还有黄瓜味薯片以及密封肉类和坚果的皮。陆之鸣将他给沈昼叶买的东西吃得一干二净，连点儿渣都没留，彰显出了一种十六七岁的男孩儿应有的作风。

陈啸之跟着他们一群人去了快餐店，点了个套餐加鸡条。

快餐店里零零星星的有他们竞赛班上的同学，陈啸之他们坐在靠窗一排，陈啸之吃着鸡条，突然听到后面有两个人在讨论。

"这次竞赛居然还有初中生参加……"

陈啸之吃鸡条的手一停，偏过头，听这次的这两人能说些什么。

"那个叫陈啸之的是真厉害，我听说他在初中部就是数一数二的。"

熟悉的名字突然出现，陆之鸣眼神瞬间促狭起来，一个手势示意大家吃饭声音小些，大家一起偷听。

陈啸之控制不了这群人，还要听身后素不相识的人评价自己，感到了一丝羞耻。

另一个人吮了吮手指道：“这哥每次小考都考满分。不过话说回来了，另一个是怎么回事？”

“另一个？”

“那个姓沈的。”

偷听的人听到陈啸之的话题页被翻过，便各自缩回去吃自己的牛肉汉堡，然而陈啸之一听“姓沈的”三个字，耳朵立了起来。

“那个姓沈的小丫头？她是来混的吧，她在年级里就考了四百多名。”另一个人说。

陆之鸣压低了声音：“真的这么差？她偏科这么严重？”

陈啸之低声道：“从美国转学来的，还没适应。”

他几乎是下意识地给沈昼叶解释。

陆之鸣点了点头。

“哎，”陈啸之听见后面那几个人又道，“真的搞不懂现在的初中女生，考了四百多名，为了装个样儿，连竞赛都要横插一脚。”

陈啸之盯着自己的鸡条，听着后面那些人议论沈昼叶。

“她真的知道竞赛是什么吗？”

“小测成绩也都是抄的吧……毕竟她那两个同桌都是满分选手呢。”

那两个人说着，背着包离开了快餐店，走进了外面的雨幕之中。

这个班其实是有座次表的。

一百四十多人的大课，没有座次表，肯定会坐成一团糟。座次表中，陈啸之就被排在沈昼叶的旁边。然而老师不会每节课都点名，也不会一一落实谁坐在哪里。

梁乐就跑来和沈昼叶坐在了一起。

最直观的结果是，没有了故意找事儿的陈啸之，在随堂小测中，沈昼叶终于能考到88分了。

沈昼叶拿着88分的小卷子，难以置信地道：“可是答案全对了啊！”

梁乐瞟她一眼：“你能不跳步骤吗？”

沈昼叶不解：“有问题吗？”

“很多步骤它不是理所当然的。”梁乐烦恼道，“我知道你的思路是什么，思路本身没问题。你觉得这个解理所应当，但是在别人看来不是，你必须演算并解释它。”

“好吧。”沈昼叶悻悻地抱着卷子趴在了桌子上。

梁乐在一旁核对了一下自己的成绩，确定满分无误。

沈昼叶突然用笔指着一个公式，意难平地问：“学长，这个也不能跳吗？”

“不能。”梁乐彬彬有礼道，“小姐，下次写了公式再代数行吗？”

沈昼叶哀号一声。

老师宣布课暂且到此为止，大家明日再见。

所有人都开始收拾书包走人，梁乐几乎没有朋友，一向独来独往，一个人背上包就走了。

梁乐待人非常敏感，又有些尖锐，非常不好相处，却唯有面对物理时有难以察觉的赤子之心。

因为沈昼叶父母的原因，沈昼叶见过不少相近专业的学生，其中不乏顶尖的学霸。如果有人对专业怀有敬畏和爱意，他看上去是完全不一样的。

这是沈昼叶有点儿喜欢陈啸之的原因之一，也是她如今对梁乐怀有好感的理由。

沈昼叶收拾好包，紧张地看了一眼校门，唯恐被别人落下。

她这几天还是频繁地见到那群小混混儿，昨天又遇到一次，那群混混儿堵在校门口，极有可能是等着这个班散学。沈昼叶跑到公交车上的时候，还吓得浑身发颤。

没人跟她一起回家，如果有人能同行，也许那群混混儿不至于这么嚣张，可是转学生沈昼叶目前仍然非常孤独。

沈昼叶摸出口罩戴上，背上书包，跟上了另一群正准备离开的女生。

如果人多的话，那些混混儿应该不至于来找这群女孩儿的麻烦。

“今天的课好难啊，”一个高二的女孩儿抱怨道，“根本跟不上进度，我昨天都跟我爸说我不想参加这个竞赛了。”

沈昼叶戴上卫衣的帽子，跟着这群女孩儿下楼。

另一个女孩儿道：“再难也有人跟得上，看看陆之鸣他们……不过话说回来了，陆之鸣这群人怎么这么厉害？还有那个初中上来的，陈什么之？现在也在他们圈子呢。”

“陈啸之，对，就他。”另一个高个子女孩儿说，“他是真的厉害，长得也还不错。”

其实不只是“还不错”而已，但“还不错”已经是高中女生能给出的最高评价了。

沈昼叶低头更甚，不打算听任何关于陈啸之的光辉历史。

“是不是还有个初中的？”

沈昼叶立时耳根一红。

“那个叫沈什么的，名字像个男生，”一个戴眼镜的矮个子姑娘说，“这个姑娘也蛮厉害，我记得。”

沈昼叶不喜欢听别人在背后议论她，哪怕是提及她的成绩，可是此时此刻，她还要回家。

“厉害个鬼。”高个子女生轻蔑道，“学习特别差，随堂小测全都是抄的。”

沈昼叶愣了一下。

她一直知道自己在八卦中心，可是从不知道其他人在背后是这样说她的。

“不至于吧……”有人迷茫地说，“一直抄？何必呢？而且她考得也挺好……”

高个子道：“她这学期期初考试物理才考了92分，来这里考88？这两个测试是一个难度吗？”

沈昼叶哽住了。

“而且她一开始坐在陈啸之旁边。”另一个人突然道，“抄他的太方便了，毕竟他每一次都满分。现在同桌是梁乐，梁乐也是次次满分选手。”

沈昼叶低着头，亦步亦趋地跟着，一句话都不敢说。

这场景太尴尬了，沈昼叶连错一个字就得抄一遍的语文听写都没抄过同桌的。一个物理随堂小测，对沈昼叶而言，连考试都算不上。

她们却议论纷纷：“陈啸之是不是不想被她抄才换的位置啊？”

“很有可能，”又有人道，“不过她现在搭上了梁乐。”

根本不是这么一回事。

沈昼叶的手指在校服口袋里攥成了个小拳头，委屈得鼻尖发酸。

“据说年级排名也很差……我不是说不行，但是四百多名来参加竞赛也太夸张了吧。”

“啧。”她们咋舌。

沈昼叶从兜帽向外看，看见一片绵延下雨的天、青翠的梧桐和校门口的街道，她努力控制着自己不去听她们说话，摸出了雨伞。

“竞赛可不是什么上高中的捷径。”一个人说。

另一个人轻蔑道：“建议这小丫头还是回去参加中考比较好哦。”

“不自量力……不过话说回来，梁乐这个人，我一直不喜欢他……”

十五岁的沈昼叶听到“不自量力”四个字，鼻尖都红了。

太难了。小姑娘撑开伞，低着头跟着那群人走进雨里时，这样想。

沈昼叶坐在自己桌前吸了吸鼻子。

她从小就不爱哭，连在襁褓里时都拒绝掉下弱者的泪水，六个月时她头朝下摔下床都只是哭了两分钟，就红着小眼眶趴回被窝里去了。

那些混混儿是她从没接触过的，沈昼叶想起来都吓得难受。

她被抢了钱，被翻空了包。那些人还在她脸上拍了拍，轻佻地问这个看上去柔弱的初三女孩儿愿不愿意做自己的女朋友。

他们应该会走的，沈昼叶想。

按理说，几天了都堵不到她，这群混混儿自然会散去，寻找下一个目标。一旦课程结束，沈昼叶就不用天天出没在高中部了，这时间并不长，只是暂时的。

所以这件事她可以自己解决。

别害怕。沈昼叶看着镜子里的自己，用嘴型告诉自己要加油，可正在那一瞬间，她突然意识到，她实在是太孤独了。

她还没能拥有朋友，更没有能倾诉的人。

妈妈在外面看书，昏黄的灯光温柔地落进女儿的小书房，她突然轻声问：“宝宝，今天课上得怎么样？这几天都不主动和妈妈讲，妈妈好寂寞。”

沈昼叶还是觉得自己更不能让妈妈操心，手指绞紧，小声道：“很……很好呀，你不用担心。”

单亲家庭的孩子大多如此，将伤口闷在心里，设法用自己的力量解决问题，不对已经负担很重的父母吐露分毫。

沈昼叶坐在教室里时，仔细想了想，觉得这问题不算大。

“今天怎么这么沉郁？”梁乐拿着复印的奥林匹克竞赛指导回来，将复印的那一版递给沈昼叶，“想什么呢？”

课间人来人往，沈昼叶想了会儿道：“昨天，有人觉得我是抄了你的卷子，才考这么高。”

梁乐摊开自己的奥林匹克竞赛指导书，难以置信地问：“这群人无不无聊啊？你抄我卷子干什么？”

沈昼叶没吭声。

“还作弊呢，”梁乐声音不大不小地嘲讽道，“这群loser[①]也就只能靠这个找点儿平衡了。”

他又道：“沈昼叶你过来，给我看看这道题咋回事儿。”

沈昼叶觉得梁乐这哥哥性格真痛快，嘴比狗还毒，跟他坐在一起非常省心：她都不用努力措辞去骂人，梁乐就不带脏字又夹枪带棒地把人羞辱完了。

难怪昨天那群姐姐们不喜欢他。

她凑过去看梁乐没看明白的那道题，发现那道题的确刁钻，她刚换了自动铅，摁了一下笔，梁乐又优哉游哉地开口了。

“小妹妹你放心，”梁乐拍了拍在读题的沈昼叶的毛茸茸小脑袋，轻柔又不失尖酸刻薄地说，“预赛结束你就见不到他们了。”

沈昼叶由衷道：“学长你什么时候能教我骂人？”

梁乐礼貌颔首：“这都是天生的，你没天赋。”

沈昼叶反驳：“我才不信呢，我觉得我内心一定住着个狂野的灵魂，搞不好一杯小酒下肚就会开启我另一个凶悍的人格……”

梁乐一刀见血：“那你是可以喝酒的成年人了吗？”

沈昼叶呆滞了一下：“不是。”

梁乐充满嫌弃地推了沈昼叶脑袋一下，示意她赶紧走。

沈昼叶发现自己的脑袋特别容易招致蹂躏，大概是她天然卷的缘故，一头小黑毛总毛躁地炸着。梁乐尤其喜欢跟她脑袋过不去，以至沈昼叶有时会怀疑梁乐这个猫系男子是把自己的脑袋当毛线球玩的。

但是沈昼叶不介意这个，甚至已经习惯了。

她把那道题解决完，给梁乐点了一下思路，又摸了摸饿着的肚皮。

梁乐问：“咋了这是？”

---

① 失败者。

沈昼叶叹了口气，诚实地说：“午饭钱被抢了。”

梁乐沉吟：“附近那群混混儿？”

沈昼叶点了点头，心下登时了然：那群混混儿应该已经嚣张了很久，高中部的都知道。

梁乐从包里拿出他垫饥的牛奶味饼干，撕开包装袋，分给沈昼叶吃。

沈昼叶不敢让妈妈知道自己被抢了，如果她妈知道的话，钱尚在其次，她肯定要亲自来接送自己上下学。这个学期沈妈妈已经带了两节大学物理课，来回路上就非常疲惫，沈昼叶不愿再给她添堵。

梁乐捏着饼干道：“小心那群混混儿。”

沈昼叶一愣。

“他们有刀。”梁乐说，“我之前见到过，他们捅了个人，但是不严重，高中部的基本都知道。”

沈昼叶笑了一下：“我又遇不到他们。”

“但愿吧。”梁乐瞟了她一眼，“如果你回家的时候害怕，可以跟我说一声，我把你送去车站。”

沈昼叶充满感激地点了点头。

那天午饭时，外头仍然暴雨倾盆，天际闷雷滚滚作响。

比萨门店里，靠窗一排坐着一群大小伙子，围着一块比萨和小食拼盘开啃。

“你们说，那些趁着十一出国的，能玩得开心吗？雨下得这么大，不得天天在酒店抽鬼牌？”陆之鸣叹了口气，“我这几天在家连T恤都晾不干。”

众人立刻用悲悯的眼神看着他。

陆之鸣迷茫摊手：“我说的哪里有错？”

周成解释道：“有充足的证据和常识表明，北京下雨，不代表全世界都在下雨。”

陆之鸣面无表情地“哦”了一声。

“不过话说回来了，整个十一假期，我们天天都来这个培训，”慕容俊叹了口气，揉了揉自己的后脖颈道，“我都没时间打球了，这几天女同学们一定很失望。”

慕容俊，陈啸之见过的唯一一个高贵的慕容氏，据说曾在小学幼儿园时靠着“玛丽苏”姓氏来骗小姑娘。

周成极尽嘲讽地冷笑一声。

慕容俊则装没听见那声“呵”中嘲讽的意味，问：“陈啸之呢？”

“追他的女生真不少，他至少收了二三十封情书吧。”陆之鸣撕开奥尔良鸡翅根，“但是他说自己不想伺候小丫头，什么翻墙去给小丫头买零食……嫌麻烦。”

慕容俊和周成充满震惊，这有什么好麻烦的啊！

陆之鸣想了想，又告诉这两个人：“不过，有过例外。”

然后他用胳膊一撞发呆的陈啸之，将他彻底从自己的世界撞了出来。

“讲讲看，啸之，”他对陈啸之道，“唯一的那个小姑娘。”

实验课上，梁乐和沈昼叶自成一角。

暴雨仍在瓢泼般地下着，哗啦啦地砸着窗沿，又砸满玻璃。

梁乐挑了个靠窗的试验台，那个位置不用搭理别人，空气流通性也好，沈昼叶对那个位置举起双手双脚赞成。

两个人把老师布置完的实验做完后，就头顶头地一起琢磨做点儿什么玩。

沈昼叶问：“学长，你听过桥梁承重吗？”

梁乐微一思索，点头：“听过，工程学问题。”

然后沈昼叶笑了起来：“用A4纸桥梁承重呢？”

梁乐疑惑地“哈”了一声。

“我小时候在国外，”沈昼叶眨了眨眼睛，认真解释道，“有什么好玩的国内的书，都是我爸给我打印了让我带回家看的，就是A4纸。”

“后来打印得多了，他觉得这些纸都浪费了，而我又看起来总像要惹事儿的，他就布置了个任务，让我用A4纸设计承重的桥梁。”

梁乐立刻反应了过来：“只能用纸？这么有意思？”

沈昼叶点了点头：“只能用纸和胶棒，禁止使用胶带。”

“有意思，太有意思了，”梁乐露出一丝笑意，“你爸是个很好玩的人……应该也限制你用纸了吧？”

沈昼叶笑道：“一般是打印出来的读物，标准A4纸或者卷子，我和我爸一人一半。”

梁乐立即问：“纸张是奇数怎么办？”

沈昼叶沉思一会儿：“多出来的那一张就丢掉。”

梁乐感慨："太公平了，你爸一点儿都不让你。"

沈昼叶笑眯眯地问："嗯？学长你怎么说？"

梁乐两眼放光，痛快道："玩！"

沈昼叶大笑起来，跑去前面找老师要纸。老师也觉得挺有意思，痛快地把她叫到办公室，拿了一堆做过的卷子给她。

沈昼叶抱着卷子，在走廊尽头撞上了陈啸之。

外面滚过一声雷鸣，大风狂刮，茂密的树叶黏在窗棂上。

陈啸之大约刚从厕所出来，修长的手指滴着水，浑身上下洋溢着几乎快爆炸的不爽，一头黑发被大风吹得乱飞。

他咬牙切齿地问："挺开心？"

沈昼叶思考三秒，谨慎回答道："嗯。"

陈啸之直接转过身走了。

沈昼叶不知道陈啸之又怎么回事，但总归不是特别愿意和他待在一处。

沈昼叶对他的初始好感还在，然而陈啸之反复强调了自己对她的讨厌，沈昼叶并没有用热脸去贴冷屁股的爱好，她甚至还没从难过的情绪中走出来。

她抱着卷子穿过狂风大作的走廊，回到实验室，和梁乐一起玩折纸。

梁乐在班中独来独往，性格古怪又嘴毒，据沈昼叶的观察，他没啥朋友。可是沈昼叶相当喜欢他，和他在一起玩也很开心。

梁乐问："假期的课要结束了，你的作业怎么样了？"

他们假期的集中培训课程即将告一段落，明天是最后一次课。10月5号，假期最后一天不上课，给这群倒霉蛋赶作业用。

沈昼叶折着纸，打了个哈哈："也就那样吧。"

梁乐想了想道："写不完就找这边老师扯个假条，说你假期一直在忙培训。"

沈昼叶想了想这行为的后果，又想了想自己差不多快要完成的作业，说："不了，还是自己好好写吧。"

梁乐看了一眼沈昼叶，咋舌道："你未免也太认真了。"

沈昼叶笑笑不说话，用胶棒黏起了两端卷起的纸筒。

"学妹，最后一天你有安排吗？"梁乐突然问。

沈昼叶想了想："应该就是写写作业，复习一下考试，看看书……窝在家里。"

梁乐单刀直入地问："那你出来逛街吗？"

沈昼叶一愣："耶？"

这是邀她出来逛街吗？

沈昼叶已经许久没人约了，上次逛街还是在三个月前，她和美国的朋友乐内塔一起去买了漂亮的连衣裙。她没想到回国后还能收到男孩儿一起逛街的邀约。

"三里屯去吗？"梁乐说，"冬天要来了，缺衣服。"

沈昼叶一拍手："好呀！"

别人邀请她，她不一定会去，但是既然这邀请来自梁乐，她必然不会爽约。

沈昼叶认识梁乐的时间不算长，却觉得他身上有种令她安心的气场，像是麻省寒冬大雪里亮着灯的温暖的木屋。

而且他是沈昼叶在这里遇到的第一个朋友。

"我上午和下午都有时间，"沈昼叶笑眯眯道，"正好我也想买衣服了！"

大概是沈昼叶的笑太有感染力，梁乐也笑了起来。

"行，那就后天上午见。"这少年眉眼弯着，难得温和地说。

暴雨声渐歇。

陈啸之房间里的窗户开着，暴雨水汽如飓风般卷入，书桌前亮着暖黄色的灯。

卧室挺大，书架上和地上堆满了书，窗边放着一大一小两个天文望远镜，电视机下并排放着各种游戏机，游戏光碟摊了一地。陈啸之和陆之鸣两个人就盘腿坐在电视机前。

十五岁的陈啸之烦躁地将游戏手柄一扔："不想玩了。"

陆之鸣问："兄弟，你这几天火气怎么这么大？"

"我？"陈啸之将红白校服脱了掼到床上，少年俊秀的眉眼上全是烦闷之色，"我没有吧？"

然后他焦躁地把自己的头发搓成了鸟窝。

"你实话实说吧。"陆之鸣也放下游戏手柄，"要不然我临走的时候告诉你妈你早恋了。"

陈啸之瞪他："你有病吧？"

陆之鸣看了一眼弟弟："不是早恋？我猜，和你们班那个小姑娘有关系。"

陈啸之瞬间静了。

“说说看呗，”陆之鸣掰了点儿麻花，“我又不嘲笑你。说出来总比闷在心里强，你也到年纪了，该开窍了。”

陆之鸣的这句话刚说完，陈啸之就眯起眼睛，开始打量他。

陆之鸣被看得后背发麻。

他这个表弟待人接物一向不错，然而陆之鸣绝不愿得罪他。

陈啸之极其小心眼儿，而且不接受自己被他人俯视。

陈啸之把陆之鸣看得从头到脚鸡皮疙瘩尽数竖了起来，才收回目光：“你别以为你比我大一岁就能评价我的感情生活。你在我的位置上，不一定能做得比我好。”

“呦，您还上劲儿了是吧？能有多复杂您说说看啊？认识小姑娘最多不超过三周。”说好了不嘲笑的陆之鸣大肆嘲讽，“想你十年前那次……”

“十年了。”陈啸之说，然后起身拉上了帘子，满室温暖的灯光，“我认识她十年了。”

20世纪90年代，牛津大学的人类学家罗宾·邓巴提出了一个概念，名为“邓巴数”。这概念指出，基于猿猴的脑容量测定，一个人的稳定社交人数大约为148人，四舍五入为150人，因此“邓巴数”又名“150定律”。

“在生活中我们总需要结识新的人，所以旧相识的面孔就会被渐渐遗忘。”一位博物学者在书中这样解释这个概念。

只要社交的人数超过了这个数字，记忆就会开始变得模糊。

可是陈啸之却一眼就认出了十五岁的沈昼叶。

成年人在十年后认出彼此并不奇怪，而孩子三个月就大变样。

十年过去了，陈啸之还是记得“沈昼叶”。

他的“阿十”。

陆之鸣说：“这不是说明你的邓巴数和别人不太一样吗？”

“可是我小学同学都快忘光了，”陈啸之解释，“幼儿园同学就记得一个綦戬翾，因为他名字太变态了，每次老师罚抄名字他都一边哭一边埋怨爸妈……”

陈啸之找了纸，将那三个字写给陆之鸣看，陆之鸣沉默了一会儿，判断道：“这家长和孩子有仇。”

陈啸之“嗤”地一笑。

雨声穿透城市，也清冽地贯穿了少年的头脑。那口气终于不再堵在陈啸之的心口，他放松了下来。

“不过，”陆之鸣一声叹息，“啸之，你是我见过的最深情的人。”

这句话发自肺腑。

陈啸之却看了他一会儿，不解地问：“这和深情有什么关系？”

“我想和她做朋友，想让她想起我来，”陈啸之漫不经心道，“我和她说好了要做一辈子的好朋友，说要和她白头偕老了没有？”

陆之鸣道：“可是异性之间没有纯纯的友——”

陈啸之没有人情味地强调：“绝对不是那种喜欢。”

陆之鸣立即举起双手。

陆之鸣本人也没谈过对象，他只是总听到那句“异性之间没有纯纯的友谊”的命题。但陆之鸣毕竟缺乏经验，而那命题缺乏证据支持。

不过，陆之鸣晓得，他弟弟总会想明白。

光从台灯上的灯泡里倾泻出来，并以三十万千米每秒的速度落在桌子上和阴影之外。

光永远沿直线传播，独立互不影响，具有波的性质，却又有着粒子的特性。

百亿年来，从宇宙大爆炸的光芒到最普通的LED灯泡，都浪漫地遵循着宇宙赋予它们的亘古的定理。

而曾经有个小女孩儿，在时间的漫漫长河中，于最普通的一个昏黄的夏日傍晚，顶着一头小卷毛，向小啸之讲述宇宙太初的爆炸。

十五岁的陈啸之低头，舔了舔干裂的嘴唇。

第六章

占星师

“梁乐不喜和人说话。”陆之鸣临走前这样告诉陈啸之。

陈啸之次日早晨七点一刻就到了教室，他几乎一晚上没睡着，坐在教室里啃他最不屑一顾的鸡蛋灌饼当早饭。

外面大雨，犹如瓢泼一般。

梁乐到得比他还早，就坐在陈啸之的位置上，在课桌子上放了个奇形怪状体积可观的白东西。

“他相当孤僻，一整天就是看书做题，有时候对着窗外发呆……”

陈啸之看见，那白东西是一个纸做的桥梁。

纸桥是最朴素直观的拱桥结构，非常粗糙，梁乐正用沈昼叶留在桌子上的小青橘测试它的承重能力，青橘子毕竟是圆的，咕噜咕噜地往下滚。

“梁乐还特别愿意攻击别人。”昨晚陆之鸣说。

熹微晨光中，梁乐成功放了三个青橘子上去，又开始往上摞书。

陈啸之见过沈昼叶被这个姓梁的逗得笑起来的样子。

起晚了，陈啸之想，应该在梁乐之前来，不动声色地回自己位置上坐……那座次表上写的名字是“陈啸之”。

紧接着，沈昼叶就背着大书包，风风火火地冲了进来。

小姑娘拖着把滴水的小雨伞，怀里抱着个大纸箱子，冲到自己位置上。然后她笑眯眯地打开纸箱子，从箱子中拿出了另一个雪白的纸桥。

陈啸之突然想起，陆之鸣有一句话是这样的——

“鬼知道他为什么会和那个小姑娘走得这么近，不会是看上人家了吧？”

早晨，快乐同桌的位置上。

梁乐的纸桥承受不住最后一本奥赛试题的重量，从中间垮了，成了一堆废纸，只剩沈昼叶的斜拉桥坚挺地矗立在桌子上，上面摆了一堆书，还有两个青橘子和一个橘子皮。

梁乐吃了瓣儿橘子，温和笑道："你爸也太会玩了吧。他是做什么的？工程师？"

沈昼叶想了会儿道："我刚学会说话的时候问他，他说他是占星师。"

梁乐问："你几岁学会说这种话的？"

沈昼叶诚实回答："一岁半。"

梁乐感慨道："我是个特别讨厌承认他人比我聪明的人，所以你真的很讨厌。"

沈昼叶笑眯眯地说："他信誓旦旦地跟我说自己是看星象的，我可羡慕了呢。Stargazer，这个单词知道吗？"

"撕什么给折？"梁乐观察了一下沈昼叶的表情，又道，"英语差点儿不及格，谅解下。"

沈昼叶神色复杂地看着他："是占星师的意思，听起来就特别酷炫。"

梁乐毕恭毕敬地嘲讽她："差点儿忘了，您是个海龟。"

沈昼叶说："你在嘲讽我！我听出来了！你们北京人真的很讨厌啊！"

北京人梁乐把这当夸奖收了，片刻后又问："认真点儿，你爸是做什么的？"

"他后来才告诉我的，Philosophy Doctor of Astrophysics。"沈昼叶认真回答，"天体物理学家。"

梁乐神情变得肃然："梦想家。"

"我从小就想成为和我爸一样的人。"沈昼叶直言不讳，"科学家，探索未知的人，将来的星门建造者。我最向往的人就是他。"

"可是这专业太冷门了吧？"梁乐笑了起来，"天体和核物，理论物理，是个人都知道有多难。相比之下凝聚态物理之类偏向应用的就吃香多了。"

沈昼叶点了点头，温暖一笑："嗯，都这么说。"

在那个2008年的下雨天，十一假期即将结束的清晨，竞赛的教室里，十几岁的孩子来来往往。

沈昼叶的桌子上堆着她深蓝色的外套和类似玩具的纸桥，纸桥上还有俩圆滚滚的青皮橘子。

这个少女生得眉目素淡，笑起来时眼睛里却闪烁着星辰般的光芒。

“然而星辰大海总要有人去看。”少女说。

她说那句话时是那样的向往，以至让人油然生出一种错觉——“她生而属于更辽阔的时代”。

梁乐赞许地看着这个学妹，开口道：“我会等着见证这一刻。”

这句话，十五岁的沈昼叶听过无数次。

她如果谈起自己的梦想，那些温柔的大人和同学们总会这么说。沈昼叶从她的科学老师处，从那些友善的学生处，从父亲的年迈同事处，还有她儿时的玩伴，甚至她爸爸那里，都听到了这样的鼓励。

沈昼叶的妈妈喜欢泡在实验室里，相当务实，爸爸却有种天马行空的浪漫。从小到大，沈昼叶了解的一切稀奇古怪的知识，几乎都是跟着爸爸学的，因此也将爸爸的魂儿学了个十成十。

她爸爸曾经给小昼叶打印了如山的一摞摞小说和中文童话，几乎全是从那个年代的什么文学网上下载的，他会整齐订好，装进公文包，带回家给自己一句话里能带三个错别字的女儿看。

那男人，曾经是家里最坚实的壁垒和最浪漫的柔情。

如果有人在那天上午敲敲沈昼叶的耳朵，她的耳朵里会掉出无数本书和一堆拆掉的天文望远镜零件，总之没在听课。

沈昼叶的思绪远离现实，于是教室远去，一切变得昏黄，记忆的长廊中，胡同砖瓦飞速垒砌，百年杨树拔地而起，沐浴十年前的夏风。

多年前知了蝉鸣，北京盛夏。

小姑娘趴在杨树下的小石台上发呆，水晶凉鞋一下下撞着她的脚后跟儿。

一个小男孩儿的声音，自遥远泛黄的过去传来——

“你会成为很伟大的人。”

男孩儿眉目模糊，手指上还带着点儿雪糕的糖水儿，轻轻地捏了捏小昼叶的脸：“很伟大很伟大的那种。”

“你也是！”五岁的小昼叶大言不惭，“纽尔奖晚宴我一定要带你去！”

男孩儿嘲笑她：“你文盲吧，是诺伊尔。写不对自己的名字就算了，连诺伊尔都不知道。”

小昼叶立即分辩道："可是英文的发音——"

那男孩儿一口京片子："别跟我嚼舌头，文盲美国人。"

什么文盲美国人，小昼叶被他气得不轻，又准备和他扯着头发撕一架，就被那个男孩儿一把按住了脑袋。

"好了好了，"面目模糊的男孩儿按着小姑娘毛茸茸的脑袋，憋着笑说，"带你吃麦当劳甜筒行吧，不跟你打架。"

1998年，麦当劳还是稀罕物，要跋涉很远的距离，而且价格对于零花钱只有五角的小昼叶来说，是不可承受的。

小昼叶小心求证："真的呀？"

"骗你干吗？"男孩儿难以置信道。

接着，那面目模糊的男孩儿一把拽起骗吃骗喝的小昼叶，拽着她跑出了老胡同。

老杨树在风里目送跑出去的孩子，老远都听得见俩小孩大笑的声音。

昏黄的胡同坍缩，杨树蜷曲进空气，嘈杂教室又挤回了沈昼叶的眼前。

"喂？喂喂？"梁乐伸手在沈昼叶面前晃。

沈昼叶吓了一跳，问："怎……怎么了？"

梁乐问："今天中午还是不吃饭？"

"不吃，"沈昼叶苦哈哈地说，"钱被抢了，怕我妈担心，没敢问她要。"

梁乐出馊主意："有什么不敢要的，你就跟你妈说你全花光了呗。"

沈昼叶想了想实话实说："总共六天课，她给了我二百，不可能不够用。"

"没办法了，"梁乐揉了揉沈昼叶的头发道，"那我自己走了，学妹，拜。"

沈昼叶顶着被揉乱的头发，笑着和他挥了挥手。

这种没饭吃的苦日子只要再熬一个下午就行了，沈昼叶想，弯腰从书包里摸出妈妈给她装的红苹果。

苹果被裹在她用来遮脸的口罩里。

陈啸之正好对上了沈昼叶拨开口罩拿出水果抬头的瞬间。

女孩子眉眼细嫩，含着水，正迷惑地看着他。

"我不说对不起。"陈啸之说完，又烦躁地解释道，"我从始至终没做过对不起她的事儿，顶多就是态度没那么好，我不道歉。"

陆之鸣问："你确定吗？"

“我找你一起坐，对，这件事确实是我做错了。”十五岁的陈啸之捏着水杯说，“可那不也是她先开始的吗，她先去找梁乐睡午觉的。”

和陈啸之面对面坐着，陆之鸣给自己添了点儿茶。

他忍不住腹诽你对朋友都这么能吃醋小心眼儿的吗，惊了，可是陈啸之你这狗东西对哥哥一点儿占有欲都没有……

“那个小姑娘什么都没做错，”陆之鸣叉了勺肉酱意面，“不记得你不是她的错，你应该想明白了。”

陈啸之咬牙切齿：“梁乐——”

陆之鸣把意面送进嘴里，讶然地问：“啸之，梁乐不就只是她的新同桌吗？”

十五岁的陈啸之哽了一下。

的确是这样的，梁乐只是坐在他的位置上而已。

可是梁乐摸过沈昼叶的头，弹过她的脑瓜崩，他们并排趴着睡过午觉，他们实验课时站在一处，长大的阿十笑成新月的眉眼。

还有那两架雪白的纸桥。

这算什么，这什么都不是。

陈啸之心里明明白白。

可是心里疼痛酸楚难当，像是整颗心要裂开，更像心底长出的细苗带来的伤痛。

“很幸运了，”陆之鸣又说教道，“回国，回北京，转进你们初中，转进你们班……概率有多小？啸之，你本来这辈子都没法再见到这个人了。”

陈啸之忍着不耐烦说：“我难道不知道？”

青春期的少年真的太难搞了。

他们结了账，走人。

陈啸之又拐去便利店买了一堆杂七杂八的零食，撑着伞回校。少年捏着那一袋零食，用力之大到指骨都泛了白。

教室里十分安静，大多数人都还在外面吃饭，没回来，只有三三两两的人聚在一起玩，却也顾忌着教室里少数在午睡的人，声音不太大。

沈昼叶的位置上没人，陈啸之提着袋子扫了一眼教室，发现她趴在靠窗一排睡了，旁边还有个胖胖的苹果核。

他朝沈昼叶的方向走，看见小姑娘肩上披着件他今早见过的卡其色外套。

那卡其色外套是男式的，对沈昼叶来说太大，袖子都快垂到地上去了，绝不是她的衣服。

陈啸之晓得那是谁的。

是梁乐的。

下午时，沈昼叶和梁乐将桥拆了，玩了一下午的折纸。

他们两个人知识储备都差不多够了——沈昼叶自不必提，据说梁乐从初三确定保送后就一直在准备竞赛，因此最后一节力学的总结课，他们直接在下头叠了一下午的千纸鹤。

梁乐叠千纸鹤叠得特别好，无论多小的纸他都能叠得整整齐齐四角尖尖，沈昼叶叠的千纸鹤就十分丑陋，只得负责拿着笔在纸上写愿望，再把纸拿去给梁乐叠。

沈昼叶问："你的愿望是？"

梁乐刚捏出小千纸鹤的小尖嘴，看了沈昼叶的纸一眼，嫌弃道："你这笔字是小学生吗？"

"我没怎么写过。"沈昼叶严肃地说，"可是我知道我以后写字会很好看的。"

十年后的沈昼叶写得一笔秀丽端庄的好字，十分流畅漂亮。

和她现在完全不一样。

梁乐充满怀疑："你咋知道？"

沈昼叶笑得眉眼弯弯，回答："我就是知道。"

梁乐只当她是痴人说梦。

"我的愿望，"梁乐点了点那张小正方形的纸，"机械工程。"

沈昼叶笑眯眯地写上一行英语，正在她的愿望后面，然后将那张纸递给梁乐。

梁乐眯起眼睛分辨她的字迹："Do androids dream of electric…"

"仿生人会梦见电子羊吗？"沈昼叶翻译道。

"菲利普·迪克二十世纪写的书，《银翼杀手》的原著。"十五岁的女孩儿笑道，"学长，你觉得仿生人会吗？"

梁乐看了她片刻。

那提问其实有点儿说不清道不明的、不符合年龄的严肃和诗意在里面，大多数人只会对沈昼叶一笑而过，或者对她开个玩笑，仅此而已。

但梁乐笃定地点了点头："他们会。"

沈昼叶笑道："我等着见证那一刻。"

梁乐把那张写着字的卷子纸叠成一只漂亮的千纸鹤，珍而重之地收了起来。

沈昼叶一张张地写乱七八糟的东西，梁乐就一张张地叠。

梁乐专心做事时非常肃然，哪怕做着这么小姑娘的喜欢的事儿也一样，纸上被写上乱七八糟的台词和摘抄，又变成一小堆印着简单物理题的千纸鹤。

接着，在沈昼叶的提议下，他俩又用实验室里找到的针线把千纸鹤穿成了串。

"穿完了可以挂在窗户上。"沈昼叶笑眯眯地夸他，"学长你的手好巧呀。"

梁乐显然很不习惯被夸，甚至很不好意思地红了脸——

那一刹那，平地一声惊雷炸起！

"那两个！"老师在讲台上愤怒喝道，"那俩同桌干吗呢？上课这么嚣张？"

世界末日不过如此。

下午三点零七分，教室里总结课上得热火朝天，沈昼叶和梁乐两位活祖宗站在走廊上，很有一家人就是要整整齐齐的中华民族传统美德。

一阵冷风吹过，梁乐尖酸刻薄地开了口："我让你别拿针线，动作太大了。"

大概是上课穿千纸鹤目标太大太欠揍的缘故，老师连小测都不让这两位活宝考了，让他俩站在外头吹冷风，边吹边反省自己的人生。

外头冷风夹雨，冻得要死，一场秋雨一场寒，俩人哈啾哈啾打喷嚏打个没完。

梁乐毫不犹豫地把沈昼叶损了一通，沈昼叶根本不会用中文骂人，被气得差点儿羞愤到自绝经脉。

"行了，"梁乐刻薄道，"人生第一次罚站到天明就奉献给你了。"

沈昼叶小声道："可是没有到天明……"

梁乐眼睛一瞪，沈昼叶立刻不敢再大放厥词。

"那些小混混儿还在吗？"梁乐随口问，"今天你还是自己回家？"

沈昼叶靠在墙上，点了点头，十分茫然地问："我昨天还看到他们了，好像在打听我……他们到底为什么会盯着我不放？”

“你长得挺不错的，有人和你说过吗？”梁乐打量她一下，断言，“而且一看就很乖。长得好看的落单乖巧型——那群混混儿就好这口。”

十五岁的沈昼叶茫然地摸了摸自己的脸，摇了摇头。

老师从教室出来让这两位回去收拾书包滚蛋，还特别提溜了梁乐一句：“梁乐，别仗着自己会得多就——”

老师看了一眼他们桌子上的东西，道：“就在课上叠千纸鹤。跟个小姑娘似的。”

梁乐连忙点头称是。

然后老师深深地看了沈昼叶一眼，开口道：“沈昼叶是吧？”

沈昼叶回答：“是的。”

那老师静了片刻，看着她说：“沈昼叶，你也是。”

多媒体教室中。

“所以那句话是阿瑟·克拉克的《2001太空漫游》里的？”梁乐坐在桌子上，问道，“回头我也搞本来看。”

教室里不剩几个人，沈昼叶收拾着自己在教室留下的东西。

所有人都要把自己的位置清干净，毕竟下次课就不在这教室里上了。

据说下次课就开始讲光学，上课地点转移到更遥远的某大学本部，一部分的老师也会换血。

“克拉克的书很有意思的。”落雨延绵，沈昼叶对梁乐笑道，“不过我每次看完都睡不着觉，太空旷未知了。学长你要看的话我下次课拿给你。”

“好。”梁乐背上了包从自己的桌子上跳下，对沈昼叶说，“学妹路上注意安全。”

梁乐长得非常平凡，眉宇间总有种疏离冷漠之感，性格又非常敏感尖锐，像是他已经将自己塞进易碎的果核里了似的。

可是一旦和他熟悉起来，会发现他是个很好的朋友。

沈昼叶笑了起来：“谢谢梁学长。”

梁乐彬彬有礼道：“不用谢，有必要的话其实我可以送你回去。”

正是那刹那，沈昼叶与梁乐身后的陈啸之四目相对。

陈啸之坐在桌面上，脚踩着椅子，桌子上摆着书包和一个沈昼叶之前见过的白色塑料袋，他的薄唇紧紧抿着。

他怎么还没走？沈昼叶觉得很奇怪。

陈啸之朋友多，走的时候都是成群结队的，他今天怎么落了单？是和朋友吵架了，还是等着父母来接？

可是无论是因为什么，那都和她没关系。

一开始，沈昼叶的确想和这个她颇有好感的少年做朋友，但是这世上不是每件事都会成功。

“学妹，”梁乐揉小狗一样揉着沈昼叶一头卷毛，嗓音都透露出撸毛的惬意，“明天见？一起买衣服去？”

被撸的小天然卷收回视线，笑眯眯地对他说：“好呀。”

梁乐看了眼表，拿起一串穿起的卷子千纸鹤，去赶公交车。

秋风夹雨，清冽的水汽涌入教室，沈昼叶清空了桌洞，将自己带来的参考资料装进书包。

陈啸之坐在桌子上，缓慢滑开他的手机。

这几天的课程不太好过，沈昼叶总记得外人不认可的眼神，还有那句“她怎么这么不自量力”。

那句话就像个钉子一样，令她难受得喘不过气。

放在以前，她会在饭桌子上告诉爸妈，可是如今，令她妈妈痛苦的事情已经够多了。

沈昼叶把笔袋拉链拉起来，塞进书包里，和那个藏蓝色的实验记录本躺在一处。

“要不要和十年后的自己聊聊看？”

这念头只是一瞬间划过，就被她暂时否决了。

她甩甩头，拎起那一串卷子纸折的千纸鹤。

“沈昼叶。”

“啸之，对女孩子得温柔点儿。”陆之鸣第一次说这句话的时候，是在两三个小时之前。

那时老师正在讲一道综合应用题，而梁乐正在和他的小同桌叠千纸鹤。

陈啸之的桌洞里躺着一袋零食，塑料袋被他捏得皱皱巴巴，像是穿过了十个海关。

他听见小姑娘用柔嫩的声音对她的同桌说着什么“梦想”，什么“电子羊”，什么“太空漫游”……

然后，他看见沈昼叶和梁乐因为太出格，被老师拽出去罚站。

而那两个人罚站时，都在叽叽喳喳地说话。

梁乐骂沈昼叶，但不是真骂。十五岁的女孩儿被损得可怜巴巴的，可是一看就没和对方生气。

陈啸之听见脑子里血管突突作响。

“那是个姑娘家，你要对她好。”陆之鸣临走前说。

可是梁乐对沈昼叶道，“有必要的话，我可以送你回去”。

沈昼叶冲梁乐笑得眼睛弯弯，于是梁乐又说，“学妹，明天见”。

梁乐凭什么和沈昼叶明天见？他凭什么摸沈昼叶的头？他以为那是谁的人？

他以为是谁惦记了阿十十年？

陈啸之觉得胃都因恶心绞紧了。

他看见沈昼叶的笑脸，看见她拿起那一串千纸鹤，看见梁乐揉沈昼叶的头发。

他又看见沈昼叶转学来的那个下午。

女孩子变化很大，没有人能十年都不变样的。

午后慵懒的阳光中，阿十一头不服帖的卷毛没变过，五岁时的婴儿肥没了，眉眼长开，对班里的人笑时还有她儿时的酒窝，曾经能钻进洗衣筐顶着白毛巾吓唬他的阿十已经只剩个模糊的影儿。

可是那就是阿十。

是曾在繁星春水下与他握着手，答应和他做一辈子朋友的，后来又被她父母领走的，让五岁的小男孩儿号啕大哭着追着计程车跑的小昼叶。

回忆刹那收拢，犹如海啸倒涌。

“沈昼叶。”

暴雨声中，少年的声音没什么波澜地响起：“在这里的日子很滋润吧。”

沈昼叶背着包，一愣。

十五岁的陈啸之觉得自己像一根要爆裂的藤蔓。

唯一一个记得这一切的人是什么概念？是十年的孤独被忽视，他被迫长出浑身尖刺。他完全不能接受沈昼叶连半点儿都不记得他，把他从名字到长相忘得一干二净，更不能忍受沈昼叶笑着与梁乐说起小昼叶与小啸之聊过的“梦想”和“阿瑟·克拉克”。

她凭什么什么都不记得？

“天天和高中生厮混在一起，”陈啸之尖刻地嘲讽道，“您这日子够劲儿啊。”

沈昼叶立即回呛：“我和谁玩关你屁事。”

她说话还挺可爱的，根本不会骂人，连呛他都有点儿认真说话的意味。

确实不关他的事。

然而陈啸之的眼眶又疼又酸，他像个刺猬，决心把这小姑娘扎得求饶，冷嘲热讽谁不会？

陈啸之嘲道：“你参加竞赛不就是为了拿个名次好保送高中吗？一天天的倒是跟高中生混上了。”

沈昼叶争辩：“我没——”

陈啸之恶意地道：“人家梁乐中考是区里第七，高中部级部前二十，你小心别学瘸了。”

沈昼叶想反击：“陈啸之你——”

“你还是回去准备中考吧，”陈啸之说，“你以为捷径有用吗？”

沈昼叶脸都红了，几乎是下一秒就要冲上来吃了他的样子。

攻击她的感觉实在是太好了。

陈啸之甚至觉得胸臆都舒展开了些，他闷在心里的尖刀刺了出来。

什么温柔，什么对她好。

“不看看自己几斤几两，不自量力。”

太爽了，这句话说完，陈啸之的耳朵里血管鼓动，犹如雷鸣一般。

他甚至没想过最后这句话的后果是什么。

大不了急赤白脸吵一架？

吵嘛，吵呗，吵完再说。心里太不平衡了，还道歉呢，不吵一架根本没法和她相处。陈啸之的胸腔充满复仇的快意，就这么快活地想。

然后，女孩儿的眼眶蓦然细细地泛了红。

陈啸之心里刹那一凉，他几乎是下意识地伸出手：“阿十……”

可他的阿十鼻尖都红了，泪水涌了出来。

沈昼叶拽起自己的书包，埋下头，跌跌撞撞地跑了出去。

凛冽的雨茫茫散于天际。

十一假期之后的雨已经颇冷，很有一场秋雨一场寒的味道，沈昼叶难受得都快走不动了。她的体质本来就不太好，一哭就更难受，此时难受得肺都发疼。

她跑出高中部校门，雨伞都没好好撑，书包被她抱在怀里。

快点儿回家吧，沈昼叶抽噎着想，我想回家。

她好像听见陈啸之在后面喊自己，但是沈昼叶实在受够了这样的羞辱，也不想听陈啸之说任何一句话。她跑出校门时还摔了一跤，膝盖似乎破了皮。

太难受了。

头顶是蓊郁的法国梧桐，电线杆旁晾着老洋车，胡同又长又黑，下着雨也没什么人。她处在全然陌生的环境中，一时间十分绝望，全身细胞都呼喊着想回家，可是又不知道自己想回的家在哪里。

她站在胡同里发呆，鞋里也进了水。

“小妹妹。”

沈昼叶听见身后一个吊儿郎当的声音响起——

“又遇到了啊，可真是缘分。”

沈昼叶浑身发抖，不敢回头。

接着一只冰冷粗短的手在她的肩上拍了拍，然后狠狠地，一把拧住了她的耳朵。

那力气太大了，沈昼叶立刻疼得喊了出来，为首的混混儿比她高出一个半头还多，直接将她的耳朵拧着迫使她转过了身。

“这几天可让我们好找啊，”为首的那个高个儿大笑道，“没想到全得来不费功夫，这几天躲我们躲得挺溜？”

沈昼叶心想是“得来全不费功夫”，打着哆嗦道：“没……没有，我没有躲……我这几天被、被老师留下了……”

“没有什么？没躲哥哥们？我哪儿知道你躲没躲？小妹妹有没有零花钱呀？”高个儿用手背轻佻地一拍沈昼叶的面颊，“文子，看看她包里有什么。”

“好嘞龙哥！”

接着，那个叫文子的人扯掉了沈昼叶的书包。

十五岁的女孩儿没法儿一个人对抗这三个人，被提着拐到小巷里去，书包里的东西被倒了出来，零散的小文具和书掉进了雨水之中。

沈昼叶想呼救，街上却连一个行人都没有。她走得太晚了，距离学校保安室也很远，在此处贸然尖叫只会惹怒这群混混儿。

“我妈没给我零花钱了……”沈昼叶语无伦次地道，“暂时没有，求求你们别翻了。”

那串千纸鹤被丢了，泡进脏兮兮的水里。那本藏蓝色的实验记录本也从书包里滚了出来，封面浸在脏水中。

沈昼叶淋着雨，忍着泪水说：“哥哥们，我下次一、一定带钱，书包里真的什么都没有，放过我吧……”

“什么都没有？”为首的龙哥哈哈大笑，“上次那些卫生棉条呢？不还有棉条吗，哈哈哈哈。”

一群人哄然大笑。

“划开看看啊，”龙哥道，“说不定夹层里有东西呢。”

于是文子拿出把折叠的瑞士军刀，“哗”地把沈昼叶的书包底划烂了。

天昏昏地下着雨，沈昼叶被为首的人捏住下巴时，眼前被泪水模糊。

“一分钱也没有呀，”那龙哥捏着沈昼叶的下巴，带着一丝期待的意味道，“我可不能空手走。”

这些事情在三个月前，都是不可想象的。

她从年幼就很受父母祖辈宠爱，上学时就是老师最喜欢的聪明学生。她爸妈的得意门生每次来拜访教授都会给教授的女儿带巧克力，其中女学生带得最多，因为“April真的太可爱啦”。

那时她连游泳课下课都有爸妈接送。

三个月后，沈昼叶被雨淋得透湿，头顶在肮脏的墙角，下巴被一只脏手捏着，书包躺在她的脚边。

沈昼叶虚软得连胳膊都抬不起来，发着抖，不住地对那群混混儿道歉。

那是十五岁的沈昼叶惊慌到极致的表现。

“对不起，”沈昼叶哆哆嗦嗦地说，“对、对不起，我下次一定会……”

可是没有用。

“小丫头，”龙哥捏着她的脸，狞笑道，“你这样，我可就只能搜你身上了。”

沈昼叶一声惨叫，拼命推开捉住她的那只手。

然而对方是个成年男人，沈昼叶又抓又打又掐也无法撼动他分毫，只是把他的手挠出了血和指甲印儿，顺带把人给挠恼火了。

混混儿松开手，对着沈昼叶的脸就是一巴掌！

那一巴掌打得极狠，沈昼叶被揍得一趔趄，耳朵嗡嗡响，眼前一片漆黑，什么都看不清。

沈昼叶仿佛听见有谁在呼喊自己，可是她又听不分明。

不能在这里完蛋。沈昼叶眼前仍黑着，又被拽着衣服领子拎了起来。

“还敢挠人呢？”龙哥拽女孩子的衣领，拽得她离地，沈昼叶被卡得几乎窒息，又听他说，“听话才会少吃苦头，懂不懂，嗯？”

他还用手指逗弄了一下沈昼叶细嫩的嘴唇，说道：“哟，小姑娘长得真不赖。”

下一秒，他被一脚踹飞出去！

沈昼叶毕竟被那混混儿抓着衣领，而且来救她的人那一脚太狠了，她被连带着摔了出去，摔在地上，胳膊擦破了块皮。

沈昼叶疼得呜咽一声，她看见个少年人拖着混混儿的衣领，一拳砸在混混儿的眼眶上，将其打得一声惨叫！

暴雨倾泻而下，沈昼叶被冷气激得咳嗽起来，眼圈泛红，努力辨认那是谁。

那少年站了起来。

他看起来还有点儿单薄，尤其是和三个身强力壮的成年人相比较，他在地上摸了根趁手的木棍，在灰蒙蒙的雨中，将沈昼叶护在了身后。

是陈啸之。

沈昼叶想过可能是素不相识的人，却万万没想到会是他。

叫文子的矮胖男人对着陈啸之面门就是一记左勾拳，陈啸之一掂手中木棍，用棍子对着他肚子就是一捣，将文子捣得跪在地上不住呕吐。

沈昼叶吓得不住发抖，这变故来得太快了。

陈啸之不要命地抓着划开她书包的混混儿，将他压在地上揍，指骨都破了皮，眼眶如血赤红，喘着粗气。

他身后，龙哥摇摇晃晃地站了起来。

龙哥满脸血，看上去颇为滑稽，他衣服下银光一闪，朝陈啸之挪动。

沈昼叶想起梁乐说的那句“他们有刀”，颤抖着喊：“班、班班班长……”

陈啸之眼睛都红了，嘴角还有被打出的血，额头也破了。

“班长，”沈昼叶嘶哑地喊道，“小、小心……”

陈啸之一抬头，看向沈昼叶。

沈昼叶脑子不甚清明，一时都不知道自己该做什么，不住地喊着“你后面”和“小心”，可是陈啸之一看到龙哥，眼睛红得几乎滴出血来，冲上去就要和他肉搏。

龙哥一声狞笑，手里藏着的瑞士军刀一翻。

“噗”。

那是刀刃没入身体的声音。

陈啸之浑身一抖。

接下来第二声，第三声，陈啸之的闷哼，然后是第四声。

沈昼叶都要疯了，简直是刀刀攮在她心上。

她一边哭一边往巷子外爬，哑嗓喊救命，用撕裂的方式“啊啊”大叫。

可是没有人。

沈昼叶又跌跌撞撞地往回爬。

那群混混儿见了血全跑了，陈啸之半跪在地上。

雨水冲刷中，沈昼叶发着抖，声音哑着道：“我……我报警……”

十五岁的陈啸之喘着粗气，一手抓住沈昼叶的手腕，他眼眶赤红，手指骨节却青白。他把女孩子朝自己的方向用力拽了拽。

沈昼叶看见陈啸之干净的校服上被捅出的血道道，手臂上甚至肋间，鲜红的肉翻了出来。那些血被雨冲刷，流了满地，连千纸鹤都染红了。

沈昼叶呜呜哭着，把陈啸之的头揽到了自己怀里。

那动作其实不合适，但陈啸之没有反抗。他只是靠在小姑娘的胸口，闻她身上那股甜淡的洗衣液香味，听她胸腔之中心跳温柔的震颤。

她在打急救电话。陈啸之想。

第七章

我让你躲着他

傍晚六点。

医院的急诊候诊室中，沈昼叶就坐在陈啸之的身边，无意识地贴着他的肩膀。两个穿着初中校服的小落汤鸡，男孩儿还浑身是血，路过的人都侧过来看他们两眼。

沈昼叶带着哭腔，小声问陈啸之："我挂对号了吗？"

陈啸之回答："挂对了挂对了……别哭了啊。"

"挂对了就好，我刚刚已经报警了，"沈昼叶红着眼眶，抽抽噎噎地给他讲，"我记得他们的长相，我会给你报仇的。"

十五岁的陈啸之沉默片刻，回应："哦。"

他们不再说话。

白炽灯的灯光冷淡地洒了下来，窗外夜幕与大雨一同降临，急诊室里一群护士跑了过去。

沈昼叶坐在陈啸之身旁，拽着他们两个人的书包，愧疚又难过至极，用手背擦了擦泪水。

陈啸之从一开始就不喜欢她，如今还因为她受了这样的伤……他心里会怎么想？以后该怎么办？

沈昼叶越想越难过，哭得打嗝，肚子非常响亮地咕噜一声。

伤员关切地问："饿了？"

沈昼叶又打了个嗝，点点头小声说："我一会儿回家吃饭……也不是特别饿，只是到饭点了。"

陈啸之点了点头，刚张嘴要说话——

“咕噜噜噜噜……”沈昼叶那据说不是特别饿的肚子就开了口。

沈昼叶哭得停不下来，觉得连肚皮都背叛自己了。而且重点是她真的很饿，不仅午饭没吃，一下午还受惊受累，此时已经十个小时没吃东西了。

陈啸之觉得阿十饿得有点儿可怜，叹口气：“把我包拿来。”

沈昼叶擦擦泪水，把书包拿给他，还贴心地给他拉开了拉链。陈啸之翻了两下，从里头拽出了个白袋子，塞给沈昼叶。

“吃吧，不够的话一会儿再去买。”

小转学生接过塞满零食的塑料袋，鼻尖通红，擦着眼泪“嗯”了一声。

陈啸之一共缝了二十五针。

他晚上六点时才打电话告诉爸妈自己被捅了，他爸妈以迅雷不及掩耳之势赶往医院……并顺理成章地被堵在了首都高峰期的高架桥上。于是只有沈昼叶去替他缴费，在缴费窗口发现自己身无分文。

她能有钱就怪了。

沈昼叶八百年前就被那群该死的混混儿抢成了穷光蛋，连午饭钱都省了，她踌躇了一会儿，在缴费窗口的护士姐姐都觉得小姑娘好可怜的时候，又折回去，充满羞耻地去找陈啸之借钱。

陈啸之在治疗室里，正被缝着针，难以置信地问：“所以沈昼叶，你一分钱都没有？”

沈昼叶脸都红了，只当陈啸之是嫌弃她连医药费都不愿意付，卑微地回答：“也不是，我公交卡里还有二百多块钱……”

陈啸之小臂上的伤口非常狰狞，鲜红又深可见骨，目前整个右胳膊都不能弯曲。医师以弯针钩着细线，将他可怖的创口扯起，缓慢缝合。

沈昼叶霎时脸红到了耳根：“我、我会还你的。”

陈啸之眯起眼睛：“也就是说你这几天中午都是饿着的？”

沈昼叶十分窘迫，又无法抵赖，弱小可怜又无助地点了点头。

陈啸之叹了口气，摸了钱包丢给她，说：“不够就刷卡，开药的时候多开瓶碘伏，拿钱去买点儿东西吃。”

“呜呜呜我会还你的！”沈昼叶拿着钱包逃命一般跑了。

急诊医生还年轻，大概也就是刚上研究生的模样，突然对陈啸之开口道：“小伙子，你把人家小姑娘吓着了。”

陈啸之一脸疑惑。

“小姑娘挺可爱的。”急诊医生慢悠悠地给他缝肉，凉飕飕的针扎了进去，“你脾气太坏。”

陈啸之一听，嘴角控制不住地上扬，看着沈昼叶跑走的方向开口道：“对付骗吃骗喝的有经验了。”

不知不觉又被分类到了骗吃骗喝行列的沈昼叶交完钱回来，对“陈啸之年纪轻轻怎么会有信用卡副卡”这件事产生了迷惑。

她去药房把医生开的药取了，里面有两瓶碘伏和两板消炎药。回去时她生怕陈啸之饿肚子，还跑去便利店买了两碗粥。

她太过愧疚，仔细一想都在打哆嗦。

陈啸之对她的好感度这么低，连平时相处都控制不住要骂她，他现在心里该怎么想？钱也是他付的，自己还吃了他的零食……他会不会已经讨厌到要拧掉她的头了？

沈昼叶一想又难受得要命，忍住了眼泪，没忍住打嗝。

她拎着大包小包跨越大半个院区回到诊疗室的时候，陈啸之的床前挤着两个人，应该是他的父母。

“叔叔阿姨好。”沈昼叶小声说，“我是陈啸之的同班同学。”

陈啸之的妈妈立刻回应：“哦！哦，你好。”

陈啸之的妈妈是个瘦高个儿，看上去非常温柔优雅，披着件驼色风衣，显得身材更加修长，她立刻起来给沈昼叶让了个位置。

陈啸之坐在床上问她：“药拿来了吗？”

沈昼叶应了声：“都在这个兜里，你的钱包也在。饿不饿？给你带了粥。”

陈啸之也是真的饿了，去兜里翻粥。

沈昼叶坐在床上发呆，突然被陈妈妈伸手捏了下脖子。

“嗯？”沈昼叶立刻回神。

陈妈妈摸了摸沈昼叶的脖颈：“脖子好烫，你淋了雨吧？”

“淋了。”陈啸之头也不抬地道，“妈，你把衣服拿给她，她衣服上还都是血。”

陈妈妈立刻眉毛一竖：“我让你说话了陈啸之？报警能有多难，学不会是吧？”

陈啸之不吭声了。

“要打架也报了警再去打，”陈妈妈说，“你以为有女同学在我就不骂你了？能的你，你爸妈可算是接了一次急诊室打来的电话，父母生涯都圆满了。”

沈昼叶一下子就被看起来温温柔柔的陈妈妈唬到了……

陈爸爸插嘴道：“何止圆满，人家儿子摔折腿打石膏，我家的被人拿刀开口子。”

陈妈妈转过身，把一个小袋子拿出来，叹了口气道：“先去换上衣服，别冻着。”

沈昼叶这才意识到自己校服和里面的小T恤都淋得透湿，至今还没被体温捂干。

“脸也破了，”陈妈妈用小指轻轻点了下沈昼叶的嘴角，“谁下手这么狠？一会儿上药。叫什么名字？以前都没见过你。”

沈昼叶被这么温柔地一碰，霎时眼泪水又要出来了。

陈妈妈又怕碰疼了小姑娘，收回手把小袋子递给她，沈昼叶接过袋子，愧疚地道：“阿姨，我叫沈昼叶，这个学期刚转进班里的。”

陈妈妈没再说话。

那其实是一个很不正常的反应，但是沈昼叶正要去换衣服，没注意到——

陈妈妈和陈爸爸在她身后，交换了一个极其震惊的眼神。

急诊诊疗室角落里，有个被围帘圈起来的角落，专供医生和部分病人使用。

沈昼叶在围帘后换下了湿透的校服，穿上了陈妈妈带来的运动衫。那衣服一看就是陈啸之的，沈昼叶别别扭扭地提上了他的裤子。

搞不好还是他小学的时候穿的……沈昼叶拽了拽裤腰，觉得自己想的没错。

她拉开帘子，发现不过三四分钟的工夫，陈啸之的爸爸妈妈已经不在了，只剩陈啸之一个人坐在床上闭目养神。

“叔叔阿姨去哪里了？”沈昼叶奇怪地问，“怎么只有你？”

陈啸之一只手活动极其不便，道：“他们吃饭去了，顺便给我办入院手续。”

沈昼叶震惊地问：“还要住院啊？”

她拉了凳子，坐在陈啸之的床前，充满愧疚地道：“是我把你卷进去了，对不起，如果我早点儿报了警的话肯定不会是这样。”

陈啸之闭着眼睛道：“不用想了，你早报警也没用，那群人滑头得很。”

这是个不太愿意交流的姿态，沈昼叶就坐在他旁边，低着头不说话了。

急诊大厅吵闹得很，可唯有他们这张小床是安静的。

沈昼叶看着自己破了皮的手，数自己的手指肚上的斗，以努力让自己摆脱这尴尬的环境。

闭着眼的陈啸之突然说："你穿的是我小学四年级的衣服。"

像是平静的水面被丢进一块石子。

沈昼叶屈辱地道："我以为是六年级。"

"六年级？我六年级没这么矮，"十五岁的陈啸之闭着眼漫不经心地开口，"倒是你，看上去营养不良，你穿童装穿到六年级了吧？"

沈昼叶恨不得骂他："你瞎说，乱讲——"

陈啸之撩她一眼，冷漠地问："这点儿小个子，你在美国过得不容易吧？"

他说话的姿态轻描淡写，说出的话却句句都扎小美国人的心。

沈昼叶艰难地道："你别看我现在只有一米六，但是我二十五岁的时候，是个胸大臀翘的御姐。"

十五岁的陈啸之用看撒谎精的眼神看她，道："御姐都发育很早的，你还是趁早死了这条心吧。"

沈昼叶从小接受的"你有一万种可能"的教育，被这狗东西轻飘飘的一句话就给动摇了……

下次写信的时候一定要问问十年后自己的身材和身高！沈昼叶悲愤地想。

病室里，陈啸之悠悠开口："想什么呢？"

他的语气非常的高傲，非常的讨打。

沈昼叶不会打人，于是文绉绉地，用她奶奶说话的矜持语调开了口。

沈奶奶那语气很有老北京知识分子损人的刻毒，半个脏字没有，但光是神态就能让人羞得朝下水道里钻。刚上初三的沈昼叶将她奶奶损人的神态学了个十成十，却没有她奶奶的半厘学问。

因为她是这么说的："君子三日，十年不晚。"

陈啸之用看虫蠢的眼神盯着她，道："你美国文盲是吧？过来。"

沈昼叶都不知道自己为什么又挨骂了，可是天生听话，靠近了陈啸之一点儿。

灯光昏暗，一团冰凉潮湿的东西碰触到了沈昼叶的嘴角。

小姑娘茫然地看着陈啸之。

陈啸之拿着个沾着碘伏的棉棒，轻轻擦拭沈昼叶唇角破皮的伤口。

“你自己看不见。”陈啸之漠然解释道。

沈昼叶呆呆地“嗯”了一声。碘伏和碘酊不同，它擦起来并不疼，碰在皮肤上只是凉凉的。

她好奇地开口问：“所以君子什么什么……到底是什么呀？”

女孩儿问完又看着那根处理伤口的棉签，双目澄明，那双眼似是春夜的星空。

陈啸之顿了下：“君子报仇，十年不晚。”

“嗯，好像是这样的。”沈昼叶说着闭上眼睛，任由陈啸之擦拭她眉毛上的创口，又感慨，“不过君子真是记仇。”

沈昼叶只是皮肉伤，然而她皮嫩得很，一点儿擦伤看上去都血红血红的，脸颊却白得如四月洱海的云。

十五岁的陈啸之用棉签碰触着，心头发紧。

“那群混混儿……”陈啸之道。

沈昼叶睁开眼睛，奇怪地问：“嗯？怎么了？”

然后这少年一摇头。

“算了。”

那天晚上，是陈爸爸开车带沈昼叶回家的。

陈妈妈留在医院照顾儿子，沈昼叶则坐在陈爸爸的副驾驶上。陈爸爸年纪比沈昼叶的爸爸还要大一些，他给副驾的小姑娘买了支热饮，有一搭没一搭地同她说话。

黑暗中，城市道路绵延，路灯像夜空中的星辰，汽车行驶，犹如穿过万千温柔的星光。

“你是这个学期刚刚转学回来的，”陈爸爸笑道，“之前在哪里？”

沈昼叶捧着热巧克力说：“之前在美国华盛顿哥伦比亚特区，圣乔治亚诺中学。”

“刚回来功课可不太容易呀。”陈爸爸随口道，“教育差得太多了……对孩子的发展可不太好。不过你看上去是个聪明孩子，影响应该不大。”

沈昼叶笑了笑。

陈爸爸开着车，又好奇地问：“你家以前就是在北京的吧？”

这问题有点儿奇怪，因为这属于一个次要甚至有些无聊的问题。正常应该是会再继续问一下美国的教育，显然后者会有意思得多。

沈昼叶却没发现这件事，她坦白："对的，我家除了我都是土生土长的北京人，我奶奶退休前还在大北教书呢。"

陈爸爸看看坐在副驾驶座的小姑娘，难以置信地打量她片刻，接着他大概是觉得热，直接把车窗打开了。

"你——"陈爸爸沉默一下，终于找到了合适的说法，"中文说得不错。"

沈昼叶礼貌道："还好啦，我在家都说中文的，以前我爸爸忙的时候还把我送回国内过，那时候我在国内待了半年呢。"

"今天的事情你不用担心，"陈爸爸清了下嗓子，转移了话题，"叔叔接手了。"

沈昼叶捏着杯子，愧疚地说："谢谢叔叔，给你们添麻烦了。"

陈爸爸看了下后视镜，认真地道："这不叫麻烦。"

黑夜之中细雨蒙蒙，沈昼叶家所在的小区树木参天。

她现居的房子是她父母七八年前买的，交房已经快六年了，因此小区已经有了些年月，单元门上锈迹斑斑。陈爸爸坚持将小姑娘送上了楼，因为"你应该很害怕"。

沈昼叶在电梯口和陈啸之的父亲道别的时候，其实没有觉得什么。

她在那些混混儿处挨了一耳光，又摔了一跤，外加淋了一下午的雨，和陈啸之受的伤相比，几乎可以忽略不计。陈啸之下午时也没有继续对她恶语相向，将她保护得很好。

沈昼叶敲了敲家门，说："妈妈，我回家啦。"

门吱呀一声打开，温暖的灯光倾泻而下。

那速度，像沈妈妈没在做别的，一直等在门口似的。

沈昼叶整理了一下思绪："妈妈我今天下午……"

家中温暖明亮，妈妈已经打开了家里的每一盏灯。

沈昼叶的嗓音有些沙哑，是下午尖利呼救的缘故。

事至如今，她下定决心对妈妈坦白。

"我今天下午，"沈昼叶牵动了一下唇角，感到一丝疼痛，"遇到了一群……不对，我好几天前……"

面对妈妈的那一瞬间，在温柔的黑暗与光明的交界处，一切疼痛都活了过来。

不被认可，永远达不到预期的考卷，他人在背后的诋毁。

彻头彻尾陌生的环境，完全不同的同学们，刚转学来的苦痛与孤独，冰冷雨巷里的混混儿，她被划得千疮百孔的书包，家里灭了几盏的灯。

再也无法回归的父亲，异国他乡的石碑。

爸爸最疼爱的女儿身上的药水和伤疤。

“妈妈，我、我上个星期，”沈昼叶的声音不住发抖，“不是，我上上个星期……”

她有太多太多，积攒了许久，没有告诉妈妈的东西。

在那个落雨的十月深夜，华嫣用力抱着自己伤痕累累的小女儿。

华嫣哭得撕心裂肺肝肠寸断，一寸寸地抚摸她的昼叶的眉毛和面颊，心碎地亲吻正在大哭的女儿的头发。

她抱着沈昼叶的姿态，犹如抱着自己在这世上唯一温暖的港湾。

那天晚上，母女俩抱着大哭了一场。

哭完后妈妈在厨房里忙着切姜片，说要给她煮姜汤，沈昼叶则捧着杯热巧克力，被妈妈用大毛毯裹成了一只蚕蛹，在茶几前窝成了一小坨。

沈昼叶抽了抽鼻尖，看着自己破烂的书包开了口：“妈妈，我得买新书包了。”

沈妈妈在厨房中温柔地道：“嗯，妈妈明天去买。”

“哦对了，把书包里的书晾一下，”沈妈妈又教她，“皱得厉害的话，垫点儿纸巾放进冷藏室里。”

沈昼叶才想起来自己的书都被泡了……

她惨叫一声，把破烂书包里的东西都倒了出来，然后拿了纸巾手忙脚乱地擦书擦卷子。那本奥赛习题泡得最惨，沈昼叶做题时还拿水性笔从头写到尾，那水性笔被雨水一泡就析了三种颜色，可以说整本书已经废了。

藏蓝色的实验记录本却没什么事儿。

本子皮上沾了点儿脏水，找纸巾一擦就干净如新，除此之外就是内页被脏水浸泡，染了一角颜色，还稍微卷翘了些。

她打开翻了翻。

回信还没来。

“宝宝，”沈妈妈忽然在厨房问，“你明天要去探望那个救了你的人吧？”

"对。"沈昼叶想了想又小声补充，"可我不晓得合适不合适。"

沈妈妈讶异地问："这有什么不合适的？你一定要去看望的，人家救了你呀。带点儿花，到病床前去和人家说会儿话。"

沈昼叶沉默了一会儿，小声道："可是救我的人……不喜欢我。"

沈妈妈难以置信地问："这什么人啊？我女儿明明这么可爱。"

"我给他糖他也不吃，"沈昼叶坐在沙发上，委屈地搓着自己的甜饼怪的抱枕，"坐在他旁边他就无视我，给我批卷子还打超低的分数，一口一个美国人的叫我！认识我这么久了，上个星期才第一次叫我名字……"

沈妈妈说："你哪里是美国人了？"

"对吧，我明明是华侨。"沈昼叶字字血泪地道，"如果我在睡午觉，他就会故意把我弄起来，本来他和我是同桌，因为他太讨厌我，都不和我坐在一起。"

沈妈妈震惊："哈？你得罪他了吗？"

"我尝试过讨好他的。"沈昼叶把抱枕抱在怀里，脑袋靠在冰凉的墙上，"给过他糖吃，笑着和他搭话，想和他讨论点儿他可能感兴趣的东西……"

"可是一点儿用都没有。"沈昼叶酸涩地问，"妈妈你想让我去探望他，可万一我把他烦着怎么办呢？"

沈妈妈想了一会儿，问："宝贝，你其实想去的吧？"

沈昼叶委屈巴巴地点头："嗯，他救了我。"

沈妈妈想了想，给女儿出了个主意："东西带多一点儿，隆重一点儿，给他写张情感真挚的卡片。但是趁他睡觉的时候去，别被他发现，在那里坐坐就走。"

"嗯？"沈昼叶没懂。

沈妈妈——华嫣，Dr.Hua，曾经华盛顿街区远近闻名的妇女之友、矛盾调解者，她和她女儿不同，从来都是个深谙人情世故的资深人精。

华嫣将姜汤往杯子里一倒。

"我让你躲着他。"

2008年国庆假期的最后一天，是个阳光灿烂的好日子。

连日的乌云阴天一扫殆尽，有种秋日金黄的浪漫。

沈昼叶一早起来就给梁乐打了电话，向他说明了无法去三里屯的理由，梁乐表示理解，并且很有礼貌地表示下次再一起约逛街。

约会被取消了，沈昼叶瘫在沙发上，她的头发沐浴着金色的阳光。

沈妈妈坐在餐桌边看文献，手边放着一杯黑咖啡，对女儿道："你去水果店给那个男生提个果篮。"

沈昼叶躺在沙发上，懒洋洋地喊道："妈妈我没钱了。"

"缺多少从妈妈包里拿，你知道包在哪儿。"沈妈妈头也没抬。

沈昼叶沉默了一下："我全都缺。"

沈妈妈正喝着咖啡，闻言一愣："叶叶，你这几天吃了这么多？"

"没有，"沈昼叶卑微地道，"不是我吃的，我被抢了，这几天我一直饿着肚子的。"

沈昼叶认为自己已经成功靠小可怜的形象得到了妈妈的原谅，把自己乱糟糟的卷毛一拢，用一根小橡皮筋扎起来，又去妈妈钱包里点了三百块，下楼去买大果篮。

她经过沈妈妈身边的时候，直接被一巴掌抽中了屁股……

"啪"的一声，还挺响，也挺疼。

"噫？"十五岁的沈昼叶可怜巴巴地揉揉屁股蛋儿，"打我做什么呀？"

打完人的华嫣女士看都不看她，冷酷无情道："欠揍。"

欠揍的沈家独苗苗买完果篮回来，又被妈妈耳提面命地教了半天"怎么躲人才能躲得礼貌又让人挑不出错处来"。这人情世故讲座足足持续了三十分钟，讲完时沈昼叶几乎成了蚊香眼，并且深以为这些弯弯道道实在是太折磨人了。

但是她又觉得这人情世故课很有必要，毕竟陈啸之确实是个玻璃心，把他捧在手心呵护是没错的。

"我去办公室了，"讲完最后一点注意事项的沈妈妈将笔记本电脑合上，道："你出门记得带钥匙。"

沈昼叶狗腿地说："我从来不忘这个的呀！妈妈工作加油哦！"

沈妈妈看了女儿一眼，冷酷无情道："回来我们好好聊聊。"

接着家门"咣当"一声关了，一阵冷风灌入，萧瑟不已。

沈昼叶打了个哆嗦，目光移向桌子上丰盛漂亮的果篮，还有被阳光映得通透的水果店手写"祝你早日康复"的贺卡。

沈昼叶昨天在小巷子里觉得陈啸之要被捅死了。虽然事后经医生检查，发现他并没有伤到主要血管，但X光片仍显示他有轻微骨裂，最深的一处伤口中的白骨森然可见。

这个十五岁的少年差不多将命都豁了出去。

命的代价，只这一个果篮够吗？

沈昼叶觉得有点儿难受，伸手摸了摸嘎啦嘎啦响的果篮塑料膜。

阳光映在塑料膜上，令人产生一种机械而敷衍之感。

十五岁的沈昼叶第一次煲汤。

排骨玉米汤在灶上冒着香气，沈昼叶长吁一口气，从柜子上翻出保温桶，将颜色不太尽如人意，味道好像也不尽如人意的汤倒进去。

过了一会儿，她又心绪难平地打开盖子，看着漆黑的汤，绝望地叹了口气。

会不会吃死人？

沈昼叶小心翼翼地舀了一勺，尝了一下，认为这汤不难喝也不好喝，无功无过，有点儿油腻，但算不上车祸。

唯一的问题，是色泽非常致命。

黑得像巫婆毒死白雪公主的毒药……

沈昼叶想了想，从冰箱里拿了块白巧克力，用小锤子敲碎，倒了进去。

排骨汤还滚热着，白巧克力又柔，一下子化了进去，终于呈现出了沈昼叶想要的效果——

一种灰灰的、像排骨汤的色泽，汤里泡着嫩嫩的黄玉米，看上去非常美味。

反正都要被扔掉的……但至少形态上接近排骨汤了。

沈昼叶将盖子拧紧。

帕罗奥多市的阳光带着美洲大陆的热烈，笼罩了小利兰物理A楼的某间学生办公室。

阳光之中，二十五岁的陈啸之将藏蓝色的皮面本放回了架子上。

时值2018年，晚夏。

学生办公室里只有两张办公桌，其他的设施都还没添，看起来颇为空旷。

张臻坐在靠门的办公桌旁，用英语好奇地问：“老师，您是不是上过社会新闻？”

陈啸之瞥了张臻一眼，也以英文回答：“称呼我Prof.Chen就可以。”

张臻的英语口语不甚流利，雅思口语堪堪6.5，说起来磕磕巴巴，然而这姐妹有一个优点，她特别敢说："我记得我见过你的新闻，在我们的社交软件，微博上。"

温暖的阳光洒在陈啸之的身上，他随意地一点头，示意自己知道了。

这年轻人浑身上下散发着一种优秀人才的自信和傲慢——而这种傲慢，是张臻这种博二了还差一篇一区论文毕业（显而易见地面临延期）的博士生所不能拥有的。

"等April回来之后，"张臻问，"我应该告诉她你来过吗？"

陈啸之道："不用了。"

惬意的微风一吹，正午阳光下，架子上的藏蓝实验记录本被翻开了几页，犹如翻飞未遂的蝴蝶。

陈啸之将手里的东西塞进沈昼叶敞开的小包里，转身走了。

陈教授走时，张臻突然瞥见他胳膊上的伤痕，不免好奇起了那伤到底是怎么得来的。

那狰狞伤疤处的皮肉都有些许错位，想必曾是个深可见骨的创口。

下午。

"昼叶，"张臻好奇地喊道，"沈昼叶，沈小师姐？"

按正常的作息，沈昼叶下午一般是泡在实验室里的。

沈昼叶属于非常认真的那种学生，做实验非常积极，而她如果没有实验安排的话，就会读文献，再不然她小老板也会叫她去打杂。但是在小利兰，她的新老板——陈教授的办公室锁着，显然是不在学校，也不打算让她打杂。

可是此时，沈昼叶咸鱼般瘫在椅子上，将脸埋在柴犬的屁股里，抽噎了一声。

张臻问："你咋了？你导师对你做了什么？怎么和他谈完话就这样了？"

沈昼叶又抽噎一声："呜呜呜，他对我做了对博士生而言最过分的事……呜呜，臻臻我走不出来了，我受不了这种屈辱了。"

张臻挠了挠头，问："他是不是想潜规则你？"

沈昼叶趴在柴犬屁股里："他羞辱了我的研究领域。"

张臻愤怒了："靠！你刨他家祖坟了啊？！"

十分钟后，二十五岁的沈昼叶被当成需要保护的濒危动物，妥善地裹在了毛毯里，张臻甚至给她冲了杯热腾腾的黑芝麻糊。

张臻温柔地拍了拍沈昼叶的肩膀，道："今天下午我会一直陪着你的，你放心。叶叶，你想做点儿什么？"

沈昼叶抽了抽鼻子，委屈巴巴地说："我……我们聊聊天吧。"

"聊聊天？"张臻拖着凳子过来，笑眯眯地问，"聊聊最新课题还是聊聊峥嵘过往？"

沈昼叶终于有了点儿破涕为笑的意思："课题个锤锤，我才不聊这个。张臻你会不会哄人？"

张臻也笑了起来："谁要哄你。想让我哄你的话，你就对我撒个娇啊。"

沈昼叶满脸冷漠。

"不过，话又说回来了，"张臻突然想起什么似的，一拍手道，"你那个一喝醉了酒就开始激情辱骂的同学……我好像在哪儿听过他的名字。"

"啊啊啊啊！"沈昼叶立时堵住自己耳朵发出惨叫。

沈昼叶的大学生活与她和陈啸之的过往，仿佛隔离在两个不同的空间之中，互不干涉。毕竟她的大学室友们只知道她有一个姓陈的同学，而"陈啸之"三个字则被她尘封在脑海之中，在不眠的黑夜之中，像一个虚幻的影子般入她的梦里。

只是如今，这空间要打破了。

二十五岁的沈昼叶晓得躲避不是办法，便缓缓松开堵住的耳朵，准备迎接室友那一句"为什么你那个同学的名字和你导师的名字一样"。

这要怎么解释？

肯定是只能实话实说了……沈昼叶没想到这一天居然来得这么快，一时间连心情都崩了一下。

张臻摸了摸下巴，露出正在搜索十年前的数据库的表情。

"我一直觉得我在哪儿听过他。"张臻迷惑地皱起眉头，突然灵光乍现，"陈啸之是不是十年前参加物理竞赛的那个！"

沈小师姐的表情漂移了下，一时甚至忘了自个儿刚刚为什么尖叫。

怎么还没发现？不过太好了我白紧张了。

小师姐甚至想要流泪，不用解释真是太好了，毕竟我自己都还没理顺。

张臻若有所思："那可真是一代传奇。"

沈昼叶趴在桌子上问："嗯？怎么说？"

"我有印象啊，如雷贯耳。"张臻摸了摸下巴，"一个初中生，姓陈，北京人，第一年竞赛就直接进决赛拿金牌，被选进国家队。”

“差不多啦，”沈昼叶笑着挠了挠头，“我那个同学，确实是这个姓陈的。”

“我和你抬头不见低头见都快七年了，”张臻赞道，“没想到你居然是传奇的同学？你们以前玩的时候是不是只讲物理题？”

沈昼叶感觉头都大了，她把身上围的毯子卷了卷。

张臻若有所思：“我们系保研的人里是不是就我毫无作为？”

沈昼叶抱着黑芝麻糊杯子安详道：“有没有作为我不知道，但我们一级保研的人里，没达到毕业要求的，就你一个。”

张臻一把抢回了自己的黑芝麻糊！

“滚，”张臻愤怒吼她，“我的糊糊就算倒进粒子对撞机里都不给你喝！”

沈昼叶心想，张女士你真的敢说，我很期待你被各位老师追杀的那一幕。

然而黑芝麻糊就是没了。

沈昼叶只得悻悻地从书架上抽出了那本子。

上午时，她看到了十年前的回信。

这次的信上聊了聊十年前的事，提及了十年前的她去参加竞赛的培训，却又在信末很好奇地问了一句“陈啸之到底是谁”。

二十五岁的沈昼叶思考了下，决定先提醒十年前的自己不要管周围的人怎么说，要玩就开开心心地玩，遇到骚扰就告诉老师告诉学校保安……

如果没有陈啸之的那道疤，后面的一切，也许就截然不同了。

沈昼叶摁了一下手中的圆珠笔，刚准备下笔去写，就听见张臻突然好奇地问：“你们平时都怎么相处？”

沈昼叶终于意识到，张臻显然不打算善罢甘休。

“他、他……不是什么好东西。”沈昼叶耳根都红了，才憋出这一句话。

张臻鼓励地对她点了点头，示意她继续。

“举个例子，”沈昼叶英勇就义般地一闭眼，“我曾经给他熬过一次汤。”

张臻震惊：“就你还做饭？”

沈昼叶的耳朵仍然发着红：“这就是问题，我给他亲手做过饭。”

张臻礼貌地问：“没吃死他啊？”

沈昼叶彬彬有礼道：“请滚。”

“总之那时候他在住院，”沈昼叶又接着叙述道，“我去探病的时候给他带了我亲自熬的汤，排骨玉米汤，在慢火上熬了两个小时。”

张臻点评：“这汤听上去很难出错，然后呢？”

沈昼叶说：“但是我觉得颜色不完美，就加了点儿白巧克力。”

张臻一声惨叫：“您当您熬汤是画画儿呢？！”

“形态上很完美，谁知道他会吃啊，”沈昼叶挠了挠头，“我只是想尽到探病的心意，可没想到他会把那汤放进嘴里去。那时候他讨厌我讨厌得要死，我以为他会倒进下水道……”

张臻差点儿喘不过气来：“形态上完美是什么鬼……”

沈昼叶看了一眼被阳光烙下印记的本子，然后她撑起腮帮，先看了看隔壁办公室，又望向张臻。

“臻臻。”二十五岁的沈昼叶莞尔道，“你知道因为那儿碗汤，他对我做了什么吗？”

加州的阳光模糊起来，像是被时光裹挟而去。

时光犹如洪流般散开，倒流到十年前，故事的另一面。

2008年十一假期的正午，公交车上颠簸不已。

中午人少，又是假期的最后一天，大多数人选择窝在家里。

灿烂的阳光在车厢里晃晃荡荡，熔金般泼洒四溅，犹如杯中的梅子茶。

时年十五岁的沈昼叶怀里抱着个保温桶，手里提着个“祝您早日康复”的大果篮，浑身上下写满“我要去探病”，在“五棵松桥东”站下了车。

五棵松桥东绿树如茵，路边还有支着阳伞卖冰水的爷爷。沈昼叶大包小包地提着东西，小蹦跶地跑过天桥。

医院门诊大楼已经颇为老旧了，沈昼叶看了一眼这院区就头大——住院部也太远了吧。

陈啸之住在单间。

沈昼叶从住院楼七楼的电梯里出来的时候，她的手机“叮”的一声收到一条短信。

她艰难地将果篮和保温桶挎在胳膊上，拿出来看了看，发现是她妈妈发来的——

“见到叔叔阿姨要郑重道谢，晚上妈妈再带着东西拜访他们，但是走的时候不用等我。P.S.晚上天黑前要到家。”

沈昼叶看到最后一句话，愣了一下。

“天黑前要到家。”

因为她们母女二人，无论是谁，都无法再承受失去另一个家人的痛苦了。

沈昼叶知道自己已经把妈妈吓得够呛，昨晚抱着哭的那一顿只是冰释前嫌，并没有让妈妈真的放下心来，便听话地回了句“好的”。

住院区的长走廊尽头落满阳光，苍翠的吊兰柔韧地抽出条来。

护士推着小车，查房的年轻医生拿着病历夹穿过走廊，沈昼叶站在电梯口无所适从，抱着大果篮拦住一个年轻护士，问到了陈啸之的房间号。

护士确认了沈昼叶的身份，又道：“小妹妹……你这……你带的有点儿夸张。”

沈昼叶笑道：“救命恩人嘛。”

“在探视时间吗？”沈昼叶又磨磨蹭蹭地确认，“有没有时间限制，比如不能待超过十分钟什么的？”

护士笑眯眯地回答：“没有，你直接去就好，这位病人不是急危重症，没这么多讲究。刚刚我去测了他的午间体温，他还醒着呢。”

沈昼叶惋惜地“喔”了一声。

原来醒着呀……

沈昼叶将带来的东西暂时放在了病区一角，偷偷摸摸地去陈啸之的病房前晃了一圈。

他住的VIP病房不小，颇为豪华舒适，窗帘处透着温柔灿烂的阳光，还有个在放电影的壁挂式电视。几个男孩儿围着陈啸之的床，哈哈大笑着打游戏。

沈昼叶隐约看见陈啸之的胳膊上缠着绷带。

“老陈，”里面有人问，“看你好惨，给你倒杯水不？”

陈啸之拍他一巴掌：“喝个屁，你就是来喂我喝水的？”

屋里吵吵嚷嚷，沈昼叶在外面看了一会儿，想到陈啸之对自己的爱答不理就有点儿难受。

他对别人真的都挺好的……

但是没有办法，对一个人产生好感是一件很玄妙的事，沈昼叶对他的初始好感度高，不代表他也会对自己怀有好感。

于是沈昼叶开始听妈妈的话，等陈啸之睡觉。

不一会儿，那群打游戏的男生就被彪悍的护士长以“你们这叫来探视病人吗？隔壁爷爷被你们吵得血压都上去了！十一假期最后一天来医院躲作业了吧，快走”的逐客令，撵了出去。

那群男生拿着PSP灰溜溜地滚去等电梯，沈昼叶抱着保温桶和果篮，盘腿坐在病区一角，发现那群人里有一个熟人——陆之鸣。

陆之鸣正好也看见了她：“哟！你是沈昼叶？你也来啦？”

沈昼叶认真地点了点头。

陆之鸣是陈啸之的竞赛班同桌，又和他玩得不错，似乎是老相识，来也是正常的。

“这就是啸之给挡刀的那小姑娘。”陆之鸣对伙伴们介绍她，“他们班这学期新转来的同学。”

沈昼叶盘腿坐在墙根，小帆布鞋上露出一截白皙纤细的脚踝，她温和地打招呼：“大家好。”

陆之鸣问：“你来探病的吧，怎么不进去？”

沈昼叶想了想，认为自己总不能说我在等陈啸之睡觉，等他睡着了我把东西偷偷摸摸地放进去就溜，我妈还让我躲着他……便语焉不详地糊弄道：“学长你们……刚刚不是在里面嘛。”

陆之鸣没有任何异议地接受了这个说法，接着一群男生和沈昼叶道了别，走了。

阳光洒落在沈昼叶身上，犹如温暖融化的枫糖。

医院里的风总带着股西药的呛味儿，有骨瘦如柴的老人坐着轮椅从病房中出来。

沈昼叶见到老人就触景生情地担心起陈啸之，便偷偷跑去病房瞄他。她主要是想看陈啸之睡着了没有：如果他睡着了，自己就去床边偷摸坐一会儿。

病房中，陈啸之还没睡。

他仿佛在等什么人似的，没在看书也没看电视，坐立难安，甚至起来走了两步又躺了回去，脸上尽是焦躁之色。

然后他朝门外看了一眼。

那一眼不要紧，沈昼叶正在门边偷窥，差点儿被他看到，吓得够呛。

欠了人命债的小欠债鬼逃回病区角落，屈辱地缩在角落，打算等陈啸之睡着，再进行自己探病的流程。

陈啸之如果能对我有半点儿好感就好了。十五岁的沈昼叶悲哀地想。

下午四点多时，夕阳开始斜沉，流金般的光洒满病室。

他应该是没等到他想等的人，沈昼叶想。

因为在三点多时，陈啸之等人的痕迹越发明显，他看表，甚至眺望窗外，又打开窗户往外看。

可是并没有人来探病。

最终，四点时，他放弃了挣扎，卷着被子睡着了。

沈昼叶确定他已经睡熟后，便和护士知会了一声，提着果篮和自己亲手熬的排骨玉米汤走进他的病室，将两者整齐地放在了陈啸之的床头。

陈啸之的床头都是来探病的人送的礼物，五花八门，他最讨厌的那个转学生送来的果篮和保温桶看上去平平无奇，泯然众礼之中。

沈昼叶虽然很想在陈啸之床前坐一会儿，可是她却不想和陈啸之面对面，再触他一次霉头。

毕竟他刚刚等人时看上去就很焦躁，耐心值不足……

再说了，谁知道陈啸之有没有起床气?

于是，沈昼叶在微风的吹拂中，对睡过去的陈啸之小声地道——

“班长，我先走啦。”

第八章

期待落空

那天下午陈啸之的父母不在，沈昼叶都没有办法道谢，但还是给陈啸之和他父母留了张便条，告诉他们自己来过。

而沈妈妈那天回来得很晚。

她是去道谢的，回来时还记得给沈昼叶带了新书包，装在个大袋子里。

“收拾东西吧，”沈妈妈疲惫地道，“宝宝，明天还要早点儿去上学。”

沈昼叶拎着新书包就要进房间，却突然冒出头来，问：“妈妈，赔偿的事情谈得怎么样了？”

“他们死活不要，我硬塞上了。”沈妈妈将自己的外套挂在门口，“那对夫妻都是好人，一直推辞。”

沈昼叶愣了下：“为什么？”

沈妈妈道：“一方面是他们是真的不差钱，毕竟他爸妈能搞定一间那个医院的单间病房。”

沈昼叶奇怪地问：“那间病房很厉害吗？”

“很厉害了，”沈妈妈笑着道，“那个医院有多么一床难求你知道吗？”

沈昼叶似懂非懂地点了点头。

“另一方面是……”沈妈妈勉强地笑了笑，“他们看我们孤儿寡母的。”

孤儿寡母。

“但是那钱妈妈塞上了，”沈妈妈说着走进浴室，声音逐渐缥缈，“咱们不差这个。而且无论怎样都是心意，他家儿子救了你，如果没有他的话……”

沈昼叶不知道说什么。

她只是觉得风有点儿冷，犹如她不熟悉的凛冬将要降临。

沈昼叶最终轻轻地“嗯”了声，拎着书包回了房间。

十一假期结束的第一天，陈啸之没有来学校。

全班几乎都在讨论陈啸之被人捅了的事儿，毕竟不是每个人都会遇到一个假期里被小混混儿捅了几刀的同学。然而同为受害者的沈昼叶因为没有被捅，反而不是很受重视。只有中午一个同学和别的班同学争论时，将在玩贪吃蛇的沈昼叶叫了过来。

“沈昼叶，你是在场的，你告诉他，”同学靠在教室门边，对沈昼叶愤愤不平道，“陈啸之是不是躺在ICU生死未卜！”

被无辜拽来的沈昼叶一脸震惊。

同学朝别的班同学一指，说：“这个家伙非说陈啸之被捅死了。”

这故事到底被传成了什么样子啊？！

沈昼叶诚实地说：“昨天下午我去探病的时候，陈啸之在和别人一起玩‘超级马里奥’。”

那两人瞬间噤声。

“ICU我不知道，但是听那个笑声，”沈昼叶谨慎地推测道，“他用左手玩得挺好的。”

放学后，沈昼叶没有马上回家。

她去附近花店买了几支浅粉香石竹，以鹅黄的纸包了起来，背着沉重的书包，跳上了一辆她没上过的公交车，在靠窗的位置坐下。

去医院的道路被堵得水泄不通，接着车猛地一停，有几个头发花白的老人上了车。

沈昼叶给他们让了位置，抱着花，晃晃荡荡地扯着拉环，一路站到了医院。

天越来越冷，白昼也就越发的短。

沈昼叶到医院时天都快黑了，她想把花插到陈啸之的病床床头，顺便把装汤的保温桶拿回来。

结果沈昼叶刚一出住院部病区的电梯，就撞上了她同桌。

和她同样背着书包的魏莱震惊道：“你怎么在这儿？”

沈昼叶见到自己的同桌也吓了一跳，磕磕巴巴地问：“那你……你来这里做什么？”

魏莱一敲沈昼叶的脑袋："潘老师让我给陈啸之带作业，你忘了？沈昼叶你这个小混蛋，要过来探病怎么不跟我一起？"

老师好像确实说过……

沈昼叶十分不好意思，揉了揉自己的脑袋。

"算了，"魏莱叹了口气道，"我先溜了，我还得回家写作业呢。"

沈昼叶喊道："等等！"

魏莱按住了电梯："嗯？你说。"

沈昼叶揉了揉被敲红的额头，犹豫着问："他、他醒着不？"

魏莱挑挑眉："那不然？你问这问题干什么，想看他睡觉吗？"

沈昼叶抱着花站在电梯口，一听陈啸之没在睡觉，心中立刻咯噔一声，暗暗叫苦。

没办法了。

沈昼叶垂头丧气地抱着花去护士站，想找个护士转交，在她经过陈啸之的病房门前时，突然听到里面有一个陌生的声音。

"说不定那个小姑娘会来呢。"那个人笑道，"她怎么不得把自己的东西拿回去啊？"

沈昼叶呆了下，折返两步，偷偷观察里面发生了什么。

窗户之中，夕阳沉入楼间，夜色覆盖大地。

楼宇间最后一丝光收拢起来，陈啸之身材修长高挑，头发被风吹得凌乱，被光映得只剩个背影，他正靠着窗台朝外看。

"太晚了，"窗边少年模糊的声音传来，"天都黑了，她来不了了。"

陈啸之在等谁？

可接着，沈昼叶就反应过来，无论是谁，和她都没有关系。

沈昼叶于陈啸之而言，是那个想要给他糖吃却被拒绝，去科技馆的路上搭话也被当成透明人，在天文展馆和他打招呼却被忽略的同班同学；是在培训课上被他带着嫌恶抛弃的同桌；也是那个孤独地站在实验室里，哪怕忍着怯意开了口，他都不愿意一起做实验的讨厌鬼。

她甚至得不到陈啸之的半点儿温柔。

所以，沈昼叶想来看救命恩人，可她拒绝被这样的恩人看见。

住院区灯光温柔，映着大理石地板，病室刮来的温柔晚风吹过吊兰。

女孩子飞快地跑过走廊，将自己一路抱来的花留在护士台。

“晚上查房的时候送过去就可以了。”小姑娘对年轻的小护士诚恳地拜托道，“千万别现在送。谢谢您了。”

沈昼叶艰难地背着自己沉重的书包跑出住院部时，天已经暗了下来。

路灯亮起，是医院里散步的好时间。

二乙医院以上的机构一向有一个约定俗成的规矩：无论这医院开在多么寸土寸金的地方，总会拥有一个阡陌交通、苔痕上阶绿的园林，以供苦闷的病人和病人家属出来散步。

沈昼叶穿过外科大楼时，大楼的灯光所不能及之处，恰好有一位老人坐在轮椅里，和推着他的女儿一起看北京蒙蒙的黑夜。

“囡囡，你看看那月亮，你一岁的时候什么样，它现在还是什么样。”老人头发雪白稀疏，膝盖上盖着厚厚的毛毯，声音苍老，“爸爸这一辈子是真的不后悔，不后悔呀……”

他女儿的背影看上去在颤抖：“又瞎讲。爸你一定好好的。”

沈昼叶看着黑影中那对年纪都颇大了的父女，鼻子霎时一酸。

那对父女的身影逐渐融入黑夜之中，年仅十五岁的沈昼叶拽着自己的书包带子，手指发着抖，在黑暗中扶住了身边的一棵树。

她想起以前爸爸总和她开玩笑，说自己会成为一个仰望女儿背影的垂垂老者。

那一刹那，沈昼叶的眼前，华盛顿最后的夏日侵袭而来。

她想起自己曾经在ICU外拍着玻璃痛哭，也曾在葬礼上呆呆地落泪。

爸爸离开得突然而又无声无息，因此沈昼叶无从得知他的一生后悔不后悔……可是她的爸爸从此不会变成老人了。

沈昼叶想起，爸爸也曾带她去看月亮。

那是有月全食的一年，迄今过去了十多年。她爸爸提前计算好了路线，开车带着妈妈和那年只有四岁的她穿过州际公路，去最佳观测点处的海边，那里的大海温柔得像一块深蓝的琥珀。

那晚，海浪冲刷沙滩，篝火温柔地跳跃着，她爸爸让他小小一只的女儿骑在肩膀上，拿着望远镜看月亮，问她月亮有没有变大一点点。

四岁的小昼叶举着望远镜左看右看，带着十万分的认真告诉爸爸，月亮变大了一点点。

爸爸闻言哈哈大笑，肯定大了一点点，我家昼叶连这都能发现，以后想去做什么呀?

四岁的小昼叶想了想，说，爸爸知道的东西好多，我要当爸爸这样的人。

“当爸爸这样的人，”爸爸温柔地说，“要学好多东西的，也要放弃很多东西，比如我问你，反物质是什么，你知道吗?”

小昼叶摇头，懵懂发问：“不知道耶，你们占星师要学这个吗?”

爸爸把女儿的小腿朝下拉了拉，忍俊不禁道：“爸爸不是占星师。”

沈青慈又说：“其实爸爸是研究宇宙的人，他们都叫我Astrophysicist。”

天体物理学家，研究宇宙的人。

海边的银河被篝火灼烧，暖风吹过北美洲海洋。

回忆和篝火散去。

十五岁的沈昼叶在黑夜里扶着北京的一棵树，酸涩地想，她儿时的梦总在那里。

所以，要拼命地努力。

大约二十分钟前。

住院部七楼，813室，夜风习习，夕阳正沉入楼宇之间。

“说不定那个小姑娘会来呢，”慕容俊躺在属于陈啸之的病床上，看着桌边空空的碗，不无幸灾乐祸道，“她怎么不得把自己的东西拿回去啊?”

然后慕容俊劈手一指床边的保温桶。

那个保温桶开着盖子，里面是色泽亮丽带着些许浑浊的玉米排骨汤，已经喝了两碗了。

陈啸之靠在窗边坐立难安地看着楼下，烦躁地揉了揉自己的头发，眼睁睁地看着太阳落了山。

天黑了，期待落空。

沈昼叶肯定不会这么晚来，陈啸之烦躁地想。虽然北京治安不错，但她这几天应该不会在天黑之后在外面活动。这小姑娘那天受了惊吓，他给阿十上药的时候，就发现她的手一直在抖。

陈啸之说不上是什么心情，就是觉得心里堵得慌。

沈昼叶早就来过一次。

陈啸之昨天等了一整天，可他救下的女孩子一直都没来，最后他实在撑不下去睡着了，一觉醒来发现桌边摆着果篮和一个保温桶，外加一张小小的便笺和卡片。

“祝你早日康复。——沈昼叶”

她的字体歪歪扭扭，一看就像没写过字似的，“早日”的“日”还是用圆圈加了个横杠，写法上十分文盲，却有点儿说不清道不明的可爱。陈啸之非常喜欢。

他十分后悔自己居然睡着了……但是阿十毕竟还是来探了病，今天大约是课业太忙。下次阿十来的时候，带她去吃点儿什么好呢？

陈啸之还在当梦里的饲养员呢，安静的病室之中，陆之鸣突然震惊地开口问：“等等！啸之，你昨天没见到她？”

陈啸之一愣，微一点头：“没见着。”

“不应该啊？”陆之鸣惊道，“我们走了之后你就睡了吗？没有吧？”

陈啸之疑惑地看着他。

“那时候也就下午三点钟的样子，”陆之鸣陷入回忆，说，“昨天我们被护士长赶走的时候，你也没睡，我们正好遇到沈昼叶拎着果篮和保温桶来探病呢。”

陈啸之没吭声。

陆之鸣幸灾乐祸道：“只有一个理由，她躲你呢吧？”

还不待陈啸之做出反应，一个年轻护士就推门走了进来，在陈啸之的桌面放了一束鹅黄纸包着的浅粉香石竹。那束花十分漂亮，鲜嫩欲滴，一看就刚买不久。

“你这不是在病室里吗？那小姑娘还非让我转交……”年轻护士奇怪地问，“送花的小姑娘是不是不愿意见你呀？”

第二天，陈啸之依然没有出院。

关于陈啸之的流言越传越凶，已经不再满足于陈啸之进ICU了——他已经为了救一个女生被混混儿捅得肠穿肚烂，生死未卜，那个被救的女生也和沈昼叶没啥关系，成了完全不同的人。

沈昼叶去小卖部买冰棒吃的时候，正好听见两个女生讨论陈啸之。

“四班那个班长你记得吧？”一个女孩子鬼鬼祟祟地道，“据说为了保护他看上的外校校花，一个人单挑了十八个混混儿，现在在ICU躺着，据说快凉了。”

沈昼叶举着冰棒回去找魏莱说了，魏莱和徐子豪疯狂地拍桌大笑。

“哈哈哈哈陈啸之快凉了……”魏莱笑得眼泪都要流出来了。

正好是午休时间，一群十四五岁的男孩儿在后面拿着扫把学习日本刀法之拔剑出鞘，乒乒乓乓的。沈昼叶在这背景音中迷惑地举着冰棒，问：“为什么这个故事的女主角变成了外校校花？是我转学生的身份不能满足看客了吗？男主角还是那个男主角，为什么女主角变了？”

过了会儿沈昼叶又不太开心地补充：“就算传桃色绯闻，也应该是我和他传啊，我还活着呢。”

魏莱对着沈昼叶的脑瓜就是一巴掌：“你有点儿数好吧，陈啸之一天到晚对你拉着张脸，路人为啥会传你和陈啸之？光‘我还活着’有啥用？”

沈昼叶被说服了：“对不住！是我太把自己当个东西了！”

“不过他为什么还不来啊？”徐子豪抹着眼角快乐的泪花，问。

魏莱想了想：“不晓得，我昨天看他活蹦乱跳的。”

他们三人小组又发出一阵快乐的大笑，沈昼叶急忙补充道：“他们医院病床那么紧，一床难求，他不出院，肯定是医生觉得不可以啦。”

沈昼叶安详地啃完了一支冰棒，接着就被潘老师叫去了办公室。

语文办公室里有一个警察，警装笔挺，看样子等级不低，看到沈昼叶，先与她握了个手，然后表明了来意——

“小姑娘，我来带你去做个笔录，顺便指认一下嫌疑人。”

沈昼叶是本次案件主要的目击证人，也是众多受害者之一。

她对打官司和法律其实懂得不多，以她的印象和浅薄的知识，以为会有两个律师上法庭打架，或者那群混混儿赔钱了事。

可是下午发生的一切证明了，那件事显然不打算以一个普通案件结尾。

检察官正准备以故意伤害罪和敲诈勒索罪对那群混混儿提起公诉，其中敲诈勒索罪是主体，取证困难，因此检察官从沈昼叶处问了不少信息，并全数记了下来，显然是打算搞个狠的。

沈昼叶从公安局出来时，已经下午三点多了。

十月的太阳仍显毒辣，她一出来就觉得晒得要命，用手掌挡了下脸，发现自己的手指肚儿被阳光映透了，红莹莹的。

路边泛黄的梧桐叶被凉风吹拂，斑斑点点的光落在石砖上。

此时回学校已经不太合适，毕竟回去也听不满一节课。

沈昼叶只花了两秒钟就下定决心——她掏出自己的小钱包，在街边水果摊上称了两斤又红又青的山东冬枣和红心蜜柚，挎着自己的书包，坐公交车去了医院。

这是沈昼叶第三次来探病，也是她运气最好的一次。

因为这次陈啸之睡得很熟，而且病室里只有他一人。

风吹着窗帘，日光如潮汐般涨落，陈啸之正侧着身熟睡，眉头舒展，有种无忧无虑的赤子感，病号服下露出截干净的绷带。

沈昼叶将自己买的水果悄无声息地放在陈啸之的床头，蹑手蹑脚拉开凳子，在他身边坐下了。

陈啸之的床头晾着两本大部头英文原著，应该是他这两天啃的。

沈昼叶好奇地瞄了一眼。

一本沈昼叶很早就读完并推荐给了梁乐，另一本沈昼叶听说过，是一本用哈勃望远镜拍的许多相片制作的合集，封面十分漂亮且极具收藏价值，精装。沈昼叶十分想拥有，愿意把它供到书架上，然而它的定价是足足50美元。

可远观而不可亵玩焉。

沈昼叶悄悄翻了下那本书。

哈勃望远镜相片集应该刚买来不久，翻开时还有铜版纸与胶分离的清脆响声，沈昼叶吓得咽了口口水，生怕把陈啸之吵醒了，连喘气的声音都不敢太大。

被他看见就完了，沈昼叶想。

她翻开第二页，突然，陈啸之翻了个身，大约是睡得不太舒服。

小转学生吓得一哆嗦，将书偷偷摸摸地放了回去。

沈昼叶的感恩是真的，对陈啸之怀有的好感也是真的，可她从陈啸之处受来的冷眼也是真的。

十五岁的女孩儿坐在救她的人的床前，一声不敢吭，无声地守着陈啸之，看着他肩上和腕上的绷带，充满酸涩和歉疚地低了一下头。

谢谢你，她想。

可这世上，没有人不怕冷眼。

没有人。

陈啸之从一个舒舒服服、准备养精蓄锐的午觉醒来，床头多了一袋红心蜜柚和一袋冬枣。

这次他连贺卡都没收到，来送红柚和冬枣的人就像个来了又走的田螺姑娘，留下好吃的，却记得带走了她自己的保温桶。

她还能这个时间来？陈啸之头都要炸了，三点多不是应该在上课吗？

今天来给他送作业的是他的同桌徐子豪。

徐子豪坐在窗边，跟他聊天，第一句话就告诉他："沈昼叶今天被叫去做笔录了。"

陈啸之面无表情地沉默。

"下午一点的时候她就和警察走了，去了警察局一直没回来，"徐子豪懒洋洋道，"应该是做完笔录就回家了。真羡慕啊，我也想去做笔录……"

"沈昼叶得到最大的好处是什么你知道不？"徐子豪的废话又传了过来，"她没等布置作业就走了，所以今儿这作业她不用写。陈啸之你就不一样，你在住院，你跑得了和尚跑不了庙。"

陈啸之心里一团乱麻，敷衍地"嗯"了一声。

徐子豪又说："不过你什么时候出院啊？我看你都活蹦乱跳的了……"

陈啸之终于正眼看了徐子豪一眼。

"你怎么废话这么多？"陈啸之不爽地道，"我问你，你回答。"

徐子豪慷慨大方道："行啊，你问呗。副班长这几天替你开会啥的，搞得好端端一个人老抱怨，要我说，你这班长真不是人做的……"

陈啸之被吵得脑仁疼，揉了揉额头。

"沈昼叶这几天怎么样？"陈啸之犹豫道，"她看上去心情很差吗？"

徐子豪诚实地说："她？挺好的啊，天天都带糖跟我们分着吃。"

陈啸之突然想起阿十还给他分过糖，一时之间肠子都悔得有点儿青……

他不死心地问："我问她怕不怕和人相处，没问她给不给你吃糖。"

"挺好的，"徐子豪大大咧咧道，"她今天去小卖部买冰棒，回来还和我们讲八卦了呢。"

徐子豪拿了陈啸之的零食来吃，吃了会儿，又说："陈啸之，沈昼叶人真的挺好，还挺大方。你是因为什么烦她？"

陈啸之坦白："我从来都不烦她。"

吃着绿豆糕的徐子豪一脸困惑。

"这样吧，"陈啸之双手交叉，冷静地问，"徐子豪，我用多少钱能收买你？"

"收买我？"徐子豪颤抖道，"老陈你是要收买我的精神还是收买我的肉体？”

陈啸之权当没听见，冷静道：“接下来的几天，放学之后，沈昼叶什么时候走，你什么时候给我发个短信，通知我一声。”

徐子豪一声尖叫：“啊啊啊陈啸之你居然想让我当变态跟踪狂！！”

“我让你在沈昼叶离开学校的时候通知我一声。”陈啸之心烦意乱地道，“我什么时候让你跟踪她了？你跟踪下试试？”

然后他又看向自己的同桌，一字一顿道：“说，多少钱能收买你？”

徐子豪一听，立刻伸出双手：“五十。”

陈啸之冷漠地看了他三秒，扭头去床头摸钱包。

这人的动作已经颇为流畅，可见恢复的程度相当不错，伤口也没有渗血。

徐子豪在接过陈啸之眼神中满含“你这个廉价的狗东西，我真嫌弃你”的五十块钱时，突然意识到，陈啸之这样，早该滚着出院了！

可他怎么还不滚？

周三放学后，沈昼叶被叫到了物理教研办。

物理老师询问了一下她的近况，然后给她塞了几本自己曾经用过的大学教材。

“听说你在集训的地方做得很不错嘛，”李正廷老师笑道，“就是答题不太规范。”

沈昼叶羞赧地挠了挠头，说：“答题不规范确实挺要命的。”

浅浅交谈后，沈昼叶回教室收拾了东西。

她背上书包，又提起了一个新的保温桶——那保温桶里是她今早搞出来的改良版的玉米排骨汤。沈昼叶不知道自己的上一桶汤到底进了哪里，也不敢去想，但这是沈昼叶对陈啸之表达谢意的方式。

希望他还是喝了一点儿的，沈昼叶有点儿难过地想，不过以自己的地位，还是先认为他都倒了比较好。

沈昼叶和李老师一同下楼，她的身后，夕阳落在楼梯间里。

李正廷老师忽然道：“小沈，你去陈啸之那里探病的时候，顺便把材料给他带一份。”

沈昼叶提着保温桶笑道：“好的呀老师，我一会儿就去。”

“那可太好了，”李正廷老师莞尔道，“不过咱班班长受伤不轻，搞不好已经残废了，我不敢指望他。小沈你预赛可得努努力啊，就是这个月了。”

沈昼叶忍俊不禁，在校门口与老师落落大方地道别。

她正准备去买点儿什么，突然看到了徐子豪，夕阳斜沉，学校里的人都走得差不多了，徐子豪却背着个书包靠在学校正门口。

沈昼叶看到同班同学，开心地笑起来，问他：“你怎么还不走呀？”

徐子豪深沉地道：“我在等钱来。”

这回答实在没头没脑。

沈昼叶怀疑是自己没跟上国内同龄人的梗，只好僵硬地接话：“嗯……嗯？好吧，你等钱来，我去医院。”

她跑去水果店，给身负重伤、住院四天还没能脱离护士姐姐观察的陈啸之买水果。

天很快黑了，十月秋夜，夜长风急，已经有点儿冷。北风一刮，沈昼叶没带厚衣服，被吹得裹紧了身上的校服外套。

水果店的阿姨都认识她了，一看到她就笑眯眯地问：“啊呀，小妹妹又要去探病啦？”

沈昼叶哆嗦着蹦了蹦，可怜兮兮地道：“是呀！好冷哦，阿姨，帮我拿两斤皇帝柑。”

“好嘞，”阿姨一抖塑料袋往里装柑子，叮嘱她，“降温啦，多穿点儿呀小朋友。”

沈昼叶可怜地点点头，回头朝学校的方向看了一眼。

暮色之中，徐子豪仍靠在校门口，吧唧吧唧地摁着手机……

徐子豪这家伙发啥短信呢，他不是在等钱来吗？

寒风夜色萧萧然，路灯温柔亮起，沈昼叶被白炽灯拢在光里头，看上去有点儿惨兮兮的。

晚上降了温，北京的风如尖刀刃一般，黑夜里，枯黄的梧桐叶被刮得簌簌作响。

沈昼叶提着皇帝柑和巨峰葡萄外加一个大保温桶，背着书包，哆哆嗦嗦地到了医院。

VIP病区的护士都认识她了。毕竟沈昼叶是唯一一个每天下午都来探病的小同学，几乎每天都套着朴素的校服，带着工作多年的人睽违已久的青春朝气前来，加上沈昼叶长得又嫩又讨喜，这几天轮班的护士都相当喜欢她。

"今天又来啊？"昨天轮班的护士笑道，"813睡了，是不是不需要我帮你转交水果啦？"

沈昼叶揉了揉冻得发红的耳朵，有点儿羞耻地回答："不用啦姐姐。"

那护士立刻挤了挤眼睛，笑着走了。

沈昼叶不晓得护士姐姐为什么挤眼睛，她穿过长长的走廊，813室的病房门紧闭，她稍微犹豫了一下，从门上的玻璃朝里看去——床上凸起了一块儿，陈啸之的头有半个陷进枕头里，在黑暗中看得不甚分明。

他今天居然是在这个时候睡觉。

晚上六点了还在睡……沈昼叶心想，陈啸之一定是累坏了，他的病情应该还在反复，否则怎么会一直在住院呢?

沈昼叶又一次被愧疚笼罩，小心翼翼地推门走了进去。

病室里一片黑暗，窗户还开着，沈昼叶轻手轻脚地关上了门，然后把两个塑料袋放在了陈啸之的床头。

沈昼叶在心里用意念告诉陈啸之："这是今天给您上供的水果，据说都是维生素C之王，也不知道为什么维生素C会有这么多王……你和我有仇，可是和维生素C之王没仇，多吃点儿。"

沈昼叶在心中用意念沟通完毕，认为自己已经尽到了来送水果嘘寒问暖的义务，就在床边坐下了。

她送来的石竹花插在花瓶里。

沈昼叶摸了摸花瓣，上面还有水珠，那些花儿被照顾得非常好。

"居然在这儿，"沈昼叶小声自言自语，"可能是李护士没告诉他是谁送的。"

然后沈昼叶觉得，陈啸之好像动了一下。

细微的风吹过沈昼叶的眉眼，她低下头，看向病床上躺着的少年。

陈啸之睡觉时侧着身，半个身子裹在被子里，没穿病号服，现出已颇为结实的少年胸膛，绷带新换过。沈昼叶在黑暗中看不太分明他的眉眼轮廓，但她真的觉得陈啸之生得不错的。

这么一想，陈啸之的确是人间的宠儿。

年少聪明，受人喜爱，走到哪里都会有愿意为他两肋插刀的人，有一个也许很煊赫的家世……而且鼻梁还很高。

最后一条对沈昼叶而言简直让她嫉妒极了，心想明明都是华夏人种一个祖先进化来的，凭什么他的鼻子这么挺？沈昼叶非常幼稚地一把捏住了陈啸之的鼻子。

天黑时睡着的人，很难被这点儿小动作弄醒，沈昼叶明白睡觉时间和环境对质量带来的差异性。

沈昼叶恶毒地捏着那鼻子，一松一捏，陈啸之动都没动。

真的睡得很熟嘛，睡眠四期了吧？沈昼叶终于放松下来，并放过了陈啸之好看的鼻子。

这是沈昼叶来医院这么多次探病中，头一回找到能在病房里多留一会儿的机会。

也是她一直在寻找的契机。

沈昼叶一直在渴望和陈啸之的独处。

并非是因为她对陈啸之有什么非分之想，看到了那场大雨里流血的伤口之后，她只是想亲眼确定他还活着，活得很好。她愿意听他的呼吸声，数他的脉搏，看到他身上因自己而受的伤口愈合。

从她被陈啸之救下来的那个大雨天后，她就一直想有这么一个契机，如果能和他说说话就更好了。

只是她不敢。

黑暗之中，沈昼叶看见陈啸之露在外面的手。

陈啸之的手骨节修长，关节分明，这双手和女孩儿的手不同，已显出了男孩儿特有的硬朗有力。

骨节上，全是那天受的伤。

沈昼叶用指腹轻轻碰了碰。

伤口已经愈合了，只剩一层坚硬的血痂皮。

她小心翼翼地抚摸那片伤口，又试探地握了一下陈啸之的手，像是成为朋友时打招呼的方式。沈昼叶不知道陈啸之为什么那么讨厌自己。

躺在沈昼叶身前闭着眼的这个少年，她在转学来之前就听班主任提起过。

十五岁的小转学生从那个时候就开始对这男孩儿抱有好感，那好感来得莫名其妙，就像是见到一个失散许久的老友。沈昼叶曾经试图和陈啸之做朋友，却碰够了壁垒，陈啸之对她恶语相向，冷眼以待。

沈昼叶一想，又觉得要哭了。

他这么讨厌我，他看我的眼神就像看一条虫，和我说的每个字都透露着轻蔑。下周我还是主动申请换座位好了……换得离他远一点儿。

别哭，别哭，她又拼命地告诉自己，不要搞得像蒙受了冤屈。

沈昼叶轻轻拿开自己的手。

可是，下一秒，陈啸之的手死死握住了她的手。

沈昼叶胆子小，这一下简直跟鬼片似的，她一声惨叫，吓得眼泪差点儿出来了。

陈啸之居然没睡!

陈啸之将沈昼叶一拽，有点儿用力过猛，沈昼叶踉跄了一下，差点儿磕到床上。

沈昼叶结结巴巴：“哎……”

装睡的陈啸之羞耻地说：“我、我道歉。”

少年从床上爬起来，怕沈昼叶逃跑似的握着她的手，措辞却羞耻艰涩得像是这辈子没道过歉一般：“沈昼叶，我那天说的话……我其实……其实根本没有那么想。”

一片沉沉的黑暗之中，沈昼叶难以置信地道：“你……”

然后她听见陈啸之说：“我道完歉了，你原……原谅我吧。”

沈昼叶呆住了，陈啸之仍然握着沈昼叶的手。

秋夜晚风呼地吹过。

在沈昼叶反应过来发生了什么之后，她鼻尖都红了。这道歉太过朴素艰涩，可她从来没想过她还会收到陈啸之的道歉。陈啸之眼睛里燃着光，就这么定定地看着她，可是借着窗外的路灯的光，沈昼叶看到，这少年的耳根红透了。

“我没有和女……女孩子道歉过。”陈啸之将那些话在舌尖滚过，又沙哑重复了一遍，“对不起。你原谅我吗？”

沈昼叶认识陈啸之已经一个月了，这是他们最长的一次对话——毕竟本次对话居然持续了长达三分钟，以沈昼叶的一句“好好好，我原谅你，求你放手”结了尾。

两个人坐在病室里，灯亮了两盏，床和凳子相隔足足一米，场面极其尴尬。

如果沉默是金，这屋里恐怕已经比国家金库还富有了。

沈昼叶无意识地摸了下自己的手，陈啸之突然开口说：“我不是故意拉你手的，你知道吧？”

沈昼叶想起她的手被抓住的那一幕，耳根都红了，小声说："我尽……尽量，试着这么理解吧。"

陈啸之沉默片刻后说："你还是忘了吧。"

好提议。

沈昼叶看出陈啸之浑身上下写满"崩溃"和"我尽力了"六个大字。

她则总觉得自己的手还是被抓着，残留着陈啸之的温度。而且脑海里有个小昼叶突然冒出来与她寒暄："嗨呀！你别说，陈啸之的手还挺暖和……"

沈昼叶几乎惨叫出来，拼命一摇头，把这个出来找事儿的小昼叶甩成一团烟雾。

又一阵夜风吹了过来，沈昼叶的小马尾有点儿乱了，她用力压了压自己头上翘起的卷卷毛。

沈啸之突然说："全科护士都在笑话咱俩。"

沈昼叶一愣："笑话什么？笑话班长你虽然被捅了但是身残志坚……"

"你再这样我骂你了。"陈姓班长冷酷地说，"笑话我有个三过病房门而不入的探病妹，每天像个田螺姑娘一样给我送水果送花，有时候还进去坐一坐，你说这个来探病的田螺是谁？"

沈昼叶想了想，由衷叹息："魏莱居然会做这些，想不到啊。"

陈啸之点了点自己嘴角的位置："田螺脸上有伤。"

沈昼叶摸了摸自己的嘴角，迷惑地说："魏莱还会变装啊？"

接着，意识到继续胡说八道下去陈啸之估计有点儿想揍她后，小田螺立即噤声了。

过了一小会儿，小田螺小声道："我今天给你带了……一点儿柑子，还有葡萄，你要吃吗？我去洗。"

"行，给我洗串葡萄吧，"陈啸之示意她，"果盘儿在窗台上。"

小田螺立即拿了果盘，拽了一串儿葡萄，逃跑般消失了。

陈啸之看着沈昼叶的背影，揉了揉眉头，从塑料袋里拿了个柑子，开始剥皮。

沈昼叶洗完葡萄回来，手上都是水，将那个果盘恭恭敬敬地放在了陈啸之的床头柜上。陈姓班长恰好剥完了一个贡柑，将果肉撕拉一声掰开，非常自然地将两瓣方便吃的果肉塞进了沈昼叶的手中。

陈啸之努了努嘴："你那保温桶里是什么？"

他的表情十分意难平，说完之后还多看了沈昼叶两眼。

沈昼叶很顺从地吃着陈啸之剥出来的贡柑，想起自己做的汤，非常欲盖弥彰地转移话题："哦对了，今天物理老师让我给你带资料。"

她飞快地拿出今天李老师给的卷子，放在陈啸之的床头，叮嘱道："周末的课改到华清理科楼了，就从他们西北门进去直走的那个！你千万别忘，这次是外面的老师带我们，机会难得。李老师给找了一部分题，你千万记得看一看。"

陈啸之问："那个保温桶里是什么？"

沈昼叶又说："这周开光学呢，光学可好玩啦！话又说回来了，这月月底就要考预赛了……"

陈啸之眼睛眯起："把桶给我。"

一瞬间，沈昼叶从脸红到了耳朵根。

沈昼觉得让一个同班同学在自己面前喝自己亲手做的汤，实在是过于暧昧了。

毕竟，她和陈啸之并没有那种意义上的关系。

"别了吧，"十五岁的沈昼叶脸红地道，"我觉得这不合适……"

陈啸之不耐烦地皱起眉头："赶紧给我。"

沈昼叶见他都不耐烦了，只得把桶递了过去。

陈啸之拧开盖子，朝里看了一眼，汤还在冒着热气。

他的眉毛不羁挑起，问："上次是你弄的排骨玉米汤？"

沈昼叶结结巴巴："对、对对对对……"

"对什么对对对，"陈啸之将盖子拿在手里，确认道，"是你送的对吧？"

沈昼叶被陈啸之这句话吓得后退一步，第一反应是，难道有谁冒名认领了我的汤，对陈啸之说这汤是她做的了吗？这是什么恶俗八点档里头真相大白的打脸场景！

这相当于文章作者署名权问题！不能退让！我的汤永远是我的汤。

沈昼叶干脆地承认："是我。"

陈啸之由衷地说："太好了，终于找到了。"

小田螺认领了自己的成果，好奇地问："你问这问题做什么？是有人说这排骨汤是她做的吗？"

"没。"陈啸之摇了摇头。

沈昼叶吃掉最后一片柑瓣儿，陈啸之又把他新剥的贡柑塞进小田螺的手里头，腾出手拿起那桶排骨汤。

小田螺头上悠悠地飘出个问号。

外面天都黑透了，十月的夜里已经颇冷，病房里的窗户还开着，风吹起沈昼叶压不下去的卷毛。

陈啸之开口道——

“你给我喝下去。”

第九章

天　资

“铛”的一声聚光灯亮起，照亮了沈昼叶手里捧着的要饭小碗。

病室里的灯冰冷地落在沈昼叶手中的瓷碗里头——那真的是满满当当一尖碗。

陈啸之一点儿也不吝啬，他将排骨玉米和山药全盛进碗里，将看上去非常浓的汤递了过来。

小厨师很受伤：“真、真的要喝？”

陈啸之脾气非常坏，眉头拧起：“你喝不喝？”

他好凶啊！沈昼叶想起那一板妈妈买回来之后自己不乐意吃的白巧克力，心态都要崩了，就当是喝奶油汤了吧……于是她端起碗来，小小抿了一口。

陈啸之冰冷道：“这一碗，喝完，告诉我你喝到了什么味道。”

沈昼叶沉默了一会儿，极其悲情地道歉：“对不起。”

陈啸之没说话，过了会儿，沈昼叶又愧疚地补充：“必要的话我可以给你下跪以表歉意……”

陈啸之眉峰一扬：“我要你下跪做什么？”

话都说到这份上了，为了不被陈啸之当场杀死，沈昼叶只得颤抖着喝完自己亲手做的魔鬼排骨汤。汤里带着点儿奶味和甜味，又有咸香清亮的十三香调料，她喝到一半的时候，感觉人生的走马灯都闪了过来。

沈昼叶喝完，真切地感受到了陈啸之对自己汹涌而来的恶意，一时之间鼻尖都红了。

陈啸之看着沈昼叶放下碗，慢条斯理地问：“你加了什么？”

沈昼叶近乎哽咽：“十、十三香调料和……和白巧克力。对不起我再也不敢了！”

陈啸之感慨道：“你是真的敢放。”

沈昼叶十分受伤。

就算很难吃，也没必要摁头喝对不对！非常打击自信心了……

然后她听见陈啸之的声音响起：“你不回家吗？”

沈昼叶抬头一看表，发现已经晚上七点多了，窗外的天穹被墨浸透，她已经在医院待了一个多小时。

今天老师布置的作业不少，语文还有许多抄写。

“我走了！！”沈昼叶惨叫着拎起书包，又去够那个装着汤的保温桶，却被陈啸之伸手一拦。

沈昼叶疑惑：“嗯？”

陈啸之轻飘飘地说：“桶留下，我刷了给你送回去。”

沈昼叶看看还剩了大半桶汤的保温桶，又看看陈啸之，思索了会儿，点了点头。

“你刷干净点儿。”沈昼叶勉为其难地说。

北风刮净了层云，现出辽阔的夜空。白炽灯落于树冠，林间小径拢着浓厚的夜色。

晚上七点多，十五岁的沈昼叶背着沉重的书包，和穿着病号服外面套了个厚外套的陈啸之一起，走在通往医院正门的路上。

“班长，我觉得让你送不太合适，”穿过外科大楼时，沈昼叶小声道，“你还要养伤呢。”

要养伤的班长连看都不看她，说道：“谁送你了？我出来散步的。”

沈昼叶抱着胳膊，打了个哆嗦：“好、好吧，我们就是一起走一段路。”

沈昼叶一开始还想过找话题和陈啸之聊一路，但是她一看陈啸之那张脸就怕了：这人长得挺俊，然而总是很凶，脾气相当坏，阴晴不定睚眦必报……连喝个甜汤都记仇。

小转学生被陈啸之损过不少次，一朝被蛇咬，哪怕他道了歉，沈昼叶也还是十年怕井绳。

她不敢触陈啸之霉头，也就是说，她不敢轻易放屁。

沈昼叶和魏莱待在一起总是叽叽喳喳的，和梁乐待在一起也几乎静不下来，连几张A4纸都能玩出花样儿。但是她只要和陈啸之做着同桌，甚至走在一条路上……

风一吹，沈昼叶悄无声息地打了个寒噤。

陈啸之舔了舔干涩的嘴唇，问道：“你这是冷？外套要吗？”

又一阵冷风吹透了沈昼叶的校服，这姑娘本来就有点儿瘦且怕冷，穿得还特别少。但是，她坚定不移地摇了摇头。

谁敢要陈啸之的外套啊，沈昼叶冻得哆哆嗦嗦地想，别看他今晚道歉，搞不好拿他外套，他会在背后扎小人呢。

过了会儿，路过超市时，陈啸之又突然开口：“饿了？给你买点儿关东煮？”

沈昼叶发着抖，肚子还咕噜叫了一声，在冷风里说：“我……我不想吃东西。”

他们走到医院门口，行人相较白天而言少了些，但仍是有着闹市的车水马龙之景，黑夜里，车灯耀得人眼花。

沈昼叶看到天桥，就想在这里和陈啸之道别，去对面坐公交车。

沈昼叶刚开口：“谢谢你送我到这儿……”

她一回头，就看到陈啸之站在路边，伸手拦了辆黄绿色的出租车。

沈昼叶并不经常打车。

一来是她觉得没必要打，二来是打车确实不便宜。沈妈妈虽尽着女儿花钱，但养出的小昼叶，在花钱时还是比较克制的。

但是，既然陈啸之都把车给拦了……

陈啸之将出租车拦定，绅士地拉开车门，对沈昼叶说：“上车吧。”

接着，他又开口问道：“你家在哪儿？”

沈昼叶呆呆地说：“滨……滨杨花园。”

结果陈啸之微一点头，不容拒绝地先将钱付了，并将手垫在门框上，示意沈昼叶先上车。

沈昼叶都不知说什么，她钻上出租，下一秒，陈啸之将自己病号服外的外套脱了，按在沈昼叶的腿上。

路灯映在车中，沈昼叶试图把外套推回去，说：“这、这真的不用……”

陈啸之道：“你都快冻死了。”

“不行，”沈昼叶抗拒地道，“班长你还是病号呢！我怎么能抢你的衣服穿？你拿回去。”

黑夜里，陈啸之忽然变得极其冷酷，将门吧唧一声关上了。

“喂？！”沈昼叶拍了拍窗户，“可是班长我真的不能要你的外套……”

出租车司机一脚油门，那车瞬间窜了出去！沈昼叶抱着班长的外套焦急地朝后看，只看到陈啸之站在寒风里，白蓝相间的病号服被吹得鼓了起来。

出租车司机迷茫地问：“那小伙子那么结实，小姑娘，你确定他是个病号？”

出租车驶出五棵松桥，沈昼叶小心翼翼地将外套穿在自己身上，说道：“他已经住院五六天了。”

沈昼叶拉上拉链，将自己埋在了陈啸之的外套里头。

“所以他病得很重。”

十五岁的沈昼叶对司机严肃地强调了一件并没有因果关系的事情。

沈小同学那天晚上做完作业时，钟表已经指向了十二点。

国内的作业以书面形式居多，沈昼叶还成功地在语文默写中得到了写出八个错别字的“辉煌”成绩，喜提将《桃花源记》的原文加翻译抄写八遍的“惊喜大礼包”，写到最后，沈昼叶觉得自己的手都开始远离了自己的肢体……

换一个环境，一切都不一样了。

原先沈昼叶是优秀学生，老师的骄傲，她那时的朋友还说，他们的毕业典礼上有很大可能是沈昼叶上去致辞。

三个月后，沈昼叶看着自己的2008-2009学年度第一学期月考卷上血红的72分，长长地叹了口气……

她将自己本次月考的卷子从头翻到了尾：语文终于上了60，但是满分是120，还没有及格。数学考了105，同为120分满分的英语，她居然还不到100……一个从小就讲英语的人居然考不到100！凭什么，我过去的十三四年说的难道不是英语吗！

事实过于讽刺，魏莱啧啧称奇。

沈昼叶打开自己的笔记本电脑，在Excel表上记录自己的本次成绩——她一向有用Excel拉折线图看自己的成绩变化的习惯，这次也不例外。

然后沈昼叶在Excel表里看到自己回国后两次考试的名次对比。

期初考试：36（名）/40

第一次月考：30（名）/40

简直看不到曙光……还毕业致辞呢，致个锤子……这能有高中上吗？

沈昼叶差点儿崩溃，立刻从书包里找出那个藏蓝色的本子，打算寻求一下未来的自己的帮助——至少想知道自己是不是曾经去过职高。十年后的她回信一向不太及时，上一次来信，已经是两个多星期前的事了。

台灯荧荧地亮着，映亮沈昼叶桌子上的方寸之地。

她一摊开本子，里面居然有两页叠得规规矩矩的信笺纸。

沈昼叶上次写信时，问了十年后的自己，“什么是她将要走的弯路”。

而这就是来自未来的回信。

沈昼叶知道这么长的一封信里，难以避免地会有触及红线的内容。

这些信件在来往的过程中，会被抹去一部分细节，那些细节会造成信件内容的不连贯，抹去的部分非常细致，无论是用中文写还是用英文，哪怕用西班牙语都会被抹去，甚至用谜语都不行。

这种细致程度令十五岁的沈昼叶产生一瞬间的怀疑——仿佛这场通信是人为的。

然而，现实中，这种通信根本不是一个普通的“人”能够架起的。

这场通信近乎神迹。

而在传说之中，“神”全知全能。

十五岁的沈昼叶拿起信笺的瞬间，本子里有样东西突然掉了下来。

她随手摸起，发现掉出来的东西是两张连起来的透明创可贴，创可贴的背面潦草地附着一行留言——

“清理伤口后贴上。”

这字体凌厉又刚硬，运笔方式与她完全不同，却又十分眼熟。

而沈昼叶批过这字主人的随堂小测。

这七个字，应该是陈啸之写的。

只是这笔字，比她现在认识的这个十五岁的坏脾气的男孩儿的笔迹，要刚硬成熟得多。

沈昼叶微微一愣，拿着创可贴，翻开了新来的信件。不出所料，那信里大半内容都无法阅读，已经成了一团化开的墨水。

她提问的方式有问题。

不应该询问“弯路是什么”，这是违反规则的。

但是里面还是有一些可阅读的部分，沈昼叶低下头去看。

“我在过去的十年中后悔过许多事，而大多数事情都发生在2008年。我后悔那年被小混混儿堵住时没有直接告诉妈妈，虽然后来解决了，但还是给我的人生留下了非常大的影响。”信中又道，“昼叶，如果你在培训课结束后被一群流氓堵进小巷，千万不要忍气吞声。”

可是，这件事儿已经发生了有一些日子。

十五岁的沈昼叶僵了下，触电般地去看这封信的落款时间——是2018年8月。它居然是紧随着那一封“陈啸之根本不喜欢你”的醉酒信件发出的，这两封信发出的前后时间竟然只差了一天！

可是，在十年前的这片时空，前后两封信的间隔，是足足二十天。

她和大昼叶通信的时间和间隔真的毫无规律。

凡科学总有规律可循，毕竟数学和物理所说的每一个字都是真理，唯有人类不可预测。十五岁的沈昼叶直觉这间隔不太对劲儿，却暂时拿它没有办法。

她定了神，又继续向下看。

关于流氓的这一段并没有被隐去，大概是这信来到2008年时，一切都尘埃落定了的缘故。大昼叶说混混儿事件没造成什么严重的后果，她只是挨了一拳，外加饿了几天的肚子，最后是一个“熟人”为了这件事儿挨了刀……

混混儿事件没有被改变。沈昼叶也不知是放松还是怅然，悠悠叹了口气。

然后她鬼使神差地抬头看了一眼自己拉的Excel表。

在圣乔治亚诺时，她的成绩折线图几乎是条直线，直冲天花板，地位无人能撼动，哪怕在素来有恐怖之称的亚裔之中都是最顶尖的学神，April Shen的学神地位从七年级开学一直持续到她转学回国。

如今学神的成绩折线已经亲吻横轴了。

沈昼叶一时陷入迷茫，她继续往下看，看看信里有没有说自己“中考时一朝逆袭，考到了班级第一，语文考到了一百一”。

大昼叶在信中写道：“我不知道你能不能看到这句话，但是关于你的成绩，我有一个非常重要的建议要告诉你。”

重点来了！读信的人立刻打起十万分精神，一翻页。

第二页赫然一行大字：“竞赛是你唯一的机会。”

沈昼叶快哭了。

接着，大昼叶又补充了一句：“中考语文你想及格，非常困难，建议不要给自己添堵。”

后面是一堆糊着的墨水，大概是含着血泪的自白，隔了两三行才有一行可以辨认的字迹：“破语文，我到了高中才勉强及格。”

做着春秋大梦的沈昼叶大受打击，将剩余可读的信读完，发现大昼叶直接装没看见“陈啸之是谁”的问题，信件末尾的落款仍在小利兰。

至少沈昼叶知道自己有高中可上了……

只不过那欲盖弥彰的“熟人挨刀”，加上沈昼叶已经见过的、倒在雨里的陈啸之，再加上创可贴后面陈啸之的笔迹，令十五岁的沈昼叶陡然升起一种错觉——

仿佛有什么奇怪的事要发生了。

周五，天气骤然降温，沈昼叶顺理成章地感冒，请假在家养病。

当天，据魏莱发短信称，陈啸之终于来了学校。

沈昼叶总觉得他伤都好得七七八八了——毕竟他只是缝了几针，骨头血管都好好的，沈昼叶甚至还怀疑他爸妈一直不去探望他，就是因为自己儿子是赖在医院的。但是陈啸之毕竟是她的救命恩人，因此，哪怕见了他活蹦乱跳还往病床上歪的样子，沈昼叶也只能把满肚子的话憋在肚子里。

她在家一边擤鼻涕一边做奥赛题，片刻后手机“叮”的一声，来了条短信。

沈昼叶在客厅晒着太阳，将自己裹成个球球，摸过自己的小诺基亚，一滑开，发信人是“初三（4）班班长”。沈昼叶感冒时脑子转得有点儿慢，花了一分钟才反应过来，这是她给陈啸之存的备注。

短信问：“你怎么没来上学？”

这个时间应该在上课，陈啸之居然上课玩手机。

沈昼叶把擦鼻涕的纸巾丢进垃圾桶，安详地回复：“我感冒了呀。”

也不知去陈啸之做了什么，过了很久才回了一条：“感冒了……就多喝热水。”

沈昼叶认为陈啸之非常敷衍，显然是在后悔这场愚蠢的对话，毕竟喝热水有个锤锤用，谁要多喝热水啊！于是她很礼貌地回了句谢谢，又擦了擦被堵住的眼泪鼻涕，继续刷奥赛题。

沈昼叶一边做题一边斗志满满地想，她一定要打败国内的学霸……至少要有高中可上。

班里一群男同学前几天激情对骂，一个骂对方只能去颠勺子，另一个骂对方只能去开挖掘机，沈昼叶并不懂国内的高中是怎么个分类法，但她扪心自问自己开不了挖掘机，在被陈啸之逼迫喝下那碗巧克力排骨汤后更是认为自己最好还是离厨房远点儿，因此只剩下了学习这一条出路。

然而她语文还不及格，就只能参加竞赛了……

也难怪培训班上的一些人看不起她。

阳光洒进客厅，沈昼叶小声地叹了口气，端起手边的冷水。

预赛的这些题对沈昼叶来说实在是过于简单，还不如她爸原先出给她玩的题困难，缺乏最基本的挑战性，连解出来的刹那的惊喜感都没有。沈昼叶做了一会儿力学应用题就觉得这是在浪费时间，直接将书合上了。

手机又是“叮”的一声。

沈昼叶拿起手机一看，还是陈啸之发来的短信。

初三（4）班班长：“你下午还到不到校？”

什么啊，好凶，他是来查人了吗？沈昼叶生着病本就脆弱，有点儿怕他这种语气，蜷缩在被子里回短信：“我请过假了呀……下午不去了。”

班长又安静了许久，道：“行，知道了。”

沈妈妈早上七点半就得去院里开会，似乎是他们电信专业本年度的国自然的结果要出了。沈昼叶不知道国自然是什么，只晓得妈妈很忙，便一个人窝在家里，做题做腻歪了，就迷迷糊糊地睡觉。

外面寒风渐起，正午的阳光在墙上映出金红的水般的颜色。

沈昼叶闭上眼睛，梦境逐渐融入现实。

“就那个小美国人也会生病的？”

一个男孩儿稚嫩的声音缥缈地传来。

现实的轮廓退去，沈昼叶躺着的沙发和鸭绒被褥化为岁月中的阳光与八斤厚棉被。恍惚间客厅的窗变成了四合院的花格，过去的梦境如黄河般汹涌而至。

“平时看她和我打架的样子，壮得像头牛。”小男孩儿京片子相当纯正，一听脾气就有点儿坏，站在会客厅道，“拽我头发耳朵的时候怎么不生病了呢？”

沈昼叶奶奶的声音和善地遥遥响起：“阿叶缺乏锻炼，随便一冻就要感冒的……”

小昼叶难受地攥着拳头，烧得连睁开眼睛的力气都没有。老旧的门吱呀一响，看不清眉目的小男孩儿沿着地上发光的光点走了过来。

“你生病了。”小朋友面无表情地道，“我奶奶让我来探病。”

小昼叶蜷缩在被子里，难受地抽动了一下。

下午金黄色的阳光映着窗棂，画眉啁啾地在笼中跳跃，大棉被里有一团小小的隆起。

那男孩儿问：“你喝没喝热水？”

为什么喝热水会有用，加热一氧化二氢就能治病吗……怕烫的小昼叶本能地摇摇头，烧得迷迷糊糊地道：“我……我不喝热水，我不想喝……”

但是男孩儿还是站起来，去拿了暖瓶。

“我妈总说，一壶热水下去，什么感冒都会好。你怎么屁事儿这么多？”

无法反抗而且屁事儿很多的小昼叶蜷缩在被子里，在穿透她眼皮的阳光中，听见了淅淅沥沥倒水的声音。

那声响如鼓点，如沉闷的雷，却更像是穿透十年的雨声。

十五岁的沈昼叶蜷缩在客厅的沙发里头，柔暖的阳光拢在她的身上，她的习题集摊开着，书中间夹的笔啪嗒掉在地毯上。

她的小诺基亚屏幕亮起，来了条新短信。

沈昼叶烧还没退，被从梦中扯了出来，发蒙地按开了短信。

小液晶屏幕上一行字，来自初三（4）班班长：“感冒的时候多喝热水。最好一壶起。”

上呼吸道感染，别名感冒，特点是无论吃什么特效药，都得花七天才能病愈。

沈昼叶熬过了最难受的第一天，后面勉强重拾了一些人类的尊严，第二天不得不装着一大包抽纸，去华清园上电学和光学的联合培训课。

培训课是翘不得的，尤其是对沈昼叶来说。

竞赛集训的地方在华清的理科大楼，位于海淀校区的西北角，红砖白护栏，绿树成荫，墙上爬满翠绿的爬山虎，是二十世纪初的建筑风格，毗邻天文馆和长春园，距离工字厅也非常近，是老院系物理学院与数科院的大本营。

有一种与中学不同的，十五岁的沈昼叶睽违已久的大学特有的学术浪漫。

沈昼叶拼命忍着咳嗽，走进充满熹微晨光的教室。

教室是标准的大学阶梯教室的构造，沈昼叶看见梁乐早就已经到了，和他开开心心地打了个招呼，跑到他身边坐了下来。

梁乐关切地问：“你感冒了？”

沈昼叶点了点头。

“你和陈啸之的事儿都传开了，”梁乐说，“后来传得神乎其神……我都听到陈啸之被捅死的版本了。”

沈昼叶由衷感慨：“在我们初中部的传闻里他只是被捅得肠穿肚烂，没想到在高中部直接被捅死了……人言可畏啊。”

梁乐笑了笑，问：“他没事儿吧？”

沈昼叶摇了摇头，示意他还行。

今天要来讲光学的老教授迟迟没来。

老教授名叫杨聂，据说已经七十多岁，由于身体原因已经许久没带过课了。教授只在闲暇时给自己还没毕业的硕博生改改论文，连自己学校的本科生研究生的课都不带，更别提来带这群中学生的竞赛培训了。

此番学校请杨教授来上课，应该是请了人才说动的。

沈昼叶等了半天，等得神志都有点儿不清醒，就去厕所洗脸。

她走进厕所，刚站在洗手台前拧开水龙头，就突然听到了一个熟悉的名字在走廊里响起。

“初中部的那个沈昼叶，”一个男孩儿在厕所外低声道，“你们听说她的事儿了吗？”

被点名的沈昼叶胃一抽抽，看向镜中的自己。

早晨的光映射着大理石地板，又映在她的脸上，显得她面色格外苍白。

另一个人道：“我听说了，反正我从来没考过级部五百名。真不知道她有什么勇气来参加培训……”

一开始的那个男生说：“鬼知道啊，搞不好以为这是捷径。”

一个女生弱弱地道：“不过她的随堂小测考得挺高的啊，作为初中生很厉害了吧？”

“初三的班里倒数的，怎么可能在这儿这么厉害？”一个尖细的声音轻蔑道。

“抄的吧。”

“就是就是。一个初三女生，都没学过高中物理，小测的那变态题都能考八十多？假得过头……”

被八卦的人将手伸进水流之中，掬起捧水，晨间的阳光映了进去。

太阳之下无新事，连人群的八卦都是相通的。

抄的小测卷，不自量力地寻求捷径，来自年龄稍大些的人的歧视，甚至还有理工科传承已久的对女性的轻蔑。

沈昼叶还没来得及感到一点儿礼仪性的难过，厕所隔间门忽然就被推开，里头走出一个陌生的存在感很强的老太太。

“那女的完全就是来凑热闹的，在咱们校门口被救了的不也是她吗？”

“搞不好是专门来谈恋爱的……”

沈昼叶又被自己身上八卦的多样性震惊了。

洗手台边，陌生的老太太一头花白头发理得精短，穿着格子衬衫和洗得发白的牛仔裤，步伐非常矫健。

门外八卦之声不绝，而老太太只漠然地扫了那群说话的人一眼，便将教鞭夹在腋下，以布满青筋的手指拧开了水龙头。

沈昼叶觉得这股劲儿和她奶奶有点儿像，心生熟悉，因此不免多看了两眼。

老太太洗完手就走了。

而出于不想把那群人吓死的善意，沈昼叶倒是等在厕所里，完完整整地听完了自己的八卦。

在别人嘴里听到自己的故事，实在是挺神奇的……

故事中的沈昼叶是个从外地转学来的、除了长得还行之外一无是处的女生，学习成绩很差，却为了勾引天才少年陈啸之不惜豁出时间来参加竞赛的培训。一开始靠抄陈啸之的卷子才得以次次被老师表扬，不过后来陈啸之厌烦了，沈昼叶就勾搭了梁乐做同桌，继续抄。

值得庆幸的是，这故事比上一个版本完善了不少，人物动机明确，性格也鲜明了许多。

沈昼叶听到最后，感到有点儿迷茫。

她从来没有和这群人说过话，甚至连点头之交都无。她和这群八卦者只是在一个教室里上了一个假期的课而已。以沈昼叶这种稍显迷糊的个性，如果在班级之外的地方相遇，她甚至都认不出这群人是谁。

但自己却要承受这么多流言蜚语与恶意。

沈昼叶束手无策。

毕竟她不能冲上去让他们闭嘴，告诉他们自己是怎样的人，告诉他们“你们连我的长相都不一定记得，怎么能信誓旦旦地谈论我的人生”。

秋日早晨，爬山虎在墙上摇曳，沈昼叶在校服上擦了擦手，抬头望向远方湛蓝的天空。

总会好起来的吧，十五岁的沈昼叶想。

上午八点四十，明亮的光泼进阶梯教室，远处的天文台白得如一座沙塔。

沈昼叶恹恹地推开门，看到自己的位置前面多了个本不该出现在那里的熟人——陈啸之。

陈啸之单肩背着包，肩宽腿长，影子拖在地上。

“你能滚回自己位置上吗？”梁乐毫无保留地嘲道，“说走就走说来就来，谁给你脸了啊？”

陈啸之抬起眼皮，慢悠悠地道：“我坐你的位置了？”

梁乐毫不客气：“你挡我视线了。”

陈啸之冷淡道：“挡你视线和我有什么关系，你长得矮又不是我的错。”

梁乐皮笑肉不笑：“呵呵。”

梁乐显然是没忍着自己的脾气——他对陈啸之说的这几句话，其实就是在直白地找他的碴儿。沈昼叶没和梁学长提过什么陈啸之的事情，但从她和梁乐仅有的几次沟通来看，梁乐其实对陈啸之很有看法。

沈昼叶不晓得陈啸之为什么搬了回来，但是她一向不像梁乐那样随心所欲，也就没有问陈啸之，只在他身后安静落座。

陈啸之从包里摸出讲义，阳光落在他的头发上，犹如烁金一般。

梁乐突然用胳膊肘碰了碰沈昼叶，问：“这次的杨聂杨教授，听说过吗？”

沈昼叶愣了下：“好像有所耳闻……”

“老教授相当厉害，”梁乐压低了声音，“这位老教授是原本第一批‘973计划’的科学家，今年都快八十了，已经好多年没上过课……据华清一个学长说，杨教授早些年带的课从来都场场爆满，连大北都有人来旁听的。”

沈昼叶想起自己奶奶和她的门生嫌弃隔壁华清的小德行，由衷道：“这个杨教授的课场场爆满可能性很高，可是大北的人来旁听，可能性为零。”

“你说的有点儿道理，”梁乐勉强承认道，“无论这课讲得多好，大北人首先不可能屈尊纡贵来这栋教学楼。”

沈昼叶迷茫地说：“对吧？反正我一直不理解这两个学校在较什么劲儿。”

“鬼能理解他们啊！”梁乐认同道，过了会儿他又低声说，“不过杨教授是真的厉害。沈昼叶，你知道‘973计划’的概念吗？”

沈昼叶摇了摇头。

她只晓得“计划”以数字打头时背后必然是国家在支撑，从资金到资源都是非常厉害的，可却对“973”这三个数字的重量一无所知。

“‘973计划’是1997年，国家为了解决能对‘人类认识世界产生重大影响的科学问题’而设立的，投资数百亿的科研计划。”梁乐解释道，“这个计划覆盖面从新能源到生物医学，再到航天动力学和信科，基础科学自不必说……杨教授是第一批呢。”

沈昼叶连下巴都惊掉了：“第一批？！这种科学家来给我们讲竞赛？讲高中物理？！”

梁乐拿起讲义一扬：“我也不信，但是，授课人，杨聂。”

沈昼叶立刻对这节课的授课老师充满了敬仰。

时钟指向上午八点五十，上课铃响起。喧嚣的教室的门被慢慢推开，一位老人走了进来。

“咔嗒”一声，仿佛慢动作一般，连教室里的嘈杂声都变小了。

金黄的光拢在老人花白的发间，又映亮了老人的金边眼镜。

“同学们早上好。”穿着格子绒衬衫的杨教授步伐矫健，走到台前，双手撑在讲台上，目光隔着眼镜望向下面的学生，说，“我的名字叫杨聂，杨树杨，耳双聂，你们可以叫我杨老师。”

一瞬间，下面有人甚至倒抽了一口气。

沈昼叶微微一怔。

“今天——”这位过往辉煌的科学家站在阳光里，缓慢地说，“我来试着带一下高中的电学与光学。”

梁乐震惊地喃喃道：“这教授居然是……”

他没有说完。

沈昼叶知道他想感慨的是什么，但是她心里感慨的和梁乐完全不同。

杨教授竟然就是那个在厕所洗手的老奶奶。

科研大佬也分为两种，不会讲课的和会讲课的。

前者比较稀少，除非大佬的语言功能有问题——事实上大多数的老教授讲课都非常风趣易懂，哪怕让他们来讲睽违五十年的高中知识点，他们也能讲得异常生动。电学本就是高中物理一大难点，抽象且不易理解，劝退程度仅次于力学。

可这一门课却在杨聂教授的点拨下，许多知识点被串讲得明明白白，就像签子上串得分明的糖葫芦。

这大概是学校专程将她请来讲课的原因。

沈昼叶觉得听这样的老师上课实属是种享受，老教授看上去冷冷的，讲课时却有种难以察觉的激情，间或会穿插些她在实验室的有趣经历，十分吸引人。

连陈啸之都没玩游戏，听得十分专注。

第一节大课结束，沈昼叶趴在桌子上，慢吞吞地抽了两张纸巾擦鼻涕。

她趴的桌子上密密麻麻地写满了公式，应该是来考试的大学生留下的垂死挣扎的小抄……她刚擦完一张鼻涕纸，就听到旁边的梁乐嫌弃她："别往我这儿扔纸！哇，沈昼叶，你鼻涕真的好多……"

被嫌弃的沈昼叶委委屈屈地将滚到梁乐一侧的纸球捡了回来。

梁乐眉头一皱："你是小孩吗？这么能流鼻涕？"

沈昼叶又悲情地抽了张纸，说："没办法，我感冒了。"

梁乐还准备剋沈昼叶两句，坐在前排的陈啸之却突然扭过头，他停顿了好一会儿，问："你感冒还没好？"

沈昼叶静了下，道："我是昨天感冒的。"

陈啸之的同桌，那个叫陆之鸣的高二学长看到陈啸之一噎的表情，幸灾乐祸地笑出声。

陈啸之又艰难地道："那……个，如果你要喝热水的话，我去给你接。"

沈昼叶崩溃地想你是和热水杠上了吧？然而她还没来得及拒绝陈啸之这一莫名其妙的善举，讲台上的杨教授就突然开了口。

"在座各位都是要参加物理竞赛的学生，"老教授慢吞吞地说，"我对现在的考生质量非常好奇，所以，我想请大家来做道题。"

教室瞬间静了下来。

老教授从讲桌上摸了支粉笔，叭叭叭地在黑板上画了个方形——一个示例图。

"这是一个——"杨教授在黑板上拍了拍，"磁感应强度大小为B，方向竖直向上的匀强磁场。”

然后她的粉笔在那几何图形上一点：“这是个正方形的线框导体。”

粉笔当当地撞了两下黑板，铿锵有力，可见这老人已经写了一辈子板书。

“拿出笔来，”老人转过身，带着丝敷衍，对全班道，“我口述你们已知的条件和问题。”

这题和沈昼叶之前做过的每道题都不同。不是它有多特别或是多难，是因为这道题完全超纲。

杨教授口述的题是道大学物理题——沈昼叶只在竞赛解析题集里见过，解题必然要用到的“角动量”这一概念，这个班还没有接触过。

也就是说，只啃了高中物理的人，不可能做得出来。

上课铃声响起的瞬间，杨教授突然劈手指一个人，道：“起来。”

那个被点名的人一惊。

沈昼叶发现是个熟面孔——那个在厕所外嘲讽她的，在高中部多媒体教室上课时坐在她前面的男生。

“告诉我你的解题思路，有用到的公式。”老教授语速飞快地说道，“告诉我你是怎么推出的。”

男生支支吾吾了半天，老教授不满地眯起眼睛：“不知道就说不知道。”

“你呢？”她立刻就将目光移往下一人。

第二个被点起的人居然也是早晨时在厕所外编排沈昼叶的人之一，他站起来时手足无措，沈昼叶瞥见那人的演算纸几乎是空白的。

“你的思路？”杨教授拍了拍黑板，淡漠地问，“不要答案，思路就够了。”

那学生也答不上来。

杨教授给了他十秒钟的时间，见他在浪费时间，直接又点了下一个。

老太太扫了一眼站起来连句囫囵话都说不出的女生，看了眼她的演算纸，直接让她坐下听讲，又精准地点了最后一排的一个男同学。

她连一句多余的话都懒得说。

而且，点的居然全都是今早在厕所前聚众八卦的那拨学生。

沈昼叶愣了，接着就意识到杨教授朝外看的那一眼，应该是将所有八卦者的脸都记住了。

被点起来的男生犹豫道：“我考虑了B1等于……”

“坐下。”杨教授直接打断了他。

教室里鸦雀无声，杨聂不到三分钟的时间内收拾了四个人，她虽一个重字都没说，却将人收拾得极其难看。

“最后，”杨聂冷淡道，“我点个人名。”

大部分人生怕杨教授点到自己的名字，毕竟在座的都是优等生，谁被当众下过这么狠的面子？没人受得了。

陈姓班长对小转学生小声道：“这题不难。”并且非常谨慎地将自己的演算纸一撕，递给了她。

还不等沈昼叶告诉陈啸之可以但没必要，杨聂就开了口：“这班上是不是有个叫沈昼叶的？”

教室里登时一片松了口气的吁声。

被点了名的沈昼叶险些喷出水来，呛咳着站起，道：“这——这道题？”

杨聂漠然点头：“对，求两点间电压变化关系式，提供思路即可。”

沈昼叶压下咳嗽，拿着自己的演算纸念道：“答——答案是Vpq等于负B1平方乘以sigma2乘根号下6BI分之m，再乘以sin大括号里t减t0……”

杨聂终于挑起了眉。

“思路是什么？”老太太立即追问，“你不能只有个答案吧？”

这问题我也知道！沈昼叶立刻飞快地回答：“因为达到题目条件的时候导体角动量等于零！”

这根本算不上思路，梁乐瞬间窒息，拼命戳她，浑身上下写满了对她的恨铁不成钢。

沈昼叶带着一丝试探补充道：“所以可以得出Vpq等于负B1？”

这是又要念一遍答案。

在梁乐以为沈昼叶要完蛋的时候，杨聂却眯起了眼睛。

老太太一点头道：“很好，这思路就够了。”

“先对大家道个歉，”杨聂老师微一弯腰道，“刚刚这一切都是因为我的脾气而起，可我绝不会改。”

阳光落于地面，映着浮灰。

教室里鸦雀无声，沈昼叶无所适从地坐了下来。

杨教授又道：“今早我来之前，在厕所里，听见了一群人对一个女孩儿的质疑。”

沈昼叶揉了揉自己的脸。

"他们质疑一个人的年龄，"杨聂缓慢地抬起头，"以那个人年龄和那个人平时的成绩，甚至那个人的长相和性别，断定她来这里一定是另有所图，断定她一定是在抄，断定她什么都没学过。"

梁乐扭头看了沈昼叶一眼。

讲台上，杨聂冷淡地看着下面的学生道："如果任何人有这种想法，那我不建议你们继续在物理这条路上走。"

当着一百多人的面，话说得极其直白。

沈昼叶瞬间脸都红了，又听见杨聂说："因为你在这条路上走，就是会遇到比你聪慧一万倍的人。最后那个学生说的解题思路，这教室里就是有人一听就能听明白，她再往下说一句，对他们而言都太多余。"

"但是对很多人来说，他们根本听不懂那句话是什么意思。"杨聂教授目光扫过所有人，"这就是现实，也是天资。"

仍然没有人敢说话。

"我没想过这女生能做出这个问题，"杨教授坦白道，"但我也没想过她做不出来，她做不出来，我一样会下这个女生的面子，我从不针对你们中的任何一个人。"

"但是我希望你们时刻谨记，成绩、性别甚至年龄长相不代表一切。在物理这条路上，注定会有很多困难。"杨聂教授淡然地说，"我们学科本身的难度、资金的不足和一处细节失误则全盘皆输的实验……我的学生曾经推翻了自己亲手建立的理论模型，一个大男人大半夜在办公室哭成泪人。"

"这些我都可以理解尊重，"杨聂教授看着下面的少年们，"可我理解不了那句'她考的那么好，一定是抄的'。"

杨教授一看表道："刚刚占用了课间，现在给你们八分钟休息时间，大家先上个厕所，回来我继续给你们讲点儿新东西。"

然后杨教授将教鞭一放，直接出门走了。

沈昼叶还沉浸在震惊之中，她扭头看向梁乐，梁乐也瞠目结舌半晌，才冒出一句话："这教授……"

"我……"沈昼叶还没说完，脑袋就被一个人拍了拍。

"你什么你，"陈啸之按着沈昼叶的小脑袋，没好气地道，"刚刚那答案是你做的吧？"

脑袋被按住的沈昼叶回答："是呀。"

陈啸之点点头："这还差不多。"

他小心地一揉沈昼叶的卷卷毛，可是大概手感太好了，他揉了一下停不住，硬是将小姑娘的小天然卷都揉得炸了起来。

"我那天说的真的不是真心话，"陈啸之一边撸毛一边小声说，"我去给你接热水。"

又是热水！

沈昼叶抗拒地拍他手："我不要喝热水，你也别摸我头……"

陈啸之"嗤"地一笑，不顾抗拒，将沈昼叶的水杯拎了起来，起身去接水了。

午休时间，沈昼叶是在大学里度过的。

教室里的同学几乎都是在外面吃饭休息的，连梁乐也不例外。但是沈昼叶有张本校的饭卡，她便去离得最近的荷园刷了份京酱肉丝和冰激黄桃，吃得心满意足，又溜溜达达地回来了。

天文台所处僻静之地，风煦日暖，白塔矗立天地之间。沈昼叶抱着自己打包的柠檬茶和玛芬蛋糕，坐在了天文台背后的角落。

十五岁的沈昼叶坐在白塔下吹着风，太阳将她晒得暖洋洋的，周围行人稀少，适合做点儿不该被人看到的事情。

她捅开柠檬茶的包装，然后从书包里拿出一支笔和本子。

那本子上满是洇开的墨迹。

沈昼叶吸了口柠檬茶，按了按圆珠笔，开始写她即将寄给未来的回信。

她是如何成为二十五岁的自己的呢?

未来的十年，对沈昼叶而言，更像一个虚无缥缈的概念。十年是这女孩儿已经经历了的人生的大半时光，在年长的她温柔的笔触之下，她又经历过一些什么呢?

第十章

看不见的繁星

2018年，晚夏，加州。

外面天已经黑了，只剩天际一片温柔的暖红笼罩着宇宙下的天与云。

小利兰物理A栋隔音一般，因此当有工作人员经过时，沈昼叶总是会被吸引注意力，继而把自己的本子下意识地一藏——尽管应该没人看得懂。

下午时，张臻闲得无聊去硅谷溜达了一圈，陈啸之一下午没回来，也没有发邮件，沈昼叶一人留在办公室里写完了那封回信，并将信夹进了本子。

在过去，她也总是一个人留在实验室里。

沈昼叶所在的周鸿钧院士的课题组人非常多，硕士博士和青年教师加起来近三十人，可是后来沈昼叶入组时周院士身体欠佳，年事已高，已经不太管下面的学生了。因此他们组的氛围其实相当松散，不少硕士生甚至博士生，可能五点就已经去食堂买饭回宿舍了。

但沈昼叶一直是个例外。

她从刚入组的时候，就是最用功的学生。

从研一起，她有实验时几乎就睡在实验楼。学生办公室里有她的水杯和靠枕，甚至还有个小毛毯和洗漱包。有时公用器材预约不上，她问负责的老师要了钥匙，子夜一点去把别人做完的样品挪出来，自己在一旁通宵等着跑自己的样品。

沈昼叶在课题组里长得最小最嫩，个子也不算很高，连新入组的研一学生都笑着叫她“沈小师姐”，但是每个人都知道，这个沈小师姐虽长得可爱，却是一个标准意义上的狠人。

因为这位沈小师姐凭她一人，仅花了三年，就将她小老板的一个毫无研究基础的课题扶上了正轨。

这堪称一个奇迹。

连从事此类工作二三十年的经验丰富的首席研究员都无法保证自己能在三年之内搞定一个完全陌生的领域。可是这个二十岁出头，一到秋冬就感冒，体重不到一百斤，甚至还没有毕业的沈小师姐，已经拿出了可观的成果。

可这是不够的。

沈昼叶坐在办公桌前，网页上亮着学术搜索页面，她深吸一口气，在搜索框里打了“Xiaozhi Chen”几个字。

沈昼叶背着包离开时，心中充满了绝望……

她扪心自问自己除了喝醉了酒时痛哭哀号陈啸之之外，从来没有干过任何一件能让别人把她和陈啸之这名字扯到一起去的事情。她连陈啸之的微信号都不知道，更是早在八百年前就删了他的一切社交软件。

那她自然不会搜索陈啸之的名字，看他在哪个期刊发了哪篇论文。

但是人总要知道自己的导师做过什么研究，搜索的结果让沈昼叶瞬间理解了陈啸之为什么能当上副教授，而自己博士还没毕业。

这差距，简直如同天地一般……

沈昼叶明白，陈啸之对她的领域的嫌弃是真的。

日落时夕阳如血，沈昼叶走出楼门的瞬间，月季花在风中摇曳。

二十五岁的女孩儿背着小帆布包，短连衣裙裙摆被吹得飞扬，头发蓬蓬乱乱。她朝楼上看了一眼——陈教授的办公室没有关窗户，深蓝色的窗帘被风吹了出来，在风中猎猎作响。

陈啸之白天停车的位置如今也并没有车，只剩一个车位。沈昼叶看了一眼，快速地背着包走人。

她腿上的伤口还暴露在外，只经过简单的清洗，走起路来扯着嫩肉，有点儿疼，因此走得并不快。

手机上张臻发来信息：“晚饭要烧京酱肉丝，吃不吃啊北京人？给你留饭不？”

张臻，山东人，精通鲁菜，虽然本科GPA被沈昼叶吊着打，在人才济济的物理学院中也微小得不值一提，却是个年年在学校餐饮中心组织的厨艺大赛中斩获金奖的厨艺之神。张臻在北京待了七年，如今已经精通鲁菜和京派餐饮，就算一朝看破红尘决定退学，也有谋生的手艺。堪称绝佳的留学伴侣。

沈昼叶挠了挠头，拿着手机回道："留！！我要吃。"

张臻回了个熊猫头表情包，又说："为了照顾今天连研究领域都被羞辱的人，我还炖了排骨汤。"

沈昼叶终于感到一丝人间真情，想诚恳地对张臻道谢，手机上一个"x"刚被打出来，张臻那边就又来了消息。

张臻十分友好地问："给你加点儿白巧克力吗？"

沈小师姐的心情立刻被打回原形："滚！"

张臻回了一堆"哈哈哈"，显然是调戏沈小师姐让她十分快乐，过了会儿又问："我的叶宝今儿几点回来？不会还要泡办公室吧？"

沈昼叶干脆利落地回复："不泡，打死都不泡，今天我见不得导师。"

张臻问："那个教授不是走了吗？"

沈昼叶想起她搜到的和她同龄的陈啸之的成果，含着悲痛回复微信："科研让我伤痛，太伤痛了。我今天拒绝加班。"

张臻发来一串省略号。

"而且，"沈昼叶看了看自己早上摔破皮的膝盖，难过地道，"我要去买创可贴，我膝盖破了。"

外面已经颇冷，寒风卷着树叶，沈昼叶顶着风步行了近两公里，走到城区买了创可贴，又走回校外的宿舍，又饿又累又冷，敲门时几乎快垮了。

宿舍里的灯光十分明亮，门窗关得严严实实。

他们宿舍楼里住了几个美国人和一个苏格兰人，苏格兰人正在楼上放音乐自嗨，美国人则都出去玩了。因此厨房里只剩张臻和沈昼叶，外加一锅热腾腾的汤和一盘炒得咸香可口的京酱肉丝。

沈昼叶今天累得连话都说不出来，她往那儿一坐，张臻就招呼她来吃饭。

"你吃多少？"张臻体贴地问，"给你盛这点儿够不够？"

沈昼叶发着抖道："够……够了。"

餐桌上一片沉默，大风刮着阳台的玻璃，发出震耳欲聋的轰鸣声，大树的叶子被风吹得四散。

"沈昼叶，"张臻低声道，"我知道你受不了，想哭就哭出来吧。"

沈昼叶摇了摇头，无声地拒绝了张臻的提议。她不知该如何诉说，这积压了数年的苦痛，已经成为捂住她的嘴的大手。

她终究变得毫无意义的课题、被抢走的成果、陈啸之对她的研究成果所展示出的嫌恶……

张臻伸手拍了拍她的肩膀，无声地宽慰她。

“真的……挺讽刺的。”沈昼叶沙哑道，“我真的没有想过，一切会变成这样。”

然后沈昼叶便不再说话，她终于稍稍暖过来了些，安静地用勺子挖了勺京酱肉丝，放在了米饭上。

谁能想过会变成这样呢？

沈昼叶眼眶发酸。

二十五岁的她想起童年时漫天闪烁的星辰和漫山的鸢尾花。

她想起了过世十年的爸爸抓起年幼的女儿，令大笑的女儿在星空下转圈，发出一声声的“我要去宇宙”“我要看太空”。

天文台里沉重的天文望远镜、在书架上一本本堆起的科普读物、她依偎在父亲膝头睡着的夜晚、深夜山坡的春草、海浪尽头的篝火沙滩……

那个尚能大声谈梦的年纪。

回忆如最锋利的针一般扎下的一刹那，客厅的灯光终于回拢，沈昼叶难堪地攥紧手中的勺子。

张臻叹了口气，怅然地说：“每个人都身不由己啊。”

“是啊，”攥着勺的成年人苦中作乐地说，“想想你在出国之前还被你妈抓回老家相了五天的亲，还差点儿办了婚恋网站的会员……我这点儿苦难好像也不算啥了。”

张臻颤抖地问：“你……你怎么知道我去相亲的？”

沈昼叶思索了一下：“我没记错的话，在你请假的那天，全院研究生就都知道了。”

张臻深吸一口气。

沈昼叶安慰她：“大家都很开心，你导师在研讨会上提起你去相亲时甚至落下了欣慰的泪水，还苦口婆心地让师弟师妹们留意自己的终身大事，千万不要等二十五岁了再被妈妈拽回家车轱辘一样见男人。”

沈昼叶满脸写着好奇，试探地问：“所以你真的相了五天？”

张臻欲哭无泪道：“这个缺乏八卦的物理学院我待够了！！”

天彻底黑了，外面开始下雨，沈昼叶的小阁楼瞬间阴冷起来。

“往好处想，”沈昼叶裹着粉色小外套，陪在张臻身边小声安慰，“也许你不用回去了呢？”

张臻则根本听不进去劝，像沈昼叶那天晚上似的拿着瓶啤酒对嘴喝：“呜呜呜我苦酒入喉心作痛啊，我请假回老家的时候看到老宋那一脸和蔼的笑，心里就咯噔一声！那老头一笑就没好事儿……我受够这群老油条了，退休了之后一天天的别的不干，净会坑学生。”

沈昼叶理智地劝道：“你别这么说，宋教授挺和善的。”

张臻怒道：“放屁！导师没一个好东西！”

沈昼叶想起陈教授，心想你要聊这个我就不困了啊，刚准备去抓瓶新酒跟张臻对着吹，她的手机就发出“叮”的一声，应该是来了一封新邮件。

“你的新邮件。”张臻提醒，“最好赶紧看看。”

沈昼叶叹了口气，拿起自己的手机。

风吹得小窗户呼呼作响，沈昼叶觉得有点儿冷，将自己身上的外套裹紧了些。

发信人仍然是陈啸之。

沈昼叶心里有一丝说不清道不明的拧巴，又觉得特别紧张，几乎像是她十五岁时被陈啸之骂惯了的日子。哪怕陈啸之在后来连一句重话都不肯对她说，沈昼叶也对发火的陈啸之有种本能的抗拒。

一朝被蛇咬，十年怕井绳。沈昼叶一直记得陈啸之的脾气很坏，生气时很凶。

沈昼叶强忍着惧意点开了那封邮件。

邮件里面只有一行冰冷的字：“我在办公室。你人呢？”

沈昼叶看着邮件发怔片刻，又望向阁楼窗外又冷又湿的大雨夜。

漆黑长夜中，雨水噼里啪啦地砸着砖瓦，树木被吹得发抖，外面非常冷。

“我……”沈昼叶艰涩道，“我导师，好像回办公室了。”

张臻一惊：“关你啥事？都八点了，外面还这么大的雨，我们离学校还这么远，他还叫你回去不成？”

沈昼叶勉强地笑了下：“他就是叫我回去。”

张臻发自内心地感叹道：“厉害。你没法反抗吧？”

沈昼叶将厚外套套在身上，把手机装进兜里，拿起架上的雨伞。她住的地方距离实验楼有1.5公里的距离。

“不能。”沈昼叶绝望地说，“他现在是我老板。”

雨夜晦涩如墨，轰隆一声，雷声穿透天地。

帕罗奥多漆黑的柏油路如溪流一般，大雨糊得人几乎睁不开眼。

沈昼叶刚在雨里跑了两条街，帆布鞋就湿透了。这种天气，在雨中跑时其实不会觉得太冷，只是每一脚踏进水洼里时，像是一脚陷进了云中，滑而湿润。

这不是她第一次被导师一句话叫回去，更不是她第一次冒雨冲刺。

年初时，沈昼叶将自己的论文的署名权留给她小老板的那天，也是下着这么大的雨。那天春日将至，大雨冲刷着窗户，沈昼叶站在办公室中，对面是直接管她的小导师，而办公室隔壁，是一个孱弱的博士生亲手垒起的一砖一瓦。

她的小导师让她选择，小利兰或是她的成果。

在一片沉默的废墟中，沈昼叶终于艰难地点了点头，说，好。

那天沈昼叶从自己待了近五年的实验楼中走出去时，没有撑伞，淋着雨，从学校一路走回了家。

她至今记得，那天路上的迎春花枝垂着头颅，犹如被雨水压垮。沈昼叶走到七点时实在太饿了，去路边一家兰州拉面点了份炒面，老板娘还摸了摸她的头，给她加了个蛋。

但是沈昼叶被击溃后，每次都会站起来。

她没有放弃过对新生的向往，她从来都想从自己一团糟的生活中挣脱出去。

这也是沈昼叶最终决定来到这里的原因。

沈昼叶跑到物理A栋时，距离断气，只有那么一点点距离。

她从小体质就差，跑不过同龄人，小时候父母为了拯救女儿的运动神经甚至给她报了游泳班和网球课，每周两次，这两个课程相当昂贵，然而收效甚微。后来，沈昼叶又在北京待了十年，彻底放飞自我，连最后一点儿训练的效果都被磨没了。

毕竟在国内上大学不看体育成绩，而沈小师姐又是保送选手，就更不需要了。

沈昼叶跑步跑得连喘气儿都疼，看到楼里的光芒时，她狼狈地将黏在破了皮的膝盖上的裙子扯了扯，然后收起雨伞。

陈啸之的车在暴雨中，车身映着路灯。

沈昼叶看着那辆车，心里说不出是什么滋味，缓了许久，将湿透的厚外套脱了拿在手里，缓慢地挪上了楼。

走廊里亮着冷色的灯，裙摆湿透、头发被大风吹得一团糟的沈昼叶犹豫了下，敲了敲陈啸之办公室的门。

“进来。”

办公室里，陈啸之成熟淡漠的声音响起。

他用的是中文。沈昼叶听到这熟悉的声音，倒抽口气，将门推开，沙哑地说：“老师好。”

台灯温暖地映亮木桌，灯下陈啸之的衬衫袖口挽起，露出一截结实修长的小臂。

桌子上摆着笔记本电脑和一沓演算纸，外加厚厚的打印文献，台灯上搭着一张蓝色的实验室ID卡和一架眼镜，在连绵的雨声中，眼镜的主人的视线从笔记本电脑屏幕移开，冷漠地望向沈昼叶。

“我来的时候七点，”他毫无感情地问，“七点，你就已经不在办公室了？”

沈昼叶几乎在发抖，嗫嚅着说：“对……对不起。”

陈啸之冷淡道：“过来。”

沈昼叶被成年的陈啸之训了数次，又从小怕他的坏脾气，浑身紧绷，心跳得难受，忍着浑身的不适走到桌前。

“以后我不早退了，”沈昼叶沙哑地说，“今天是个例外。”

陈啸之不耐烦地说：“拿回去。”

沈昼叶一愣，还不待她意识到发生了什么，下一秒，一沓足有十五厘米厚、被绳子捆在一起的研究文献递了过来！那文献至少得有三公斤，四五百页，都是一份份地钉在一起，大部分是新打印出来的，以一支蓝荧光笔编了号。

沈昼叶都蒙了，慌里慌张地接过那沓文献。

“拿回去，”陈教授冷漠地道，“现在去隔壁看文献。”

沈昼叶抱着一摞四四方方的文献，那几乎是初中开学时发课本的阵仗，把她都吓结巴了：“这这这这么多……”

可是她没有得到想要的回答。

“明早九点来我办公室，我们讨论编号一到五的五篇综述。”陈啸之说完，嫌恶地移开眼睛——仿佛沈昼叶是什么令他厌恶的东西一般。

“现在，从我办公室里出去。”

文献，又名论文，科研工作人员一般称其为“文章（Paper）”，是非常重要的研究工具，也是科研成果之所以能被同行所熟知的重要媒介。

牛顿曾说“我站在巨人的肩膀上”，而巨人的肩膀，其实就是文章。它承载了大多数科研人员的血汗与泪——刚入行要狂读文章，接触一个新领域要读文章，开新实验要读文章找前人的试验方法，当你做出成果了，就得挠着头开始写文章投文章改文章然后被拒稿然后再投文章了……

文献这东西，英语不好就得哭着用翻译软件读，有一些课题组每两个星期还要办一次文献组会，专供组员们交流近期看的好文献。反正只要在这行里待一天，文献就是你永远逃不过的东西。

但不应该是这个量。

不应该是这种四四方方，好像是把打印店老板杀了之后才能打出来的量……

窗外唰唰下着大雨，十分凄厉，而且有点儿冷。

沈昼叶瑟瑟发抖，手指骨节冻得青白，膝盖上放着杯热水，她将还没干透的头发朝后撩了一下，把那一沓文献上绑的绳子拆开了。

手机“嗡”地一震，是张臻发来的微信：“你导师叫你去干吗？”

沈昼叶冷得不想打字，“咔”地拍了张文献侧视图给张臻发了过去。

张臻惊恐地道：“你导师年纪虽然不大，但是挺……沈昼叶你怎么遇个导师就把你当狗使唤？！以你这运气，我劝你放弃读博。”

沈昼叶认真回道：“我达到毕业要求了。”

张臻回复：“滚吧。”

沈昼叶翻了一下那一沓文献。

全是天体物理相关的，有一些暗物质方面的综述，间或掺杂近年的热点引力波和一部分高能物理。天体物理学并不是近年热点，实际上这门学科在冷战之后已经籍籍无名了很久，值得一看的顶级的论文不像热点学科那么多。可是沈昼叶粗略一翻文献，意识到里面应该都是精品。

有一些文献是新打印出来的，也有一些已经以荧光笔划过重点，甚至有一些已经被翻得卷了页。

都是陈啸之看过的。

沈昼叶死死抿着唇，外面亮起一道闪电。

灯突然闪了一下。

接着，响雷在远处轰然炸响，如同炸弹一般，沈昼叶毫无防备地被吓得一哆嗦，杯中的热水都洒了出来，足足半分钟后，灯管才嗤嗤啦啦地重新亮起。

光明回归，沈昼叶仍因受惊而发着抖，却忽然看见漆黑窗户里映出的自己模模糊糊的倒影。

女孩儿一头天然不服帖的卷发此时湿润而蓬乱，她慌忙用手抓一下，可是在她碰到纠扯在一起的头发的瞬间，沈昼叶突然意识到了，那形象有多么落魄。

面色苍白，庸碌无为。

每个人年少时，都有成为英雄的梦想，幻想拯救世界，想登上月球。

孩子们穿着父母买来的航天服，穿着钢铁侠的战甲。有人想成为伟大的医生，有人想成为炮火中前进的战地记者，有人说我要成为顶天立地的军人，有人大声宣布，我要让这国家变成一个更美好的所在。

教室中阳光灿烂，温柔的老师笑着摸他们的头，一边听他们讲，一边在黑板上画满了飞向浩瀚无垠宇宙的火箭与飞船。

稚嫩的小昼叶也曾经在流金般的岁月中，对讲台下面的所有人说，我想成为一个像我爸爸一样的伟大的天体物理学家。

后来这些孩子有的不再进学，有的消失无踪，有的下班后蹬掉鞋躺在出租屋的床上，连动都不愿动。

而这，就是那个眼中有光的小昼叶长成的模样。

沈昼叶难受得几乎喘不上气来。

她已经许久见不得和天体物理学相关的东西，甚至看到都会觉得无法呼吸。

沈昼叶捂着鼻子让自己不要哭，万万不要哭出来。

哭出来就视同对一切认输，就视同于对现实下跪。她这么告诉自己。

可眼泪还是吧嗒掉了下来。

沈昼叶想起儿时春夜的星座，少时的胡同，昂贵的麦当劳小甜筒和诺伊尔奖宣言，曾经宣布要带去颁奖典礼的伙伴。

以及多年后，一个停电的夜晚，在漫天星辰之中，少年靠近少女时微微有些粗重的呼吸。

我梦想成为一个穷到吃不起饭的天体物理学家。少女双腿晃来晃去，切实际而又认真地道。

在时间长河中的星河之下，那个少年凝视着她，喃喃道：“好”。

沈昼叶总算也体会了一把一边哭鼻子一边看文献的感觉。

她有个外省考来的师妹，英语底子一般，考研英语只考了64分，词汇量可能只有六级。师妹研一刚入组时，沈小师姐给她发了两篇英文文章让她熟悉一下，大概是里头那些chromothripsis①又是internal properties②太过虐心，沈昼叶去送资料时，看到小师妹在办公室里一边哭一边查单词。

结果几年后，轮到她自己一边看文献一边抹眼泪。

外面雨下得特别大，时不时还有闷雷滚过，是沈昼叶从小就怕的天气。

她不怕黑，也不怕下大雨，但是从小就特别怕打雷。小时候奶奶总笑话孙女娇气，一打雷就躲进被窝里，像个鹌鹑，也不知道雷有什么好怕的。

沈昼叶一边看不得天体物理相关的文献还要逼着自己看，另一边，则总会想起陈啸之这几天看她时的眼神。

那眼神极其冷漠，甚至带着嫌恶的意思。

里面写着，如果可以的话，我这辈子都不想和你再扯上关系。

沈昼叶想到这个眼泪就要往外滚，她拼命地憋，效果却不大。

闪电一闪，灯管“嗡”的一声灭了。

下一秒，响雷几乎是在她头顶轰然炸响!

雷声过后连外面的路灯都忽闪一下，犹如地狱鬼火。

沈昼叶手一抖，热水杯“啪”的一声掉到地上，摔了个稀碎。

漆黑一片的办公楼之中，隔壁的门发出了吱呀的声音，闷雷仍在头上滚。

沈昼叶浑身发抖地坐在黑暗之中，努力地深呼吸——没关系的，她告诉自己，这里肯定有避雷针……

“啪”的一声，门被一个人暴躁地推开了。

“停电了。”陈教授站在门口道。

浓得化不开的雨夜里，沈昼叶蜷缩在椅子里头，浑身都在发抖，牙齿打战道：“啊、啊，我知道了。”

她看见陈啸之的身影扶着门框，也不走，只站在那儿，远处又一道闪电，将他漆黑的影子拉得老长。

沉闷的雷声隆隆而过。

---

① 染色体碎裂。

② 内部属性。

沈昼叶哆里哆嗦地说："电、电路太脆弱了吧这里？一打雷就……刚刚有人在做实验怎么办？"

她说完就觉得自己可能被实验逼疯了，怎么第一反应是这里的实验条件啊？！

"两条电路，"陈啸之漫不经心道，"互不干涉，照明一条老电路，20世纪的老东西，实验室器材走的都是新的，有备用发电。"

沈昼叶手指冰凉，终于缓过些许，弯下腰去拣自己摔碎的杯子。

突然，沈昼叶听见有人踩过碎片的嘎吱声。

她尚未完全适应黑暗，只知道那是陈啸之在往自己这个方向走，猜测他可能是过来检查门窗的，便微微让了个位置。这里毕竟是陈啸之的办公室，他是要检查自己的财产安全的。

接着，一团软乎乎的织物掉在了沈昼叶的头顶上。

"擦擦，"那成熟微哑的声音漠然地道，"跟个流浪汉似的。"

沈昼叶愣住了，她摸了摸头顶，发现那是一条毛巾，摸上去很柔软，散发着令人安心的味道。

大风吹得窗户哐哐作响，陈啸之绕过自己的学生，手撑着窗台，将窗户用力关上，然后"啪"地落了安全锁。

外面的路灯仍没亮起来，办公室漆黑一片，窗外雷鸣声渐远，世间唯余冲刷天际的雨声。

"你住在哪儿？"陈啸之忽然问。

沈昼叶用毛巾揉了揉自己湿淋淋的脑袋："我在小利兰有宿舍。"

陈啸之靠在她后头"哦"了一声，却没有要走的意思。

"今……今晚还会来电吗？"沈昼叶小声地问，"这电路不会烧了吧？"

陈啸之没回答，安静了许久，问道："摔了个杯子？"

沈昼叶捏着自己的裙子说："雷太响，吓掉了。"

陈啸之"嗯"了一声，没再说话。

他的皮鞋碾着一块瓷片，发出咯吱咯吱的声音，那声音配着闷雷，格外瘆人……他还是不走。

沈昼叶不晓得陈啸之来这里做什么，是来检查门窗还是来送毛巾？如果是来送毛巾的话，他其实也没这么坏。

在这种漆黑的环境里，暴雨之夜，一个已经阔别了十年的男人。沈昼叶突然想起自己前几天刚来小利兰时，张臻整日拉着她看惊悚悬疑片，又想起陈啸之恶劣的态度……

“你……”沈昼叶卑微地问道，“你不走吗？”

问得有点儿突兀，但是沈昼叶是真的这么想，也就这么问了。

陈啸之没回答，沈昼叶又小声地试探唤道：“老……老师？”

正是那一瞬间，办公室的灯嗡鸣响起，灯光回归。

沈昼叶正要继续擦头顶的卷卷毛，陈啸之却从她手中一把扯出了毛巾。

维持着姿势的沈昼叶难以置信地道：“等等，我还没擦干……”

陈啸之连一句屁都不放，咔咔掰扯着检查了下窗户，临走时还冷漠地看了一眼沈昼叶，拿着那条深蓝毛巾，“砰”地带上了办公室的门。

雨夜漆黑，在老柳掩映的柏油马路上，那辆红跑车启动时引擎发出轰鸣，沈昼叶探头向外看，只看到陈啸之的车灯消失在路的尽头。

陈啸之开车离开了，别说送她，连让她早点儿下班回宿舍的场面话都没说，直接锁门走了。

沈昼叶至今没消化如今她和陈啸之的关系，被抢了毛巾之后还有点儿很茫然的委屈巴巴。

她这头自然卷如果淋了雨之后不擦干净，会变成一头更乱糟糟的卷毛。

沈昼叶最终放弃思考，怅然地叹了口气，找了外套顶在头上，继续挑灯夜战看文献。

陈教授编了号的文献并不难，沈昼叶看完之后进行了初步的标记，记下了一些她觉得有趣的地方。在雨声中，她的手机微微一震。

张臻道：“我的叶宝，都快十一点了你还不回来吗？”

沈昼叶看了看那一摞恐怖的文献，叹了口气，咕叽咕叽地摁手机：“十二点左右到，我快看完了。”

张臻说：“说好听的，你导师是在大力培养你，但是说不好听的，他大概想要你的命。”

沈昼叶知道张臻说得很真实——陈啸之虽然对她不屑一顾，但这些文献，他是花了大工夫找的。

只是，沈昼叶每翻一页，都在遭受凌迟。

窗外淅淅沥沥地下雨。

而近视的人靠肉眼无法看到星辰。

二十五岁近视了的沈昼叶，已经不想关心她看不见的繁星。

第二天早上九点，文献交流的结果非常差。

沈昼叶又被陈教授一顿剋，陈啸之甚至连轻蔑都不再遮掩，直接拿着打印出来的东西一抖，问："这就是你看了一晚上的结果？"

沈昼叶苍白地道："是。"

一阵沉默流淌而过。

陈啸之双手合十，直接开口："你想不想换个导师？"

沈昼叶的脸唰一下就白了。

那句话对一个新入组三天的博士生说，无异于是坦言：你太烂了，我带不了你。

"你先别露出这种表情，"陈啸之坐在桌子后，目光冷漠，"沈昼叶，你告诉我，哭有用吗？"

沈昼叶知道哭没有用，她一直知道，于是她无声地摇了摇头。

灰白色的天光洒了进来，落在陈啸之的肩膀上，棕榈树和老柳树被风拉扯。

"沈昼叶，你几斤几两我再清楚不过。你的能力、你能做到什么程度，我搞不好比你老师还清楚。"陈啸之缓慢地、坦白地道，"我们曾经非常熟悉。"

他们二人的过去本该是一件被缄口不言的东西，可陈啸之居然毫不避讳地说出来。

陈啸之冷淡道："如果这张答卷是别人交出来的，比如其他硕士博士的话，我没什么意见。你懂我意思不？"

沈昼叶开口："我……"

"但是你不行。"陈啸之的目光如刀子一般，"沈昼叶你不行。我能明显感觉出你在糊弄我。怎么，达到博士毕业要求之后，来这里一日游了？"

沈昼叶站在对面，耳朵和鼻尖都红了。

陈教授看着他的黑板，嘲道："大一的高数没学好？计算都一塌糊涂……你看看你算的是什么？你高数几分？数学分析呢？"

沈昼叶嗫嚅着道："98和97。"

陈教授忽地眯起眼睛问："系名次？本科的。"

"我是系前三。"沈昼叶揉了揉眼睛，拼命忍住即将夺眶而出的眼泪，"我GPA满的。"

陈啸之打量她一下，终于坐了回去，他慢条斯理道："把你解的式子拍照，拿回去重做一遍，做的时候尊重数学规律，能再得出这个式子算我输。正经推一遍，再拿回来给我看。"

他的博士生拼命忍着小金豆子，收到了导师布置的任务，乖乖点了点头。

陈啸之冷漠道："再糊弄我一次，自己去申请换导师吧。"

这件事揭过了。

沈昼叶眼眶红红地"嗯"了一声，抱着自己的笔记本电脑跑了出去。

"我就不怕导师骂。"张臻懒散地说，"原先老宋骂我，我就当听不见，全当耳旁风！"

沈昼叶又一次在办公室痛哭流涕："呜呜呜我真的做错了……"

张臻道："哭啥哭，你怎么来了美国老哭？我来了这边之后更不怕被导师骂了，我英语听力又不好，老师骂我骂成个花瓜我也听不懂……哦不对，你美国长大的，你听得懂别人用英语骂你。"

听得懂英文骂人的沈昼叶哭得肝肠寸断："呜呜呜呜我受不了，我想不开了……"

张臻安慰她："别哭了姐妹，想开点儿。不就是挨顿导师的骂，我天天被老宋骂都活得很好……"

沈昼叶号啕大哭："呜呜呜我居然真的算错了这个式子！连这个都算错！我可能是个傻的。"

张臻瞬间眼前发黑："你再说一遍你哭啥？"

沈昼叶柔弱得犹如一朵刚经过现实蹂躏的小野花，含着眼泪，轻飘飘地推来一张演算纸，哭腔浓厚："我哭我算错了这道题……"

张臻好想打死沈昼叶这种缺根筋的。

沈昼叶推完公式就觉得好难过，被陈啸之极其不留情面地一顿剋，问题是人家还剋得有理有据。沈昼叶都嫌弃自己，趴在桌子上呜呜哭着抽纸巾。

人长大了确实会变的，小时候她从床上摔下去都不掉眼泪，可是人活到二十五岁，除了哭之外，好像也没有别的能发泄的办法了。

沈昼叶身边的手机"嗡"地一震，屏幕上跳出一条微信好友申请。

"Chen申请添加您为好友。是否同意？"

那人头像是一片黑，性别男。

沈昼叶还在不住地掉眼泪，点了下同意键。

也不知道这个人是谁，也许是来卖茶叶的……沈昼叶突然想起自己好友列表里连卖茶叶的骗子都没有，居然连骗子都对她不屑一顾……沈小师姐登时悲从中来，小金豆子吧嗒吧嗒掉进自己的小抱枕里。

添加好友后，“Chen”道：“我没针对你。”

沈昼叶哭得鼻子都疼了，对卖茶叶的骗子回了个问号。

那个人过了两分钟才回复：“我说得太凶了。”

沈昼叶的微信头像是个抱头哭哭的可达鸭，可达鸭的主人抽噎不止，回了两个标点符号：“……？”

“茶叶骗子”终于道：“公式发给我。”

沈昼叶吓得差点儿把手机给摔了！

她立即哆哆嗦嗦给陈教授拍去了照片，心想他千万别骂我了，再骂我真的要想不开了……

回头一定要阻止十五岁的自己和这个家伙交往，他太伤人了。二十五岁的沈昼叶抽了张纸巾擤鼻涕，在通信录里搜索了“梁乐”二字，然后点开了对话框。

梁乐学长的头像又换成了一个奇怪的表情包，地区是美国马萨诸塞州。

梁乐是沈昼叶大学申请微信后加的第一批人之一。

那批人里有妈妈、奶奶、魏莱和她高中时关系好的同学，自然也有梁乐学长。

掐指一算，至今已经六年了。

沈昼叶看着梁乐“睿智”的头像，一时也想不起这人是啥时候变成这样的了，别看梁乐说话时正儿八经，内在其实丰富得很。

沈昼叶犹豫了一下，打字问：“梁学长在吗？”

那边几乎是秒回：“在。你一点还没睡？”

加利福尼亚今天罕见地飘着小雨，沈昼叶看了下手机的时间——旧金山时间十点多，在国内确是凌晨的时段。

每个在美国待到第五个年头的留学生，都深谙时差换算。

沈昼叶想了想，对梁乐道：“学长，我来美国了。”

梁乐很快回复：“终于来美国了？你小导师居然放人？”

沈昼叶自嘲地笑了笑：“鸟尽弓箭藏，兔死走狗烹，他看我可能没用了，立刻把我一脚踢开了呗。”

“你就是心太软，要是我早就揍他一顿了。”梁乐那边又发来微信，“现在在哪个州？周末开车找你聚聚。”

“我在加州，学长你来不了的。”沈昼叶终于破涕为笑，给他发去消息，“还是课题要紧。”

沈昼叶大学后才开始使用微信，注册时间是2012年。

那天，迎春花垂坠于石墙上，三月春风如剪刀，十八岁的沈昼叶刚下宇宙物理学基础的课，胳膊下还夹着厚厚的从图书馆借来的课本，经过石墙时，在灿烂的春光中注册了自己的微信号。

沈昼叶添加的第一批人从她光辉的本科时代，再到逐渐籍籍无名的研究生时期……没一个背弃过她。

她的家人，她的恩师们，还有她一路走来遇到的所有朋友。

里面没有陈啸之。

毕竟沈昼叶一直以为，她这辈子都不会再和陈啸之这个人有交集了。她决心一向坚定，何况已经过去了十年，陈啸之都不知道在世界上的哪个角落凉快去了。

然而造化弄人。沈昼叶的好友列表里，终究还是多了一个陈啸之，而且身份还是她的导师。

加利福尼亚的天空中飘着小雨，沈昼叶退出程序时，突然扫到了陈啸之的微信号。

陈啸之的微信名字是他名字的缩写，后面跟了2012的字样，是他的注册年份。

居然和沈昼叶是同一年注册的。

沈昼叶在考试时见过陈啸之的身份证，知道她和陈啸之是同一年生的，他们同年上初中，初中坐的前后桌，同年参加竞赛，现在还要加上一条同年注册微信。

她点一下返回键，看到的是一句：“这次还算得差不多。重新看编号2和3的文献，明天我检查。别糊弄我。”

是布置作业的口吻。

沈昼叶仔细一琢磨，感觉还是刺激过了头，不知自己怎么沦落到了这个地步。

她觉得自己简直是被一个磁爆步兵反复电击，这些破事一样接一样，她先前以为自己麻木了，结果往枕头里一滚，满脑子都是陈啸之人模狗样地当导师的样子。

脑海中的那个陈啸之还说，沈昼叶我最恨你了，所以这个月的补助我不会发给你，你喝西北风去吧。

沈昼叶绝望至极，把头埋进了柯基屁屁的小抱枕里。

她在宿舍的小阁楼里躺着，床头还摆着订得整整齐齐的文章。

深夜，细密的雨打上窗户，她手机一震，沈昼叶唯恐是陈啸之又给自己布置作业，立刻拿起来看了一眼——

微信上，梁乐问："你在加州？"

沈昼叶回复："是呀。"

梁乐许是在忙，发了个欲言又止的省略号，没有回复其他东西。他这种学硬件的人作息都偏晚，做实验也好，写代码也好，总是深夜的灵感多些。

沈昼叶退出与梁学长的对话框，黑夜中，那屏幕上便只剩她近期联系过的张臻和陈啸之，以及一干公众号了。

"你想不想换个导师？"

那声音猛然回荡在黑暗的小小的阁楼之中。

沈昼叶那一瞬间觉得四肢发冷，陈啸之说那句话时，毫无感情地望着她。

轻蔑。

多年前春夜的星空，被父亲高高举起的女儿。

失望。

篝火与停电的夜晚，寒冬时分围巾后的对视。

一切都破碎着，犹如厄里斯的魔镜，镜子里隐约映出少年曾经温柔的目光，倒映着少女曾经如山海宇宙的梦想。

沈昼叶告诉自己不能再哭了，可是在一人独处的黑夜里，她还是蜷缩在床上，哭得浑身发抖。

沈昼叶想起自己拼尽全力的挣扎。

她从大二起就忙得脚不点地，鲜少在十二点前睡觉。她跟着上一个老师时在昌平甚至昆明，来回奔波采集数据。

她那时的导师不是李磊，而是叫慈怀昌，是一个德高望重却不是很爱带学生的老学者，也是沈昼叶微信加的第一批人之一，更是她如今真正导师周院士多年的好友。

沈昼叶确实拼过命的。

只不过，那没有用而已。

人并非不能经历失败，但人不可以发现自己没有天分。她的努力、她的彻夜不眠，却在最终连一点儿成果都没有诞出。

小的时候，应该会有很想成为的人吧？

有孩子想当钢铁侠那样的超级英雄，有孩子想写出哈利·波特那种故事，有人想成为下一个大罗纳尔多，想成为侧写师，想成为郎朗那样的钢琴家。

可是钢铁侠只存在于漫画书和电影里，罗伯特·唐尼穿上的战甲只能在绿幕之中飞翔，罗琳只有一个，世上也只有一个哈利·波特，郎朗不可复制，大罗纳尔多因伤病退役。

而沈昼叶，连碰触到那种高度的资格都没有。

在异国他乡的被窝里，在落雨的深夜，沈昼叶看见自己的手机微微一亮，又来了一条新的信息："明早八点半，在办公室见我。"

沈昼叶都能脑补到二十五岁的陈啸之发短信时的神态。

二十五岁的沈昼叶沉默了一下，感到一种说不清道不明的来自过去的酸楚。

紧接着，梁乐的微信也"咻"的一声抵达——

"下周末开车去找你玩。别人也许不行，但你例外。"

第十一章

拒绝了每一个人

第二天。

昏沉的天光穿过洁净的窗户，落在陈啸之身上。那是一圈蒙蒙的、绒一样的光弧。

二十五岁的陈啸之的轮廓相较少年时，已经凌厉成熟了不少，但戴眼镜时，他依稀还是当年那个坏脾气的少年。

直到他从那摞文献中抬起头，审视着自己昔日的同学，才能发现这十年来他的不同。

他昔日的同学手心出汗，手紧张地背在身后，扯着自己的裙子。

陈啸之缓慢地问：“你是认真的？”

沈昼叶已经快自暴自弃了，道：“是。”

一看该学科文献就浑身难受的沈昼叶心想，我确实只能做到这程度，有本事你杀了我啊狗东西，不过我一定要提醒你陈教授，虽然我算不上顶尖，但有我这种素质的博士生还是打着灯笼都难找的……

“看样子你应该没糊弄我。”陈教授眯起眼睛，对初中同学说，“这就是你的水平了。”

初中同学闭了下眼睛：“是。”

还没体会过被课题组扫地出门的感觉呢，沈昼叶想，在大北的时候虽然过得苦了一点儿，但我也是组里最强的……

陈教授说：“还是那句话，我不是在针对你。但是说实话，你给我展示出的水平，让我挺失望的。”

沈昼叶绝望地心想我终于要被扫地出门了吧，那就快点儿，不要凌迟我……我现在去系主任办公室的话，还能在主任去吃午饭之前告诉他这件事。

“这就好比一场考试，一百分满分。Jacqueline考了78分，我知道她是什么水平，给她一个B以示鼓励，可同样是你——April，你拿来78分的话，我就想给你个F，让你下学期回来重修。”

“你不是没及格，你确实考了个78分。虽然错误百出，很多地方你甚至没法给我解释明白，但没那么烂，可以算作任务完成，不至于不通过。可距离‘令我满意’，有极其、非常、万分漫长的距离。”

沈昼叶捏紧了裙子，嗫嚅道：“那我去找罗什舒……”

还不等她说完“去申请换导师”，陈啸之就打断了她，在一张纸上画了两个圈，“啪”地拍了过来，并难以置信地看着她：“你的基础怎么能这么差？”

沈昼叶手心出汗，接过了那张纸——本以为那是让她换导师的便笺纸，却发现那居然是一张课表。

“这是我这学期的课。”陈教授说。

本以为会被扫地出门的沈昼叶没想到是这么个发展，直接呆住了。

她结结巴巴地道：“可是……”

“我让你来上我的课。”陈教授打断了沈昼叶，不太爽地道。

陈啸之很喜欢留到晚上工作。

虽说他早上到得早，但他一定会工作到深夜。

大学的工作与在公司上班不同，它有一点好处，就是工作时间自由。只要你能拿出成果，就没有人在乎你几点来打卡上班。因此在大学里工作的人，大多会培养出很符合自己的作息规律。

有些教授早上工作效率高，就会早上五点来学校，下班也会相应地提前；有些人喜欢晚上摸黑做实验，昼伏夜出。沈昼叶来小利兰后曾见过A栋三楼研究粒子物理的芬兰女教授下午五点才姗姗来迟地开着车来上班。

沈昼叶有点儿好奇她几点下班，甚至怀疑她只是来学校吃餐厅的。

接着，第二天早晨，沈昼叶八点来办公室报到时，正好撞见那女教授从楼里出来，打着哈欠，准备开车回家睡觉。

在这么多奇葩的作息之中，最年轻的陈教授的上班习惯似乎是最严谨勤奋的，带着一种来自东方的严于律己。

更奇怪的是，他的作息时间居然和沈昼叶的高度重合……

七点左右来开门，先看有没有新刊登的有趣文章，十二点去吃午饭，下午一二点时因效率太低而去锻炼身体或“摸鱼”，晚上六点礼仪性地吃点儿东西，回来认真工作或看书，九点之后再锁上办公室的门。

夜风习习，沈昼叶被冻得裹紧外套。

她拿起手机看了眼时间，已经夜里十一点二十了。

沈昼叶叹了口气，看见微信上妈妈在关切地问：“宝宝，还在办公室吗？要早点儿睡觉。”

沈昼叶乖乖地回复妈妈：“嗯，我马上就收拾东西回去啦。”

沈妈妈说：“太晚了，旧金山都晚上十一点了，这么不安全，你宿舍又这么远……不能找个熟人送你一程吗？”

沈昼叶打字回复：“张臻和我都没有车。”

沈妈妈担忧地道：“没有有车的熟人吗？旧金山治安这么差。”

有车的熟人……沈昼叶看了一眼楼下停着的那辆跑车，又侧耳听了听隔壁办公室的动静，非常诚恳地对妈妈说：“没有。”

“不要回去那么晚，”沈妈妈气道，“你老板怎么放心你一个肩不能抗手不能提的女儿家在办公室待到十一点钟，还得步行将近两公里才能回寝室？他是人吗？结婚了没有？”

沈昼叶想起陈教授那张脸，又想起他初中时的狗样子，卑微地告诉妈妈：“这我就不知道了。”

华女士冷酷无情：“没有最好。我看这种人不配有老婆。”

不配有老婆？

沈昼叶深入思考了下陈啸之的为人，没反驳。

沈妈妈那边紧接着发来好长的一串："今天我还听说我在加州的一个学生被人拿枪顶头上，好在最后只抢了个钱包没要人命。你现在就走，快点儿收拾东西，路上给妈妈打电话。"

沈昼叶立刻开始往自己的小帆布包里塞东西。

突然，她办公室的门被敲响了。

陈啸之一口京片子不爽地问："你怎么还待这儿？"

沈昼叶立刻非常熟练地喊道："老师我马上就回去了！"

陈啸之走了，沈昼叶从自己的一堆书里找到平板，手忙脚乱地塞进了包中，背上包走人。

关了灯的瞬间，满室黑暗扑面而来，沈昼叶看了眼窗外的月亮。

沈昼叶走到三楼时，听到大型仪器嗡鸣的声音，接着一扇门打开，一个印度博士后夹着自己的笔记本，疲惫地走出实验室。

沈昼叶点头致意了一下，那人也对沈昼叶露出了个疲倦的笑容。

实验楼下空荡荡的，一辆车都没有了。

陈啸之驾驶着车，将他的学生或是曾经的同学留在陌生的城市之中，消失在了路的尽头。

已经十年了。

沈昼叶甩了甩头，试图又一次从拢住自己的回忆之中逃离。她记得十五岁的陈啸之总是会把她送到她家楼下，目送着她上楼。

可那真的是很久很久以前了。

她拽出自己的两只小蓝牙耳机，塞进耳朵，给妈妈拨了个语音通话过去。

嘟嘟的声响后，沈妈妈接起电话，沙哑地喂了一声："宝宝？"

那声音几乎像是穿越无尽的岁月而来——沈昼叶浑身一震。

"妈……"她张开嘴，艰涩地道，"妈妈，我准备步行回……回去了。"

沈妈妈温柔道："路上注意安全呀，宝贝。"

月朗星稀，路灯次第映亮通向小阁楼的道路。

加州晚夏的云乘风向南，最后一茬月季花在风中怒放，沈昼叶的裙摆被吹起些许，现出裙角的山荷与纤韧的腰。

"嗯。"

沈昼叶望着终于能被称为"异国他乡"的月亮，对妈妈说——

"我会的。"

“妈妈你放心，我已经一个人很久了。”

大雁掠过湛蓝的天际。

位于校区东南角的餐厅窗明几净，墙被刷成绿色。沈昼叶坐在大窗户前吃饭，面前是一碟三明治、一个叉子，外加一个十分惊讶的张臻。

张臻难以置信地道：“所以你老板因为你讲得太烂了，让你去上他的课？！”

沈昼叶不无耻辱地点了点头。

“太神奇了，”张臻说道，“我都多少年没见过把博士踢去上课的老师了……我有朝一日居然都能看见沈昼叶被提溜去和本科生一起上课。”

沈昼叶痛苦地捂着头：“求你别说了姐姐……你复读机啊？！”

复读机立刻闭嘴，过了会儿却突然道：“你导师是不是脾气挺坏的？”

“是。”沈昼叶捏起自己的果汁利乐包，刚一拿起来，张臻却突然开口：“沈昼叶，你现在的老板和上一个，完全不一样。”

沈昼叶咬着吸管愣在当场，看着张臻，示意她说。

“我听说过的，”张臻用叉子叉着菜叶子，漫不经心道，“你之前那个小老板什么东西都没教过你，后来让你做的材料，他自己都一窍不通。他原来是做生物实验的，你是物理出身，他完全是个外行。”

沈昼叶呆住了：“你是怎么知道的？”

“你应该问‘我们’怎么知道的。”张臻揉了揉自己一头烫卷的头发道，“咱物理学院总共也没多少八卦，你受的委屈，我们或多或少都听过，只是没人敢去和老师说而已。”

沈昼叶怅然地“嗯”了一声。

“我们招进来的时候，就像面试一样，是要强调自己吃苦耐劳的，对吧？参加研究生复试的孩子，哪有不说自己能吃苦的？”张臻挖起一勺她点的开胃小菜，又说，“硕士生最大的作用是科研民工，就是做实验的苦力。我们都知道，作为导师，他并不在意你学得怎么样。”

明明今天旧金山的天气很好，沈昼叶和张臻却同时感到了抑郁……

张臻叹息道：“咱博士生同理。”

沈昼叶沉默了下，说：“谁不说是呢。”

“你学成啥样和他们有啥关系？导师都希望你发篇好文章然后麻溜地滚，不要丢他们的人。”张臻吃了口丸子，“想学就自己学，自己去找师姐师兄学实验也好，自己去图书馆借书也好，或者干脆你不借不学。”

太真实了，自学（也没）成才的沈昼叶心想。

“可你的新老板不是。”张臻说，“他先摸清了你的水平，看了你过去的成果，给你发了文献，发现你不够好之后，就让你去上他的课，手把手带你。”

沈昼叶无声地点了点头。

张臻笑了笑：“我觉得，虽然你那个导师羞辱完了你的研究领域又硬性要求你晚回去，看上去好像是个人渣老板，但他是想把你带出来的。”

沈昼叶沙哑道：“是。”

阳光落在她的睫毛上，犹如黄金一般。

“他让你去上什么课？”张臻笑眯眯地问。

沈昼叶盯着张臻看了两秒，在张臻脸上看出了一丝明晃晃的幸灾乐祸来。

接着她认命地长吁口气，从自己的书包里摸了摸，举起两本巨大的、加起来得有一公斤重的专业书！

“粒子物理前沿研究。”沈昼叶将其中一本大部头放下，又举起其中一本砖头道，“这一本叫作*Theoretical Astrophysics*，理论天体物理。”

张臻一愣：“理论天体物理咱俩是同一年选的吧？咱们大二那年？你不是考了99分？”

沈昼叶回答：“我考了100。”

张臻脸上写满了难以置信。

“行了，别用那眼神看我了……”沈昼叶痛苦地将两块“砖”塞回书包，将书包往肩上一背，拿起自己的餐盘，对张臻说，“走了，你自个儿回办公室吧，我下午得去上Professor Chen的课了。”

棕榈树被风吹得簌簌作响，现出帕罗奥多湛蓝如海的天空。

下午陈啸之上课的教室是一个美式的圆阶梯，大约能容纳二三百人，有三个投影屏之多。沈昼叶到教室时还不晚——无论中外，几乎没有学生爱坐在前面，沈昼叶微一斟酌，抱着自己的书包，在教室第一排落座，放松地摊开了课本。

沈昼叶先前和楼下的硕博先打听过，据说这门课几年前是罗什舒亚尔教授在带，但后来因为教授年事已高，带不了这样高强度的课，而其他的教授课也满了，便将这门课交给了老教授的得意门生——近年风头相当盛的年轻教授陈啸之。

几个西班牙裔的学生在她身后讨论前几天的论文，沈昼叶趴在第一排发呆，忽地觉得，这场景似曾相识。

那一刹那，金黄的岁月犹如河流般冲刷而来。

小利兰的教室砖瓦变幻，长桌化为红漆实木，黑板浮现白粉笔写就的复杂公式。

年仅十一二岁的小昼叶抱着课本和笔记本钻进教室，在第一排落座。她连眼镜都不戴，只是跟着父亲上课。后面的学生也是像这样，讨论他们的作业，在课上偷偷叠纸飞机。

那时每个学生都知道，霸占了第一排的小姑娘，是沈教授的女儿。

沈青慈教授讲课格外有意思，因此那时选他的课的人不只有理工科的学生，甚至还有不少是学法律和人文的。

在下课后，沈教授会在教室里多待十几二十分钟，给来问问题的学生解答疑惑，然后沈教授会拍拍女儿的脑袋，带着小昼叶回家。

二十五岁的沈昼叶怔怔地看着窗外，摇了摇头，似乎要将无用的回忆从脑子里晃出去。

下一秒，她桌子上“砰”地多了个咖啡杯。

沈昼叶一呆：“嗯？”

她顺着咖啡杯向上看，看到一只属于男人的修长骨节分明的手，还有手的主人另一只手里拿着的同款咖啡杯。

接着，陈啸之将沈昼叶面前的杯子按着一转，露出饮品标签：美式黑咖啡，三份浓缩。

沈昼叶听见身后一个金发白人女孩儿笑了起来，以英文道：“Calvin,you bought this girl a coffee.”

“你给这女孩儿买了杯咖啡？”

沈昼叶不自在地想纠正她，说不是这么回事——

结果，陈啸之就不怎么爽利地道：“No,I bought my doctoral student a coffee.”

“我给我的博士生买了杯咖啡。”他说。

关系撇得这么快，我难道不配当女的?

“下午别睡了。”陈教授恶毒地损他的学生，“别以为我不知道你在办公室趴在那个屁股里一觉睡到下午三点。”

沈昼叶虚弱地争辩："那是个柯基屁股……"

"Makes no difference.[1]"陈啸之说完，漠然一松手，拿着自己的咖啡走上讲台。

沈昼叶扒拉了一下那杯热咖啡，掰开塑料盖，发现陈啸之连一包糖都没加。

沈昼叶从小就爱吃甜食，还爱奶制品，因此那杯咖啡简直要了她的命……

沈昼叶抿一口就觉得好苦，简直苦成中药——在咖啡店顺个糖包很难吗，加个糖浆很难吗？

沈昼叶觉得，陈啸之要么是早忘了，要么是在故意折腾她。

但是，沈昼叶又有点儿难过地想，从陈啸之的态度来看，他对自己这么冷漠，应该是忘得一干二净了。

沈昼叶小口地抿那杯苦得能杀人的美式黑咖，听自己的初中同学兼现导师上课，只觉得心比她的咖啡还苦。

陈啸之的课，质量相当高。

听一个老师上课，是能够听出他的水平和知识储备的。而且，学会一个知识和将它讲出来，完全是两码事。

二十五岁的陈教授上起课来丝毫不虚，知识面广且条理清晰，拿出演示文稿就不再需要课本，显是每个知识点都烂熟于心了。

沈昼叶听着课，脑袋突然被一个什么东西碰了下。

她一愣，回过头去，发现自己的凳子上掉着一个小纸飞机。她捡起来一看，发现上面用黑色水笔写了一行"致教室前排，那位穿黄裙子的小姐"。

沈昼叶看了看自己的裙子，发现，首先，第一排只有自己，其次，她穿了条鹅黄色的裙子。

她好奇地拆开那个小纸飞机。

纸飞机是用一张笔记本纸折的，里面只有一行短短的字——

"你的眼睛非常漂亮。就像风卷起的黑色树叶。你看起来真孤独。介意我去坐在你身边吗？Garrett. P。"

沈昼叶愣了一下，意识到，这是一封在陈啸之的课上向她传来的情书。

她立即回头望去，去寻找一个可能是Garrett的人。

一般来说，扔完纸飞机之后，对方会好奇地看被扔中的人的反应，会很紧

---

① 都一样。

张，但沈昼叶没有发现有人在看自己，大多都在听陈啸之的课。沈昼叶找了一会儿就放弃了。

对沈昼叶而言，这种搭讪的纸条其实非常常见，毕竟每年都会收到那么一两张。

沈昼叶生得秀气，笑起来时眉眼柔软，犹如星点洒落花前。而初中时就能收到情书的女孩儿，上大学后往往也不会缺乏搭讪的人。

沈昼叶都快记不清那些给她传纸条的人的脸了。

但是她记得，自己拒绝了每一个人。

当时有一个大一的男孩儿，在给她递纸条时，在她的书里夹了一朵紫色的燕子花。

和一个异性开始一段关系是一件非常玄妙的事情，非常考验感觉。无论对方有多优秀，但是如果不来电的话，对方做什么都没有用。

二十五岁的沈昼叶看了看手里的纸条。

纸条真正吸引她的地方是引用了一句巴勃罗·聂鲁达著名的《二十首情诗》的第十四首。

沈昼叶抬头看了一眼在上课的陈啸之。

阳光拢在这个让她感到陌生的人身上，二十五岁的他相较过去又抽了条，英俊的面孔褪去她曾经熟悉的稚气，变得棱角分明。

他站在讲台上的模样，称得上光芒四射。

不是所有人都能讲出这样的课，做出他那样的研究，更不是每个人都能有这样清晰的逻辑和恐怖的知识储备，以及创新能力和思维。

陈啸之已经很陌生了。沈昼叶发着呆想。

可是，二十五岁成人的他身上的每一分光芒，都能看到年少的痕迹。

那闪耀的少年还在这里，只是他长大了。

这年轻的教授好像就是为天体与宇宙、为万物之理而生的。

在金黄色的阳光和花影的笼罩之中，陈教授在黑板上画了个巨大的扇形表示恒星结构空间，然后将粉笔一扔，以一口标准的美国西部口音对下面的学生道："所以，要想知道恒星的结构，是要靠学者们建立模型进行下一步推论的。我们显然不可能在温度几千上万度的恒星上钻个洞，看看他们里面长什么样。"

"我们都知道，宇宙恒星几千度高温可以让人体瞬间气化，连骨头都不剩。”陈啸之漫不经心地说，“而我们天体物理学家的观测就是在燃烧预算，因此我们在进行实际观测前，必须要有足够的理论支撑。也就是我们的假设与推论必须要达到令人满意的程度，要无懈可击。”

“因此天体物理学的一个重要的研究手段，也是它和其他应用类学科的不同——我们首先需要简化假设，然后列出基本的方程组，找出相关的边界条件，最后再进行实际的观测来检验我们的假设。”陈啸之问，“我先来问第一步，你们如何简化假设。”

年轻的陈教授拍了拍手指上的粉笔灰，锐利地看着下面的学生，问：“想知道一颗恒星的结构……那么首先，我应该建立一个怎样的模型？”

下面一个黑人女学生不知说了什么，全班都在大笑，连陈啸之也在阳光中弯了弯眉眼。

沈昼叶愁眉苦脸地喝着苦咖啡，发觉陈啸之居然很有一种老师的和蔼。

“完全错误。”陈教授友好地道，“而且我发现你的流体力学知识非常薄弱，你甚至都没考虑这个因素。”

黑人女学生一口奥尔良口音，一双眼睛黑白分明，看着陈啸之说：“我还没有修流体力学。”

陈啸之笑了笑：“那你最好修了再来，否则修这门课会遇到很多困难。我找个人来回答这个问题，你们将如何建立模型？”

沈昼叶拿起陈啸之送的三倍浓缩黑咖啡，捏着杯套小小地抿了下，看着他发呆。

他这不是能对别的女生笑吗？沈昼叶的头顶突然不受控制地冒出个装着小想法的小气泡。

接着，如同破窗效应一般，一连串的气泡“叶噜噜噜噜”地冒了出来：他能对素不相识的学生笑眯眯的，怎么对我就这么凶……就算是有些私人恩怨，也有点儿太凶了，当我是个死人也行啊……

那一串想法泡泡一个接一个，沈昼叶感到有点儿委屈。

下一秒，被沈昼叶在内心辱骂的陈啸之走下讲台，在沈昼叶的桌子上重重一拍。

“第一排只有你，”陈教授一对上沈昼叶，那口音瞬间变得极其找碴儿，“这位小姐，告诉我，你怎么建立模型？”

沈昼叶一听就知道，陈啸之是来给她下马威的。

他还在那咖啡杯上拍了拍，示意她快点儿回答。

这待遇差别也太大了吧！沈昼叶一想其他学生的待遇就觉得又生气又难过。她看了看扇形和满黑板的板书，心想这是什么多难的东西吗？你这么看不起我？

“这些推论的前提，”沈昼叶眯起眼睛，“应该是恒星在自身引力和内部压力作用下，内部具有辐射转移的流体球，满足无磁场和非相对论与球对称的条件。”

这思路应该是正确的，沈昼叶想。

陈啸之说：“基本正确，还有呢？”

“理论模型应是一个孤立的行星体系，”阳光洒在沈昼叶的胳膊上，她坐在椅子上，想了想道，“只受到自引力和内部压力的作用，而且满足流体静力学的平衡。”

陈啸之眯起眼睛：“定义球对称的意义。”

沈昼叶心想这点儿小问题你不能去问别人吗……然后她说：“同心球层，单一球层的物质是均匀的。”

陈教授接着问：“用什么方程？”

“质量分布方程、流体静力学平衡方程、能量平衡方程、能流方程。”沈昼叶回忆了一下最后一个方程的英文名，那些名词她几乎已经五年没碰了，因此记忆有些生疏。

然后沈昼叶说出最后一个名词，笃定地道：“应该不会有遗漏了。”

她微微抬起头，看向站在面前的陈啸之。

她说得实在是太过流利，下面立刻有学生大喊Bravo[①]。

沈昼叶心想我估计不会被夸——

陈啸之拍了拍她的桌子说：“回答得不错，但别这么看你老师。你看上去像要吃了我。”

你只是想找我事儿！

下午三点多，加州的太阳又沉下去了些，天穹湛蓝，风吹过窗外的剑兰。

讲台上，陈啸之对下面的学生们道：“大家先休息一会儿，回来继续。”

阶梯教室里瞬间炸锅，变得比原先更加吵闹不堪，有些围着格子衬衫的女

① 好极了（用于喝彩）。

孩儿去外面上厕所，有一两个人上去问陈啸之问题，他就倚靠在讲台上散漫地与那些学生沟通。沈昼叶一个人孤独地坐在凳子上，小口地抿着苦咖啡，翻那本红皮的课本。

陈啸之的课上得很好，她也做了不少笔记。

但是他到底为什么会对自己这么差呢？

沈昼叶怎么想都想不明白，有点儿难受地坐在桌旁叹了口气，抬起头时看到成年的陈啸之笑着拿着支笔，在一个学生的笔记本上点了几下。阳光镀在他的身上，有一种难言的浪漫与温柔。

沈昼叶呆呆地坐着，想起他训自己的样子，片刻后感到一种找不到出路的绝望，“啪”地栽进了书里。

这不是她的世界。

沈昼叶已经二十五岁了，这是她在大学里的第八个年头。

许多人一眼就能看出入校一年与入校两年的大学生的区别，大四毕业的照片与大一入学对比，几乎是判若两人。

四年尚且如此，八年呢？

沈昼叶就算来上本科的课程，也已经没有了本科生的活力。

她犹如一支荒野里的枯木。她只是这课程、甚至是这大学的过客，享受不到缤纷多彩的生活，没有派对也没有熟人，与周遭环境永远格格不入。

她苍白透明得像一片漂在水里的花瓣，浪一翻便会沉入水底，再无踪影。

就像她过去的那几年一般，是一种没有归属的孤独。

沈昼叶趴在书里，听见窗外风声呼呼作响，像是将刮来一整个囫囵的秋天，她还听见陈啸之的声音断断续续地传来。

沈昼叶闭上眼睛，试图稍微眯一会儿。

可是，“咚”的一声，一个沉重的书包砸在了沈昼叶的身边！

沈昼叶一惊，抬起头来——

她面前站着个年轻的西班牙裔青年。

这青年个子颇高，手还拽着书包带，一头微长的深棕色卷发，眼睛则偏黑色。他穿着简单的连帽衫和牛仔裤，身上有种诗人般的浪漫气息，对沈昼叶笑道：“Hi, I'm Garrett.”

沈昼叶呆了下，下意识地挪开自己的外套，给这青年腾了个位置。

然后在灿烂的阳光之中，这西班牙裔青年以别扭的中文绅士地问她——

“小姐，我能坐在你身边吗？”

沈昼叶扑哧一声笑了出来，以英文回答：“你可以和我说英语的。”

金黄的阳光映着窗外的花枝，剑兰吐露花苞。

沈昼叶给他挪了点儿位置，可这个叫加勒特的青年没有坐在她身边，而是给沈昼叶留出了一个舒适的距离，与她空出了一个位置。

“Garrett Perrotta，”加勒特伸出只手，对沈昼叶笑道，“你可以直接叫我的名字。”

沈昼叶笑得眉眼弯弯，配合地与加勒特握了下手，说：“April Shen。”

“你上课的表现让我印象非常深刻，”加勒特笑着说，“你的名字也很好听——April，是春天。”

沈昼叶觉得这个人非常有趣，友好道：“这是我爸给我起的名字，我中文名不叫这个，但也差不太多。”

加勒特饶有兴趣地问：“给女儿起名叫四月吗？”

“是呀，因为我是春天出生的，”沈昼叶笑着说，“而且我妈妈又有首很喜欢的诗，叫《你是人间的四月天》，我的英文名就叫四月了。”

加勒特笑道：“是个很美的名字。”

沈昼叶礼貌地说：“谢谢。”

“你下次课还会来吗？”加勒特温和又有点儿风流地问，“还是你只来这一次？”

沈昼叶看了一眼陈啸之，这位说自己要吃了他的导师正靠在讲台上，人模狗样地给学生讲题。

“这个学期我应该都在。”沈昼叶叹了口气，“讲课的人是……是我的导师，是他要求我来的，我应该会旁听到期末。”

加勒特笑道：“那他对你有点儿坏呀。”

沈昼叶想了想，言简意赅地总结：“这是历史遗留原因。”

“忘了介绍，我是法学院的。”加勒特温柔地道，“因为这个课程有趣，有一个朋友倾情推荐，所以我在学期初选了它。我刚刚注意到了，你回答得真流畅，真迷人。”

沈昼叶被夸得很受用，耳朵有点儿发红，小声道：“我都快忘光了……”

“有没有人说过，”加勒特笑着摊开自己的笔记本，那双迷人的黑眼睛望着沈昼叶道，“你的眼睛很漂亮？嗯？”

沈昼叶非常诚实地说："有，挺多人说的。但说实话，我自己不知道到底哪里好看。"

加勒特说："像黑色的松林……"

沈昼叶揉了揉额头，小声问："别松林不松林了，我有个问题，你是不是意大利来的？"

加勒特回答："是，怎么了吗？"

沈昼叶沉默片刻："没什么。"

下午三点，圆形阶梯教室。

陈啸之低着头，以一个尽量浅显易懂的方式给一个学生解释太阳温度的测定方法。

太阳温度显然不能用任何一个温度计去测，也不能用红外线。它最初的测量方法是由一位十九世纪的科学家爱丁顿提出的，理论基础是太阳是通过辐射来传递热量，而且也是通过建立模型的方式，以理想气体热平衡为模型，计算出了理想模型中太阳的温度——3900万摄氏度。

天体物理，尤其是理论部分，是极其依赖模型的。

陈啸之的课上不只有学物理的学生，还有不少是来凑热闹的别的学院的学生，如今还多了一个他自己带的博士——沈昼叶。

陈啸之想到这名字，无意识地磨了下牙。

这三个字所代表的女孩儿远在万里之外，又无时无刻不存在在他的身旁，犹如那年冬天的鬼魂。

她如今就坐在这教室里。

"行了，"陈啸之道，"课要重新开始……"说着，他捏了支粉笔，抬起了头。

第十二章

我送你回家

陈啸之坐在餐厅里吃饭时，炽热的风穿过了操场，合欢树在夕阳里只剩个剪影。

加利福尼亚州是个看上去无忧无虑的地方，他高中时就在旧金山，距今不过十年，却遥远得像是二十世纪的故事。

“陈博士，”一个爽朗的声音响起，“难得在餐厅见到你。”

陈啸之放下叉左宗棠鸡的手，抬起了头。

站在他面前的是一个印度裔的中年男人，戴着副黑框眼镜，穿着格子衬衫加牛仔裤，笑起来有种亚热带的热情与爽快，端着餐盘坐在了他的对面。

陈啸之笑了下，点头致意：“拉格胡教授。”

卡尔·拉格胡，陈啸之本科时曾上过他的课，这位教授量子力学教得很好，是个认真负责又热情过头的老师。陈啸之上课时不觉得教授的热情似火有什么，然而他确实见过这南亚人将一个维京后裔吓得抱着自己的童年安全毯来上课。

拉格胡教授笑道：“今天怎么来这里吃饭？”

陈啸之随手一指墙上贴的彩纸，道：“今天餐厅做中国菜。”

拉格胡看了一眼，发现今天确实是餐厅的中国文化日，他笑了起来：“但是这家餐厅可做的不太好吃，而且左宗棠鸡也不是中国菜吧。”

陈啸之用勺子翻了下浇了橘子酱的左宗棠鸡，淡淡道：“无论是不是，总有点儿家的味道。”

拉格胡问：“你在家不开火吗，博士？”

陈啸之的勺子顿了下，说：“我从来都是吃餐厅的。”

夕阳泛出金红的颜色，犹如金粉玫瑰。

拉格胡一手拿起用纸包的墨西哥卷饼，另一只手捅破了酸奶的包装。

“不会做饭吗？”拉格胡促狭地道，“你怎么也是个留学生，应该不至于不会做饭吧，连我来了美国之后都学了一身手艺……如果想吃家里的味道，没有比自己下厨更靠谱的了。”

“所以，我最幸福的事情就是，”拉格胡笑道，“十几年前和我的妻子结了婚之后，我就不用再自己下厨了。”

那确实是一段感人至深的自白，然而陈啸之沉默了下，问：“可是教授，我没记错的话，你妻子是美国人吧？”

拉格胡羞耻地说：“美国菜也很好吃。”

陈啸之心想这话美国人说我也许相信，你说我就得打个问号。果不其然，拉格胡教授红着耳朵，咳嗽了两声：“算了，这话题姑且不提，但是这家餐厅的左宗棠鸡真的不好吃。”

陈啸之想了想道：“宫保鸡丁更难吃。”

“不过，”拉格胡教授终于直奔主题，“陈博士，那个博士。”

夕阳之中，陈啸之慢慢抬起了头。

这青年生得俊逸，那样看人时，眼神却如被磨开了的锋刃。

“新来的联合培养的博士生——”教授不无好奇地问，“跟着你做得怎么样？”

陈啸之微一点头，言简意赅地说：“很好。”

“我就说这学生不会差，”拉格胡拧着眉头道，“我看过这学生原先待的课题组，他们都不是做这个方向的，但是她在材料学做出的成果非常不错——这能是个简单的人？我做梦都想招个这样的博士。”

陈啸之礼貌地笑了笑，没有说话。

“我实在不知道你为什么要盯着个做应用物理的博士生不放，”拉格胡捏着自己的墨西哥卷饼，有点儿不满甚至谴责地说，“当时至少有三个和她研究领域相似的老师想让她来自己的课题组，和你们天体物理没半点儿关系。”

陈啸之想了想，和善地说：“可是她从最初就被指定到了我的方向，天体物理。这是她国内的大导师，那位姓周的院士亲自向我们的系主任要求的，希望他们给这个博士生换个领域。”

拉格胡教授拿起酸奶说："可是连罗什舒亚尔教授也想让沈博士进自己的课题组……最后是你去找系主任，厚颜无耻地说自己缺学生，而且手底下一个都没有。"

陈啸之礼貌点头，示意他继续。

拉格胡教授哽了下，愤怒了："太不公平了，你这么一说谁抢得过你？"

陈教授漫不经心道："所以她是我的人了。"

印度裔教授愤怒道："你能做个人吗？"陈啸之端起餐盘，在拉格胡肩上一拍，示意他自个儿慢慢吃。

"还有，"陈啸之不爽地道，"我十几岁就学做饭了。"

陈啸之吃过晚饭后，在校园里散了个步。

他上完课后比较贤者模式，不想回答学生们太过简单的问题，不想回办公室，也暂时不想看到沈昼叶的脸。

黄昏的天穹如紫玫瑰，路旁燕子花被风吹得四散。

陈啸之路过体育中心时，那里有几个附近帕罗奥多高中的学生与大学生一起打球。他一时手痒，脱了外套，也加入了这群学生胶着的比赛之中。

陈啸之高中时一度是校篮球队队长。他个子高，爆发力和持久度都相当不错。上了大学后他也断断续续地在打，打篮球成了他固定的发泄方式之一。

结束时，拿着球的高中生扯起T恤擦汗，对陈啸之道："你打得不错。"

陈啸之摆了摆手，试图找水。

"真的，你那个假动作太厉害了。"另一个人气喘吁吁擦着汗问，"你是大学生？"

这群学生来打球连个水壶都不带，简直绝了。陈啸之找了半天没找到水，满头的汗沿着脖颈往下滴，他一摆手道："我是这里的教职工。"

那群人瞬间就静了。

陈啸之把自己的外套和手机一拎，离开了篮球场。

太阳仍没落山，陈啸之进了零售店，从冰柜里头拎了两瓶冰水夹着，突然看到旁边装得满满当当的酸奶柜。

有个棕卷毛小胖女孩儿牵着妈妈的手站在酸奶柜前，嘤嘤装哭，要喝蜂蜜味酸奶。

她妈妈弱弱地说："玛格，医生让你少吃点……"

小卷毛胖胖就开始嘤嘤地哭："酸奶不是健康食品吗？不是乳酸菌吗？我想喝蜂蜜味的，乳酸菌和蜂蜜有错吗？我也没有要吃冰激凌呀，妈妈妈妈妈妈妈妈……"

陈啸之拎着两瓶冰水结账。

他身后的那个妈妈不堪其扰，痛苦地叹了口气，妥协道："行吧。"

复读机小胖终于得偿所愿，立刻抱了三个小酸奶，牵着她妈，得意地走了。

目睹了一切的陈教授站在那里。

买吗？一个小小的声音问。

买个屁。陈啸之躁怒地想，就沈昼叶这人也配吃东西？

陈啸之回到物理学院时，已经相当晚了，但是楼上还有灯亮着。

三楼主要放大型仪器，也是学生集中做实验的地方，因此灯火通明。陈啸之发现四楼也有个小小的窗口亮着光，窗户开着，窗帘被吹得在风中鼓起。

楼下的月季沉甸甸地垂着头，花瓣落在泥土中。

罗什舒亚尔教授正好准备下班走人，一下楼就看到自己的得意门生站在楼下，老教授震惊地问："Calvin你是打算住在办公室吗？"

陈啸之从牙缝里回答："不是。"

他胳膊下夹着瓶没喝完的冰水，右手拎着个沉重的装满零食的塑料袋。大热天的，他提着塑料袋从购物中心一路走了回来，路上将外套一团，塞进了塑料袋里。

罗什舒亚尔教授关切地问："你是研究不顺，打算在办公室待几天？"

"我从来不在办公室过夜，而且我不吃这东西，"陈啸之叹气道，"老师，这都是零食。"

罗什舒亚尔终于不再忧虑，闲谈道："从来没见你买过，七八年了。"

陈啸之说："我从小就不爱吃零食。"

天已经快黑了，最后一丝金红的光即将沉入地平线，陈啸之将那一袋装着酸奶和各色小果干的零食提在手里，上了楼。他路过隔壁办公室时听见沈昼叶在里面和那个叫张臻的女孩儿说话。

"臻臻臻臻臻臻，"沈昼叶甜丝丝地说，"明天我给你打下手，你可以给我做红烧又（肉）吃吗？"

张臻烦躁地说："你是复读机吗！走开走开走开！滚回去看文献！"

陈啸之隔着门板听见沈昼叶坚持不懈地恳求张臻："可是我想七（吃）红烧又

（肉）……”

张臻愤怒大吼：“沈昼叶我掐死你算了！你为什么断了零食之后这么烦！老琢磨着要吃啥是什么毛病！话说回来你为什么这么能吃还不胖啊？！”

沈昼叶可怜巴巴：“嘤？”

“你是什么魔鬼，”张臻痛苦道，“你这个对人‘嘤’是跟谁学的啊！就你那做饭水平我也不能让你进厨房……行吧，等我周末有时间就做，我这里有麦片你先冲点儿吃，行吗妹妹？”

“好！”办公室里，沈昼叶欢呼雀跃。

渐沉的天光中，站在门外拎着塑料袋的陈啸之看到他的416办公室外有个快递箱躺在地上。

小利兰这片区域的联邦快递员经常会把快递堆在收件人办公室门口，之前医学院那边运送一支昂贵的原代细胞，快递员就给那课题组将装有细胞的快递箱丢在门外，后来事情闹得非常大，这片区域的负责人收了不少投诉信，然而情况并没有明显的改善。

刚打完球的陈教授开了门，将快递箱一脚踢进办公室。

他往沙发上一坐，拿起手机，给沈昼叶发了条微信：“来我办公室一趟。”

沈昼叶的微信头像是一只捂着头哭的可达鸭，那只可达鸭像是害怕大祸临头，呆呆地问：“嗯？”

觉得大祸临头就对了。陈啸之恶毒地想，上课坐在你身边的那男的是谁？还敢在我的课上勾搭来勾搭去，沈昼叶你胆儿也太肥了，上课就这态度？第一节课就过来谈情说爱了？

然后他把可达鸭揪过来提问，让她分析文献的优缺点——果不其然，不太令人满意，于是沈昼叶又被陈啸之有条有理地训了一通。

训完，陈啸之神清气爽，让沈昼叶拎着吃的快走。

沈昼叶小心翼翼：“怎么会有这个……”

陈啸之冷着脸道：“不吃放回来。”

沈昼叶明显知道利弊，立刻就拎着袋子跑了。

满室静谧，陈啸之打算去拆快递，他从笔筒里摸出把美工刀。

是不是对沈昼叶太过严厉了？他突然想。

但这是必须的。一个声音在脑海中响起。这世界不是靠《欢乐颂》变好的，让世界变好的是《国际歌》。

成功永远需要血和眼泪，而陈啸之一天比一天明白，二十五岁的阿十正畏缩地缩在壳里。

陈啸之压抑住怒火，反思了一下自己的言行，认为日后应对她坦白，但不是现在。

想剥开果壳，需要用很大的力气，需要破坏性。树终归要剪去杂枝，那是树与灌木的区别。

而且，陈啸之还没折腾够。

陈啸之一向恨起来就什么都不想，甚至不考虑发泄的后果——而这是那个甩了他的、将他的真心放在地上践踏的沈昼叶，是将他像垃圾一般丢了两次的阿十。她是在少年午夜梦回时的影子，是成年的陈啸之不喝酒时都会出现的梦魇。

沈昼叶是真的活该，我已经很克制了——陈啸之心想。

他低头去研究那箱子快递，将美工刀微微一动，打算划开胶带。

可在划开快递的前一秒，他忽然发现，快递的收件人不是自己。

快递收件人一栏印着“Zhouye Shen”。

这是沈昼叶的快递？她买了什么？陈啸之感到一丝奇怪，接着他就看到了寄件人的名字——“Le Liang,Massachusetts[①]”。

这名字，这地点。陈啸之立刻意识到，这包裹居然是梁乐寄来的。

陈啸之上次见梁乐，也是这近十年与他唯一的一次见面，大约是三年前。

那时陈啸之已经快拿到自己的博士学位了，而一年一度的APAPC——亚太先进物理讨论会议，正好在夏威夷檀香山召开，陈啸之又恰好想去夏威夷度假，就买了张机票，去参会了。

王子酒店大堂里搭着APAPC的与会注册台，夏威夷的阳光落在大理石地板上。

陈啸之就是在那里看到梁乐的。

三年前的梁乐敞怀穿着件格子衬衫，染了个奶奶灰的头，和一群他的课题组同学一起，陈啸之经过时，听见那群青年的谈话里提及机械关节与AI。

二十二岁的陈啸之一瞬间想和他搭话。

他冲动性地想与这个性格一向古怪也和他合不大来的人寒暄，想约他晚上

① 马萨诸塞州。

去喝酒，然后问梁乐，你还和那女孩儿有联系吗？

如果有的话，她过得怎么样？

我已经七年没有她的消息了。

我从来没有打听过她，可她无时无刻不在我的身旁。她存在在深夜的实验室，在我拧上阀门的机器上，存在在我的枕头和冬天里，那幻影和气息萦绕不去，长成少女的阿十无处不在……可唯独不在我的梦中。

梁乐抬起头，看到陈啸之，并认出了他。

时间被拉得很长，陈啸之脑子里百转千回，正准备开口。

但是，梁乐背着包，冷漠地转身走了。

时间飞速回转。

2018年晚夏，静谧浸润了台灯外的黑暗。

陈啸之意识到，过去的十年里，梁乐从未和沈昼叶断了联系。

沈昼叶将一盆多肉抱到自己的办公桌上的时候，彻底无语了。

她第一反应是，梁乐这程序员大约真的是发达了。联邦快递从马萨诸塞州寄到加利福尼亚，光快递费就要四十多美元，梁乐硬是给她寄了盆多肉过来，还贴了张纸条，让她拿去防辐射，别猝死在岗位上。

寄盆多肉花三百多人民币，反正这钱她是出不起，她那群同学也出不起。

毕竟沈昼叶每个月的补助不超过四千人民币，在这儿……也不知道陈啸之每个月能给她发多少工资，但是无论发多发少，这三百块——这可是三百块啊！

沈昼叶感慨了一下如今已经十分财大气粗的梁乐，又默默撕开了包草莓干。

她今晚有点儿累，没打算看文献，于是只是在办公室里待着看书。

那袋"办公室福利"零食摆在她的桌子上。隔壁那位教授给她这袋零食时特别的不耐烦，以至沈昼叶一度认为，这些零食搞不好是他买了放在家里不想吃的，可能已经放了好几个月。

没想到一打开袋子，里面是刚从冰柜里拿出来不久还凝结着水汽的酸奶和各种奶制品，说是拿去哄五岁小孩儿都有人信。

但是沈昼叶从小就是小孩儿口味。

太阳渐渐沉入地平线，黑夜之中，大风呼地刮了起来。

张臻在天黑前走了，天黑之后沈昼叶就一个人坐在办公室里，在耳朵里塞了耳机，趴在桌子上，开始找动画片看。

二十五岁，其实已经不是个看动画片的年纪了。

迪士尼，甚至梦工厂皮克斯，说动画片是所有人的。但是，他们几乎每一部片子的主角都是孩子。

《寻梦环游记》的米格与妈妈coco，《勇敢传说》的公主梅丽达，Big Hero的Hiroshi……《玩具总动员》的主角则是孩子们的玩具，伍迪和巴斯光年，游戏厅的无敌破坏王。

他们总是说动画片是成年人的梦，但是连他们自己的角色取向都是倾向孩子的。

二十五岁的沈昼叶往下翻网页时，突然看见了《机器人总动员》的小海报。

视频网站在黑夜中荧荧地亮着，海报上有五个英文字母，还有一个孤独的机器人瓦力，与它身后浩渺的宇宙和飞船。

《机器人总动员》上映于2008年的夏天，是沈昼叶与妈妈爸爸一起看的最后一部电影。

沈昼叶至今记得，那年六月盛夏，年轻得多的妈妈出门前涂着口红，踩着高跟鞋，对着镜子取笑他们父女，说，只要电影里有螺丝钉、宇宙和飞船，他们就一定得去电影院把这部电影看了。

那部电影里，浩渺宇宙中，星云温柔绽放，拿着灭火器飞行的垃圾处理机器人瓦力与线条美丽的机器人伊娃在太空中飞翔，双手交握。

电影结束，灯亮起的瞬间，妈妈是红了眼眶的。

那天沈爸爸用同一个姿势牵着妈妈的手，一家三口漫步在华盛顿的街头。沈昼叶跟在他们身后一路小跑，天空蔚蓝，风温柔地吹过她的裙摆。

后来。

后来，那一年，她和陈啸之一起看了这个电影。

那天酒店外刮着寒风，夜里暖气片不太热，沈昼叶又畏寒，陈啸之的被窝倒是非常暖和。夜色之中，笔记本电脑散发出柔软又迷幻的光芒。

少年和她的那些美好的过往，瓦力与伊娃。

可是都已经过去了。

十年，再温柔的过往也化为了岁月的灰烬。

沈昼叶今天刚被那个十年前和她一起看电影的人摁着头一顿训，他好像连上课的时候看到沈昼叶的脸都觉得烦躁。

二十五岁的沈昼叶手指悬在“确定”按键上，犹豫着要不要按下去——然后，她办公室的门就被笃笃地敲了两下。

门外，陈啸之冷冷地问："都几点了你还不走？"

"还没走，那你走吗？"沈昼叶说完，想了下，谨慎地补了个称号，"老师？"

明明隔着个门板，沈昼叶还是明显地感到气氛一僵。

接着，陈啸之的声音烦躁地响了起来："沈昼叶你是在和我比赛谁走得晚？"

被戳穿了。沈昼叶十分直白地小声问道："可你不是不喜欢学生走得比老师早吗？"

陈啸之的声音传来："从来没这么说过，我不强制出勤。但是你那天走得太早，很不像话。"

然后过了会儿，他又冷淡道："有事直接走就是，按自己的作息来。"

沈昼叶礼貌地说："谢谢老师！"

大概是传达到位的缘故，陈啸之那边不再说话。

沈昼叶又捏了点儿草莓干，趴在桌子上听音乐，桌子上那一袋办公室福利被夜风一吹，哗啦啦作响。

十五分钟后，晚上十点多，A栋417办公室。

沈昼叶已经无聊到开始给她堂弟做高数作业了。

她堂弟比她小五岁，和从小就乖的沈昼叶不同，这小子从小混得很，据说几年前还当过一段时间他们高中的扛把子，打架特别凶。然而他还是被个姑娘给搞得大彻大悟剃头发学习，如今在大北学金融。

北京还是白天，沈泽和室友挤在一个镜头里，憋屈地问他堂姐："所以这题到底怎么做？"

沈昼叶将演算纸往桌子上一拍，难以置信地道："你们一整个宿舍，四个脑子加在一起，连这题都不会？"

全宿舍陷入沉默。

沈昼叶将自己算的题举起来一抖，对着他们道："这很难吗？大半夜来找我，我还以为怎么了呢。这题怎么讲？答案我做出来了，自己抄上，抄的过程中还没看懂的话再来问我吧。"

一片沉默中，沈泽率先开口："我说了别找她，她讲题烦得很。"

他室友说："师姐你那个'你们连这种题都不会是怎么高考的表情'是怎

么回事？”

沈昼叶立刻喊道：“你瞎讲！我没有！”

视频通话那头，沈泽叹了口气说：“我说了，别找这种金牌保送的物院变态讲线代，你们非不听。这种人讲题的时候表情都会人身攻击……”

“学到了，学到了……”

戴着耳机的沈昼叶听见了门外敲了两声，她立刻扯下耳机。

陈啸之站在门外问：“你还不走？”

沈昼叶飞速挂了沈泽的视频通话，又看了看桌子上那一大袋足有三四公斤重的能拿去哄小孩的奶制品。

“先……先不走吧。”沈昼叶羞耻地坦白，“我是想等你一起走。”

陈啸之那边安安静静。

沈昼叶耳根都红了：“我能不能搭一次你的便车呀？”

陈啸之那头半天都没说话。

晚上十点多，夜空漆黑一团，路灯映着柏油马路。

沈昼叶委屈地想，搭个便车又杀不了你，我天天晚上自己哆哆嗦嗦走夜路也没对你提过这种要求……要不是校园里不好打车我才不会对你开这个口呢……

陈啸之冷淡的声音传来：“要走现在走。”

沈昼叶立即收起委屈，喊道：“我已经收拾好了！”

她拎起那袋乱七八糟的小零食，飞快地关灯关电脑，冲了出去。

陈啸之披件外套站在走廊里，脸上没什么表情，手里捏着串车钥匙。

沈昼叶看到他就想起自己今天被训的模样，夹着尾巴连句问好都不敢说，小声解释道：“主要是今晚发的这个什么福利在办公室里放不住，办公室没有冰箱，天气又热，放一晚上绝对要坏的。我打算带回宿舍，但是这包东西太重……”

陈啸之冷淡而又言简意赅地道：“走。”

蹭到车了！

沈昼叶得偿所愿，狗腿地说：“应该是顺路的，不会太远啦。”

陈啸之没回答，只是将学生办公室的门拽了拽，确保门被关紧，没有帮沈昼叶拎任何东西。

沈昼叶艰难地提着袋子，跟着二十五岁的陈教授朝下走，风从楼下吹来时，沈昼叶闻到他身上清亮的雪柏香气，应该是喷的香水。

非常好闻，沈昼叶想，像是春日的贝加尔湖。

楼下只剩零星几辆车，陈啸之一动车钥匙，一辆沈昼叶先前没见过的跑车响了一声，亮起了车灯。

“上。”陈啸之冷淡地命令，“东西抱着。”

沈昼叶提着那袋东西拉开了副驾驶的门，然后抱着东西坐了进去。

她好奇地看了看陈啸之的车，她并不认识牌子，却看到他在挡风玻璃后放了一摞以荧光笔画过的论文。

陈啸之拉开车门，长腿一迈，坐了进来。

沈昼叶小心地抱着东西挪了挪，争取不碰到他。

陈啸之发动了车，冷漠地问：“你在哪个宿舍区？EV还是ES？还是莱曼？”

陈啸之说的那三个宿舍区都是校内的，而且离这边比较近。

然而这些位置优越的寝室楼都是优先对小利兰的本科生开放的，联培学生沈昼叶连申请的资格都没有。

“都不是。”沈昼叶紧张地道，“我住的和你回家的方向是顺路的，我看你好像就是走这个方向，要不然我也不会对你开口了……老、老师。”

陈老师眯起眼睛：“你住哪个宿舍？”

沈昼叶小声回答：“Arastradero West。”

陈啸之一怔：“什么？”

“就是，”沈昼叶瞬间羞耻了起来，开始给小利兰的“原住民”科普，“就是校外最远的那个屯子啊，前不着村后不着店想买个东西得走一公里的那个……”

不知为什么，沈昼叶突然察觉到车里的氛围变了。

她抱着那一袋零食，无意识地摸了下自己膝盖上贴的创可贴，伤口已经开始结痂了。

“两公里外那个？”陈啸之仿佛不相信一般，“你住那儿？”

黑夜的尽头起了凉风，秋风掠过灌木丛，寝室楼亮着灯，阁楼的灯却灭着。沈昼叶抱着那袋零食下车，礼貌地与让她搭便车的陈啸之道别。

陈啸之忽然道：“办公室没有考勤。”

沈昼叶压了下被风吹得翩飞的裙角，温和地应道：“我知道啦。”

“我的意思是，”陈教授握着方向盘，沙哑道，“你没有必要天天走得这么晚。”

沈昼叶微一思索，认真地说：“走得晚是我自己的习惯。我原来在国内的时候，从研一起就习惯十一点左右走了。因为晚点儿的时候仪器协调起来比较方便，而且我晚上的效率比较高。”

陈啸之盯着方向盘，一句话都没说。

“我本来就喜欢晚上做实验，”沈昼叶认真地说，“说实话你的作息和我还挺像的……我回头买辆自行车骑着就好了。”

陈啸之一言不发地握着方向盘，他手上用的力气非常大，连青筋都凸了起来。

他烦我了，沈昼叶触电般地想。

然后，在加州的夜风中，沈昼叶对陈啸之喊道：“谢——谢谢你送我到这里！谢谢老师！”

她不敢看陈啸之的脸，提着那袋零食，“砰”地关了车门，飞快地跑回了宿舍。

沈昼叶确实喜欢一个人待在办公室学习或者待在实验室做实验。确切来说，有许多科研人员都喜欢这么做，说是感觉“自己像世界的主人，做什么都是自由的”。

深夜的实验室空空荡荡，没有老师，也没有师弟师妹，没有接踵而至的杂活与报销发票，唯有嗡鸣运行的仪器与亮着的电脑屏幕。

沈小师姐抱着膝盖坐在地上，她自由又孤独地看着仪器上预设的温度，等着硅片镀膜结束。像是这片荒凉世界的主人。

沈昼叶推开她的阁楼门的时候，风将窗户玻璃吹得咯吱作响。

房间非常安静，沈昼叶光着脚踩在木条上，发出细微的声响。

她摸出手机，看到妈妈发来的微信：“闺女到宿舍没有？”

沈昼叶笑了起来，在黑暗中回复妈妈的微信：“到啦。”

然后她立即给妈妈拨了个视频通话。妈妈那头接得很快。

沈昼叶看到妈妈好像坐在办公室里，穿着件条纹衬衫，似乎新烫了头发，北京的阳光洒在身后。

沈妈妈一愣：“宝宝？摄像头坏了？”

黑暗中，沈昼叶温柔地道：“不是啦，还没开灯。”

她说着，就去摸索灯的开关。

这房间的灯有两个开关，一个在门口，另一个则在她的床头。沈昼叶去摸床头的开关，无意识地朝窗外一看——空空荡荡，只有一条黑夜中亮着路灯的漫漫长街。

二十五岁的陈啸之在她下车后，一刻都没停留，立刻就开车走了。

他会怎么想呢？沈昼叶突然冒出一个念头，自己下车时，陈啸之会像摆脱了一块有烦人的味道的膏药一般吗？

沈昼叶不敢细想，拼命甩了甩头。窗户里映着夜空与漫漫灯光，映着夜风吹过的空旷的长街。

她的小耳机里，妈妈道："正好妈妈早上没事儿，和你聊聊呀。"

沈昼叶忍着鼻音，小声应了，手指细微地发着抖，按开了灯。

刹那，暖黄的灯光充盈了她的小阁楼。

沈昼叶的寝室被她布置得相当温馨，她来了加州之后的三个星期内，就将这阁楼墙上贴满了海报和小星星贴纸，书架里则塞满了书和各色小玩意，光是钟摆仪她就有三个。

沈昼叶坐在柔软的花地毯上，举着手机与妈妈视频。

她的手机屏幕中，万里之外的沈妈妈关心地问道："宝宝，这几天累不累呀？"

沈昼叶努力扯出了一个笑，对妈妈说："这几天不太忙。"

"不忙就好，"沈妈妈笑了起来，"找没找到人晚上送你回宿舍呀？"

沈昼叶想了想，轻轻摇了摇头："没有。我下周去买个自行车就好了。"

沈妈妈突然道："要找。"

沈昼叶闻言微微一愣。

"要找呀。"沈妈妈柔和的眉眼被晨曦晕开，她举着手机温柔地说，"有时候不用这么独立。妈妈上大学的时候，从来都是有人送妈妈回家的。"

沈昼叶呆呆地："嗯？"

沈妈妈笑着说："你不知道妈妈谈过多少男朋友吗？"

沈昼叶扑哧一声笑了出来。

"妈妈大学的时候可谈了不少呢，"沈妈妈笑眯眯地道，"倒是你爸爸，一点儿感情经历都没有，搞得妈妈特别愧疚。"

沈昼叶笑了出来："你老说得爸爸好像很纯情的样子。"

华嫣笑道："你爸就是挺纯情的。"

“我第一次见你爸爸就是在波士顿的一家咖啡馆，”她妈妈温柔地回忆道，“他坐在那里和他的朋友一边打德州扑克一边唠数学题，那天阳光特别好，我一看到他，就觉得这人长得真帅，我要给他买咖啡。”

沈昼叶笑得眼睛都弯了起来：“那你给他买了吗？”

她妈妈想了想，怀念地说：“卡布奇诺，加一份浓缩和一份糖浆。”

风在窗外吹着，像是又要下雨了，是她们母女难得放松地聊天的时间。

然而下一秒，沈妈妈恨铁不成钢道：“你如果有妈妈的半分魄力，能到现在都没有男朋友吗？啊？闺女？”

沈昼叶不敢吭声。

“总归要找个人去依赖的。”沈妈妈叹了口气，“叶叶，你为什么老是不愿意去依赖别人呢？”

张臻，甚至她那群师妹的前车之鉴在那儿，如果一个人的妈妈说出这句话，下面往往跟着三场及以上的相亲。

沈昼叶哪敢吭声。

沈妈妈突然怅然地说：“叶叶，你以前真的很依赖那个男孩儿的。”

沈昼叶愣住了。

“就是你初中的时候给我看的男孩子，”沈妈妈的声音自耳机里传来，“那个为了救你挨了刀子的，你们班班长。”

“那孩子叫陈啸之对吗？”沈妈妈说着，温柔地笑了起来，“妈妈还记得你那时候特别依赖他，什么事都赖着那个男生，他老是好像对你很烦的样子，但是他每次送你回家都送到楼下，会看着你房间的灯亮起来再走。”

沈昼叶想起二十五岁的陈啸之，突然有点儿好笑。

“都是十年前的事情了，”她自嘲地摇摇头，“有什么也都过去了。”

沈妈妈说：“是吗？妈妈总觉得你在拿他对你怎么样，拿你爸对我，和别的男生对比。”

沈昼叶坐在地毯上，勉强地说：“没有的事儿，不是这样的。”

华嫣叹了口气：“自从妈妈认识爸爸之后，你爸爸就开着他那辆打工买的1974年的破福特天天载妈妈上学下学，风雨无阻，一接就是那么多年……叶叶，那辆破福特你应该还记得吧？”

“二十五年前，爸爸妈妈把你从医院抱回来，就是开的那辆车。”

“你爸那时候真的太穷了，我们开那辆二十多年的破福特，一开又是十年……”

沈昼叶鼻尖发酸，她沙哑地“嗯”了一声，回忆起那辆生了锈的天蓝色福特林肯。

那辆车总是停在沈家的车库里，风吹过时车窗会摇晃，火花塞接触不良，打火非常困难。而小昼叶总是会趴在车窗上，呵一口气，然后在雾气上画一个小小的笑脸。

“爸爸，”二十年前，小昼叶奶声奶气地趴在自己的小行李箱上，问，“你要送我去见奶奶了吗？”

二十五岁的沈昼叶飞快地一摇头，让回忆停留在那里，不敢看到记忆中父亲的脸。

接着她耳机里传来嘎达一声，是沈妈妈将手机放在了办公桌上。

沈昼叶听见妈妈笔记本电脑开机的声音，看见手机屏幕里办公室明亮的天花板与落在摄像头上的兰花花叶。

沈妈妈淡淡地说：“一个人在世上，太孤单了。所以，叶叶，你要去找一个能和你在一起，如风一样包容你、爱护你的人。”

沈昼叶揉了揉发红的鼻尖，笑着问：“那你为什么不找呢？十年了吧？妈妈你到现在也不算老，虽然我肯定不会叫另一个人爸爸，但是你知道的，我绝不反对你再婚。”

沈昼叶听见妈妈端起杯子的声音。

北京早晨的阳光如流金一般，办公室外有学生笑着走过，都是二十几岁的年纪。

“妈妈为什么不找？”今年近五十岁的华嫣，想了想，微笑道，“斯人若彩虹，遇上方知有。”

电影《怦然心动》中，年迈的外公说：“我们有些人平庸，有些人锦绣，有些人光鲜。但偶尔，你会遇见一个像彩虹一般绚丽夺目的人，当你遇到那样的人的时候，你才会知道，这世上，没有一个人能与他比拟。”

“我和你爸爸相遇阳光灿烂得就像白葡萄酒似的。”年近五十的华嫣怀念地说，“1988年的夏天，距今正好三十年，那时候真好，我们还年轻。那家咖啡也好喝。”

沈昼叶想了想，没头没脑地道：“我今天也喝咖啡了，三份浓缩的那种。”

“我总是记得那天的大太阳和我身边的朋友，还有你爸爸。”华嫣温和地说，“我和朋友们约好了第二天开车去海边，而且本来和我约好的男孩儿放了我的鸽子。那时候我可没想到，我随便搭讪的理工科青年会成为我唯一的女儿的父亲。”

沈昼叶笑道：“爸爸是个很闪耀的人。”

“是的，”沈妈妈说，“所以在妈妈眼里，无人能与他相比。”

沈昼叶扭头看着窗外加州的黑夜。

“那个男生，”沈妈妈突然开口道，“是不是去美国了来着？我记得我听说他是去加利福尼亚了。”

沈昼叶支支吾吾：“是……是吧？我也……忘了……”

沈妈妈笑着说：“说不定哪天就遇见了呢。”

“也、也许……”沈昼叶不太擅长撒谎，小声道，“也许吧。”

她挂了妈妈的视频通话后，手里拿着陈啸之布置的文献综述，足有四十七页，陈啸之以一支红笔在上面零零星星地做了批注。

他的字体已经成熟了不少，却仍能看出十五岁时的雏形。

沈昼叶并非看不懂，她只是不想看。

沈昼叶已经受够了开始一件新的、她做不好的事情，不想重新、从零开始。

何况在“天体物理”上，她已经产生了浓厚的几乎毕生都不想再碰触的阴影。

沈昼叶觉得自己心里堵得难受，又想起陈啸之握着方向盘时青筋凸起的那双手，和她回到自己的房间时外面已经消失无踪的车。

让他送自己回家，应该是强人所难了。沈昼叶想着，抱住了自己的膝盖。

陈啸之冷漠的眼神和他们如今悬殊的地位，无一不昭示着，二十五岁的沈昼叶一事无成。

沈昼叶看着那一沓钉起的文献上的标题，感到一阵酸楚和难过。

谁没有过英雄般的梦想？

但是梦想总是要破灭的，现实会砸碎一切。沈昼叶眼眶发红，只得拼命告诉自己不能在这地方哭出来。她都越过了那么多的高山，不能在这里落下泪水来。

沈昼叶是拼过命的。她在实验室通宵过，也曾为了预约一个仪器六点起床，抱着要做检测的样本坐过两个小时的地铁。她跑过全国，走过夜路，在天文中心外等待黎明。沈昼叶已经将能燃烧的自己全部燃烧殆尽了。

那些难以攀登的高山沈昼叶都咬着牙翻过，不曾被打倒。

只不过一切都是徒劳而已。

故事的最后，沈昼叶只能承认自己没有天分，并承认自己的平庸。

她甚至连父亲的音容笑貌都不敢回忆。

而现在，她手里的只是一篇和她曾经儿时的梦想相关的文献罢了。

但是，这个特别的、探索宇宙与真理的天体物理，是陈啸之已经取得了惊人成就的领域，是沈昼叶小时候的豪言壮志，是父亲鼓励的目光，是她失败的过往。

张臻曾经对自己说：“你为什么不让你的导师顺带捎你一程呢？至少能少走一点儿夜路。”

沈昼叶又想起妈妈说的，少年时，会送她送到楼下还要等着她房间亮起再走的陈啸之。那些过去的温柔与缱绻，深夜里的灯，在2009新年钟声里注视着她的热烈的目光。

二十五岁的沈昼叶埋在被子里。

别想了，她手指发着抖去关灯，告诉自己——别想了。

你为什么忘不掉？沈昼叶，分明已经过去十年了，他不会再爱你，他本就不够爱你。

而你确实是个凡人。

宿舍楼外，陈啸之靠在树下，指间一点火光微弱地亮起又暗淡下来，远处的路灯落下温柔的光。

小楼中灯火温暖，犹如荒野里的烛火，仿佛是多年前的北京。

加州的夏夜之中，雨声细密地响起，树木在大风中被吹得沙沙作响。

第一滴雨落在陈啸之手上时，一个稚嫩的男孩儿的声音忽地在他的脑海中响起——“我送你回家。”大概只有五岁的小男孩儿的声音断断续续地传来，“以后每次我都送你到家门口，看你回家行吗，你别害怕了……”

二十五岁的陈啸之双目赤红，碾灭烟头，然后，他在黑夜里冒着雨，走向自己停在宿舍区岔路口的车。

第十三章

你也是这样的人

夜里雨水如瓢泼一般，却让人心里发空。沈昼叶躺在床上发呆，总想找个人说说话。她点开魏莱的对话框，看着最后魏莱说的那句“叶叶，我工作好累，想和你出去喝酒”，又退了出去。

魏莱高考时差了十分，滑到了第二志愿，没能就读自己喜欢的专业，大学四年漂泊在遥远的广东，毕业后在做“朝九晚九”，一周上六天班的工作。

她点开徐子豪的微信，想了想又点开张臻的，觉得张臻肯定睡觉了，最后点开梁乐的。他们每个人的头像都形形色色，徐子豪的头像是噗噗鸡，魏莱是一只轻松熊，张臻则是白底黑字方正黑体写的“我爱论文”四个字，梁乐则把自己的头像换成比之前头像更奇怪的表情包。

沈昼叶扑哧笑了出来。

她想了很久，没有给任何一个朋友发微信。

徐子豪如今在做产品经理，忙得毫无闲暇可言，上次见面时他还说起自己身上背着的房贷。沈昼叶刷微博时还曾见到这人凌晨两点发了一个在知春路的定位，说终于可以回家了。

魏莱在下面评论了极恶毒的三个字：“死社畜。”

沈昼叶笑魏莱那评论笑了许久，最后被徐子豪与魏莱两人摁头，说她是“科研畜”，谁也别说谁。

如果这群人还在他们无忧无虑的学生时代，沈昼叶会毫不犹豫地给他们发消息，告诉他们我半夜想起陈啸之了，有点儿难过，我科研做的也好不顺，我想和你们出去喝酒。

可是如今，他们都已经成年、毕业、工作许久了。

每个鲜活的成年人都拖曳着他们独有的十字架。

沈昼叶将屏幕关了，怔怔地躺在黑暗里，片刻后突然爬了起来。

她开了灯，温柔的灯光如水倾泻，沈昼叶抬头看了一眼她父亲编撰的太空学概论，然后，她从抽屉里摸出了那本藏蓝的皮面本。

那是这世上只有沈昼叶知晓的秘密。

本子上面的烫金反着光，“父，沈青慈”微微闪烁。

二十五岁的沈昼叶翻开它，磕了一下笔，打算写信。

灯光下，在连绵的覆盖天地的雨声之中，本子里露出一角小小的便笺和一张泛黄的照片。

沈昼叶愣愣地捡起那张照片。

无论如何，它都不该出现在这本子里。

十年前究竟发生了什么？

“奶奶！我给你清完了！”

时2008年10月下旬，周日闲暇的上午。

北京的小院里，沈奶奶的桌子上堆着她近期看的书，茶几上腾出个蛮大的空地儿，摆着袅袅冒烟的钧窑茶壶与两只小茶杯和酒盅，大红袍茶香并着蟹膏香气飘出。

外面天阴沉沉的。

十五岁的沈昼叶踩着双脏兮兮的球鞋，戴着破球帽，用戴着手套的手背擦了擦额上的汗。

她身后堆着如山的杂草，沈昼叶打量了一下那垛野草，又看了一眼院子，利索地将修枝剪扛在肩上。

沈奶奶在厨房里擦砂锅，朝外瞟了一眼，“哟”了一声。

“没想到你还有这能力啊叶叶，”沈奶奶赞许道，“不枉我今天把你拽过来给寡居老人干活。你这孙女还是有点儿用的……你爹原先没少指使你吧？”

小孙女诚实地说：“我家原来的花园灌木都是我在修，爸爸不管的。”

“好了，叶叶，洗手洗脸来吃点心了，”沈奶奶笑道，“学生送来的大闸蟹和海鲜，这季节禁渔期刚过，正肥着呢。”

当了一上午园丁，将一个荒了四五年的院子收拾得利利索索的沈昼叶，立刻去洗了脸，跳过地上堆着的杂书，去吃奶奶的特供。

退休多年的赵老师对吃一直颇有研究，加上她每年都会收到来自天南地北的学生送来的吃的，更是助长了她胡吃海喝的毛病。

这位老人蒸了蟹膏肥美的太湖蟹，在焯水的嫩萝卜苗上浇了一层油亮细腻的鸡枞油，撒了切细的酱萝卜干，一小碟酱香菇，白水煮石居，黄酒香醋煨虾，碗盖一掀，虾煨得金黄柔软。

中秋时节鱼蟹正肥，山光海色竟全在桌子上。

天光昏暗，沈昼叶期期艾艾地搓着小爪子，小声说："奶奶，我一只螃蟹不够……"

沈奶奶对着她的爪子就是一巴掌："你们在长身体的小孩儿怎么这么烦！"

"对呀，我在长身体，所以我还想吃，"沈昼叶一脸委屈巴巴，"奶奶奶奶奶奶……没有螃蟹了吗？"

沈奶奶严厉地道："吃完再说，吃着碗里瞅着锅里，没个吃相。吃得不少，也没见你长多高。"

然后她给孙女倒了杯茶，自己斟了杯桂花酒。

沈昼叶欢呼一声，拿了筷子去夹虾。

"这个虾好吃耶，"沈昼叶吮了吮手指头，对奶奶笑道，"这是哪个学生送的呀？"

沈奶奶说："你小时候见过，姓顾的。说是他去海边渔船那里亲自挑来的对虾。"

沈昼叶回忆了一下，迷惑地问："远川？那个叔叔？"

沈奶奶微一点头："挺可惜的学生，很有灵性。"

"现在在山东吧。"沈奶奶淡淡道，"原先在这儿当老师。他母亲去世后他就离开北京了，临走前提了两兜柿子来，专程对我道谢，说辞别恩师。他女儿那时候只有那么丁点儿大。"

十五岁的沈昼叶茫然地"嗯"了一声。

沈奶奶叹道："世事无常啊。"

"年轻人说的'梦想'两个字，应该挺痛的。"沈奶奶夹了一只鲜嫩的虾，怅然地说，"但是少年不识愁滋味，轰饮酒垆，春色浮寒瓮。说给你这小屁孩儿听，你也听不懂。"

十五岁的小姑娘想了想，甜甜笑道："听不懂。但是虾很好吃。"

沈奶奶一笑，应道："是，虾很好吃。"然后将那只虾放在了孙女的小盘子里。

"下周预赛了吧？"沈奶奶笑着问，"准备得怎么样？"

沈昼叶笑眯眯地道："奶奶，我还能考差了吗？"

沈奶奶对着孙女的鼻尖就是一戳："嘚瑟得你，跟你爹一个德行。"

"实话嘛。"沈昼叶实话实说，"我爸在我的年纪还没我厉害呢，他都敢嘚瑟，我为什么不敢？"

"行吧，"奶奶勉勉强强地道，"但是没人骂你吗？"

沈昼叶诚实地说："有。"

不仅有，而且还挺多。

"兄弟，这一点儿都不奇怪。"

快餐店里放着吴克群的《为你写诗》，外头刮着大风。

下午又有集训的课程，马上快考试了，这集训却不疾不徐。来上课的陈啸之和陆之鸣在新教室旁找了个快餐店坐着。

陆学长啃着汉堡，嘲讽道："有什么好奇怪的？沈昼叶挨骂也算正常，排除异己歧视异类是人的本能。你以为没人嘲讽你？怎么，你就见不得那小姑娘挨骂？"

陈啸之烦躁地说："她那叫普通挨骂？"

陆之鸣回忆了一下他记忆中陈啸之挨的骂，问："不叫吗？"

陈啸之冷漠地看了他哥一眼，仿佛他哥提不出任何建设性意见，是个没用的垃圾。

"你真的太能护着她了，"陆之鸣摇了摇头说，"小昼叶那点儿真的不算啥，她自己应该就看得开。在我的印象里，你这个靶子更大的家伙挨骂比她多得多了。"

这是句实话。陈啸之的风头较沈昼叶要盛得多，必然会在背后招致更多的非议。

这世上关注第二的人向来少，而乌合之众所期待的永远是第一自神坛跌落。

"我不关心这种东西，"陈啸之擦了擦嘴说，"但是她从小就怕这个，别人说多了她会很难受，很容易受外界影响。"

"啸之我真的觉得你在追她，"陆之鸣由衷地说，"我觉得你对沈昼叶从一开始就不一样。我是说小时候就不一样。”

“我才不要这种女朋友。”陈啸之安静三秒，冷淡地瞥他哥一眼，悠悠地开口道，“你让我伺候这种祖宗，不如杀了我。”

沈昼叶上午在奶奶家当完园丁，下午就抓着帽子去上集训课了。

这次集训地点仍然是大学的教室，教室里也仍然吵闹不堪。十月下旬天气降温，外面刮着凛冽的秋风，沈昼叶坐在座位上，牛仔裤裤脚全是泥，脚边放着一个方方正正的包袱。

梁乐看到沈昼叶，差点儿将茶喷了出来：“妹妹你是去捞螃蟹了吗？”

小泥腿沈昼叶挫败地说：“我捞螃蟹？螃蟹捞我还差不多……”

梁乐踢了一脚那包袱，难以置信地说：“那这里是什么？我听嘎啦嘎啦的。”

沈昼叶绝望道：“我奶奶塞给我的太湖蟹。”

“大概有个十一二只吧，”沈昼叶叹气不止，“我奶奶让我带回去，说让我妈做了吃。”

梁乐蹲下身，掀开包袱皮，饶有趣味地道：“大户人家。我能拿一只走吗？”

“随便拿……”沈昼叶话音刚落，梁乐就一声惨叫，将夹住他的手的螃蟹甩飞了。

沈昼叶哽了一下，将话说完：“但小心别被螃蟹夹住……”

“靠！我不吃了。”梁乐吮了下被夹出血的手指头，非常挫败，在沈昼叶身边落了座。

沈昼叶想了想，自告奋勇地道：“我这里有创可贴。”

然后她翻了翻包，找出包里唯一一个创可贴——那创可贴后面还有一行用铅笔写的“清创之后贴上”，是更成熟版本的陈啸之的字迹。

这行字迹，还让十五岁版本的沈昼叶很是费了一番心思。

因为她后来还拿着陈啸之现在的笔迹对过许久，并最终确定现在的陈啸之写不出这种上扬的连笔，但是那写“清”的劲头，绝对是他无疑了。

沈昼叶撕开了创可贴，对梁乐认真地道：“手指头伸过来，我给你贴上。”

梁乐应了声，伸出手指头，另一只手拿着拆出创可贴的包装纸，漫不经心道：“这是什么？生产日期2018年7月，还带穿越时空的？”

还有这个细节！

小昼叶出奇地冷静："应该是生产批号吧。"

梁乐迷惑地点了点头，将那写了生产批号为20180712的创可贴包装团成球扔了。

捡回来吗？沈昼叶脑海中闪过一个念头。

这好歹是个线索。

但是，沈昼叶又转念一想：陈啸之没少损我，我为什么要捡他写了字的垃圾？我这么卑微的吗？

接着，她的余光恰好瞥见陈啸之推开门，逆着光走进教室。

初三（4）班的陈姓班长长得非常高，校服微微敞开，露出里面的深色的T恤。他眼眸狭长鼻梁挺直，明明是个学生，看人时却有种硬朗而慵懒的少爷范儿。

而且，又莫名其妙地摆出了一副对人爱答不理的狗样子。

沈昼叶一脚踢开那坨垃圾，当着陈啸之的面，拿那张创可贴给梁学长包了手指。

大约是那年春天冻灾的缘故，2008年的秋天也来得颇早，只是十月下旬，却已经不能穿T恤了。

陈啸之在校服外套了个薄夹克，朝自己的位置走去，恰好看见沈昼叶正在给梁乐包扎手上的伤口，还包得非常仔细。

她是捏着梁乐的手包的。

沈昼叶将创可贴缠了两圈，包完之后还体贴地捏了捏对方的手指，试图将自己手心的温度渡给他，关心地问："学长，是不是很冷？瞧你手冻的，下课我去给你买点儿热咖啡吧？"

"先顾你自己吧。"梁学长嫌弃地说。

这一系列动作沈昼叶做起来非常自然，甚至还甜甜地笑了下，全然不在意自己被梁乐嫌弃了。

沈昼叶在梁乐身后笑道："学长真的不要吗？"

梁乐挑剔地说："去的话帮我带杯奶茶。"

沈昼叶的笑容如同春日的风，与只有陈啸之记得的阿十别无二致。

十五岁的陈啸之喉结滑动。

紧接着，他感到衣服被轻轻扯了一下。

那一下拉扯非常小心谨慎，像是生怕碰到他似的，陈啸之愣了一下，听见沈昼叶软软地问："你喝不喝点儿热乎乎的东西呀，班长？"

又是班长。

课间休息，陈啸之回过头看了看。

沈昼叶的位置上空无一人，梁乐的外套搭在椅子上，显然是主人跟他同桌一起去买东西了。

陆之鸣坐在陈啸之身边，突然开口道："你回头看了不少次了啊，啸之。"

十五岁的陈啸之欲盖弥彰地道："我看时间。"

教室后面确实有钟表。

陆之鸣戳破真相时从不留情面，问："你今天没带手机咋地，你手腕上那个表呢，这两样不能看时间？你非得回这下头？"

"啧啧，她还带这么多大闸蟹过来……"陆之鸣看了一眼沈昼叶桌下那个竹笼，感慨道，"她不会要抱着这一笼子大闸蟹挤公交车吧？也太惨了。"

沈昼叶的桌子上除了本子外就是个笔袋，小笔袋里露出一个奇怪的东西，陈啸之好奇地伸手拽了一下，发现那是一个金色小熊的按动铅笔，他一扯，里面哗啦啦地掉出了一堆五彩斑斓的按动中性水笔。

陆之鸣看到那个小熊自动铅笔，莞尔道："小姑娘都喜欢买这种文具，看来小昼叶也喜欢。"

陈啸之看着那小熊片刻，说："反正我不懂。"

陆之鸣道："我们班上的女生都喜欢买这些东西，借了她们的笔不还的话她们还会打你。"

陈啸之傻子一样地问："是吗？"

陆之鸣从沈昼叶的笔袋里摸了一只彩色的中性笔，道："我不知道她们为啥能买这么多乱七八糟的颜色，比如我就没搞懂这个粉色和桃子色有什么区别……"

陈啸之拍他一下，不爽地道："给她放回去。"

乱动别人笔袋的陆之鸣悻悻地将笔塞回了沈昼叶的笔袋。

正在这时，沈昼叶跑进了教室。

偌大的阶梯教室里喧嚣不堪，沈昼叶手上拎着个红色的塑料袋，头发被风吹得乱糟糟的，她一路跑到了陈啸之的身前。

她身后，梁乐打着哈欠，手里什么都没提，慢悠悠地走来。

那一瞬间，陆之鸣明显感觉陈啸之周身的氛围一沉。

“陆学长，班长，”沈昼叶站定，笑眯眯地对他们两个人道，“不知道给你们买什么，就给你们每人买了一罐甜牛奶，刚从柜子里拿的。”

然后她从红袋子里拿出两罐奶，放在了陈啸之的桌子上。

陆之鸣笑着拿了一罐，道：“谢谢小学妹啊。”

陈啸之看了看沈昼叶，带着浓厚的不满，挑剔地说：“我不喝这个。”

沈昼叶拎着一袋她跑了将近半公里买来的小零食，看着陈啸之手里那罐她特意挑的热甜牛奶，又看了看捏着甜牛奶满脸挑剔的陈姓班长，被气得头疼。

沈昼叶气愤地问：“你不是说随便吗？不喝为什么不告诉我？”

陈啸之挑刺地反问回去：“那你为什么不问我喝什么？”

“我不喝这种幼稚的、小孩儿口味的东西，”陈啸之矜贵地说，“我喝咖啡从来不加奶不加糖，甜牛奶是绝对不会喝的。”

沈昼叶觉得他有病。

她一伸手，愤怒道：“不喝就给我拿回来。”

陈啸之冷冷地瞥了沈昼叶一眼，然后，他单手“叭”的一声掰开了甜牛奶罐。

沈昼叶瞪大眼睛。

“下次记得问我要吃什么。”陈啸之抿了一口热腾腾的甜牛奶，漠然地说，“首先，我不喝热牛奶。”

沈昼叶难以置信地问：“那你现在喝的是什么？”

陈啸之回答：“礼貌的代价。”

沈昼叶憋了一下，直接走了。

行吧。

沈昼叶对这狗人的交友圈充满了怀疑，甚至怀疑他的朋友是花钱买的。但是她仔细一想，陈啸之这群朋友，从陆之鸣到徐子豪，基本全都有点儿受虐倾向……这么一看，也许他们各取所需呢。

沈昼叶坐在陈啸之的正后方，从笔袋里挑出她最喜欢的小熊铅笔，准备听课。

这是他们在下个周末预赛前的最后一次课程。

沈昼叶趴在桌子上，百无聊赖地踢着那笼子奶奶塞给她的大闸蟹，在笔记本上记着笔记。

外面的风冷飕飕地吹了过去，像是冬天快来了。

沈昼叶感到一丝寒冷，向窗外看去。

那是一个她全然陌生的北京的秋天。

这是她回国的第三个月。

沈昼叶至今记得，她和妈妈拖着大件行李箱向外走时，候在首都机场到达口的人。

那是穿着一身黑衣的赵兰君。

沈奶奶脾气相当硬，是个能因为儿子打算定居国外而当作自己没生过孩子的狠角色。那些年她完全不回复儿子的任何信件和电话，只当世上没这么个人，还是小昼叶出生后，看在叼奶嘴儿的小奶娃的份上，沈奶奶才逐渐开始回复儿子的信。

那天赵兰君自家中打车过来。首都天气并不好，老人一头花白的头发在风中飘扬，她木然地看着她只在儿子葬礼上见过面的儿媳与已经长成少女的孙女。老人看了她们片刻，苍白一笑，对她们说，走吧。

妈妈和奶奶一路上，连一个字都没有说。

而自此之后三个月，从来都是沈昼叶去奶奶家跑腿，陪奶奶说话，沈昼叶的妈妈则不会登门，当然，她也不会干涉女儿去见祖母。

两个女人在这件事儿上达成了一种默契。

她们都不愿意看到对方。

五点多时，上总结课的老师撑着讲台，对下面的百十号人说："大家有什么问题可以打电话问我，或者问自己班上的物理老师，下周考试加油！"

然后老师一拍手，快乐地道："下课！"

那模样，特别如释重负。

外面的风呜呜作响，沈昼叶又踢了一脚那笼大闸蟹，不知道奶奶是打算让她怎么回去。她本来想让梁乐来搭把手帮忙一起提到校外的公交车站，结果抬头一看，梁乐已经夹着电话往外跑了。

算了，本来也不能指望他……沈昼叶长叹了口气，一个人将那一笼子太湖蟹拎着，背上包，走出了教室。

她所在的理科教学楼在海淀校区的西北角，走到正门口都并非易事。

沈奶奶给的那一笼子活蹦乱跳的大闸蟹都膏满蟹肥，加起来得有六斤重，等于抱着个婴儿走在路上，况且还被个浸满了水的竹笼子装着。沈昼叶艰难地将笼子提在手里，快出楼门时，累得放下笼子，在楼门口休息。

温柔路灯次第亮起，犹如燃亮世间的烛火。

灯下行人们行色匆匆，有人手里提着份饭朝宿舍的方向狂奔，理教门口的布告栏里贴着广告海报，沈昼叶端详海报上周杰伦的面孔，然后在玻璃上看见了一群热热闹闹的女孩儿的倒影。

这群女孩儿还穿着校服，站在楼梯下，笑着交谈。

“下周我们去吃西单新开的那家牛排吧。”一个人说。

另一个女孩儿笑道：“行啊，我表姐也说那家很好吃。”

“咱们考完试就去。”

沈昼叶听最后的声音熟悉，忍不住看了一眼。

最后说话的那个人，竟然是国庆假期时说沈昼叶来参加集训是假，可能是来谈恋爱的那个女生。

如今这些女孩儿就站在下面，仍然成群结队，仍然哈哈大笑。

而十五岁的沈昼叶也与以前一样，孤零零的，她拎着个装满大闸蟹的笼子，背着书包，鞋上还都是白天修葺院子时粘上的泥土，看上去灰头土脸，可笑而孤独。

梁乐与她并不顺道，更不喜欢与人一起回家。他唯一一次提议送她回去，还是出于对沈昼叶安全的考虑。

沈昼叶过往的人际关系已经被回国完全摧毁，一个来自另一个文化环境的转学生所面临的孤独，其实是毁天灭地的。

沈昼叶算不上外向，经历了父亲的葬礼后，如今也算不得开朗。

与那些天生开朗乐观的人不同，有点儿怕生的沈昼叶很难快速与别人打成一片。

沈昼叶绞紧手指，听下面的那群女孩儿嚷嚷。

“为什么岩岩还不下来，”一个人不满地说，“她不是去找老师问问题吗？扔了她算了。”

另一个姑娘说：“不知道，等等吧，岩岩一个人走不回去，就她那认路水平，把她一个人留在这儿，天亮的时候她估计都走到通州了……”

那群女孩儿笑了出来，纷纷骂第二个人缺德。

沈昼叶无声地笑了笑。

哪怕她不去找老师问问题，也没有人会在楼下等她。

夕阳在楼宇间留下金红余晖，沈昼叶叹了口气，一边伸手去提那一笼子倒霉催的太湖螃蟹，一边告诉自己羡慕别人有朋友是没用的，当务之急是先想办法出校门。

突然，有人一把抓住了螃蟹笼子的提手。

沈昼叶呆住了。

陈啸之眯起眼睛，对沈昼叶道："松爪子。"

哈？沈昼叶完全没料到这展开，头上飘出一连串的问号。

"带这东西来上课，这玩意儿多沉你不知道？你打算靠什么提回去？"陈啸之对沈昼叶不耐烦地重复，"松手，我给你提。"

沈昼叶打量了陈啸之三秒钟，弱弱地松开了小爪子。

陈啸之一人提起了那一笼大闸蟹，看了看，又将沈昼叶放在一旁的沉重的书包一把拎了起来。

"愣什么神儿呢？"陈啸之肩上背着两个书包，拎着一笼螃蟹，漠然地说，"走了。"

他步伐很快，背着俩包提着一堆东西转瞬就下了楼，沈昼叶愣了下，立刻飞快地跟了上去，她认真地问："你为什么帮我拎东西？不对，你为什么会在这儿？"

陈啸之反问："我为什么不能在这儿？"

"我不是这意思……"沈昼叶也不知道该怎么说了，她纠结地想了想，又摇了摇头，"哎，算了，谢谢你，我一个人往校门口拎的话要走好久。"

陈啸之"嗤"了一声，意思是知道了。

暮色深重，青黄的梧桐叶在秋风中簌簌发抖。沈昼叶与陈啸之沿着道路向前，沉默如河流般在他们二人之中流淌而过。

过了一会儿，沈昼叶小声对他说："谢谢你呀。"

陈啸之眉毛一扬，似乎想说两句话，而下一秒，小转学生就糯糯地补充了称呼："班长。"

陈啸之不高兴地道："顺路，和你没关系。"

"那也还是谢谢你。"沈昼叶甜甜地一笑，眉眼柔和得像春天的花儿，说，"螃蟹好重的，奶奶塞给我之后我都不知道怎么拖回家，这个校区西南门那么远，出去还得走好久才能到公交车站……"

陈啸之不太爽利地看了沈昼叶一眼。

小姑娘开心地提议："所以我一会儿给你买饮料吧？你想喝什么呀？"

"你太弱了。"陈啸之拎着东西，又挑剔地说，"还有，我不喝饮料。"

沈昼叶辛苦地跟上他："那我请你吃点儿什么吧……"

"美国不是很重视体育吗？"陈啸之打断了她，挑刺地说，"你怎么这么弱？这才多沉，你就拎不动了？"

沈昼叶已经快能忽视陈啸之那些挑刺的话了，莞尔道，"很重视是真的，但是我从小身体就不好，小学一年级医生就给老师打过电话，说我应该避免参加剧烈活动。"

陈啸之瞬间静了。

"我小时候真的不大行，"沈昼叶挠了挠头道，"有段时间天天带着地塞米松去上课……所以体育课我很少参加。"

陈啸之舔了舔干裂的唇，沉默了许久，艰难地问："带什么药？"

沈昼叶莞尔地说："儿童哮喘而已，早就自愈啦。"

陈啸之半天没说话。

"不是什么大病的。小时候每个班上都会有一两个不用上体育课的小孩儿，我碰巧就是其中之一。"沈昼叶笑道，"不过我爸妈被吓怕了，后来一直给我报游泳班，我到六月的时候还每个星期都得去游两三个小时呢。"

陈啸之忽然开口："那是什么时候？"

沈昼叶迷惑地想了想，不确定地答道："上小学之前……大概是六岁吧？"

然后她感到，身边的少年沉默了，犹如孤独的山川。

夜风穿过长街，自行车车棚被刮得轰隆作响，傍晚时分，校园广播里温柔的女声在音响中响起："校园广播FM98.2。英国诗人，威廉·巴勒特·叶芝那首最脍炙人口的诗，同时也是同学们在高中课本里学过的《当你老了》里，这样写道……"

"多少人爱慕你青春欢畅的时辰。感谢同学们的陪伴，今天最后一首歌，就是《一生有你》。"

沈昼叶安静了一会儿，小声道："说起来我五岁的时候还回过国呢。"

陈啸之眉毛一扬："哦，十年了？"

"嗯，十年了，"沈昼叶点点头，笑道，"十年前，我还住在我奶奶家呢。"

暮色温暖，少年无声地笑了笑。

音响倾泻出春水般的前奏，那是广播台的终曲。

沈昼叶突然意识到什么似的，迅速道："班长，你把我的书包给我吧，你帮我拎螃蟹我就已经很过意不去了……"

她说着，伸出手去够自己的书包，不过，立刻被陈啸之啪叽戳了一下。

陈啸之眉头皱起："待着。"

沈昼叶由衷地感慨道："你脾气真坏啊。"

陈啸之都不辩解，只当这是在夸他，接着他微一扬下巴，示意沈昼叶赶紧跟上。

沈昼叶笑了起来，两三步蹿了过去。

他们身后，路灯微微一闪，秋日的月季花瓣落于泥土，2001年的歌曲如水荡漾。

沈昼叶本来是打算挤公交车的，但是陈啸之往路边一站，伸手拦了辆出租车。

夜风习习，路边灌木簌簌作响，公交车站后就是科技园，车站里全都是抱着胳膊等车的大学生，风一吹，有些小姑娘甚至冻得跺脚。

鹅黄色的出租车停在马路沿，陈啸之一把将后座门拉开了。

沈昼叶弱弱地说："我坐公交车就行……"

陈啸之淡漠道："上车，我回家路上顺便送你回去。"

沈昼叶十分纠结，看了一眼那一笼子大闸蟹，又看了看陈啸之。

陈啸之生得长腿宽肩，肩上背着俩书包，凉飕飕地说："要不你自己去挤公交？反正我是无所谓。"

傻子才选后者，沈昼叶立刻钻进了出租车。

陈啸之跟在她后面上车，将门"砰"地关上了。车厢里空间密闭，大闸蟹被他放在座位中间，沈昼叶将自己的书包捞了过来，抱在怀里。

陈啸之拽了下沈昼叶脑袋后面的颈枕，把颈枕拽平——这是个无意识的动作，更像是某种刻入骨髓的习惯。

然后，陈啸之在黑暗中说："师傅，先去滨杨花园，再去山海观景。"

师傅道："好嘞。"

沈昼叶一呆，惊奇地问："哇，班长你居然还记得我家在哪儿？"

陈啸之难以置信道："怎么，你会忘？"

沈昼叶静了下，有点儿羞耻地承认："你记性比我好。"

出租车在黑夜里驶了出去，犹如滑进漆黑湖泊的星点。

陈啸之手撑着下颌，望着窗外，高挺的鼻梁掩住了深邃眉眼。

沈昼叶听见了一声轻微的叹气。

那声叹气像是宇宙中星云的呼吸，又像是空旷海岸无人聆听的波涛。

沈昼叶摸了下自己的胸口。

那处，一片酸涩弥漫散开，仿佛是弄丢了生命的一簇火。

陈啸之在想什么呢？沈昼叶摸着自己的胸口难过地想，他好像心里总有点儿什么东西——

还不待她想完，突然，陈啸之拍了拍沈昼叶的头，一边拍一边恶意地问："沈昼叶你这毛怎么这么卷？你属狗的吗？"

沈昼叶呆住了。

"你别说，手感还挺好，"陈啸之揉揉摸摸，感慨道，"摸着还能改善心情，啧，你这脑袋生得不错。"

沈昼叶震惊地看着正在摸她脑袋的陈啸之。陈啸之顺着毛摸完，又逆着毛撸了两下，沈昼叶总有种感觉，好像这人在报仇，但是具体是什么仇……被撸毛的小姑娘一点儿头绪都没有。

"别摸了哦，"沈昼叶认真地提醒道，"我是天然卷，不是猫，摸头是不会开心的。"

陈啸之却没有要停的意思，他又漫不经心地摸了一下。

沈昼叶一把就抓上了他的手。

陈啸之低头看着自己手上整整齐齐的四条带血的爪子印，又抬头看了沈昼叶一眼。

加害者抱着自己的小书包，委屈巴巴地说："我都让你别摸了。"

陈啸之用手碰了下，疼得"嘶"了一声，车外灯光绚丽，霓虹灯映着那四条血道道。

他又眯起眼睛看向沈昼叶。

沈昼叶缩成一团："让你别摸嘛。"

陈啸之那声音跟想弄死她似的："你还挺狠，一下就见血。"

沈昼叶心想明明是你自找的……但是她没去抬这一杠。

小转学生抱着自己的书包，心想我应该不会在这里被陈啸之杀掉吧，我好想快点儿回家……呜呜呜救救孩子……

“行吧。”陈啸之以胳膊抵着窗户，不自然地道，“预赛准备得怎么样了？我觉得你问题应该不大。”

话题转变得太快，沈昼叶还是顺着回答：“应该是吧，我觉得好像也不太难。”

陈啸之笑了笑道：“看你数理知识相当扎实，学过？”

沈昼叶眉眼一弯，点点头说：“学过，我爸妈就是教这个的，我原先是跟着爸妈学，不是太系统，算是半路出家的野路子吧……不过我是真的很喜欢学物理的快感，所以预赛的那些知识我很早就学完啦。”

陈啸之笑了：“挺厉害的。”

他们坐在出租车的后座，车辆穿过霓虹灯如星辰散落的城市。

那是个非常放松的氛围，在交错的灯光中，沈昼叶看着陈啸之，半天后笑了出来。

“我转学来的时候，潘老师说你也很喜欢的。”她笑眯眯地补充，“所以当时我总想缠着你。”

陈啸之僵了一下。

“我从小就有这样的理想，”十五岁的沈昼叶眼里是满溢的星点，“想成为一个穷苦的，但是抬头就能看到星辰的人，成为一个物理学家。每年秋天等诺伊尔奖评议委员会给我发邮件。”

沈昼叶说：“未知，理论，The theory explains everything——能说明一切的原理。”

北京的冬夜里，陈啸之定定地看着她。

“我总觉得班长你也是这样的人。”沈昼叶笑道，“我觉得当你做物理题的时候，你不是在做出答案，你是在解决问题，你不是为了成绩去学一样东西。”

她看见陈啸之嘴唇动了下，却一句话都没说。

沈昼叶说：“你是，梁学长也是，但是我总觉得你的目的要纯粹得多。”

“万物的起源。”沈昼叶闭了下满是恒星的眼睛，那姿态令人联想起赤子。

她说：“一切为什么会如此。”

“我们为什么站立在这片时空，以科学将未知化为已知，然后再以已知为剑，剑指向更远处。”

“我觉得你也是这样的人。”

沈昼叶在浓得化不开的黑夜里，坐在北京出租车里，对陈啸之重复：“说实话，那时候我甚至不认识你，但是在看到你的一瞬间，我就觉得，你应该是这样的人。”

她的身边，陈啸之睫毛颤抖，他别过脸去，嘴唇翕动了一下。

然后，沈昼叶笑道：“无论你是不是，班长，你现在都可以骂我是中二病了。”

这些不合时宜的话语，无论从谁的嘴里说出来，都会成为太像诗歌而惹得人脸红的自白。

但是由十五岁的沈昼叶说出，却有种赤诚的浪漫。

第十四章

做一辈子朋友

陈啸之最后也没骂她是中二病。

沈昼叶不知道陈啸之为什么会放过这个羞辱自己的机会，因为她确确实实在这环节挨过不少骂。大概是自己送上门让他骂，他就不愿意骂了的缘故？沈昼叶这样推测。

但是，一路上，陈啸之的确没有流露出任何烦躁的模样。

而且他看上去，甚至还有点儿照顾沈昼叶的意思。

夜里七点钟。

暮色深沉，城市的光点如同星空。鹅黄色的出租车穿过高架桥，桥底的福娃雕塑被照灯映亮，车厢里灯光交错。

“上次我还听魏莱讲，马上就要举办秋季运动会了。”沈昼叶想了想，又笑得甜甜地问陈啸之，“班长你知道这事儿吗？”

她说话时咬字不甚清晰，儿化音模模糊糊，有种别样的青涩。

陈姓班长微一点头，靠在后座上，散漫道：“是，下下个周。”

“果然！我还想报个项目呢，”沈昼叶笑眯眯地抱着自己的书包，“想跑接力来着！潘老师怎么也不在班会上提运动会呀？”

陈啸之打量了一下沈昼叶那小身板儿，道：“马上中考了，到时候就是随便找几个人去跑而已，你想跑的话我把你加上？”

沈昼叶点了点头，特别顺手地拍他马屁：“班长你真厉害！”

陈啸之几乎想从牙缝里挤出一句“别叫了行吗”，然而出租车就靠着路边一停，熟悉的景色与入口，楼下还开着家711，门上凝结着水汽。

沈昼叶到家了。

司机懒洋洋地开口道：“好了，滨杨花园到了，是谁下车？”

沈昼叶喊道：“是我！”

她眉眼笑成一轮温柔的月亮，对陈啸之说：“班长你让让，我下车。”

陈啸之突然道：“你叫我什么？”

黑暗中，沈昼叶一愣。

“你叫我什么？”那少年不爽地说，“我没名字吗？”

沈昼叶呆呆地问：“你、你不喜欢我叫你班长吗？”

陈啸之反问：“我叫你转学生你乐意不？”

沈昼叶静了下，想起陈啸之原先的狗态度，诚实地说：“不乐意。”

在浓得化不开的夜色中，陈啸之慢条斯理地道：“所以我也不喜欢被叫班长。”

沈昼叶蒙了一下：“那我叫你的名字吗？”

“行，”十五岁的陈啸之听见自己勉强甚至是欠揍地对阿十说，“反正别叫班长了，叫名字也行。”

于是阿十笑了起来，温暖地叫了他的名字，然后下了车，与他道别。

那一刹那，风吹过她的校服，显出少女姣好的轮廓与纤长的腰肢，辫子犹如风中张扬腾飞的长嘴山雀。

“再见呀，”长大的阿十笑得像太阳一般，又说，“陈啸之。”

伪装太辛苦了。陈啸之对她挥手时，心里忽然冒出这么一句话。

他紧张到手心都是汗。

不是每个人都能与童年的玩伴重逢，大多数人说再见时，就应该是诀别了。从幼儿园转学离开的同学，哪怕只是搬家去了另一个行政区，在他们离开教室的那一瞬间，教室里的人可能终其一生都不能再遇到这个同学。

黑夜里，城市在窗外流淌而过——霓虹与三里屯，正在动工的大悦城，沙沙作响的梧桐叶，奥运会方才结束的城。

出租车司机从后视镜里打量了下他，忽而道：“小伙子，刚刚那小姑娘是你女朋友？”

陈啸之摇摇头，沙哑地说：“不是。”

出租车司机一笑：“都这样儿了还不是呢？你又不顺路，还把人送回去，完事儿还让我在人家楼下停着，得看她进楼，谈恋爱的都未必有这心思……”

陈啸之睁开疲惫的双眼，问：“师傅，您见谁家女朋友会叫男朋友‘班长’的？”

司机闻言，哈哈大笑。

“你说得对，是我想错了，叫班长是真的不行。”那司机又笑着，“但是，小伙子，你喜欢她。”

陈啸之嘴唇微微翕动，却没有说话。

一片黑暗中，司机忍俊不禁道：“那小姑娘确实招人疼，笑起来也甜，喜欢她是很正常的。但小伙子你看她的眼神，就像在看什么宝贝似的……”

陈啸之没有反驳，他靠在窗户上，将被挠破了皮的手背无意识而又柔情地抵在自己的唇角。

车忽地一停，红灯拦住了去路。

司机懒洋洋笑道：“小伙子，一个能对你说出那种话的姑娘，不是哪里都有的。”

陈啸之哑着嗓子，艰涩地说：“我……我当她是……”

我当她是朋友，我和她拉过勾。他想说。

初夏深夜，漫天温柔绽放的星云，小昼叶肉嘟嘟的指头，他们勾着手，稚嫩的面颊蹭着屋顶的草，她手上黏糊糊的糖浆。

拉钩上吊，一百年不许变。那是我的承诺。

司机眉毛一挑，饶有趣味地问：“你想说，你当她是朋友？”

那一刹那，几乎像是杰克的豌豆一般，陈啸之感到一株参天的凤凰花自他的心中破土而出。

杰克将自己辛苦易来的魔豆种在窗外，以为它会从此烂掉或在世上消失，可那颗豌豆隔天便长成了参天的豌豆藤，粗壮而宏伟，直冲云霄，抵达另一个世界。

陈啸之碰触着自己手背上的四道血爪印，他的手指抚摸着那处皮肤。

很快，健谈的出租车司机转过身，笑道：“小伙子，到家了。”

预赛的前天晚上，沈昼叶辗转反侧，怎么都没睡着觉。

小转学生满脑子都是如果预赛被刷下来可怎么办，刷下来就得在学校里一把鼻涕一把泪地背“陈涉世家”和翻译，什么“苟富贵无相忘”“燕雀安知鸿鹄之志哉”……

“鸿鹄”是什么意思来着，好像是什么志向伟大的鸟？天鹅？

我连这个都不记得，沈昼叶如遭雷劈地想，最后会不会连高中都没得上啊？

沈昼叶被吓得顶着一头乱毛“砰”地坐了起来。

睡是不可能睡得着了。

夜风萧索，北京入冬，风已经颇为寒凉。

沈昼叶趿上小拖鞋，披上了绒绒外套。她起身，去厕所洗了把脸，出来时发现妈妈没有关客厅的窗户，便钻去阳台，将开着的那条缝关上了。

黑夜静谧，藤萝委顿于夜中，沈昼叶愣了下神儿。

已经半个多月了，没有任何回信。

自从她上完杨聂老师的课，完成那封通信，并将它夹进去之后，那本子再也不肯传送任何东西。沈昼叶后来又试图往里面夹了不少次信笺，换了纸，也重新誊抄过，然而它还是异常固执。

就像是本子失去了魔法一般。

可是沈昼叶知道，它还没有。

不知为什么，沈昼叶就是觉得，这只是暂时的。

她莫名地感到那本子背后有些什么东西——有些超出“科学”二字的东西，在冥冥之中引导着这场通信。

沈昼叶不知道那东西是什么，可“它”显然还没有达成目的。

应该是没有达到本次“触发”通信的条件，沈昼叶想。

她怅然地叹了口气，将厕所的灯关上，温柔的夜色将十五岁的女孩儿包裹。

比起这场通信如何，沈昼叶更想排解掉心中的压力，早点儿睡觉，明天早上九点钟还要考试。

沈昼叶深知自己安身立命靠的是她在这个时空的努力，而不是通信本。

哪怕十年后的她寄来十万封信，明天的考试还是得靠自己。

夜里十一点半，沈昼叶捏着自己的小诺基亚“哔哔哔”地按着，从上往下翻——竞赛老师，显然不行，晚上十一点半给老师发短信，不想要命了才这么搞。

梁乐……梁学长睡得太早了，嘴又太毒，沈昼叶嘴笨，惹到了他容易被喷死。

突然，沈昼叶看到了“初三（4）班班长陈啸之”的名字。

陈啸之。

沈昼叶挠了挠脸，思索了三秒钟，点开了他的短信框。

陈啸之这人虽然脾气坏，但是不代表他会因为这事儿生气。

而且他现在极有可能还没睡，毕竟据沈昼叶从男生们的交谈中浅薄了解到，陈啸之和她一样都是夜猫子体质，晚上效率远大于白天，而且所需睡眠极少，有时半夜一两点睡都是常事儿。

沈昼叶盘腿坐在桌前，哔叽哔叽地摁着九宫格键盘："睡了吗？"

三分钟后，初三（4）班班长回复道："没。怎么了？"

沈昼叶又挠了挠脸，羞耻地摁着手机屏幕，字一个个地出现："紧张……睡不着，想找人聊天。"

一分钟后，陈啸之回复："……"

沈昼叶看着那六个点点，终于意识到自己做了什么，简直想从人间蒸发。

真的是疯了！她绝望地一头栽进被窝。为什么要找陈啸之？梁学长嘴毒他难道就不毒？沈昼叶你不能自己看会儿动画片排解一下，非得去找这个骂吗？

赶紧给他道歉……沈昼叶瑟瑟发抖地点了一下回复，刚在框里打上"对不起"三个大字，她的手机又"咻"的一声，来了条短信。

沈昼叶耳根都在发红，把自己蒙在被子里，假装自己是个平底锅，然后点开了短信。

初三（4）班班长问："能接电话吗？"

沈昼叶一呆，她万万没想到是这个展开。

她往被子里缩了一下，觉得自己应该吵不醒妈妈，便回了两个字："可以。"

紧接着，沈昼叶的手机就来了通话提示。

这是沈昼叶人生第一次在晚上十一点之后接男孩子的电话。

听筒里一片寂静。

"喂？"沈昼叶埋在被子里，试探地小声道，"喂？"

手机的声音嗤嗤啦啦地响起，过了会儿，一个不甚清晰的男声出现："喂——能听见吗？"

沈昼叶回答："能。"

"刚刚找了下耳机，"小喇叭里，陈啸之问，"怎么了？睡不着？"

小姑娘小声"嗯"了一声，诚实地道："对，所以我也不想别人睡着，正好你醒着，居然还愿意给我打电话，那我刚好找你转移焦虑。"

“沈昼叶你是网络恶霸？”陈啸之漠然地说，“还转移焦虑？你怎么这么有能耐？”

沈昼叶不服气：“你不信吗，那我这就开始。陈啸之你该做的题做完了吗，准考证带了吗？身份证带了吗？明早的闹钟定了吗？明天早高峰被堵在路上怎么办？考场要提前半个小时入场所以八点半得到，没到就明年见，你上次课上做错的受力分析还有上上次课画错的电路图……”

电话那头沉默三秒，接着极其冷漠地说：“挂了。”

网络恶霸委屈地喊道：“别！！”

“别挂呀，我就是太焦虑了，”沈昼叶难过地说，“我现在必须找点儿什么事儿做，找个人说说话，要不然我躺都躺不住……”

“行吧，”陈啸之微微倒抽了口气，松动道，“那我陪聊一会儿。你一紧张话还不少。”

沈昼叶小声道：“据说我喝了酒话更多。但是只要神经一紧张我就屁话不断……”

陈啸之那头传来风声，他静了会儿，嫌弃地说：“你喝了酒得啥样？聊聊吧，你为什么紧张？”

沈昼叶蜷缩在被子里，想了想，闷闷地说：“我怕考不好。”

听筒里，陈啸之问：“你为什么考不好？你先说说这个可能性有多高。”

沈昼叶从被子里冒出脑袋，将手机盖在脸上，诚实地说：“不到百分之五。”

“百分之五，”陈啸之在风中道，“这个概率应该囊括了你没带身份证准考证，没定闹钟，八点半没进考场，早高峰被堵在路上，受力分析画错，电路图没用标准卡尺，考试一不小心带进去了复习资料被判定作弊的可能性吧？”

沈昼叶沉默片刻：“你记得怎么这么清楚？是不是刚刚又给我记了一笔仇？”

“呵呵。”陈啸之皮笑肉不笑。

这什么人啊！记性这么好真的好恐怖……沈昼叶瑟瑟发抖。

然后，她听见陈啸之深吸了口气：“我大概能猜到你在操心什么，估计就是乱七八糟的‘考不过的话就得回去学语文’之类的绝望发言，或许还有自己上不了高中可怎么办？我说的对不？”

“大……大概吧，”沈昼叶被戳穿了心事，小声道，“差不多……是这样。”

“但是，”陈啸之却平静地开了口，“我觉得你没必要怀疑自己的优秀，因为我不会。”

沈昼叶微微一愣。

那句话十分坦诚。

“行了行了，”陈啸之“嗤”地笑道，“别想这么多，这都什么有的没的。乖，睡吧，啊。”

他说一口很正的京片子，那腔调刚硬里带着点儿慵懒，像一壶春日酿的酒。陈啸之甚至都没说什么安慰的话，沈昼叶却莫名地放松了下来，像是悬着的心落在了地上。

“好呀。明早见吗？”沈昼叶小声问。

在浓得化不开的夜里，她听见陈啸之“嗯”了一声。

“嗯，明早见。”他道。

陈啸之那句“我从不怀疑”就像一针定心剂，沈昼叶不知为什么，听到他的话就感到安心，一整晚都睡得极踏实。

次日清晨，沈昼叶蒙眬地睁开了眼睛，揉了揉眼睛下床，趿着小拖鞋穿过洒满阳光的客厅，去浴室洗漱。她经过厨房时，朝厨房看了一眼。

沈妈妈在下碱水面，手忙脚乱地敲着鸡蛋——考前吃面是她家的传统，说是面条顺滑，预示着万事顺顺当当。

沈爸爸在世时，这曾是他的工作，如今却只能由妈妈来动手了。

如果沈昼叶在两个月前看到这一幕，她也许会跑到厕所偷偷哭一场。可是生活总会继续下去，伤口总会愈合。

沈昼叶没有哭，她只是觉得心里穿过了一阵风。

那天早上的早饭是煮得有点儿烂的面条，上面铺着两根小青菜和曾经是荷包蛋的碎蛋黄，华嫣女士又倒了点儿生抽，大概是想让它看上去好看一些，带点儿肉色——显然失败了。

刚刚描述得太好听了点儿，其实是一碗飘着菜叶的褐色糊糊。

沈妈妈摘下围裙，和善地道：“直接吃吧。”

沈昼叶怀着一丝希冀问：“那个，妈妈，我能不能去食堂吃油条？”

沈妈妈语调瞬间拔高：“你吃不吃？”

沈昼叶立刻拿起了小筷子，捞了两下面条，大概捞到第三下的时候捞起的面条断了，沈昼叶看了一下妈妈的脸色。

她妈躲开了她的目光。

沈昼叶去拿了勺子，舀面汤喝。

沈妈妈忽然道："奶奶给的螃蟹，冰箱里还有剥出来的蟹膏，去弄点儿吃。"

沈昼叶应了，去冰箱里拿了个小罐子，将里面的蟹膏戳出来了一些，连着蟹黄红油都倒了进去。清晨的阳光掉进碗里，又被汤匙搅碎，融进汤里。

沈昼叶叹了口气："奶奶那天真的给了好多……妈妈你不吃螃蟹，我又吃不完。她怎么给这么多呀？送邻居也好嘛。"

沈妈妈浅淡地笑了一下，没有回答她的问题。

过了好久，沈妈妈忽然问："考试紧张吗，宝宝？"

沈昼叶非常馋蟹膏，已经将面糊都喝完了，闻言微微一愣，犹豫着回答："有……有点儿吧？"

"有点儿。"沈妈妈重复了下，接着怅然地道，"叶叶，你一直在追逐爸爸的脚步……"

她没再说下去，只是露出一种很难过的神情，轻声说："吃完饭就走吧，别迟到了。"

沈昼叶应了一声，去拿书包，在她背起包的瞬间，突然听到妈妈在身后叹了口气。

"等你考完试……"沈妈妈停顿了一下，继续道，"妈妈给你看一张很重要的老照片吧。"

沈昼叶微微一愣："老照片？"

她不知道区区一张照片为什么要等到考完试回来看，便迷惑地问："现在看也行啊……"

"等你考完回来。"沈妈妈重复道，"妈妈纠结了很久，怕它影响到你参加竞赛的心。但是现在我决定，还是得给你看一看。"

然后她看着自己的女儿，温柔地说："时间过得真快，我们女儿都这么大了呀。"

老照片是什么，沈昼叶全无头绪。小复读机在路上磨妈妈磨了半天，妈妈最终快被自己女儿烦死，透了一丝口风——那张照片不是她小时候尿床的珍藏照，甚至和沈昼叶本人一点儿关系都没有。

沈昼叶悻悻地说："我还以为有我呢，嘤。"

早晨八点，沈妈妈将她送到考场门口，头痛欲裂："有个锤子你，再念叨你今晚就无家可归，给我快滚快滚快滚……"

沈妈妈养的小复读机丝毫不惧无家可归的威胁，欢呼一声跳下车，背着包一溜烟跑了。

考场应该是随机打乱的，据沈昼叶所知，梁乐甚至被分配去了西城区的考点，距离他们的考点十万八千里。沈昼叶一进自己的考场就看到三四十个外校的学生，校服五花八门。

那场考试至少在沈昼叶看来，并不算难。

预赛满分二百分，考试时长三小时，卷面包括六道选择、七道填空和简答，计算题偏多，占了总分值的半数以上。沈昼叶开考后发现周围不少人都在抓耳挠腮。

时间一分一秒流逝，沈昼叶一个单位一个单位地检查，认真核对了每一个步骤，做完时，三个小时的考试时间还剩了半个小时。

那时沈昼叶周围的人都在奋笔疾书，还有人在咬手指甲。

而沈昼叶的卷面无一处遗漏，更无一处涂改，字迹工工整整，干净得近乎完美。

然后，她把卷子认真叠好，正面朝上，开始发呆。

这种全国级别的选拔类的竞赛，尤其是含金量最高的数学与物理，优胜劣汰和两极分化的情况是极为严重的。

沈昼叶隐约听别人提起过，数学预赛200分满分的卷子，能拿到50分就已经属于不错的水平，100分以上的寥寥无几，大多数人的水平都是在10~20分之间。沈昼叶不知这数据真假，但是以她对培训班上的学生了解，10~20分是个可信赖的数据。

这世上被普通人占据，却也从不缺能考满分的天才。

钟表指向十一点半，监考老师走了过来，在温暖的阳光中拍了拍她，轻声问："这是做完了？还有半个小时收卷，先检查一下。"

沈昼叶摇了摇头。

"谢谢老师，"她甜甜地说，"不检查了。"

第二遍"检查"，对沈青慈的女儿而言，从来都是多余的。

收卷后，沈昼叶坐在洒满阳光的教室里收拾东西，教室里剩的考生不多，监考老师在前面一张张地清点卷子。

那老师点完卷子，忽地开口问："同学，你叫沈昼叶？"

沈昼叶愣了下，说："是的，老师您怎么记住我了？"

"想不记住也难吧？这考场里就你一个初中生，"老师温和地说，"看你做题的时候也很顺……后生可畏啊。"

沈昼叶脸红了："是吗？"

老师将试卷装进档案袋，哂道："那还用说，这考场里就你做完了题。"

沈昼叶一愣："这么夸张的吗？"

监考老师将档案袋装进无纺布包："大多数人顶多做一两道计算题，还有往上写公式凑分的……就你写满了。同学你等人吗？"

"我不等的，"沈昼叶笑了起来，摇摇头，认真地说，"应该也没人等我。"

监考老师朝外看了一眼，忽而饶有趣味地笑了起来，揶揄地问："真的？你一会儿打算去干什么呀？"

"真的。我刚转学回来嘛，人生地不熟。"沈昼叶笑得眉眼弯弯地说，"我一会儿出去买点儿好吃的犒劳一下自己，早上我妈居然给我吃面糊糊，现在我好饿……"

那老师笑出了声，颇意味深长地问："是吗？"

可是不待沈昼叶回答，老师就提着袋子走了。

什么意思？沈昼叶头上飘出个红色的问号。

秋意浸染北京城，枝头都染上了冷意，一丝冷风透过窗户，沈昼叶将外套裹紧了，背着包朝外走。

中午去吃什么呢，沈昼叶开心地想，好想吃海鲜乌冬面呀。

这种天气来一碗热腾腾的乌冬面，再合适不过了。

然后，沈昼叶听见一个来自身后的不爽的声音："你怎么这么慢？"

沈昼叶回头一看，陈啸之单肩背着书包，靠在走廊上，高而挺直的鼻梁上架着副眼镜，阳光在他背后镀出一圈光晕。

沈昼叶呆呆地问："你怎么在这儿？"

陈啸之皱起眉头反问："我为什么不能在这儿？"

"你是在等我吗？"沈昼叶难以置信地道，"为什么你会等我啊，我还以为你考完试就走了。"

走廊上，陈啸之连看都不看她，充满冷漠地问："沈昼叶，我为什么不能等你？"

沈昼叶那点儿沟通能力根本处理不了陈啸之这种杠精式提问，只得道："我觉得你不是这种人。"

这句话相当直白。

沈昼叶显然觉得陈啸之这人人品够烂，长得再帅都没用，他不嘲讽她两句就不错了，还到考场门口来等人？简直是太阳打西边儿出来了。

陈啸之不爽地眯起了眼睛，问："我不是什么人？我看上去不像会在考场门口等你的那种人吗？"

这记仇的表情……

"没、没事……"沈昼叶软巴巴地道，"你就当我没说……"

陈啸之开口问："中午想吃什么？"

"中午想吃海鲜乌冬面。"沈昼叶特别认真地说。

结果就是她被陈啸之拉到店里来的时候整个人都发蒙，不知道怎么就变成她和陈啸之一起吃饭了。沈昼叶仍然觉得陈啸之这人脾气挺坏的，可能和他吃饭，吃一半就会被他损一顿。

毕竟陈啸之这人在考场门口等个十分钟，都会露出要咬她两口的表情。

陈啸之和她来的这家日料店不太大，但十分有氛围感，应该相当有名。墙上挂满了店主在各地旅游的照片和纪念品，桌子上还贴了两只从稻荷神社带回的陶瓷招财猫。

"两份乌冬面，"陈啸之坐在沈昼叶对面，对服务员说，"照烧鸡肉三串，岩烧鸡肉丸三串，还要什么？"

沈昼叶举起一根手指："还要烤里脊。"

陈啸之重复："还要烤里脊，先来五串吧，肉筋要吗？"

"肉筋我也要。"沈昼叶看着菜单，认真地说，"我还要烤玉米和烤排骨，排骨要刷酱，还想吃鸡皮，然后我还要一份冰激凌和芥末章鱼。谢谢了。"

"肉筋也来五串，烤玉米烤排骨……"陈啸之拿着菜单试图跟上这点单的速度。

三秒钟后陈啸之放弃，将菜单一合，递给服务员："算了，您就照着她说的点吧。"

服务员眼花缭乱，往点菜板上写："玉米排骨鸡皮冰激凌芥末章鱼……"

沈昼叶小声说："还要加一份可乐饼。"

服务员忍俊不禁道："小妹妹长得这么小，但是真能吃。"

沈昼叶笑得眉眼弯弯，认真地说："姐姐，我刚考完试，出来补充营养啦。"

"哎呀妹妹好可爱，还补充营养呢！我可太想要这样的妹妹了……好啦，等一会儿给你们送上来哦。"服务员姐姐拿着点菜板转身离开，那姐姐刚一走，沈昼叶的脑袋就被陈啸之拍了一下。

那一下不轻不重，他是拿传单卷成了个小筒拍了一下。

陈啸之眼睛眯起，语气带着调侃，问："沈昼叶，你怎么这么能吃？"

沈昼叶不开心了，她说："我乐意，你管啊。"

陈啸之立刻道："没不让你吃。"

然后他将沈昼叶的菜单合了起来，放在了桌角。

店里灯光照在少年的手上，沈昼叶瞥见上面还有她挠的四道血沟子。

还红着，但是已经结了痂。

沈昼叶看着那四条爪子印毫无悔意，甚至觉得自己抓轻了。

陈啸之忽然道："吃这么多，你怎么才这么点儿？"

沈昼叶抬起头，看见陈啸之将食指中指和大拇指拢起来，示意她太小了，明目张胆地嘲她个子矮。

沈昼叶面无表情地说："我在长身体，长身体的时候本来饭量就很大的。而且我还没长成，现在小只很正常。"

陈啸之恶毒道："十五岁了对吧，基本不会长了。"

你有毒吧，沈昼叶怒道："医生都说可以的，只要多喝牛奶补充钙质就可以！陈啸之你懂的比医生还多吗？就你这人你根本不配长个……"

"哦，"不配长个的陈啸之连眼皮都不抬，漫不经心地问，"那天忘了问，我小学四年级的衣服好穿吗？"

这句话简直太戳沈昼叶的自尊心了。小学四年级的衣服——那是陈啸之的妈妈带到医院的，沈昼叶后来还在裤腰带里看到了用油性笔写的"四年级三班陈啸之"的字样。

陈啸之如今居然还用这个当作武器，沈昼叶几乎想给他放血。

沈昼叶委屈巴巴地说："我讨厌你。"

阿十说话的模样实在是太青嫩了，带着浑然的天真与浪漫。

什么样的世界会养出这样的女孩儿呢，十五岁的陈啸之一瞬间都有点儿恍惚，她是真的开始讨厌我了吗？

要怎么解释？陈啸之抿了一下发干的唇——

这时，服务员姐姐端了两碗乌冬面过来，沈昼叶那碗乌冬面塞满了海鲜与鱼豆腐，五个小盘子里装着烤得香嫩的肉与蔬菜，可乐饼与番茄酱分开盛着，色泽鲜艳，诱得人食指大动。

“菜上齐了哦，可乐饼是姐姐送给你的，小妹妹。”然后那服务员转过来，对陈啸之温和地笑着说，“祝你们两个用餐愉快。”

阿十捏起筷子，甜甜地说：“谢谢姐姐。”

十年的岁月，能将一个孩子改变成什么模样？陈啸之在这之前，从未思考过这个问题。

阿十小时候个子并不矮，和他差不太多，和孩提时的他走街串巷，有时还会大胆地跑出几里地外。

他小时候曾与阿十一起看过动画片。

那时阿十跑到他家，和年幼的他一起卷着毛巾被，面前的彩色液晶电视里放着迪士尼第十六部动画长片，《睡美人》。

哪怕是在小时候，陈啸之也不会看这种动画片，他那时会把《救难小英雄澳洲历险记》一天翻过来覆过去地看三遍，《睡美人》则绝对不行。

但是阿十会看。

而她要看的话，小啸之就会跟着。

那里面的黑女巫玛琳菲森为了杀死公主奥罗拉，派出自己手下的小喽啰，将整个王国天翻地覆地搜寻了十六年，只为找到公主的身影，可十六年来她一无所获。

在公主终于回归她的王国的那一夜，黑女巫在自己的城堡里大发雷霆，暴怒地质问那些喽啰，问为什么公主分明就在他们的眼皮底下，这十六年来，他们却什么都没找到。

喽啰犹豫着说：“十六年来我们找遍了王国的每一个摇篮，里面并无那样一个美人。”

1998年，午后流金淌了一地，五岁的阿十趴在他的身边，咬着他的吸管喝他的北冰洋，乱乱的卷毛蹭着小啸之的胳膊，甜甜地说：“之之，你可不能做这种笨蛋呀。”

陈啸之从来没深入思考过阿十是男是女。

阿十就是阿十。那个他拿零花钱喂着的、会跑到他的被窝里睡着的、会在温暖的午后给他端西瓜过来、给他讲晦涩难懂的书的……他的朋友。

年幼的陈啸之发誓要和她做一辈子朋友的。

时间是世上存在感最低的东西，可它却永远切实地流淌着。

十年后，小昼叶的个子蹿高了，却比他矮了一个头，眼睛里跳跃闪烁着可观测宇宙中无穷尽的目视星等的天体。

那个阿十，应该是这样的吗？脑海中一个渺小的声音问。

是的。那个声音又这样回答自己。

她就应该是这样的。陈啸之想。

坐在他对面的沈昼叶好奇又关切地问："怎么了？乌冬面不好吃吗？"

陈啸之抬头看着沈昼叶，难以将目光移开。

"没有。"他沙哑地说，"你多吃点儿。"

他的阿十，最终长成了一个女孩儿。

这女孩儿生得甜美，皮肤白皙细嫩，笑起来时犹如繁星在世间唱响的诗。

沈昼叶已经做好了自己结账的准备。

她深知自己太能吃了，就她点烧烤的那架势，搞不好还把陈啸之吓了一跳，加上陈啸之救过她，这次账她必然要自己结。

这也是小转学生点单的时候那么放肆的原因。

吃完饭之后，沈昼叶往前台一走，刚要从书包里往外掏钱包，服务员姐姐就笑着道："小妹妹，单已经买过啦。"

沈昼叶一愣。

服务员姐姐笑眯眯："和你一起来的男孩子买的单哦。"

沈昼叶惊恐地扭头一看，陈啸之根本不在那儿——他上厕所去了。

"买了单有一段时间了，刚点完就买了。"那姐姐将前台的果盘推了过来，对沈昼叶温和地说，"喏，抓个糖吃。"

沈昼叶捏了一颗梅盐糖，刚剥开糖纸，就见陈啸之甩着手上的水，从厕所走了出来。

他斜背着个黑书包，头发被揉得有点儿乱，他看上去并非叛逆的人，但只要稍靠近，就能知道他绝非善类。

陈啸之长得挺帅的，怪不得会有女生喜欢他。沈昼叶有点儿走神地想。

小孩子的感情总是来得非常随便。沈昼叶在华盛顿时的朋友曾因为一个男生在餐厅点单时拒绝了法式炖菜，而对那个金发少年怦然心动，总之心动一事没有道理可言。

但可以肯定的是，那一瞬间的对方，一定闪耀着光。

而陈啸之，的确十分夺目。

这少年聪颖而受众人欢迎，走到哪里都自带焦点，学习好、班长、市级三好学生、优秀班干部之类的名头在他身上堆着。

嫉妒吗？不嫉妒，但是有点儿感慨。

陈啸之奇怪地问："干什么？"

沈昼叶刚想十分直肠子地说"我觉得你头发乱糟糟还挺帅的"，不过在那句话出口之前，她就意识到了，这话不合适。

同性之间是可以夸对方好看的，但是贸然夸一个异性长得不错，实在太尴尬了。

沈昼叶指了指陈啸之的头，友好地说："头发。"

"哦，"陈啸之扒了一下，散漫地说，"刚刚挠了挠。"

日料店气氛非常温馨，墙上贴满各色照片，有在镰仓海边拍下的大海与小镇，还有布拉格广场的万丈夕阳。那些照片被壁灯映着，有种岁月赋予的独特的美。

此时并非用餐高峰，因此只有服务员姐姐与在厨房里忙活的厨师，沈昼叶手里还拿着钱包，想了想还是觉得这钱得等出了店再给陈啸之。

服务员姐姐走过来，温柔地笑了起来："给你们拍张照吧，今天人少，我又看你们两个很可爱，给你们拍张照片带回去吧。"

十分钟后，店外十字路口。

秋日暖阳盈满城市，沈昼叶踩着小帆布鞋站在路边，校服裤腿折了两道，以防止自己踩到。她手指间夹着张拍立得底片，将底片扇来扇去，以求速干。

陈啸之将自己的那张照片夹在手里，在阳光里端详了一下，莞尔道："照得还不错。"

沈昼叶含着糖，笑着说："饭也好吃！这家乌冬面真的不错。"

陈啸之笑了下："嗯。"

“不过，”沈昼叶犹豫着开口道，“你买单这事儿，我挺不好意思的……这顿也不便宜，我把钱给你吧……或者下次我请你吃？”

他们两个人都是学生，如果工作了两说，但是以初中生的经济能力，将话这样说开，是一件相当正常的事情。

沈昼叶并不是很会处理这种人情世故，可是也知道，这种情况是要这样做的。

她愧疚地说：“我好像总在吃你的喝你的……”

把钱给陈啸之，是最简单最直接的做法；而那句“我请你吃”则更贴近大人的人际交往，还暗示了下一次请吃饭，圆滑得令人难以拒绝。

这是她妈妈教给她的。

可是陈啸之却说：“我没有让女生付钱的习惯。”

沈昼叶没想到会是这个答复，当即一愣：“嗯？”

“我说，”陈啸之伸手去拦车，声音淡淡地道，“我从一开始就没打算让你付钱，以后也不会有。所以你把那心给我打住了。”

黄色的出租车在路边停下。

十五岁的陈啸之看着沈昼叶，平淡地道：“上车，我送你回家。”

第十五章

你怎么能忘了我

沈昼叶将那张她和陈啸之的合影照捏在手中带了回去，打算放进自己的相册里。

她家一向有保管照片的习惯，家中的相册足有一箱子之多，那些照片在无数次搬家后也不曾丢失一张。就连回国时，她们母女的箱子里也为相册留下了一席之地。

那是凝固的时光，证明每个人琐碎的过去都曾经切实存在。

相册里甚至还保留着沈爸爸在哈佛的草地上吃生日蛋糕被摁头的丑照，拍摄人是他那时的朋友，下面写着“我二十五岁的生日”。

沈昼叶用钥匙开了门，走进客厅。

今天是周末，妈妈没去上班，在家里收拾东西。沈昼叶进屋就看到满屋都是被打开的纸箱子，有些老物件原本堆在储藏室里落灰，此时都被沈妈妈拽了出来。

“妈妈？”沈昼叶试探地喊道，“我回来了。”

沈妈妈在储藏室里喊：“宝宝欢迎回来，过来帮个忙！”

沈昼叶立即将书包和照片随手一放，冲进了她家的储藏室。储藏室里一塌糊涂，箱子都被打开了，沈昼叶差点儿被灰呛死，帮着妈妈收拾地上的东西。

沈妈妈说：“你不回来妈妈就要被压死了……”说着拿起地上一个倒扣着的相框，看了一眼，然后拍了拍沈昼叶的肩膀，示意女儿跟着出来。

沈昼叶跟着妈妈朝外走，回头一看，发现妈妈开的箱子上贴了张泛黄的纸，写着：“1987”。

一九八七年的东西？至今二十一年了？沈昼叶有点儿发蒙，继而意识到，这是她妈要拿来给她看的那张照片的年代。

一张二十一年前的老照片。

母女二人回到客厅。

客厅里洒落着午后的太阳，藤萝被风吹拂，窗外天空湛蓝，沈昼叶差点儿踩到一只落了灰的小黄鸭，惊得险些跳了起来。

沈妈妈问："今天怎么回来得这么晚？"

沈昼叶诚实地说："我在外面吃了乌冬面，突然特别想吃。"

沈妈妈温暖一笑，又看到桌子上沈昼叶放的拍立得照片，拿起来打量了一眼，问："谁和你照的照片呀，宝贝？"

沈昼叶回答："我们班班长……就那个……那天下午救我的。"

沈妈妈扑哧一声笑了出来，又温和地说："上次去的时候他还在睡觉，睁开眼睛我倒是认不出来了，这男生长得真不错。叶叶，你躲着他走躲失败了？"

沈昼叶想起被病床上的陈啸之抓手腕的那一刻，心想这是我第一次被抓现行……遂乖乖地点了点头，说："他太阴了。"

沈妈妈眯起眼睛："阴啊……这我看出来了。"

沈昼叶捏了捏自己的爪子，问："妈妈，你到底要给我看什么呀？"

"你今天考完了预赛。"沈妈妈说，"我之前一直担心你会有负担，怕你给自己太大的压力，但是前些天我想了想，让你知道这件事儿，好处是远大于坏处的。"

沈昼叶头上冒出一串问号。

"你现在去参加竞赛的原因，是你想上高中。"沈妈妈笑了笑，"但是同时妈妈也知道，我家叶叶一直在追随爸爸的脚步。"

"叶叶，你想成为像爸爸那样的物理学家，想经历他的人生轨迹。"沈妈妈又温柔地补充道，"想超越他。"

十五岁的沈昼叶坐在桌边点了点头。

沈妈妈笑着道："你现在参加的是全国中学生物理竞赛，可再往上，还有亚洲物理竞赛，是一个日韩新加坡印度尼西亚，甚至中东以色列，他们最优秀的学生群英汇聚的竞赛。"

阳光中，沈昼叶抱过一只小抱枕，认真地点了点头。

"而这个，"沈妈妈将手里的相框放在桌子上，轻轻翻了过来，"是你爸爸在竞赛上摘下金牌的照片。”

沈昼叶闻言，微微一怔。

沈妈妈轻声道：“而且，不是国内的，也不是亚洲的赛事……”

“是全球的那个。”

落日金红，相框上落满积年的灰尘，沈昼叶用手指在相框上用力一抹。

玻璃上，积淀了二十一年的灰尘如摩西跨越红海般破开，现出下面不曾褪色的遒劲字迹——

“第二十二届国际物理竞赛留念。1988年7月，柏林。”

沈昼叶震惊地看着那张彩色的照片，只能从那少年的眉目上看出她熟悉的三十多岁男人的影子。彼时沈青慈仍是个少年，穿着白T恤牛仔裤，踩着双回力鞋，眉宇间全是稚气。

他的胸前挂着块金奖牌，站在指导教练身旁。

柏林的阳光燃亮沈青慈的头发，热烈得犹如喷发的日珥。年少的他的眉眼与他的女儿如出一辙，笑起来时温暖灿烂，令人想起春日的麦田。

“这是你奶奶堆在我们房子里的。”沈妈妈温和地道，“她每年都会把你爸的一部分东西封进箱子里，这是你爸十九岁的那一年。”

十九岁。那是沈昼叶不曾见过的父亲的青年时代。

爸爸也曾年轻过。沈昼叶突然冒出这么一个念头。

连如今长眠的爸爸，也曾是个襁褓中的婴儿，而婴儿只能一步一脚印地成长，跌跌撞撞地长大成人。

沈青慈教授也曾经有过十五岁的日子，喜欢过牛仔裤与摇滚，可能喜欢DOS①，可能也趴在窗台上偷偷看过淋雨的姑娘，吹捧过286电脑，也曾在他十九岁的某一天，在异国他乡，带着汗水，将金牌挂在脖颈上。

沈妈妈说：“你自己看看吧，那箱子里还有你奶奶留下的他的备考资料……我实在没想到，你也会走上这条路。”

沈昼叶用手擦拭，二十多年的灰尘相当顽固，但是擦干净后，那照片看上去只是昨天照出来的。

沈妈妈说：“妈妈落了笔记本电脑插头，先去办公室拿，一会儿回来。”

说罢转身去拿外套，片刻后沈昼叶听见一声轻飘飘的关门声。

① Disk Operating System，磁盘操作系统。

她在小客厅里，一个人面对着父亲的过去。

窗外落日如火，楼宇间闪烁着万千玻璃折射的光。

沈昼叶面前是她从幼年起就意图超越的身影。

是了，沈昼叶想要的从来都不是追逐，是超越。

青取之于蓝而青于蓝，小昼叶从一开始就想超越父亲，成为一个比他更厉害的占星师，更了不起的天体物理学家。

“我不能只过决赛就算了。”十五岁的沈昼叶在笼罩了她的浑宏天光之中，低声喃喃道，“我要走得更远。”

接下来的第二个周末，是魏莱的生日。

沈昼叶是提前三天知道的，魏莱将请柬递给她，上头有魏莱爸妈亲笔写的字，还扎着粉红色的丝带。

沈昼叶那时候正在苦大仇深地写政治大题，将一本思想政治翻得虎虎生风，见到丝带的第一反应是大吃一惊，然后问：“你要结婚了？”

魏莱沉默片刻回答：“你去吃屎吧。”说完把请柬拍到了沈昼叶的桌子上。

“周末过生日，地点在请柬上。”魏莱头痛地说，“每年都这样，我好累，我这里还有二十多张。”

沈昼叶不解。

魏莱悲愤欲绝：“二十多张请柬！这么多年了，我都十六了啊沈昼叶！我现在听到过生日就害怕，他们还让我宴请全班同学，我都不知道从哪儿开始吐槽……”

沈昼叶认真地说：“不喜欢的话你可以和爸爸妈妈商量啊。”

魏莱冷笑：“你以为我没试过？”

“宴请全班有负担的话，也可以不发请柬。”沈昼叶出谋划策，“非暴力不合作也是一种办法嘛，这是甘地说的。”

魏莱说：“我要是不发请柬我爸妈就会担心我是不是被同学排挤了，现在这些老父亲老母亲真的闲吃萝卜淡操心。沈昼叶，这请柬我是按班上我喜欢的顺序发的——”

沈昼叶还没反应过来，就被魏莱使劲儿地在脸上捏了一把。

小转学生脸上还有婴儿肥，捏起来手感奇佳，魏莱下手稳准狠，捏脸时毫不留情。

沈昼叶挣扎：“呜呜疼！”

魏莱松了手，沈昼叶卑微地揉了揉脸，又可怜巴巴地看着自己的同桌。

“鉴于我对你宠爱有加，就把第一张给你了。”魏莱笑眯眯地说，“记得来哦，叶叶。”

沈昼叶愣住了。

魏莱又轻轻地捏了捏她的脸，拿着那一沓请柬，去找别人发了。

“喜欢的顺序”“所以你是第一”。

沈昼叶看着魏莱的背影，又看了看手中绑着粉色丝带的请柬，整个人都有种……仿佛活在梦里的感觉。

突然，她的脑袋被轻轻拍了一下。

陈啸之刚在外面打完球回来，深蓝色的T恤黏在身上，胳膊上还缠着腕带，他单手拎着瓶冰得滴水的矿泉水，居高临下地看着沈昼叶，问：“这是什么？结婚请帖？”

沈昼叶心想你为什么和我一个想法啊，然后替魏莱解释道：“魏莱的生日请柬。”

陈啸之抬头看了一眼魏莱的方向，喝了口水，散漫地问：“每年都有这么一出……你也去？”

沈昼叶认真地点了点头。

她听见陈啸之“哦”了一声，在她头上不轻不重地拍了拍，从魏莱桌子上抽了张请柬，回座位坐了下来。

陈啸之到底为什么会问那句话，又抽走那张请柬？十五岁的沈昼叶忍不住多想。

脑海里一个小人突然冒了出来，笑眯眯地问：“叶叶，他是不是想和你一起去呀？”

沈昼叶还没来得及回答，另一个小人就“噗”地出现，极其真实地说：“做梦呢，就他还跟你一起去？他对你什么样你没数吗妹妹？”

在课堂上捏着笔的沈昼叶有些无力。

脑海中第一个小人双手合十，甜丝丝地说：“可是陈啸之表现得好明显呀！自从他救下你之后就对你那么好，又给你买吃的又给你买吃的又给你买吃的，我觉得他喜欢你……”

第二个恶魔小人冷酷无情地嘲讽道：“沈昼叶你这个给块巧克力就能拐跑

的没出息的玩意儿，买个吃的就是对你好，买三次吃的就是喜欢你啊？”

课堂上，数学老师在上面讲三角函数，坐在下面的沈昼叶耳根“蹭”地红了。

她甚至非常羞耻地捂了一下小耳朵。

沈昼叶头顶的恶魔小人：“嗯？”

天使小人：“嗯？？？”

恶魔小人难以置信地炸成一团烟，临走前还愤怒地对沈昼叶做了个鬼脸，天使小人试图说点儿什么劝劝小主人，但是张了张嘴，竟然连一句屁话都放不出来，也“嘣”一声没了影子。

沈昼叶的脑海中终于回归寂静，她揉了揉鼻尖，戳了下魏莱，小声道：“莱莱，陈啸之拿了你一张请柬。”

魏莱回头看了一眼睁着眼睛睡觉的陈啸之，毫无波澜地说：“哦，拿呗。别拿了不来就行。”

沈昼叶“嗯”了一声，按了按自动铅笔，打算继续写——

而正是那一刻，沈昼叶脑海中的天使小人又“蹭”地出现，小心翼翼地看了看她身后正在睡觉的陈啸之，露出一个甜甜的笑容：“我觉得，陈啸之说不定是想去派对见你耶。他会不会喜欢你呀？”

魏莱的十六岁生日，正是个周末。

下午三点，沈昼叶被魏莱一通电话叫了过去，说布置会场的人手不够。沈昼叶一听“布置会场”四个字，就觉得魏莱爸妈真是下了大功夫……而且用力过头了。

魏莱在电话中痛苦地说：“已经用力过头十六年了……我好累。”

于是沈昼叶陪着魏莱，在他们家订的那个酒店的会场，陪着工作人员布置了一通。

魏莱一边挂横幅一边吐槽：“过个生日比不过生日还累，等我能自己做主了，生日那天我就去便利店买个芝士切片蛋糕插蜡烛。”

沈昼叶比量了一下，将横幅右侧的彩带挂上，又麻利地下了梯子。

“为什么会让你布置？”沈昼叶忍俊不禁地说，“怎么说你也是过生日的人呀。”

魏莱愁眉苦脸：“我哪里晓得哦。”

她也从梯子上爬了下来，拍了拍手，看着布置得中规中矩的场地和花花绿绿的以画笔写着“魏莱生日快乐”的横幅，后退了两步。

那时已经快要到点了，场地已经布置妥当。

“说起来，”魏莱忽然笑道，“昼叶，当时你说你要和他一起去竞赛，我吓了一跳，觉得你太惨了……没想到他现在对你挺好的。”

沈昼叶眉眼一弯，笑了起来：“是吧？可能是我身上有什么他无法抗拒的魅力哦，时间长了他就发现我也挺好的了。”

魏莱“嗤”一声笑道：“能的你，就你还魅力呢？”

沈昼叶像小蜜糖一样“嗯”了一声。

她声音有点儿娇，人又生嫩，“嗯”起来简直就是犯规。

魏莱瞬间惊恐起来：“沈昼叶你这什么表情？你这满脸春天来了的小模样？”

沈昼叶笑道：“那天他问我来不来你的生日派对。”

魏莱疑惑：“啊？”

“我说我肯定来呀，”沈昼叶耳根有点儿发红地说，“他就直接去你桌子上拿的请柬哦。”

她丝毫不避讳，也不隐瞒，说起话来赤诚而热烈，连提及大多数女孩儿会害羞的话题时，也总是非常直白。

魏莱一愣：“我天。你该不会能收服陈啸之吧？我就说他……”

可魏莱还没说完，第一个访客就到了。

魏莱的父母似乎是怕女儿当纪律委员被排挤——毕竟那是个相当招人恨的位置。

沈昼叶坐在一边休息，余光看到魏莱满头包地在门口一个同学一个同学地接进来，忍不住趴在桌子上笑。

她不想与同学寒暄，因此找了个偏僻角落坐着，撑着腮，等待正餐开始。

她其实有点儿在等陈啸之的意思。

沈昼叶真的挺期待陈啸之会不会露面——在这之前，从来没有男孩儿会因为沈昼叶而专程来一个生日派对。

天都快黑了，沈昼叶等了许久，百无聊赖地玩贪吃蛇，突然听到一个熟悉的声音。

“啊，我来了……”

这声音是陈啸之！沈昼叶立刻将耳朵竖了起来，同时好奇地望向屏风外面。

确实是他！

陈啸之穿了件深红色的棒球衫，头发似乎也刻意打理过，此时正与他的朋友打招呼。

“你问我为什么过来？”沈昼叶听见陈啸之烦躁地说，“魏莱自己都不愿意办这个生日，但是徐子豪非得拉我过来。你以为我想来啊？”

呵，自作多情了。

所谓生日聚会，还是有父母坐镇的那种，自然是没法觥筹交错的。

不过就是同学们聚在一起吃个饭，唱个生日快乐歌，结束了可能带着相熟的同学去唱个歌，然后在十点前各回各家各找各妈。

沈昼叶与魏莱坐在一处，她用余光偷偷看了一眼陈啸之，陈啸之在另一桌，与他那群朋友坐在一起，背对着她，纸灯的光落在他的身上。

陈啸之的背影非常挺拔，肩宽腰窄，结实而修长的胳膊往椅背上一搭，没有一丝要回头看她的迹象。

魏莱好奇地凑过来，问：“看啥呢？”

沈昼叶看着陈啸之的背影，摇了摇头，问：“这些男人都这样吗？”说着，还发出一声叹息。

她用筷子戳着碗里的西湖牛肉羹，嘀咕道：“你以为他是专门来看你的，结果他只是过来陪朋友，来的时候还满脸不情愿。”

“你是说陈啸之啊？”魏莱憋着笑道，“你也太直白了吧？”

沈昼叶一愣：“是他啊……我直白吗？”

“大多数女生都会很扭捏的，”魏莱笑着道，“要追问很久才会坦白‘我在看他’。但是我一问你，你就说‘是他啊’，有一说一，一点儿都不避讳。”

沈昼叶笑了起来，认真地道：“我觉得没必要隐瞒。这不好吗？”

魏莱想了想，认真地说：“很好，我喜欢。”

然后魏莱一捏沈昼叶的脸，示意她继续吃饭。

沈昼叶悻悻地看了一眼陈啸之的背影，夹了一筷子绍酒烧就的樱桃肉，放进了自己的小碗里头。

她小学毕业时有个毕业舞会。毕业舞会几乎是美国所有学校的惯例，用于培养孩子们的社交能力。

在舞会上，那些十一二岁的女孩儿已经两极分化了——有些女孩儿非常受欢迎，在班上总有人献殷勤，在舞会开始前甚至会有三四个男生同时邀请她做舞伴，那些女孩儿将在舞池中翩翩起舞，有些女孩儿则只能坐在下面啃薯片。

沈昼叶，April，是可怜巴巴地啃完薯片还要把小蛋糕全吃完的那一批人。

国外没有，国内难道就有了？沈昼叶你仿佛在做梦。

这世上，几乎没有不享受“受欢迎”的人，每个十几岁的女孩儿，都难免有些温柔旖旎的幻想。

十五岁的沈昼叶叹了口气，一方面觉得自己自作多情，另一方面觉得自己惨，只得向自己小学毕业舞会时看齐，埋头吃桌子上的小菜。

魏莱生日办在了一家苏菜馆里，大厨应该是苏州人，做松鼠鳜鱼很有一手，其他菜也非常好吃。另有许多清口小菜，还有不少甜点。沈昼叶看中了那碗淋了酸奶的水果切，打算吃完醋鱼就去舀一勺吃，当饭后甜点。

谁知，他们班上一个男生过来，在魏莱这桌上敲了敲，指着那盘没动过的果切问：“老魏，你们这果切还吃不？不吃我拿走行吗？我女朋友想吃。”

魏莱大概以为沈昼叶不打算吃，而桌子上也没有别人动它，便干脆地道：“不吃了，你拿吧。”

“等……”沈昼叶还没说完，男生就拿着果切直接离开了。

小转学生捏着小勺子半天说不出话，她看了看魏莱，又看了看那个端走果切的男生，他确实是一路端去给他女朋友了，人家女朋友娇滴滴的，笑起来也是甜丝丝的。

那一瞬间，沈昼叶感到一种说不清道不明的悲愤。

我也想吃酸奶……为什么那些受欢迎的女孩子有酸奶吃，没有异性缘的女孩子难道不配吗？沈昼叶难过地想，不过人家确实笑得好可爱，要是我也要把酸奶给她的。

突然，沈昼叶被拍了一下头。

沈昼叶迷惑地捂住了头，想抬头看拍她的人，却没成功，一只手正死死压着她的脑袋，陈啸之不爽地问：“你怎么这么挑食？你这种吃肉剔掉肥肉，吃菜不吃菜白的人，到底是怎么活下来的？不会被揍吗？”

他身上还有股很好闻的味道，像是某种海调的古龙水。沈昼叶恍惚了一下，想起他拿请柬的一瞬间，然后呆呆地抬头看向他。

他是过来搭话的吗？沈昼叶心里探出一朵鹅黄色的小太阳花，心想，他来找我说话了。

然后陈啸之漫不经心地开口道：“沈昼叶，物理老师刚刚给我打电话了，竞赛的事儿，跟我出来。”

原来是竞赛……不如说果然是竞赛。

太真实了，沈昼叶难过地想，我果然还是那个我。

酒楼外，一轮圆月高悬，北风割过凛冬将至时绽放的最后的黄月季。

沈昼叶跟在陈啸之身后一路小跑。陈啸之走路时不太等人，而且他个子比沈昼叶高了许多，腿也长，走路又快，沈昼叶想追上他得小跑。

沈昼叶跑得气喘吁吁，小声问：“你去哪儿？”

陈啸之拧着眉头：“你怎么走得这么慢？”

沈昼叶气得头痛，甚至想把这个走在前面的一米八的男孩子腿打折，让他体会一下自己追他的辛苦。

陈啸之带着她一路出了小胡同，外面的商业街繁华喧嚣，灯火通明。

沈昼叶好奇地问：“陈啸之，我们怎么跑这么远……物理老师到底对你说了什么？”

陈啸之漠然地道：“我要出来买东西。叫你，是因为预赛成绩出来了。”

“这么快？”沈昼叶当即吓得连连后退，“这才几天？！”

陈啸之也不看她，只拉开便利店的门，一边找东西一边说：“时间不短了，一周了不是？不出分才不正常。李老师知道消息的第一时间就给咱俩查了成绩，然后通知了我。老师没你手机号，回头你去给他留一个。”

沈昼叶整个人都发着蒙，呆呆地跟着陈啸之到处乱转。陈啸之绕着货架走了一圈，从货架上拿了两瓶水和一管压片型薄荷糖。

沈昼叶浑身发抖，紧张得鼻尖发酸，小声说：“好……好的吧……”

陈啸之嘲道：“这么紧张干啥？出个成绩都这么娇气。”

你才娇气，这和娇气有什么关系，沈昼叶觉得陈啸之欠一句字正腔圆的国骂。

陈啸之站在酸奶货架前挑挑拣拣，也不知道他在找什么东西。而且他就是不告诉沈昼叶分数，反而顾左右而言他，以钝刀子凌迟小姑娘：“十二月中旬是复赛，一月底国家级决赛。这么一算十一月之前肯定得给你把预赛成绩搞完啊。中考的卷子也就批十几天，参加这个小破预赛的人可比中考少多了。”

绝不进入正题。

“所……所以，”沈昼叶哀求地搓搓爪子，“我到底……”

陈啸之将两盒酸奶一左一右拿在手里，慢条斯理地问：“这个酸奶，草莓果粒的好吃还是原味的好吃？”

沈昼叶被打断了，想到成绩就手脚发抖，小声回答：“都……都好吃呀。”

陈啸之恶趣味地“哦”了一声，一样拿了两盒，去收银台结账。

便利店里人来人往，白炽灯管照着货架上琳琅满目的零食与小点心。陈啸之将酸奶和水放在一处，翻出钱包。

沈昼叶看着班长结账，黏在他后面，好像一只卷卷毛的小尾巴。

“成、成绩到底……怎么样？我过了吗？”沈昼叶怯怯地问。

陈啸之将冰水和薄荷糖取出来，将装着四盒酸奶的袋子递给沈昼叶，又看了她一眼，说：“满分200。”

沈昼叶都没意识到自己接过了什么，认真地点了点头。

“我们中间有一个人考了198，”夜风之中，陈啸之眉毛微微一扬，“另一个人考了157。”

物理竞赛的预赛满分200，与普通考试不同，它的分数是极端的正偏态分布，低分奇多，10分20分的比比皆是，中间的分数段和高分却极为罕见。复赛分数线的省际惯例是取本届考生的前6%画线，而那分数线，往往卡在70分到90分之间。

在题难时，复赛的分数线甚至可能只有四十几分。

157。198。

无论哪个——尤其是后者，那是碾压一切的强悍。

他们两个人都过了预赛。

夜市喧嚣无比，昏黄的灯光在黑暗中晕开。

陈啸之心情不错地问：“现在你知道分数了，心里有底了？沈昼叶你觉得这个198的怪物是谁？”

沈昼叶想起自己的粗心大意，又想起小测次次满分的陈啸之，狗腿地问：“你？”

陈啸之“嗤”地笑了出来。

沈昼叶也笑了：“陈啸之我就知道你很厉害的！也不知道这次有没有满分，没有的话你就是……”

“不，你猜错了。”陈啸之打断了她。

风声温柔，树叶簌簌作响。沈昼叶拎着便利店的袋子，站在川流不息的人群中，面前站着一个比她高一个头的俊朗少年。

“考了198的怪物是你。”在灯光之中，那少年道。

沈昼叶愣在了当场。

陈啸之眉眼弯了一下，伸手在沈昼叶头上用力一揉。

“酸奶记得喝，”少年人站在她面前，恶劣地说，“给你买的，别分给别人了，也别用那种眼神瞅别人，看上去像小要饭的。”

“所以后面的安排是什么？”小要饭的笑眯眯地问，“后面就是集训了吧？地点在哪里？是不是不用上语文政治了？”

他们走在夜市里，灯光犹如星河光点在黑暗中晕开。

“你就蹦出一句不用上语文政治？”陈啸之难以置信地说，“沈昼叶你——”

沈昼叶说：“政治37分，别问了。”

“政治有什么难的？”陈啸之恨铁不成钢地在沈昼叶头上一戳，“对，是集训，下周周二开始。地点我回家给你发短信，今年时间太赶了，这次集训的强度肯定很高，看情况可能需要住在那里。”

沈昼叶忍不住“哇”了一声，她想说什么，可是下一秒，就被一个摆摊的老爷爷吸引了目光。

麦芽糖的香气馥郁扑鼻，那老人的摊位与周遭全然不同，没有繁杂的灯饰，只有一盏暖黄的、映亮了瓷砖的小台灯，周围插着鹅黄色的硬糖绘就的小人。

陈啸之一顿，问道：“怎么了？”

“我对这个味道有印象，但是我忘了名字。”十五岁的沈昼叶指着那糖画摊子道，“我记得我小时候，有人给我买过。”

沈昼叶的碎发被风吹起，眸中满是怀念。

陈啸之抿了一下唇，看了沈昼叶一眼，看见女孩子细长的脖颈与秀气白皙的下颌，又看见她闪烁着星辰的双眼。然后，他酸涩而又几乎不可察觉地笑了下：“你不是在美国长大的吗？还吃过这个？”

沈昼叶笑起来：“我回过国的呀，之前还告诉过你！五岁的时候我妈忙博士毕业论文，我爸也在忙他自己的事，两个人没空管我，我和奶奶住过一段时间。”

陈啸之问：“那时候吃的糖画？”

"是呀，"沈昼叶温和地说，"麦芽糖好香。"

你应该记得我。一个小小的声音在陈啸之的胸腔里，像是一朵绽放的花苞一样，满怀希望地说。

你怎么能忘了我啊。那声音又在他脑海中唱响。

你五岁那年，是我将所有的零花钱都喂给你，是我牵着你的手带你出去冒险，你告诉我你脑海中的每个荒谬的、可能会被大人打屁股的念头，我知道你的"纽尔奖"，知道你的语言，知道你不喜欢玩过家家。

是我冒着被我爸妈打断腿的危险，带着你偷上871路公交车；是我在你被你爸爸带回美国的那天，哭着追赶载着你的黄出租。

是我给你买糖画，将你护在身后。

你怎么能……忘了我呢?

"我记得是我小时候最好的朋友给我买的。"沈昼叶轻声说。

陈啸之一愣。

"是个特别坏脾气的男孩子，经常一边骂我一边喂我，我记得他有个专门用来叫我的绰号，特别讨厌，不过我已经想不起来了。"阿十说着，在夜风中温柔地笑了起来，又莞尔道，"我真的记不太清了，只记得他对我很好。我爸把我接回美国之后，我特别难过，好久没有吃饭。"

那一刹那，陈啸之脑海中"嗡"的一声。

万千灯火映着小姑娘细白的手指，生于四月的姑娘家一向畏寒，指尖冻得微微发红。

"麦芽糖真的太香了。"沈昼叶甜甜地说，"陈啸之你等我一下哦。"

然后她弯下腰，对画糖画的老人笑道："爷爷，你会不会画小恐龙呀？我想要一只小恐龙。"

老爷爷笑着说："会画，十块。"

沈昼叶去掏自己的口袋，但是一翻才意识到自己的钱包被留在了书包里，而书包还在酒楼里头。

还不待沈昼叶开口借钱，陈啸之就掏了钱包，把十块付上了。

"我请你。"陈啸之漫不经心地道，"就当我给你买的吧。"

沈昼叶眉眼一弯，笑眯眯地说："那下次我请你喝饮料呀！"

陈啸之笑了下，在夜色中拍了下阿十的头，然后在摊子前蹲下，与她一起等一个糖画的完成。

大半夜的，沈昼叶在床上翻过来覆过去地睡不着。

她家住得相当高，是二十一世纪初时沈爸爸买的第一批高层，楼高风也急，狂风将窗户吹得哐哐作响。

朔风吹动她悬在窗外的玻璃风铃，轻响如珠落玉盘，此时却格外闹人。

沈昼叶咕噜坐了起来，将被子卷成一个卷卷，蜷在床上，纠结地揉了揉脑袋。

天然卷卷毛的沈昼叶生就一头顽固的头发，特别怕揉，一揉就是满头乱毛，她叹了口气，拿出手机往上一滑盖子，屏幕上显示着“夜11:33”。

平时这个时间，沈昼叶应该已经睡着很久了。

沈昼叶纠结了不到三秒，去冰箱拿了陈啸之给她买的草莓酸奶和勺子，抱回自己的卧室，挖了一勺，然后含着小勺子给魏莱发短信：“睡了吗莱莱？”

魏莱回得很快，道：“没有，怎么了？”

沈昼叶趴在桌子上，小声地叹了口气，摁着九宫格打字：“我睡不着。莱莱，你觉得喜欢一个人是什么样子呀？”

“……？？？”魏莱没打一个字，标点已经表达了她的心情。

短信只能打七十个字符，多出部分有可能会被当成彩信发出去的。沈昼叶顶着一头乱蓬蓬的头发，控制着字数，十分在意地问：“你觉得陈啸之，有没有喜欢我的可能？”

然后她合上手机，在黑暗里想起陈啸之将自己送回来的样子。

陈啸之这个人很奇怪，沈昼叶吃着他买的酸奶，痛苦又纠结地想。

你说他在意自己吧，好像也是挺在意的——会送她回家，会给她开车门，更会用手垫一下车门顶，防止沈昼叶的脑袋磕到门框，同时还能说出“我从一开始就没打算让你付钱，以后也不会有，所以打住了那个心”之类的很苏的霸总发言。

但是仔细一想，他好像又没那么在意自己。

送自己回家之后道别时，并无半点儿迷恋的模样……

从她一开始刚转学来时的冷遇，再到后面缺乏理由、甚至称得上突如其来的关系回温……包括到现在，陈啸之也只是对她做了很普通的、稍微有点儿绅士的男生该做的事情。

送回家，请过客，买过酸奶，与她打过电话。

不过他的确救过自己。沈昼叶趴在桌子上，回忆起雨夜里浑身是血的陈啸之，只记得他那双眼梢上挑的、看上去颇薄情寡义的眼睛。

她鼓了一下脸，无意识地点开他的通信页。

“你说什么胡话？”魏莱发来条短信，“去做梦吧你，梦里什么都有。妹妹。”

沈昼叶终于意识到自己在想什么，耳根通红，钻进被窝里，在黑暗中蒙着脸无声地打了个滚，试图忘掉自己刚刚对陈啸之的那些念头。

第十六章

这是男生寝室楼

沈昼叶预赛考了198分的消息，在整个初中部里不胫而走。

沈昼叶坐在班里刷题，班门口有人探头，她隐约听到有人说："就是那个转学来的……"

"满分大佬，厉害啊！"

沈昼叶低下头，努力将精力集中在她手头那道九曲十八弯的物理题上。她去买了两套复赛参考书，又让妈妈从图书馆借了本《光学》回来。她不复之前的敷衍，这次拿出了真劲头。

门口有外班的拍了拍坐在门口的同学，问："你们班那个转学生，沈昼叶，在不在？"

坐在门口的同学一愣，道："在，怎么了？我帮你叫她出来？"

沈昼叶听见一声清清楚楚的——

"你怕什么，你不是要管沈昼叶要签名吗？"

什么签名？谁的签名？这群人是来干什么的？沈昼叶受到惊吓，瑟瑟发抖地捏着自己小熊笔杆，抱着自己的参考书，朝堆成山的课本后头躲了躲。

坐在她身后的陈啸之嘲弄地开了口："沈昼叶，明星出道了？"

冉冉升起的新星："嘤？"

已经快被围观人群吓出病的小姑娘可怜巴巴地搓搓爪子，问："没……没有这么夸张吧？"

然后，门口那男生说："我没带本子，我让她给我签校服上行吗？'To签'那种……我也想沾沾仙气，下周我有航模比赛……"

陈姓班长呲儿沈昼叶时简直极尽嘲讽之能："沈昼叶，你知道有人叫你沈一九八吗？你粉丝让你签To签，你还不快去？"

沈昼叶一下子就听出来，陈啸之果然还是不满自己的分数……

她总觉得陈啸之对他157的分数意见非常大，所以她认为，尽管周末时陈啸之对她的祝贺是真实的，但他迟早会不爽起来。

小一九八瑟瑟发抖，躲在书后面，尽量不被那两个男生看到，委屈地说："班、班长，我害怕。"

沈昼叶从小受宠，像她这样的孩子很会在她熟悉的人面前示弱。

女孩子可怜极了，声音又软又怯，令人想起刚蒸的暄软的小糖糕。

"有什么好害怕的？"陈啸之恶意地道，"那不是你粉丝吗，他们还能吃了你不成？还是你吝啬到不打算让他们吸仙气了？"

这个坏脾气的家伙，不爽时就会损人。

沈昼叶哀求地看着他，爪子合拢，小声求他："求求你了，陈啸之，你是班长，你去把他们赶走行吗？"

陈啸之充满报复意味地道："哈？我能跟你一辈子吗？自己的事自己解——"

他那"解决"的"决"字还没说，门口的男生就倒抽一口冷气道："哥，你看，这叫沈昼叶的妹子长得这么漂亮的？"

"耶？"沈昼叶听见了，柳叶儿样的眉毛甜甜一弯，快乐地说，"这人好有眼光呀。"

没有女孩子不喜欢听夸自己漂亮的话，沈昼叶也毫不免俗，她被夸后笑得非常灿烂，一双眼睛弯成甜美的月牙儿，低头去笔袋里找了支油性的签名专用的马克笔。

"外班的出去。"陈啸之扬高了声音，冷漠地道，"这是你们教室？"

沈昼叶的马克笔还没拔开盖子，甚至还在纠结自己是签小学生字体的中文名还是签飘逸流畅的英文April Shen，就看到那两个男生被班长扫地出门了。

"还签名？"坐在沈昼叶身后的陈啸之嘲道，"两个把人生寄托在好彩头上的Loser[1]。"

沈昼叶无声地凝视着他。

"别拿那眼神儿看我，"陈啸之闭上眼睛，"跟个小白菜似的。"

---

① 失败者。

小白菜感到一丝说不出的空虚，看看自己手里的马克笔，又看看空荡荡的门口，过了会儿突然感慨了一句：“你的北京口音好好听哦。”

陈啸之抬眼皮睨她一眼。

沈昼叶口音不重，但过去说英语的频率远高于说中文，因而中文咬字不甚清晰，有时还会念错字，本来就呆，一说话更呆。

教他们物理的李老师在前门敲了一下。

“陈啸之，沈昼叶？”李老师眉毛一扬，说，“你们俩跟我来一趟办公室，有重要的事情布置给你们。”

金黄的余晖洒落，树影摇曳一地。物理教研办里仍是空无一人，李正廷老师将他们引到自己的办公桌前，温和道：“你们两个人都考得不错。”

沈昼叶耳根发红，李老师看了看她，又笑着说：“尤其是你，小沈。校领导都被你吓死了，全区第一。”

沈昼叶瞪大眼睛。

“你俩考这分数都够恐怖的了，我昨天听说有重点大学的老师在打听你们，倒不知道消息的真假……但是复赛和预赛的概念完全不一样。”李老师道，“距离复赛还有一个月又十天。学校对你们寄予厚望，是真的厚望——我甚至觉得你们能当招牌。”

陈啸之平静地问：“所以，我们的集训什么时候开始？”

“周三。”李老师回答，接着他严肃地道，“周三开始，校领导已经知会过你们班主任了，你们从周三开始不用来校上课，专心集训。集训的地点在这儿。”

他将两张纸条分别递给了沈昼叶和陈啸之。

沈昼叶接过纸条，当即就是一愣。

和她同一个反应的陈啸之难以置信地看了沈昼叶一眼，两个人面面相觑。沈昼叶率先开口问：“老师，这、这也太远了吧？我早上过去得两个小时……”

李正廷老师大约早就预料到了这个问题，双手交握，淡然地道：“带好行李。”

沈昼叶倒抽一口冷气。

老师微一停顿，看着这两个年轻的孩子，微笑着说：“你以为你们能回家住呢？从后天开始，你们就住在那儿。”

金红的夕阳落进狭长的走廊之中，陈啸之走在沈昼叶的旁边，沈昼叶蒙了许久，冒出一句：“真的是集训啊？”

沈昼叶以为下一步的复赛集训就像是预赛时一样，还是在各高校的各校区中来回奔波，回家睡觉的。

未曾想这集训如字面上的意义——住在一起。

陈啸之理所应当地问：“啊？很奇怪吗？寒假的集训更夸张，往届生还有去浙江的。”

沈昼叶揉了揉泛红的面颊，不自然地说：“有什么不能在市内解决的吗？我不想住在那个地方……”

周五下午统一放假，离开集训的场所，周日下午则要再赶回去，平日里吃住都在那里。尤其是最后一条，沈昼叶羞耻地想，和陈啸之一起集训。

她的头顶突然飘出一个小气泡：要住在一起的吧？

小转学生光是一想都觉得脸在发烧……

陈啸之眉毛不置可否地一挑，回答：“因为在市内集训不成气候，预赛的时候有多少人是在课上玩的？对我们这群通过的人而言，剩下的几个月就是全力投入竞赛里了，集训的话一是大家在一起比较有氛围，二是比较系统化，不用把精力分散到别处。”

夕阳中，沈昼叶羞耻地拍了拍脸，小声说：“可是……”

“而且，”陈啸之嘲弄地道，“学校并不会拦着你回家。只要你愿意每天抽出五个小时挤地铁或者打车过来，你天天回家都没人管。”

沈昼叶呆呆地问：“很远吗？”

“你家在二号线上，我粗略估计了一下，你坐二号线在宣武门转大兴线，一站之后在菜市口转七号线，然后在北京西转九号坐到终点站，出来之后再转一趟公交车，一个小时后就到了。”陈啸之“友好”地告诉她，“上下班高峰。你乐意吗？”

沈昼叶颤抖地问：“怎么这么远？那是屯儿吧？”

“不是屯儿也差不多，你觉得附近这些学校，哪个能给你协调出僻静又有实验室还能住宿的地方？别说酒店，你想去厨房做实操吗？收拾东西去吧。”陈啸之在沈昼叶肩上拍了拍，充满幸灾乐祸地道，“可别把东西落下了，落下了你就等着五小时的来回吧。”

沈昼叶发现了，自己头顶冒着羞耻的泡泡的时候，陈啸之一点儿反应都没有。

如果喜欢我的话，会很开心吧？沈昼叶心中，一个小小的声音说。

但他怎么一点儿表示都没有呢？

然后，在万里霞光中，沈昼叶听见心里的花骨朵般的声音说："说不定他是藏在心里，不敢在你面前显露出来。叶叶，其实他可开心了。"

沈昼叶觉得脖子关节像是生了锈，她强硬地逼迫自己抬起头来，看见被橙红落日拢住的陈啸之的后脑勺。

这少年后脑勺上支棱着几根乱毛，应该是被徐子豪搓的。

沈昼叶不知道那像羽毛又像花骨朵的声音是真是假，却总觉得心里被那几句话挠得微微发痒。

"我觉得加勒特可能喜欢你，A。"

A是April的简称。

这是沈昼叶小学时的朋友，朱莉·雷诺兹，戳着她的肩膀说的。沈昼叶至今记得自己听那句话的时候，在吃油纸包裹的三明治，兜里揣着气道舒缓剂。她小学时的餐厅很大，不知是场地大还是人小，总之非常宽敞。四年级的沈昼叶个子不高，坐在凳子上，会将腿无意识地晃来晃去。

小姑娘心稍稍动了一下，吸了口果汁，问她："为什么？"

她朋友笑道："他在科学课上一直在看你，至少回了五次头吧。"

沈昼叶和朱莉所说的这个男生不熟，但是在科学展上与他很近，模糊地记得一点儿他的样貌。她好奇地探出头看了看那男生。

知道一个男生有喜欢自己的可能时，沈昼叶有些在意，并开始有意无意地观察他。

他喜欢我吗？稚嫩的小姑娘奇怪地想，刚刚他帮我捡起了一支笔。

残酷的是，沈昼叶观察了一个星期，就觉得那男生太幼稚了。同龄的男生总是比女生晚熟一些，而她在看到那男生下雨天去操场抓青蛙后，就彻底失去了兴趣。

年仅十岁的April特别害怕两栖类黏糊糊的生物，害怕到曾经打定主意，绝不和会抓青蛙的幼稚鬼产生任何深层次的交集。因此沈爸爸曾经开玩笑说，自己的女儿绝不会嫁给任何一个在高中时解剖过青蛙的男生。

冬日稍显冰冷的阳光洒了进来，沈昼叶将自己冬天的衣服塞进小行李箱里，放完后一屁股坐在了箱子盖上，过了会儿连腿都挪了上去，用拳头使劲儿砸了两下，然后艰辛地试图拉上箱子。

沈妈妈在客厅问："牙膏牙刷洗面奶梳子毛巾，都带齐了没有？"

沈昼叶趴在箱子上朝里看了眼，大喊："带齐了！"

过了会儿沈妈妈拎着一袋零食走进来，问女儿："宝宝，有什么遗漏的东西吗？"

沈昼叶摇摇头："没有吧？"

"书包收拾好。"沈妈妈和蔼可亲地说，"别明天给妈妈打电话说这个忘了带那个忘了带，你敢让我开两个小时的车去房山，我到了之后就把你的头拧掉。"

"爸爸就不会拧我的头。"沈昼叶控诉道，"从来都只有你要拧我。"

沈妈妈对着女儿的头就是一戳，怒道："他给你往房山送过东西？"然后走到女儿的书桌前，将那一大袋零食放在了桌子上。

"妈妈不知道那边方不方便，先给你备着点儿……"沈妈妈道，"咦？这是什么？"

沈昼叶刚千辛万苦拉上行李箱拉链，抬头一看，发现妈妈手指点了点她桌子上藏蓝色封面烫金的本子。那本子正躺在一堆参考书的上头，露出一角。

沈昼叶想了想，认真地道："我拿来写日记用了。"

一听到是女儿的日记，沈妈妈便尊重地不去翻看。

"你爸送你的本子，"沈妈妈摸了摸封面，笑道，"还挺好看，给你烫了个金。原来是实验记录本吧？"

沈昼叶点了点头。

沈妈妈笑道："我就说，之前在美国的时候挺常见，应该是当时系里招生一批买回来的。你爸特意抽走了一本，给你做了个烫金。"

的确如此。

那本子外表并无任何特殊之处，是他们系里统一采购用来招生宣传和举办会议时分发给与会人员的，沈妈妈都用完了一本。妈妈用完的那本与自己手里的通信本唯一的不同，就是封面的烫金。

"好了，"沈妈妈又说，"不耽搁你时间了，宝宝，收拾完了早点儿睡。"

沈昼叶笑了起来："好呀，妈妈晚安。"

沈妈妈与她道了晚安，推开门，走了出去。

门“咔嗒”一声合拢。

沈昼叶手忙脚乱地爬下行李箱，拿起本子翻开一看——她先前夹进去的信仍然在这个时空里，而且还是一个月前的模样。

这次离家要带它走吗?

灯光下，沈昼叶怔怔地看着通信本。

它已经一个月没带走任何一封信了，就像坏掉了一样。沈昼叶甚至不知道这通信的桥梁还在不在，它有可能坏了，也有可能还在，有可能只是暂时的休眠。

通信已经持续了四个月，可到如今为止，这本子只引了她做了一件事——救下妈妈。

沈昼叶站在那怔了许久，天人交战一般，还是将本子塞进了自己的书包里。

爸爸不在了，但是他的痕迹遍布了我的人生。

沈昼叶心里一个声音说。

在未来的人生中，我还将沿着他的道路，沿着我的理想奔跑。我将朝着他讲述的宇宙与大爆炸坍缩的超新星、黑洞的视界和凹凸时空曲率、广义相对论的引力场与时间空间弯曲、混沌的三体运动与宇宙的尽头前进。

像他一样，向着千百年来仰望星空将思维的触角伸到时间尽头的前人、向着广袤无垠的宇宙走去。

从这点上来看，他甚至从来没有远离我的生活。

沈昼叶揉了揉鼻尖，把眼泪憋了回去。

而且，她揉着眼眶想，一个人在外，总得有点儿慰藉吧。

灯光温柔地洒落一桌，窗外寒风渐起，她养的虹之玉在窗边吐露红蕊。沈昼叶将爸爸十九岁那年参加竞赛的照片塞进书包，以激励自己好好竞赛。

过了会儿，她又怕妈妈看到之后多想，做贼心虚地把她和陈啸之拍的那张拍立得照片也装了进去。

两张照片都贴着通信本，像是依偎着取暖的孩子。

沈昼叶本来期待的是一个气候宜人的、类似于酒店一样的地方，最好再像她夏令营时一样有个泳池，没想到她妈开车载着她一路出了市区，触目所及越来越荒凉。那车一路朝着郊外开，路上牌子越来越五彩缤纷夺人眼球。

在经过一家尘土飞扬的米其林轮胎修车铺之后，沈昼叶终于来到了集训的那所学校。

大街上尘土飞扬，沙尘漫天，方圆五百米只有门口的一家“琪琪奶奶超市”，超市黑咕隆咚，连台立式冰箱都没有，冰柜上盖着褥子，门口挂着一串快过期的棒棒糖。

别说酒店了，这就是一所被租借了场地的破学校。

门卫十分懒，在门口摆了个马扎晒太阳，还养了只和他一起晒太阳的橘猫。

沈昼叶终于明白陈啸之毫无任何雀跃之情的理由——“集中训练”顾名思义，就是将学生圈起来，让他们像狗一样学习。

雀跃个锤子，沈昼叶悲愤地想，早知道是来这种地方，昨晚还能激动到睡不着觉吗？睡不着觉是肯定的，但绝对是因为悲痛。

沈妈妈坐在车里，看着破教学楼，欣慰地道：“这环境我可真怀念，这才是学校，这才是集训嘛。”

沈昼叶颤抖道：“妈妈我想回……”

沈妈妈握着方向盘，看着外墙满是锈水的教学楼，满脸都是怀念青春的神色，对女儿说：“叶叶，你就是在国外被惯得太好了，我们都没让你受过罪。上次你爹把你送去夏令营，本意是想让你吃点儿苦头，一下车发现你们住星级酒店，居然还有泳池……”

沈昼叶带上可怜巴巴的哭腔，对妈妈说：“麻麻我想回——”

然而，沈妈妈一踩油门，走了。

沈昼叶拖着行李箱，站在校门口目送妈妈的车屁股，突然，被梁乐自身后一拍。

“一九八，”梁乐心情不错地问，“还不进去？”

沈昼叶跟着梁乐去宿舍，在路上遇到几个熟人，都是高中部的，上来就叫她“一九八”。沈昼叶几乎被喊得想怒吼“一我不叫一九八，二我有名字我叫楚……不对沈昼叶”，然而所有人喊完就跑，她想吼都没处吼。

沈昼叶憋憋屈屈地拖着一大堆行李，那些东西太重了，但是梁乐也没有手帮她。

梁乐自己也搬得气喘吁吁，问：“沈昼叶，你宿舍在哪儿？”

沈昼叶看了看自己的钥匙，艰难地辨认：“A栋416？”

梁乐一愣：“我住A栋421，你们女生怎么也住A栋？还是一个楼层？学校怎么安排的？”

沈昼叶吓得后退一步：“不会吧？！”

“哈，”梁乐难以理解道，“我们学校这么穷的吗？男生女生还得住一层楼？”

沈昼叶看了看钥匙，叹了口气。

宿舍楼很破，应该是二十世纪末的手笔，一楼是木地板，感觉已经生了虫，沈昼叶进楼时就闻到一股霉味儿。

梁乐摇摇头：“太艰苦了。”

沈昼叶点头：“谁不说是呢，会不会是一层楼用一个大厕所啊？”

“那也太精彩了，”梁乐说，“男女生混用厕所？等投诉吧。”

然后，风将他们面前的一扇门吹开，是一个长条形的、有五个蹲坑和七个水龙头的大洗手间。

沈昼叶呆呆地道：“学长，你现在就开始写投诉信吗？”

他们艰难地上了四楼，中途沈昼叶差点儿累死在楼梯间，爬上四楼时眼泪都要出来了——她带的书多，还有若干冬天的衣服，一个赛一个的压秤。

“真胡搞……”梁乐看了看贴的门牌指示牌，喘着粗气对沈昼叶说，“学校把男女生安排到不同楼层也行啊，有病吧。416在对侧，去吧，收拾行李的时候小心点儿。”

沈昼叶气都喘不匀，绝望道：“这都是什么事儿啊！”

梁乐拖着自己的行李箱，艰难地挪进421号房。沈昼叶留在楼梯间拼命喘气，过了一会儿，拽着自己的行李箱、妈妈买的零食和自己近七公斤的书包，走到了416房门前。

房间里有人。

沈昼叶戳了几下钥匙，终于将钥匙推进416的锁眼，那钥匙严丝合缝，“咔”的一声就开了锁。

接着，沈昼叶将门“砰”地一拉。

“来了——”里面打招呼的声音微妙一扬，好像还想和室友寒暄一番，然而下一秒就凝固了。

416宿舍中，正打着赤膊朝上铺爬的陈啸之同尾音一起定在原地。

416宿舍是个八人间，几乎全空着，床板就是未打磨干净的木板，还有一个空旷的晾衣服用的阳台。

沈昼叶看了看手中的钥匙，又看了看陈啸之，呆滞地问：“我们学校这么穷的吗？”

没有独立卫浴就算了，这么偏也不是不能理解，穷到男女混住？沈昼叶难以理解地想，这投诉信不用梁乐写了，她亲手动笔，一状告到教育局拉倒。

陈啸之的脸涨红到耳根。

他本来在整理床铺，踩在梯子上铺床单，瞬间蹦了下去，手忙脚乱地将丢在下铺的T恤套上了。

沈昼叶从来没经历过这种场合——确切来说，站在这寝室里，对任何一个女生都是个人生超纲的问题。

因此她只呆若木鸡地拖着箱子站在门口。

“你——”陈啸之难以置信地问，“沈昼叶你怎么在这儿？”

沈昼叶窘迫地道：“我、我哪里知道？这就是我的钥匙啊，上面的门牌号也是这个，我还是和梁学长一起过来的……”说罢将手中的钥匙递了出去，钥匙上的确贴着张纸，写着“A/416”，而且它是能打开这一扇门的。

“这是男生寝室楼，”陈啸之终于回过神来，拧着眉头道，“给错钥匙了，你去找老师换。这是男生寝室。”

沈昼叶有点儿可怜地“嗯”了一声，用力拽了一下箱子，打算离开这个男生寝室楼，去找那个她根本不知道在哪里的负责发寝室钥匙的老师。但是她的箱子实在是太重了，拉杆上还放着一大袋沉重的零食，沈昼叶一拉，零食就像秋千一样，在她手上转了个圈。

沈昼叶心想，我还要再把它顺着四楼拎下去……狗屎学校等投诉信吧。

陈啸之冷冷地开口道：“包放下，你在这儿等着。”

“啊？”沈昼叶疑惑地问。

阳光照映着空旷的男生寝室，陈啸之拿了他的外套一披，从沈昼叶手里捞过她的行李，并稳稳地将沈昼叶的零食袋子放在了地上。

“钥匙？”陈啸之漠然地问。

沈昼叶呆呆愣愣地把手里的钥匙递过去。

陈啸之说：“在这儿等着，有人来的话你就说领错了钥匙，现在在同学宿舍等人。据我所知男女生不是一个宿舍楼，我去找老师，给你换完钥匙就送你回去，别乱跑。”

沈昼叶点点头。

“你傻不傻啊沈昼叶，”陈啸之对着沈昼叶的脑门不轻不重地一戳，语气里充满了恨铁不成钢，“在国外待傻了？有可能男女混住吗？”

寝室又空又大，除了四张上下铺外空无一物，他一说话甚至还有回音。沈昼叶低着头，无声地揉揉毛茸茸的脑袋，好像被吓到了。

陈啸之求饶般道：“我……我没凶你。”

沈昼叶抬起头，控诉地盯着他问：“这还不叫凶吗？你对凶的定义是什么？”

陈啸之沉默许久，用蚊子一般小的声音说：“给你道……道歉。”

沈昼叶一呆，站在床边，生涩地回答：“没、没关系？”

狂风吹着窗外的老杨树，冬日暖阳映得帘子在水泥墙上透出水般的影。世间安静又喧嚣，仿若只有两个少年人一般。

“行了，”陈啸之点点头，“你在这儿坐着等吧，我去给你换钥匙。”

沈昼叶认真地点了点头，又乖乖地问：“你的凳子是哪个？”

陈啸之笑了出来。

陆之鸣曾说过，姑娘家会介意自己坐的是谁的凳子。

那时陈啸之只当他哥是在开玩笑，觉得那不就是个椅子吗，还分彼此？他们一帮大小伙子在教室里都混着坐，无论那个人熟不熟。这帮小丫头片子真的这么介意椅子的话，去外面吃个饭岂不是得纠结死？

十五岁男生的思维，完全无法理解这点儿属于小姑娘的小细腻和小洁癖，甚至还觉得她们脑子有病。

可是他看到了沈昼叶认真又纠结的样子。

陈啸之停顿了一下，在那堆被小伙子们玩得缺胳膊少腿的椅子里头，挑了一把完好无损的，对阿十说：“这把是我的。”

不是我的。陈啸之想。

好骗的阿十对他点了点头，笑眯眯地说：“那我坐了哦。”

沈昼叶在男生寝室里等了许久。

她一开始还抱着自己的书包，后来觉得累了又放了下去，放下书包时，灰尘四散。

门后贴了一张纸，是打印的416宿舍的床位安排，沈昼叶跑过去看了看，发现这寝室里总共安排了六个人住宿，陈啸之睡在五床——也就是靠窗的上床，也是唯一一张铺好了床单褥子的床位。

剩下的大多是沈昼叶颇为眼熟的人，其中陆之鸣就睡在陈啸之的下铺。

六个人都是男的，钥匙确实给错了。

沈昼叶等得都困了，脑袋一点点的，寝室门才吱呀一声打开。门外的陈啸之满头汗，头发被风吹得凌乱，看到沈昼叶，摇了摇头。

沈昼叶困得眼睛都睁不开，揉了揉眼睛，脑袋上飘出一只小小的问号。

“管钥匙的老师不在。”陈啸之去桌子上翻水瓶，“我找了半天没找到，你再在这里等会儿吧，我过会儿再去一趟。”

沈昼叶困倦地挠挠脸，“嗯”了一声。

陈啸之问：“困了？”

沈昼叶昨天晚上脑补了集训会有的东西：篝火晚会和深夜的真心话大冒险，她甚至还想过可以聚众喝酒。小转学生几乎将这次集训当作自己的第二次夏令营，激动得深夜一两点才睡着。

然后，这位妄想家遭到了应有的报应，被现实给予了沉重的一击：穷乡僻壤的破校区，前不着村后不着店，现在连自己的寝室都不知在哪儿。

沈昼叶迷迷糊糊地点了点头，小声问：“我可以眯一会儿吗？趴到你桌子上那种，你不……不介意吧？”

陈啸之静了下，低声说：“你眯吧，我声音小点儿。”

于是沈昼叶趴在了陈啸之的桌子上，将外套蒙在头上，枕着手臂睡觉。

下午宁静，阳光斑驳地淌进室内，大风在窗外呼啸。

寝室里一直没有人来，陈啸之就在沈昼叶身后簌簌地收拾行李，掖床单，轻手轻脚地拉开箱子拉链，将自己的衣服收进柜子里。

那是个全然陌生的环境。

沈昼叶从小认床，随便换个地方就睡不着，睡觉时还相当娇气，譬如趴在桌子上睡觉是绝对睡不好的，甚至还会心慌。

但是在这里，她却睡得格外安心。

像是有什么亘古的、令她安心的暖意一般。

那天下午，沈昼叶是被一阵男孩子的怪叫声吵醒的。

她揉了揉眼睛，眼前一片黑暗，她回溯了一下，想起自己是来集训的……然后被发错了钥匙……后来在陈啸之的寝室里睡了觉。

在他寝室里，睡了觉。

我的天啊！还没睡醒的沈昼叶抱住了头，我都做了什么啊？

被别人看见怎么办，陈啸之绝对会被嘲笑，我估计也会被反复提及，搞不好还会有人说他留宿女生……这种八卦谁受得了。

十五六岁的人见个鸡毛就当令箭，见到异性的手碰在一起都能传出朵花儿来。沈昼叶几乎觉得在被鬼压床，浑身都僵硬了。

“老陆，一会儿怎么吃饭？”一个大嗓门问，“知道食堂在哪儿不？”

然后沈昼叶模模糊糊地听见陆之鸣说：“知道，来的路上见到了，女生宿舍楼那边。女生和我们完全不是一个待遇，我进了一趟女生宿舍楼，人家那待遇……啧啧啧。”

另一个少年问：“老陆你怎么还进女生宿舍楼了？”

陆之鸣说：“有个老师发错钥匙，我进去看了一圈……”

他们这宿舍里人齐了，沈昼叶想，陆学长被发错的钥匙是我的吗？

“人家女生有独立卫生间，晚上还有热水可以洗澡，”陆之鸣幽怨地说，“看看我们，大几十号男的挤一个公用卫生间，有人上完厕所还不冲，还没热水，怪我生为男儿身……”

陈啸之友好地说：“那现在阉了？我带了刀。”

沈昼叶瑟瑟发抖。

他们没发现我吗？居然还在这聊天吹水……话说回来了这里怎么这么黑……沈昼叶艰难地动了下爪子。

她终于意识到，自己躺在被窝里。

而她眼前黑暗的原因是，她头顶蒙着一床柔软的羽绒被。

那床被子里透出些微的光，沈昼叶的脑袋躺在一个软乎乎又弹力十足的枕头上，马尾辫也散开了，身下的褥子柔软又温暖，蹭得人十分惬意，还能嗅到一股十分熟悉的木调的香气。

“啸之，”陆之鸣突然道，“你怎么没叠被子？”

沈昼叶一瞬间被吓得清醒了。

我是不是要死了，他们如果发现了我怎么办，这已经不是睡在人家寝室里了，这是睡在人家被窝里啊啊啊！这个下午到底发生了什么，时光机在哪儿……沈昼叶脑子里嗡嗡地响成一片。

被子外，陈啸之冷静地说：“你们来前我睡了会儿，没叠被子。”

陆之鸣咋舌道：“没叠被子啊。看你床上这么鼓，不知道的还以为你被子里有人呢。”

陈啸之礼貌地问：“有病吧你？”

陆之鸣被弟弟一喷，登时委屈了：“没有就没有呗，骂我干什么，你哥日子不容易好吧……行了哥哥们去吃饭吗，我好饿。”

“去吧去吧……”一群男生开始窸窸地穿衣服。

居然没被发现……也太刺激了，仿佛惊悚片现场，更像是在游戏里偷偷摸摸地用绕路的方式躲开了必经之路上的大魔王。沈昼叶心跳如鼓，但是有点儿说不清道不明的开心。

陈啸之笑了一声，说：“我想吃米线。走？”

他也要走了，沈昼叶面颊微微发红，正好我可以趁这个机会溜掉……

她听见这群男生鱼贯而出，陈啸之与这群少年交谈着走了出去。在他们合上门的一瞬间，沈昼叶终于从极度的紧张之中松弛下来。

偌大的宿舍静谧无声，唯有连绵不绝的风声。

沈昼叶方才连动都不敢动，身上每一条肌肉都紧绷着，此时一放松下来，几乎连爬都爬不起来了。

她调整了下，刚撑起胳膊，从被子里探出脑袋，就听到了“咔嗒”的开门声。

有人回来了。

沈昼叶迅速躲回被子里装死。

进来的人脚步声十分悠闲，沈昼叶蜷缩在陈啸之的被窝里吓得瑟瑟发抖，心想这个人应该是回来拿钱包拿手机的。

可脚步声却在不断地逼近。

沈昼叶吓得几乎要撞墙，唯恐被发现。进来的这个人是谁？他要做什么？他不会发现了吧？

下一刻，那人将沈昼叶头上蒙的羽绒被一把拽了下来！

小转学生触电似的弹起来，一边惨叫一边拽被子，脑子里嗡嗡作响，想哀求对方——

但是，沈昼叶看到拽被子的人的瞬间，抱着一团被在上铺愣住了。

天色黯沉，风雨虬结，在昏黄且不甚清晰的暮色中，陈啸之站在床下，一手拽着被子，一脸冷漠地盯着上铺那个摆出誓死不屈架势的小转学生。

他眼睛一眯，危险地问：“沈昼叶，我的床舒服吗？啊？”

第十七章

他会喜欢我吗

陈啸之这个人，故意说自己要出去吃米线，叫着别人一起去食堂，出门时还把门锁上。然后他刚出门不久就折了回来，扯沈昼叶的被子。

他是故意的。

沈昼叶抽了抽鼻子。

天已经黑了，灯火燃亮昏暗的世间，大概五点，宿舍楼几乎空了。沈昼叶顶着毛毛躁躁的头发坐在陈啸之的宿舍床上，仿佛知道自己大祸临头一样，可怜巴巴地看着陈啸之。

在昏沉的犹如醇酒的光线中，陈啸之冷冷地重复：“我的床舒服吗？”

沈昼叶抽了下鼻子，卑微又诚实地道：“舒服。”

这床的床单被罩都香喷喷的，枕头柔软暄乎，她赤着脚摩挲羽绒被时还有极其惬意的轻微的声响，睡起来爽得很，就是稍微有点儿施展不开。

陈啸之盯着她看，片刻后，他终于“嗤”地笑了一声，问：“几点醒的？”

沈昼叶抱着被子道：“陆之鸣学长说他不想当男人的时候。”

陈啸之沉默。

“紧接着我听见你说你带了刀，”沈昼叶严谨地补充，“让他把自己阉了。”

陈啸之那一瞬间的表情实在是难以言喻。

沈昼叶僵硬地坐在他的床上，时间一分一秒流逝，天光渐渐变暗。在一片寂静中，沈昼叶小声问：“你真的带了吗？”

陈啸之静了片刻，冷漠地说：“水果刀。”

沈昼叶好奇地问：“不过我确实很好奇，水果刀能切吗？我以前一直以为都是用剔骨刀剁……”

陈啸之不爽道：“美工刀都能阉。你想试试？”

小姑娘诚恳地跪下，道：“对不起。”

陈啸之哼了一声。

沈昼叶将被子卷了起来。

陈啸之没开灯，唯有窗户洒进来的些微光亮，在那温柔的光线中，沈昼叶伸手去枕头底下摸索。

陈啸之怒道：“美国人你在我床上待上瘾了啊？赶紧下来！”

蓬蓬着脑袋的小美国人委屈巴巴地说：“你别凶我，我找我的扎头绳。还有，我不是美国人。”

陈啸之冷漠道：“我管你哪国的，你怎么这么麻烦？赶紧找。”

小哪国人找了半天没找到，手腕上没有枕头下也没有，连陈啸之的被子都被翻了个遍——扎头绳无影无踪，仿佛被吸入黑洞。

沈昼叶只得顶着一头乱毛下床，在床下找出自己的鞋穿上，觉得陈啸之真是个狗东西，找扎头绳都要给脸色，有本事你留长头发……

突然，黑暗中，沈昼叶的脑袋被用力地摸了一下。

修长的手指插进发间，接着，陈啸之用力摁着沈昼叶的脑袋，用手指梳了梳她的卷卷毛。

沈昼叶仿佛被什么击中，连小耳朵尖都红成了胭脂般的颜色。

北风掠过荒原与城镇，冬日的起点上，落叶回归泥土。

穹顶黑得如墨，沿途尽是橘红的路灯。

他们两个人刚在食堂吃过饭，陈啸之扛着行李箱，肩上背着沈昼叶的书包，两个人的影子被拉得老长。

“你怎么带这么多书？”陈啸之拧着眉头问，“沉死了。”

沈昼叶耳朵尖仍红着，伸出手，乖乖地道：“给我，我抱着书吧，全让你拎太不好意思了。”

陈啸之示意她走：“你还有不好意思的事儿？我不让女生拎东西。边儿去。”

沈昼叶委屈巴巴地把空空的爪子塞进衣服口袋：“你又凶我。”

她走在陈啸之的身边，垂着脑袋，听夜色中行李箱在石板路上磕碰的声音。

那声音带着种遥远的、令人怀念的感觉。

沈昼叶甚至生出一种错觉，仿佛这声音来自太初的尽头，贯穿了她的大半个短暂的人生。

可是她又不知道这熟悉的源头是什么。

陈啸之忽然嫌弃地道："你看看你，肩不能扛手不能提，跟我一起去吃个米线还被辣得眼泪汪汪抢我水喝，水喝完了没办法我只能把可乐给你，你还嫌可乐喝着疼。喝可乐为什么会疼？"

沈昼叶揉了揉自己的爪子，呆呆地问："碳酸泡在嘴里炸开不疼吗？"

陈啸之冷笑一声："美国人为什么喝不下可乐？"

转学回国三个月的拥有中国国籍的沈昼叶疲惫地想，我真的不想再解释国籍问题了，陈啸之是不是脑子有病，美国人就要天天汉堡可乐吗，我在家还一天一大盒荷兰牛奶盼着长个子，他看了我的菜谱是不是要说我是荷兰豆……算了先忍忍。

沈昼叶痛苦地想，他还提着行李呢，万一把行李朝路上一扔，罢工了的话，那就我完了。

"还有，米线哪里辣了，"陈啸之又难以理解地开口，"我不是都跟阿姨说你那份不要加辣椒了？"

沈昼叶固执地说："明明又烫又辣。"

陈啸之咬牙切齿地道："娇气。"

沈昼叶不开心地说："我才没有。"

这位头顶个"凶"字的大少爷挫败道："我不是说娇气不好……不是那个意思……沈昼叶你之前自己出来住过没？"

沈昼叶闻言，认真点了点头，她眨眨眼睛："住过呀，Summer Camp。"

陈啸之震惊："你居然还住过夏令营？"

沈昼叶笑了起来："是呀，去加利福尼亚，横跨了整个美洲，在帕罗奥多待过。"

陈啸之点了点头，莞尔地说："小利兰游学？"

沈昼叶笑道："小利兰和伯克利。三个星期，玩得很开心。"

陈啸之笑了下，腾出一只手，撸了一下沈昼叶毛茸茸的脑袋。

沈昼叶不满地拍他一巴掌，道："你别总摸我的头。"

陈啸之"嗤"地笑了一声，又在她披散着头发的后脑勺上拍了拍，道：

“发型挺可爱的。走快点儿，你比我这拎行李的还磨蹭。”

沈昼叶瞬间红了面颊。

这发型可爱吗？明明蓬得不行……男孩子的审美都是怎么回事，他是不是在骗我……

他们行走在黑夜之中，沈昼叶羞耻地不住揉脸，梳头发，过了会儿还揉了揉眼睛。

女生宿舍楼并不算近。

沈昼叶突然开口：“我能问你一个问题吗？”

陈啸之眉峰一挑：“你说。”

“如果，”沈昼叶斟酌了一下字句，认真地问，“有一天你收到了来自未来的信。如果硬要让这件事合理，物理学角度上该怎么解释，有什么理论依据？”

陈啸之奇怪地问：“你最近看轻小说啊？这都什么破问题。”

沈昼叶心想，我在经历……但是她没敢说出来。

“不过这个问题非常有意思。”陈啸之笑了笑，“你说的这件事里唯一一个有悖于常识的地方就是时间。首先我们需要明确时间的概念。”

沈昼叶点了点头：“七个基本物理量之一，本质是物质与能量的传递。时间连续、不间断，并不可回溯。”

陈啸之一点头，莞尔道：“‘时间’是最重要的，也是最难研究的一个物理量。目前存在的假说，包括弦理论在内，全都是推测，二十世纪最伟大的理论相对论也并未被证实。”

沈昼叶点了点头：“然后呢？”

陈啸之拧着眉头道：“时间‘不可回溯’的特性，至少现在是无法证伪的。”

沈昼叶轻轻“唔”了一声。

“想让‘收到来自未来的信’在我们的客观世界变得合理，”陈啸之淡淡地道，“你得改变宇宙大爆炸后建立的一切秩序。”

沈昼叶哽了一下，小声说：“你这个证明真的好狂暴啊。”

陈啸之眼睛一眯：“当然你也可以去找徐子豪这个民间科学爱好者，他能扯的肯定比我多。”

沈昼叶尽量善良地说：“你不要这么看不起徐子豪的科幻小说。他只是笨了点儿。”

陈啸之冷笑一声：“哦是吗，行吧我尽量。”

这人怎么回事……沈昼叶都替徐子豪心塞，他平时都是怀着什么心态和陈啸之做同桌，还在桌子底下看科幻小说的啊？

沈昼叶紧张地拽了一下自己的衣角：“可是万一，我是说万一，它合理呢？”

因为它确实是真的。

沈昼叶的确收到了来自十年后的信，那信是真实的，而她也神志清醒，并无妄想倾向。

夜风里，陈啸之看了她一眼，说：“那就是那句话，‘科学的尽头是神学’了。”

沈昼叶微微一愣。

“我不是说世上真的有神，”陈啸之淡漠地说，“我是说，你要考虑，这件事的背后，是不是‘人’。”

沈昼叶“嗯”了一声，望向北京茫茫的夜空，攥紧了兜里的拳头。

是的。陈啸之和她的推测居然完全一致。

陈啸之路上没让沈昼叶搭半把手，将姑娘家沉重的三件行李拖着穿过校园，又给她一路扛上三楼，最后把他从老师处换来的钥匙塞给了她，将一切都安排得妥妥当当。

沈昼叶站在宿舍门口，几乎感动得热泪盈眶：“呜呜谢谢你……”

“赶紧进去吧，”陈啸之甚至颇为体贴地说，“你今天也够折腾的了，去洗个脸早点儿睡。”

沈昼叶看了一下屋里，发现还没有人回来，突然有点儿甜甜的滋味涌上心头。

她想起先前在美国时，朋友们教她的勾引男孩子的小动作，不好意思地低下头努力调整了下状态。

接着，她甜甜地对陈啸之发问：“所以，我到底是怎么跑到床上去的呀？”

他肯定不好意思说。一个小声音道，但是没关系，撩动就好了。

那个小昼叶又坏坏地说，要让他心里发颤，让他心中传出第一声雷鸣。

沈昼叶问完，心里几乎在敲鼓，耳朵尖泛出桃花一样的颜色。她从来没有做过这么羞耻的事。

然后，沈昼叶听见了陈啸之嘲讽的声音："你还好意思问？"

她困惑地抬头。

陈啸之说："我问你要不要上去睡，你'嗯'了一声，自己爬上去的。"

沈昼叶惊恐万分："是、是我？！"

"那还能是谁？你以为我抱你上去的啊？你路上摔了好几跤，差点儿脸着地，结果现在一点儿都想不起来了——"陈啸之礼貌又刻薄地问，"沈昼叶，您都多大年纪了，还梦游啊？"说完，他拍了拍沈昼叶的脑袋，转身走了。

小姑娘呆若木鸡，在看到他背影消失之后，终于羞耻地靠着墙角蹲了下去，把红到滴血的面颊埋在了双膝上。

那天夜里十点钟。

陈啸之和寝室里几个人一起出去沿着附近走了一圈，探了下周围有什么店，回来时差不多夜里十一点了。

陆之鸣推开宿舍门，忽然问："说起来啸之，今天白天是不是小昼叶来过？"

陈啸之漫不经心地"嗯"了一声："她和你一样，都发错了钥匙，发到咱们宿舍来了。"

陆之鸣懊恼："哎呀，没见到。我也想吸一口一九八的仙气……"

"有什么仙气？今天我在宿舍铺床，她直接推门就进来了……伺候了一整天。晚上饭还是和她一起吃的。"陈啸之眉头紧紧地拧起，"没见过这么娇气的，都惯的毛病……"

他说着就踩着梯子上床，将枕头边上的睡衣一拽——

一个缠着小星星和丝带的发圈掉在了床上。

"小姑娘娇气也正常啦，"陆之鸣笑道，"我倒觉得你照顾不到她才会……"

陈啸之看着那发圈，沙哑道："我没见过这么娇的。"

宿舍里灯还没关，厕所里还有人洗漱。

沈昼叶所住的312宿舍条件的确比男生那边要好不少，只是房间稍微小些。但"宿舍小"在北方城市，完全算不上缺点，因为宿舍越小越温暖。宿舍虽有六张床，却只住了四个人，余下两张床给女孩子们放行李，还有一个独立卫生间——带一个只能流冷水的花洒。

沈昼叶住在靠门的下铺。

住在她上铺的女孩儿叫姜英，是高二理科班的一个学霸，此时正从床上探出头，将脑袋靠在冰冷的栏杆上听歌，忽而眼角余光扫到沈昼叶的床，当即就是一愣。

“昼叶，”姜英摘下一只耳机，朝床下看，好奇地问道，“你床上那是什么？”

沈昼叶看了一眼，有点儿羞耻地说：“五岁时候开始用的被罩？”

她的被罩是纯棉的材质，上面印着NASA的标识，已经洗得发白。航天总署是所有孩子的梦，沈昼叶小时候曾经跟着父母和学校一起去参观过，出来时在纪念品商店抱着印着深蓝圈圈的床上四件套不撒手，非得买回家。

至今，已经睡了快十年了。

姜英笑着问：“NASA？”

沈昼叶点了点头：“很小的时候去玩，在那里买的周边……挺久了，都洗白了，但是我不舍得扔。”

姜英哈哈笑了出来，又温柔道：“大概是长情吧。”

长情。

沈昼叶微微一怔，觉得这两个字与她放在一起十分违和。

灯“啪”的一声灭了，黑暗降临在这寝室里，唯有每个人床上亮着玩手机的光。

沈昼叶窸窸窣窣地钻进了她的小被筒，将她抱了多年的兔子布偶拽进了自己的怀里。

沈昼叶一向喜欢蹭着东西睡，并在那时候东想西想。

从她有记忆时起，这只兔子就陪伴在她的身侧，它是沈昼叶抱着睡得破破烂烂的“安全毯”，里面浸透了令她安心的味道。

这小兔子在沈昼叶蹒跚学步时就陪在她的身侧，是她拆卸家里电视的晶体管的见证者，见证了她翻上屋顶将自制的风力发电机安在房顶，令暖黄的灯泡中淌过颤抖的电流，钨丝在大风骤起的夜中亮起。

这布偶曾与奶里奶气的小姑娘一起玩过家家，与她一起回过国，在小主人小学入学的前夜蹭过她的鼻梁，见证过小姑娘与父母吵架后的抽泣，见证过她去毕业舞会的夜晚，见证了她十二岁的初潮。

如今小兔子在小主人十五岁的夜晚，用小小的纽扣眼贴在待长大成人的小姑娘绯红的眼皮上。

姑娘的心跳犹如炸裂的雷鸣，却又柔软得如同初春四月的细雨洒落花前。

“咚”一声，又“咚”的一声。

陈啸之，他会喜欢我吗？

明明只是在心里滚一遍而已，沈昼叶心中还是像烟火般爆裂开出了一束花。

她在浓得化不开的黑暗中，想起那个在大雨天救下她的少年。

他们走过的回荡着音乐广播的校园，傍晚的出租车里他像星辰一般闪烁的双眼，在考场外等待的身影。

水木年华、麦芽糖、酸奶和夜市。

披在她身上的温暖的外套。

学会了笨拙道歉的、总是让她感到安心的男孩儿。

陈啸之喜欢我吗？沈昼叶模糊地想。

他对别人也这样好吗，我是特别的吗？他会喜欢我身上的哪一点，我的聪慧还是我的外表？爸爸告诉过我，他爱妈妈的眼睛，因为里面有不屈的火焰，陈啸之也会像爸爸爱妈妈一样，喜欢我的眼睛吗？

他会觉得我漂亮吗？

梁乐极其勉强地问：“沈昼叶，你确定想从我这里知道答案？”

清晨的阳光洒满课桌，沈昼叶朝门口看了一眼，确定陈啸之还没进来，然后用力地点了点头。

梁乐撑着脸，坐在沈昼叶的身边，看了她一圈，勉为其难地说：“你长得不算差吧……但是比起林青霞差远了。”

沈昼叶拍着桌子怒道：“我能和林青霞比吗！！”

梁乐懒洋洋地说：“那不就得了，我欣赏女人的颜值仅限林青霞，你不要越级碰瓷了。”

算了，不该问他，沈昼叶叹了口气。

片刻的沉默后，她又扭扭捏捏地开口：“学长，我哪里长得比较好看呀？”

梁乐眉头一皱：“哈？”

沈昼叶托着自己的脸，凑过去给梁乐看，笑眯眯地说：“学长，你提供一点儿作为男生的意见。作为男生，你觉得我哪里比较好看？”

梁乐那表情简直是24K纯嫌弃。

沈昼叶毫不怀疑自己马上就要被梁学长喷成个花瓜，但是她特别想知道这问题的答案，便固执地眨了眨眼睛。

梁乐的表情像打翻了调色板似的，甚至带着一丝想逃离的痛苦，道：“你这种破问题问我有什么用……”

可梁乐还没说完，沈昼叶就用眼角余光瞄到陈啸之走进了班里。

她几乎是触电般地坐回了自己的位置上。

然后，沈昼叶小声地、甜丝丝地说：“学长，一会儿再告诉我哦。”

是个人都能察觉出其中的不自然。

陈啸之走到自己位置上坐下，拉开了包链，开始将书包里的东西一样样地朝书桌上放。

梁乐难以置信地看看正在收拾东西的陈啸之，又看看沈昼叶：“你……你认真的？”

沈昼叶可怜地眨巴了一下眼睛，搓了搓爪子，像是在求他不要说话了。

梁乐恨铁不成钢，抄起自己的学案，“砰”地拍了一下沈昼叶的脑壳。

烂泥扶不上墙的东西。梁乐愤怒地想。

复赛与预赛不同，是超出高中物理高考大纲的。试题会有一部分大学物理知识，甚至大学以上的内容。决赛时甚至还会有一些未被纳入教材的新概念、最新的研究结果，并询问同学们对这些成果的理解与应用。

因此，这次的理论课据说会和先前完全不同。

风在外面呼啸，破旧的教室窗户被吹得哐哐作响，沈昼叶本来期待的是一个中年的、训练有素的竞赛名师，按照“中年理科男定律”，这个老师有85%以上的可能会谢顶，极有可能还有个鼓鼓的肚子。

沈昼叶甚至还和梁乐打了个赌，就赌老师的发型是地中海还是地方支援中央。

可是当老师走进来时，全班都愣住了。

这位老师年事已高，一头白发如霜似雪。他个高清瘦，穿着一件洗得发白的深灰色夹克衫，戴一架金边眼镜，走到讲台前站定，风骨如刀。

沈昼叶愣愣地：“哇。”

梁乐压低了声音：“我感觉这不是位普通老师……”

那老人温和笑道：“同学们好，看到你们这些年轻的面孔真不错，我是真的很久没看到这么有生机活力的孩子了。”

班里同学已经不是第一次听这些话，都笑了起来。

“你们以后会频繁看到我。”老人声音柔和，“我是你们的负责人，也可以理解为班主任。未来的一个月甚至两三个月，我将会和你们一起度过。”

一个大胆的高中部学生喊道：“老师我没见过您！全校的物理老师我都认识……您是退休返聘的吗？”

老人笑着摇摇头：“不是，我不供职于这里。”

学生笑着问：“那老师您是从外面聘来的吗？”

“我还是先自我介绍一下。我有不少名头，大北物理系教授，长江学者，国家天文台某基地的首席顾问，宇宙与暗物质研究所首席科学家……”老人温和地笑了笑，对下面的同学说，“不过在这里，你们只需要叫我慈老师。”

他并无任何炫耀之意，只是很平淡的叙述，可下面的同学几乎将偷偷喝的水都喷了出来。

“很荣幸认识大家，”慈老师和蔼地说，“我叫慈怀昌。”

老人将“慈怀昌”三个大字写在了黑板上。

“至于我为什么会来这荒郊野外，教大家这些小儿科的东西，”他一边写板书一边说，“以后和你们一起玩的时候我们再进行讨论，但是在开始我们的课程之前，我首先有两件事要告诉大家。”

“第一，”老人和声细语，“我是个脾气很好的老师。”

正是因为和声细语的缘故，哪怕他还在说话，教室里也维持着炸锅的状态，沈昼叶都难以相信自己听到了谁的名字——慈怀昌，慈怀昌！

“学长学长学长……我爸认识他，”沈昼叶拽着梁乐的袖子，发着抖道，“慈怀昌！就是他！我爸一直想见慈教授一面！我给你说，这个慈教授特别、特别、特别了不起……”

梁乐双眼放空：“不说别的，那一串头衔就很可怕了啊……”

接着，宛如“得道高僧”状态的慈教授道：“第二，别惹我。”

教室里瞬间鸦雀无声。

老头子快乐地笑了起来：“感谢同学们的理解与配合。我脾气真的挺好，但是我可以保证，在座的各位没有一个愿意惹我的……下面我们来点个名，大家先做个自我介绍吧。”

“据你们校长说这个班原来有一百四十多个人，现在还剩四十三……哟，只淘汰了一百？说明整体程度不错啊。”慈怀昌停顿了一下，莞尔道，“甚至还有极个别的初三的和高一的同学。”

沈昼叶一听就知道是在说自己和陈啸之，当即一阵紧张，朝陈啸之的方向看去，想和他对个线。

然而陈啸之在目不转睛地盯着老师。

对线失败。

沈昼叶羞耻地挠了挠头，心想，为什么都是我在看他啊。

慈怀昌道："我随便点名字，大家起来介绍一下自己的爱好和小学一年级时写下的梦想。"

小学一年级时写下的梦想。

这几个字实在是太过跳脱，沈昼叶呆了一下，接着就笑了起来。

慈怀昌看了看花名册，温和地唤道："周成。"

沈昼叶想起这个人和陈啸之还玩得蛮好，如今还和他同寝室。

"大家好，"周成站了起来，毫不脸红地说，"我叫周成，大家应该都认识我了吧，我是高二（1）班的。爱好是打游戏，这个大家也能为我作证。祖籍是艾泽拉斯……"

下面爆发出一通男生的哄笑声。

沈昼叶头顶冒出一个"艾泽拉斯是什么"的问号，突然，陈啸之一巴掌摁在了她的后脑勺上。

沈昼叶不满地拽拽他的手道："别摸我的头。"

"艾泽拉斯是大陆的名字。"陈啸之拍着小姑娘的后脑勺，颇为惬意地说，"周成说自己是艾泽拉斯人，和你自我介绍的时候说你是美国人一样。"

沈昼叶已经没有力气解释了，更没力气挠他。

你才是美国人。

慈怀昌听得也颇为开心，说："艾欧泽亚？我先前看到不少学生都爱玩这个游戏。周成很好，大家说的时候不用顾忌我，怎么快乐怎么来。"

周成想了想，红着脸诚实地说："小学一年级的梦想是成为炸鸡店老板。"

慈怀昌哈哈大笑。

教室里气氛非常好，同学都上去自我介绍了一番，而且小学一年级的梦想一个赛一个的神奇，甚至还有人说自己当时写了"想成为鸭嘴兽"。

慈老师问为什么，那男生便回忆说，是《十万个为什么》上有篇文章，说鸭嘴兽是珍贵的濒危生物，受法律保护，爪子奇短，他小学的时候觉得，如果能成为鸭嘴兽，他妈就再也不会逼他去学钢琴了。

慈老师笑得打跌，问："那你现在钢琴弹的怎么样？"

男生回答："我妈真的很努力，无所不用其极，甚至用筷子抽我。但我没屈服过。老师，我至今不会认五线谱。"

全班笑得房顶都要塌了。

原先预赛时的班级非常散，如今人少了，却有了一种莫名的团结。慈老师身上有种和普通中学老师全然不同的包容，令人格外的舒服与安心。

沈昼叶笑得眼睛弯弯的，接着慈老师在她桌子上一拍，问："笑什么，给大家自我介绍一下？"

沈昼叶便站起身："大家好，我叫——"

下面立刻有恶作剧的人喊道："我知道你！妹妹你叫一九八！"

"你才叫一九八。"沈昼叶憋着气说，"我叫沈昼叶，白日的昼，叶片的叶！人生的第一个梦想是成为占星师，第二个梦想是当天体物理学家之后，拿诺伊尔奖，赚大钱。"

沈昼叶想了想，又遗憾地说："后来我发现这个太困难了。"

陆之鸣在一旁善意地说："去掉'诺伊尔奖'四个字，人生会变得容易很多……"

"所以我决定放弃'赚大钱'这三个字。"沈昼叶严谨地道，"只要拿到诺伊尔奖就OK。"

全班同学一脸震惊。

沈昼叶叹了口气，怅然无比："长大才发现，天体物理学家太穷，赚大钱太困难，没有办法，只能对现实妥协了。"

慈老师摇了摇头："真的很穷，大家谨慎入行。"

"至于我的兴趣爱好，主要是翻书、做题、看纪录片和动画片。"沈昼叶停顿了一下，直截了当地道，"但是，我的空余时间主要是在抄语文默写的改错。"

"谢谢大家。"沈昼叶严肃地道，"很高兴认识你们。"

小姑娘扶着桌子坐下。

慈老师忍着笑道："沈同学还挺嚣张的，行，那我等着看你日后的表现。下一个，陈啸之同学。"

陈啸之微微一顿，站了起来。

"我比较好奇你写的梦想是什么，"慈老师在沈昼叶桌子上拍了拍，转向陈啸之，笑着问道，"陈同学，听了这么多，你不能比她还嚣张吧？"

小学一年级入学时，在纸上写下的愿望，是一个人人生中的第一个梦想。

那梦想总是天马行空，大胆无比，六七岁的孩子是世上最自由的一群人，他们能跑能跳能搞破坏，也已经聪明到知道自己以后想做什么。

“把你们的梦想画在纸上，再写下来。”千百个面目模糊不清的老师在孩子刚开始上课的下午温柔地说。

分明已经过去了近十年，沈昼叶却仍记得自己当时握着的木质铅笔的纹路。

教室里，陈啸之张了张嘴却没说话。

“别害羞，”慈老师笑道，“实话实说就行了，这不还有人写自己想当平底锅鸭嘴兽的吗？”

沈昼叶也笑眯眯地托着腮，看着他。

慈老师在沈昼叶的桌子上拍了拍，笑着说：“这里还有个想拿诺伊尔奖的呢。”

全班都笑了起来。

又被点到的沈昼叶脸红得像冬日的晚霞，还微微发着烫，可这脸红与羞耻无关——那是激动与兴奋。陈啸之突然想起阿十小时候也容易脸红，是小小软软的一只，可她从不会羞于表达自己的梦想。

诺伊尔奖，她的“纽尔奖”。

小啸之曾经捏着小阿十的脸，说她是个不知脸红的、热爱大放厥词的美国人，说我们中国人比你含蓄多了，你去我们幼儿园班上问问，谁会把诺伊尔奖挂在嘴边。

他手劲不小，却把小阿十捏得哈哈大笑。

后来小啸之逐渐明白，阿十是个从不为自己的梦想感到羞耻的人。

当涉及她的梦时，无论是五岁的小阿十还是十五岁的昼叶，这两个人从灵魂的根处就不知道退缩为何物，她永远茁壮而热烈，像燎原的山火。

十五岁的陈啸之自嘲般地笑了一下，说：“那时候太小了，但是我确实还记得我写了两条。”

“第一条，我想成为一位了不起的天体物理学家。”

沈昼叶一愣，震惊地望向陈啸之。

阳光温暖如流金，那是个难以相信凛冬将至的好天气。

慈怀昌教授温和地面对着他面前这一群年轻的灵魂。这老人站在一个与他身份地位全然不符的地方，笑盈盈地点了点头，示意这少年继续说。

“第二条是，”十五岁的陈啸之带着一丝几乎无法被察觉的苦涩道，“我想让阿十回来。”

阿十是谁？

沈昼叶怎么想怎么好奇，因为她觉得这名字实在是太特别太亲昵了，听上去就像是陈啸之十分在意的人，沈昼叶甚至脑补了阿十是不是陈啸之幼儿园时渣过的女孩儿，脑补了一场阿十喜欢陈啸之，对他好，还把午餐的所有果汁和甜点分给他吃，但是陈啸之不知道珍惜，直到上小学时才幡然醒悟的……幼儿园版虐恋情深大戏。

梁乐听完沈昼叶的猜测，脸上写着“难以置信”四个大字：“沈昼叶，你怎么做到一回国就沉迷言情小说，还一下子抓住了狗血剧情的精髓的？”

沈昼叶诚恳地道歉：“对不起。”

她憋憋闷闷地在小纸条上写：“学长，你觉得这个阿十能是谁啊？我总觉得‘阿十’这两个字太甜了，他过了这么久还记得。”

梁乐眉头一挑：“你确定很甜？”

沈昼叶用圆珠笔顶着自己的眉心，“咔嗒”摁了一下，笃定地写道：“我觉得挺甜的。”

梁乐抖开自己的讲义，看了一眼在前面听课的陈啸之的后脑勺，然后指着便利贴上写着的“阿十”的“十”字，回复道：“我跟你赌一罐甜牛奶。这个不是什么好字。”

沈昼叶声音小小的，好奇地问：“何以见得？学长，得有理由啊。”

“按他七岁上学来算，”梁乐漠然地说，“这个阿十估计也就是他五六岁的时候认识的。五六岁的男生能起出什么好绰号？你给我举个例子。”

沈昼叶对着自己的记忆一一检阅，发现从小到大认识的都是些嘴贱到狗都嫌的男孩儿，大多数人甚至到了初中都不会说人话。陈啸之更不必说，绝对属于狗嘴吐不出象牙一派的，连沈昼叶这种不爱哭的人都被他损哭过一次。

陈啸之十五岁尚且如此，早些年难道能是个人？

沈昼叶沉默片刻，在纸条上写了一行字：“学长，还是你懂。”

梁乐不置可否地“哼”了一声，又道：“说不定那阿十是个阿猫阿狗呢，不如想想中午吃什么。”

沈昼叶盯着陈啸之的后脑勺思索片刻，觉得中午饭应该和他一起吃。

宣告上午的课程结束的铃声震耳欲聋地响起。

沈昼叶立即拽拽陈啸之的袖子，笑着问："陈啸之，要不要一起去吃饭呀？"

姑娘家笑靥如花，甜得像四月的风，还带着一丝青涩与稚嫩。

但陈啸之只看了她一眼，就淡漠地说："不，我有事。"

沈昼叶愣了愣，随即可怜地"嗯"了一声。

陈啸之扭头一拍陆之鸣的肩膀，平淡地道："走了，哥。"

沈昼叶吃过午饭后一个人坐在食堂门口的紫藤树下，深红色的大书包放在腿边，里面鼓鼓囊囊的。

十一月初，藤萝叶未落，刀般的北风刮过时，她连辫子都被吹得乱颤。

沈昼叶被冷风吹透了，小心地裹紧了外套。

原来陈啸之是真的觉得我娇气。

沈昼叶委屈地看着自己的脚尖，晃了晃。

她从小吃东西就挑剔，在这地方吃不习惯是很正常的。

沈昼叶中午时要了一份手擀面，那手擀面汤太咸了，沈昼叶口味又清淡，坚持吃了好几口还是没吃下去。

应该是自作多情吧？不对，我肯定是自作多情了。十五岁的沈昼叶有点儿委屈地想。

沈昼叶不觉得自己是多么受男孩子欢迎的类型，她安静又呆，不会打扮，太过书卷气，站在漂亮姑娘面前也会胆怯，永远无法融入受欢迎的女孩子的群体。

但是陈啸之和她不一样。

他是班长，是老师的宠儿，是人群中的焦点，是那个"受欢迎的小团体的主心骨"。当沈昼叶只能靠竞赛去升学时，竞赛对陈啸之来说却更像一种学习生活中的调剂，他有那么多的选项。

沈昼叶翻出手机，打算给妈妈发个短信，告诉她今天一切顺利——

可是她刚一滑开手机，屏幕上就显示着数条未读短信。

第一条，陈啸之问："你人呢？吃完饭不知道回班是吧？"

第二条仍是陈啸之的，语气明显还恶劣了不少："？人去哪儿了，看到短信赶紧回教室。"

沈昼叶呆呆地摁开第三条，陈啸之几乎是气急败坏地说："你人呢？！"

沈昼叶已经不打算忍这个狗东西了，她点开回复准备骂回去，可还没来得及打第一个字，就被人一把摁住了头。

陈啸之摁着沈昼叶的脑袋，在藤萝小径里愤怒道："沈昼叶你在外面吹风干什么，你知道我找了你多长时间吗？！"

下午一点，阳光温暖，透过青翠的藤萝，树影斑驳的小径被冷风吹拂。

陈啸之坐在沈昼叶旁边，两个人中间隔着一个书包，维持着传说中的1.2米的社交距离。

沈昼叶小口地啃着小金枪鱼饭团。

东北大米粒粒分明，金枪鱼混着甜沙拉酱，吃起来十分幸福。

小姑娘笑眯眯地说："这个好吃耶。"

"好吃？都凉了，"陈啸之不爽地问，"沈昼叶你为什么不看手机？"

沈昼叶回答："没有看到嘛。"

陈啸之从口袋里摸了一盒草莓牛奶，插了吸管，递给正在啃饭团的小姑娘。

沈昼叶笑得眉眼一弯："哎呀，谢谢。"

"别吃那么快。"陈啸之拧着眉头。

沈昼叶被伺候得特别自然，啃完小饭团就无意识地把包装纸塞给了陈啸之让他丢掉。陈啸之更没意识到自己在怎么伺候人：他将包装纸团成球，捏在手里，十分任劳任怨地当着人肉垃圾桶。

接着，沈昼叶喝了一口热热的草莓牛奶，很挑剔地拧起了纤细的眉头。

失策，忘了这碴儿了，陈啸之瞬间想起沈昼叶这个挑食的小垃圾从来不喝热果饮和热乳饮。

他冷了脸，等着沈昼叶大放厥词，心底已经酝酿好了要喷这个又娇气又挑食的货色两句，让她能喝就灌下去。

风吹过满树的藤萝枝叶，从小就娇气到惹人烦的沈昼叶小声地对他说："谢……谢谢，牛奶挺好喝的。"

然后，陈啸之看见，沈昼叶非常怯地看了他一眼，喝了第二口热草莓奶。

沈昼叶从断奶之后就拒绝喝热乳饮了，小时候爸爸喜欢给她煮鲜牛奶，煮得咕噜咕噜冒泡的那种。煮沸的鲜牛奶表面会凝结一层奶皮，沈青慈声称这是最有营养的部分，并逼着女儿喝掉它。

小昼叶那时就能气得把门反锁三个小时。

沈昼叶知道自己挑剔过米线太烫太辣，还嫌弃过可乐辣喉咙，这些事肯定给陈啸之留下了很不好的印象，以后绝不能再被他挑剔了——男孩子肯定不喜欢这样娇气的女孩子。

今天不能因为热草莓牛奶破功，沈昼叶在心里给自己打气，要给他留下个好印象，现在也不晚！不是说种下一棵树最好的时机是十年前，其次是现在吗，你一定可以的。

可是，陈啸之的表情却十分难看，看起来像是想把她的草莓牛奶夺过来扔了。

“谢……”沈昼叶小心翼翼地抱着热奶，努力让自己听起来甜一点儿，说，“谢谢你，不是你的话我下午要饿肚子的。”

陈啸之问：“你不回宿舍？”

沈昼叶摇摇头：“不了，回去也睡不着，路上还折腾，在外面吹吹风挺好的。”

陈啸之一抖胳膊，看了眼时间，道：“一点半上课，还有四十多分钟。”

沈昼叶想了下：“那就坐满三十五分钟。”

陈啸之笑了一声，他们坐在一起许久没说话，直到一阵狂风刮过。

沈昼叶的衣服领子被风灌了起来，她忽然笑了，说：“你那个表，我爸也有一块。”

陈啸之挑眉：“哦？”

“我先前就想说了，”沈昼叶说了一个品牌名字，笑着道，“我爸那块和你的那块一模一样，航空计时很火的。”

“嗯。”陈啸之说着，顺从地抬起胳膊，由着她拽起自己的校服袖子，观察他的腕表。

“大多数人都不太理解，”沈昼叶细白的指尖在表盘上一叩，说，“因为这家表设计太工业了，是专业的航空表。我妈甚至觉得这个挺丑的……但是我爸非说这是属于数学的浪漫，因为它走时最精确，他还说这表生来属于太空。”

陈啸之“嗯”了一声，任由沈昼叶将他里面穿的卫衣的袖子都扒开，漫不经心地道：“差不多吧。”

“生来属于太空。”沈昼叶重复了一遍，接着眉眼一弯，“不如说生来属于真理吧。这一行的人总是在追求极致的精确，因为理论的推演中不应有任何失误。就算日常生活中，他们也在尽力避免0.001微秒的误差。”

陈啸之看着她，怔怔地，没有说话。

沈昼叶将陈啸之修长紧实的胳膊放了下去，还体贴地给他拉上袖子，而后认真地说：“我第一次知道你以后也想去学天体物理。”

陈啸之目光移向别处，道：“算是吧。”

沈昼叶笑了起来，脚无意识地荡了荡，开心地拍他马屁：“怪不得你理论学得那么好——”

陈啸之冷冷道：“你再没话找话，我就把你的头拧掉。”

沈昼叶摸了摸自个儿的小脖子，小心地离他远了点儿。

“谈不上是什么多了不起的梦想，但确实一直在心里。”陈啸之看了一眼沈昼叶，颇为勉强又惆怅地道，“没想到你也想去学天体物理。”

沈昼叶认真地说：“这就是缘分。”

难怪，我第一次见面就有点儿喜欢他。沈昼叶心里，一个声音说。

少女的心里响彻四月的春雷，雨水落满大地，万物鲜活青春盎然，窸窸窣窣的则是花苞破土而出的声音。

“难怪我这样想依赖他。”春夜的第一枝迎春花说，它的花苞绽出鹅黄色的花瓣，“难怪我总觉得他这样熟悉。”

郁金香抽出嫩绿的条儿，像是母亲一样教导：“他可能是为你天造地设的。”

“他该是你的，”千万春花与风在少女的心中唱诗般唱道，“你在他身上看到的那些碎片，你在他身上看到的废墟与春意盎然，无一不属于你。”

那春花细雨齐齐低喃：“他是你的，无关男女，每个人在世上都迷失了一根肋骨。”

一根肋骨，是上帝自伊甸住民身上取走的最靠近心脏的一部分。

沈昼叶紧张地捏着自己过长的红白校服袖口，在萧索的北风中，对陈啸之重复：“这就是缘分。”

要让他相信你们有缘，要让他用不一样的眼光看你。

沈昼叶的手指都在发抖。

“我……”沈昼叶话音控制不住地发颤，“我们能、能在这地方有共同……”

有共同的爱好，能一起来竞赛。

突然发抖干什么，你这个关键时刻掉链子的垃圾！沈昼叶特别想给自己两巴掌。

然而陈啸之看了她一眼，平淡地开了口：“的确是缘分。”

沈昼叶一向连发呆也不老实，必须得玩着点儿什么才行。她将鞋尖儿碰在一起，发出嘣嘣的声音。

陈啸之坐在她身边晒太阳，一言不发，两个人却不觉得沉默尴尬。过了一会儿，沈昼叶决定好好表现，又拿起还温着的牛奶喝了一口——草莓牛奶温着是一股更糟心的味道。

热草莓奶真难喝，落泪了。沈昼叶被奶腥味呛得红了鼻尖。

饲养员看了她一眼，拧起眉头：“奶凉了没？”

他不等沈昼叶回答，伸手一摸小姑娘手里的奶盒子，热腾腾的。

天，为什么不说？还喝？

陈啸之烦得头都要炸了，他不知道一向挑剔的沈昼叶今天怎么了？

沈昼叶揉了揉自己的脸，又喝了一口奶，问：“我有个问题，能问吗？”

“你说。”陈啸之揉着眉心道。

“嗯……陈啸之，”沈昼叶笑了起来，甜甜地问，“你当时写的‘阿十’是谁呀？”

冬日暖阳落在树梢，落在青石砖上。一只橘色小奶猫轻巧地穿过丛丛落叶，踏过阳光斑驳的枯草与青苔，停在沈昼叶脚下，开始娇贵地舔肉爪爪。

“嗯？”沈昼叶撸起那只舔爪的小奶猫，问，“阿十是谁？”

陈啸之沉默。

“哎呀这只猫好可爱……”沈昼叶撸了两下，把那只小奶猫举了起来，捏着它细细的小爪爪给陈啸之看，笑眯眯地说，“给你摸摸它的肉垫！”

陈啸之拒绝：“不摸，我不喜欢猫。”

沈昼叶将那只乖巧可爱的小橘猫的肉垫在陈啸之的手背上压了一下，小奶猫的肉垫儿又小又软，压上去时小猫还奶里奶气地“喵”了一声。

“你就到处抱猫，”陈啸之轻拍了一下沈昼叶抱猫的手，教训道，“奶猫不能随便抱，懂吗？”

沈昼叶几乎习惯被骂了，悻悻地放生了那只喵喵叫的小猫。

“阿十是谁？”陈啸之拧着眉头道，“你知道了想做什么？嘲笑我？”

沈昼叶立刻摇了摇头。

那只小猫特别自来熟，沿着沈昼叶的小腿跑了一圈，然后又蹭了蹭陈啸之的鞋尖儿，一溜烟跑了。

“只是好奇。因为实在想象不出你这种人居然还会把‘希望TA回来’写在梦想栏里。”沈昼叶挠了挠耳朵，非常不怯地问，“阿十……是人，还是宠物？”

陈啸之知道她是真的想不起来，连他也不打算纠结了，但是沈昼叶现在看起来还特别理所应当。

于是他想都不想，怀着满腔恶意道——

“阿十是我养的猪。”

沈昼叶笑得像是春天一般。

落叶被吹得满地翻滚，小姑娘的脸被吹得发红，她和陈啸之谈天说地，午休的时间几乎不够用。

他们聊了很多东西。

从沈昼叶的科学展上她亲手做的蒸汽动力的小火车，到她去过好几次的NASA，最后一次去是在她初一那年，临走时她还央求纪念品商店的大叔将凯瑟琳·约翰逊的名字印章印到她的胳膊上。

陈啸之笑着问：“你见过她真人吗？”

沈昼叶得意道：“见过！我还有她的签名，你要看吗，签名本上有很多人的。”

陈啸之一愣：“你还随身带着？”

“怎么会不随身带着，不瞒你说，上学我都把它揣在包里，就是最近书包太重我怕把本子挤坏了……别说凯瑟琳·约翰逊的，我连——”沈昼叶兴冲冲地拉开书包，她将签名本抽了出来，递给陈啸之。

突然，她浑身一僵。

沈昼叶出家门时，将爸爸十九岁的照片、她和陈啸之拍的拍立得，连带着通信本都放在了隔层袋里。

可是如今，除了签名本之外，隔层袋中只剩孤零零的通信本。

那两张照片消失得无影无踪。

沈昼叶手指发抖，慌张地掏书包，几乎将书包里的东西都倒了出来，陈啸之一愣，问：“你怎么了？”

沈昼叶颤抖道：“一张很重要的照片没了。”

她手脚冰凉，一本本书翻过去，但是，哪本书里都没有沈青慈十九岁那年在柏林拍的照片，那张拍立得也消失得彻彻底底，就像从未在这世上出现过。

“我没拿出来啊，从来没拿出来过，”沈昼叶带了哭腔说道，“我平时从来不碰那个袋子的……”

陈啸之急忙放下签名本，在沈昼叶的身边蹲下：“你先别急，也别哭，我帮你找找……”

沈昼叶鼻尖发红，泪水汪在眼里，点了点头，将手伸向通信本。

没有能挑剔的条件，她当着陈啸之的面翻开了通信本，想在里面找爸爸年轻时的照片。

那本子犹如扇子般展开——

沈昼叶突然发现，连续一个多月无法寄出去的那封信没了。

2008年冬日的风吹过空白的纸，哗啦作响。

陈啸之发觉沈昼叶的反应，几乎是温柔地问：“怎么了？”

十五岁的沈昼叶茫然地抬起头，看向天空。

湛蓝的晴空万里无云，大雁翩然南飞，恰是北国之秋。

加利福尼亚，旧金山湾，帕罗奥多。

理论上加州是多晴天的，无论如何都不应如此多雨，可2018年的晚夏却阴雨连绵，像是天被捅漏了一般。

雨水敲打屋檐，宿舍阁楼中，二十五岁的沈昼叶在被子里蜷缩成小小的一团。

片刻后，手机闹钟“嘚嘚嘚”响起，一只细白的手伸出被褥，将手机闹铃按死了。

“呼。”

沈昼叶长长地吁了一口气，她的呼吸里带着彻夜哭泣的鼻音——她连睡梦中都在抽泣。

那些金色的、美好的、令人难以置信的过往，是不能入梦的。

沈昼叶拉下被子，从床上坐了起来。

“要加油呀，”她坐在空荡荡的房间里，带着鼻音，对自己喃喃自语道，“你不能娇气了，叶叶。”

梦里什么都有

中

星球酥 著

XINQIU SU

九州出版社
JIUZHOUPRESS

「陈啸之，」沈昼叶笑了起来，甜甜地问，「你当时骂的阿十是谁呀？」

陈啸之知道她是真的想不起来，连他也不打算纠结了，但是沈昼叶现在看起来还特别理所应当。

于是他想都不想，怀着满腔恶意道——

「阿十是我养的猪。」

目录

第十八章

合适吗

“你怎么了？”张臻颇为关心地问，“眼睛怎么这么肿？”

沈昼叶沉默了一会儿，轻声说：“没怎么。”

张臻似乎在拼命揣测沈昼叶为什么会肿着眼睛，片刻后，她终于迟疑地问：“你是不是太想吃红烧肉，馋哭了？”

沈昼叶一脸“你在说什么”的表情。

“想吃红烧肉，想家嘛，”张臻笑着道，“谁不会有呢？我刚上大学的时候想家想得在宿舍里嗷嗷哭，我一哭我本科室友也跟着哭，最后我们宿舍四个人四重奏，抱在一起想家……”

“我记得。”沈昼叶抽了一下鼻子，小声说，“当时你们宿舍哭声震天，我去接水，刚好路过，当晚把我给吓得做噩梦。”

张臻沉默了。

沈昼叶诚实地道：“我那时候以为你们宿舍有人上吊了。”

“后来我们宿舍的说，那是你们寝室在集体想家。”沈昼叶补充道，“场面非常恐怖，我们哪里敢说话哦。”

张臻恳求道：“我请求你忘了那一次。”

沈昼叶小声说：“我也在尝试。”

过了一会儿，张臻又问：“所以你眼眶这么红，不是因为想家吗？”

二十五岁的沈昼叶微一思索，温和地笑道：“不，至少不是那么简单的一个概念。”

人在五岁的时候，开心就是开心，难过就是难过。

孩子哭的时候就是悲伤，笑的时候就是快乐，摔门的时候只是愤怒，发抖则是单纯的害怕。皮克斯工作室曾做过一部非常子供向的动画片——《头脑特工队》，风格非常简陋，可内核不然——它讲了孩子脑海中的五种情绪和一个小女孩儿的离家出走的故事。

十五岁的少女的泪水可以是快乐的，却也可能是绝望的，她的笑容背后可能是勉强，发抖则可能来自一场她无法表达出来的悲伤。少女会说不出话，会开始尝试封闭自己，将那些逐渐复杂与沉重的情绪锁在心底腐烂。

岁月终会塞给泪水、笑容、摔门与发抖更多的意义和重量。

到了二十五岁的时候，一切情绪都与人生有千丝万缕的联系。一场开怀的大笑后可能是一场失败的实验，也可能是上级的指责与痛骂；成年人的泪水里，会有自责和痛苦，会充斥着对现况的无奈与投降。

沈昼叶在睡梦里哭泣，是因为胸口被穿了一个孔，而投降的白旗在她头顶飞扬了多年。

“这就是你给我的结果？”二十五岁的陈教授抬起头看着沈昼叶，眼神毫无温度。

沈昼叶站在他的办公室里，连个凳子都没带，她来这里的路上冒着雨奔跑，此时裙子下摆湿漉漉地黏在她细白的腿上。

沈昼叶闭了一下眼睛，尽量坚强地道：“是的。”

陈啸之嘲弄地一戳电脑屏幕，问：“我给了你三天时间让你推这一组数据，这就是你推出来的结果？”

沈昼叶将拳捏得死紧，试图将手心湿漉漉的汗水藏起来。

“我尽力了。”沈昼叶发着抖，眼神躲开他，嗫嚅着道，“我真的尽我所能了。对不起。”

沈昼叶的确尽她所能了。

陈啸之先前从微信给过她一组刚分类好的观测数据，让她在周末前将数据整理好，将公式推一下，来办公室讨论。沈昼叶已经许久没碰过这些东西，她先前做的凝聚态的数字比这些简单易懂得多。

只是这些专业知识她睽违多年，手生，而且在这前提下，还加上了她的创伤应激。

沈昼叶熬夜处理数据，也拼命按捺着逃跑的冲动。一部分的她告诉自己一定要做好，另一部分的她极力抗拒着熟悉的一切——那些证明她的努力不值一提的东西。

在她将东西发给陈啸之的时候，自己都想钻进地缝。

陈教授嗤笑一声，嘲弄地说："抬头。"

沈昼叶仓皇地抬起头来。

她看着自己第一次心动的男孩儿和如今的导师，脑子里几乎是一团糨糊。

那男孩儿已经长大成人。

他说："沈昼叶，先说好，我这不是在伺机报复你，我这人脾气挺坏的，但我不会在正事上给你穿小鞋，这种事情上我从来都是有一说一。"

沈昼叶忍着颤意"嗯"了一声。

"但是你这个质量，"陈啸之嘲道，"我不能接受，我一点儿都不会用。"

沈昼叶颤抖着，轻轻地点了点头。

然后陈啸之深吸了一口气，烦躁道："出去。"

"又被骂了。"沈昼叶叹了口气，手指交缠在一起，望向张臻，"不出所料。"

张臻道："你导师脾气也太坏了，你一个原来做材料的，二区刊过一区也刊过，咱们这一届博士生按能力你至少排前三，然后你进组才两个星期就被他骂得开花？他挑剔死算了，是没见过坏学生吗？"

沈昼叶叹了口气，在平板上修正自己的计算失误，一边修正一边说："材料和天文，虽然都需要物理基础，但材料应用性很强，和天文是完全两个学科。"

张臻惊恐道："那他收你做什么？"

沈昼叶叹了口气，在屏幕上调出橡皮工具，直接将出错的公式和运算都擦了，痛苦地说："我不知道。"

张臻叹道："你是真的倒霉……被小导师抢成果，出国了还要换专业。"

外头淅淅沥沥下着雨，张臻去饮水机冲了两杯速溶咖啡，用搅拌棒搅了搅。

沈昼叶擦掉第二页纸上所有的运算过程，忽而小声道："听说是我的大导师周院士希望我转的。"

张臻往纸杯里倒了点儿糖："哈？那个老头不是都不来学校了吗……前些日子我听说他身体很不好，都跑到海南那边的医院去疗养了。他还管你？"

沈昼叶摇了摇头，诚实地说："我不知道。"

她本科时跟着慈怀昌教授做了四年课题，慈怀昌教授一直相当喜欢她，如果不出意外的话沈昼叶会成为他的研究生。

可是大四那年，沈昼叶临近毕业时，以关门弟子的身份参加了慈怀昌教授的葬礼。

慈教授于沈昼叶亦师亦父，她那时候哭得非常厉害。悲伤过后，还有现实问题——慈教授与系里的联系并不紧密，沈昼叶都不知道该去找谁接手自己——毕竟不是每个导师都愿意收一个跟着另一位老教授多年、研究方向几乎已经定下来的研究生的。

那时候，带走她的就是周鸿钧院士。

周鸿钧院士收了自己挚友的关门弟子。

四五年的时间中，沈昼叶见他的次数屈指可数——这种院士级别的人物往往身兼数职，是没什么时间带学生的，而周院士又身体欠佳，沈昼叶甚至好几个月都见不到他一次。

沈昼叶有时甚至觉得周院士都不记得自己长啥样了。

可周院士让她出国时，居然还专门叮嘱过，让她换一个研究方向。

“啧，你这人生怎么这么苦？”张臻将搅拌好的咖啡放在了沈昼叶的桌子上。

云下茫茫落雨，咖啡袅袅地冒出白烟。

“不过，你这边的导师其实对你还可以，就那个陈教授。”张臻中肯地评价道，“咱俩刚来两个星期，饮水机打印机什么的全都就位了，今天居然还新装了冰箱……”

沈昼叶安静片刻，酸涩地道：“是吗？他确实很细心。”

“只是脾气坏，”张臻说，“但不是个坏人吧。”

沈昼叶点了点头。

张臻忽然话锋一转：“说起来他是哪国人？”

哪国人？

沈昼叶难以置信地看了眼身后的墙，那是陈啸之的办公室的方向，他现在应该正铁着脸，将交给“学生”的数据自己重新做一遍。

张臻搬到她这里，和陈啸之待在邻近的办公室，已经两个星期了。

“我听你导师这英语有点儿口音，”张臻好奇地问，“应该不是华侨，他是新加坡的吗？”

两个星期了，张臻和陈啸之几乎是天天见。

沈昼叶心情极其复杂，沉默了许久冒出一句：“他是中国人。”

张臻差点儿喷出一口咖啡：“你不是在骗我吧？”

沈昼叶头都不抬：“我骗你干什么？他家住东城区。”

张臻质疑：“东城区？你越来越能驴人了。”

沈昼叶将笔在自己脑壳上磕了一下，开始推第二遍数据，边算边道：“他京片子说得比我厉害多了。”

张臻突然一顿，发现了中间的蹊跷：“等等，你怎么知道他家住东城？你们已经聊到这个层次了？”

沈昼叶心想，他就是我每次喝醉都要痛骂的那个人，我能不知道他家在哪儿？

但是话在她嘴边转了半天，实在是说不出口，这秘密还是和她一起去坟墓算了……虽然能带去的可能性不大。

沈昼叶光是一想秘密曝光的可能性都觉得胃痛。

但是她又实在没有力气告诉所有人，陈啸之成了人生赢家，来给我当导师了。

瞒一天算一天吧，她想，逃避可耻却有用。

沈昼叶心中有了定数，立刻面不改色地扯谎：“他微信资料卡上是北京东城区。”

张臻接受了这个理由，她被瞒了过去，愤怒地道：“靠，这个北京人跟我说了两个星期英语？我还问他‘Which Chinese food do you like most’，他还彬彬有礼地跟我说‘dumplings’！我还纳闷这世上咋还能有跟英语课文里一样喜欢吃饺子的外国人……”

沈昼叶专心致志地盯着自己的平板屏幕，漠然地说：“外研社初二上学期英语课本上的对话？他在讽刺你。”

张臻点点头：“我记住他了。”

这男的真的有病，沈昼叶想，在张臻面前装了两个星期外宾到底是什么幼稚行为？

沈小师姐一边思考男性的头脑构造，一边在自己的速溶咖啡里加奶，手机“嗡”地一震，她拿起来看了一眼。

陈啸之发来一条微信：“你下午有课。”

下一秒，办公室的门被敲了两下，陈啸之的声音在外面平直地响起：“Let's go.”

“你导师他有病吗？”张臻用口型问。

沈昼叶抱着自己的小本子和平板，安静地跟着陈啸之下了楼。

晚夏的加州，雨雾泼散开来，榕树须被雨淋湿，风吹过美洲大陆的白月季。楼梯间里静谧得只剩三楼大型仪器运行的嗡鸣声。

沈昼叶突然想起那年隆冬，她曾经也是这样跟在陈啸之身后的。

十五岁的陈啸之裹着厚重的羽绒服，走在酒店逼仄的安全通道里，他将沈昼叶挡在身后，宾馆的门打开的瞬间，风雪不可避免地灌入，那时的陈啸之转过身，把她轻轻搂在怀里。

可那不是个拥抱。

后来沈昼叶才逐渐回过味儿来，那搂抱，是十五岁少年下意识的保护动作。

从风雪，从人世。

十年后的沈昼叶闭了一下眼睛，尽力遗忘那一年的冬天。

暴雨落在窗户上，长大的陈啸之手里拎着把长伞，沿着一条和当年极其相似的台阶走下去，然后推开了位于一楼的门。

晚夏湿润的风如海水般灌进楼梯间，花坛中的月季花如星辰般四散开来。

马上要上课的陈教授“啪”地撑开伞，走进雨里，沈昼叶摸出自己的小雨伞咔嗒了两下，那伞却纹丝不动，像是里面的零件卡住了。

沈昼叶拼命推伞柄，发现根本推不动，求救地看向陈啸之。

“伞卡住了，”沈昼叶仓皇地道，“确实用了挺久的，估计是有零件卡在里面了。”

陈啸之冷淡地“哦”了一声，拿过那把伞推了两下。

男人的力气毕竟大些，他一推，两片红锈掉了下来，伞体发出了危险的嘎吱声。

“伞就别拆了吧，”沈昼叶惨淡地说，“应……应该是修不好了吧？”

陈啸之怒道：“这种破伞不能早点儿扔？你穷得揭不开锅吗？”

沈小师姐期期艾艾地搓搓爪子：“没这么惨，组里还是给不少钱的，不幸中的万幸。但、但是……”

“但是现在肯定没空了，”沈昼叶羞耻得耳朵都红了，几乎是哀求地道，“能、能蹭一下你的伞吗？”

雨中，拿着伞的陈教授危险地眯起了眼睛。

沈昼叶站在楼门口小平台上，瑟瑟发抖地改口："能、能蹭下你……您的伞吗？正好我们也顺路。"

陈啸之皮笑肉不笑地笑了下。

什么垃圾人。

"老师，老师。"沈昼叶几乎就要哭了，"教室很远的，我室友也不是个带伞的人，我俩加起来也只有这一把，你……您不给我蹭的话……我就得冒着雨狂奔过去了……"

大雨啪啪敲在伞上，她又十分可怜地搓搓爪子。

这是沈昼叶从小求人时的小习惯，求人的时候不仅哀求，还要两爪合十搓搓，她十五岁的时候会，五岁也会，搞不好婴儿时期都会。

姑娘家生得可爱乖巧，从小就讨长辈喜欢，以这个样子去求人，向来无往不利。

"老师"也会用了，"您"也会用了。

陈啸之没说话。

沈昼叶小声地道："陈……"

这是个走投无路的选择。

陈啸之的名字是他们关系还亲密时叫的，她十五岁那年的冬天充斥着这三个字，小昼叶喊这三个字时什么语气都用过。

娇的、甜的、生气的、难过的……那时的陈啸之每次都会答应。

陈啸之突然开口道："沈昼叶。"

沈昼叶一愣。

"干吗呢？"

青年说话时，话音里充满着一种恶作剧的、甚至像是和她对着干一般的意味。

"伞坏了不能自己去买吗？"他站在伞下，懒散地说，"我和你撑一把伞，合适吗？"

陈啸之说完这句话后，二十五岁的沈昼叶愣了一下。

加利福尼亚八月的下午，大雨洋洋洒洒，自天穹落入大地。

"啊？"陈教授"嗤"地一笑，重复道，"沈昼叶，你觉得合适吗？"

这句话里蕴含着无尽的嘲讽——我们两个绝交十年的人，撑一把伞，合适吗？

沈昼叶看了陈啸之一眼，十分仓皇无措，接着她大概意识到自己别无选择，便抱着平板和笔记本冲进雨里跑了。

陈啸之在她身后慢条斯理抖了下伞，朝上课的楼走去。

阿十的父母真的非常爱她。

这小姑娘从小就特别受宠，陈啸之仍记得她奶奶把小孙女抱在怀里的模样，他见过沈昼叶的父亲，那个好脾气的中年男人任由小女儿挂在自己身上。长辈们对阿十这样的小孩儿的偏爱，向来是毋庸置疑的。

她是那种让人见不得难过的孩子，因此阿十从小哭就有人哄，闹就有人抱，天生被宠爱。

十年前，陈啸之就见不得沈昼叶咳嗽，见不得她冷，见不得她掉眼泪。沈昼叶咳嗽，少年就翻墙出去给她买药接热水；她说冷，陈啸之就将自己的被子换给她；她一掉眼泪，少年就觉得心肝都被拧碎了。

那是陈啸之对沈昼叶的呵护，与他血肉相连，被刻入了本能。

连五岁时，小啸之都是习惯将小阿十护在身后的。

二十年前，1998年。

那时候，北京城区还不像现在一样大，对孩子来说却是一个充满挑战的世界。本地孩子小啸之带着美国人小昼叶出去冒险。刚下完雨的北京街上仍有积水，梧桐叶绿得泛光，他们两个躲开大人的视线，偷偷跑去公交车站。

路边的积水犹如辽阔的海洋，在阳光中波光粼粼。

小昼叶拽着自己粉红色的小短裤，咯咯笑着在路边的水潭里踩水花儿，小啸之跟着她一起踩，他们笑得像两束太阳花。两只小脏猴子穿的小凉拖上脏兮兮的，小昼叶披着一头小卷毛，皮肤又白又嫩，T恤衫上印着非常幼稚的彩虹小马的图案。

一辆车飞驰而过，轮胎压起大片水花。

热爱踩水的小昼叶瑟缩了一下，紧闭眼睛，准备被淋个通透，可正是那一瞬间，小啸之拽了她一下，将她护在身后。

水结结实实地浇在了小男孩儿的身上。

小啸之被泼得倒吸一口气，他睁开眼睛时，看到小阿十的眼睛睁得圆圆的，阳光落入小姑娘的眼睛，像是这世上最温柔清澈的海洋。

小啸之忽然冒出一个念头：他们说月球上有一种东西叫月海，是月亮上的海洋吗？这么宽阔壮美的词语，和阿十的眼睛有什么区别呢？

这个小混蛋真的好可爱啊，小啸之踩着奥特曼的小拖鞋，站在水潭里，模糊地想，可是我为什么会为她淋水呢？

小啸之在波光粼粼的水潭里朝阿十的方向迈了一步。

刹那间，二十年前的水潭如万花镜般碎裂，小阿十的身影碎成钻石一样的粉末，千万涟漪如海啸般荡起，呼啸着卷过一场名为廿年的浩劫。

水潭再次拼凑起来时，一双穿着篮球鞋的成年人的脚踩进了地上浅浅的、灰蒙蒙的水洼。

年轻的陈教授长吁了口气。

怎么想沈昼叶都是活该，不是每个人都得供着她的。

陈啸之走在小利兰的校园里时，近乎复仇地想。

他冒着雨，走进他去了七年的咖啡厅，点了两杯黑咖啡。

咖啡厅外雨雾氤氲，窗边坐着两位教授，服务生磨着咖啡豆，咖啡香气弥漫。

咖啡厅的主人是个俄罗斯人，和陈啸之还挺熟的，见到陈啸之就打了个招呼，笑呵呵地问："准备去上课？"

陈啸之眉毛一扬，心情颇为不错地说："是的。"

咖啡厅主人笑道："七年前见你，你来买咖啡是为了去上课，现在还是去上课，只不过这次是去教学生……陈教授，你心情不错？"

陈啸之拿起包糖，想起沈昼叶的背影，带着一种复仇的快意，说："一时冲动，但是做了件我一直该做的事。"

"希望不是错事，一时冲动的话总会后悔的。"咖啡厅主人将两杯咖啡推过来。

陈啸之回味了一下刚刚的滋味，斩钉截铁地道："不会。"

绝对不会。

为什么会后悔？

他说那句话的时候的确是一时冲动，但是现在他连半分悔意都没有。今天雨确实不小，上课的地方也确实不近，不过和他的多年的愤怒比起来，让沈昼叶淋点儿雨算得上什么折磨？

教学楼外，榕树在雨中垂下须，一群学生讨论着他们的作业和他们最终的成绩朝外走，陈啸之拎着两杯咖啡，将伞收了，站在门口将雨水抖了下来。

他漫不经心地看了一眼教室。

新聘任的陈教授这次开的“粒子物理前沿研究”课是小班讨论制，最大选课人数不过也就二十几个人，大多数是主修物理学的本科生，不过也有少数是来体验别的专业生活的学生。

学期刚开始不久，选课还能调节。

快上课了，人来得差不多了，可是沈昼叶不在。

他们差不多是同时走的，他还去咖啡厅买了咖啡，难道是沈昼叶路上出了什么事情？

陈啸之脑补到沈昼叶可能又摔了一跤，可能掉进井里，也可能跑到一半被淋得太冷了躲到哪个楼里面。

他烦躁地一抖伞，将伞撑开，打算折回去找人。

“谢谢。”姑娘家声音轻轻的，还带着点儿淋过雨的颤抖，对给她撑伞的人道谢，“谢谢你送我过来，加勒特。”

伞一收，露出给沈昼叶撑伞的人——一个陈啸之见过的英俊的青年。

“不必道谢，”加勒特笑道，“给你撑伞是我的荣幸。”

大概二十分钟前。

沈昼叶冒着大雨，跑到小利兰正门口的拱顶回廊时，实在是跑不动了。

沈昼叶其实惯常淋雨。

跑现场、跑报销……淋雨算不得家常便饭，也算得上“保留曲目”。

标志性的拱顶回廊四面镂空，风极其大，沈昼叶浑身淋透，裙子黏在身上。她委屈至极，心里都快将陈啸之的头当皮球踢了。

蹭个伞怎么了？我以前也没少和我导师撑一把伞啊……

沈昼叶搓搓自己的胳膊，难过地自言自语道：“好……好冷啊。”

她就是在那里遇到了熟人。

沈小师姐记人脸和人名的能力比起她的智力而言是非常差劲儿的，加勒特一开始喊沈昼叶的名字时她就没认出来对方是谁，场面一度非常尴尬。

加勒特又笑着介绍了一遍自己：“我叫加勒特，我们在陈教授的理论天体物理课上见过，你还记得我吗？”

沈昼叶冻得发抖，微微点了点头：“记……记得。”又温和地笑了一下，对他说，“不过最近太忙，差点儿忘了。”

Garrett · Perrotta，沈昼叶想了起来，就是那个在陈啸之的课上给她递过巴勃罗 · 聂鲁达的诗歌的青年，加勒特。

“我把我的伞给你。”教学楼前，加勒特温和地说，“回去的时候就不要淋雨了。”

沈昼叶小声道了谢，用发抖的纤细的手接过那把格子伞，片刻后又问：“那……这把伞我该怎么还给你？”

加勒特突然笑了起来：“你终于问了。”

“我还以为你这辈子都不会问我要联系方式了呢，”这青年笑着拉过沈昼叶的手，摸出一支中性笔，在她的手背上写了一行数字。

“给我打电话，”陈啸之听见加勒特站在露台下，笑着对沈昼叶说，“聊什么都行。”

茫茫大雨中，沈昼叶笑着和那个男的道别，抱着笔记本和平板进来听课。

陈啸之看见她端端正正地坐在第一排，小组讨论她认真地参与，那把伞放在凳子边上，沈昼叶白皙到血管清晰可见的手背上有一行刺眼的黑色数字。

沈昼叶头发梢湿漉漉的，裙子湿淋淋地黏在腿上，本来就怕冷的姑娘唇色有些发绀。

陈啸之在此之前从来没有让她淋过雨，从来没有。

“高能物理学及其分支……”陈啸之看了一眼演示文档，沙哑地对着下面的学生道，“差不多是对原先的物理学的一种推翻和重建。在座的应该是听过GUTs的。GUTs，全名Grand Unified Theories，即是万物之理。目前仍停留在理论阶段，但物理本就起于理论，终于证实。”

沈昼叶捂着嘴，忍耐不住地咳嗽了一声，她呼吸系统不太好，咳嗽时很疼。

“简单来说，就是用四种粒子间存在的作用力，去解释宇宙的起源与本质……”陈啸之努力忽略沈昼叶的咳嗽声，又站在讲台前道，“这四种粒子间的作用力分别是引力、电磁力、强与弱两种相互作用力。有人能告诉我这四种力之间的区别吗？”

有一个学生道：“四种力的作用范围不同。引力作用范围奇大，理论上可以延伸到无限远，但是相互作用力的范围不同，它的作用范围无限小……”

沈昼叶又咳嗽了起来，她闷着咳，不敢打扰别人说话，咳嗽得脸都红了，眉眼全是水意，难受地蜷缩起来。

加利福尼亚州，旧金山湾区。

空旷的办公室里，靠窗桌子上的台灯幽幽地亮着，沈昼叶右手边放着一杯冒着白烟的热咖啡，她裹着自己的小毯子，手里捏着笔微微一转，在平板上写下了下一步的运算公式。

沈昼叶眉头紧皱，鼻梁上架着眼镜，一头被雨淋过的头发柔软浓密的散在背后。

张臻正往包里装东西准备回宿舍，她看了沈昼叶一眼，莞尔道："今天周五了，明天就是周末。叶叶，你还是打算待到晚上十一点吗？"

沈昼叶认真地说："我这里还没有做完。"

"你导师都走了，"张臻劝她，"晚上走夜路不安全，早点儿回去呗。"

沈昼叶无意识地看了一眼墙。

今天下午，陈啸之上完课就开着车离开了学校，此时他那总是灯火通明的办公室门窗紧闭，主人消失无踪。

他去干什么了呢？沈昼叶心中有一个小小的声音问，可是接着那声音就被摁灭在了灰烬之中。

那和你没关系。一个冷静又残忍的声音说，沈昼叶，你想做什么？

沈昼叶的鼻尖有点儿发酸，她咳嗽起来，捧着热咖啡喝了一小口，然后哑着嗓子重复："不行，臻臻，我这里的任务还没有完成。"

张臻放下她的书包，感慨道："我之前听别人说，我们这一届博士里最刚的就是你。原来我还有点儿怀疑，现在我信了。"

沈昼叶笑了起来，将自己的笔放下。

窗外吹过一阵风，将玻璃吹得哐哐作响。

"如果我有你这种韧劲儿，叶叶，"张臻摇了摇头，往椅背上一倚，感慨道，"肯定不会是现在的处境。"

考上大北的孩子，总是有点儿野心的。

他们是天之骄子，受尽父母亲戚的赞扬，可是当时间流淌过去，他们再回头一看，发现几乎所有人都绊于柴米、绊于琐碎。

沈昼叶温和地一笑，抬起头望向张臻："但我们现在在一个地方，做着差不多的事儿。"

"你是在你们组里杀出了一条血路，争取到了这个名额，"张臻道，"我是老宋为了让我毕业，想方设法把我送出来的。”

沈昼叶笑了下，摇了摇头。

张臻似乎暂时不打算回去了，她给沈昼叶续了点儿热水，接着靠在自己的椅子上发起了呆。

在一片沉默中，张臻轻声叹道：“叶叶，你最后悔的事情是什么？”

沈昼抬起头来。

“我最后悔的事情，”张臻捧着杯热茶，看着外面黑沉沉的夜晚，怅然道，“应该是和我男朋友分手。我不知道你记不记得，就是我们本科班上当过‘校园十佳歌手’的那个高个子男生。”

沈昼叶点点头：“我记得，不过想不起名字了……太多年了。”

张臻笑了起来：“是啊，太多年了，我们读本科都是什么时候的事儿了？可是我大二的时候觉得他真帅啊，他弹吉他的时候我都想嫁给他了……”

沈昼叶也笑了：“我记得你们研究生的时候分手了。只是听说。”

“是，大吵一架。”张臻大方地回答，又问沈昼叶，“你呢叶叶？你最后悔的事情是什么？”

沈昼叶捏着笔，顿了一下。

这个问题直击人心底最痛的地方，张臻知道这一点，但是她显然没有打算将这个血淋淋的问题包装成一个更容易接受的模样。

张臻认真地看着沈昼叶，期待沈昼叶能给出的最真实的答案。

然后，沈昼叶听见了自己沙哑的声音——

“我最后悔的事情是……我当年，对我的梦想，太执着了。”

沈昼叶并没有往下深入说，因为她没打算向任何人解释自己课题组里那错综复杂的关系。

这破课题组又是窃取成果又是什么乌七八糟的人事倾轧，哪怕连最小的实验室台面归属都能惹得两个青年教师互白一眼大吵一架，简直就是大课题组标配的宫斗故事。

沈昼叶昨天睡前还看到课题组的微信小群里，她那位名叫李磊的小导师当着师弟师妹的面痛骂另一个新招来的博士后，说那个博士后一点儿素质都没有，做个实验满台子都是他的材料，占用了“我们组的地盘”，并要求沈昼叶的师弟师妹们以后再见到这种情况，直接把这博士后的材料全丢垃圾桶。

新入组的研一师妹没见过这种阵仗，吓得给沈小师姐发微信问真的要扔吗，沈昼叶安慰师妹说别扔，偷偷给那个博士后收起来就行了。

一个台面，几样材料，至于闹成这样吗？沈昼叶真的不理解。

别说窃取她的成果、逼着她做了四年不相干实验的事情了，光把昨晚新鲜出炉的实验室台面归属纠纷讲给张臻听，养老课题组出身的张臻都气愤地尖叫。

张臻的导师宋教授，年事已高，是个乐天派，据知情人士透露，宋教授目前最大的愿望是送张臻毕业。这位六十多岁的老教授已经移民去新西兰，一年至少有四个月不在国内，朋友圈中他和奶牛的自拍都比聊科研内容多三倍。

沈昼叶一边与张臻聊天一边搞陈啸之给她布置的那堆任务，又因为着凉咳嗽不止。张臻又给她倒了热水，小声道："能咳嗽得这么招人疼到底是什么能力啊？我真的控制不住想给你倒水。"

沈昼叶咳嗽得脸都红了，却还是忍不住拍了张臻一巴掌。

张臻嬉皮笑脸，凑过来捏捏沈昼叶有点儿发红的脸，说："我说的是真的呀，别看你平时不声不响不爱说话，熟起来，就会发现你干什么都好像在撒娇。"

外头哗啦啦地下雨，室内的沈昼叶被调戏得耳朵尖都红了："这种错觉不要再有了！"

张臻话锋一转，笑眯眯地说："哎，叶宝，你谈恋爱的话该有多甜呀？"

沈昼叶一愣："甜……甜吗？我不太清楚这个哦……"

张臻笑道："不说别的，我绝对不信那个物竞传奇陈啸之能做出什么丧心病狂的事儿让你骂这么久。"

沈昼叶摇了摇头，没有说话。

陈啸之躺在沙发上睡了一觉。

醒来的时候他头痛欲裂，像是睡前喝的那点儿酒造成的。手机躺在茶几上，此时正在哒哒哒地响个没完，他设置了晚上十点半的闹钟。

感官逐渐回笼，陈教授意识到自己被"泰山压顶"了。

他打开台灯，摸索着戴上眼镜，看清了自己胸前压的东西。

"滚下去。"陈啸之怒道，"没地儿睡了吗？！"然后他把自己养的猫从胸口抓了下来，放到沙发上。

那只白茸茸的小波斯猫显然没睡着，只想踩胸。它对着主人撒娇地舔了舔爪子，喵呜一声，显然是下次还敢。

陈啸之沉默片刻后威胁道：“你等着。”

落地窗外，庭院中落雨连绵，客厅里仅亮着一盏温柔的立式台灯。

陈啸之没有赖床的习惯，在灯光中，他将胆大包天的白猫捉起来塞进猫窝，打着哈欠一揉头发，拿起茶几上的手机关了闹钟，在夜色中赤脚踱进浴室冲澡。

陈教授满脸剃须泡沫，他深拧着眉，拿着刮胡刀，对着镜子刮去新生的胡茬儿。

不一会儿，玄关处，陈啸之披着风衣，给白猫添了猫粮，又换了水，那圆滚滚毛茸茸的白猫撒娇着蹭他的拖鞋，不让他走。

手机上亮起来，陆之鸣问：“晚上十点半去办公室？你要干什么？”

陈啸之挠着猫的肚皮，不爽地给他回微信说：“我今天该做的事儿没一样做完的。”

陆之鸣又问：“那你不会做完再回来？还专门回家睡一觉，你闲得筋儿疼吧？”

陈教授冷淡地道：“我不走学生也不走。”

“国内来的学生都挺爱看人眼色的，”陆之鸣说，“一定要走得比导师晚才行……但是你没必要回家睡一觉再……”

但是什么但是，陈啸之冷着脸，将已经十斤的、根本不像名贵品种的、搞不好是胖橘染色的波斯猫抱起来塞回猫窝。

猫缩在猫窝里委屈巴巴：“喵喵喵呜……”

陈教授说：“差不多得了，又不是不回来了。”

猫仰着头：“喵呜。”

陈教授叹了口气，对猫解释：“得走了，没把工作留在那边的习惯。”

那猫执着地看着主人，陈啸之居高临下地说：“我真没见过像你这么被我叫屎都巴着我叫名字的……屎屎，行了吗？”

白波斯猫——屎屎，立即宽容大度地“喵”了一声，示意他可以滚了。

陈啸之完全不理解这只猫的癖好，从门口拿了车钥匙，锁上门，离开了他的房子。

陈啸之买那只猫纯属意外。

三年前，他博士快毕业时，也就是答辩前夕，他的一个朋友非要去买条柯基，而陈啸之碰巧又是朋友认识的人里有车又有时间的，因此被强行拽过去当司机。

宠物店里，朋友看完柯基又去看荷兰猪，陈啸之不喜欢宠物，坚决拒绝给宠物铲屎清毛，便抱着胳膊在一边等着。

然后他看到了那只在小展示柜里趴着吃东西的屎屎。

那只波斯猫白茸茸的，不是纯血统，小小的一只，看上去十分娇气。

陈啸之与猫对视了一眼，猫奶声奶气地“喵”了一声。

陈啸之从宠物店出来时，就拎着那只刚断奶的小猫，将它放在副驾驶座上。

他的朋友非常震惊，不喜欢动物、满脸写着“我要孤独终老”的陈啸之出来时居然拎了只小猫。

朋友问：“你打算给这只小猫起什么名字？”

二十二岁的陈啸之连想都不想，目视前方，冷笑一声：“就叫阿屎。”

后来阿屎靠撒娇变成了“屎屎”，不过这都是后话了。

深夜，物理系A栋楼下停车场，陈啸之下车，将车锁了，看了一眼腕表，十一点二十。

真的很晚了，但这楼里依然有人。

陈啸之也通宵做过实验，跑过数据。读博时无论天资高低，总要受苦，而通宵达旦的工作只是其中最寻常的一关。

更痛苦的远不止于此。

陈教授上楼时心想沈昼叶应该回宿舍了，他刻意早走，凌晨才回来，免得沈昼叶又要跟他一起留到晚上十一点半。

夜路本来就危险，明天又是周末，她该早些走……况且她今天还淋了雨。陈啸之想到这里，眼眶微微发红。

他上了四楼，突然发现，沈昼叶所在的办公室仍然亮着灯。

陈啸之敲了下门，里面有人轻轻地应了一声，他推开了门。

本来该窝在寝室楼里的沈昼叶裹着小毯子，披散着一头淋过雨还没洗的头发，在台灯下一边低声咳嗽，一边趴着写东西。

陈啸之烦死了："你怎么还没走？"

淋了雨，都这么晚了还不滚，她宿舍又在校外……这是走夜路走上瘾了？以为这里治安很好吗？

沈昼叶嗫嚅着："我刚刚弄完了，马上……马上走……"

陈啸之站在门边，冷冷地说："快收拾。"

沈昼叶立刻装好包，背着包跑了出来。

走廊上，陈啸之握着车钥匙，颇为冷淡地说："我送你。"

他是绝不可能让阿十一个人走这样的夜路的，无论冷战还是什么时候。

就像他总是会去等待一盏亮起的灯，那是他被刻进骨髓的本能。

然而，走廊昏暗的灯光下，窗外大风大雨交加的声音中，发梢还没干透的沈昼叶低声道——

"不用了，我自己回去。"

第十九章

别过来

“我明天上午要去买东西，不来办公室了，下午再过来。”沈昼叶认真地对陈啸之说，然后她背着包，沿着昏暗的楼梯走了下去。

沈昼叶真的没打算让陈啸之送。

她总记得陈啸之送她回宿舍那天，他一路上沉默得像是西山的岩石。那沉默意味着什么，沈昼叶不得而知，却知道自己不能给他添麻烦了。

而且，就像陈啸之说的那样，这“不合适”。

夏夜的末尾，二十五岁的沈昼叶心中的一个声音说：“在此之前你是不是从来没有想过，人是不会在原地踏步的。连你都尝试过重新开始一段感情，陈啸之难道不会吗？”

是啊，她大一和大四时也尝试过接受其他人。

大一时走进沈昼叶生活的是个大二师兄，坚持每天骑着自行车去图书馆找沈昼叶上自习，坐在她的对面，给她买咖啡。大四时则是一个研究生师兄，沈昼叶还记得那师兄有一双非常深情的眼睛。

可是沈昼叶每次都失败了。

有许多人喜欢过她，甚至将爱慕摆在她的面前供她捡起。可无论是谁，沈昼叶都再也没有出现那种巴勃罗·聂鲁达在他的情诗《王后》中写的，“当你出现，所有河流在我体内鸣响，钟声震天，世界被一曲赞歌填满”的悸动。

沈昼叶听见长夜中，自己伞面上传来的水珠敲击声。

十五岁的陈啸之脾气又硬又坏，很喜欢捏着别人的痛点攻击，看上去绝对不是什么能搞小惊喜的人。

可是他每天早晨都会给沈昼叶塞一张他抄写的诗，沈昼叶会把这些诗工工整整地夹在一个小本子里，收藏起来。陈啸之抄的最多的就是巴勃罗·聂鲁达——那位热烈如火的智利诗人。

拉丁美洲文学向来有种阳光与辣椒的浪漫与炽热，无论是爱还是恨都像是最冲鼻的香辛料。

沈昼叶撑着加勒特给她的伞走在雨中。

她其实不觉得太难过，只是心底泛起了点儿几乎不可察觉的酸楚与疼痛。

十年的岁月能蹉跎一个孩子的梦，能将一个充满希望的少女变成如今的模样，它的灰烬自然也能遮掩一切伤口。

冷风呼地卷过世间，沈昼叶瑟缩了一下，将背着的小帆布包往自己身上按了按，试图取暖。

夜里温度太低了，已经达到个位数。沈昼叶就算穿了外套也抵不住这种湿冷。

一阵大风大雨后，月季花落得七七八八，沈昼叶用脚踢了踢柏油马路上被碾碎的白花瓣，抬起头望见路灯映着连绵的雨水，黑夜中，剔透的雨水被照得发亮，坠入地上的水洼。

如果是十年前的我，会有什么感觉呢？沈昼叶突然想。

十五岁的我，大概会觉得这雨水像无尽的流星。

我会偷偷看周围有没有人，会觉得自己正穿过浩茫宇宙的流星雨，会告诉身边的任意一个人“我曾做过自己进入宇宙的梦”。十五岁的少年本来就胆大妄为，不在意别人的眼光，想什么就说什么。

我那时候好像还说，我要拿诺伊尔奖呢。

二十五岁的沈昼叶鼻尖一酸，她忽然有点儿想哭。

沈昼叶已经忘了这些事情很久了，可是陈啸之的存在像是一把打开过去的钥匙，令她反复想起她与他的岁月，想起自己最热烈最灿烂的过往。

可是现在呢？

现在的她一事无成。

沈昼叶咳嗽了两声，拽紧自己薄薄的连帽小卫衣。

突然，一束强光穿透黑夜，映亮了她的后背。

沈昼叶意识到后面来了辆车，应该是哪个教授或者学生打算回去睡觉，她往旁边让了让，可是那车叭叭地按喇叭。

她回头一看，看到了熟悉的车牌号，车灯映亮了万千雨滴，车窗玻璃摇下大半，露出坐在主驾驶座上的人。

"上车。"黑夜里，陈啸之眉头拧着，"我开车送你回去。"

陈啸之的心情烂透了。

他就是不想让沈昼叶回去得太晚才提前下班的，没想到没人看着，沈昼叶居然都能在实验室里留到晚上十一点。

他进去的时候还看到沈昼叶做的通宵准备：零食、热咖啡和牛奶，连毯子都准备好了。如果不是他赶人，沈昼叶估计能不知不觉地坐到早上。

陈啸之心情极糟地想，沈昼叶不像个能干的样子啊，勤奋的话，硕博期间能只有这点儿成果？沈昼叶所做的工作都没有创新性。

车里不算温暖，陈啸之倒是不觉得冷，可他还是伸手摸了下空调口，确定出的是暖风。

暖风呼呼吹了出来，沈昼叶坐在副驾驶座上抱着包，揉了揉红红的眼眶，吸了吸鼻子。

陈啸之皱眉："嗯？"

沈昼叶小声解释道："有点儿感冒。"

陈啸之烦躁地想，感冒还会红眼睛？他拧着眉头开车，片刻后冷冷地问："有药吗？"

沈昼叶用鼻子堵了的声音软软地回答："带了的。"

陈啸之侧过头看了一眼，缩在副驾驶上的沈昼叶垂着一头乌黑卷毛，发梢下露出一点儿白得泛光的面孔，她这种天生的卷卷毛一见水就会比原先更蓬更炸。

接着陈啸之看见她发红的鼻尖。

她似乎真的感冒了。

陈教授突然想起自己少年时因为一点儿小事与沈昼叶吵架，吵得谁都不让谁。的确是阿十胡搅蛮缠，他气得血管都要炸了，拿起阿十桌子上的手帕纸，愤愤地朝地上一扔。

那就是包手帕纸的塑料包装，里面就剩一张纸了，陈啸之扔完也没觉得快乐多少，但是他不敢扔别的。

然后，小姑娘眼眶委屈地一红。

结果就是陈啸之为了包手帕纸一边道歉一边哄人，哄完之后陈啸之晚上躺在宿舍床上，怎么想怎么睡不着，觉得自己毫无尊严，跑去和陆之鸣倒苦水：“娇气包连一指头都戳不得，丢她包手帕纸她都哭了，明明就是她先对我发脾气……”

如今还是一指头都戳不得，陈啸之窝心死了。

他目视前方，冷冷地开口：“我不需要你朝八晚十。”

沈昼叶没有回答。

“也不用你天天往办公室跑，”陈教授有些屈辱地道，“我当时把你从宿舍叫过来，是因为我以为你宿舍离办公室很近。往后你不用顾及我，想什么时候走就什么时候走。我不需要你坐班，有事找你的话我会提前一天晚上通知你。”

沈昼叶仍没有回答。

生气了？陈啸之瞧了沈昼叶一眼。

沈昼叶的脑袋顶在窗户玻璃上，头发干了点儿，此时茸茸的。

陈啸之心里发堵，他连哪怕一会儿都不想在沈昼叶面前示弱。

沈昼叶不说话他也不说话，就让沉默变成今晚的康桥。

陈啸之一路开车送沈昼叶回去，并且决定和这个不识好歹的东西冷战到底，他将车在沈昼叶宿舍前一停，没有半点儿好气地说：“到了，滚下车。”

然而沈昼叶还是没有动。

陈啸之拧开车厢里的灯，发现沈昼叶不说话不是在生气，她是睡着了。

沈昼叶装着文献和笔的帆布包已经掉到了脚边，指节松松地抓着包袋。她就这么将脑袋靠在车窗上，放松地睡了过去。

她累到连十几分钟的车程都撑不住，柔软、花瓣一样的双唇微微分开，睡得像个孩子。

陈啸之静了许久，看着沈昼叶在他的副驾驶座上昏睡的模样，表情隐在半明半灭的光中。片刻后，沈昼叶难受地“嗯”了一声，像是快醒了。

陈啸之没有说话，抬手将灯关了。

长长的漆黑的公路上，雨水咚咚地敲击顶棚，那辆跑车熄了火，在宿舍楼前安静地融入夜色。

陈啸之轻轻托起沈昼叶的下巴。

姑娘家眉眼柔嫩，被托下巴时脖颈微抬。

陈啸之呼吸不稳，粗鲁地用拇指按开她花一样的唇。

沈昼叶从小认床，娇气得要命，那些娇气包的、公主的鬼毛病里，她没有一样缺的。

但是陈啸之知道，只要有他在，阿十睡觉就从不挑床。

陈啸之看着在车座上熟睡的沈昼叶，与她呼吸缠绕。

万物熟睡的雨夜里，陈啸之眼睛红得几乎滴出泪来，想要吻她。

“我今早请假了。”

外面阴天，风声呼呼的，沈昼叶揉着脑袋困巴巴地说：“我导师让我下午也不用去了，在家……不对在宿舍，好好睡一天……”

张臻非常震惊：“那个周扒皮？你认真的？”

沈昼叶顶着一头鸡窝一样的卷卷毛，困倦地说：“也没那么夸张，常规少壮派导师而已，你只是跟养老派的导师跟久了……而且，他昨天开车送我回来，我觉得他车上座椅特别舒服，直接睡过去了。”

张臻愤怒地问：“你和你导师刚认识两周就半夜睡在他车上？他没对你做什么图谋不轨的事情吧？！”

沈昼叶几乎是从牙缝里挤出声音：“谢谢……关心。”

张臻丝毫不惧：“我很认真的好吧！你真的没事儿？”

沈昼叶怒道：“少看乱七八糟的言情小说！我就是一不小心睡着了而已，已经很丢脸了，下车时他还嘲讽了我一顿！再说了，他喜欢那种身材好的——”

刚睡醒，脑子非常不清醒的沈昼叶，说完“身材好的”四个字，话音戛然而止，转头钻进厨房说要去给张臻泡咖啡。

“沈昼叶小朋友，你为什么会知道你那个年轻有为的少壮派老师喜欢身材好的？”张臻想起什么似的嘟嘟囔囔，“你导师姓陈，北京人，年龄和你一样，学物理的，又非常厉害……”

沈昼叶心里咯噔一声。

“叶叶呀，你的导师，”张臻将双手交叉握，温和地问，“他中文名叫什么？”

窗外吹过混沌的风，青翠的梧桐叶簌簌作响，沈昼叶捏着杯子的手在发抖，她语气不稳又驴唇不对马嘴地说：“他、他叫Calvin啊。”

张臻面无表情地道：“哦。”

沈昼叶正以为自己成功糊弄了张臻，将磨好的黑咖啡往张臻手边一放，就听见张臻说："那没办法了，我只好亲自查了。"

沈昼叶眼前一黑，看到张臻打开了小利兰物理学院的教职人员页面。

忘了还能在网站上查师资队伍和工作人员的名字……沈昼叶的小世界咔叽一声碎了。

"啊啊啊——"沈昼叶堵着耳朵发出土拨鼠一样的尖叫，"啊啊啊我不听！"

张臻按完了回车键，网页加载完毕，她从屏幕抬起头，喝了一口黑咖啡，无声地看着她。

沈昼叶眼泪水汪汪地积在眼角，她面露惊恐，小心翼翼地看了张臻一眼，仿佛想了解情况一样，将堵着耳朵的小手指头自耳朵里挪了出来。

张臻慢吞吞地等沈昼叶拿出手指头，然后潇洒开口说了三个音节："Xiaozhi Chen."

最终还是被发现了，沈昼叶那表情如遭雷劈，半天，终于眼圈一红，委屈地"嗯"了一声。

张臻不解："你怎么能瞒这么久……你告诉过谁？"

沈昼叶摇了摇头，嗫嚅道："我谁都没告诉过。"

张臻愣了一下，震惊地问："你就一个人忍着？"

沈昼叶咳嗽起来，咳嗽完了，揉了揉发红的眼睛，问："臻臻，如果是你，你会怎么说出口呢？"

沈昼叶不善于向外求救，像一块沉默顽强的石头。连被小导师窃取一年成果的事情都是在那篇文章刊登之后，张臻看到了问她，她才说出来的。

张臻先前和沈昼叶的关系算不上多亲近，只是做了七八年的同学，有种熟悉和善意而已。无论本科还是研究生期间，沈昼叶总是很忙，有时连宿舍都不回，直接睡在办公室，可张臻是有时连实验室都不愿意去的"咸鱼"。

不过她总记得那个在军训时浑身发光的姑娘。

2011年的晚夏，时年十九岁的张臻穿着蓝色的军训迷彩服，在未名湖边坐着喝冰镇瓶装水。班上的同学挤在一处，教官板着脸看着这群刚入学的学生，让他们稍事休息。正是那时，张臻的舍友用胳膊肘轻轻地碰了碰她。

"老四，"她舍友做贼一样小声道，"你知道班上履历最辉煌的人是谁吗？"

张臻在宿舍排行老四，那年代极流行这种叫法，一个宿舍分出老大老二老三和老四，按年龄排列，非得分出来个姐姐妹妹不可。

张臻问："怎么，两个省的高考状元非得分个高低？小学生吗？"

她舍友摇了摇头："和他俩没关系。你不知道吗？还有没高考的呢。"

没高考的？张臻愣了下。

然后，她舍友说："看。"

张臻第一次注意到沈昼叶。

那姑娘生得特别稚嫩，完全不像个经历过高三洗礼的成年人，眉眼透露着一股难言的稚气与蓬勃之感。

博雅塔旁的灌木垂柳，盛夏炽热的风，光线犹如碎裂四散的金箔。

物院大多是认真学习的姑娘们，刚结束地狱一般的高三生活，满脸写着朴素，正处在人生中最灰头土脸的时期。那个小姑娘也不例外，只是格外的清秀白皙，遮不住的青春漂亮。

室友在柳树的光影中，小声地说："这个是国际奥赛保送来的，今年十七。你说，人家脑子怎么长的？"

张臻看见女孩儿抬起胳膊，挡了下刺眼的光。

就是那一瞬间，十九岁的张臻忽然觉得，这个叫沈昼叶的保送来的孩子，是个伸手带着光、赤诚而热烈的人。

七年后，那个曾经带着与生俱来的光的女孩儿正蜷缩在异国他乡的沙发上，一边咳嗽一边抱着平板写写画画，她套着件灰色的过大的家居T恤，头发挽成个球，领口现出一截细瘦柔软的后颈。

沈昼叶是有过念念不忘的人的。张臻看着她的背影想。

那个物理竞赛的传奇式人物、初三被选入国家队的陈姓"大佬"、沈昼叶本科时一喝酒就会用顺口溜骂的那个人……如今是他的导师。

她的同学，这个朋友，沈昼叶，实在是活得太苦了。张臻心疼地想。

沈昼叶像个不懂怎么保护自己的孩子，只能懵懂地磕磕绊绊向前跑，将自己碰得遍体鳞伤却寻不到出路。

陈啸之给沈昼叶放了一个周末的假。

然后沈昼叶很有个人风格地上午处理完了陈啸之要求的数据，下午则强行征用了梁乐的时间，连麦和他讨论这数据有没有遗漏干扰项。

梁乐是个搞人工智能的，早已是工科男多年，距离把理论忘光就差那么一丁点儿，然而他们几个工科男加一加，还是能给出不少有用的建议。

张臻坐在客厅抱着笔记本电脑看了一天的《生活大爆炸》，被谢尔顿逗得咯咯笑，一抬头，就看到沈昼叶非常认真地问："学长，这个地方还是要考虑一下介质的吧？我看到陈——"

沈昼叶几乎想咬掉自个儿的舌头，火速改口道："不，我导师。他给我的表里有这一部分的介质参数。"

张臻万万没想到自己在看《生活大爆炸》现实版，难以置信地对沈昼叶喊话："周末啊妹妹！苏格兰人今天都出去参加派对了！你难道不想出去玩玩，或者看个综艺啥的？你居然还在搞你导师布置的任务？！"

沈昼叶喊道："我还有坑没填完呢！填完了再去！"然后又低头去看梁乐。

梁乐那边还不晚，他仍穿着白大褂坐在实验室里。工科的白大褂与生物及医学的实验白大褂不同，他们的实验室白大褂向来是礼节性的，可穿可不穿，也大多脏兮兮的没人管。他周围坐的几个摩拳擦掌要来攻克物理学难题的硕博生的白大褂都泛了黄，可梁乐的那件白得发光。

几千公里之外，梁乐转着笔，忽然道："沈昼叶，我怎么想都觉得，这个问题你不至于问我。"

沈昼叶一愣。

屏幕中的梁乐道："虽然你导师给的问题很复杂，但我感觉，这种程度的问题，以你的能力不至于解决不了。你为什么要来找我？"

沈昼叶看了一眼正在看美剧的张臻，突然感到极为难堪，便抱着自己的电脑手机和平板，悄悄地摸上了楼。

风刮着成团的云，天空灰蒙晦涩，却没有下雨。沈昼叶关上阁楼的门，将正在与梁乐视频的电脑放在桌子上，酸楚而诚实地说："我没办法集中精力。"

梁乐挑挑眉。

"没办法集中。"沈昼叶重复道，"完全不想面对，看到就想逃。但是另一方面，理智会把我拉回来，让我硬着头皮往下做。"

梁乐惊道："可是，这难道不是你一直想做的……"

"是曾经想做的。"二十五岁的沈昼叶打断了他，沙哑地说，"学长，是很久以前的'曾经'。"

在父亲离开前。

在她仍有精力满中国跑的时候，在她仍年轻气盛的时候，在她还有力气说出诺伊尔奖的时候，在慈教授去世前，在她被磨平棱角的那一年。

“所以，还是得让你帮帮我。”沈昼叶想了想，颇为好笑地说，“就当是十年前，我们集训的时候，我给你抄作业的报酬吧。”

沈昼叶说完，抬起头看向自己桌前悬挂的照片。

那张从通信本里掉出来的，她父亲十九岁那年的照片。

这张三十年前的照片沈昼叶已经忘了自己是怎么弄丢的了，只记得丢了之后她难过得偷偷窝在被子里哭。但是她那一段记忆模糊不清，一时想不起究竟是哪一年。

二十五岁的沈昼叶只记得这张照片遗失了很久，如今却在本子里出现。

通信真的是件很奇怪的事情。

它毫无数学规律可循，用数学的语言完全无法解释。

但是沈昼叶总结出了三条通俗的规律：

第一，信出现的时间完全随机。它想寄到几月几号就寄到几月几号，它想什么时候把信收走就什么时候收走。

第二，通信成功的时候，通信本一定是合拢的，当本子处于展开的状态时，绝对不会寄出任何一样东西。

第三，本子在通信时，会有非常主观的“马赛克”和“抠掉字”的行为。

关于“马赛克”，据十年前的小昼叶说，她那个时空收到的信总是会被涂抹掉一些内容。大小昼叶两人曾经核对过几次，大昼叶写完了信，将信拍下来留证，然后小昼叶找一张纸，标示出被涂抹的部分。

“仿佛后面有个审核员似的。”大昼叶说。

“抠掉字”则出现在这个时空，大昼叶收到的来自过去的信里，不会有任何涂抹痕迹，却会被抠掉一两个不妨碍阅读的字，留下几个可笑的漏风的洞。

沈昼叶奇怪地盯着那张突然出现的爸爸的照片，又瞅了瞅本子，试图找出其中存在的关联，片刻后，她决定放弃，这远超出她现阶段的科研能力。

接着，她抱着平板滚进了被子里。

连日阴雨结束，万里晴空，加州热烈如火的晚夏又回到了这处人间天堂。

陈啸之沉默着，用手指抵着下巴，掀起眼皮看了沈昼叶一眼。

他表情有种酸涩和愤怒。

片刻后他忍下所有的情绪，漠然地开口问：“你周末一直在做这个？”

沈昼叶诚实地点点头，说：“是。”

周六晚上，沈昼叶熬到三点钟，忍着浑身的难受将陈啸之布置的任务处理到自己满意的程度。

沈昼叶不是做不到，只是再也做不到像以前一样好了。

二十五岁的沈昼叶的心里横着大石与枯木，那石头与枯木在无尽的时间和磋磨中垒成高塔，将星辰与月亮压得没了影子，与她的心长在一处，连动一下都觉得痛苦。

“还算能用。”陈教授看完后极其勉强地评价，“但是过程中忽略了两个小问题，我给你讲讲。”

能用！这次终于没有被骂了，沈昼叶露出一丝放松的颜色，朝陈啸之的方向走了两步，陈啸之却突然冷冷地开口道：“别过来。”

沈昼叶一愣：“嗯？”

陈啸之拒绝沈昼叶到桌子后面与他站在一起，反而让她站得老远，冷淡地给她讲完了错误之处。

沈昼叶丈二和尚摸不着头脑，也不知道为什么陈啸之连这种正常的师生距离都无法接受，站在那里听着他把问题一个一个地指出来，一边听还一边匀出点儿精力，思考为什么如此。

“你翻一下你给我的第三页，”陈啸之没什么表情地说，“那里你少考虑了一个变量……”

沈昼叶应道：“唔，这样啊。”

她抬起头，透过这片大陆上金雀花般的阳光，小心翼翼地看着陈啸之的模样。

陈啸之的眉骨较十五岁的时候高了不少，更显面目深邃英俊，眉梢上有一道浅淡的痕迹。沈昼叶试图拼凑起一个十年前的少年，却发现再也拼不出来了。

如果在街上见到他，也许都不敢相认了。

毕竟十年了啊，沈昼叶想，十年的时间将我磨成了另一个昼叶，而陈啸之更是没有理由在原地踏步的。

她还记得七八年前她和陈啸之在社交软件上是互相关注的好友关系，沈昼叶总是会刷到陈啸之的动态。那时候沈昼叶仍是个素面朝天的高中生，可与她同龄的陈啸之总是有开不完的派对，车上的金发妹不曾重样。

那些金发女孩儿被加州的阳光晒出性感的古铜色皮肤，她们在黑夜里大笑着，闪光灯落在她们的金发上。

那这个如今沉稳了许多的成年男人呢？他现在的感情生活会是什么样子的？

拒绝我靠近应该是因为在他的车上睡的那一觉吧。沈昼叶突然想，可能是陈啸之现在的女朋友发现了，痕迹可能是一根长发，可能是深夜才回家的男朋友，也可能是车里陌生的女孩儿的气息。

无论是哪个原因，那个姑娘都一定十分生气。

除了这个也没有别的原因解释了。

沈昼叶羞愧得几乎想要钻进深坑。

她向来行得端坐得正，人际关系十分单纯，她没有那种想法，连以后也不会有。可是无论有没有，她都意识到了自己身份的敏感程度。

陈啸之仍然坐在办公桌后，沈昼叶低着头，眼圈红了。

我一定影响到别人的生活了，陈啸之说“这不合适”的时候我就应该意识到的，他说“师生关系”与“不越线”的时候我就该划清界限的。

就算我拒绝了陈啸之送我回宿舍，从不逾矩，可是我确实从来没有避免过不必要的接触，也没有避过嫌。就像这是理所应当的事情似的。

陈啸之无意识地摸着自己的嘴唇：“为节约时间，我会把问题自己修正了拿来用，但我还是建议你也修正一下。”

沈昼叶沙哑地应了：“好、好的。”

然后陈啸之不自然地咳嗽了一声，低声说：“行了，回去吧。”

他终于抬起头朝沈昼叶看过去，可是只看到了她离开的背影。

一切都像山一样压了过来。

见面第一天时说的“师生”与“界限”，送她回宿舍时握在方向盘上的青筋暴起的手，不愿意与她撑一把伞的落雨的下午，还有“别过来”三个字。

沈昼叶天生缺乏与人弯弯绕的能力，后天无法弥补。

因此她经常挨小老板的骂——报销报不了、协调不到器材……这些全是小老板骂她的理由。

可是陈啸之这一系列反应，沈昼叶是懂的。

傍晚时分，沈昼叶坐在学校餐厅中，面前摆着一盘法国炖菜和一个小三明治。她怔怔地看着落地窗外的万里暖阳，过了会儿，用叉子叉起一颗炖菜掉下来的玉米，放进了嘴里。

帕罗奥多的傍晚夕阳发出万丈光芒，有种别样的自由与浪漫奔放。

陈啸之与罗什舒亚尔教授一起走进餐厅。

罗什舒亚尔教授是陈啸之的直系导师，陈啸之下午刚和他讨论了一个自己酝酿很久的猜想，罗什舒亚尔教授觉得陈啸之的想法有点儿太激进，应该一步一步地来。

两个人在办公室聊了许久，后来一看天色不早了，就一起来吃饭。

餐厅里人声嘈杂，罗什舒亚尔教授忽而笑道："Calvin，以前我们还常出来一起散步呢。"

陈啸之笑了下，说："是。"

罗什舒亚尔教授问："看你的表情，最近心情不错？"

"差不多吧，"陈啸之无意识地摸了摸自己的嘴唇，茫然地道，"不过挺矛盾的。"

师生二人来到自助区，往各自的餐盘里夹东西。

罗什舒亚尔教授偏爱重糖重油，他在餐吧拿了份芝士烤土豆和美式烤肋排，那肋排吱吱冒油，肉上淋了一层烤肉酱与枫糖汁，是餐厅的特色之一。接着他拿了杯可乐，又夹了几个松饼。

而陈啸之往盘子里夹了两个凉飕飕的鸡胸肉三明治，又接了杯冷水，就端起了餐盘。

陈啸之从小便不太在意自己吃什么，在餐厅吃饭几乎都拣最容易下口的，甚至有三个星期连吃同一个夹心的三明治的记录，一点儿都不挑，称得上无欲无求。

他端着餐盘，与罗什舒亚尔教授一起去找地方坐。

晚餐高峰时期的餐厅熙熙攘攘，挤满了刚下课的大学生与教职工，还有学生拿着电脑占座。

凤凰花瓣似的夕阳落在雪白的瓷砖上，陈啸之就是在那样的光线里看见沈昼叶的。

沈昼叶穿着条鹅黄色的裙子，坐在能看见落日的窗边，漆黑的长发束了起来，露出白皙的天鹅般的脖颈。

罗什舒亚尔教授说："那里有个空——"

"教授，"陈啸之沙哑地道，"我今天不能和你一起吃饭了。"

罗什舒亚尔教授一愣："这倒是可以……但是怎么了？"

陈啸之摇了摇头，没有解释，只说："非常抱歉。"

罗什舒亚尔教授看见自己的学生端着估计全大学找不出第二个人爱吃的三明治，反身折回了餐吧。

陈啸之去餐吧处取了盘子，夹了蛋奶酥和奶油顶的杯子蛋糕，将那盘子摞得老高。

他停顿一下，又捏起了一盒蜂蜜味的酸奶。

无法面对。

陈啸之几乎一靠近沈昼叶就会想起那个落雨的夜晚。

他至今记得指节上温暖的鼻息，车外唰唰作响的雨，车里那股清冽的不属于他的香气，睡着的沈昼叶柔软甜腻的合欢花一样娇嫩的唇角……以及他粗鲁至极的亲吻。

沈昼叶对此一无所知。

别过来，陈啸之想，跟我保持安全距离。

然后，他将装满甜食的餐盘往沈昼叶对面"砰"地一放。

坐在窗边的沈昼叶吓了一跳，抬起头，确定来人的身份时，清澈的双眼里还汪着水。

陈啸之漠然地问："对面有人？"

夕阳的光芒中，沈昼叶摇了摇头说："没有，我自己来的。"

陈啸之"哦"了一声，道："那我挤一下，别处人满了。"

沈昼叶捧着三明治看了看周围的卡座，确实挤满了学生。

陈啸之在她对面坐下了。

沈昼叶咬了一口三明治，非常细致地咀嚼，扭过头目不转睛地盯着一只草地上的小松鼠。

小孩子吗？陈啸之想，她怎么这么可爱啊。

"下午做什么了？"他问。

沈昼叶一愣，颇为疏离地答道："看了一会儿文献。"

"看了什么内容，说来听听。"陈教授其实觉得讨论文献时的沈昼叶挺烦，如果他们俩思路不同，沈昼叶就会坚持辩论，刨根问底……但是现在看在阿十啃东西可爱的份儿上，讨论一下也不是不行。

小混蛋。

“读了三篇，不过有一篇是我下着玩的。”沈昼叶认真地回答，然后她话锋一转，“我一会儿给您发到邮箱去。”

陈啸之一愣：“邮箱？”

“我吃完了。”沈昼叶放下只啃了两口的三明治，道，“教授再见。”说完她背起包端起晚饭餐盘，将教授留在了身后。

像是在嘲讽他早上那句“别过来”一般。

夕阳中，沈昼叶只留给陈啸之一个被光晕映得毛茸茸的小背影，外加一盘陈啸之平时连看都懒得看一眼的甜点。

陈啸之没往心里去，一来他想不出沈昼叶躲他的理由，二来他心很宽，觉得沈昼叶应该是有急事要去做。

他从来不过多干涉沈昼叶的决定。

他们同龄，沈昼叶只比他小三个月，哪怕是导师，也没有去事事询问的道理。

于是陈啸之就坐在沈昼叶原先坐的位置上，迎着凤凰花般的夕阳，将两个三明治吃完，回去找自己的恩师，继续讨论他的猜想。

“我不得不承认，你这个假设很有意思。”罗什舒亚尔教授说。

夕阳正在沉入地平线，金红色的云犹如燃烧天空的火焰，师生二人正沿着小坡一路向下走。

罗什舒亚尔教授道：“Calvin，你这个关于黑洞及暗物质的关联的猜想很有研究价值。但是我很抱歉地告诉你，以我的能力，暂时没有办法给你提供进一步的帮助。”

陈啸之点头：“和您之前做的东西差得有点儿大。”

“是的，这是我从未接触过的。”罗什舒亚尔教授诚实地说，“不过我认识可能会帮到你的人，不远，开车一个多小时就到了。一会儿我把他的联系方式发给你，你和他见面聊一聊。”

陈啸之说：“谢谢您。”

“不用谢，”罗什舒亚尔教授笑着道，“你这个猜想确实很有趣。”

一阵夏日的晚风吹过，罗什舒亚尔教授感慨：“Calvin，我忽然想起你高中的时候。”

陈啸之闻言，“嗤”的一声笑了出来。

他高中时在旧金山读书，他就读的那所高中曾办过晚宴，专供陈啸之这些成绩一向不错的学生与大学拉近关系，方便日后申请。罗什舒亚尔教授就是在那里第一次见到了陈啸之。

陈啸之算不得劣迹斑斑，但也令人印象相当深刻。

他那时候狂得很，据说原本在别处玩着呢，是被他的物理老师强行拖过来的，让他来社交。罗什舒亚尔教授还被陈啸之以冷淡又不失礼貌的微笑“招呼”过。

老教授怀念地说：“我当时对你的印象就是，一个相当聪明的混蛋，搞不好还有酒精依赖。”

陈啸之有点儿羞耻，诚实地回答：“那时候是玩得有点儿疯。”

罗什舒亚尔教授看了他一眼，问：“喝了酒，还是那个样子？”

陈啸之沉默了许久，声音沙哑地回答：“是。”

二十五岁的陈啸之除了助眠用之外，严苛到平常连酒精饮料都不会下咽。聚会时没办法，顶多抿两口，绝不多喝。他的这种“不饮酒”与其说是厌恶酒精，更像是在畏惧酒后失态。

陈啸之放下手头的工作时已经晚上九点了，他看了眼表，觉得天天让沈昼叶在这里待到十一点实在是不行，应该导入强制下班的制度。

沈昼叶搁这里耗什么呢？这么勤奋？还是在等自己把她送回宿舍？

娇气死了，陈啸之想，又不是得留在这儿做实验，早点儿往回走能怎么样？怎么这么爱给人添麻烦？

他烦躁地拿起桌子上的车钥匙，在仍然亮着灯的隔壁办公室门上敲了敲，冷冷喊道：“还不走？非得我天天来赶人？”

过了一会儿，沈昼叶在里面小声说：“走啦。”

沈昼叶肩不能扛手不能提，跑步跑不快，耐力还差，又生了个一看就好欺负的小个子，陈啸之想到自己让她走了许久的夜路就后怕，万一遇到个持枪抢劫的大个儿，沈昼叶怎么办？

他想好了，要么沈昼叶早点儿回，要么自己掐时间，开车把她送回去。

陈教授抱着胳膊，握着串车钥匙等在沈昼叶办公室外，任劳任怨又脾气暴躁。

沈昼叶很快就抱着自己的笔记本电脑跑了出来，看到陈啸之，下意识地后退了一步，愣愣地：“嗯？”

陈啸之一晃车钥匙，冰冷道：“走。”

“不用了，”沈昼叶低头小声说，“我自己回就行。”

陈啸之斥道：“几点了，你自己回？！”

把阿十送回去在他看来是再理所应当不过，可阿十拒绝了。

“九点三十四。老师再见。”沈昼叶说完，潦草地一鞠躬，抱着电脑跑了。

握着车钥匙站在原地的陈啸之陷入了一种尴尬的沉默。

这是在躲他？

但是问题来了，沈昼叶有躲他的理由吗？

一片黑暗中，陈啸之躺在沙发上，盯着天花板抛接棒球，推测这是个巧合。

毕竟沈昼叶早上时挺开心的，还笑着和他说“早上好”，在办公室时……也挺正常。

陈啸之“砰”地捉住球，正打算去洗脸刷牙上床睡觉，不去想沈昼叶这个小混蛋。可那浓得化不开的黑夜里却突然浮现五岁的小阿十。

二十年前的某个傍晚，小阿十在回家路上摔得膝盖破了皮，浑身湿淋淋的，呜咽地坐在陈啸之爷爷家的沙发上。沈昼叶从小有点儿皮，街头算命的说她“九岁才能扎根”，意思是她九岁之后走路才不会到处摔跤。

“膝盖疼。”

小小的回忆体坐在成年的陈啸之的沙发上，仿佛陈啸之会有什么办法一般，抽抽搭搭地唤他名字：“之之……”

“滚。”陈啸之面无表情地说。

小回忆体飞灰一般消失无踪。

黑夜里，陈啸之低头看着那沙发，片刻后眼眶发红，他伸出颤抖的手，抚摸小阿十消失的地方。

可小阿十已经无处可寻。

她在躲我吗？

陈啸之又出现这念头，但与上次不同，他这次心里慌得难受。

沈昼叶一回宿舍就开了罐气泡果酒，她的酒量喝一罐都有点儿多。

沈昼叶坐在电脑前痛苦地喝闷酒，一边绝望自己的人际关系一边烦学业，其中最让她窒息的则是陈啸之。

能怎么躲他？这可是你导师啊，你得求着他毕业，还得主动联系他，但是他又是曾和你互有好感的人……沈昼叶你的命到底是有多不好才会遇到这种千载难逢盛景?

子夜，正当她喝得有点儿上头，手机上“咻”地来了条微信。

沈昼叶慢吞吞地喝着酒精含量不到10%的果酒，半罐就让她红了脸。她凑过去认真看了看，发信人是一个黑黑的头像。

那个黑黑的头像问：“你到宿舍了没?明天下午的时间空出来，和我去个地方。”

他还没睡?沈昼叶以为自己看错了，还看了一眼发信时间。

“咻”，下一条信息紧跟着抵达。

陈啸之在加州时间子夜零时三十一分，冷酷地道：“收到请回复。”

第二十章

送给你的梦

旧金山湾阳光毒辣，气温足有三十多度，沈昼叶踩上柏油马路时都觉得脚底发烫。

走出A栋实验楼的时候，她看到停在下面的那辆代步工具，迟钝地意识到陈啸之应该是换过车的。

她第一次坐的是陈啸之那辆挂着名字车牌的酒红色超跑，第二次在雨夜，看不分明，不过记得虽然也是两座跑车，但绝不是红色。

面前这辆，则是银灰色有四扇门的车。

可能是家里有很多辆吧，沈昼叶缺乏概念地推测。

这位小博士生常年待在大学里，基本没见过外头的花花世界，对这群公子哥儿玩的东西缺乏最基础的认知。但她确实知道陈啸之家里很有钱，有三辆车不算什么。

过去的七年，沈昼叶一直踩着那辆自己漆的天蓝色自行车，穿过春夏秋冬的。

沈昼叶好奇地伸手碰了下车——下一秒，沈昼叶被那能煎蛋的温度烫得“嗷”一声，不住地吹手。

陈啸之手里提着卡纸盛的两杯咖啡回来，瞅了眼被烫得呜呜嘤嘤的沈昼叶，冷冷地道：“上车。”

沈昼叶不敢再吭声，夹起了小尾巴。

陈啸之的态度跟尖刀似的。

不过他一直都这样，沈昼叶早就夹尾巴夹习惯了，毕竟斥责得更难听的也不是没有。

她伸手要开滚烫的车门，陈啸之绕过她，伸手将副驾驶的车门“咔”地拉开，接着绕过车头，拉开了主驾驶的门。

陈啸之还会给她开车门呢?

车里被晒得像是要化了一样，沈昼叶一坐进去，发现座位都成了炙热的锅底。

陈啸之说：“路上一个小时。”

沈昼叶小声回答：“唔。”

“安全带系好。”陈啸之又不太爽利地道。

沈昼叶“嗯”了一声，将安全带拉上，拿出手机，开始回复微信，没有任何开启对话的打算。

陈啸之从打包纸杯托里取出杯咖啡，道：“你的。”

“谢谢。”沈昼叶放下手机接过咖啡。

那杯咖啡很冰，摸起来很舒服，沈昼叶用咖啡杯蹭了蹭自己被晒红的面颊，然后掰开口抿了一小下。

咦，沈昼叶一愣，口味正好，好像还加了香草糖浆。

她偷偷瞄了旁边，陈教授冷着脸，将车发动了起来。

沈昼叶其实很会找话题，对着熟人总有说不完的话和撒不完的娇，她用这手段从小到大不知收服了多少人，连陈啸之的爸妈都非常喜欢这个小姑娘。

而陈啸之，则是其中经历最惨痛的受害者。

过去的小昼叶成天喊着“之之”，围着陈啸之叽叽喳喳的像只小山雀，摔个跤都要跑去找之之讲自己摔跤了好疼，骗一波他的同情。

无论如何，都不会是现在这种沉默的情况。

旧金山湾沿着桥延展，通往伯克利市的圣马提奥大桥上车流不息，云在对岸山脊间流淌而过。陈啸之握着方向盘，在吹着空调冷风和沉默之中，感受到了一丝烦躁。

他没话找话地问：“我给你布置的任务怎么样了？”

沈昼叶疏离地说：“在图书馆借了书。”说着便将书包袋子拉开，给陈啸之看里面的几本大部头，还有今早她打印出来看的文献。

沉默再度降临，车里只余空调运转的嗡嗡声。

陈啸之握着方向盘开车，过了会儿，匀出只手把沈昼叶那侧的空调片朝上拨，不让冷风对着她吹。

冰冷的空调风吹向别处，沈昼叶抱着冰咖啡，呆呆地看着窗外的风景。

她今天扎了辫子，束起头发的皮绳上有数颗金黄的小星星，几缕碎发垂在额角，阳光如碎金般镀上后颈，她秀气温柔得犹如被天使亲吻过的花。

陈啸之觉得心都在发痒。

炽热的阳光穿过车玻璃，落在他的手上。

陈啸之忽然想起自己的手曾经那样小，并不像现在这样骨节分明，而是肉肉的、小小的一只，和小阿十的手差不多大，他们这对小青梅小竹马的手对在一起是严丝合缝的。

可是现在，陈啸之已经能一手包住沈昼叶的手了。

“我和你说过的那个课题，”陈啸之淡淡道，“你看了吗？”

“嗯。”沈昼叶点了点头。

“你有想法的话随时告诉我，”陈啸之看着前方淡淡地道，“这很重要。”

沈昼叶又低低地“嗯”了一声，过了会儿，用泛红的指尖掰开咖啡杯盖上的小口，安静地抿着。

他们抵达伯克莱大学时，大约是下午两点。

沈昼叶在路上没睡觉，玩了一会儿手机，其余的时间都在望着窗外掠过的景色发呆。

罗什舒亚尔教授给陈啸之引荐的这位姓布莱森的教授年纪不大——至少和他比起来不算大。陈啸之联系布莱森教授时对方欣然答应，并邀请陈啸之第二天下午来和他喝杯咖啡。

那时陈啸之问：“我能带一个人过来吗？”

对方安静了几秒钟，严肃地问：“你要带的人是你这个课题的合作者还是学生？”

耀眼的阳光洒落一路，沿途的草坪修剪得整整齐齐，车辆穿过满是苔痕的钟楼，在天文学楼前一停。

“下车。”陈啸之说。

沈昼叶刚把书包背在身上，陈啸之又拧着眉头道：“拿着手机就行了，包放在车里不行？那么重的东西背着干什么？”

沈昼叶只好把装满大部头的书包放在了车里。

说句老实话，沈昼叶不明白为什么陈啸之会把她带过来。这种学术大佬之间的谈话她经历过，全程插不上话，最后还被小导师赶了出去。

而且学术上的猜想相当敏感，在尚未成型的阶段是要避讳他人的。科研上的合作也非常麻烦，文章的署名是并列第一还是分第一第二，万一获奖了怎么办，谁做的贡献多谁做的贡献少……为了文章的署名与成果的归属，闹到见面冷哼甚至互相装不认识的科研工作人员绝不是少数。

他们在教授的办公室与这位布莱森教授见面。

这位中年人看到陈啸之后先是一愣，惊讶地道："你也这么年轻？"

陈啸之笑了下，温和地说："是的，教授幸会。"他上前去，与布莱森教授握了握手。

那位教授自然地迎过来，对沈昼叶伸出了手掌。

握手这个肢体语言的意义，无论中外，都是合作。

沈昼叶微微一愣，也与教授握了下手。

沈昼叶一下午其实都没太听进去。

她尽力跟上陈啸之的思路，但是心里却难受得想要逃离这个场合。那教授也并不在意，陈啸之与他讨论得异常激烈。

"我觉得这里只要有相应的观测数据，"陈啸之拿着笔在纸上画了个圈，"我前些日子听说EHT①取得了关键性的进展，只不过数据还没有整理完，还不能使用。只要填补了这一项，我就可以证明。"

布莱森教授说："你缺失的不止这一环……陈，你怎么证明黑洞这一天体的史瓦西半径中这一特定现象的起因……"

沈昼叶不参与他们的讨论，也不愿意参与，她记着笔记，余光却瞥见了陈啸之的模样。

夕阳的光镀在他的身上，陈啸之手里的笔轻巧地一转，专心地听布莱森教授陈述自己的观点。

"你不能排除电荷的干扰，"布莱森教授道，"对于这种克尔纽曼这类型的黑洞，它的表现应该是不同的……"

陈啸之停顿了一下，道："数学从不撒谎。"

布莱森教授赞同地点点头。

沈昼叶笑了起来。

---

① 事件视界望远镜。

她想起自己也曾经对老师这么说，接着想起自己每次精准解决一个物理问题时那种脑海里炸开烟花一般的快乐。那种快乐就像解连环时卡准了那个最后的凹槽，又像是将魔方掰回原位的最后一下。

“咔”的一声，魔方归位，连环散落，过去的小昼叶将自动铅按在验算纸上。

难题被拆成了松松软软的公式，变成了答案。

那是一种古老而怀念的感觉，沈昼叶闭了一下眼睛。

“你们两位年纪轻轻的，为什么来做天体物理呢？这么深的一个坑。”坐在沙发上的布莱森教授喝了口咖啡，忽而笑道，“薪资水平比起别的专业低得可怕。现在各国航天局天文台的经费都非常吃紧。我们有多少学生毕业即失业？这鬼方向毕业又难，听说过那个研究小行星，结果最后一年小行星被撞没了的牛津博士吗？”

简直如雷贯耳。

陈啸之拧起眉头，问：“哈？一个小行星炸了就毕不了业了？”

“不是所有人都能在两年内硕士加博士毕业的。”布莱森教授道，“你是个例外。”

陈教授“哦”了一声，神态十分冷淡，对那位同行连半分同情都没有。

沈昼叶实在是不好意思在这两位面前说我是被迫的，我也不想的，我原来是做凝聚态物理的，博二居然被大导师一棍子抽到这地方来搞理论研究与天体物理，年少无知时我还在我如今的顶头上司面前吹过牛，说我以后要得诺伊尔奖……

陈啸之笑了下道：“这个不太方便透露。您问这个是……”

“只是问问。”布莱森教授看了眼窗外，似乎想起什么，“不过，我很多年前听过一个人说，这是他身为人类的本能。”

沈昼叶微微一愣，抬起头来。

教授笑着说：“那时候天体物理的黄金时代已经过去了，随着冷战末期的太空争霸结束，政府发现短期之内无法从太空中得到经济利益，就缩减了许多相关的经费。包括现在也是，政府拨款都是朝更细枝末节的地方拨，通信、材料、工程……天体物理的热度，就是这么降下来的。”

陈啸之点了点头。

“现在来看，这个学科就是穷，而且出力不讨好。”教授转头问沈昼叶，“小姐，你们国内愿意往天文方向去的人也不多吧？”

沈昼叶沉默片刻，沙哑道："我们那一届保研的人里，只有我是选择这个方向的。"

陈啸之一怔，朝她看了过去。

夕阳金红，沈昼叶的眉眼融进柔软的光线内，陈教授看不清她的模样。

"现在并没有多少人愿意做它，做得好的人也不多。当前的热点就是生物医学、材料通信、软件开发……"布莱森教授在夕阳中温和地道，"可是，人类的基因里就写着冒险。"

沈昼叶眼眶有些发红。

"所以无论当前如何安稳，人类终究会去征服、去远航。就像千年前眺望海的尽头，揣测海的另一端是什么的冒险家们，他们怀揣着远渡重洋抵达陌生的黄金大陆的火种一般的梦。而我们仰望穹顶的繁星时，心中也怀揣着航行在它们之间的梦想。"教授怀念地说，"我们虽然注定无法活着看到这场航行，可我们将是火种的传递者，是下一代人、下下一代人得以站得更高的、名为科学的基石。"

沈昼叶鼻尖发酸，脑海中，那个几乎模糊得如同风声的声音回荡起来——

叶叶，宝宝。

这就是占星，是科学。

是爸爸带你看的行星后的故事，是想送给你的梦。

沈昼叶和陈啸之一起离开布莱森教授的办公室时，夕阳已经斜沉，金红如火的光铺满世间。

临出门时，沈昼叶看到教授办公室进门处的照片墙，上面贴着许多教授的照片，出去旅行的、站在蓝天下揽着自己的妻子的……而那些照片中有一张泛黄的、两个青年揽着彼此的肩膀的照片，一下子跳进了沈昼叶的视线。

其中的一人是彼时头发还浓密的布莱森教授，另一个人则是黑发黑眼的亚洲面孔，不过二十几岁的年纪，穿着件理工男特有的格子衬衫，头发修得整齐又精神，冲着镜头笑得阳光自信。

真奇妙，沈昼叶恍惚地想，一个人分明已经去世了十年，可是这世间仍然残留着他的痕迹。

照片上比沈昼叶还要年轻的父亲，目光如炬火一般，又像是须臾而亘古的星光。

沈昼叶已经躲避那目光许多年，她心里泛起钝钝的酸涩，最终也没有问布莱森教授和父亲是什么关系。

残阳如血，已经没那么热了，但是柏油马路仍有一层余温。“滴滴”两声车门打开，陈啸之示意沈昼叶上车，沈昼叶点了点头，坐进车里。

“挺有意思的一个人。”陈啸之没话找话。

沈昼叶小心地抱住了自己的包，说：“还行吧。”

对话终结。

沈昼叶一整天都没怎么说话，陈啸之想起这件事就心烦意乱，甚至觉出一股“她是在故意减少存在感”的意思来。

可是为什么？

车的引擎轰鸣起来。

陈啸之烦闷地摇下车窗，一脚踩下油门，车蹿了出去。

应该是累了吧？陈啸之搜肠刮肚，最终憋出一句：“饿不饿？去吃点儿东西再走？”

沈昼叶想了想，认真地道：“不用了，太热了，我不太想吃东西……不过你想吃的话我可以一起。”

陈啸之面无表情道：“那算了，饿的话后面有吃的。”

“唔。”沈昼叶认真地点了点头，“谢谢。”

陈啸之没有原路返回。

去的时候赶时间，他是沿着圣马提奥大桥过去的；可是回去的时候，陈啸之有一整晚的时间。

旧金山城隔海而立，在夕阳中巍峨而壮阔，银灰车辆驶入大桥。

陈啸之高中就是在旧金山读的，因此他对这里的一切十分熟悉，这里的纸醉金迷、海风与大厦。

陈啸之有过许多朋友，有些已经不再联系，有些还能叫出来见见面。十六七岁的陈啸之投身于学校里那些少年们的派对里，去交际，混迹于酒吧街头之间。

陈啸之那时是学校里最受欢迎的人。

这个异国人生得一副好皮相，成绩名列前茅，又格外玩得开。他的公寓里没有父母，因此也不需要门禁，而且他还特别有钱。

陈啸之的公寓里总是有酒，他酒品还不错，喝醉了只是坐在那里一言不发。

可是他在毕业舞会上醉过了头，也是唯一一次。

陈啸之与沈昼叶不同，沈昼叶是脑子好用的迷糊鬼，那些无关紧要的东西她分分钟就能忘得一干二净，可是陈啸之连五岁的事情都记得。

很久之后，陈啸之对陆之鸣说，他觉得沈昼叶是上天的宠儿，什么都不记得，最后背负着一切苦痛的都是另一个人。

陈啸之就是那个背负者，清醒得可怕。

这种清醒像是神给聪明人的诅咒，也是他坏脾气的根源。

他的车穿过旧金山的使命区，陈啸之侧过头，看到沈昼叶托着腮看窗外飞掠而过的高楼与车。

陈啸之想起毕业舞会那天的灯红酒绿，女孩儿们都穿着她们最漂亮的一套裙子，黄金和钻石在她们的脖颈上闪烁，学校还请来了乐队。

可是酒精模糊了一切。

十七岁的陈啸之不知道阿十在哪里，发了疯一般四处找她。

他找的是那个在他手腕上套了自己的发绳的姑娘，踩着小凉拖跑到他家门口一声声叫他“之之”的小女孩儿，在新年的钟声里仰起头时眼睛里闪烁着繁星的沈昼叶。

他的阿十，陈啸之最终弄丢了的四月里绽放的小花。

二十五岁的陈啸之红了眼眶。

海风吹过加州的一号公路，海浪拍上峭壁沙滩，碎成千万云雾。夜幕降临，如火又如玫瑰的阳光沉入太平洋。

沈昼叶头发被大风吹得凌乱，她在呼呼的风声中忽然道：“这不是我们来的那条路吧？”

陈啸之闭了下眼睛，缓和情绪，说：“不是。”

“是不是一号公路啊？”沈昼叶好奇地问道，“景色这么好，感觉很像。”

“是，另一条路晚上不太好走。”陈啸之问，“你对今天讨论的课题没有想法吗？”

沈昼叶回答：“没有，不过你们说的东西我都记下来了，我回去好好看一下。”

陈啸之目视前方，“嗯”了一声。

沈昼叶忽然说：“我原来是做凝聚态的，已经很久没有碰纯理论了。”

“我知道。”陈啸之淡淡地说。

“所以，”沈昼叶想起照片中的父亲，艰难地道，“这些对我来说是比较困难的。”

陈啸之不再说话。

沈昼叶则任由这种沉默持续生根发芽，像撑开天际的世界树。

海风呼啸，陈啸之看向沈昼叶的方向。姑娘家面上已有轻微的倦色，将脑袋靠在了车窗棱上。

陈啸之知道沈昼叶今天跑来跑去应该也累得够呛，拧着眉头道：“累了就睡，到了叫你。”

她那天晚上睡得也挺熟的，陈啸之想，再睡一觉也行。

他甚至都无法用语言描述他看到睽违多年的睡颜时的苦痛与柔情。

“不用了。”沈昼叶小声拒绝，忍下个哈欠，对陈啸之说，“我不困。”

星河云雾散落长夜，一号公路沿着海边与红杉林连绵延展。

在车辆的嗡鸣声中，沈昼叶靠在车窗上发呆。

她恪守着学生和曾经的暧昧对象的双重本分，可是头顶的星空实在是太熟悉了，她总是忍不住想起他们的过去，想起那段如阳光般灿烂的过往。沈昼叶有时甚至觉得自己被禁锢在岁月里，无论如何都无法挣脱。

夜里八点，陈啸之将她送到宿舍门口，十分平淡地和她说了再见。

“再见。”沈昼叶顺从地唤道，“老师。”

她游魂一般飘回了宿舍，张臻正歪在休息室里一边看剧一边吃薯片，《生活大爆炸》标志性的片头曲在休息室里回荡。

沈昼叶在张臻肩上一戳，声音缥缈：“臻臻。”

张臻头都没动：“有本启奏。”

沈昼叶又戳了戳她的肩膀，说：“我问你一个问题，你严肃回答，我需要你的意见。”

张臻按下暂停键，讶然地抬起头看着沈昼叶。

“你如果有一个……女儿，”沈昼叶犹豫了一下，又笃定地说，“对，女儿，你当是非常亲密的妹妹也行。她没什么天分，但是老想着当世界第一小提琴手，满脑子都是拉小提琴。你会阻止她吗？”

张臻抱着椅子背转过身，惊讶地看着沈昼叶道：“是认真的还是开玩笑？”

“非常认真。”沈昼叶挠了挠头，“如果告诉她她毫无天分，她会非常受伤的那种。”

“多大了？”张臻毫不同情地说，“五六岁的话给多买点儿玩具就没事儿了，搞不好过三天就忘了小提琴是什么。”

沈昼叶道：“十五，这种状态能持续到二十岁的那种。”

“十五岁，”张臻摸着下巴说，“和成年人差别不大，是很有主意的年纪了。”

“而且是个很容易受伤的孩子，非常脆弱敏感。她受伤了很难痊愈，很多年都念念不忘。”沈昼叶忍着颤意问，“我一直在……纠结，纠结好几个月了，可是，现在我觉得不能拖下去了。”

张臻想了很久，终于回答道：“如果是我的话，我会想办法制止她。如果你知道你的亲人会在四十九岁那年得癌症的话，你会提醒他去体检吗？”

沈昼叶毫不犹豫：“我会。”

“是啊，我不会束手旁观，因为那关乎一个人的人生。”张臻说，“想办法和孩子沟通一下吧，喜欢大提琴当个爱好就行了，没必要对自己有这么高的期待。”

沈昼叶艰难地点了点头，心里有种说不出的滋味，然后干涩地问张臻：“吃点儿什么吗？”

张臻道：“冰箱里的杧果帮我切点儿，谢了。”

沈昼叶应了一声，走进漆黑的厨房，拉开了公用的冰箱。

冰箱的灯光惨白，落在了沈昼叶的身上，冰箱的第三层属于苏格兰女孩儿的空间里有两瓶廉价啤酒，还有两管她摔碎的护肤品；冰箱二层则属于一个长时间不回来的美国女生，她应该是在校外与男朋友同居，沈昼叶将她烂成一团的生菜拽出来，扔进了垃圾桶。

然后沈昼叶摸出她和张臻前几天去超市抱回来的杧果，摸着黑，用刀片开果肉。

窗外吹着无尽的缠绵的风。

沈昼叶看着夜色，自言自语道：“你如果知道自己注定失败，会告诉过去的自己吗？”

她的声音非常小，像是绕过指尖的风，轻柔又凉薄，因此，世间无人应答。

而实际上，这世上，能给出答案的，也只有她自己。

沈昼叶回到寝室坐在异国他乡的窗前，痛苦地看着窗外。她在玻璃的倒影里瞧见自己疲惫的眉眼，无人时会不自觉地皱起的眉头。岁月没有改变她的相貌，却切切实实地在她的灵魂上留下了一条条的痕迹。

失去，无望的付出，失意，环环相扣的死结。

如果可以选择的话，你会告诉过去那个年轻锐利的自己吗？

告诉她放弃会过得很轻松，告诉年轻的自己，你将来要走的路，我其实已经一步一步地走了过来，路上全都是我的血脚印，我在无数个夜里掉眼泪，绝望地仰望着不会回答我的星空。

我已经见过那个对我的呐喊缄默如夜沉寂似山的人间。

沈昼叶拧开钢笔，以娟秀的字体在信笺上写下了第一行字——

“致：十年前的我。”

她停顿了许久，然后写下了第二句话：“我希望我到现在为止的帮助没有出过错。”

那一刹那，她心里有一个小小的声音道：“叶叶，你这改变太大了，如果出事儿怎么办？”

沈昼叶摇了摇头，告诉那个声音：“我只是打算给她提个醒而已，选择权还是在她的手里，而且我至今没有看到因果的‘果’在哪儿。”

平行世界，混乱的时间线，时空旅行定律……那些在科幻小说里被扯烂了的时空游戏。

可是这一切，都是在没有任何实践的前提下，被作家们编出来的文学产物。

沈昼叶至今没有看到自己的人生因这场“通信”产生的改变，连妈妈胳膊上的伤痕都没有变得浅淡。

她低下头，在长夜里，继续写那一封要夹进本子里的信。

“以下我的建议，你可以只当做参考。”沈昼叶想了想，又继续写了下去，“第一……”

第二天早晨，天空万里无云，鸟雀在枝头啁啾。

沈昼夜推开自己的办公室，将那一堆大部头的书往桌子上一堆，跑到外面咖啡厅，她刚点上咖啡，旁边就来了个人。

来的那个男人是个个子很高的亚裔，从穿着看上去已经工作了许久，鼻梁上架着一副眼镜，他把外套搭在胳膊上，熟稔地对咖啡师要了一杯拿铁和一杯加双倍浓缩的美式。

沈昼叶突然觉得这个人特别眼熟。

男人感应到沈昼叶的目光，也侧过头看她，当即愣住，难以置信地开口：“沈昼叶？”

沈昼叶一愣，终于辨认出这是谁，震惊地唤道：“陆……陆学长？”

陆学长——陆之鸣，她初中时竞赛班的翘楚之一，陈啸之的表哥，现在见鬼一般地看着她。

“还真……是你。”陆之鸣差点儿咬到自己的舌头，尴尬地道，“好久不见小沈，现在过得怎么样？”

沈昼叶呆呆地道：“挺好的，读博呢。昨天晚上睡得太晚了，早上没什么精神头，出来买杯咖啡……学长你也在这里教——”

和陈啸之一样，在这里教书吗？

这句话沈昼叶在嘴边转了好几圈也没问出来，她心想这也太刺激了，每次想起来都像经历一场磁暴步兵的洗礼。当年同期竞赛的人一个赛一个混得比我好，我这日子怎么过啊。

“不是，我来看我弟的。”陆之鸣回答。

沈昼叶被尴尬击昏，抱着自己的双倍奶油香草拿铁和整整十年没见的陆之鸣道别。

陆之鸣眼里涌动着极其复杂的情绪和沈昼叶说了再见。

沈昼叶抱着咖啡落荒而逃，然而推门的瞬间，她的尴尬到达了顶峰。

因为，陈教授恰好在和她推同一扇门。

施加在玻璃上的两个相反的作用力互相抵消，两个人都没推动。

沈昼叶觉得这不行，立刻暴力地一拽拉手。

但是陈教授也往他的方向一拽——两股方向相反且N1>N2的力使门板朝陈啸之的方向偏了下，然而效果并不显著，于是那玻璃门在原地一动不动。

沈昼叶想起自己脑回路和陈啸之特别像，连开门时的动作思路都是一样的：先推再拉，拉不动再推。

我下一步的动作会是推门，沈昼叶想，陈啸之应该也是。

沈昼叶决心打破这一系列动作魔咒，刚要往自己的方向拽门——陈教授就十分烦躁地“砰”地将玻璃门拽向了他自己的方向。

沈小师姐娇生惯养得手无缚鸡之力，陈教授却是个力气蛮大的狗男人，两个人都用力拽门的结果显而易见——

抱着咖啡的沈小师姐趔趄一下，措手不及地狠狠摔在了地上。

“啊！”沈昼叶惨叫一声。

陈啸之也没防备，一边拉起她一边怒道：“就不会等着？”

沈昼叶买的咖啡全洒了，摔得晕头涨脑，又被陈啸之一顿训，简直怀疑人生。咖啡馆里有不少来吃早饭的学生与老师，还有十年没见过面的陆之鸣学长，咖啡师甚至连咖啡都不磨了。

明明骚乱是两个人造成的，可是大家都在看摔跤的人。

陈啸之看了一下周围，冷冷地说："进来。"

沈昼叶抽噎一声："不、不了。我这辈子都不想再来这个咖啡厅了……从今天开始就把这个咖啡厅从我的地图上抠掉……我先回办、办办办公室……"

陈啸之语气冰冷如刀："我让你进来。"

陆之鸣道："啸之你别这么凶……"

陈啸之冷飕飕地说："你边儿坐着去。"

沈昼叶不知道陈啸之让自己进去干什么，还把他哥骂一顿，但知道自己不能不听导师的话。她刚跟着在发脾气的边缘的陈啸之走了两步，还没走到吧台前，就突然听见了另一个熟悉的声音自她的身后传来。

"April！"那个声音兴奋地道，"你来这里买咖啡，是因为你待的地方离这里比较近吗？"

沈昼叶回头看见加勒特背着一个大包跑到她旁边，在灿烂的阳光中，对她露出了一个迷人的笑容。

"我还以为到上课才能见你呢。"这个天生多情的拉丁人笑着对她说。

沈昼叶想起自己敷衍过去的七八个来自加勒特的来电，尴尬地挠了挠头。

"最近确实很忙，"沈昼叶十分无力地解释道，"我昨天都不在这边，不过，课我还是会去上。"

她倒是没有刻意躲着加勒特，只是不觉得自己有时时刻刻回复他消息的义务，因此将加勒特给她发的短信都糊弄过去了。

沈昼叶不是很想与这个天生浪漫多情的民族陪玩。她从来不拿恋爱当必需品，但更不会把它当玩具。

如果加勒特只是想和她做朋友，沈昼叶也许会和他来往得更密切一些。但是他从一开始的态度就相当暧昧，几乎是"司马昭之心路人皆知"的意思。

沈昼叶又笑了下，道："不过这地方确实离我的办公室比较近。"

回答了加勒特的所有问题，也保持了应有的距离。

加勒特温和地笑了起来，对沈昼叶说："难怪你在这里吃早饭，我很喜欢这里的三明治。你吃过饭了吗？"

沈昼叶心想我旁边还有个大活人呢，加勒特这么搭话是不是不太合适？她刚想把陈啸之介绍过来，至少当个短暂的挡箭牌，可是她一回过头，却发现陈啸之已经走远了。

嘈杂的咖啡馆里，陈啸之高大的身影站在收银台前，他们中间像是阳光隔出的天堑。

陈啸之确实已经离她远去了，而且在这地方度过的每一天、发生的每一件事，都在提醒她与陈啸之的距离。

陈啸之在她曾经赤诚热爱过的领域大展宏图，闪耀得犹如一颗出现在太阳系的新恒星，而她则苍白地消失在了茫茫人海之中。

沈昼叶有点儿好笑地想起师弟在写毕业论文的时候媳妇工作忙，只得一边写一边带孩子，甚至将婴儿抱到办公室来。沈小师姐在午休时抱起小小的奶娃，婴儿还没断奶，她闻到一股轻微的奶味。

是，不知不觉到了这岁数，师弟都有孩子了。

未曾重逢时，沈昼叶总觉得陈啸之是静止的。

脑海中，关于他的相貌停留在2009年的春天，总是个十五岁少年的模样。高而瘦，肌肉十分结实，打球的时候会因为自己的一声“加油”而抢上去三步扣篮。扣上就会冲到她身边，用身体将她拢在阴影里，惬意地眯着眼睛，让她踮起脚尖。

总是那样。

“不踮我就拧你耳朵。”少年陈啸之恶劣又亲昵地对她说，“踮起来要做什么你知道吧？”

可是在重逢的那一刹那，薛定谔的盒子打开，十年切切实实地降临在了她的面前。

叠加态被破除，波函数坍缩，鸿沟终于出现。

“我给你买杯咖啡吧。”加勒特温和地说，“April，你喜欢喝什么？”

沈昼叶怔怔地回答：“我今早买了香草拿铁，只不过碰洒了。”

“我朋友周六有个派对。”加勒特笑道，“音乐啊，饮料啊，还有一些很好吃的小点心，也有很多有意思的人。你应该和我一起去，April，你周六有时间吗？”

沈昼叶坐在加勒特对面，阳光落进她软软的头发里，她想了想，十分抱歉地说：“我那天白天有事情要做的。”

加勒特笑着把指尖在桌子上一叩：“派对是在晚上，十一点左右结束，来参加的都是我的朋友，结束之后我会送你回去。”

他的邀请礼数太周全了，沈昼叶不好意思地挠了挠头：“晚上的话我应该没问题。”

“你们学物理的人都这么忙的吗？”加勒特笑着问。

沈昼叶说：“不是学物理的，是博士都这样。”

加勒特一愣，惊愕地说：“你是博士？”

沈昼叶笑道：“博士生，还没有拿到学位，大概明年冬天毕业。怎么，不像吗？”

加勒特脸稍一红道：“你看上去太小了，我听到你在读研究生都有些震惊，没想到你博士都快毕业了。”

沈昼叶羞耻道：“我长相偏小。”

“可是你很厉害。”加勒特夸她，“你在课上的表现令人印象深刻。”

沈昼叶笑了下，腼腆地道：“谢谢。”

“就这么定下来了，”加勒特在阳光中看着沈昼叶，温柔地道，“周六晚上我去接你。”

沈昼叶点了点头：“好。”

她想，她不该回头了，更不该在原地踏步，就像她妈妈、魏莱和她的舍友说的那样。

“谢谢你请客，我去拿咖啡吧。”沈昼叶跑到出餐的吧台旁，拿起了两杯写着他们的编号的饮料，可是看到旁边还有一杯加了双份奶油的香草拿铁。

那杯奶油几乎能溢出来的拿铁的杯身上凝结着薄薄的水雾，孤零零地立在那里。

“昼叶，我总觉得，你距离崩溃只有一步之遥。”这是与她住了两年的博士室友在今年的四月末搬离宿舍时对她说的。

那时候，她的室友已经提交了退学申请。博士学位的要求并非普通的本科生或者硕士生能够比拟的，退学对博士生来说，就像他们延期一样，是相当常见的。

曾有人总结，想得到硕士学位好比导师告诉你远处有只兔子，你把兔子抓过来，就算毕业了。想得到博士学位是导师告诉你我想要一匹马，但是我不知道那匹马在哪里，现在我给你一根绳子，你去找吧。

而你在找的过程中可能会发现那根本不是一匹马，可能是头老虎甚至是恐龙。

因为硕士“会了方法”就算满足了要求，毕业时证明“我学会了方法”就可以。可是博士——博士研究生，在拿到世间最高的学位的时候，是要在世间留下一些不一样的东西的。

这群饱受世人调侃甚至自己都在自嘲的“秃头怪”，是要拼尽全力地钻开人类迄今未知的领域，钻开已知与无知的壁垒，创造一条新的路的。

但他们在钻研的时候甚至都不知道血汗会不会是徒劳的。

这甚至不是读博最痛苦的地方。

最痛苦的地方在于，同龄人大多已经干出了一番事业，可能已经取得世俗意义上的成功，有车有房，儿女绕床跑，但这群不年轻的博士研究生每个月领着微薄的国家补助，有突发情况还得去求父母资助，做着不知猴年马月才能出结果的实验，等着不知何时才能来的期刊评审人的意见。

啃老、一事无成、前途渺茫。

能坚持下来的人不多，总会有许多人在半路上疲惫地晃起白旗。

沈昼叶的室友就是晃白旗的人之一。

宿舍位一向紧张，在递交了退学申请后，室友和导师协调了搬离宿舍的时间，以便让新同学住进来。沈昼叶提着室友的行李送她下楼，两年的时间里，她们相依为命，两个人都经常彻夜不归，在办公室熬夜等天明。

“昼叶，你绷得太紧，过得太苦了。”室友难过地说，“但是你从不说出来，只有和你特别亲近的人才知道这件事。”

沈昼叶红着眼眶摇摇头。

“无论如何，我的朋友，我祝你快乐。”

女孩儿说完，放下提着的沉重行李，在春风中与沈昼叶短暂地拥抱。

时隔半年，沈昼叶想起那个拥抱都会觉得酸楚，像是少年漫画里最后的托付。

尽管沈昼叶当时否认了，可是她每次回想起那段对话，都会发现她室友说得没有错。

她身上的确压着太多的重担，距离崩溃，真的只有那么一点儿距离。

只不过，沈昼叶每次都忍了下来，将一切痛苦闷在了心中。

第二十一章

停电了

午后的阳光盈满房间，将写满公式的黑板映得发亮，映着飘浮在空中的细微的粉笔灰。

陈啸之手里捏着支粉笔，闲散地坐着，抬头看了一眼走进办公室的沈昼叶，冷冷地开口兴师问罪：“沈昼叶，我看你昨天够沉默的。”

沈昼叶小声说：“我不知道该问什么。”

陈啸之是指沈昼叶在伯克莱沉默的那个下午。沈昼叶不知道他为什么突然旧事重提，但是明显感觉到陈啸之压抑着的愤怒。

“我实话说，这是个我非常重视的课题。我把你招进来，是因为我相信你能做好。”陈啸之的话音里带着万年的冰碴子，“所以我带你一起去找专家聊课题，聊可行性。我本来不该带你，懂吗？”

沈昼叶嗫嚅着“嗯”了一声。

“结果你沉默了一路。”陈啸之慢条斯理地将粉笔夹进指缝，双手合十道，“怎么？一点儿想法都没有？”

沈昼叶确实没有想法。

陈啸之的课题太过前沿，他一直如此，从不拾人牙慧，这是他年纪这样轻就已经站到这个高度的原因，也是他羞辱沈昼叶的博士课题“缺乏最起码的创新性”的底气。

如果是别人做过的课题，细化分支的程度，沈昼叶其实可以做得很好。

可是陈啸之的假设与推论都太过新颖锐利了，他所选的领域完全是一片空白。而沈昼叶的脑子里除了抗拒，就是一团她用不动的糨糊。

陈教授嘲道："你以为我喜欢带学生吗？我从来都不需要学生。"

我早就知道了，你说过的。沈昼叶心想。

下一秒，陈教授说话时几乎不可察觉地发着颤："我招你进来，是因为我相信，你一定能做好。"

她听见微微颤抖的嗓音，像是听见长冬贝加尔湖坚冰碎裂的声音。

可是当她抬起头来时，陈啸之却没有半点儿发颤的模样，甚至满脸都是真挚的讽刺，直直地看着她，眼睛眯起。

"这就是你的博士生活，"陈啸之慢吞吞地道，"这就是你给我展现的能力。"

不是的，沈昼叶在心里孱弱地道。

我曾经彻夜不归，为了一个梦熬到天明。我心里有过向着烈日而生的火，只是当火熄灭时，一切只余灰烬。我哭过也战斗过，我曾是个战士，只是无人能够证明了。

"没想法趁早滚，"陈教授嘲道，"别耽误我的时间，也别耽误你的时间。"

这世上从来都是只认结果的。

能力，有或没有，就是一句话。天赋有或没有，走上社会就会发现它们都是选择题。不是主观的简答论述或计算，更不是小作文。没有人听你到底努没努力过，谁会听？人事还是期刊审稿人？

从来没有人好奇一个失败者的奋斗史。

大众的目光关心亿万富翁，关心诺伊尔奖得主，大众愿意花点儿时间听这些"成功典范"说说自己曲折的人生和奋斗经历，并由此在里面得到一丝共鸣的、鸡汤般的慰藉。

谁会关心一个角落里的卑微弱小的凡人？

凡人唯一能呈现出来的，是他们的"结果"。

被窃取成果不是理由，被干扰也不是理由，没有天赋也不是理由。

沈昼叶眼眶发红，不住地告诉自己不能哭，因为陈啸之说的是对的。

"我不是赶你走。"陈啸之冷冷道。

别赶我，沈昼叶忍着眼泪点了点头，因为我无处可去。

我和小老板已经撕破了脸，我也不想再看到他，他没将我踢出群就已经是万幸。大导师身体日益变差，在医院疗养，而我距离毕业，还有一年有余。

这里是她最初的理想乡，也是她最后的安全区。

“好好想清楚，想清楚该怎么做，要怎么做，哪里有困难。你在过程中遇到任何问题——”陈教授坐在黑板前，极力忍耐着什么，“我是说任何问题，都来直接找我。”

然后他将粉笔一扔，对沈昼叶说：“回去吧。”

周六的上午，宿舍小楼外南风静谧，榕树被风吹成一片金黄的光影。

阁楼温热的光线中，沈昼叶套着连帽衫牛仔裤，一头卷发松松地挽成一个丸子，站在墙前发呆。

门吱呀一声打开，张臻冒出个头，问：“叶叶，我们什么时候走？”

沈昼叶笑起来，问：“你穿好衣服，打扮完了吗？”

张臻嘴里发出“当当”的伴奏，自门后跳了出来。

这位女士八百年难遇地脱了居家衬衫和牛仔裤，换了条她新买的花裙子，还化了妆。

沈昼叶惊恐地道：“我们只是去个超市而已！”

张臻振振有词地说：“我们难得出一次门好吧，你来了这么久，出去玩过吗？”

沈昼叶居然没法反驳，接着她就觉得读博真是可怜，别人去外面玩的时候，她们去一趟超市都算出远门，是唯一的盛装打扮的机会。

张臻忽而问：“你站在这里做什么？”

还不待沈昼叶回答，她就凑了过来，将脸搭在沈昼叶的肩上，茫然地看着墙面道：“1988年？还是IPhO的留念。这是谁，你的前辈吗？”

沈昼叶想了一下，看着她贴在墙上的照片，温和地笑道：“是我爸。”

张臻惊得下巴都要掉了：“你们一家都是学霸……他是1988年的国际中学生物理竞赛金奖得主？”

沈昼叶微微一挠头，说：“是的，和我差了十多年呢。”

张臻笑了起来，说：“走吧姐妹。”

“好。”沈昼叶拿起一旁的棒球帽扣在头上，临走前又忍不住看了一眼照片。

十九岁的父亲笑着望向相片外的世界，灿烂的阳光犹如碎裂水底的重重万花镜。

“你爸挺帅的，”张臻拽着公交车拉环，晃晃悠悠地对沈昼叶笑道，“你妈我见过，也漂亮，难怪你能长成这模样。”

加州温暖的阳光洒落下来，公交车里的一切——扎着头巾的黑皮肤老太太、打着哈欠的司机、远方湛蓝的天，都像被拢进了最温热的光幕中。

沈昼叶笑了起来：“我差远了，对不起父母的好基因。”

张臻又说：“没想到你竞赛获奖居然还是女承父业。你获奖是几几年来着？2011年是吧？”

沈昼叶笑着点了点头。

张臻忽地一愣：“等等，陈啸之是2008年拿的竞赛金牌，你俩不是初中同学吗？你那年没有报名吗？”

“我参加了两次竞赛——陈啸之那届竞赛，也就是2008年，是我第一次参加，后来2010年我第二次报名。”沈昼叶将空空的包往肩上一背，忽而笑道，“说起来他性格一直都这样，那时候都对我很凶的。”

车停在了车站旁，张臻先下车，然后伸手将沈昼叶也拽了下来。

“他对你真的太过分了。”张臻说道，“这个星期骂了你几次？我都能想出十年前他凶你的样子……他是不是因为一点儿小事就要生气？”

炽热的阳光烫在沈昼叶后颈处，树梢绕过如烈焰般的夏风，水泥地面被晒得滚烫。

沈昼叶闭上眼睛回想，在暖风中笑道：“你猜得挺对的，我不喝可乐他都要嫌我娇气来着。”

张臻道：“你这种娇气不是挺可爱的吗？再说你哪里还有这毛病，早被磨没了……”

沈昼叶静默片刻，自嘲地笑了下：“也是。”

两个女孩儿沿着逼仄狭窄的街道走进超市，买了一堆下周要吃的东西和五花肉。下午，沈昼叶一个人回到办公室里，将陈啸之布置下来的任务做了一部分。

周六的办公室里人不太多，沈昼叶强逼着自己做，却依然无法集中精力。她一边做一边思考着自己的未来。她在美国待一年，把毕业论文写完，然后呢？

毕业之后，是去做博士后还是去找工作？

要做博士后的话，现在就该开始了解怎么进站了。

沈昼叶留在本校的可能性不大，她和实验室里有矛盾，学校里的大佬又太多，留校的名额非常少。

沈昼叶看着电脑屏幕难过地想，都这把年纪了，自己还是什么都没有。

大约下午四点时，沈昼叶将手头在做的事情停下，给加勒特发了个短信，问他派对的地点在哪里。

沈昼叶仔细想了想，自己从硕士入学以来就没怎么像模像样地出去玩过，成天宅在办公室里野人一般做实验搞文献准备组会，这种派对参加一下，也算是对自己人生的一种弥补。

加勒特回复得很快，让她在楼下等着，他会开车来接。

沈昼叶下楼时恰好碰见陈啸之握着一杯黑咖啡回来。

沈昼叶这周被陈啸之训斥了不止一次，看到他都战战兢兢的，小声地跟他问好："你也在啊。"

陈啸之冷冷地看了她一眼："那不然？"

沈昼叶还想说什么——试图把自己今天下午做的事情汇报一下，以证明自己还不是那么无药可救，可是还不待她开口，陈啸之就上下扫了她一眼，看着她的打扮，嘲弄地问："出去玩呢？"

沈昼叶说："嗯。"

陈教授拿着咖啡，头也不回地上楼了。

沈昼叶看着他的背影，觉得胃里空落落的发紧，有些火烧火燎地疼。

我让他失望了，沈昼叶心中的声音说，当然了，可能也不止他一个。

妈妈，奶奶，现在的陈啸之，觉得我一定会有所作为的魏莱，支持过我的朋友们，一路引领我的慈教授……还有爸爸。

然后沈昼叶摇了摇头，决定不多想。

加勒特的派对地点就是在他的家中。

沈昼叶进门的时候就看到许多形形色色的人，加勒特用手护着她，他们穿过狭长的走廊来到客厅。沈昼叶捧着罐啤酒坐在沙发上，安静地看别人说话。

上法学院的人大多擅长交际，毕竟这是他们吃饭的家伙，而加勒特人缘应该很好，从他的朋友这么多就能看出来了。

室内的音乐嘈杂地响着，在暧昧的光线中，加勒特靠了过来，将胳膊搭在沈昼叶身后的沙发上，稍显亲昵地笑着说："告诉我你每天都在忙什么吧。"

沈昼叶想了想，道："没有什么特别的，应该和你们差不多，不过我们还有做实验的环节……我先前做的东西是两种类型的薄膜，不过来了这里我彻底换了一个研究方向。"

加勒特温柔又贴心地说："那可不好调整吧？"

沈昼叶抿了一小口啤酒："很难。我在国内就很痛苦，博士生活太绝望了。我不知道你们能不能体会到，毕竟你们的毕业要求和培养方法与我们是截然不同的，但是我猜不会差太多。硬要形容一下的话，就像——"

她努力思索了片刻，小声道："就像在大海里抓一只田鼠。"

加勒特沉默了一下，说："可是田鼠——"

沈昼叶看着他，严肃地总结："我没说错，因为海里没有田鼠……就是这么没有目标。"

"说多了都要哭的。"沈昼叶又抿了一口啤酒，酒精下肚，这位成年人觉得稍微舒服了一些，诚恳地对把她约出来的人道，"所以我们今晚不要聊课题了，第一次出来玩就把我这种不掉眼泪的人聊哭，太夸张了。"

"好、好的。"加勒特十分绅士地给沈昼叶拿了张纸。

沈昼叶接过来又歉疚地说："其实和博士聊课题真的很无聊，我总不能拉着你讲一晚上我是怎么在各种温度下涂层的，各温度的薄膜呈现出什么性质的吧？"

加勒特被逗得笑了起来。

这男人真是生了一双多情的眼睛，沈昼叶有点儿恍惚地想。

她酒量不太好，几口小酒下去，立时捅破了她尘封已久的话篓子。

"这世上有种叫天赋的东西，还有命运……随便叫什么。但是你最终不得不面对现实，承认自己确实不是那块料。"沈昼叶有点儿脸红地道，"我这个学位读得非常痛苦，历经了不少事情，到了现在这个阶段，还被迫换了研究方向……"

正说着，她看见手机屏幕亮了起来，她对加勒特一示意，拿起手机，划开屏幕。

有几条微信的未读消息，沈昼叶一开始以为是妈妈，可是她一点开图标，置顶的赫然是另一个她意想不到的人。

一瞬间，沈昼叶就手心出了汗。

发来消息的是她的小老板，李磊。

他为什么会联系自己？不是已经给了他想要的东西了吗，那篇一区的文章我连挂名的权利都没有要求，就当打发叫花子了。

沈昼叶发慌地点开了数条未读。

李磊在十分钟前发来消息——

“沈昼叶，刚下来的文件，暑假的时候学院更改了博士毕业的要求。硬性要求两篇一区论文，不能用二区替代，否则不予以通过答辩申请。换句话说，你毕不了业。”

沈昼叶僵住了，她甚至都能想到小老板打下这一行字时的神态。

幸灾乐祸、乐见其成的，嘴角刻薄地抿起。

他的最后一条信息是：“你自己想办法啊。”

沈昼叶颤抖着手指，怀着一丝“这会不会是假的”的心态，点开了李磊转发来的文件。她将冒着汗手心在裙子上用力抹了抹，把屏幕往下拉。

她小老板说的是真的。

一刹那，夜风呼啸而去，又如江海般涌了回来，在她的耳畔呼呼作响。沈昼叶一时连周围的人说什么都听不见，仿佛全世界只剩她一个人一般绝望。

她和陈啸之所在的天体物理的领域如今已经非常冷门，像陈啸之这样能一篇接着一篇地发高质量文章的人是凤毛麟角。

沈昼叶投过相关的期刊，深知采用之困难，让她在一年之内熟悉这个领域并发出一篇一区的论文，以她如今的状态，是一件不可能的事情。

而沈昼叶和自己原先的小课题组撕破了脸，李磊是无论如何都不会允许自己回去做实验的，从他现在幸灾乐祸的样子就能推测出来。

延期之后自己想办法，或者退学，二选一。

沈昼叶酒劲彻底散去，眼前一阵阵地发黑，她晃了一下，扶住了沙发扶手。

“没事吧？”加勒特焦急地问，“你还好吗？怎么了？”

沈昼叶发着抖，几乎什么都听不见，脑子里嗡嗡作响，绝望像潮水般涌了过来。

梦中对自己抱有期待的人失望的眼神，冷淡到连她的问题都不愿意回答的陈啸之，她经年累月的、近乎钝刀子割肉的孤独与绝望，办公室窗外升起的太阳。

他们，我自己——过去的我自己，会怎么想呢。

十五岁的沈昼叶站在阳光下的时候像一棵白杨，那时她梦想是成为诺伊尔奖得主，想成为父亲那样的人，眼里都是什么呢，星光还是太阳？

二十五岁的沈昼叶死死咬着牙，但是泪水还是控制不住地滚了出来，一滴滴地落在地上。

啊，我哭了啊。女孩儿怔怔地看着地上的圆点，感到泪水滑过鼻梁。

十五岁的我会怎么看待现在的我呢？她看着那片地毯，孤独地想。

世界都黑了下来。

“在看什么呀？”

一片黑暗中，十五岁的沈昼叶好奇的声音打破了宁静。

时光倒流，2008年冬。

这一届CPhO的集训营的教室笼罩在金纱般的阳光中，课间休息时间，一群大小伙子在教室后排用扫把杆打架。

沈昼叶艰难地抱着一大摞练习册，看着趴在桌子上的那对表兄弟——他俩看抽屉看得聚精会神，像是有什么好玩的事情似的，完全没听到她说话。

沈昼叶将那一大摞书艰难地调整了个位置，又凑过去问：“你在看什么呀？”

这下声音够大了，塞着耳机的陈啸之触电般抬起了头来。

沈昼叶总觉得陈啸之好像有点儿慌张。

他怎么不说话？沈昼叶头上飘出一个问号，将书在这位大兄弟的桌子上放下，低头去看他抽屉，陈啸之却突然一按那摞练习册，冷冷地问：“你去抱作业了？”

“唔？是的。”沈昼叶一呆，“慈老师把我叫过去讲了点儿事情，然后让我把作业抱回来。”

陈啸之没说话，将练习册拿走一大半，站起身，开始往下发作业。

沈昼叶笑了起来，取过剩下的几本，跟在陈啸之后面问：“所以你在看什么呀，陈啸之，你在看动画片吗？”

这人很敷衍地一点头。

沈昼叶眯起眼睛，狐疑地道：“看来不是动画片。”

少年人冷淡地看了她一眼，值得一提的是，他看着沈昼叶的表情十分不屑，然后抱着本该她发的一大摞作业，一本本地朝下发。

“无论是什么，我也想看。”沈昼叶黏着他道，“陈啸之，把你的音乐播放器借我一下好不好呀，我下节课不想听了。”

陈啸之将一本练习册隔着三张桌子一扔，那动作行云流水甚至带着一丝投篮般的酷炫。

然后他冷若冰霜地拒绝她："梦里什么都有，做梦去吧。"

这人真的好坏啊，十五岁的沈昼叶委屈巴巴地想。她一边想一边亦步亦趋地跟在陈啸之后面，将最后一本练习本放在了姜英的桌子上。

一阵冷风吹过，沈昼叶打了个喷嚏。

陈啸之拧起眉头，问道："你感冒了？"

沈昼叶愣了一下："没有呀，就是晚上睡觉的时候有点儿冷，着凉了吧。"

陈啸之"哦"了一声表示知道了，暖阳照在他黑色的卫衣上，泛出一种毛茸茸的温暖的金色。

陈啸之突然问："周末有安排吗？"

沈昼叶摇了摇头："没有，怎么了？"

"没有的话周末把时间空出来。"陈班长淡淡地道，"安排一个小组交流，周六上午，能来吗？不能来就换个时间。"

沈昼叶一听就觉得开心，用力地点了点头，笑眯眯地说："好呀！"

陈啸之漠然地"嗯"了一声。

沈昼叶又打了个喷嚏，连鼻尖都红了，陈啸之看了她一眼。

沈昼叶满怀希冀地想，你可以给我接点儿热水呀，接着我就会对你说谢谢，请你喝个可乐或是什么运动饮料，你可能会发现我对你笑的时候很可爱，然后一切都有机会发生了。

可是陈啸之什么都没说，他只是转过身回到座位上。

下次吧，十五岁的沈昼叶有点儿苦涩地想，毕竟不能指望男孩子比她开窍还早。

爸爸说，要给年轻的男孩子一点儿耐心，因为他们都是很迟钝的人。

2008年的北京，冬天格外的冷。

暖气还没来，可是华北平原的风已经趋近刀刃，宿舍里自带的薄被子睡起来是很冷的。沈昼叶洗完了脸，换上妈妈特意给她准备的绒绒的睡衣，想起马上就到周末了——周末就可以回家。

集训不是来享福的，生活条件很苦，沈昼叶擦着脸出来时看见舍友不甘心地按着暖气片，说这么大的房间只有六片暖气，十二月份估计会冻得睡不着。

"好冷啊，我昨天晚上被冻得睡不着……"

“谁不说是呢。”

舍友在聊天，沈昼叶冻得抽了一下鼻尖。

“瞅瞅，”姜英转过头，对她笑道，“叭叭都感冒了。”

沈昼叶抽了张纸，不开心地说：“叭叭听起来不好听。”

姜英征求她的意见：“那一九八？”

又是这个过不去的成绩坎儿，沈昼叶悻悻地道：“更难听了！我有名字好嘛……算了，还是叫叭叭好了……”

沈昼叶放弃了为自己的名字据理力争。她涂完了爽肤水和乳液，刚想把被子蹬开蜷缩进去，手机“嘀”的一声来了条短信。

捏着被角的沈昼叶翻出自己红白相间的小手机，滑开盖子，手机解锁，液晶屏一亮，短信是“初三（4）班班长陈啸之”发来的。

沈昼叶纳闷陈啸之这么晚发短信干什么，是不是有什么急事……可她点开短信一看，里面却只有两个字：“下楼。”

沈昼叶茫然地趿上拖鞋，依言出了门。

如泼墨的夜色中，橘红烈焰般的路灯静静地亮着，朔风如冰刀一般，睡衣的绒毛抵挡不住涌来的气流，沈昼叶被吹得有点儿冷，忍不住抱紧了自己的胳膊。

她一眼就看到路灯下陈啸之的身影。

陈啸之似乎抱着什么东西，但是太暗了，沈昼叶什么都看不见，只能依稀辨认出那是一团很大的……不知是什么玩意儿的东西。

这是什么，玩具熊吗？就是表白必备的那种？

沈昼叶三步并作两步跑过去，喊道：“我下来了！”

陈啸之转过头看向她。

“哈？！”沈昼叶看到陈啸之怀里的东西被吓了一跳。

“给你。”陈啸之不甚爽利地皱着眉头，把手里抱着的东西往沈昼叶怀里一塞，“拿去，集训结束了还我就行。”

“可、可是……”沈昼叶慌张地说，“你怎么能把这个……”

怎么能把这玩意儿拿来啊？！

陈啸之还没换睡衣，只穿了件一看就冷的连帽开衫，将那团东西一抖，冷冷地道：“赶紧拿走，冻死了。”

“不是，”沈昼叶颤抖道，“那你……你怎么办？”

陈啸之怒道：“不是你说冷的？”

沈昼叶看着那床又厚又暖被罩纹路也非常熟悉的羽绒被，眼前一黑：“那也不是……”

“不是个头，”陈啸之冷冷道，“别说废话了，赶紧拿走，你不冷我冷。”

沈昼叶丈二和尚摸不着头脑：“可是，我……”

“我还有被子。”陈姓班长烦躁地命令道，“拿着。”

沈昼叶接过被子的瞬间就觉得暖意流过四肢百骸，那一瞬间他们靠得非常近，沈昼叶甚至感觉陈啸之的下颌贴近了自己的额角。

初冬寒夜，冷风萧索，阴影中，落叶如海浪般翻滚。

路灯下的少年面容硬朗而深邃，一半拢在火焰般的光中，冷冽又多情。

他真好看，小昼叶心中生出金雀花般的欢喜，那花枝累累垂入繁星。

“谢谢。”沈昼叶抱着被子，面颊发红，小声说，“我明天……”

我明天请你喝饮料呀。

当然啦，后天也可以，每天都行。

可是下一秒，陈啸之奇怪地问：“你没洗脸？”

“我洗了——”不待沈昼叶说完，陈啸之就伸手捏住她刚涂完桃子味乳液的小脸蛋，充满嫌弃地、慢悠悠地开了口：“沈昼叶，你脸怎么这么油啊？”

那是我涂的乳液！

沈昼叶憋着气说：“松手。”

陈啸之立刻将手松了，道：“那我不耽误你洗漱了，你赶紧上去吧。”

沈昼叶一时也不知该怎么跟他解释，或者根本就解释不了，只得抱着他厚实柔软的被子，对他道了谢。

“谢谢你……”沈昼叶在夜风中不太好意思地说，“的被子。”

陈啸之淡淡地“嗯”了一声。

“周六哪里见？”沈昼叶笑眯眯地问，“找一个图书馆还是去哪个大学里找个咖啡馆或者餐馆？如果想去大学里面的话，我妈可以协调……”

陈啸之道：“去我家啊。”

沈昼叶瞪大眼睛看着陈啸之。

“周六上午茶马南路前见，”陈啸之在黑夜中平淡地说，“上午十点怎么样？你可以多叫几个人过来。”

集训班每周五放假，学生们可以各自回家，周日下午两点则开始返校，基本就是高中住校的规律。大概是怕物质世界污染了学生们并不存在的“向学之心”的缘故，集训的地方十分偏僻，沈昼叶挤着上下班高峰期的地铁回到家中时，差不多是晚上八点钟。

次日，也就是周六，上午十点半钟，茶马南路。

沈昼叶裹着厚厚的羽绒服，看完地图放下手机时，十分迷茫。

小组讨论的地点就在陈啸之家里，而且去的人还不少。

这一次讨论学习陈啸之请了七个人，连梁乐这种不太合群的人都被包含在内了。

这么多人，他家能挤开吗？沈昼叶站在路口发着呆。

不过，也不是不行。沈昼叶想着，在发红的面颊上用力地拍了拍。

要去陈啸之家了，沈昼叶在温热灿烂的光线中叮嘱自己：去了之后要规矩一点儿，不知道他爸爸妈妈在不在……周末的话应该在吧，总之，要对叔叔阿姨说“你好”。

路的尽头闪耀着刺眼的金光，风从身后吹过，沈昼叶厚厚的羊毛裙被灌满了风，像是将要乘上风的翅膀。

她三步并作两步，跑了起来。

突然——

“往哪儿跑呢？”陈啸之的声音自她身后响起，“打算绕地球跑一圈？”

沈昼叶转过头。

陈啸之围着一条藏蓝色的围巾站在她身后，整个人都被拢在冬日的暖阳里，眯起眼睛看着她。

“走反了，”陈啸之嘲讽道，“那边那么大几个字，‘十季景园’，看不见？”

沈昼叶呆愣地说：“可是地图……”

“地图个头，看不到不会问路吗？过来。”陈啸之一招手。

沈昼叶可怜兮兮地跑了回去，跟在陈啸之身边。风吹过她出门时纠结后决定穿的深红色的羊毛小裙子，靴子的跟踩在石板上咔嗒作响。

“我就知道你肯定认不对路。”陈啸之摁了下沈昼叶的脑袋，恨铁不成钢地道，“你除了学习还能干好什么？嗯？沈昼叶你这就是高分低能。”

沈昼叶不开心地回呛他：“你又知道了！”

“我不仅知道，还会骂你。”陈啸之在沈昼叶圆滚滚的小后脑勺上轻轻一拍，道，“走了。”

北风刮过静谧的长街，高楼映射着刺眼的天光，沈昼叶被陈啸之按着脑袋推进小区，她突然觉得后脑勺有些痒，缩了下脖子，就在那时，陈啸之将她颈后掖得不太舒服的一团围巾拽了出来。

“团成个球，”陈啸之嫌弃地道，“你不嫌难受？”

陈啸之家住在26楼，顶层。

沈昼叶进他家时愣了一下，陈啸之家的客厅非常宽敞，还是复式的，应该是连楼上的房子也一起买了，打通了两层楼。

他家楼层住得这样高，万一哪天停电了怎么办……徒步爬26层楼梯吗，生活质量也太受影响了吧？沈昼叶控制不住地想。

客厅里，陆之鸣在茶几旁托着腮帮看书，梁乐则靠在沙发上玩手机吃豆人，看到沈昼叶进来，不咸不淡地与她打了声招呼。

陈啸之对客厅等着的这一群人道：“我就知道，她这么长时间还不来，肯定是走丢了。”

沈昼叶喊道：“我没走几步好吗！”

陈啸之反唇相讥：“对着我家反方向撒丫子就跑，小区门口天大的四个字都快戳到你天灵盖上了。”

“真的撒丫子就跑啊？”陆之鸣憋着笑道，“我还以为你夸张的呢。”

陈啸之冷淡地说：“她就没走对过。”

什么叫没走对过！沈昼叶刚想反驳，突然想起走错宿舍的那天，脸瞬间红到了耳朵尖，恨不能将自己藏起来。

但是那不也只是一次吗？“没走对过”的前提应该是很多次。沈昼叶委屈地想，陈啸之怎么说得跟他多了解我似的呀。

“我爸妈今天不在家，”陈啸之居高临下地看着沈昼叶说，“阿姨也不在，不过午饭给我们留好了。冰箱里的吃的你随便拿，随意一点儿就行了。”

沈昼叶悻悻地想，我本来还想和叔叔阿姨打招呼的，现在看来没有机会了。

那天下午，他们一群人围在陈啸之家的茶几前七嘴八舌地讨论问题，沈昼叶坐在能晒到太阳的地方，抱着一个小沙发抱枕，无意识地用铅笔抵着自己的下颌。

“沿地球的一条弦挖一个通道去发射人造地球卫星……”姜英挠着下巴，

看着发下来的练习题，痛苦地道，“这都是什么鬼题啊，用重力和碰撞发射卫星？也太扯了，所以沿着这个弦切的通道丢下去两颗卫星——”

陆之鸣挠了挠下巴，说：“不要考虑成本，也不用考虑这两颗卫星会不会在挖穿地心的通道里撞到一起碎成片片。”

“总之考虑为弹性碰撞就行了，”梁乐盯着题干道，“但是这个题完全没有可行性啊！”

一群人七嘴八舌地吐槽慈老师出的这套恐怖的练习题——这些题都过于天马行空，脑洞大开，如今这道题终于达到了骇人听闻的境界。

“谁会这么做啊？”梁乐悲愤地道，“全天下除了出奥赛题的老师之外，就算是做梦吧……谁能梦到朝地心挖个坑，把卫星朝里一丢，‘嘣’的一声它俩自己弹进宇宙啊？”

“但这个是可行的呀。”沈昼叶用铅笔戳着下巴道，“A和B两个卫星受重力下坠进切线通道，反弹，在出地洞的瞬间沿切线方向发射出去，让它绕地球卫星的轨道旋转。有什么不行呢？不就是求这个通道到地心的距离吗？”

梁乐沉默地看着她。

“就是理想状态才有意思啊！算两个物体在理想状态下怎么弹进太空你不高兴，不然让你去算一个考虑空气阻力等一百零八个变量的卫星发射所需的理想燃油和发动机马力吗？”沈昼叶浑身发麻，由衷地说，“反正我不乐意，考场不能带计算器，我算不过来这么麻烦的数字。”

姜英摇了摇头说：“我也不乐意。还是算通道吧。”

梁乐低头看练习题，陈啸之忍俊不禁笑了出来。

陆之鸣瞪了陈啸之一眼。

过了会儿，沈昼叶有点儿恍然地道：“这道题思路也没有很复杂，也没隐藏什么东西，第一个公式好像还是初中的内容……”

梁乐终于慢吞吞地抬头，扫了她一眼。

“是初中的吧？”沈昼叶奇怪地抬起头看向正在头疼的众人，然后用铅笔在A4纸上写了一行公式，边写边道，“我也不太清楚，总之这样……化简之后就很明白了，这个地方应该是以这个方向做简谐运动……”

陈啸之盯着那张A4纸看了片刻，终于了然地“哦”了一声，看着她说：“这样就能推出这个等式，是吧。”

沈昼叶开心地点点头：“对！”

陆之鸣盯着沈昼叶写的狗啃般的解题步骤看了两三分钟，才抬起头，对这两个人真诚地说：“这里实在容不下你们，你俩滚吧。”

光线温柔地洒满书桌，窗外晴空如海，冬日云似千层浪。

沈昼叶和陈啸之坐在陈家书房中，她探出个脑袋，有点儿心塞地顺着门缝朝外看去。门外仍然在吵个没完，这次在闹腾圆柱的静摩擦系数。

陈啸之说：“别看了，看他们干什么？”

沈昼叶悻悻地点了点头。

于是两个人各自低头做题。沈昼叶手指纤细，指尖圆润白嫩，捏着自动铅做题时十指如玉石雕就的一般。

她抬起手捂住嘴，打了个哈欠。

那个哈欠非常轻，就像落在叶脉之上的春雨。

“困了？”陈啸之问。

沈昼叶揉眼睛揉出了眼泪：“好像有点儿……嗯……有没有咖啡？”

陈啸之点点头，去厨房冲泡饮料，沈昼叶急忙道：“我来吧。”

陈啸之说：“边儿去，你知道咖啡豆在哪儿？”

沈昼叶只得横草不拿竖草不拈地乖乖等在一旁，小声道：“那给我多放点儿奶油。”

陈啸之回应：“哦。”

过了会儿，小姑娘又认真地说：“糖要三勺以上，奶油要一个奶油顶，黑咖啡太苦了。”

陈啸之冷硬地道：“给什么喝什么。”

沈昼叶想都不想就拒绝：“我不。”

陈啸之怒道：“你麻烦死了沈昼叶！能不能回去等着喝啊？”

麻烦鬼“嘤”了一声，陈啸之没理，过了会儿她又很害怕地小声问：“你是在赶我吗？”

“没有，”陈啸之沙哑地说，“你留这儿吧，一会儿给你加糖加奶油。”

小姑娘却仍然觉得自己被骂了，而且是被数落了一天，她发自内心地觉得委屈，便小幅度地点了点头。

五点时，客厅里的同学先走了，但沈昼叶还有点儿事情没解决——她为了一道慈教授出的物理题和陈啸之吵得面红耳赤，谁都不能说服谁。

这一架足足吵到天黑，外面的路灯已经亮了起来。

陈啸之顺了下气，嘲道："就你这还诺伊尔奖，我看搞笑诺伊尔颁给你差不多，赶紧滚回家睡一觉醒醒脑子，明天跪着来给我道歉。"

沈昼叶一拍卷子，气得都快哭了，对着他吼："就你记性好是吧，道你个球！"

陈啸之冷笑一声，连个词都不奉，展示出了彻头彻尾的北京式嘲讽。

沈昼叶憋着一腔被气出来的眼泪，放出自己最凶的狠话："你这个垃圾！我回家了！"

陈啸之眉峰一挑，不以为意："哦？那你快走啊。"

沈昼叶气冲冲地装包，把自己的笔袋"啪"一下按住，连拉链都不拉就丢进包里，又把摊在桌子上的一堆书和卷子胡乱一塞，直接朝外跑。

陈啸之冷冰冰地劈手一指，道："你拉链没拉上。"

沈昼叶想到陈啸之训了她一整天，又想到他对自己几乎都没有啥好脸色，濒临气哭。

她把书包抱在怀里，拉上拉链又重新朝外跑，陈啸之趿着拖鞋站起来，一路跟着沈昼叶到了门口，然后在门前使劲儿一拦。

沈昼叶憋着快被他气出来的眼泪，颤抖着放狠话："别挡我路。"

陈啸之似乎有点儿后悔，想说什么。

沈昼叶不知道他拦门做什么，一时甚至以为他会道歉。

片刻后，她听到陈啸之嘲讽的声音："这门锁你会开吗？"说着，他"啪嗒"一声，将那复杂得要命的门锁开了。

沈昼叶冲出陈啸之家，"哐"地摔上了门，在楼梯间里"砰砰砰"地按下电梯键。

电梯停在八楼，感应到位于二十六楼的按键亮起，开始上升。

我要回家吃好吃的，沈昼叶看着那红红的按钮，忍着眼泪想，陈啸之就在家吃自己吧，垃圾。

然而，下一秒，这楼里所有的灯齐刷刷地灭了。

这居民楼，居然停电了。

第二十二章

对不起

沈昼叶觉得自己被世界嘲讽了：陈啸之让她受的这些委屈加上一个星期住校吃的苦，陈啸之临走的时候生怕她走不掉，还追到门口给她开门，这一切在不合时宜的黑暗中被无限地放大。

现在居然还停电，电梯怎么可以这么欺负人？

沈昼叶气得泪花儿在眼眶里打转，她吸了下鼻子，转过身去找应急出口，打算爬楼梯下去。所幸应急出口的灯亮着，绿莹莹的，一眼就能看到。

沈昼叶使劲儿擦了擦鼻尖，朝那个方向走去。

紧接着，身后的门“砰”的一声被撞开了。

“沈昼叶！”陈啸之近乎嘶吼道，“姓沈的！”

沈昼叶都走进楼梯间了，听到喊声愣在原地。

那声音太痛苦了，裹挟着浓重的悔意与痛楚，像是浸满失去了什么的恐惧，打碎了静谧的黑夜。

沈昼叶呆了一下，接着她看到陈啸之仓皇地喊着她的名字冲了出去，他用拳头砰砰砸门，那门发出沉闷的回响，可是无人应答。

陈啸之顿了一下，朝楼梯的方向冲了过来。

黑灯瞎火的，沈昼叶的眼泪还在眼眶里打着转儿呢，却被这一连串的变故搞得呆住了。

“沈昼叶！”陈啸之绝望地喊道，“你在几楼！”

沈昼叶心想我就在这一楼，他在喊什么？总不能是把我叫回去再骂一顿吧？

陈啸之冲进黑咕隆咚的楼梯间就往楼下跑，还在沈昼叶身上撞了一下，他身上的肉还很硬，将沈昼叶撞得一趔趄。沈昼叶疼得呜咽一声，十分不情愿地给陈啸之让开了一点儿位置。

陈啸之三步并作两步冲下去，正要跑进二十五楼平台时，猛地一抬头。

“你……”陈啸之眼眶通红地看着她，声音沙哑，“你没进电梯？”

沈昼叶小声说：“停、停电了呀，我怎么进去？”

陈啸之颤抖着吐出口气，朝楼上走来。

沈昼叶听见黑夜里脚步声渐近，陈啸之自一团黑暗中脱身，然后一把捉住了她的手。

“你干什么！”沈昼叶眼泪都要滚出来了，抗拒地往外扯爪子，喊道，“松手！别碰我。”

陈啸之喘着粗气，道：“跟我回去。”

“我不，”沈昼叶忍着哭腔说，“你松手，我要回家了。”

陈啸之的声音又染上怒意：“回个屁啊，你打算摸黑爬二十六楼？跟我回去！”

沈昼叶只觉得委屈得都要爆炸了。

陈啸之和她吵的那一场架、他如今的态度、将她撞得一趔趄，还有如今死死握住她的手，沈昼叶几乎觉得自己的手骨都要被捏断了，又酸又疼。

她固执地说：“松手，要不然我咬你了！”

“你咬啊！你咬得动？”陈啸之态度强硬。

沈昼叶一腔酸楚的眼泪再也兜不住，咕噜滚出了通红的眼眶。

陈啸之将沈昼叶拽回室内，沈昼叶不再反抗，任由书包在自己身后轻微地颠簸。

家里也停电了，唯有客厅的露台外闪烁着辽阔的万千星光。

沈昼叶纤细的指尖被捏得又红又白，陈啸之将她拽进客厅，手一松，冷冷道：“在哪里等着都行，来电了再走。”

沈昼叶站在黑暗中，委屈的眼泪止不住地往外滚，可是她不愿意哭出声音，更不愿意让陈啸之觉察，只能又往黑影里缩了缩。

她在心里说，喜欢一个人好难过呀，犹如将自己最柔软的、最易损的心脏交到了一个太阳般耀眼的男孩儿手中，而手握心脏的年轻男孩儿根本一无所知。

陈啸之哑着嗓子解释道：“我家在二十六楼，没有必要下去，在这里等等。”

沈昼叶只是轻轻地、颤抖着“嗯”了一声。

好在泪珠落在地上时，不会发出撼天动地的声响。

陈啸之大概终于意识到了哪里不对，尽量温和地说：“去沙发上等……等吧。我给你拿点儿东西吃，你先垫垫。”

沈昼叶“嗯”了一声，摸黑朝沙发走去，她被陈啸之捏过的手仍然又酸又麻，指尖像过电一般酸痛。

突然，陈啸之一把握住了她的手腕。

“沈昼叶，”他有点儿兴师问罪地开口道，“是你先开始吵……”

可是还不待他说完，一滴温热的水珠就坠落在少年的手背上。

“松手。”黑暗中，沈昼叶带着哭腔道，“别……别碰我。”

陈啸之却更用力地握住了她的手腕。

沈昼叶被气得脑子发晕，骂他：“你有病——”

“是我不对，”陈啸之求饶般地道，“我不该和你吵架，不该给你看脸色，不该赌气把你往外赶……都是我不对，你别哭了，行吗？”

可是沈昼叶仍在吧嗒吧嗒地掉眼泪珠。

“对不起。”少年人握紧她的手腕，颤抖着道歉，“别哭了，是我不好，求你别哭了。”

黑咕隆咚的客厅里安静得连一根针掉在地上的声音都清晰可闻。

沈昼叶坐在沙发上，陈啸之坐在离沈昼叶一米远的地方，抽出两张纸巾递了过去，真诚地问道：“你到底为什么这么能哭，哄了就不能停吗？”

沈昼叶抽抽噎噎：“不、不是我想哭，我疼。”

陈啸之一愣：“你碰到了？哪儿？”

“没有。”沈昼叶哭得打嗝，一边擦眼泪一边说，“手、手腕疼……”

陈啸之关切道：“怎么搞的？我找药给你处理一下。”

沈昼叶伸出一只爪子给他看：“呜……处理个球……球。陈啸之你捏的。”

陈啸之极其自觉地说：“对不起。”

这人也不是不会道歉嘛，沈昼叶哭满十分钟后终于觉得心里痛快了一些。

陈啸之憋屈地说：“你就在这里等着，等来电了再走，二十六楼走起来太危险了，也没有必要。”

沈昼叶声音软软酥酥的，带着刚哭过的沙哑，说：“嗯，好……不过阿姨和叔叔什么时候回来呀？”

陈啸之有问必答：“二十六楼你都下不去，他们难道能上来？”

说的也对，让我爬二十六楼，毋宁死。

沈昼叶悻悻地点了点头。

一支草绿香薰小蜡烛竖在客厅的黑玻璃茶几上，陈啸之找出打火机点燃了蜡烛，温暖的火光摇曳。

陈啸之抬头看了沈昼叶一眼，苦笑道：“你脸都哭红了？难道我欺负得这么过分？”

沈昼叶眼角红红，眼睛水汪汪地映着火苗，凶狠地放话：“你再说我还哭。”

陈啸之服输后，人生的苦痛翻了一倍，屈辱则呈几何倍数增长，低声下气地道歉：“对不起。”

沈昼叶还很委屈地“嗯”了一声，仿佛吃了大亏。

“不过，”沈昼叶在茶几旁坐下，托着腮帮，好奇地问道，“陈啸之，你当时喊我名字做什么呀？”

陈啸之拉开一个客厅的抽屉翻东西，边找边道：“我以为你在电梯里。”

“我在电梯里？”沈昼叶一愣，“然后呢？”

陈啸之简直气不打一处来，怒道：“停电的时候你在电梯里怎么办？万一电梯往下掉呢？非得让我把这些都说出来？啊？”

沈昼叶恍然大悟：“哦！”

陈啸之极力忍耐着即将喷涌而出的刻薄，问道：“晚饭吃什么？”

“随便吃点儿就好了，”沈昼叶自知理亏，乖乖地坐在茶几前，对这家的少爷说，“泡面也可以哦。”

陈少爷“哼”了一声：“说得跟真的似的，你别以为我不知道，真给你烧开水吃泡面你能吃了我。”

沈昼叶嘴硬道：“你瞎扯，你又知道了，你梦里的我吧？我才不是那种挑剔的人。”

陈啸之连个眼神都不给她，冷淡地道：“我去冰箱看看弄点儿吃的。你拿着蜡烛去我房间找一下手电筒，我房间里还有一个。”说罢，直接拐进了厨房。

沈昼叶有点儿庆幸地想，还好躲过了晚饭吃泡面，抚了抚胸口，然后将那支草绿色的、散发着香气的小蜡烛捏了起来。

落地窗外，无尽的星空连绵铺展，沈昼叶揉了揉哭得发热的眼睛，抬高了声音，问："陈啸之，你房间在哪儿？"

陈少爷在厨房吼道："楼上！自己找！"

沈昼叶气坏了，怒道："不准吼我！"

陈啸之的房间倒是不难找，因为他连门都没关，门上贴着一张《创世之柱》的海报。

沈昼叶小心翼翼地推门进去。

陈啸之的卧室有一股非常浅淡好闻的洗衣液香气，沈昼叶一进去就觉得面颊有点儿发红，有种悸动和奇妙的熟悉感。

这房间陈啸之应该已经住了很久，墙上贴满了他的各项荣誉证书与奖状，甚至还有一个柜子，专门给他放他的奖杯。沈昼叶凑到奖杯柜前看了一眼，他十五年的人生就已经将这柜子摆得满满当当，里面流金烁银。

沈昼叶用挑剔的目光审视了一下，觉得陈啸之拿过的荣誉可能比自己多，但是没有自己精——连"三好学生"都贴到墙上，可见陈啸之贴奖状时并不挑。

沈昼叶在华盛顿时家里也有个差不多的柜子，就摆在她爸的书房里，专供陈列沈昼叶从小到大拿的奖杯和证书，可惜有一些奖杯太大，回国时没能一起带来。

我的奖杯。

沈昼叶立即情绪低落，不再打量那一墙金光闪闪的奖状和奖杯，专心去翻找手电筒。

她翻了一下陈啸之的枕边，又摸了下他平时写作业的桌面，还不小心碰倒了一架天文望远镜。

一无所获。

沈昼叶刚想下去告诉陈啸之这个不幸的消息，一抬头，就看到书柜上一个巨大的、花瓶般粗细的黑色金属圆柱体。

理工男这种生物太奇怪了，沈昼叶想起她爸原先花了三百美金——也就是两千多人民币，从沃尔玛扛回一个军工矿业专用的、抡起来能砸死人的、花瓶般大小的大手电。

后来，她爸好像被她妈喊着"你有病吧沈青慈"，一顿狠剋。

沈昼叶曾经还以为她爸是极端个例，万万没想到，十几岁的陈啸之也会买这种东西。

沈昼叶搬来凳子去拿这个足有一公斤重的手电筒，她在凳子上踮起脚尖，将花瓶大小的手电筒拎下来的瞬间，突然看到书架顶层落灰的角落，有一本她极其熟悉的、被翻得破破烂烂的书。

沈昼叶微微一怔，在烛火的映照下，将手电挂在手腕上，把书抽了出来。

那是英语原版的《天文学百科》，制作十分精良，沈昼叶记得自己小时候在华盛顿买过一本，当时十分宝贝，只不过后来不知道放到了什么地方。这么多年，包括后来的搬家，都再也没有见过这本书。

烛火摇曳，这本书已经被翻得破破烂烂，连封面都摇摇欲坠，但能看出陈啸之以前十分爱惜。

硬壳精装的书畏惧磕碰，书封又是其中最脆弱的部分，可这本书的书封在摔掉后，又被小主人小心地黏了回去，甚至连角上都包上了金属保护角。沈昼叶微微一愣，然后将书翻开了。

和她小时候看的完全是同一版。

黑暗与烛光一同漫过书页。沈昼叶翻到百科全书第三张，看到盘盘绕起的原子核与游离的电子，在第七十六页看见她熟悉的、哈勃望远镜所拍摄的《创世之柱》。

“这些科学家相信，这些基本粒子里有宇宙起源最深处的秘密……”

沈昼叶听见过去的自己在夕阳中以稚气未脱的声音讲故事。

“宇宙的起源，”小女孩儿对小男孩儿认真地说，“来源于一个叫奇点的小点点，在时间开始的那一瞬间，不早不晚，就是那一瞬间，‘嘭’的一声就爆炸了。”

书页里盛着千百年来人类的智慧，他们所仰望的星空，他们以有限的智慧去揣摩的时间的尽头。

“那一瞬间光辉万丈。”小女孩儿写史诗一般说，“因为大爆炸，时间开始流淌，现在构成你我的原子们降临世间，我们仰望的宇宙终于从无中诞生。”

和她一起看书的小男孩儿停顿了一会儿，不理解地说：“鸡点……宇宙来源于一只爆炸的鸡？”

虽然同音，但是完全不是一个字啊！

沈昼叶没憋住笑，把那本老书向后翻，十多年前的书的插图现在看来已经相当过时。陈啸之这本上贴满了便利贴，褪了色的黄色便签将书塞得鼓鼓囊囊，便签上全都是他写下的生词。

他看这本书的时候应该还很小，可能还在上小学，甚至更加年幼。

记忆中的那个小姑娘说："构成你我的每一个细胞，都来自太初大爆炸。"

她旁边趴着的男孩儿不太开心地提问："可是，你有没有想过，大人是怎么知道的呢？你怎么知道这不是大人编来骗我们的故事？那时候既没有人看到那场大爆炸，也没有恐龙化石，根本没有见证的人。你不能用'书上没有谎话'来糊弄我，书上连豌豆藤都能长到天上去。"

小姑娘在静谧柔和的光线中，像个小大人一样，认认真真地说："是科学。"

沈昼叶回忆起往事，想到自己那突然嚣张的语气，忍不住笑了起来。

"科学"，顾名思义，是由实践检验，并无限趋近于真理的办法。

科学就是用来把一切不可能化为可能的。

一千年前没人相信云层上没有仙境，五百年前根本没人能想到脚下的世界是个球体，三百年前没人觉得月球上会留下人的脚印。

可是一切都发生了。

科学为愚昧死去，却也为它的真理永生。

香薰蜡烛大概已经燃到了尽头，火光飘忽如烟，焦灼的香气弥散满室。

沈昼叶在微弱的光中好奇地辨认年幼的陈啸之做的笔记、他记下的生词和划的线，抚摸着他翻到有点儿脆的纸张，心中升起一种难言的佩服之意。

他是一个像自己一样，很努力的学徒。

翻到最后一页，一张泛黄的纸掉了出来。

沈昼叶手忙脚乱地捞起一看，那是陈啸之用彼时十分幼稚的字体写就的一句话——

"新年，我许愿阿十回来。"

火光透过薄薄的纸张，这纸条落款是1999年12月，背面用黑笔画了两个奇丑无比的、手拉手的火柴人，其中一个可能是陈啸之，眉毛画得粗粗的，另一个小人脑袋上扎出个鬈鬈的刚正不阿的猪尾巴毛。

陈啸之画画也太丑了吧？这阿十是弹簧人？怪不得陈啸之这个愿望实现不了，我要是阿十我也不愿意回来。

沈昼叶夹回愿望纸，正准备把书放回去的时候，陈啸之推门而入。

“让你找个手电筒怎么这么费劲儿？”陈啸之嫌弃地道，“不就在书架……”

他一抬头，看到了踩在凳子上，抱着手电筒，还拿着他的书的沈昼叶。

陈啸之看了一眼，平淡道：“放回去吧，都什么年代的东西了，”

“你小学时候的书吧？”沈昼叶踮起脚把书塞回去，然后抱着那个大手电筒，从椅子上爬了下来。

陈啸之点头：“比小学早点儿。”

沈昼叶眨眨眼睛，示意他自觉说下去。

“下来吃饭。”陈啸之漫不经心地转移了话题，“我热了汤，好在天然气没停。”

然后他拿起地上的小蜡烛，“呼”地吹熄了火光。

“如果今晚不来电了怎么办？”沈昼叶坐在客厅里喝酸奶，憋闷地说，“这都八点钟了，我不回家的话我妈要急了。”

陈少爷在厨房勤勤恳恳地洗碗，他散漫地说：“那你住在这儿也行，明早我打车把你送回去，反正我家有空房间。你打电话和你妈说一声就可以。”

沈昼叶矜持地拒绝他：“可你忘了吗，你是男孩子啊陈啸之！我们这样与礼法不合。”

陈啸之安静三秒，然后，他接下来的那句话恶毒至极：“哦是吗？沈昼叶，我可没觉得你是女的。”

沈昼叶气得捂住了自己的胸脯。

小姑娘吃完酸奶，蜷缩在温暖柔软的地毯上摸出手机，给妈妈打了个电话，她说明了情况，最后表达了要留宿在陈啸之家的可能性。

“我们一会儿应该讨论点儿什么，再过两周就要复赛了，就当学习。”

沈妈妈思考了很久，十分勉强地答应：“行……吧。”

陈啸之洗完碗，擦着手从厨房出来，将那个大手电筒放在了茶几上。

沈昼叶也挂了电话，两个人四目相对，陈啸之终于不情愿地开口道：“你想学习？”

沈昼叶诚实地说：“我糊弄她的。”

没有家长的独处，是学生时代最快乐的时光。

陈啸之也挺有趣的，沈昼叶发现，一旦将他的心理防线击溃，他的脾气只是看上去大而已，但其实是相当不足为惧的一个人。

陈啸之的游戏机还有一点儿电，沈昼叶为了防止在地铁上无聊，正好也带着自己的游戏机，就和他一起去抓宝可梦。

沈昼叶惊喜地发现，陈啸之还是一个相当了不起的宝可梦训练师。

“你会不会抓啊沈昼叶？”陈啸之面孔一板，“能不能不要浪费精灵球了，拿来。”

沈昼叶乖乖地将自己的游戏机递了过去。

她的游戏机套了个粉紫色的外壳，上面贴了漂亮的小贴纸，还缀了一条可爱的小兔子和流苏。陈啸之手指修长有力，随手将那粉色的小挂件往游戏机上一压，为小同学操作她的小训练师。

陈啸之忽然问：“你怎么抓了这么多可达鸭？”

沈昼叶拿着陈啸之的游戏机，认真地说：“我是养鸭专业户，不可以吗？”

陈啸之眯起眼睛打量她，片刻后“嗤”地一笑，说：“德行。”

沈昼叶笑了起来。

“陈啸之，问你一个问题，”沈昼叶晃了晃腿，好奇地问，“你觉得十年后，这家游戏公司会是什么样子？”

陈啸之坐在沙发上，连头都不抬：“我哪儿知道，可能去做洗衣机了吧。”

沈昼叶被逗得哈哈大笑。

陈啸之说完，又低头操作，说道：“可能去做洗衣机了，可能去做洗碗机了……但是也许还是会做出很好玩的游戏，也可能倒闭了。”

“但是十年确实太长了，”陈啸之自言自语般叹道，“真的太长了……”

他们又玩了一会儿，陈啸之的游戏机响起了没电的提示音，沈昼叶便也收起了游戏机。

那是一个没有家长、连电都没有的漆黑的夜晚。沈昼叶坐在他身边无聊地打了个哈欠，陈啸之一愣，问道：“要去睡觉吗？”

沈昼叶不说话，用力地摇了摇头，坚定地拒绝。

“那就学习？”陈啸之无奈道。

沈昼叶又特别认真、特别用力地摇了摇头。

“想干什么？”陈啸之凉飕飕地说，“你总不是想折腾我吧？”

“Observatory,”沈昼叶仰起脑袋看着笼罩在黑夜中的陈啸之，认真地说出标准而流利的英文，“Of celestial bodies.”

天体观测。

冬夜浩瀚辽阔的星空下，沈昼叶裹紧了陈啸之的羽绒服，跟正背着天文望远镜的陈啸之朝楼上走去。

“顶层就是有这个好处，”陈啸之边走边解释道，“我家屋顶是有个小花园的，我妈和阿姨一起种了一堆土豆南瓜……不过现在是冬天，已经快没花了。”

沈昼叶踩着棉拖鞋说：“住顶楼的坏处是一停电就完蛋。”

陈啸之憋住了骂人的话，推开通往顶楼花园的门，道：“是你运气太差，我住了这么久都没遇到这种事儿。”

沈昼叶忍俊不禁道：“万一哪天早上停电，你可怎么上学啊？”

陈啸之白她一眼，重复道：“说了是你运气差。”然后他关上门，将那炮筒般的望远镜放了下来。

天台的花园相当冷，但这一年度最后的月季仍在绽放。

沈昼叶立刻去调设备——她做这个堪称熟门熟路，先将赤道仪的赤经纬轴调试至平行，又调节了望远镜的主镜和寻星镜。

“好像是有一段时间没用了，”黑夜里，陈啸之翻找着自己的包，淡淡地道，“不知道进灰没有，但是这个望远镜挺清楚。”

沈昼叶呆呆地问：“这个好贵的吧？我原来差点儿拆了一个，然后我妈差点儿把我给拆了。”

陈啸之“嗤”地一笑，轻轻拍了拍望远镜。

宇宙犹如盛开的重重花束一般在少年们的眼前绽开，一时竟不知是花如宇宙，还是宇宙似花。

浩渺云星，辽阔而又渺小的星团——冬夜最后的月季如同盛开在了宇宙之中。

花瓣下隐着行星，叶脉下匿藏着星云。

“昴星团，”沈昼叶跪坐在地上，眼睛贴着目镜，小心翼翼地说，“确实是昴星团……这么亮，可见度这么好！那也就是说今晚应该也可以观测到玫瑰星云。”

陈啸之凑到寻星镜看了一眼：“对，今晚天气好……往左调一下，我记得玫瑰星云在左边。”

沈昼叶笑了起来：“嗯！”

“那边有手册和指引，你找找看……”陈啸之莞尔道，“怎么突然就想看星星了？”

沈昼叶一边认真地鼓捣一边说：“唔……看到你的望远镜了。”

“让你找手电筒你找不着，望远镜倒找出来了？”陈啸之吧唧一下弹她脑袋，自己凑到镜前调试，语气中充满嫌弃，“沈昼叶，你翻我房间？”

沈昼叶冻得哆哆嗦嗦，搓着冻红的爪子瞅瞅陈啸之：“没有翻你房间呀，这么大一个摆在那儿，我一眼就看到了。”

陈啸之调了半天方向，叹了口气道：“行了，找到了，你来看吧。”

沈昼叶又趴到目镜前。

寒冷的夜风吹过，小姑娘细细的手指被冻得通红，扶着望远镜的关节都有些发青，陈啸之看到就不太爽利，想伸手握住——他不怕冷，想给她暖一暖。

沈昼叶忽然开口，茫然地说：“我曾做过我孤身进入宇宙的梦。”

宇宙里太冰冷了，不穿航天服的话，只要十四秒，人就会失去知觉，肺的空气将如潮水般涌出体外，体表所有的体液都开始沸腾，人将变成一团漂浮的物质，一颗孤独的小行星。

“可是我没有穿航天服，我穿着我平时出去玩时穿的牛仔裤和T恤，漂浮在太空里，但是我可以呼吸，就像水底的鱼。”沈昼叶握着望远镜筒，像是自言自语一般地道，“我闭上眼睛的时候，那些恒星的光照红了我的眼皮，万物就在我的眼前。”

陈啸之怔怔地看着她。

“我在里面游泳，”沈昼叶像讲故事一样，“游到太初爆炸的奇点，在里面一挥胳膊就能穿梭过群星殿堂，滑到宇宙边界，像是在身上涂满了泥巴一样柔软的时间。我一边游一边想，这大概就是我爸给我报游泳课的原因，他知道我总有一天会来这里。”

爸爸为了锻炼女儿心肺功能给她报的，每周日下午三点钟的游泳课。

周日下午，哥伦比亚特区万里暖阳，沈昼叶与彼时还在世的父亲走在洒满暖阳的校园中。爸爸会给女儿买个核桃味的冰激凌，拎着闺女的小包，讲着故事往家里走。

沈昼叶笑了起来，自嘲地道：“你听听就好了，又不是真的，只是突然想起来而已。”

陈啸之干涩地“嗯”了一声，却没有移开视线——他移不开。

沈昼叶身上一直都漾着星辰一般的光芒，男孩儿想。

他的思绪像风一般散落。

在他缺席阿十人生的日子里，远在异国他乡的小阿十每天都在好好上学，参加科学展，去旁听大学的课程，以挑战的眼光审视着自己的父亲，但是又十分依赖他。她吃东西时坚定不移地挑食，是个会惹人生气的娇气包。

可是她从来都是一个战士。

她心中的目标明晰，向往的步伐从未停止。

五岁时对一无所知的他讲述宇宙起源时如此，十五岁重新出现在他生命时亦然。

那个头发卷卷的小阿十是该长成这样的——她就该心怀着诗和太空，向往着她过去就挂在嘴边的父亲，站在同龄人的顶端，让所有人都为她折服。

而她笑着对旁边的人说：“我曾做过我孤身进入宇宙的梦。”

阿十对万物的热爱都要从她稚嫩的灵魂里溢出来了。

夜里十一点多，仍然黑咕隆咚的。沈昼叶坐在餐桌旁边裹着陈啸之的羽绒服，哆哆嗦嗦、眼巴巴地看着厨房那点儿火光。

“我是真没见过你这样的，”陈啸之切着姜抱怨道，“沈昼叶你是哪儿来的麻烦精？一会儿要看星星，一会儿开始打喷嚏，打完喷嚏就开始眼巴巴地看着我——”

沈昼叶可怜巴巴地抽抽鼻尖：“你家没有暖气也开不了空调。”

陈啸之"咔"地一剁菜板，愤怒地说："麻烦鬼吗你！不会锻炼吗！"

沈昼叶吸了下鼻涕回应他，黑灯瞎火地抽出张卫生纸，将鼻涕擤了。

脾气超坏的陈少爷对着手电筒的光，认命地把姜切成段，又找出葱，将大葱在砧板上一按，正要剁了下锅，沈昼叶几乎像是心电感应一样，小声地命令他："陈啸之，我不吃葱，不要切。"

陈啸之沉默片刻后说："你真的绝了。"

沈昼叶对着摇曳的烛光发呆，听着厨房里传来姜片在锅里噗通噗通的声音。

她无意识地荡起了腿，"砰"地踢到了一个沉重的东西，低头一看，发现是自己的书包。

沈昼叶突然升起了一种异样的感觉，像是有什么在召唤她一样，她把书包拽上来，在里面摸出了那本她许久没翻开的通信本。

厨房里的陈啸之发呆一般盯着熬姜汤的锅，细微的甜味在黑夜中弥散开来，沈昼叶趁着模糊昏暗的烛光翻开通信本。

最后一页，果然出现了一张折得整整齐齐的信笺。

沈昼叶逐渐意识到，这场连接着已经学会妥协的沈昼叶与自己的通信，是有个明确目标的。

"我不想让你有后悔的事情，"第一封信里另一个她这样说，"我想将你从所有的弯路中推出去。"

可是那样的话，这世界为什么会让她们两个通信？十五岁的她仍不明白。

沈昼叶展开那封信，里面居然写得密密麻麻。未来的她字体娟秀，上来的第一句话就是："以下的建议你可以只当做参考。"

"第一，不要和陈啸之来往。"信中写道。

沈昼叶愣了一下，抬起头看向厨房的方向。厨房里火光微弱，没有放葱的姜汤的甜味弥散开来，陈啸之靠在灶台边上，身影颀长，剪影俊朗。

"他是你到目前为止动心的唯一一个男孩儿。你会在春天来临之前和他分别，可你会对他念念不忘，一直无法走出来，在二十五岁的如今，仍然会在醉酒的深夜里想起他。"

第二段写道："第二，全国中学生物理竞赛复赛之后拿到名次，不要继续打决赛了。复赛的名次对于升入高中，已经非常够用了，决赛可以等高一的时候重新报名。不过这不是最重要的，也不是多么影响我当前的事情，我不想强迫你，参考一下就行了。但是下面的第三条，我希望你做到。"

沈昼叶定神往下看，可是，下一段只有一句话——

“第三，放弃所有不切实际的梦想。你自己知道是什么，你一直都知道。”

烛火微微一跳。

陈啸之端着姜汤出来时，沈昼叶正托着脸发呆。

他在餐桌子上给沈昼叶留了支粉蜡烛。

那蜡烛是他初一时从一个同学处收的生日礼物，应该是从礼品店里买的，上面有一个火红的爱心，陈啸之接过之后对同学说了声谢谢，回家就将它随手一扔，没想到现在还能派上用场。

他后来听说送蜡烛的同学似乎对他有些意思，可是陈啸之从来没有将“喜欢”二字往深处想过。

烛火摇晃，陈啸之看到阿十秀气的面容呆呆地盯着那支蜡烛。

陈啸之突然想起，爱情电影里说恋人喜欢去吃烛光晚餐的原因是“火光会将人照得十分美丽”，他以前从来没这么觉得。

可是当他的阿十拢在蜡烛的火光里时，陈啸之看见她纤长的睫毛，立刻想起电影里的那段话，一瞬间连心跳都杂乱无章。

她小时候也漂亮吗？

她小时候也这样好看吗？那时候有别的臭小子觊觎我的阿十吗？

“姜汤煮好了。”陈啸之不动声色地敲了下桌子，“想什么呢？”

沈昼叶回过神，捧起姜汤十分痛苦地喝了起来，喝完后，她舔舔嘴角的汤，看着陈啸之问道：“说起来，我看你那本书上还有‘阿十’这个名字，‘阿十’到底是谁？”

陈啸之沉默不语。

“我看你画的，应该是个人吧？”沈昼叶纳闷道，“你不是告诉我那是你养的猪……”

陈啸之脸皮很厚地说：“我又没说她是真的猪。”

沈昼叶满脸的嫌弃：“行……吧。”

“我把客房给你收拾出来，”陈啸之又道，“你睡一晚，明早我把你喂饱了送回家。”

他说着就要起身，可是，他的手腕突然被沈昼叶牢牢拉住了。

姑娘家的手很小，手指也纤细，看上去没什么力气，却将他拉得纹丝不能动。

“先别走。”沈昼叶忍着颤抖道。

“你要离他远一点，叶叶。”久远的信中说。

我试着远离过他。十五岁的沈昼叶想。

她紧盯着陈啸之，牢牢地拉着他的手腕，开口说：“我有一个问题要问你，我已经忍了一段时间了。”

陈啸之点头：“你说。”

“你会在春天来临之前，和他分别。”刚刚读的信里说。

哪一年的春天？每一年都有春天。

“收到了吗？”每一封信里都会问。

每一封我都收到了。

“他本来就不喜欢你！”信中的语气斩钉截铁。

“我问你。”十五岁的少女生出浑身的反骨一般，几乎拿出全身心的勇气，在烛火飘摇和满天星空下对陈啸之发出太初爆炸般的一问——

“陈啸之，你喜不喜欢我？”

2018年9月，深夜。

他是怎么回答的来着？

二十五岁的沈昼叶蜷缩在被子里，泪水几乎像是断了线一般下坠。

夜深人静，她哭得头都痛了，泪珠一颗颗地滴进枕头，可是她连哭出声都不愿意——只要不哭出声，深夜的泪水就都可以留在黎明前的黑暗中。

沈昼叶的手机屏幕黑着，消息全开了免打扰，微信上所有同学都在讨论这一次毕业要求的改革。

不就是毕不了业吗？沈昼叶一边哭一边笑。

每年毕不了业的博士生多了去了，有些学校的博士生按时毕业率只有30%，甚至不是所有在校博士生都能拿到学位，你只不过是没有例外而已，也没见哪个哭得这样惨。

可是，为什么会是我呢？

沈昼叶也好，April也好，这个名字所代表的，从来都是前1%。

从小到大，我待人友善，做了我能做的所有好事，我流过泪也流过血，如果像丘吉尔所说的“鲜血、辛劳、泪水和汗水”，我无一不曾给出，可是为什么？

为什么我会沦落至此？

沈昼叶难受得浑身发抖，甚至差点儿呕了出来，后来她连躺着都觉得腹中疼痛难挨，像是陪伴了她半个博士生涯的痼疾复发。

长夜漫漫，沈小师姐一边哭一边坐在床角忍耐空腹的疼痛。她蜷缩成一团，细致的肩胛骨瘦得凸起。

窗外微微亮起一线鱼肚白，天亮了。

第一缕天光照进沈昼叶被泪水浸泡的眼瞳。

别哭了，沈昼叶顽强地告诉自个儿，无论多么不想要这样的生活，都得继续努力活下去。

二十五岁的沈昼叶早已与娇气没有半分干系，她极度克制，止住了泪。

“你打算怎么办？”张臻叹了口气，“反正以原来的标准我也得延毕，我倒是无所谓。”

沈昼叶叹了口气，摇摇头道：“不能怎么办。”

加州的阳光落在沈昼叶的身上，沈昼叶转了一下笔，正打算去做陈啸之布置的任务，办公室的门就被推开了。

陈啸之冷冷地道：“沈昼叶，你出来。”

他这次说的是中文。

沈昼叶走路都有点儿虚浮，她有时以为这只是个噩梦而已，但是她的理性又清楚地知道这是真的。

陈教授等在学生办公室的门口，他今天戴了一架金边眼镜，但是似乎睡得不太好。沈昼叶气色则更差，头发也蓬乱，一看就一整晚没睡。

她刚一推门出来，陈啸之就重重地带上了办公室的门，“砰”的一声，声音在楼里回响。

沈昼叶垂下眼睛，顺从地唤了一声：“老师。”

陈啸之将手里的纸一抖，嘲道：“还知道叫老师呢？”

沈昼叶不知道说什么，整个人都木木的，更做不出什么表情来，只得温顺地低下了头。

“我之前跟你说过吧，”陈啸之说，“这个地方要怎么处理，我有没有手把手教你？沈昼叶你真是带着脑子做事的？”

沈昼叶凑过去看了一眼，发现自己处理的过程中，确实出现了一个很严重的、陈啸之讲过的错误。

她想要道歉，却难以发出声音。

“进办公室，”陈啸之握着自己办公室的门把手说，“还是你想在走廊上被骂？”

办公室的门“啪”的一声合拢。

陈啸之的办公室里连窗帘都没有拉开，沈昼叶习惯性地在门口站定，那是她在陈啸之的办公室里平时挨训的位置。

他还是给自己留了点儿面子的，沈昼叶想，他没有在走廊上训学生。

老师与学生。他们连地位都相差如此之大了。

我们同样生于二十世纪九十年代中期，面前的人只比我大两个月，我们曾经在同一个教室里读书，我们捧起过相似的奖牌，却有着全然不同的人生轨迹。

办公室光线昏暗，陈啸之站在沈昼叶面前，冷冷开口道：“沈昼叶，我教过你多少次？”

沈昼叶嗫嚅着道歉：“对……对不起，老师。”

陈啸之觉自己快要被气得失去理智了。

沈昼叶笼罩在他的影子里，恐惧地瑟缩着，犹如惊弓之鸟。

“是个人教过都会有进步，”陈啸之极尽讽刺，“沈昼叶你倒好，一次不如一次，一个简单的失误犯了一遍又一遍！我问你，我说多少遍才能有用？”

离她远点儿，他自己告诉自己，陪她走完最后一段路，然后让她滚到天涯海角去。

可是现在不行，她不该是这样的。

陈啸之咬紧了牙关。

沈昼叶不止于此，她该远胜于我。没有人告诉她吗？没有人把她向高处拽吗？她周围都是一群什么垃圾，将她弄成了这副模样？

陈啸之三天没睡好的头隐隐作痛。

三天里，陈啸不停地告诉自己那是别人的人生，无论沈昼叶去什么派对都和自己没有关系，他只打算完成自己难以忘记的承诺。

可是当陈啸之抬起头，在镜子里瞥见一头被禁锢世间的困兽。

“沈昼叶你靠什么做的研究？”陈啸之居高临下，甚至不在意距离地嘲道，“重复别人的实验？”

“对不起。”这姑娘本来就瘦，此时脸色白得近乎透明，她发着抖瑟缩了一下，像是畏惧他一般。

陈啸之瞬间抿紧了唇，他沉默片刻后说道："不想做趁早滚。"

他听见一个声音——

陈啸之，尽到你的承诺就让她滚出你的生活吧。这女的什么都不记得。她娇气、吃不了苦，她一次次地将你忘得一干二净，在2009年的春天来临之前将你的一颗心团成团丢出了窗外。这么多年她过得相当滋润，每一份迹象都表明了她不思进取。

这是陈啸之失眠一整夜，清早去找系主任罗什舒亚尔教授，将新来的大北联培博士生要来自己手下时对自己的承诺。

办公室里的窗帘拉得密密实实，昏黄的光线洒落一地，窗帘边缘露出的一线强光照亮尘土飞扬的办公桌。

沈昼叶苍白地承诺："以后我保证不会再犯了，对不起。"

陈啸之和沈昼叶近在咫尺，他看到年轻的姑娘眼睫浓密地低垂，像在与人划清界限一般，陈啸之见过这副表情。

"你也怕被人丢出课题组？"他不受控制地嘲道。

沈昼叶没有说话，只是轻轻吸了一口气。

陈啸之把她出错的问题给她讲了一次。

"听懂了没有？"他讲完一抖纸，"再有下一次犯同一个错误，自觉滚出我的课题组，收拾东西不用来了。"

沈昼叶颤抖着点了点头，她接过那张纸，纸上满是陈啸之圈出的批注，其实她脑子嗡鸣一片，仍没太听懂陈啸之说的是什么。

连毕业对沈昼叶都成了一件困难的事。

现在，沈昼叶对外界缺乏反馈，难以做出表情，每次一细想都觉得腹中一阵难以忍受的痉挛。

突然，陈啸之压住那扇门。

沈昼叶呆住了，成年的陈啸之个子比她高一个头有余，将她整个人拢在影子里，修长有力的胳膊牢牢地按着门。

陈啸之一手拢了下她的头发，嘲弄地将发丝握在手心："我今天才发现，你长大了也还是挺好看的，怪不得第一次上我的课就能让那男的对你念念不忘。"

沈昼叶发蒙地说："我……"

“你什么你，”陈啸之沙哑地道，“你跟他，还不如跟我。”

沈昼叶停滞的大脑甚至搞不明白“不如跟我”是什么意思，陈啸之眯起眼睛，居高临下地打量她。沈昼叶与他四目相对，想起自己小时候问陈啸之“你喜不喜欢我”后，陈啸之的答复——一片沉默。

沈昼叶张开了唇，想问他你是什么意思，你现在是没有女朋友吗？如果是十五岁的沈昼叶，甚至还会得寸进尺地问：“你觉得我漂亮吗？”

十五岁的陈啸之确实觉得她漂亮，怎么问他都会说。

二十五岁的陈啸之却伸出手指，在她脸上轻轻一捏，道：“沈昼叶，我比他有钱，比他成功，我还能帮到你，带出去也有面子。说句老实话，沈昼叶，你这么多年了就在找这种人？比我好的男人不好找吧？”

那一刹那，沈昼叶的眼泪几乎就要夺眶而出。

这是明晃晃的羞辱，陈啸之是在羞辱她。

陈啸之打量着沈昼叶的面容，在昏暗浑浊的空间里，他看到女孩儿泛红的鼻尖和仓皇无措的眉眼，片刻后嗤笑一声。

沈昼叶带着哭腔：“松……”

“够了，”陈啸之松开她，冷淡地说，“出去。”

沈昼叶其实只是带了点儿要哭的模样，没哭出来，她的眼泪坚挺得很，为了学位掉一掉就算了，陈啸之干的那点事儿，还够不上让她掉眼泪的标准。

沈昼叶在便利店买了毛毛虫橡皮糖，十分难过地蜷缩在正门处的小花园里，委委屈屈地吃糖。

微信突然来了消息，沈昼叶含着半只小虫虫滑开屏幕，看到是张臻发来的微信。

张臻问：“一下午不见人，你去干什么了？”

沈昼叶啃着毛毛虫糖，认真地回复：“我在正门吹风吃糖。你吃不吃，我给你留点儿？”说着，把那袋零食拿着拍了张照片，给张臻发了过去。

“不了，你自个儿多吃点儿吧。”紧接着张臻又问，“你导师今天怎么了？他当着我的面用中文把你叫出去的。”

沈昼叶不知道该如何说，她不懂陈啸之是什么意思，不懂陈啸之那句“你跟他还不如跟我”是要做什么。

夜深人静，沈昼叶没有开灯，孤独地坐在电脑前看着自己亮着的电脑屏幕。

片刻后她痴痴地笑了起来，想起在最后陈啸之让自己回去的模样，觉得自己像个物件。

忽然，她的手机嗡嗡地振动，亮了起来。

沈昼叶眼前还有点儿发花，定睛一看，居然是陈啸之打来的电话。

他平时都是发微信的，沈昼叶瑟缩了下，将电话接了。

“喂？”沈昼叶颤抖着问，“老师，怎、怎么了？”

电话里，陈啸之冷淡地说：“东西改完了没有？”

沈昼叶又难受又崩溃，小声说：“还、还没有，我马上去改。”

“是问题很大还是什么？”陈啸之的语气犹如冰锥一般，“我上午十点钟给你讲完，晚上十一点了你还没做出来？你一整天做什么去了？”

沈昼叶几乎带着鼻音对电话里的陈啸之道歉：“对不起，我明天做好了给……给你。”

陈啸之冷漠地说：“明天你有别的事儿。亚太先进物理峰会，APAPC，月末，在印尼，明天你去使馆把签证办了。”

沈昼叶一呆：“是……让是我去听吗？”

“不然呢？”陈啸之漠然反问，“今年请讲者里有我，年初定下来的时候我就办了签证，你没办的话明天去趟旧金山。”

沈昼叶的心情终于明朗了一些。

沈昼叶研究生入学以来办在国内的会议倒是参加过，国际会议她小老板不带她——嫌贵。何况沈昼叶又是组里挑大梁的劳模，小老板不愿意让她走开。

没想到在陈啸之手底下还有这种福利。

印尼这个地方……沈昼叶想了想，好奇地问：“巴厘岛？”

“做梦呢？你梦里真是什么都有。”陈啸之嘲讽完后吩咐道，“会议日程表一会儿发给你，今晚把我布置的东西做完，明天五点前从旧金山回来。”

沈昼叶一愣：“为什么？”五点前回来有点儿吃力。

陈啸之说：“还能做什么？一起吃个晚饭。”

第二十三章

和我试试

沈昼叶坐在回帕罗奥多的公交车上，那公交车晃晃荡荡，穿过空旷辽阔的公路。

金黄色的夕阳余晖洒落满车，沈昼叶坐在公交车的后排，蓬松柔软的头发抵在车窗玻璃上。

这趟公交车坐满了人，她身边坐了一个胖胖的波西米亚老太太，五十多岁了，头上扎着色彩斑斓的丝巾。

她圆滚的身躯将位置占得满满当当，甚至还挤压了一点儿沈昼叶的生存空间。

沈昼叶礼貌地让开些，看了一眼自己的手机。

陈啸之只给她发了个地址，没说别的，意思就是让她自己过去。

“孩子。”一个声音忽然响起。

沈昼叶一愣，抬起头来，发现是她旁边坐的波西米亚老太太在说话。

老太太皮肤微黑，眼睛黑白分明，她看着沈昼叶，温和地问：“孩子，你为什么在叹气？你上车以来就没停过，是今天做事不顺利吗？”

沈昼叶呆呆地问：“我叹气了吗？”

老太太温柔一笑，道：“叹了，而且很多次。有什么不顺心的事，我愿意听听看。”

沈昼叶笑了笑，说：“都挺无聊的，不应该浪费别人的时间。”

“你说说看，”老太太温暖地道，“这趟车才刚发不久，我们时间也充裕得很。你应该也是在帕罗奥多下吧？亲爱的，来点儿巧克力，什么难过的事情都会忘记的。”

那老太太从自己缀满流苏的小皮包里摸出一板巧克力，掰了一小块，递给了沈昼叶。

“我爸爸以前也对我这么说。”沈昼叶捏着被晒得有点儿融化的巧克力啃了两口，笑道，“他说吃点儿糖就会好起来，就算考试考得不好不开心，爸爸也会带你去吃冰激凌，吃完我们就当作这些事从来没发生过。”

老太太温柔地点了点头。

“考试没有考好，总还有下一次机会，而下一次一般不会考得太差；和朋友吵架了，只要道歉，友情就可以恢复如初；特别想要的玩具可以和爸爸妈妈打赌，只要赢了他们就会买回来。所以每一样想要的东西我最后都会拥有，让我苦恼的事情最后也总会有一个好的结局。”沈昼叶笑着摇了摇头，“可是现在这个岁数就会发现，我想要的永远也得不到，我过去的理想和如今的我有着如天堑一般的鸿沟，人离开了就再也不会回来。”

老太太将巧克力往前伸了下，见沈昼叶不吃，又把它收了回去。

在温暖的阳光中，沈昼叶带着一丝绝望说：“我现在毕不了业了。”

头上扎着丝巾的老太太伸出粗糙的手在沈昼叶的手背上拍了拍。

沈昼叶不想影响到听客的心情，只是平静地讲了她身上发生了什么，连带陈啸之的事情也一起——陈啸之对她的冷淡和那天的羞辱，而自己晚上还要和他一起吃饭。

“有时候我真希望这是一场噩梦，一觉醒来发现什么都没有发生，我还在小时候的某个课堂上。”沈昼叶温和地笑道。

老太太一顿，和蔼地说：“所以你想改变过去。”

沈昼叶稍微迟疑了一下，终于点了点头，苍白地笑笑：“确实，我想改变过去。”

老太太平和地道：“可是事实就是，无论如何后悔，你都活在当下，能够改变的也只有当下的一切。”

沈昼叶想起通信的本子。

那是她能够改变过去的唯一方式，可是她却不能告诉任何人自己有这样的能力——这已经超出了普通人的理解范围，更没有任何理论可言。

她只是慢慢地点了点头，表示知道了。

“你的父亲是过世了吗？”那个老太太忽然问。

沈昼叶点了点头：“他已经离开十年了，我来前刚给他上了坟——就是我们国家祭奠亡者的习俗之一。”

这十年里离开小昼叶身边的人已经不计其数——父亲、将她当作关门弟子培养的慈教授、过去视她如珍宝的陈啸之、同学、朋友……留下一个早已习惯离别孤独的成年昼叶。

沈昼叶注意到老太太又黑又胖的手指上戴着累累的戒指，各色的宝石在她手上闪着光，她开玩笑道：“真有趣，您好像占卜师。”

“我觉得你也很有意思。”胖老太太爽朗地笑了，“祝你生活顺利，孩子。”

帕罗奥多站到，她提起自己的手包，站了起来。

老太太非常高且壮实，保守估计比沈昼叶高了一个头，可能只比陈啸之矮一点点。沈昼叶拎着包下了车，远方夕阳万里，海风如诗。

“不是这样的。”那头巾上缀满流苏的老太太忽然开口，“孩子，有些东西，从来没有离你而去。”

万里山海浸入金光，加州灿阳余晖覆盖大地，热烈地将最后一丝光芒泼入人间，金雀花在路旁绽放。

陈啸之为什么要和我吃饭？沈昼叶仍觉得哪里怪怪的。

他难道是真的没有女朋友，想吃一吃回头草？

沈昼叶单身了许久，那个叫陈啸之的少年对她而言过于难忘。他承载了沈昼叶年少时的怦然心动，所有的一切都像故事开头一般，光辉灿烂着。

《神奇动物》里雅各布在告别时对奎妮说，这世上将有很多像我一样的人。

奎妮流着泪摇头，说，这世上无人与你相似。

沈昼叶对待自己的感情，其实非常的“非黑即白”。

她不会因为一个人对自己太好而点头与对方在一起，那是一种对自己对对方的不负责。喜欢就是喜欢，不来电就是不来电，而陈啸之后，的确再也没有人能够带给她如“世界都在为之颤抖”的悸动。

沈昼叶穷得叮当响，打不起车，而且她刚来旧金山湾一个多月，又非常不擅长看地图。于是，紧赶慢赶，还是迟到了。

鸟路界定天空，黄昏落日犹如绽放的玫瑰。

陈啸之靠在车旁，修长的双腿交叠，他正百无聊赖地看着远处的夕阳。

他是要和我在一起吗？沈昼叶背着书包穿过车水马龙的街道时，有点儿困惑地想。

应该不是吧。

不过如果万一，我是说万一，只要陈啸之提出来，我可能会认真地考虑一下。

陈啸之闻声转过头，淡漠地问："怎么这么晚？"

沈昼叶不知该怎么面对他，小声道："路上……"

路上有点儿迷路，而且我今天太累了。

陈啸之却根本不在意她在说什么，扭头就走进了店里。

沈昼叶还没说完的话卡在嘴边，她呆了呆，跟着陈啸之一起朝里走。

陈啸之今天穿得并不正式，他将头发随意地抓了抓，显得年轻又嚣张；沈昼叶脚不点地地走了一天，发丝上都是灰，显得灰头土脸，与餐厅环境格格不入。

他们坐在能吹到风的露台上，头顶悬着一盏暖黄色的灯，墨绿色的遮阳伞下可见沉入地平线的夕阳。

陈啸之将菜单拿起来递给沈昼叶，漠然地道："想吃什么点什么。"

沈昼叶想起自己原先每次和陈啸之出来吃饭，他都会说这句话。那时年少的她觉得十分温暖，和如今接过菜单时的心情形成了鲜明的对比。

沈昼叶垂下眼皮，小声说道："谢谢。"

她没什么胃口，快速扫了一眼菜单，随便选了个迷迭香烤羊排，就交还给了服务生。

"你发给我的东西我看了，"陈啸之平直地开口，"质量不行，我不想算你过关，这次的数据我不会用，这个我给你说清楚。"

沈昼叶轻轻地点了点头，觉得胃绞紧了，胃里一阵发烫。

陈啸之将单点了，服务生抱着菜单和点菜板离去。

"老实说，我不关心你到底——"陈啸之在昏暗光线中十指交握，忍着怒气般缓缓地说，"是怎么变成这样的，但沈昼叶你现在在我手下，用这个态度搞科研，不可能行得通。"

沈昼叶忍着颤抖说："知道了。"

"你不知道。"陈啸之打断了她。

沈昼叶握紧了勺子，难受得说不出话来。

开胃菜端了上来，鹅肝被煎了两面，黄油顺滑地流入雪白盘底，焦脆的表面撒着黑胡椒粉。

沈昼叶用叉子戳了戳煎好的鹅肝，她不知道该对陈啸之说什么，也已经不想询问他让自己离开之后又请自己吃饭的用意了。

这家店菜品还算不错，氛围也很好，但是每一道菜对沈昼叶来说都味同嚼蜡。

“APAPC参加过吗？”陈啸之问道。

沈昼叶慢慢地摇了摇头，回答：“基本只参加过国内的学术会议。”

灯光昏昏，夕阳沉入大海之时，陈啸之忽而嗤笑道：“沈昼叶，你成哑巴了？”

沈昼叶正伸手去抽纸巾，闻言微微一愣，抬起头看向陈啸之。

“算了，”陈啸之嘲弄地说，“看你也不像个会说话的。”

沈昼叶呆呆地看着他。

“沈昼叶，你到底是用什么读到现在的？”陈啸之嘲道，“你学位到底能有多水？”

沈昼叶眼眶一红：“我、我……”

陈啸之哂道：“我想了下，不如我们再试试。”

那一瞬间，风“呼”的一声吹了过去。

但如果不是那阵风，沈昼叶应该能够听到陈啸之咬紧牙关的声音。

“沈昼叶，我也看不出你别的用途了，但也不是完全没有……和我试试？”态度已经恶劣了一晚上的陈啸之，此时几乎是往沈昼叶心口捅刀般地开玩笑道，“我感情空窗期，正缺一个呢。”

餐厅里音乐温和流淌，灯光温柔洒落。

陈啸之的话音带着轻佻，轻飘飘地落了下来。

沈昼叶脑子里“嗡”的一声，感到了一种钝痛的屈辱，心像是被击碎了一般。

我对他来说算人吗？沈昼叶发着抖想，他怎么能这样羞辱我？他怎么会成为这样的人？

沈昼叶眼前发花，鼻尖红了起来，手指紧紧地捏住了餐巾纸。

陈啸之目不转睛地看着沈昼叶，眼里泛着血丝。

她为什么不是我的？她为什么那时候非要离开？陈啸之听见头颅中咚咚的

雷鸣，他看见沈昼叶的发旋，看见她削白的、微微露出的细嫩肩膀。

陈啸之压抑住怒意，装作闲散又不走心的模样道："行了，我又不是在逼你。"

沈昼叶嗫嚅着"嗯"了一声。

"走了，"陈啸之拿起自己的外套，冷淡道，"我送你回宿舍。"

可沈昼叶几乎什么都听不见了、什么都看不见了，她模糊地知道，在这个傍晚里，她被陈啸之打碎了什么极其珍贵的东西。

那是她仅有的、最后能聊以慰藉人生的美好回忆，此时碎得粉身碎骨。

沈昼叶颤抖着从桌旁站了起来，她扶着桌子，脸都白了。陈啸之一抖外套，将外套披在了沈昼叶的身上。

"考虑下，不过你现在是单身吗？不是的话当我没说，我没有当第三者的嗜好。"陈啸之拉紧了沈昼叶肩上自己的外套，又温和地一笑，"看你这么受欢迎的模样，不少吧？"

陈啸之亲手摧毁的东西，曾是那个十五岁的女孩儿哪怕到二十五岁，无论怎样都没有后悔过的青涩年华，是她十年如一日笃定的"他不会变"。

这"不会变"不是说这个少年会永远爱她，而是，"无论他爱不爱我，都会珍视和我的青春岁月"。

只要"珍视"就可以了。

明明一切都是美好的。

细雨绵绵的下午，陈啸之第一次抓住她的手的瞬间，火焰般的体温灼烧着她，他们是彼此所能触碰到的最滚烫的生命；他们仰望过的夜空，笑着提及理想；决赛前夜，他们一起看两个小机器人太空里跳的芭蕾舞。

可是陈啸之对这一切不屑一顾。

沈昼叶发现自己对他来说并不特别，甚至让他讨厌。

沈昼叶难受得连路都走不稳，颤抖着推开自己宿舍的门，拖着灌了铅般的两条腿，一下子栽进了柔软的床铺。

陈啸之的外套掉在地上，窗户抖落一地皎洁的月光。

下午时，那个波西米亚老太太对她说，"他们从不曾离你远去"。

可那应该是有信仰的、相信死后世界的人对一个路人的安慰，人死不能复生，离开的人终会成为一捧黄土，只值每年春天一杯浇在坟前的酒。

沈昼叶崩溃又绝望地哭着蜷缩成一团。

昔日的荣光、人生最尊敬的师长、当成目标来追逐的父亲、陪伴了我近二十年的梦……还有那个在决赛前夜握着她的手的温柔的少年。

有人踏上不归的旅程，头也不回地将哭得声嘶力竭的她留在身后；有人重新出现在她的生活里，可是早已不是当初的人。

十五岁的我，会想要这种人生吗？

我为什么要眼睁睁地看着自己活成这样，我为什么要流血流泪又一无所得？我为什么要在奋斗后才知道我一事无成？

沈昼叶在深夜里彻底崩溃。

她爬起来，坐在书桌前拧亮了灯开始写信。

泪水吧嗒吧嗒地掉在信纸上，把字迹洇开。沈昼叶哭着让过去的自己放弃2008年的物理竞赛，保全自己的尊严；她哭着让十五岁的她离陈啸之远一点儿，在太喜欢他之前把他踢出自己的生活；她哭着让自己放弃爸爸赋予的梦。

这一切让沈昼叶遍体鳞伤，她已经受够了这样的生活。

这不是建议，这是命令。

“我希望我的人生里从来就没有过陈啸之。”

“我希望我从来没做过‘成为天体物理学家’这个梦。”

“我希望年少的我规避一切将要降临到我身上的伤害和不如意。”

“我希望过去的我有个不一样的人生。”

沈昼叶写完，相当于否定了自己的过去，一颗心疼得都麻木了，眼泪像是断了线的珠子一样滚下脸颊。

她哆哆嗦嗦地摊平被泪水浸润的信纸，确定里面没有能够触及“马赛克”的内容，将软塌塌的信纸折了三折，掖进了她人生中唯一的奇迹、她能够改变处境的唯一的机会——那个父亲留给她的实验记录本。

沈昼叶拿起手机发现已经快十一点了，微信上却跳着二十几个红点。

沈昼叶擦了擦哭红的眼睛，抽了纸巾擤鼻涕，点开绿油油的图标。

置顶的是妈妈和奶奶的对话框，两个都有未读。

沈昼叶先点开了妈妈的，妈妈说她今天带奶奶去了医院，奶奶身体很不好，医生说不知道能不能挺过这个冬天。妈妈没有告诉奶奶，但是奶奶好像知道，妈妈觉得瞒不住这位老人。

沈昼叶眼泪又不住地往外涌。

奶奶已经病了许久，年纪又大……早些年妈妈和奶奶的关系仍十分僵硬，可是在奶奶被拉进医院后，两个女人虽然没有说什么特别的软和话，却慢慢凑在了一起。

华嫣送赵兰君去医院，在医院彻夜陪床。

一老一少谁都没提过原谅谁，岁月却代为冲淡了婆媳间的尖棱。

沈昼叶边哭边乖乖地回妈妈的微信，说她寒假的时候向导师要个假期，一定回去和她们一起过年。

然后，沈昼叶点开了奶奶的微信框。

奶奶不仅完全没提自己去医院的事情，还给小孙女发了个链接，命令孙女给她助力抢北京去厦门的火车票，说自己十一假期想去厦门玩一趟。

沈昼叶的眼泪终于止住了。

她一个一个地点下去，大多数都是公众号的推送，突然，她看到陈啸之在十分钟前发来条微信："人呢？"

像是在查岗。

沈昼叶的指尖上还有没擦干净的眼泪，一按屏幕全是水点点。她撒了个谎，回道："刚刚去洗澡了。"

陈啸之很快发来："洗个澡一洗两小时？你下车前我不是让你结束之后马上联系我吗？"

沈昼叶抽抽噎噎地回复道："对不起。"

"你从小到大什么时候把我和你说的话放在心上过？"陈啸之刻薄地说，"研究做不好，让你负责点儿杂事总行吧？"

沈昼叶苍白憔悴地回复了一个"嗯"。

沈昼叶在国内时就负责了好几年的课题组杂务，来了这里之后，杂事基本都是陈啸之自己处理。

沈昼叶必须承认，虽然和陈啸之的交流很痛苦，但陈啸之确实算是一个好导师。

陈啸之更苛刻地说："明天开始到我办公室负责杂务，早上八点给我把卫生打扫了，下午走之前浇我养的花，整理文件，以后跑腿也是你的活儿。对了，这边的银行卡号给我。"

沈昼叶对陈啸之心如死灰，心死地说："我不能收你的钱。"

陈啸之发出三个问号表示震惊加疑问。

沈昼叶十分诚实直白地道：“包养是行不通的。”

陈啸之怒道：“沈昼叶你真的有病吧，我给你推荐个医生？你来了一个月我不给你发补助？”

沈昼叶沉默片刻，发了一连串的省略号。

“还包养？你是气人专业毕业的？专业素养没见到，成天把我气得头疼，你是真的厉害。明天我去系主任那儿告你状，你信吗？”陈啸之威胁道。

顶着抱头哭泣的可达鸭头像的沈昼叶，痛苦地对万恶加害者道歉：“对、对不起……”

“绝了。”陈啸之又说，“这次多给你打一笔，明天把去印尼的机票和酒店一起订了。”

沈昼叶哆哆嗦嗦发了个“嗯”过去。

陈啸之忽然传过来了一个很大的文件包。那文件包里林林总总，从图表到观测数据，再到他的课题想法批注一二稿，所有的文件足足有200兆之多。

这些文件是不能外传的吧，尤其是导师传给学生？沈昼叶其实不是很懂纯理论学科的合作，但是在她原来研究的凝聚态物理领域，在论文的未发表阶段，所有的数据甚至是具体的思路，都是得到最严格的保密的。

如果是在偏应用的学科的话，陈啸之将这些文件传过来，几乎就是在共享他的成果。

当然，学生将自己的工作发给导师是很常见的，因为导师需要告诉学生他的问题出在哪里。但是身为导师还愿意把这孵化阶段的数据发给博士生的人，沈昼叶从小到大，连一个都没听说过。

沈昼叶擦了擦眼泪，打开电脑接收文件，手机又响了。

陈教授发来消息：“明天中午之前扫一遍，有个大致的了解，下午我给你仔细讲讲。”

“就是说，你要发补贴了，”张臻咋舌道，“同时要去给他擦桌子擦台灯、浇花、端茶倒水？”

“还兼任跑腿工作，显然补助不能白发。”沈昼叶闭着眼睛敷冰袋，安静地道，“也不知道他打算给我发多少，不过应该比李磊给的多吧……周院士给博士生们一个月发四千，李磊找我签完字，每个月都得扣走一千块，加上国家发的一千五，我还没有外面建筑工地的民工赚得多呢。”

张臻同学艳羡地说："挺好的了，我一个月一千五。"

沈昼叶月收入比民工不足，比张臻有余，仿佛被狗啃的心终于多了丝温暖，她放下冰袋，去陈啸之的办公室给他打扫卫生了。

陈啸之不在办公室，沈昼叶把桌子上一堆堆的文件捋起，十分草率堆成一座山，然后对着桌面上的笔记本翻了个白眼。

桌面倒是挺干净的，拉开窗帘后桌面光洁无尘，一张照片都没摆。沈昼叶擦着桌子，在桌角上看到一本西班牙语原版的巴勃罗·聂鲁达《二十首情诗与一首绝望的歌》。

沈昼叶小学时选修过西班牙语，学得还不错，好奇地翻开，发现第十四首那页被折了一角。

"每日你与宇宙的光一同嬉戏，温柔的访客，你来到花中，水中。"

沈昼叶正要往下看，就听到陈啸之在门口凉飕飕地说："我让你动我桌子了？沈昼叶就你那一锅炖的收拾方式，动完我什么东西都找不到了。"

沈昼叶悄悄地合上诗集，将诗集推了回去。

"看你天天闲得筋儿疼，工作效率也不高，下午一点多再过来一趟。"陈啸之漫不经心地道。

沈昼叶屈辱地说："好的。"

陈啸之的门笃笃地响了两声。

沈昼叶正在给陈啸之泡咖啡，陈啸之说了声请进，一个学生打开门，探头问道："陈教授，高能物理那边想在您这边借几个学生，配合着一起做个实验，您的学生今明两天有空吗？"

沈昼叶很快反应过来这是系里有时难以逃避的杂活。很烦人，但是不太好推，而且他们往往会直接拜托到导师这里，不过一般也不会占用太多时间。

沈小师姐看看自己手里的咖啡壶，又看看陈啸之，心想我还不如去高能那边打白工，看了眼手表，开口道："我的时间——"

沈昼叶一句"我的时间应该没问题"还没说完，陈啸之就毫不留情面地说："不行。"

来借人的学生没想到是这个展开，愣住了。

"我的学生有自己的课题要做。"陈啸之冷飕飕地说，"别说现在了，以后也不外借。"

那学生走后，沈昼叶看看手里的抹布，心中有一丝微妙，她小声道："其实我能去的。”

陈啸之坐在办公桌后，沈昼叶给他泡的咖啡冒出袅袅的热气，他将手中的笔一转，漫不经心地说：“你想去给高能那边打工？我问你，你哪儿来的时间？”

沈昼叶不再多嘴，认命地拿着抹布擦拭书架。三十年河东三十年河西，她想，以前陈啸之几乎什么都不让她碰，别说这种杂务，回家路上的书包都是陈啸之给提着。

他这是伺机报仇吧？

在收拾到黑板前的地面时，陈啸之十分冷硬地开了口：“放下。”

沈昼叶看见陈啸之站起身，朝自己的方向走来，凉飕飕地说：“不用打扫了，边儿去。”

“嗯？”沈昼叶不明所以。

“沈昼叶，你我还不知道吗？”陈教授拧着眉头道，“稍微细致一点儿的家务活没有一样是干得像样的……”

然后他看到沈昼叶打扫的地方，当即一愣。

沈昼叶将湿湿的抹布放了下来。

陈教授抱着胳膊，冷冷地问：“你什么时候学会做这些的？”

沈昼叶奇怪地说：“会这个很奇怪吗？总不能一辈子都让别人照顾吧？”

陈啸之不耐烦地说道：“行了，不用打扫了，你回去吧。”

沈昼叶回到自己的办公室时，张臻已经不在了——应该是被高能那边的抓走了。她看了一眼自己的桌面，张臻走前给她留了两块糖外加一张纸条，放在她的笔记本电脑上。

“我叶，吃了糖开心点儿，没有什么过不去的坎儿。”纸条上写道。

沈昼叶看到糖，眼眶当即一酸。

她这一辈子收到过许多人的安慰。他们安慰沈昼叶“一切都会好起来的”，宽慰她“这不是你的错”，每个人都力所能及地释放着他们能给出的所有温暖，犹如张臻的话梅糖。

可是没有任何一句话或一颗糖，能够真正治愈他人千疮百孔的人生。

沈昼叶拿了陈啸之的护照去订机票和酒店，订的时候又把自己的护照翻出来，对比了一下。他们两个人护照签发的年份都是五年前，陈啸之上面盖满了他读书时去的各种地方，贴满了标签盖满了花花绿绿的章，光美国的入境就占了1/3，除此之外还有他去欧洲和拉美地区等各地游玩的签章，那护照厚厚实实。

而沈昼叶的那本护照单调又单薄。

对比也太明显了，沈昼叶想，然后看了一眼微信。

陈啸之在微信上说："机票头等舱，你就当度假来订就行了。"

沈昼叶后知后觉地瞅了瞅陈啸之打进她卡里的博士生补助，差点儿被那金额吓昏过去。

陈啸之做导师也太大方了吧，一下子打这么多，不知道的还以为我和他有什么鬼交易呢！我这一年如果出不了成果他会不会掐断我的头……沈昼叶心中充满惶恐，颤颤巍巍地将酒店订了。

她订完酒店，目光突然扫到包里装着的通信本。

那一瞬间，就好像有什么在召唤她一般，沈昼叶将本子拿过来，翻开了松软的纸张。

明明时隔仅仅一天，却已经来了回信，折得整整齐齐地夹在里面。

这次怎么会这么迅速？沈昼叶觉得奇怪，打开了回信。

第一句话就是："你的建议我收到了。"

二十五岁的她在空无一人的办公室里，读着来自过去的回信。

缩小版的她在信中十分礼貌，阐述了自己马上就要进入复赛考场的事实，而自己给出的"复赛之后退出竞赛"的提议，她说会在出了名次和分数之后进行考虑。

这个答复，沈昼叶是可以接受的。

她往下一翻，手指却突然碰到了一个尖锐的棱角，她摸了一下，是小昼叶在信笺后面贴了一张大头贴。

"不知道十年后的你弄没弄丢这张照片。"小昼叶写道，"如果弄丢了，就当是我寄给你的念想。"

那张大头贴是年少的自己和梁乐他们一起挤着拍的，被一个彩虹色的相框框了起来，彼时他们青春年少，梁乐也还没染一头妖魔鬼怪般的头发。

那张照片的正中心，是笑得如四月春日般灿烂的小昼叶。

沈昼叶眼眶一红，她记得这张大头贴。

它拍摄于2008年11月末，世贸天阶，他们约出来玩，陈啸之去给大家买奶茶了，因此照片里没拍下他的身影……但是陆之鸣他们都在。

每个人都意气风发，少年轰饮酒垆，春色浮寒瓮。

后来这照片里的人，都四散天涯。

小昼叶说：“我猜你已经找不到了，反正我不觉得我能把这张小小的照片保存十年。但是这次你别弄丢了，在2018年，这肯定是唯一的副本。”

是的，读信的成年人想，我高中时就弄丢了这张大头贴。

“至于复赛，我不知道我能不能过。”少女诚实地写道，“我尽己所能地准备了，问题应该不会太大。”

“问题当然不大。”读信的成年人在加州的阳光中喃喃自语。

毕竟你那时候羽翼丰满、年轻锐利。

年轻的你带着能够刺穿世界的长矛，是一位骑着龙跨越山海的年轻勇士。

甚至让人难以联想到后面的坍塌陨落。

夜深人静，九月深夜，夏风穿过重重枝头。

沈昼叶在厕所洗了把脸，抬起头看向眼眶下有浓浓的黑眼圈的自己。

她向窗外看去，深红色的月季花被风吹得止不住地颤抖，夜幕上挂着一颗颗雨水般的夏夜星辰。

十五岁的沈昼叶勇敢地走出了第一步——她在那个停电的夜里握紧了陈啸之的手，问“你喜不喜欢我”后，少年陈啸之没有说话。

可是正当沈昼叶以为人生第一次表白要失败了的时候，在黑暗中，陈啸之十分短促又羞耻地“嗯”了一声，接着他弯下腰，用力地抱住了她。

小昼叶觉得自己的身体要被抱碎了。

她隔了十年都能回想起那个陈啸之几乎将她揉进骨血的拥抱。

拥抱中带着浓厚的绝望之意却又有春藤破土的祈望，有失而复得，有来自灵魂的颤意。

少年时的喜欢不一定能够表达得这样到位，更没有形式可言。

但是从此，陈啸之将沈昼叶捧在手心。

沈昼叶说想要枝头的苹果，陈啸之能将天上的星星也一并摘下来，以明月为碗盛着，捧到他的小昼叶面前。

“你说，”二十五岁的沈昼叶看着镜子中憔悴的自己，好笑地自言自语，“他那‘失而复得’是怎么回事？”

世间喧嚣，却无一应答。

APAPC，是亚洲物理学界内赫赫有名的综合性的最大的学术会议。大会在2018年9月底于印度尼西亚的苏门答腊岛召开，共设十二个分支学科的分会场和一个主会场。不提会在主会场的重量级人物，连每个分会场所请的，都是业界那一年成果最光辉灿烂的科研工作者。

沈昼叶看了会议章程，看到陈啸之在天体物理分会场有一个十分靠前的特邀报告。

沈昼叶都麻木了，一边给陈啸之整理着书架，一边对电话道："这大概就叫青年才俊吧。"

梁乐在电话里一愣："今年你也打算去？"

沈昼叶回答："是啊。"

梁乐说："真巧，我今年也去，去完回国。怎么样，学妹，一起拼个房？"

沈昼叶想起自己订的两张机票的价格，心情更为复杂："不了，我这边已经订好了。"

"行吧。"梁乐悻悻地道，"不过正好能见面吃个饭，我一直也没抽出空去加州，没想到咱们居然能在印尼见面……从这儿去印尼挺贵的，你导师对你真舍得。"

沈昼叶想起那一晚上就要740美元的价格高昂的海景套房，沉默了一下，说："是，不知道他哪儿来这么多经费。"

"还有，见到陈啸之不奇怪。"梁乐提前给学妹打预防针，"2015年夏威夷那次会议我就见过他一次，不过我没和他说话。后来他毕业直接特聘……他去年和他研究生老板一起讲的特邀报告，反正挺厉害的一个人。但是我去年不在，欧洲太贵了，去不起。"

沈昼叶把陈啸之的那堆书按从高到低的顺序摆好，痛苦地说："行吧。"

梁乐的幸灾乐祸几乎溢于言表："所以，你这次和他偶遇的可能性——"

沈昼叶打断了他："梁学长，我就实话跟你说了吧，他就是我导师。"

终于实话实说了的沈昼叶被梁乐一通狠骂。

梁乐这嘴相当毒，大意就是你怎么能瞒我一个月，而这位被骂的人，沈昼叶，一个天然呆的胆小鬼，连半句都不敢反驳。

"你欠我一顿饭！"梁乐愤怒至极，"去了印尼之后你不请我吃，我就把你的头拧掉！瞒我这么久，你死定了。"

“好好好，我死定了。”沈昼叶拼命告饶，挂了电话。

她挂电话时，陈啸之正好推门而入，他不爽地看了沈昼叶一眼，在椅子上坐定，将眼镜往鼻梁上一架，漫不经心道：“去把你电脑拿过来。”

“好。”沈昼叶垂下头，转过身握住门把手，把门推开了。

“沈昼叶，”陈啸之忽而以笔一敲桌面，冷冷地开口道，“别把死不死挂在嘴边。”

沈昼叶抱着电脑回到陈啸之的办公室，陈啸之看着电脑屏幕问：“回程的票买了吗？”

“还没有。”沈昼叶回答。

陈啸之道：“买了就退掉，你看一下行程，24号到27号是会议。”

沈昼叶拉来一个小椅子坐下，点了点头说：“是的，酒店也只订了23号到26日晚的，26号的机票我看了一下……”

“别订9月26号的票，没必要回来这么早。”陈啸之漠然地说，“你看看周围有哪里想去的，玩一圈，定下行程再订回程的机票，不一定从原机场回去。”

沈昼叶一呆，小声问：“是要给我放假吗？”

陈啸之漫不经心地一点头，示意沈昼叶自由发挥，又低头去看他的电脑。

他坐在沈昼叶的对面，阳光如流金般镀在他的身上，沈昼叶看见他高且挺拔的鼻梁，眼神里的刚强专注，不受控制地想起了自己在遥远的过去，那些对他怦然心动的瞬间。

时光短暂倒流，在另一个烈日如火的下午，张臻抱着椅子背，低声问她：“你喜欢他的理由是什么？”

沈昼叶那时正做着陈啸之布置的任务，闻言一愣，重复道：“喜欢他的理由？”

张臻想了想道：“总有那么一瞬间的怦然心动。比如言情小说里那些男生穿白衬衫很好看、一个人摘下了你的耳机、他在食堂打饭的时候多看了你一眼……”

沈昼叶沐浴在阳光中，想了许久，低声道：“我喜欢他应该是因为……”

她听见自己的声音穿透重重时间：“在这世上，我只见过一个和那时的我一样的人。”

目光坚定不移，专注犹如赤子。

和年少的她一样，双足深陷泥土，却时刻仰望繁星。

“订好了没有？”陈啸之不虞道，“你怎么这么磨蹭？”

沈昼叶一下子被从回忆中踢了出来：“订……订好了，三十号左右可以吗？从努拉来伊出发。”

陈啸之冷淡地说：“你随便。定下时间就把我的机票也一起订了。”

沈昼叶订了两个人的机票，心里顿时轻松不少。

陈啸之显然是打算趁这个机会去休整一番，度个假，顺带连她也捎着，是个很随意的决定，却给绷成弦的沈昼叶一线生机。

沈昼叶近期的压力已经大到了濒临崩溃的地步。

陈啸之看了她一眼：“还不走？打算在这儿等什么？”

沈昼叶抱着电脑回自己的办公室，坐在窗边，开始做陈啸之布置的任务。

她越做心态越崩，干脆将笔记本收了，爬到窗台上坐着。

沈昼叶以前从来不会做这种事情，可是人崩溃之后做什么事情总是说不准的，沈昼叶的室友退学前的那一个学期喜欢去理科教学楼的平台吃饭，每天拿了外卖就往理教跑，沈昼叶那时无法感同身受。

可是沈昼叶如今往窗台上一坐，忽然理解了她室友。

楼下，红榕树气须被风吹拂得如最温柔的海浪，日薄西山夕阳如火，下面人来人往，无一不无美好。

比她身后的一切都要好。

沈昼叶情不自禁地贴在窗户上，又将窗户拉开个缝。炽热的风渗透进来，将陈啸之安装的空调的冷气挤了出去。

这点儿不够。沈昼叶想。然后又将窗户拉开得大了些。

于是，沈昼叶靠在大敞四开的窗框上，任由滚热的夏风吹着她纤细笔直的小腿。

沈昼叶将通信的本子放上膝盖，开始写给十五岁的自己的回信。

她写得很慢，考虑到寄信时的“马赛克”问题，便没写后来发生了什么，只是祝福过去的自己复赛顺利，并且重申了一下“离陈啸之远一点”。

从大头贴拍摄的时间来看，沈昼叶知道，那时自己对陈啸之的感情其实不算太深。

喜欢是喜欢的，可还能够及时止损。

沈昼叶一写就想哭，眼泪吧嗒吧嗒地往外滚，陈啸之对她来说，原本是美好的回忆，可是在陈啸之刻意的羞辱后，这回忆已化成令沈昼叶在深夜里都会感到疼痛的伤口。

沈昼叶一边哽咽着擦眼泪一边写信，阳光穿过她的发丝和泪花儿，落在鹅黄色的信纸上。

请你一定不要像我这样。

请你一定要有个不一样的人生。

如果这段时间是个闭合的环，能影响到现在的这个我的话，我希望在一切尘埃落定的那一天，我一觉醒来，周围的一切能与现在截然不同。

突然，她的门被敲了两下。

沈昼叶立即擦干了泪水，刚将本子一合，门就吱呀一声开了。

“沈昼叶，”陈啸之颐指气使地说，“你把这个文件……”

他还没说完，就看到坐在窗边的沈昼叶。

沈昼叶哭得鼻尖发红，动动唇想说好。

然而下一秒，陈啸之三步并两步冲上来，一把捉住了沈昼叶的手腕，将她从窗台上拽了下来。

陈啸之的力气特别大，沈昼叶被拽得一个踉跄，痛得眼泪又滚了出来。

陈啸之暴怒地吼道：“谁让你上窗台的？！”

沈昼叶抽抽噎噎：“我、我想吹吹风。”

“吹风不会去外面吹？！”陈啸之用力地捏着姑娘细白纤韧的手腕，手都在发抖，他咄咄逼人地道，“上窗台需要探出去这么多？你脑子有问题？！”

沈昼叶又疼又崩溃，小声道：“坐、坐久了滑下去的。”

陈啸之几乎要气疯了，他又把沈昼叶往自己这边一扯。

“别捏我了，”沈昼叶抽噎着往外拽手，“你力气太大了，疼……”

陈啸之没松力度，牙关紧咬，冰刀子般尖锐地问：“你还知道疼？你知道这个窗台施工有问题吗？靠上去没吱呀一声？”

沈昼叶拼命摇头，小爪子都被陈啸之捏得供血不畅。

陈教授下颌紧绷，一字一顿地问：“你不是故意上去的吧？”

沈昼叶泪眼蒙眬地道：“不是……松手！手真的疼，捏到筋了……”

“一不小心摔下去救都救不回来，直接就凉了。”陈啸之冷冷地说，“疼就长点儿记性，人命没了可没人负责。”

然后他松开了沈昼叶的手。

沈昼叶立刻后退三步，还把手背在了身后。

陈啸之瞬间就后悔了，但仍凶巴巴地说："课题帮不上忙，添乱倒挺擅长的。沈昼叶，跑个腿，把文件给我送了，B栋316，送到系主任那里。"

沈昼叶擦了擦眼泪，环顾了下四周，呆滞地问："文件呢？"

两个人的目光同时移向窗外。

窗外灯火昏黄，风起云涌。

陈啸之带来的两张A4纸打了个旋儿，蒲公英般被吹向远方。

傍晚，陈啸之推开家门时，陆之鸣正从他的浴室里擦着头发走出来。

陈啸之目不忍视，悲愤道："您在我家的时候能不能穿个裤子？！"

陆之鸣答非所问："哦，回来得这么早啊，今天不在大学待到十一点？"

"我也不能老待到十一点吧，"陈啸之换了拖鞋，找了条毛巾甩过去，"你要在我家待到什么时候？"

陆之鸣说："玩几天嘛。哥明天还打算去迪斯尼乐园玩儿呢……猫我给你喂好了，够娇气得寸进尺的，你家猫为什么叫屎屎？"

陈啸之恶劣地反问："你为什么叫陆之鸣？你为什么叫陆之鸣，我的猫就为什么叫屎屎。"

陆之鸣叹了口气道："你哥我要不是好脾气，早就揍你了……话说回来，屎屎真是挺可爱的，可爱得不像是你的宠物。"

陈啸之脱了外套，叫了两声小猫的名字。

雪白的波斯猫从楼上跑下来，在陈啸之拖鞋上撒娇般地蹭了蹭。

陈啸之把猫抱了起来，亲了亲屎屎茸茸的小脸，然后抱着屎屎坐在了沙发上，摸了摸屎屎干净蓬松的毛。

陆之鸣找了裤子套上，光着膀子在陈啸之旁边的沙发上一坐，认真地问："月末去印尼？"

陈啸之捏了捏屎屎的小爪子，检查它的指甲长短，道："去吧，可能晚几天回来。那几天屎屎就拜托你了。"

陆之鸣说："行倒是行，但是你什么时候还会度假了？"

陈啸之又捏另一只猫爪，边捏边道："我度不度假无所谓，我度假一直都是礼仪性的。但我学生得去，她状态太不对了。"

陆之鸣问："你是说小沈？"

陈啸之反问道："我还有别的学生？你觉得沈昼叶连我调整过三次的进度

都跟不上正常吗？”

陆之鸣道：“以我对她小时候的了解，应该是你在赶她的进度。”

陈啸之挠挠屎屎的小下巴颏儿，淡漠地道：“差不多，所以我希望她去放松下。”

“但是你对她太坏了，试着温柔点儿。”陆之鸣提醒道。

话音刚落，陆之鸣明显感到陈啸之周身的空气凝固了。

“温柔有用？”陈啸之凉薄地说，“哥，我问你，沈昼叶身边的哪个人不宠她不捧她？别说我妈了，慈老师也宠她宠得要命，小时候我奶奶那么凶，都给我塞零花钱，让我请阿十吃冰棍。”

陆之鸣分辩道：“可你不是最溺爱她的那——”

“现在呢？成果也没有，从简历上看基本是个混子。”陈啸之拧着眉道，“当时她说我们别见面了，以后听听彼此的名字就行了，说她以后不用我在身边，也不会忘了我对她的支持，会继续在这条路上坚定不移地走下去。”

他停顿了一下，嘲讽道：“现在成了这样，她对得起谁？还让我对她温柔点儿？”

陈啸之刚说完，屎屎就“喵”了一声，拱了拱他的手。

陈啸之低下头，看见那漂亮又娇怯的波斯猫泪眼汪汪地舔了舔他的手心，像是在哀求一般。

第二十四章

我不去了

2008年12月。

寒冬腊月，十五岁的沈昼叶裹着厚厚的羽绒服，跟在姜英后面下了公交车，朝考场走去。

“其实你完全可以在这里止步的，”姜英开玩笑道，“我以前听说你是为了上高中才……想上高中的话，你预赛的名次都够用了，我估计现在校长正等着挖你呢。”

沈昼叶用冻得发红的手指在面颊上按了按，莞尔道：“校长挖不挖我不知道，但我说不定就直接上大学了呢？”

“这倒也说不准，你这么努力。”姜英笑了起来，“不过十五岁上大学还是早了点儿。”

慈老师给他们送考，沈昼叶对着他用力挥了挥手，走进复赛的考场。

对于绝大部分人来说，复赛就是终点，能拿下金银牌的决赛则是可望而不可即。

沈昼叶在看到父亲的金牌后，一通凌云壮志，但是当双脚站在这片没有硝烟的战场上时，她才真切地意识到父亲走过的这条路有多艰难。

沈昼叶收到来自未来的信，信中提醒她“复赛拿了名次之后就不要参加决赛了”。十五岁的小姑娘一下子就猜到了发生了什么——应该是这次决赛的成绩很不理想，否则未来的自己不会说出这种话。

但是复赛的机会摆在眼前，断然没有不珍惜的道理。

那封来自未来的信中说了很多，连一点儿被涂抹的地方都没有，可谓是难得一见。

二十五岁的她让如今的自己放弃爸爸赋予的梦，让自己在复赛之后放弃继续竞赛的想法，然后，又让自己离陈啸之远点儿。

语气十分严肃，和上次喝了假酒的模样完全不同。

复赛时，她和陈啸之依然不在一个考场里。

北京的冬天实在是太过寒冷，在气候温和的美东海岸长大的小姑娘边搓手指边做题。

就算有供暖，那点儿温度也只是杯水车薪。

风犹如刀刃一般，窗外光秃的枝丫被吹得近乎折断，风从密封不严的窗缝中挤进来。沈昼叶冻得手指冰凉红肿，裹着厚厚的羽绒服也无济于事，只好从保温杯里倒了点儿热水，沾湿了卫生纸，用湿淋淋的卫生纸堵住了窗缝。

所以要拿陈啸之怎么办?

沈昼叶心中充满纠结，她早已经收到提醒，即使如此，她还是问了陈啸之“你喜不喜欢我”。如今甚至收到了来自未来的相当正式的警告……可是陈啸之又做错了什么呢?

陈啸之有时候很凶，但是大多数时候，他都将沈昼叶当成不能碰触的易碎品，他和沈昼叶走在一起时连包都不舍得让她背。如果说初遇时，陈啸之那种拒人于千里之外的恶劣模样能够让她相信“离陈啸之远点儿”是有理由的话，如今的陈啸之，却完全不像一个会伤害到她的人。

复赛要考三个小时，考完后已经是中午十二点多，沈昼叶是第一批出来的，慈老师站在寒风凛冽的考场外，看到她就笑着问：“小沈，考得怎么样？”

沈昼叶冻得打着哆嗦说：“还好吧，我把能做的都做了，就是最后两道大题时间不太够……”

慈老师笑道：“我觉得你的名次应该不会差，怎么样，小沈，保送资格考虑下我校？”

沈昼叶挠了挠头，莞尔道：“我想了下，学校离家还挺近的，可以考虑。”

“你这句话还是说给我校招生办听吧，”慈老师几乎憋不住笑，“我一听你选择大学的理由，突然受不了这委屈了。”

沈昼叶也腼腆地笑了起来。

“不过也不是不行，”慈老师温和道，“你顺便做做陈啸之的工作，一起挖过来算了。”

沈昼叶脸微微有点儿发红，却不是因为羞耻。

不只是慈怀昌老师，整个竞赛班都知道沈昼叶和陈啸之关系密切。

沈昼叶抬头看着老人，开玩笑般地说：“我去拉着陈啸之一起报大北的话，那大北招生办得给您发钱，老师。”

慈怀昌教授忍俊不禁，伸手在小姑娘头上一揉，将她满头卷发揉得翘翘乱乱的。

师生二人继续在寒风里等待其他同学出来。

冬风不住地往沈昼叶细白的脖颈上吹，她冻得在枯黄的草坪上跺脚。

一个个熟悉的面孔走出考场，姜英、梁乐、陆之鸣、周平……接着，陈啸之单肩挎着包，与一个陌生的男生交谈着从楼里走了出来。

冬阳苍白，天空辽阔悠远，云如浪花堆积。

少年套着光面羽绒服，稍长的黑发被风吹得凌乱，围巾在风中吹刮。他侧过头与旁人说话，长腿迈下台阶。

这人侧面也相当好看，有种少年英气。

陈啸之一转头就看到了沈昼叶，他匆匆与旁边的男生说了两句，就直接朝沈昼叶奔了过来。

“你围巾呢？”陈啸之皱着眉头问道，“不嫌冷吗？”

沈昼叶哆哆嗦嗦：“好像在包里……”

陈啸之没等她说完，直接把自己的羊绒围巾摘了，密密实实地围在了她的脖颈上。

这个围巾好暖和，小姑娘惬意地想。

陈啸之不虞道：“你是傻吗，冻成这样不知道围围巾？”

沈昼叶仰起脑袋，将脸蛋从围巾中拯救了出来，娇气地开口：“你出来得也太晚了，我好冷。”

被指责的陈啸之不爽地开口道：“可是这不是你——”

他还没说完，便看到沈昼叶眯起眼睛，眉眼间透露着小小的威胁。

沈昼叶这混球隔了十年，怎么还是这得意忘形的熊样儿？陈班长憋了气，说：“行……行吧，是我的错。”

沈昼叶忍不住笑了起来，觉得陈啸之憋气的样子特别有趣，得寸进尺地说：“陈啸之，我手也冷。”

陈啸之叹了口气，将沈昼叶冻得发红的纤细柔软的手指捏在手心里。

肌肤相触的那一瞬间，沈昼叶觉得心跳漏了一拍。

“这么凉？”陈啸之捏着她的手，倒抽了口冷气，“一会儿带你去喝好喝的汤。”说着，他将沈昼叶的手拉进了自己的口袋里。

他真的会伤害我吗？沈昼叶想。陈啸之明明是个很温柔的人，初遇时他确实对我很坏，可是后来他躺在病床上对我道了歉……他将我照顾得无微不至，他拿我一点儿办法也没有，他身上还有为了我留下的四条刀痕。

我们会分离吗？沈昼叶问自己。

应该会吧，少年时的情愫向来如风，我握住他手腕的时候、我们一同仰望着星空的时候、我第一次对他怦然心动的时候……我就知道我们肯定会分离。

尽管如此，我还是握住了他的手。

十五岁的沈昼叶从一开始就知道，并且接受这个风险项，那么，长大成人的我怎么会不懂这个道理？

2018年9月，旧金山湾。

宿舍阁楼的地板上摊了一地的衣服，沈昼叶跪坐在地上一样样地收拾，顺便远程指导张臻做实验。

张臻接触了个新仪器，整个实验A栋的学生里只有一个伊朗的博士和沈昼叶知道怎么用。不过张臻听不懂伊朗博士那口比雅思听力考试还恐怖的蹦豆子英语，两个人用手语交流也不成功，她最终决定远程求助沈小师姐这个实验室之光。

“对对对，那个是镀膜，”沈昼叶用肩膀夹着手机，叠着衣服，漫不经心地说，“破仪器主系统是德语的，这边这个仪器应该还没更新英语系统，不过结合我的经验，再加上这个设备厂的售后服务的效率，臻臻你还是别指望英语系统了，现在自学简单德语吧。”

张臻绝望地道：“垃圾！”

“总之，”沈昼叶将小裙子往旅行箱里一放，说道，“你按着我那个操作流程搞就不会有错了。简单的德语我会，你碰到拿不准的拍照发给我就成。”

张臻哭着“哦”了一声，挂断电话。

沈昼叶继续收拾着打算带去印尼的行李箱，想了想，又找出了自己四年前买的比基尼。

买回来好像连穿都没穿过吧？沈昼叶看了比基尼三秒钟，神情冷漠地把它按进旅行箱。

这次说什么都要穿上。

沈昼叶收拾到一半，听到电脑响一声，她放下手头的东西起身查看邮箱。

正是那一瞬间，风呼地吹过，翻开了她平摊在桌子上的通信本。

通信本翻开的那一页又多了一张薄薄的纸。

从连续来信的频率看，小昼叶应该是有什么话急切地要说。

二十五岁的沈昼叶摊开了来自另一个时空的信，那张纸干干净净的，十分简短，上面用一个小学生般幼稚的字体写道："未来，展信佳。"

第二句话就是："我思考了许多天，但我不打算离开陈啸之。"

沈昼叶她继续往下看去。

"还有，我复赛结束啦！"

沈昼叶明显地感觉出，小姑娘的口吻和她写字的字体一样，几乎要飞起来了。

"我考试一结束就跑来给你写信，告诉你这个你经历过的重磅新闻！我也不知道结果怎么样，写最后两道题的时间不太够了，应该和你当时的情况一模一样吧……但是我尽了最大的努力！"

隔着如山的岁月，沈昼叶都能感受到另一个自己的欢欣力跃纸背。

"很抱歉我不能够按你说的来做，但是我保证我会对陈啸之那混蛋警惕的……如果他露出让我不舒服的苗头，我会在第一时间察觉并及时止损，放心吧。"十五岁的少女笔锋一转，写道，"你经历了一切，给了我你能给出的所有建议，可我还是不愿意离开他。我不明白你为什么会提出这样的要求，毕竟你的信要受到重重限制，我问你也是徒劳的。但我大概能想到，你现在应该在陈啸之身边吧。"

是的，我就在他的身边，孤独失意，被过往岁月折磨到夜不能寐。沈昼叶苦涩地抿紧了唇。

信到此为止，是来告诉她"我不会离陈啸之远一点儿"的，这和沈昼叶想的完全不一样。

怪不得妈妈经常说小孩子做事儿没有道理可言，明明是为了他们好，他们却"左耳听右耳冒"。

和未接受过社会毒打的十五岁孩子真难沟通啊……活该十年后过这种苦日子。

沈昼叶仔细一想，认为这终究是自己的人生，总得负起责任让日子好过一些，便下定决心，要对十五岁的自己耐心一点儿。

她总觉得，通信本可能有极高的自主性，有她所察觉到的和没察觉到的铁则，更有自己的意图，可是它不曾显露出来。

沈昼叶叹了口气，将打算带去印尼的行李箱暂且扣上，背包下楼，往办公室走去。

"你的酒店离着不远，"话筒里，梁乐的声音兴致勃勃，"我也不太远，那我们可以多吃几顿啊！沈昼叶你知道印尼的物价有多低吗？你多换点儿印尼盾，晚上我们一起出去搓串串，据说都是沾沙茶酱的，超好吃。"

沈昼叶笑了起来："好呀，我看看参会的还有没有熟人？"

梁乐说："行啊，我也看看有没有同学……学妹，我们都多少年没一起搓串串了，上一次至少是两年前了吧？"

沈昼叶怀念地说："不止两年了吧？你出国之后我们逢年过节都不一定能见面。"

"叫不叫陈啸之一起？"梁乐忽然问道，"他好歹也算同学。"

沈昼叶看着面前的物理系A栋教学楼，抬头望向陈啸之的办公室方向想了三秒钟，问："你想和他见面吗？想和他吃饭吗？你想的话我就帮你问一下。"

"不是特别想。"梁乐冷静地说道，"但是毕竟也算同窗一场，感觉有义务一起吃顿饭。你问问吧，毕竟挺久没见，有十年了吧？"

沈昼叶浅淡地笑了下，仿佛没有尽头的加州的大风吹卷着她的裙摆。

"学长，我还想问你一遍，我和他断绝交往，有错吗？"沈昼叶轻声问道。

"我以前的脾气比现在大多了，你如果在以前问我这个问题，我会说'没错分得好'，"梁乐的声音被沙沙的电流与大风裹住，"其实我到现在想起来都生气。"

沈昼叶笑了下："可是后来一想，我也太绝情了吧。"

梁乐沉默了很久，"嗯"了一声。

"其实也不是什么大事儿。"沈昼叶用手背按了下鼻尖，带着轻微的鼻音说，"明明他有那么多机会告诉我，可他都选择了沉默。"

"我总觉得他背负着很多，他那时候看着你的眼神特别有故事。"梁乐忽而笑了起来，"学妹，其实我后来背着你和姜英聊过，我们俩都觉得你们在一起的时候，你一个人开开心心的像个傻子，可是陈啸之在开心之余，还背负了很多你看不到的重担。”

沈昼叶站在楼下，面颊微微发红，仰头看向陈啸之的办公室方向，然后一滴清澈的雨水落在了她的眼皮上。

啪。

沈昼叶揉了揉眼睛，试图把雨水揉出来，对着听筒里的梁乐说：“学长，我们这边下雨了，我先进楼啦，你看看周围有什么好吃的沙茶串串可以发给我，我们开完会后约着吃饭。”

梁乐笑道：“行，你进去吧，二十四号会场见。”

“嗯！”沈昼叶笑眯眯地告别，“学长拜拜。”

天阴沉沉的，云雾虬结如苍龙。

雨砸在头顶上，沈昼叶揉了揉自己的发旋儿。

沈昼叶身上还残留着点儿小孩子似的毛病——她被雨淋了后第一反应是用谴责的目光看老天爷，而不是躲避……果不其然，又被砸了好几滴。

沈昼叶正要逃，突然被一只结实有力的手摁着后颈押进了实验楼。

“被雨淋了还抬头看一眼？你一天都在想什么？”陈啸之的声音在身后响起。

楼门前的玻璃门一关，大风卷入，雨水“哗”地落在楼外地面上。

陈啸之松了手，沈昼叶不自在地捏捏自己的后颈，正要和他问好，却听到陈啸之如浸了霜雪般的声音：“和你打电话的是不是梁乐？”

肯定是梁乐，会被沈昼叶称为“学长”的还有别人？

陈啸之居高临下地看着被自己的语气吓到的沈昼叶。

天光昏昏，她穿了条灰蓝色的裙子，正惶恐不安地看着自己，像是受了欺负一般。

可她一直都被爱着。

陈啸之觉得自己要疯了，头颅中的血管发疯一样地痉挛。

2018年的陈啸之想起十年前那些疼爱阿十的人——她的妈妈和奶奶、魏莱、姜英、梁乐，陆之鸣这种“老好人”都相当喜欢那个柔软又偶尔硬气的、聪慧异常的小姑娘。连阅尽千帆的慈怀昌教授最偏心的学生也是沈昼叶。

五岁那年，小啸之就知道，小阿十是最招人喜欢的，是被爱浇灌的花朵。他已经过世的奶奶开玩笑说让阿十来给自己当小孙女，他父母几乎将阿十当成自己的女儿对待，阿十的父亲能将女儿抱到五岁。陈啸之那时把所有的零花钱都用来给小昼叶买零食吃，小昼叶睡不着觉时甚至会在凌晨来拍他的窗户，而被吵醒的小啸之连起床气都撒不出来。

所有人都爱沈昼叶，她友情亲情无一不落，无一不丰满，她会缺你这点儿爱意吗？陈啸之只觉得腹中有一把火在烧。

沈昼叶点了点头："是他，梁学长正好也去那边开会……"

"你前几天打电话的那个也是他吧？"陈啸之皮笑肉不笑地说，"你俩联系还挺频繁的啊。"

沈昼叶反应过来："也是他，我们大学离得近，以前周末经常出去一起吃饭。"

话音未落，陈啸之径直上楼，头都不回，留下一个冷硬如石头般的后背。

沈昼叶轻轻揉了揉自己的后脑勺，不懂这位教授又在发什么脾气。

陈啸之这段时间布置下来的科研任务并不重，沈昼叶有充足的时间四处乱转。她绕着小利兰的校园走了一圈，穿过生长着红榕的长街，心想什么时候也应该去找梁乐玩一次，顺路去看看爸爸的母校。

沈昼叶想起沈青慈，稍稍沮丧了下。

他如果看到他寄予厚望的女儿这样无能，会失望吗？沈昼叶第不知多少次询问自己。

应该会吧。沈昼叶想，然后她坐在正门小花坛深处的长凳上，在雨声中按动圆珠笔。

雨雾如纱，群花掩着世间可能好奇地投来的视线。老建筑在雨天有种奇异的味道，像蘑菇，又像岁月的沉淀。

"我收到了你的第二封来信。"沈昼叶将本子压在自己的膝盖上，草草地写道，"我不是在开玩笑。从我发现通信通道的那一天起，我就一直在想，我该告诉你一些什么东西，才能让你在未来少走弯路，少一些我经历过的痛苦。"

沈昼叶写完后，突然发现这句话特别像她妈，不对，像电视剧里所有妈妈的语气："我这都是为了你好，听妈妈一句劝，和那个男的离……"

沈昼叶抬眼一看雨水空蒙的天，一阵寒噤。

然后她将那张纸撕了，取了张新的信纸，将写的句子重新润色了一遍。

沈昼叶正认真写着信，肩膀突然被拍了下。

"April，"一个熟悉的声音笑着说，"你怎么在这里？"

沈昼叶一愣，抬起头，看到加勒特笑得十分灿烂的脸。

沈昼叶也笑了起来，给他腾了一个位置。

“你在写中文吗？”加勒特在她身旁落座。

沈昼叶知道加勒特看不懂中文，便也不避开，温和地道：“我在写信。”

加勒特说：“真的没想到你现在还会做写信这种老派的事情……我都很多年没见过别人写信了，现在不都是用短信或者邮件吗？”

“没错，其实我生下来之后都没怎么见过写信的人，只知道我父亲以前经常给我母亲写情书。”沈昼叶话锋一转，“但是这封信只有……邮差能帮我传达到。”

加勒特笑了起来，逗她般问：“那么，April，你在写什么？”

沈昼叶敏锐地察觉出加勒特其实并不关心信件的内容，就像他一般也不会关心与自己谈话的内容一般。他很擅长将一个话题顺着向下说，逗女孩儿开心、逗话不多的姑娘说话，却并不是真的关心。

可是，沈昼叶想起陈啸之屡屡打断她说话的样子。

毕竟现在有人愿意听。

沈昼叶轻声道：“我在写信告诉一个小姑娘，我在现在的路上走得太累了。”

加勒特好奇地问：“笔友吗？”

“算是吧。”沈昼叶想了想，说，“我这几年几乎没有停下过，不过我回头一看，也不知道为什么走到了这里。我总觉得哪个环节出了错，才会让我像现在这样痛苦……可是我甚至不知道问题究竟在哪儿。”

加勒特皱起了眉头。

“我小时候特别想当一个科研工作者，研究天体物理学的那一种，甚至非常狂妄。可是现在，我却因为这个受了许多伤害。”沈昼叶道，“走得太累了，逐渐磨掉了自己所有的锐气。”

加勒特却忽然疑惑道：“你为什么会坚持下来？你应该早点儿放弃的。”

沈昼叶笑了：“可能吧。”

“你这么可爱，”加勒特笑着道，“我第一次见你的时候就觉得你好像一朵花。你这样可爱的女士，我可是一点儿都见不得你受苦的。”

沈昼叶这辈子没听过来自异性的这么直白的情话，脸顿时红到了耳根。

加勒特忍不住伸手去捏沈昼叶绯红的耳朵，沈昼叶浑身一抖，说：“别、别动我耳朵。”

夹着课本往办公室走的陈啸之正好看见了那个场景——古老的石门后，沈昼叶在长凳上端坐，风将她的裙角卷起，那一瞬间，一个人抬手，将她卷卷茸茸的头发撩到了耳后。

那个动作像是春夜绕过迎春花的风，不太走心，却带着缱绻的暧昧。

陈啸之表情漠然地朝那个方向走去，圆拱石门逐渐靠近，藤萝掩映之下，现出那个撩起沈昼叶头发的男人。

加勒特笑道："周末有空和我一起喝一杯咖啡吗？"

沈昼叶微微一愣："这个周末？"

加勒特迷人地眨眨眼，点了点头。

陈啸之冷淡地看了他们的背影一眼，加快步伐，穿过了遮雨的古老长廊。然后他将手中的伞一撑，走进雨里，就像周围其他的行人一样。

仿佛那两个人什么都不是，而他这辈子不认识其中的任何一个人一般。

雨水落在地上，石板溅起万千水花。

"这个周末恐怕不行，我有个学术会议，去苏门答腊。"沈昼叶抱着信纸，温和地对加勒特说，"如果可以的话，我们下次再说吧。"

沈昼叶写完了那封信。

她写下最后一个标点时，夜色已经很深了，大学校园重归寂静。

窗外落雨连绵，砸着窗台。

加州好像没有雨季吧？沈昼叶托起腮，颇为无望地想。

加利福尼亚州的阳光是全世界出名的，听说一号公路夜里的星空就像在宇宙中一般。可以凌晨开车过去，在无人的公路上驻足欣赏，可以爬上车前盖甚至车顶，伸展双臂。

"也许该和加勒特试试，"一个渺小的声音道，"你已经空窗期太久了。在你这个年纪，爸爸已经和妈妈相遇了。你一点开朋友圈都是小婴儿的照片，大多数同龄人生活美满，女孩子在晚饭时还会拍下老公做的菜肴，将自己的幸福晒给别人看。有时就是该妥协，重新开始。"

沈昼叶怅然地叹了口气，知道那个声音是对的，心中的另一个声音却不愿意："妈妈那样爱爸爸，爸爸也爱她，可是你对加勒特有那种感觉吗？换句话说，加勒特对你有吗？"

沈昼叶盯着手机屏幕上加勒特的名字，犹豫了一下要不要给他打电话，想了想，最终还是放弃了。她将手机塞进包里，微微一理头发，拿起小雨伞，锁上办公室的门。

下楼时又遇到了陈啸之，他晃着车钥匙走上来，应该是半夜回来拿东西的。沈昼叶轻声和他问好，结果陈啸之从鼻子里哼了一声，头都不回地上了楼。

沈昼叶头上冒出个问号，然后她撑开伞，冲进异国他乡连绵的雨夜之中。

夜晚的物理A栋十分宁静，陈啸之刷卡开门，走到办公桌前拿起自己的笔记本电脑，又刷开了隔壁办公室的门。

他办公室隔壁是系主任——也就是他的导师罗什舒亚尔教授，分给他的学生办公室。

里面两张办公桌被走廊条带般的灯光映亮。一张桌子上堆着两三件外套，摆在窗口的另一张则整理得井井有条，印着小猫爪的水杯和一只柴犬屁股抱枕放在一起。窗户没关好，雨水吹了进来，水流沿着窗台向下淌。

沈昼叶总是这么粗心。

陈啸之关了窗户，把沈昼叶放在窗台上的东西收了起来，又抽了两张卫生纸，擦干净了她的小零食袋子上的雨水。

夜色和走廊灯的掩映中，陈啸之看见桌面上合拢的笔记本电脑和纸张里露出个角的平板、沈昼叶中午压着睡觉的柴犬屁股抱枕、她拿来提神醒脑的薄荷滚珠，还有笔筒里歪歪卷卷地塞着的一板布洛芬和半卷阿司匹林。

陈啸之又看到那本熟悉的藏蓝色的实验记录本，他翻了下，本子里空无一物，干干净净的，一个字都没有。

连名字都没写，却泛着岁月的痕迹。

陈啸之冷冷地看着沈昼叶生活的痕迹，然后“嗤”的一声笑了起来，那笑容扭曲而崩溃。

七年了，他想。

他进来时是个大一新生，如今已是这里的教员……他的头衔甚至远不止于此。

他以辉煌的成绩毕业，毕业后连续两年担任APAPC特邀报告人。这么多年来，有许多学生和社会媒体来采访他，反复地问他如何才能取得今日的成就。

人们好奇成功者的历史，尤其是陈啸之这样的青年才俊。

陈啸之那时为了采访篇幅问题扯了不少有的没的——但现实就是，这种采访无论是问谁，哪怕回溯时间去问薛定谔去问爱因斯坦，哪怕再往后回溯去问被教皇活活烧死前的伽利略·伽利雷，问遍古今中外全世界所有伟大的头脑，答案都只有一个——唯坚持而已。

可是沈昼叶坚持过吗？

陈啸之想起沈昼叶来时的模样，又想起沈昼叶和那个叫加勒特的男人坐在花坛边，那个男人撩起沈昼叶一缕头发，给她拔在肩后。

他想起梁乐和沈昼叶已经约在印尼见面。

陈啸之骨节分明的手在沈昼叶桌子上轻轻一按。

他觉得自己快疯了，他明知道这张桌子的主人与自己渐行渐远，可是他甚至无处发泄。

陈啸之仍记得自己最初的承诺，现在看来，那可能是他一厢情愿的罢了。

他重重地抽了口气，垂下头颅，姿势极痛苦，像是被肩上的诺言与回忆压垮了一般。

沈昼叶托着脸，望向办公室远方的地平线。

窗外连绵落雨，高大的树木被雨雾笼罩。

张臻笑道："这还没去开会呢，心就已经野了？"

沈昼叶怅然地看着滂沱大雨，轻轻摇了摇头，片刻后她又后知后觉地点了点头。

"你导师确实厉害，这个年纪就去这种国际会议做特邀报告了。"张臻叹道，"咱俩要是能有他半分能耐，明年都不用去交延毕申请。"

沈昼叶痛苦地说："咱能不提这事儿吗？能翻篇儿不？"

张臻将头拨浪鼓似的一摇，眼睛坚定地盯着电脑屏幕上的综艺节目，坚决地说："我不。毕业已经占据了我的全部心神，想必也占据了你的。直面延毕的现实吧，我上个学期就已经接受了。"

沈昼叶捂住了耳朵。

张臻刷了会儿手机，又开口道："博士生专用T恤，月销二十九件，正面印了'啥时候毕业'，反面印着'无可奉告'。我觉得蛮好，咱俩还可以买姐妹款。"

沈昼叶忍无可忍，愤怒拍桌："谁要穿这种姐妹款啊！"

"不买就算了嘛，"张臻乐呵呵地看着她说，"我只是提供一种可能性呢，对不对？”

沈昼叶发现自从延毕差不多成定局后，张臻越来越喜欢拿这个她俩共同的伤口刺激她。

倒不至于生气，但更不会觉得好玩。

沈昼叶看看张臻又看看自己，心中泛起的最多的一种情绪，叫“悲凉”。张臻这种一个星期能看完三档综艺的“咸鱼”延毕太正常了，但是我又做错了什么呢！

“叶叶，”张臻活像个魔鬼似的在她肩上拍了拍，“你导师回来了，你快去和他商量行程啊。”

后天就要出发去苏门答腊，沈昼叶得问他在哪里见面……毕竟他们两个人是要一起去洛杉矶国际机场，还得坐同一个航班的。

沈昼叶每次见到他都不敢问，结果就一直拖着。

但该面对的迟早要面对。

沈昼叶深呼吸，站在陈啸之的办公室门前听见里面居然响着欢声笑语。

有个女人笑着说了什么，隔着门板听不太分明。

沈昼叶敲了两下门，陈啸之平淡的声音响起：“请进。”

沈昼叶深呼吸一口气，捏着把手，将门推开了。

陈啸之的办公桌旁站着一个踩着尖头细跟高跟鞋的漂亮女人，天光镀在她蓬松平直的金发上，她的红唇泛着光。

沈昼叶一凛，连背都挺直了。

“我需要那个，”女人用英语笑道，“还请尽快给我。”

“知道了，”陈啸之的语气也颇为轻松，“明天见。”

陈啸之居然会用人类的礼节沟通！沈昼叶感到一丝震惊，接着就恶毒地想，陈啸之这种狗东西终于学会说人话了，果然他对漂亮的姑娘就是不一样。

金发妹踩着红底高跟鞋离开，站在门边的沈昼叶稍微让了下，金发妹还说了“谢谢”。经过时，沈小师姐闻见一阵香风。

“进来。”陈啸之冷冷道。

沈昼叶每次来都固定要挨顿批评或是受冷眼，她想到这里又忍不住腹诽陈啸之这人又苛刻又恶毒。

“什么事儿？”陈教授往椅子上一仰，瞟了她一眼，冷淡地问。

“就是……”沈昼叶捏紧了手指，犹豫道，“老、老师，我们不是要去机场吗？”

陈啸之抬起眼皮。

“几十公里，要开车过去吧？”沈昼叶又无意识地拧着自己的手，“你不方便的话，我也可以自己去坐公交车……”

那一瞬间，陈啸之听出了一点儿可怜的味道。

陈啸之一笑，问她：“你坐公交车？”

沈昼叶乖乖地点了点头。

陈啸之目光专注在屏幕上，冷淡道：“你爱怎么去怎么去。”

“那我就赶早班车了，要不然你把护照也给我，我到了就先把登机牌打出来。”沈昼叶顺从地说，“那……在机场见吗？”

陈啸之心里燃起一种复仇般的快意——谁和她机场见？

沈昼叶在花坛被人撩头发，到印尼还要和梁乐约一顿饭，我难道在这里看她和男人约会，还要到苏门答腊看她和别人一起吃饭？谁愿意当这冤大头谁当。

“机票自己收好。”陈啸之冷淡道，“你自己去印尼，我不去了。”

沈昼叶眼前一黑：“可你还有特邀报告啊？！”

陈啸之翻了页书，表情不变：“不去。你注册会议的时候给我推了。”

沈昼叶卑微地问道：“你怎么了？”

“我为什么不去？”陈啸之冷笑一声，“沈昼叶，你研究做得怎么样了？”

沈昼叶一瞬间呆住了。

“没什么进展吧？”陈啸之嘲道，“精力都花在别的地方了。我问你，你这模样靠什么做研究？靠什么搞科研？我让你去开会是让你去和梁乐约着吃喝玩乐的？”

沈昼叶难堪地抓紧衣角。

“但是既然我承诺了让你去参加这个会议，那你自然可以去。”陈啸之对沈昼叶轻飘飘地道，“特邀报告对我来说可有可无，也算不上什么荣誉，不过，我也不想和你一起当混子。你自己去参会吧。”

这其实算不上骂，也很难算得上是羞辱，陈啸之想。

可他说完，沈昼叶眼眶忽地泛起了红色。

是因为屈辱还是什么别的？陈啸之无暇分辨，却清清楚楚地知道自己终于不用当冤大头了。

沈昼叶怔怔看着他，面颊苍白得毫无血色。

陈啸之被胜利冲昏了头脑，甚至不觉得这样的沈昼叶可怜，只认为这是她应得的。

陈啸之那时并不知道，自己当时的决定意味着什么。

命运的馈赠亦有限度，而他的，几乎已经到了头。

第二十五章

我的人生一团糟

强空气团袭击了加州海岸，雨已经连绵地下了数日。

沈昼叶走出陈啸之的办公室时，心态出奇的平静，觉得陈啸之作为老板还是很厚道的，开会没花学生的钱，至少十分大方。

她试图笑，却笑不出来。

沈昼叶合上门，在走廊上仰望着连绵落雨的晦暗苍穹，然后伸手蹭了下面颊，看到手上全是水。

她发现自己在流眼泪的下一秒，一切因麻木而消失不见的痛苦终于如同潮水般涌了上来，几乎将她溺毙。

沈昼叶在陈啸之的门前站了许久，只觉得一事无成的她终于连最后一丝珍珠般的记忆都被摧毁殆尽，她如溺水的人一般挣扎，最终还是坠落下去。

这种生活没有半分可迷恋之处。

沈昼叶没有回办公室，而是坐在物理实验A栋顶楼落满灰尘的楼梯上偷偷地流眼泪。

她已经不习惯将眼泪或者是任何脆弱示人，妈妈年纪大了，沈昼叶不愿意让她担心，而朋友们终究不是她的情绪垃圾桶。

沈昼叶的泪水吧嗒吧嗒地往外滚，心里像有把火在烧，将仅剩的方寸都烧成了灰烬。

她听见楼下陈啸之用冰冷的声音问“沈昼叶在哪里”，又听见办公室门合拢的声音，听脚步声应该是下了楼。

沈昼叶孤零零地坐在台阶上无声地痛哭。

这个人曾给年少的她带来慰藉，如今却这样的恨她。

自己像一团被所有人讨厌的垃圾，或者是滚进鞋里的石头。

“你导师找你来着，”沈昼叶开办公室门时张臻微妙地开口道，“挺急的。他给你留了点儿东西。”

沈昼叶回来前特意用化妆品遮了一下，因此别人也看不出她哭过。她对张臻苍白地笑了笑，在桌子上看到一张纸条，那纸条叠得方方正正，一看就是出自陈啸之的手。

沈昼叶心中疲惫至极，把那张纸条一团。

“我明天也不来了，要收拾行李，后天早上出发。”沈昼叶对张臻道，“臻臻想吃点儿什么吗？我今晚上去趟超市。”

“你……你没事儿吧叶叶，脸色怎么这么差？”张臻有些担忧。

沈昼叶摇头示意自己没事，可她的脸色几乎如鬼一般苍白。她将桌子上的东西胡乱一团，把通信本和小猫杯子塞进自己的包里，连笔记本电脑一并兜住。

张臻直觉沈昼叶的状态不对，可是还不待她说话，沈昼叶就拿起了伞，抱着东西冲了出去。

“昼叶！”张臻从门口探出头，焦急地喊道，“你怎么了！”

沈昼叶却不回答。

张臻只听得一阵脚步声，是沈昼叶冲下了楼。

雨水倾盆，路上水流如川，榕树气根被吹黏在一处。

沈昼叶的裙角被雨水打得湿透，黏在腿上，她跑不动，喘不上气，怀里还抱着一堆非常沉重的东西，艰难地撑着伞足足走了二十分钟才回到宿舍。

进了屋，沈昼叶整个人如同被抽空了力气般，将所有的东西都坠在了地上，她疲惫至极，把自己锁在了房中。

张臻坐在办公室，身后的门突然又一开，陈啸之漠然地问：“沈昼叶回来过没有？”

张臻回答：“回来过，但是好像不太舒服，刚刚走了。”

陈啸之走到沈昼叶桌前，看到她收拾得一塌糊涂的桌子，表情极为难看。

“她走的时候拿了不少东西，应该是要带去苏门答腊那边，老——”张臻神情漂移，想起陈啸之年纪应该也比她小，但是仍卑微地做好了心理建设，恭恭敬敬唤道，“老师。”

陈啸之瞅了她一眼："不用叫老师。她回来之后告诉我一声。"

张臻想说沈昼叶应该不会来了，她好像真的挺难过的，我们这群人里最惨的就是她了，你能对她好点儿吗……可是张臻最终没有说。

没有必要，沈昼叶并不需要这个，也不需要对面的这个男人。

"好的。"张臻轻声说。

陈啸之走后，张臻去看了一眼他放在沈昼叶桌子上又被沈昼叶一团扔到一边的那张纸条。

会是道歉吗?

张臻知道像沈昼叶那样温柔善良的女孩儿几乎无法拒绝他人的歉意。

然而那张纸上，只写着一行会议的地址。

他为了不和我一起去，宁可放弃特邀报告的机会。沈昼叶突然发现，这和他们十五岁时断绝联系的原因何其相似。

沈昼叶被这种偶然击倒，蜷缩在床上，茫然地看着天花板。她宿舍天花板上贴着有细纹的墙纸，在黑夜里泛着细细的流转的光。

墙上贴着父亲的照片，沈昼叶想起这一切的源头，想起十五岁的那一年她做的一切，想起那一年陈啸之对她的百般呵护，和她忍着眼泪对陈啸之说的"我以后不想见到你了"。

沈昼叶在黑夜里难受到干呕，思绪乱成一团麻，心想我现在还算什么呢?我过去好像也不算什么。

他明明可以好好说话的，他明明也可以对别人温柔的，他只是不愿意对你温柔而已，你不曾特别。

十年啊，沈昼叶仓皇无措地想。

我曾经深爱宇宙与一切真理，我曾经倾慕一个与我志向相同的、如阳光般耀眼的少年。

我曾在深夜里踽踽独行，我在凌晨时分入眠，我将我的一切都奉献出来，却得到一张空白的答卷。

我年少时梦想着美好的一切，拥有一身锐利和骄傲，我梦想自己成为世界的中心，梦想我得偿所愿，背负着对我寄予厚望的前辈和老师的期望，我从灵魂深处渴望着他们骄傲的目光。

可是我连哪怕一样都没有得到。

沈昼叶哭得发抖，过了许久，她听见张臻轻柔地敲了两声门，问她：“叶宝吃不吃饭？”她极力忍着鼻音回答：“我不吃。”

张臻在门外温柔地道：“给你留了西红柿鸡蛋汤，在厨房里，饿的话自己热着吃哦。”

沈昼叶颤抖着应了一声，然后抽抽噎噎地下了床。

如果有人注意她的影子，会发现沈昼叶已经非常消瘦了。

张臻已经离开了，沈昼叶趁着昏暗的光线，从自己拿回来的东西里寻找本子。

结果，沈昼叶发现自己把电脑给磕坏了——这个笔记本还是她研究生入学时换的，钢筋铁骨的阳极氧化铝合金外壳，金刚石刀都难以留下痕迹，此时硬生生磕进去了一个角。

沈昼叶难过得打嗝，将本子翻开。

来了新的信件。

上一封信是她想方设法凑的解释，劝说十五岁的自己远离陈啸之，远离竞赛。

然后，沈昼叶看见信纸上以油性笔写就的三个大字——

“我不想。”

最后那句号还特别大，感觉那都不是个句号，是个碗，表示坚定不移的态度——我坚决得去要饭。

沈昼叶气得眼泪掉得更凶了，心想我叛逆期的时候我妈也这么辛苦吗？没有吧？我小时候明明是个很听话很懂事的好孩子，尤其爸爸去世后，我对妈妈百依百顺。这个十五岁的小屁孩儿怎么能说出这么没礼貌的话？我难道不是为了她好？

“活——”，沈昼叶拼尽全力忍下了即将脱口而出的“该”字，告诉自己：那是我，那是我，我一点儿也不活该，沈昼叶是无辜的。

这小昼叶是假的吧？二十五岁的沈昼叶气得想摔本子摔笔，接着又想起自己小时候确实认准了一个方向就倔得拉不回来，没错了，是24K的沈昼叶。

“我不想”的下方，列了三条理由：

一、竞赛到了家门口了不打白不打，我复赛名次不错，决赛我一定要坚决参与，不打退堂鼓。

二、陈啸之好帅一男的，他跑了我不一定能找到这么好看的男的了！他真的赏心悦目。不分。

人生重来算了，读信的沈昼叶气到七窍生烟，几乎磨起了牙。

沈昼叶将信纸翻了过去。

反面一行字——

三、我觉得天体物理真的很好玩，十分谨慎地想过了，能走多远算多远。

厉害了，大昼叶想，小昼叶的确是个人才，这是一条都没打算听啊。

沈昼叶被缩小版的自己气得绝望，暂时不打算回信。

第二天，沈昼叶在小阁楼里窝了一天，把行李箱收拾好了，护照签证挨个检查了一遍。晚上收到了陈啸之的微信，质问她今天为什么没来办公室。

沈昼叶看到他的消息都难受到胃里发烫，想起陈啸之讨厌自己到都不愿意和她一起走，就觉得喘不过气。

要不然放弃这次联培的机会回国算了，对周院士道个歉，直接坦白自己浪费了这次联培的机会？

平心而论，陈啸之作为导师，比她的小老板李磊不知好了多少，可以说他们完全不是一类人，放在一起比较都是对陈啸之的羞辱。

陈啸之能力超凡，治学严谨，学术态度极其端正。他脾气虽坏，却容许学生犯错，自己则随时做好了学生犯错后的补救准备。沈昼叶原先在李磊手下时，什么都要自己摸索，连最基础的实验数据分析都要一篇篇地找文献，再低声下气地询问别的组的师兄师姐，请他们教自己。

现在看来，陈啸之还特别大方，差不多是最受学生欢迎的那种少壮派导师了——有钱，有能力，有耐心。

次日，沈昼叶一个人拖着行李箱去机场，打了登机牌又办了行李托运，拎着自己随身的小包过了海关，检票上飞机。

沈昼叶在机舱内坐定，看着自己打印的靠窗一排的登机牌，茫然地靠在舷窗上。

陆陆续续地有带着孩子的母亲和西装革履的人们经过，并在公务舱落座，公务舱宽敞得多，相对舒服一些。

沈昼叶抱着座位上的小毯子和通信本，怔怔地看着旁边的空座，后知后觉地意识到陈啸之好像没有退票。

机长的广播声被沙沙的电流声隔断。

沈昼叶看了一眼手机，昨天陈啸之的微信她还没有回复，他却在十分钟前又发来了一条，问：“你上飞机了？”

“要关机了。”沈昼叶回了那一句后，陈啸之似乎又说了什么，可是她没有点开。

这时，沈昼叶看到一个意想不到的人在几个小时前发了微信，因为太忙，她没看到。

是周院士。

空姐穿过走道，提醒乘客将手机设置为飞行模式。沈昼叶打了声招呼，示意自己过会儿再关，然后将和周院士的对话框点开了。

周院士近年身体欠佳，连自己组里的事都有些力不从心，几乎处于隐居状态，他们上一次沟通甚至还是六月份时沈昼叶发微信祝他端午安康。

那时周院士很和蔼地回复了一句“谢谢小沈”。

沈昼叶有时甚至觉得周院士已经忘了她是谁。

毕竟这位年近八旬的老人太忙了，早年他曾是中国凝聚态物理的中流砥柱，如今更是学界泰斗。他每天要见的人要忙的事不计其数，而一个渺小平凡的学生，在其中微不足道。

周院士关切地问：“小沈，最近科研做得怎么样？有什么困难吗？”

沈昼叶看了一眼窗外辽阔的停机坪，洛杉矶天穹很低，雪白的大鸟穿过晦暗无光的云层，登机口的梯子被撤去了。

她怅然地叹了口气，给周院士回复：“老师，说实话，我不是特别想继续念下去了。”

从国内的时间看，周院士应该已经睡了，因此他暂时没有再回复。

空姐走了过来，在沈昼叶座位上轻轻一拍，示意她开飞行模式。

沈昼叶温和一笑，将手机关上了。

飞机起飞的一瞬间，沈昼叶因惯性被向后一拉，她一时间想起，自己小时候特别喜欢飞机起飞和降落的时刻。冲向天空，降落于地，这是每一趟跨越地球的飞行中最富有惊喜的两个瞬间，连过山车都无法比拟。

她年幼时曾用“挣脱重重的束缚，变得自由”来形容飞机克服重力做功的行为。

现在呢？沈昼叶坐在自己的座位上，认真地想了想，好像只是觉得自己被向后拽了下。

飞机向上飞行，沈昼叶朝窗舷外看去，看到一切都变得渺小。她花了二十分钟才找到登机口的机场变成了地面上的模型，汽车变得像孩童的玩具，葱郁的森林则看上去像她小时候踩过的家门口的草坪。

沈昼叶想起自己人生中第一次坐飞机，是她五岁那年从华盛顿飞回北京。

她在北京的奶奶家里度过了一个春天和半个夏天。

1998年的一切都像是被笼罩在了金色的光晕里，她已经记不清具体发生了什么，却记得那段时间的快乐。她记得踩过的水塘、跑过的长着老杨树的浥春胡同、站在胡同口躲日头的小贩大叔……还有她童年的玩伴。

沈昼叶记得那是个男孩儿。

她二十年如一日地记着小男孩儿手心的温度、他打架破了皮的晒得发黑的手臂、他牵着自己的手躺在天文台地板上仰望的星空、那时在天文台值班放他们进来的大学生，和卡带公放的老歌。

“你问我爱你有多深……”二十年前卡带里，邓丽君的声音犹如糖果般甜蜜，“你去想一想，你去看一看，月亮代表我的心……”

无忧无虑，一切都如诗歌一般。

晚春之夜，在天文台冰凉的地板之上，她的好朋友攥紧了她小小的手，对小小的昼叶说——

“你一定会成为很伟大的人。”

“我相信你，无论怎样都信。”

沈昼叶眼眶发红。

那个对她说这句话的男孩儿现在怎样了呢？是否已经平安长大成人？有没有淹没于浩茫众生？他如果看到现在的我又会怎么想？不对，他是否还记得自己儿时的戏语？

客机冲进一团湿黏的迷雾，微微颠簸起来，但是终于达到了稳定的飞行高度。沈昼叶自嘲地一摇头，摸出耳机塞进了耳朵里，然后她取出通信本。

要足足飞二十个小时，反正总要回信，不如现在写，正好外面也阴沉沉湿乎乎的，是个能反映她心情的好天气。沈昼叶这么想着，将中性笔帽一拔，正要写下第一个字，一缕金光便落在信纸上。

沈昼叶惊了一下，抬起头来。

那一刹那，千万如创世之初的金光绽破暗厚的积云，飞机冲出灰沉的、如山岳般的云雾，玫瑰色的天空下，恢宏辽阔的大海出现在沈昼叶的眼前。

像是全新的希望。

黑夜里，沈昼叶开着头顶的小灯，肩上披着小毛毯，打算以一个缓和的方式给过去的自己讲道理，然而她重读小昼叶的回信后，还是气得七窍生烟。

尤其是油性笔写的那三个大字“我不想”，简直就是在找揍。

沈昼叶索性严肃地讲了道理，洋洋洒洒写了一两千字，旁征博引，充分运用了四种记叙文的论证方式，甚至加了点儿威胁成分，最后将落款一写，夹进了本子，一气呵成。

大多数关于时间旅行的理论都停留在空想阶段，最多也不过有一点儿数学理论上的支撑。

沈昼叶听过许多故事，以科幻居多，很多是过去的细节被改变了一点儿后，主人公存在过的痕迹甚至他们的子女都被连带着一笔抹消。

其实大多数人如果知道自己可以改变过去、可以用语言去影响过往的话，都会十分谨慎。

因为有“蝴蝶效应”，原来是指在动力系统中，初始条件下细微改变，可能会导致整个系统长期巨大的连锁反应的混沌现象。

相对简单易懂的动力系统尚且如此，人们连钻研的条件都不具备的时间系统会不会具备这种效应发生的可能性？

没人知道。

但是几乎每个人都会相信：有。

没有人知道自己改变了过去后，现今的自己会变成什么样子，是会被作为另一个分支彻底抹消还是会遭遇什么不测。这也是沈昼叶在通信伊始时不敢有什么大动作的原因。

可是，沈昼叶看着满天的繁星忍不住地想，如今的我，就算被抹去，也没什么不好的。

我一事无成，一无所有。

我对不起那些对我寄予厚望的老师、以鼓励的目光看我的长者、一路走来鼓励过我相信我一定可以的朋友……更对不起年少的自己。

一无所有的沈昼叶被一个更成功的、生活更顺利的自己取代，未尝不是一件好事儿。

这念头如鬼魂一般冒了出来，沈昼叶摸了一下自己的胸口，觉得心脏空落落地疼。

祸不单行。

沈昼叶在苏门答腊下了飞机打开手机，在机场拿到当地手机卡后想换上，一摸兜，发现手机无影无踪。

沈昼叶彻底蒙了，她把所有的地方都找了个遍，可那部她已经用了两年的手机就是不见了。

当代社会丢手机就意味着失联。

微信绑着国内的号码，也没退出来过，密码忘得精光。沈昼叶心中苦涩的泪水哗哗地流，想起现在这个没有验证码就寸步难行的世界，感觉自己完了。

要钱没钱，要手机没手机，唯一的好消息是带了笔记本电脑，至少能登一下有设备锁的QQ。

沈昼叶给机场工作人员留了个酒店的电话号码，打车离开了。

行程很紧，第二天就是正式会议，今天是最后的注册时间，她得赶着去注册，然后还得去酒店登记。

沈昼叶搜遍全身，发现自己总共带了不到一千人民币的当地货币，差不多是个要客死他乡的意思。

印尼的天气不太好，阴沉沉的，风也颇大，不一会儿，居然飘起了雨。

会议办在了当地一家五星级酒店，学术会议的举办规格都相当高，光租赁场地就是一笔不菲的费用。沈昼叶撑着伞走进分会场时被酒店富丽堂皇的程度吓了一跳，感觉自己差不多是来度假的。

“我注册一下会议，”沈昼叶狼狈地掏出自己的护照交给注册台的志愿者，“之前在网上付款的。”

参会志愿者都忙疯了，飞快给她注册，又光速地将参会纪念的本子、包、笔、U盘等一干物品塞进沈昼叶的手里，一招手，示意下一位快来。

沈昼叶小声说：“天体物理分会场的陈博士来不了了。”

“我知道，”工作人员狼狈地道，“他发了邮件说特邀报告来不了了，他不是要去度假吗？”

度假？这是什么敷衍的理由？

“好吧。”沈昼叶卑微地说，“还有，我能问一下你们这里有‘梁乐’的注册信息和联系方式吗？”

工作人员表情凄惨，飞快一挥手，示意她去别处，沈昼叶转头一看，她身后排着超长的队，一个拿着澳洲护照的膀大腰圆秃头的中年男子，正面色不善地看着她。

沈昼叶面对这种体格比自己大的人格外识趣，立刻抱着东西拖着行李溜了。

她刚走，工作人员突然一愣："刚刚来注册的那个小姑娘是不是叫沈昼叶？"

另一个人看了一眼注册表说："是啊。"

那个工作人员手忙脚乱地把手中的护照一推，拔腿朝外追。

"沈小姐！"他凄惨地大喊，"你失联快三十个小时了，陈教授以为你出事了，现在满世界找你呢！"

然而，一眨眼的工夫，沈昼叶溜得连影子都没了。

沈昼叶没带手机，离开会场后一时也不想去酒店办理入住，便在街上游荡。

雨雾茫茫，她撑着伞走在喧嚣的长街上，买了削成玫瑰形状的杧果，那些摊贩说着一口塑料英语，沈昼叶听了许久才听明白是多少钱。

手机被偷对现在这个时代的人的冲击是很大的，何况是在异国他乡。那毕竟是个常年握在手里的玩意儿，是原本每过一段时间就要低头看看有没有人找自己的生活必需品。丢了之后总有点儿空白感，像是把自己的手都丢了。

但是再抬起头看向人间时，这个世界却全然不同了。

像是切断了所有的联系，没有一个人能联系到自己。

如果想从世界上消失，这就是最好的机会吧。古时，人们换个地方就能够隐姓埋名，可是在信息时代，人不可能消失得彻彻底底，总有千丝万缕的东西将自己束缚在原处，令自己难以脱离这个世界。

棕榈树被风撕扯，狂风吹卷着头发，沈昼叶在街上毫无目的地走了许久。

她路过一所小学，看见里面肤色与她不同的孩子们在操场上欢笑奔跑；街上有年轻的情侣戴着头盔骑摩托车，女孩儿抱着男孩儿的腰，摩托车被改造了油门，轰鸣震天，飞驰而过。

沈昼叶看着他们，忽然回忆起自己也曾和陈啸之如此。

少年时的陈啸之骑着自行车载着她，穿过凛冬时分的小胡同。梧桐树光秃秃的，如刀的朔风迎面吹来，少年被吹得脸泛红。沈昼叶坐在自行车后座上，抱着陈啸之的腰，将脸埋在他羽绒服的帽子后。

沈昼叶自嘲地笑了笑，只觉自己年少时的欢喜不应有这种结局。她和陈啸之可以天各一方，可以各自嫁娶生子前往下一段人生，就像他们说过的那样。但无论如何，这份情谊都不该碎得如此彻底。

沈昼叶用一种悲哀的目光目送着那些年轻孩子们的背影，来自广袤海峡湿润的风吹过她的双腿。沈昼叶知道自己不能任性太久，她得回酒店和人联系一番，她已经失联太久了。

沈昼叶本来以为应该不会有什么人找她——妈妈这几天比较忙，系里的事情一堆，听说过几天还要去评审项目。沈昼叶和她说了自己下飞机的时间和下飞机之后要做的事情，妈妈应该是对她最放心的一个。

没想到她刚进度假酒店要办入住手续，正朝外掏着护照呢，前台的小姐就一抬手示意她等一下，道："您稍等。"然后拿起电话，照着便条上写的号码回拨，五秒钟后电话接通，她说："Yes，She is here…Yep，Checking in."①

然后那位小姐转过头，对沈昼叶温柔地说："陈先生想让您接一下电话。"

沈昼叶发蒙，手里还举着一根戳着杧果的棍子，头发被风吹得乱糟糟，心想陈先生——陈啸之？他找我做什么？

沈昼叶接过电话，隐约听到听筒那边粗重的喘气声。

"喂？"沈昼叶小声问。

"为什么不回微信？"陈啸之开了口，电话里他的声音沙哑粗重。

沈昼叶不明所以："我上飞机了呀。"

"下飞机呢？"陈啸之咄咄逼人，"回个微信很难？"

沈昼叶心想这怎么了，怎么搞得好像挺在乎我似的，明明现在非常讨厌我，若非我是你学生，你可能连句话都懒得和我说，甚至因为讨厌我连大会报告都不来做……

"手机可能是被偷了。"沈昼叶垂头丧气地说，"刚下飞机，一摸口袋手机没了……有什么事儿吗？"

陈啸之在那头立即冷冷道："有什么事儿吗？你再说一遍？"

"有什么事情吗，老师？"沈昼叶立刻卑躬屈膝地说。

陈啸之终于"哼"了一声，冷漠地说："没有。回我微信。"

沈昼叶心想这也就是我脾气好，换别人都要杀上去了……可是她心理活动都没结束，电话"嘟"一声被挂了。

① 是的，她在这里……是的，正在办理登记。

手机丢了，沈昼叶没立即去买。

一来在外国买手机联保很麻烦，二来她又有点儿穷，资金协调不上，三来她平板和笔记本都随身带着，平板联网之后可以替代手机的功能。

海浪翻涌，白沙滩上笼着浓重的阴霾，海雾涨起。

沈昼叶在酒店联网之后立刻登上微信，发现妈妈找过她，问她是不是下飞机了。

沈昼叶如实回复完妈妈，接着一看，发现微信里三十九条未读中有一半都来自陈啸之，他打了近二十通语音电话。

沈昼叶被他伤得透透的，只简明扼要地回了句“我现在靠Wi-Fi活着”，便退了出来，点开了和周院士的对话框。

她在上飞机前发泄般地对周院士说了句“我不想念下去了”，这虽是沈昼叶心中的真实想法，但用词太过极端。沈昼叶不能说自己对周院士没有任何负面情绪——她本来在自己的领域做得也不算太差，但周院士让她出国，又对这里的系主任说给她换个研究领域。

“小沈，你真的这么想吗？”周院士似乎也很惊讶，“我希望你重新考虑一下，这是个十分难得的机会，我个人希望你能够坚强。”

沈昼叶自嘲一笑，心想这要怎么坚强?

“老师，这个机会确实难得，但是我现在真的非常吃力，我觉得自己已经到极限了。”她发过去，周院士久久没回。

房间的窗帘被大风吹拂，酒店外的大海怒浪滔天。

沈昼叶蜷缩在柔软的床褥上，难过地想，我都想从世上蒸发了。

这场学术会议办了两天，每天天气都很差，大风大雨，据说还有台风要变道。

沈昼叶和梁乐见了面，虽说他们两个常驻的会场不在一处，但中午见面吃饭一点儿问题都没有。

高昂的学术会议注册费用里包含了午餐和自助晚餐，沈昼叶和梁乐数年没一起吃过饭了，中午便和所有参会人员一起去吃了赠送的高级午饭。

然而到了最后一天晚饭时，参会者分为了两波：一波是梁乐、沈昼叶这些学生和普通与会人员，另一波是受邀演讲人和学术泰斗，也就是以陈啸之为代表的大佬们。

会场大堂里，梁乐坐在沈昼叶旁边，看着那群西装革履去参加晚宴的人，懒洋洋道："特邀报告和大会报告的专家有晚宴，要求正式着装的那种。"

沈昼叶坐在室内喷泉旁捏着自己的小包，"唔"了一声。

"陈啸之没来，"梁乐又说，"他没把自己的晚宴邀请卡给你让你去浑水摸鱼吗？暴殄天物的东西，我当年不喜欢他果然没错。"

沈昼叶脸上又一次写上了"别说了我好受伤"七个大字。

梁乐一举手，叹了口气："算了，我不该哪壶不开提哪壶。"

沈昼叶捏了捏自己的手指，有点儿卑微地问："学长，他们去吃晚宴，我也没有邀请卡，那我们去吃沙茶串串吗？"

梁乐欣然同意："行啊，用不用我拉几个我们组的？沈昼叶你长得又挺可爱，化个妆，我就说你是我非常好的妹妹，让这帮单身的老爷们儿请咱俩吃，白赚不赔。"

"学长，以后真的别这么利用我了，"沈昼叶羞耻地说，"我从成年之后每次去三里屯都被你毒害，利用我买单就算了，你现在连不到三百块的沙茶串串都不舍得出钱。"

"话说回来，我利用你买单这事儿，要是陈啸之知道他得气死，"梁乐忽而促狭地说，"我是说小时候的那个陈啸之。他宝贝你宝贝得要死，连句重话都不舍得说，含在嘴里怕化了捧在手里怕冻了，别说付账，他有多少钱就给你花多少。他要是知道，得什么心情？太爽了吧。"

沈昼叶揉了揉自己满头的小卷毛："这我不知道，但我估计现在的他听说了，十有八九会更厌烦我。"

夜幕降临，热带沉闷的雷滚过天际。

两个老友撑着伞走在码头边，黑夜中停泊于港口的船随海水涨落而动，细雨颤颤地落在伞顶，孩童们冒着雨赤脚跑过水洼，暖黄的灯悬在摊位上，塑料布被风刮得呼呼甩着水。

"学长，我到底是怎么沦落到今天这个地步的呢？"沈昼叶痛苦地说，"陈啸之在学业方面对我没得说，我能感觉出来，他对我有很高的期待，他现在对我这么坏，应该是因为他对我很失望。"

梁乐撑着伞，静静地看着她。

"对我失望的人应该很多吧……学长，说实话，我每次想到他们，就特别害怕。"沈昼叶垂着头伸出手指，颤抖着数道，"慈老师、陈啸之、我父亲……还有，过去的我。"

海浪如碎玉飞溅。

“没事儿的，”梁乐一手握着伞，一手轻轻抱住老朋友，心酸地说，“没事儿的，都会过去的。”

那一瞬间，沈昼叶的泪水决了堤。

这个久违的怀抱来自梁乐，不算温暖，带着苍白无力的安慰，可那是真切的温度。

曾经娇气的沈昼叶踽踽独行于世，习惯了如石头的冷雨，连这种温度都能牵动她最疼痛的心弦。

“我不懂他为什么要把这一切强加在我身上。”沈昼叶号啕大哭，绝望地自言自语，“放过我吧。”

该打的仗我已经打过了。

我呕出过心头最红的血，将自己切开奉献出来。

我曾经赤诚真挚如初生的婴儿。

我曾锐利如刀，锋利如刃。

我怀着一腔热忱冲入世界，如今躺在泥里，锈迹斑斑。

沈昼叶觉得自己几乎要碎了。

梁乐在回学校前先转道回国，他去年过年都不在家里，如今难得近一点儿，自然是要回去看看父母的，但是这样，就把沈昼叶一个人留在了印度尼西亚。他回去前一直和沈昼叶在一处，他觉得沈昼叶的状态太差了，必须得有个人陪，可是机票是提前订好的，又断然没有不回去陪父母的道理，日子到了，总是要走的。

梁乐临走前又抱了一下沈昼叶，难过地说：“我回去之后一定去加州找你玩，你开心一点儿。我这次陪不了你到最后，太对不起了。”

沈昼叶笑了下：“这算什么，别放在心上。”

梁乐心酸地说：“我最困难的时候，也是你陪我走过来的。”

沈昼叶摆摆手：“那算什么。”

“沈昼叶，你提前回去吧。”梁乐站在机场，歉疚地说道，“我实在是不放心你一个人在这里。”

这句话，也许是个种子。

风雨如晦，暗黑的天穹下，大海在风中怒吼。

沈昼叶在离开机场坐出租车回酒店的路上，仔细想了想，自己好像也没有什么特别想玩的地方，不如回去算了。

开出租车的东南亚大叔回头看了一眼，问道："姑娘，你是来旅游的吗？"

沈昼叶看着暴风怒吼的海岸线，点了点头，又摇了摇头。

"要来台风了，"大叔说道，"小心为好。"

沈昼叶愣了一下，问："怎么了？"

"我们这个地方台风多，"大叔说，"最近有预警，能回去的话就先回去吧。"

印度尼西亚作为东南亚的千岛之国，台风季确实相当危险。

沈昼叶摇下车窗，风立即如洋流大海般灌了进来，她微微叹了口气，像木头人一般，怅然地看向漆黑翻涌的大海。

出租车在度假酒店门口停定，沈昼叶给司机付了钱，一抬头，看到大海的尽头漆黑如墨，是在酝酿着的卷着巨雷的暴雨。

司机也看了一眼，又友好地用带着口音的英语道："小心一些，祝你度假愉快。"

沈昼叶道了谢，进了酒店，她穿过花园时，看见平日还有不少住客的泳池空无一人，露天池水涟漪不绝，犹如古树的年轮，拍打着齐马蓝的瓷砖。

大风呼地刮过，将沈昼叶一头卷卷的毛糊在了她的脸上，沈昼叶窒息地拍开卷发，还从嘴里扯出几根……她看了眼天，又看了看海，一压裙子，飞快地跑回自己的房间。

会不会有海啸啊？沈昼叶有点儿慌，往床上一躺，抱起平板看了一眼，发现陈啸之给她发了一条微信。

开会的这几天，沈昼叶都没有主动找过他，陈啸之只是说了句"回我微信"后就没有了下文。这非常符合他的形象，他对沈昼叶的态度基本是懒得理，不想说话，外加嫌弃，过问才是太阳打西边出来了。

陈啸之问："会议怎么样？"

沈昼叶蜷缩进被子里，回复道："挺好的。"

她知道自己被陈啸之嫌弃，也不敢与他多说，可是，她平板的屏幕一暗，一个通话拨了过来。

沈昼叶接通后才发现那是个视频通话，应该是点错了。

陈啸之那头是白花花的天花板，他的声音相当漠然，道：“平板打字不方便，你直接语音和我说吧。”

“好。”沈昼叶点开自己这一侧的摄像头，从床上坐了起来，不太好意思对着摄像头露脸，因此将平板掉了个方向，屏幕上只映着她乱糟糟的头顶。

“会议怎么样？”陈啸之平淡地问，“条件呢？”

沈昼叶微一思索，不知道他说的“条件”是什么意思，只道：“会议挺好的，有几个很有意思的报告，我都去听了一下。”

陈啸之问：“听了谁的？”

沈昼叶想了想：“瑞典的Kao，他去年发的自己课题组的综述我还读过。然后我还跑到别的分会场听了一点儿。”

“布莱森教授的报告去听了吗？”陈啸之语气平直地问。

沈昼叶听话地说：“去听了。”

陈啸之得到了满意的回答，又重复道：“条件呢？”

沈昼叶一愣：“什么条件？”

“条件，”陈啸之的声音带着丝不耐烦，“条件还能是什么意思？”

沈昼叶心想，陈啸之你在美国一待十年待傻了吧？“条件”既能描述环境又是谈判用语，单独给我俩字我能知道你在说什么吗？

语言功能退化的陈啸之沉默了会儿，道：“我问你住的吃的条件怎么样。”

沈昼叶愣了下，这是来自导师的关怀吗？

“还好吧。”她怯怯地道，“可能吃得不太习惯，这里的东西太甜了，而且有点儿腻，我不喜欢椰子粉。”

“多尝试点儿。”陈啸之大概是拿起了手机，终于意识到自己在视频通话，看了一眼屏幕，嫌弃地说，“梳梳头吧，没见过这么乱的鸡窝。”

沈昼叶后知后觉地看了眼自己的头顶，发现确实乱得不行，

“老……”

这声“老师”太难叫出口了，沈昼叶顿了一下，别开眼，望向乌云翻涌、巨浪拍打着雪白沙滩的窗外，鼓起勇气，唤道：“老师。”

“嗯。”陈啸之仿佛有点儿受用。

“我想把这里的房退了。”沈昼叶小声道，“我不想在这里了，可不可以改签一下机票……如果可以的话，我想明后天就回去。”

陈啸之那边没说话。

沈昼叶明显感觉气氛一僵，又急匆匆地补充道：“这里的天气不太好，据说要来台风了，我手机也被偷，老师，我想早点儿回课题组帮忙。”

陈啸之还没吭声。

“我在这里待着也没什么意义。”沈昼叶声音越来越低，“也……也挺害怕的，天气这么差。而且我也睡不好，我本来就很认床……”

只有说出口之后，才能意识到自己究竟多么孤独。

这是真正的异国他乡，语言不通，还有一颗脆弱的心脏。沈昼叶甚至害怕自己哪天早上看着灰蒙蒙的海，什么都不带，就这么只身一人朝一个方向远去，去流浪。

那无尽的孤独被孤单浸泡着，被无能和失败滋养，孕育出如杰克的豌豆藤般冲天高耸的绝望。

沈昼叶光是站在这里，都会无数次产生一种想要挣脱一切的想法。

她想踏上下一辆公交车，哪一辆都好，像那些故事里所讲的流浪者、脱离者、离群索居者一般，在一个谁都联系不到自己的地方就此失踪。

乘坐火车，然后是大巴，大巴将抵达公路的尽头，她在公路的尽头换成自行车，在自行车无法前进的崎岖山路上找一条黄狗或者老驴带路，一个人拄着拐杖，流浪到只有自己涉足的地方。

这么多天来，沈昼叶无数次升起这种可怕的欲求，而她压下这种念头，居然需要竭尽全力。

“应该可以改签的吧？”沈昼叶近乎哀求，“总之我想回课题组，尽可能早几天回去。”

陈啸之却冷淡道：“你回来能帮我什么忙？给你改签机票就因为你认床？”

“我不是那个意思。”沈昼叶焦急起来语无伦次，她眼角泛红，用细弱的嗓音道，“我在这里真的挺孤……”

我在这里真的很孤独，也觉得不安全，我都控制不了自己的负面情绪，我这几天想起来就忍不住哭，我的人生一团糟。

可沈昼叶想说的全都被陈啸之一句轻飘飘的话堵了回去：“别说了，我懒得花十分钟听你唠。挂了。”

下一秒，沈昼叶在屏幕上短暂地看见了陈啸之脸上那熟悉的冷淡的表情，他坐在办公室里，与她相隔万里。

沈昼叶看着回到消息界面的平板，蜷缩在床上，难过地吸了口气。

第二十六章

我对你很失望

夜幕又一次降临，阳台外是波涛怒吼的如墨色般的洋流和被风撕扯得一干二净的灌木，棕榈几乎都被吹折了腰。

沈昼叶觉得自己犹如行尸走肉，了无生气。于是，她决定给自己找点儿事做，便在床头翻了翻，找出了自己的通信本。

昨晚睡前检查过一次，十五岁的那一方还没有回信。

沈昼叶揉了揉泛红的眼睛，抱着本子，推开了阳台的玻璃门。

陈啸之订房间的时候还是挺慷慨的，沈昼叶住着一间带客厅带小型影院的套房，阳台外有个能眺望大海的露台，如果天气晴朗，应该能看到波光粼粼的蔚蓝色的海洋，适合晒太阳或者下海游泳。

沈昼叶突然莫名想起，陈啸之从未对她表白过，他说的最像情话的一句，是在决赛的前夜，他们一起看《机器人总动员》的那个夜晚。

2008年的全国竞赛决赛在湖北襄阳的酒店举办，沈昼叶和陈啸之住在同一层楼的对门。谁知沈昼叶房间的暖风坏了，冰冷的风不住地吹，而酒店偏偏住满了人，房间也调不得。

沈昼叶冻得哆哆嗦嗦，就去敲了陈啸之的房门。

陈啸之没有办法，只得让沈昼叶卷着被上了自己的床。他带了电脑，晚上就和这个磨人的娇气鬼一起看《机器人总动员》。

捡破烂的机器人瓦力爱上如玉石般光滑的机器人伊娃，全篇出现最多的台词，就是两个小机器人的对话——

“瓦——力。”

“伊——娃。”

电影的高潮部分，瓦力可笑地拿着灭火器与能够在宇宙中自由来回的伊娃在星空中跳起芭蕾，它们的金属小手七指交握。

那时，沈昼叶对陈啸之说：“之之，我们是倒过来的。”

十五岁的陈啸之一愣：“啊？”

“我们是倒过来的呀。”小昼叶揉揉脑袋，认真地说，“我是追着伊娃跑的捡破烂机器人，你是被瓦力追着跑的伊娃。”

沈昼叶以为陈啸之会脸红，可陈啸之沙哑地道：“沈昼叶，你才是Eve。”

Eve，伊娃，夏娃。

亚当的肋，他的骨中骨，肉中肉。

二十五岁的沈昼叶轻轻拧亮了露台的灯，赤着脚走上露台，她的脚细瘦而苍白，桐木地板油亮黑沉，越发衬得她肌肤白得如青玉一般。

沈昼叶在墙角悄悄地坐下来，在漫天的狂风中，轻轻展开那个通信本。

通信本的最后一页什么都没有。

沈昼叶叹了口气，正要将本子合拢，那一瞬间，萤火虫般的光亮浮于空中，灯火与光点犹如北欧驶向瓦尔哈拉的船头烛火，又像是盂兰盆节的亡者之灯。

亿万星辰般细小的光点在她的面前汇聚。

沈昼叶呆住了。

烛火汇成一个小小的球，悬浮在摊开的本子上，不受任何外力影响，仿佛是个不存在于这个世界的幻影。

沈昼叶不受控制地摊开手，将手掌伸了过去，那光球柔软而炽热，在碰到沈昼叶手心的那一瞬间，坍缩下去，变成了一张折起来的作业纸。

沈昼叶呆呆地看着自己手中的来信。

这些信都是这么来的吗？还是只有这一封是这样的？

可是她无暇细想，赶快展开信，想看看自己苦口婆心的劝说能收到怎样的回信。

那张纸上面只有简短的一段话——

“我不要。沈昼叶，我直说了，我对你感到失望。”

一瞬间，沈昼叶感觉身上所有的血液直冲头顶，压在她心头的千钧之石变成了一把刀，将她锉得稀烂。

沈昼叶近乎绝望地想，我果然让你失望了，可你还是不愿意照我说的做。一次次的失败让我变成如今的模样，锉磨了我所有的锐气与骄傲，让如今的我一无所有，平庸而脆弱。

小昼叶，我在试图告诉你怎么才能不变成我这样糟糕的成年人，怎么才能不遍体鳞伤，为什么这样都会让你失望？我连想拥有一个其他的可能性都不行吗？

我愿意让你有个更好的未来，我愿意让你散发光芒，我愿意让你学有所成，我愿意让你站在高处。

为此，我甚至愿意化为时间分支的灰烬。

沈昼叶绝望的泪水在眼眶中打转，她拿起笔就要驳回去，甚至都没注意手中的笔和纸是什么时候出现的。

“你懂什么？”沈昼叶只觉脑海中的自己痛苦地吼道，“你还没有经历我糟糕的人生，为什么要对我说出‘失望’二字？”

风雨交加，大风吹卷世间。

沈昼叶坐在套房阳台的角落里，将凭空出现的上面印着大学校徽的信纸一扯，垫在本子上，她握着一支暗金尖头的钢笔，用力按在纸上，笔一滑，滑出暗蓝色的碳素墨水。

那一刹那，如超新星爆炸般的光自笔尖和纸交接处——那暗蓝色的墨水上，迸了出来。

笔落之处，千亿流星喷射而出，那些流星犹如恒星公转，光华万千，像花朵一般绚丽。

下一刻，沈昼叶体会到一种恐怖的失重感，她连叫都叫不出来，就这么被流星席卷着直直地朝不明之处坠了下去，在客观世界消失得无影无踪。

纸里迸出的耀目的流星绕着沈昼叶消失的地方旋转，又如肥皂泡一般破裂，星星点点的燃着光的灰烬落在空荡的地上。

飘浮在空中的通信本“啪”的一声坠落在地。

犹如梦里的场景转眼间消失得无影无踪。

黑沉的风雨再次席卷海岸。

下坠。

沈昼叶只知道自己在不停地下坠，像是坠入了无底洞一般，她不知道自己要去哪儿，更不知道自己在何处。

沈昼叶想喊也喊不出声，泪水飞出眼眶，她从环绕着她下落的行星间隙里，泪光蒙眬地看见了如嵌满雨珠般的星空。

突然，一股坚实的力量将下落的她一兜。

周围黑漆漆的，温柔绚烂的星辰在她的头顶和脚下闪烁，太空静谧空旷。沈昼叶站在群星之间，她还穿着和陈啸之视频时穿的长裙子，甚至还赤着脚，没穿防护服，在外太空保持这个状态最多一分钟就会被冻死——还是死得透透的。

但是沈昼叶不仅不冷，还能感受到一种柔和温暖的仿佛保护着她一般的气息。

沈昼叶在宇宙中望着浩渺的群星，然后她红着眼眶转过身，看到了另一个自己。

十五岁的沈昼叶套着一身校服，手里也拿着一张纸，站在她对面，两个人都飘浮着，目光撞到了一处。

二十五岁的沈昼叶看着彼时年少气盛的自己，泪水又蕴满了眼眶。

“我没有害你。”她带着哭腔，沙哑地说道，“你什么都不懂，你不知道以后等待你的是什么。”

星空里，小昼叶怔怔地看着她。

沈昼叶忽然发现自己小时候的呆和她现在一模一样，可见这么多年她一点儿长进都没有。

“我不想让你受到伤害，”沈昼叶发着抖对小昼叶说，“我不想让你走我走过的弯路，我用了浑身解数告诉你不该走的路是什么，只是没有办法告诉你原因。我一路走来遍体鳞伤，连自己都不认识这样的自己了……我不想你变成我这样的大人。”

十五岁的小昼叶用悲哀的目光看着另一个自己，然后用稍显稚嫩的声音说：“我不要。”

“离陈啸之远一点儿吧，”二十五岁的沈昼叶近乎哀求道，“放弃吧，叶叶，你不知道前面这条路上有什么，我走过，我知道。”

小昼叶摇了摇头。

“决赛时你没有拿到任何名次，后来你在你梦想的领域一事无成。陈啸之——”沈昼叶不住地深呼吸，觉得心痛得都要碎开了，她看着面前年幼的自己，颤声说，“陈啸之把你伤得体无完肤，他什么都不告诉你。”

十五岁的小昼叶抬起头，鼻尖有点儿发红，没有说话，就直直地看着她。

“他拿了金牌，却打算出国念书，他下个学期就要走了，我是后来才从别人那里知道的。”二十五岁的沈昼叶发泄般地道，“你，也就是我——我们，是最后一个知道的。”

星空浩渺，万物静谧如诗。

据陈啸之说，出国是他从很小的时候就下定决心要做的事情。他要出去读高中，见识更多可能性，认识更多不同的人，去修他喜欢的学科，成为一个见识广阔的学者。

为此，陈啸之拒绝了沈昼叶梦想却没能得到的国家队的邀请，还从来没有告诉过沈昼叶他要出国的事情。

“你自己随便选吧。顺便说一下，陈啸之现在是我的导师，也是你将来的导师，在我这条时间线的不到半小时前，他刚骂了我一顿。”沈昼叶讽刺道，“你如果能接受这种人生，那你随便。但是你看看我，你觉得我像是接受了的样子吗？”

小昼叶也出言相讥：“你确定这一切都是你给我列举的三件事情导致的？”

沈昼叶听了这句话，觉得小昼叶在抬杠，不怒反笑，问道：“那不然呢？”

你会被陈啸之伤得号啕大哭，却在未来的十年依旧对他难以忘怀。可是，只有你这样而已，陈啸之从来没将你放在心上。沈昼叶想。

两个不同年龄的她隔着如水的银河对峙着。

小昼叶失笑：“因为我坚持参加竞赛，因为我坚持去走一条又穷又苦还可能出不了成果而且据你来说我毫无天分的路，因为我坚持不离陈啸之远一点儿，因为我在当下做了这样的选择，所以你现在才会过得苦闷？”

“你……”沈昼叶鼻尖发红，裙摆悬在宇宙之中，对身上携着春水浇就的少年侠气的自己颤声劝道，“你还没有经历过这一切，一切都还来得及。”

小昼叶拔高音调，声音清朗：“那我就再说一遍——我不要。”

“我对你很失望。”少年的她站在成年的她面前，悲哀到近乎嘲讽地道，“我是真的，对你太失望了。”

那一瞬间，沈昼叶脑子里“咚”的一声，她踉跄了一下，可是包裹着她的宇宙太过温柔，她连摔倒都做不到。

沈昼叶抬起头，看见年少的自己身后划过火焰样的流星。

火焰起于孤山，起于人类拿起工具的那一刻。

那个穿着红白校服的少年人眼中正燃烧着那簇沈昼叶熟悉的火。那火焰在她年幼稚嫩时被前辈们传递而来，被父辈和朋友们的爱和信任滋育长大，曾在成年的她的周身熊熊燃烧。

“我对你太失望了。”小昼叶坚定地重复，带着浓厚的不解看向成年的自己，“我怎么会长成你这个样子？”

沈昼叶满含歉意颤声道：“我知道我的处境让你不满意，我十五岁做梦时也没想过我会沦——”

沦落至此。

“不，你不知道。你知道的话，就不会站在这儿，”小昼叶嘲道，“就像祈求原谅似的，对一个你应该了如指掌的小姑娘因自己的现况道歉。”

二十五岁的沈昼叶眼眶泛红头发凌乱，愣愣地看着十五岁的自己。

“先说竞赛，淘汰本来就是人生的一部分，我只要有争取的机会，哪怕知道了结果，也会拼尽全力。”少女闭上眼睛，她的校服被温柔的风吹鼓起来，她声音清朗得像是海风，“就算我和陈啸之志同道合，就算我们心悦彼此，在这个年纪的相遇，几乎不可能走到最后，变量太多了。”

“我起初就知道这一点，可我还是愿意喜欢他。”年少的沈昼叶双臂柔和地张开，犹如在拥抱整个即将伤害她的世界，“而此时，他在我的太阳、月亮与群星之中。”

是。想到这里，沈昼叶连喉咙都痛了起来。

“又穷又苦的天体物理，这学科出成果甚至比学习本身还困难得多，需要脚踩泥泞仰望星空，需要沉淀和积累，需要静下心来，做好多年无所出的准备。”十五岁的少年人红着眼眶看向成年的自己，“可是，不都是这样的吗？所谓研究本来就是这样的，抑郁又崎岖，如影随形的瓶颈伴随着每一个追寻真理的人。”

“我从一开始就知道，即便如此，我也还是毅然决然地踏上了这条路。”少女游泳般脚底一踩，在犹如软泥般柔顺的宇宙星辰间滑了过来。

“而我和你，是同一个人。”她坚定地重复道，“我们，是同一个人。”

“我们应该同样勇敢，同样坚定，无所畏惧，我们总会做出这样的选择。”

“可是……”二十五岁的沈昼叶泪水模糊了眼眶。

“我对你很失望。”年少的女孩儿难过地道，“而这种失望，和我十年后的处境其实没有关系。”

“那……”

那你是对什么失望？成年人想问。可是她一开口便听见了咽鼓管内传来的浸透了绝望的哭腔。

“我失望的是‘我’的态度。”少女咄咄逼人地发问，“‘我’为什么会放弃？‘我’为什么变成这样了？我们筑梦，我们应该明知失败却依然要尝试，爱一个人就一定要勇敢，被他伤害、发现他不爱自己，就走得毫不拖泥带水！我和你，我们应该是这样的。”

十五岁的女孩儿坚硬地道：“我学不会放弃，学不会妥协，我宁可撞死都不愿意变成一个退而求其次的、对世道和自己低头的谈判者！”

那一刹那，沈昼叶的心底深处，灰烬里的火苗又开始劈啪作响。

“沈昼叶，你心里特别明白，你其实根本不想放弃。”温柔绚烂的宇宙中，泛着光的小昼叶说，“你的妥协都是违心的，你的柔顺只是表面的。只要有人救你，拉你一把，你还是能心甘情愿地磕到头破血流。”

沈昼叶泪水吧嗒滚了出来。

“就像我一样。”十五岁的自己道。

一颗，两颗，滚出的泪水无重力地漂浮，在极致黑暗的宇宙中折射着万千的光。

小昼叶问：“你被淘汰了之后，又去参加了一次竞赛吧？”

二十五岁的沈昼叶哭得不能自已，泪水如断了线的珠子般往外滚，她一边抹一边点头。

是。沈昼叶又去参加了物理竞赛。

2009年秋，高中入学。沈昼叶一个在上届比赛中拿了三等奖的高一学生和一群高二高三的学长学姐们，在炎热的夏天里一起上课一起集训。决赛前夜，十六岁的她坐在酒店的窗前，给慈老师发短信，告诉他：“老师，今年我又入围了。”

“这就对了。”小昼叶缓缓地说，“因为我被淘汰之后，肯定还会再去一次。”

二十五岁的沈昼叶哭得发抖，又觉心中酸胀难当，像是灼烫的燎原星火，又像是在残垣废墟上膨胀而起的温柔的花与梦。

“我曾做过我孤身进入宇宙的梦。”

她看见年幼的自己足尖一点，如一尾鱼般，在宇宙群星间顺滑地游来。

“你给我写信的时候，有照过镜子吗？”小昼叶难过地说，“你和我一样，什么都写在脸上。如果你照下镜子就会发现，包括在你之前对我说那些废话的时候，你都知道，我们所做的每一个决定，都是勇敢无畏的，是正确的。”

小昼叶伸出手，在浩渺的宇宙中用力地抱住了成年的自己。

“怎么比我现在还瘦啊？”小姑娘红着眼眶，低声道，“你受苦了，你一定过得很辛苦，比我现在还累，还糟糕……”

成年人哭得鼻子都红了，泣不成声，她听见年少的自己有力的心跳声。

“我好难过啊，”小女孩儿抱着她，悲哀地道，“我还夸下海口说我以后会是个御姐，个高胸大，看到你我心都凉了……”

沈昼叶这么多年也没怎么长个儿，卷卷的头发和纤细的身量与过去的自己一模一样，只不过小时候的她扎着个很不服帖的马尾辫，如今她放飞自我地天天散着头发。

二十五岁的沈昼叶一边哭一边抹眼泪，抽抽噎噎地说：“滚啊，别学陈啸之那个狗东西说话。”

“你明明也学了。”小昼叶抽抽鼻尖，委屈地说，“我和你会说的脏话都是跟他学的，别以为我不知道。呜，原来我的胸是命中注定……”

群星闪烁，流星划过静谧的宇宙。

沈昼叶一会儿哭一会儿笑，紧紧抱着年少的自己，泪水全都蹭在了她的头发上。

“你也太奇怪了。”细嫩的声音温和地在宇宙星云间响起，“你想让我放弃的东西，你自己没有一样是想要松手的。”

“我怎么来的这里？”小昼叶说，“我好像是在准备决赛来着，在家里，当时被你搞得很生气，不知道你怎么能这样，随手抄过一张纸就准备骂你……”

“我也是差不多的情况，”沈昼叶狼狈道，“然后突然迸出好多星星，我就掉下来了。不过话说回来了，我还是觉得你比较欠打一点儿。”

“是的，下坠感。”然后小昼叶又“礼貌”地说，“你其实也没好到哪里去，我第一次知道自己这么讨厌。骂自己的感觉爽吗？”

沈昼叶丝毫不饶人地反问：“喷自己的感觉爽不爽？”

算了，这情况，怎么都是在骂自己……

“真没想到居然还能和你见面，”沈昼叶感叹，“而且我们到底是在哪儿啊？”

小昼叶想了想，道：“这个空间的存在比较模糊，介于真实和虚假之间。但我和你一样，都是被吸进来的。”

沈昼叶挠了挠脑袋：“反常识。”

小昼叶点点头表示认可，又道：“我觉得，我知道的东西比你多点儿。”

沈昼叶一惊：“啊？”

“我知道的东西比你多。”小姑娘叹了口气，“我知道四件事儿，是我被吸进来前，一个很模糊的声音告诉我的。”

沈昼叶没听懂：“一个声音？”

小姑娘诚实地说：“对，但是非常模糊，连男女都分不清……说的是中文还是英语我都没注意。”

这个问题确实会出现在沈昼叶身上，在两种语言都是母语的情况下，如果不注意，是很难分辨说话的人所说的语种的。

“内还是外？”沈昼叶又补充道，“声音的来源。”

小姑娘笃定道：“来自外部。这个我很确定。”

沈昼叶沉吟道：“行，你继续。”

“第一，这个地方不会伤害我们。”小姑娘说，“第二，我们被吸进这个空间的原因，其实出在2018年的你身上。”

“我？！”沈昼叶难以置信地指向自己。

小昼叶一点头，继续说：“第三，在我回去之后，我就会把对你发飙的事情忘掉。”

沈昼叶忍俊不禁：“好……但是我会记得的吧？”

小姑娘笑着点了点头，沈昼叶也笑了，看着年少的自己。

“最后，是那个声音特别要我告诉你的。”小昼叶看着二十五岁的自己，认真地说，“你出去之后，一定要拼尽全力游泳。”

沈昼叶一怔：“游泳？”

“对，那个声音要你拼尽全力游泳，还要你小心一点儿，说他没办法保护你很久。”小昼叶迷茫地说，“具体为什么我也不清楚……但我总觉得，这可能才是这场通信的目的。”

“嗯，我会好好记得的。”沈昼叶对小姑娘承诺道。

这一切像是一场梦，沈昼叶站在星团中间，玫瑰色的星云如水面的涟漪般绽开。

小姑娘一愣，问："记得游泳？"

"是记得你是怎么来骂我的。"沈昼叶轻松又怅然地道，"我可真没想到，我会让你这么失望。"

"所以，"沈昼叶试探地问，"你还是会重蹈我的覆辙？"

小昼叶看着她，温柔又灿烂地笑了笑，甜甜地说："我也不知道呀。"

那一刹那，群星拥上，如飓风一般环绕，沈昼叶惊叫一声，看见年少的自己也被卷了起来。

很快，流星散去，唯余璀璨的星空，广袤无垠。

万里之外，帕罗奥多市。

外面淅淅沥沥地下着雨，陈啸之的办公室里仍开着冷气，他刚挂了和沈昼叶的视频通话，通话末尾沈昼叶的声音中还带着一点儿柔软的哭腔，哀求他帮忙改签机票，说自己不想在那里。

陈啸之挂了电话后嘲道："我不是让她去那边度假的？开完会想玩多久玩多久。我给她准了假，我全部报销，结果人家跟我说自己在那边没事儿做，说自己认床，说天气不好。我跟你说沈昼叶是个娇气鬼作精，你有什么意见？"

"你听到她声音没有？她都要哭了。"坐在一边的陆之鸣心疼道，"你让她一个人度什么假啊？度假也得有朋友陪着吧，她——"

陈啸之刻薄地说："梁乐不是她朋友？她和梁乐约饭的事儿我还没说呢。"然后他把目光平直地转回了显示器上，极其的铁血无情。

"啸之，你真的别欺负她了，我觉得她看起来好难过，你也是任性，说不去就不去了。"陆之鸣叹了口气道，"小昼叶一个姑娘家待在那种地方，还落着单……"

陈啸之盯着电脑屏幕，两指推着额心，一动不动，脸色有些难看。

陆之鸣靠在门边，懒洋洋地念叨："她本来就瘦瘦小小的，还是那种跑个八百米都要命的小体质，力气又只有那么一丢丢。印尼治安也没多好，万一沈昼叶哪天回酒店的路上被人抓了呢？"

陈啸之脸色极为难看，一字一顿地说："闭嘴。"

"啸之，沈昼叶现在可落着单呢，"陆之鸣笑眯眯的，语气和缓地火上浇油，“发挥你的想象力想象一下？她柔柔弱弱的一小只，夜里黑黢黢的，在小巷子里，连手机都没有，哭着喊救命……”

“我不是让你闭嘴吗？！”陈啸之吼道。

陆之鸣撩拨完就不管了，收回目光，面无表情地“哦”了一声。

陈啸之吸了口气，尽力平静道：“日期太近改签不了，我刚给她订了张新的，明中午十二点飞洛杉矶。”

陆之鸣饶有趣味地问：“动作这么快？”

“我挂了电话就打开订票网站了，”陈啸之盯着陆之鸣，咬牙切齿地说，“沈昼叶的事儿，我还用你跟我放这种屁？”

陆之鸣审视了陈啸之三秒钟，复杂地问：“陈啸之，你是不是连想象一下她喊救命都受不了？”

陈啸之瞪着他，陆之鸣不甘示弱地回瞪，脸上写满了“我非要得到这个答案”。

过了足足一分钟。

“是。我在她飞机起飞的时候就后悔了，”陈啸之声音带着细微的颤抖，“我怎么能让她一个人去？”

“我也好奇……”然而，还不待陆之鸣说完，陈啸之就恢复了油盐不进的冷漠脸：“不过我问过了，治安还是可以的。也算是治治她的那些鬼毛病，认床？娇气死了。明天让她回来。”

然后他十分嘴硬心软地手指一动，将新订的航班信息截图在微信上给沈昼叶发了过去。

陈啸之发过去航班信息后，沈昼叶没有回复，他觉得沈昼叶应该是在闹脾气。

陈啸之一直是个少爷脾气，遇了事儿，必定会把自己的不爽发泄出来，让那个人也感到疼痛才行。

面对沈昼叶，他几乎是拼尽了全力才收住身上爆出的尖刺。

陈啸之看了一会儿文章，觉得眼睛颇为疲惫，摘下眼镜，拿起眼药水滴了两滴进去。

二十五年的人生不算短，足以给他增添或多或少的毛病：身上的伤疤、逐渐增加的眼镜度数……他也不再像年少时那样，连续学习十八个小时还能精力体力充沛，桌子上的眼药水就是一个例子。

陈啸之闭眼休息片刻，将眼镜戴了回去，用余光看了眼手机屏幕，紧接着，他神色一沉。

陆之鸣问道："她还没回复？"

陈啸之冷冷地"哼"了一声，嘲讽道："不知道干什么去了，过会儿应该就看到了吧。"

可是，直到他离开办公室，手机都再也没亮起来。那条航班信息像是石沉大海，再无音信。

她凭什么闹脾气？她以为自己是谁？我女朋友？女朋友的话随便闹脾气，问题是，你是吗？陈啸之觉得荒谬可笑，随后拿着手机去洗澡。

"你洗澡带手机干什么？"陆之鸣促狭地问。

陈啸之冷冷道："有人找。"

陆之鸣给屎屎倒着猫粮和牛奶，看了一眼墙上悬的表，感慨道："这么晚了，连你妈都不会给你发养生文章了好吧。"

陈啸之被戳中心事，沉默了片刻，又冷漠地说："说不定有人找。"

三十分钟后，浴室里。

陈啸之擦着头发上的水，拿起放在梳理台上的手机，手机屏幕上空空荡荡，连一条未读信息都没有。

十分钟后，客厅里。

"我就觉得你语气有点儿凶。"陆之鸣悻悻地说，"哪儿能对一个孤身在外的女孩儿这么说话？就算你不想让她回来，也可以用和缓一点儿的语气来说嘛。"

夜色深重，外面雨水连绵，陈啸之沉默许久后说："真的凶？"

"是啊。"陆之鸣叹了口气，"陈啸之，从小到大，你一点儿长进都没有。"

陈啸之一个字都不再说。

陈啸之这个单身汉居住的房子装修的风格极其冷淡，暖黄的大台灯灯光却十分温柔。通体雪白的屎屎吃饱喝足后跑了过来，在陈啸之的拖鞋上娇娇软软地蹭了蹭，留下几根猫毛。

一片寂静中，陆之鸣忽然开口道："你这只猫脱发。"

屎屎十分愤怒，"喵呜"拍了陆之鸣一下，躲到了陈啸之的腿后。

陈啸之立即说："别欺负它。"

“她明明是你十年都没能忘了的人。”陆之鸣轻轻叹气，“你没能走出去过，也没尝试重新开始，连养只猫都叫她的小名。”

“别说了。”陈啸之制止他。

“五岁的小名，是吧？因为沈昼叶小时候不会写自己的中文名字，写‘叶’字会落下个‘口’，只写‘十’，你说她是个美国文盲，管她叫‘阿屎’。后来发现大家拿这个名字笑话她，把带头的人揍了一顿，才好好管她叫阿十。”陆之鸣笑道，“你现在想想，是不是挺有意思的？还会觉得很讽刺，十年的意思。”

陈啸之神色岿然不动，连眼皮都不翻一下。

“这个小姑娘，五岁的时候是你‘一辈子的好朋友’，十五岁她是你情窦初开的对象，到了二十五岁，你还是没能忘。”陆之鸣说，“所以，为什么不对她好点儿？温柔一点儿？”

陈啸之冷淡地开口：“这个话题我不——”

“你不想谈可以。”陆之鸣盯着他问道，“但我还是得问你一个问题，沈昼叶嫁给别人是什么样子，你想过吗？”

陈啸之在孤独的长夜中想起沈昼叶在视频里乱茸茸的头发，回忆起那还带着依赖的有点儿可怜的嗓音。他又想起自己亲手将那依赖折断，还将电话挂了，心里又酸又爽，像是大仇得报。

可是，陈啸之忽觉心悸，他不知这股令他发疼的心脏狂跳从何而来。

陈啸之安抚般地告诉自己——

明天，最迟明天晚上就让她回来。

第二天早上，陈啸之起来第一件事儿就是看手机。

沈昼叶的消息框最后还是他发的订票短信，那个姑娘依然没回。

陈啸之这下真生气了，他觉得沈昼叶是个不识好歹的东西，他扪心自问自己的确没对不起过她，无论哪方面。

要机票他连犹豫都没犹豫，挂电话到发航班信息前后甚至连十分钟都不到，买完就给发过去了，而且他挂电话时说的话也不算太过分。

天气阴沉，两个成年男子坐在餐桌前，猫盘在桌子腿处，桌子上的早饭非常简单，憋了一夜的陈教授十分勉强地煎了个蛋。

“不识好歹。”陈教授刻薄地评论道，“你信不信我敢在她上飞机前给她把机票退了。”

陆之鸣嘲讽他：“退票？陈啸之你十年长八岁吗？”

陈教授无视哥哥，冷漠道：“我今晚还打算去机场接她，结果她连句道谢都不说。”

“你让她自己打车。”陆之鸣有些幸灾乐祸。

“我不能半夜让她自己打车回来。”陈啸之端着现磨的咖啡，冷静地说，“出事儿了是我受罪。”

陆之鸣闻言深吸一口气。

“不过她真的生气了？”陈教授心虚道，“仔细一想，我最近确实对她挺坏的……”

陆之鸣还没开口，躺在客厅地毯上的屎屎就打了个滚，用猫爪子按开电视，按着遥控器开始调台。

陆之鸣震惊地问：“兄弟，你的猫成精了吧？”

陈啸之抹着辣酱道：“谁知道，它挺喜欢看电视的，还特别喜欢看《芝麻街》，沈昼叶也喜欢看那个。我有时候都怀疑这俩其实是姐妹，还都一样的蹬鼻子上脸。”

“早上没有芝麻街，”陈啸之扭头对屎屎喊道，“下午才有。”

屎屎毛都炸了：“喵呜！！”

陈啸之转回头：“找不着拉倒。”

遥控器被猫按来按去，从晨间剧变成脱口秀，又变成购物节目，最后在晨间新闻停下了。

新闻主播用抑扬顿挫的语气念着关于贸易战的新闻。

“一会儿你还是去学校吗？”陆之鸣说道，“车库里那辆——”

“下一条，”那个女主播忽然道，“当地时间下午3点42分，印度尼西亚苏拉威西岛发生7.4级强震。”

一瞬间，客厅一片死寂。

“地震引发了局部地区海啸，震中位于苏拉威西的帕鲁市，据称，印度尼西亚气象局曾发布海啸预警，随后34分钟即解除……”女主播平直地道，“海啸的浪高高达六米……”

“目前正在紧张搜救之中，但据印尼灾害管理局称，已知伤亡人数高达……”

陆之鸣回头望向陈啸之。

陈啸之死死盯着自己的手机屏幕，那上面还有他最后一次和沈昼叶语音通话的小气泡，小气泡上红红的，再往上还有沈昼叶发的苍白无力的“对不起老师”。

那是被他伤害过的样子。

“她没回我，她生我气了，阿十肯定是生……生气了，我和她道歉。”陈啸之手指都在发抖，他问陆之鸣，“我怎么道歉？我把阿十弄哭了，她求我来着，她求我给她买机票。我买了呀……哥，你说，我要怎么道歉她才会理我？”

陆之鸣想安抚陈啸之：“你——”

“阿十，”陈啸之按着语音键唤道，“阿十睡了吗？别生气了，机票我给你买好了，航班信息也给你发过去了，你醒来回我一下好吗？嗯？”

他将手松开，“咻”的一声，沈昼叶可达鸭的头像被陈啸之的新语音推了上去，连她最后的那句“对不起老师”都消失无踪。

陈啸之的手痉挛般抓住桌角，几乎将桌角生生抠下一块皮来。

静默在这所房子里流淌了许久。

“是我让她去的，我让她把酒店订在海边，我跟她说……我让她……我……”陈啸之嘶哑地开口道，“我让她一个人，她……阿十，阿十啊……”

陆之鸣从来没有见过这样的陈啸之，他颤声对陈啸之说：“没那么严重，啸之你先别急，可能是信号断了，你等等看，总会有消息的。”

陈啸之低着头，一言不发。

陆之鸣能听见陈啸之如濒死般的喘息声，他觉得陈啸之像一座即将坍塌的山脉。

“你说得对。”陈啸之开口，声音如砂石般粗粝，“我得去接她回来。”

陆之鸣想问他你是不是疯了，你去凑什么热闹，然而当他一转头，看到了陈啸之几乎疯了一样的眼神。

“我已经让她一个人去那么远的地方了，那里有多孤单我也不知道，东西她也吃不习惯，我不能让她一个人在那儿。”陈啸之闭了下眼睛，坚定地说，“无论怎样，我都得带阿十回来。”

陈啸之在飞机上执拗地看着自己的手机，不断回忆屏幕上出现过的沈昼叶蓬乱的头发，沈昼叶不好意思露脸，只有最后调整的时候镜头里出现了她的面容。

他想起自己曾在物理竞赛决赛前夜和沈昼叶看电影，看《机器人总动员》。凛冬的深夜里，沈昼叶声讨他，说，陈啸之你这个垃圾，你都没有说过喜欢我。

陈啸之那时一个字都没说，只是轻轻摁了下她的头。

陆之鸣说的没错，沈昼叶虽然娇生惯养，但是个很好说话的姑娘，因为她当时没有一点儿逼迫陈啸之说“我喜欢你”的意思。

陈啸之眼眶通红地看着窗外想，她那时候应该挺想听的。

月色皎洁，飞向印度尼西亚雅加达的飞机上，几乎所有人都在睡觉。

可是陈啸之一闭上眼，就会想起十年前沈昼叶在病房勾住他手指的那一刻，就像是正负离子相撞，他觉得所有的星辰都在身体里迸开；他眼睑合拢的瞬间，透过黑暗能看见一个穿着彩虹小马T恤的、卷发乱糟糟地披在脑后的小姑娘坐在胡同口的大杨树下，孤独啜泣。

沈昼叶是他如影随形的幻象，如今如风一般陪伴在他的身侧。

“你喜欢我吗？”幻象乖巧地问。

陈啸之竭尽全力忍着，放在飞机椅把手上的手微微颤抖。

“之之。”春风一样的沈昼叶，用氤氲着星辰的眼神看着他。

飞机的轰鸣声都消失了，万物静谧。

“我爱你。”陈啸之的心脏震耳欲聋地说。

阿十摸着陈啸之套着冲锋衣的臂膀，好奇地问之之怎么变结实了，陈啸之抬起手，想把阿十垂下来的碎发好好别回耳后。

可瞬间，她消散得无影无踪。

陈啸之睁开眼，咬着牙想，沈昼叶这种作精、娇气鬼、什么都不记得的混蛋，是连天都不收的，谁会想要这种人？

没人想要，老天才不收她。

第二十七章

失而复得

飞机一落地，陈啸之就开了机，一堆人都在问他去了哪里。

陈啸之头脑都不清醒了，心想我在外面找人呢，找回去我捏死她。

然后他将信息框一划，可达鸭的头像框上面空无一物，没有红点——没有任何消息。

陈啸之几乎要呕出来，他浑身发抖，手死死撑着舷窗，眼泪在眼眶里打转，又被他忍了回去。

沈昼叶多会冷战啊，她能冷战十年呢，能二十年对我不闻不问，这才几天？

男人背着沉厚的行囊走下飞机。

傍晚，天色沉暗，下着绵密的雨，陈啸之没打伞，任由雨水淋着自己的头发。

各国的飞机都停泊在落雨的机场，救灾物资被运来，卸货时轰鸣如雷。

陈啸之在中转的船上短暂地眯了一会儿，他已经快四十个小时没睡觉了，也粒米未进。陈啸之什么都吃不下去，但是在雨水沿着他的冲锋衣滑落时，他理智尚存地想起这样他会垮。

到时候沈昼叶活蹦乱跳的，自己搞成这样什么意思？就跟挺在乎她似的。

她不是还挺吃我这套长相的？陈啸之漠然地想，肤浅。

陈啸之从包里摸出压缩饼干对付了几口，向一个义工团的医生借了刮胡刀，在船上将自己冒出的胡茬儿刮了。

都说一个女人意识到自己漂亮就是焦虑的开端，而男人意识到自己帅的时候就完了，陈啸之倒是没完，只是看了看镜子里的自己，自恋地觉得这还是个挺有魅力的男人。

医生将刮胡刀上的水一甩，又给他递了条毛巾，问他："您去那里做什么？"

陈啸之擦净了脸上的水，回答："找人。"

"老实说，那里的情况挺惨的。"医生的口音带着点儿德国腔，"社会人士不一定能受得了。"

船在洋流中颠簸，陈啸之扶了下栏杆，道："无论怎样我都会去的。"

医生便不再阻止，问："您带药了吗？"

陈啸之微一点头："带了一些。"

医生笑了下："有多余的盘尼西林吗？"

"有些软膏。"陈啸之拉开背囊，里面满满当当塞着各种各样的药和能带过海关的食品。药还装在航空公司发的装液体的小袋子中，他拆开包装，分了两管青霉素软膏给医生。

医生莞尔："您带了不少食品和药。"

陈啸之靠在船舶上，轻声说："她应该受伤了。"

"她？"医生听见"she"，表情柔和地问，"是女朋友吗？"

陈啸之摇了摇头。

"不过也能给你看看她的照片，"陈啸之说道，"我手机里有，她是我的青梅竹马。"

医生听见"childhood sweethearts"，笑了起来。

陈啸之摸出手机，翻出一张他存的沈昼叶的证件照给医生看。

照片上，沈昼叶穿着正装，一头长发披在脑后，笑起来露出一个甜蜜的酒窝。

"像个孩子。"医生忍俊不禁道。

陈啸之眼下青黑，笑起来却十分温柔："是，挺可爱的，小时候我没觉得，长大了才知道她这么漂亮……都十年了。"

医生笑着问："但怎么是证件照？"

陈啸之闻言，半天没说话。

他盯着自己的手机屏幕，光线荧荧的，犹如冷白的月亮。

然后，陈啸之笑道："我为什么要有她别的照片？"

沈昼叶的照片，陈啸之删得一张不剩，他甚至都不觉得可惜。

天还没有亮，海雾弥漫。

那医生见陈啸之疲惫，问了下他的休息状况，便拉着他进船舱，让他稍眯了一会儿。

清晨，船灯飘摇，潮湿的海风吹着头顶悬着的灯泡。船在靠近苏门答腊时，天光破开鱼肚白，陈啸之看了眼自己的手机，发现手机上是有信号的。

“有信号？”陈啸之惊愕地问。

医生一愣：“为什么会没有？灾害没严重到会摧毁信号的程度。”

陈啸之沉默了许久，发出一声嘲讽的轻笑，道：“好吧，我自己也能找到。”

“我总能找到她的。”

陈啸之心想，这世上还有比沈昼叶更折磨人的女人吗？又磨又作，如果找到——

如果找到。

陈啸之将行囊甩到肩上，在镜子里看了看自己，发现冲锋衣里面的衣服有点儿脏，立即不动声色地闻了闻，然后把里面的T恤脱了，换了件新的。

沈昼叶那娇生惯养的劲儿，让她闻到味道还了得？

天灾人祸后，要防蚊虫叮咬，这句话是陆之鸣说的。他还说，啸之你从来没去过那样的地方，要做好心理准备，人的底线是很脆弱的，人能保有良知，其实是因为社会规则的约束，而非良知本身。

清晨的码头，陈啸之换好衣服后，又将冲锋衣穿在了身上，东南亚天气颇为湿热，亚热带的海风黏在他新换的白T恤上，陈啸之不太舒服地扯了下衣服，整理了一下袖口，然后他背上了塞满药物的行囊。

医生问他：“您做好准备了吗？”

陈啸之微一点头，问道：“这边人员安置的情况怎么样？”

医生一耸肩：“您忘了这是哪里吗？”

陈啸之笑了下：“是，应该挺烂的。”

“现在这边还一塌糊涂，”医生叮嘱道，“不过幸存者应该都在高地待着，海啸来了之后往山坡上走是本能……你可以朝山坡上走走看。”

医生去和义工群体会合，陈啸之看了看地图，想起沈昼叶当时订的酒店不算远。有几个民间志愿者过来和陈啸之说了几句话，接着用红笔给他在城市地图上圈了几处。

“圈了红圈的地方人会多一些，”一个新加坡志愿者用汉语道，“地形会比较平坦。”

“谢谢。”陈啸之哑着嗓子问，“现在遇难者有多少？”

“四百多伤亡，”志愿者补充道，“是按就诊和分检人数来看的，但据说情况要更糟糕。”

四百多人。

沈昼叶会在里面吗？陈啸之想了下都觉得可能性不大，他心里的狂喜如同野草般蔓延。

突然，陈啸之闻到了一股奇怪的味道，不是海水的咸腥味，反而像是某种腐败的臭气。

志愿者也闻到了，他叹了口气：“情况很差，先生，小心些，我一会儿给你拿个口罩。这地方卫生真不行，他们有没有处理啊？”

陈啸之问：“这是什么味道？”

志愿者一愣，说：“尸臭啊。”

陈啸之一瞬间咬紧了后牙，他的手背青筋暴起，片刻后，他深呼吸，站直了身子。

触目所及，满目疮痍。

地面开裂，裂缝里汪着海水和细绿的海草。码头周遭的店面因靠海太近几乎全数坍塌，只有几个写着印尼语的牌子在坍塌的墙上挂着，被风吹得一晃一晃。

“这怎么可能只有四百人……”有幸存者低声道，“那边塌了的房子里还有呢。”

陈啸之偏执地想，沈昼叶这种娇气鬼能出什么事儿？什么见血的情况轮得到沈昼叶这种废物点心？

他冷笑一声，认定沈昼叶肯定是躲在山坡上不肯见人，非要把自己逼疯。

这不就是沈昼叶的强项吗？

吵架就会玩失踪，生气就要绝交，哭了就一定会记仇。陈啸之心想，你要什么我没给你？

风吹过男人的头发，他的身影如山岳一般。

陈啸之背着沉重的行囊前进，路上他搭了便车，朝着志愿者圈出的高地去。

地面开裂，沿途满是断壁残垣，有老妇人哭着沿着坡向上走。

给他搭便车的当地人会点儿英语，生涩地问他：“您去做什么？”

陈啸之死死地盯着窗外：“我去找人。”

当地人开着车问：“您找的人联系您了吗？”

陈啸之回答：“没有。”

“那您……”当地人想了又想，终究没有说下去。

车在经过裂开的地缝时颠簸了下，前面有一棵树被连根拔起，横在路边。

“那棵树砸死了个人。”皮肤黝黑的青年边开车边摇头，“死的人太多了，到现在还处理不完，对外才公布了几百人。不过比2004年那次还是要好多了，那年发生大海啸时我才十岁，活下来都是万幸。”

陈啸之感觉牙齿发酸。

“现在这里一团糟。”那青年又问道，“您要找的人是个姑娘吗？”

陈啸之几乎是从牙缝里挤出一句：“是。”

“那您找到她之后可得赶紧带她离开。”青年诚恳地说，“最近治安可差了。”

然后他将车一停，对陈啸之说：“祝您好运。”

瓦砾之间传来断断续续的撕裂般的哭声。

靠近海边的高地处有广场和教会，用来充当临时安置所，当地的医生在教会旁搭了个白色的小帐篷，门口排着长队。

海风灌进了陈啸之的领口，他觉得自己要裂成两半了，可是心脏却如疯了般狂跳。

“沈昼叶——”

无人回应。

这是正常的，陈啸之眼眶发红地想，沈昼叶那种摘掉眼镜就聋的鬼体质，能在那么多人里听见一声呼唤就有鬼了。

“沈昼叶！”他一边向前走一边喊。

仍然无人应答。

陈啸之走到医疗帐篷前寻找，那些陌生的面孔疑惑又充满警惕地看着他，陈啸之的声音在发抖，他用英语道：“我在找一个中国姑娘。”

那些人仍没什么特别的反应。

陈啸之定了下神，又用西班牙语问了一遍。

其中一个排队的人听懂了西班牙语，摇了摇头，示意他进教会去找。

陈啸之是冲进教会的。

昏暗的光线穿过花窗，桌子椅子都被撤了，堆在一边，一些花花绿绿的棉花褥子和布堆在地上，大厅里乌泱乌泱的都是人。有母亲抱着婴儿，用头巾挡着别人的视线，在角落喂奶。

陈啸之吼道：“沈昼叶！”

那正在喝奶的婴儿吓得啼哭起来。

世间喧嚣，却无人应答，只有他的声音在教会回荡。

陈啸之找了一整天，从这个安置点徒步到下一个安置点，又走到另一个。他拉着路人询问“你见没见过一个个子不高的中国姑娘”用当地话要怎么说，学会之后问了经过他身边的所有人。

后来，他在路边绝望地扶着墙抽气，觉得自己总要排除所有的可能性——

只是，他在有了那个念头后，弯下腰，将三天来吃的唯一一点儿东西都呕了出来。

小时候，小阿十有段时间爱装死，看了电视剧之后很想体验一下被尖刀刺中肚皮的感觉，尤其喜欢很唯美地倒下的场景，但是只有在小啸之家可以玩，因为他家有钱，睡席梦思。

因此，那段时间，小啸之推门进自己房间，经常能看到小阿十身上缠满丝巾在他枕头上吐了两口水——据说是血，因为匕首上有鹤顶红。

“你有病吧天天装死！”小啸之气得头大，“还吐水，你是被揍的鱼吗？别动我妈的丝巾！”

小阿十被他两巴掌拍了起来，披着丝巾委屈巴巴地问：“你就不能温柔一点儿叫我吗？”

温柔个屁，就你也配温柔？

这不是她，陈啸之平静地想，因为这人额头上有个痣。

他又去掀开下一张白布。

如果有人驻足片刻，会发现陈啸之眼睛红得沁血，神情像个疯子，却耐心而温柔地撩开那些尸体脸上的头发。有的人在海水里泡过，面部已经涨得难以辨认，陈啸之一动，逝者的头发里便掉出一只死螃蟹。

这也不是沈昼叶。

陈啸之背着满是给沈昼叶准备的食品和药物的鼓鼓囊囊的背包，跪在地上，以一个极其温柔的姿态触碰尸体。

遇到那些面部受损难以辨认的，陈啸之会检查一下他们的手，看看他们指甲的形状和手腕的骨骼。

看守尸体的当地警察问：“你在找什么？”

陈啸之疯了似的一笑，一句话都没说。

“没在这里就走吧，明天去别处找找，我们这边还在统计呢。”那印尼警察于心不忍道，“出去休息一下，我看你很多天没睡了。”

陈啸之背着一个大包走出停尸的帐篷，找了个露天墙角坐着，缓慢地滑了下去。

他茫然地看着满是星星的天穹。

过了一会儿，他看了眼手机，上面有一条来自陆之鸣的消息，问：“找到没有？找到之后我帮你联系大使馆。”

屏幕暗下去陈啸之才注意到自己一身的灰泥，T恤上黏着血和油。

他神色平静，用破了皮的沾满了脏灰的指头按了按屏幕，打算回复陆之鸣。

屏幕亮起，现出一个女孩儿的证件照，那是二十五岁的陈啸之仅有的沈昼叶的照片。

男人的背影如坍塌的高楼，他握着手机，发疯地以头磕墙。

陈啸之靠在墙边，对付着合了眼，他根本睡不着，疲惫得几乎死去，后半夜下起了雨，他连动都不愿动，只将帽子拉到头顶，将雨水遮住。

她在淋雨吗？

沈昼叶不能淋雨，她身体太弱……可是她那样招人喜爱，此时头顶一定有屋檐。

陈啸之想将阿十的幻影叫出来。

他已经快疯了，哪怕是幻想出来的也没关系，他只想看看沈昼叶的面孔，听那模糊的声音叫一声“之之”。

可是当他闭上眼睛，脑海中响起的却是自己的声音——“别说了，我懒得花十分钟听你唠。”

那时候，沈昼叶说了什么？

陈啸之的泪水从眼眶里流出来。

然后，他脑海中一个声音悠然道：“陈啸之，满意吗，你懒得听？你这辈子都听不见阿十说话了。”

沈昼叶一定是在折磨他，陈啸之想，他觉得沈昼叶应该是在闹脾气，然而他又觉得闹脾气的沈昼叶也挺可爱的，她做什么都是招人疼的。

也是，这点儿阴暗的小心思有什么错？二十五岁的陈啸之对她那么坏，没有笑模样，重逢这么久，连一点儿温柔的模样都没给她。

陈啸之粗喘着气，撑着自己的膝盖站了起来。

他偏执地认为沈昼叶是在报仇，此时那个姑娘应该正在不知哪个角落里偷偷看着他狼狈的模样觉得解气。

想报仇又怎么样，他愿意疯给她看。

陈啸之吃了点儿带来的压缩饼干，在雨中合了两小时的眼。其实他仍然睡不着，可是他必须强迫着自己睡上一觉。高强度、极度紧绷的神经令他大脑功能持续下降，陈啸之在翻找尸体时就深深地体会到了这一点——他困倦至极，失去了辨认面孔的能力。

这是不可以的。

如果走在街上与阿十擦肩而过，他不想认不出她来。

陈啸之再睁开眼时，绵密的亚热带的大雨仍在下。

他咳嗽了两声，又吃了点儿东西垫饥，才从遮雨的屋檐下走了出去。

陆陆续续仍有余震。

陈啸之踏着断枝残叶，能感受到足下来自地球深处的震动。

陈啸之想起小时候，小阿十抱着本英语原版的厚重的百科全书，指着上面印着的彩色精美的图片，一字一句地给小啸之翻译。

小阿十讲故事一样，对小啸之讲道："人是怎样从非洲跑到了澳大利亚，我们脚下所踩踏的岩石其实是一个会动的滑板，科学家们都称它们为板块。当滑板摩擦时……"

她讲述宇宙，讲述与这世界相比，人何其渺小。

小啸之问："那这碰撞，不就像是地球在挠痒痒吗？"

小昼叶点了点头："是呀，我猜就像被蚊子叮了一下。你知道，连珠穆朗玛峰在宇宙里看去，都只有这么一点点高。"

五岁的小姑娘很努力地将食指和拇指捏起来，比画出一个针尖那么点儿的高度，示意这就是在1998年时就高达8846米、被印在所有科普读物的、令千百人葬身于风雪的世界最高峰。

小啸之看着几乎捏到一起去的小手指头，震惊地"哇"了一声。

"那我们还活个屁啊，"小啸之迷惑地道，"我们人类这么小，又这么脆弱，地球被蚊子叮一下就要死几十万人，这也太恐怖了吧？光活着都觉得很恐怖了，怎么还会有人想去外太空？"

小昼叶想了想，说："之之，人就是这样的。"

陈啸之讶异地眨了眨眼睛。

"我问你，"小昼叶将书合了起来，笑眯眯地往柔软的地毯上一趴，撑着腮问她的小竹马，"你如果知道自己会死，还会不会和我玩呀？"

小竹马不开心地说："我哪天没找你？"

"人类就是这样的。我们明知道没有永恒，知道毁灭的深沟横在我们身前的每一处，知道我们脆弱得不堪一击，在大自然的力量面前连蚂蚁都不算——"小昼叶认真地说，"可是，我们永远不甘于此，我们永远不会龟缩着保护自己，不会安于现状，我们永远在探索和前进。"

然后她暖洋洋地笑了起来，将视线移向窗外。

小姑娘在看麻雀，小啸之在看小姑娘。

他视线中唯一的小昼叶犹如世间最明亮又稚嫩的辰星，那么耀眼。

又那么脆弱。

陈啸之他孑然一身地走在漫漫大雨里，去了APAPC开会的那家酒店。

酒店受灾情况相当严重，玻璃门都被海水冲掉了，窗帘下方还滴着水，木头地板被泡得翘了起来，陈啸之推门进去时一个人都没有，就像一座空城。

酒店外的长街上，碎裂的砖瓦和残木横在水泥地上，烂掉的瓜果被砖石压着，隔壁的小学操场上摆着躺在床单上的尸体，还有老人嘶声痛哭的声音。

路边裂了条长缝，一个小孩子坐在缝隙旁玩玻璃珠子，珠子咕噜掉了进去，小孩子趴在地上，一只手塞在缝隙中，却根本没有去拿玻璃珠子，只是趴在地上哭。

一声声的，肝肠寸断，哭声是人类共通的语言。

哪里都没有沈昼叶，只有中国人失联名单中有她的照片。

她活着吗？一个声音问道。

肯定活着。

陈啸之朝沈昼叶住的酒店——也就是自己最后一次联系上她的、本来要和她一起入住的那家酒店去。

雨渐渐停了。

陈啸之到达目的地时，看到酒店门口的棕榈树被拦腰折断，搭在坍塌的大堂屋顶上，有几个人抬着担架从里面出来。

那些浑身血污的男人抬着担架路过陈啸之身边，陈啸之清楚地看见担架上的人青白色的、扭曲地垂着的手和覆盖于面上的白布。

盖住面孔的白布是从酒店床上撕下来的，还带着血和泥污，一绺金色长发从白布下滑出。

陈啸之沉默地走进去。

“这地方太严重了，”有人低声道，“不是每个人都能找到的，海啸都不知道能卷进去多少……”

另一个人摇摇头说：“估计光失踪都得有几百人。”

酒店几乎被夷为平地，海水涌入又退去，一来一回的过程中，至柔的流体对建筑物造成了毁灭性的伤害。

陈啸之朝里走，庭院里一切都被摧毁殆尽，他一脚踩上了什么，低头一看，是一架眼镜。

总要知道她最后待的地方怎么样。

陈啸之拐过一扇雪白的小门，看见一座正对着大海的塌了一半的房子。

阳光穿过薄云落在瓦砾之上。

那房子曾经应该很美，还算保存完整的门廊上悬着天蓝色的风铃，只是门口的花瓶稀碎，鲜花干在地上，污糟一片。

陈啸之踩过瓦片，试着推了一下门，门锁坏了，一推就开，木地板上汪着冰冷的海水，金黄的阳光穿过天花板的破洞。

房间里乱糟糟的。皮沙发被水冲到门边，几张APAPC的会议拉页扔在门口，会客厅角落里一个嫩黄的行李箱被水压挤得碎裂一地，几件女孩儿的衣裙如抹布般堆在墙角。

陈啸之打量了下周围，伸手推洗手间的门，门板“咔”的一声掉了下来。

他探头瞅了眼，浴室里的浴缸汪满了水，海藻在浴缸里舒展，地上全是海水经过的痕迹。

陈啸之嗤嗤地笑了起来，笑得比哭还难看。他心想沈昼叶可真会磨人，可是那也没办法，谁让自己忘不掉呢。

这么惹人爱的姑娘，陈啸之爱到发狂呢。

五岁时，他将友谊与爱交给最好的朋友，十五岁时，他将懵懂的情意交给了同一个人，将自己所有能给的好东西都给了她。

谁知，自此江河路遥，人世缥缈。

整个卧室都塌了，陈啸之看见自己与沈昼叶视频时看见的她床头的那幅画。那幅画被梁柱砸成两半，此时支棱在废墟间。

陈啸之眼眶赤红，冲到瓦砾旁，徒手朝外刨。

水泥和砖石一块块滚下去。

男人的背影如山岳，手上全是血，他一边挖一边发疯地咳，泪水一颗颗滴在潮湿的水泥块上。

很快，他碰到了一个不太一样的东西，触感冰凉滑硬，薄薄的。

陈啸之将它从砖石下拽了出来。

阳光冰冷地反射在沈昼叶的平板上，屏幕碎得彻底，如蛛网一般。

而陈啸之将它拽出来这个动作也现出了下面的床单。

雪白的床单上，全是洇开的如攀缘的凌霄花般的血迹。

陈啸之跪在异国他乡的瓦砾上，弓起腰，崩溃地咳起来，蜷缩成一团，像是彻底崩塌的山脉。

他去撬那些沉重的压着床褥的水泥和砖，发了疯地朝外刨，身边还放着上飞机前给沈昼叶买的满满当当的一背包的食品和药物。

陈啸之觉得心碎成两半。

他想起自己小时候懵懂的那句“以后我的阿十会便宜哪家的臭小子”，想起自己第一次将沈昼叶拥入怀中。

他失声痛哭，跪在沈昼叶曾睡过的床上，不住地以头磕向瓦砾，仿佛只有疼痛才能分散心尖撕裂般的苦楚。

陈啸之感受到海风吹着他的面颊，感受着睽违已久的温暖的阳光覆盖在他的身上。

可他几乎死去了。

他根本没想过自己的人生没有沈昼叶会怎样，沈昼叶是他人生的一株藤蔓，哪怕离他远去，哪怕在过去的时光里鲜少陪伴在他身边，也渗透生长进了他的血与骨。

她是那样惊艳又如同惊鸿一样的人。

时间总是太少，太少了。

短到只有五岁那年的春天、十五岁那年的冬天，还有——

陈啸之发疯般倒抽着气，甚至想杀了自己。

一块小石子自废墟的顶端滚了下来。

“吧嗒”。

陈啸之粗喘着气，沾满了血与灰的手上全是新鲜的破皮，他抓着一角被石头压在下面的褥子朝外抽，但是太重了，他没抽动。

突然，第二块小石子滚落，沙土窸窸窣窣地往下掉。

陈啸之迟钝地抬起头。

棕榈树在风中摇曳，白鸟掠过灾后的天穹，在那灿烂的阳光中，他看到废墟的顶端站一个姑娘。

千万光芒汇聚在女孩儿的身上，从陈啸之的角度看去，只能看到一个模糊的剪影。

海风吹过她蓬松柔软的长发，裙摆在风中猎猎作响，那姑娘像个野孩子，浑身带着野蛮生长的味道，她光着脚站在坍塌的屋顶上。

陈啸之脑子里“咚”的一声，心脏发了疯地狂跳起来。

“嗯？”女孩儿愣愣地看着陈啸之，然后弯腰，赤着脚去踩下一块石头，像是要来找他。

陈啸之什么都听不见了，也注意不到任何别的东西，他的视网膜上，仅剩一个耀眼夺目的女孩儿。

陈啸之冲了上去，展臂将女孩儿抱在了怀中。

那一刹那，陈啸之闻到她发间的气味，感受到了鲜活柔韧的身体，女孩儿温热的鼻息扑在他的脖颈处。

沈昼叶呆呆地问："怎、怎么……"

陈啸之的泪水再也止不住，死死地抱着失而复得的四月，泪水滴进她的脖颈，手指死死扣着她的后脑勺，将她整个人按在自己怀里。

他连一句完整的话都说不出来。

"你怎么在这里？干吗呀？"沈昼叶挣动无果，小声说，"松开呀。"

陈啸之固执道："我不。"

"松开。"沈昼叶娇气地说，"你身上有……太脏了。"

陈啸之将自己冒出的胡茬儿在她的脖颈处微微磨蹭了下，眼泪滚落，却笑了起来，声音粗哑："我就知道你会说这个。"

然后他将沈昼叶抱得更紧了些。

大海潮汐涨落，温热的风吹过满目疮痍的大地，远处众生熙熙攘攘，长街上落满阳光。

陈啸之终于松开手，沈昼叶抽抽鼻子，满含嫌弃地问："你到底怎么了，怎么这么脏？"

"我四天没合眼了。"陈啸之浑身都在打哆嗦，问道，"你怎么回事儿？"

"还能怎么回事儿？"沈昼叶头上冒出个问号，"这地方都这样了，我肯定不能继续住啊。"

陈啸之被这典型的"答非所问"噎了一下，但一句重话都不敢说，只问："你为什么不报平安？"

"我报了啊。"沈昼叶悄悄和他拉开一点儿距离，说道，"海啸第二天，水退了之后，我就借了个外国人的手机和我妈报过平安了。"

沈昼叶揉了揉眼睛，小声道："你那边我没有办法……"

要手机没手机，住的酒店塌了，平板肯定是不能用了，电脑大概率也完蛋了。

"所以，"沈昼叶耷拉着脑袋，有些沮丧，"你别、别生气……"

陈啸之颤抖着呼出口气，眼眶通红，道："人没事儿就行了，走。"

“等等。”沈昼叶说，“我是回来找东西的，我电脑肯定泡水了，但是拿着硬盘应该能试着恢复一下数据，这两个星期你让我搞的数据我都还没来得及三端备份呢。”

她说着就要往下爬，陈啸之这才注意到她还光着脚，纤细的脚踝上缠着渗血的绷带，脚上还有红色的划痕。

“我给你找。”陈啸之哑着嗓子道，“待在上面别动。”

沈昼叶乖乖听话，陈啸之则弯下腰，用破了皮的手清理地上的石块，在海水中摸索。

伤口浸在海水中非常痛，可疼痛令他前所未有地安心。

他的昼叶坐在废墟的顶端，阳光镀在她的身上，海风吹拂过她的长发，少女鲜活得像一枝四月末的梨花。

陈啸之找到泡了海水的电脑和裂成蛛网的平板一起拿在手中，对沈昼叶说：“走了。”

沈昼叶闻言立刻站了起来。

“不用动。”陈啸之将行囊和她坏掉的电子设备一并拿着，在她面前屈膝，沙哑地道，“我背你。”

失而复得。陈啸之感受到沈昼叶软软的面颊蹭着自己的肩膀上，像是春天的花骨朵儿。

炎热的阳光照射在两个人的身上，沈昼叶小声又娇气地说：“你酸了。”

陈啸之回应：“屁话少点儿。”

沈昼叶说：“就是酸了，我从来没见过你这么脏。”

“那现在你见过了。”陈啸之又问，“晒不晒？晒的话我把冲锋衣脱了给你顶着。”

沈昼叶趴在他肩上，摇了摇头。

漫漫长街，陈啸之脚下踏过石块和枯黄的树枝，将姑娘往上托了托。

“你是来找我的吧。”沈昼叶终于谨慎地问，“是不是？”

这问话实在太有沈昼叶的风格了。

陈啸之知道沈昼叶天生对亲密关系进阶的阶段就不太敏感，这句“你是不是来找我的”，是她在试探自己的态度。

陈啸之“嗯”了一声。

“这里很危险的。”沈昼叶小声道。

陈啸之没说话，只是笑笑。

沈昼叶趴在他肩上，不敢有太大幅度的动作，却又带着一分依赖地蹭了蹭。

陈啸之开口道：“明后两天，我联系大使馆，我们先回国。”

沈昼叶认真地应了一声。

“我在小利兰那边请了两周的长假。”陈啸之走在阳光中，忍俊不禁道，“我们可以回北京待上两个星期，这个假也给你准了。”

沈昼叶小声嘀咕：“和导师一起放的假不叫假。”

说得还挺有道理的……

“往这个方向走。”沈昼叶指挥他，“我在那边的避难所里待了两天。”

陈啸之有点儿纳闷沈昼叶为什么不肯叫自己的名字，就像在故意躲避称呼他似的……他正想问，抬头一看。

阳光万丈，高大的教会旁支棱着个医疗小棚子，满地残枝败叶。

陈啸之险些气得七窍生烟：“你一直在这儿？”

沈昼叶发蒙地说：“嗯，怎么了吗？我在教会窝了好久了，这里地势比较高，而且建筑也比较坚固。”

陈啸之心里实在不是滋味儿，怎么想都觉得丢脸，索性不说话了。

“不过我昨天出去玩了。”沈昼叶甜甜地笑了起来，“有个小朋友拉着我出去。”

陈啸之想起昨天，认为自己属实有点儿惨，却又发自内心地觉得沈昼叶笑得怪可爱的。

话说回来，沈昼叶什么时候不可爱？

陈啸之便什么都没讲，只在沈昼叶额角上磨蹭了下，温和地问：“去玩儿什么了？”

趴在他肩膀上的姑娘诚实地说：“我去捉蚂蚁了。”

“你是小学生吗？”陈啸之嫌弃地说。

他背着沈昼叶走过泥泞满布砂石的广场，女孩儿细白的小腿一晃一晃的。

陈啸之看见天上飞过雪白的大鸟，阳光将鸟羽耀得透明，孩子们在残垣上坐着，举着芭蕉叶折的小船欢笑，又将小船顶在头上。

他穿过庭院，将沈昼叶稳稳地放在了教堂的瓷砖地上。

教堂之中，彩玻璃花窗映出温柔的光影，覆盖在他的小青梅茸茸卷卷的头发上。

“你睡在哪儿？”陈啸之问，“有东西盖吗？”

沈昼叶眨眨眼睛，说：“有，一个老奶奶借给了我一条毯子，我垫着的。晚上挺热，不需要盖被子，只是蚊子比较多。”

陈啸之又问：“有东西吃吗？”

沈昼叶一时间羞赧地低下头，小声说：“不太多吧，我抢不过别人。”

“我就知道。”陈啸之叹了口气，伸出满是尘灰的手，在沈昼叶干净白皙的脸上揉了揉，他道，“我给你买了点儿吃的，在包里，哪里受伤了和我说，我也带了药。”

沈昼叶点了点头。

陈啸之弯下腰，看见沈昼叶折起来的小毯子上放着一本厚厚的墨蓝皮面的本子。皮面本表面有烫金的字，泡过水，鼓鼓囊囊的，里面似乎还夹着不少东西。陈啸之见过这本子很多次，在沈昼叶的办公桌子上、在她的包里……后来陈啸之仔细一回想，她十五岁时似乎也曾带着这本子到处跑。

沈昼叶顺着陈啸之的目光看过去，发现他在看通信本，莞尔道：“我拿来当枕头用的。”

陈啸之用手压了压本子，评价道：“还蛮舒服的。”

一声响亮的“咕噜”打断两人的谈话。

陈啸之许久没休息的大脑确是反应缓慢，缓慢到沈昼叶甚至明确告诉他了自己没怎么吃东西，他都没翻包。

他立刻拉开自己从加州一路背来的行囊，从里面找出几样沈昼叶爱吃的小饼干和点心，一一递给似乎除了肚子咕噜响之外没有别的问题的沈昼叶。

“有点儿碎了。”浑身尘土血渍的陈啸之任劳任怨地剥开包装纸，对沈昼叶说，“先吃点儿对付下，我一会儿联系大使馆，我们明天回北京。”

沈昼叶乖乖地说：“谢谢你。”

陈啸之一瞬间就不爽了，他眯起眼睛，拿着吃的东西，对沈昼叶重复：“谢谢‘你’？”

“你”字读音加重，表示“沈昼叶你必须用别的方式称呼我，否则我可能会让你饿肚子……最好是叫名字，像以前那样叫‘之之’最好。我为你担惊受怕四天，差点儿死了，让你叫一声‘之之’也不过分吧？”

沈昼叶看了看那包饼干，决定妥协，卑微地说：“谢谢——”

陈啸之鼓励地“嗯”了一声。

沈昼叶终于意识到自己上了贼船，带着一千万个不情愿，忍辱负重地补完：“谢谢陈老师。”

自作孽不可活，陈啸之后面的夸奖被“老师”两个字活活噎了回去。沈昼叶说完之后用一种可怜的模样看了看他，又问：“我能吃了吗？”

陈啸之不知怎么应对这种状况，但是断然不能饿着沈昼叶，只得把拆了封的点心和肉干塞给她，沈昼叶接过来就狼吞虎咽。

为了过海关，买的食物都是水分很少的，沈昼叶吃了两小口就被噎得不行，不住地咳嗽，拧开她的小水杯喝了点儿水。

陈啸之看到沈昼叶脖子扬起，线条美好，皮肤白得渗透出青色的血管，终于确定了他面前的不是幻觉：这个沈昼叶是活着的，是他自废墟之上一路背来的，在他面前喝着水对他笑过的……温暖的沈昼叶。

积攒了四天的倦意袭来。

“我睡会儿。”陈啸之揉了下青黑的眼眶，将沈昼叶铺在地上的小毛毯一扯，沈昼叶却突然伸手用力按住了小毛毯。

疲惫的陈啸之抬头看了她一眼。

沈昼叶说：“你还没洗澡。”

陈啸之看了一眼这大通铺的情形，几百甚至上千人挤在一个避难所里，厕所间挤满了人，连坑位都一坑难求。

陈啸之强撑着倦意，愤怒地开口：“我也想洗啊，哪里能洗？沈昼叶你是什么品种的贵宾猫狗？怎么在这种环境都能挑剔一下？”

贵宾猫狗看着他，小声问：“可是你脏不脏？”

陈啸之自听了那新闻以来都没睡过囫囵觉，先前他精神都快崩溃了，如今能有点儿理智都算万幸，沈昼叶居然还逼他去洗澡！

陈啸之气得脑壳疼，直视着沈昼叶的眼睛。

沈昼叶丝毫不让步，倔强地盯着他，两个人对视三秒。

陈啸之看着沈昼叶那娇贵的模样，感到十万分的窒息，只得将冲锋衣和T恤脱了下来，现出结实修长的上身。

他身上有四条经年的刀疤，虽愈合了，但瘢痕组织仍十分惹眼。

陈啸之一直有锻炼的习惯，是健身房的常客，肌肉坚实线条流畅，胸腹肌饱满性感。

他困得要死，拿了换洗的衣服，问：“去哪儿洗？”

沈昼叶从他的刀疤上别开眼睛，指路：“避难所外头，山坡那边有个小溪流。”

“行。”陈啸之刚要迈步，就听抱膝坐在冰凉的地板上沈昼叶好心提醒道：“溪流是露天的哦，所以，小心别被看光了。”

这哪儿来的得寸进尺一级选手啊？

距离累垮就差那么一点儿的陈教授此时一点儿脾气都不剩，拎着衣服，认命地走了出去。

陈啸之洗完澡回来，倒下就开始睡。

沈昼叶看到他紧闭双眼，眼眶都是青黑的颜色，应该很久都没睡过一个好觉了，湿漉漉的头发上还滴着水，一滴滴地滴进瓷砖。

沈昼叶担心陈啸之感冒，就拿了他带来的毛巾给他擦头发。

她还从来没见过二十五岁的陈啸之睡着的样子，挺像个孩子的，可以说和他十五岁时一模一样。

他怎么会变成如今的样子？

不对，不如想想，陈啸之怎么会出现在这千里之外的苏门答腊？

陈啸之应该在加州的，他对自己那样冷淡，亲口说不愿与她同流合污的。沈昼叶想起来陈啸之说那句话时的场景，都觉得心微微一酸。

她擦干了陈啸之的头发，又轻柔地抱起他的头，让他枕在松松软软的通信本上。

橙红色的夕阳穿过花窗，沈昼叶坐在陈啸之的身边，伸手挥了挥蚊子，又挠了挠自己被咬得红肿的小臂。

东南亚的蚊子太毒了，被叮的伤口开始化脓，蚊子包上明晃晃的一点白，肿得像个馒头。沈昼叶连北京的土蚊子都受不了，在这地方简直快被咬傻了。

可是无论怎样，她都活了下来。

沈昼叶想起自己自海水里挣出来的那一瞬间，她在倾盆大雨中睁开眼睛，看见远处灯塔般的光亮像刺穿漆黑世界的长矛。

通信本和年少的沈昼叶联手保护了她。

沈昼叶深吸了一口气，看向陈啸之枕着的通信本。

那本子是她后来找回来的。

海水退去后，本子躺在漆黑的礁石上，礁石上爬满了藤壶。沈昼叶脚上受了点儿轻微的伤，踉跄着爬上去，将那像是在等着什么人去拿的本子取了下来。

那些她曾寄到过去的、在这个时空消失无踪的信和她收到的信笺，如今都好好地夹在本子里面。

像是魔法终于消散无踪，化为了时间的灰烬。

是什么在这世间保护我？

不知道。

沈昼叶看着花窗尽头的夕阳，觉得那本子里一切都很温柔，宇宙温暖，连环绕着她的繁星里都充满爱意。

但是沈昼叶总认为，时间的魔法还未结束。

她闭上眼睛，任由橙花色的光线穿透眼睑，她周身都是温暖的，是无所畏惧的。

她曾是战士。

而那炽热如火无坚不摧的精神一直都奔腾在她的血管之中，无一刻止歇。

十五岁的时候如此，二十五岁时依旧。

如今战士重新捡起了属于自己的石中剑。

“不要温和地走入那良夜。尽管聪明人临终时明白黑暗降临的合理，他们的话也不再能迸出闪电。但他们总会燃烧并痛斥。怒斥，怒斥那光的退缩。”①

沈昼叶看着自己捡来的诗集，又看向躺在她的床褥上的陈啸之。

陈啸之在中午睡着的，到了晚上七八点钟都没醒，身上盖着一条薄毯子，睡得不省人事。沈昼叶靠在他身边，就着头顶昏暗的啪啦响的电灯看书。

暗沉的灯盏下，炎热的风吹过沈昼叶蓬松的卷发，她半边脸拢在黑暗里，半边脸显在光中。

以后怎么办？她心底的声音问。

研究的不顺利、人际关系的孤岛、被窃走的成果、陈啸之的不理解、连毕业都会延迟的现况……问题不会因为一场海啸而改变，它们仍然存在。

可是那又有什么关系？

我所热爱的、我所坚持的一切，都与这些问题没有半点儿关系。

沈昼叶垂下眼皮，平静地翻着那本诗集，看了一会儿，觉得有些困乏，便和衣躺在陈啸之的身边。

---

① 《不要温和地走进那个良夜》是英国诗人狄兰·托马斯创作于二十世纪中期的一首诗歌。

在被陈啸之损了许久、见过他和别的女人相处模式的现在，沈昼叶不愿过多思考自己和陈啸之的关系，更不想平白无故地招致嫌弃——她便和陈啸之保持了一些距离，躺在瓷砖上。

九月的印尼还挺热，躺在地上只会觉得硬，不会觉得冷。

沈昼叶从包里翻了几件衣物，垫在脑袋下面。

她侧躺着，看着陈啸之熟睡的脸，觉得他还是很帅，是个哪怕再来一次，自己还是会喜欢上他的程度。

可是沈昼叶难以忘记陈啸之说过的话做过的事。忘不掉他对自己的冷暴力、他的那句“不想和你同流合污”，和他挂掉视频通话前的嘲讽。

沈昼叶越想越困，又发现陈啸之身上的味道令她十分安心，眼睛几乎都睁不开了。

不对啊，她模糊地想，我不是认床吗?

可是那安心的气息、那属于她回忆深处的代表着信任的气息，被风吹了过来，将她温暖地拢在里面。

沈昼叶的意识逐渐变得模糊，她蒙眬地看到陈啸之睡眼惺忪地伸开胳膊把她一抱，轻放在温暖柔软的毯子上。

“我抱着你睡，”陈啸之不甚清醒地道，“本子有点儿硬，不好枕，你枕我胳膊。”

沈昼叶迷迷糊糊地“嗯”了一声。

陈啸之嘟囔：“压到了？”

沈昼叶眼睛彻底睁不开了，微微地点了点脑袋，她身下确实压着截毛毯。

陈啸之将沈昼叶抱紧了些，把她身下的毯子扯平。

“好了。”他困乏道，“好好睡觉。”

沈昼叶听话地蹭了蹭他。

还没过三分钟，这位认床到欠揍的小姑娘就昏昏沉沉地乖巧地睡了过去。

良夜，风声温柔。

第二十八章

我不会放弃了

陈啸之说到做到。

第二天，沈昼叶就被陈啸之拉上去雅加达的船，在雅加达见到了中国领事馆驻印尼大使馆的工作人员，接着他们就被安排上了当日归国的飞机。

沈昼叶穿着陈啸之从领事馆要来的拖鞋，站在苏加诺哈达机场往返首都机场的登机口前，没搞清楚情况。

陈啸之懒洋洋地道："上飞机。"

沈昼叶满是犹豫："可是……"

可是你家到底是做什么的啊？我们怎么会坐专机？

"可什么可是，"陈啸之的坏脾气立刻发作，"还是你想去坐货机？我把你塞去和香蕉坐一起？"

"这倒是没有。"沈昼叶说完，抱着自己被石头砸坏的平板和笔记本电脑跑到了登机口。

陈啸之在她身后笑了起来。

夕阳在飞机另一端延绵铺展，紫红如玫瑰。

沈昼叶登机后回头看了一眼，看见陈啸之背着行囊，紧随她身后，三步并作两步冲上飞机。

陈啸之看起来也不像大人，反倒像个大男孩儿，无论告诉谁他是个教授还是个博导，对方应该也不会信。

他看上去太年轻了，和自己一样。

飞机上还有一个男人，年纪不轻，身形清瘦，西装革履，目光锐利，戴着一架玳瑁方眼镜，若有所思地撑着下巴望着夕阳。

陈啸之上来之后提醒了沈昼叶一句：“叫叔叔。”

沈昼叶连忙道：“叔……叔叔好。”

中年人礼貌一笑，看了眼沈昼叶抱着的东西，奇怪道：“小姑娘，抱着坏电脑干什么？”

陈啸之替她答道：“回国恢复数据。”

中年人笑笑：“博士生对吧，备份没做好？”

沈昼叶沉痛地说：“没来得及做就坏了。”

男人哈哈大笑，示意他们随便找个地方坐。沈昼叶抱着电脑手足无措，完全不知道该坐在哪儿，陈啸之拉着她的手腕一扯，让她坐在了自己的身边。

“别乱跑。”陈啸之道，“电脑给我抱着。”

他接过电脑后放在一边，伸手揉揉沈昼叶的头发。

飞机缓慢前进，接着又沉重地升入空中。

中年人随和地说：“到北京大概子夜一两点钟吧，得飞七个小时。到了首都机场我找个车送你们回去。”

陈啸之笑了笑：“谢谢您。”

“挺久没回国了吧，”中年男人笑道，“听你爸妈提过，你去年过年都没回家？”

沈昼叶突然意识到，自己出国还没满两个月，回去正好赶上国庆节。

陈啸之说：“他们夸张。过年回了，但是没假，待两天就又走了。”

那人说：“怎么，青年才俊，不考虑回国？”

“我回北京看看教职和引进政策，”陈啸之微微揉了揉眉心，漫不经心道，“看看我学生这边条件怎么样，合适的话我就回来了。”

和我有什么关系？沈昼叶纳闷地心想。

陈啸之要回国？

不过也是，他是独生子，他爸妈应该会想他。也许他们会要求他在本地相亲，找一个门当户对的女孩儿。

远处云雾如山，被夕阳染出凤尾花的色泽。

沈昼叶觉得心里有个地方酸酸胀胀的，像是被捏中了最脆弱的经脉。

他们总是要离我远去的，她再次告诉自己。

就像升入高中的那个暑假看的《银魂》，有一话的标题就是“人生总是在不停地说着再见”。

如今，那些仿佛会连载到天荒地老的漫画纷纷完结，漫画尚且如此，陈啸之又会有什么不同呢？

他未来会成为学生们敬佩的老师，会成为人们交谈时称赞的青年才俊，他应该会和另一个人携手走进婚姻的殿堂，有一个可爱的孩子，有一个美满的人生。

陈啸之是一个将所有的技能都点满了的男人，他终究会拥有一切，无论是辉煌的、足以名垂青史的成就，还是尘世间的幸福。

他总是这样的，和她不一样。

沈昼叶十分清楚，她天生是个浪漫者，她是拥有无穷创造力的哲学家、梦想家和学者。然而拥有这种特质的人，通常缺乏与他人相处的能力、缺乏和领导打交道的能力、更缺乏应对压力的能力。

她这样的人是很难拥有圆满的一生的。

沈昼叶二十五岁了，她少女时期就没有强求过红尘滚滚，长大了自然也学会了面对现实。

她有点儿困，将脑袋抵在机窗上。

沈昼叶今天早上六点钟就被陈啸之摇了起来，去渡头坐船，路上又因为晕船睡不好，接着又被他在雅加达拖着辗转了好几个地方。

金红的夕阳镀在头顶，沈昼叶模糊地听见旁边的陈啸之还在与那个男人交谈。

“小姑娘怎么不说话？”男人低声笑了起来，“是害羞吗？”

不是，沈昼叶迷迷糊糊地想，我是不知道该怎么讲话。

陈啸之看了一眼：“没觉得多害羞。”

沈昼叶觉得陈啸之简直有毒，她一凑近他，哪怕是坐着都能睡着。

神志远去，一切都变得缥缈。

“是困了……不太擅长……陌生人相处……”

陈啸之的声音隔过厚重的黑暗传来。

沈昼叶动了动，立刻，她就被一只坚实的手掌轻轻一搂。

“靠着。”陈啸之低声道，“放心睡。”

然后他将小姑娘的脑袋妥善地安置在了自己的臂膀上，动作十分温柔。

“你这样睡容易落枕……”他的声音像风。

接着，沈昼叶像是被念了咒语，彻底陷入昏睡。

到北京首都机场时已经子夜一点多了，沈昼叶睡得人事不省，觉得陈啸之似乎用了浑身解数才将自己叫起来，因为她最后是被弹醒的。

“叭”的一声。

沈昼叶被弹得难受，揉了揉眼睛，下一秒，眉心又挨了一下。

沈昼叶一声呜咽，终于艰难地睁开眼睛，看见陈啸之正居高临下地站在机舱里，一只手还曲着，抵在她的眉心处，显然是准备弹第三个了。

“我叫了你十分钟。”他冷酷地说。

沈昼叶委屈巴巴：“那你也别弹……”

可是她话都没说完，陈啸之就恶毒地弹了第三下。

第三个脑瓜嘣特别响，而且痛，一听就知道陈啸之半点都没留劲儿，将沈昼叶弹蒙了。

“拿个外套披着，一会儿开车送你回家。”陈啸之将沈昼叶的坏电脑和坏平板拿了起来，又背起行囊，漫不经心地问，“你搬过家吗？”

沈昼叶摇摇头：“没有。”

陈啸之笑了下，道：“那行。起来，我送你回去，困的话去车上睡。”

沈昼叶总觉得哪里不太对，可是又说不出哪里有问题……而且她自然不可能深夜两点钟从顺义一路步行回朝阳，那也太要命了。

沈昼叶立刻站了起来，打算跑出去，却被陈啸之两根指头推了回去。

“外面冷，”他眉头拧起，对沈昼叶重复，“穿外套。”

夜色深重，沈昼叶裹着陈啸之的冲锋衣坐进车里时，小声地抱怨道：“你衣服脏了。”

她又闻了闻，有点儿嫌弃地道：“有汗味儿。”

“不可能没有味道。”陈啸之头疼地说，“我穿了好几天，活动量还大，但是没有别的衣服了，对付一下都不行？”

沈昼叶嗫嚅道：“可是……”

陈啸之冷冷地开口：“沈昼叶你再挑剔就步行回去。”

沈昼叶坐在副驾驶座上，听到这句话，立刻噤了声。

长夜中，橘黄色的灯光穿过婆娑树影，陈啸之稳稳地开着车，沈昼叶则发现自己靠在他身边就不认床。

别说认床了，连地板砖都能睡，神奇得要命……然后她又呼地睡了过去。

陈啸之觉得沈昼叶未免也太能睡了，但是又想到她这几天应该是挺累的，只有黏到他身边才能安眠。

这么黏我，当年为什么要和我断了一切联系？

陈啸之在开车等红绿灯的间隙看了睡觉的姑娘一眼，觉得有种说不出的别扭与无法纾解的不爽。

“下车。”声音自黑暗中传来，心情不太爽利的陈啸之声音里带着冰碴子，“沈昼叶你属猪的？怎么这么能睡？”

沈昼叶被他吵了起来，将身上的冲锋衣拉紧，还很弱小地在副驾驶座上微微一蜷，像是只卑微的小蚕蛹。

看上去着实有点儿可怜。

“我属什么你就属什么。”沈昼叶迷迷糊糊地道，“我们同年出生的。”

陈啸之怒道：“你到家了！”

沈昼叶揉揉眼睛，声音还很娇气，道：“可我好困呀。”

“困就滚回家睡。”陈啸之带着不爽，恶毒地道，“跟我回家的话，我就把你锁到车库里面去。”

沈昼叶自然不愿意去陈啸之家车库睡，迷糊地将车门一开。

“外套脱了。”陈啸之说。

沈昼叶抽了抽鼻尖：“可……可是我冷。”

陈啸之冷飕飕地说：“你不是嫌有汗味儿吗？马上脱。我现在拒绝给你穿了。”

沈昼叶在心中由衷感慨：你这只野狗。

沈昼叶里面只穿着很薄的T恤，凌晨风又大，外套一脱她立刻就冻得打起哆嗦，将外套放在副驾驶座位上，乖乖关上车门。

沉沉的夜色里，陈啸之的车灯亮起，引擎发动。

这男人也太难懂了。沈昼叶对此早有预料，连气都没叹，朝楼上走去。

三分钟后。

沈昼叶冻得哆哆嗦嗦，身上还布满被东南亚的蚊子叮的肿包，站在自家门前用力地敲门，可怜地唤道：“妈妈，你闺女回来了。”

六分钟后。

沈昼叶冻得泫然欲泣，楼道里却还有祖国的蚊子对她虎视眈眈，她对着门缝卑微地道：“妈、妈妈，我……我回来了你开门……”

十分钟后。

沈昼叶冻得咳嗽起来，难受地抱着又被花蚊子咬了两口的胳膊，用哭腔道：“妈，我求求你你别睡了，你小孩儿都要冻死了，求求你开门吧呜呜呜呜——”

邻居家的门“吱呀”一开。

王阿姨估计是被吵醒了，打算开骂，结果看到沈昼叶，吓了一跳，赶忙问：“现在凌晨三点，叶叶，你在家门口等什么？”

“我、我没带钥匙……”沈昼叶揉揉眼睛。

“你不是在加州吗？我听你妈的意思，你不是今年过年都回不来吗？”王阿姨震惊道，“你妈不在家，去湖南开会去了。她没告诉你？你怎么不给她打电话再回来呢？”

沈昼叶连日的委屈终于爆发，冻得不住发抖，痛哭道：“阿姨我手机还丢了呜呜呜——”

王阿姨心疼地说：“这孩子咋这么惨？你是不是一分钱都没有？你先一等，阿姨给你拿点儿钱，你打车去你奶奶家或者学校宿舍睡一晚上吧。”

沈昼叶抽噎道：“谢谢阿姨。”

王阿姨给沈昼叶拿了一百块钱，叮嘱道：“路上小心点儿，打靠谱的出租车，黑车不能上，知道了吗？”

宿舍是断然回不去的，宿舍床位六月份时就协调给下一届的保研学妹了，奶奶出去旅游了。

沈昼叶叹了口气，也不知道怎么办，只得去外面找个暖和些的地方，先对付下再说。

灯光落在地上，沈昼叶踩过楼前的石砖，夜风吹过她蓬松柔软的头发。

她觉得走不动了，便在小区楼前的石阶上坐了下来，将头靠在栏杆缝隙处。

突然，不远处物业楼门口的黑影里有一个人将手里的烟头摁灭，直冲沈昼叶而来。

“你怎么在这儿？”沈昼叶看着那个人呆呆地问。

“这个问题现在和你没有关系，你怎么没回家？”那人毫不理亏地反问。

沈昼叶看了看手里的一百块钱，心中悲情漾起，哀痛地回答：“我家没人，我妈妈出差了，我也没有钥匙。”然后她忍气吞声地说，“虽然我不知道你为什么还没走，也不知道你为什么一身烟味，但你介不介意借我两百块钱让我开个房？不然我真得露宿街头了。”

沈昼叶心想，我可真是太惨了，居然还得问他借钱，看他那表情，太像个放高利贷的了。

放贷的人脸笼罩在阴影里，烦躁地开口道：“上车。”

沈昼叶一愣：“啊？”

“我让你上车。”

还不待沈昼叶反应过来，陈啸之就将身上的外套脱了，往沈昼叶头上一按，把她裹在里面。

“让你出去开房？”他说，“想都别想。你跟我回我家。”

夜深露重，万物静谧。

楼道一片漆黑，声控灯亮起时陈啸之恰好推开了门。

黑暗中满屋尘灰的味道，沈昼叶被呛得咳嗽起来，看着面前全然陌生的房子，迷茫地问：“你搬家了？你家原来不是住在茶马南路吗？”

“我搬出来了。”陈啸之说，“成年了，该有个自己的空间了，我在国外也是自己住。”

“不过，你这里离我家挺近的。”沈昼叶没话找话。

过了许久，陈啸之开口道：“不早了，我给你把客房收拾出来。”

怎么会不近呢？陈啸之辗转反侧地想。

城市终究只有那么大，何况他们两人都扎根于此，总是难以避免听到她的消息，再逃避拒绝也没用。他们的熟人圈子高度重合，生活圈子也扎着堆，买东西常去的购物中心都是那几家。

陈啸之读书时每年都会回国，不止一次路过大北古老的校门，他知道沈昼叶一定在里面。

他知道沈昼叶是如何升上高中的，知道她在新的环境如何生活，听说过她在第二次竞赛中的表现，知道她以怎样辉煌的成绩进入大学。她的人生像是在气体中做着布朗运动的分子一样难以预测，却总会传进他的世界，像是阿伏伽德罗假说的唯一解。

后来沈昼叶却变得无声无息。

陈啸之躺在床上，想到过往怎么都睡不着，熬到天都亮了。

他打着赤膊从床上爬了起来，去倒了点儿水喝，路过客房时听见里面有窸窸窣窣的翻被子的声音。

又认床了？

陈啸之不愿沈昼叶睡不好觉，便轻轻地在客房门上敲了敲，低声问："你没睡着？"

客房里有人带着鼻音轻轻地"嗯"了一声。

晨光熹微，照亮布满尘灰的地板。

那一瞬间，陈啸之的心尖泛起了酸软。

他一直不知道怎样的家庭才能造就一个沈昼叶这样柔软娇气却又坚强至极的女孩儿，她像四月春花又像八月疾风骤雨，几乎是捏着他的命脉一般。

陈啸之将门推开。

室内，清晨的阳光自阳台洒了进来，沈昼叶蜷在床上，被子将她整个人都埋了起来，她像个松松软软的蚕蛹，只露出一点儿茸茸的脑袋。

陈啸之走过去，打算哄沈昼叶睡觉，可刚在床边坐下，还没拍她后背呢，就对上了沈昼叶蒙胧的双眼。

阿十两颊烧得通红，一双眼里如雾似水，正难受地看着他。

大北医院熙熙攘攘，候诊区挤满了外地慕名而来的病人。

娇气鬼发着高烧，裹着陈啸之的外套，虚弱地靠在外套主人的肩上，难受得一句话都说不出来。

有人背着编织袋经过，陈啸之伸手按住沈昼叶的脑袋，不让她的头被碰到，就等在那儿。

“老陈！”一个人朗声道。

陈啸之招呼道：“袁东。”

袁东是个青年医生，脖子上挂着听诊器，穿着件浅绿色的手术服，头发拢在同色的帽子里。

袁东摘下口罩：“急诊有个大出血的病人，来晚了，久等。你怎么突然回国了？”

陈啸之揉揉沈昼叶的脑袋，让她安稳睡觉，还把她身上的外套拽紧了点儿，偏偏头道：“说来话长，您这泡手术室的恐怕没时间听，先帮我看看这位。”

袁东笑了：“第一次见你带除了阿姨之外的女的……这姑娘谁啊？”

“我学生……”陈啸之别别扭扭地抱怨道，“前几天印尼海啸，她在那边受凉感冒了，特娇弱一个人，也不是啥大病，你给她随便看着开点儿药就行了。”

袁东嘲讽道：“随便开点儿？你对专业人士就这态度？你让学画画的人随便给你画点儿试试，看看对方能不能戳死你！”

“袁医生您医用物理怎么过的？”陈博士恶毒地逼问，“高数怎么过的？卫生统计怎么过的？吃水不忘挖井人，你是要戳死谁？”

袁东脸上写满痛苦，朝后一让：“陈教授，您请进。”

治疗室里安静不少，隔绝了外面嘈杂的声音。

袁东将听诊器往耳沿一戳，拿起耳温枪，漫不经心地开口：“头发撩下，先测体温。”

陈啸之细致地撩起沈昼叶的头发，露出她烧得绯红的耳朵，安抚地捏捏耳根。

“没事儿啊。”陈啸之哄道，“一会儿就好了。”

“陈啸之，你确定这真是你学生——”袁东还没说完下半句“不是你女朋友”，就僵住了。

沈昼叶高烧不退，浑身无力，几乎任人摆布，此时泪眼蒙眬地看向他，一句话都说不出来。

袁东难以置信地问：“沈师妹？你怎么……”

沈昼叶看见熟人，难受地闭上了眼睛。

“别人这种情况的话可能开点儿药就可以了。”袁东将就诊卡捏了起来，听诊器对折塞进兜里，严肃地对陈啸之道，“师妹得去做个胃镜，再查个血常规。”

陈啸之惊愕地问：“怎……怎么了？你怎么会认识她？她不是物理学——”

“2011级物院的小学妹，校医院的老客户，我离开校医院前平均一个月就得来找我一次，简直是个药罐子。花粉季柳絮季有哮喘，还被硬生生折腾出一身毛病，后来我来一院，她有时候病得厉害了也会来找我挂个号，能不熟吗？”袁东说着回过头去，可他看见陈啸之死死地盯着治疗室门上的玻璃，下颌线绷紧。

一个多小时后，治疗室里铺满灿烂的阳光，床上隆起了小小的一团。

袁东拿着一堆化验单，一张张地翻看，低声道：“问题倒不是很严重，就是免疫力低下引起的感冒和炎症，呼吸道水肿，卧床休息一段时间就行了……十二指肠溃疡注意一下，这是痼疾，诱因是精神压力，我给开了点儿药，拿回去让她按时吃。”

“她……”陈啸之悔恨地说，“怎么会这样？”

袁东大发慈悲一般，慢吞吞地开口：“我大概知道一些东西。”

陈啸之触电般地抬起了头。

病来如山倒，病去如抽丝，沈昼叶白天烧得人事不省，晚上退了烧，神志才慢慢回笼。

她缓慢地睁开眼睛，隔着夜色看见一个陌生的天花板，往旁边一看，还有她没见过的玻璃杯和保温桶，外加三个雪白的、有大有小的盒子。

沈昼叶头疼得像是要炸开了，她思索了一下自己的处境，受到极大刺激，拼命地咳嗽起来。

她本来呼吸系统就不太好，感冒之后尤其严重，现在简直是个能咳出血的咳法。很快，门被推开，陈啸之从光亮的走道冲了进来。

沈昼叶受的刺激呈几何倍增长，恨不能现场咳出个肺给他看……

陈啸之背着光问：“你醒来怎么不叫人？”

沈昼叶咳得脸都红了：“我、我不太……”

陈啸之倒了杯温水，往床边一坐，扶着沈昼叶，将杯子抵在她唇边。

“慢慢喝，别呛着。”他平淡地道，“就是感冒，好好卧床休息就好了。”

沈昼叶捧着杯子喝水，水的温度刚刚好，里面似乎还融了点儿槐花蜜。

她从小就喜欢喝这个蜂蜜，一喝就觉得世界都变得亮堂起来，忍不住压着咳嗽，多喝了两口。

陈啸之好会伺候人啊，温水里还会放蜂蜜，沈昼叶带着一丝幸福的感觉想，希望我的下一任也能有他这么细心。

陈啸之问："还行？"

沈昼叶的咳嗽终于被压了下去，拿着玻璃杯，怕咳嗽不敢说话，眼巴巴地瞅着他。

"还要？"陈啸之的脸背着光，看不清他的表情。

沈昼叶十分成熟地点点头。

"沈昼叶，"陈啸之边给她倒水边恶毒地揣测，"你就是想喝蜂蜜吧？这要是纯温开水，我如果想逼你把第一杯喝完，你都得给我吐到被子上。"

沈昼叶情绪激动："你瞎……咳咳……"

根本说不出一句完整的话。

"我说的有半点儿错？"健康的陈教授声音里带着十万伏特的嘲讽，"你摸着良心告诉我，你是不是会往床上吐水的人？"

沈昼叶接过第二杯刺槐蜜茶，没反驳他，因为她生病的时候确实干过这种缺德事儿。

黑暗中，陈啸之伸出手，在她额头上轻轻一碰，随后放松地说："不烧了，厨房里有熬的粥，给你加点儿牛奶？"

"牛奶和一小勺糖。"沈昼叶坚定地说，然后问，"你居、咳咳……居然认识我师兄？"

陈啸之说："你也不想想我们交际圈有多少重合。他是咱们初中上一届的学长，我为什么不认识他？"

沈昼叶掩住嘴打了个哈欠。

"你睡三天了。"陈啸之嘲道。

沈昼叶坚决地道："我睡了三天还是困。你家床好难受，破床单破被子根本睡不好！就是因为……咳咳……就是因为床不舒服才感冒的！"

陈啸之疑惑地问："你妈妈平时在家真的不打你？"

沈昼叶眼眶发红："她不打我。"

陈啸之感慨道："那你妈妈是真挺能忍的。"

沈昼叶蜷蜷身体，想缩回被子里暖和一下，然而，陈啸之将桌子上的三个盒子的其中之一猛地按在她枕边。

“不准睡。”陈啸之道，“花五分钟，把这件事儿做了。”

沈昼叶扭过头看了一眼，发现那是一个手机盒，被过道的灯映得发亮。

“我给你买的。”陈啸之扬扬下巴，“五分钟开机，登录自己的云储存，我要你通信录里的两个手机号。”

“哪两个？”过于突然，沈昼叶被吓了一跳。

“周鸿钧。”陈啸之停顿了一下，再开口时声音几乎淬了冰，一字一顿地道，“李磊。”

沈昼叶不知道陈啸之为什么要走自己两个导师的电话号码，而且他的语气听上去十分严肃，像是个要搞事儿的样子。

可能是想联系一下周院士吧？陈啸之如果想回国，必然是要去大北考察一下的，毕竟无论怎么想我校都比隔壁软硬件条件好多了……沈昼叶缩在被子里迷迷糊糊地冒出一个嚣张的念头。

陈啸之的声音从门缝里传进来，可是他压低了声音，模模糊糊，听不清在说什么。

沈昼叶强撑着喝完兑奶兑糖熬得软烂的白粥，躺回床上，手机屏幕在黑暗中亮起，显示她的微信终于通过了设备验证。

她结束了没有手机的日子，不再是人间失联的状态了。

一刹那，微信上未读的红点如雨后春笋般从屏幕上冒了出来，未读消息太多，连新手机都卡了近一分钟。

一个接一个的问候涌来。

沈昼叶捂着嘴咳嗽两声，看见微信上有四百多条未读消息，停留在最上面的消息框是来自周院士的三条信息。

她点开消息，看见自己在上飞机前发去的那一句“老师，说句实话，我不是特别想念下去了”也被同步过来。

而那条消息之后，周院士足足隔了一个星期才回道：“小沈，抱歉，我前几天生病住院，没能及时回复。你是有什么难言之隐吗？”

老人连用手机打字时都带着持续了一生的严谨。

沈昼叶看着她真正的导师严谨的标点符号和措辞，忽然回忆起她在开题答辩会上见到周院士戴着老花镜努力辨认PPT上的字的模样。青年教师们聊天时，几乎都会提及周院士做任何事时都有虔诚之感。

这和他的挚友，也就是已故的慈怀昌教授，如出一辙。

“我听闻你在印尼出了事，”周鸿钧院士又说，“应该是得在国内周转一下再回来了吧？回国之后，有空可以来找老师聊一聊，我近期差不多每天都在办公室。”

停顿了许久，周院士又发来第三句话：“我是真的不愿看见你放弃，小沈。”

手机屏幕熄灭，徒留满室的黑暗。

沈昼叶烧退了些，鬓角泛起一层汗，她暂且没有回复周院士，闭目休息。

人在发烧时，眼帘中会出现雪白爆炸的火花，沈昼叶觉得这些花儿犹如似梦非梦的奇遇中的繁星春水。

怎么回复好呢？告诉周院士，我现在想开了？告诉他，我会和我现在的导师好好做科研，老师您不用操心了，我在被十五岁的自己喷到臭头，还走过了生死后，已经清醒过来了。

沈昼叶听见走廊上陈啸之打电话的声音渐低，最后他说了一声“好的，周老师”，结束了通话。

他还真在和周院士打电话。

沈昼叶心中一丝惊奇，正打算拿起手机回周院士的消息，门就被打开了。

年少有为的陈教授轻手轻脚地走了过来。

他进来干吗呀？沈昼叶耳根红了，将半边脸埋在枕头中装睡，然后感觉陈啸之在床边轻轻坐了下来。

我再也不要生病了，沈昼叶拼命忍着咳嗽想，而且为什么是现在啊……

陈啸之稍稍扯开一些被子，将温暖的手按在了沈昼叶的额头上。

缩在被子里面装睡的沈昼叶面颊红成了苹果。

陈啸之试了下体温，放松地吁了口气。

沈昼叶能感受到他手心稍显粗糙的纹路，能闻到他袖口成熟温柔的香气。

她觉得自己完蛋了，恐怕要在一个坑里栽两次……

紧接着，陈教授拍了两下她的脸颊，又使劲儿一捏。

被捏住脸的沈昼叶心中一震！

陈啸之甚至还一扯，动作用力程度之大完全像是在泄愤。

他恶毒地说：“看上去也不像个傻的啊。”

你说谁傻呢？装睡的沈小师姐憋了一肚子气，但是她也不敢杀了陈啸之，只能维持着静谧的表象，装作自己从来没被他蹂躏过。

陈啸之将被子掖回沈昼叶颈侧，又轻轻揉了揉自己捏过的地方。

“好好睡吧，”陈教授高高在上地说，“傻的可以。”然后拿了床头的粥碗，临出去时还贴心地关了门。

沈昼叶被搞得一头雾水，完全不明白自己为什么被掐脸，更不知道陈啸之对自己哪儿来这么深的怨念，蜷在被子里揉了揉被捏疼的脸，摸出了自己的新手机。

她看着周院士的对话框，在黑暗中思考了许久，终于开始打字。

“老师，”她深呼吸了一下，尽力遏制着发热导致的头脑疼痛，打道，“我不会放弃了。”

她按下发送键的瞬间，浓得化不开的北京的黑夜之中，又传来仿若春雨的声音。

“而我和你，是同一个人。”那个女孩儿说，“我们，是同一个人。”

同一个学不会放弃的筑梦者。

我们明知前方是万丈深渊，仍然会慷慨前行。

我们从来都不愿放弃。

我们的妥协、违心和柔顺，从来都止于表面。

我们将永远心甘情愿地为热爱的一切碰到头破血流。

我生来如此，我至死方休。

不是所有人都可以回想起十五岁时自己的所作所为和所思所想，那些如风似火的锐利张扬的岁月一去不复返，人会逐渐被现实锉磨得一点儿棱角都不剩，少年的豪言壮志成了茶余饭后的笑谈。可是当和年少的自己对视的瞬间，会发现铠甲利剑依旧峥嵘屹立，会看见一个英雄般的自己。

沈昼叶躺在床上，泪水在睡梦中一滴滴滚落，沿着发丝洇进枕头里。

阳台上的窗户开了个小缝，秋风灌入，将床头的通信本吹开，然后拂过姑娘的眼角，将她的泪痕吹干。

因这场感冒，沈昼叶足足在陈啸之家里躺了两天。

不是她不想走，而是沈妈妈如今远在湖南，至少要待一个星期，沈奶奶则和退休的朋友在鼓浪屿吃沙茶面，老太太用旅游照片刷爆了朋友圈。

北京本地人沈昼叶，不仅身无分文，还无依无靠。

陈啸之好像有挺多事情要处理，白天晚上都会出去，沈昼叶大多数时候则躺在床上休息，两个人虽然住在一个地方，但活动时间并不怎么重合。

陈啸之在公寓的指纹锁里录入了沈昼叶的指纹，好让她自由进出。

“你应该走不丢吧？”陈教授给“开门弟子”录入指纹的时候，充满不信任地问道，“这地方的路你认识吧？”

沈昼叶举着纤细的手指，不太确定地道：“应、应该……可以？”

陈啸之说：“你存下我国内的手机号吧，走丢了我去接你。”

这人这么好？

陈啸之将手机号报到第六位时，沈昼叶忽然发现，这就是他十年前的手机号——曾被十五岁的她在手机中存为“初三（4）班班长陈啸之”的十一个数字。

时隔十年，沈昼叶的手机里又多了“陈啸之”这么一个联系人，而他的手机号，沈昼叶其实一直都记得。

大概是心情不错的缘故，感冒好得挺快，到了第三天早上，沈昼叶起来就觉得好了不少，便打算趁着天气不错回学校看看。

陈啸之似乎有什么急事儿，在沈昼叶起床时就走了。沈昼叶吃了他在锅里留的早饭——剁了菜丝的清粥和剥得干干净净地泡在冷水中的溏心蛋，砂锅里还有满满一锅熬得鸡肉鲜嫩的老汤。

这人厨艺也挺了不得的，放到相亲市场上应该相当吃香，青年才俊、会做饭、身材长相像个模特，除了脾气狗之外简直没毛病……反正他也不会和我有关系了，沈昼叶想着，将第三碗鸡汤盛了出来。

阳光正好，细柳拂湖，上午十点多，湖畔全是来往的学生，沈昼叶和一个高个子的男孩儿走在一起。

沈昼叶咳嗽了两声，问：“沈泽，你这个长假怎么没回去？”

沈泽叹了口气：“这边忙，有事儿。”

沈昼叶有点儿感动地道：“幸好你在，今天中午吃饭恐怕还得你请我……”

沈泽说：“请吃饭倒是没问题，不过我挺好奇的，你为什么要回大学？在外面玩不好吗，你非得回来糟心？”

“我想了想，放心不下我实验室那群师弟师妹。”沈昼叶面不改色道，“怎么说都是我一手带出来的，我得回来看看他们受没受欺负，能不能按时毕业，实验有没有哪里搞不懂……但是我怕我在实验室一露面，李磊现场尅我。”

沈泽疑惑：“所以拉着我是……”

“所以我得拉个人高马大的给我壮胆！”沈昼叶恨铁不成钢，“他如果尅我，你就去恐吓他！沈泽你拿出你高中的狠劲儿来行吗！上大学之后怎么这么废物！那个扛把子去哪儿了？垃圾！”

“好的，姐姐。”沈泽十分勉强地挺了挺胸，跟着沈昼叶朝她原先实验室的方向去。

沈泽知道他姐挺护她的师弟师妹，把李磊课题组的那群研究生当自己的学生带，手把手教实验、逐字句改论文，特别认真负责，只不过沈昼叶面对导师时力量有限，总护不住周全。

进楼时，沈泽压低了声音问：“进去之后我不能随便叫你吧，亲属关系太显眼了，你选个称号？”

“大王。”沈昼叶毫不犹豫。

沈泽难以置信地说：“我女朋友叫扫黄大队长，你让我叫你大王，你们做个普通人行不行？”

沈昼叶用非常想被称为大王的样子看了弟弟一眼，悻悻地问：“‘大王’不好吗？”

好个鬼啊！

沈泽正觉得这两人都有点儿毛病时，突然，他听到楼上传来了一个有些熟悉的声音。

沈昼叶轻手轻脚地朝办公室的方向拐去。

沈泽奇怪地问：“你怎么跟做贼似的？”

“可不就是做贼吗？”沈昼叶在长而暗的走廊里笑道，“暑假和李磊闹掰了之后他就不让我来了，还严禁我靠近，也不知道师弟师妹们怎么样了。”

她偷偷凑到办公室玻璃上看了一眼。

办公室十分逼仄，只有一个寝室大小，里面却挤了七八个学生。桌子上堆着午休用的抱枕和茶杯，温暖的夕阳映亮了窗台上的两个电饭煲。

门上贴着一张打印的A4纸，写着“空调开放，随手关门”。

沈昼叶还没来得及敲门，一个师妹就抬起了头，和她四目相对。

师妹的眼睛瞬间瞪大，难以置信地看着站在门外的沈小师姐，旋即在屋里兴奋地尖叫一声，指着门喊道：“沈小师姐回来了！！”

一石激起千层浪。

窄小的办公室中，所有人都停下手上的事情抬头看来，沈昼叶望向这群她手把手带出来的师弟师妹们，腼腆地隔着玻璃伸手打招呼。

沈泽笑道：“姐，他们一看就挺尊敬你的。”

沈昼叶脸都红了，莞尔道：“那当然……”

她话还没说完，办公室门就“咚”一声开了。

“沈师姐！”师妹激动地道，“你怎么回来了？我们以为你在加州。”

“就是，”另一个女孩儿应和，“脱离火坑，连专业都换了。”

一个人高马大的师弟笑道：“沈小师姐，欢迎回来，好久不见。”

“好久不见呀，”沈昼叶对大家说，“那边出了一点儿问题，我回国待一段日子。”

沈泽靠在门边，看着姐姐的背影。

他和堂姐第一次见面是在十年前，他那时候就觉得这个姐姐是个相当特别的人——她不是一般的聪明。

沈泽自认智商并不拖后腿，可是沈昼叶是以彻底碾压他的姿态出现的。这本来应该是自傲的资本，可是她从不自夸，只有和她相处过才知道她的能力有多可怕。

年幼的沈泽几乎什么都玩不过她。他印象最深刻的就是沈昼叶那年刚学下象棋，开局让了弟弟五步，然后将他杀了个片甲不留。

沈泽问她时，她自己都不知道怎么走赢的，因为那逻辑推演就活在她的心里，很难解释出来。

这世上不缺早慧的人，但是沈泽年幼时就朦朦胧胧地觉得，沈昼叶姐姐是不一样的。

沈昼叶解题时、沉浸于公式与数字时、攻克难关时……浑身上下迸发着激情与美感。

那是名为虔诚的灵魂，是年幼学者的火焰，是从内心深处洋溢出来的爱与坚毅，是向往和梦。

这所有的一切，无一不昭示着，沈昼叶为此而生。

沈泽家住得远，只有逢年过节时才会见到姐姐一面，平素交流不多。他在拼尽全力考上大北后，在入学时又见到这个姐姐，却觉得对方苍白而委顿，不复少时的灵气。

像是原来她身上闪的光和锐利棱角被磨没了，如今疲惫得像一张又皱又湿的旧报纸。

沈泽曾觉得惋惜，还觉得有点儿难过。

后来，他听说姐姐的研究生生活并不太顺利。

他们姐弟俩有时会一起吃饭，在畅春园的湖光春色中聊天。沈泽聊自己远在国外的、感觉翅膀挺硬的女朋友，沈昼叶则和他讲点儿学校里的小八卦以及自己又是如何被导师欺负了。

沈昼叶善良寡言，生来敏感脆弱，以最赤诚的善意待人，以最热烈的姿态爱物。她是天生的诗人与科学家，是最好的老师和学生，却不会保护自己。

犹如裸露在石头上的新鲜青苔，脚后跟一碾，便会松软地碎裂。

沈泽那时调侃："姐，你得找个脾气大的、遇事儿忍不了的人来保护你。"

沈昼叶抱着肉夹馍，笑得眼睛都弯了："这也不是说找就能找的呀，你必须得很喜欢一个人才能牵起对方的手。"

沈泽想起个女孩儿，笑了起来。

这个高中时期不学无术的校园扛把子、现在中学弟学妹们的高考榜样——沈泽同学，随着年岁的增长和阅历的增加，懂得了人不能意气用事的道理。

在一段糟糕的师生关系中，暴力是最没用的东西，更不用说沈泽只是个外院的本科生，他上去出了这一趟气，姐姐则要付出十倍甚至数十倍的代价去偿还。

沈泽那时恨自己不够有本事，无法碾压那个对沈昼叶有着压倒性支配能力的李磊，只能眼睁睁地看着姐姐被搓蹦至灰败的田地。

何况那也不是他的战役。

沈泽靠在门框上，看着沈昼叶坐在师弟师妹们中间，浑身都泛着光，十分慈祥地伸手摸了摸比她个子高得多的师妹的头顶。

师弟师妹们都非常喜欢这个小师姐，告诉小师姐在她离开的这段时间他们的工作进展、他们处理数据时遇到的困难，也提及这段时间的不如意。

他们像是在自发地对老师做汇报似的，尽管这个实验室里属于沈昼叶的桌子已经被撤走了。

"他把我骂了一顿，"一个师弟红着眼眶说，"说我连写个论文都搞不定时态，趁早别读研究生了，滚回家种地……"

沈昼叶安慰他："数据是我跟你一起做出来的呀，很漂亮的个样。你把初稿发给我看看，我这几天没什么事，回美国前给你改利索。"

师弟点了点头。

一个师妹压低了声音："李磊就跟疯了似的……"

沈泽散漫地看着漆黑的走廊，帮着这群在背后喷小老板的苦博苦硕望风。

“师姐，”一个女孩儿笑着问，“你带来的这个男生是谁呀？这么帅。是你男朋友吗？”

沈泽个子高腿长，帅气不羁，是个天生的衣服架子。

沈昼叶看了沈泽一眼，笑道：“这可不是。这是我……学弟，管理学院大二的。有女朋友的，他们关系特别好，蜜里调油那种，你们别打他主意哈。”

“有女朋友就别来了啦！”另一个女孩儿吐槽道。

沈泽和大家一起笑了，他将办公室门一掩，拉了个凳子坐在沈昼叶身边。

他插不进去话，这群理工科学生说的稀奇古怪的名词实在是太多了，沈昼叶还拿着A4纸和铅笔画了个思维导图。

“懂了吗？”沈小师姐认真道，“这个仪器你得去联系下……”

“明白。”

突然，门开了。

第二十九章

算得上幸运

“干吗呢？！”暴躁尖厉的声音刻薄地响起，“还搁这儿开起茶话会来了？！”

瞬间满室静谧。

沈泽抬起头，看见个发胖的青年教师站在办公室门口，眉毛竖起来，笔直而尖锐，像是坏掉的雨刮。

说曹操曹操到，李磊来查岗了。

所有的学生都像是被按了静止键，脸上写着“我完了”三个大字，沈昼叶更是吓得向后一退——近乎条件反射。

沈泽将胳膊挡在沈昼叶身前，眯起眼睛。

然而李磊忍了忍，一句话都没说。

接着，漆黑的走廊里又浮现出一个修长的身影。

沈泽终于知道他进楼时听到的声音是谁的。

世界小得可怕，这个人自己还真认识。

李磊道：“除了其中两个，其他的都是我带的学生，学生有点儿懒，您有兴趣的话我再带您去我们实验室瞅瞅？前几天我们刚进了个大件儿，花了几千万，但是楼上实验室放不开，被我们放到另一个楼里去了。”

那人平静地“哦”了一声。

“陈老师，”李磊带着丝讨好的语气对跟着他前来的年轻人说，“您跟我一起去看看？”

“不急，我看看这里再说。”陈啸之面色平淡地看着办公室里的人。

学生们嗫嚅着道："老师好。"

李磊一挥手，示意他们赶紧滚回自己位置上该干什么干什么，然后让开位置，让陈啸之进去看。

陈啸之摸了摸门框，散漫地道："办公室也太小了。"

李磊干笑两声："没办法，院里给划的位置就这么点儿。"

"你刚刚说，除了其中两个，其他的都是你的学生。"陈教授目光逐渐深沉锐利，"哪两个学生不是你的？"

沈昼叶看到李磊身后的陈啸之的瞬间，险些窒息。

问我要走手机号是为了和李磊谈合作？快别搞我了，更别一起搞我。

"一个是您现在的那位学生沈昼叶，另一个就是她旁边这男生。"李磊指向沈泽，"我也不认识，见都没见过，来串门儿的吧。"

沈泽毫不犹豫地将他姐往身后一扒拉。

他认识陈啸之，小时候过年见过他，一个十五岁的人在十年间相貌不会改变太多。

"这是我——"沈昼叶看了一眼人高马大、如今已经称得上是男人的弟弟，道，"我认识的学弟。我今天就是来看看师弟师妹们。"

"老师好。"沈泽瞥了陈啸之一眼，稍显亲昵地一拍沈昼叶的肩膀，慷慨大方地说，"学姐，我请你去吃干烧肉，饭后奶茶我也请了，走吧。"

"老师再见。"特别好收买的沈昼叶对陈啸之笑道，"我下午应该不来啦！"说完，一拽沈泽的袖子，姐弟俩直接窜了。

十一假期中旬，南食堂人满为患。

沈昼叶吐槽道："为什么国庆假期都这么多人？他们都不回家的吗？"

沈泽头疼地说："我哪儿晓得，还是老规矩，端着盘子吃吧。"

沈昼叶心里发怵："算了，我放弃干烧肉，我去排肉夹馍，你给我买个小米粥就好了，一会儿我把钱转你。"

沈泽看着乌泱泱的人，感慨道："是啊，站着吃套菜的难度系数不亚于杂耍了。"

"我要什么卡都没有。"沈昼叶憋屈地说，"没有身份证我忍了，没有饭卡是真的难受，校门进不来，吃饭还得到处借……"

"要我说你不如补办一个算了。"

他们买完吃食就跑到外面，坐在长凳上吹着风吃。

“我家关山下课了。”沈泽笑道。

沈昼叶认真地回答：“哦，想看手机不用看我眼色的。”

沈泽从裤兜里掏出手机，和异地恋的女朋友发起消息。

沈昼叶看着这种小情侣的行为，温暖一笑，将温凉的小米粥夹在膝盖中间，抱着自己的肉夹馍开始啃。

她一边啃一边不受控制地想起陈啸之。

她不知道陈啸之为什么要去找李磊，毕竟他们两个的研究领域天差地别，合作听上去就很扯淡——但是这件事儿让她很不舒服。

两个人该不会一起搞我吧？看样子，他们今天中午应该会一起吃饭。

沈昼叶看了看自己手里的肉夹馍，腊汁流了出来，糊在透明的塑料袋上，她不太喜欢吃的青椒被剁碎了混在肉里。

每次都这样，说了不要青椒的，但是剁肉的大叔总是会忘。

沈昼叶悻悻地咬下去。

“吃什么吃！”

沈昼叶抓着肉夹馍的手腕突然被死死握住。

“跟我走。”一个气喘吁吁的声音道，“吃什么破肉夹馍小米粥，还露天，你吃得习惯吗？”

陈教授站在学生食堂门口，捏着沈昼叶的手腕，坚决不让肉夹馍碰她嘴一下，眼睛死死盯着旁边玩手机的沈泽，充满敌意，明摆着已经打翻了醋缸子。

“我带你出去吃。”陈啸之脸上写满了愤怒与别扭。

沈昼叶愣愣地看着面前的男人，又看了看手里的肉夹馍，第一反应是很努力地去咬一口，然而，陈啸之极其强硬地一拽，沈昼叶什么东西都没啃到。

“你干什么呀？”沈昼叶使劲儿扯自己的手腕，“你管天管地连我吃什么午饭都管，你有病吧？”

“吃个锤子，我不是说带你出去吃吗？！”陈啸之眉头拧着，眼神里都是不甘。

恍惚间，这个成年的男人与十五岁的他重合在一起。沈昼叶忽然觉得陈啸之也挺可爱的，虽然已经不太好欺负了。

也许他没有变那么多。

沈昼叶想了想，小声道：“疼。”

沈昼叶的胳膊确实被捏得发白，但是远够不上疼的标准，她这么说，只是想测试一下陈啸之的反应。

果然，陈啸之如触电般松开了手。

陈啸之强撑着的面子崩开，现出灰败的悔意。

来吃饭的学生操心着即将到来的阶段测试，外国留学生高声笑闹，万物野蛮生长，张扬又年轻。

最高的学历都读到的姑娘和已经拿到了学位的男人，青春不再，却又和谐的像是他们本就属于这里。

十年前，我就想和他一起来这儿的。沈昼叶抬起头，望向她十年前就喜欢的男孩子笑了起来，温柔地问："那你要带我去吃什么呀？"

和煦的风吹过沈昼叶的发间，光栖息在这姑娘长发中。

陈啸之表情一松，问道："你想吃什么？"

"学姐，你说走就走啊？"坐在旁边看热闹的沈泽将手机屏幕一锁，悠然地开口，"我好不容易见你一次，你居然就直接丢下我了。"

沈昼叶吃惊地转过头看向沈泽，沈泽不动声色地对她眨了下眼，示意她配合自己的演出。

"也——也没有办法嘛。"沈昼叶不擅长演戏，此时耳根发烫，双颊泛红，"反正我这几天都在国内，总有空的。"

沈泽两指撑着眉毛，挡住另一个男人的视线，对他姐眯起眼睛，神态充满威胁，甚至还攥了下拳头。

沈昼叶小声说："我们以……以后再约？"

"行。"沈泽朗声道，他眉峰一挑，挑衅地看了陈啸之一眼，接着，伸手在沈昼叶肩上一拍，意味深长地说，"学姐，我等你。"

沈昼叶虽然不知道弟弟为什么演这一出，但是身为一个好姐姐，还是配合地说："好呀。"

又一阵风吹过，沈泽两手托着自己的下巴，看着远处自己一手创造出来的饭后余兴项目。

正在离开的陈啸之隔三岔五看沈昼叶一眼，沈昼叶毫无反应，估计在严肃地思考一会儿要吃什么。

算了，她从小就这德行。

不过，沈泽的确感到了一丝久违的搞事的快乐和对后续进展的期待。

陈啸之开车带着沈昼叶回家的时候觉得自己快被这个小混蛋给气炸了，而当事人还靠在他的车窗玻璃上呼呼地睡得人事不省。

那个狗男人到底是谁，长得挺高的，脸也还可以……沈昼叶这个垃圾人，到底招惹了几个啊！

陈啸之恨不得去捏沈昼叶的脸，把她捏醒，捏得她泪眼蒙眬地说她再也不敢了，哭着说“我最喜欢之之了，以后再也不出去拈花惹草了，男男女女猫猫狗狗我都不碰了”。

但是，十年，是个长到恐怖的时间。

不是所有人都像陈啸之一样认死理，认准了一个人就再也不回头，二十年如一日地追寻着对方的脚步，连一个儿时的承诺都记在心头，将对方当成与他的人生相连的藤蔓，又像身体中被血肉包裹的另一颗跳动的心脏。

沈昼叶永远不会是他。她会遗忘，会重新开始，会爱上另一个人，像万千个普通人一样。陈啸之知道这一点。

在等红绿灯的间隙，他看向熟睡的沈昼叶。

她睡在他的副驾驶座上，两颊泛着玫瑰的色泽，眼睛紧闭，睡得安心，和儿时的模样别无二致。

陈啸之揉了下泛红的眼眶。

无论怎么变，无论有没有过别人，无论在沈昼叶眼里的陈啸之怎样普通，她都像过去一样习惯他。

陈啸之轻轻伸手，将沈昼叶脸上散落的头发微微一捞，掖在脑后。

接着，他酸楚地一笑，回忆起自己在加州雨夜中抢来的那个吻。

沈昼叶甚至都不知道自己被吻过。

陈啸之托起沈昼叶的下颌，望着她熟睡的眉眼和红嫩的唇，指腹在唇上一揉，动作带着点儿狎昵。

这其实是个很好的吻她的时机，沈昼叶此时对他毫不设防。

可是他没有。

陈啸之温柔而沙哑地承诺道：“我以后不那么做了。”

长街的红灯还剩足足半分钟。

陈啸之觉得沈昼叶脸蛋的手感不错，忍不住掐了掐，沈昼叶在睡梦中特别纯真无辜地动了动脑袋。

陈啸之面无表情，捏住了沈昼叶的小鼻尖，还往上一拽。

沈昼叶带着鼻音“呜”了一声。

坐在主驾驶座位上成熟可靠稳重的青年才俊陈啸之陈教授，脸上写满了“君子不报仇，但是老子小心眼儿，睚眦必报”。

“哭。”青年才俊又捏了下沈昼叶的鼻尖，恶毒地道，“快哭。”

沈昼叶又一次在车上醒来，觉得陈啸之太可怕了，自己怎么一贴着他就想睡觉？十五岁时也这样，老被他安排得明明白白，睡得天昏地暗。

车库里光线昏暗，沈昼叶谨慎地看了拿着车钥匙的道貌岸然的陈啸之一眼，对方一丝表情都没有，看上去特别严肃正直，漠然地回望她。

他们进了电梯，沈昼叶对着电梯里的镜子看了一眼，发现自己脸上哪里不太对。

沈昼叶困惑地说：“我鼻子有点儿疼。”

陈啸之面无表情道：“怎么，给你割了？”

沈昼叶一脸震惊：“你能说人话吗？”

陈啸之反问：“那不然呢？”

“我鼻子都红了。”沈昼叶揉了揉泛红的鼻尖，“有点儿疼，不知道是不是过敏……”

陈啸之语气漠然：“可能是车上新风系统出了点儿问题，我明后天去4S店问问。”

沈昼叶小跑着跟上出了电梯的陈啸之。

陈啸之穿过走廊，开了家门，示意沈昼叶先进。

他已经将家收拾干净了，在沈昼叶生病被迫卧床的时间内将阳台玻璃都擦得发光。客厅的沙发撤去了白布，落地窗外，晴空湛蓝得如同镜面的海。

沈昼叶看着沙发对面的书柜，忽然发现陈啸之和她爸爸有一些相似之处。

沈爸爸爱买书，几乎无所不读。

只有把书积攒到一定程度才会明白，书是真正的奢侈品。书不贵，可是摆放书的空间极其昂贵，华盛顿也好北京也好，都是寸土寸金的地方。

因此，沈爸爸会利用所有的装修空隙——他在客厅里塞满书柜，将电视机嵌进书柜。买书大户沈奶奶如此，她儿子亦然。

这个习惯，自然随着血脉延续到了沈昼叶的身上。

陈啸之居然也一样，他的书架都摆到客厅了。

沈昼叶看了陈啸之的背影一眼，去书架上抽了本2012年海洋科学类研究合集，粗略一翻，觉得颇具可读性，便坐在沙发上津津有味地读了起来。

“喝药。”陈啸之的声音响起。

沈昼叶没有抬头，从陈啸之手中接过泡了板蓝根的马克杯，小小地抿了一口，有点儿娇气地抱怨：“好烫呀。”

陈啸之低声说：“先吁着，别喝进去。”

沈昼叶听话地点点头，捧着热乎乎的马克杯发汗，陈啸之在围裙上一擦手，坐在沈昼叶的身边。

“感冒好点儿了？”陈啸之问，“还发烧吗？”

沈昼叶语气软软地回答：“发烧的话我也不会出去了，我现在很惜命的。”

“这我没觉出来。”陈啸之从围裙里找出地塞米松乳膏，说，“手伸出来，我给你抹抹蚊子咬的地方。”

沈昼叶“唔”了一声，伸出自己被蚊虫咬得泛起血丝的胳膊，另一只手翻过一页书，还是没抬头。

女孩儿的胳膊白皙纤细，肌理滑腻，被花蚊子一咬便非常可怖，甚至还有鼓起的小水泡。

“怎么咬得这么严重，”陈啸之心疼道，“那蚊子太毒了。”

沈昼叶同意：“确实有点儿疼……”

陈啸之捏着沈昼叶的手腕给她上药，他抬起头，看见沈昼叶一头长发披在脑后，脖颈线条细致，耳朵泛着粉色，整个人拢在如鎏金的光晕里。

她令人想起四月的梨花。

“沈昼叶。”陈啸之按着女孩儿的手腕，给她揉着软膏，声音平淡，“回下神，过会儿再看，我得和你谈谈。”

沈昼叶听话地点了点头，将期刊一拢，朝他的方向靠了下，示意他说。

陈啸之说：“我这几天抽空和周老师见了个面。”

沈昼叶一愣：“嗯，周院士也想见我来着。”

陈啸之眉毛一挑，看了看沈昼叶，却一句话都没说。

沈昼叶凭着自己对陈啸之的熟悉，判断他如今对周院士有着敬仰之意——应该是和周院士聊得投机了。

尽管专业领域不同，这一行中蝇营狗苟的人更不在少数，可这些站在学科的顶端的老人拥有同一种人格魅力——他们有每时每刻都透露出来的对社会的关怀和发自内心的责任感，还有一颗赤子般的心。

“那你抽空去见见他吧，周老师也和我说，他是有很强的意愿想和你……”陈啸之犹豫了下，似乎在斟酌措辞，最终说道，“进行一场，conversation。”

Conversation是英文的“对话”，这和中文的“聊一聊”与“对话”都不同，但也没有“谈话”那样严肃正式的意味，是介于这三者之间的不正式但是十分认真的交流。

沈昼叶严肃地点了点头，表示自己一会儿就去约时间。

片刻后，陈啸之求证般地问：“你之前学业的确有困难？”

沈昼叶想了想，放松地吁了口气：“是。”

陈啸之看着她，安静地等她说。

“我本科的时候做过天体物理相关的研究，我真的挺努力的。”沈昼叶坦诚又温和地道，“不过，当时遭遇了很多挫折，所以心里很难接受。”

不是每个人都能接受自己的努力一无所值，像浸入水底的石头一般，最终连一个响声都没听到。

陈啸之十分隐忍地抿着唇，看着她。

“我已经想开了。”沈昼叶在阳光中对陈啸之说，“至少那些挫折已经不再困扰我啦。”

陈啸之坚持道：“你还是得和我说说。”

沈昼叶眼睫毛微微一颤，小声道：“要说那段岁月有什么还让我十分难过的话……就是……慈老师去世了。”

陈啸之其实准备了很多安慰的话语，想要告诉沈昼叶没关系，无论发生什么都有他。可是当沈昼叶说完那句话，他只能声音发颤地重复：“慈老师？”

“是。”沈昼叶酸楚地笑了下，道，“我去参加了葬礼。慈老师一辈子膝下无所出，停灵的时候我和师兄师姐们为他披麻戴孝，花圈排满了一整个走廊。”

陈啸之愣怔地看着地上晕开的阳光，沈昼叶赤脚踩在长毛绒的地毯上。

这世上所有的阳光都环绕着她，而她温和又谦逊地垂下头，像是在群星中低垂的花苞。

陈啸之第一次真正地询问自己：生于四月的小姑娘，是否走过不平坦的山路，是否挣脱过荆棘的勾扯？

过去的陈啸之认为，沈昼叶是会招所有与她接触的人的疼爱的。

可是现在，他渐渐发现，沈昼叶的身上总带着伤痕，新添上的、正在愈合的还有已经愈合的。

我缺席的十年，沈昼叶经历了什么？

这个问题在十年后，被陈啸之第一次且正式地思考。

“你——”

“你——”

两个人同时开口，又十分默契地同时沉默。

沈昼叶拧着自己的手指，为难地道：“你先说。”

陈教授扬起下巴：“你先说。”

沈昼叶连忙推拒：“不不不，还是你先。”

陈啸之看沈昼叶都觉得在看小可怜，坚持地说：“还是你先。”

“我——”

两个人同时开口，又同时闭了嘴。

沈昼叶尴尬得脸都红了，一时也不知道如何跟他说，只得拼命用眼神示意陈啸之先放屁。

陈啸之斟酌着开口：“我过几天和周院士他们约了个饭局，我请客，聊下我回国的一些事宜。你也跟着一起来？”

沈昼叶迷茫地道：“我一个学生，不太合适吧？”

陈啸之说：“有什么不合适的？还有，我得打听件事儿。沈昼叶，你在国内的这个课题组里的熟人都有谁？”

沈昼叶一愣：“都挺熟的呀，都是我师弟师妹，我亲手带的。”

“那个叫裴菁的女生呢？”陈啸之问。

连裴菁都知道？沈昼叶惊了，这是她走得比较近的师妹的名字。她微一思索，诚实答道：“菁菁……算和我走得比较近的吧。”

“好，我回头去找她。”陈啸之点了点头，又一指沈昼叶的杯子，“喝药，药凉了。”

沈昼叶抱着装满板蓝根的水杯喝了一小口，呆呆地问道：“不过，你要问她什么呀？”

客厅里暖融融的，风吹过她白皙细长的小腿和深红色的裙摆，她脑袋上炸起两根毛。

陈啸之眯起眼睛，思考了许久：“问她你肯定支支吾吾说不明白的东西。你这师妹应该不像你吧？”

沈昼叶充满冤屈：“我哪有说不明白的！”

陈啸之恶毒地说：“没说明白过。初三上学期期中考试语文作文24分的睿智不是你？现在不许说话了，擅自出门跑那么远，长本事了你，喝完药回去睡觉。”

十年前的语文成绩都成了批斗利器，陈啸之这个垃圾人！

沈昼叶气得耳朵都红了：“你凭什么翻我旧账？！”

陈教授骄傲道：“就凭我知道。”

沈昼叶盯了陈啸之许久，终于很心虚地冒出一句：“那也不行呀。”

声音软软的，还有点儿酥，像是在哀求。

陈啸之不为所动，面无表情：“为什么不行？我认识你这么久还不能有你一两个把柄了？”

“反正就是——”

“是你个头——”

那一瞬间，两个人的视线撞到一起。

下一秒，沈昼叶不堪对视，脸猛地涨红，逃也似的跑进了房间，将门一关，把自己锁进了屋里，像一只鸵鸟。

被留在客厅的陈教授捂住了脸，他想起沈昼叶含水带情的眼睛，耳朵梢都红了。

沈昼叶埋在被子里，想起陈啸之这一路对她无微不至的关怀。

他应该是想重新追我……吧？说不定是我哪里又戳中了他，就像他所说的那样——他后来谈的那么多任里我还是比较漂亮的，我还是合他胃口的。

沈昼叶看着手机屏幕上映出的自己的脸，想起陈啸之如同刀子一般扎到她心口的话：“我感情空窗期，正缺一个呢。”

又想起陈啸之把自己往肩膀上揽的时候她感受到的温暖，突然觉得自己挺惨的——连这样浪荡糟糕的陈啸之，对她而言都有无法拒绝的吸引力。

那毕竟是自己年少倾慕的人。

沈昼叶想起父母如诗歌一般的爱情。

可是，毕竟不是每个人都能拥有那样的爱情，大多数人都是要妥协的。

沈昼叶深呼吸一口气，努力给自己洗脑：叶叶你已经很幸运了。

周院士和沈昼叶“聊一聊”的愿望非常强烈，只是身体条件不允许，医生禁止这位年近古稀的老人过度劳累，而他平时其他的事务又太多了。

这位导师身上有各种协会的主席与副主席的名号，还是含金量极高的期刊编辑甚至主编，他的身上无数关系盘根错节，令人想起缠绕着藤蔓的古树。

世界会对科研行业的领头人、泰斗投以认可的目光，并将所有的荣誉加诸在他们身上。金钱、功名、优越的人才引进福利、头衔、充足的科研经费，甚至小到去陌生高校时车接车送的待遇。

李磊就想要这个，这也是他至今没有离开周院士单干的原因。

和周院士约好时间后，沈昼叶躺在床上睡了一觉，醒来时满室金红的阳光，已经是下午四点钟了。

柔软的被褥里有一股新近晾晒过的味道，还有几乎不可察觉的洗衣粉香气，应该是陈啸之在她生病时洗过。

陈啸之。

沈昼叶看着自己因为花蚊子而肿高的胳膊，想起陈啸之给自己抹药的样子，仿佛现在都能感受到陈啸之的手温暖柔软，就像他年少时一样。

也行……吗？沈昼叶呆呆地想，能接受这样的人吗？

其实是可以的，世俗逼迫人妥协。

上不了好大学就要退而求其次，能有大学上就不错了；上研究生也要妥协，可以调剂就别再考一次了；毕业了要找工作，对不对口不重要，能养家糊口就不错了，最好是公务员或是有编制的教师，女孩子工作稳定好找老公呀；到年纪就该结婚了，不喜欢也没关系，合适就行了，你看那个人工作好也有能力，配得上你，能有那么一点儿火花都像是上天的恩赐。

这世上有多少人能与相爱的人结婚呢？

大多都是在天平上称一下，调整砝码，“砰”的一声互抵。年少时做过的少女梦就像没存在过一样，二十五岁的人该相亲的去相亲，该妥协的去妥协，遇到渣男深夜买醉的有，渣了对方引吭高歌的人也有，磕磕碰碰，回头一看，付出的感情甚至配不上任何一首美好的情歌。

到最后只剩一句霉霉的歌词——Look what you made me do，看看你让我做了什么。

都是要让步的。

怀梦的女孩儿终究要忘了公主之城、忘了梦工厂迪士尼和皮克斯，那些造梦的、如花一般的向往之地。

而沈昼叶，已经算得上幸运。

毕竟如今她仍旧对陈啸之有感情，陈啸之也愿意付出。

虽然不对等，但总是有的。

沈昼叶捂住胸口，透过窗户看见远处广袤的天空与火红燃烧的西天云雾，和她小时候的别无二致。

门笃笃地响了两声。

“起来没有？”陈啸之带着丝得意和嚣张的声音在门外响起，“起来的话我跟你说一声，今天的晚饭我不做了。”

沈昼叶已经连着吃了他做的饭数日，闻言认真地问：“那我们一起订外卖吗？”

陈啸之在门外说：“不准吃外卖。穿衣服，带你出去吃。”

沈昼叶一愣：“唔？”

“在家就饿着你。”陈教授凶巴巴地道，“快点儿穿，给你这个磨蹭鬼半个小时。”

“吃什么呀？”沈昼叶一骨碌爬了起来。

“想吃什么吃什么。”陈啸之停顿了下，问，“广东菜有意见吗？”

沈昼叶雀跃地道：“虾饺？鸡爪？”

“那是早茶……不过，也行吧。”陈啸之似乎心情不错，“快出来，再磨蹭就饿着你。”

沈昼叶套上薄T恤，用力拍了拍自己有点儿苍白的面颊。

还是漂亮点儿好，她看着镜子里的自己想，陈啸之都说就是看上这张脸了，万一难看，他是不是还要变回那种狗狗的态度？

沈昼叶着实不愿意被损，便耙了耙头发，将不太服帖的头发顺顺地理在了脑后，用带小星星的小皮筋扎起。

她忽然想起许多年前，在她还小到能骑在爸爸肩膀上时爸爸说过的话。

“宝宝，”父亲的声音模糊而温暖，在暖阳中如风般传来，“你值得这世上最好的东西。”

父亲温柔地问：“宝宝，你知道‘最好的’是什么吗？”

小昼叶神态像个小大人，声音却奶里奶气，问：“是天花板上你给我新贴的星星吗？”

沈青慈笑了起来，对女儿摇了摇头：“不是。”

“那……那就是之之省下零花钱给我买的麦当劳甜筒？”小昼叶细白的小手指触到父亲硌手的胡茬儿，嫌弃地蹭了蹭。

沈青慈道：“有点儿近了……别拔爸爸胡子，惯得你。”

小女儿笑了起来。

沈爸爸把她颠了一下，一级顺杆爬运动员小昼叶又惊又喜地咯咯笑，卷卷的头发中栖息着蝴蝶般的阳光。

“最好的，是爱你的人会送到你手里的东西。”沈青慈温柔地道。

夕阳穿透梧桐树叶，沈昼叶人生第一辆带平衡轮的粉蓝色的自行车躺在草坪上。父亲的目光慈爱地望着年幼稚嫩的女儿，又望向门廊下坐在扶手椅里晒太阳的妻子。

温柔灿烂得像一颗特定时期的恒星。

爱你的人会送到你手里的东西。

沈昼叶想起这句话，一时眼眶发酸，不自觉地摇摇头，像是在甩掉令她疼痛的过往。

“骗子，你给我的是离别。”

沈昼叶打开卧室的门，金光如沙滩般铺在她的身后。

特定时期的恒星会变小，沈昼叶心道。百科全书上写过，它会从伴星处吸积能量，内核温度成千百倍增加，迸发出炫目的辐射与光，千百万光年外隔着无尽的宇宙尘埃与星星的残骸都能被肉眼观测，绚丽如创世之柱的光晕。

那叫Supernova，超新星，最绚烂的恒星。

它注定短暂，注定坍缩成一片遗迹。

餐厅装潢考究，陈啸之看上去心情很好，跷着二郎腿往椅子后一仰，问：“你坚持吃早茶？”

沈昼叶抱着菜单点了点头，认真地道：“还有杨枝甘露。”

陈啸之叹口气：“我不是让你过来吃甜品的……还想吃什么？随便点。”

沈昼叶严肃地道：“鸡爪。”

陈啸之反驳：“那叫凤爪。”

沈昼叶坚持：“没有凤凰，就是个鸡。”

陈啸之看了一眼菜单："那叫豉汁凤爪，你文盲吧？"

"那他们得剁个凤凰爪子给我。"实事求是的理科女孩儿十分固执，"就是鸡爪，你别劝了，我坚决不会改口的。"

陈啸之一脸冷漠地看着她。

沈昼叶道："这叫虚假菜单，每次吃粤菜我都要强调一遍，还有川菜的夫妻肺片和那个水煮鱼——水煮鱼哪儿水煮了？一氧化二氢什么时候和三酰甘油酯是一种东西了？"

"先来一份虾饺和杨枝甘露。"小包间里，陈啸之指着菜单对穿着唐装站在一边不敢吭声的服务生道。

服务生记录："好的先生。"

"再来一份——"陈啸之十分勉强地说，"豉汁鸡爪。"

"扑哧。"服务生忍不住笑了。

陈啸之面无表情："能不笑场吗？照着凤爪做。"

温暖的灯光自穹顶落下，粤菜馆总有种奢华感，沈昼叶十分认真地翻过了第三页菜单。

陈教授以一个十分恶毒的口气问："沈昼叶，你是哪儿来的单杠成的精啊？"

小杠精急切道："我说的哪里有……"

"再来份这个，"陈啸之不理她，潦草点单，"还有这个、这个、这个……先这些，不够再加吧。"

服务生说："您这边只有两位，这些是不是有点儿多……"

陈啸之想了想沈昼叶的德行，一摇头，笃定道："肯定不够。"

那顿饭，沈昼叶吃得挺开心的。

她已经很久没吃过好饭了，在加州天天吃三明治和拌沙拉，要么就是汉堡和可乐，在华人超市买点儿五花肉一炖都算是格外开荤，在印尼也没吃得多习惯。

陈啸之看着低着头开心地用勺子挖糯米小丸子的沈昼叶，心想这真是个小傻子，然后问："吃饱了没有？还添菜吗？"

小傻子乖乖地摇摇头。

陈啸之耐心道："吃饱了跟我去逛个超市，冰箱空了。"

沈昼叶笑了起来："好呀。"

灯光柔和地落在她的面颊上，如水一般，她笑起来非常漂亮。

附近并没有连锁卖场，只有一家稍显精致的、比起超市更像展览柜的精品商场，陈啸之进去推了个车，示意沈昼叶将背的小包放进去。

沈昼叶眨眨眼睛问："你要买什么？"

陈啸之说："冰箱空了，你想吃什么就放什么吧。"

沈昼叶的脑袋上仿佛"叮"地冒出个灯泡，她兴奋地问："益生菌饮料？"

陈教授忍不住嫌弃一句："你真的好幼稚啊。"

即便如此，他也不可能不给沈昼叶吃。

那只是一句极其平淡的从陈啸之嘴里吐出来的狗话，他只是在嘴上刻薄两句，没有半点儿嫌弃的意思。

可是沈昼叶听到那句话之后，怔在了原地。

陈啸之根本没在意，从冰柜里拿了两板养乐多放进车里，又去挑水果。

他从来不吃零食，因此只能掂量着买，女孩儿喜欢吃什么不喜欢吃什么，他都得从头开始摸索。他了解阿十的口味，了解她的小动作，但是不代表他知道一切。

哪个男人能无师自通地照顾一个女孩儿？总要磕磕绊绊去摸索的。

没有沈昼叶的这十年，陈啸之对这些知识的学习都停滞着，没有沈昼叶教，他无处去学。

陈啸之挑完水果，抬头看见沈昼叶手扶着购物车，呆呆地看着车里的养乐多。

陈啸之一愣，怀疑自己买少了或者沈昼叶想喝的是旁边的？毕竟那堆酸奶罐子摆在一起，长得几乎一模一样，只有封口的颜色不同而已。

"不想吃？"陈啸之问。

沈昼叶摇了摇头。

陈啸之慌了，他想起沈昼叶和每个人在一起都比和他在一起开心，他像其中最恶毒最恶劣的男人。

他将自己的一切都捧到她面前，而她一无所知。

陈啸之干涩地问："不是这个吗？我拿错了？"

沈昼叶细细的手指紧握在一起，说："是它。"

陈啸之道："是就行了，想喝的话再拿。"

沈昼叶点了点头，却没再报想吃的东西。

冰柜的冷气溢出来，陈啸之看着沈昼叶，总觉得自己做错了什么。

女孩儿朝他走来。

陈啸之想起白天时和沈昼叶在一起的男人，几乎被妒意吞没。

于是，他握住了沈昼叶的手。

女孩儿的手细瘦柔软，带着一丝凉意。

沈昼叶怔了下，看着他。

陈啸之没说话，执着地看着面前的女孩儿。

沈昼叶又看向他们握着的手，却没有挣脱。

第三十章

妥　协

陈啸之心里闪过一丝火焰般的狂喜，将沈昼叶的手牢牢握在手心，沈昼叶抬起眼睛看了他一眼，眼底尽是迷雾般的茫然。

陈啸之选择忽略它，轻声问："还吃点儿什么？"

沈昼叶温和一笑，摇了摇头。

陈啸之觉得沈昼叶的手有点儿凉，忍不住又握紧了些，将手心的暖意传递给她。

就像小时候那样。

超市里洒满了温柔的灯光，广播里轻音乐无形的音符落在地上。

只是握着手而已，陈啸之却已经在心里拥抱了沈昼叶，想要吻她，他愿意忽略过去十年沈昼叶给他带来的苦楚和绝望，愿意忘记一切沈昼叶伤害过他的过往。

"不吃的话我再买点儿肉，带你回去？"陈啸之止不住地露出笑模样。

沈昼叶也对他笑笑，温柔地说："好呀。"

陈啸之不知道该如何爱她。

他握着女孩儿的手，问她想不想吃酥肉，他将一切他觉得沈昼叶可能会爱吃的东西全数搬了回去。陈啸之是在少年时期学的烹饪，家里的阿姨手把手教他烧菜、熬汤。

他们买完了东西，走出购物中心。

沈昼叶自始至终没有回握，但也没有挣脱。

她知道这是默许，也知道陈啸之握住她的手的瞬间，就像他在印尼的时候狼狈地抱住自己的刹那，相触的地方有酥麻的电流蹿了过去。

这简直就是某种残酷的魔术，沈昼叶，这世上，她只对陈啸之有这样的反应。

也正因如此，她才发自内心地感到自己十分可悲。

陈啸之笑着在夜色中按了下车钥匙，对她道：“走吧。”

沈昼叶眉眼弯了弯，对这个自己曾经喜欢的男孩子温顺地道：“好。”

他们现在很有老夫老妻的感觉。

陈啸之没说我要和你复合，也没有什么惊天地泣鬼神的表白，就是上来捏着沈昼叶的手走路——相当有他的风格。

到楼下时，陈啸之忽然笑了起来，问：“你这一路上都挺乖，是对这个决定没有意见的，对吧？”

沈昼叶在车上睡了一会儿，还不太清醒，愣愣地：“唔？”

“唔什么唔。”陈啸之坐在主驾驶座上，恨铁不成钢地道，“沈昼叶你是哪儿来的小傻子啊。我问你，真的没有意见吗？”

沈昼叶不太愿意回答这个问题，可是她的耳朵不争气地红了起来。

她呆呆地看着陈啸之，不知道该怎么说。说“有意见”显得太作，说“没有意见”……那则是货真价实的谎言。

而且，还是某种程度上的妥协。

十年前的沈昼叶喜欢他，十年后的现在，沈昼叶仍然为他怦然心动。

她看向身旁的男人，男人眼里是十分纯粹的、像是毛头小子一般的雀跃。

他是真的想要复合。

可这是自己想要的吗？

他原先甚至连好脸色都不给她，沈昼叶总记得陈啸之对其他人和颜悦色的模样。

我甚至还不如他们。

我不特别，沈昼叶心想，我对他来说十分普通，只有脸是他喜欢的，而且我又恰巧在他空窗期时出现。

可是也没别的选择了吧？反正我又没有损失。

沈昼叶艰难地张口，想“嗯”一声。

可是她还没发出声音呢，陈啸之就将她牢牢压在了副驾驶座上，胳膊紧紧抵着她这一侧的车窗玻璃，是个占有欲极强的姿态。

他眼睛促狭地眯起，揶揄地问：“你脸怎么这么红？”

如此近距离的接触令沈昼叶耳根发烫，她颤抖道：“我红不红和你也……”

“也没关系？”陈啸之替她说完，又问，“你敢摸着良心再说一遍吗？”

沈昼叶还真不敢。

陈啸之伸手一拨她圆圆的耳垂，使坏地说：“哦哟，耳朵也红了。”

沈昼叶脸红得几乎滴血：“你有病吧——”

“好红啊，不知道的还以为发烧烧到四十多度了。”陈教授低哑地笑了起来，“沈昼叶，你什么时候这么口是心非了？”

沈昼叶不知道说什么，抬头看他。

路灯拢在梧桐叶上，雪白的藤月玫瑰压着车窗，星辰仿佛全都聚拢在她情窦初开的对象的周身，否则他不会这样光亮。

“我会对你好的。”

“我……”

陈啸之摁着沈昼叶，保证般地说：“沈昼叶，我不会让任何人欺负你，我会让你每天开开心心的，我会对你很好很好，好到你都忘了我对你有多好。”

风声拂过车窗之外的城市，藤月花苞如雪坠落。

“我承诺过我会永远无条件相信你。”夜色与万千的光中，陈啸之声音沙哑，“我还会保护你，像我们小时候那样。”

沈昼叶听到这句话，眼眶泛酸，觉得心胀痛，像是要破开胸膛而出，又酸楚地觉得自己想要的并不是这个……并不只是这个。

陈啸之伸手擦擦她的眼角，低声问：“我问你，行吗？”

我想要的，不只是这个。

可是那一句“小时候那样”几乎将沈昼叶给压碎了，她想起在印尼看到的陈啸之身上曾经为了救她留下的刀伤。

陈啸之弯下脊梁，在她鬓边磨蹭，沙哑地说：“快说‘好’。”

父母讲述过的爱情不该是这样的。

沈昼叶没有说好，她只是仰起头，不自觉地任由陈啸之生出的胡茬儿蹭着自己的面颊——以一个亲密无间的姿态。

她没料到，陈啸之因为这个动作发了疯一样。

他死死地抱住沈昼叶，将她勒在自己怀中，大手按住她的后脑勺，将沈昼叶整个人压向自己。

他呼吸粗重，怀里搂着一生的挚爱。

沈昼叶脑海中一团糨糊，她被陈啸之抱着，好似两半合拢在一起的圆。

不该是这样的呀。沈昼叶难过地想，他真的在意我吗？人哪能变得这么快，前后才多久，场面话谁不会说？

“我感情空窗期，正缺一个呢。”

这句话至今还扎在心口。

沈昼叶逼迫自己忘了那些事儿，心想终于“脱单”一次，别被这些乌七八糟的事情耽误了心情。她洗完澡后捧着热水坐在客厅里，安详地用新平板看文献。

陈啸之在沈昼叶身边盘腿坐下，随手拍了拍她的脑袋。

沈昼叶揉揉头：“别动我头发。”

陈啸之笑了：“哟呵？脾气还挺大。”

“别动我头。”沈昼叶严肃地问，“我们什么时候回美国？”

陈啸之一愣：“啊？”

沈昼叶提醒他：“我是去联培的哦，还没待几天就回来了，正事儿还没干呢。还有，联培导师决定回国，难道我也跟着回来……”

陈啸之漫不经心道：“放心吧，联合培养那点事儿你不用操心。”

沈昼叶乖顺地表示知道了。

“怎么样，博士毕业跟我读一期博后？”陈啸之嚣张地道，“虽然我没读过，但我能招啊。”

沈昼叶愤怒地一摔平板：“你气不气人啊！”

陈啸之一扬下巴：“我是认真的。考虑下，跟我做博后待遇不差，但是你最好一期结束之后就出站，二期博后有点儿丢人，三期博后就太羞耻了，出门我都没脸见江东父老。”

“那个，”沈昼叶调整了下坐姿，小声道，“有件事儿我一直没敢告诉你。”

陈啸之眉峰一挑，示意她说。

沈昼叶做了半天心理建设，甚至还闭上眼睛，仿佛怕看到什么恐怖的场景似的。

“我要延毕了。”沈昼叶羞耻地说，“论文硬指标不够。学校改政策了，一区论文没达到要求的数量。就算我未来三个月内侥幸做出能用的数据，漫长的审稿期和‘有可能会发生的拒稿重投’肯定也会影响我的毕业时间……而且，三个月内我也做不出能用的数据。”

陈啸之一句话都没说，沈昼叶想到这人那张狗嘴，也不太敢看他……

“所以，”沈昼叶凛然道，“无论怎样，我肯定都是后年才能毕业了。”

他应该不至于骂我吧？他如果骂我，我就当场和他分手，我现在是真的一点儿都不介意延毕，但是介意有人当面骂我……沈小师姐十分痛苦纠结地睁开一只眼，偷看陈教授。

陈啸之坐在她身旁，神情冷肃，嘴唇抿成直线，目光如刀一般。

“没办法的。”沈昼叶有点儿疲惫地解释，“何况我又换了研究领域……”

“没关系。”和她在同一年参加竞赛的、曾与她互为竞争对手的青年和缓地道，“学历只是一张证明的纸，是敲门砖。你只要能拿出自己满意的答卷，延毕与否并不重要。”

沈昼叶手中的笔戳上自己的脑袋，笑得眼睛弯了弯：“嗯！我也是这么想的。”

陈啸之忍俊不禁，揉乱了她的头发，然后发现沈昼叶这头不服帖的卷毛实在很糟糕，便将缠乱的地方解开，动作十分耐心温柔，生怕把她给弄疼了似的。

可是沈昼叶觉得，陈啸之的情绪不对。

她抬头看见陈啸之漆黑的眼瞳，看见他胸腔起伏，总觉得他现在在压抑着什么。

接着，陈啸之放在茶几上的手机响起。

被陈啸之捏着头发的沈昼叶拿起手机正打算给他递过去，却没料到，看到了熟悉的名字。

陈啸之正专注地捋着沈昼叶的卷卷毛，随口问：“谁的电话啊？”

沈昼叶回答：“李磊。”

陈啸之手上动作一停。

沈昼叶正被他顺毛顺得舒服，此时猛然一停还有点儿不太习惯，发蒙地回头看了一眼。

陈啸之平静地道：“手机给我下。”

沈昼叶将手机递给他，抿了抿唇。

陈啸之接了电话，礼貌地寒暄道："李老师您好。"然后夹着手机站起来，推开阳台的落地玻璃门，走进客厅之外的夜幕之中。

"实验室我看过了，硬件条件不比我在国外用过的差，有些仪器其实还更先进一些，毕竟是国内顶尖的高校里顶尖的实验室……"陈啸之的声音断断续续地传来，"是的，我合作的意向很强烈。"

沈昼叶知道事关"合作"，自己不应该戴着有色眼镜，更不应该将私人恩怨掺杂进去，比起抢论文这种陈芝麻烂谷子的小事儿，更重要的是考量目标实验室的设施和人脉，除了这两项之外，大多都是虚的。

沈昼叶早已不介意被抢走的成果和过去的日子了，她只是不明白为什么。

以陈啸之年轻辉煌的履历和成果，他回国后完全不需要挂靠到任何人名下，哪怕做临时周转，而且他和周院士以及李磊研究的课题完全不是一个方向！

更何况，李磊连最基本的学术道德都成问题，应该也不会是个好的合作对象。

陈啸之明明是一个很端正严谨的学者，抢夺成果、剥削学生、学术造假……都与他无关。

沈昼叶认为自己应该不动声色地提醒一下他。

"好的，好的，我很期待。"陈啸之热情地说，"那我明天再去拜访一次。"

陈啸之一个电话打了将近二十分钟，挂了电话后在阳台逗留了一会儿。

沈昼叶在读文献的间隙看见他指间一个光点明明灭灭，接着，一团白烟坠入漆黑长夜之中。

陈啸之抽烟这事儿，还是徐子豪说的："他真的很少抽，除非心情太烂了。"

心情太烂了？烂个锤子！沈昼叶一边看文献一边恶毒地腹诽，刚谈好合作，还笑得挺响亮的，装锤锤哦。

过了许久，陈啸之推开阳台的门，夜风呼地灌入。

沈昼叶抬起头，认真地问："你们聊什么了呀？还有哦，抽烟对身体不好的。"

陈啸之淡淡地道："和你关系不大。我去洗个澡。"

他看上去心情真的挺差。

沈昼叶目送着陈啸之去拿毛巾，又目送着他走进房间洗澡。

他走后的空气里还有一股浅淡的烟味，沈昼叶被呛了下，然后风吹了过来，将烟味吹得干干净净。

陈啸之洗完出来时头发湿漉漉的，但是心情好了不少。

“看多少了？”陈啸之洗得干干净净，身上一点儿烟味不剩，他在沈昼叶身边一坐，亲昵地问，“有没有什么想法？”

沈昼叶犹豫了一下，说：“有一点儿，不过我现在也不太确定，明天我回学校找几篇文献，到时候再和你讨论吧。”

陈教授抬手将沈昼叶的发丝往她耳后一掖，动作温柔，有种暧昧之感，令人想起风穿过春江时岸边的芦苇。

沈昼叶的耳朵暴露在外，红晕无所遁形。

“真的好容易红啊，”陈啸之眯起眼睛，调戏般一捏沈昼叶的耳垂。

这是个非常适合接吻的瞬间，沈昼叶清楚，而且她也想要被吻——谁会抗拒一个自己爱的人的吻呢？

可是沈昼叶心里的一部分冷静地说：“我不要。”

夜空下，陈啸之的脸凑近。

要亲了！

沈昼叶立即给自己做了心理建设，试图克服心里那道坎，凛然地想，不就是亲一口吗，会少块肉吗？二十五岁的人装个鬼的纯情啊，合适吗？！

不过，她还没给自己加完戏，就收到了一个吻。

“唔？”被亲的姑娘一瞬错愕，睁大眼睛。

陈啸之松松地按着沈昼叶的后脑勺，仗着身高，在她额头上亲了下。

夜风萧瑟，沈昼叶心里只剩一个念头：真的……这么纯情……的啊……

“把明天要下载的文件关键词发给我，”陈啸之道，“还有你校园网的账号密码，要不然我也下载不了，我在那边都是用流量的。”

沈昼叶揉了揉额头，小声道：“我一会儿发到你微信上。”

陈啸之肩上搭着毛巾，点点头：“也行。明天你在家？你妈妈什么时候回北京？”

“她下周回来。”沈昼叶顺从地说，“明天我应该是在家的。”

陈啸之一笑，对沈昼叶道：“快睡吧。”

沈昼叶弯了弯眼睛：“好呀，你也快睡。”

陈啸之临走捏了下沈昼叶的脸，掐着拧了拧，但是没舍得使劲儿。

沈昼叶关上卧室门，将走廊上的光隔绝在外，揉了揉额头上被亲到的地方。

她的面颊发烫，心怦怦直跳，只是，一个熟悉的声音又出现了——

不该是这样的。李磊、陈啸之的冷淡和恶语相加、加州餐厅里的轻佻、空窗期、她为之痛哭的夜晚……这些不会消失。

那声音理智又悲哀，来自爱他的沈昼叶本人。

沈昼叶在黑暗中望向墙，隔壁是陈啸之的卧室。

如果仔细看，会发现她眼里闪着水光。

第二天，陈啸之一整天都不在家。

他去了大北主校区，早上七点半就出了门，沈昼叶起床时只来得及见他最后一面——他做了煎培根和煎蛋，跟沈昼叶草草地说了声“早安”，然后“啪”地将门合拢了。

沈昼叶则约了魏莱一起出去玩。

魏莱刚刚辞职，目前在等下家公司的入职通知。

繁华的街头，魏莱看到沈昼叶时，露出了震惊的表情。

八月初，沈昼叶出国的前一天夜里，她们俩在三里屯痛痛快快喝了一顿，两个醉鬼互相搀扶着开了个大床房。

“以后就见不到你了，”魏莱搂着要联培一年的沈昼叶嘟嘟囔囔，“再见到的时候，我估计我的小孩儿都能打酱油了。”

沈小同学也喝得醉醺醺的，听了魏莱这句话深受触动，两个醉鬼在床上抱头痛哭。

“劝君更尽、进一杯酒，”姓魏的醉鬼一边哭一边说，“西……西出玉门关无故人……”

姓沈的醉鬼哭得抽抽搭搭，问：“是、是韶关吧？”

极有可能会被她教古代汉语言文学的奶奶活活打死的沈昼叶，此时站在街头竭力解释：“开会的时候遇到个海啸，先回国待两天而已，过几天你又看不到我了。”

魏莱头发利落地扎着，和善道：“你真是浪费我的感情。”

阳光柔和温暖，朝阳北路上人群川流不息，石砖地上汪着清晨时下的小雨的积水，水洼里，大厦倒立生长。

喝奶茶是女孩子逛街的宇宙惯例，奶茶店门口的队伍如长龙一般，魏莱站在人群里朝墙上一靠，问道："你在那边怎么样？"

沈昼叶含糊地回答："住单间，挺好的，很有尊严。"

"沈昼叶，你明知道我问的不是这个。"魏莱眼睛一眯，极具威胁性。

沈昼叶在去美国之前就和魏莱说过，毕竟陈啸之在小利兰读书这事儿相当出名。

沈昼叶出门前，原本是想和魏莱好好吐槽一番的——但是信息量太大，哪怕是文采好的人都不知该从何说起，更不用说沈昼叶这个小锯嘴葫芦。

魏莱问道："你见到人了吗？"

沈昼叶认真地点点头："见到了。"

魏莱又好奇地问："他结婚了吗？"

沈昼叶摇了摇头："没有，也没有孩子，没有你期待的喜闻乐见的情节。"

魏莱揉了揉鼻子，悻悻地问道："他秃头了吗？"

沈昼叶严谨地回答："也比较辜负你的期待——这个也没有。"

"也是，他秃头挺可惜的，原来多好看一男的。"魏莱持续发问，"那你是怎么和他撞见的？在食堂偶遇？你俩加了微信没有？"

"加、加了呀。"沈昼叶声音虚弱，"他现在是我的导师。"

魏莱面无表情，下一秒"噗"的一声把水喷了出来。

十一假期，奶茶店里挤满了人，魏莱愤怒地拍了两下沈昼叶的头，手里咔咔捏着黑糖波波奶茶，吼道："沈昼叶，我让你说个事儿怎么这么费劲儿？！你再一句话酝酿一分钟我就把你的头打掉！"

沈昼叶悲悲戚戚地捂住头："你、你别打我了……"

在魏莱夹枪带棒的"教育"下，沈昼叶终于顺利地讲完了陈啸之对自己做的事，最后评价了拥有陈啸之这种老师的感受，就一个字——惨。

魏莱听完感慨道："其实我觉得，他虽然凶，但是真心想你好的。"

"是啊。"沈昼叶咬扁了吸管，对着魏莱浅淡地笑了。

"你也该谈一个了呀叶叶，"魏莱又温和道，"总这么单着也不是回事儿。"

又是老生常谈的那句话。

"这就是下一个问题了。"沈昼叶深吸了一口气，说，"魏莱，我和他复合了。"

购物中心顶端镂满万花镜般的玻璃，明亮的天光如水般泼洒一地。

“真的不买？”高跟鞋在地上咔嗒作响，魏莱挽着沈昼叶的胳膊问，“那件衣服真的挺适合你的。”

“不买，太贵了。这个月学校补助还没发，得到十一月，再说吧。”沈昼叶摇了摇头，认真道，“我的电脑手机在印尼都被搞没了，陈啸之前几天给我买齐了，我昨天换了笔外汇，把钱给他打回去啦。”

魏莱看了一眼沈昼叶，好奇地问：“可他不是你男朋友吗？你把钱直接给他打回去不太好吧？”

沈昼叶眉眼一弯：“陈啸之不一定能注意这点儿入账的。”

沈昼叶很喜欢和魏莱出来玩，一个很大的原因是，在魏莱这样的老朋友面前，她没有必要假装。

她们两个人从囊中羞涩的学生时代走到如今，深谙帮助彼此摆脱专柜柜员的一百种方式，包括“这件衣服你穿着不好看”和“我觉得不行”；她们曾在大学放暑假时逛到商场关门，然后坐在购物广场前的凳子上吹着凉爽的晚风，彻夜聊天。

魏莱讲她在广东的所见所闻，沈昼叶告诉她这座故乡城市的春夏秋冬。

早茶和豆汁，她们喜欢的电影的首映宣传，广州可怕的暴雨和北京的杨絮季，恋爱了以及失恋了，找到第一份实习工作。

沈昼叶与魏莱可以分着喝同一杯奶茶，不嫌弃对方的吸管，会把对方约进人均六块钱的小店里点同一碗面，只因为她们中的一个人嘀咕了一句“我饿了”。

这是与其他的朋友在一起时没有的小家子气和幼稚。

“叶叶，我觉得不行。”魏莱低声道。

沈昼叶没有说话，只是低头看向手里的杯子，杯子表面光滑，流转着顶棚的天光。

魏莱说：“就陈啸之对你做的事情……他可能会是个好导师，但你不该答应他。”

沈昼叶小声道：“可我答应了呀。”

“好好想一想，叶叶。”魏莱淡淡地说，“一段感情付出不对等的恋爱关系，哪怕你十分爱他，也不会长久的。”

沈昼叶愣愣地问：“为什么？”

“因为人是贪心的呀。”魏莱笑了，带着沈昼叶回了刚刚他们出来的那家服装店，道，“得到了一点儿，就总想要更多。得到眼神就想碰触，得到碰触就想拥抱，得到了拥抱就会想接吻……接了吻之后，就会开始难过——为什么我那么爱你，你却只用残缺的感情来回应我。”

她说的是对的，沈昼叶轻轻地“嗯”了一声。

“我觉得这不能妥协，何况还是对陈啸之那样的人。”魏莱笑了起来，从货架上拿了条裙子，“他会面对很多诱惑，和你不同。”

魏莱没有说破，但是沈昼叶知道她的意思：金钱、权势，甚至可能会出轨。

“叶叶，我不是说你不好哦，但是万一发生，你该有多难过。”魏莱拿着那条裙子走到收银台前，递出卡，对自己的朋友认真地说，“我只是觉得，面对这么千疮百孔的感情和一个不知道爱不爱你的男人，你不该做出这种让步。”

沈昼叶吸了吸鼻子，小声答道：“嗯。”

她觉得自己的心事被戳破了，满腔的酸楚与难受。

突然，魏莱将购物纸袋递给沈昼叶，莞尔一笑：“喏，叶宝，我送你的礼物。”

沈昼叶一愣，接过纸袋打开一看，里面是一条很仙气的浅蓝薄纱质地的裙子，美得犹如天边的一道云，光穿过袋口，在上面留下夕阳的色泽。

是她刚刚因为预算放下的那条裙子。

沈昼叶一瞬间眼睛滚烫，泪水在眼眶里打转。

“我希望你开心，生活里没有妥协。有我这样的朋友，有把你视为唯一的爱人，有你喜欢做的事情。”魏莱温柔地对她说，“裙子在你身上真的很好看，适合你穿着去见最爱的人。”

沈昼叶和魏莱吃了好吃的，试了衣服，玩得精疲力竭。

魏莱得知沈昼叶要延毕的事情后幸灾乐祸地嘲笑了她一通：“多读一年不是挺好的吗？你初高中的梦想不就是烂在大学里？”

“真的，”沈昼叶扶着座椅，擦擦眼角笑出来的眼泪，“你这么一说我顿时觉得连最后一点儿难过都没有了，我延毕国家还得给我发补贴——”

魏莱一拍她：“你还打上教育部的主意了？制裁你这吃干饭的。”

天际的火烧云如凤凰花一般，沈昼叶顶着一张笑红的脸，拿着自己的包和收到的小裙子礼品袋上楼，用指纹开了门。

偌大的客厅里洒满红光，一个人都没有。

沈昼叶心想，陈啸之你是在和我谈恋爱不是在和李磊谈恋爱，当然现在的我对你很有意见，完全不介意撮合你俩……但是这也太长了啊！一整天，从早上七点到晚上六点，我和魏莱约会都没这么长时间呢。

沈昼叶平复了一下心情，又看了眼手机，发现师妹发了条信息："师姐，你在小利兰的那个导师今天来找我们打听情况了。"

师妹发消息的时间是三个多小时前，她那时还在和魏莱厮混，这会儿吓了一跳，问："他打听什么了？"

师妹简单扼要地道："课题组的学生情况。打听了两三个人吧，午休的时候他自己过来的，问了蛮多问题，关于你的比较多。"

沈昼叶头上冒出个问号："关于我的？"

师妹十分诚实："对，关于你平时在实验室里做什么，我们课题组主要是做什么，李磊平时都做什么……我们都实话实说了。"

实话实说好像也没啥坏处，沈昼叶自觉身正影子直。但是，有什么问题不能来问我呢？她挠了挠下巴，困惑地回消息："唔……好吧，我也不鼓励你们说谎，只是要注意保护自己，说课题组坏话的时候别被李磊抓到。"

"哈哈哈哈那肯定的啊！我们又不是傻子。"师妹快乐地回复完，话题一转，"不过，你导师真的好年轻啊，而且好帅，像明星一样。"

沈昼叶思考了许久，看了一眼天际即将焚尽白昼的红焰，又瞅了一眼空荡荡的房子和指向七点的钟表，严谨地回复师妹："应该是吧。"

"毕竟目前在我看来，"沈昼叶手指按着键盘，面无表情，"他也就只剩脸还有点儿可取之处了。"

陈啸之回家时已经快八点了，天黑沉沉的。

沈昼叶已经换了家居服，坐在餐桌子上学习，一头不太服帖的天然卷整整齐齐地扎在脑后，看到风尘仆仆的陈教授后，脑袋上冒出一个问号。

陈啸之穿着合体的衬衫西裤，那一套一看就非常昂贵，显得他宽肩长腿，极具精英气质，卷起袖口的小臂上还露出块表。

精英陈教授将文件袋一放，眨了下眼睛，说："来抱个。"

沈昼叶心中立刻充满了抵触情绪，心想我才不和李磊的男朋友拥抱，衣冠禽兽人面兽心空穴来风无中生有文体两开花……但是她一堆乱七八糟的烂话没来得及说出口呢，陈教授就抱了上来。

“唔……”沈昼叶用两分钟腹诽了陈啸之一千字，却被用力勒了下，来了个亲密接触，陈啸之修长结实的胳膊紧紧搂着她。

“好乖啊，”陈教授顶着她的额角蹭了蹭，闷声笑道，“怎么回来就看到你在学习，这么勤奋？嗯？”

沈昼叶还被他抱在怀里，眉眼一弯，和善地说：“都八点了呀。”

“这么晚了？”陈啸之一怔，看了眼沈昼叶身后的表，又道：“你吃饭没？没吃的话我去做，不然我就随便做点儿自己吃了。”

陈啸之确定沈昼叶没吃饭后，毫不犹豫地拿起搭在厨房门上的围裙系在了腰后。

他回来后连衣服都没换，身上还带着那股让沈昼叶不太适应的精英气息，但那一系列动作特别流畅自然，像他天生就该如此似的，洗手时，腕上的金表还闪着绚目的光。

那一刹那，沈昼叶脑海中突然响起一段模糊的话。

那段话隔过了一段名为二十年的岁月，发生在1998年的北京，小胡同里，说话的男孩儿与她同龄，穿一件条纹T恤，脾气很坏，却是一个会将小昼叶护在身后，连打雷天都会捂着她的耳朵的小男孩儿。

“不知道你以后会……”

啃了一半的西瓜后面，那孩子摸了摸半梦半醒的小昼叶的脑袋，手上还带着西瓜汁的甜味和湿润，语气抱怨，却又带着一丝几乎不可察觉的温情：“也不知道，以后会便宜哪个臭小子。”

我会便宜哪家臭小子呢？沈昼叶迷惘地想。

站在她身后的陈啸之个子相当高，沈昼叶总觉得他肯定是偷偷吃了什么秘方，比如巨人药水增高剂什么的，否则他们两个同龄的人也不会差这么多。

陈啸之漫不经心地摘表，将表往餐桌上一放，拉开冰箱，取出一盒他卤的茶蛋，又拿了几样新鲜蔬菜和一盒鲜鸡腿，最后拿了听可乐，打算拿去厨房。

沈昼叶试探地开口道：“嗯……”

抱着一堆菜的陈啸之抬起头，眉头拧起：“不想吃？”

“这倒不是。”沈昼叶想起可乐鸡腿的色泽舔了舔嘴唇，对陈啸之说，“是我有事情要告诉你。”

沈昼叶说完后颇为犹豫地看了陈啸之一眼，陈啸之面色如常：“你说。”

沈昼叶之前犹豫了半天要不要对陈啸之实话实说，她不知道陈啸之与李磊的关系到底是怎样的，她想讲的东西会不会有挑拨离间的嫌疑。

但是沈昼叶接着就想，虽没能互通心意，但自己终究是陈啸之的女朋友，是他从少年时期就认识的人。

李磊这种合作对象，必然是个火坑。无论陈啸之信不信，沈昼叶都有义务也有必要，将他从火坑里拉出来。

灯光下，陈啸之眉毛一扬：“怎么了？”

沈昼叶抬起眼睛看向他，认真地道：“今天我师妹来找我了，说你去和他们打听了课题组的情况。你为什么不来找我？我对课题组的了解比他们多多了。”

陈啸之不置可否道：“嗯？怎么说？”

“这么多年项目标书差不多都是我在写，”沈小师姐缜密地道，“基金的情况我也很清楚，连组里同学的课题情况我都了解，你问我的话，比问他们这群小朋友来得快多了。”

陈啸之一笑，胳膊在沈昼叶椅背上一撑，专注地看着她问：“那你说说看？”

“课题组挺有钱的。”沈昼叶诚实地道，“老实说，我们组里几个青年教师，比如吴双江老师他们那边，实力都比较雄厚，但是吴老师最近手里好几个项目，不出意外的话后年就会自立门户了。”

陈啸之笑了下：“嗯，就是那个吴老师啊。”

“吴老师还是挺厉害的，”沈昼叶谨慎道，“他跟着周院士做了很多年，成果很丰厚，前段日子是周院士鼓励他，让他出去单干。虽然他严厉了点儿，但是个很有水平的好老师。”

陈啸之拖着长音，“哦”了一声。

“可是李……李老师不是。”沈昼叶停顿了一下。

师者，传道授业解惑，沈昼叶用这样传承性质的字眼称呼过从小到大帮助过她的所有师长，用这样的称呼叫过陈啸之与周鸿钧院士，更用这样沉重的称谓呼唤过慈怀昌教授。

她心里实在不愿称呼李磊为“老师”，可是对他人，尤其是现在的陈啸之，却还要忍着，尽量不直呼其名，给予一点儿面子上的尊重。

沈昼叶不完全信任陈啸之，且陈啸之对她的那段人生一无所知，她也不想花时间去解释。

只是有些话还是该说的。

“李老师不是个好的合作对象。”沈昼叶小声提醒道，“我不知道你为什么会找上他，你们专业领域也不太一样。反正这个人是人品有问题的，我觉得你直接找周院士就可以，没有必要去找他。”

沈昼叶说完后在脑海中甄选了一下自己该对陈啸之举的事例——她不是很愿意让陈啸之知道自己过往的窘迫，也不愿让一个不信任的人得知自己过往的窘境。

而且，对学生不太好这件事，其实算不上是一个科研工作者的污点。

沈昼叶开口：“他学术——”

不端。

陈啸之却一抬手，制止了沈昼叶，平淡地道：“大体情况我已经了解过了，你不用扯进来。”

窗外响起沙沙的风声，厨房窗留了线缝，早秋的雨坠于窗台。

沈昼叶抬起头，看向陈啸之。

“你别扯进来。”陈啸之盯着漆黑的客厅，眼里有种让人看不懂的光。

可那光转瞬即逝，沈昼叶只看见他的棱角分明的下颌，他的情绪被掩住，只剩山岳一般的拒绝，像是一道冷硬如冰的分隔符。

这个青年身后所背负的一切、他另一面的所有，都与沈昼叶无关。

陈啸之的手依旧撑着沈昼叶的椅背，嗓音却淡漠至极，道：“这件事与你无关，我自己有数。”

沈昼叶早就想过自己也许会被无视，可是当她真的直面时，却觉得一颗心闷胀得几乎要裂开了。

陈啸之大概意识到氛围不对，亲昵地一揉沈昼叶的发旋儿，低头用额头蹭她的脑袋，声音沙哑温柔：“想吃什么？想吃什么我都给你做。”

“想吃鸡翅。”沈昼叶苍白地笑了笑，对陈啸之说，“不过不要可乐。”

陈啸之低头吻了她一下。

沈昼叶目光酸楚，没有回应。

“之哥哥。”

梦里，小姑娘的声音又脆又生嫩，眼里带着春花一样的光，甜甜地盯着少年陈啸之，又说：“我叫你哥哥你不喜欢吗？你比我大两个月呀，之哥哥。”

二十五岁的陈啸之睁眼。

深夜三点的城市安静地承受着一场暴雨，大雨遮掩着路灯黄澄澄的光。

秋老虎的夜并不好捱，哪怕是在下雨，陈啸之醒来时浑身汗，热得要命，他去浴室冲完澡，头发还在滴水。

他无声地坐在客厅里，长腿搭在躺椅上。

带雨的风灌了进来，他手边放着沈昼叶记的笔记，本子摸上去已经被写软了，上头的字迹清晰而刚强。

陈啸之突然想起，沈昼叶连一句简单的“陈啸之”三个字都没有叫过。

沈昼叶是个挺注重称呼的人。

“梁学长”三个字她一叫就是十年，因为学长就是学长，老师则就是老师，师弟师妹则就是师弟师妹——而现实就是，她自从两人确定关系以来，几乎没叫过陈啸之的名字。

长夜漫漫，雨声悠长，客厅黑暗一片。

陈啸之坐在其中，垂着头，看不清神情。

可是如果有人愿意仔细看的话，会看见陈啸之骨节分明的手指痉挛般握在一处，光落在他凸起的血脉上。

犹如绝望本身。

第三十一章

不如分手算了

第二天还下着雨，城市被暴雨笼罩。

沈昼叶至今没定回美国的行程，此时坐在陈教授家宽敞的客厅里看书。

陈啸之仍是整天都不在。

沈昼叶感觉自己十分不受重视，觉得陈啸之要求复合是一时兴起。他们俩连微信对话都寥寥无几，最多的还是互传文件，陈啸之出了门之后几乎不会向沈昼叶报备行程，连最起码的早晚安短信都没有，敷衍得要命。

“我到底在谈什么锤子恋爱？”沈昼叶喃喃自语。

她打开朋友圈刷了一圈，看到她先前做实验认识的一个青年教师发了张她和老公的合照，还有一张他们夫妻俩一起做的陶艺的照片。

陶艺很丑，看不出究竟是个汤盆还是个盘子或是两者的叠加态，但是两个人看上去很幸福。

下面是几个老师的点赞，还有大拇指的表情。

沈昼叶稍有艳羡，遂点开陈啸之的朋友圈看了一眼。陈啸之的朋友圈特别单纯，就是一些科普文章和零星几条帮朋友转发的东西——他俩朋友圈重合度特别低，沈昼叶连一条他的好友互动都看不到。

还仅开放了半年的权限。

半年前他的朋友圈有什么？他为什么不让人看，而且为什么朋友圈这么干净？

这是全删光了吧？

沈昼叶一想，陈啸之连自己的过去都不想展示给她看，越发觉得自己像个替代品，可能是拿来对现实妥协的，也许是他妈要求适婚年龄的儿子别玩儿了，找个稳妥聪明拿得出手不丢脸的本地女孩儿结婚，于是，远在加利福尼亚的陈啸之在家长的逼迫下权衡了利弊……说不定万一嫁了，还得三年抱俩……

沈昼叶吓得抱住了自己的手机，她越来越觉得陈啸之是个垃圾，看着陈啸之空荡荡的朋友圈，又想想他国外的社交平台上发的性感的金发女郎、豪车、聚会……

沈昼叶沉默了三秒，深切认为自己应该有求证精神。她打开那个社交软件，轻车熟路找到陈啸之的账号，点进去，里面果然是熟悉的灯红酒绿、豹纹和马蒂尼，发的推文还都是英语，高冷颓废，有种堕落夜店的富二代的错觉。

不过只更新到2015年1月1日，从那之后，陈啸之好像再也没上过这个软件，那些照片也是原封不动。

沈昼叶气得耳朵发红："锤锤！还错觉呢，这不就是证据？"

装，可劲儿装。陈啸之你以为我不知道你是个什么人？我可知道了，你发的那些我都看了，我当时不和你计较也不记仇，没想到你现在还把朋友圈删得这么干净。

沈昼叶磨了磨牙，还不知道该怎么发泄这股怒气，手机突然响起提醒事项的铃声，屏幕上只一句简短的话：下午5:50，CZ5042航班，厦门—北京，奶奶旅游结束。提醒接机。

是今天吗？！

沈奶奶先前和姐妹们去福建旅行，还是沈昼叶给抢到的票，如今终于回来了。

奶奶回来了，这偌大的城市终于有了沈昼叶的落脚处。

沈昼叶微微叹了口气，将电脑合上，回自己的房间收拾行李。

她的东西很少，只有几件衣服还有办公的电脑和手机，回国时沈昼叶就差不多空着手，现在也只收拾出了一个很小的手提袋。

沈昼叶靠在自己睡了几天的卧室门口的门框上，点开了与陈啸之的对话框。

她突然想起今早陈啸之在出门前等她起床，然后在这个位置亲吻了她的额头。

如火的太阳开始朝地平线下坠，沈昼叶知道在别人家住要有基本的礼貌，在离开的时候要知会房子的主人，她对自己寄宿者的身份有着极为清楚透彻的认知。

沈昼叶怅然地叹了口气，给陈啸之发短信："我奶奶回北京啦，我今晚先回我奶奶家了。"

她发完微信，等了许久也没等到陈啸之的回复。

反正不管怎样都是过客。沈昼叶茫然地看着窗外泛着金的云朵。

陈啸之看到那条微信的时候，已经快下午五点钟了。

他上午在咖啡馆里和李磊课题组的学生聊了许久，那个与沈昼叶走得最近的叫裴菁的姑娘一直哭，陈啸之不住地告诉她没关系，一切都会好起来的，以后再也不会这样了……可是他心里却有种说不出的难受。

裴菁抽了张纸，哽咽道："对、对不起老师，我失态了……"

陈啸之笑了下："我不是你的老师，先擦擦吧。"

他将纸巾朝裴菁的方向推了一些，又问："你们为什么都没收集证据？这么多人，为什么没有一个人挺身而出？"

裴菁哭得脸都红了，沙哑道："我们害怕。"

陈啸之看着她，他们的面前放着两台手机。

裴菁哭着道："教授，身为学生，什么都被人卡在手里，毕业证学位证版面费实验经费，没有一样东西不是求着他的，而且他总是像钝刀子割肉一样。我们一直安慰自己'没事儿，熬过这三年就好了，还有比我们更惨的'。"

"嗯。"陈啸之眼里淬着冰，望向桌子上的手机。

"教授，读研究生不就是这样吗？"裴菁声音沙哑，"传统学徒制的延续，理论上导师需要将所能教的一切都教给你，他们即是老板又是师父，对学生有着极高的权力……是力量的力，不是利益的利。"

陈啸之静静地看着她。

裴菁抿了一口咖啡，声音发抖："这世上有很多好的导师，他们不会滥用自己的权力。他们会在学生迷惘时指引他们，在学生感到孤独无助时给予帮助，亦师亦友。毕竟，学术本质上还是前人的传承。"

"可是这个权力，如果落到错误的人手中，就是压在我们头上的大石。"裴菁低声道。

陈啸之神色沉重，在昏暗的光里点了点头。

"他们是根基深厚的既得利益者，不是我们这样刚刚入行的愣头青所能撼动的。至少我们不需要叫李磊'爸爸'，他已经比社会新闻上的很多恶魔好多了。其实和我们有相同经历的人，抑郁而绝望、迷失而彷徨的人，绝不在少数。”裴菁看着陈啸之道，“我能出现在这里，只是因为我们这个角落凑巧亮了一盏灯，您看见了我们。”

陈啸之慢吞吞地开口道：“你真的愿意为我作证？”

“陈教授，老实说，我犹豫了很久，毕竟这会引火上身。但您说，您要为沈小师姐抻开那段过往。”裴菁一头尚未补染的栗色卷发扎在脑后，她眼眶仍红着，直直望向对面的男人，低声说，“陈老师，我欠沈小师姐一笔无法偿还的债。”

陈啸之沉默地看着对面的女孩儿。

“沈小师姐在过去的两年里帮了我许多，她是支撑着我漫长的研究生生活的挚友，说是我的另一位老师都不为过。”那年轻姑娘道，“我认为这是我应该做的。所以，无论怎样，我都愿意。”

十月午后，闷雷滚滚，大雨落于黄木窗棂，有喜鹊飞入翠绿古老的松柏，咖啡馆里弥漫着一股奶香气。

陈啸之点了两下自己的手机屏幕，他的语音备忘录上的录音拖着长长的尾巴，一跳一跳地，将他们之间的对话全数录了下来。

这是一场完整的采证。

“其他的同学那里，我会去做工作。”裴菁竭力平静地道，“教授，我知道，我一个人的证词是不够的。”

“谢谢。”陈啸之说。

裴菁拿起自己的外套，看了眼腕表，慌张地道：“啊！到时间了！我得赶紧去实验室……我那边还有样品在做……”

“耽误了你很长时间，”陈啸之道，“抱歉。”

“您道什么歉呀，这是我该做的。”裴菁拿起卡座上的手提包，取出眼镜挂在鼻梁上，忽然问道，“不过，教授，您为什么不让我们告诉沈小师姐呢？”

陈啸之平淡地说：“我不想让这些事情再伤害到她。”

裴菁忍不住说：“可……”

“她已经经历过一次了，”陈啸之看着裴菁平静地说，“你们的沈小师姐已经受过伤了，也为此战斗过。现在关于李磊的一切都不再与她有关联，我不想将她扯进来，不想把让她难过的东西再摆到她面前。这件事儿由我负责。”

陈啸之停顿了下，重复道：“也只由我负责。”

他说话掷地有声，令人想起能挡住风雪的铁脊山岭。

背着单肩包的裴菁沉默良久，终于问道："教授，我一直没好意思问……您和我们小师姐到底是什么关系？"

"什么关系……"陈啸之的手指抚上自己的下颌，"你们小师姐是我的青梅竹马，也是我喜欢的人。"

裴菁以为自己听错了，倒吸一口气。

陈啸之安慰道："所以你不用担心，无论用什么方法，我都必定会给你们解决。"

"我一定不会辜负您的，也不会辜负我们小师姐。"裴菁揉了揉眼眶道，"我们小师姐太苦了，您对她好点儿行吗？"

陈啸之一笑，点头。

"再好点儿。"裴菁小声道，"一点儿可不够的。"

陈啸之礼貌地送裴菁到咖啡厅门口。

裴菁笑道："陈教授，您不用送我了，我是哭了，但刚得很呢。"

陈啸之也笑了："行，那就送到这儿。"

"教授，这世上像我们一样经历苦痛的学生多如牛毛，只是他们的所在之处被黑暗笼罩，无人得知。"裴菁摸出雨伞，浅浅地笑了下，"我们只是比较幸运，我们这里的灯亮了，才被人看见。"

陈啸之点了点头，轻声道："我知道。"

"沉默的大多数连被看见的机会都没有，连反抗的勇气都消失无踪……可他们永远存在。"裴菁撑开伞，对陈啸之诚恳地道，"谢谢您，让我们的灯亮了起来。"

陈啸之留在咖啡馆里整理文件，整理了很长时间。

他盘点了裴菁提供的证据，包括聊天记录在内，录音就长达一个小时，他把录音转成文字，不太清楚的地方就听一听，自己补充上。

他越看越觉得脑子要炸了。

期间，陈啸之续了好几杯美式，还加了浓缩，只为了让自己清醒点儿，别冲去把李磊直接殴打一顿。

陈啸之早已成年，他清楚地知道，暴力解决不了问题。

下午五点，天稍稍放晴了些，雨声渐小，当咖啡馆里有人点单要吃意面，陈啸之才想起自己还得回家做饭——以沈昼叶那没法照顾自己的德行，估计已经饿坏了。

沈昼叶忙起来，连外卖都会忘记订。

陈啸之立即将笔记本电脑和平板塞进包里，拿起外套和伞，去收银台结账。

当他拿出手机点开微信要付钱时，终于看见沈昼叶的消息框里有一条未读，那条消息是几个小时前发来的，只不过他一直在忙，没看见。

陈啸之想起自己一整天都没和小阿十说话，只在她早上起床时等在门口抱了抱，还亲了一下。阿十还没睡醒，头发乱糟糟的，一双眼睛水蒙蒙的，特别乖巧。

陈啸之觉得空气都泛着甜，他笑着揉揉鼻子，点开对话框，却看见沈昼叶发来了一句话："我奶奶回北京啦，我今晚先回我奶奶家了。"

沈昼叶没有将事情做绝，她认为自己需要时间静下来好好思考一下这段关系，因此在陈啸之打来电话询问时，她没有掺杂任何先前的情绪，只是告诉陈啸之，奶奶这边需要人陪。

出租车里响着路况广播，玻璃窗上满是不停下滑的雨珠，沈昼叶帮奶奶抱着一大盒厦门特产凤梨酥，奶奶坐在她身边闭目养神。

沈昼叶拿着手机，笑弯了眼睛，温和地说："好呀，等你有空了……嗯，嗯，拜拜。"

她不想对陈啸之发脾气，更不想被他知道自己的斤斤计较——那是很卑微的。

沈昼叶挂掉电话，怅然地叹了口气。

奶奶闭着眼睛问道："叶叶，谁呀？听你的声音不对。"

沈昼叶笑了笑，温柔地答道："男朋友呀。"

奶奶依旧闭着眼睛，慢条斯理地重复道："孩子，你的声音不对。"

到家时，雨停了，天际现出胭脂般的红色。沈奶奶住了四十多年的老四合院被修整得颇为干净，石砖上映着火红的光芒，十月的风温柔敦厚地拂过。

沈昼叶提着装满自己行李的手提袋跑进了小院子里。

沈奶奶咳嗽了两声，拿出钥匙，问道："几时回美国啊？"

"不知道，得看导师的安排，他现在也在国内，好像不是很急着回去。"沈昼叶说。

“蛮好。”沈奶奶笑道，“那就多待两天。”

这位退休多年一生坎坷的老学者不愿染发，说那是自欺欺人，年老而华发生，白发是人生留下的痕迹。但是花白的长发总显得人不精神，老太太便将头发剪得精短。如今那头白发被夕阳染得像火烧云一般。

枝叶摇曳一地，湿润的石砖缝隙积着青苔。沈奶奶掏钥匙开了门。

沈奶奶好买书，此时连老旧布沙发上都摞着一摞，一个四四方方的院落装不下一对夫妻六七十年的求学生涯。

“叶叶，有空帮我去发个帖，”沈奶奶慢条斯理地说，“家里这些书该找个下家了。”

沈昼叶乖巧地应道：“好。”

沈奶奶疲惫地坐在沙发上，闭目养神道：“找二道贩子就把你头拧了。”

沈昼叶哈哈大笑。

“你还是住你小时候那间屋。”沈奶奶安排着，“一会儿我给你把床铺铺，你先去放东西。”

沈昼叶抱着自己的行李，推门进了小厢房。

小厢房里有一股老书生出的墨香和尘灰味道。

这间房原先是沈昼叶的父亲沈青慈小时候住的。二十多年前，沈青慈出国求学，从此，房间便长久地空了下来，后来他娶妻，结婚，有了一个小小的昼叶。

小昼叶五岁时回国也住这间房。

而在儿子离开人世后又过了许久，沈奶奶将这厢房征用了，来放她无处安放的书本。

沈昼叶推开窗通风，看见夕阳落于花枝之上。

她隐约想起自己五岁那年着凉感冒，躺在床上，儿时的好朋友来探望。那男孩儿坐在凳子上，很坏脾气地嫌她屁事儿多，却又将微凉的手放在了她的额角。

那个小男孩儿用陶罐蜂蜜酸奶收买她、会在车碾过水洼时将她护在身后、为她打过架、拉着她的手沿着大街奔跑……又会因为她说“想去摸大望远镜”而带着她坐挤满了大人的公交车，去天文台看星星，回来后被他家长辈抽了一顿。

小昼叶曾在子夜一两点去敲他的房门，曾和他一起坐在胡同口的老杨树下等待一辆洒水车，给他讲神秘的太初大爆炸、万有引力和身处果核的宇宙之王。

“这一切，就是这世上不会改变的定制。”小昼叶说，“无论走到哪里，无论发生什么，物理都不会改变分毫。这就是万物之理，The Theory of everything，Axiom applies to every being。”①

小时候，那个相信小昼叶会得诺伊尔奖的小朋友住在胡同口。

沈昼叶问道：“奶奶，原来胡同口的那家人现在在做什么？”

沈奶奶坐在餐桌前吃药，说：“不太清楚，那家不在这住好久了。他家爷爷去世之后就搬走了，再也没回来。”

沈昼叶一怔：“去世了啊。”

“人生无常啊，”沈奶奶道，“他家爷爷奶奶原来还特别疼你，你记得不？他家儿子去欧洲出差，带回来的那些个巧克力，你都有份儿。”

沈昼叶笑了起来：“我还吃了双份儿呢。”

“你抢了他家孙子的呗，没见过你这么不以为耻反以为荣的。”沈奶奶摇了摇头，“都这么多年过去了，也不知道他们现在怎么样了。但我记得那家孙子是个挺周正的小少爷，和你一个岁数，比你大几个月，疼你疼得要命，你走之后他哭了好几天。”

沈昼叶怅然道：“我也哭了好几天。”

沈奶奶叹了口气说：“人生就是无尽的分别。”

“不知道他现在在做什么。”沈昼叶很是惆怅，“我总也忘不掉他，只是印象一天比一天模糊……他应该也想不起我了。”

祖孙二人默然。

沈昼叶在老沙发上坐下，如火的夕阳透过窗格照进屋子，四四方方的，像岁月不可抗拒的烙印。

过了许久，沈奶奶拍了拍吃凤梨酥而沾了碎屑的手，问道：“吃螃蟹吗？我那学生又送了螃蟹来。”

“吃。”沈昼叶眼睛弯成小月牙儿，说，“奶奶，我给你打下手。”

绍兴黄酒配清蒸大闸蟹，简直是再鲜美不过了。

蟹膏金黄颗粒流油，被稻秆仔细扎着，奶奶还煎了龙利鱼，在上面撒了少

① 万有理论，公理适用于每一个人。

许盐和白胡椒，肉质白嫩，鲜得不像话。沈昼叶发自内心地觉得当老师家属实在是太快乐了，姓顾的叔叔每年都会送来这么多海鲜河鲜，至少有一大半都进了沈昼叶的肚子。

奶奶很会吃，且食不厌精脍不厌细，有种“岁月不败美人”的精致，沈昼叶则半点儿都没遗传到，是个货真价实的厨房杀手。

姓沈的厨房杀手沾足了奶奶的光，吃完饭去洗碗，在洗碗的间隙忽然看见陈啸之在微信上问：“你到奶奶家了吧？吃饭了没有？”

沈昼叶摘了洗碗的手套打字，可达鸭头像旁“噗”地冒出个气泡，道：“吃了。”

很敷衍。

陈啸之问：“吃了什么？”

沈昼叶更敷衍地回答：“螃蟹。”

“少吃点儿那个，不是性寒吗？”陈啸之说。

沈昼叶突然意识到这位男朋友是来搭话的。

这么无聊没有营养的对话也太多余了，沈昼叶正想实话说“我现在正在洗碗”，可是陈啸之突然就说：“你出来下。”

沈昼叶一蒙。

陈啸之又说：“我在你奶奶家那个胡同口，你出来下。”

沈昼叶摘了洗碗的手套，将手擦了擦，拿着手机跑了出去。

她迷惑地想，陈啸之是怎么知道我奶奶家在哪儿的？

天已黑了，霓虹灯照亮天穹，那是一派繁华至极的城市景象。可是唯有这一角时间的指针停滞着，古老的胡同水泥墙如树根般皴裂，晚风和煦地带着水汽与些许月季花的香气扑面而来。

沈昼叶合上挂着对联的朱红门扉，向胡同尽头望去。

胡同口有一株歪脖儿老杨树，它的历史恐怕能追溯到开国前，它枝繁叶茂，两个孩子都不能合抱住。

现在，老树下停着一辆车，车旁有一个颀长结实的青年人的背影，那人似乎在眺望着什么。

沈昼叶刚想叫他的名字，可又觉得十分别扭。

她在印尼和陈啸之重逢后，就再没有叫过陈啸之的名字。

如今叫老师显然不行，直呼其名又不太舒服。

于是，沈昼叶选择规避呼唤，顶着风跑了过去，喊道：“我来了！”

陈啸之一愣，回过头道：“这么快？”

他站在老杨树的树荫里，黑咕隆咚的看不太清表情，沈昼叶笑了笑，站得离他有些远，温和地问：“你怎么来了呀？”

“我……”陈啸之干涩地说，“路上顺便来看看你。”

沈昼叶眼睛弯了弯：“你是要去做什么吗？”

住在另一个区的陈啸之生搬硬扯道：“去附近买点儿东西。”

沈昼叶腹诽这也算不上附近吧，都跟西天取经似的……

陈啸之对沈昼叶有点儿生硬地说：“来抱个。”

沈昼叶一蒙，总觉得陈啸之像是在撒娇，然而她又不是很擅长分辨这种情绪，便走上前去，带着一丝说不清道不明的不情愿，拥抱了陈啸之。

她每一分动作都透露着敷衍，仿佛这是身为女朋友应尽的义务。可是，陈啸之用力地抱紧了她。

陈啸之身上有一股令人安心的气息，他似乎还喷了点儿香水——那广藿香与杉木构成的男香坚实而性感，沈昼叶甚至还有一瞬间的意乱情迷，心想他身上真好闻，他是为了抱我一下才跑这么远的吗？“来抱个”还挺可爱的……

突然，陈啸之松手，后退了一步。

沈昼叶的那点儿意乱情迷立即消失，迷惑地看着陈啸之。

陈啸之面无表情地说：“晚上熬了点儿汤，熬多了，给你带来了，明早热了喝。”

沈昼叶一愣：“就这事儿？”

陈啸之重复：“就这事儿。”

闹了半天是来送喝不掉的剩汤的。

陈啸之从车里取出汤桶，塞进沈昼叶手里，像少爷似的惜字如金地蹦出俩字：“拿着。”

当晚，沈昼叶躺在床上，听窗外传来悠长的蝈蝈叫声。她觉得自己有点儿惨，又觉得和陈啸之谈恋爱的话承受这个是必然的——就像她在一开始时就告诉自己，陈啸之是她最好的选择。

这是一个她还爱着的，又愿意和她携手的人。

这两个恋爱基本要素已经备齐了，按理说，相亲能有这个匹配度都可以去结婚了。相比较之下，陈啸之的动机和他眼里自己的模样是可以忽略的。

沈昼叶在床上翻了个滚，将头埋进了被子里。

至少先谈谈看。

沈昼叶起床时顶着鸡窝头和黑眼圈，显然是一晚上没睡好，看到饭桌子上的白米饭和炖汤时，还十分呆滞。

沈奶奶在躺椅上闭目养神，懒洋洋地道："你那男朋友手艺还不错，味道肯定是你好的那口儿，而且还挺贴心，桶里有分装的白胡椒粉，你掂量着加点儿进去。"

沈昼叶喝了陈啸之送来的汤。

汤被一只青花小碗装着，旁边放着一个配套的精致小碟，里头装着提鲜的白胡椒粉与新剁的葱花。

陈啸之熬的汤确实很合她胃口，连木耳都炖得软糯微黏，笋干泡足了雪白透亮的汤，沈昼叶一边喝一边纳闷陈啸之是从哪儿学来的手艺，转念一想，不住感慨，出国果然挺锻炼人的，连陈啸之这种公子哥儿都练出了这样一手好厨艺，像是在处心积虑地要喂什么人。

沈昼叶立刻发起了联想，想起陈啸之国外社交平台上那些金发美女，端着碗沉默了三秒。

她颤声开口："奶奶，这汤我不喝了，榨菜有吗？"

沈奶奶一愣："应该蛮合你胃口的吧？"

"是——"沈昼叶拖长了声音，悲痛道，"但是我症状又升级了一点儿，在做完自己的心理疏导之前，估计是吃不下他做的饭了。"

沈奶奶眉毛一抬："症状升级？心理疏导？"

沈昼叶跑去柜子里找榨菜，端回去就白米饭吃，热汤被她晾在一边。

"症状升级……"沈奶奶重复着。

沈昼叶夹了一筷子榨菜，温和地说："奶奶，也没什么大事儿，就是觉得这个汤他肯定做给别人喝过，而且他对另一个喝汤的人，也许比对我要好。"

沈奶奶家离大学相当近，步行可达，沈昼叶吃过早饭后，抱着自己的电脑和手机，还拿上了奶奶的饭卡和证件，打算上午就在大学的图书馆里泡过去。

沈昼叶身边堆满了厚书，演算纸在一边铺着，她把头发整齐地扎在脑后，马尾辫卷卷茸茸的，她用铅笔演算，抬头看向屏幕上密密麻麻的她已经打了许久交道的数据。

陈啸之认为自己提出的假说是可行的，但是找不到证据去证明。

沈昼叶在回国后仔细思考，认同了陈啸之的部分观点，还有一些她觉得有价值的争议，打算等陈啸之有空了再和他讨论，尽量达到一个能互相说服的平衡点。

然而目前的局面仍是僵局。

图书馆几乎被本科生占领，沈昼叶旁边年轻的学生应该是她的直系学弟，正埋头苦搞量子力学，看上去都快疯了。沈昼叶看了那素不相识的学弟一眼，想起自己刚开始学量子力学的时候，忍不住打了个寒战。

可是，那时的痛苦在科学研究的维度上，甚至都不算上跑道。

那都是前人总结出的精髓，有着有正确答案的习题和有问必答的老师。

但科研不是。

科研是踽踽独行，是盲人摸象，导师只负责导，和你一样不知道“能不能做出东西来”“我只是猜我可以”，而且，摸到最后，可能还会发现那根本不是大象，其实是一只老虎，从头错到尾。

这种还是幸运儿，毕竟他们还摸到了东西，很多人可能什么都摸不到。

沈昼叶完全没指望自己一上午能有什么突破，她也不想折磨自己，一到饭点就把电脑一合，夹着去食堂吃饭。

大湖清澈透亮，白塔斜斜地倒映其中，青翠细柳垂入湖中。沈昼叶走在湖畔，有一搭没一搭地琢磨着过几天还要去和周院士见面，也不知道他要和自己聊什么，一抬头，看到远处两个熟悉的、正在热切交谈的身影。

沈昼叶自侧袋摸出眼镜，往鼻梁上一架，定睛细看。

陈啸之和李磊并肩走在路的另一侧，老松树掩映着他们，柏油马路将她与那两个人分成泾渭分明的两个世界。

大概是要来见合作对象的原因，陈啸之穿得十分正式，昂贵的衬衫袖口稍稍挽起，鼻梁上架着金边眼镜。

李磊带着一丝巴结与这位青年才俊说话，陈啸之则对李磊礼貌微笑。

有古老蓊绿的树影掩着，那两个人都没发现有一个熟人与他们的距离如此之近，可他们交谈的内容，被多事的风一句不落地传进了沈昼叶的耳朵里。

“要等下个学期设备到了。”李磊说。

陈啸之友好地问：“李老师，您协调实验室需要多长时间？”

沈昼叶从来没见过陈啸之与一个刚认识不久的人那么热络，她怔怔地看着那两人并排朝远处走去。

树浪于风中起伏，天气阴沉下来，像是有大风雨将要来临。

沈昼叶觉得有些无力，仓皇环顾四周，在湖边找了张石凳坐了下来。

虽说是十一假期，但不是所有的学生都会回家，有一些军训刚结束的小黑煤球嬉笑着经过，还有一些手拉手去上自习的小情侣打打闹闹地自沈昼叶的身前跑了过去。

其中那个小姑娘恶狠狠地说："姓岑的你今天死了，我昨天晚上看恐怖片害怕，让你陪我连麦睡觉，你打游戏打到天亮？游戏比女朋友还重要是吧？"

那姓岑的男孩儿信誓旦旦："游戏害人，宝宝你别生气，下次我一定听你的话，陪你看恐怖片。"

小姑娘拳头一挥："我说的是这个？我把你骨灰都扬咯！"

沈昼叶看着小情侣跑远的背影，扑哧笑出了声。

"听话"在一段关系里很重要，可沈昼叶不需要这么沉重的词语，她想要的，比"听话"平凡得多。

沈昼叶并不需要对方哄着捧着自己，只是希望自己的建议能被倾听，能有被采纳的资格。

陈啸之仍然在和李磊打交道，这是沈昼叶早就该想到的，毕竟陈啸之已经给她打过预防针了，说这件事儿与她无关。可是即便如此，她还是感到难过。

沈昼叶在长凳上坐了很久，久到雨滴"啪"地落在头上，她才一惊，拖着自己的包站了起来。

不如分手算了。

那个念头终于从沈昼叶的心里破土而出。

暴雨倾盆而下。

淅淅沥沥地下着雨，葡萄藤在雨中簌簌作响，四四方方的院子恍惚回到清末民初。

屋檐下摆着一把贵妃折叠椅，竹子被磨出岁月的朱红色，沈奶奶躺在上面，沈昼叶抱着一只圆滚滚的竹夫人，脑袋靠在奶奶身边。

沈奶奶扑着蒲扇，祖孙俩在檐下看雨。

"我答应他的时候，觉得那是最好的选择，"沈昼叶小声说，"毕竟这么多夫妻都凑合着过一辈子了，他对我感情不够也没关系……"

“确实有不少人是这样的。”沈奶奶闭着眼睛道，“一辈子举案齐眉的也有，但是……”

一切都不需要说透了，那句“但是”足以回答一切问题。沈昼叶在她从小长大的小四合院里闭上眼睛。檐下雨水冲刷着大地石砖，青苔新绿，葡萄藤乌黑。

“晚上吃什么？”沈奶奶问。

沈昼叶放下乱麻一般的思绪，乖乖地答道：“不吃榨菜。”

沈奶奶“哧”地笑了一声，将小孙女抱着的竹夫人一把拽了出来，示意孙女躺在她的位置上，然后趿了双拖鞋，准备去厨房做菜。

沈昼叶茫然地在贵妃椅上盘腿听雨，竹条繁复的纹路压在她的小腿上，将皮肤压红。

明明是个大人的模样，做事却娇得像个孩子。

小时候苦恼零花钱不够，长大些苦恼朋友和同学关系，苦恼月考成绩，后来烦闷的东西逐渐复杂。

现在这个孩子不想要不将自己视为唯一的爱情，她认为对方不爱她。

沈奶奶轻轻摸了摸小姑娘的额头，示意她先睡一觉，睡醒了起来吃饭，小孙女很乖地闭上了眼睛，窸窸索索地卷上了夏凉被，手机放在扶手上。

好乖，沈奶奶想，也不知道我儿子儿媳是怎么养出了这种小可爱，怎么这么听话招人疼呢？哪个男的不爱她，可真是瞎了眼了。

突然，椅背上的手机微微一震，沈奶奶好奇地低头一看，看到微信的对话框，发信人“Chen”。

“宝宝？今天怎么不说话？”

沈奶奶抬眼，孙女已经睡着了。

沈昼叶一觉醒来，看到陈啸之发来的消息，发现他居然叫了自己“宝宝”。

如果陈啸之没问题的话，“宝宝”这个称呼还挺甜的，但沈昼叶心里总是堵得慌。

沈昼叶是真的爱陈啸之，只是陈啸之说过的话做过的事儿无法被抹消，深夜里如骨附蛆的对白仍在。她意识到自己完全无法忽视陈啸之对自己带来的伤害，更无法接受一段不圆满的感情。

哪怕对方是陈啸之也不行。

沈昼叶打算先保持距离，别让自己的决定显得太突然，她斟酌了下措辞，疏远地回复："我刚刚睡了一觉，以为你今天很忙。"

陈啸之几乎是秒回："今天还行。明天中午一起吃个饭？"

你如果也能像我一样就好了，沈昼叶酸涩地想。

她揉了下泛红的眼角，按着手机屏幕："我明天约了人。"

陈啸之说："晚上也行。"

你如果没有伤害过我就好了，如果你没吐出过那些伤人的言语又对我提出复合的话，我会欣喜若狂。我也许现在还蜷在你家看雨，毫无隔阂地与你接吻。我不会躲着你，更不会这样斤斤计较，不会将你说过的每一句话、做过的每一件事儿都掰开，放在天平上衡量。

沈昼叶蜷在自己儿时的小床上，对他说："约到了晚上。"

"那行吧，约了谁？"陈啸之又问，"还有，你和周院士约的哪一天？我在国内的事儿差不多处理完了，你看下时间，我去订机票。"

沈昼叶忽略了他第一个问题，看了下日历，回复："周二。"

陈啸之问："行，我订周日的机票没问题吧？给你留几天在国内玩玩。"

沈昼叶说："好。"

她将对话掐死，居然有种亲手掐断了一朵花的疼痛。

那朵花历经寒冬，花苞将将地绽出个尖儿来，沈昼叶掐断它时还能清晰地意识到它有多稚嫩。

它在自己的手中被彻底掐断了。

沈昼叶的眼泪吧嗒吧嗒地掉了下来，心里疼得难受，可她知道这是对的，这不该妥协，这样的陈啸之断然不可接受。

十五岁的她会这样做，二十五岁的她亦然。

就像她们在那个温暖如春的空间里所说的那样。

"我从来不会妥协。"

我想要的梦不只是宇宙而已，我得不到我想要的，我宁可一无所有。

可是真的好疼啊。

沈昼叶看见床头石灰墙上她小时候用铅笔画的歪歪扭扭小人，写的"沈昼十"。人生各个阶段都有烦闷，她小时候写不对名字，总被朋友嘲笑，那几乎是她那时候唯一的苦恼。小昼叶总觉得长大了就能解决——我变成大孩子就写得对名字了。

长大了的沈昼叶再也不会写错名字，却为学业哭过、为离去不再回来的人流泪、为无可奈何的现实痛哭……如今还会为她亲手放弃的感情流下热泪。

分手的契机非常不好找，连“分手”这两个字都很难说出口，沈昼叶想起魏莱上大学时曾经连着三个星期每天晚上十一点之后都找沈昼叶夜聊，内容就是“我该怎么跟男朋友提分手，我好想分手啊我快疯了……”

持续了三个星期后，魏莱终于找到了机会，在KTV对当时的男朋友高歌一曲《分手快乐》，然后对他说了分手。

感情生活相对丰富的魏莱女士等了三个星期才等来这个机会，感情生活则贫乏得多的沈昼叶，人生唯一一次说“再也不见面”这种狠话还是和陈啸之，只不过那时候陈啸之是过错方。沈昼叶下了决定后特别狠，给陈啸之打了个电话把他约出去，陈啸之出现时满怀希望，结果沈昼叶是来告别的。

沈昼叶的眼眶红得像兔子，回想过往峥嵘岁月，发现那时候提得特别干脆，但是这次好像没那么容易，毕竟这次陈啸之什么都没做错。

但是好像又处处都错了。

凌晨，睡不着觉的沈昼叶抽了张纸擦鼻涕，憋住眼泪，心里堵得想去找魏莱喝酒，但是又想起自己喝醉了酒的臭习惯——辱骂陈啸之。

十年如一日，坚定不移心如磐石，没有一次是例外的。

沈昼叶感觉好气，眼泪汪汪地说：“呜呜呜我要咬死他……”

与此同时，坐在客厅面对电脑的陈啸之打了个喷嚏。他皱起眉头，去阳台检查了下门窗，门窗紧闭。

他看了一眼墙上的表，时针指向深夜三点，客厅空旷静谧，冷风飕飕的，甚至可以说是冷清到缺乏人气。

其实很正常，陈啸之习惯独居，这里还是他最不常来的、仅能称得上是落脚点的房子。他过去一年仅回国一两个月，只有阿姨每隔几个月来打扫一次，

可是沈昼叶在的时候，不是这样的。

陈啸之痛苦地喘了口气，又将注意力集中在屏幕上。

检举一个人并非易事，首先要注重保存证据，陈啸之将那些邮件来往分门别类地整理好，沈昼叶自印尼带回来的、恢复好的笔记本硬盘放在一旁。不得不说，沈昼叶习惯很好，她所有的原始数据都有日期明确的备份。

往来的邮件、第一批原始数据和旁观者一致的证词。

陈啸之耳朵里塞着耳机，耳机里流淌着沈昼叶一个师弟的声音——那个师弟家里有孩子，这些材料都是他躲着孩子录的。

“是别人的话我其实不太愿意挺身而出的，一次端不掉他不就完了吗？毕业论文都不会给你签字的，工作、实习甚至读博全部泡汤……我现在都不敢让我媳妇儿知道。沈小师姐这个人——”那年纪都快三十了的师弟说完就笑了，道，“您可别笑，我们整个课题组都这么叫，虽然她年纪比我小得多，但这声师姐我叫得心甘情愿。她是个很好的前辈，是个当得起‘学者’二字的人。”

“所以我愿意为她出来指证。”师弟在录音中说。

陈啸之眼睛一眨，他的瞳孔深处蕴着水。

师弟的叙述十分缓慢，他是后来直博的学生，是沈昼叶四年时光的旁观者，也是知道的最多的一个。

陈啸之听得发抖，极力忍耐，却仍然暂停了数次，后来几乎是咬着牙在听。

听那些在他没有看到的时候，他的阿十所经历的一切。

“以上的事情，我保证完全真实。”沈昼叶的师弟说完，只剩些微的电流声，陈啸之正准备摘下耳机，却忽然听见师弟又开口了。

“陈教授，”师弟停顿了下，“您先前问过的都是师妹们，对吧？”

陈啸之一愣。

确实，沈昼叶所在的课题组有点儿阴盛阳衰，和沈昼叶走得较近的也都是女孩儿。师弟提这个，是要做什么？

“有些事儿师妹们可能不会说。”沈昼叶的师弟道，“女孩子们可能会羞于启齿，陈教授您和她们也不熟悉，她们并不会告诉你。但我劝您多留意一下，据我所知，其实还有故事。”

接着，师弟那边传来孩子的哭声，他老婆叫他赶紧给孩子换尿布，师弟忙不迭回应，录音进度条到头。

窗外的大风吹着窗户玻璃，雨水噼里啪啦地砸向世间。

合上电脑后，客厅里唯一的光源都消失无踪，陈啸之沉默地坐着，如同岩石一般。

陈啸之第二次以自己正好路过为由去见沈昼叶时，沈昼叶表现得一切如常，只是好像更沉默一些，用一种很温柔还带着点儿难过的笑容看着他。

陈啸之觉得她是心情不好，问她要不要出去走走，到外面去吃个饭。沈昼叶摇头婉拒，似乎是对和他出去这件事儿一点儿兴致都没有。

沈昼叶小声道：“我奶奶还在等我吃午饭呢，那我先回去了？”

陈啸之笑了下：“行。”

老杨树的阴影投在沈昼叶的面颊上，她的裙子被风吹得鼓了起来，胡同老旧，秋色初上，女孩儿站在其中，有一种处在老照片中的美感。

“那我进去啦，”沈昼叶温柔却又带着一丝疏离道，“你也好好吃饭哦。”

陈啸之靠在车边，目送沈昼叶的背影，发觉沈昼叶与他总是隔着一层纱，又想起沈昼叶这两天的冷淡和她如今的疏离，没来由地一阵发慌。

他总觉得，自己又快要失去她了。

陈啸之握着车门把的手微微发抖。

应该是错觉，陈啸之在心中近乎绝望地想，我已经无法再经历一次了。

别再有第二次了。

第三十二章

一个局

沈昼叶在奶奶家看文献，看累了，深觉大脑缺乏糖分，便去校园超市逛了一圈。

超市的灯光有些昏暗，零零星星有几个来买蚊香的学生。

沈昼叶从货架上拿起甜牛奶时恍惚了一下，想起十五岁时她也请陈啸之喝过这个，那时他们还在华清园上课，陈啸之一脸找碴儿地说他不喝甜的也不喝奶，最终却把她买来的甜牛奶抢走，喝得精光。

沈昼叶心想：陈啸之这个垃圾少爷脾气。

天昏昏欲雨，连风都是灰蒙蒙的。

沈昼叶买完东西回来，看见胡同口有一个小女孩儿扎着小羊角辫穿着小短裙坐在路边，和一个小男孩儿吵架。

小男孩儿眼神充满坚定："我说了小火龙就是小火龙，亚古兽长得比小火龙凶，而且两个完全不是一个动画。"

小女孩儿脸上写满倔强："数码宝贝和神奇宝贝为什么不是一个动画？都是宝贝啊！"

两个孩子年纪尚幼，个子很矮，不过五六岁，女孩儿小腿上被蚊虫叮出红红的包。沈昼叶嗤之以鼻地心想小孩子争执的东西真无聊，数码宝贝和神奇宝贝怎么可能是同一个东西，简直想上去科普……

她突然看到两个孩子手边放着两个小瓦罐，上头戳着吸管，瓦罐胖胖的圆圆的，那是她小时候最喜欢喝的老酸奶，没想到现在的孩子也喜欢喝。

沈昼叶又凝神一看，发现两个孩子虽然在吵架，却很有些青梅竹马闹别扭的模样。

不过下一秒，那对小青梅小竹马就卡比兽和亚古兽哪个是龙哪个是大胃王的问题大打出手。

沈昼叶面无表情，加快步伐回家，将奶奶家的门扉合拢。

奶奶去医院拿药了，家里一个人都没有。

沈昼叶坐在沙发上抱着电脑继续审视那些数据，试图从里面找出头绪，可是她看着那些数字，思绪却忽然飘回到那两个孩子身上。

人在长大的过程中会丢失很多东西。

小时候的沈昼叶嗅觉敏感，能嗅到冬天的气味。那气味往往夹在刚从冰天雪地中归来的爸爸的外套上，是一种冷冽的棉花与腈纶混合的味道。可是长大后，那个味道便消失得无影无踪，像是从来不曾存在过。

小时候看世界，奇迹无处不在。

一片冬青树叶可以化为翱翔的飞机，可以成为顺大河飘走的小船，可以变成用石头切开的过家家专供的“菜泥”。小卖部里一切都花花绿绿的，摆在货架顶端的玩具是世界最后的宝藏，货架像是被恶龙看守的金库那般充满吸引力，五角钱的辣条、一块钱的墨水还有高贵的甜牛奶。

可是如今，沈昼叶再也不会去吃五角钱的辣条，不会让蚂蚁在白纸上乱爬，也不会去玩过家家……连甜牛奶也不像小时候那样好喝了。

长大伴随着遗失、遗忘，终究磨灭掉最初看待世界的感动。

从生命中消失的一切，应该也不会回来了吧?

雨水噼里啪啦地落下，坐在客厅的沈昼叶撑着腮，琢磨着那两个孩子的未来，接着她长长地叹了口气，低下头继续看数据。

微信“叮”地跳出一条消息，是陈啸之发来的：“下午一起吃饭，别忘了。”

沈昼叶一愣，终于想起今天是和周院士以及李磊一起吃饭的日子。

她别扭地看着手机屏幕，等了半天也没等来陈啸之的一句“宝宝”，只得屈尊纡贵地放下身段回复：“好的。要穿正式一点儿吗？”

陈啸之回得很快：“随便，穿好看点儿。”

这哪儿叫谈恋爱啊！简直就是学生会例会前会长布置任务，对话充满了浓浓的同僚气息，别说甜甜蜜蜜的恋爱酸臭味了，公司同事估计都比我们看上去更亲近……

也不知道陈啸之这辈子叫过多少人“宝宝”，在我这里就只有一次，说不定还是他叫漏了嘴。再看看自己，不仅十年都不能放下，甚至现在还惦记着一声“宝宝”，对一切斤斤计较。

早分早好，我的感情里不该有妥协的成分。沈昼叶茫然地想。

闷雷滚过云端，院中的月季花瓣落了满地，红漆柱子后的小笸箩里栖息着几只胖滚滚的小麻雀。

室内，沈昼叶蜷缩在奶奶的书堆里，一边整理数据一边悄无声息地擦眼泪。

她想起陈啸之的拥抱。

十年前看完《机器人总动员》的寒冷冬夜，陈啸之哑着嗓子说她才是伊娃，然后紧紧抱着她，沈昼叶至今记得那怀抱像个火炉；又想起十年后在印尼的那天，陈啸之几乎将她勒进骨血的拥抱，那拥抱像把锁；陈啸之在车里说在一起的那天，拥抱却像把刀。

一股疼痛自骨髓里攀了上来，早知道该亲亲他的，沈昼叶擦着眼泪想，现在再想亲他，好像已经晚了。

沈昼叶哭得几乎喘不过气，眼梢像被血染红，眼泪一滴滴地朝外滚落。

那痛苦的样子，像是要将什么融入血脉的东西从身体中剜出去似的。

下午四点时陈啸之发来微信，说过一个半小时去接她吃饭，沈昼叶看到微信后用手臂擦干眼泪。

既然是最后一次约会，总要有个道别的样子。

沈昼叶看着镜子里的自己，细致地化了淡妆。她平时几乎不化妆，在学校没必要更没有时间，但其实她很擅长打扮自己。

她用底妆遮住了自己红肿的眼角，尽力遮盖自己哭过的痕迹，又涂了鲜妍的口红。

沈昼叶原本就生得漂亮，化妆之后更像四月的花朵一般光彩照人。

她抬起头，看见书桌上摊着烫金的通信本。通信本厚厚的，里面夹满了她和小昼叶来往的所有书信，那里满含了对陈啸之的情谊。

“那少年为我翻过墙，带着我走过大街小巷，我们看过玫瑰星云和猎户星座，看过昴星团，那天晚上风很大，最后一片月季花瓣都掉在了地上。他是属于我的星星、月亮和太阳。”

可是。

“我学不会妥协。”她们说。

沈昼叶努力忍住不哭，去挑衣服。

她毕竟是临时回国的，在国内剩的衣服不太多，她想了下，找出那条魏莱送给她的水蓝色的裙子，在身上比量了下。

那条裙子的确适合她，像是为她量身定做的一般。

魏莱送这条裙子时对她说：“适合穿着去见最爱的人。”

沈昼叶将裙子的腰封束起来，又费了九牛二虎之力，将一头卷发整整齐齐、服服帖帖地披在脑后。

沈昼叶看见镜子里的自己。

镜子里的姑娘令人想起春天的梨花，虽然眼里有水光，可是目光坚定不移。

就是哭得有点儿狠，怎么都遮不住鼻尖的红。

大雨倾盆，沈昼叶撑着雨伞，将奶奶家的门合上了。

胡同口歪脖老杨树下停着一辆与周遭环境格格不入的通体漆黑的车。陈啸之就站在车旁，一身剪裁合体的昂贵西装，越发衬得他肩宽腿长身材性感，犹如走高定的男模。

他看向沈昼叶的方向，当即一顿。

沈昼叶蒙蒙地打招呼：“我来……了？”

陈啸之撑着伞，不太自然地问：“你……你这是化妆了？”

他居然也能发现的。

沈昼叶温和地笑了笑，答道：“是啊。”

陈啸之接过沈昼叶的伞，给她开车门，沈昼叶发现陈啸之的耳朵有点儿红，像是在害羞。

陈啸之的动作忽而一停，不自然地伸出手在沈昼叶鼻尖上点了点，问道：“你鼻子怎么红了，是哭了吗？”

沈昼叶努力遮掩：“我鼻尖红了吗？”

但是她实在不擅长撒谎。

“你为什么哭了？”陈啸之看着她，低声问，“谁欺负你了？嗯？”

沈昼叶没回答。

紧接着，陈啸之触电般移开了双眼，将车门打开了。

“谢谢。”沈昼叶坐在了副驾驶座上。

雨刮器刮着挡风玻璃上的雨水，前方雨雾晦暗，柏油马路笔直地通向钢筋水泥筑就的都市。

陈啸之坐进车里，将两把雨伞塞进后排，唠家常般道："这几天天气太差了……不知道他们爱吃什么，但是我定的馆子是你爱吃的，去了之后想吃什么随便点。"

沈昼叶抱着自己的小包，礼貌地点了点头。

陈啸之心情颇为不错地说："我这边暂且告一段落了，明天带你出去玩吧？想去哪儿你说，自驾游也行。"

"不用啦。"沈昼叶笑了笑。

陈啸之抿了下嘴唇，声音沙哑地提议："不想自驾游，想在市里转转也行，我跟你一起逛……"

"不用了。"沈昼叶这次态度有些生硬。

陈啸之只停顿了一瞬，便又问："那你想去——"

"等一下，我有话和你说。"沈昼叶平静地打断了他。

沉默在他们中间流淌了许久，直到陈啸之终于颤抖着开了口："你讲。"

他在不安？他会难过吗？

沈昼叶斟酌了一下，终于鼓起勇气，对陈啸之说："我想了很久，我们还是分手吧。"

她说完这句话，抬头望向陈啸之。

沈昼叶的心都要碎了，那朵绽放在春天的花儿被她连根拔净。

可是，人生除了爱情之外，还有存在无数可能性的远方。

"我不是对你有意见，"沈昼叶小声道，"我只是觉得我们还是停留在原先的关系比较好，答应交往是我太莽撞了，我们很难回到从前，以后做朋友会更好，你如果看我不顺眼的话，我也可以去换个导师。"

陈啸之双目赤红地看向远方，握着方向盘的手都在发抖，青筋凸起。

在暴雨敲击车顶之声中，沈昼叶酸涩地对陈啸之说："我们走得太远了，就算我想找你叙旧也不知从何叙起，怎么都觉得陌生。"

"我想要的，你给不了，你想要的，我也拿不出来。"沈昼叶嗓音里带着哭声，"所以，我——"

我们分手吧。

陈啸之忽然抬起手，示意她别说了。

雨水贯穿天地，前路迷蒙，陈啸之平静的语气中蕴含着细微的颤意，问："你是认真的？"

“是。”沈昼叶清晰地答道，她不再敢看陈啸之，别过头拼命忍住即将夺眶而出的泪。

他们两个人谁都没有再说话。

过了不知多久，陈啸之拧了下钥匙，汽车引擎发动，车灯映亮前路。

沈昼叶听见沉默的空间中陈啸之粗重痛苦的喘息声。

是默认了。沈昼叶别开眼，觉得一块石头终于坠下，只是心里空得发疼。

她望向窗外，唯有灰茫沉暗的风和散不尽的雨雾，仿佛这世上不会再有放晴的那天。雾雨的尽头有一滴被倒映的泪水，沈昼叶眨了下眼睛，于是，车窗中倒映的泪滚落下去，“啪”地砸在沈昼叶如天空般蔚蓝的裙子上。

陈啸之一路上一句话都没说，他目视着前方，驾车穿过车水马龙的街头。

长街喧嚣，华灯初上，路灯映着姹紫嫣红的霓虹与水洼。陈啸之定的酒楼就是沈昼叶爱吃的那一口，又尊重了周院士的习惯。

陈啸之开车进去时门童礼貌地对他鞠了个躬，车在地库停稳，陈啸之头也不回地下车，将车门重重甩上。

地库的灯穿过挡风玻璃，昏暗阴沉。

沈昼叶不打算带着眼泪去吃饭，坐在空荡的车中擦拭眼角。

副驾车门“咔嗒”一开。

陈啸之扶着车门，声音沙哑地道：“出来吧。”

沈昼叶揉了揉鼻子，小声说：“谢谢。”

她与陈啸之一起穿过灯光暗淡的地库，站在了电梯前。

沈昼叶低头看着自己的鞋尖，半天冒出一句话：“所以，我们是分了，对吧？”

陈啸之沉默许久，终于动了下嘴唇：“嗯，分了。”

电梯到了，陈啸之按住电梯门，示意前女友先进。

“说起来，我还没和周院士吃过饭呢。”沈昼叶努力打破沉闷的气氛。

陈啸之站在她身边，低声道：“周老师人挺好的，很随和，你当寻常吃饭就行了。”

“不过，你今天让我来，是要干吗呀？”沈昼叶问。

陈啸之过了好一会儿才说：“你一会儿别乱说话，别打圆场。”

“好呀。”沈昼叶回答完又呆呆地问，“那我回加州之后需要换……换导师吗？”

“随便。”陈啸之的呼吸微微粗重，“你对我的课题不感兴趣的话就换一个，感兴趣的话就不用走。”

“挺感兴趣的。”沈昼叶诚实地道。

陈啸之“嗯”了声，接着，电梯一响，到了他定的包间楼层。

沈昼叶抬起头望向他，好像在问他谁先走。

女孩儿眼底清澈，像是个无法直面风雨等待保护的孩子，和小时候如出一辙。

陈啸之感到一种灵魂骨肉都被剥离出去的疼痛。

李磊好像比之前更秃了，也发胖了，显然是最近伙食不错。沈昼叶出于礼貌唤了声“老师好”，李磊并不是会在外人面前发作的人，这点儿面子还是会给的，便也和沈昼叶寒暄了两句。

“裙子挺漂亮的。”李磊不冷不热地道，“在加州怎么样？”

沈昼叶正要实事求是地回答他，陈啸之的声音却插了进来，平静地说：“挺好的。李老师您这个学生又勤劳又有天分，在我们课题组做得很不错。”

正准备找碴儿的李磊干笑两声。

沈昼叶看向主客位上的周院士，周鸿钧院士今天精神不错，平和地看着他们，灯光柔暖地罩了下来，笼在老人的面容上。

陈啸之作陪，与他们聊科研，聊回国后的待遇。

沈昼叶在一边夹菜吃，不参与他们的讨论，周院士偶尔应和陈啸之一两句，随后，服务员上了酒。

“周老师，”李磊笑着问道，“您喝点儿红的还是喝点儿白的？红白都有，陈教授请客，大手笔，花钱半点儿不带心疼的，老师您看，这可都是好东西。”

周鸿钧老师温和地笑道：“我年纪大了，什么没喝过，早就不馋这个了。小沈，你喝吗？”

沈昼叶一愣：“其实我挺想一醉方休的……但是今天就算了，我也不喝。”

国内请客办事吃饭，大头永远落在酒水上，沈昼叶不懂看牌子，但总归认得那些值钱的大白瓶。

陈啸之签了单子，和李磊酒杯一碰，喝了起来。

沈昼叶发现陈啸之好像一个酒缸，特别能喝，喝了之后还面不改色，简直是把李磊往死里灌，偏偏他还脸上带着令人如沐春风的笑容。

“这杯您可得跟，”陈啸之笑道，“您不喝这个，可真不够意思了啊。”

“陈教授的面子能不给吗？”李磊馋酒，将酒喝完，酒杯倒着一扣。

“陈教授年少有为……”

“当不起……”

他们是专程来喝酒的？沈昼叶忽然觉得奇怪，周院士才应该是这个饭局的主宾。这饭局，不应该是来推杯换盏增进合作对象感情的吗？

沈昼叶懂得的人情世故实在有限，只得扭头看向周院士。周院士也不恼，笑盈盈地夹虾吃，又给沈昼叶推荐这家的醉虾。

“挺好吃的，”白发苍苍的老人笑着说，“在美国可吃不到这样的虾，小沈，多吃点儿。”

包间里金碧辉煌，桌子上摆着一排酒瓶。

陈啸之一斤白酒喝了下去，居然半点儿不虚，只有脸上泛了点儿红。他给李磊斟酒，将酒盅满上，动作娴熟，按老人家的话说，就是“有眼力见儿”。

李磊却已醉得不轻，脸都涨成了猪肝色。

“李老师，我再敬您一杯。”陈啸之吐息中都是酒气，将酒一端，“老师，您组里出了这么多成果，不只有周老师的照拂，更重要的还是您自己的努力，这杯下去，祝您事业节节高升，万事如意。”

李磊喘着粗气道：“喝——这可喝不动了——”

“这不就是水吗——”陈啸之拖着长音，似笑非笑地看向李磊，“您喝不下去的话我陪您喝，您半杯我一杯，咱这才哪儿到哪儿啊？”

这是沈昼叶头一次看陈啸之灌人，简直疯了一样。

陈啸之倒满白酒，酒杯一端，喉结一动，闷得一干二净，耀武扬威地看向李磊。

沈昼叶吓得不轻：“老师我去劝劝他们别喝了吧，太……太吓人了……”

周院士和蔼地笑笑：“没事儿，年轻人想喝就喝去吧，喝点儿又怎么样？我年轻也馋酒呢。小沈你平时不喝吗？”

沈昼叶一想自己在院里靠喝酒喝出的名声，羞耻地撒谎：“不……不喝。”

周院士乐呵呵地说：“读博压力太大了，我准备毕业答辩的时候压力大到频繁宿醉，差点儿醉着酒见评委。”

沈昼叶感到耻辱：“有、有时候我也喝点儿，但是酒量浅，酒品又不大能见人。”

两人闲聊着，他们对面，灌酒仍在继续。

陈啸之中间去了次洗手间，回来时半点儿醉酒的样子都不剩，李磊却被灌了个烂醉如泥。

陈啸之从洗手间回来，在沈昼叶的椅背上一撑，哑着嗓子问她：“吃饱了？”

沈昼叶乖乖地点了点头。

如果不是全程围观陈啸之灌李磊的话，只有当他凑近的时候，沈昼叶才能发现他喝了不少，身上酒味浓重，眼里有深重的惫色。

陈啸之俯下身，带着浓厚酒气，低声问沈昼叶：“给你点个果盘？”

动作极其自然。

沈昼叶一愣，小声答道：“不要了。”

陈啸之似乎终于想起来他们分手了，身体僵了一瞬，接着惨淡笑笑，对沈昼叶说：“好。”

他坐回自己的位置上，又开了瓶红酒，温文尔雅地笑道：“这可是好酒，李哥来点儿吗？”

李磊脸红得像血，大着舌头问：“你——你怎么——不醉呢？”

陈啸之慢条斯理地道：“我上头慢。”

李磊贪杯，没拒绝，目光迷离，陈啸之给他满上，灯光映着杯中血红的酒。

“周老师这么多年身体欠佳，有心无力，对下面的课题组差不多是放养。”陈啸之似是闲谈，目光却直直地望向李磊，“李哥在一个全新的领域从零起步，没几年时间就快做成国内的顶尖实验室了。怎么做到的，说说呗，我想学学。”

李磊是真酒精上了头，“嗤”地笑道：“学生啊，学生，小陈。”他醉醺醺地道，“你叫我一声哥，我就说句掏心窝子的话，导师重要的不是科研水平，是得会用学生！要不然怎么说生源这么重要呢，沈昼叶一个本校生源就能做到这个地步……不过话说回来了，别看沈昼叶给我干了三年活儿，我是半点儿都看不中她，直肠子一个，不能成事儿……”

沈昼叶觉得有些尴尬，抬头望向周院士，发现这位清癯瘦削的老人紧紧盯着对面，手里捏着他那杯碧螺春。

“哦？”陈啸之在灯光中抬眼，温和又瘆人地问，“为什么？”

李磊醉得一塌糊涂，连和谁一起吃饭都忘了：“她再怎么厉害不都只是个学生吗？说句不好听的，不就是我养的狗？沈昼叶用的是我的地方，花的是我的经费，那就是我的东西。我拿她文章，拿她成果，她敢说一个‘不’字吗？”

沈昼叶闭上眼睛。

不公存在在这世界上的每一个角落，只有灯亮起时才能被人看见。

那些以各种形式反抗过，甚至最终以牺牲自己为代价的青年人，他们的名字当时响亮，可在公关与公众沉默的螺旋背后，在事情过去数年后的如今，大家甚至连他们的名字都想不起来，众人忘记了他们所经历过的所苦闷过的一切。

可他们都在这世上真实地存在过，哭过痛苦过，只是，灯在他们死后才亮了起来。

沈昼叶在心里将陈啸之骂了几千遍，不愿继续受辱，艰难地开口：“老师……”

“你别说话。”周院士停顿了许久，沙哑地说，“我在听。”

陈啸之头发凌乱，逆着光看不清表情，只见他漫不经心地伸直手臂，点了下手机屏幕，又给李磊斟满酒。

“然后呢？”陈啸之清醒地问道，“李哥，你拿走了她什么成果？”

李磊大着舌头，手指在空中乱舞：“她研究生第二年……那个，那个啥来着……”

“还有第三年那个专利，不过那都是小东西……”

“今年……”李磊醉醺醺地道，“不过沈昼叶真的太不识好歹了。”

陈啸之整个人都紧绷着，拿着酒杯的手细微发颤，直直地望向周院士所在的方向。

“我没骗您。”陈啸之嗓音沙哑地对老人说，“您的学生们也没有。”

沈昼叶终于发现，这居然是一个局。

她有些想哭，心里酸涩得像是被捏碎了一般。

他也会为我做到这个地步啊……就像十五岁时，他在倾盆大雨里从混混们的手中救下我那样。

十年岁月，仍然鲜明如昨。

只是陈啸之应该不会再诉诸武力了，他的年龄和阅历会告诉他，武力只是逞一时之快，无法从根源解决问题。

“明明、明明……我也不、不想把她弄到那个地步的……”李磊仍然醉醺醺的，浑然不觉陈啸之做了什么，更意识不到在场的还有他的领导，又大着舌头道，“还挺好看一小丫头，还挺……挺烈，连摸个手都不、不乐意。”

沈昼叶一时间头都要炸了。

那是研一发生的事儿，她当时为了拒绝连退学的话都说了出来，因此后面李磊没有再提。只是偶尔，李磊还是会做出些亲密到令人作呕的举动，譬如附到她耳畔说话。

课题组里的每个师妹都或多或少地遭遇了一些性骚扰，不严重，躲不掉。

包厢静谧了许久后，终于有人开口。

“沈昼叶，”陈啸之的声音像是从牙缝里挤出来的，“出去。”

沈昼叶不知道陈啸之要做什么，但是直觉自己不能走，她看向陈啸之，发现他双目赤红。

“可是——”

“出去，现在回家。”陈啸之语气冰冷如铁。

周院士收回目光，淡淡地道：“走吧，小沈，扶我下。”

沈昼叶应了声，又忍不住扭头看陈啸之。

包厢的灯落在他的身上，这男人周身仿佛结了一层冰霜，冰刀般的目光看向一旁的李磊。

周院士伸出了手，沈昼叶起身搀扶，跟着老人出了门。

醉苏楼外，长街灯火通明，大雨滂沱。

“小沈，”周院士声音苍老，“明天下午一点，你来我办公室，咱师徒俩在你出国前好好聊聊。”

“好。”沈昼叶乖乖应道，又问，“老师，我送您回家？”

“不用，这么晚了，你一个小姑娘家的。”周院士笑了笑，“帮我叫个车吧，现在手机上叫车那玩意儿我怎么也学不会，定位老是不准确，司机总是埋怨。”他自嘲地说，“人年纪大了之后，再怎么努力去学，也总会被时代的浪潮落在身后。”

沈昼叶笑了起来：“哪儿能这么说呢，咱们学院里比您更紧跟潮流的老头可不太好找。”

沈昼叶掏出手机给她的大导师叫车，这个时间，西二旗互联网公司的下班潮颇为恐怖，附近的车调度不过来。

等车时，老人生起皱纹的嘴唇一动："小沈。"

沈昼叶笑得眉眼弯弯，问："嗯，老师，怎么了呀？"

"对不起。"周鸿钧院士在倾盆大雨中沧桑地道，"怀昌将你交到我的手里，是让我教导你、指引你。发生这些，是我照顾不周。"

雨水冲刷大地，楼上传来细微的喧嚣声。

"对不起。"老人痛苦至极，近乎认罪般地道。

第三十三章
阿　十

沈昼叶是步行回去的。

叫车困难，她心里又难受得很，今晚吃饭的地方与奶奶家距离不远，走几步路再横跨母校校园即可。

暴雨冲刷着这座城市，像是要将一切苦痛洗刷殆尽。

沈昼叶撑着自己印着小黄鸭的雨伞，走在待了七年的本部校区中。

长夜里，梧桐叶垂着，花骨朵顺水向东流淌，沈昼叶天蓝色的裙子被雨打得透湿，黏在腿上，她便将裙子撩了起来，打了个结。

沈昼叶觉得眼眶发疼，忍不住一揉，揉出一手的泪水。

我到底在哭什么呢？沈昼叶茫然地看着手背上的水珠。

我是在哭我终于被人看到的苦难吗？还是在哭我终究无望的爱情？

可能两者都有。

那眼泪里既有解脱，又有沉默的伤痛。

她一路哭一路走，每走一步，原先灰败的沈昼叶就剥落一分，现出另一个年轻锐利的女孩儿。她觉得自己的残骸掉进身后的水里，化为与地球一体的灰烬，可是她痛得像是流了好多血。

沈昼叶路过自己泡了数年的实验大楼。

实验大楼灯火通明，师弟师妹们的办公室里亮着灯，那些年轻人应该是迸发出灵感了，发出一阵欢呼。

我好起来了，他们也会的。沈昼叶泪眼蒙眬地祝福他们。

沈昼叶穿过在风雨中激荡的湖面，像是百年来学者的咆哮。

她路过空无一人的操场，路过庄严的雕像，路过古人刻下的诗碑，她路过历史和未来。

在花神庙的门洞前，一个高个子的年轻人走在沈昼叶前面，那青年人说话带着点儿江南口音，似乎是别的学校的学生来参加某个重要的大学生数学竞赛的。

“也还行吧，感觉不太难。”青年人说，“肖然，我快疯了，我每天都觉得活着没意思，我这样到底是为什么？”

你会好起来的。沈昼叶默默地祝福这个陌生人。

上天给敏锐者降下的奖赏与诅咒，是他亲手赐予的来自伊甸园的善恶果。它是智慧和聪敏，然而如果被启蒙者找不到人生的方向，善恶果就会成为如骨附蛆的噩梦。

沈昼叶清楚地知道自己正在重生。不死鸟在火中涅槃，沾着血肉的老旧的羽毛一层层地落在地上，化为沈昼叶走过的路。

可是，真的太痛了。

浥春胡同几乎都快搬空了，完全不复小时候的热闹，留在这里的几乎都是怀旧不愿动迁的老年人。

沈昼叶穿过胡同口时，老杨树在雨中招展，她路过儿时玩伴的家，看见他家门上红漆剥落，原本火红的对联褪成了浅紫色，破破烂烂地挂在雨夜里。

沈昼叶微一叹息，揉了揉哭肿的眼睛，推开了奶奶留着的小门。

院里月季凋败，满地零落的花与枝。

沈奶奶年高困乏，早就睡了。沈昼叶草草地卸妆洗脸，回了自己的厢房。

厢房里有一股湿润而怀念的味道，老书桌上放着一盏绿色的台灯，沈昼叶抽了张纸擦了擦泪水，看见摆在桌子上的烫金的通信本。

她拧开台灯，从头读起那些从十年前寄来的和她寄去十年前的信。所有的信都整齐而鼓胀地挤在书页之中，有种岁月特有的残酷与柔软。

她读到自己安慰小昼叶，让她尽快走出丧父之痛，让她适应环境，让她融入新的集体，找到新的朋友；又读到小昼叶参加回国后的第一次竞赛，和陈啸之相遇，在医院被陈啸之抓住手，读到后来自己不可救药地喜欢上他。

沈昼叶读到二十五岁自己的劝诫，又读到十五岁自己的反抗。

“我对你很失望。”

那你现在还对我失望吗？沈昼叶往后翻，在最后一页，她看见自己许多天前夹进去的一页纸。

“我现在很好。”

时间过去许久，那一张小小的纸却再也没有被传送过去。

这场通信背后是什么？现在结束了吗？

沈昼叶闭上眼睛，捂住胸口，在昏暗的灯光中问十五岁的昼叶——

“另一个平行世界中的我，过得好吗？”

二十五岁的自己无从得知。

本子缄默如石，可是当沈昼叶将手放上去时，却感受到本子深处传来一阵暖意。

沈昼叶的泪水吧嗒滴落。

“我好疼，”女孩儿在空荡荡的厢房里喃喃自语，“我好疼啊。”

窗外大雨倾盆，一道闪电划过天际。

沈昼叶抽噎着坐在老桌子前，原先漂亮的裙子往下滴着水，满头的天然卷遇水更卷，蓬蓬乱乱。

她狼狈地坐了许久，时针过了十二点，窗外大雨更盛，带着毁天灭地的气势。

“唉。”沈昼叶长长地叹了口气，起身，准备上床睡觉。

突然，手机“嗡”地响起。

沈昼叶拿起手机一看，发现是个北京010区号打头的座机，纳闷地接通：“喂？”

电话那头是个语气颇为烦躁困倦的烟嗓大叔：“喂，是沈昼叶小姐吗？”

“是我。”沈昼叶揉揉哭红的眼睛回答，“请问您是？”

响雷在天空炸响，大叔停顿了下，严肃地道：“虽然很晚了，天儿也鬼，但还是麻烦您过来一趟。”

沈昼叶一呆：“啊？”

“成府路那边的派出所。”大叔简短地道，“麻烦尽快。”

大叔通知完了后，就把电话挂断了，沈昼叶连追问的机会都没有。

这还是继沈昼叶补办护照以来第一次去派出所，还是在雨夜寒凉的大半夜。

沈昼叶试着打车，发现根本打不到，只得冒雨跑了过去。

她跑得气喘吁吁，下午见陈啸之时干干净净的天蓝色连衣裙此时溅满了泥点儿。

派出所那条路还挺破的，完全不像首都繁华地段该有的模样，对面的宾馆墙皮掉了一半，看上去像二十世纪的招待所。

沈昼叶浑身湿透，收了那把没什么用的小黄鸭伞，推开溅满水珠的玻璃门，探头进去，小声道："您……您好？"

端着咖啡的女警估计是头一次见这么学生气的、好像推开老师办公室一样的姑娘，笑了起来，温和地和她问好："你好，怎么了？"

"刚刚打我电话来着，一个姓臧的警官让我过来一趟。"沈昼叶掏出手机给那个姐姐看，"哦对，我叫沈昼叶。"

"那个小姑娘过来了，"女警察边笑边喊道，"老臧，你过来招呼下！"

"淋着雨过来的啊？"臧警官年纪不小了，见到沈昼叶后问道，"学生？"

沈昼叶点了点头，好奇地问："很明显吗？"

"我们见的人多，你们这群小孩儿一进来我们就能看出来，学生们不经事儿，太干净了。"臧警官和善地笑了起来，问道，"小姑娘，你觉得我们今天叫你来是做什么？"

沈昼叶有点儿呆地摇摇头："不知道。"

带雨的风将窗户吹得哐哐作响，臧警官往后一仰，问："你和陈啸之是什么关系？"

陈啸之头痛得厉害。

他酒量不差，上头很慢，但喝下去的终究是酒。额角破皮之处泛着青，血半凝不凝，警察给了他一包纸巾让他擦擦头上的血。他坐在拘留室的隔间里，醉醺醺地仰头看向天花板上昏白的灯。

不知看了多久，他又低头看了眼自己的手指，蹭了蹭破了皮的指骨。

旁边被拘留的酒驾人纳闷地问："兄弟，因为什么打起来的？"

"前女友。"陈啸之的声音嘶哑得可怕，一身酒气。

他说完就不再作声，显然是已经醉得说不出话了。

"你得找人来接。"酒驾男提醒道，"兄弟，你得提供个家人的联系方式，先保释出去，要不你得在这儿睡一夜。"

旁边的光头开口："这你不用操心，他说完了保释人才倒下的。"

酒驾男扭头看向光头。

"你别看模样文质彬彬的，这哥们儿可真狠。我第一次见打架互殴拘留的时候只来了一个人的，另一个跟他互殴的被他砸到医院了。”光头摇了摇头，“刚进来的时候，跟要杀人似的。”

在这段对话的两个小时后，警察局拘留所外的办公区里，沈昼叶难以置信地重复：“打……打架斗殴？”

“啊。”臧警官揉了揉因熬夜而通红的眼睛。

沈昼叶立刻急了：“他打了谁？怎么回事儿？警官您——”

臧警官慢条斯理地掀起眼皮，问：“这么急？你不是他前女友吗？”

沈昼叶声音都在发抖：“警官，这个会给他留污点吗？会影响他以后的生活吗？陈啸之是个很——很有前途的科学家，现在还在准备回国……”

“这个不好说。”臧警官打断她的连环发问，“小姑娘，先把保释办了吧。”

夜里三点多，沈昼叶交完保释金，办完手续，不住地对警察道谢，然后跟着女警走进拘留所，看到了陈啸之。

他挤在一群酒驾的、斗殴的、盗窃的人中间，出门时笔挺的西装此时都是褶皱，高定衬衫上满是干涸的血点儿。他闭着眼睛靠在墙上，醉得如一摊烂泥，不省人事。

沈昼叶看到他的一瞬间，眼圈泛红。

他不该是这样的，陈啸之不该在这里。

“小伙子长得挺帅的呀，和他分手做什么呢？”女警和蔼地对她说，“我们问他要找谁来接，他只会喊你的名字，还有另外两个字，我听不太清。总之你先带他回去吧，有事儿我们再联系他。”

沈昼叶心疼得几乎都要碎了。

陈啸之什么都不会讲，这是他一贯的作风。他不说出自己的关心，不说出自己的喜爱，不说出自己隐瞒的却又在意到骨子里的东西，在十五岁时还瞒着她要出国的事儿。

他说过最甜蜜的话也不过一句“你才是伊娃”。

可他总是在那儿。

“陈啸之，”沈昼叶带着哭腔，轻轻拍了拍他的肩膀，“陈啸之，你醒醒，我带你回去。”

熟知世界规则的青年才俊陈教授的面颊上有一道血痕，嘴角破得血肉模糊，他睁开布满血丝的眼睛，看向自己的初恋。

男人眼里满是泪，又将眼皮合上了，犹如刚打完架的自知闯了祸的学生。

在暴雨倾盆的深夜，沈昼叶今晚第三次横穿校园，搀扶着醉得一塌糊涂还满身伤痕的陈啸之，深一脚浅一脚地走在回家的路上。

陈啸之比沈昼叶高了大半个头，将小姑娘压得东倒西歪，沈昼叶好几次想把他丢到地上然后拽着他的腿拖回奶奶家，但是一看他身上的伤又不太舍得，只得给陈啸之当人形拐棍。

陈啸之滚热的鼻息熨帖地喷在沈昼叶颈后，暴雨噼里啪啦地砸在小小的伞上。

“陈啸之！”沈昼叶力气小，都快哭了，“你撑下伞，别什么都交给我，你一个人就够沉的了。”

188厘米，将近80公斤的醉鬼压在沈昼叶身上，神志不清地说：“疼。”

沈昼叶艰难地撑着伞：“撑伞为什么会疼……姓陈的狗东西，你怎么这么重？要不是我打不到车……”

陈啸之在她颈处依赖地蹭了蹭，嘟嘟囔囔：“你知道这叫什么吗？”

沈昼叶生怕陈啸之淋雨感冒，将伞向陈啸之的方向倾斜，自己则暴露在了雨里，她被压得气都喘不匀，还要搭话：“叫什么？”

“左手一只鸡，右手一只鸭，身上还背着个胖娃娃。”醉鬼神志不清地道。

沈昼叶噎了一下。

“胖娃娃。”陈啸之还烦人地重复了一遍。

校园里空无一人，半身湿透的沈昼叶端详了下陈啸之的脸，觉得挺精彩的，正好他还喝醉了，再添一拳估计也无大碍。然而沈昼叶刚握紧拳头，陈啸之修长的手指就牢牢扣住沈昼叶湿透的半边肩膀。

“别淋雨。”陈啸之目光浑浊，对自己的人形拐棍说，“我不怕淋，伞自己撑着。”

不帮沈昼叶分担半点儿重量的陈啸之坚定地将罩在自己身上的雨伞推了回去。

沈昼叶累得浑身发烫，她用尽全身的力气保护比她高大得多的陈啸之。

拘留，想到这两个字，沈昼叶就难受得喘不过气，看着面前茫茫的大雨和昏暗的前路。

不知过了多久。

“阿十。”陈啸之在大雨中低语。

沈昼叶没听清，只当是陈啸之的醉话，眨了下眼睛，将泪水憋回眼眶。

她还在害怕陈啸之会不会受影响，担心如果李磊坚持起诉怎么办，她清楚地知道陈啸之是个多么有才华和创造力的人，她知道——

“阿十。”醉鬼在漫漫长夜中嘶哑而痛苦地唤道。

沈昼叶一愣，看向靠在她肩上的青年，望见他眼中浑浊的血丝。

陈啸之几近绝望地看着沈昼叶，破裂的嘴角艰难地牵起——

“阿十。”

其实沈昼叶的记性不能算多好，尤其和陈啸之相比，她容易忘记许多东西，可是鬼使神差地，这两个音节她没能忘掉。

这两个字就像某种冥冥的注定，又像是镌刻在岁月褶皱中的记忆。

沈昼叶在伞下好奇地问：“你今晚到底喝了多少？”

陈啸之举起两根手指头，过了会儿，又举起了第三根。

沈昼叶吓死了，难以置信地问：“两斤？三斤？”

陈啸之“嗤”地一笑，又依恋地在沈昼叶的颈处一蹭，嘶哑地开口：“不管，反正我想不起来了，阿十。”

“别喝这么多呀。”沈昼叶轻声说。

陈啸之面颊又红又烫，在沈昼叶耳畔微微一蹭，低声道：“我控制不住。”

这动作，由一个烂醉如泥的人做明明一点儿情色的意味都没有，却莫名地令沈昼叶面红耳赤。

陈啸之附在沈昼叶的耳边，含糊地问：“阿十，我们去哪儿？”

沈昼叶不开心地想你叫谁阿十呢，我有名字的。

但是不能和醉鬼计较，于是她答道：“我带你回我奶奶家，先对付一晚上。”

“好。”陈啸之笑了起来。

沈昼叶累得几乎走不动了，胳膊都麻了，她害怕陈啸之摔跤，因此紧紧抱着他的胸腹，让他靠在自己肩上。

醉鬼在暴雨声中抱怨道：“你……奶奶家真远。”

沈昼叶小声安慰他：“打不到车，只能从校园里走过去，你忍忍哦……”

陈啸之贴着沈昼叶的面颊蹭了蹭，沙哑地说：“好。”

沈昼叶突然想起多年前陈啸之冲上来救她的那一天。那群混混卡着沈昼叶的脖子，划开她的书包，里面的东西都泡了水，陈啸之看到白刃还是冲了上来。隔过这么漫长的岁月，沈昼叶总记得那一串落在水里的千纸鹤和纸上洇开的属于陈啸之的血迹。

“阿十。”陈啸之咳嗽了两声，低喃，“我没事儿。”

沈昼叶努力拖着陈啸之走过漆黑悠长的路，想起多年前，她扶着校服被血洇透的少年，哭着送他去医院，路上陈啸之靠着她，也是哑着嗓子说“我没事儿”。

“陈啸之，你说实话。”沈昼叶吸吸鼻子。

陈啸之抬头看向沈昼叶。

沈昼叶问：“十五岁，你在医院住院的时候，是不是想让我去探病，又等不到我，你才迟迟不肯出院的？”

过了许久，醉酒的男人极其轻微地“嗯”了一声。

“幼稚。”沈昼叶一眨眼，眼泪顺着眼角滚落，“你打李磊做什么？他万一要……”

陈啸之闭着眼睛：“没有万一，你不、不用操心……想揍就揍了。”

沈昼叶心疼得不行，眼泪不住地往外滚：“可……”

“我不疼。”醉鬼说话时垂着头。

沈昼叶听出来他在忍痛，却又无法帮他，小金豆儿吧嗒吧嗒地往外掉，她扶着陈啸之，带他走出校门。

这个门她走过无数次，老旧而偏僻，杨树参天。

“你以前总凶我。”沈昼叶走过树下时，带着哭腔控诉道，“嫌我到处乱跑，又嫌我做事儿不合你心意，还让我换导师。”

醉酒的人沉默了许久，终究没有回答。

他们身后水洼倒映着北京的柳树与雨夜，泥墙斑驳。

“还有多久？”醉酒的人哑着嗓子问，“我挺累的。”

沈昼叶答道：“快了。”

陈啸之点了点头，疲惫地靠在沈昼叶身上，闭着眼睛，痛苦而含糊地道：“阿十，很多事儿，和你见到的不一样。”

沈昼叶眨了下眼睛，酸楚的眼泪又滚了下去：“可是我只能见到这些呀。”

“是。”她前男友说。

“还有，你一路都叫错人了，我不是阿十啊。”沈小师姐憋闷地问，“阿十不是你小时候养的猪吗？”

醉酒的男人闻言，笑了出来。

沈昼叶一听陈啸之居然还敢笑，火速打翻了一个醋坛子，咄咄逼人地问：“还是你哪一任女朋友被你起名叫阿十了？我大半夜去派出所捞你，结果你一路上没叫对我的名字，陈啸之你今日必摔跤——”

“我没叫错。”陈啸之开口打断了她。

沈昼叶一愣。

在落雨的长夜中，垂着头的陈啸之醉意朦胧地对沈昼叶道：“阿十，就是你啊。”

沈昼叶闻见陈啸之身上浓厚的酒气，看见他袖口的血迹，昏暗的老路灯映照着他指骨上破开的皮。

“你为什么什么都不记得？”伤痕累累的醉鬼酸怅而绝望地对沈昼叶说，“我的阿十。”

沈昼叶愣愣地问：“我、我是阿十？”

陈啸之大概是无力解释，疲惫地闭上眼睛，不再说话。

沈昼叶觉得应该等他醒来后好好问问，当务之急是别淋雨。她拖着陈啸之回了奶奶家，奶奶在熟睡，卧室门关着。客厅餐桌上的瓷瓶里插着数日前从别处折来的花枝，叶脉上闪着金黄的光。

沈家小独苗用尽最后一点儿力气，终于将陈啸之扛进自己的厢房里，拧亮老台灯，又去打了水。

“你不该喝这么多，”房间的小主人拿着沾了热水的毛巾道，“太不像话了。”

陈啸之坐在沈昼叶的床上摇了摇头，模糊地唤道：“阿十。”

“好好好，阿十。”沈昼叶顺从地回应，将陈啸之拉起来，笨拙地拿热毛巾擦拭他额角破的地方，伤口狰狞地袒露着血肉，她看得又心疼又难过，动作极其轻柔。她又去擦拭破皮的指节，看到血迹黏在衬衫袖子上，湿漉漉的。

过去的她曾与面前这个男人毫无保留地谈起理想和未来，曾与他谈起自己最澎湃的野心，告诉他自己孤身进入宇宙的梦。

陈啸之是缠进她人生的藤蔓，光是分手这件事儿就令沈昼叶相当难过，她哭着用棉签蘸碘伏给陈啸之擦伤口，陈啸之疲惫地闭着眼睛，女孩儿心疼地将自己的枕头拽过来，给他枕着。

“阿十。”陈啸之不甚清明地唤道。

沈昼叶哽咽着，安慰他一般，应了一声。

“我说了……真的是你。”陈啸之沉默了许久，闭着眼冒出一句，“小美国人。”

沈昼叶一呆，热毛巾按在他的眉角，不再移动。

陈啸之将胳膊搭在自己眼上，在温暖的光中，声音痛楚地道：“讨厌鬼、文盲、小卷毛鸡、阿屎……”

“阿十，每个都是你。”陈啸之醉得连话都说不清楚，“是我欺负过你，是我和你拽着头发打架，是我后来让你抱着哭，你跟我说你在北京想家，想爸爸妈妈，又说自己想出远门，你半夜敲门我就让你进来……”

那一瞬间，沈昼叶脑子里“嗡”的一声。

“我带你坐三个小时公交车去天文台，”陈啸之嘟囔道，“就因为你想摸摸天文望远镜，你说你还没摸过。”

沈昼叶按住了心口。

“我回来还被揍了一顿。”陈啸之自嘲地笑了笑。

天文馆冰凉的地板、目镜后绚烂夺目的宇宙、值班研究生收音机里邓丽君的歌声、孩子们握在一起的因糖汁发黏的小手。

“是我，有十块钱就给你喂十块钱的东西，”醉了酒的陈教授前所未有的健谈，在沉闷的雷声中道，“是我，在你走的那天哭着追出租车……”

沈昼叶想起那个在出租车后哭着跑着想追上来的小男孩儿。

小昼叶在车里呜呜哭，泪水抹到晒黑的小手上，她哭着探出头去看自己的好朋友，看见他在地上摔了一跤。

“是我躺在屋顶，”陈啸之的声音带着哽咽，“要和你做一辈子朋友。”

深夜，瓦片间隙长出鲜嫩的草枝，二十世纪末漫天温柔绚烂的星云……回忆深处，柔软的草叶再次拂过沈昼叶的面颊，像是从落灰的记忆里挣脱出的凤尾蝶。

一切都从额叶深处复苏，鲜活起来。

“沈昼叶，”故人早已成年，下巴长出少许胡茬儿，他躺在床上，动了下唇角，“我……没有哪怕一分一秒，忘过你。”

金黄的阳光，全英文的百科全书。

房间的小主人坐在小凳子上给旁边的小男孩儿讲故事，讲无限与时间，讲万物起源，讲万有理论。接着，小昼叶一把拉起小啸之朝外跑，外面星空灿烂，孩子们冲上驶向远处的公交车。

他们惊奇地抚摸人生见到的第一架大型天文望远镜，收音机里邓丽君的声音甜美动听，两人躺在冰凉的大理石地板上，小昼叶笑着对小啸之说我们要做永远的好朋友，于是他们娇小的指头勾起来。小昼叶说她要得纽尔奖，笑眯眯地用卷毛蹭小啸之的手心，说我以后会成为一个占星者——Stargazer。

小啸之的目光落在小昼叶身上，犹如看到了太阳，心里有什么东西在发芽生长。

于是，一切发生得如此自然。他记满了笔记的英文百科全书，书后“我希望阿十回来”稚嫩的笔迹，根植在心头的喜爱与执念，坚定不移的脚步。

我要出国，他对那些人说，我要去见更多的东西。

最终做出他能与沈昼叶匹敌甚至压倒般的恐怖的成绩与履历。

长夜落雨不休，天际滚过一道闷雷。

温暖的灯光下，沈昼叶哭得脸通红，抖着手给那个喝醉了打架斗殴的混蛋贴创可贴，边贴边道：“你、你骗人，你怎么会是他？”

陈啸之长吁一口气，醉眼蒙眬地看着她：“可我就是。”

沈昼叶哭得几乎喘不过气：“你才不是呢，你不配，他、他比你对我好多了，他说要和我做一辈子好朋友……”

陈啸之闭上眼，疲惫地纠正：“那不是说，是承诺。”

沈昼叶又气又难过：“你为什么从来不和我说？”

“你又认不出我，”陈啸之别开眼自嘲，“你估计还会觉得我变态呢，我自己一想都觉得恶心。”

“呜……”沈昼叶一听，眼前当即一黑，“才不会，我不会啊。”

陈啸之叹了口气。

“你怎么会是他呢？你脾气这么坏，从我进课题组就一直凶我，一点儿也不像。”沈昼叶跪坐在小床上，又较真道，“还有，他比你黑多了。”

陈啸之眼睛红且湿润地看向沈昼叶，笑了出来：“你听听，你说的这叫什么理由？”

“难道不是吗？”沈昼叶嘴硬，哭着用湿润的毛巾擦拭陈啸之血迹凝固的唇角。

陈啸之哑着嗓子道：“年纪小，爱玩，晒黑的。”

“你、你既然什么都记得，把……把我看得这么重要……”沈昼叶说到一半时停顿了下，看向陈啸之，似乎是在等他说“不是”，说“你太高估自己了”。

但陈啸之就这么平静地望向她。

“那你为什么现在对我这么坏呢？”沈昼叶哭到浑身发抖，“我因为你哭过很多次……你怎么能对我那么坏，又将我拽得这么紧呢？”

陈啸之悲伤地与她对视。

“你如果没有那样说我，我也许还不会对你产生这么大的误会。你对我好一点儿，我就总想着我们以前的时候，那样的话，你做什么都是好的。”女孩儿几乎要将自己的心都哭出来，问面前的青年，“直……直接将我放开，旁观我或来追我，而不是以导师的身份攻击我……这样不好吗？”

陈啸之沉默了许久，久到老台灯都“啪”地跳了一下。

沈昼叶满脸湿漉漉的泪水，她狼狈地用手背去擦，像个受尽委屈的孩子。

醉酒的陈啸之此时无比坚定地道：“因为我承诺过要和你做一辈子的朋友。而朋友，就是在你最低落的时候，在所有人都抛弃你的时候，还死死抓住你，相信你可以的人。在我眼里，你从来都是那个锐利到无法阻挡的、令我望尘莫及的女孩儿。”

“我小时候信你……”他低声说，“我过去、现在，甚至将来，依然相信。”

“我相信你可以。”

“我坚信你会成为自己想成为的样子。”

他的苛责，他的恨铁不成钢，他所说的，所做的……

沈昼叶痛哭流涕。

她看见春天万物勃发，听见早春枝头花苞绽放的声音。

陈啸之破皮的手松松地握住她的手。两个人的手已经不复儿时的娇小玲珑，陈啸之的手明显骨节分明、修长有力，沈昼叶的手则柔软白皙。

二十年。

已经成长为一个成年男子的小竹马脱下满是血点儿的衬衫，露出一身结实的肌肉，四道泛白的刀疤在光下格外显眼。

沈昼叶看到后哭得更惨。

“别哭了，”小竹马将哭得肝肠寸断的小青梅纤细的手指缠在自己的指间，对她说，“别哭了，你再哭我都受不了了。”

沈昼叶点点头，却仍然止不住泪水：“呜呜呜……”

陈啸之将额头在沈昼叶的手心依恋地蹭了蹭，又看着她，道：“困了，睡觉吧。”

沈昼叶想起那次她从旧金山回加州的路上，公交车上坐在她旁边的吉卜赛女人说的话——

“他们都不曾离你远去。”

不曾离我远去。

沈昼叶蜷缩进陈啸之怀中，将眼泪蹭在他颈窝间。陈啸之身上仍酒气冲天，他呼吸平稳，像是已经昏睡过去，胳膊却牢牢地环着沈昼叶。

他刚刚是不是仍醉着？沈昼叶想，否则他怎么会说这么多心里话呢？

不过，这样的话，我总归能接受一部分了。

沈昼叶累垮了，也没换衣服，天蓝色的裙子湿漉漉地贴在身上，尽管如此，她心里却感到了前所未有的柔软与妥帖。

犹如万物将开的春天。

因为睡姿原因，沈昼叶睡得并不好。

那是一张单人床，又硬又小，陈啸之188厘米，他自己都伸展不开，沈昼叶被他抱在怀里，感觉特别憋屈，好几次都被闷得差点儿醒了过来。

“远……”沈昼叶嫌弃地说，“远点儿……”然后半梦半醒地一巴掌按在陈啸之头上，十分暴力地将他推开了。

清晨雨停，外面的喜鹊啁啾。

被按住头推开的陈啸之恼了，凭借体重优势，十分悍然地将沈昼叶朝内侧一顶，自己一个人占了单人床的三分之二，沈昼叶被他挤得差点儿喘不过气，艰难地抬起小腿，试图蹬出个空间。

陈啸之脾气更加恶劣，直接给她按了回去。

沈昼叶伸胳膊胳膊被按，伸腿腿被压制，陈啸之将她摁得死死的，完全是个恶霸。

“呜……”沈昼叶反抗不成，难过地抽抽。

陈啸之终于安静了。

沈昼叶蒙眬地看到清晨天空放晴，金黄色的阳光透过窗洒进来，喜鹊在枝头跳来跳去。

她努力地伸胳膊，想抱住陈啸之，然而下一秒，陈啸之将她胳膊一抓，摁回原处，仿佛她是一只乱动的小鸡崽儿。

半梦半醒的沈昼叶感到一丝绝望。

过了不知多久，被牢牢禁锢的沈昼叶感到抱着她的人抬起胳膊揉眼睛，大约是醒了，紧接着，这个怀抱猛然一僵。

陈啸之看着沈昼叶，难以置信地吸了口气，伸手在沈昼叶脸上捏了捏。

捏我干吗呀，沈昼叶感到委屈，不让我动还要捏我，我是沙包吗？陈啸之你今天死了……

沈昼叶把眼睛努力睁开一条缝，模糊地看到陈啸之难以置信地揉着蓬乱的头发，看上去像遭了鬼，然后他立刻将沈昼叶抱回怀里，装作无事发生，伸手在沈昼叶头上安抚地揉了揉。

“睡吧，”陈啸之抱着她，一边摸她的小后脑勺一边威胁她，“快睡。”接着，他迷恋地用额头与沈昼叶磨蹭。

柔软的夏凉被摩挲着女孩儿的肌肤，沈昼叶神志逐渐飘远，她听见奶奶起床做饭，外间的收音机哧哧啦啦地播着《三侠五义》的评书。

沈昼叶一边想着陈啸之你今日必死在我手里，一边又被揉后脑勺揉得很舒服，便惬意地拱了拱，像只被摸顺了毛的猫。陈啸之把被子拉紧，将她牢牢地拥在胸口。

窗外鸟啼虫鸣，花叶映于墙上。

“好乖。”陈啸之赤着上身，背朝小门面朝沈昼叶，蹭着她的额头，嗓音沙哑地低声道，“抱个。”

“叶叶，”奶奶的声音自门外传来，“都八点半了你怎么还在睡？”

厢房的门“吱呀”一声打开，会客厅里饭菜的香气飘入。

“你懒死算——”

沈奶奶看着床铺愣住了，瞅见自家小独苗白皙水嫩的小手指尖从被子缝里露了出来。

天气晴朗，院中青翠的藤枝上坠着细白的花朵。

沈昼叶顶着一头蓬乱的小卷毛，昨天晚上的衣服还没换，皱巴巴的，她坐在沙发上，一脸大难临头的表情。

她看了一眼陈啸之，陈啸之头发也乱糟糟的，身上草草套着衬衫，唇角还破着皮，正茫然无措地看向她。

沈奶奶一手揉着太阳穴，一手拎着饭勺，对小孙女说：“解释。”

怎么看都解释不清啊！

沈昼叶脑袋都要炸了，她至今还没消化昨晚的信息，艰难地道：“就是……他昨晚喝醉了，我没办法，先拖回咱们家来对付一晚上。”

沈奶奶没搭腔，探究地看向面前的陌生青年，问道：“他是谁？”

问题就出在这里——陈啸之的身份太多了。

前男友、现男友、儿时玩伴、初中班长、博士导师，无论哪个都能介绍一壶。

沈昼叶纠结三秒，颤抖道：“这个说来话长。”

沈奶奶眯起眼睛，似乎是准备将小孙女杀了下酒。

沈昼叶瑟瑟发抖：“首先他、他他……”

“我是她老师。”陈啸之抢先道。

沈奶奶手里的饭勺一颠，杀气几乎溢了出来：“老师跟学生睡一张床？而且你这个导师看起来年纪怎么这么小？你九几年的？”

纵使是陈啸之也结巴了：“九……九四……”

退休多年的沈教授饭勺更为凶悍地一颠：“还、有、呢？”

沈昼叶那一瞬间感觉自己和陈啸之十年长八岁，二十五年长三岁，连陈啸之这种气场的人都被压制得死死的，在奶奶面前被训成小学生。

沈昼叶看看陈啸之，想起她小时候玩泥巴玩得一身泥点点，和小啸之并排站墙角，在奶奶面前挨训时的场景。

小啸之被训的时候，是三棍子打不出一个屁，没想到都二十年了，还是这样。

沈昼叶鼓起勇气看了奶奶一眼，开口道：“男……男朋友。”

金黄的花叶在风中颤动，陈啸之猝然抬头看向她。

沈奶奶悠闲地道：“这还差不多。”

沈昼叶耳根泛着红。

“好歹给我留张纸条啊，”沈奶奶收起饭勺，“你得体谅一下老人家一推门进去看到床上多了个人有多惊悚，我差点儿吓到心脏病突发。”

沈昼叶眉眼一弯：“昨天晚上拖他回来太累了，忘得一干二净。”

“怎么办？”沈奶奶对陈啸之道，“你来之前也不说一声，没你的饭吃，我给你下点儿面条吧。”

陈啸之声音都发着颤：“不，不用麻烦……”

“昨晚的乌梅烧肉还有点儿，拿来当浇头就是，”沈奶奶笑道，“龙须还是刀削面？”说着走进厨房。

陈啸之答不出，直直地看着身旁的女孩儿。

“吃什么呀？”沈昼叶甜甜一笑，问道，“之之？”

陈啸之紧紧握住了她的手，眼眶又一次泛红。

不分了？他想问。

女孩儿就这么温柔地看着他，在阳光中对他粲然一笑，小爪子和他对握，用一种极其柔软甜蜜的语气和奶奶说——

“他说他想吃屎。”

沈昼叶忍了他八百年，如今终于不用忍了。

沈奶奶斥道：“叶叶你别欺负人家！到底要吃什么面，不说的话我就随便煮了！”

沈昼叶开始使劲儿掐陈啸之，一边掐一边恶意满满：“他说他要吃屎！”

十分钟后，会客厅的餐桌上。

“我家叶叶平时被我们家惯坏了，你别听她瞎讲。”沈奶奶温和道，“多吃点儿，我昨天晚上做的，乌梅和炖软的猪五花，味道还挺正，叶叶爱吃。只不过她昨晚不在家。”

在旁边吃饭的沈昼叶眉眼弯弯，拿小勺子舀起金黄色的小米粥。

沈奶奶又问陈啸之：“怎么称呼你？叶叶不太和我提感情的事儿。”

“坨坨。”喝小米粥的沈昼叶恶毒地插嘴。

陈啸之默默深吸一口气。

沈奶奶瞪了小孙女一眼：“沈昼叶你再在饭桌上说脏字，就端着碗去街上吃。”

沈昼叶极其不满，却不敢再说，用调羹舀砂锅里白白胖胖的鱼丸子。

沈奶奶示意陈啸之快吃，又问：“怎么称呼？”

陈啸之莞尔道：“奶奶，您叫我小陈就好。”

沈奶奶笑了笑：“行，小陈，你快吃吧。晚上还过来吗？过来的话我正式弄点儿东西，咱吃一顿。”

陈啸之的面上摞着高高的炖得酥软酸甜的乌梅烧肉，他又看了一眼旁边准备把他生吞活剥的沈昼叶，沉默半晌，礼貌地道：“还来的，谢谢奶奶。”

沈奶奶笑道：“行，我下午去趟菜市场。”

沈昼叶轻飘飘地“哼”了一声，表达了对陈啸之的轻蔑，她头发还炸着，蓬蓬松松的。

“你们昨晚去做什么了？”沈奶奶又闲话家常地问，“我等到夜里十点多叶叶都没回来，给她留了个门睡的。”

沈昼叶面颊鼓了起来，向陈啸之看去。

陈啸之艰难地道：“我……我其实也不太清楚。”

“你当然不清楚了。奶奶，这个问题等我回来之后和你解释。”沈昼叶又对陈啸之颐指气使地说，“你一会儿开车送我去学校。”

陈啸之抬头：“啊？”

“啊什么啊？”沈昼叶看上去不爽极了。

陈啸之拿筷子的手还残留着被沈昼叶掐出的红印，掐他的人看上去还想再咬他两口，咄咄逼人地问：“姓陈的你难道不打算送我吗？”

陈啸之对昨晚发生的事儿记忆有限，以至于今早起来看到沈昼叶窝在他怀里时，还觉得过了这村没这店了，搞不好是人生中最后一次拥抱她的机会，心中酸楚，打算装睡多抱一会儿。

还没抱几分钟，沈奶奶就推门而入。

陈啸之离社会性死亡就差那么一丢丢。

然后他听到，沈昼叶亲口说出了“这是我男朋友”。

不是“前男友”，是“男朋友”。

沈昼叶等了一会儿没等到陈啸之应有的反应，满脸写着不高兴：“不送我的话我就自己去。”

陈啸之立刻斩钉截铁地说：“送。”

沈昼叶终于很娇贵地“哼”了一声。

第三十四章

沈昼叶回来了

沈昼叶拉开陈啸之的车门的时候，不太高兴地问他："怎么这么久？"

陈啸之狼狈地说："车钥匙落在警察局了……今天怎么突然要去学校？"

"我去看师弟师妹，不行吗？"沈昼叶没好脾气地说。

胡同里洒落金辉，沈昼叶抱着小包坐在副驾上，仿佛对陈啸之充满了意见。陈啸之看了眼自己的手背，发现沈昼叶掐的还挺使劲儿，都泛青了。

沈昼叶看见了，恶毒地开口："你活该。"

陈啸之看着手道："等等，我觉得我们得聊聊，今天早上到底是怎么回事儿？昨晚清醒的人是你，我记得是你把我给拽回来——"

"你喝醉了酒比现在可爱。"沈昼叶面无表情地说。

那一瞬间，陈教授脸红得几乎能滴出血来，他捂着脸别开了眼睛，不敢看沈昼叶。

"所以，"陈啸之揉着自己的额头，"我们……"

沈昼叶眯起眼睛："所以什么所以，我对分手的事儿反悔了不行吗？或者你觉得我们还是分手比较好？"

陈啸之耳根滚烫，仓皇地看着沈昼叶，往外憋字："不、不好。"

"那不就得了。"沈昼叶平静地说，"那我说你是我男朋友一点儿问题都没有吧？"

陈啸之低声道："是、是吧。"

沈昼叶娇气地对他说："现在，你要履行身为男朋友的义务送我去学校，不然我就下车步行了。"

陈啸之拧了钥匙，在发动机的轰鸣声中，他面红耳赤地低声问：“我一喝醉就有点儿口无遮拦，你告诉我吧，我昨晚到底说了什么？”

沈昼叶眉眼弯弯地看着他，连眼底都透着甜，但就是一句话都不说。

陈教授无所适从，想起自己喝醉酒的狗样子，一时间恨不能从世上消失：“我……”

“我什么我？”沈昼叶打断了他，倾身过来，撑在陈啸之的身上，“你猜，你说了什么？”

小姑娘说话时语调俏皮，眼神顽劣，可爱得像春天枝头的鸟儿。

然后，陈啸之看见小鸟一样的姑娘闭上眼睛，旋即，一个温柔甜蜜的吻落在他破了皮的唇角上。

“嗯？”女孩儿声音甜美清冽，又亲了呆若木鸡的陈啸之一下，“之之，给你个机会，你猜你说了什么呀？”

陈啸之整个人如木头一般僵硬，沈昼叶亲完他就跑，缩回自己的座位里，这动作很有点儿撩完之后无情告别的意思。

“开车啊，”没感情的小混蛋盯着陈啸之，恶劣地支配他，“开车啊陈啸之，你还打不打算让我去学校了？”

汽车嗡鸣声响起时，陈啸之摸了下自己刚被吻过的破皮的唇角，又偷偷地看向旁边的沈昼叶。沈昼叶看着窗外，因此，他只看到女孩儿掖起来的头发后现出的绯红的耳尖。

车驶出胡同，沈昼叶忽然说：“我没原谅你。”

陈啸之看了眼自己手上被掐出的红痕和涂了红药水的指节，耳根红得几乎滴出血来。

“嗯。”陈啸之都不知道自己在说些什么，更没听懂沈昼叶那句“我还没原谅你”是什么意思，只觉得被吻过的唇角仍在发烫。

车沿着长路平稳地向前行驶。

沈昼叶的小爪子捏成个拳头，既想吻陈啸之，又想掐他两下。

等红绿灯时，陈教授不自在地打破寂静：“送……送你去实验楼楼下？”

沈昼叶眨了下眼睛，并不看自己吻过的男人，轻飘飘地“哼”了一声。

阳光穿过杨柳枝叶的缝隙，落在实验大楼门前。

沈昼叶朝师弟师妹们的办公室走去时，大老远就听见了几乎爆炸一般的讨论声。

走廊漆黑幽暗，是国内的特色——白天绝不开灯。

接着，又传来一阵欢呼。

陈啸之评价道："你们办公室还挺有活力的。"

沈昼叶纳闷地说："怎么听起来跟过年似的？上次办公室发出这种声音还是我端午节给他们带了五芳斋的肉粽子。"

陈啸之十分不爽："他们有手有脚为什么不自己出去吃，还要你给他们带？"

沈昼叶看了一眼陈啸之，迷惑地问："很奇怪吗？我冬至小年给他们带手包的饺子，中秋带月饼。我是本市的，又是他们的师姐，肯定要照顾他们。"

陈啸之瞬间脸色一黑："你包的饺子？"

沈昼叶迷茫道："对啊……手包的。难道我给他们带速冻的？那他们还不如去食堂自个儿打饺子吃呢，还比我带的热乎。"

陈教授对着他的开门大弟子极其不爽地抿起唇，似乎想放什么屁，但是在放出来前又憋住了。

居然有点儿敢怒不敢言的意思。

爆炸般的声音忽然又安静下来，隐约传来一个老人的声音。

"以后……"

沈昼叶辨认出那是周院士在说话。

"我亲自……"老人的声音断断续续传来，"我……同学们……"

很快，办公室的门打开，周院士从拥挤不堪的办公室里走出来，他穿着短袖白衬衫配条黑长裤，细边眼镜架在鼻梁上。

"小沈。"老人看到沈昼叶一愣，继而笑道，"你今早来看师弟师妹吗？"

沈昼叶礼貌地点了点头，对老师说："快回美国了，回来看看他们。"

"好事儿啊，"老爷子赞许道，"多和师弟师妹们交流下感情也好，他们和你感情很深。"

沈昼叶面颊微微泛红。

周老师又温和地道："还有，小沈，下午来我办公室，别忘了。"

沈昼叶想起和周院士的约定，笑了起来，道："好的，老师。"

周院士笑了笑，手掌在沈昼叶细瘦的肩上拍了拍，又转过身对陈啸之说："陈博士，早上好。"

陈啸之站在漆黑的走廊中礼貌地微微鞠躬："周老师早上好。"

周鸿钧老师年事已高，生于战乱年代，个子自然比不过出生在物资丰饶的九〇年代的年轻人，甚至和天生娇小的沈昼叶差不多高。尽管如此，他还是在陈啸之的肩上拍了下。

周院士的手掌温暖又坚实，这个拍肩的动作蕴含着鼓励之意。

然后他蹒跚着离去。

沈昼叶推开办公室的门，发现她所有的师弟师妹们都在七嘴八舌地讨论，裴菁脸色通红，语速极快地讲着什么。

沈昼叶呆愣愣地问："你们怎——"

裴菁抬起头，与沈昼叶四目相对，沈昼叶看见她眼里还有泪花。

裴菁眼眶通红，颤抖道："小师姐……"

"你别急你慢慢……"沈昼叶还没说完，裴菁的眼泪就滚了出来。

阳光落在办公室里这些年轻人的身上。

"师姐"裴菁发着抖道，"周院士把李磊开了。"

"开了，"师弟眼眶泛红地对沈昼叶说，"周老师说，从现在开始，所有的问题都直接找他，从课题设计到毕业论文纠错，他会从头负责到尾。"

裴菁深吸一口气："从今天开始，李磊就不会再出现在这里了。"说完，她解脱般地号啕大哭。

师弟师妹们拉着沈昼叶左一句右一句说了起来，有人觉得跟着周院士不行，周院士太忙了没空指导他们，有人又觉得反正李磊在的时候也没指导出什么花样来，没差别，至少现在不用被剥削。

十来个人叽叽喳喳讨论了二十分钟，得出了统一的结论：李磊走得好。

"走得好，"裴菁往电脑前一坐，大马金刀地说，"快滚，我忍他很久了。"

然后她打开综艺，对沈昼叶道："师姐，看不看？今天上午我拒绝看文献，庆祝的氛围太浓厚，一会儿我还要去买蛋糕吃。"

沈昼叶捧着茶杯，茫然道："你们到底为什么接受得这么快？"

裴菁看了一眼小师姐，拉开抽屉，摸出碧根果袋子递给她。

沈昼叶很顺从地剥着碧根果壳，愣愣地问："菁菁你解释……"

她师弟隔着隔板看师姐一眼，丢给她一包干脆面。

沈昼叶感到一丝无助："你们别以为这样能收买我，你们怎么都像早有准备的样子，为什么最后只有我被蒙在鼓里？"

另一个师妹从抽屉里拿出三袋凤梨酥，塞进沈小师姐手里，诚恳地道："师姐，这点儿故事都串不起来，你就别猜了吧。"

"师姐，我告诉过你你导师来问我们话了吧？他们吃饭也带你了吧？你是我见过最聪明的人，但是这句话随时能反过来。"裴菁叹了口气。

沈昼叶终于听懂了："你骂我笨？"

"我没这么说，是你脑补的。"裴菁面无表情，"多吃点儿碧根果，我不得不说你导师真是太了解你了。"

裴菁拿小锤子，给这位物院传奇、GPA4.0纪录保持人、永远都需要零食放在手边的零食终结者砸碧根果，一边砸一边道："你导师跟我说，不想让你参与进来，想让你置身事外，让我们都瞒着你。"

沈昼叶脑子轰地一炸："他还放这种屁？他以为他是谁？"

"我也很震撼，这怎么瞒？"裴菁边砸边嘲，"所以我说，'陈教授你第一次来问我话的时候，我就告诉师姐你想背着她搞李磊，我觉得你瞒不住她'。"

沈昼叶点评陈啸之的行为："垃圾男人。"

"他原话是这样的。"裴菁一清嗓子，手指剥开碧根果，"'你们还是不了解，你们师姐本质是个瓜批，只能理解字面意义，看个《三国演义》大脑都能短路。《杨修之死》那个课文知道吗？她看完之后会问人'鸡肋不好吃吗？曹操为什么杀他'。"

沈昼叶脸都气红了："他放屁。"

"他还举例论证，"裴菁补充，"说你初中的时候北京卷语文现代文阅读总共27分，你卷子写得满到快要溢出来，拿到了5分的骄人成绩，估计是老师同情你。"

有儿有女的那个师弟在一旁"嗤"地笑了出来。

裴菁道："我真的特别怀疑，问他'你确定？'"

整个办公室里的人都望向沈昼叶，又看向裴菁，露出好奇的眼神。

"他说'我确定'，然后又很意难平地问我，为什么我们跟你待在一起那么久，不知道你是个瓜批。"裴菁咋舌道，"一个搞理论天体物理的青年才俊天天跑来凝聚态这边看办公室，套瓷还往李磊这种水货身上套，你甚至都从我嘴里知道他来打听咱们实验室的了，谁合作还来问学生啊？你听过吗？"

看一个实验室的成果如何，通常看成员发的论文，再看看器材和师资就可以了，研究生这种苦力，一般只拿来算人头的，最大的功能就是在申请国自然的时候填个联系方式，充当门面。

裴菁将剥的干干净净的碧根果放到沈昼叶手里，诚恳地说："我也是真没想到，明明这么多疑点，还真瞒住了，他真懂你。"

沈昼叶深吸一口气。

"吃吧。"裴菁对她师姐悲悯道，"多吃点儿，我知道你现在心情很复杂，但尽量不要对我们发泄。"

有师妹很好奇地问沈昼叶对于《庄子与惠子游于濠梁之上》这篇课文的感想是不是庄子想变成鱼。

我一定要抽空杀了他，沈昼叶憋憋屈屈地想，这人知道太多我的黑历史了。

沈昼叶下午和周院士约好了要去谈话，因此必须要在这里吃午饭。她中午出门，试图去找在办公室门口失踪的陈啸之，和他一起去食堂。

陈啸之的车还停在实验楼外，显然是没走，只是人蒸发了。

蒸发了也好，沈昼叶安详地想，免得我恼羞成怒杀了他。

沈昼叶给陈啸之发微信问他去哪里吃，陈啸之一时没回复，沈昼叶便去外面找。

此处离篮球场不远，有三三两两的高个儿男孩儿在打球，沉闷的球声回荡，如水的阳光洒满长路。

只要有一个进球，那群大男孩儿就爆发出一阵欢呼声。大学时，沈昼叶有时也会去看篮球赛，她相当喜欢打篮球时男生身体所能爆发出的力量感。

陈啸之打篮球就相当帅气，这也是沈昼叶当初对他动心的无数个理由之一。

十五岁时，陈啸之约着朋友们打篮球，沈昼叶会坐在观众席上，看着少年们将身体拉伸成一道充满力量的弧线。她偶尔为他们呐喊助威，怀里则抱着陈啸之厚重温暖的外套，眼里映着北京冬日的夕阳。

沈昼叶怀念地看了一眼那群大男孩儿，忽然在里面看到了熟悉的身影。

那个青年人换了身衣服，接过球，游龙般绕开围堵他的人，三步上篮，重重地将球扣入球框！

篮板及框重重地一震，球"砰"地坠地。

沈昼叶一呆，然后，与正扯起球衣擦汗的陈教授撞上了视线。

陈啸之穿过球场朝沈昼叶走来，他打球打得满脸汗水，用毛巾擦着汗，额前的头发以运动头带草草一束，身上的肌肉结实地隆起。

"怎么过来了？"陈啸之心情不错，眉毛扬起，"师弟师妹们听话吗？"

沈昼叶想起《杨修之死》，想起语文现代文阅读，还有这个狗东西对自己“瓜批”的评价……

“还行吧，”沈昼叶磨牙道，“他们问了我挺多事情。”

陈啸之一笑，将毛巾往包里一塞，揶揄地问：“那还不错，你没白疼他们。饿了没，带你去哪儿吃？”

“凑合吃点儿——”沈昼叶还没说完呢，陈教授就一伸胳膊，将小青梅搂在了怀里，扣着她的后脑勺，低声道：“好乖，抱个。”

小青梅的眼睛笑成月牙儿，很顺从地甜甜地回抱了他。

树荫下停着数辆共享单车，炽热的阳光洒满柏油马路，面前的女孩儿发丝柔软，眉眼间盛满了春天。

那氛围，简直再适合接吻不过了。

陈啸之越看越觉得怀里的小姑娘可爱，越看越喜欢，逗弄道：“亲个。”

沈昼叶眨眨眼睛：“嗯？”

“亲个，”陈啸之逗她，“今儿早上那种。”

沈昼叶很听话地踮起脚尖，眼睛微微闭上。陈啸之觉得心都要化了，回忆起沈昼叶那个轻如鸿毛的吻。

然而，陈啸之的头被“砰”地一撞。

沈昼叶是下了狠劲儿，头骨相撞，响声清脆，令人想起《枫桥夜泊》里姑苏城外寒山寺的夜半钟声，真是个能将人脑浆都撞出来的好力道。

“做梦吧你！”姓沈的小魔鬼捂着额头，也疼得龇牙咧嘴，看着同样眼冒金星的陈啸之，语气里充满恶毒，“我说我原谅你了吗？陈啸之，你做梦吧，梦里什么都有。”

陈啸之脑子里嗡嗡响，像脑震荡了一样，他心想我真是受够你了沈昼叶，你是哪里来的杀敌一千自伤八百的瓜批？结果转头一看，日光落进沈昼叶蓬松柔软的头发中，令人想起金黄的麦秸与柔软鲜嫩的太阳花。

他瞬时静了。

沈昼叶侧过头，光点落在她的鼻尖上，沐浴在阳光中的女孩儿笑盈盈地问：“陈啸之，中午想吃什么呀？”

她身后是被风拂过宛如在呼吸的漆黑树林和屹立于湖畔的高塔。

陈教授终于意识到他站在他缺席的属于阿十的岁月里，所有的血液都涌到脸上，脸热得像在燃烧。

“想吃什么呀？”他的小青梅揉了揉撞红的额头，对他脾气很坏地说，“你不说我就随便定了。”

“随……”陈啸之嘴唇微微一动，别开视线，“随便。”

沈昼叶按着自己平时的习惯，拉着陈啸之在附近的食堂随便对付一口，又看了一眼表，发现距离约周院士的时间还有将近两个小时。

这对新晋情侣便在校园里闲逛起来。

陈啸之看了眼表，表盘上落满阳光，他散漫地问：“你什么时候去找周老师？”

沈昼叶说：“下午两点，约在周老师办公室了。说起来，你现在居然也叫他老师了？”

陈啸之眉毛一挑：“怎么，很奇怪吗？”

沈昼叶笑了出来，道：“那天晚上咱俩刚回国，你让我给你报两个手机号，一个是李磊一个是周鸿钧，你当时还直呼其名。可是第二次见面，你就开始叫他周老师了。”

陈啸之也笑了。

“其实咱们俩都认可一个道理，”沈昼叶说，“‘老师’不是个随便的称谓，师者，传道授业解惑，要用在值得尊敬的人的身上……就像我一般会称呼李磊为‘小老板’一样。”

陈啸之顿了下，低声道：“我和周老师聊过天，他配得上。”

沈昼叶点点头：“我从前和他接触不深，所以总叫他周院士。”

风吹过他们中间的空隙，沈昼叶展开手，像是要握住陈啸之的手，却犹豫了一下。

陈啸之忽然开口：“我一直有个问题。”

沈昼叶的小爪子往回收，抬头看他：“你讲。”

“为什么——”陈啸之犹豫片刻，又道，“为什么海啸之后你变了这么多？”

沈昼叶一愣，立刻咄咄逼人：“变了不好吗？还是你现在对我好是因为海啸之后我和以前不一样了？”

陈啸之都被问懵了：“你说的有谱儿吗？”

沈昼叶走在他身边，不满地“哼”了一声。

“反正就是变化挺大的。”陈啸之走在她身边，茫然地说，“你在加州的时候，我总觉得你和所有人都隔着一层膜，特别……灰败，和你小时候完全不同。我想帮你，却一直找不到办法。可是那场海啸之后，你就不一样了。”

沈昼叶抬起眼睛，认真地看向他。

“可能是错觉吧。”陈啸之低声道，“我先前怀疑你是不是在海啸的时候经历了什么。说实话我特别怕这个，可是你身上又没有什么伤，只是像在鬼门关走了遭似的，大病了一场。”

沈昼叶想起自己回国后感冒时的样子，“嗯”了一声。

“我找到你的时候，你站在废墟上，头发披散着，”陈啸之喃喃道，“海风吹过去，我莫名地就知道，我一直在等的沈昼叶回来了。”

沈昼叶眼眶忽地一红。

“我知道你当时应该是暂时迷失了，肯定有东西压迫了你，后来我了解你更深，就知道你身体里有另一个沈昼叶在求救。可是无论我怎么围着你走，我怎么把一切给你铺垫好，我怎么刺激你……你都不愿意从灰败的外壳里出来。”陈啸之声音喑哑，“里面的人不愿意，我在外面怎么敲打都没有用，怎么都没有回响。”

沈昼叶嗓子闷闷的，心中那块沉重的巨石却在开裂。

“这是你只能凭自己走出来的困境，”陈啸之痛苦地道，“我怎么都没有办法。”

他们走在湖畔，嶙峋的巨石错落有致，大雁掠过远处矗立的八角水塔。

“还好你走出来了。”陈啸之长舒一口气，“虽然不知道原因，但我真的很高兴。”

沈昼叶努力忍着哽咽：“以后……等以后有机会的话，我会从头到尾地告诉你。”

陈啸之一愣：“现在不行吗？”

“现在不行，”沈昼叶用力地擦了擦眼角，对他说，“没有那么多时间，而且你还没有保证我呢。”

“保证什么？”陈啸之疑惑地问。

“你得对我保证，”沈昼叶认真地说，“不管你听到什么神奇的故事，都不会被吓到。”

“什么……”还不等陈啸之说完，沈昼叶就伸出小爪子，握住了陈啸之修长有力的手。

“乱讲就杀了你。”沈昼叶威胁他，“以后都会告诉你的，全部都会。只是现在我没有时间，我马上要去找周老师谈心了。”

沈昼叶握着陈啸之的手晃了晃，与他十指交握，颇有种小学生放学回家的路上手拉手晃晃悠悠一起走的感觉。

陈啸之被沈昼叶的小动作戳到，觉得这也太可爱了，却口是心非地道：“你是小学生吗？”

沈昼叶不太高兴地看他一眼，面颊鼓起，手一松。

陈啸之赶紧给捞了回来：“送你去周老师办公室，走了。”

周老师事务繁忙，在学校里待的时间并不太长，加之他对身外之物不太重视，因此与其他已经搬了办公室的老师不同，办公室仍在物理学院老旧的楼里。

数十年高龄的走廊弥漫着一股石灰混着青苔的味道，窗外金黄色的阳光洒在水磨石地上。

周鸿钧老师隔壁的办公室空着，如今已经成了杂物间，沈昼叶看见破旧的复合板门上还有她用蓝色荧光笔写的略显生嫩的笔迹。

“慈怀昌教授办公室。进门先敲门”。

仿佛慈老师仍在这里办公一般。

可是那位老人已经去世多年。

窗外树影摇曳，如涨落的潮汐般落在紧闭的门扉上。

沈昼叶说：“我以前经常来。”

陈啸之捏了捏沈昼叶的手，压低声音：“我去外面等着，你和周老师谈完了给我发消息，我来接你。”

“好。”沈昼叶说着，又忍不住看了一眼那扇古旧的门，看着自己过去的笔迹，挪不开眼。

陈啸之用力握了一下沈昼叶的手，声音沙哑：“没事儿了，都过去了。”

都过去了吗？

沈昼叶忽然想起父亲的葬礼，葬礼是按美式风格办的，殡仪馆将中年人的遗容整理得妥帖，沈青慈躺在那里，与往常别无二致，被百合玫瑰与浅黄色的雏菊环抱，连面颊都是绯红的，像是睡着了一般，仿佛下一秒就会坐起来，精力充沛地叫女儿一起去钓鱼，送她去游泳馆。

可是，她深爱的父亲再也不会坐起来了。

一个人死去发生在一瞬间，可是对活着的人又非常漫长。

你需要花好几个星期才能意识到那个人消失了，他从此再也不会和你说话，不会回复你的邮件，充满回忆的地方只剩落满灰尘的光影。

沈昼叶记得自己在父亲的葬礼上没怎么出声哭，只有眼泪往外滚，她甚至都不觉得特别悲伤，木木呆呆的，总觉得在做一场梦。

她是在父亲的身体被推进火化炉的那天下午，发了疯一般大哭的。

他再也不会回来了，年幼的沈昼叶终于意识到，一切都变成回忆了。她在父亲留在人世间的躯壳消失殆尽前嘶声大哭，想起爸爸说会送她去上高中，会开车横跨美洲大陆送她上大学，会参加她的博士答辩，在答辩后会请她吃冰激凌，会在退休后和妈妈一起周游世界，会牵着女儿的手将她送进婚礼殿堂。

可最后，一句话都没有留给妻女。

人死如灯灭，无法逆转，无法避免，他们留下的痕迹却无处不在。

沈昼叶擦了擦湿润的眼眶，来到周鸿钧老师的办公室前，老木门上的漆皮尽数裂开，像是岁月刻刀恶作剧般划了过去。

她在门上敲了两下，回过头看了一眼陈啸之，陈啸之站在她身后，点了点头，示意他一直在。

屋内传来一个苍老的嗓音："请进。"

沈昼叶推门而入，里面有一股很浅淡的霉味儿，开窗都散不去，靠墙一侧放着一排书架。

老人坐在办公桌后，戴着老花镜，面前摆着一台笔记本电脑。

"周老师，"沈昼叶礼貌地问好，"我来了。"

周老师笑了起来："小沈，你终于来了。关下门。"

沈昼叶回身关门，年轻的陈教授站在门外，背后披着万千如箭的光，影子在地上拉得老长，他对她莞尔一笑，用口型道："进去吧，我在外面等你。"

沈昼叶眨了眨眼睛，将门板合上了。

"小沈，我先问你一个问题。"周老师坐直，沧桑地开口道，"你觉得，博士生活累吗？"

沈昼叶一时蒙了，她完全没想到会被问这个，老实回答："挺累的。"

周老师笑了起来："我还以为你会撒谎，说不累呢。"

"累就是累。"沈昼叶莞尔一笑，"对老师撒谎没有意义，您如果觉得我回答的有问题，我现在还可以说一遍'不累'。"

周老师笑道："我让你撒谎了吗？你说'不累'我反倒不乐意呢。我先前去你们办公室问过，他们一个个的都说自己'还好'，有几个男生还说'完全没问题'，就跟我不是从博士的时候过来的似的。"

"我师弟师妹们可喜欢逞强了。"沈昼叶眉眼一弯，问，"老师我找个凳子坐啦？"

"坐吧，"周院士忍着笑，"小沈，我发现你还挺擅长蹬鼻子上脸的，难怪怀昌会喜欢你。那边有苏杭点心，是前几天上海的老同学来看我的时候给我带的，饿的话就去吃点儿。"

沈昼叶笑了起来，找了个小凳子，坐在周老师对面。

周老师将电脑合上，问："对了，你是哪年入学的来着？"

沈昼叶回答："2011年，我没上高三。"

老人闲聊一般道："五十年前，我博士学位都到手了，那时候也是昼伏夜出做实验，全年无休，跟你们现在一样。宾夕法尼亚大学有个很宽广的草坪，我每次遇到瓶颈或者实验出问题，都会去那里坐着思考人生，等我毕业的时候，我坐的那个固定的位置，寸草不生。"

沈昼叶乐不可支。

"怀昌和我是同学，"周鸿钧怀念地说，"我和他本科、研究生甚至博士都是在一处的。我们都在学校宿舍住，他喜欢借酒浇愁，喝完了就对我说，我不信有人读完博士学位能精神正常。"

"都这么想呀，"年轻的姑娘开怀笑道，"老师，我之前也有这样的念头呢。"

周鸿钧也笑了起来："你们年轻人现在不都说什么'虐待苦博，功德无量'吗？我女儿关注了个微博账号，全是博士生互助吐槽的，她还和我说里面的投稿人对象没有，文章没有，头发也没有，人人焦虑抑郁。"

沈昼叶心想我也关注了，不过没敢说。

"但是，"老人停顿了下，温和地道，"现实就是如此，读博期间，没有不焦虑抑郁的人。"

沈昼叶抬起头，看向老人。

"我想指导硕士生的话，可以告诉硕士生一个方向，给他拨款，让他去做实验，只要他能重复出这个结果，这个文凭就到手了。"周鸿钧低声道，"可博士要突破。我作为导师告诉学生，我所处的领域里有这样的关卡，一切都是猜测，一切都是假说，需要你亲自去攻克它。你不知道这个课题行不行，我作为老师也不知道，因为我想让你突破的是未知的混沌，是混乱与无序。”

沈昼叶的心脏忽而狂跳。

“肯定有人失败，我见过的太多了，选错了方向导致多年心血付诸东流的人、做了多年毫无结果的人……”周院士用苍老的声音道，“混沌之外可能有天地，但也可能是一堵厚厚的砖墙。”

沈昼叶心里酸涩，看向被风吹拂起来的淡绿色的窗帘。

“我见过费城的黎明，怀昌也见过。五十多年前，二十几岁的我们结束为期两天的实验，拖着疲惫的步伐回宿舍睡觉。五十多年后的如今，你们也在注视着北京的日出。”老人注视着沈昼叶，认真地说，“博士的成果意味着突破了人类现有的科学界限，意味着我们将科学国度的国境线又往后推了一点儿，让微不足道的‘未知’化为‘已知’。博士学位是最高级别的学位，注定了想得到它的人要耐得住寂寞，因为这是他们痛苦的汗水，是直视日出的血红眼睛，是一条混沌到不知是否有回报的征程。”

沈昼叶声音发颤：“嗯。”

“所以我必须向实验室的所有年轻孩子、向你，道歉。”周鸿钧老师话音刚落，竟重重地低下了头！

“老师？！”沈昼叶一时惊得破音。

“对不起。”年过半百身体欠佳的老人饱含歉疚道，“是我让你们在前进的路上经历了本不必经历的苦楚。我不会为自己辩解，只希望我的不作为仍能补救，而你们不会丢失对科学的兴趣。”

沈昼叶眼眶里眼泪打转，道：“老师，我……”

“尤其是你。”周鸿钧院士看着面前的女孩儿，哑声道，“怀昌将你托付给我，他在病重时告诉我你对科学的兴趣之浓厚，说你必然不会让我失望。他还说一辈子都不一定能见到几个像你这样好的学生，你是那种眼里有火的人。”

沈昼叶的眼泪吧嗒滚了出来。

“我说‘我们领域不同，你让学生跟了我，等于是转了行’。怀昌说没关系，让你先跟我做一两年，再寻个机会把你送出去，给你找个好的导师。”这位德高望重的老人微微闭上眼，长叹一口气，“可我对组里的关心太少了。我询问过，你现在在组里的成绩只能算出色，距离怀昌所说的出类拔萃，有着相当的距离。”

沈昼叶坐在凳子上，想起自己过世的恩师，眼泪止不住地往外流。

“我不知道为什么，觉得也许是我耽误了你，这终究不是你最想做的领域。所以我让你去小利兰做交换生，还让你在博二时转行。”周老师揉了揉眼眶，抽了两张纸巾，将剩下的一整包纸丢给面前年轻的女孩儿，“其实我也怀疑过这么做是否正确，以至于你跟我说你想退学的时候，我心里咯噔一下。”

泪水掉在女孩儿的裙子上，将布料洇湿。

沈昼叶道：“老师，我现在很好，您不要觉得愧疚……”

“对不起。”老人重复道，“这都不是你该经历的，这都源于我身为老师的失职，源于我疏忽了故人的托付……是我愧对我和怀昌多年的情谊和年少时的共识。”

夕阳温暖，沈昼叶坐在老师的办公室里泣不成声。

沈昼叶一边哭一边道：“老师您别道歉了……这和您一点儿关系都没有，您道歉……”

“我只希望我导致的一切，不曾影响你对科学的向往。”周鸿钧沙哑道。

沈昼叶唇齿发抖，抬起头看向面前的老人，她抽出纸巾擦了擦满脸的泪水，小声道：“老师，您其实没有必要对我们道歉的，您也是受害者啊。”

周鸿钧老师微微一笑，说：“哭什么哭，你们年轻人被欺负的时候不哭，有人为你们着急了才开始哭，都是什么毛病？”

“您真的对我们很好了，”沈昼叶的泪水又不住地往外涌，“在我低落的时候拉我一把，包括我师弟师妹的事情……只是我们以前从来不敢耽误您的时间，对您不够了解。”

老头子一愣，问：“为什么不敢耽误？”

沈昼叶哽咽着擦眼泪：“您……您太忙了，身体也不好……”

“这些年我到处跑，身上的事务一长串，肯定没法儿像早年一样事必躬亲。”老人眼圈泛红，看着年轻的女孩儿，怅然道，“可是，无论我是什么地位，我终究是个科研工作者。”

沈昼叶哭得脸都红了，抬头看向他。

“小沈，”周鸿钧老师问，“你知道科研是什么吗？”

沈昼叶抽噎着道：“科研是为、为了认识客观事物的内在本质和运行规律而……进行的调查研究和实验。”

周鸿钧和蔼地说：“你自然辩证法学得不错，差不多都背对了，可是书上没有告诉你们的是——”

沈昼叶看向老人，老人坐在如黄金般的阳光中。

“科学和科学研究，是人类的传承。”

沈昼叶怔住了。

“我们从普罗米修斯的火焰中走来。人类的祖先曾茹毛饮血，千百年后的阿基米德高呼着‘尤里卡’冲出澡堂，黑暗的中世纪伽利略死于真理的火中，达·芬奇被指控偷盗尸体……直到思想启蒙的火花迸开，学者们如雨后春笋般萌发，‘科学’这一概念才被从巫术中剥离。”周鸿钧院士的手指在他桌子上的小摆件上敲了敲，“从一无所有的年代到我们当前的这一刻——疟疾和青蒿素，精密的集成电路与元件，引力场方程特异解，我们拥有了无数过去看来不可思议的东西，我们将来还会拥有更多。”

“直至今日，我们所拥有的一切科学，一切研究，无一不是站在前人的肩膀上前行。”老人对年轻人沉声道，“科学的本质，就是人类一代代的传承。”

“我们要将自己所知道的一切告诉下一代，告诉我们的传承者，而年轻人终究要接过我们手中燃亮的火炬，接过千万万博士们学者们费尽心思突破的混沌，去突破它，向前去。”

“然后世界就会一点点变化起来。”

沈昼叶用力擦掉眼泪，望向面前的老师，夕阳西下，周鸿钧的双眼明亮炽热，燃烧着那簇她曾见过的火焰。

“你、陈博士、你的师弟师妹们，你们就是下一代。”年迈的周鸿钧院士看着面前年少青涩的博士生，仿佛看到她身后站着无数的年轻人，他重复道，“你们就是过去的我和怀昌。”

“你们，终会变成我们。”

“这才是科研。”

他停顿了许久，道：“所以我不希望你放弃。”

千百年来的探索者，不在人世的亿万幽灵。

孱弱至极的百年生命，贯穿万年的传承与从不熄灭的火炬，这一切构成了生活，是知识本身。

第三十五章

是我对不起你了吗

“都拿走吧。”周鸿钧老师忍俊不禁道，“小沈，全打包带走，医生不让我和我老伴儿吃这种猪油点心。”

沈昼叶抽抽噎噎，啃着周老师的办公室里的小桃片，十分克己守礼地说：“不、不能拿。”

“拿着吧，”周院士劝道，“我可真没想到我说一半儿你就哭了，回去吃点儿甜的开心开心，可别说老师在办公室里欺负你。”

沈昼叶到现在都喘不匀气儿，捏着小桃片，抽抽着道：“呜、呜老师您真好，我该早点儿来找您的。”

“谁让你不找的？”老头儿一乐，“跟你聊天儿，我还真懂了为什么怀昌乐意收你。”

沈昼叶头上缓慢地冒出个大大的问号，嘴巴停止了咀嚼的动作。

“吃东西喜庆。”周鸿钧老师笑道，“零食赶紧拿着吧。”

沈昼叶眼睛一亮，立即道：“谢谢老师！”

“小陈是不是还在等你？”周鸿钧扬扬下巴，“去找他吧，老师不耽误你时间了，零嘴儿给小陈分点儿。”

办公室零食终结者还哭得眼眶红红的，想起即将到手的点心又很开心，表情一时十分纠结。

她大导师余光一瞥，“扑哧”笑出了声：“记得把小陈勾回国啊，争气点儿，别让人才跑隔壁学校去了。”

沈昼叶抱起那一整盒零食，用力擦了擦眼睛，倔强道：“那还用说？他敢吗？”

老大北人赞道：“好学生！”

沈昼叶拉开门，外面清新的空气涌了进来。

“老师，”沈昼叶怔怔地开口道，“您一直不搬办公室，是因为慈老师吗？”

周院士站在桌后微微一顿。

“这不好说，也许我上了岁数怀旧，也许是懒得搬了。”周鸿钧将老花镜架在鼻梁上，低声道，“小沈，怀昌对你有着很高的期待。”他看着年轻的女孩儿，在夕阳中推了下眼镜，低声重复，“我的挚友一直对你寄予厚望。”

落日余晖倾泻在世间，沈昼叶抱着一大盒零食在老楼下等着，陈啸之发短信说他很快就到。

沈昼叶有些无聊，在台阶上一坐，登上在国外的社交平台的账号，找到和自己互相关注的停更在2015年元旦的陈啸之的账号，点了进去。

沈小师姐面色平和，还笑盈盈的，手指往左一划，看到屏幕上霓虹灯迷乱的夜店照片，数了下陈啸之发在照片里与他坐在同一个卡座里的外国女孩儿。

“啪”的一声。

沈昼叶抬起头，向那声音响起的地方看去，陈啸之穿得相当正式，剪裁合体的细条纹衬衫配西装裤，更显他肩宽腰窄，他站在光中，整个人都像在燃烧一般。

陈啸之将车门一锁，朝沈昼叶的方向匆匆奔来。

哎呀，还挺帅的，沈小师姐眼睛一眯，心想，狗东西。

“刚刚去了你奶奶家一趟，”陈啸之抹了下唇角的伤口，简短地解释后又问，“你等了多久？”

沈昼叶眯起眼睛审视他：“你去我奶奶家干什么？”

“你奶奶不是叫咱们一起过去吃饭吗？”陈啸之奇怪地问。

沈昼叶谈话谈得忘了这件事儿，陈啸之一提她才想起来，当即一愣：“噢。”

陈啸之熟稔地接过沈昼叶手里装满零食的大盒子，示意她上车，又道：“我开车和老太太一起去买的菜，然后给她打了会儿下手，所以来晚了。”

他体贴地给沈昼叶打开车门，看到她眼眶还有擦红的痕迹，心疼地问：“你怎么像哭过？”

“我和老师聊天倒苦水倒哭了。”沈昼叶说完又很凶地道，“你穿这么人模狗样是打算出去勾引谁？”说罢，“砰”地将车门一关。

陈啸之不知道自己打算勾引谁，真要说的话，勾引沈昼叶这个铁憨憨还差不多。他觉得这个发脾气的铁憨憨十分可爱，既想把她抱在怀里蹭蹭脸，又想吻她。

陈啸之将盒子放在车后座，把盖子一掀，见里面是一堆点心，问道：“这么多？哪儿来的？”

沈昼叶满脑子都是陈啸之照片里那37个女的，这还只数到2014年3月呢。她努力按捺着想把这狗东西杀了的心，悍然道：“又不是你给我买的，你管这么多干什么？”

陈啸之浓黑的眉毛立即一挑：“我不能管？”

沈昼叶没想到他居然还敢把这个杠抬回来，都哽住了。

陈啸之眼睛一眯：“我饿着你过？”

沈昼叶一愣：“这和饿没饿着我有什么关系？你凭什么管我，这些是周老师送我的！”

“沈昼叶你绝了。”陈啸之道，“你师弟师妹们和我说你是办公室零食杀手，嘴里闲不住，他们喂你那么多你还容易饿，他们都在办公室囤零食以备不时之需。”

沈昼叶一急：“我没……”

“他们跟我说的时候我还不信，现在我信了。”陈啸之拧了下车钥匙，嫌弃地说，“你连周院士的都能抢。”

这是给的！

沈昼叶有口难辩。

“别仗着你可爱就蹭这个吃蹭那个吃，以后想吃什么跟我说，知道没有？”陈啸之不等沈昼叶说话，就很坏地轻轻一掐女孩儿的脸，重复道，“要什么和你男人说，你男人给你买。”

沈昼叶忽然想起自己小时候吃他的喝他的无赖样子。

陈啸之看着他的小青梅，眉头紧紧地皱着，仿佛想说什么，不过他沉默了许久，还是一句话都没说。

他真能忍，怪不得能缄默二十年。

“你知道你昨晚和我说了什么吗？”沈昼叶在如火的夕阳中问他。

汽车发动机嗡鸣起来，陈啸之不太爽利地说：“我喝了多少瓶酒你忘了吗？我那儿能记得，无非是满嘴跑火车呗。”

“忘了？”沈昼叶眨眨眼睛。

陈啸之开着车，声音冷酷至极：“忘了。”

沈昼叶别开脸，努力让自己不要笑出来，扭头看窗外熟悉的景色。

这里有两个孩子在荒草丛生的年月之中跑过的小路，是一座充满奇迹的旧城邦。

陈啸之静默许久，忽而尴尬地开口问道：“所以……我到底说了什么？”

沈昼叶笑着将脑袋抵在窗户玻璃上：“你猜呀。”

然后她在柔暖的阳光里合上了眼。

沈昼叶到家后才发现，在她和老师谈心的时候，陈啸之将奶奶的书架打理得利利索索，还将院子里不少沈昼叶和老太太搬不动的断枝残木搬走，堆在墙角，把院子收拾干净，甚至从家中带了两个他亲手做的菜过来——简直二十四孝到了某种程度，像个小媳妇儿。

沈奶奶在吃饭期间问了些陈啸之的个人情况，陈啸之礼貌地作答，展示出了“年少有为”“青年才俊”应有的风貌，还抽空给沈昼叶布了菜。

沈奶奶对陈啸之赞不绝口。

“你是故意讨好我家老太太，”沈昼叶在奶奶去泡茶的间隙，压低了声音谴责他，“你平时对我都没那么好。”

身形伟岸的陈教授神情冷漠地低声回复：“你放屁。”

“你今天必须死在我手——”沈昼叶还没说完呢，沈奶奶就端着泡了君山银针的茶壶回来，电光火石之间，陈教授夹起一个他亲手做的绿茶饼，手疾眼快地塞进了沈昼叶嘴里。

“多吃点儿。”陈教授道貌岸然，“里面加了点儿甜糯米。”

然后他凑到沈昼叶耳边，低声揶揄道：“我就是在故意讨好奶奶，别在她面前说脏话。”

沈昼叶看了眼被陈啸之收买的老太太，含泪吞下饼子，心里想着陈啸之你今日必死。

这种话好像说了好几次了，却没有付诸实施过。

沈昼叶想，可能还是舍不得。

饭后，天黑得透透的，沈昼叶收拾了碗筷端去厨房水池里泡上，陈啸之则在和老人下棋聊书。沈昼叶很烦陈啸之的一点就是他国学底子相当扎实，按沈昼叶的想法，严密的抽象思维和文字能力是不可兼得的，这也是她高中时能接受自己语文次次考87分的原因。

但是陈啸之就不是。

他这人头上贴着“全能”二字，别说四书五经这种沈昼叶读都读不明白的基础款，连冷僻的各种集说和什么鉴什么录都能侃点儿。

沈奶奶退休后总想找个后辈侃侃，开个国学小灶，无奈爱孙基因突变，是个纯种理工憨憨，读完《醉翁亭记》就记得一个“山肴野蔌，杂然而前陈者”，还很想较真“环滁皆山也”的琅琊风化程度……根本聊不来，三句话之内奶奶就想将小爱孙踢出房门。

如今却遇上了一个能听懂能跟得上她思维的年轻后辈。

屋里断断续续传来老太太和善的声音：“魏晋士人的骄矜和豪放……小陈，庾信笔有江山气，文骄云雨神……”

秋夜，蝈蝈在水泥都市中长鸣，星辰与探照灯一同燃亮夜空，漆黑的庭院里，树叶在风中沙沙作响。

沈昼叶抱着砂锅和洗碗抹布去水龙头处，将砂锅往地上一放，搬了个小板凳，在锅里接满了水。

“水为什么是这样流的？”一个成熟的声音在脑海中响起。

沈昼叶套上橡胶手套，长夜星月之光落在她的身上。

“因为这世间万物由一个个的小颗粒组成，”那声音模糊地传来，“这些小颗粒排列组成的方式决定了你所见到的东西的形态——你面前的水、你吃饭用的碗、窗外的花草、我家叶叶的幼儿园，甚至你脚下的地球也是，无一不遵循着这一万物之理。”

小女孩儿的声音稚嫩：“连你我也是吗？”

“是的，连你我也是。”成熟的男子说，“把爸爸拆到不能拆为止，爸爸和你面前的水也没有分别，你面前的所有东西看似杂乱无序，其实内在遵循秩序和规则，我们遵循着宇宙的铁律，却又生产出无尽的可能性。”

生于美国的小昼叶呆呆地问：“Possibility？”

可能性？

那中年人蹲下身，对小女儿笑了笑，说：“Nope，Infinity。”

不，是无穷尽。

早已成年的小姑娘坐在庭院里，听着屋里琅琅的读书声，用一块抹布擦拭小碗。

夜风温暖，吹过她的衣角。

沈昼叶忽而想起，自从那梦境般的时空消散后，她再也无法通过本子寄出任何一封信，也就没有任何一点儿来自过去的消息。

另一个我过得好吗？小昼叶的时空如今怎样了呢？她会走出一个怎样的人生轨迹？会迷茫吗？会难过吗？会和她的陈啸之如何相处？她会成为怎样的成年人呢？

沈昼叶擦着碗发呆，水声潺潺，长风穿过院中的葡萄藤蔓。

沈昼叶仔细回想，发觉这场通信并没有带来什么实质性的变化——虽然她提前救下了母亲，但这不算个很大的变动，因为沈妈妈那时也被救了回来，只是发现得早多了。因为早多了，所以造成的伤害很小，而且沈妈妈在被女儿救下之后痛哭了一场，从此挺了过来。

这是这场通信对另一个时空造成的最大的改变。

除此之外，沈昼叶还陪伴了年少的自己一程，陪少女昼叶走出了丧父之痛与刚转学回国时的低落，陪她走过了人生第一次懵懂的倾慕与第一次燃烧自我一般的竞赛。另一个时空似乎与沈昼叶所经历的别无二致，没有“金手指”，在小昼叶拼死的反抗下也没做到那句“人生不应有遗憾”。

时空的池中静谧如水，仿佛通信只是个上天开的笑话。

可是一切又完全不一样了。

沈昼叶仰头望向头顶的繁星，觉得心中充满力量，那些温暖的回忆与少年人嚣张的誓言都膨胀了起来。

少年的豪言壮志、锐利嚣张的梦、不撞南墙不回头的精神。

义无反顾、勇猛的爱。

我本想改变的是过去啊，剧本不都是这样的吗？主角忽然获得一个能穿越到过去的“金手指”，在2000年初的北京海淀买上十套房，买那几个科技巨头几千几万只股票，背下当年高考答案考华清大北……哦，这个对我来说就不用了。

怎么这个“金手指”到了我这里，被用成了这样呢？怎么最后反而是我这个未来的人被改变了？

沈昼叶拿着小青花瓷碗笑了，看向地上倒映着光的水面。

但这改变远比十套房、几千几万只股票要酸痛、沉重又温暖得多。

“人”远比生活重要。

“吱呀”一声响，陈啸之从亮着灯的客厅推门出来，似乎是准备去上个厕所，见沈昼叶坐在水龙头边立时一愣，问：“在刷碗？”

沈昼叶戴着橡胶手套，手套上尽是沫子，没法捋头发，只得用手腕将碎发往后蹭。

“嗯，”沈昼叶笑道，“你们两个人做饭，我刷碗嘛。”

陈啸之朝她的方向走来。

沈昼叶刚想让陈啸之帮忙捋一下头发，就见他一弯腰，将她戴着的手套一拽。

“谁让你刷碗的？本来是我要刷的。”陈啸之脾气很坏地道，“手套给我，你在我旁边待着就行。”

这时候还坚持要刷碗的绝对是傻子，沈昼叶眉眼一弯，将橡胶手套拽了下来，在一旁看陈少爷刷碗。

“奶奶不会骂我吧？”沈昼叶坐在小凳子上，认真地问，“我今晚简直在混吃等死，连碗都是你刷的，我看上去太懒了。”

陈少爷瞅她一眼，将沈昼叶刷的碗重新冲了冲，不爽利地说：“反正不准你干。”

沈昼叶甜丝丝地笑了起来。

“碗这么多，”陈啸之一边刷一边将眉头皱起，“再有下次，记得进去叫我。”

陈啸之刷碗的动作相当娴熟，一看就是在国外干多了。

沈昼叶托着小腮帮，甜甜地问：“之之，你是心疼我干活儿呀？”

砂锅里全是各色的锅碗瓢盆，水面飘着一层油花，味道并不好闻，陈啸之丝毫不在意，只闷头刷碗，也不回答沈昼叶的提问。

“你就是不想让我干活儿。”沈昼叶判断，又撒娇般地说，“之之，你抬头看看我呀。”

陈啸之正在刷盘子上的葱段，闻言抬起了头，看到沈昼叶笑意盈盈的眼睛。

院落古老，葡萄丝瓜藤攀在屋顶上，纠缠在一处。

女孩儿的眼睛微微闭上，凑过来要吻他，陈啸之一瞬呆住，忘了反应。

那是他睽违已久的真正的吻。

突然，他们身后四合院的大门“砰”的一声被人撞开了。

“妈，”一个熟悉温柔的中年女声说，“我研讨会回来了，给你们带了点儿湖南的特产，不过太辣了估计你们都吃不下。今晚我听你说你邀请了叶叶和她男朋友一起吃饭，吃的怎么样？叶叶男朋友在哪儿？让我这个当妈的看——”

那个当妈的还没说完，就“啪”地按开了门廊的灯。

沈昼叶还没亲上在为她刷碗的陈少爷，灯光就将他们照得一览无遗。

沈昼叶一呆，陈啸之转过头去。

沈妈妈僵硬地站在原地。

那一刹那，世界都安静了。

沈妈妈原先总是想不明白，自己的女儿要样貌有样貌，要能力有能力，只是呆了点儿，除了学术之外对所有事儿反应都慢半拍……可是为什么到了最容易谈恋爱的大学她都没冒过谈恋爱的苗头，简直就是进入了恋爱的真空圈。

沈妈妈只是嘴上不逼迫，说尊重女儿独身的意愿而已，其实心里早就已经进入了哪怕牵回来一只——一只什么她还没想好，总之，要求已经相当低了，基本上是个人就行。

“叶叶男朋友在哪儿？让我这个当妈的看看——”

夜空遥遥，来接女儿回家住顺便来看女儿男朋友的华嫣女士声音饱满，穿透力极强，可惜还没说完就僵住了。

她女儿坐在水池边，旁边的男人衬衫袖子挽起正在刷碗。从背影来看，男人身材硬挺、修长结实，一看就是有健身习惯的相当自律的年轻人。女儿侧着脸，眉眼笑得弯弯的，两个人看上去似乎还想亲昵一下。

然后那男人转过了头。

华嫣看到这位青年，差点儿以为自己瞎了。

十分钟后，浥春胡同3号院的会客厅里，电扇缓慢地转着，沈昼叶两手捧着小茶杯坐在妈妈身边，陈啸之则坐在她对面，不无尴尬地看着面前的两位长辈。

“居然是这样。”沈奶奶笑着道，“我就说奇怪的地方这么多，他们那么默契，而且两个人年纪也不小了，还幼稚得跟初中生似的。”

沈昼叶脑袋往肩膀缩，一时面颊都红透了。

沈妈妈莞尔问道："所以你就一整个月都没告诉我？"

"我不知道怎么说嘛……"沈昼叶声音细弱，"而且我那时候状态也不太对。"

"这都是什么缘分啊，"沈妈妈感慨，"十年后还能遇到，就跟命中注定似的，估计你也是一头蒙……小陈，好久不见。"

陈啸之都是二十五岁的人了，闻言耳根一红，他道："阿……阿姨好。"

"我家叶叶估计给你添了不少麻烦，"沈妈妈温和地说，"我和她爸爸都惯她，所以她很娇气，不过的确是个好孩子。"

陈教授挠了挠头，腼腆地道："叶叶很可爱的。"

被夸可爱的沈昼叶笑了起来。

他们又简单地聊了些事情。沈妈妈问了他们两个人回美国的时间，又问了问陈啸之未来的打算，陈啸之一一作答。沈昼叶在一旁陪着，期间抬起头看向妈妈，看见妈妈爬上眼周的细纹。

走之前要给妈妈买点儿眼霜，沈昼叶想，岁月可真是太不饶人了。

沈昼叶记得小时候走在街上时，爸爸总是一手牵着女儿一手牵着妻子，妈妈那时候眼周并无纹路，发丝乌黑如云，如今却总要女儿用小镊子帮她拔去头顶的白发。

其实她可以再婚的，沈昼叶想，我虽然不会再叫第二个人"爸爸"，可是我希望妈妈能快乐一些，身边能有另一个人陪伴。

不愿意的是沈妈妈。

她自己带着女儿，再也没有与任何一个男人有过深层次的接触，至今已经十年有余。

她就像将一生的感情都绑在了不会再回应的父亲的身上似的。沈昼叶觉得，妈妈会永远记得年轻时她与爸爸在波士顿的咖啡馆相遇，会记得爸爸风雨无阻地开车载彼时年少的她上下课一样。

沈昼叶看见妈妈手上也满是岁月的痕迹，不复年轻时的饱满细嫩，却至今都戴着那枚婚戒。

陈教授对沈昼叶的奶奶和妈妈礼貌又尊敬，展现出了和对待沈昼叶完全不同的风度，举手投足间尽是精英感，又带着恰到好处的风趣，将两位长辈都聊得十分满意。

“小陈你真是太有意思了，”妈妈笑问，“你现在在小利兰具体是做什么呀？”

陈啸之礼貌地道：“我和叶叶在做同一个课题，确切来说是合作。不知道您有没有听说过欧洲南方天文台的那台大望远镜LSST，我先前在里面发现了一个很有意思的现象……”

他们聊着，沈妈妈抬起胳膊揽住女儿。

华嫣手腕上套着一个圆润的翡翠镯子，那是她回国后用来遮掩腕上的痕迹的饰品。她不喜欢被问及这个问题，更不喜欢被人关注，而且那也是自己的伤痛。

镯子在沈昼叶的面前一晃而过。

正是那一瞬间，沈昼叶忽然觉得不太对劲儿，她立刻捉住妈妈的手拽了过来。

华嫣并不会因为女儿玩自己的手而分神，仍继续与这位一看就特别优秀还很会疼人的青年才俊交谈。

沈昼叶将妈妈的手镯撸了上去，然后呆住了。

她对妈妈的这道伤口是很熟悉的。

因为发现得太晚、切得太深，伤到了肌腱，中指甚至无法完全伸展，华嫣的右手活动起来不太利索。那道伤口更是狰狞可怖，它发白的瘢痕凸起扭曲，皮肤组织两侧还有细密的缝针痕迹，像一条死去的毛毛虫。

这些无一不昭示着那道伤口的主人过去的痛苦。

可是如今，那是一道浅白色的、淡到几乎可以被忽略的伤疤。

沈昼叶以为自己看错了，可是她将手指放上去，摸到的也只是略有凸起的皮肤，下面的皮肉愈合得很好。

沈昼叶摸着那道疤痕，陷入了沉思，不过她还没思考多久，这场对话就终结了。

“阿姨，”陈啸之温和守礼，“时间不早，我打扰您二位太久了。”

沈妈妈客气了一下，但是毕竟九点多了，不好留人，便只让陈啸之有空常来。

沈昼叶瞬间从关于那道疤的思索里抽身而出，看向面前的陈啸之。

装得开心吗狗东西？沈昼叶眼睛眯眯地看着他，心想，今天晚上你讨好完了我奶奶讨好我妈，有本事用真面目示人啊，要不是我认识你这么多年差点儿被你给唬过去了，你是个什么破脾气自己没点儿数？人前一套人后一套，陈啸之你真能装。

装了一晚上的陈教授敏锐地发现沈昼叶对他的轻蔑，危险地眯起眼睛瞟她一眼。

沈昼叶丝毫不输阵地瞪回去。

下一秒，陈啸之收回目光，对沈家两位长辈礼貌道："那我走了，今晚谢谢招待。"

"你快——"

"从我面前消失"还没说出来呢，陈教授就将目光一转，落在了她身上，他和善可亲、温柔可靠地说："叶叶，夜里黑，我不认识路，你送送我吧。"

你小时候一个星期来多少次？你还不认识路？今晚演戏演上瘾了啊？

两位长辈与陈啸之道别，身后的门"啪"地合拢，将一群蚊子和两个晚辈关在门外。

月光洒落庭院。

沈昼叶揉了揉眼睛，小声问："我送你到哪儿？"

"送我去胡同口。"陈啸之脾气很坏地说，"刚刚你用那眼神瞪我做什么？"

这人一出来就变了张脸。

陈啸之道："我刚刚和阿姨说话时就觉得你对我意见不小。还瞪我，谁教你瞪我的？"

"你不欠瞪吗？对我脾气这么坏，对我奶奶和我妈妈脾气就那么好，现在一出门又对我横起来啦？"沈昼叶又凑到他身上闻了闻，挑剔地说，"还喷了香水。"

"喷香水怎么了？"陈啸之声音冷漠，"我给奶奶留个好印象有什么问题？"

沈昼叶觉得陈啸之的香水很好闻，忍不住又嗅了嗅，嗅完继续找碴儿："没问题。可是你对她们和对我是两副面孔，我就是看不惯你在她们面前演戏。"

"演戏怎么了，演戏就不是我了？"陈教授握住沈昼叶的手，推开了院子的小门。

沈奶奶的门扉上贴着副褪色的对联，石灰水泥砌就的排水口湿漉漉的，胡同里还隐约有狗叫，远处的老杨树在夜空中枝叶招展。

沈昼叶轻轻带了下门，跟着陈啸之走进弯弯绕绕的胡同，两个人的影子在地上拖得老长。

“说起来，李磊的事情怎么样啦？”沈昼叶犹豫了一下，问道，“他起诉你了吗？起诉的话我们是不是要晚点儿才能回加州了？”

“不起诉，我摆平了。”陈啸之平淡道。

沈昼叶眨眨眼睛。

陈教授恶毒地嘲道：“他敢吗？老子没弄死他都算老子年纪大了修身养性。你别多想，剩下的交给我，你就那点儿小脾性，别为这点事儿操心。”

软绵绵的沈昼叶闻言便不追问，眉眼一弯，点点头：“嗯。”

陈啸之操着京片子的口音随口道：“乖啊。”

他们手牵着手，步伐缓慢，好像都不想走到胡同口似的。

可是路再长也会有尽头，他们走到胡同口，陈啸之的车就停在那里。

两个人谁都没松手。

陈啸之沉默了许久，开口道：“所以为什么……”

沈昼叶也开口：“你以后要……”

两个人同时住嘴，沈昼叶捂住嘴，用眼神示意陈啸之先说。

陈啸之舔了下嘴唇，干涩道：“所以为什么，你会反悔分手？”

沈昼叶眼睛一眨。

“是……是我做错什么了吗？你得给我个准信儿，不然我害怕。”陈啸之沉默了许久，道，“是我对不起你了吗？”

沈昼叶听了这句话当即就是一愣，心想这人连亲都没亲上还挺能想的，忍不住笑了起来，问：“你喝成什么样自己没数吗？”

“倒也是。”陈啸之挠了下头。

“以后我会告诉你的，只不过不是现在。好啦，我回去要收拾行李了，今晚我妈带我回家住。”沈昼叶对陈啸之挥了挥手，“我先回去啦，你也记得回去看看叔叔阿姨。”

“你先别走。”陈啸之忽然说道。

“怎么了？”沈昼叶问道。

陈啸之抿了下唇，似乎要说的话非常难以启齿，沈昼叶正准备再问一遍的时候，陈啸之终于开口：“你还没亲我。”

沈昼叶的表情一时间非常精彩。

“阿姨推门进来的时候，你本来是要亲我的。”陈教授固执地看着她。

沈昼叶没想到陈啸之能说出这种没脸没皮的话，闻言笑了出来，问：“所以你现在是要我亲你一下吗？”

那个她喜欢了多年的男孩儿嘴巴开开合合半天，终于艰涩道：“嗯。”

“不行。错过这个村没那个店了，客官下次请早。”沈昼叶说完后，有种复仇的快感，心想陈啸之这种家伙活该在我这儿吃哑巴亏，我那时候想亲你是因为你在洗碗，氛围太好了，现在要氛围没氛围，我还想起了你照片里37个女生。

她转身走人。

夜风温柔地吹了过去，陈啸之那头没了声响。沈昼叶心情不错，深觉让陈啸之吃瘪的感觉真爽。

她的手腕忽然被重重扣住。

沈昼叶还没反应过来，就被陈啸之拽进怀里。

“你干——”

那句话并没说完，沈昼叶便被陈啸之扣住后颈。

她听见杨树间的风声，感受到陈啸之温热悠长的呼吸和滚热的唇。她在接吻的间隙睁开眼睛，看见叶片之中的星空，发现这与他们儿时一样，却又完全不同。

沈昼叶闭上眼睛，听见两道交缠在一处的雷鸣般的心跳。

梦里什么都有

下

星球酥 著

XINGQIU SU

九州出版社
JIUZHOUPRESS

「我们会谈论老，谈论死亡。」沈昼叶说，「也会向着生命既定轨迹的终点去。你我都会老，也都会迎来自己的终点。」

「但那不足为惧。」陈啸之望向远方辽阔的地平线，「况且，在那之前——」

沈昼叶笑着接过话茬，道：「我们还有将一起走的漫长的一生。」

目录

第三十六章

他承诺得太遥远了

“你们也太纯情了吧？”

早晨九点，沈昼叶的小卧室里，魏莱难以置信的声音传来。

沈昼叶耳根发红，狼狈地坐在自己的小床上，与魏莱进行视频通话。

沈家小女儿的闺房里，柜子上堆满了书和各色模型，墙上贴着形形色色的老旧海报，书架上的书挤得像沙丁鱼罐头，满是各色读物和大学课本、专业书籍，还有不少松软的笔记本，充满了nerd[①]气息。

“亲不敢亲，”魏莱忍笑道，“牵牵手、特别默契但是三句话之内就能拌嘴……你们青梅竹马都这样吗？”

“我哪里知道。”沈昼叶小声说，“但是我知道我不需要纠结了，搞不好，他是真的挺爱我的。”

“你们太契合了，各方面互补。叶叶你是个出门会被欺负，只会窝里横的软面团子，陈啸之平时凶得很，其实在窝里耳根子软得要命，耙耳朵。”魏莱笑了起来，“但是契合的不只是这个，我是觉得你们人格上、梦想上、甚至灵魂上都是相爱的，像是同一条漫长河流里依偎而生的两滴水。”

沈昼叶的面颊不受控制地泛红，小声嘟囔：“那……那他脾气也够坏的。”

“还有，我和他一个小学，他从四年级就开始收到情书了，但是无论别的女生怎么递情书送小礼物告白他都没反应。我们小学里一个敢惹他的人都没有，他不爽就一定要报复回去，上初中收敛了点儿，但还是什么委屈都不能

① 缺乏社交能力者，书呆子；技术迷，电脑迷。

受。不过看他对你，倒也真是会疼人。”魏莱对自己的朋友眨了眨眼睛，笑道，“恭喜复合，我这次是认真的。”

魏莱挂了电话后，沈昼叶顶着毛茸茸乱糟糟的脑袋在床上坐了许久，摸摸自己昨晚被吻过的唇，直到手机“叮”地一响——是陈啸之发来的微信，问她上午有没有空，要不要出去约会。

沈昼叶“砰”地栽进枕头里，滚了滚，抄起手机回复他：“我闲得很呀。”

陈啸之便道：“一会儿带你去吃好吃的，十一点见。”

沈昼叶应了声好，将手机往床上一扣，蹭了蹭自己的枕头。

手机又是“叮”的一声，发信人是魏莱。

魏莱道：“叶叶，我有个问题。”

沈昼叶打了个小问号，示意她快说。

“说起来，你们俩这么纯情，能进一步发展吗？”魏莱诚恳地劝诫好友，“你知道有丝分裂什么意思吧？你做好拥抱柏拉图的准备吧。”

沈昼叶几乎想掐死那个生物会考拿了C却还记得有丝分裂的魏莱女士。

魏女士那句“有丝分裂”非常魔性，沈昼叶和陈啸之出去玩了一天，这四个字仍固执地在脑子里打转，以至于她每次看到陈啸之的脸，脑子都会“嗡”的一声。

回去的路上，天已经黑了，陈啸之眼带笑意问她：“你今天是不是有什么话想对我说？”

“我想说有——”沈昼叶话到一半，差点儿咬了舌头，“没有。”

陈啸之这一天都很开心，笑了笑，没有追问。

天际沉暗，夕阳西下，陈啸之将车驶进沈昼叶家的小区，小区里有年轻人跑着步遛狗，小狗在前面撒丫子奔跑，亭子里有几个大妈拿着扇子跳广场舞，众生欢喜。

“记得收拾行李。”陈啸之提醒道，“你可别忘了机票，后天我们就要走了。”

沈昼叶眼睛亮亮的：“忘不了，我妈可惦记着呢。”

陈啸之笑了一声，说：“行，行李打包好。明天还出来打牙祭吗？”

“嗯！”沈昼叶回答完磨蹭了一会儿，想和男朋友有点儿亲密接触，至少证明下他们没那么纯情。

十秒钟后，陈啸之眉毛一扬：“不下车？得我赶你？”然后他将车门锁一掰，示意沈昼叶快下车。

看来是真得有丝分裂了。

柏拉图同学表情扭曲，写满了对现实的接受和对陈啸之的愤怒，上楼打开家门，厨房里的饭菜香气扑鼻而来，厨房里爆炒声不绝。

“宝宝回来啦？”沈妈妈从厨房探出头招呼，“今天玩得开心吗？”

柏拉图同学沉默了下，道：“还行吧，杀意沸腾。”

“杀人犯法。”沈妈妈笑了起来，“一会儿吃过饭跟妈妈去趟超市，有什么想吃的、能带的都往里装装，还得带点儿常用的东西，这次去的话寒假才能回来。”

“不用吧，之前带过很多了，没用完呢，不过我还是得去开点儿胃药……”沈昼叶说着，去阳台收晾晒的衣服，一眼就看见了楼下陈啸之的车。

他赶人归赶人，此时却没走，依着习惯等沈昼叶的房间里亮起灯。

沈昼叶抱着自己冬天的厚大衣，用力地拍了拍泛红的脸。

沈妈妈在厨房爆炒鸡块，十年的时间将沈妈妈的厨艺磨炼了出来，虽然大多数时候她们都是在吃食堂，但如今总归有了另一个选择。

沈昼叶余光看到妈妈腕上的翡翠镯子，想起镯子下和记忆有出入的伤口。

她犹豫了片刻，终于问出了那个困扰她许久的问题：“妈，你手腕上那道疤怎么变小了？”

沈妈妈熟练地加着蚝油，将油盖子一按，抬起头愣愣地问：“啊？什么疤？”

沈昼叶说：“就是以前在美国留的那个……”

“它不是一直这么大吗？可能变小了一点儿，毕竟过去这么久了。”沈妈妈娴熟地将菜盛进盘子里，然后将镯子向上一撸，去冰箱里拿东西，“宝宝吃不吃骨肉相连串串？”

“吃，”沈昼叶甜甜地说，“给我煎几串。”

傍晚的风柔暖地穿过客厅，沈昼叶推开门走进房间，她要带回加州的行李箱在地上摊开，里面已经放了不少衣服和日用品。

余晖染红了云与天，映着女孩子房间墙上的海报和陈旧的白板。

沈昼叶轻轻关上了门，然后重重地靠在门板上。

妈妈的伤疤怎么会变小？仿佛对她来说，这十年间都是这样，但自己的记忆完全不同。

可那是年少的沈昼叶最痛心的事情之一，她无数次抚摸妈妈那道伤口，连它缝了几针都记得清清楚楚，是不可能记错的。

沈昼叶深呼吸了下，怀着求证的心情打开手机相册核对——她的手机照片是通过云盘同步的，因此数年前的照片也能找得到，总有一些妈妈露出手腕的照片。

“宝宝吃饭了！”华嫣在外面喊道。

沈昼叶应了一声，继续翻相册。

相册里有一张是她与妈妈一起出去吃饭时在餐厅里的合照，那张照片里，妈妈用右手比了个剪刀。沈昼叶将那张照片点开放大，看见那道深而狰狞的伤疤，和她记忆里的一模一样。

沈昼叶刚想把妈妈叫进来看看那道口子原先是什么样的，可是还没来得及开口，她就目睹了更神奇的事情——

照片里，妈妈手腕上狰狞泛白的伤疤在她眼皮子底下愈合成了一道浅浅的月牙一般的伤痕。

沈昼叶吃饭时一直在走神，这一切都太超出常理了，她草草吃了两口就回了房间。

夜风温柔，沈昼叶将门关着，整理自己的行李箱。

沈妈妈在门上敲了敲，温柔地问：“宝宝，去年的羽绒服带不带？”

沈昼叶坐在地上回答：“不带了吧，那个太厚了，加州没那么冷，到时候带回来也太重了。”

妈妈笑着问：“什么时候回来？”

沈昼叶思索片刻，回答：“我估计新年前后吧，反正我跟着陈啸之，他回来我也能跟着回。”

华嫣赞同：“找个这种男朋友蛮好的，离家也近。”

沈昼叶笑了起来，隔着门板告诉妈妈：“他家步行都能过去哦。”

“是，以后妈妈不用想你了。”华嫣又在门外问，“宝宝，你有没有什么想吃的，妈妈去超市给你买。”

沈昼叶小声道：“不晓得。”

然后她听见一串细微的脚步声，是妈妈离开了。

这都是怎么回事儿呢？沈昼叶孤零零地坐在房间里想。

一场旷日持久穿越时空的通信、通信里主观性极强的规则、仿佛一直在试图说什么的本子、那一场梦境般的会面，还有妈妈手腕上变浅的疤痕……这些能否联系在一起？如果联系在一起，又意味着什么？

沈昼叶将分拣了一半的衣服一放，爬到床头，将本子翻了出来。

本子的角都被磨得泛了毛，烫金部分依旧光华流转，纸张被写得暄软，一封封信笺夹在里面，整个皮本子都变厚了。

沈昼叶看了那本子片刻，愣怔地发问："到底是怎么回事儿？"

可是本子一言不发。

它的确不能回答，沈昼叶想，我为什么要对一个本子发问呢？

华嫣开车去了附近的超市，买了一堆能带过海关的小零食，生怕女儿在小利兰那边吃不好。沈昼叶试图拒绝，华嫣女士就说"吃得饱和吃得好是一回事儿吗？你嘴那么挑"，强行将东西尽数塞了进去，新买的大行李箱被塞得鼓鼓囊囊，像一只巨怪。

深夜十一点，沈昼叶整理着书架上乱七八糟的书，还翻出了陈啸之当年给她批的七十几分六十几分的竞赛小测卷。满卷子大红叉，陈啸之那狗人批得特别敷衍，只给她草草写了个步骤。

沈昼叶看到了人生之耻，面无表情地将它们塞回书架最高层。

门忽然被敲了两下，沈妈妈问："宝宝，还没睡吧？"

沈昼叶"唔"了一声，沈妈妈推门而入。

"怎么啦妈妈？"沈昼叶抱着书，眉眼弯弯地问，"这么晚了还没睡？"

沈妈妈抱着一个老旧的相册笑道："刚刚妈妈也在收拾东西，突然看到你小时候的照片。"

沈昼叶眨了眨眼睛，问："我看看？"

"这个相册可老了。"妈妈往床上一坐，摊开相册，颇为骄傲地道，"你看那时候你才多大点儿。"

相册里的沈昼叶不过四五岁，顶着一头不服帖的卷卷毛，穿着条纹T恤和牛仔背带裤，手短腿短，小小的一只。

照片上的她在歪歪扭扭地学着骑自行车，背景里还有爸爸的老福特车，花园外正好有浇水车经过，在小姑娘身后留下一道彩虹。

"你看，"沈妈妈对着女儿比画了一下，"你那时候才这么小一只，我一手都抱得动你。"

"这么小的吗？"沈昼叶十分惊奇。

沈妈妈笑了起来：“人类幼崽当然小了。后面还有你小时候回北京的照片。”

沈昼叶往后一翻。

回北京后，照片立刻模糊了数倍，那时沈奶奶只有一台老相机，胶片质量并不好，因此印出来的照片也不清晰。小昼叶被奶奶半放养，在彼时仍尘土飞扬的北京搞得灰头土脸，揉着小腮帮站在奶奶家门口。

“好可怜哦，像个被欺负的小孩儿。”沈妈妈看着照片咯咯笑，“小时候不是有个和你玩得特别好的小男孩儿吗，你爸之前还给你俩拍过照片，你瞅瞅？”

沈昼叶将照片翻过去，看见自己和小男孩儿坐在沙发上一起玩跳棋。

照片模糊不清，带着陈旧的闪光——拍摄于1998年7月的照片中，那小屁孩儿因为常年在户外跑而晒得胳膊上一道黑白分明的印子，生得五官俊秀，头发精短，能看出以后会具备华北男人特有的硬朗。

“我觉得那男孩儿长得挺俊，”沈妈妈笑道，“现在说不定跟明星似的。”

沈昼叶看着照片里小啸之紧握着的小昼叶的手，眉眼一弯，笑道：“他可喜欢我了。”

“那可不，连你奶奶都说他疼你疼得要命。”

沈昼叶思索了下，将那张照片拿了出来，夹进自己要带回美国的一堆专业书籍里。

沈妈妈仍在女儿身边翻照片，灯光带着温度洒落在母女身上。

华嫣道：“你看你爹。”

沈昼叶一愣，凑到相册前。

那张照片中他们已经回到了华盛顿，小昼叶稍微长大了点儿，上了幼儿园，脑袋后面扎了个小揪揪，小卷毛翘着，正和爸爸一起参观科技馆。科技馆的光线明亮，大理石地板倒映着父女二人，一大一小，两人手拉着手，沈妈妈在拍照没有入镜。

“你爸那时候那么疼你，总说他要送你去上大学。”华嫣摇了摇头笑道，“就像他们系主任，开了三天的车去罗德岛，送完孩子和妻子坐船旅游。”

沈昼叶莞尔道：“他肯定想不到，我上大学不需要开车接送，太近了，坐地铁就能到。”

“他还说要去旁观你的博士答辩，”华嫣对女儿说，“在你穿上红色博士服的那天给你拍照，看你的老师们给你拨穗，还会在那时候送你一束山百合。”

沈昼叶眼眶发红：“他承诺得太遥远了。”

华嫣怀念地说：“他还说他要把你送进婚姻的殿堂，亲手把你交给另一个能和你携手一生的人。”

“为人父母，不该承诺自己做不到的事情。”沈昼叶擦了擦眼眶，低声道。

华嫣酸软地对女儿说：“不是承诺了做不到，是爸爸妈妈谁都没料到，未来会是这样。”

夜空静谧，沈昼叶看见手机屏幕微微一亮，陈啸之叮嘱她早点儿睡觉，说他回自己家了。

“不过还有妈妈呀。”华嫣哽咽地说，“妈妈一定会送你一束花，也会把你交到另一个人手里。爸爸和妈妈是一样的。”

沈昼叶眼泪吧嗒滚了出来，抱住妈妈，小声道：“可是还是不一样的。”

“我爱你，妈妈。”女儿如花一样的面孔在深夜里磨蹭着母亲的面颊，重复道，“可这是不一样的。”

两日后，阳光明媚，航站楼颇为宽敞，绿植倒映在光滑的地面上，周围的外国人往来不绝。

值机柜台前，陈啸之难以置信地问：“你才回来几天，怎么就多了这么多东西？”

沈昼叶艰难地拖着沉重的拉杆箱，答道：“我妈怕我在那里饿……饿死，衣服塞不满就给我塞吃的。”

“她为什么会这么想？”

“因为那边好吃的不多，”沈昼叶迷茫道，“我每次跟她打电话都要告诉她，‘妈妈我好想吃红烧肉好想吃松鼠鳜鱼，我不想吃快餐了’，久而久之她就对我产生了一点儿误解，觉得我会饿死在那儿……”

陈啸之面无表情地从沈昼叶手里接过大箱子，往承重处一放。

“饿不死，”陈教授道，“以前我不知道，现在不可能。”

沈昼叶眨眨眼睛：“因为之之你做饭吗？”

陈啸之没回答，将手中沈昼叶的护照递给工作人员。

“走了。”陈啸之拿着沈昼叶的护照和登机牌，说，“不过，阿姨恨不得把你捧在手心，居然都不来送你。”

沈昼叶笑了起来："她对你放心的嘛。"

陈啸之仿佛很吃这一套，"嗤"地一笑，将沈昼叶往自己怀里一圈，低声道："得在天上飞十一个小时，昨晚休息好没有？"

"还行……"

"什么叫还行？"

沈昼叶被陈啸之揽在怀里，迷蒙地看着他。

她想起弟弟沈泽曾说机场适合接吻，那里是分别、是重逢、是新的开端。而现在，陈啸之英俊的脸凑近，就像他们小时候、甚至更小的时候一样。

这场景旖旎，像是世间所有温柔之物的总和。

陈啸之目光专注温柔，落在她的身上，下一秒，抬手在女朋友脑袋上吧唧一弹。

不是为了打人，但是相当响。

沈昼叶一脸震惊地看着他。

"你这还能叫头发？改名叫鸟窝拉倒。"陈啸之冷酷无情地嘲道，将手里捏着的小虫随手一丢，让它飞走了。

浑然没有半点儿要亲她的模样。

陈教授随手将沈昼叶的碎发向后一掖，那些被别的男人做来估计满是暧昧之意的亲昵动作，被陈啸之做得像是生活中的一部分。

半点儿暧昧之意都没有。

"走了。"陈啸之神情散漫，十分自然地将沈昼叶所有的行李都接了过来，往身上一背，又在沈昼叶肩上一拍，仿佛刚刚那逝去的好氛围他都没意识到似的。

青梅竹马。

机场大厅里，沈昼叶眼前一黑，想着自己选的竹马自己跪着也要谈下去。

完了啊！她卑微地想，我们这是在有丝分裂间期吗？

这对青梅竹马上飞机后因为该不该睡觉吵了一架，接着，两个人置着气在横跨太平洋的航班中双双睡去。沈昼叶睡前模糊地想，陈啸之看上去心情颇为糟糕，但不对她发作，似乎对这种长距离的航班有什么阴影。

沈昼叶做了个很长的梦。

梦里，她又回到了那片神秘的星空中，独自飘浮在里面，她大声询问这究竟是什么，可是偌大的空间里静谧，没有年少的她，只有玫瑰星云在眼前如花绽放，昴星团像黑布上捅漏的星点。

“你得给我个解释，”沈昼叶大声说，“不然我就把本子送去做C14微观分析了！”

一丝声音也没有。

沈昼叶又喊道：“我把你烧了，信吗！”

依然无人应答。

虽然沈昼叶在睡觉，却仍有种符合博士培养计划的清醒，将预备的检测项目在心里列了个遍，心想劳伦斯实验室还有我同学呢，我专程送检全程陪同，就不信查不出点儿东西来。

再超自然的事情，背后也应该有原因——不管现象多么荒谬，只要愿意细细追溯，终会有真相大白的一日。

沈昼叶在星空里滑了出去。

那感觉真的很像在游泳，她甚至回忆起小时候在游泳馆游泳时的触感，流体温柔地在身侧分开，甚至还能闻到一股浅淡的消毒水的味道。

巨月之下，飞机正横跨太平洋，月光繁星洒落海面。

引擎嗡鸣声不止，机舱的灯已经灭了，沈昼叶睁眼时世界都是模糊的，等她适应了黑暗，发现自己身上盖着毛毯，陈啸之膝头的平板发出幽暗的光，可他的目光望向远处浩渺的、属于深夜的海洋。

陈啸之的背影看上去相当痛苦，犹如即将被压垮的山岳，仿佛回忆起了什么令他疼痛的事情，他连握着的拳头都在发抖。

沈昼叶突然觉得有点儿难过，轻轻地在他肩上拍了拍，问：“这么晚还不睡觉？”

她说话的声音很轻，陈啸之忽然一僵。

“在想事情吗？”沈昼叶认真地问。

在巨大的月亮散发的光辉之中，陈啸之低声道：“睡不着。”

“怎么了？是飞机太吵了吗？”沈昼叶关心地问，然后伸出手，轻轻包住陈啸之紧握的拳头。

陈啸之手指的颤抖猛然止住，仿佛从梦魇里挣脱出来一般。

沈昼叶对陈啸之温和一笑，将手握紧了些。

“怎么了呀？”女孩子弯弯眼睛，“之之，有什么不开心的可以告诉我。”

陈啸之沉默了许久，终于沙哑地开口道：“没什么，只是想起一些东西……做了个噩梦。”然后，他抱着沈昼叶躺回椅子上。

月光温柔地洒进来，陈啸之在女孩儿头上轻轻地蹭了蹭，温柔地说：“睡吧，我没事儿。”

沈昼叶担忧地问：“真的？”

“真的，”陈啸之磨蹭了下女孩子微卷的头发。

沈昼叶听见他胸腔沉闷地震动：“以后，我再也不会让它发生了。”

沈昼叶在与另一个自己的那次相遇后，思考过许多次，可是就像生活在三维坐标轴中的生物难以理解四维空间一样，她无论如何都捉摸不透。

通信就此被掐断，可是沈昼叶的生活却切切实实地被改变了。

这个本子是不是本来就没打算让我改变小昼叶呢？沈昼叶想，这个本子是不是为改变二十五岁的我而存在的呢？

旧金山国际机场灯火通明，沈昼叶跟在陈啸之身后，看着周围的人——有一位穿着精致的女人拖着个小行李箱，捏着护照走过去，夹着手机用西班牙语吵架；还有背着包的年迈旅者左顾右盼，用手机拍照片。

世界平凡却又绚丽。

我和他们并无不同，沈昼叶想，哪怕有了“通信”，我也没有变得特别。站在这里，我也不过是众生中的最平凡的存在。就像陈啸之、像经过的精英、像那个年迈的旅者、像我在学校里地铁站里擦身而过的芸芸众生。

那童话般的金手指没有给我带来任何光环，没有改变我的过去，可改变了我的人生，改变了我的现在与未来。

“你在发什么呆？”陈啸之忽而道。

沈昼叶吓了一跳，终于从自己的幻想国度中回过神。

“行李我拿着。”陈啸之拧着眉头问，“入境登记卡你填了没？”

上次来旧金山的时候沈昼叶就忘了，在飞机上睡得昏天黑地，张臻也没写，最后，两个人跪在海关门口重新填的申报单和登记卡。

沈昼叶惨叫：“啊啊啊啊我忘——”

姓沈的忘事儿鬼还没惨叫完，就见陈啸之面无表情，捻着表格的手指一搓，搓出两张入境卡和申请表。

“我填了两张。”陈啸之挑出一张，连着报关表一起递给沈昼叶，漠然地道，“你记得才有鬼了。”

沈昼叶迷惑地皱起眉头问："你凶我？"

"没有。"伟岸的陈教授立即矢口否认，然后背着两个沉重的包，拖着小行李箱，在线外等着，让沈昼叶先去过海关。

落地窗外夜色深重，塔台亮着明月般的灯，上百架飞机停泊于机场外的平地之上。

"Fingers."海关的工作人员接过表格，扫了沈昼叶一眼，平淡地说。

沈昼叶立即按了指纹，将头发往后一顺。

工作人员又问："Why are you visiting?①"

沈昼叶想了下，温和道："Academic Purposes.②"

这与她第一次来旧金山机场时的回答一模一样，当时说完，沈昼叶并不觉得有何特别之处，可是这次，将这两个单词吐出来时，一种拨云见日的明朗与责任感忽地油然而生。

工作人员听后温和地笑了笑，对沈昼叶道："Do enjoy your visit，welcome to California.③"

沈昼叶也笑道："Thanks."

像是长夜尽头的曙光，旭日初升。

沈昼叶接过护照，走出海关，等待陈啸之的出现。

深夜十一点钟，两个人站在出站口，陈啸之只带了一个小行李箱，沈昼叶的行李则一大堆。

打车回学校——沈昼叶想起加州的治安，心里禁不住打了个寒战。

这里毕竟是旧金山，他们旁边有个二百多磅又高的男人，将陈啸之一米八八、身材结实的大高个儿衬得像个蘑菇，天生娇小的沈昼叶看那个男人像看座山，直发怵。

"之之，要不然我们在旧金山住一天吧，太晚了。"沈昼叶甜甜地、带着点儿勾引意味地补充，"我们找家酒店，住在一起就可以呀。"

陈啸之拧起眉头："找酒店？"

"嗯！！"沈昼叶疯狂点头。

---

① 为什么来这里？

② 学术目的。

③ 请尽情享受，欢迎来到加利福尼亚。

找酒店找酒店找酒店，沈昼叶心中一个小声音雀跃地说，我不想有丝分裂……

“找个锤子酒店，”陈啸之漠然的声音响起，“酒店多少人睡过你不知道？又不是出差。”

行，陈啸之，你还真是二十年如一日。

沈昼叶看了眼旁边体积不同寻常的男人，道：“可是这个鬼地方治安不太好……前段时间刚发生抢劫案……”

陈啸之将沈昼叶的行李一拎，面无表情道：“你跟我在一起，无论发生什么，我都不能让你出事儿。”

“唔。”沈昼叶耳朵红了，她看了眼陈啸之，觉得他说这句话的样子很帅。

“打车回帕罗奥多？”陈啸之问，“如果你真的不想回去，我们就近住个酒店也行，毕竟是你的想法，我可以不介意这个。”

沈昼叶眉眼弯弯地摇了摇头：“不了，走？打车去。”

期间，沈昼叶想帮陈啸之拎行李，他坚决不同意，一个人将一大堆行李搬到了等出租车的地方，生怕沈昼叶累着半点儿似的。

圣弗朗西斯科城的夜晚灯火通明，出租车司机将窗户打开，夜风呼地灌入。

陈啸之漫不经心开口问：“今晚你们宿舍开门吗？”

沈昼叶一愣：“嗯？”

陈啸之看着窗外，散漫地对她说：“来我家睡？”

这是沈昼叶第一次来陈啸之在加州的家。

在此之前，沈昼叶作为被陈啸之疯狂嫌弃的一方，只知道陈啸之通勤时间很早，应该就住在附近。

如今才知道，陈啸之住独栋别墅，虽说离学校不是很远，却和沈昼叶的宿舍是完全相反的方向。

他送了我这么多次，居然是不顺路的吗？

“本科的时候不想住宿舍，买来落脚的。”陈啸之简短介绍，他推开院门，低声道，“家里房间挺多，今晚你先对付一下。”

沈昼叶点头：“好呀。”

院中草坪修剪得整齐，洒水器安静地工作，窗户洒落一地灯光，能看到宽敞明亮的客厅。

陈啸之掏出钥匙，将门打开。

沈昼叶奇怪地问：“家里还有人？”

你都离开半个多月了，怎么家里还亮着灯？

陈啸之正打算回答，突然，一团雪白的小胖胖从门里蹿了出来，在陈啸之腿上亲昵地磨蹭。

“有猫。”陈啸之抱起那只胖胖的白球球，想了想，又对沈昼叶说，“还有个人，你认识，帮我照顾猫的。”

于是，沈昼叶见到了在帮陈啸之照顾猫的陆之鸣。

子夜，陆之鸣抱着一桶薯片，放下游戏手柄，看向沈昼叶，莞尔道：“小学妹，你来啦？”

沈昼叶无所适从地“嗯”了一声。

“我最近和啸之住在一起，”陆之鸣笑着解释道，“之前的工作辞了，来这里散散心。”

言语能力很差的沈昼叶耳根泛红，小声道：“我……”

“你又和啸之在一起了。”陆之鸣笑起来，“啸之已经跟我讲啦，你不用解释。”

沈昼叶眨眨眼睛，温和道：“那他还挺贴心的。”

陆之鸣说：“你坐。”

沈昼叶礼貌地笑了笑，乖乖地在沙发上找了个地方坐下。

那只小白猫在陈啸之腿上蹭蹭表示亲热，可是还没到三分钟，它就对这位铲屎官失去了兴趣，跳上沙发，在沈昼叶身边蜷缩起来。

沈昼叶与那只姓名不明的小白猫对视。

小猫娇气地舔了舔爪子，蔚蓝的眼睛看向旁边的女孩子。

“屎屎脾气大多数时候都很好的。”陆之鸣问道，“你猫毛过敏吗？不过敏的话可以摸摸，它肯在你旁边趴下就说明它挺喜欢你的。”

沈昼叶眉眼一弯，笑道：“不过敏，我可喜欢小猫了。”

“那你摸摸，”陆之鸣笑道，“先顺背，舒服的话它会把肚皮翻过来给你揉，它肚皮好软的。”

沈昼叶便好奇地伸手摸了摸小猫。

这只叫屎屎的白猫被陈啸之养得油光水滑，娇气却又爱亲昵人，沈昼叶摸了没几下，它就舒服地发出咕噜咕噜的响声，蹭着女孩子的手心，片刻后干脆爬到沈昼叶的腿上，露出小肚皮让她揉。

沈昼叶莫名地感到一种同类的召唤，这猫可爱得过头，治愈力超强。

“学长，这只猫为什么叫屎屎呀？”沈昼叶忍俊不禁地道，“明明这么白。”

陆之鸣将游戏关上，说：“这你得问啸之了，这是他三年前买回来的小猫崽子，名字也是他起的。”

沈昼叶一时竟不知道该说什么。

陈啸之这种看起来一辈子和宠物无缘的人居然会买猫，而且他竟然会给猫起名叫屎屎？他为什么会给猫起这种名字？猫知道自己的名字是什么意思还不得挠死他……

“我先去睡了哈，小学妹。”陆之鸣打了个哈欠，道，“陈啸之没带钥匙，让我给留门，我都要困死了。”

陈啸之端着调好的蜂蜜水回来时，陆之鸣已经走了，客厅灯光温柔，沈昼叶坐在沙发上，怀里抱着屎屎。小白猫倒不磨她，仿佛知道那也是个娇气包，不忍欺负一般，只是躺在她膝头，让她揉。

沈昼叶慢慢地打了个哈欠，和怀里的小猫一起抬头看向他。

可真是一大一小。陈啸之想。

陈啸之清了下嗓子，将马克杯递过去，面无表情地道：“喝了蜂蜜水去睡觉，客房还没收拾出来，你先睡我的卧室。”

“唔？”沈昼叶揉了揉眼睛，她的娇总是流于她的一举一动中，她却仿佛永远意识不到自己的模样有多么招人疼。

陈啸之只觉心尖又是怦然一动，强自按捺着解释道：“没别的床睡了。”

“好吧，”沈昼叶困倦地问，“那，之之，你去哪儿睡呀？”

陈啸之喉结一动，沙哑道：“客房。”

他将好像已经在犯困的沈昼叶带上楼。

黢黑的走廊中穿过一阵属于加州的温柔的风，陈啸之推开门，拧开床头的台灯，昏黄的光线便如鹅毛大雪般落在床上。

沈昼叶捧着马克杯，鲜红湿润的唇含着杯沿，稍稍仰起细白的脖颈，喝完后，她把杯子递给陈啸之，蜷缩进被窝，又小心地看向他。

像个顽劣娇气的孩子，可是又真真切切地成了女人。陈啸之想。

灯光昏暗，房间里旖旎之气飘散开来，犹如夏夜篝火升腾起的炊烟。

会发生点儿什么吗？沈昼叶冒出一个小念头。

陈啸之的胳膊撑在床边，他眼眸沉黑，脸上平静，但沈昼叶没来由地觉得，他心里是汹涌澎湃的。

“陈——”沈昼叶开口。

陈啸之，我仔细想过了，我可能还没做好准备——她想说。

不过，她还没说出第二个字，陈啸之就将被子往上拉了拉，闭上眼，在沈昼叶唇上轻轻一吻，轻声道：“好好睡一觉。”

“晚安。”他起身说完，合上门，动作轻得像是拂过贝加尔湖的夜风。

还是很难说不介意，沈昼叶在床上想。

尤其是她经过了那样的十年，又在十年过后见到了那样的陈啸之，哪怕因他所展现出的深情而重新接受他，可是当夜深人静时，还是会发现，伤口终究不是一朝一夕能愈合的。

沈昼叶小声地叹了口气，听见外面传来窸窸窣窣的陈啸之的脚步声，他关了外面的灯，黑夜终于降临在这栋房子里。

沈昼叶辗转反侧，爬起来去上厕所，回来路过客厅，听见角落里的小猫窝里传来细微的呼噜声，她过去轻轻顺了顺屎屎的毛。

月光温柔地落在地砖上，她从国内背来的沉甸甸的书包躺在一边。

沈昼叶想了一会儿，拉开书包拉链，从里面摸出了本子。

她没有开灯，坐在客厅里，趁着外头明亮滚圆的月亮散发的光芒，将本子翻开，一页页地读，从她刚开始给过去的自己写信，到后面她和小昼叶逐渐频繁的联络。

里面的信纸有一些泡了海水，水笔字迹洇开个袅袅的圆圈。

开始写信的时候，应该是最绝望的时候，沈昼叶想，第一封信是二十五岁的她写的，她还记得自己写信时正在收拾去美国的行囊，那时她几乎已经接受自己泯然众人，却仍想和过去的自己对话。

你能不能变得和我不一样呢？当时的沈昼叶想。

沈昼叶坐在陈啸之家的客厅里，在昏暗的夜色中望着自己娟秀的字迹，读着自己苍白委顿的句子，看着自己数度试图脱口而出的苦闷、痛苦与绝望。她还读到小昼叶字里行间的烦恼与悲伤。

丧父、学业的压力、现实的压力、全然陌生的环境……何其相似。

只不过小昼叶的灵魂不是死灰，是熊熊燃烧的日珥。

沈昼叶后来想，没有我的安慰，她也能很快地走出来的，在绝望的胡同里徘徊的是成年的自己。

这场通信所做的，比起改变过去，更像是将年少的自己放在现在的自己面前，用少年人拼命摆脱冷气只向上走之火焰，复燃了一个成年人死水般的篝火。告诉她，你原来是这样的。看看少年的自己，看看自己的誓言，看看自己的勇敢与不屈不挠，你原来是个这样的人啊。

小猫肉肉的爪子在本子上拍了拍，沈昼叶看着自己原先画的张牙舞爪的陈啸之，她醉酒时留下的字迹曾经消失，此时又在纸上出现。若不是还有年少的沈昼叶的回信夹在里面，她甚至会以为这是一场黄粱大梦。

“喵。”小白猫亲昵地舔了舔沈昼叶的手心，蔚蓝的眼睛看着她。

沈昼叶安抚地摸了摸猫，又向后翻到自己在回到北京后掖进去的最后一张纸条。

“我已经不再迷茫，也祝你一切都好。”

那张纸却再也送不过去。

沈昼叶看着被海水泡皱的本子，在黑夜里低声道：“你需要给我一个解释。”

黑夜静谧，无人应答。

“你救了我，那个空间也与你有关，”沈昼叶看着本子重复道，“你需要给我个解释。”

风吹过，皱皱的纸张发出脆响，本子缄默不语。

沈昼叶安静了许久，盯着本子硬气地问：“你——你究竟是谁？”

小猫跟着沈昼叶质问，很凶地“喵”了一声，小肉垫吧唧拍在了本子上。

“不对，”沈昼叶沙哑地说，“你是我想的那个人吗？”

“什么你想的人？”一个声音冷冷地问。

虽然沈昼叶在问一个本子一堆问题，但是万万没想到会突然得到一个回答，险些吓死。

下一秒，发出声音的陈啸之站在客厅门口，“啪”地开了台灯。

刹那，光亮盈满房间。

“不睡觉在这里撸我的猫干什么？”陈啸之朝沈昼叶走来，冷漠道，“我把你送上床还不够？”

沈昼叶都快吓断气了：“猫、猫不能撸、撸吗……”

"可以。"陈啸之往沈昼叶身旁一坐，冷冷道，"你先给我把'你想的人'解释清楚。"

沈昼叶抽着气："我自言自语来、来的……"

"自言自语？"陈啸之狐疑地眯起眼，"不是给野男人发语音？"

然后他十分幼稚地将沈昼叶往自己怀里一揽，将她膝盖上摊开的本子一合，拿过来看。

沈昼叶想去夺本子，拼命辩解："我都没、没带手机下来……"

"沈昼叶，这个本子你怎么还在用？"陈啸之端详着封皮，皱着眉说，"我在你办公桌子上见过，后来你还随身带着它回宿舍，印尼见一次，后来想想，以前我也见过。"

沈昼叶一愣。

"我记得我们去那个破学校集训的时候你就带着这个破本子，有天中午你非说照片丢了拼命翻书包……我那时候就见过，你爸名字挺特别的，我还记得呢。"陈啸之单手将本子一抖，道，"十年了你还带着，要不是还有你爹的名字在上头，我都要怀疑是哪个野男人送的了。"

沈昼叶哭笑不得地问："什么野男人？"

"什么野男人你自己知道。"陈啸之顶回去。

沈昼叶立刻一怒："你还好意思——"

陈啸之眉头忽然一皱，道："里头夹的都是什么？这么厚。我上次看还是空白的。"

沈昼叶呆呆地道："解释起来很长……"

"很长的话就明天再解释。"陈啸之简短地说，"我再给你冲点儿蜂蜜水，你喝了先去睡觉吧，倒时差还是挺麻烦的。"

沈昼叶眨了眨眼睛，小猫"喵呜"一声，用毛茸茸的尾巴拍了拍女孩子的胳膊。屎屎十分黏她，沈昼叶甚至在它身上感受到了姐妹的召唤……怎么会这样？沈昼叶按了按屎屎的头。

凌晨三点多，陈啸之端着马克杯和一罐褪黑素回到客厅，说："喝光，吃片褪黑素。"

沈昼叶点点头，接过蜂蜜水，乖乖地捧着杯子喝了个底儿掉。

"我喝完啦。"女孩子笑了起来，她笑得非常甜，令人怦然心动。

四月梨花一样的姑娘揉了揉眼睛，将屎屎从膝盖上抱了起来，屎屎十分不情愿地“喵”了一声，坚决不起身，被拉成长长的一条。

“屎屎下去，回猫窝，”沈昼叶小声哄那长条猫，“我要上楼吃药倒时差啦……”

“等等。”陈啸之忽然开口道，“本子的事儿回头再说，走之前，你得回答我一个问题。”

沈昼叶看向他：“嗯？”

陈啸之忽地将沈昼叶朝后一推，连人带猫往柔软的靠垫里一摁！

“你干什么——”

“沈昼叶，”陈啸之按着女孩子的肩膀，撑在她身上，居高临下道，“我越想越在意，那个野男人是谁？”

沈昼叶愣愣地问：“啊？什、什么野男……”

“你说是什么？”陈啸之眯起眼睛，妒意滔天，字几乎是从牙缝里一个个往外蹦，“你到底有过几个野男人？今天不说清楚不准走。”

沈昼叶被他摁在沙发上，吃惊地仰起头，看着他，震撼道：“野男人？你说我？哪儿来的野男人？”

陈啸之捏着沈昼叶的下颌，强硬地向上一抬：“你说哪儿来的？你自己没点儿数？”

沈昼叶难以置信地眨了眨眼睛。

“你说就是，”陈啸之眯眯眼看她，欺身上来——他个子高大且体格结实，光体重就快八十公斤，差点儿将身材瘦小的沈昼叶压成一只小黄鸭。

“你起来！”沈昼叶拼命推他，“你压到我了。”

“快说。”陈啸之将她胳膊往头顶一拽，将小姑娘压制得严严实实，威胁她，“你跟我分开之后有过几个男朋友，和他们怎么回事儿？你今晚必须跟我讲一讲。”

“我都要在意死了——”陈啸之呼吸炽热，盯着沈昼叶，口吻像是大发慈悲，“嗯？你说个数字都行，我保证以后绝不拿来说事儿，说到做到。”

沈昼叶一窒，也不再推，抬头望向他。

灯光柔和，陈教授望着怀里的小姑娘，沉默片刻后，十分勉强地承诺：“我保证不计较。”

沈小师姐气不打一处来，然而她天生不是个多会生气的人，更不擅长与人起正面冲突，又被陈啸之死死压着，此时连呼吸都困难，拼着一口气艰难道：

“你……你有脸问吗？”

陈教授眉头一拧，很坏脾气地说：“我怎么没脸？！”

“你还顶上嘴了！”沈昼叶登时怒从心头起恶向胆边生，“我有过几个野男人你凭什么质问？你以为自己多干净吗？双标狗陈啸之，我现在还没动手，你还蹬鼻子上脸了？”沈昼叶深呼吸一口气，愤怒地蹬腿，“从我身上下去！！”

陈啸之摁着沈昼叶细骨伶仃的手腕，比沈昼叶还生气：“沈昼叶你还跟我横，你以为你很——”

他还没说完，沈昼叶就气急败坏地来了一个头槌！

“咚”的一声，两颗时年二十五岁的智商超群的脑瓜相撞，陈啸之差点儿被撞出脑震荡，眼前又黑又白，沈昼叶疼得龇牙咧嘴，见自己还挣不开陈啸之的爪子，又带着仇恨撞了他第二下。

咚！

陈啸之痛叫一声：“你有病——”

咚！

沈昼叶玉石俱焚，撞完第三下，将被彻底撞蒙的陈啸之从自己身上扯了下去。

“我……”沈昼叶撞完，感觉脑子里的核桃仁儿都碎了，打颤道，“我回去睡觉，陈啸之我告诉你，我这都算脾气好的所以撞轻了，你现在最好庆幸我不是巨石强、强森，我没杀了你都是我天性善良。”

陈啸之捂着头，怒气之外脑子一片发晕：“沈昼叶三、三下——”

“你今晚一边睡觉一边反省，”沈昼叶揉着额头，上楼时走路摇摇晃晃，还不忘哆哆嗦嗦放狠话，“还野男人，真敢说啊。”

次日早晨，加州阳光明媚，窗外的鸟雀甩着尾巴停留于门口的红榕树上。

陆之鸣端着猫食看着面前的两人。

陈教授额头正中一块青，他小女朋友额头眉心上贴着块纱布，两个人围坐在一张桌子边，谁都不搭理谁。

挺神奇的，陆之鸣毫无波澜地想，从死了一千五百多人的地方回来身上一点儿伤没有，住一晚上，俩人一起挂彩。

陆之鸣面无表情地问：“你俩昨晚比赛谁头比较硬了？”

陈教授稳重地舀了一勺汤，没吭声。

“我服了。”陆之鸣又看了他们一眼，甚至感到胃疼，只得低头给猫倒牛奶，“哥哥我昨晚故意早点儿回去睡，还想你们小情侣发展下感情，结果你们比赛头槌，然后今早冷战？你们贵庚？”

沈昼叶看了陆之鸣一眼，仇视着陈啸之说：“他自找的。”

陈啸之冷漠回嘴：“你问问她昨天晚上怎么连撞我三下的。别人长脑袋是用来给人类做贡献解决问题的，你长脑袋拿来当锤子？”

沈昼叶盯着面前的粥碗沉思三秒，恶毒地说：“你说我是废物，可我仔细想了想，寻思着你也没做啥贡献啊。虽然我之前做得不太行，但是我写的专利书可是能用的，我做过改变人类生活的一部分的项目。你呢陈啸之？”

陈啸之颔首：“我毕业论文发在顶级期刊上。”

沈昼叶眯起眼睛：“所以呢？我和你谈应用性你和我谈论文？”

听到两个人吵到“沈昼叶有本事你自己做饭自己吃，别把自己毒死”时，屎屎终于抽了抽粉红色的小鼻子，嫌弃地转头走了。

“你还是滚回宿舍住吧小学生，”成熟的陈教授嘲讽道，“老师我看到你就生气，这庙小容不下你这尊大佛，一会儿你就回你那个什么Arasterdero……”

“回去就回去，你以为我要待吗！呵！张臻做好红烧肉等我回去呢！”沈昼叶毫不示弱地说完就去拎自己的行李，但是她行李太多了——沈妈妈胡填海塞的能力此刻彻底拖累了要和男朋友吵架的闺女，沈昼叶拽了一下，那一瞬间几乎听到了腰上传来的嘎嘣声。

“你拎得动有鬼了。”陈啸之揉了下额头，慢条斯理地说，“我这住宅区还不好打车呢，姓沈的，现在跟老师说‘老师我错了’，一切都还来得及。”

沈昼叶难以置信：“老师？老师？？陈啸之你是真的膨胀，梦都别做。”

“我不是你老师？”陈啸之讥讽道，“你怎么这么没礼貌，真得跪着跟我道歉。自己想办法爱咋回咋回，你想怎么走和我没关系。”说完，转身就上了楼。

陆之鸣痛苦道：“你们吵架能不能成熟点儿……”

屎屎十分配合，悲痛地喵了个和声出来。

第三十七章

我想拥有陈啸之

加州阳光正好，万里无云。

最后还是陈啸之开车将沈昼叶带回了宿舍。

他们小时候吵架也是这样，陈啸之嘴巴毒，沈昼叶稍微钝一点儿，两个人吵起来谁都不让谁，相当幼稚。

沈昼叶吵累了，也想不出新词，干脆拒绝和他说话。

其实她一点儿也不介意把自己空白的感情经历给陈啸之从头扒一遍，估计连五分钟都花不上。问题是“野男人”从陈啸之嘴里出来，有种“倒打一耙”的感觉。

陈啸之忽而开口说：“昨晚那事儿，你别想我不计较了。”

沈昼叶一愣。

还跟我宣战？这个人真的不一般。

“迟早我得问出来。”陈啸之冷冰冰道，“沈昼叶你就是仗着我疼你，觉得你干什么我都不敢有怨言，你可能还真摸准了。但是我跟你讲，这次行不通，太不公平了。这答案，我必须知道。”

沈昼叶立刻气得耳朵泛红，心想你凭什么抢我台词啊，我还觉得不公平呢。

可是还没等她讲话，陈啸之就又开了口。

“但可能昨晚氛围不对，我太急了，这儿我做的不好。”陈啸之握着方向盘，眉头皱着，不太爽利、极度意难平、十分勉强地说，“所以这答案，我可以暂时不急着要了。”

还……挺委屈的？沈昼叶都呆了。

“而且，我总觉得，另一件事儿更紧要一点儿。”陈啸之的瞳仁被阳光映得发亮，“那个本子，我直觉，我见它这么多次，并非偶然。”他微微向沈昼叶的方向侧头，“你昨晚想对我说什么？现在有时间了。”

细碎的阳光从树阴缝隙中落下来，校园宿舍外的住宅区绿草如茵，绣球花生长其中。

“那个本子里……”沈昼叶停顿了一下，看向车外，她在思考该直接说，还是迂回着讲。

沈昼叶害怕陈啸之会对这种故事嗤之以鼻，搞不好还会建议她去看看医生。

她听见陈啸之“嗯”了一声。

沈昼叶想了许久，开口道：“那本子里其实有魔法，能穿梭……”

她还没说完，车“砰”地撞上什么，忽然一个迅猛的颠簸，陈啸之立刻急刹车！

那一瞬间沈昼叶感觉自己差点儿被甩出去，尖叫一声，陈啸之护住沈昼叶的头，接着将车门一推，长腿迈下车。

沈昼叶惊魂未定：“怎……怎么了？”

车外，陈啸之被太阳晒得睁不开眼，眉头深深皱着，他绕着车走了一圈，道：“后车胎被扎瘪了。”

扎瘪车胎的，是一个举着长刀的小锡兵。

他们抛锚的地方是住宅区，小孩子多得很，罪魁祸首肯定是找不到了。

沈昼叶在树阴下坐着，陈啸之心烦意乱地换了轮胎，又将小锡兵从破裂的橡胶里取了出来，捏在手中把玩。

“怎么会被这个扎呢？”沈昼叶挠了挠头上的瘀青，纳闷地问。

陈啸之随手将小锡兵抛给她，将头发向后一抓，露出同款青紫包，漫不经心道：“想被这玩意扎破可不简单。”

沈昼叶端详手中玩具，小锡兵的长刀笔直向上时才能扎破厚重的轮胎，还得在一个极其刁钻的受力角度的前提下。

沈昼叶将锡兵收了起来，道：“是。”

陈啸之本就拥挤的日程表多了一项换轮胎，还要给保险公司打电话走流程，他立刻就变得非常忙碌。

可尽管如此，他仍将自己的小女朋友送回宿舍，并将她沉重的行李拿了出来。

宿舍门口微风吹拂，晴空如水。

沈昼叶去拖行李箱，对陈啸之体贴地道："我这里你不用管了，你还是去换轮胎吧。"

陈啸之眯起眼睛，看向她。

沈昼叶望着他额头的瘀青，忽而一阵愧疚，觉得陈啸之的确是垃圾，但是自己更不应该使用暴力。

"你一个人能搞定？"陈啸之嘲道，"就你那小胳膊小腿的，你有一米六吗？"

沈昼叶焦急地辩解："我有的，我高中体检……"

陈啸之瞟她一眼，矜贵又挑剔道："你小时候跟我讲你以后一定是个大胸御姐，你今年二十五了，做到了大胸御姐里头的哪个字？"

沈昼叶脸唰地红透，憋闷地看着他，面前的陈啸之比她高很多，长腿宽肩模特身材，衬衫下的肌腱结实有力，富有美感。

"嗯？"陈啸之恶意十足地轻撞了她一下，重复道，"还大胸御姐呢？真对不起我对你的期待，跟着我走就行了。"

然后他的双手将大箱子和小拉杆箱稳稳地一提，用肩膀顶开了宿舍楼的门。

他为什么连做好事儿都……这么像个混球？

正值工作日的白天，宿舍楼里没什么人，连惯常吵闹的苏格兰人都十分安静，张臻应是去办公室了。

沈昼叶带着他向上走去，楼梯吱呀一响。

她忽然想起了什么，脚步一顿。

"你觉得我们有必要开个组会吗？"沈昼叶好奇地开口，又喃喃自语，"感觉说组会也不合适，课题组总共就咱们两个人。"

陈啸之道："组会……想开随时可以开。怎么了？"

"就是之前你说的课题。"沈昼叶沉思道，"我想和你认真讨论一下，共享一下我们现有的进度。"

"你有进展？"陈啸之拧着眉头问，"我先说吧，我目前为止还没有。"

沈昼叶想了下："我也不算有进度，但是我有很多疑问，大概需要花一个半小时。"

"一个半小时……"陈啸之沉吟片刻，"我今天抽不出来，一会儿我得回学校销假，乔治找我有点儿事儿，下午还要去换轮胎，还得和保险公司打交道。”

沈昼叶微一思索：“我今天也不行，我这边也一堆事儿。”

楼梯吱呀响了，沈昼叶爬上最后一层楼，站在自己房间的门前，从门口盆栽下面摸出了备用钥匙。

“那就明天吧，”陈啸之扛着行李道，“今晚你整理一下要问我的问题，再给你留点儿休息时间……明天上午九点？”

沈昼叶打开门，揉了揉额头上的瘀青，温和地说：“好，明天上午九点。”

小阁楼光线温馨，陈啸之将沉重的行李放了下来，沈昼叶跑去开窗通风，开窗时，鸟雀啁啾，金光映亮飞扬的尘埃。

新鲜的空气大股涌了进来，沈昼叶回头看向陈啸之的背影，陈啸之正弯着腰将她的行李箱扶正。

他们两个人太像老夫老妻了，沈昼叶想。

她知道陈啸之爱自己，却不确定陈啸之对她有没有激情，是不是更像家人。

青梅竹马都是这样的吗？没有新晋情侣的互相试探，没有你进我退的舞步，跳不出恋人的华尔兹，像是已经被调整进了最合适的圈子里。他们自幼相识，见过彼此的童年与少年，深知对方的坏毛病和小习惯，目光望向同一片星海，犹如伊甸之地中太初的、为彼此而生的红土与肋骨。

沈昼叶合眼，眼皮被阳光晕红，她觉得额头有轻微迟钝的痛感。

可是我对他是有激情的。她揉着额头想。

我想和他去一号公路的海岸看日出，看从沉没于北海公园的夕阳在美国西海岸冉冉升起。

我想在海雾弥漫的公路畔与他接吻。

沈昼叶睁开眼睛，看向陈啸之。

他拍了下手，回头问沈昼叶：“我难得来一次，有什么需要修的东西吗？”

沈昼叶一愣：“嗯？”

“水龙头或者别的什么，”他说，“或者搬家具。”

沈昼叶摇了摇头：“好像没有，东西都挺新的。”

“那行，有事儿叫我，我随叫随到。”陈啸之颔首道。

“好。”沈昼叶温暖地笑了起来，“那你是不是打算先回学校了呀？”

陈啸之点头：“回学校销假，销好了给你发微信。”

沈昼叶眉眼一弯：“好呀，那我送你下去。”

“不用送，你这儿工作量还不小，”陈啸之莞尔道，“我发微信你记得回就行。”

沈昼叶笑眯眯地“嗯”了一声。

陈啸之洗完手，准备离开沈昼叶房间时忽然看到门后贴的她父亲的照片。

那张照片被时空裹挟而来，只是无人知道它所经历的旅程。十九岁的沈父笑容灿烂，站在柏林的大地上，国际物理竞赛的大字在照片上闪着光。

沈昼叶注意到陈啸之在看什么，温和地问：“怎么了？”

陈啸之擦着手问：“你爸爸？”

沈昼叶回答：“嗯。”

陈啸之眯起眼睛看着少年人的照片，四十年的时光凝固在里面，问：“他也是金牌？你真是子承父业了。”

沈昼叶眉眼一弯：“是呀。不过你在国外，也知道我拿金牌了？”

她看不太分明陈啸之的表情，但是明显感到他身体僵硬了一下。

“知道。”陈啸之专注地看着那照片道，“2011年7月，泰国曼谷，你全金，实验第二。”

沈昼叶一愣：“你怎么连地点都知道？”

这种赛事因为其观赏度低、话题度低、亚裔（尤其是国人）屠版等原因，报道的规模很小——顶破了天，也不过就是说几句“我国出自XXX中学的XXX斩获了第一名的好成绩”，而且七年前信息并不像如今这么灵通。

“你和你爸爸挺像的，”陈啸之没回答她的问题，“尤其是眼睛。”

他拍了下那张老旧的照片，走到床前，弯下了腰。

那个吻非常轻柔，犹如春风与湖心水莲，又像是夏夜细草，像是怕惊扰着小姑娘一般。沈昼叶顺从地闭上眼睛，仰起头与他接吻。

我想拥有陈啸之，接吻时沈昼叶怦然心动，仅仅这点儿不够。

我承认我斤斤计较，承认我的自私自利，承认我身为人的卑劣和得寸进尺。我想逼他忘记自己有过的前任，删除掉那段没有我的岁月，我想让他为我神魂颠倒，冲动又富有激情，像走过初恋的少年。

我想让他从始至终都属于我，我想成为他的唯一。

沈昼叶微微睁开眼睛，望向陈啸之英俊硬朗的眉眼。

我想在所有的方面，在各种意义上，拥有面前的青年人。

“所以你的额头到底是怎么回事儿？”张臻不依不饶地问，“你被人揍了吗？”

沈昼叶捂住额头：“没有。”

“是不是他家暴你？”张臻担忧地问，“他看起来真是挺凶的。”

早晨八点四十五分的办公室里，沈昼叶拼命遮掩自己瘀青的额头，前所未有地后悔自己对陈啸之施加的暴力。

天气不太好，阴沉沉的，楼下有几个本科生高声聊天。沈昼叶捂着额头，飞速啃着装在塑料袋里的三明治，面前摆满了文献和演算纸。

张臻继续嘀咕：“你性格这么软绵绵的，他那么横，以后你们搬到一起，他还不得奴役你？”

沈昼叶一愣：“嗯？我不太懂……”

张臻解释道：“就是说你可能要包揽很多家务，给他洗衣服、给他做饭，被折磨成黄脸——”

张臻那个“婆”字还没说出口，门上忽然“笃笃”响了两声。

陈教授推开门，拧着眉头问：“沈昼叶，早上吃了什么？”

沈昼叶扬了下手中的小塑料袋，塑料袋里是形态不明的、勉强能看出可能是三明治的面包团——那是沈昼叶唯一会做的早饭，她一举起来，生菜叶子和切开的西红柿就啪嗒掉在了地上，像是不堪沈昼叶的凌辱，羞愤自杀了。

“我早上熬了粥。”陈啸之眉头皱着，将手中的保温桶一扬，“你胃不好，还这么糊弄？来我办公室吃，还有凉拌鸡丝。”

沈昼叶呆呆地问：“鸡丝里要拌糖蒜汁，拌了吗？”

“拌了。”陈教授忍辱负重，咬着牙关，“没见过你这么屁事儿多的，赶紧来行吗，吃完跟你开组会。”

沈昼叶很勉强地“嗯”了一声。

张臻以为自己活在梦里，她呆滞地看了看自己少根筋的天然呆室友，又看了看陈啸之。

然后，她看见，陈教授高贵的额头上有一个沈昼叶同款瘀青。

沈昼叶坐在陈啸之办公室的沙发上，捧着温热的粥，小心地喝了一口。

这是沈昼叶第一次见陈啸之早上在办公室做些什么——咖啡机磨着咖啡豆，陈啸之开了电脑便去一侧擦黑板，这一系列动作他做得行云流水，仿佛已经这样做了许多年。

“小心烫嘴。”陈啸之余光瞥向她，将板擦一放，补充道，“早上时间急，没放温。”

沈昼叶乖乖地点头，吹了吹小碗里的白粥。

陈啸之整理杂乱的桌面，沈昼叶用筷子夹小盒子里的菜点。陈啸之十年如一日地贤惠，用水煮了鸡胸肉，又将它撕成细细的肉丝，拌了少许辣椒油与酱料，配上熬得细腻绵糯的白粥，清爽可口。

“我也想要咖啡，”沈昼叶小声道，“一包奶两块糖就好。我精神不济。”

“你溃疡有多严重自己没数？精神不济就去睡觉，喝锤子。”陈啸之从咖啡机下取出马克杯，在自个儿座位上一坐喝了一口，面无表情道，“我昨天把你们办公室的咖啡撤了，给你同学留了点儿，但你不准去问她要，胃好之前不准碰这种刺激性的玩意儿。”

沈昼叶一急：“但……”

“但什么但，”陈啸之端着咖啡，神色冷淡地道，“把粥喝了，你以为我做饭很轻松？咖啡想都不用想。”

沈昼叶被他生生噎了回去，小口将粥喝完了，抬起头望向陈啸之。

她和陈啸之交往不久，在一个适合接一个含剃须泡沫的吻的清晨，他们却泾渭分明地分坐在办公桌的两侧，准备讨论课题。坐在桌后的陈教授神色冷肃，两指摩挲着下巴，专注地看着手中的文件，并无半点儿要亲吻她的意思。

我们两小无猜年少相识，是否太熟悉彼此？是否熟悉到他的爱已经不具备占有欲，熟稔到已经不需要迸射出火花？沈昼叶怔怔地看着陈啸之，心中泛起辽阔海夜般的怅然。

“在想什么？”陈啸之忽而抬起头，缓慢道，“怎么老看着我？”

沈昼叶吓得一个激灵：“没、没什么。”

陈啸之不置可否地“嗯”了一声，又补充道：“有事儿的话直接跟我说。”

“真没啥，”沈昼叶含糊其辞，“我喝完了。”

陈啸之点点头：“碗放茶几上，一会儿我收拾就行。你到我这里来。”

组会的要务，先是交流。

沈昼叶将自己在北京期间做的所有工作都给陈啸之讲了一遍，在北京的时候，他们忙于其他事务，尽管天天见面，聊的却不是工作内容。

陈啸之听的时候打断了沈昼叶数次，问了几个相当细致的问题，没有任何指导的意味，有的只是纯粹的好奇，是属于学术的纯粹的辩论——与那场海啸前的模样截然不同。

海啸发生前的组会中，陈啸之对沈昼叶所能提供的内容尽是不满，问题和指导总是带着引导的性质。他教育沈昼叶科研究竟是什么，告诉她科学的本质。

而如今，他们是趋于平等的。

我们现在的相处，像什么呢？沈昼叶在陈啸之沉思的间隙走了下神。

“像同事。”

一个声音在冥冥中答道。

像合作人，像志同道合的友人。

“我们这些都建立在假设上，”陈啸之喝了口咖啡道，“用理论使其丰满起来，将假设证实，就是我们物理学者该做的事情。”

“明白。”沈昼叶想到什么，突然笑了起来，“可是万一完全无法证实这一套理论，发现我们这段时间的努力毫无价值呢？”

陈啸之漫不经心地往后一仰。

“我们物理学家就会将它抛弃在一旁，将我们的大脑从杂乱无章的错误中解放出来，转而去做其他的事情。”

沈昼叶眉眼一弯：“罗伯特·伍德？”

“嗯，罗伯特·伍德。”陈啸之眼瞳里倒映着晦涩天空，过了会儿又道，“努力了却毫无价值的话，还有个事儿。”

沈昼叶眨了眨眼睛。

陈教授摘了眼镜，一按鼻梁，道：“做不出成果你再延一年。”

沈昼叶猛吸一口气！

“你以为这是什么，这是你的毕业课题，做不出我坚决不让周院士给你签字，懂？”陈教授同情道，“就算是博士学位，延两年也不太像话吧？”

沈昼叶哽了半天，终于想起了自己想问什么。

“以防万一，我先问一下，”沈昼叶谨慎道，“陈啸之，你知道这个假说的最终证实意味着什么吗？”

陈啸之抬起眼皮看向她，镜片后的目光桀骜不驯，年轻嚣张到了极点。

“最差，也会被提名。”沈昼叶发着抖说。

“不用含蓄，直接说，诺伊尔。”陈啸之眯起眼睛，咄咄逼人地问。“怕了？不敢把这个当成你的毕业课题？”

那一瞬间，空间静默至极，陈教授捏着马克杯的手悬在半空中，沈昼叶的手指无意识地握紧手中的铅笔。

一秒仿佛一年那样长，窗外的长风犹如管风琴荡鸣，两人望向彼此的眼底。

然后沈昼叶开口，少女声音沙哑、孱弱而坚定——

“我去改我的开题报告。”

科学中没有不可谈论的问题。

沈昼叶坐在桌前一言不发，看向前方，两侧十四五本书几乎要将她淹没了，她的演算纸上写得密密麻麻。女孩子放下写得笔头圆滚的铅笔，举起手，将食指和拇指一圈，比画了几个动作，试图帮助自己理解晦涩的内容，却发现思路一团乱麻，并不会因这几个动作而改变。

沈昼叶数度想去隔壁找陈啸之聊聊，却连要问的问题都说不出口，思路乱到极致，连语言表达都会受影响，此刻，她的大脑像是过载的机器。

过载的沈昼叶憔悴地望向旁边的张臻，虚弱无力道：“臻臻。”

张臻抬起头来。

沈昼叶游魂般道：“咖啡，来一袋。”

“你导师明令禁止我向严重压力性消化道溃疡患者提供可乐、雪碧、浓茶和咖啡一类刺激性强的饮料，所以这办公室里剩下的咖啡是我的，雪碧也是我的，你连想都别想。”张臻面无表情地拒绝，从抽屉里摸出一袋速溶咖啡，用剪刀剪开，“不过，冰箱里的酸奶和布丁、冰箱外的饼干蛋糕水果都可以随便吃。”张臻心满意足道，“这个实验室福利真好，他收博士后吗？”

“滚滚滚……”沈昼叶郁闷地披着小围巾去拿了个布丁补充糖分，刚一撕开外皮，半融的焦糖汁就“啪”地飞溅满桌。

沈昼叶撕了自己的演算纸，用那硬纸将桌子胡乱一抹。

门响两声，陈啸之推门而入：“晚上去Lacy's吃饭吗？那家的羊排和汤都不错，还有常驻乐队，饭后我们在外头走走。”

沈昼叶面色如纸，虚弱无力地挖了勺布丁，声音悠长颤抖又空灵地说：“我没力气去。”

张臻探头解释道：“她高负荷运转八个小时了。”

沈昼叶绝望地抱住头：“我脑子里别说脑仁儿核桃了，怕不是个滑皮儿戗面大馒头吧……”

“正常，搞理论的常态，灵感之神哪儿能来得这么快？”陈教授平和道，“拿着东西到我办公室去，一会儿有人过来给我送文件，你帮我收一下。”

沈昼叶幽魂般抱起布丁和柯基屁股抱枕，听话地跟着陈啸之走了出去。

陈啸之不无幸灾乐祸道：“无知的痛苦不舒服吧？是不是感觉脑子白长了？”

沈昼叶可怜巴巴地点了点头。

那模样特别可怜无辜，又很甜，招人得要命，陈啸之觉得可爱，使劲儿捏了捏女孩子的小腮帮，慢吞吞道：“卡了也没必要搞得这么憔悴，你是个憨憨？”

被拧脸的沈昼叶吱吱呜呜，眼神充满仇恨：“陈狗给老汁死……”

“你叫我什么？”恶人陈啸之的手不仅不松，还变本加厉，“陈狗一时半会儿死不了，身子骨好着呢，嚯，沈昼叶，你这脸手感还挺不错。”

陈啸之将沈昼叶肩膀一揽带进了办公室，那姿态十分亲昵，好像沈昼叶是他兄弟似的——他以前似乎也这样。

陈啸之揶揄道：“你男人要走了，你没点儿表示？”

“表示个锤……”沈昼叶话音未落，风“砰”地吹拢了门，将他们两个人关在了办公室里。

沈昼叶忽然意识到陈啸之的呼吸近在咫尺，他搭着自己的肩膀，连手上的温度都是灼热的，像个噼啪燃烧的火炉。

布帘半遮了光，枝影渺渺，树上的山雀停止啼鸣，物理楼四楼第三间办公室一瞬间静谧如寰宇，传声介质被抽空剥离。

沈昼叶呆呆地抬头，向上看去。

陈啸之低下了头，眼瞳深黑，与她对望。

那场景温柔暧昧到了极点，沈昼叶望见他眼中倒映的凌乱憔悴的自己，又看见他眼底山岳般厚重的爱意，缓慢地生出一个念头：哪怕这样，陈啸之也对她心动。

沈昼叶模糊地觉得陈啸之想吻她，他眼里的喜欢都要溢出来了。

然而，陈啸之咳嗽了两声，不自然地道：“好了，我走了。”

沈昼叶瞬间清醒。

“我五点前回来。”陈教授平静地说，“我右边第二个抽屉里有阿司匹林，实在头疼的话吃两片。”

沈昼叶心塞地说：“好。”

陈啸之拉开门，又转过头叮嘱沈昼叶：“等我回来，晚上带你去吃羊排。”

本来在等一个亲亲的沈昼叶哽了一下，总觉得这个流程有问题。

我能直接问吗？

不能。

沈昼叶权衡一秒，用温和且虚伪的目光看着他，点了点头。

陈啸之走后，沈昼叶拉开抽屉，在里面看到了堆积成山的文件和一大瓶搞不好是分享装的阿司匹林——头痛特效药。

看来他对付头疼经验还挺丰富。

沈昼叶吃了镇痛药后刷了一会儿论坛，情感是人类永恒的主题，学霸亦不能免俗，沈昼叶刷得津津有味，看完婆媳关系看凤凰男，后来刷到一个茶话会式的问答。

问题：“刚开始交往的男生都比较热切爱黏人吗？”

问题描述：“题主刚和男朋友交往两个多月，感情很好，只有一个问题，他无时无刻不想黏着我。字面上的黏着，牵手、摸摸抱抱……总是停不下来，这样正常吗？”

沈昼叶几乎快眯起来的眼睛迭然变圆了。

下面点赞第一的回答十分简单：“题主，刚交往的、最浓情蜜意时的男生，一天二十四小时把你圈在怀里都正常。别说男孩子，我一个女生都忍不住。你怎么能忍住不去触碰你爱的人呢？”

对吧？都这样吧？可是，陈啸之却很少碰我。女孩儿在屏幕暗下的瞬间想。

他对别人也是这样吗？他学生时代交往过的……至少一起喝过酒的三十七个女孩儿，他对她们也是这样的吗？

还不待沈昼叶的酸水儿冒完，门上就笃笃地响了两声。

“Calvin？”

门外一个带点儿烟嗓的女声道：“系主任已经签过了，就差你核对你的基金了——有人吗？”

沈昼叶喊道：“有的！稍等。”

她忙不迭趿了拖鞋，跑去开门。

沈昼叶将门推开，门外站着一位穿着干练职业套装的金发女郎，头发蓬松浓密，红唇艳丽，夹着个文件夹，与周遭环境格格不入。

女人一愣，用一口豪放的南方口音问：“你是？”

沈昼叶觉得这女郎颇为眼熟，一边在脑海中回忆一边回答：“我是他学生，你可以叫我April。”

“Jaquelin。”女人伸出手大方地与她握手，问道，“Calvin去做什么了？”

沈昼叶笑道：“他今天有课。”

“哦对，”杰奎琳恍然道，“他太久没来我都忘了。”

和他很熟悉？沈昼叶敏锐地抓住了一根线。

杰奎琳递过文件，又叮嘱道：“麻烦你提醒他这上面有三个签名的地方，第一页第五页和最后一页，很多人都没签第五页，害得我还要再跑一遍……”

沈昼叶温和地点头：“好的，辛苦了。”

杰奎琳颔首道：“那么我就先走了。”

沈昼叶礼貌地站在门边，正要送走这个眼熟的陌生人，却突然听到了陈啸之的声音。

陈啸之刚刚办完事情回来，外套搭在臂弯处，打招呼道：“杰奎琳，巧了。”

杰奎琳转身，惊喜地呼唤陈啸之的名字。

“你回来了，”热情奔放的杰奎琳欣喜地对陈啸之说，“Calvin，回国探亲得如何？印尼之旅呢？”

“还算顺利，”陈啸之随口道，“没想到你会今天来，否则就把给你们办公室的伴手礼带来了。”

杰奎琳笑着道：“没关系，这几天总要见面，明天给我们带来也行。需要签字的文件在你学生那里。”

沈昼叶看见那两人沉默了片刻，默契得仿佛多年的旧相识。

杰奎琳打破了那片静谧，终于说：“我们都非常担心你。”

陈啸之沉默着，在阴天的傍晚敛起笑容。

“前一天午餐时间我还在餐厅见你和学生说笑，”杰奎琳看着陈啸之认真地说，“结果你第二天往系主任桌子上留了张便条就走了。印度洋刚经历海啸，那么危险。”

陈啸之“嗯”了一声，并不多解释。

可是扶着门框的沈昼叶听了那句话，眼眶一热。

他是来找我的，沈昼叶怔怔地想。

海啸那天，她拥有了一个奇迹——于海啸中幸存。

入住的度假酒店垮塌，浸泡在水中，第三天才从水面露出，许多人被卷入幽深的海底，连尸体都无法被找到。

而她毫发无伤，唯脚踝处有一道伤口。

创面疼痛肿胀，却是她向生、向未来与天空挣扎游去的证明。

她在避难所待了四天，和语言不通的小孩儿们玩跳棋，吃散散的炒饭，下午跟老太太学印尼语，到了晚上就裹着小毛毯坐在岩石上眺望大海。

长夜的大洋风平浪静，月裂为千仞浪，三百八十年前的光落在女孩儿的手中，连海风都温柔得像花儿。

沈昼叶驱赶着蚊子，思考自己，思考过去，思考将来。熊熊的篝火在她身后噼啪作响，世界对她恢复了儿时的温柔——但也不尽然，她完成了自救，是这个原因也说不定。

第五天的上午，陈啸之来了。他背着一个大背囊，登山服上滚满泥，面孔污脏。他那时好像疯了，瞪一双红到滴血还在流泪的眼。

沈昼叶那时对陈啸之仍有恨，看到他的泪水甚至不愿细思。

可是现在，这些完全不一样了。

那几天，他到底经历了怎样的折磨？他去了哪里，怎么搞得那么狼狈？沈昼叶用力忍住眼泪，看向走廊里站着的陈啸之。

陈啸之也望了过来，眼中并无激烈的情绪，仿佛他经历的苦难根本不值一提。

我要对他好一些。沈昼叶怅然想道。

然后下一秒，杰奎琳感慨至极，一展胳膊，给了站在面前的陈啸之一个熊抱。

“能安全回来真是太好了，Calvin，欢迎回来。”

那一瞬间，天雷劈醒了沈昼叶。

Jaquelin，旧相识，她去印尼前找陈啸之聊行程的那天，也就是陈啸之放了她鸽子让她一个人去印尼的那天，来送文件的那个工作人员。

杰奎琳抱完陈啸之一松手，在陈啸之的肩上鼓励地拍了拍，拿着剩下的文件走了。

杰奎琳女士走得大马金刀，背影潇洒豪放，留给沈昼叶一个被染指的男朋友。

夜里，门口座钟时针“啪”地指向七点。

加州某俱乐部里爵士乐流淌，南部风情十足，氛围温暖而暧昧。

这家餐厅在旧金山相当有名，菜色堪称一绝，肋排上的酱汁酸甜浓郁，肉嫩而柔韧。沈昼叶觉得肋排吃起来麻烦，点了一份嫩鸡烤软饼，配了塔塔酱，也是相当不错的口味。

虽说沈昼叶扪心自问有点儿小心眼儿，但绝没小心眼儿到因为一个拥抱吃醋，她只是在不爽别的。

杰奎琳拥抱陈啸之，说明两人关系很近，可能是关系很不错的朋友。而生来含蓄的陈啸之愿意和朋友们拥抱，说明他对和别人身体接触并不抵触。

沈昼叶看着自己的男朋友——一整天最亲密的接触居然只是捏脸的男朋友，深觉个人魅力受到了侮辱，愤愤地舀了一勺塔塔酱，用力掼进了软饼。

陈啸之立刻警觉地问道：“你对这家餐厅有意见？”

发现自己搞不好连个女的都不算的沈昼叶拿着铁叉子，甜蜜地笑道：“没有的事呢亲。”

亲？

陈啸之迷惑地欲言又止，最终没敢放屁。

他俩都安静了一会儿。

“这么和你出来吃饭挺好的。”陈啸之切着肋排说，“你还记不记得我第一次请你吃饭的时候？”

沈昼叶决定不再想让自己很没面子的事情，心态平和地答道：“你是说我们小时候竞赛初赛结束的那天吗？”

陈啸之反应慢了半拍：“啊？那天？”

沈昼叶问：“不是吗？”

“不是。”陈啸之将自个盘中的肋排夹了一块，娴熟自然地送进沈昼叶的盘中，垂下眼皮道：“是你刚从美国转学回来没多久，中午去吃饭没带饭卡，我想借给你，结果你看到我特别嫌弃抗拒，说‘不用了班长’，当场下我面子的那天。”

沈昼叶感慨道：“我早知道你很能记仇，没想到你能记仇到这个地步，那么早的事情你都记得？”

陈啸之坦然地说：“和你不一样，我记性好。”

还不待沈昼叶顶嘴，陈啸之疑惑地问：“不过，那段时间，你怎么对我的态度波动这么大？”

沈昼叶一呆。

长大成人的坏脾气班长沉默两秒，立刻举起双手表态：“我先声明，你刚转学来的时候我是个垃圾，你怎么骂我我都活该。”

看不出来他还挺有自知之明，沈昼叶想，要不是你舍身救过我一次，我们根本就不会有故事。

陈啸之道：“很奇怪，你突然就特别抵触我。”

沈昼叶愣了下，发觉那段时间自己的转变的确不太符合自己的性格，而这些记忆惊人地模糊。十年前的那段时间她对陈啸之一会儿好一会儿坏……实在是太奇怪了。

陈啸之闲聊般提沈昼叶回忆：“有一天下午我没上课，回来的时候拎了一袋吃的，你还记得吗？”

沈昼叶温暖地笑了起来：“是哦，这么说来那才是你第一次请我吃饭！你买了一堆三明治和软糖，结果自己不想吃了……”

“别人不说透，你就连怀疑都不会怀疑一下，跟个孩子似的，一点儿防备都没有。”陈啸之叹了口气，“以后有事儿要和我说，我来判断你有没有受欺负，我给你出头。明白了吗？”

沈昼叶认真点头。

“话又说回来了，你什么时候见过我吃零嘴儿？”陈啸之恨铁不成钢，“三明治、软糖包括后来那些玩意儿，从始至终都是给你买的。你连这个问题都想不明白，丢死人算了。”

烛光微微一跳，沈昼叶啃了一口软饼，问：“你那时候就已经喜欢我啦？”

正喝柠檬水的陈教授瞬间呛出一口水，险些咳死，耳根涨得通红。

“你……咳咳，”陈啸之呛咳，怒道，“咳……咳咳你赶紧吃饭……吃饭不行吗？！”

沈昼叶踩着小皮鞋，走出俱乐部的屋檐下。

秋夜小雨绵密，藤萝月季沿途盛开。

这餐厅位于商业区，距离本校区并不远，因此他们步行过来，也需要步行回去。雨不算小，陈啸之“啪”地撑开伞，将沈昼叶容纳在伞底。

“一场秋雨一场寒。”沈昼叶伸出手去接雨，笑道，“可能很快就要冬天啦。”

陈啸之耳根仍红着，嘴上却尖酸刻薄地嘲道：“十年不见你还成文化人了，还知道一场秋雨一场寒？”

沈昼叶眉头一皱，不满地说：“我从小就会，陈啸之你真把我当文盲啦？”

陈啸之扭曲地冷笑一声：“呵！”

两人走进雨里，雨滴细密地砸在伞上，唯有伞下是港湾。

沈昼叶眨了眨眼睛，甜甜地问：“所以，之之，你真的从那时候就开始喜欢我了吗？是不是我一转学过去你就看上我啦，是因为我漂亮还是因为我可爱？”

那声音太过甜而柔软，如月夜的桂花。

陈啸之面无表情地抽开伞，雨噼里啪啦往下砸……

沈昼叶屈辱地道歉：“对不起。”

陈啸之得到道歉，将伞挪了回去，然后，他伸出手牵住了女孩儿的手，在雨夜里，轻柔地与她十指交握。

窗外山雀啼鸣，众生沐浴阳光。沈昼叶从阁楼中醒来，伸了个懒腰，睡眼惺忪地摸出手机看了一眼时间，早晨六点钟。

沈昼叶摸索着下了床。

她觉一向不多，有任务时一天只需睡两三个小时，小时候更是经常在凌晨三点时起夜望着窗外的路灯，望着一成不变的西天月，想着不成问题的问题，等着第一个邮递员骑着自行车穿过无花果树后的长街。

过去的岁月那样美好。

沈昼叶刷着牙看着镜中呆呆的自己，在她的脑海中，那个趴在窗台上看无花果树的小女孩儿与她对视。

可现在更好。

二十五岁的沈昼叶闭上眼睛，再睁眼时，小昼叶消失得无影无踪。

她洗漱完毕下楼，从公用冰箱里拿了面包、西红柿、培根和生菜，做了个三明治，又发着呆将三明治啃干净，背着书包离开了宿舍楼。

加州晨光灿烂，天穹下隐有海风。

沈昼叶被微冷的风一吹，突然想起了什么。

然后她将手机掏出来，在微信上，将自己重新编辑的新开题报告文档郑重地转发给了自己学院的学科秘书。

在沈昼叶走进咖啡厅时，手机终于疯了一般响起来。

沈昼叶将电话接了，学科秘书在电话里一声哭号：“沈昼叶！你什么意思？！”

沈昼叶在菜单上一划选完咖啡，对通话的人回答：“就是字面意思呀，师兄。”

学科秘书高老师原是沈昼叶在大北的师兄，全系资历最浅，因而担此重任，此时活像个迸豆子的连珠炮：“你疯了，你现在换开题？你上个课题做了多久了？你还想不想毕业了沈昼叶？”

沈昼叶点了点头：“想。但是我还是要换题目，您能帮忙换吗？”

高老师说：“你让你负责的老师直接跟我对话，周老师知道这事儿吗？”

沈昼叶拿着小票站在吧台前等咖啡，手指在吧台上弹琴般敲了敲，认真答道：“知道，我昨天刚跟他说了的，他和我聊了聊可行性，最终同意了。”

“步子这么大，你也不怕扯着蛋，”师兄愤怒道，“我再问一遍，你真的自暴自弃不打算毕业了吗？”

“师兄，我今年已经申请延毕啦。”沈昼叶又颇为羞赧地问，“所以能改吗？不能改的话我能按新的课题答辩吗？”

高师兄那边沉默许久，才道：“放在别人身上，估计要上报研究生院吧，但你不用，你保研的时候就是天体物理方向保进来的，只不过导师跟了凝聚态的，所以只是把你的开题报告扔回给他们那边儿。”

沈昼叶温温软软地笑了起来，对着电话道：“谢谢师兄。”

她挂了电话，在吧台前等自己的咖啡和松饼，和陈啸之复合也没有这么好，如今想喝个咖啡还得藏着掖着。

咖啡厅的小哥一笑，将咖啡和放了厚厚忌廉的枫糖松饼端了出来。

“您的卡布奇诺和松饼。”

“谢谢——”

沈昼叶话还没说完，就被另一个成熟好听的声音打断。

“谢谢。”

陈啸之将属于沈昼叶的咖啡一拎，冲做咖啡的小哥颔首，喝了口加香草糖浆的卡布奇诺，望向沈昼叶，温和笑道：“你真贴心。”

他拿着那杯咖啡，盯着沈昼叶，又喝了一口。

耀武扬威。

“所以我觉得从这里入手去做证明是行不通的。”沈昼叶挖着忌廉认真地说，“我们过去几个星期的进展应该都有不同程度的问题，之前找布莱森聊过的……”

阳光穿过藤萝，斑驳地落在咖啡厅靠窗一排，陈啸之眉头拧着，道：“布莱森那时建议我们反着推。”

沈昼叶沉默片刻，从侧袋里摸出支铅笔，又将纸巾展开。

“反着推自然可行，”沈昼叶道，“倒着来，先是这样……对吧？”

陈啸之低着头看向沈昼叶在餐巾纸上的演算，沉思片刻，道：“对，下一步……”

“下一步就是这样出来个不定积分，”沈昼叶将碎发往后一掖，“常数我们先不管它。”

咖啡厅里人来人往，学生与老师谈笑，他们两个人却将注意力集中在面前那张属于咖啡馆的薄纸巾上，目光专注而热切，仿佛餐巾纸里面蕴藏着一整个宇宙。

陈啸之调整了下姿势，道：“对，到这里为止我们都是一样的。”

沈昼叶犹豫着说：“但是我觉得，如果以这种思路去建立模型，会出现问题……只是一种感觉。”

陈啸之问：“你觉得不对？”

沈昼叶点了点头，答道：“我觉得不对。”

他们沉默了许久，陈啸之终于开口道：“可我们实在没有别的好方法，其他的思路都是断裂的，其他方法甚至无从开始啊，我试过。”

“昨天我试着从别处入手，但没有思路。我一会儿回去再试试。”沈昼叶挠了挠头。

陈啸之点头：“好。”

他没有说“别把自己逼得太紧”。

这就是陈啸之与别的男人不同之处，别的男人都会说“你可以多休息一下”“可以多放松一会儿”，哪怕只是面儿上，也会提一句。

可是陈啸之不会这么讲。

倘若他说了，沈昼叶反而会对他失望。

陈啸之想看的是100%的沈昼叶，沈昼叶想看的，也是100%的他。

陈啸之伸手点了点旁边放着的甜点，莞尔道：“把它吃了，我们步行回去。”

沈昼叶粲然一笑，将写满字的餐巾纸团起来擦桌面上的水汽，然后将装着松饼的盘子端了回来。

“我看你是真的疯了。”张臻凉飕飕地道。

沈昼叶正在整理自己杂乱无章的桌面，桌上有她从超市买回来的加州红提，上面挂着水珠，颗颗粒大饱满。

沈昼叶闻言抬头：“怎么啦？”

“都什么时候了你要换课题啊？”张臻难以置信地说，“咱们群里都传开了，说有个学生博二决定出家……谣言到底怎么发酵成这样姑且不提，你谈恋爱把脑子谈傻了？以前跟着李磊发表的论文怎么办？你总得用那个毕业吧。”

沈昼叶认真答道：“我毕业答辩不打算用任何一篇我今天之前做过的论文，尤其是跟着李磊做的。”

张臻的嘴巴逐渐张成一个O型，她怔怔地看着面前比她足足小两岁的女孩儿。

张臻在豪情万丈地入学时见了沈昼叶第一面，湖旁的垂柳遮掩着这个“小传说”的面颊，至今已有八年。

那一级的物理系同学们早已四散到海角天涯，有人出国进修，有人留校，有人考研，有人转行，有人回乡，有人执起教鞭。院里流传着一句话，说十年才能出一个能推动学界的天才——仅仅是“推动”，哪怕是汇聚了学生中的翘楚的院系也是这般。

天才是少数，大多数人终究是平凡的。他们说。

那年十七八岁刚入学的孩子却什么都不懂，在湖边笑笑闹闹，浑然不知前方有什么。

前方有名为“真实”的瀑布。瀑布里有一个人无论怎样都得不到的东西，有无论怎样都比你优秀之人，有厌倦与事不遂人愿，有在一个陌生的城市谋生的苦痛，有加班回家蹬掉的高跟鞋，有发进工资卡里的税后工资，还有涨价的房东与歇斯底里又在老去的父母。

你要回家结婚，你有什么用，我让你上了这么好的大学，家里怎么办……

那瀑布其实是一场雨，历时一整个青年时代，它会洗掉每个朝前走的少年人身上的锐气，洗掉他们的梦与狂言笑语，洗去他们的“立谈中，生死同，一诺千金重”。

在小利兰的这几个月，张臻与她曾留意过许久的沈昼叶一起生活，住在同一间屋檐下，却总无法把她与那个垂柳下的少女拼凑在一处。

连她也被洗过了，张臻想，和我一样……我们中又有谁会例外呢？

可是，在刚刚那一瞬间，张臻突然发现有什么与之前不同了。

沈昼叶转过头对她笑道：“我想，虽然这些东西花了我这么多年时间，但不代表它在我的人生中是对的。”

张臻张了张嘴，却没有说话。

“臻臻，设计实验的时候如果发现问题，我们是不会硬着头皮往下做，看能不能得出来理想结果的。”沈昼叶的声音清脆悦耳，“我们会把已经设计好的实验推翻，从头再来。”

“是。”张臻艰涩地回应。

沈昼叶眉眼一弯：“我们从不害怕错误，科学本就是在一团乱麻一样的错误中成长起来的，我们从不畏惧推翻，我们会改正它。”

张臻笑了起来：“那你最好只延毕一年了。”

沈昼叶也笑了：“我尽量。臻臻，你也尽量只延毕一年好了。”

“我要是只延毕一年，”张臻只觉眼眶发疼，强撑着笑道，“老宋睡着觉都要笑醒。”

可恶，张臻想，我已经一年多没有哭过了。

上次哭还是因为毕业课题出了问题……两年的数据全部泡汤，一个能用的都没有。

我们从不畏惧错误，亦不畏惧推翻。

张臻清楚沈昼叶所说的“我们”是什么。“我们”是科研工作者、研究人员、是学徒身份的硕士与博士、是踏上了和志在踏上科研这条路的所有人——是世人所敬仰的“科学家”。

我们每日面对的科学研究——科学，它到底是什么呢？张臻想。

为什么它让人这么难过，让我们灰败至此，让我们痛苦到了如此的地步，可是我们每个人在谈起它时，无论如何都压不下澎湃的心潮？

科学犹如一把烈火，而我们都是飞蛾。

“算了，”张臻努力忍住鼻音，看着沈昼叶道，“反正是你的人生，你加油就对了。”

“臻臻你消息比较灵通……”沈昼叶犹豫道，“我能不能问一下，李磊现在怎么样了？”

“这你都不知道？！”张臻呆住了，“他伪造数据，学术不端，上上个月那篇论文被撤，周院士把他扫地出门了。他本来就还没评上职称，现在已经在找下家了吧。”

第三十八章

后悔过

正午时分阳光明亮，路上行人稀少，风已经有些凉了，可是花儿却仍在一茬茬地开。

沈昼叶夹着两大本书从图书馆楼梯往下走，耳机里传来魏莱的声音。

“你年底回国吗？”魏莱可能在敷着面膜，声音放不开，“我是说过年的时候。”

沈昼叶手忙脚乱地抱着沉重的书，说：“应该会回去吧，陈啸之敢给自己放假我就有假……怎么了？”

“回来的话就正月十五再走。”魏莱道，“我们结婚的日子定下来了。”

沈昼叶倒抽一口气：“这么快？”

“嗯。”魏莱平和地说，“婚房已经装修好了，徐子豪这个狗东西背着我和陈啸之偷偷联系了好多年……”

“你对陈啸之怎么这么敏感啊？”沈昼叶笑道，“徐子豪又不是联系小三。”

魏莱怒道：“这是一回事儿吗沈昼叶？！他背着我联系陈啸之联系了快五年了，我和你是朋友，你当时又完全没有要和陈啸之复合的意思，一喝醉酒还骂他！得亏你俩复合了，要不然还不得尴尬死？”

徐子豪遥遥吼道：“姓魏的你就是没事儿找事儿！！沈昼叶你给我评……”

魏莱呛道：“让你说话了？给爷爬。”

徐子豪不再敢挑战魏莱的权威，爬了。

沈昼叶于心不忍道：“对他好点儿啊。”

魏莱道："我们校园情侣都这样，相敬如宾举案齐眉是不可能了，不过话说回来，你们那种青梅竹马的不会还停留在拉拉小手的环节吧？"

"你闭嘴。"沈昼叶觉得自己心在滴血，"他只是比较守旧，你也知道的，他是比较绅士的一个人……"

魏莱沉思三秒，拿起刀子就戳沈昼叶的小心脏："守旧的男人这么爱去泡吧吗？旧金山的夜店都快被那大猪蹄子泡遍了好吧？他的社交账号和我互关，你忘了？"

沈昼叶的心脏哗哗地流血。

"行了，"魏莱说，"宝贝儿我睡觉了哈，有什么事儿随时找我，爱你。"

沈昼叶看着暗下去的手机屏幕开始怀疑自己身为女性的魅力，手中的书就被很自然地一顺，进了另一个人手里。

陈啸之替沈昼叶拿着书，捏了捏沈昼叶的小脸蛋。

被捏脸的沈昼叶拍他的手："不许碰我！你怎么会在这儿？"

"我刚下课，出来就碰着你了。"陈教授翻了下参考书目道，"你借的这两本书还行，回头看完把这本拿来给我，以后图书馆我跟你一起来，嗯？"

"好，说起来我还借了两本小说……"

沈昼叶肩膀一重，穿着街头风宽松帽衫还没摘眼镜的陈教授大大咧咧地揽兄弟般揽住了他的女朋友。

"午饭去哪儿吃？"沈昼叶推推他，"陈啸之我想吃菠萝咕咾肉……"

陈啸之心情颇不错地说："我知道一家咕咾肉做得不错的店，走！"

沿途草坪新绿，秋光明媚，几个穿着球衣的高个子美国人擦着汗站在墙角，应该是校橄榄球队球员结束了训练。

沈昼叶好奇地看了那几个人一眼，又侧过头问陈啸之："那家餐厅在哪儿？"

陈啸之说："我记得在东北角。"

沈昼叶忽然听到了一声口哨，她一愣，抬起头，看见其中一个队员打量着她，说："长相不错，介意给我留个电话号码吗？"

下一秒，陈啸之将她用力一揽，回头瞅了那群人一眼，摁着沈昼叶走了。

沈昼叶还在发蒙，不知道怎么就被搭讪了，更没反应过来自己怎么就被陈啸之押走了。

可她不知道的显然不止这些。

她没意识到陈啸之用手掌将她的腰牢牢一扣，漫不经心看了那群人一眼，眼神中嘲讽意味十足——

她是我的。

阳光落满长街，被他扣着腰的姑娘充满期待地问："你威胁他们了？"

陈教授面无表情："没有。"

沈昼叶坐在中餐馆里吃得十分开心，她夹起一筷子炸酱面，说："今天魏莱和我讲，她明年年初要结婚了，和徐子豪。"

陈啸之夹海鲜面："哦，我知道，她老公和我讲了。"

"对哦。"沈昼叶后知后觉地说，"你背着我和徐子豪联系五年多了。"

陈啸之一拍筷子："这算不得'背着'吧？分开这十年我干什么都是我的自由，怎么到你这儿来和徐子豪联系都得给你打报告？"

沈昼叶夹面的爪子一停。

陈教授的怒点就像青春期的少女一样神奇，此时仿佛意难平到了极点，一字一句道："无论我那段时间在干什么，都不需要和你打报告，谢谢。"

沈昼叶心中的憋屈几乎要溢出来了。

那十年如果没分开就好了……他也不会有这么多桃花……三十七……狗东西！

沈昼叶心中滴血，给陈啸之重重记了一笔，然后她想，我是个讲道理的人，不会跟他玩这种游戏，遂忍耐地说："那我以后不这么说了。"

陈啸之瞬间被哽了回来，欲言又止。

沈昼叶的火气来得快去得也快，他们吃完饭出来，当她看着陈啸之帮她拿着两本厚书，两个人的影子黏在一起时，火气就不是很大了。

沈昼叶忽然开口："陈啸之，我有个问题，一直没认真问过你。"

陈啸之的剑眉扬起，示意她问。

"你是真的打算回国吗？"沈昼叶犹豫道，"你在这里其实很舒服的。系主任就是你导师，我先前和别人闲谈的时候听他们说，你毕业的时候是罗什舒亚尔教授力排众议，坚持聘了你做助理教授……你多留几年的话，应该连终身都拿得到。"

陈啸之端详着沈昼叶，道："如果你在我的位置上，你会回去吗？"

沈昼叶想了想，答道："应该会考虑吧，虽然我妈总让我想去哪里就去哪里，想做什么就做什么，可是我看着我妈的白头发，不忍心让她那么孤单……

我不放心她和我奶奶。”

“我是独生子，你也是。而且我们还住得那么近。”陈啸之一本正经地道。

沈昼叶意识到这是在谈论他们的未来。

“所以于情于理，我们都该考虑一个方便回家看看的地方。”陈啸之将沈昼叶拉到人行道的里侧说道，“但是，这不是最终驱使我的东西。”

沈昼叶侧过头望向陈啸之。

陈啸之语气平淡：“我对你父亲的印象不深，但是记得你是长在他身边的，他教你何为科学，何为未知。他是个很自由很随性的浪漫主义者。”

沈昼叶沉默了一会儿，回答：“是。”

“我小时候爸妈不在身边，我是跟着我祖父母长大的。我爷爷生前很喜欢骑着自行车出去看风景……他出生于我们民族历史上最乱也是最落魄的年代，他不随性，甚至很严厉。”陈啸之长吁一口气，说，“但是他却传承给了我一些不太一样的东西。”

沈昼叶忽然想起奶奶和父亲五年矛盾的源头——奶奶想让父亲回国，父亲不愿意，奶奶一怒之下断了和父亲的联系，直到孙女的出生才有些松动。

“我们确实是要回国的，但是不急于一时，我这里的工作还没结束，课题也刚开始……所以还需要很长一段时间整理。”陈啸之漫不经心道，“你不用操心，这些事儿我处理。”

沈昼叶顺从又庆幸地点了点头。

陈啸之和她不同，他擅长与人打交道，不后退不妥协，比同龄人成熟坚强得多。

沈昼叶自知自己在恶意前像个手无寸铁的孩子，她摔得遍体鳞伤也无法成长，无法变得强硬。

如果没有分开的话，也许这十年真的会不太一样。

沿途风景如歌，学生骑着自行车疾驰而过，正如她父亲曾描述的模样。

“沈昼叶，”陈啸之忽而开口道，“挺好的。”

正在走神的沈昼叶回过神来：“嗯？什么？”

“挺好的，”陈教授声音不太大，听上去还带着点儿羞赧，说，“这么一起出去吃饭，你想吃什么我就带你吃什么，吃完饭又一起散着步回办公室……”

他总结：“就这个——很好。”

沈昼叶看出陈啸之春风般的怡然，他眼里的爱意与满足几乎溢出来了。

“看不出来，你还挺好满足的嘛。”女孩子促狭地眨眨眼。

陈啸之避开炙热的视线，说：“我一直挺好满足的，只不过你从来没关心过。”

沈昼叶一怔：“我怎么又没关心啦？”

陈啸之突然重重握住了沈昼叶的手指。

明明只是普通的牵手，可握住的瞬间，沈昼叶的骨头和灵魂俱是一酥。

他们肌肤触及之处，仿若烧起了燎原山火。

“致：亲爱的我。”

“你还好吗？”

大雁南飞，枝头落叶归向泥土，夕阳在天边投下长长紫光。

坐在窗口的沈昼叶看黑雁远去，它们正向南迁徙，将横跨漫漫的美洲大地，去往南方州郡温暖的渡口草野。

她在草稿纸上以娟秀的字迹写道：“不知道收到信的你是在几月份，走到人生的哪个阶段，我们之间的时差是否还是十年……不如说，我根本不知道这封信能不能寄到你的手中。”

“这是一封可能永远也不会寄达的信，可我仍在写。”

“昼叶，我这里已经步入了十一月，加利福尼亚的冬天据说不是很冷，但我现在出门已经要套上很厚的外套了。我每天早上六点就会起床，一开始我怀疑是我睡眠质量有问题，可后来发现我好像也不是很困，应该是心里有梦了的缘故。”

沈昼叶停顿了一下，发现钢笔不是很好用，甩了甩笔，继续写——

“有梦的感觉，我已经遗忘了太久。”

“我身体也好些了，陈啸之每天早上坚持给我带早点，他每次把保温桶掏出来的时候我都很想笑，想起我本科的时候班上有女孩儿每天早上都会吃到男朋友带的早饭，她男朋友六点就会起床给她买饭，又给她送到教室里……如果我没和陈啸之分手的话，这可能也会是我的大学生活。你上大学了吗？”

“啊，还有，年底魏莱要结婚了。”

“人到了这个年纪，周围的人和事是剧变的，一切都会偏离你想象的轨道。我小时候只知道人是要结婚的，却不知道结婚意味着这么多的东西，从此少时的朋友不单单是我的朋友，她以后将属于很多人……不，从她谈恋爱的瞬间我就体会到了，一部分魏莱离你而去，你成了她那一半生活中的陌路人。”

“如今，那一半陌路的魏莱又变大了一些，我在和她告别。”

沈昼叶停笔，抬头望向远处正在沉没的夕阳。

“有一部科幻小说中曾设想，过去的自己与现在的自己见面，是不可以碰触彼此的。假若碰触的话，两个‘自己’都会爆开，仿佛从未出现过。这设想并无半分理论依据，却噱头十足，十分满足看客的期待。”

“可我想，那科幻小说其实写得很对，我精神上经历的冲击，甚至不能用‘爆’去形容。谁能想到十五岁和二十五岁的自己的对峙会造成这样大的冲击呢？”

沈昼叶长吁口气，在微寒的风中继续写——

“信写得豪情万丈，可研究进展十分糟糕。”

“一开始用这个方法是为了更好理解我和陈啸之共同设立的模型，其实我们早就料到了会失败，但我那时觉得快失败的时候也许会有新思路……我现在的确快失败了，却感到自己走进了死胡同，陈啸之也一筹莫展。”

她把草稿纸翻了个面。

“我昨天晚上和他在办公室算到半夜十二点钟，他开车把我送回宿舍，今早我六点半来的时候，发现他昨天晚上送完我之后又开车回来，在办公室耗了一整晚。”

“我还有另一件苦恼的事情……但是我不知道你有没有成年，所以不过多倾诉了。”

沈昼叶揉了揉脸，写下最后一句话——

“祝你一切都好。”

沈昼叶写下落款，翻出那个被翻得松软的本子，将那两张上面还用自动铅写满了演算步骤的演算纸一折，随便找了页塞进去。

通信本里已经塞满了没寄出去的倾诉信。

沈昼叶发现信寄不出去之后仍在断断续续地写，却不抱希望于寄出去，只是单纯地倾诉。与之相配的是她的用纸越来越糙越来越放飞，如今终于动用了自己薄如蝉翼、拿去当餐垫都透油的演算纸——还是刚算完的、被手抹得脏兮兮的那种。

“你真的没话对我说吗？”沈昼叶居高临下地看着本子，“我觉得你好像不是个普通物件儿啊。”

本子安安静静的，封皮泛着光。

沈昼叶抓了抓自己乱糟糟的小卷毛，威胁道："你小心我今晚就把你给烧了……"

下一秒，陈啸之推开门，讶异地问："烧什么？"

沈昼叶"唔"了一声，将本子塞回书架上，对他说："一个铁憨憨。"

沈昼叶的晚饭是和陈啸之一起在餐厅解决的，学生们吵吵嚷嚷，沈昼叶看着他们的身影发呆，吃着左宗棠鸡，思路早就飘到了九霄云外。

对面坐着的陈啸之看上去也许比沈昼叶体面些，毕竟沈昼叶是真的随便一抓头发就跑出来吃饭了，还戴着眼镜，与她没有心事时的精致小裙子小皮鞋小仙女形象形成了鲜明的对比。

沈昼叶忽然开口："你觉得……"

陈啸之抬起头，示意沈昼叶说。

沈昼叶想的那堆垃圾在嘴边滚了三滚，终于痛苦地说："没什么。"

陈啸之了然地点了点头，两个人又各自陷入沉思。

一个餐盘往他们身旁一放。

两人俱是一惊，放下餐盘的罗什舒亚尔教授笑道："介意我在这里吃饭吗？"

"老师？不介意。"陈啸之让开了些位置。

"我前些日子听说你们两个人在约会，"罗什舒亚尔教授拿起叉子，"看来传言非虚。"

沈昼叶腼腆地点了点头。

老教授笑了起来："怎么都这么憔悴？你们的课题不顺吗？"

陈啸之莞尔地说："是，卡住了。"

"课题卡住……每个人都会遇到五六七八次，很正常的。如果需要帮助，随时可以来找我聊聊。"罗什舒亚尔教授笑了起来，对陈啸之说，"只是我这把老骨头不一定帮得上忙了，在你硕博的时候我尚且还能指导一二，如今恐怕会非常困难。"

沈昼叶抬起头，望见陈啸之稍显寂寥的神色，他点了点头，与老教授聊起了别的。

是的，沈昼叶想，这可能是每个人必经的一步。

一开始，前面有一个引路人、一位大前辈，他会告诉你该如何做，告诉你你的问题出在哪里。可终有一日，你的前方不再会有人指引，不再会有人给你建议，一切都需自己摸索。

沈昼叶微微叹了口气。

老教授笑道："两个人都开心些，遇到坎儿是很正常的，尤其你们的领域还偏理论，这样的情况下一两年——甚至三四年没有成果，都是正常的。"

陈啸之笑了下，对老教授说："我倒是明白，但我觉得她不明白。"

沈昼叶一呆，看到对面两位教授的目光都落到自己身上，心想这和我有什么关系，然后她低头一看自己身上肥大印着幼稚动漫图案的卫衣。

"你在嫌弃我的穿着吗？"

陈啸之沉默片刻，诚实地答道："我嫌弃你不梳头。"

就冲这句话，沈昼叶差点儿把陈啸之给薅秃了。

课题毫无进展对陈啸之和沈昼叶而言都是挫败感很强的一件事儿——尤其是对沈昼叶。

陈啸之或多或少经历过了，可沈昼叶是真正的新手。

开创性的工作和考试完全不同，考试是有正确答案的，你只要做对即可，就算不会做也知道答案就在那儿，题目如果没有答案的话，说明是出题人的错。

大多数科研工作人员其实都是在重复行业大佬的工作，真正能做到前沿的是少数，95%以上的人都在照葫芦画瓢。

而开创性工作的前方是一团雾气，你永远不知道雾的后面究竟是一堵砖墙还是一条康庄大道。

太阳彻底沉进地平线，冷风微微刮起，沈昼叶和陈啸之走出餐厅，不远处有学生热热闹闹地聚在一起打篮球。

陈啸之冷飕飕地说："沈昼叶你再拽我一根头发，我把你整头狗毛都拔掉。"

沈昼叶一听，立刻充满挑战精神，伸手便扯他头发。

"你等着。"被扯头发的陈教授凶狠地威胁。

然后不了了之。

不仅不了了之，陈教授在路过贩卖机时，还过去拎了两罐热可可，一罐给了沈昼叶，另一罐则自己揣兜里暖手。

沈昼叶叹了口气，问："如果我们真的做不出来怎么办呢？"

陈啸之沉默了许久，终于答道：“我们先要相信我们的课题是可以被证实的，如果不行——”他微微一停顿，声音沉哑地道，“就等证实之后再说。”

那一刹，路灯在校园中亮了起来。

在答案真正揭晓之前，无论是路还是墙，都应全力以赴。

秋风吹过，沈昼叶微微闭了一下眼睛，当她再睁开双眼时满目凛然，对陈啸之说：“我有事儿要告诉你。”

在话音落地的那一瞬间，一旁飞来篮球，陈啸之伸手接住。

沈昼叶的坦白被打断，一无所知的陈啸之笑了起来，将球给球场上的学生扔了回去，那几个学生见他个子高，动作敏捷，便邀请他一起打球。

陈啸之爽朗一笑道：“抱歉，我正和我女朋友一起。”说着露出他身后的沈昼叶。

那些学生了然一笑，不再打扰正约会的情侣，抱着球互相推搡着走了。

陈啸之目送他们离开，又转过来，笑道：“你说吧。”

沈昼叶看着他，卡了壳。

痛苦又灿烂的过往在喉间转了一圈，就要脱口而出，可终于化为了喉头的缄默。

下次吧，沈昼叶想，下次一定告诉他。

怎么老是这样？上次想告诉他真相的时候车爆胎，这次人被球砸，就好像有人存心不想让陈啸之知道似的……而且两次都是陈啸之倒霉。

沈昼叶一摇头，将那些无根据的推测甩出去，望着陈啸之笑道：“他们会知道你是老师吗？”

陈啸之看着那群学生的背影，半晌得意道：“我看上去年轻吧？”

沈昼叶严谨地答道：“问出这句话就说明你老了。”

这对情侣牵着手沉默着往前走了一会儿，在走到灯火通明的路口时，男朋友和善地开口：“沈昼叶，我刚刚忍住了掐死你的心。”

女朋友谦和地回答：“我也经常要忍一下的。”

然后他们手拉手过了马路。

“但是年轻真好啊，”沈昼叶憧憬地道，“我看着他们都有点儿想回去念大学了，这么热烈又年轻，十七八岁。”

“只有你是十七岁上的大学，”陈啸之漫不经心地说，“我比你晚一年。”

沈昼叶认真地“嗯”了一声。

静默又一次在他们中间流淌，在他们穿过物理A栋楼外的长街时候，陈啸之带着不甘心问：“沈昼叶，你和我闹掰的时候，有没有后悔过？”

陈啸之问完也没期待答案，带着沈昼叶穿过花圃，路过这个冬季最后一簇月季花。

“后悔过。”沈昼叶看着天上的月亮答道。

陈啸之一僵。

这是他从未期待过的回答。

沈昼叶扭头对着陈啸之眨眨眼，道：“不过我平时太忙了，高中时我全力准备竞赛，你说放弃就放弃的名额，我必须拼尽全力去争取，所以大多数时候我都想不起你来。”

陈啸之听了这句话没恼，只是看着沈昼叶。

“可是……有时候还是会的。”沈昼叶莞尔道，“高二那年我去曼谷的时候，登机之前，听见一个学长给女朋友打电话，他女朋友好像快考试了，焦虑得要命。我还记得那学长说，‘你不用怕，考不好也没关系，总还有下一次，我会陪你一起攻克难关’。”

陈啸之抿起了唇。

“当时我特别紧张，因为我知道这可能是我最后一次机会了，当时谁戳戳我，我都能哭出来……带队老师说我没问题，但是我总怕在关键时候掉链子。”沈昼叶低声道，“我那时真的有点儿想你。”

陈啸之声音都发了抖：“你、你哪怕……哪怕给我……”

“我想，”沈昼叶笑着打断他道，“如果你在的话，绝对不会让我在那地方哭出来。”

陈啸之的眼眶霎时红了，他仓促地别开脸。

沈昼叶感到鼻尖传来微微的疼痛，那是泪水盈入眼眶的前兆。

她想起自己在飞机上藏在毯子里偷偷啜泣，飞机上的毯子带着一股阳光的味道，松软温暖，她的泪水滚进去的时候却十分孤独。

陈啸之没说话，只是握紧了沈昼叶的手。

“本科的时候也有过，其实我早上很想喝香菇鸡汤的，但是我起不早，每次去都卖完了。”

陈啸之没看她，却拉着她加快了步伐。

长街上有凉风吹过，树叶簌簌作响，沈昼叶的外套被吹了起来，她跟着陈啸之跑了两步，温暖笑道：“我们班上有个男生每天都排队给女朋友买早饭，有的小朋友可以喝熬得浓浓的鸡汤，有的小朋友只能啃超市买的隔夜面包……我那时候也挺想你的。”

沈昼叶跟着陈啸之跑进楼里，与他十指相扣，开玩笑道：“不过事实证——”

陈啸之一把将女孩儿按在门后，轻轻抬起她的下巴，让她看着自己泛起血丝的眼睛。

冬夜笼罩异国疆土，门外有风穿过，落叶簌簌作响。

她的卷发有点儿乱了，陈啸之想，一双眼睛黑白分明，无辜又浪漫，眼里是熵增无序的宇宙，唇是万花绽放的春天。

“不就是个早饭？”陈啸之把沈昼叶按在小空间里，刻薄地道，“就这也值得你念叨这么久？以后每天包你早饭不就行了？有话不会直说，非得拐弯抹角。”

沈昼叶的意思被曲解，控诉道：“我根本不是这意思，陈啸之你能不能听我把话说——”

陈啸之连听的打算都没有，蛮横无理地亲吻自己怀中的姑娘。

许久后，他凝视沈昼叶眼里的水光，用手指摩挲着沈昼叶如花瓣的唇，很凶地道：“不能。”说完，他将沈昼叶的手牢牢地握在了手中，带着她上楼。

小利兰的物理楼有些老旧，一楼楼梯包边翘起一块，踩上去滑滑的。

“明天我去找后勤，”陈啸之示意沈昼叶走另一侧，细心道，“小心点儿别摔了。”

“那时候真好啊。”沈昼叶的声音轻得像鸿毛。

那些本属于他们的年少气盛的年岁，本该属于他们的清晨，被十五岁的他们所期待的拥挤明亮的教室、大地尽头初升朝阳、宿舍下细散青烟……于二十五岁的他们而言，终于成了无法返回的过去。

对沈昼叶来说，承认“后悔分手”有一种输了的意味，仿佛她在对陈啸之说“其实我更爱你”，输了情侣间漫长的博弈。

可是在加州的深夜里，沈昼叶仍然小声说：“可是我们错过了，我每次想起来都会有种很酸很疼的感觉。”

陈啸之没有回答，他只是用力握紧沈昼叶的手，摩挲着女孩儿指尖的细茧，然后与她十指扣紧。

风刮尽秋夜的云，南方群星隐入月后。

朝阳升起，长庚星并入晨昏，大地金红。

冷风吹过红杉树林，沈昼叶踏着露水向小利兰农场的方向慢跑。

晨光里，她套着件保暖的连帽衫，穿着跑鞋，微卷的头发一扎，现出白皙纤长的脖颈，耳朵里塞了耳机。

沈昼叶现在是那栋小楼里起床最早的人。人心里有了挂念便难以入睡，有了必行之事就愿意迎接黎明。

可能这就是切不断的缘分，沈昼叶忍不住笑着想，自己无论怎么样都是在大学里游荡……这就是大学教职工子女的宿命吧。小时候住得离这里非常近，晚上经常去学校找爸爸，后来还偶尔会跟去上课，长大了，换了环境也没能离开。

现在连男朋友都一副要在大学里待到退休的模样。

她慢跑回办公室。

物理A栋，墙上树影婆娑，金光洒落地砖。有通宵做实验的人揉着微长的头发，穿着皱巴巴的白大褂，胡子拉碴地拿着漱口杯从洗手间里出来，见到沈昼叶，和她友好地打了个招呼。

沈昼叶与对方微笑着点头致意，然后推开了陈啸之办公室的门。

往日，陈啸之的办公室里总是一股咖啡香气，夹杂他给沈昼叶带的早饭味道，总体苦而涩，十分提神，又不怎么有人味儿。

可是这天早晨，办公室里的鸡汤的香气满溢，是一种连骨头都炖得发酥的鲜香，佐以少许提味的黑胡椒，一闻就知道炖了多久。

沈昼叶讶然，扯下耳机问："你还真做了鸡汤？炖了多久？"

陈啸之拧开保温桶盖，漠然道："速冻。"

沈昼叶将耳机塞进充电盒，愣愣地问他："超市里有速冻比萨，没想到还有速冻鸡汤？"

英明神武的陈博士盛了一碗姓沈的蠢蛋眼馋了七八年的、砂锅炖煮得汤色澄清、肉软骨酥的清晨鸡汤，面无表情地扯了第二个谎："华人超市。"

"喔。"沈昼叶点点头，从陈教授手里接过了小碗。

风"哗"地吹来，办公室里，沈昼叶裹紧了外套，盯着平板翻页，张臻抱着课本回来——她去蹭了个讲座，回来时裹着薄卫衣，不住打哆嗦。

"加州冷得太快了。"张臻哆哆嗦嗦地问，"你在干什么？"

沈昼叶道："查方法。"

张臻去接热水，随口问："论据没问题了？"

"我感觉问题不太大，"沈昼叶专注地看着屏幕说，"也跟他讨论了下……我们都觉得这个课题有充分的可行性。"

张臻搅拌着速溶咖啡，调侃道："换了个方向精神面貌都不一样了。"

"是吧，"沈昼叶笑着抬起头，"可是这个太难证了，我连一点儿头绪都没有。"

"做了几年试验，如果再把我塞回去做理论，我马上退学。"张臻凑过去看沈昼叶的论文，简直是天书一般的东西，她感慨道，"可是想想，这才是我们最开始接触的物理，是人类认知的水面下的自然科学。"

沈昼叶耳朵敏锐地一竖："柏拉图？"

"《理想国》，"张臻莞尔笑道，"洞穴。"

《理想国》中的洞穴隐喻，指一群人自幼被囚于地穴之中，能见到的只有面前的岩壁与映在岩石上的影子，他们对外界的广袤一无所知——他们就是我们大多数人，他们所看到地穴就是我们所见到的世界，逼仄窄小，是从水面里探出头的冰山一角，而水面下，名为"万物"的巨冰贯通万里。

所谓研究方法，一般是靠阅读文献得来——尤其在那些热门的领域，只要找几篇类似的文章，扒一下前辈们的试验方法与参数，就能照葫芦画瓢地做个差不多。这也是研究生研一入学就开始狂读文献的原因，导师一般会告诉这群新生，文献中的重中之重就是方法和结论，而文献中的"方法"部分甚至比"结论"模块还重要。

研究方法的设计是科研环节中最难的一部分，沈昼叶和陈啸之做的课题太过前沿，连参考资料都很少，更不用提可供他们参考的实验了。

加州之冬，海风凛冽。

沈昼叶心事重重，裹着微厚的外套坐在陈啸之的副驾驶座上，夕阳之中，伯克利的钟塔倒映在她的眼里。

她又与陈啸之一起来和专家布莱森教授聊天。一下午的时间忽闪而过，别说进展，连本有的方案都在头脑风暴中被毙了。

"这个方法缺乏特异性，"陈啸之拧着眉头沉思道，"没有办法把这些因素排除……"

沈昼叶的手机上一响。

是魏莱发信息问她近期课题有没有转机，能不能顺利毕业——她好像一直都不能接受沈昼叶都会延毕的事实。

沈昼叶慢吞吞地回复魏莱："没有进展哦。"

"陈啸之不是很厉害吗，他干什么吃的？连你这种天才儿童都能给搞延毕，建议他提头来见我哦。"魏莱"礼貌"地道，"他现在在干什么？"

沈昼叶愣了下，终于反应过来自己沉思过头，如今孤身坐在车上，而陈啸之不知所踪。

她心虚地知道自己又无视了陈啸之一次，连他人没了都没发现。

主驾驶座门一开，长风呼地灌入，沈昼叶冻得打了一个哆嗦。

陈啸之裹着外套，提着两杯热腾腾的咖啡钻进车内。

"那杯加奶的是你的，"引擎声响起，陈啸之道，"给你去了咖啡因，免得晚上睡不着。"

然后他将自己的外套脱了，递给沈昼叶抱着取暖。

远峰层叠，繁星如水，孤独的车辆疾驰在加州一号公路上。

沈昼叶忽而开口问："陈啸之，你觉得所谓的'突破'是什么？"

陈啸之看她一眼："嗯？"

"我在想，生活在两千多年前的祖先是如何意识到他们站在一个巨大的圆球上？如何意识到我们并非宇宙的中心？如何发现头顶的苍穹有这么多秘密？"沈昼叶茫然地摸着车窗玻璃说，"我可能表达不到位……但我们人类最初看到的也只有现象而已，比如一切都会向地面坠落，再比如我们的大地是平的，海的尽头空无一物，太阳绕着我们升落。"

陈啸之将车停在路边，静静地看着有些语无伦次的小姑娘。

沈昼叶看着陈啸之，艰难地道："两千年前的人怎么才能看着日升月落的金字塔推算出地球围绕着太阳运行？怎么才能明白温度的变化来自分子的震颤而非热质，更非火焰本身？"

一簇灵感的火光一闪而过，陈啸之眉头微微皱起。

可是那光太快了，转眼消失得无影无踪。

"你我都是学物理出身的人……"窗外夜空茫茫，星前月下，沈昼叶看着洋流映着的光点喃喃道，"现象是会隐瞒的，现有的规则也不一定是对的……"

沈昼叶觉得自己站在漫长幽暗的胡同里，不知前路何方。

这是人类不曾涉足过的领域，是知识岛海岸线外的深海，是宇宙间隐匿百亿年的谜团，是贯穿天地的黑暗。

感到崩溃都是正常的，毕竟人本能地害怕如此空旷的未知。

沈昼叶深呼口气。

陈啸之凑过来，将一条男式围巾围在了沈昼叶的脖颈处，围巾柔软熨帖，像是绕上来的一道炊烟。

沈昼叶抬起头看向头顶繁星，那些繁星眨着眼，与儿时的春夜一般模样。

她想问那些星星，你们到底想告诉我什么，你们到底有什么秘密？可是她还没问出来就觉得眼眶泛酸。

陈啸之顺着怀里沈昼叶的目光看向苍穹。

别看，沈昼叶绝望地想，什么都没有，看个天就把自己给看哭了，你这种恶毒的人还不得嘲笑我到五十岁……别看。

陈教授揉了揉怀中小青梅泛红的眼眶，在黑夜里亲亲小青梅的唇。

"没事儿的，"他说，"一切有我。"

然后他低下头，轻轻蹭了蹭沈昼叶的额角。

人类智慧国度的殿堂外，他们走在浓得化不开的夜色里，试图点亮一盏灯。

沈昼叶睁开眼时不过早晨五点半，窗外漆黑一片，路灯灭了，整个西海岸都笼罩在黎明前的黑暗里。

小阁楼冻得要命，沈昼叶将玩偶抱在怀里取暖，半天又觉得脚丫冷，她冷得遭不住，又因为怕干不愿意吹空调，索性起来，裹着披肩下楼去冲杯热饮。

说不思乡是假的。

"家乡"二字，平时令人无知无觉，唯有离开了才会发现它早已缠绕在自己的骨血之中，就像海水褪去才会看到白沙。

沈昼叶闭上眼睛，想起千禧年的冬日中午。

那天阳光明媚，电视里放着春节联欢晚会，主持人激动地说："让我们静静地等待龙年钟声的敲响。"

小昼叶靠在爸爸怀里问："爸爸，为什么我们要在中午等新年？"

"因为我们的新年不在这里。"沈爸爸说完，伸手捏了捏女儿的小脸蛋。

那时的小女孩儿什么都不懂，什么乡愁，什么惆怅……她只知道世界是新奇的，门外的万千世界在等着她探索的脚步。

只有成年人知道何为家乡。

大雨瓢泼而下，厨房里水滚沸着，沈昼叶看了眼表，倒满一整杯热水，泡了杯茶，去客厅坐着发呆，磨蹭到中午才去出勤。她本以为会被陈啸之嘲笑懒骨头，到了却发现陈啸之还没来，原来他赖床赖到了中午，而且来了之后也哈欠连天，不像个要做事儿的样子。

整栋楼都没什么人，张臻去洛杉矶见她的高中同学，沈昼叶不喜欢一个人窝在空办公室里，索性去了陈啸之那儿，在他眼皮子底下摆了个摊儿，将要看的文献摞成一座高山，削了一堆尖尖的新铅笔，摆出要好好工作的状态——然后打开手机开始偷懒。

陈啸之则坐在凳子上盯着一张纸发呆。

沈昼叶偷偷看他，越看越喜欢，趴在沙发上软软地喊他："之之。"

陈啸之撩起眼皮看她一眼，"啊"了一声。

"我看不下去。"沈昼叶说着把文献推开。

陈啸之便道："没头绪别硬逼自己。你找个什么好玩的玩一会儿？"

沈昼叶哼哼唧唧地伸了个懒腰，表示自己已经没在干正事儿了。

陈啸之眼神一亮，像是有什么想做的事儿，可又犹豫地抿紧了唇，然后他眼神游移，仿佛正在天人交战。

"晚上我带你出去玩吧。"陈啸之有点儿做作地说，"我们都没怎么约会，所以今天晚上我带你逛逛街。"

沈昼叶立刻笑了起来，点了点头，说："好呀。"

怎么说也是他女朋友，要照顾一下他的，可以在路上稍留意下他缺什么东西。

沈昼叶颇为自得地想。

到了晚上，仍在下雨，实在不是个适合约会的天气。

沈昼叶钻进车里，对着后视镜用力压了压因为受潮而不服帖地卷起的小刘海，片刻后悻悻道："好卷啊，一下雨卷度就会翻倍……我是不是应该去把头发拉直？"

陈啸之闻言眉峰一扬，好奇地把她爪子挪开些许，没有了外力加持，沈昼叶的头发立刻卷成了一团小尾巴。

车厢里安静片刻，陈啸之没绷住："哈哈哈哈哈——"

沈昼叶悲愤道："我受够了，明天就去拉直！"

车沿着路开出去，陈啸之握着方向盘，闲散地开口道："最近的那个破理发店做一次拉直人民币六百来块吧，他们还有再定价权——按头发长度收费。”

沈昼叶心一横，刚准备“出血”一波，陈教授就散漫地补充道：“还有25%的小费。”

人穷志短，最后一根稻草一压，沈昼叶立刻放弃了拉直的想法。

陈啸之带着他的小青梅吃了法国菜。

那家店的鹅肝极其鲜美，还有人在拉小提琴，沈昼叶吃得十分开心。饭后，陈啸之将卡递出去，服务员将收据送回来，沈昼叶瞟了眼发票，看见了1032美元的恐怖金额。

陈啸之混不在意地将收据一团扔了，对沈昼叶说：“走吧。”

沈昼叶拿起自己的外套点了点头。

陈啸之又摸摸她的脑袋，似乎在检查什么西瓜一样，对她说：“走，我们去逛街。”

无论沈昼叶对世俗多不敏感，也通人情世故。光这一顿饭，就是她两个月的补贴，还不算要扣掉的一千多的劳务税，换句话说，这笔钱差不多够她充五个月的饭卡。

五个月的饭卡消费，陈啸之的一顿饭，他们完全不在一个消费水平。

沈昼叶是个平凡的学生，卡着日子等补助，喜欢赶购物节，每个月为余额发愁，早习惯了节俭，可那些她习以为常的朴素放在陈啸之旁边竟是如此突兀，甚至显得可怜。

你还想给他买点儿什么？他会缺什么东西？沈昼叶难过地想。

餐厅外阴雨淋了下来，陈啸之一手打伞，一手小心地把走神的沈昼叶捞到身边，轻轻掸掉她身上的水珠。

“想什么呢？”他问。

“思考人生。”沈昼叶怅然地把手揣进陈啸之的兜里。

购物中心十分繁华，沈昼叶对买衣服不热衷，只和陈啸之十指相扣慢悠悠地一层层溜达。

她不知道自己能给陈啸之买什么，也知道这个人身上有洗不去的少爷脾性，从小什么都用最好的，而且分外挑剔。贸然给他买东西，他看不上，指不定要怎么嘲笑她。

逛到顶楼时，沈昼叶看到了一家卖文具的小店，里面有手账贴纸和各色书写工具，收银台旁坐着一个银发苍苍的印第安裔老太太，膝头上躺着一只灰猫。

沈昼叶爱挑文具，当即雀跃得像个初中女生。

陈博士看了看周围的环境，一时如遭雷劈："又是这个？初中门口那个不够你逛？"

"这不是太久没逛了吗？"沈昼叶笑眯眯道，"而且我们现在也不是初中啊，对不对？"

这不就是问题吗！陈啸之初中的时候就想吐槽了，用啥笔不是用，用普通的笔做不出题，换二十块的可擦笔难道能擦出一条真理之路？

他还没腹诽完，就看见沈昼叶伸手捏住了一支棕色的小熊头的圆珠笔，稚气十足，与初三的小少女别无二致。

熟悉到令人鼻尖发酸。

文具店中巴赫钢琴的音乐声潺潺，门外人来人往，有红发的小女孩儿滑旱冰一样滑过去。

陈啸之专注地看着沈昼叶，低下头，在她唇上蜻蜓点水般一吻。

那个吻很快，可能是他太含蓄的缘故。

吻毕，陈啸之说："你挑吧。"

沈昼叶耳根泛红，手忙脚乱地捡笔捡笔芯，将小筐装满，不敢抬头看陈啸之。

可她又觉得无数花枝在自己身旁生长，勃发犹如春天，如仲夏倾盆的彗星，又似聂鲁达对他爱人唱响的滔天钟声。

他和我感觉一样吗？沈昼叶不受控制地想，她匆匆拿着挑好的文具结账，跟着陈啸之向外走，接着就被他拉住了手，两人十指交握。

陈啸之状似不经意道："想不想去买衣服？我们去逛逛？"

沈昼叶一愣，严谨地答道："我现在还没有买衣服的想法，你想去吗？想去的话我陪你去。"

不知道哪里出了问题，沈昼叶瞬间察觉陈啸之周身的气压低了八度。

她丈二和尚摸不着头脑，不晓得这位少爷又怎么了，这人一向闹脾气没个通知，非常难搞。

所幸，后果一向不严重。

沈昼叶对挑衣服很苦恼，买的衣服经常被妈妈看不起。沈妈妈衣品卓越，希望闺女穿得知性优雅，结果闺女的审美却永远停留在了大学入学的那一年——以小裙子为辅，以连帽卫衣和牛仔裤为主。

因此，陈啸之挑大衣的时候，沈昼叶就在一边作壁上观，生怕看不起自己衣品的人再增加一个。

结果两人回车上的时候，陈啸之看上去心情非常差，像是个一点就炸的炸药桶。

加州仍在下雨，似乎要下到明天。

沈昼叶看着黑咕隆咚的窗外，想起自己的堂弟沈泽。

沈泽和他的女朋友在高中初识，大学分离，数年前，他女朋友送了他一条深灰色的羊绒围巾，被他当祖宗一样供着，去年沈昼叶在理教自习时不小心泼了点儿关东煮汤上去，还被那狗弟弟讹诈了一次干洗。

那围巾他一直围着，从不离身。

沈昼叶忍不住叹了口气，心道人家小情侣怎么就这么甜，这么不沾染世俗？沈泽从小耐摔打，没少爷脾气、好欺负、不挑剔、好养活，随便喂点儿什么就能活命，他吃的菜放陈啸之面前，陈啸之可能会将食堂炒菜师傅叫出来骂一顿。

陈啸之开着车，问："困了？"

沈昼叶慢吞吞道："困，但是我打算问完你话再睡。"

"你说。"陈啸之按开空调，暖风喷在两人身上。

沈昼叶目光落在他结实的手腕上，发现他又换了一块表。她在学校待的时间太长，对物欲横流金钱至上的世界关心不够，因此对价格毫无概念，但考虑到陈啸之不可能亏待自己的性格，很不平地看着他问："你为什么生气？"

陈啸之陷入沉默，沈昼叶上了火，细眉毛一皱就想掐他，千钧一发之际，陈啸之别别扭扭地开了口："你太过分了，沈昼叶。"

沈昼叶迷惑起来："我哪里过分了？"

陈啸之将车在路边咔一停，望向前方被车灯照亮的街道。

"陆之鸣谈过很多女朋友。"

所以你也打算谈很多？沈昼叶吃醋地眯起眼睛。

陈啸之敲着方向盘，缓慢又别扭地说："人家每个女朋友都会给他挑衣服。"

沈昼叶一愣。

"我买衣服你在一边看，"陈啸之怒道，"人家什么都有，我有什么，啊？”

沈昼叶耳根忽然泛红。

雨点如金丝般绕在车上，灯光映亮陈啸之拧起的浓眉，他长相英俊帅气，只是看上去很凶，说话也梆硬，十分不好惹。

可现在仔细看，会发现，他相当委屈。

沈昼叶声音小小的：“我、我怕你看不上我买的……”

“看、不、上？”陈啸之的声音立刻高了一度，充满被误解的愤怒，“你给我搞条围巾……不，随便什么，马上。”

第三十九章

我该去看看他

一周后，早上吐出的第一缕气已经化成雾。

沈昼叶坐在图书馆角落，手机微微一震，消息栏里是陈啸之发来的一张图片，里面是她买的蓝色纯色围巾，配文一行：“。”

他都不用发语音，句号里都充满了轻蔑。

不是说好了买什么都不嫌弃吗！男人的嘴骗人的鬼！沈昼叶十分生气，恨不得跑到屏幕对面掐死那个正准备去上课的陈教授，最终只发了个小黄鸡表情包，表达了一点儿微不足道的愤懑。

她开始苦闷地进行第三十二次推演。

沈昼叶觉得自己的课题陷入了怪圈：必然有问题，但不知道在哪里。他们没设计出新的实验，因此只能单纯地建立假设并进行推演，但人的思维一般都在重复自己，就像数理化考试时很难检查出自己的漏洞一样。

自己冲不出自己思维的误区。

面前的公式和拉丁字母看上去像极了嘲讽的笑脸，沈昼叶用铅笔一一点过，确保目前的进展准确无误。

一个书包“砰”地落在沈昼叶面前。

她抬头看，看见一张熟悉的面孔，还有他一笑露出的满口白牙。

“加勒特？”沈昼叶一愣道。

加勒特笑了笑：“好久不见，快两个月了吧。”

图书馆禁止喧哗，尤其是逼近期末考试的时候，想谈话必然要出门去。

沈昼叶没穿外套，摩挲着手里的热咖啡，小心翼翼地将毛衣领往上拉了拉。

“你为什么没回我的短信？”那西班牙裔的青年问。

沈昼叶笑了起来：“我还以为你以后会绕着我走呢。”

加勒特点点头：“这打算我也有，但是既然在图书馆见到了你，就说明我能得到个答案……还是你不打算告诉我？”

“我说话很直白，所以对你道歉。”沈昼叶谨慎地措辞了一下，“你的确是很不错的男人，但我对你真的没感觉。我本来是想接触看一看，能不能找到一点儿……但是，做不到。”

加勒特的眉毛微微挑起，示意她继续说。

“这样对你是不公平的。”沈昼叶委婉地说，“而且……”

而且，她经历了那场梦。梦里有温柔无垠的宇宙，小昼叶，在水中浸泡的夜晚，还有那个跨越时空的拥抱。

但是沈昼叶终究没说出来。

加勒特颇为纳闷地道：“我长这么大，还没在女孩儿这里吃过闭门羹。”

沈昼叶听出他语气里的释然，笑道：“来走走吗？我给你讲个故事。”

沈昼叶和加勒特走在小径上，她缓慢地开口：“我只喜欢过一个人，和一个我五岁那年认识的一个男孩儿。”

加勒特怀疑地看向沈昼叶：“所以你是五岁初恋？”

“当然不是啦，那可算不上初恋。他一开始对我很坏，可能是我肩不能提手不能扛，戳一下就一个跟头，一点儿也不好玩，不是个讨他喜欢的小伙伴。”沈昼叶停顿了下道，“但那只是开始，后来我说什么他都会努力去做，我说我想去哪里玩，无论多远，他都敢带我去，手拉手。回来后所有过错都由他来扛，明明是我出的主意，他一定要把罪责都揽在自己肩上，说我会被打死……为此，他被他爷爷打了很多次。”

加勒特沉默。

“分别的时候，是我第一次看他哭。”沈昼叶努力拼凑着那段记忆，羞赧地说，“我抽抽搭搭哭鼻子说我不想走，说我想和他一起玩，他就跟我一起号啕大哭，说他要和我一起上小学。”

加勒特看向眉眼被日光沐浴的女孩子。

“很幼稚吧？”沈昼叶笑道，“我后来只是依稀记得我有过那样好的朋友，记得五岁那年我们爱着彼此——是孩子能拥有的最纯粹的爱意，和男女之情无关。”

“你们后来又相遇了？”加勒特问。

“他是我第一任男朋友，也是唯一一任。”沈昼叶莞尔道，“我从此再也不会遇到第二个让我怦然心动的人。”

帕罗奥多晴空万里，冬日的北风穿过沈昼叶一头卷发，她低下头看着自己的靴子尖，努力沿着一条笔直的线向前走，抱着的咖啡已经凉了。

加勒特沉默了许久，道：“这不公平。”

沈昼叶轻声道：“感情上从来没有公平。”

路上全是下课的学生，雪白的大鸟飞掠胡佛塔，两个人影子并着肩，沈昼叶看见自己的影子穿过细长树枝。

“那个男孩儿好到十年让你都忘不了吗？”加勒特突然不依不饶地问，“如果真像你说的那么好，你为什么会对我笑？”

沈昼叶一愣：“笑？”

“我向你丢飞机的那天，”加勒特现出一丝不忿，“别想抵赖，你为我动摇了。”

沈昼叶一瞬间感到心里发空，胃都绞紧了。

加勒特说的是真的，她动摇了——可原因与他无关。

沈昼叶有点儿想哭，堪堪忍住，低声道：“你说我的眼睛就像风暴卷起的黑叶……那是巴勃罗的诗。他也这么说过。”

阳光洒在他们身后，前方的教学楼里有个讲座，学生络绎不绝地往里进，他们头顶的鸟影飞越人间。

“你说得也太像童话了。”加勒特声音带着丝颤意，“怎么搞得像你为他而生一样。”

沈昼叶笑弯了眼睛，问：“是吗？那为什么不能是‘他为我而生’呢？”

加勒特停顿了下，冷漠道：“随便你。”他想了想，又不平地说，“五岁的感情真的能持续到二十五岁吗？”

沈昼叶软软地笑了笑。

塔侧白鸟成群飞过，冬日晴空万里。

沈昼叶在教学楼楼前停下，说自己要进去拿东西再回图书馆，和加勒特道了别。她再回去的时候加勒特会换一个座位，以后见了面也不会打招呼……前提是见面的话。

沈昼叶明白，自己对加勒特来说，只是一场粗糙的心动。

沈昼叶目送加勒特离去，然后揉着冻得发红的小指头哆哆嗦嗦上楼。教学楼里有空调，温度却不高，楼梯里依稀传来学生们讨论问题的声音。

她小心地站在教室外，踮着脚向里看。

这是一节小班讨论课，只有十几名学生，讲课的教授——陈啸之，两指夹着白板笔，往黑板上写着什么。他的衬衫袖口挽了两截，写板书时肌肉线条流利紧实，目光专注如星。

怎么看，都是沈昼叶梦中的样子。

沈昼叶越看越喜欢。

下课了，同学们收拾东西往外走，陈啸之披上外套，第一时间拿手机回沈昼叶消息，正打着字又抬起头，看见在门外等着的小青梅。

陈啸之吃惊道："你不是在图书馆吗？"

沈昼叶跑过去，温和地说："和人聊着天走过来的。来探班不好吗？"

陈啸之大步向沈昼叶走去，将身上的风衣一脱，包住女孩儿，冷冷地说："你还要不要命了？穿件毛衣就往外跑？不嫌冷？"

沈昼叶裹着他的衣服，鼻尖被冻得泛红，笑眯眯地说："冷呀，所以来抢你的外套啦。"

这句话简直膨胀到极点，沈昼叶却说得毫无愧意，陈啸之面无表情地看了沈昼叶一会儿，然后将风衣用力一拢，把小混蛋裹在里面。

小混蛋眼眉弯弯，像被折叠又被花汁浸润的晨星，是最招他疼的模样。

沈昼叶惬意地说："比我的暖和。"

"屁话这么多，"陈啸之恶狠狠道，"小心我揍你。"

他凶狠地说着，把自己长围巾扯下来，小心翼翼地裹住了面前像小山雀一样的女孩子。

十一月末，窗外冬阳灿烂，寒风凛凛，办公室里暖气十足，掺杂着一股巧克力的香味。

室内，沈昼叶小声抱怨："我不要喝热巧克力。凭什么你喝咖啡我喝热巧克力，太像小孩儿了……"

陈教授泡水的动作一顿，冰冷道："你胃炎好了？"

沈昼叶沉默片刻后小声道："不是胃炎，是十二指肠溃疡……"

陈啸之瞪了她一眼，沈昼叶立刻没了声响。

陈教授没继续磨咖啡，照顾娇气包脆弱的小情绪，只倒了杯热水，回到桌前，专注地盯着屏幕。

沈昼叶趴在茶几上，一颗毛茸茸的脑袋一点一点地，过了一会儿，整个人都软塌塌地埋进了纸堆里。

“之之，”沈昼叶小声问，“晚上吃什么呀？”

“我晚上吃个卷饼就好。”陈啸之说。

标准回答，他什么都不爱吃。沈昼叶无聊地滚了滚，铅笔滚到了地上，陈啸之忽而拧起眉毛问：“你怎么老窝在我办公室里，你不是有办公桌吗？”

沈昼叶委屈巴巴的，觉得陈啸之很凶，趴在纸堆里没说话。

两个人静默了许久，陈啸之又问：“这两天有什么进展？”

“还在设法找我们的推测3B的理论基础。”沈昼叶回答。

陈啸之说：“一直都没动吗？”

陈啸之的话并无责怪的意思，只有怅然，可两个人之间的气氛突然十分别扭，一时寂静无比。

沈昼叶望着阳光映在天花板上如河流流淌的光点，想起自己年少时在房间里思索的问题。那一个个在动手和脑内实验推演中度过的下午，日光逐渐变得金黄纤长——沈昼叶曾享受这个过程——自己踩着思想的巨人们的步伐前行，摸索他们眼中的宇宙万物，感受自己的思维和远古巨人们契合的瞬间迸射出的火花。

可是如今，他们终于走到了巨人们脚步的尽头，前方是一片混沌泥泞的荒野，再不会有火花迸射而出，之后的路，需要他们自己走。

“之之，如果我们走入误区了怎么办？”沈昼叶打破沉默。

陈啸之静了许久，答道：“这问题没有回答的意义。”

陈啸之和过去一样，心里一旦有事儿，就会变得非常沉默。

沈昼叶知道这点是因为他在竞赛决赛前就这样，那段时间她说什么陈啸之都用简单句回答，仿佛大脑不堪两端转的负荷似的。

十年没有改变什么，只不过沈昼叶总觉得，他们的关系有种奇怪的寡淡，仿佛他们中间还有一层透明的膜。

好像她能摸到陈啸之的体温，碰到的却不是他的皮肤。

十二月初，临近期末，学生们连吃饭的时间都不放过，在餐厅里读书复习，早已超脱了本科境界的沈昼叶坐在餐厅里，百无聊赖地用叉子戳一根德式香肠。

湾区的冬天雪不多，枯叶萧萧落尽，寒风凛冽。

陈啸之坐在她对面，在阳光里用餐巾纸擦拭嘴角，问："吃饱了？要不要再加点儿蛋糕什么的？"

"不了，"沈昼叶发着呆说，"今天不是很想吃。"

"一会儿我打包一个，"陈啸之坚持道，"免得你下午跟我叽叽歪歪，我还得出来买。"

沈昼叶跟着陈啸之走在回办公室的路上，杂乱的思绪填满脑海。

总觉得有隔阂。

沈昼叶看着自己空荡荡的手，侧过头去看陈啸之，陈啸之敞怀穿着夹克，手里提着小蛋糕盒，目光落在别处。

至少和小时候比起来，他们现在的距离远得多。

十年前，他们期末考试结束，跑去什刹海溜达。一行人美其名曰要带小美国人见识一下老四九城，最终陈啸之在后海被小偷偷了钱包，一伙初中生在傍晚时分冻得哆哆嗦嗦跑进快餐店取暖，魏莱嘲笑陈啸之小气，然后抢自己同桌的热可可喝。

回家时，身无分文的陈班长和沈昼叶一起坐公交，车上人多拥挤，班长十分在意地将她护住。沈昼叶还记得陈啸之那天穿的羽绒服的质感，更记得他们在车上聊天，谈天文地理，谈宇宙星河，谈自己青涩的人生。

毫无保留，和现在截然不同。

有人说："二十五岁的我们已经无力走进一段全然亲密的关系了。我们经历了太多，人生疲惫，再也无法像十五岁那样亲密地爱人。童年，少年，那些时代都很好，嬉笑打闹，爱一个人就想将自己剖开，将全部都无保留地交给对方。"

沈昼叶看向向前走的陈啸之挺拔坚毅的背影，甚至没有底气去否认。

美国的大学放假时间与国内截然不同：小利兰的秋季学期从八月开始，十二月中旬结束，寒假不过两三周，正好将圣诞与新年包括在内。

不爱锻炼的沈昼叶多了个晨跑的习惯。她每天六点起床，跑将近三公里去办公室，有时甚至会跑去游泳馆门口等其开门，但不进去游，只是在长凳上坐着，等阳光映亮塔顶，白鸽腾飞。

世人只见到那些聚光灯下的科学家，看到他们惊人的成就、改变世界的壮举，无人见到他们背后的——不，他们身后埋葬的人的艰辛。

“埋葬”这词并不夸张，世上有那么多搞科研的人，无论是学生老师还是研究员，无论是私企还是体制内，无论是重应用还是重理论……有人焦虑到需要服药度日，有人每年寻求数次心理干预，有人昼夜颠倒做实验搞垮身体，有人被感染，也有人挣扎在温饱线上，在夜里望着熟睡的亲人落泪。

这些默默无闻的人中，自然有沈昼叶也有陈啸之。

我们这一代人中，历史又会记住谁？沈昼叶曾在晨跑时胡思乱想。

然后脑海中的她自问自答——

“谁都不知道，我们连明天都看不见。”

由于焦虑，沈昼叶不停掉秤，饭也吃不好，症状比她硕士时期跑实验室事务更甚。陈啸之敏锐地觉察了她的不对劲，立刻从只给她带早饭变成了一日三餐都带，什么温水牛肉什么鱼羹什么香煎虾，变着法子地饲养。

但是毫无成效，沈昼叶本来就小的体格变得更瘦削。

十二月的某一天，沈昼叶坐在陈啸之的桌前，核对桌子上贴的校历。

“下周五就放寒假了。”沈昼叶说。

“是啊。”陈啸之两指揉着太阳穴问，“你过来看看，我期末考试放这道计算题会不会太难了？”

沈昼叶凑过去看了一眼，是在给定晶格常数a的二维近自由电子近似的费米面上，给一个位于第一布里渊区的点，再给定倒格矢K的傅立叶展开系数Uk，第一问让学生求费米能，第二问要求学生讨论费米面进入第二布里渊区时Uk所满足的条件的大计算题。

沈昼叶沉吟片刻，得出粗略思路，笃定地说：“不难，你放吧。”

陈啸之满脸怀疑地将题粘进了文档里。

黏人精沈昼叶顺势在陈啸之身边坐下，蹬掉靴子，穿着小绒袜踩在他的沙发上。

陈啸之面无表情地看她一眼，将女孩子两只脚拉到自己腿上，隔着袜子揉了揉她冰的脚，用自己的大腿给她取暖。

那温度十分熨帖舒适，沈昼叶舒服得想撒娇，还想抱抱陈啸之的脖颈，不过没敢。

"什么时候下雪呢？"沈昼叶道，"华盛顿那边每年雪都很大的。"

陈啸之出着题，漫不经心地回答："加利福尼亚和华盛顿不一样，冬天也晴得很，想玩雪的话还是得往东岸去。"

沈昼叶想问问陈啸之寒假想不想回趟北京，但看他专心工作的模样，终究没能问出口。

午后的阳光斜斜地洒进来，沈昼叶拿了本从图书馆借的大厚书，翻了翻。

陈啸之忽而问："你看这个做什么？"

"本科的时候选过这门课，那时候数院引进了新人才，群论讲得好的人不多，加上慈教授希望我能去了解一下。但是我去上课的时候发现群论课本乱得一塌糊涂，翻译得非常糟糕，大家怨声载道。"沈昼叶笑了笑，"那位老师说，'改革开放这么多年，我国的教育和科研的力量都已经腾飞了，但是从课本这件事儿，大家就会明白，我们中国距离发达国家在这样的细微之处，仍有巨大的差距'。"

"而我们这一代人年纪大了。"女孩子微一停顿，复述道，"剩下的路，只能交给你们年轻人来走。"

异国他乡的尘埃飞过地板。

沈昼叶笑道："都过去这么多年了，这些话我总忘不了——可能是因为慈老师和周老师也跟我讲过类似的事情吧。"

陈啸之没说话，静静地看着她。

"这些老教授总是话里有话，"沈昼叶盯着飞扬的尘埃，轻飘飘道，"他们似乎想将信念传承到学生的身上，可是问他们是什么，他们又不肯说。"

他们不说的原因，陈啸之再清楚不过——沈昼叶年纪小，心思又像小孩儿般纯真赤诚，这些老人如何将这样沉重的民族兴亡灌输给她？太沉重了。

老人不忍心，便将这些希冀封存，只告诉她一点点，剩余的，留待阿十长大后拆开。

陈啸之揉揉沈昼叶的脑袋，像揉小面团儿似的，手感相当好。

"傻子。"他粗鲁地揉乱小傻子的卷毛。

小傻子抬起头，笑盈盈地看着他，然后抬起胳膊，要抱他。

沈昼叶在陈啸之身边坐了许久，一直都忍着，可是陈啸之一摸她的脑袋，沈昼叶就觉得不想忍了。

女朋友想抱男朋友，有什么错？

可下一秒，陈啸之面无表情地在她额头上一弹，力气不大，不过女孩子始料未及，倒回了柔软的沙发上。

"就会撒娇，"陈啸之打破暧昧的氛围，使劲儿戳戳她的额头，凶狠道，"说你傻子又不是在夸你，你抱我，傻？"

沈昼叶知道陈啸之只是例行的口是心非，可被推到一边的娇气的小青梅仍是愣了半天，心酸地眨了下眼睛。

你就这么不愿意抱我吗？

那天之后，沈昼叶将东西陆陆续续搬了回去，张臻实验之余频繁地去洛杉矶找她的高中同学，沈昼叶便孤独地坐在自己的办公桌前，抱着一杯热茶，拆包饼干，在桌前枯坐整日。

她已经不再每天都摊演算纸，更多的时候是在脑内推演，桌子上满是从图书馆借来的书籍，从乱七八糟的小说到图书馆无人借阅的冷门科研论文，堆成尖尖的一堆，宛若一座绝望之山。

科学是艰难的，它带来的痛苦像缓慢冰冷的刀刃，不会太痛，可是会缓慢砍入人的血肉骨骼。

真理隐匿在造物主身后，两个凡人拼命追赶也捉不住它的衣角。

下午四点半，几个研究生结伴去食堂，叽叽喳喳的，将整栋死气沉沉的楼吵醒。手机一震，沈昼叶从书里抬起头，坐直了身子。

她拿起手机看了眼，是魏莱问她假期回不回北京。

沈昼叶脑子都木了，慢吞吞地打了一句"今年有点儿忙，圣诞假期回不去了"。这短暂的三周假期，她另有打算，陈啸之也没流露出想回北京的意思，加上他们十月刚从国内过来，回国一趟路途颠簸还要倒时差……而且除了这些之外，还有更痛苦的因素。

"莱莱，能语音吗？"沈昼叶问。

魏莱一个语音电话打了过来。

"怎么了？"魏莱遥遥问道，"心情不好？"

沈昼叶道："莱莱，你觉得我是个怎样的人？"

这问题来得太过突然，魏莱愣住了。

"慈老师觉得我是个可塑之才，将我正式引上这条路；我以前的小老板认为我是个很好的奴役对象，把我按在他的课题组按了这么多年；我的大老板认为我的兴趣不在他的方向，所以主动让我离开，让我去探索更广袤的天地……”夕阳映亮沈昼叶浅色的瞳孔，“我的朋友们认为我是个有点儿呆的闷葫芦，有些同学觉得我是个学霸，我妈觉得我是她的宝贝女儿，希望我健康快乐。”

“而我奶奶看我的样子，”沈昼叶停顿了下，说，“就像在看她儿子留在人世间的最后一片痕迹。”

听筒里只能听见魏莱平缓的呼吸声。

“每个人看待我都是不太一样的。”沈昼叶说。

魏莱低低地“嗯”了一声。

沈昼叶望着天空许久，觉得自己心里有千言万语亟待喷涌而出，喉咙堵得发疼，却捉不住话头。

“只有我爸爸看待我，像是看待一种更宏大的东西，将来的希望或是潮流。”她抓住一根线，艰难道，“他是真的相信我会改变世界，认为我将改变人们看待世界的方式。”

魏莱轻声说：“叶叶，我从来没听你谈过你的父亲。”

“因为我谈不了。”沈昼叶犹豫了一下，酸楚地道，“他是我们全家人的心病。他去世后我妈足足花了三年才走出来，才能和我谈爸爸是个怎样的人。但哪怕如此，我们还是在避免谈他……他太好了，所以每次想起他来都觉得太……太痛苦了。”

魏莱安静地听着那姑娘模糊又困惑声音。

“莱莱，我最近总想起我爸爸，之前我都不敢的，我怕他失望，因为我那时候变了太多……可是现在我走回来了，我就又开始想，爸爸对我的期待是不是太高了？”沈昼叶茫然看着夕阳道，“莱莱，这条路怎么会这么难？怎么会有这么多死胡同，一道道堵死的路？”

魏莱长长地叹了口气，诚实地说：“叶叶，我不懂这些，我只知道你从小到大都……和我们不太一样。”

沈昼叶放松地笑了起来，魏莱也开始咯咯笑，于是，连冬日的阳光都变得温暖，上万里的距离都变得咫尺一般。

朋友的力量，不在于解决问题，在于倾诉，在过去的十年中，一直如此。

“陈啸之是怎么看待你的？”魏莱突然说，“叶叶，你偏偏把他漏了过去。”

沈昼叶怔住了。

她听见陈啸之回办公室的脚步声，那男人穿过门外空旷的走廊，沉稳坚定，犹如行走荒凉群山间的旅人。

他是怎么看待我的？

他天性高傲，不回答任何春天的询问。

沈昼叶抿起唇，回答："我不知道。"

也没能问过。

随着时间的推移，沈昼叶逐渐意识到，她和陈啸之之间存在着巨大的问题。

那男人的心是真的，他爱自己，但是除此之外呢？

十年、二十年，惨烈的道别，他的过去，自己的人生，他们无数次想碰触又缩回的手。

沈昼叶看着他们之间的距离，那似乎是一道鸿沟。

濒临冬至，白天已经变得很短，勾陈一星光刺破夜空。

沈昼叶叉着自己面前的肉冻发呆。

"24号什么打算？"陈啸之漫不经心地问，"平安夜晚上。"

沈昼叶叉开肉冻："没什么事儿，怎么了？"

她以为陈啸之有什么特别的安排——那毕竟是平安夜，几乎是后半年最特别的一个晚上，平安夜属于家人，属于亲人，属于爱人。

"陪我去个晚宴吧。"陈啸之擦了擦嘴角，对她道，"今年校董会的晚宴定在平安夜晚上，系主任让我去出面拉资助。"

沈昼叶真没想到是这个发展……

"那是我老师，"陈啸之努力解释道，"而且我在这系里待了很久，没办法拒绝。再说，我不可能让你在平安夜孤零零待在宿舍里看电影……来的时候带正装裙子了吗？"

沈昼叶不情不愿地回答："没有。"

"那也没关系，跟我去吧。"陈啸之劝道，"晚宴伙食不错，也有不少人值得认识一下。不想认识的话就在边上吃东西，一会儿我就去陪你。"

沈昼叶很不情愿地看着陈啸之，问："真的非去不可吗？"

这问题问出来沈昼叶心里就有答案了：陈教授人帅工作能力更是无敌强，他老师不可能放过这块招牌。

“非去不可，”招牌很无奈地劝道，“跟我来吧，总比窝在宿舍里看电影强。”

沈昼叶仍然不太乐意，甚至求饶地看着陈啸之，脸上写满对人多嘈杂场合的抵触。

陈啸之歉疚地握了握她的手，道：“我不想让你一个人待着，来吧，我尽快结束，第二天就是我们的时间了。”

第二天陈啸之就是我的了……沈昼叶心里舒服了些许，哼哼唧唧地点了点头，很别扭地说：“那……好吧。”

陈啸之觉得可爱，忍不住抿唇一笑，又低下头，给小女朋友收餐盘。

“那我报备一下，”他一边收一边说，“你和我一起去。”

沈昼叶乖乖地点了点头：“好。”

年末，学院例行消毒，整个楼道里都飘荡着一股次氯酸钠的味道。

“姓沈的你好了没啊？”张臻问道，“好了我就让阿姨进来了。”

办公室里，沈昼叶手忙脚乱地收拾东西，焦躁道：“我这儿还得一会儿！你让阿姨先去五楼吧——”

张臻让阿姨先走，又转过头啧啧称奇：“沈昼叶，你是不是个仓鼠？你到底囤了多少东西？半个宿舍都搬过来了吧？”

沈昼叶哼了一声，拿着一摞报纸把书架上的书盖住了。

“我在这里待得久，东西多有什么奇怪，”沈昼叶嘀咕道，“你东西太少了好吗！”

张臻嬉皮笑脸：“我在这里够自由嘛。仓鼠妹妹，我一会儿路过图书馆，有什么书需要我帮你还吗？”

仓鼠妹妹想吵回去词汇量又不够，很不平地憋了一会儿，最终放弃，红着脸从书架上挑了两三本书递过去。

张臻笑嘻嘻地拿着小仓鼠的ID卡和书溜出了办公室，奔向了自由的新天地。

“咚——”

办公室的门几乎被惯性甩飞，可见张臻冲出去时多么欢欣雀跃。

目送她背影的沈昼叶人都傻了，寻思张臻这是什么乐观心态。

明明同样要延毕，沈昼叶压力巨大，吃不好睡不香早上还得起床跑步排遣压力，抬头看看阳光，还能在太阳里看到公式……反观张臻，沈昼叶毫不怀疑这一个学期她用食堂和华人超市把自己吃胖了三斤，心宽体胖的那种，绝不是压力性进食。

沈昼叶爬上办公桌，用报纸裹住她从国内带来的专业书，以免它们被次氯酸钠溅到，她又看到了那个藏蓝色的通信本。

她将本子拿下来，小心地抱在了怀里。

距离上次翻看已经过去了一个秋天，那些往来如雨的信笺、沉没水底的时间、年少的女孩儿，已经如烟一般消散殆尽。

沈昼叶怀念地摸摸它，又掀开看，发现自己试图寄回过去的信件仍原封不动地躺在原处，也没有信件凭空出现。

沈昼叶抽了两张报纸，将它妥帖地包了起来。

“沈昼叶？”陈啸之的声音从远处传来，“我顺便把你衣服取回来了。”

沈昼叶惊得一个激灵，回过头，陈啸之拎着两件衣服推开她办公室的门，正巧看她坐在办公桌上，拧着眉头问：“你怎么老爬上爬下的，你属猴？”

沈昼叶笨拙地说：“我在盖书……”

“盖书？你盖书需要爬桌子？”陈啸之嘲笑得毫不留情，“也不知道是谁当年跟我大放厥词说自己以后一定长得——”

“要你管，你长得高你来啊！”沈昼叶被翻旧账，气得脸都红了。

陈啸之笑了一声，道：“我来就我来。”

他走过来，对着沈昼叶的发旋儿比了比，同情道：“咱俩这个子，差了不止二十厘米啊。”

沈昼叶气得七窍生烟，又被人高马大的陈啸之挤开了。

陈啸之顺手一揉她的头发，把外套脱了，恶毒地说：“小妹妹，给哥哥让让。”

小妹妹……沈昼叶彻底气炸，爬下桌子怒道：“哥你个头！你就是坨粑粑。”

陈教授将大摞书往后一拖，面无表情地接了话茬：“那你还没有坨粑粑高，坨坨。”

沈昼叶气得头发都快翘了起来。

“坨坨，去试试裙子，”陈啸之边收拾边道，“有什么不合适的你再和我讲。”

沈昼叶气鼓鼓地抱着本子看陈啸之收拾东西。

这是个少爷脾性的人，从小颐指气使惯了，想必也是十指不沾阳春水，却在面对沈昼叶时，连草都不让她拈起一根。

陈啸之忽然不经意地开口："最近怎么不去我办公室了？"

沈昼叶嘀嘀咕咕："我只能在茶几上趴着，腰疼。"

陈啸之眉毛一扬："假期结束给你放桌子进去？"

沈昼叶心里有点儿烦他，道："不用。"

陈啸之便没有再提，过了会儿又道："对了，你去隔壁办公室试裙子吧，哪里不合适给我讲，可以送去改改，拿回宿舍别当垃圾胡乱堆在床上。"

"你……你才把垃圾堆在床上。"沈昼叶回了句嘴，将手里用报纸裹好的本子往书包里一塞，提着那件定做的晚礼服跑了出去。

陈啸之收拾着桌子，觉得哪里不对，可能把沈昼叶给得罪了。

肯定是个错觉，他自满地想，男朋友这么成熟体贴，她能有什么不满？

他想着，拿起沈昼叶桌子上的多肉，眯起眼睛打量，认出那是梁乐送的那盆。

于是，成熟的陈教授恶毒地将多肉放在寒风凛冽的窗外，又体贴地关上了窗。

"冻死你。"他看着瑟瑟发抖的多肉高贵地说，"十年了还阴魂不散，给爷滚。"

圣诞气息一瞬笼罩了整个加州。

期末考试结束，陈啸之开始批卷。

考前他俩相处尚算融洽，考后却立刻进入危机状态：陈啸之在批卷时白了沈昼叶好几眼，语言明显变得刻薄，甚至连去食堂吃饭都给她点她不是那么喜欢吃的。

原因是沈昼叶信誓旦旦说不难的那题卡住了一大批人，严重影响了成绩正态分布的原则，陈啸之上传完成绩，得去专程解释这次出卷事故。

沈昼叶对张臻抱怨："我觉得这里师资条件挺好的啊，学生素质怎么这么不行？"

张臻看了题后沉默片刻，对沈昼叶开口："叶总，求你件事儿。"

小叶总十分大方："你说。"

"别留校任教。"张臻将卷子恭敬地叠好双手奉还，"我怕有人杀你。"

沈昼叶终于明白自己给陈啸之闯了祸，而且又（在不经意间）装了一下，只得卑微地垂下头。

张臻忍了一会儿，没忍住，伸手戳了戳那颗卷毛鸡小脑壳，嘀咕道："别的不说，你可爱倒是天生的。"

平安夜下午，晚宴在即，沈昼叶拉着张臻给自己化妆。

她和张臻的化妆品都不是全套，只得将各自的化妆品掏出来，一样样对比着拆东墙补西墙地化。

沈昼叶看着张臻的眼影盘，心惊肉跳："你这眼影盘一年多没用了吧？"

张臻面色平静地用手代刷揉着眼影块儿，说："哪儿能，也就七八个月，你把我当什么人了。"

两个废物磨了一下午，最终在沈博士快哭了的"我眼皮真的好疼你别搓了"的声音中，完成了最后一道工序。

"好了。"张臻打量自己打扮好的沈博士，只见平时清汤挂面的沈博士一经打理肤白唇红明眸似水，一双水杏儿一样的眉目含情带怯，平素不服帖的头发都盘得整整齐齐，活生生的一个小美人儿。

张臻的满意之情溢于言表，她捏着美人儿的腮帮亲热地拧了拧，摸过沈昼叶的小香水瓶一晃，把她领口扯开就朝里喷。

沈昼叶触电似的往后一缩，拽着裙领，提防地看着对方。

张臻收起香水瓶子，诚恳地说："有用的。"

"有有有有，"沈昼叶几乎想咬死张博士，"有你个头，他如果万一不吃这一套呢？我这么拼命干什么！"

沈昼叶将头发拢了拢，披了件大衣出门。

天是阴沉的，大雁成群穿越厚重的云。

楼下，陈啸之披着深灰羊绒大衣，靠着车门低着头等她。

沈昼叶注意到他又换了辆车，这次是辆看上去挺低调奢华的黑商务，大约是给这种正式场合用的。

"我来了。"沈昼叶招呼道。

寒风凛冽，陈啸之的头发被吹乱了，闻声抬头看她。

沈昼叶从来没以这种面貌见过人，何况对面还是自己男朋友，她不知道陈啸之觉得这样好不好看，半晌局促不安地问："等得久吗？"

"不久，"陈啸之收回目光，打开车门，平静道，"上车吧，外面冷。"

他风度翩翩地伸手示意沈昼叶上车。

沈昼叶觉得自己打扮得挺漂亮的，和平时完全不一样，订的裙子也适合她，她以为陈啸之至少会多看她一眼。

但是他没有。

你不是打扮给他看的，沈昼叶在心里告诉自己，化妆和穿漂亮的裙子没有那么多意图，更不是为了陈啸之，他没有表示就这么难以接受吗？

可是，哪怕他只是说一句“今天的你很漂亮”呢？

沈昼叶按着裙摆钻上了车。

市区街上满是情侣，一个男孩儿牵着萨摩耶，女孩儿跟着他一边笑一边向前跑；还有两个白发苍苍的老人互相搀扶着在路灯下接吻。

他真的不觉得我好看吗？沈昼叶心塞地对着窗玻璃打量自己，觉得自己本来就不难看，去蹭个通识课还有学弟来搭讪，化了妆之后更有点儿小美人儿的意思。不说别的，这相貌去学院晚会当主持人都够了，陈啸之怎么就一点儿反应都没有呢？

沈昼叶叹了口气，将小裙子拽了拽。

“穿少了？一会儿到了我给你拿点儿热饮。”陈啸之敏锐地拧大了暖风，忽而道，“今晚有雪。”

沈昼叶一愣：“啊？”

陈啸之开着车往山上去，说：“‘白色圣诞’在加州挺难得的，你运气不错。”

沈昼叶闻言掏出手机看天气预报，发现晚上九点就会下雪，不过当她看陈啸之时，发现他并没有进一步的表示。

沈昼叶心里一方面觉得自己矫情，另一方面又觉得空落落的，感觉陈啸之总是离自己很远。

隔阂总是存在，她落寞地想。

枝叶吊灯亮着，雪白的大理石地砖光可鉴人。

陈教授提心吊胆地叮嘱：“别乱跑，更别抓过杯子就喝，这里基本都是酒精饮料，你那破酒量撑不住白葡萄酒。问服务生要点儿没酒精的，牛奶也行。”

二十五岁的沈昼叶不满地说：“小孩儿才来这里喝牛奶。”

“你还不如小孩儿呢。”陈啸之揉了揉她的头，向服务生要了一杯热橙汁。

“挑剔鬼，”陈啸之说，“我知道你不喝热奶。”

他居然还记得，小挑剔鬼抱着热饮笑了起来，陈啸之也笑弯了眼睛，伸手捏了捏她的脸蛋。

沈昼叶心里开了一朵花儿，一时间几乎忽略了这个家伙创造隔阂的行为。

可下一刻，一个端着酒杯的人走了过来，打破这温馨的氛围。

那人打招呼："陈博士，好久不见。"

陈啸之礼貌地点头，简单地介绍了下沈昼叶"这是我的女朋友"，又对她介绍了来人，来人是校董会某成员的丈夫，一口法国口音，姓氏拗口。

沈昼叶谨慎地问了好。

接着，罗什舒亚尔教授过来，捞走了陈啸之，对沈昼叶抱歉地笑了笑。

沈昼叶留在原地愣一小会儿，决定去找东西吃。

似乎也没有那么糟糕。

沈昼叶明白，陈啸之把她拽过来，是让她在这里玩得开心些，晚宴氛围很惬意，落地窗外万千灯火阑珊，海岸静默，景色奇佳，至少比窝在宿舍里看电影强。

马上就是新年了，新年和圣诞节都是沈昼叶期待的节日，她想去华盛顿走走——当然是和陈啸之一起，他们说好了的，一起去看沈昼叶旁听过课的教室，看看她儿时走过的长街。

而且，陈啸之明年可能要准备回国了。

这两个念头，沈昼叶光是想想都开心。

沈昼叶婉拒了两三个找她聊天搭讪的，留意着自己男朋友的踪迹，抿着果汁钻进了宴会厅。

她就是在那里看见了熟悉的背影。

陈啸之站在门口，旁边站了个老人。

老人六十多岁，高个子，一头泛白的姜黄色的头发，沈昼叶定睛一看，发现是现任校长。

沈昼叶只好躲开了些，烦恼地等这人放了自己的男朋友。

"陈博士，"老校长友好道，"我前些日子听说您打算进一步拓展博士期间的课题？"

陈啸之笑着回答："不完全是，但您这就听说了？"

老校长笑道："我参与了你们系里的讨论呀。"

"讨论什么我可再清楚不过了，除了R教授，大家都觉得我经费用得太多，对别人不公平，这下连您都来了。”陈啸之打趣道，“您打算削我多少？”

老校长大笑道：“怎么会？缩谁也不能缩你啊。”

话里有话，连沈昼叶都听了出来。

“谢谢。”陈啸之礼貌地说。

老校长却没拓展，闲聊道：“陈博士，这两年年假一直没休吧？”

“没，”陈啸之莞尔道，“本科期间玩得差不多了。”

“我也是清点假期发现的，明年抽空把攒的假休了吧。”老校长和蔼道，“陈博士，你老师也希望能把你踢出去玩段时间。”

陈啸之笑了笑，应了声，望着老校长的眼神却明暗不定。

在嘈杂的环境中，校长又说：“我听说你有回国的打算。”

“回国啊……也许吧。”陈啸之声音里带着笑意，“那边有几所学校对我感兴趣，我父母也在国内，总归环境还是熟悉些。”

老校长问：“你在这里做得不舒服？”

“这倒没有。”陈啸之道。

校长礼貌地笑了起来：“我希望你在开玩笑。小利兰基本就是你最熟悉的环境了，回去还要重新开始，课题、资金……回国实在不是个好的选项。”

陈啸之笑了笑，慢悠悠地说：“是选项之一。”

选项之一。

在一边偷听的沈昼叶愣住了。

这是谈判的话术，对陈啸之而言，回国只是说着玩玩吗？

陈啸之姿态闲散，脊背舒展挺拔，西装将他衬出一种少年鞍马之感。沈昼叶认识这个男人二十年，可他此时让她全然陌生。

沈昼叶一手紧紧攥住另一边的胳膊。

老校长眉毛舒展：“选项之一？陈博士你如果想跳槽的话，我可是会认真拦你的。”

能让校长出面来拦一个教职工辞职的场合是屈指可数的，更何况是小利兰。校名就是招揽高级人才的招牌，他们根本不缺人，阻拦一个人辞职，在一个漫长的校长任期里，都不一定会有一回。

由此可见陈啸之的重要性。

灯下，陈啸之一指抵住了颌骨，缓慢地揉了揉，他饶有趣味道：“怎么讲？”

沈昼叶突然感到一股深入骨髓的无力感，像是从地板中探出的千万只手拽住她，试图让她双膝触地。

“你在我们这里不缺资金，缺助手或者想招生的话我们鼎力支持，”老校长停顿了下，似乎在观察陈啸之的表情，又谨慎道，“还有，我们明年就考虑你的终身教授的职称了。”

终身教职，一经聘任聘期持续终身，不必再参与任何综合考评、科研成果考核，甚至不再需要参加特定课题，近乎无条件地赋予研究者学术自由，是无数人为之拼命的机会。

原来回国是个筹码，是谈判桌子上的威胁？有了长聘的选项，国内有什么能吸引他的？

很大可能是没有。

沈昼叶觉得鼻尖发酸。

陈啸之亦是一怔，问：“我这就长聘了？”

“差不多吧，也是巧了，你们系里正好有空余的名额，”校长和蔼道，“明年罗什舒亚尔教授退休，空出来一个，他很乐意推荐你。”

沈昼叶摸了摸发热的眼眶。

真没用，她想，可她甚至想好了回国后的安排：周末去和奶奶吃饭，和陈啸之手拉手散步，在他上课的教室外等他下课，没事儿可以跑回家找妈妈撒娇……现在怎么办？

他怎么总是这样？小时候要出国，对着我能一声不吭，长大了，这样重要的事儿却连一句口风都没有透露过。

沈昼叶心里酸楚难当，一颗心像是被大手捏透了，她想哭，想上去抓着陈啸之问个明白。

怎么对他开口？质问或是什么？以后……沈昼叶感到浑身的力气一点点被抽空，躯壳从内而外地泛冷。

“陈博士，你这么说我就放心了……”校长的声音断断续续地传来，“假期愿意来我家吃饭吗？我妻子做得一手好牛排，或者你还有什么特别的安排吗？”

对话要结束了，沈昼叶苍白地想，你快走吧，快走，你走了我要把陈啸之的皮剥掉。

“倒是没什么特别的安排……”陈啸之彬彬有礼地说，“但如果有空的话，我会联系您的。”

怎么回事儿？他不是要和我回以前的家吗？

沈昼叶放下杯子，望向陈啸之。

她无法将他和儿时那个晒得很黑的爱牵着她的手沿着街巷跑的小朋友联系在一起，也再无法将他与那个浑身是血的骄傲英俊的少年拼凑在一处。

没有必要问了，沈昼叶告诉自己，她看见陈啸之看到她后愣了下，对她温和地笑了笑，举杯示意，带着点儿亲昵的促狭，逗弄她似的。

他怎么能若无其事？

沈昼叶手都在发抖，汗津津地攥着裙子的布料。

陈啸之浑然无觉，转身离开。

沈昼叶眨了下眼睛，沉默着离开宴会厅。

人怎么能变成这个样子？沈昼叶记忆中的陈啸之是骄傲无畏的，是个不妥协的少爷，像强迫症般记得每个承诺，更不会以回国作为竞争终身教职的筹码——就算他有这样的打算，至少也该和自己知会一声。

沈昼叶痛苦而失望，脑子里乱成一团，她推开门想呼吸新鲜空气，门推开的那一瞬，狂风如海啸涌入。

沈昼叶衣服单薄，被风一吹清醒了大半，望着眼前茫茫的黑夜。

苍劲的山峰后旷野无尽绵展，一道公路穿越辽阔的腹地，通往她所生长的人生中第一个家。

那个家里有她对世界最初的记忆，第一缕落于眼底的阳光，第一次蹒跚学步，第一个背上书包去上学的日子。

她还记得自己的脚踩在院子里的泥土上，春草柔软，小女孩儿和父亲玩直升机模型，阳光下小飞机嗡鸣地飞过鸢尾花丛，阳光落在爸爸的脸上，他的笑容温暖得如炽日，像一个永不会离去的人。

我该去看看他。

我必须在这个冬天去，如果陈啸之要和那个破校长吃饭，我就自己去看爸爸。

沈昼叶去存包处要来大衣套上，搡开门，向前奔跑，将陈啸之和晚宴留在身后。狂风吹进衣领和裙摆，可她没感受到半点儿寒冷，她在风里跑，犹如乘风飞行。

横跨北美是很遥远的距离，沈昼叶知道自己来不及买票了，圣诞假期好比国内春运，票源本就紧张，而且美国的铁路几乎是个摆设，远不及国内的高铁发达。

事到如今，只剩一个选项——开车。

沈昼叶站在山庄门口愣神片刻。

她没车，距离最近的租车公司至少数公里远，或者步行下山出去拦个出租？

沈昼叶毫无头绪，觉得冷，把手揣进兜，然后，她在里面摸到了一枚车钥匙。

沈昼叶低下头，看见自己穿的外套十分宽大，不是她自己的大衣。

存包处错将陈啸之的大衣交给了他的同行女伴，而那大衣里，有陈啸之的车钥匙。

沈昼叶看了车钥匙半天，给陈啸之发了条微信，说："我借你车用一下，一会儿告诉你去哪儿找。"

她收起手机，向停车场跑去。

漫天小雪，寒风凛冽，路灯的光洒在洛杉矶的街道上。

沈昼叶开车去唯一一个还没关门的租车公司租了辆车，那地方已经靠近圣费尔南多谷，管事的是个七十多岁的老头，在白炽灯半明半灭的房里喝酒。老头孤身一人，鼻头泛红，看上去十分寂寞。沈昼叶拿了车钥匙后多留了一会儿，喝了杯他热的苹果汁。

老头问："平安夜去哪里？"

沈昼叶坐在凳子上，莞尔一笑，答道："回以前的家看看。"

"以前的家……"老头怅然一笑，又倒满了一杯啤酒，示意道，"孩子，干一杯。"

沈昼叶的手机屏幕自始至终都没有亮起来，她离开时，老人从小盒子里抓了一把糖，硬是塞进了她兜里。

"路上吃。"老人在漫天雪花中坚持道，"平安夜快乐。"

沈昼叶将陈啸之的车留在租车公司门口，将车钥匙交给老人代为保管。她将地址发给陈啸之，他大约没看手机，连最开始的那条微信都没回复。

他回不回已经不要紧了。

沈昼叶上车，一脚油门，吉普车沿着空荡荡的街道向前疾驰。

有什么要紧？沈昼叶想，是我自己决定回家的，我自己为它买单。

第四十章

你总要告诉我

大雪拍在玻璃上，像飓风，又像大鸟的白羽纷纷而落。

车开到第一个指向I10E的路标时，沈昼叶拧开了空调，她用手背粗粗地擦了擦面颊，一开始只是想揉出眼睫毛，却摸了满手的泪。

沈昼叶扪心自问，这是她这几个月来唯一听从自己内心的一次。

她天性容易压抑自己，表达能力笨拙，她的所思所想很难被别人所知。几乎所有人都以为沈昼叶慢半拍，迟钝，天然呆，有些人觉得沈昼叶这一点可爱得不行，像个孩子。

但其实，她比什么人都想要真理的荣光，想要毫无隔阂的表达与思念，想要爱。

漫长的二十五年中，竟然只有一个人给过她。

全然的信任，全然的爱意，懂得女儿的每一分痛苦，将她托举在肩头——可是他被老天夺走了。

沈昼叶一边开车一边哭得肝肠寸断，她觉得自己正去找爸爸，至少是接近他。丧父之痛仿佛是一个永不会愈合的伤口，哪怕孩子变成五十岁、六十岁、七十岁，即将告别人世，伤口都会不停地流血，不停地化脓。

长夜漫漫，刀刃般的雪花落在山脉上，山脉沉黑，美洲大陆沉默如谜。

爸爸。

那个在产房外迎接她的啼哭的人，那个拽着女儿小帽子教她走路的“不着调的东西”，也是将她往科学的殿堂里指引的前辈，在她去旁听的教室里放小熊软糖的她人生的第一个老师，他是血亲，前辈，引路者，不告而别的罪人。

我爱上了一个男孩儿，爸爸，你还记得他吗，我想把他带给你看的。可是他怎么能变成一个令我全然陌生的人，他究竟要我怎么面对他？沈昼叶哭得都快断气了。

风吹得车底盘不稳，陈啸之的大衣在后座颠来颠去。

越野车本就不吃重，沈昼叶第一次体会到濒临翻车的感觉，落基山脉的隘口多山，加之朔风呼号万里雪飘，那辆雪白的吉普车如万千怒涛中航行的船，在黑夜里颠簸着寻找归途。

沈昼叶将车打着闪在路边停下，看了眼手机，发现手机已经没电关机了。

沈昼叶扯过陈啸之的大衣穿上，用袖口擦拭满脸的泪水，继续驾车驶进茫茫雪夜。

下雪的夜晚开不了快车，州际公路上一辆车都没有，只有她租的白吉普向雪里沉去，如同融进大地的一朵花。

沈昼叶断断续续想起许多东西。她想起那些年爸爸开着车带她去休斯敦的夜晚，卡纳维尔角漫天晴朗的星辰和野营明灭的篝火，爸爸从学校里接她回家，在路上偷偷给她买街角的冰激凌吃，蔓越莓芭斯罗缤与花生碎和着揉碎了的春风。

她忽然想起陈啸之小时候也给她做过，在那个物资匮乏的年代，小男孩儿在草莓味的棒冰上小心翼翼地撒上他臼的花生碎。

女孩子的眼泪不住地往下滚，她看着前方的林海雪原，回忆起琐碎的记忆中的父亲，可是更多想起的是与陈啸之有关的回忆。

小男孩儿牵起自己手时手心温热的汗、屋顶瓦片上长出的嫩草、公交车上的冒险、天文台地板上他短短的头发和圆圆的肚皮、邓丽君悠扬的《何日君再来》……教室空荡荡的午后，少年买来的午饭、草莓软糖和酸奶、竞赛前夜断断续续的电话、瓦力和伊娃在恒星间起舞、他提着行李箱帮自己搬宿舍……还有废墟之上那个几乎揉碎骨骼的拥抱。

沈昼叶握着方向盘，哭得呛咳起来。

她一边哭一边又怕自己这个倒霉鬼出车祸，在这阖家团圆的好日子了却自己的大好人生，于是紧盯着挡风玻璃，一刻不敢放松。

雪如棉絮抖落，在大海般的颠簸中，在沈昼叶进入四十号州际公路前，她租来的白吉普后出现了一辆车。

那辆车速度快得可怕，冒着风雪疾驰，远光灯照明距离起码一百米，亮得公鸡见了都要打鸣。

知道有人和自己一样在风雪兼程，沈昼叶心里的寂寞消退了点儿，眼泪也掉得不那么频繁了，她擦了擦眼泪，探头看其车身，结果那辆车前灯太亮，连根毛都看不见。

女孩子悻悻地缩回脑袋……

冷不防那辆车突然加速！

那车甫一靠近，氖灯跟轮太阳似的，沈昼叶没开过夜路，被照得差点儿踩刹车保命。

这人干什么？沈昼叶反应不过来。

那辆车按了喇叭，示意她让一下。

鸣笛在群山间回荡，沈昼叶让了车道，后车飞驰而过，跑得非常快，雪花都扬了起来，那是一辆黑色的加州牌照的车，车顶积满了雪。

沈昼叶叹了口气。

前路漫漫，风雪如晦，连唯一做伴的人都离她远去。

40号州际公路长四千一百公里，西起加州，东至北卡罗来纳州，旅行者需要孤独地穿过人迹罕至的中央大平原，穿过荒漠戈壁，夜晚更是空旷得如宇宙。

沈昼叶搓了搓自己冰凉的手指，目送那辆通体漆黑的车驶往纷纷落落大雪。此去一别，不晓得下次见到其他人是什么时候……她胡思乱想着。

下一秒，刺耳的声音划破苍穹！

那辆加州牌照的黑车踩了急刹车，横着飘移了九十度，将空无一人的路堵得严严实实！那黑车是辆商务车，并非跑车，玩这手绝不是为了刺激，是在玩命！

出现这种情况只有两种可能：路况有问题，或者，它是在逼停某个人。

正是沈昼叶想通一瞬间，那车上走下来一个衣着单薄的男人。

沈昼叶一瞬连呼吸都停止了。

那男人个子很高，只披了件正装衬衫，一看就知道连半点儿风都挡不住，却穿过暴风雪与狂风缓慢地向她走来。

他呼吸的每一口气都白得像峰顶的苍雪，走的每一步都像踏在即将碎裂的冰面。

车灯惨白地照在陈啸之身上。

雪风渐薄，沈昼叶终于看见男人满身风雪，面色苍白，甚至步履蹒跚，令人生出一种感觉，仿佛碰他一下，他就会垮掉似的。

女孩子心都被绞紧了，眼泪又汪满了眼眶。

克里特岛有个传说，曾有一个牛头人身的怪物被国王米诺斯关了起来。

那迷宫是国王米诺斯专门找到传说中的天才建筑家代达罗斯为怪物建造的。代达罗斯建完了，并承诺无论是谁都不可能从迷宫中逃脱。于是残暴的米诺斯说好，就由你以生命证明迷宫的不可突破，然后将代达罗斯与他的儿子一起丢进了关押着食人怪物的迷宫之中。

迷宫九曲回肠，幽深浩瀚，身处其中的人断无逃脱的可能——像是命运。

沈昼叶觉自己现在就在迷宫的深处，痛苦至极，无论怎样挣扎都逃不开命运的掌心。

她心疼陈啸之，又为自己无论如何都狠不下心难过——十年、二十年都忘不了这么一个人，走了多少路见了多少人都忘不了。他是心口永恒的朱砂痣白月光，又是每个无风无月的午夜梦回，自己行了万里路也不曾离开原地一步，甚至都这样了还无法一走了之。

沈昼叶不愿和陈啸之讲话，但看着他在风雪中伶仃的模样，仍是不受控制地下了车。

沈昼叶穿着高跟鞋踩在薄薄雪面上，被风吹得一个趔趄。

陈啸之立刻伸手，牢牢地抓住女孩儿的手腕，他面白如纸，眼眶却红得要滴血一样，干裂的嘴唇微微动了一下：“为什么？”

见沈昼叶没吭声，他眼眶红得更厉害，像要碎裂的浮冰，手上用力更大，声音却更平，“为什么，你总要告诉我。”

沈昼叶觉得胸腔被巨大的悲哀堵住，呼吸被压制，连一句话都说不出来。

陈啸之嘴唇发抖，衬衫被吹得猎猎作响，姿态十分脆弱，像头等待被射杀的鹿，他执拗地盯着沈昼叶的眼睛看。

“我……”沈昼叶的泪水滚了下来，“我不……”

“你能不能说一次！！”

陈啸之的怒吼泣血，连回声都出来了，如果天穹听到，都要为这痛苦落下泪。

“你一直都这样，”陈啸之目眦欲裂，“想什么永远都不说，就憋着，觉得受伤了就逃，沈昼叶你还是不是个人！”

沈昼叶的眼眶疼得要裂开了似的。

“我对你不好吗？”陈啸之死死盯着女孩儿湿润的双眼，逼问，“我还不够疼你？就你干的这些事儿你要是我亲戚家小孩儿我早揍了，只有你，只有你，这么多年我一根指头不舍得碰，捧在手里怕摔了含在嘴里怕化了！”然后他在漫天风雪中，撕心裂肺道，“你能不能开一次口？”

沈昼叶泪眼蒙眬地看着面前的男人。

她看见青年人赤红的眼眶，绝望到好似山崩地裂的神色，他的发间落了廿年的雪，然后她透过泪帘，看见青年人的泪重重地坠了下去。

陈啸之无声无息地哭了。

“你要我怎么办？”沈昼叶心都要碎了，哭得上气不接下气，哽咽难忍，“你对我一会儿冷淡一会儿热切，我觉得你一会儿爱我，一会儿又觉得我可有可无。我想和你说点儿什么却总是无从开口……我时时刻刻都意识到，我们不是十五岁的小孩儿了。”

话出口的瞬间，沈昼叶突然感到没什么可怕的。

爱意、岁月、无法诉诸语言的杂乱思绪、对真理及荣光的向往……这一切，一刹那如发源巴颜喀拉的洪流，冲破了栅口，滔滔奔流向海。

“为什么不告诉我你这么多年过得怎么样？为什么不和我讲你见过什么人，不告诉我你这些年走过哪些路？你什么都不告诉我。”沈昼叶听见自己的声音前所未有地强硬，像无法被摧毁的第谷石板，她将满腔的委屈都倒了出来，哽咽道，“你连决定不回国了也不和我商量，想留在小利兰你至少也得告诉我一声，把我搞得像个傻子……”

陈啸之当即一愣。

明明是两人积累已久的矛盾爆发，如今却像是普通的情侣吵架——哪儿是这么简单的问题？沈昼叶心酸得要命。

但这毕竟是头一回。

“你好像不在意这些，所以我总告诉自己这些都是虚的，重要的是我知道你在乎我……可我也想要……”沈昼叶的声音低得几乎听不见，“我想要我们亲密地一起窝在沙发上商量未来，哪怕只是买个花瓶或者商量早上吃什么……我想要我们心有灵犀，毫无隔阂。”

女孩儿笨拙地对面前的男人说：“我想和我们小时候一样，甚至更亲密。你明白吗陈啸之，不是现在这种……我们明明这么近却无法交谈的感觉。”

我要求太高了吗？她自问，成年人是否不应该再期待年少炽热的感情？人在岁月里学会了妥协，学会了低头，学会了不黏人，学会了独自生活。于是，少年的真心流露被贴上“幼稚”的标签，成了被锁住的黑历史。

可我还想要。

我要与他肆意地谈起在宇宙里穿行的相爱的瓦力与伊娃，聂鲁达和阿多尼斯的诗，济慈与王尔德。

我要与他讲将来我们要征服的麦田与土地，谈论暗物质的泯灭与时间和空间在数学尺度上的相会，折叠在一处的十一个空间维度和碰撞的粒子，微观上上帝的随机骰子与宏观精妙匀称的万物。

我要与他讲横贯寰宇的必然存在的宇宙的真理。

我怀念我们贫乏而热烈的幼时，想念那些促膝长谈的夜晚，想念回归的候鸟与坠落的星星。

沈昼叶在寒风中抽噎不止，她的耳朵被寒风冻得泛红，眼睛像水中浸泡的花苞。

“你说我作也好什么也罢……可我就是这么想的。”然后她看着陈啸之，将自己的手腕向外挣，酸楚地说，“你是来开车接我回去的吧？”

陈啸之眼眶赤红，不发一言。

“没事儿了，我也不是必须得怎样。”沈昼叶竭力忍着心中的苦楚，艰涩道，“你来接我了，我跟你回去。”

还能怎样呢?

沈昼叶知道自己吓到了陈啸之，也知道是一时冲动，这种情况下最稳妥的方式就是跟他一起回去。

以她对陈啸之的了解，他会把今晚每个字都往心里记的。也许他今晚会开车送沈昼叶回家或回宿舍，然后和她仔细规划假期的出游行程。

这个结局也不算坏，只是太过理性。

然而，她被重重拽进了陈啸之的怀里。

“对不起……”陈啸之声音嘶哑，喘出的气尽数化为湿冷的白雾。

他压着沈昼叶的后脑勺，把她牢牢扣在怀中，沈昼叶听见他心跳犹如雷鸣。

“对不起，”陈啸之声音发抖，不住道，“对不起……”

那声音任谁听了都觉痛楚到极点，犹如一块将碎的冰的独白，又似是春天来临前的最后一个冬夜。

“无论发生过什么，我都没有过任何伤害你的意图。叶叶，”他唤道，“沈昼叶，看着我。”

沈昼叶泪眼蒙眬地抬起头与陈啸之对视。

她看见陈啸之鼻尖上挂着的泪水，陈啸之也看到她的，两人狼狈不堪，看上去像个小孩儿。

“我们会解决的。”陈啸之沙哑地重复，“我做得不好的地方，我做得没那么好的地方，都会解决的。”

沈昼叶哭得不住捯气儿，用陈啸之的外套擦脸上的眼泪。

“你既然说出来了，我就会解决。”黑夜里，陈啸之看着她问，“你相信我吗？”

沈昼叶抬头望向陈啸之的双眼，和以前不同，如今的她毫无退意，像是要看见对方眼底的灵魂。

“嗯。”

万千雪花纷纷扬扬，盖住了人间。

视野里白茫茫一片，看不清前路，两辆车都没绑防滑链，只好停进野地，沿途的风滚草积了雪，成为千万个白色的雪球。

好像兔子，沈昼叶看着窗外想。

“你得给我好好解释。”陈啸之关了车门，“你刚刚说的那些大意我都明白了，但我还得和你落实下细节。”

沈昼叶十分豪放：“你讲。”

“什么叫我不告诉你这十年的事情？”陈啸之眯起眼睛，“你问过一次吗？就说我不告诉你？”

沈昼叶理亏值+10……她静了几秒，随即抽噎一声：“你好凶哦。”

“我……我不是那个意思，”陈教授立即半点儿脾气都不敢有，语气软了下来，憋屈地讲道理，“但凡你问我一次，我怎么会不说呢？”

沈昼叶抱着自己的小抱枕，小小地哼了一声。

陈啸之觉得她哼哼唧唧的特别可爱，也不介意这个小混蛋是不是心虚理亏了，伸手揉了揉她的头发，说：“今晚我们就睡在车里了，可以吧？”

沈昼叶任由他揉着自己满头的卷毛，呆呆地问：“可以，怎么睡？一人一辆车子吗？”

“前座放倒就行。”陈啸之把沈昼叶的副驾驶座放倒。

沈昼叶吁了口气，卷了卷自己的外套，问道：“我们明早回去吗？”

“不回去。”陈啸之讶异地看了她一眼，“你不是要去华盛顿吗？”

他怎么什么都知道？沈昼叶迷惑地看着陈啸之。

“你以为你是个什么？”陈啸之冷漠无情道，“你的脑回路就是个流程图，收了那短信我还能不知道你想干什么？你自己用脚想想这可能吗？”

沈昼叶饱受打击，颤巍巍地拿出撒手锏：“你好凶……”

这时候又来这一套，陈啸之气不打一处来，终于忍不住了，他单手压住沈昼叶的车座，中指一屈，要给她一个脑瓜崩。

沈昼叶蜷缩成一团，小心翼翼地抬起头看他。

温暖的光晕落入女孩子的眼里，仿佛映亮世上最温柔的湖水，摇晃了最甜蜜的枫糖。

春天的花苞破土而出，陈啸之的心脏紧绷一瞬后又放松下来，像个毛头小子似的，每个细胞都叫嚣着想抱她想吻她。

还是要弹这下的，陈啸之竭力告诉自己，姓沈的小混蛋膨胀坏了，距离上房揭瓦就差这么点儿。

“之之？”沈昼叶轻声唤道。

“嗯？”

“你现在是要吻我的。”

女孩儿说完，耳垂泛红，像凌霄花在晚春垂落下来。

陈啸低下头亲吻他的小青梅，他克制着呼吸，心跳如雷，好像整个世界只剩下一个他正亲吻的女孩儿。

唇分，姑娘家揉了揉唇小声抱怨：“就亲一下这么点儿小事儿，你怎么总要我提醒？”

陈啸之讷讷地，一个字都说不出。

“我喜欢你，我想和你长长久久地在一起，想和你腻在一块儿。”沈昼叶羞赧起来，却从未如此坦诚地说，“而我这么想的时候，是希望你对我也有同样想法的。”车顶的灯已关，雪映亮了一切。

陈啸之躺在放平的驾驶座上沉默许久，终于开口道：“我老觉得我不该碰你。”

“嗯？”沈昼叶眨眨眼睛。

“你太干净了，和小时候一样。”陈啸之羞涩地说，“我怕吓着你，所以就想一步步来。以前有多慢，现在还是多慢。”

他犹如学生时代懵懂的男学生，又像是刚打开宝物匣子的冒险者，纯情到让人难以置信。

他的姑娘甜甜一笑，对竹马伸出一只手。

“牵牵。”女孩子哄他似的。

陈教授耳根发红，慢慢地伸出一只手，与小青梅十指相扣。

这世上再不会有更缱绻温柔的牵手了。

旷野上的风滚草化为雪原上如絮的羊群，积雪之下孵起一个温热的草叶徜徉的春天。

“你脸红了。”沈昼叶耳朵尖红了，却对陈啸之这么说。

陈啸之声音低得几乎听不见：“我知道。”

“进一步吧？”女孩子甜蜜地对他说。

“好。”

于是，他们在雪下得纷纷落落的夜里拥抱，沈昼叶身上闻起来有水果糖的香气，陈啸之迷恋地磨蹭她的额角，感受女孩儿环住他脖颈的胳膊的温度，和撒娇一样凑上来吻他的唇。

“你的猫为什么叫阿屎？”沈昼叶亲完，抱着他的肩膀小声问。

陈啸之没回答，低下头，将她压在副驾驶座上深情亲吻。

荒郊野外，万籁俱寂。

吉普车窗起了一层白雾，影影绰绰，并不看得分明。

陈啸之睡意蒙眬，轻轻抚摸沈昼叶的后脑勺。

小青梅被顺毛顺得极其舒服，眼睛都睁不开了，模模糊糊地“嗯”了一声。

沈昼叶平素认床，连席梦思都能挑剔一番，可这天晚上倒是睡得很熟。

她趴在陈啸之的怀里，陈啸之则像个人肉床垫，生怕沈昼叶睡不好，把她牢牢地搂着，又用大衣将她裹得严严实实的。

早上起来的拥抱充满温情，沈昼叶小心地拱了拱。

“醒了？”陈啸之伸手拨开沈昼叶额上乱糟糟的头发。

沈昼叶回答他的方式是打了个哈欠。

外面的雪已经停了，山岳白茫茫的，风吹出一线蓝天。

“饿了没？”陈啸之轻轻地亲了亲沈昼叶的耳朵尖，“一会儿带你去吃饭。”

“我不想回去。”沈昼叶不满地哼唧，将脑袋埋在他的肩膀处。

阳光穿透云层，女孩子一头卷毛乱糟糟的，昨天固定头发的发夹还夹在发尾，陈啸之小心地取下那个发夹，在女孩子发顶吻了吻，觉得她像个该被风所爱被世界托举的孩子。

“我知道你要去华盛顿。”陈啸之低声道，“所以从我出发的那一刻，我就决定了和你一起去。”

风吹散白云，天地间一道线切开雪山，令阳光洒落人间，在浩瀚如海的光与冰里，两个人透明澄澈的眼睛对视。

“无论你这个决定有多仓促，有多不合常理，有多不切实际。”男孩儿望着女孩儿浅色的瞳孔，坚定地说，“我都会成为它的执行者。”

二十年前，两个五岁小孩儿决定去京郊新建的天文台看星星。

晚春，杨絮如雪因风起，阳光拨动枝头。横贯京城的公交车上人声嘈杂，小男孩儿紧张地握着小女孩儿的手，生怕把她弄丢了，又怕她害渴，在路上给她买了冰棍吃。

颠簸的车轮碾过京郊尘土飞扬的土路，攥在小手里的公交车票皱皱巴巴，回家后满屋焦灼的大人，和挡在前面的个子只有那么丁点儿大的小啸之晒黑的肩膀。

一切源于小女孩儿的一句“我想去看星星”。

她的小伙伴从始至终没问为什么，只安静了一会儿，就勇敢地说：“好，我带你去。”

无论是东城还是怀柔，无论是天涯还是海角，小竹马都是她的执行者。

沈昼叶眨了下眼睛，心里酸软得不像话。

I40州际公路上，雪白的吉普车沿着公路飞驰，阳光晒化路上的雪，沿途的雪球泛着光。

“你的车怎么办？”沈昼叶小声问。

陈啸之直视着前方，沉稳道：“我让朋友来开走就行了，反正I15也没有很远。”

“我昨天……”沈昼叶不太好意思地说，“还有一个很纠结的事情。”

陈啸之握着方向盘，挑起一边的眉毛，示意她说。

沈昼叶想了想，鼓起勇气：“昨天下午，你根本没被我吸引到。”

陈啸之在开车，沈昼叶只看到了他的侧脸，但还是看出他连鼻孔里都装满了蔑视，一脸“你认真的吗”的表情。

于是，她据理力争道：“我昨天下午打扮得那么用心！和张臻头化了一下午的妆，我头发都要被她薅秃了……结果一下楼，你根本没多看我一眼，把我当萝卜白菜。”

陈啸之笑得喘不上气：“弄了半天你就纠结这玩意？”

沈昼叶眉毛一拧：“就、这、玩、意？”

又生气了，陈啸之想，她似乎永远长不大，赤着脚，只套了昨天的裙子和大衣，头发没梳还把妆擦没了，像个小要饭的。

陈啸之憋着笑道："我觉得你挺漂亮的啊。"

小乞丐也有自知之明，对着手机看了看自己乱七八糟的头发，难以置信道："就这？漂亮？你敷衍我呢吧？"

陈啸之沉默了一会儿，收敛了笑容。

"这么多年，沈昼叶。"他说，"每年，每月，每一天，我都觉得你很美。"

他们在加州边陲的一个小镇拐下公路。

沈昼叶一下车就觉得又冷又饿，于是，陈啸之带着她吃了顿丰盛的早午餐，给车加了满箱油，又开车去商超给还穿着正装的二人买了能可劲儿造的衣服和路上要啃的干粮。

"要不是我，现在你就要在亚利桑那沿途要饭了。"陈啸之推着车嘲道。

沈昼叶立刻气墩墩地回复："你这是凭空臆测，没有半分根据。"

陈啸之微一思索，答道："确实。"

沈昼叶觉得自己占了上风，刚准备得意一下，陈啸之又道："你哪儿可能走到亚利桑那？也就在加州要饭。"

"我们在路上要走几天？"沈昼叶问。

陈啸之思考了片刻决定："反正是假期，走到哪儿开心了我们就去玩玩——想去大峡谷吗？"

沈昼叶心弦一动。

"但我们今晚得先去亚利桑那，好好休息一夜。"陈教授妥帖安排。

隔夜的雪在沙漠里融化殆尽，阳光如火。

亚利桑那别名大峡谷之州，遍地沙漠，州花是柱状仙人掌。

陈啸之脱了羽绒服，取出墨镜，沈昼叶则换了方便活动的牛仔裤和宽松柔软的白毛衣，脚上套着暖融融的毛线袜，她把乱糟糟的卷毛扎在脑后，整个人蜷在副驾驶座上，脸被晒得泛红。

陈啸之忍俊不禁道："嫌晒的话可以去后座趴着睡午觉。"

沈昼叶问："你不需要我陪吗？"

"看看你自己吧，都快被晒死了。"陈啸之笑起来，"到后座陪我说话也行。用硬纸板挡下右手边的光。"

沈昼叶爬到后座，用硬纸板搭了个小棚，看窗外辽阔炽热的沙漠与晒得赤铁样的戈壁。

沙漠的白天气温奇高，夜里却会冷到零下数十度，条件艰苦，可仍有仙人掌与灌木零星生长其中，生命力茁壮强韧。

“之之，我七八岁的时候，我爸参与一项落地计算，火箭升空的时候他带我去卡纳维尔角，一路开车过去，特别远。”沈昼叶怀念道，“我还记得火箭发射升空，我爸在热浪里给我解释什么叫质点，什么叫齐奥科夫斯基公式，我们将怎么选中一个漂亮的参考系坐标轴，我们将怎么送一块沉重的铁、一个鲜活的人飞往宇宙。他解释完问我对工程感不感兴趣，我说没有。”

陈啸之饶有兴趣：“他怎么说？”

沈昼叶哈哈大笑：“他立刻给我买了个冰激凌。”

陈啸之揉了下鼻梁，问：“您在七岁高龄拒绝工学的橄榄枝的原因是什么？”

沈昼叶想了半天，闷闷地回答：“数字不漂亮。”

陈啸之从后视镜里看着她，看了半晌，笑了起来：“这个理由太像你的风格了。”

“这个理由很奇怪吗？”沈昼叶问，“你为什么不想学工学？”

陈教授开着车，微一思索道：“我喜欢基础科学的严丝合缝、毫无死角的精确。”

沈昼叶皱起细细的眉头：“和我哪儿不一样了？”

“当然不一样。”陈啸之平和地说，“你的原因比我更靠近本源，我穷尽一生都比不上你。”

沈昼叶愣愣地看他，眼神清澈明亮，闪着赤诚热烈的光。

哪怕是最严酷的人看到她，都不得不承认，这个人的眼神原始纯粹，乃至毫无杂质。

令银河为之动容，令四月为其驻足，令一个男孩儿心甘情愿地魂牵梦萦一生。

陈啸之停下车，探过座椅间隙，在亚利桑那炽烈的阳光中与她接吻。

冬天，北半球的夜变得很长，天将黑不黑，沈昼叶裹着棉衣探出头，望向戈壁滩上即将沉入山脊的夕阳。

“我们什么时候到呀？”沈昼叶趴在窗边问。

陈啸之看了下手机，估算了下道：“快了吧，大概还有一个小时，我们在金曼住一晚上。”

“你还记不记得二〇〇八年十月左右，你住院的那几天？”沈昼叶笑了起来，“我去路边小摊子给你买水果，也不知道你喜欢吃什么，总是在小摊儿上花好长时间……”

陈啸之眼睛弯弯，像月牙儿。

“每次往医院去的时候，也差不多是这个时间吧。”沈昼叶的头发被风吹得乱七八糟，怀念道。

陈啸之从后视镜里看她。

“就这么一大抹红。”她对着天比画了一下，“中间一个大蛋黄往下沉，就像往番茄汤里下鸡蛋一样……我在公交车上拉着扶手晃晃荡荡，心里怎么都不明白，班长为什么会拼了性命去救我。”

陈啸之正要说话，沈昼叶突然道：“还有。”

陈啸之憋了回去：“你说。”

沈昼叶深呼吸一口气，终于问出了淤堵在心里多年的问题：“陈啸之，你住院的那七天，是不是假的？”她谨慎地求证，“我还记得呢，你床头那时连个吊瓶架子都没有，我去了好几次都看到护士对你翻白眼，而且你追我的时候能跑能跳的——你是不是赖在那儿了？”

开车的陈啸之面无表情：“你是不是想步行回旧金山？”

“你又舍不得赶我下去。”沈昼叶穷追猛打，“快说，医生是什么时候让你出院的？”

陈啸之沉默了很久，说：“缝完针当天下午门诊就撵我走了，我坚持要住院留观。”

沈昼叶瞠目结舌。

“我被你骗了这么久，”女孩子颤抖着指他，难以置信道，“之前宿舍夜谈我室友都说我被骗了，骂我是个傻子，我还坚决袒护你，我和她们讲陈啸之不是那种人，只是身体恢复得跟狗一样快……”

陈啸之怒道：“谁是狗！我住院是不得已好吧？”

沈昼叶也生气：“谁逼你住院了？”

陈啸之羞愤欲死：“我想让你来探一次病不行吗？！”

黄昏的霞云火红，群山燃烧，沈昼叶感到自己的脸也发了热，像迎面扑来的夏日温热的雨。

“我生怕你不来了。当时我对你太坏了，你讨厌我都正常，我就想把你骗到医院来，一是让你同情我，二是有机会和你道歉，能把我们的关系推到正常的轨道上来。”陈啸之在沉入地底的夕阳中难以启齿地说，“那时候我经常在窗边偷偷瞄，卡着我们放学的时间等。坐在窗边，就等你，一等就是一个多小时。”

沈昼叶笑了起来，脸红成了一朵凤凰花。

陈啸之欲盖弥彰地道：“到金曼还有好久呢，你先休息会儿吧。”

在车上对话有一点好处。对话可以随时开始又随时停止，世界在他们面前展开，在那条推开世界画卷的路上，一颗心正靠近另一颗心，他们从未如此贴近，毫无隔阂，直到再无隐瞒。

“叶叶，你是什么时候开始喜欢我的？”一片寂静中，陈啸之问道。

这么多年里，他从没问过这种问题，但沈昼叶明白，这几个字在陈啸之心里憋了许多年。

“那年我对你那么坏，那么幼稚，你怎么会原谅我？”

“我也说不明白，不过我觉得我喜欢你的时间，其实是非常非常早的。”沈昼叶急忙补充道，“当然啦，一开始是很纯粹的，不是男女之情。”

“之之，我仔细回忆过每一个细节，可以告诉你的是——”

“从见到你的那天起，我就非常喜欢你。”

陈啸之颤抖着抽了口气，揉了揉眼皮。

浩瀚的美洲大平原上空无一人，犹如宇宙终结的末日，夜空升起一轮启明星。

沈昼叶回答完就趴在车窗边发呆，距离他们今晚的目的地还有近半个小时车程，她看了许久风景，觉得有点儿饿，去后座扒拉东西吃。

当她转过身，瞥见陈啸之的眼眶中有泪。

亚利桑那州的金曼市位于大戈壁的正中，是个人口不过三万的小城镇，也是横跨美洲的旅人所能遇到的为数不多的落脚点之一。

天沉沉地黑了，夜空中繁星点点，是个美好的圣诞夜。

下车前，陈啸之给沈昼叶裹好厚棉服，拿围巾把她缠成一个球，最后拽着围巾，用力吻了女孩儿一下。

然后捧着她的腮帮，茫然地问："车厘子都能吃满脸？"

沈昼叶瞬间脸红，要擦嘴唇上沾的果汁，陈啸之又凑过来，在女孩子唇上满含爱意地吻了吻。

镇上的路灯亮着，黑夜如水，柔和地包裹着那辆风尘仆仆的吉普车。

他们在一家墨西哥菜馆里凑合了一顿晚饭。

餐厅很一般，然而金曼就这么大的地方，也没有更好的餐厅了。沈昼叶很不知死活地点了个不去辣椒的塔可，差点儿被辣得告别美丽的人间。

陈啸之嘲讽她，然后把塔可接过来，拿自己的菜给她吃。

餐厅里的人不少，有许多年少情侣，应该是当地公立高中的。年轻的女孩儿挑染了头发，穿着厚毛衣都挡不住火辣的身材，男孩儿则个个人高马大，敞怀穿着夹克。

沈昼叶颇不是滋味地看着那些小情侣，陈啸之注意到她的目光，问："怎么了？"

沈昼叶用勺子舀牛柳吃，答非所问地扯："陈啸之，你看，美国受欢迎的女孩子都是这样的。"

陈啸之有些茫然地"啊"了一声。

"头发要漂亮，身材也要好，她们上学的时候化很精致的妆，很少做作业，更重要的是混得开……所以所有人都觉得她们很有魅力。这些女孩儿在毕业舞会上总能和足球队篮球队冰球队的队长们跳舞。"沈昼叶归纳。

陈啸之端着酒杯晃了晃，等着沈昼叶下一句话。

沈昼叶认真道："男生也有受欢迎的模式。个子要高，家里要有钱，会玩儿，还最好是个运动员，否则会被当成书呆子……"

"八九不离十。"陈啸之漫不经心地给她倒茶，道，"我也补充一条——还得有领导能力，否则有钱的人会被当成团体里的冤大头，他们看人下菜碟的本领可是一流的。"

沈昼叶终于下定决心，问："你高中的时候，是不是挺受欢迎的？"

陈啸之眉峰饶有趣味地挑起："你是指哪些层面？"

沈昼叶觉得陈啸之挖了个坑，但她又躲不开，支支吾吾道："各种……各种层面。"

陈啸之充满玩味地看着她，缓慢道："我有很多朋友。"

沈昼叶不好意思地“嗯”了声，示意他继续讲。

“多少算团队里的中心人物吧。”陈啸之故作谦虚态，避重就轻，“那些人蛮尊重我的。家里有钱和个子高不用说了，会玩儿这一条应该也差不离，哦对，阿尔克那两年校篮球队队长也是我。”

果然，和我推测的八九不离十，沈昼叶红着耳朵羞耻地追问：“还……还有另一方面啊。”

陈啸之得逞地笑了起来：“还有什么方面呀，叶叶？”

“就……异性，那、那方面啊。”

沈昼叶说完就想把自己掐死，陈啸之听到笑了起来，跟只偷了腥的猫似的。

他张了张嘴，似乎想回答这问题——

可下一秒，“砰”的一声响！

沈昼叶一惊，望向窗外。

漫漫戈壁尽头的山巅之上，烟花绽开又泯灭，像万寿菊随风飘开，紧接着，下一朵成为火种，在荒凉戈壁上点亮繁星漫漫的夜空。

餐厅里瞬间炸了锅，陈啸之吃惊地看着那团烟花，然后伸出手，与沈昼叶十指交握。

沈昼叶攥了攥陈啸之的手指，在灯火中充满期待地看着他，希望他继续说下去，最好把他那三十七个女朋友全供出来，再让她决定到底是杀还是留，可是陈啸之见了她的眼神后，极其矜持地一努下巴，示意她看烟花。

大地辽阔，夜空燃烧，茫茫天地间，沈昼叶突然好奇自己到底得罪了哪路大罗金仙，如今摊上这么个狗男友。

吃完饭后，他们从餐厅出来，沿着空荡荡的小路回酒店。金曼城很小，因此，说是套房酒店，其实只是比汽车旅馆条件稍好罢了。

车停在酒店门口，沈昼叶从后备厢里抱出上午买的睡衣。陈啸之这条狗虽然没打算做人，却在逛超市时买足了横跨美洲的食物水后，顺便买齐了睡衣、眼罩、颈枕……还有香薰灯，贤惠至极。

“要不是你这个挑剔鬼，我会买这东西？”陈啸之抱着胳膊，毫不留情地嘲道。

被戳中劣根性的沈昼叶不吭声，抱着睡衣眼巴巴地看着他，脸上写满了“我好困，快带我去睡觉”。

“看我做什么？你怎么老跟小孩儿一样？”陈啸之说着，在沈昼叶头上用力地揉了揉，“酒店都得别人带着进，我到底怎么放心你一个人在外面晃悠这么多年的？”

他一开始凶神恶煞，后面却忍不住开始笑。

沈昼叶也笑了起来。

陈啸之接过女孩子手里乱七八糟的行头，轻轻拍了拍她的后脑勺，示意她跟上自己，带她走进了灯火通明的建筑。

沈昼叶实在累得够呛。

陈啸之特意开了个带浴缸的大床房，体贴地让她先泡个痛快，自己抱着平板联系朋友，告知他们自己这场临时起意的远行。

浴室里雾气蒸腾，浴盐令水泛出紫罗兰色，沈昼叶觉得自己像个茶包，热乎乎地泡在浴缸里，将浑身的酸痛与疲惫泡了出来。

她从未如此轻松过。

仿佛所有问题都会迎刃而解，就算解决不了也不再是孤身一人，她拥有了战友，前进时的同志，她爱的人，一个爱她爱得如珠如宝的男孩儿。

成年的世界残酷，充满了撕裂与无可奈何，可当你越过高山，砍断每一片荆棘，仍能走到群龙看守的城堡——比小时候难些，可城堡还在。

深夜露重，窗外传来淅淅沥沥的冬雨声，风声贯穿天地。

陌生的小城里，陈啸之低下头亲吻沈昼叶的眉眼。

沈昼叶抱着他的脖颈，向他怀里依偎，觉得十分安心，犹如一颗星星溶向它的宇宙。

天下雨，连圣人都会磨蹭。

陈啸之干脆花了一上午的时间去商超买了雨伞和一堆哄小孩儿的零食，他俩推着购物车出来时天仍然在下雨，像是永远都不会放晴。

天穹灰蒙蒙的，停车场满是脏兮兮的卡车，沈昼叶不喜欢这天气和鬼地方，靠在购物车上抱怨：“什么鬼天气还要冒雨行军，之之我不要爬了……”

陈啸之沉默片刻，忽而道：“叶叶，你去里面坐着吃点儿东西，我尽快回来。”

沈昼叶还没来得及问，就见他将刚买的伞一撑，走进了雨里。

沈昼叶推着满满一车零食走回超市，超市门口有条供顾客休息的长凳，坐在那里能听见雨声和超市里的广播，她拆了包杏仁糖，等待陈啸之回来。

等待的时间总是很漫长，沈昼叶不想玩手机，就坐在那里数来来往往的人，将人数按他们结账的台子区分，五分钟一组，将其拆出最大的素数，看其中孪生素数能有几组。

她看上去非常特别——一个白皙青涩的亚裔姑娘，卷发蓬松柔软，目光亮亮的直视来往的人，像个孩子。

穿着厚外套的皮肤微黑的小女孩儿跑过来问："你在做什么？"

"数学运算。"沈昼叶答道，然后拧开铝罐，拿杏仁糖分给小女孩儿吃。

小女孩儿坐在沈昼叶身边吃着糖晃腿，琢磨这个大姐姐眼中的世界是怎样的，片刻后，小女孩儿跳下椅子，对沈昼叶摆了摆手，跑去找自己的爸爸妈妈。

外面的雨水溅到沈昼叶的靴子上，她用鞋底划开水痕，沉进属于自己的世界。

"沈昼叶！"有人喊道。

沈昼叶探出头，一辆庞大的饱经风霜的房车停在外面。

陈啸之从车窗探出头，对她一笑。

房车在外面淋着雨，像一座坚不可摧的城堡，又像每个小孩子都会做的梦。沈昼叶从小就想坐房车出门玩，一直没能如愿，此时难以置信地看着陈啸之和他搞来的车，激动得面颊都涨红了。

陈啸之下车去白吉普车上搬东西，沈昼叶在他身边跑了两步，问："这辆车怎么办？"

陈教授哂道："还有钱解决不了的事儿？"

沈昼叶迷惑地皱起细细的眉毛，不再追问，从后备厢里朝外拣散落的小东西，在角落里看见一个熟悉的书包。

她茫然地问："我的书包怎么在这里？"

陈啸之看了眼随口道："原来在我车上，我看里面有个本子还有个平板，估计你得用，就顺手拿来了。"

沈昼叶想了想，将通信本拿了出来，问："这个本子……你以前见过吗？"

陈啸之一愣，答："见过。"

沈昼叶咽了口口水："什么时候？"

陈啸之疑惑道："我还想问你呢，它怎么跟着你到处跑？十五六岁的时候你就用，今年你刚搬到办公室的时候我又见了它一面，后来在印尼又见了一回。我当时还纳闷儿呢，这么多年了你怎么还不用它。”

“还没用它？”沈昼叶的声音微微颤抖。

“是啊，”陈教授费解道，“一个字没写。”

张臻也曾打开过通信本，那时还讶异“这个本子怎么这么空”，可她问时，手里的通信本已被用了大半，信纸夹在里头晃悠，写字写得侧边都磨黑了。

正是那次，沈昼叶推测本子可能会自主选择呈现在人面前的状态。

真相模模糊糊浮现，断裂的时空缓慢闭合为一个圆。

所有的证据开始指向同一个事实，万千线索缓慢地穿成一串珠子，只差最后一颗——最后一颗，就能组成完整的故事。

陈啸之一把顺来那个本子，随手一翻。

沈昼叶仔细观察他的反应。

“怎么回事儿，这就写满了？”陈啸之迷惑地问。

沈昼叶瞳孔一震。

陈啸之又捏着一张纸抖了抖，问：“这都是些什么，我们小时候的作业纸？这都哪儿来的？”

他这次看见的是这本子的真实形态。

珠子尽头的故事太温柔了，沈昼叶光是想象都觉浑身发抖。

那是这世上温热的春风，是被鸢尾花含住的星星，又是回归海沟的雷鸣，是百年初雪，万年尘埃，海角篝火燃起的月。

世间亿万，没有柔情能与它比拟。

陈啸之将本子还给沈昼叶，问道：“怎么了？”

沈昼叶摇头，她深深呼吸，说：“没怎么……我只是想到了一个问题的答案。”

传说新巴比伦王国时，人用的是同一种语言，而人的帝王为了永垂不朽，要修建一座通天塔——他要那塔与天齐肩，立于大地之心。此嚣张之举惹怒了上帝，上帝便降下天罚，区分开了人与人的语言与口音。

自此，人的手再无法碰触真实的尽头。

可彼时孤傲的上帝并不知道，人的思考也将成为一座高塔，于大地的胸膛上聚沙成塔，直插云霄，通向不朽之地。

雨声连绵，天水落于窗舷。

“之之。”沈昼叶趴在房车里的小床上，看着雾漫天地，小声呼唤前面开车的自己的竹马。

“嗯？”竹马偏了下头。

沈昼叶想了想，问：“你会怎么描述你爸爸？”

陈啸之一怔，想到了什么，认真答道：“我爸是个好人。”

沈昼叶挑刺地说：“你得说多点儿，毕竟从你生下来到现在，你爸爸是你最亲密的人之一，也是你人生最早见到的人之一。”

陈教授沉思片刻后严谨道：“新生儿视觉发育不完全，只能看见眼前二十四厘米的地方，所以我人生最早见到的人不一定是他。”

沈昼叶在床上翻了个身，友善地问：“你小时候挨揍挺多的吧？”

这倒是实话，小陈啸之隔三岔五就挨一顿揍，和沈昼叶这种从小没人碰一指头的小娇气包比起来，陈教授简直是被揍大的。

“我爸是个……不那么传统意义上的好人。”陈啸之随口道，“我小时候和他接触不多，他总在外地。我家买房前，我跟我妈一起住在大院里，大院里基本都是和我一样的外派子弟，我知道我爸挺有能力的，因为他调动最勤。”

沈昼叶晃了晃脚丫，想起那个开车载她回家的戴眼镜的看起来脾气很好的叔叔。

陈啸之开着车说：“逢年过节总有人来送礼，说来也惭愧，我爸来者不拒，他可喜欢给这些玩意儿列清单了，列完清单把我抓过去炫耀，他一炫耀我就告诉他这叫贿赂，你要被抓进去的。我爸嫌我像我爷爷，一把将我丢出去。”

沈昼叶想象小啸之被拽着领子丢出去的样子，笑了起来。

“我那时候很嫌弃我爸不正派。”陈啸之漫不经心道，“我和爷爷亲，我爷爷那叫一个刚正不阿，浑身上下没有一根骨头不是直立如松的……和我爸不一样。”

沈昼叶只记得那是位白发苍苍肩背挺直的老人，很喜欢小昼叶，会把小昼叶架在肩上，让她去摘枝头的小樱桃。

陈啸之道：“但是我小时候，我爸把我送走了。”

沈昼叶一愣。

“我那时候还不到十岁吧。”陈啸之说，“有天他接我放学回来，神色很凝重，第二天凌晨把我从床上叫起来，把我的行李粗略一收拾，连夜开车把我送去了大伯家。在那之后，足足半年，我都没见过他和我妈。”

“我问我大伯我爸怎么了，”陈啸之淡漠道，“我伯伯摇了摇头，告诉我，这件事儿应该让你爸给你讲，又说，人总有知其不可而为之，虽千万人吾往矣。”

“我不懂，我不知道我爸怎么能和这么宏大的句子扯在一起。”

“后来我才知道，那年有一个研发的课题组做出了突破，碰了一个跨国公司的蛋糕。但是课题组的科研经费账目做得不漂亮——你也知道那时候想买个仪器，要等财务统一招标，等结束黄花菜都凉透了，所以课题组为了效率做过经费套现。于是，跨国公司拿着这个令箭直接搞课题组的大导师张院士。”

沈昼叶倒吸一口冷气。

“然后，一直旁观的我爸，突然出来，拼了老命，把张院士保住了。”陈啸之继续说，“就是这个行为，惹了那公司的眼，我们全家都陷入了危险的境地。后来我爸告诉我，那半年他从不落单，应酬能推则推……半年后一纸调令，上峰要保他，那公司才不敢继续伸手了。”

沈昼叶手都在发抖：“天啊……”

“我小时候怎么都想不明白，我爸那么精的一个人，怎么会把我们全家置于那么危险的境地？他还特别热爱生活，喜欢和我一起玩星际争霸，买三块钱一碗豆腐脑他就乐呵，在家里一点儿脾气都没有，被我妈骂着走。”陈啸之笑道，“所以我问了他，为什么。”

沈昼叶在这琐碎的叙事中抓住了一道线索，问道：“他说什么？”

“他问我，你觉得权力意味着什么？”陈啸之开着车，散漫道，“我说权力意味着支配，意味着万千人都有求于你，意味着钱和人们艳羡的目光，你打个喷嚏地都会震三震，你会成为一个符号。他笑了，说，你说的都对，但是你忽略了最重要的一点。”

沈昼叶好奇地问：“什么？”

“他说，手中有权力，意味着你有能行正道的力量。”陈啸之复述道，“行道不难，难的是行正道，更难的是你能用正道去改变社会。啸之，你看到了有人有求于爸爸，可这只是权力身后的影子，权力则比它的影子明亮得多。”

沈昼叶忽然明白了陈啸之为什么会成为一个这样的人。

“小时候我们每个人都在心里构建了一个理想的世界，那里劳有所得，善有善报，恶人最终都会被绳之以法。长大后我们会发现到处都是混账，世界和我们想象的不同。但世人将之与黑暗、金钱联系在一起的权力，其实是最纯粹的东西，是儿时理想乡的投影，是通往理想乡的唯一钥匙。”

“权力是能改变社会的力量，是将我们不完美的国家缓慢地向前推的力量。”

沈昼叶心里一震。

“我爸有种知识分子出身的忧国忧民感，他认为人应该生于斯，长于斯，死于斯，歌哭于斯，忠于自己脚下的大地。我们国家积弱百年，如今看似强大了，其实仍处处受制于人。所以‘学成就要归国，这才是知识分子所为’。”

“无论个体再渺小，也是属于我们浩大的命运共同体中的一员。一个人从小就要风声雨声读书声声声入耳，家事国事天下事事事关心——所谓读书人就要有这种气节，这是我们中国文人的骨、脊梁、髓心，是千百年来酸书生们不灭的气节——我爷爷就对我说过这句话。”

“我家老爷子像竿竹子，风骨卓然，我从小崇拜他。”陈啸之尴尬道，“我爸就……软趴趴一爷们儿，打眼一看就不着调，没有半点儿我爷爷的影子。但我没想到，十年前我爸把我送出国的时候，他将我爷爷的原话一字不落地对我讲了一遍。”

“所以无论我在这里多么成功，都会回去。”

沈昼叶突然有点儿尴尬，耳根都红了：“唔？”

陈啸之偏头莞尔道：“说实话，你那天是不是以为我玩弄你的感情了？”

沈昼叶的脸瞬间涨红，还在嘴硬：“我……我一个字都没说，你怎么会这么想？”

陈啸之开着车哂道：“还能有什么理由啊，与会的时候还好端端的，结果宴会进行到一半突然偷了我的车逃往千里之外……我想破了头也只有这个原因好吗？沈昼叶，你是不是听了我和校长的交谈，以为我会留在小利兰不走了？”

沈昼叶被戳破心事，趴进柔软的枕头里“哼”了一声。

“默认了？”陈啸之笑了起来，连最愚钝的人都能听出那是如释重负的笑。

沈昼叶羞耻地说：“我、我哪里知道啊。”

“有事儿要问我啊。”陈啸之斥责道，“来骂我也不难吧？总是自己瞎想。”

沈昼叶自知理亏，往被子里蜷了蜷，赌气不搭理他。

房车在亚利桑那州漫漫的长路上奔驰，细密的雨滴坠入大地，万千可能性在他们面前延伸展开。

在一片静谧中，男人平淡道：“以后你就会知道，我对你说过的每一句话里，每个承诺，都是会兑现的。”

第四十一章

你是唯一

天地雾蒙蒙，大地浸透了雨，大雪又纷纷扬扬落下。

房车破开雪，向东疾驰。

沈昼叶以前没将这么长时间耗在路上过，这仿佛是条望不见尽头的征途，横跨整个大陆，像一场残酷而温暖的梦，又像是头顶等待雨后天晴的檐头。

陈啸之负责开车，有时候沈昼叶去顶替一会儿，让他去睡一睡。

但大多数时候陈啸之都不愿把命交到她手里，非要抱着小青梅睡觉。他睡觉时还黏人，总抱着沈昼叶不撒手，迷恋地将面颊埋进她的颈间。沈昼叶舒服得眼睛都眯了起来，像只被顺毛的小白猫。

“之之，”沈昼叶胡乱地下命令，“晚上给我做西红柿炒蛋。”

“好。”陈啸之半梦半醒地扣着她的腰。

“科罗拉多大峡谷远吗？”

陈啸之不甚清晰地答：“不远，明天下午就到。”

沈昼叶打了个哈欠：“你去玩过吗？”

“去过，”陈啸之顺从地回答，“大二去的，暑假。天很蓝。”

“不带我。”沈昼叶悻悻地说。

陈啸之静了许久，道：“我也想带你。”

两个人之间流淌过一阵心酸的宁静。

房车被吹得微微摇晃，风滚草在窗外窸窣作响，荒漠的夜幕低垂下来。

“之之，我爸以前就很喜欢你。”沈昼叶忽然道。

陈啸之没回答，已然熟睡。

“我最近想起很多遗忘了的事情。”沈昼叶独白般道，“比如好多年前你被我爸呛，被他使坏，搞得在墙边蹲马步……你应该记得比我清楚。”

男人睡在她的身侧，不太安稳地将她往怀里搂。

“你知道他叫你什么吗？”

沈昼叶的声音低微得几乎不可察觉，像是怕惊醒了他似的。

“他叫你，那个弄哭我女儿的混账小子。”

“我们离开北京的那天你在出租车后一边哭一边追，看到你哭，我也哭了，还哄不好，一直哭到我回家……醒来就掉眼泪，我妈花了大工夫才把我哄好。”沈昼叶轻声告诉一个熟睡的人，“我爸说小时候就能有这样的情谊太难得了，让我给你写信，他给我寄回去。”

陈啸之呼吸深重。

沈昼叶长吁一口气：“我一个字都没动。”

陈啸之的眼睫毛在她脖颈处抵着，微微颤抖。

“我当时觉得，你朋友那么多，不差我一个，”女孩子声音小得像落雪，“说不定你早就把我给忘了……而且在北京的时候你总笑话我不会写字，说我是个美国文盲，现在想来，那时候可能是闹小脾气吧。”

“后来病了很长时间，再好了就想不起你的名字了，只记得小时候有过一个很爱我的小朋友，是个脾气很坏的男孩儿，但他是世上最好的人，我从来没有忘记过他。”沈昼叶笑了起来，向上挣了挣，“我好像告诉过你。”

男人结实的臂膀紧紧搂着她。

那天晚上，陈啸之做了西红柿炒蛋。

沈昼叶对着平底锅里的蛋糕左看右看，瞠目结舌：“你还用薄荷叶摆盘？”

陈啸之正将可乐饼往外铲，一愣道：“不然呢？”

沈昼叶看傻了：“还有可乐饼？”

陈啸之将可乐饼和照烧鸡块码成花瓣，又舀了一碟千岛酱，最后用芥末粉点缀，道：“条件有限，凑合着吃。”

沈昼叶从小被爸妈糊弄大——沈妈妈做饭是部灾难片，回国后，沈昼叶吃食堂的次数远大于家里开火；而她爸只比她妈稍微好一点儿，手艺略好于食堂的颠锅师傅。

陈啸之解开围裙，道：“只有俩平底锅能用，也没买肉……回去我再给你认真做。”

沈昼叶几乎不敢相信自己见到的，然后用叉子戳开了可乐饼，金黄酥软的外皮下土豆泥涌出热气。

这个家伙贤惠到了某种程度，应该骗过不少小姑娘，沈昼叶意难平地叉了块蛋糕，又劝自己，往事已逝，不必拘泥于那点儿过往。

深夜，万籁静寂，唯有冬雨细密落下的声音。

陈啸之泡了杯咖啡，打着哈欠处理信箱里的邮件，沈昼叶则坐在车窗边望着细雨发呆。

“想什么呢？”陈啸之忽然说，抬手将毛毯披在女孩儿肩上。

沈昼叶拽紧毛毯，茫然地回答：“我在……想，我爸。”

然后她深吸了口气，说：“我都没来得及和他道别。”

陈啸之微微一愣。

“至亲去世是很神奇的事情。”沈昼叶说，“它永远不会成为过去式，永远是‘现在完成时’。之之，你还记得老师怎么讲的吗？现在完成时，发生在过去，却对现在产生影响，而且可能会一直、一直持续下去。”

陈啸之呼吸和缓，轻轻握紧了她瘦削的肩膀。

沈昼叶呆呆地道：“我知道他不在人世了，也知道人死不能复生。可我又无时无刻不在等他推卧室门，拉我出去打球，送我去游泳，和我聊天或者吵架……转过头发现推开门的不是他，是一阵风的时候，我才感受到‘死亡’二字，才知道他再也不会回来了。”

陈啸之修长的手指穿过女孩儿微卷的长发。

“之之，你觉得那些死去的人现在会在哪里呢？”她问。

陈啸之想了想，严谨道：“我是无神论者。”

沈昼叶的目光落在窗外一点，过了许久，她说：“我觉得世上应该有一种更宏大的……更伟大的，更不灭的……东西。”

陈啸之眉头拧起，一看就没听懂，似乎要发问。

沈昼叶笑盈盈看着他：“我小时候有父母保护，后来有你和慈老师……但是当你们都不在了，我只能任人鱼肉，有时候连自己都发现不了。”

陈啸之不知道她为什么突然这么说，带着酸楚，轻轻摸了摸爱人的头发。

“无尽的庶务、怀疑和烦恼把我磨成了一个逆来顺受的人，我不知道自己还有没有机会挣脱，感觉自己身陷泥淖。”沈昼叶握住他手腕，笑道，“就是在那时，我收到了第一封信。”

陈啸之挑挑眉："信？"

"一开始我以为是恶作剧，之后很长一段时间我也没看透这些信的意图。"沈昼叶看着自己的手指道，"可是现在我回头看，才知道那些信是为了拯救我才寄来的。"

陈啸之立刻像被踩了尾巴的猫，尖锐地问："拯救你？谁？"

沈昼叶突然觉得好玩，卖了个关子："你认识的人。"

"魏莱？徐子豪？不对，不可能是他——"陈啸之手骨咔吧一响，"梁乐？"

沈昼叶一惊："你怎么一说梁学长就一副要打他的样子？"

"到底是谁？！不对，还有谁？"

沈昼叶忍不住哈哈大笑，觉得陈啸之很可爱，他强大、聪慧且目的性极强，谁都不敢伤他分毫；可他又浑身是毛病，口是心非、笨拙、沉默，也正是如此，他格外真实。

"我。"沈昼叶牵着陈啸之的手指，温暖地看着他，重复道，"给我写信的，是十年前的我。"

沈昼叶说完，特意观察了陈啸之的表情。

陈教授脸上只有四个大字：你疯了吧？

"我没逗你，"沈昼叶笑得上气不接下气，"第一封信是我在研究生宿舍收到的，我正在收拾要带过来的行李，那封信从本子里掉了出来。信的第一行字是，'十年后的我收'。"

陈啸之一愣。

"对十五岁的我来说，第一封信写在我爸去世后的两天，"二十五岁的沈昼叶看着窗外的夜雨回忆道，"信纸都被眼泪浸湿了，我对那段时间的记忆挺模糊的，只记得那是我人生中最黑暗的一段时光，我和妈妈在医院走廊抱着痛哭……信里的我问自己'该怎么办'。"

陈啸之从后面抱住沈昼叶。

"我见了那封信很受触动，以为它是我写过的时间胶囊，所以认真地回了封信。其实到这里，还是符合常理的。"

陈啸之问："不符合常理的呢？"

沈昼叶目光灼灼："第二周，我又收到了一封回信。"

陈啸之一怔。

“那个时候我还不认识你，甚至都没回国。妈妈濒临崩溃，十五岁的我怕把妈妈压垮了，只能偷偷痛苦，她经历的就是我一步一步走出来的过去，丧父之痛，世间无可回响之孤寂，一个全新的环境……我仔细研究了这些信件，没有任何头绪，只能将它归结于上天的馈赠，也许上天想让我帮帮十五岁的自己。”沈昼叶认真地问，“之之，如果你和十五岁的自己聊天，你会和他聊什么？”

陈啸之下意识接道：“我会告诉他我曾受过的伤害，造成的错误，让他去避免。”

“对。”沈昼叶笑了起来，“我也是这么想的，可是我们都忽略了一个问题。”

“嗯？”

“我们回忆十五岁时是作为‘自己’去回忆的，可当你将她作为‘客体’去观察去干预，才会看到真实的十五岁的自己。”

陈啸之眉峰扬起：“怎么？和自己相处得不咋地？”

“胆小鬼一个，还是个自大狂，自我意识极强，怎么说都不听，幼稚得要命，羞耻死了。”沈昼叶愤愤不平，“我跟她妈似的。”

陈啸之忍不住笑出声。

“笑你个头，”沈昼叶怒道，“我就是年长版的她，我告诉她有些东西该放弃就放弃，有些人该躲就躲，我都经历过，这都是我一路走来栽过的坑——她一个字都不听。”沈昼叶想起来还有点儿委屈，“像在养女儿，你把那些选项都递到她面前了，告诉她所有的后果，她还是雷打不变。”

陈啸之从后面扣住他的小青梅，幸灾乐祸道：“不用想我都知道是这样。”

小青梅细细的眉毛皱了起来，露出疑惑的神情。

陈啸之立刻揉了揉她的眉心，将脸埋在小青梅的颈窝处，低声道：“别管我，继续说。”

“我和她针锋相对，我不明白，人怎么能和自己相处得这么差？最后几封信里，她对我说，很失望我长成一个这样的大人。”沈昼叶的声音带上哭腔，“那句话把我伤透了，我当时不明白，她明明可以不像我一样的，可以及时止损，不钻牛角尖，过上平凡的生活，可以找到好工作，不用在学校里磨豆子一样磨自己的青春，可以普普通通谈恋爱……可是她不仅要走我这条路，还失望我成为这般模样。”

夜风中，陈啸之搂紧了爱人，抚摸她的头发。

“后来我才明白，”沈昼叶闭上眼睛道，“十五岁的沈昼叶，是不需要现在的我去改变的。”

“十五岁的我们，是不需要现在的我们去教育的。”

陈啸之微微一怔。

“十五岁的少年，年轻无畏，世界尽在他们的掌握中。”

“少年们跋涉每一条通往远方的长路，攀爬每座高耸入云的山峰。他们不计后果，敢去爱，敢去恨，敢去思考遥远的未来——”

“敢抬头告诉我：我很失望，我不该长成你这样的人。”

在淅淅沥沥的雨声中，二十五岁的沈昼叶酸楚笑道：“成年人总用世俗市侩的目光去审视年轻人，批评他们的所作所为不成熟，太莽撞，有一点儿情绪就千百倍放大，矫情、易愤怒，不知天高地厚，做个梦也不切实际。”

她停顿了一下。

“可我看到十五岁的自己的时候，却前所未有地怀念。”

“我见了她，就怀念我那时的勇敢与尖锐，怀念那时征服世界的野心，可刺破一切的信念，不撞南墙不回头地勇往直前。”

“她是我。”沈昼叶重复道，“不。她，才是我。”

黑夜里，男人粗糙的手指摩挲着姑娘的手腕。

“海啸的夜里，我见到她了。”沈昼叶侧头看向陈啸之，“也就是那天晚上，我突然明白，这些往来的信件不是为了她而存在的，是为了我，二十五岁的我。”

“它是在我无尽的锉磨日常里出现的奇迹，不是金手指，不是作弊器，我的处境没有为此改变分毫。”女孩儿的手指抚上自己胸口，对陈啸之说，“但从此我再也忘不掉我十五岁时的所思所想。”

陈啸之的呼吸微微发颤。

沈昼叶的眼里闪着星光。

“我们自以为是，无法和少年人共情，将自己的过去归为黑历史，指责他们不成熟，可是当我们真的回头去看，少年的我们的手里其实攥着我们丢失已久的东西。”

“勇气，热情，尖锐敏感，对不公的愤怒，嚣张的未来规划。我们不敢做梦，他们却连玫瑰叶上都长了锯齿，他们有无尽的梦，是世界之王。”

“而我们也曾是这样的少年。”

“这一切你可以当故事听，当作我的黄粱一梦，也可以相信它，都随意。”

女孩儿话音停了，车厢静谧，唯有顶棚被雨水拍打之声。

没人敢回头看的十五岁不仅是幼稚和羞耻，更是一头不认输的犀牛，一头穿透黑夜的白鹿，向悬崖峭壁俯冲的黑鹰。

陈啸之抱着沈昼叶，两人体温混在一处，沈昼叶感到前所未有的温暖。她想转过头亲亲他，又觉得被他抱太舒服了，不想动一根指头。

“你……有证据吗？”陈啸之缓缓问道。

“有。”沈昼叶爬起来，从书包里拽出通信本，封面的烫金已磨去了一半，本子厚厚的，装满了两个时空的女孩儿的书信。

“就这本子，”沈昼叶坦诚道，“给你。”

陈啸之难以置信地望着那藏蓝色的本子，接过来翻开，一刹那，如黄粱的光洒落一册，信纸茸茸地翘起，展开一个少女赤诚热烈又遍布荆棘的十年岁月。

没什么好羞耻的，沈昼叶将本子递给陈啸之的瞬间这样想，她甚至觉得自己的心像绒毛一样轻。

她趴在小床上看书，陈啸之则坐在桌前看信。

一张纸翻过去，沈昼叶听见男人极轻的吸气声。

她转过头，看见陈啸之宽阔的肩背在微微发抖。

“之之，”沈昼叶捏捏陈啸之的手心，问，“你如果遇到十五岁的自己，你觉得他会怎么看待你？”

陈啸之将女孩儿纤细的手指攥在掌心，他沉默了许久后开口：“可能会和我有矛盾，可能看我不顺眼。”他将女孩子的手指握得更紧，然后颤声道，“但他一定会羡慕这瞬间的我。”

“羡慕得死去活来。”

半夜，雨停了，风吹出无数砂一样的星辰。沈昼叶趴在窗边入迷地看着星星，陈啸之自身后搂着她，将脸埋在她的颈窝里。

沈昼叶天生瘦小，被自己高大的竹马圈小猫一样圈着。

“不公平。”沈昼叶不痛快，使劲儿掐陈啸之胳膊，“陈啸之，你吃激素长大的吧？还是你妈妈在家给你偷偷吹气？凭什么你这么高这么大？”

陈啸之被掐了好几下，终于面无表情地问："大不好吗？"

沈昼叶瞠目结舌半天，捣了他肚子一肘。

陈啸之一把拽住她的手腕，将她制得死死的，沈昼叶挣脱不开，气得要用头撞他。

陈啸之游刃有余地捏着她两只手腕，嘲道："就这？铁头功？废物。"

"你才是废物——"沈昼叶怒道，气愤至极决定咬他。

突然，陈啸之低下头，在女孩儿唇上一啄，揶揄道："乖点儿，人还在我手里呢。"

沈昼叶的脸瞬间红透了。

她自年少时就不服帖的天然卷散在枕头上，眼神清亮透彻。

陈啸之想，若有流星在黑夜坠入贝加尔湖，不过如此光景。

这世上无人可与她比拟，她似乎是人间春天的主宰者，他甚至相信这个女孩儿拥有一整个宇宙。

陈啸之在夜的国度俯身，近乎虔诚地亲吻小青梅。

吻毕，沈昼叶耳根红红地问："你相信我的故事吗？"

陈啸之沉默了许久，哑着嗓子道："嗯。"

夜色温柔得像无垠的海，大洋之神俄刻阿诺斯以花与夜覆盖两个凡人，世间听凭潮汐涨落。

"多久了？"沈昼叶忽然问。

艳阳高照，车窗大开，亚利桑那炎热干燥的风灌了进来。

陈少爷戴着墨镜，围着遮挡风沙的布巾，回过头望向沈昼叶，问："什么多久了？"

沈昼叶抱着书，睡眼惺忪地坐起来看窗外："我们两个人上路。"

陈啸之想了想："三天。"

"我们似乎从来没相处这么久过。"

"有的，但都没有这么纯粹。"

这是只有两个人的旅程。

一个人忽然想去看看自己儿时的家，于是，另一个人成为她最忠实的执行者，两个成年人像孩子般纯粹地踏上横跨大洲的征程。

像风般捉摸不定，又似诗歌般浪漫。

“我觉得很好。”陈啸之望着窗外的风沙，没头没尾道。

沈昼叶揉着自己的手指，没头没尾地回答：“我也觉得。”

“我这几天在想……我们之前是太了解彼此，却也太不理解彼此了，我们给对方预设了一个形象，总觉得对方就应该是自己所想的样子，但其实完全不是。”陈啸之艰难地说道，“我做错了事，脾气太坏，你又不屑于了解我，所以和我产生隔阂。”

沈昼叶心里忽然一痛，没能说出话。

陈啸之忽然问：“叶叶，如果平安夜那天我没追上来，你会和我分手吗？”

沈昼叶坦诚道：“我舍不得你，这么多年了，还是舍不得——可这问题我不知道。”

陈啸之愣了下。

沈昼叶在意地问：“你差点儿没追过来吗？”

陈啸之停顿了下，说：“完全没有，连想都没想过。”

“那这个假设不存在。”沈昼叶中肯地说。

陈啸之足足沉默三秒，凉飕飕道：“哈。”

车厢重归宁静。

沈昼叶将“哈”理解为“没错”，抱着书安静地蜷缩在窗边。

荒漠浩瀚如海，房车穿过戈壁之间狭长的公路，宛如一朵浪花，渺小得不值一提。

“我就不该以为你能变。”陈啸之打破沉默，冷冷地说。

“什么？”沈昼叶突然被指责，茫然地问，“什么变不变的？”

陈啸之冷漠道：“这已经不是一次两次的，这次我追上来了，下次呢？还因为我一定会追上来所以假设不存在？沈昼叶，这假设一直存在，而且会永远存在下去。”

沈昼叶一怔，问：“怎么突然为这事儿生气？”

陈啸之怒意立刻沸腾起来：“这事儿？”

“你发什么脾气呀？我们不都讨论过了吗？”沈昼叶气冲冲抬头，“都说了以后会好好沟通，有什么都告诉对方，不要让对方瞎猜，所以以后就不会再发生——”

陈啸之把车在路边一停，人都气笑了：“我说了这么多，你就抓住这个？”

沈昼叶也冒起小火苗：“我都说了以后的解决方案了，你还发什么脾气啊！”

“我不平衡，有什么问题吗？”陈啸之缓慢地说道。

沈昼叶难以置信地大喊：“你有什么好不平衡的？！”

陈啸之的声音比她更高，怒道：“沈昼叶你自己心里没数？你就是给我十个胆儿三条命我都不可能跟你提分手，永远是会追上去的那个人！你呢，难过一下然后自己往前走！”

沈昼叶一听当即比他还愤怒：“你还委屈上了？陈啸之你小日子一天天过得不比我滋润多啦？”

陈啸之头都要炸了：“我小日子过得比你滋润？是我在实验室泡得比你滋润还是熬考试比你滋润？沈昼叶你今天必须给我举个例子出来，我倒要看看我比你滋润在哪儿？！”

沈昼叶气沉丹田地大吼——

“三十七！！”

陈啸之满头雾水：“啥三十七？”

“你真的不要脸，居然忘光了！”沈昼叶气得眼圈都红了，“这十年里我就算有心尝试顶多就和一两个师兄师弟，甚至还没怎么发展我就给掐断了！陈啸之你呢？！立刻给我坦白，我之后你到底又找了几个金发辣妹？”

陈啸之更加茫然：“金发辣妹？”

“三十七个漂亮小姑娘，”沈昼叶小声抽着气道，“可能还比三十七个多，我只数了这些，你还敢抵赖。”

陈啸之张皇失措：“你说的什么鬼话，哪儿来的三十七个？谁编排的我？”

“你自己发的！！”沈昼叶饱受委屈，终于将自己郁结了多年的怒意吼了出来，“你2012年申请加我好友，我同意了之后你天天发乱七八糟的照片！天天！”

沈昼叶吼完，陈啸之想起了什么，如遭雷劈。

沈昼叶像个小醋坛子，继续喊道：“陈啸之你再不平衡一句，我今晚就把你捆在后备厢里沉玉渊潭——”

陈啸之后悔万分地争辩：“不是，沈昼叶，这根本不是你想的……”

“爬！”

沈昼叶不发脾气则已，发脾气就是个狠的，拿过牛奶盒子丢他。盒子底部还有喝不到的牛奶，此时如天女散花，洒了陈啸之半身。

陈啸之忽然发问："你真的看我社交平台了？"

沈昼叶揉了揉泛红的眼眶，点了点头："嗯。"

"你看了，"陈啸之眼眶也泛了红，重复道，"原来你看了啊。"

沈昼叶将眼泪用力往里憋，问："怎么了？"

"我都是发给你看的。"

沈昼叶呼吸一窒。

"我申请加了你好友，我见过你入学的时候发的湖泊，期末备考的时候你拍了学校的图书馆，说自己七点过来都占不到靠窗的座位。"陈啸之的声音哑得可怕，"你说的每一句话我都记得。"

沈昼叶觉得一股酸涩笼罩了自己，眼泪吧嗒滚落。

"你和我互关的时候我都快炸了，"陈啸之扯起嘴角，露出一个比哭还难看的笑容，"一开始，我每天早上睁眼就去看你是不是发了什么东西，我在窥探你的生活，也希望你能这么窥探我的生活。我知道我苛求……可你……"

他几乎说不下去。

一股巨大的、难以名状的悲伤如海般涌来，太痛了，像一把刀将两个人的心一片片剜下，丢进冬夜的深井里。

"后来我开始吸引你的注意，我就发了疯一样想证明我没有你过得更好，证明我早把你忘得一干二净，我有人捧有人爱。"陈啸之的眼圈红得像燃烧一般，他沉默了片刻，继续说道，"但另一部分的我也发了疯一样，希望你来骂我，哪怕你评论我一句，哪怕就是点个红心，我都会冲回国。"

沈昼叶坐在床边，一声不吭，任由眼泪大滴落下。

"我就想被你看一眼，哪怕给我一点儿关心也好……"陈啸之颤抖着抽了口气，说，"可你从来没出现。"

沈昼叶攥着自己的外套，无声大哭。

那刻入骨髓的痛迟来了十年也不减分毫，如剃刀般锋利。

"沈昼叶，"陈啸之声音喑哑地唤道，"我向你保证，一个都没有，没有人能与你相比，你是唯一。"

沈昼叶抬头，看着痕迹遍布她人生的、如今已经是个成年男人的竹马蹲在她身前，终于哭出了声。

陈啸之红着眼圈颤抖着伸出手，于是，沈昼叶趴在他肩头呜呜大哭，不住地拽着他的外套帽子，像是要将十个春生夏长秋收冬藏揉得消弭于无形，要将他与自己揉为一体。

如果什么都没发生该多好，如果只有尘世平凡的幸福该多好，如果他们只是普通的情侣该多好？沈昼叶心如刀割，想起那上千个日日夜夜，想起自己在宿舍楼下看见的恩爱小情侣。

“都过去了，过去了。”陈啸之紧紧搂着她，像是搂着自己失而复得的半身。

王尔德对他的爱人波西说，心生来就是要碎的。

这个死时身败名裂潦倒困窘的男人在他的童话里写了许多破碎的心。

王尔德写小夜莺以心口抵住白玫瑰的刺歌唱，夜莺以生命唱男孩儿女孩儿情窦初开，唱少年少女的激情诞生，唱新郎亲吻新娘双唇的红晕，歌唱因死而至不死的爱；写夜莺的心头血滴滴渗进花叶，将玫瑰染得如血一般。

沈昼叶初读时觉得王尔德是浪漫的，可她现在才明白，那不是王尔德的浪漫，是爱。

爱人的心，生来就是要碎的。

“之、之，”沈昼叶哭得上气不接下气，唤道，“之之。”

陈啸之的呼吸粗而潮湿，他“嗯”了一声。

沈昼叶感到脖颈里滴进温热的如春雨般的泪水，她抽噎道地问：“如、如果我们没有分手，我们会怎么样？嗯？之之？”

“我们……我们会吵很多架，从鸡毛蒜皮的小事儿到稍微大一点儿的，我会道很多歉，你会经常抱着手机等我的消息……你可能早就见过我爸妈了。”陈啸之揽着他的女孩儿，轻轻拍着。

沈昼叶哭得抽抽搭搭：“可我、我早见过了……初中就见过了。”

陈啸之酸涩而痛楚地说：“根本不一样……我会经常去你奶奶家做饭打扫卫生，老人家那窝喜鹊可能都认识我了。”

沈昼叶搂着他的脖子，哭得一塌糊涂：“你骗我，你明明在美国。”

“我不会坐飞机回来吗？”陈啸之带着鼻音问。

沈昼叶眼眶里满是眼泪，抬起头，呆呆地看着他。

“我肯定会回来啊，你周末想和我吃饭我就能在周五下午出现在你们学校门口，哪怕你只是说一句‘我想你了’我都能——”陈啸之抹了下鼻梁道，“你要我怎样都行，沈昼叶，现在也一样。”

他在沈昼叶面前跪了下来，握着她的手，在唇上一抿。

如果没有分手——

十六岁的沈昼叶将在首都机场依依不舍地送别班长。

十七八岁的陈啸之会安静地等在附中门口，任春风吹拂他们的重逢。

十九岁的秋天，陈啸之将出现在沈昼叶家，他们会在餐桌下偷偷牵手，他在沈妈妈面前人模狗样，沈昼叶在桌下用脚尖踢他。

二十岁隆冬，期末考试早早结束的陈啸之将在大北期末季端着两杯咖啡溜进图书馆。

二十一岁时，沈昼叶在慈老师的葬礼上失声大哭，陈啸之会寸步不离地伴在她身侧，伸出手，轻轻勾住她的手指。

所以，二十二岁的两人手上将有戒指，他们拌嘴吵架却又深深相爱，陈博士以“我今晚睡实验室”来威胁沈昼叶，然后在半夜反悔，跑回家往女孩儿的被窝里钻。

二十三岁的沈昼叶拖着行李箱跟导师参加会议，她的名字会出现在陈博士论文致谢的第一行，出现在他毕业的照片上，笑得与十五岁别无二致。

二十四岁，沈昼叶和陈啸之的名字一同出现在物理学顶尖期刊上，他们的朋友笑着调侃这无异于结婚证，沈昼叶脸都红了，陈啸之则一言不发，攥紧手里崭新的戒指。

可世界残忍，从不给任何人留下“如果”。

但是，还好有以后，有漫长的将来。

沈昼叶哭得梨花带雨，忽然听见陈啸之开口：“现在我澄清完了，沈昼叶，你前面骂我的时候，自己屁股擦干净了没有？”

沈昼叶的啜泣立刻停了，她没想到他居然翻旧账，愣愣地说：“我、我也没有谈呀……你昨晚不是看我写的日记了吗？”

陈啸之嘲讽地冷笑一声：“就是看了你的信才问的。沈昼叶，现在是你对不起我的环节了，你是没谈，但你贼心不死。”

沈昼叶被抓住小辫儿，再开口时声音小了许多：“两个师弟，一个是本科蹭通识课的时候认识的，一个是我当助教的时候认识的……都没怎么发展，还有一个师兄，和他认识的时间稍微久一点儿，但也没有下文。”

“我再见到你还不到半年——”陈啸之停顿了下，怒道，“半年，你整出来俩幺蛾子。”

“哦，”沈昼叶终于找回记忆，卑微道，“加……加勒特。”

陈啸之冷哼一声。

“可是我不喜欢他呀。”沈昼叶拽着自己的衣角不安地说，“我对他没有感觉，对那些师弟和师兄也一样，每个人我都认真拒绝了，也道了歉。”

陈啸之耳根泛起别扭的红色，小肚鸡肠地闹了起来：“还有那个在大北给你买肉夹馍的男的！你俩坐在长凳上，你还和他约以后见的那个！！”

“那是我堂弟。”

沈昼叶说完，车厢里瞬间静得连一根针掉在地上的声音都清晰可闻。

“他叫沈泽，家在外省，所以你应该没见过。”

过了好一会儿，陈啸之惜字如金地问：“梁乐？”

“梁学长？我们一直是朋友呀。”沈昼叶好奇地问，“之之，你连他的醋都吃？”

陈啸之缓慢扭头看向窗外，不予理会，冷漠无情。

又过了会儿，沈昼叶嘟囔着问：“你说的都是真的吧？不是骗我？”

“当然是真的。”陈啸之尴尬道，“我说谎没有意义吧？”

“被我查出来你就会被我浸猪笼。”沈昼叶很凶地威胁，“我说到做到。”

坐在一边的陈啸之剜了她一眼——那是个很凶的动作，可他眉眼弯起，一副要笑出来的模样，令人想起春天来临的冻河融冰。

两个人坐在一处，太阳温暖地拢了上来，陈啸之往沈昼叶身边挪了挪。

“你耳朵好红。”他不自然地说着，伸手戳了下女孩儿软软肉肉的小耳尖。

沈昼叶触电似的揉了揉耳朵，小声说：“晒……晒的。”

陈啸之挠挠头，仰头看着天花板，呼出一口气。

落基山在视线中远去，房车疾驰在广袤旷野之上，奔向美洲脊梁。

“那些信……我从昨晚思考到今天，感觉太唯心了。”陈啸之开着车说，“信件来往时间都太随机，好像是知道哪个时间点你会看到信，恰到好处地让你的情绪被催到极致。”

沈昼叶怔了下。

“你没想到这一层？”陈啸之眉峰一扬。

沈昼叶摇摇头：“我没想得这么细。”

“它知道你会因为什么快乐，知道你会在什么时候需求陪伴，知道你会在什么时候跌落谷底，知道怎么把你彻底击溃，也知道怎么把你重塑起来。”陈啸之抿了下唇，道，“实在是太了解你了。”

傍晚，他们到了科罗拉多大峡谷公园外面的小镇。

南缘峡谷屹立于如火夕阳之中，每条山脊在亿万年里熊熊燃烧，如同创世巨人之骸，雄伟壮观，世间无能出其右者。

而这巨人，竟只是时间与一条河流的作品。人类在原始地球面前都不过是虫豸，渺小得不值一提，正如他们在规则前的无知与幼小。

这时代能建起大楼与钢筋水泥之森，却断然无法造出这样的峡谷。沈昼叶想。

他们随便垫了垫肚子，在小镇下榻。

怎么说也是景区，条件远胜金曼的小酒店，连床的档次都不一样，沈昼叶一躺上去就觉得浑身的疲劳往外涌，腰都要断了，趴着一动不动。

陈啸之拽了沈昼叶两下，发现她都快在床上生根发芽了，只得自己去录成绩。

他披着派克服坐在窗边和教务系统做斗争，过了会儿挑起刺：“沈昼叶，你到底是我的博士生还是我的祖宗啊？”

沈昼叶在床上滚了滚，慢吞吞道：“祖宗。”过了好半天，她又死猪不怕开水烫地说，“而且我毕业论文不用你签字，我也不在小利兰答辩，虽然两校联培，但我是周院士的学生。”

陈啸之沉默三秒，说：“我把你补助断了。”

沈昼叶被捏住命脉，卑微地爬起来帮老板算总分。

陈啸之忽而摘了眼镜，平淡地说：“过来。”

沈昼叶放下卷子凑过去。

陈啸之微微偏过头，在她唇上蜻蜓点水地一啄。

那吻轻如一枝迎春花，如一点坠向大地的雨，转瞬即逝，却又亘古得犹如万里寰宇。

“好了。”陈教授在夜色下低声说。

“嗯、嗯……”沈昼叶缩回自己的凳子上时脑袋都晕乎乎的。

她贴窗坐着，望着落地窗外未经开垦的世界，又一次深切地觉得人类的渺小。

可观测宇宙又名哈勃体积，半径460亿光年，其中只有一个小得肉眼不可见的小点是银河系。

银河系恒星千亿，太阳系位于它一个旋臂内侧缘上，距人马座黑洞2.64万光年，这个我们至今不曾探访的家门星系绕着银河中心公转一圈，需要2.2亿年。

人类的书面历史不过五六千年，个体一生不过七八十岁，在自然面前羸弱不堪——一场海啸能击溃数千家庭，一场流感就带走上千万人。

人类脆弱无知，驾驭不了自然，无法征服生死。

“人的存在有何意义？”

量子力学中说，普朗克长度以下的长度无意义，普朗克时间尺度以下的时间无意义——连长度和时间都有无意义之时，更遑论“人”的使命？空虚与无序弥漫在整个宇宙尺度中，又落到一个小小的跳动个体上，似乎一切都不重要了。

陈啸之结束工作后将灯关了，脱了外套去洗澡。

沈昼叶拿被子把自己卷成个蚕蛹以抵御空虚的侵蚀，过了会儿，陈啸之洗完澡，窸窸窣窣上了床。

沈昼叶满腔悲春伤秋的情绪不知该从何说起，索性装睡。

正是那时，陈啸之揭开一角被子，把蜷成一团的女孩儿搂在了怀中。

青年的脉搏坚定地搏动，肌肉下是一颗年轻不屈的心脏。

那是生命之力。

因为是人才会脆弱至斯，沈昼叶想，但也正因是人才会如此执着顽强。

因孱弱而死命求生，因渺小而生生代代仰望瀚宇，因无知而千百年来疯狂求索，在宇宙中探寻意义，在虚无里辟出参天的塔，谓之象牙。

正因易碎才会情感炽热，为其他个体肝胆俱裂。

因生命须臾，才会山海风月地爱另一枚芥子。

陈啸之小心翼翼地扒拉沈昼叶的脑袋，想让她睡得更舒服点儿，沈昼叶软乎乎地蹭进了他的怀里，还搂住了他的腰。

“没睡？”陈啸之低声问。

沈昼叶闷在他胸口，声音小小的：“嗯。”

在漫天温柔的星辰之下，陈啸之俯身吻了小姑娘的额头。

年轻的星在这夜里交汇在一处，交融为创世的星云，亲昵无间，终至密不可分。

无人见证，唯有亘古宇宙。

有一个人还说，永生其实并非梦境，死亡原本是可以避免的。

太初生物阿米巴原虫无以谓衰老，繁殖就是细胞分化，因此更无以谓“死亡”——我们所熟知的死亡与毁灭，是伴随着更绚丽的东西而生的。

譬如性，譬如有性生殖。

与细胞分化不同，有性生殖给出的是遗传基因。从有了性的那一刻开始，生命不再是对自己的盲目复制，突变和激进进化成了可能。

自此，个体无法被复制。

死与生、无尽的演化给予了他们的梦与追求，赋予了他们爱与被爱的热烈。

生命绚烂得无以复加。

直升机驶过破晓前的黎明，沈昼叶睡眼惺忪地蜷缩在毛毯里，看东方天际跃出的第一丝火。陈啸之坐在一旁，将围巾摘了，裹住沈昼叶毛茸茸的脑袋。

“冻死你。”他嘴上没半点儿好气，手上却细致地将围巾掖进女孩子的领口。

沈昼叶早就知道他的破脾气，晃了晃脑袋，哼了一声。

风从窗舷向里漏，沈昼叶觉得冷，悄悄朝陈啸之的方向蹭了蹭，陈啸之立刻伸胳膊揽住了她。

开飞机的是个四五十岁的大叔，大叔回头看了他们一眼，笑着问：“看你们两个人年纪不大，但在一起很久了吧？”

还不待迷迷糊糊的沈昼叶搭腔，陈啸之就笑了起来，回答：“对。”

他说着，揽紧了女孩子的腰，青年人手掌炽热的温度透过毛毯渗进了这个清冷寒冬。

沈昼叶闭上眼，自心里品出一丝熨帖。

到了山顶，他们下了直升机，脚下悬崖万丈，长河于峡谷里蔓延千里，濒临破晓，蒙蒙黑暗中现出第一缕光。

沈昼叶裹得像个球，陈啸之也是，两人在朔风割面的山顶上站着，冻得哆哆嗦嗦。

“好、好冷啊……”沈昼叶发着抖说。

陈啸之说：“要看日出……没办法，冷的话往我这里靠靠。”

沈昼叶往陈啸之那里凑了凑，陈啸之慷慨地拉开外套，将她裹在了里面。

沈昼叶趴在他肩头小声嘀咕：“我想喝热黑糖波波。”

陈啸之一愣："热黑糖波波？那是什么？"

"奶茶，"沈昼叶温和地说，"挺好喝的，回国我带你去喝。"

陈啸之回应："行。"

"之之，我们初中后来组织过几次周年聚会，你知道吧？"

陈啸之道："知道。"

沈昼叶挠了挠头："也对，你怎么说也是班长，他们肯定要先联系你的……但是你一次都没去。"

"嗯。"

沈昼叶小声问："怕我？"

陈啸之没说话。

"也组织过很多次回去看老师，但你一次都没来。"沈昼叶得寸进尺地把手伸进陈教授的毛衣里取暖，还在他腹肌上揉了揉。

陈啸之抱着她，被冰得倒抽一口冷气："怕你。"

沈昼叶有点儿气闷，讲："我又不会吃人。"她又莞尔道，"不过错过了也没啥的，没什么回忆往事的环节，就一帮男生喝酒吹牛而已，我去的那次结账光酒钱就九千多。"

陈啸之乐了，问："没喝出个酒精中毒？"

沈昼叶的眼睛笑成小月牙："没，我后来偷偷拿了个小酒瓶回宿舍插向日葵了。"

黎明前的一切皆黑，唯有耳畔绵延万年的风声。

"我们回国后去看看老师们吧？"沈昼叶盘算道。

陈啸之轻轻按住了她的头，说："好。"

"之之，你猜我们这个速度到华盛顿要多久？"

"一个星期？可能更长……"

"但无所谓了。"女孩子笑盈盈地说。

男人顿了顿，也笑着答道："对，无所谓了。"

片刻静默后，沈昼叶又在黑暗里开了口："陈啸之，我觉得，和你走上这条路，是我这些年发生的最好的事情。"

陈啸之沉默了很久，再开口时声音沙哑："我也是。"

东方现出一丝晕染的朱红色，犹如夜空里绽开的小王子的玫瑰。

"我再也不想放开你了。"姑娘在泛红晨曦下突然说。

陈啸之一震，他难以置信地看着她，怀里的女孩子眉眼里含着一江春水，四月的春天因她绽放。

下一秒，她的眼睛突然瞪大了。

“太阳出来了！”沈昼叶喊道。

朝阳破开沉沉的夜，火与铁涌上山岳，灰雁界定天空。

风起云涌，科罗拉多长河滔滔，河流之上残破的黑夜裂成千万碎片，现出一个年轻的黎明。

陈啸之被震撼得无法言语，沈昼叶激动至极，不住发抖，眼里全是初升的朝阳，尽是闪光。

大风刮过山冈，衣摆猎猎，日出东山。

那是无以言表的自由同野性。

沈昼叶团了个话筒，向峡谷底嘶吼：“啊——”

陈啸之仅犹豫了两秒，立刻紧随其后：“啊——”

天地空荡荡，两人的大叫声回荡在山谷云层间，回声不绝，像极了万物的回应。

而后，沈昼叶爆出大笑。

陈啸之忍了一下，没忍住，也爆发出大笑。

两个人笑得毫无缘由，却开怀到极致。

“好爽啊！”沈昼叶激动得喘息不已，笑道，“你说，会不会有人以为我们出事儿了？”

“谁知道，”陈啸之话音未落立刻冲山谷大吼，“沈昼叶水性杨花！！”

沈昼叶不依不饶地大叫：“陈啸之小心眼儿！！”

“沈昼叶不要脸！”

“姓陈的缺爱鬼！”

“沈昼叶初中的时候大放厥词说自己以后一定是一米七几的大胸御姐，结果十年后身高一米六三去便利店买酒都有人问年龄！！”

沈昼叶被戳中死穴，气急败坏地吼：“陈啸之处男到二十五岁！”

下一刻，陈啸之目光冰冷地在她身上停顿三秒，对山谷宣布：“她补助没了。”

穷苦的博士生卑微地道歉：“对不起。”

陈啸之在她头上揉了揉，还拍了一下。

沈昼叶敢怒不敢言，捂着被拍的额头，往日出的方向看去。

日光似金，河上漂浮着金火，万里山河。

她又团了个小喇叭，大声地冲四下无人的世界喊道："I will conquer you——[①]"

陈啸之一怔，看向身边眼里燃着不服输的光的女孩儿。

沈昼叶深呼吸一下，又嘶声喊道："Your Secrets are nothing to me！"

陈啸之屏住呼吸，看着身边头发凌乱的女孩儿，她身形瘦小，可前所未有地充满力量，每一寸皮肤都不屈到极致，每一根发丝都沐浴在最狂野的晨曦之中。

"听到了吗，你的秘密一文不值！"她撕心裂肺地大喊，"I despise your mystery，I despise your fact，you are to be theorized！"

我唾弃你的秘密，正如我唾弃你的真实，你是理论，并非迷局。

她喊完时眼眶里都是泪，停顿了片刻，对世间寰宇近乎疯狂地吼道："我是世界之王——"

那一刹，草绳断开，那年轻的山雀挣脱束缚，铁笼中仅剩一枚绒羽。

陈啸之与自己的女孩儿一起站在征服一切的山巅，风吹乱衣领，他怔怔望着那个姑娘，几乎荡神摄魄。

他们下山时都快中午了。

上山容易下山难，他们来大峡谷也只是临时起意，没带全套登山装备，沈昼叶穿的还是带绒的雪地靴，地上稍有不平就硌得脚生疼。因此，两人只得互相搀扶，一步步往山下蹭。

情况极度惨烈。

沈昼叶单手扶着沉积岩，另一只爪子颤颤巍巍地要去抓岩缝里的枯草。

陈啸之没见过上赶着送死的，当即伸手要扶她，但沈昼叶唯恐重心前倾，坚决要趴在山体慢慢往下滑。

陈啸之更没见过这么蹭山脊梁骨的，头都要炸了："别拽那玩意儿啊！小心滚下去！"

沈昼叶的小爪子抠着岩缝，抽抽搭搭："呜呜呜陈啸之你不能让直升机把我带下去吗？"

---

① 我会征服你。

“人家早走了，”陈啸之气急败坏道，“而且不是你要体验登山的吗？行程都是你定的，所以我包机的时候就没订返程。”

“那你为什么不拦我？”沈昼叶手扒在石头上，流泪道，“我辛劳一生，还没拿到博士学位就要交代在这里……”

陈啸之说：“你给我滚下来。”

沈昼叶头摇得像拨浪鼓，坚持要扒着山当蜗牛往下蹭，陈啸之左看右看也不舍得下手揍，最终咬了咬牙，踩着一侧的砂岩，把她半搂半抱地带下来。

“你身体条件太差了。”陈啸之捏着她的手，很不满地说，“我没见过比你肢体更不协调的。”

沈昼叶毫无愧意：“那你现在见到了。”

陈啸之抬手拍了她脑袋。

后面的路好走了些，骄阳似火，沈昼叶被晒得脸都红了，陈啸之把自己的外套脱了，给她围在头顶上。

“沈昼叶。”他忽然说，“你从小身体就不好。”

沈昼叶抬起脑袋，看向陈啸之。

“今年我带你去医院看病，发现你看病还看出人脉来了。”他说话时并不抬头，专心看着面前的山路，“你奶奶说，她觉得你是早慧早夭的命。”

沈昼叶一愣：“嗯？”

“回去之后跟我一起锻炼。”陈啸之冷漠地说，“我给你办一张健身课，你上跑步机练心肺去。”

沈昼叶听到锻炼就发怵，说：“可我不想……”

陈啸之眉峰很凶地一挑：“你敢不去？”

沈昼叶被他拖着下山，过了半天，窝窝囊囊地为自己辩解：“真的，之之，我没那么糟糕的……”

风声呼啸而过，陈啸之忽然开口道：“我跟你一起，你必须活到八九十岁。”说完，就紧紧拽着沈昼叶的手，带着她往下走。

他成熟有力的手再也不会松开——无论是前方是山路还是悬崖，是闪着光的春天或是漫长寒冷的冬季。

沈昼叶的眼眶一红，纤细的手用力地握了回去。

第四十二章

如何战胜死亡

离开大峡谷后，二人一路向东去。

40号州际公路过了亚利桑那州就是新墨西哥。在那里，冬天的气息消散无踪，万里骄阳大漠，只剩夜晚的寒意提醒他们仍处于冬天。

途经阿布奎基时，沈昼叶买了两顶墨西哥大草帽，两个人戴着帽子在房车里放歌。帽子又大又尖，沈昼叶拿来了陈啸之的金边眼镜，在音乐声里开始学阿不思・邓布利多①的台词。

陈啸之嫌弃了两句，后来也觉得有意思，加入进去。

“之之，你觉得魔法世界里那些会说话会串门的画像是什么。”

陈啸之一愣：“就是……魔法画像啊。”

“可是他们也太真实了，”沈昼叶撑着腮帮回忆道，“胖妇人和卡多根爵士先不提，第五本的菲尼亚斯校长也只是让我觉得有点儿神奇，可是第七部邓布利多去世后他的画像呢？那个画像能和斯内普聊天，有邓布利多校长所有的记忆，有他的喜怒哀乐，甚至见证了整个故事的结局——这真的只是画像而已吗？”

陈啸之想了许久，诚实地答道：“其实我一直是把那个画像当成邓布利多校长本人看待的。”

尖帽子滑了下去，沈昼叶扶正帽子，忽然开口：“之之，你记得那句‘最后一个要战胜的敌人是死亡’吗？”

---

① 魔幻文学系列小说《哈利・波特》中的校长。

陈啸之想了一下，回应道：“是詹姆和莉莉的墓志铭吗？”

“是，”沈昼叶道，“我每隔一段时间都会读一遍《哈利·波特》，每次读都会多懂一点儿东西，它是属于儿童的幻想世界，也是属于成年人的童话。可我没看懂过这句墓志铭，甚至非常反感。”

“为什么？”陈啸之问。

“如何战胜死亡？”沈昼叶直视着前方的大路，“死亡是个休止符，是一个人喜怒哀乐所思所想的彻底终结，哈利为了父母的死痛苦了十七年，他的大儿子叫詹姆·波特，唯一的女儿叫莉莉。”

车停了。

“我也是，一直没能从那个下午走出来。”沈昼叶在窗外的风声中拽了拽帽檐，“我都已经二十五岁了，却还想去看看我十五岁时和我爸一起走过的路。”

陈啸之拉了手刹，从驾驶座爬到后车厢，朝沈昼叶走去。

“它是一座移不走的山，是永恒缄默的道别，是一个人的永夜……是所有悲剧最无解的结局……死亡明明是不可战胜的。”女孩儿的声音带上哽咽，磕磕绊绊地说。

她埋进自己的小竹马的怀里，毛茸茸的脑袋依赖地蹭了蹭他胸口，像一只田野中的小狐狸。

男孩儿无声地搂了小狐狸好久，他清楚他的狐狸受了伤，可那伤口隐匿在深处，抹了毒，永不会好。

没有人能忘记所爱之人的死亡，忘不掉那天的撕心裂肺，忘不掉此后空旷无人的房间，一部分的自己会跟着他死去。这种痛苦属于十五岁的女孩儿，属于四五十岁的中年人，也会属于七八十岁的老婆婆……在兜头砸下的暴雨里，无人幸免。

夜色下，他们在旷野里野营。

房车里有套一并租来的烤肉工具，炭火都是现成的，还有一个点不着火的打火机——陈教授和打火机搏斗了二十分钟，零件都拆完了，他又把房车翻了个遍，连半盒火柴都没找到。

沈昼叶在窗边用小刀切胡萝卜，非常讲究地把胡萝卜和花椰菜串起来，见到陈教授的困境，充满创新精神地提议：“要不然你试试钻木取火？”

陈啸之无语凝噎。

“我小时候在参加夏令营的时候学过，”沈昼叶友好地介绍道，“野外求生小技巧，钻木取火，只需要木头和引燃棒。”

“那你来吧。”陈啸之嘲讽道。

“我没成功过。”沈昼叶羞耻地说，“但我理论知识丰富，可以教你。”

陈啸之看了她一眼，拎着木炭和一根木棍去了野地。

沈昼叶看着他略显萧条的背影，觉得自个儿如果还想活命，就不该追究这火到底是怎么点起来的……

荒野里一点摇曳的火，头顶万千星辰。

陈啸之负责烤，沈昼叶负责吃，顺便用小刷子刷烧烤酱。荒漠昼夜温差大，何况又是冬天，沈昼叶套着厚外套都顶不住，陈啸之就把自己去晚宴时穿的大衣拿来，让她围着。

沈昼叶裹得圆圆的，缩在篝火边，慢慢地啃烤得泛黄的芦笋。

“如果有熊来吃人，逃命的时候我踢你一脚，你速度能比我还快。”陈啸之翻着牛里脊，漫不经心道。

沈昼叶小心地吹着冒气的芦笋，理性地说：“你大衣太厚了，厚成这样你得考虑摩擦系数和劲度系数。”

“懂了，”陈啸之平和道，“把你喂熊。”

沈昼叶小口啃着芦笋，抱怨道：“你好狠的心哦。”

凶恶的陈教授不为所动，给扁豆翻面，又把烤好的牛里脊夹进沈昼叶的小碗里。

沈昼叶一边嘀嘀咕咕一边啃烤肉，陈啸之忽然拍了拍她的肩，示意她抬头——然后他俯身，与那姑娘接了个吻。

冬夜，行星如花闭拢，宇宙绽开一轮新月。

他们在德州路边拉了个搭车客。

搭车客是个五六十岁的美国老太太，头发花白，背着个行囊，说自己退休了要周游北美，下一站是休斯敦。

老太太对着地图看了半天，决定在阿马里洛下车。

沈昼叶从未见过搭车客，只在书里读过1960年的搭车文化——美国的黄金时代和那群在黄金时代失落的一代，他们并非财富的创造者，也没能掌握话语权，却夹在一个与他们无关的繁华盛世间，沉默而潦倒地反叛着。

后来，这一群人和嬉皮士一起消失无踪，只剩一个黄金时代的剪影。

她觉得新鲜，和老太太有一搭没一搭地说话。

“你们去哪里？”老太太放下背包问。

沈昼叶说：“从洛杉矶到华盛顿去，我小时候在那里住过很久……他和我一起去。”

“这是条很长的路。”老太太评价道。

沈昼叶想了想，笑了：“年轻应该是容得下疯狂的。”

“太片面了，孩子，人生也是容得下疯狂的。”老太太摘下眼镜，低头擦拭镜片，友好地问，“你今年多大了？还没到三十岁吧？原谅我，我不是很会辨认亚裔的年龄，你们看起来都太小了。”

沈昼叶莞尔：“二十五岁，我和我男朋友都是。”

老太太怀念地笑了笑。

“很有意思的年纪。”她望着远方滚滚而来的鲜红戈壁道，“我还记得我的二十五岁特别割裂。”

沈昼叶看着面前的老人。

“小时候他们承诺了我许多东西，譬如闪耀光辉的未来，譬如广袤无垠的世界，可是我长大了却无人兑现这张支票，我面对自己的平庸，面对我跳脱不出的框架……我的上司、我的生活甚至我的男朋友都是我解决不了的硬骨头，一团糟。”

“二十几岁是连通梦与现实的桥，所以一切成为被风吹走的游乐园气球，那些好的东西与我无关，连我做过的梦也与我无关，我掌握不了自己的人生，是游离于世界之外的过客。”

“我是谁？我该往何处去？”老太太蔚蓝的眼里盛着夕阳，开口道，“我为何泯然众人，却又游离人群之外？”

沈昼叶无意识地接道：“我为何在这里？我的将来会是怎样的？”

“二十几岁的我对这世界没有半分归属感，我在这里一无所有，生没带来，死也带不去。”老奶奶望着远方说，“我开始意识到很多少年梦都是空想。这是个很好的世界，我却是个背着行囊路过城镇的流浪汉，我永恒徘徊在世界的城门外，等待一朵时间的黄玫瑰落于发间，或一发子弹贯穿我年轻的胸膛。”

沈昼叶心里难受得要命，她无助地问：“比现在再长大一点儿，会好些吗？”

那些迷茫和痛苦，萦绕在周身令人无法呼吸的漂泊感，站在悬崖边摇摇晃晃的二十五岁——这所有的一切，会随着时间变得好些吗？

“这个问题十几岁的孩子也会问你。”老太太平和温柔地望着面前的姑娘，“你来回答我，孩子，二十几岁会比十几岁幸福吗？”

老太太在阿马里洛下了车，那时天已经黑了。

沈昼叶下车送她，陈啸之有些犯困，留在了车上。

老太太执意要给她拼车的钱，沈昼叶也执意不要，最终老太太叹了口气，送给她一盒自己孙女做的小饼干，饼干装在一个密封盒里，贴着一张爱心贴纸，只是长途颠簸让它碎成了粉末。

老太太莞尔道：“她厨艺不太好。”

沈昼叶道了谢。

老太太背着行囊走向灯火辉煌的街道，忽然回过头道：“你运气很好。在落下的黄玫瑰和贯穿胸膛的子弹中，世界赠予你的是黄玫瑰。”

沈昼叶一愣。

“子弹也不赖，可黄玫瑰——”老人没有继续说下去，转而温柔地道，“孩子，我许愿你得到尘世中永恒的幸福。”

老人说完，背着行囊转身投向人群川流不息的街道。

沈昼叶在原地看着老人离去的方向，过了许久才回到车上。

陈啸之疲惫至极，正靠在方向盘上打瞌睡。旅程连日，他比沈昼叶累得多，连睡都睡得不太安稳，皱着眉头，眼眶下一层浅青。

这个人几乎事事亲力亲为，连沈昼叶想替他开一会儿车，他都不愿意。

明明累成这样了。

沈昼叶胸口酸软的情绪如潮汐涨落，她爬到旁边料理台上坐着，隔着黑夜看陈啸之睡觉，不舍得叫醒他。

沈昼叶想起那个黝黑的五岁小男孩儿似乎也是这样睡觉的，小男孩儿握着一根黏糊糊的冰棍，趴在蒲团上睡得一脸不耐烦，和现在这个男人如出一辙。

这世上最残酷的东西是时间，可它筛下的沉淀如此温柔炽热。

一辆车疾驰而过，陈啸之猛然惊醒，仓皇地向旁边看去。

沈昼叶坐在料理台上晃腿，若有所思地盯着他。

陈啸之刚刚大约怕她丢了，见到人就松了口气，坏脾气地埋怨道："回来了为什么不叫我？"

"在想事情。"

陈啸之摸着手机看时间，漫不经心地问："想什么？"

沈昼叶没头没脑道："想我们以后去哪里买房子。"

"你傻——"陈啸之嘲到一半，忽然呆住了。

"学区房就算了吧，"沈昼叶凝重道，"我坚决不做西城区和海淀区的家长，太焦虑了，小孩子就应该满街撒泼打滚。我之前还看论坛上有人问五年级学生英文词汇量五千够不够用。"

陈啸之沉思三秒回答："不够用。"

沈昼叶坐在料理台上嘲他："所以你是西城出身啊，看不起你。"

"你是美国的。"

沈昼叶尖叫："你放屁——"

陈啸之忽然站起来走到沈昼叶面前，和她四目相对。

两人离得太近，呼吸都缠绕在一处，沈昼叶感到脸烧了起来，像十五岁那年感冒时的症状。

在黑暗和晕开的灯光里，陈啸之看着她，眼睛亮亮地问："你想去哪里住？"

"我还……还没想好，"沈昼叶的面颊红得如晚霞，"但是我想要个大阳台，摆个舒服的躺椅，想在那里睡午觉，我在宿舍里挤怕了，房间背阴睡觉也不舒服……"

陈啸之笑了起来。

"那我们回国看看？"他边笑边促狭地说，"挑一个可以摆很舒服的躺椅的大阳台，你的躺椅旁边可以放个猫窝，猫也喜欢晒太阳。"

"还要天竺葵。"沈昼叶补充。

陈啸之亲了亲她的耳朵，低声说："好，还要天竺葵。"

房车穿过戈壁，又穿过滩涂。

沈昼叶趴在车窗边，沿途吹着风看大雁。

朔风凛冽，她的脸被吹得通红，眼睛闪着光，目视远方。有时陈啸之将车停下来，和她聊聊天，或者睡个午觉。

将来，前几年的所见所闻，甚至只是一本书……他们无所不谈。也正因如此，沈昼叶前所未有地感到，陈啸之与自己太像了。

他们用过同一本教材，读过同一本书，两个人连观点都相差无几——就好像对方是自己遗落在这世上的半身。

沈昼叶开玩笑地问："之之，你猜你妈妈会不会不喜欢我呀？比如给我一百万让我离她儿子远点儿……一百万嫌少就给两百万，两百万还嫌少的话就给三百万。"

"不可能便宜你的。"陈啸之瞥了她一眼。

这是什么屁话！沈昼叶立刻戏瘾大发，谴责道："就是我一分钱都拿不到只能净身的意思？你们家怎么这么抠？我认识的一个小姑娘至少还能拿——"

陈啸之冷漠无情地打断她："净身是当太监，你是想说净身出户吧。"

沈昼叶立刻扭头看向窗外，假装无事发生。

陈啸之发愁道："你当年没保送可怎么办？"

沈昼叶心想，反正大北肯定是考不上的。

"而且，我是说，我不可能便宜你的。"陈啸之叹了口气，"再说了，是我和你生活，跟我爸妈有什么关系？我下半辈子又不是和他们过。"

沈昼叶听了这个回答，心里冒出一点儿小火苗，却又小声嘀咕："还有婆媳关系……"

陈啸之头大如斗："少看点儿晨间剧。"

沈昼叶哼哼唧唧地滚到了一边。

过了会儿，陈啸之忽然开口："况且她挺喜欢你的。"

沈昼叶闻言就是一呆，傻不拉几地指了指自己："我？你和他们说过我？"

陈啸之不谈论那个问题，透过镜片看女孩子，难得温和地对她道："你就放心吧。"

他们穿过俄克拉荷马，又横贯了密苏里。

在公路上行车，除了路过的车就是公路旁的杂草、巨石和沙砾，走久了就会觉得整个社会都不存在，时间的流逝也变得几乎不可分辨，唯有头顶的日升月落真实存在。

而在进入宾夕法尼亚州后，人口密度高起来，陈啸之和沈昼叶才后知后觉地发现新年快到了。沿街全换了装饰，圣诞特有的绿叶红果全被撤了下来，取而代之的是星星灯与霓虹，和Happy New Year的大广告牌。

沈昼叶乐了："你猜还有什么情况能走得比你开车还慢？"

"有，你自己上路。"陈啸之中肯道，"当然，你开车的话，走的距离可能比我多点儿，但我估计你现在应该在佛罗里达到处问路。"

沈昼叶被姓陈的这张嘴烦得要命，抄起玉米圈扔他。

"再扔？"陈啸之面无表情地威胁，"再扔我让你全捡起来吃了。"

沈昼叶气成河豚，却不敢继续扔了……

"姓沈的，你就是欠管。"陈教授蹲在地上捡玉米圈，边捡边嘲，"还欠揍。三天不打上房揭瓦，谁能受得了你这个脾气？就算你真和别人发展了，就你这得寸进尺的德行，普通人估计三天就逃了。"

沈昼叶问："那你是什么？"

"我命不好。"陈啸之捡起最后一个玉米圈，冷漠地说，"过来。"

沈昼叶腹诽你这鬼性格也没几个能受得了，并不与他计较，去看他要做什么，然后被一把抱住了。

"你怎么这么喜欢抱人？"沈昼叶埋在他肩上，小声嘟哝。

陈啸之无情地搂着她，说："命不好。"

他们决定在匹兹堡停一夜，第二天一鼓作气开到华盛顿哥伦比特区。

匹兹堡新年气息很足，百货商厦门口悬着万千星光灯。沈昼叶和陈啸之走进酒店后才发现他们穿得与流浪汉无异，沈昼叶灰扑扑的，陈啸之也没好哪儿去，但他头发不卷，有得天独厚的优势，仍能看出是个英俊的亚洲男人。

"我像在泥里打了个滚儿。"沈昼叶在电梯里拽拽自己的卷毛，嘀嘀咕咕。

陈啸之靠在栏杆上端详她，看着看着笑了："之前没注意，现在才发现，你和土拨鼠还挺像。"

天色暗了下来，沈昼叶被自己的竹马牵着手去换新年的皮。

陈啸之买衣服好比诺曼底登陆——沈昼叶还没翻完导购员给的冬季时装刊的目录，他那边就已经试完衣服刷完卡，意气风发地问："我买完了，你想逛哪家？"

沈昼叶看了看周围这些令人心惊肉跳钱包痉挛的装修精美的门店，满面凝重："之之，这些你能分清吗？"

"能……分清吧……"陈啸之嗅到一丝危险的气息，谨慎道，"我不帮别人代购化妆品，尤其是女的，但给我妈带过一些，怎么了？"

"真好，我分不清。"沈昼叶指了指琳琅满目的沿江店面设计精良价格不菲的灯牌，安详地说，"却知道我买不起。"

晚上八点。

沈昼叶张了张嘴，陈啸之并不理她，面无表情地抽出自己的卡，又抽出张酒店名片，对店员道："把东西包一包，送到这家酒店。"

店员在奢侈品行业从业多年，熟练地接过卡，抱着堆成山一样的衣服，火速冲向刷卡机。

"那条裙子我只是摸了摸，刚刚那些衣服里我只把大衣往身上披了一下，连衣裙、裤子和那双鞋我也只摸了摸，根本没穿。"沈昼叶含冤道，"买衣服前至少要试试吧！"。

陈教授倍感诧异："为什么？"

沈昼叶头都大了，想起自己室友吐槽男朋友买衣服的速度——他们根本不需要试，就是从货架上按自己的尺码划拉，五分钟解决战斗。沈昼叶当时还觉得那是个例，没想到陈啸之也是这类货色。

"不都挺适合你的？"陈啸之看着地上的纸袋说，"刚刚那条连衣裙也是，我看你挺喜欢的啊。"

沈昼叶被看穿，耳根泛起了红，仍小声争辩："但喜欢不一定要买吧！我都没穿过那种风格的衣服。"

"那就穿穿看。"陈啸之道。

这话说得无懈可击滴水不漏，过了好久，沈昼叶才小声地说："但是也太贵了。"

陈啸之眉峰挑起，诧异地看着她。

"你像在赌气一样。"沈昼叶犹豫了下，说，"可能我说完那句话后你觉得我挺惨……过奢侈的生活固然好，但我也不觉得现在的生活哪里坏。之之你明白吗？我不将我的价值寄托在钱上。"

陈啸之笑了起来。

"我指着学校发的那点儿补助活着，但我为此自豪。所以，别做这种事儿了……"沈昼叶声音渐渐变小，"不是怪你，是不想看你赌气。"

陈啸之伸手摸了摸她的头。

她是春夜的风，盛夏的川流，是疾驰在雪原的骏马。

风与川、骏马可以绕春水梨花而过，却不会为任何一堵城墙折腰，万物流过这个女孩儿的身侧，她点着灯赤着双脚，只为真理停驻。

“也是，”陈啸之看着小青梅，松开了眉头，笑道，“你一直是这种人。”

沈昼叶用余光瞥了瞥正在折衣服的店员，小声对他说：“所以之之，我们去吃宵——”

“但是，好看吗？”陈啸之忽然道。

沈昼叶一愣。

陈啸之指了指她脚上穿的米白色小羊皮踝靴里。

沈昼叶是个天生的衣服架子，只是平时不太打扮，但一旦打扮起来几乎穿什么都漂亮——无论是跟着室友一起拼十块钱邮费的裙子，还是鞋底沾不得水的小羊皮踝靴。

“好看呀。”沈昼叶笑着，很高兴的样子，还不自觉地晃了晃腿。

仿佛这世界都是为她而生的。

小竹马笑了半天，终于对她说：“那这就够了。”

他们回去时沿着俄亥俄河走，大河潺潺，金灯与月一同镀在街头。

沈昼叶裹着厚厚的大衣，踩着小靴子，小心地在路缝上踩直线——那动作并不危险，但她没半点儿平衡感，时时刻刻让人担心她会不会摔在平地上。

陈啸之牵着她，冷漠道：“沈昼叶你能不能好好走路？没有摔跤的条件你都要创造一个是吧？”

沈昼叶很卖乖地讨好他：“怎么会？不是有之之抓着我吗？”

“你不冷吗？”黑夜里，陈啸之捏着她的手心，别扭地说，“手这么凉。”

沈昼叶笑得眼睛弯弯地回答：“你的手好暖和哦。”

竹马用力攥着她的手：“废话。”

一阵大风刮过江堤，灯明暗一刹，沈昼叶看见橱窗里贴着“新年快乐”的标语——后天居然就是新的一年了。

“之之？”沈昼叶忽然开口，“你知道我为什么这么执着，一定要来华盛顿吗？”

陈啸之牵牵她的手，示意她说。

“我总觉得，有什么事儿在等着我。”沈昼叶感到自己颇为焦虑且混乱，“似乎有一个被我十年前忽略了的细节，有一个……答案。我必须回去看看。”

他们有很多天没睡普通的床。连日在路上，只能睡房车，沈昼叶又是个娇生惯养的，回了酒店就栽进床里拔不出来。陈啸之试图把她踢去洗澡，但沈昼叶像个虫一样抱着被子，露出一副“只要姓陈的敢踢，她就敢哭一晚上”的决绝神情。

陈啸之看了半天发现那茧子无从下手，发了个脾气：“脏死你算了。”

沈昼叶很痛苦，把脸埋进羽绒被子，在床上滚了滚，软软道：“可是我这几天这么累，是因为谁呀？”

陈啸之意识到不做人的是自己，立时静了。

女孩子的脚踝白皙细嫩，脚跟泛出波斯菊一样的红色，在雪白的褥子上蹭了蹭，然后对他小声道：“今晚我们就普通睡觉吧……之之？”

沈昼叶像在颐指气使地撒娇，但因为她太甜美，没有人能抵御她的号令。

陈啸之极力压下躁动：“行。”

沈昼叶笑了起来，伸开胳膊要他抱抱。

他们抱在一处，陈啸之闻到女孩儿发间残香，犹如人间四月。她是被含在黄色的迎春花里的少女。

“之之。”黄色的迎春花在风里呢喃。

陈啸之意乱神迷地“嗯”了一声。

“我总是不受控制地想，这一切究竟有没有根源。”沈昼叶趴在陈啸之的胸口，小声说，“我小时候看过一篇软科幻文，叫《黎曼的猫》。”

陈啸之诧异道：“黎曼和猫，这怎么能扯到一起去？”

“黎曼猜想是对黎曼zeta函数的零点分布的猜测，即Zeta函数的所有非平凡零点实部都位于Re（s）=1/2这个直线上，它的重要程度我们不需多说。”沈昼叶解释道，“一百一十多年来数学家们用尽了浑身解数，都没能将这个猜想转变为定理，它就像一个数学里的高山，所有人都在试图丈量它的高度，但它的山顶埋没在云端，无人能观测到。”

陈啸之眉峰一扬：“嗯？这和那小说有什么关系？”

“这篇小说是讲，一个大学教师回老家，见到了自己年少时的朋友。那个朋友很聪明，聪明到所有人都觉得他将来定会干出一番事业，这么多年来他却籍籍无名。大学教师和朋友攀谈后，得知他正在证明黎曼猜想，如今已经花了快二十年的工夫，而且快要有所突破了。”沈昼叶皱了皱鼻尖，说，“那个大学老师陪着朋友一起。但是每次他们有一点儿突破的时候，世界就会出现异状，电子设备失灵、无线电报废，后来地球自转停止公转轨道扭转，夏日降雪……而这一切，都是随着他的证明一步步推进出现的。”

陈教授眉毛一扬。

沈昼叶继续介绍："最后一切到了无法收拾的地步。朋友意识到这都是自己即将证明黎曼猜想的缘故，黎曼猜想是数学最深的根基，这个根基是无法被观测的，就像密闭容器里的镭和猫。"

"为了拯救世界，朋友和妻子一起走进了茫茫大雪中，两人在雪里殉情。大学老师收拾朋友遗物时看见朋友的手稿，知道它是不属于这个世界的东西，于是哭着将它烧了。"

陈啸之没有说话。

"这篇小说认为，我们是无法到达万物的根源的。"沈昼叶笑了起来，"是个很有道理的小猜想，不是吗？"

陈啸之望着她。

"你想啊，之之，"沈昼叶莞尔道，"现代物理学的两大中流砥柱，量子力学和广义相对论，尤其是涉及时空的理论，简直是水火不容。这只有一个可能——这两个理论都是可被证伪的。"

"可被证伪的"……她说得太含蓄了。

那甚至可以说是"错误的"——因为这意味着这两个理论的模型不够宏大，不足以推演这个宇宙，并非适用万物的理论。就像量子力学与广义相对论在二十世纪淘汰掉了经典力学的时空观一样，它们的时空观也终将被淘汰。

陈啸之哂道："光的波粒二象性。"

"对。"沈昼叶抬起头对他说，"连光都会随着观测它的方式改变形态，我第一次学双缝干涉实验的时候世界观都塌了……所以我有时候真的怀疑，这世上到底有没有究极的真理，而我们是否具备观测它的能力。"

陈啸之笑了。

"从我的角度，很难想象它们被证伪后的世界。"沈昼叶眨眨眼睛，若有所思，"如果它们都被推翻，那个世界的理论和真理又是怎样的？"

从小就从课本和铅字里往脑子里刻的知识，对他们——生于基础科学大爆炸的二十世纪尾声的沈昼叶们和陈啸之们而言，无异于亘古的真理，是他们世界观的基石。

那是日升月落，地月相吸，比萨斜塔坠落的铁球，是理所应当。

可它不够完美。

"但每次我怀疑到底还有没有更完美的理论的时候，我都会意识到，三百年前再聪明的头脑也无法想象我们如今的学说，想象不到那场思想大爆炸究竟怎样改变了人类看待世界的方式，和那之后被改变的一代代人。”

陈啸之看着黑暗中沈昼叶如坠入凡间的星辰般的双眼。

“十五世纪的人想象不到太阳系的真相是日心说，认为地心说才是真理；十八世纪的人想象不到时空会随着引力弯曲，对牛顿的经典力学时空观深信不疑……所以，二十一世纪的你我其实和他们一样，将广义相对论和量子力学奉为圭臬，无法想象将来的世界。”沈昼叶轻声说，“这是我们的极限。”

“可改变是一定会发生的。”陈啸之看着她低声道。

他们的鼻尖几乎要贴在一起。陈啸之看见姑娘纤长睫毛下的双眼年轻鲜亮，犹如一丛生在河里的野百合，又像竹篮里盛着的闪光的春夜。

那眼神属于也只属于年轻的灵魂，不驯，没打算对任何事物低头。

“对，我们不会止步于此。”他的爱人看着他认真道，“如果它们是权威，那我们就要杀了权威，因为科学里永无权威一说，没有什么是不可挑战的真理。”

陈啸之觉得耳熟，想起这是他和沈昼叶都看过的《魔鬼出没的世界》里的话。

将近二十年了，她还记得那本书里最不起眼的句子。

“如果它们是信仰，那我们就要杀了每一尊神佛。”沈昼叶轻声说，“因为真理的火种比所有的普世价值都宝贵。”

陈啸之看着她，几乎一眼望见了她的过去。

二十年前，小小的昼叶穿着花裙子在佛罗里达看火箭，火箭在卡纳维尔角发射升空，爱她的父亲发现年幼的女儿的目光渴切地凝视着天空，带她去吃午饭，又送了她一本书。

火种在那一刹那燃起，历经了悠长的岁月，再没熄灭。

黑暗中，陈啸之沙哑道：“你想见他。”

下一秒，泪水滴在他的脖子上，女孩子无声而悲恸地痛哭，几乎喘不过气来，像个受伤到极致的小动物。

他听见沈昼叶发抖的呼吸声，温热的气息颤颤地扑在他的耳畔，像春日的雾与雨。

“嗯。”她哭着承认。

陈啸之晓得他的拥抱无济于事，她的伤口从没好过，恐怕会伴随她一生。

可他还是要抱，用自己的体温去温暖她，让她知道永远有人相伴她。

这是他五岁那年拽着满街奔跑的像块绿色小宝石的属于他的小青梅，是满身疮痍的，再也没能从十五岁的那个下午走出来的小姑娘。

二十五岁的陈啸之感到沈昼叶汹涌的悲恸涌向他，山崩地裂，如海啸一般。

如果那是真的就好了。

陈啸之心痛欲裂，对上苍祈愿。

“我都没能和他说再见。”沈昼叶说话时坐在地上，车在公路上颠簸，像一叶小船。

她想了想，又自嘲道：“不过生死鸿沟，也不会再见了。”

陈啸之搜刮肠肚，正要安慰小青梅两句，沈昼叶忽然又满腹怨气道：“做人留一线日后好相见，不再见就不用留情面了，他才不管他到底留下了什么烂摊子呢，也不管我和我妈会不会哭。”她恶毒道，“人走了，哪管身后洪水滔天，孤儿寡母哭倒长城都没人管。人渣。”

陈啸之顿了下道：“这又不是叔叔的错……”

沈昼叶大为光火：“陈啸之你再说一句？再说一句我跳车了！”

陈啸之立刻闭嘴。

“人渣。”沈昼叶愤愤重复，“不负责任的垃圾人！我妈喝醉了酒就会骂他！之之你要是敢学我爹，我就把你头拧下来做俄罗斯套娃，脸上画十个王八！”

陈啸之见过沈昼叶炸毛，却没见过这种盛况。

车靠近特区，小青梅大约是见到熟悉的景色，脾气朝霸王龙的路上一路飞奔。陈啸之甚至觉得沈昼叶有心砸车，非常恐怖。

但他总忍不住看沈昼叶的后脑勺，觉得像个小毛绒玩具似的。

陈啸之看得心痒，有心想把她戳摔跤，这么可爱，应该能哭很久。

沈昼叶揉了揉鼻尖，打了个喷嚏。

中午，他们抵达华盛顿。

2018年到了年关，特区年味颇足，路上到处扯着金色的新年挂饰，庆祝这一年的最后一天即将过去。

真到了目的地后，沈昼叶反而安静了。

午后太阳斜沉，高峰期，房车通行尤为艰难。沈昼叶收拾房车里乱糟糟的杂物，不看窗外，那模样没有别的解释，就是在逃避。

陈啸之双手交叉，慢悠悠地问："今晚我们住哪儿？"

沈昼叶拿着装满零食的小果盘，愕然一顿："啊？"

"我还没问过呢，"陈啸之莞尔道，"你家的房子还在吗？"

沈昼叶言简意赅："在。"

"那行，今晚睡酒店还是你想睡自己家？"陈教授饶有趣味道，"两个都得早点儿去，所以你得现在做决定。"

"我……"沈昼叶顿了下，不太好意思地说，"我想……去我家的老房子，但这么多年了，收拾起来很麻烦，你得做好了心理准备再去，也有可能看一眼就想去住酒店了。"

陈啸之笑了起来。

Jeffery St，25，那是一栋位于居民街区角落的深褐色屋顶的房子，是标准美式建筑，两年前修葺过一次，百叶外墙已褪了些色，现出了灰白的木头。

它也有个不小的花园，只是无人打理，地上草枯黄，可怜巴巴地贴在地上。

沈昼叶看到之后温和地笑了笑，看得出没有一分是发自内心的。

陈啸之注意到这一点，提议："我们沿着路到处走走？"

"好。"沈昼叶说完，抬头看了看周围的环境。

街道仍是老模样，连路牌的颜色都没变，只是有一个新邻居牵着条金毛推开34号的门。沈昼叶记起原先那家女主人叫苏珊，爱烤玛格丽塔饼干，每次烤的时候小昼叶都会巴巴地扒在那家厨房的窗户边，蹭苏珊的饼干吃。

那个阿姨如今又在哪里呢？

空了十年的25号门口停了辆房车，邻居纷纷从小窗户里好奇地向外看，只见到两个陌生的黑发的亚裔情侣牵着手站在门前。

他们是谁？

也许是那年久失修的房子的新主人，没人知道，也不太关心。

房子的小主人牵着她的小竹马的手，带着他向父亲曾执教的克里格文理学院走去。

"这家有个小女孩儿叫Amy，"沈昼叶小声告诉陈啸之，"她很坏，初中的时候总压迫我，要抄我的数学作业，但我搞不懂，分数的加减法到底有什么难的？"

陈啸之挑起眉峰，看着她。

沈昼叶踮脚看了看Amy的花园，怀念道："她家的秋千还在，我以前也想要一个室外的，但我爸妈说自己没有那手艺，买了个吊床放在阁楼，让我凑合着当秋千用。你说他们怎么能这么敷衍我？"

陈啸之笑了起来。

小秋千在风里晃晃荡荡，沈昼叶眉头一皱，陈啸之立即正色道："我会。"

沈昼叶耳朵一动，狐疑道："你没骗我吧？"

"我骗你做什么？"陈啸之一本正经地说。

他讲完，觉得好玩儿，捏了捏小青梅的耳朵。

小青梅挥开姓陈的男人的爪子，凶恶地命令："你最好会。回去我就让你给我做一个。"

陈啸之藏不住笑，一把将她的手握住了。

沈昼叶很愤怒地挣了几下，完全挣不开，只好由着那个混账牵——过了会儿，觉得他的手心温暖，自己也小心地回握。

小靴子踩在堆积的落叶上，耳畔沙沙作响，连时间都被攥成了一团。

陈啸之第一次走进他缺席了的小青梅的岁月里。

他穿过五岁的他只曾听闻的长街，橡树上挂着晃晃荡荡的圣诞灯，街口有快餐店和冰激凌小铺，沈昼叶笑眯眯地牵着他的手，指着一个小路牌，告诉他这是自己上学等校车的地方。

这里是陈啸之未曾参与却发疯一般惦念了十多年的世界。

这是他的小阿十生活了十五个春秋的城市，是她第一次读诗的花园，她的人格脊梁被建立起的角落，充满稚气的目光第一次放眼宇宙之处。

"我在这里学过游泳呢。"路过游泳馆时，沈昼叶在夕阳里笑了起来，"我和你讲过的，你还记得吗？我七八岁的时候身体不好，医生建议我找一样运动坚持。我爸妈执意让我学游泳，每个周末都把我送过来游好几圈。我什么运动都不行，只有游泳在及格线以上。"

陈啸之苦涩道："记得。"

"后来我的哮喘被治好了……再后来，这项运动又救了我一命。"他的阿十道，"那天要不是我的肌肉记忆，你连我的尸体都见不到，我估计现在就躺在印度洋海底，身体成为小丑鱼的聚落。"

陈啸之忽然鼻尖发酸。

"明明浪那么大，暗流还把我往下拽，和游泳池那么不同，可它还是水。”她看着天说，“只要是水，我就会。”

陈啸之不受控制地道：“他们总陪着你。”

沈昼叶的目光里浸着夕阳，好奇地看着他，像个小孩儿。

“无论他们在不在你身边，是不是在千里之外，或者阴阳两隔——他们永远都是陪着你的。可能他们终其一生不会说‘我爱你’，但他们的爱就像你身周的呼吸一样，无视空间与时间的束缚，无视引力和被切成碎块的普朗克空间，永远陪在你身边。”陈啸之沙哑着说。

沈昼叶眼眶一红。

“你妈妈有多爱你，你爸爸只会有过之而无不及。”陈啸之道，“你身上也有古老的保护魔法，莉莉·波特[①]用生命守护她的儿子哈利，去世了十七年仍陪伴在哈利身边。爱你的人给你的远比这更珍贵，因为这世界上没有魔法，他们却将魔法展现在你的面前。”

沈昼叶的眼泪吧嗒滚了出来。

陈啸之用指腹给小青梅擦眼泪，他知道沈昼叶是要哭的，没有人走在这条路上不会心碎。陈啸之打算晚上带她吃点儿好吃的，然后去华盛顿碑等待倒计时，明年是崭新的一年，新年前一定要让她开心起来。

但是沈昼叶突然开口，带着哭腔说：“那你不是吗？”

陈啸之一愣。

“你不是吗，陈啸之，”沈昼叶一边说一边哭，“都二十年了，你为什么总不爱提起你自己？”

那一刹那，陈啸之感到自己被一根长矛刺穿了胸膛。

这感觉他在十五岁时见到小昼叶时有过，喜欢她时有过，和她重逢时有过，在废墟上见到她飞扬的卷发时有过。

陈啸之生性缄默，可在这一刻，他的欲念、执着与爱再也无法遁形。

夜色降临，一年的最后一天即将过去。

沈昼叶在约翰斯大学的教学楼走廊里，将自己蹭过课的教室指给陈啸之看。教室锁着门，陈啸之隔着玻璃往里看，想象小昼叶小小的一只，抱着大部头教科书四处蹭通识课——他光是想象都觉得可爱到不行，忍不住一笑。

① 魔幻文学系列小说《哈利·波特》中哈利·波特的妈妈。

陈啸之责任心天生重得离谱，对他小青梅的责任感更为罕见，他猜测小青梅可能有天才病，从小就缺了根筋，长大了这根筋也没长上。

因此，陈啸之早就制定好了方针：大包大揽，能饲养绝不放养。

只是他的女朋友很不自知，认为自己是个独立自主巍峨可靠的成年人，膨胀得像只小河豚。

陈啸想带女朋友吃顿好的，但沈昼叶没什么力气，也提不起劲儿，只想去街角的快餐店吃东西。

于是，陈啸之牵着她，去她以前常去的店里吃了两个半冷的三明治。

“还想去哪儿吗？”陈啸之问。

沈昼叶摇了摇头，小声说：“我们回家吧。”

朔风如刀似剑，刮得人脸都泛疼，陈啸之取了自己的围巾，缠在了沈昼叶的脖子上。

沈昼叶脖子细肩也窄，两条围巾对她的小体格来说太多太厚重，根本围不住，陈啸之试了两下索性把围巾搭在了她的头上，让她顶着小穗穗。

“这样暖和。”陈教授道貌岸然地解释。

沈昼叶顶着围巾，很凶地瞪他一眼。

像块儿小年糕。

他们走在路灯下，沈昼叶忽然开口道：“陈啸之，其实我觉得，这世上所有的怪力乱神都是有根源的，没有平白无故只针对我的奇迹。”

陈啸之笑了起来：“那要看你怎么定义‘只针对你’。”

沈昼叶意识到了自己的不严谨，点了点头：“也是。”

下结论前要先对特殊名词或场景下定义——第一节文献写作课都是这么讲的。

约翰斯大学离她家的房子并不远，当初买房的时候沈爸爸就考虑了妻子上班和女儿的教育和玩耍的问题，特意将房子买在了华盛顿市区中。事实上他上班大多数时间是在巴尔的摩的霍姆伍德校区，只有少部分针对大一新生的通识课位于华盛顿的克里格文理学院。

两地相距六十公里，一个小时的车程。

街上几乎没有人，只有每栋房子亮着灯，一派节日夜晚的颜色。房车还停在她家的门口，落叶堆在车轮旁。

沈昼叶翻过小栅栏，翻进了自家的花园。

那栅栏对年幼的她来说曾是座难以逾越的高山，必须得掰开锁头才能从院子里跑到外面，奔向外面自由的世界；但对二十五岁的她来说，这不过是一跨的高度。

陈啸之见状问："你没带钥匙？"

沈昼叶摇了摇头："我怎么会带钥匙？你也知道我是怎么决定要来的。"

确实是突发情形，出门前谁会想到这位小姐会突发奇想横跨美东？

陈啸之愁苦地道："你总不能让我撬锁吧？被巡逻的警察发现，咱俩得拘留好几日。"

沈昼叶看着他，甜甜一笑："撬锁？就您？您会吗？"

然后她在进门的台阶前蹲了下来。

那里有块踩上去不那么实的小石板，非常小，只是太久没人动了，已经被岁月的尘灰压得结结实实。沈昼叶抠着那块石板一拽，将石板翻了个个儿。

石板下摆着个小小的、锈迹斑斑的洋铁盒。

"当然有备用的啦。"沈昼叶抠开盒子，从里面取出把黄钥匙，轻松道，"放了十多年了，从我小时候就在那儿。这是他们发现我不太靠谱之后加的安保措施。"

陈啸之由衷钦佩，说："叔叔阿姨太明智了吧，方法总比困难多这句话果然没错，和你生活还得学挺多生活小技巧，我学会了。"

沈昼叶威胁道："你想被我掐死吗？"

士不畏死奈何以死惧之，"我都没想到这一层，""死士"陈啸之感动道，"他们还有什么应对你不靠谱的小技巧吗？"

沈昼叶沉默三秒后开口："我今晚一定要宰了你。"

她说完，将钥匙塞进钥匙孔里。

钥匙孔近两年没上过油了，并不顺滑，她塞了好几下才塞进去。

"吱呀"一声，门开了。

房子里面黑得浓郁，什么都看不见，窗外的路灯照亮一截木地板。屋里泛着一股轻微尘灰的味道，陈啸之心里犯了嘀咕，心想谁家房子能这么黑，她家采光是用脚做的吗？

他走了进去，沈昼叶紧跟在他身后，将门轻轻地合上了。

黑得伸手不见五指。

陈啸之纳闷着对她说："你家怎么这么黑？有电吗？开个灯。"

“不对呀……”沈昼叶迷茫道，“可能是维修公司上次来的时候怕晒坏家具，把窗帘拉上了才这么暗。电还是有的，之之你等等。”

她踮起脚尖沿着墙摸索电源总开关。陈啸之想拿手机打个光，可是他刚一拿出手机就一个手滑，手机“砰”地掉在了地上，居然不知所踪了。

“不用，”沈昼叶认真地说，“配电箱就在门口——我摸到了。”

一阵窸窸窣窣的声音，紧接着咔吧一响，配电箱打开了。

黑暗浓厚，过了这么久肉眼仍无法适应这种黑夜，仿佛这不是夜色，而是最纯粹的、连光都无法穿透的空间。

陈啸之忽然生出一种错觉，仿佛沈昼叶的声音正变得缥缈。

沈昼叶顺着一排分闸一个个摸过去，终于摸到尽头的那个小开关，陈啸之蹲在地上，头皮不自觉地发紧。

“啪”的一声，总开关被打开了。

那一刹那，沈昼叶惊叫一声！

陈啸之心里一颤，以为她触电了，下意识地拉住了她的手！

下一秒，一股巨大的拉力拽住了他们两个人。

“之之——”沈昼叶慌张地喊道，伸出另一只手。

她手心出汗，陈啸之甚至来不及反应，本能地紧紧握住。

那是坠落的前一刻。

地板融化为一团浓稠温柔的黑夜。

陈啸之下坠时死死盯着自己的小青梅，唯恐她松脱开，沈昼叶满头的卷发在黑夜里飘摇，目光呆呆地与他对视。

陈啸之忽然意识到，这团黑夜不会伤害到她，也不会伤害到自己。

他抬头看向前方，倒抽了一口冷气。

天啊，漫天都是星星。

他用尽了浑身的力气，握紧了她的手。

在那做梦的人的梦中，被梦见的人醒了。

——《环形废墟》豪尔赫·路易斯·博尔赫斯

第四十三章

我从未离开

两人在通道里下坠。

行星飞掠，在茫茫群星之中，沈昼叶张嘴对陈啸之说了什么——可哪怕两人相距不过一米，陈啸之也听不见她的声音。

他示意自己听不见，于是沈昼叶这次对他做了嘴形。

“上次就是这样。”

陈啸之的眼睛微微睁大。

这种下坠的感觉并不危险，陈啸之深呼吸一口气，将浑身的理智汇聚一处，告诉自己，这只是个梦。

然后，他们坠入一团柔软的虚空，“哧”的一声，触及的不是地面，却有支撑力，那种力自四面八方环绕过来，陈啸之和沈昼叶的每寸皮肤受到的流体压力形成了奇异的能被肉体感知的差值。

“是浮力。”陈啸之喘着粗气支起身体，望着面前的女孩儿。

沈昼叶陷在那团虚空中起不来，挣扎着道：“密度很高，但呼吸顺畅，说是梦都不为过。”

“那你觉得这是梦吗？”陈啸之问。

沈昼叶趴着想了很久，摇了摇头：“我不知道。”

她说完伸出爪子，陈啸之把她扶了起来。

“但这比梦还美。梦会被遗忘的，但陈啸之，你一辈子都不会忘记这里。”沈昼叶笑了起来，“搞不好这是我最狂野的梦。”

“我曾与他谈起我最澎湃的野心，和我孤身进入宇宙的梦。”陈啸之想起沈昼叶是如何描述这空间的，他试着走了两步，发现毫不受阻，脚下十分坚实，于是，他又跑了起来。

这寰宇惊人的充满诗意，走起来时像踩着晚春的草野，跑起来时又成了尘土飞扬的跑道。

这梦境没有边界，是“可能”本身，梦里一切都是被允许的，一切皆有可能。

沈昼叶眉眼弯弯：“信不信？还能游泳的。”

陈啸之环视周围星空，笑了出来：“你说梦话呢？”

沈昼叶没回应，只是用力地戳了他一下。

“沈昼叶——”陈教授趔趄一下，跌入亿万行星之中。

他的开门弟子恶作剧得逞，笑了起来，跟着他跳了下去。

浩渺漆黑的海将他们淹没。

风吹过陈啸之的头发和外套，沈昼叶哈哈笑着游在他身侧，超新星在星云间碎裂又重组，星骸最后的光成为陌生宇宙的太阳。

“你看呀之之，”沈昼叶沐浴在粒子风里，将一团光指给他看，“这和我小时候给你念的书里描述的景象是不是一模一样？”

陈啸之眯起眼睛去看，然后笑了起来：“是。”

宇宙总是如此。

寰宇诞生于太初大混沌，万亿年来以混乱的面貌示人，可它拥有不可改变的秩序。

因此，物质总量永久恒定，绝对零度不可抵达，但那个临界值永远存在。

因此，质量与能量能以c的平方为媒介相互转换。

因此，零的概念不可撼动。

它混沌外在下是最精妙的计算与符号，是最暗流涌动的真实，一切皆可被推演，一切皆在它的掌握之中，一切皆有成因。

所有的自然科学通向哲学本身，通向宇宙的本源。

因此，宇宙得以屹立万世，并通向它命运中的终焉。

流星飞掠，云雾散开又重聚，他们自鸢尾星云间游过，自由得像飞鸟。

沈昼叶忽然问："像不像我们以前看的电影？"

陈啸之一怔。

"Wall-E，"沈昼叶望着远方说，"他在星星间，拎着灭火器和伊娃跳华尔兹。"

陈啸之笑了起来："记得，我抱着你看的，你想跳吗？"

沈昼叶安静片刻，颇为诚实地回答："我不会。"

"简单，我教你。"陈啸之捉过女孩子的手，揽着她的腰。

华尔兹，脚尖进退呼吸交缠。陈啸之开着玩笑似的带着女孩子起舞，却专注看着自己的小青梅，看着她清澈的映着星空的眼睛。

"我还记得你那时候说我是伊娃，你才是瓦力。"沈昼叶差点儿踩到他的脚，小声说，"为什么？怎么想我才是收破烂的……"

"因为伊娃才是被选中的人。"陈啸之道。

沈昼叶微微一怔。

"伊娃和夏娃名字是一样的，"陈啸之捏了捏她的手指，哄她般道，"所以是历史与命运选择了伊娃。她被派遣到成为废墟的地球上寻找生命复苏的迹象……相比之下，瓦力只是个平凡的收垃圾的机器人，整部电影里他一直在追逐伊娃的身影，追逐她身后的美好，不惜从地球追进万里外的飞艇。"

他停顿了下，望向女孩子像湖水的双眼。

"伊娃想让人类回家，"他扣着她的腰肢，"捡垃圾的机器人却只想找回伊娃，点亮一盏灯，和她牵手。"

沈昼叶眼眶一红。

"蠢死了，"陈啸之冷漠道，"脑子都用到哪里去了，这么多年连个动画电影都想不明白。"

沈昼叶抽了口气，哽咽起来："不许骂我。"

陈啸之讽刺她："凭什么？"

"就凭……就凭……"沈昼叶带着哭腔控诉道，"反正就是不准。"

陈教授没绷住，笑出了声，觉得她太可爱了，他揽着她的腰，低下了头。

那瞬间浪漫到不似现实。

仲夏夜，诗人在藤蔓下低声吟唱，是栀子花漫过冬夜，春天顺着白日梦流下，花园里枝叶抽条开花。

少年少女在夜里偷偷翻过巨人的花园墙，在花与叶下接吻。

吻毕，星夜万里。

"你觉得这里会有什么？"陈啸之望着周围的星辰，随口说道，"可能突然跳出来一个小人儿，告诉你，你做了半年的梦；或者又是十五岁的你，就像上次一样；也可能是创世神……"

"不会是创世神。"沈昼叶忽然道。

陈啸之笑了起来："理由是？"

"创世神是人类自己创造的，在物质和精神匮乏的年代寄托了一种更强大的能拯救自己的力量，本质是个图腾。"沈昼叶停顿了下，对陈啸之说，"我不相信图腾会拯救我。它太宏大了，宇宙不会为一个平凡的我驻足。"

陈啸之若有所思地跟着她的思路。

"我相信是人。是人的意志凝聚在我的身上，把我从泥泞里往外拖。"

沈昼叶抬头，望向辽阔的星空，目光坚定不移，寻找着什么东西，犹如长夜觅孤舟的灯塔。

而后，那姑娘对虚空道："出来吧。"

星河一片死寂，辰星合拢又分散，不为所动。

"我知道你在那里。"

宇宙寂静无声，仍无应答。

沈昼叶停顿一瞬，团了手冲空落落的宇宙大喊："我早就知道是你了——你捉迷藏从来没赢过我，把自己藏得再好，我也能发觉你的蛛丝马迹！！"

一颗星如枯叶般颤抖了一下。

"你把我拖进来不就是想再见我一面吗？"沈昼叶腰杆笔直，声嘶力竭地吼道，“我写的那些信你都看了——我都知道！！你想见我为什么还要躲躲藏藏？你盘踞在这里，你欠我一场见面，一个解释，一个道歉——”

女孩儿眼眶滚烫，远方的辰星于泪水中闪烁明灭。

“你欠我一个道别。”她说。

一刹那，宇宙轰隆一声坍缩。

天体化为宇宙的尘埃，汇聚至一点，那个点绽出剧烈的光，像爆炸的超新星。

一个人映在光晕中。

光每晕开一厘，他的发丝指尖就变得清晰一点儿。

超新星是什么？沈昼叶不受控制地想。

超新星是爆发规模最大的变星，是恒星生命中最后的一瞬，绚丽到无以复加。1995年，哈勃望远镜在天鹰星云拍到一张星团残骸，是超新星爆裂后留下的云，宏伟壮丽，人们将其命名为创世之柱。同年，一名学者在哈勃空间望远镜研究所STSI工作。他见了超新星爆炸的图后觉得美得无与伦比，特意去要了未经处理的TIFF文件打印了下来，带回家，送给了自己年幼得还只会啃小手的孩子。

于轰隆隆的巨响中，于创世之柱崩裂的光中——亿万星光汇成江流，凝就成宇宙中第三个人。

中年人戴着架金丝眼镜，穿着旧格子衫和牛仔裤，一头卷发乱糟糟的，和面前的女孩儿别无二致，他见到女儿，像是看到了什么令他自豪的造物一样，露出温暖的笑容。

沈昼叶泪水不受控制地向外滚落，她拼命扯着自己的外套，痉挛着喘息，她哭得太厉害了，到了撕心裂肺的程度。

陈啸之怕小青梅缺氧，忙伸手给她顺气，眼睛却不听使地望着那光环里的男人。

“叔……”陈啸之目瞪口呆地看着他，说，“叔叔。”

陈啸之仅在五岁时和这男人有过数面之缘，对他的记忆早就模糊了。但这对父女实在太像了——无论是浅色的湖水一样的瞳孔，还是一头凌乱的卷发，连笑起来唇角上扬的弧度都是相似的。

他的女儿跌在地上，拽着陈啸之的衣服哭得肝肠寸断，喊他——

“爸爸。”

沈青慈踏出一步，向女儿和她的竹马走来。

“我——我早就猜到了，”沈昼叶感觉心脏几乎要裂成碎片，“爸爸。”

沈青慈笑了笑：“我知道，你说过了。”

沈昼叶攥着陈啸之的手，指节都泛起了青色。

我该对他说些什么？对他说十年的时间我没有一刻不在想你？对他说十年的岁月我没有一刻不恨你，也没有一刻不爱你？质问他为什么不告而别，为什么会出现在这儿？

问他，你为什么将我和妈妈留在世上？为什么不信守承诺，在藤椅上慢慢老去？

你缺席了我的毕业典礼，缺席了我去上大学的那天，缺席了我的学位授予仪式，你是个说话不算话的骗子——

可是，分明有那么多哽在喉咙的话和撕裂的情绪，沈昼叶张嘴时只剩一句带着哭腔的告知：“我长大了。”

中年人眼眶泛了红。

他蹲在女儿和那个青年面前，温柔而沙哑道：“是呀。你长大了，已经是个大姑娘了，爸爸却没有变。”

沈昼叶早在数月前就发现了蛛丝马迹——那些离奇消失的字迹，毫无规律可循的通信时间，然而她从那个梦境空间出来后才笃定了自己的推测。

她想过和父亲的重逢。

自己会质问他，会对他发脾气，怎么发火都想好了——你为什么把我和妈妈丢在这茫茫尘世？为什么不能陪着我长大？

她也会和他说起自己这些年来的所见所闻，告诉他自己已经这样大了，会告诉他妈妈至今未嫁，奶奶的桌子上仍摆着儿子幼时的黑白照片，奶奶在我的身上苦苦寻觅自己再没见过的儿子的身影。

这是他身后留下的世界，爱他的人的伤痛深入骨髓。

可是她再见到父亲的那一刻，只会喊他“爸爸”。

沈青慈目光和善慈爱地看着自己的宝贝女儿，然后转头更加“和善”地盯住了陈啸之。

陈啸之后背发凉，顺着沈青慈一团和气的目光向下，看到生得像花儿一样的沈昼叶一边哭一边用细细白白的小手攥着他，态度非常坚决，似乎他敢松手就会咬死他。

陈啸之看看阿十爸爸又看看阿十，飘忽地意识到岳父虽长得文秀书卷气，甚至和软呆呆的女儿蛮像，但骨子里是个能笑眯眯抄AUG突击步干掉闺女新男朋友的、衣柜里搞不好藏着件“对，我有个漂亮女儿，可我还有把枪”T恤的德州红脖式老爹。

沈青慈弯下了腰，和女儿视线平齐。

“别哭了，”爸爸哄小孩儿一样哄闺女，“小时候也没见你这么爱哭。”

沈昼叶根本收不住眼泪，哭得像是受了天大的委屈。

沈爸爸非常自然地拍了拍女儿的爪子，示意她松开陈啸之的手。

“好啦，都这么大姑娘了，哭得鼻涕泡往外吹。你就没个纸给她擦擦吗？”

后半句语气突变，是对陈啸之说的。

陈少爷这才回过神来，忙不迭掏了纸巾，下意识想给叶叶擦擦眼泪，然而那张纸巾“啪”地被当爹的抢走了。

抢走纸巾的沈青慈甚至都不正眼看陈啸之，夺过纸巾就给哭成一小团的女儿擦眼泪——那态度和对待陈啸之截然不同，温柔细致，极度的好脾气。

“花脸猫，”沈爸爸笑话女儿，“都多大了啊？哭还流鼻涕水儿，擤一下，擤一下。”

沈昼叶哭得耳朵都红了，很顺从地就着爸爸的手擤鼻涕。

“你为什么会在这里？”她哽咽、甚至语无伦次地说，“不对，我早就猜到了，是你把信……我也是你……爸爸，你是一直都——”

千言万语堆在喉咙口，她连一个完整的问题都问不出来。

父亲沉默了一会儿，说：“对，爸爸一直在这里。”

沈昼叶的泪水再次溃堤。

王尔德说，心生来就是要碎的。他究竟咽下多少的苦痛才能写出这种句子？沈昼叶觉得心正在裂成碎片，疼痛至极，像是她的身体裂开一道纹路，有花叶正冲开束缚。

沈昼叶用力抹着眼泪，问：“这是你的死后世界吗？”

沈爸爸回答：“不是。”

“那这是梦？”她含着泪水问。

“也不是。”沈爸爸平静温和地望着她，“这里是我的心。”

沈昼叶和陈啸之俱是一怔。

“时间和空间对如今的我来说是个虚幻的概念。人死后，宇宙会在他面前化为一条河流，死后的人可以无数次踏进同一条河流，捡起同一颗他忘记了的石子。”沈爸爸笑着说，“我可能刚刚去看过你两三岁在地上躺着啃脚丫的模样，也去看过你妈在讲座途中玩手机。”

沈青慈温柔道：“她年纪都这么大了，还是不爱做正事儿。还好你乖。”

沈昼叶终于破涕为笑。

她和陈啸之漂浮在无垠的宇宙中，发丝无风而动。

“妈妈最近很好，体检只有血压偏高。”沈昼叶带着哭腔开口道，“她前些日子又和我说起你了，好像是系主任给她介绍对象，她回来的时候很不满意，和我讲你们谈恋爱的时候太好了，她连下家都不想找，随便一对比都觉得对方很烂。”

沈青慈笑了起来，问：“她还说什么？”

“还说……”沈昼叶用力擦眼泪，道，“还说你本来今年五十三了，但现在只有她一个人往六十岁上奔，骂你言而无信，还说你读书的时候就挺卑鄙无耻的。”

沈爸爸果然卑鄙无耻，被骂之后非常高兴，笑了出来。

沈昼叶抽噎着道：“她谈起你的时候就像个小孩儿似的，喜怒无常。一会儿喜欢你喜欢得要命，一会儿又要扎小纸人把你碎尸万段……但无论妈妈对你什么态度，我都站妈妈那边。”

沈爸爸点点头：“这我倒是知道。”

“所有人都像你一样吗？”沈昼叶突然问道。

沈青慈一怔：“啊？”

“会在这世界盘桓，干涉女儿的生活，”女孩儿带着哭腔道，“你是不是还读了我写给自己的信？谁允许你碰的？”

沈青慈沉默三秒，道貌岸然道：“我不能透露。”

沈昼叶质疑道：“你是不好意思承认吧？！”

“这个答案我不能透露。”沈青慈和善可亲，“但最后每个人都会知道答案。”

沈昼叶万分笃定：“爸爸，你看我的信了。”

沈青慈忽而和蔼地转向陈啸之：“你就是小陈吧？”

意图也太明显了吧！你怎么可能不知道我是谁？然而陈啸之被沈青慈无视了大半天，对这突如其来的关切还真有点儿受宠若惊，颤抖道：“是、是……”

沈爸爸得到了回应，慈爱地拍了拍这位工具人的肩膀：“好，好啊。”

没人知道他到底在好些什么，陈啸之也不晓得。

“不许你欺负他。”沈昼叶抽抽搭搭，“爸爸，我有个问题，另一个十五岁的我现在怎么样了？”

陈啸之竖起耳朵。

沈爸爸听了这个问题，咧开嘴，很开心地笑了起来。

“她还是那么倔吗？”沈昼叶急切地问，“还是会去参加必然会败北的比赛，会去喜欢注定会分开的人？还是会像个傻子一样坚持和每个自己喜欢的人说‘我小时候想当占星师’？”

沈爸爸笑出一道道皱纹，答道：“我把她从这里放回去后，就让她把这一切当成了梦。”

沈昼叶一愣。

“叶叶你记得吗？有关梦的记忆过不了夜，”沈爸爸温柔道，“梦是会被遗忘的。”

沈昼叶觉得爸爸笑容像是融进了夕阳。

“你看，你全部忘光了。”

沈昼叶浑身一震。

“叶叶，从来就没有第二个你。那个影子是你的过去，你是那影子的未来。”沈爸爸望着女儿说，“你们是完全的、所有意义上的，同一个个体。”

这句话犹如一块巨石。

沈昼叶按了下太阳穴道：“可、可是我和她记忆不同，经历的事儿也不同……”

忽然，她意识到，自己的记忆是笼着一层雾的。

十五岁时的记忆影影绰绰的，像是隔着一层纱，沈昼叶想不起自己为什么会对陈啸之抱有那么重的“敬而远之”的心理，也想不起救下妈妈的那晚自己怎么会突然推开浴室的门。

那些她以为理所当然的过往，其实没有一个细节是拿得准的。

沈昼叶发着抖，捂着头道：“怎么会？”

沈爸爸道：“拿不准的地方你可以问问啸之，以他的经历为准。他的世界线没有混乱过。”

陈啸之震撼道：“世界线？”

“世界线，时间线，随便你们怎么叫。”沈爸爸耐心解释，“我做的事儿影响了十五岁的叶叶身上的时间线，所以十年前你和我姑娘眉来眼去的时候，她身上的时间线一直都是混乱且波动的。”

陈啸之争辩：“那个不是眉来眼去……”

“然后，”沈爸爸道，“在我的干涉消失的瞬间，宇宙按规律自我维护，模糊了她的记忆，从而保护了她身上的因果。”

也就是说，十五岁的自己沿着沈昼叶的人生轨迹走来，来到他们的面前。

陈啸之眼眶发烫。

“她只凭自己一身的拧劲儿，一路跌跌撞撞走到了今天。”沈青慈道，“爸爸望着你的每个瞬间，都在为你骄傲。”

“我总觉得你会失望，觉得我的女儿怎么会沦落到这般田地，怎么会迷失到如今的地步……我甚至不敢面对你留下的遗物，好像我凑近它们，就会有一双眼睛失望地看着我……”沈昼叶再也无法压抑自己，趴在陈啸之肩上号啕大哭，连陈啸之眼眶都红了，抬头望着岳父。

时间的潮汐温柔拂过，三个人成为宇宙中永恒的三角。

“我从护士手里接过你的时候，你还没有名字，满头小绒毛，眼睛湿漉漉的像小青蛙。”父亲温柔而酸楚地说，“可爸爸从那一刻就爱你。”

沈昼叶哭得像是要断气，她觉得自己碎裂的心又被一片片地拼合起来，像陶瓷回到桌子上，飞鹰回巢，时间留下的伤疤淡去，变成一个簇新的春天。

“我——我过去总觉得，”沈昼叶哭着道，“从我小时候，你就对我寄予了厚望，认为我以后注定不凡，可是十年后的我泯然众人，没有按你所想的路走的，如果你看到现在的我一定会……”

“可爸爸爱你，从不是因为你与生俱来的天分。”沈青慈在广袤的星空下按了下自己的胸口，沙哑道，“是因为爸爸从护士手里接过你时，你睁开了眼睛，是因为你在学说话时一直吐泡泡，你骑自行车摔倒在街口，你第一次去上学的时候害怕得往爸爸身后躲，你十二岁的时候因为小男生和爸爸斗嘴……是因为你在父亲节给我剪了很难看的康乃馨。”

沈昼叶望着他，眼泪不住地向外滚落。

“天分，厚望，”她爸爸心酸地说，“和它们又有何干？”

我爱你并非因为你的天赋和潜力，我爱你是因为你存在的每一瞬，我的女儿。

“你为什么……”沈昼叶哭着问，“为什么会来到我面前？”

不是因为对我失望吗？不是因为再也看不下去了吗？

是什么让你挣脱了因果的束缚，将我卷进这样的故事里？

沈昼叶浑身战栗，却又暖和得像沐浴在四月的阳光中，陈啸之紧紧抱住了她，感觉她像一朵溺水的鸢尾花。

“因为爸爸永远记得你小时候的模样。”沈青慈的目光犹如水波，“我记得你对每个问题究根问底，提问时满眼放光，仿佛那才是你生长的养分；我记得你趴在我的腿上讲你对世界的理解，好像那是你的积木。”他轻声说，“爸爸见过的天才多了，但你是唯一一个我会用‘通透’去形容的小孩儿。”

沈昼叶眼眶通红，瞳仁清澈地映着父亲和他身后的星空。

“所有诗人写诗时都该看过你的眼睛，这世上再不会有比它更纯粹的事物。”

“你眼里有热爱最本源的模样，你的热爱几乎是与生俱来的，我有时甚至以为你是为此而生的。”

“叶叶，你是为了探索世界而降生的孩子。”

温柔的风穿过沈昼叶的身体。

在刻骨的痛苦之中，一轮簇新的朝阳脱骨而出。

“你所真正热爱的是什么，你为之痛苦的是什么，每一个见过你幼时的样子的人都能看出来。”沈青慈停顿了一下，再度开口，“对吗，啸之？”

陈啸之眼眶赤红，被叫了名字后一愣。

“你见过她五岁、十五岁的模样，是什么让长大的她这么痛苦，她不该过着这样的生活，她应该是某种……”沈青慈停顿了下，像是在寻找合适的措辞。

陈啸之声音沙哑着替他说：“应该是更一往直前的、死不旋踵的，她是更锐利的、将要扎破黎明的长枪和光。”

“对。”父亲对握着他女儿的手的青年说。

和第一次不同，这次父亲没有从中作梗，只是深深地望着两个孩子紧握的手。

“可爸爸能做的不过是帮你搭线，啸之用尽了浑身解数，能做的也不过是为你挡下风雨……这是你一个人的战争，是你和理想乃至世界搏斗的过程。在你所处的那片战场上，外人永远无从插手。”沈青慈缓缓道，“而你一个人打赢了那场仗，昼叶，是你取回了自己的宝物。”

“你的理想和每个理念、少年时嚣张跋扈的白日梦、刺破世界的野心……这所有，自始至终都是你的自救。”

沈昼叶脊梁挺直，忍着哽咽，开口道：“我明白了。”

她清楚地知道自己仍身处在这片渺茫星空之中，可是太温暖了，实在是太温暖了。

像是冬天过去春天来了，满江的冰碎了，鱼儿沿着碎冰溯游而上，春天折返人间。而她站在春天的心脏上，望着一个曾经永不可能回来的人。

世界带来了一连串的奇迹。

它带来的第一个奇迹是消失在首都机场的男孩儿出现在她推开门的一间办公室中；第二个奇迹是她束之高阁的少年梦在海里咣咣敲开她的心门；第三个奇迹是她青涩的青春淅过纸张出现在她的面前。

而最后一个奇迹，是遇见那个永远不会回归之人。

时间长河潮汐涨落，泥沙之中，露出一个蒲公英纷飞的鹅黄色的春天。

沈昼叶哭得太厉害了，陈啸之本来想察言观色一下，可她在哭。管他爸拿的是AUG还是AK呢，陈啸之低头小心地把小青梅抱在怀里，小青梅像溺水之人抱住浮木一样抱着他。

陈啸之觉得心都要碎了。

这世界怎能对她这么温柔又这么心狠？

“陈啸之。”沈青慈忽然开口。

陈教授一僵，回应道：“叔……叔？”

沈爸爸平淡地说：“我见过你。”

陈啸之也平静了些，不卑不亢道：“我也见过您。”

“或许冥冥中的确有命运。如果我活着时有人告诉我，1998年我回国时见到的那个晒得黢黑的小男孩儿会陪我女儿走过这么漫长的人生路，我是不会信的。”沈爸爸感慨。

陈啸之看了看沈昼叶毛茸茸的脑袋，酸怅道：“放在过去，我也不会信的。”

他们不信的原因各不相同。

沈昼叶哭累了，趴在陈啸之胸口偷偷看两人的对峙。

"我不喜欢你。"沈爸爸又说。

陈啸之苦笑了下："我——"

"别误会我，"中年人面无表情地打断了他，一摊手，"养女儿的爹没有喜欢这个场合的，也没有能对女儿男朋友有好感的，我博士老板的女婿第一次上门那天，他站在门口一动不动，堵了快五分钟，笑眯眯地不让女婿进，最后被他老婆叫进了厨房，那年轻人才进去。"

陈啸之想说些什么，沈青慈又冷冷道："所以我在克制自己。"

"你是我见过的最自大、最死缠烂打、最不见棺材不掉泪的后生仔。"当爹的表情不容乐观，拧着眉头道。

沈昼叶趴在陈教授怀里不露头，小声应和："我爸说的对。"

"一开始我都不懂我女儿看上你什么。"沈青慈冷漠道，"叶叶通识课上遇的那个学弟比你活泼十万倍。我闺女长得漂漂亮亮学习又好做事又认真，桃花一串串的，为什么吊死在你一个烂脾气的初中同学身上？"

沈昼叶在陈啸之耳边蹭了蹭，相当受用地讲："好好听我爸说话哦，我爸相当中肯。"

陈啸之低头瞟了她一眼。

"脾气坏就不提了，谁表达喜欢的方式是挖苦？现在年纪大些了终于坦诚了点儿——但也就这么一丁点儿。"沈青慈看了眼陈啸之，见他想辩解，讽刺道，"别不服，你心里想的那些事儿和话，有哪句是告诉了我女儿的？"

陈少爷终于挫败地闭嘴。

"内心波澜壮阔脸上古井无波，"沈青慈停了下，再开口时却不再嘲讽他，"好在会落实到行动上。"

陈啸之垂着头，紧紧抱着沈昼叶，沉默了许久，沉闷地"嗯"了一声。

一颗星穿过他们的发间，沈昼叶睁着水蒙蒙的眼睛转过头看着父亲。

陈啸之把沈昼叶按回自己的怀里。

"对许多人来说，爱情是奢侈品，"沈青慈低沉道，"遇到一个能相爱的人更为困难。"

"是，我发现了。"陈啸之低声道。

他年轻气盛，沿着世界走了漫长的一遭，他五岁那年的迎春花却永恒地拴在他腕上。

沈青慈望着这个后生，沉默了许久，终于说："而爱也分很多种。"

“有些人的爱可能只是短暂的欣喜，也可能是片刻的激情；可能是清晨草叶上的朝露，太阳出来它就会消散无踪；也可能是春末的一朵花，会在某一刻坠落进夏夜长河，消失在季节轮转岁月消磨之中。”

沈昼叶的父亲说完微一顿。

面前跪着抱他女儿的年轻人，父母爱他如珠宝，他天性聪慧又生得英俊，本是个万物唾手可得、整个世界近在他的眼前的青年人。

可这青年身上有四条刀疤缝针若干，那伤口流出的血曾在一个下午染红了女孩儿书包里的千纸鹤；长大后的他连夜横跨北半球，踏过海啸过后的疮痍，他语言不通目眦欲裂地找人，在自毁的边缘徘徊。

中年人不忍地闭了下眼睛。

“而你将她视为自己的一部分。”他说，“甚至可以说，是视为自己的生命的。”

陈啸之被击中软肋，颤抖不止，抱着那个梨花一样的女孩儿，垂着头不肯作声。

沈昼叶用额头依赖地磨蹭他，犹如一只小猫认准了她的饲主。

“和其他人不同，你们自幼生活在同一个步调里，向往着同一个将来，十多年来做着同一个梦。”沈青慈酸涩地说。

他说话时，星辰穿过人间山川。

陈啸之忽而抬头问道：“叔叔，这也是梦吗？”

沈青慈没料到他突然抓住了这一点，探究地看了他三秒，然后狡黠道：“你猜。”

陈啸之听出弦外之音，便不再言语。

茫茫灿灿的宇宙中，那个父亲又说：“‘一生’是个沉重的词。它不仅需要爱，更需要互相成全——我见过有人爱她，却希望她能在家里相夫教子，我也见过有人爱她的聪明才智。”

陈啸之仰头看着他。

父亲道：“有人不懂叶叶为什么不去当老师，她竞赛背景雄厚，学历无可挑剔，少不了中学想重金挖她去当招牌；也有人认为她在大学念书的岁月是蹉跎了的，脑子这么聪明，愿意的话做什么发不了财？为什么非要在学校里念一个穷得掉渣的专业？”

陈啸之喉咙里生疼，像是一把刀或一块石头卡在了里面。

他想起自己初中时每天早上都给沈昼叶抄一节聂鲁达的诗，抄下叶芝，又抄下博尔赫斯。

我用什么留住你？沈昼叶。

“我给你瘦落的街道、绝望的日落、破败郊外的月亮。我给你一个久久望着孤月的人的悲哀。”①

阿十非常喜欢，于是陈啸之给她抄下一行行的诗歌，每天不声不响地递给她。

“有人希望她放弃不切实际的幻想。”沈青慈说。

“沈昼叶”是个怎样的存在？陈啸之心中问。

一个声音坚定地给出答案：她是朦胧的，是轻如云雾的，是理想的；又是坚不可摧的，是不可撼动的，是如山海到来之际的磐石的。

陈少爷平素就不是个会说话的人，连爱意都得靠他人的字句表达出来，然而他会把他毕生的黄玫瑰与黑醋栗尽数堆砌在女孩儿足下。

沈青慈说：“有人要她不再读诗。”

然而她是一个男孩儿一生的诗歌。

沈昼叶抬起头望着陈啸之，以嘴型示意他“我爸说的对”。

陈啸之眼眶泛红，不肯看她，用手掌将她毛茸茸的脑瓜儿用力压进自己怀里。

“你会捡起她碰掉的诗集。”沈青慈道。

陈啸之心脏都被击碎了，现出里面鲜红脆弱的血肉。

而他的讨厌鬼顺从又娇气地仰着头，轻柔的呼吸细细喷在他脖颈处，似五月如雪的梨花拂过。

讨厌死了，怎么会有沈昼叶这么讨厌的家伙？陈啸之想，可他浑身上下每个细胞都想将这个讨厌鬼揉进骨血，把她占为己有。想咬她，又想让她振翅高飞。

“你理解她所有浪漫到不切实际的梦，”女孩儿的父亲说，“你理解她的每个选择，又拼尽全力去守护那些梦境……虽然用的法子我不一定赞同。”

沈青慈说完那句话后，陈啸之怀里的女孩儿甜甜地笑了起来。

爱沿着人间小径踽踽走来，踏过巍峨群山，跪在她面前，将面孔隐匿在群

① 摘选自豪尔赫·路易斯·博尔赫斯《我拿什么才能留住你》。

星之后。

多少人爱慕少女年轻欢畅的时辰，爱她美丽的容颜，假意或真心。

可唯有一人爱她朝圣者的灵魂。

“所以我愿意……”父亲顿了顿，沙哑地道，“愿意，认可你。”

我愿意将我如珠如宝的女儿，我的骨与血，我死去生命的延续交给你。

晚辈眼眶赤红，沉默了良久，嘴唇微微蠕动：“谢谢叔叔。”

他说话时声音都发着颤，仿佛终于卸下了最后的重担。

“当然啦，”沈青慈忽然笑了起来，“小陈，你不对她好可不行，小心我去你梦里吓你。”

气氛骤然松了，陈啸之擦了下眼眶，闻言笑道：“叔叔，你连小孩儿都吓唬不了。”

叔叔笑出满眼细纹，很坏地问：“鬼不吓人吗？”

沈昼叶鼻子还塞着，小声嘀咕：“你算个屁的鬼，一点儿都不吓人。”

陈啸之觉得小讨厌鬼可爱得要命，亲昵地揉了揉她的脑袋。

“爸爸见你可不是为了吓唬你的。”沈青慈笑眯眯地解释。

沈昼叶委屈巴巴：“你还好意思讲？你是为了骗我眼泪，我哭得明天都见不了人了。”

沈青慈蹲下身，捏了捏女儿哭得通红的耳朵，拼命憋着笑：“你哭怎么又是我的错了？跟爸爸没大没小的。”

沈昼叶埋在陈啸之怀里抽抽搭搭：“反正你们没一个好东西。”

两个不是好东西的人对视了一眼。

沈青慈率先打破了沉默，冷静道：“现在不必改口。”

陈啸之立刻不紧张了。

沈昼叶好奇地用余光打量自己爹和姓陈的，觉得这俩人挺有意思。

“先叫一段时间叔叔吧，我一时半会儿还接受不了，”当爹的一脸忍辱负重，“你要是现在改口管我叫爸，我立刻死给你看。”

陈啸之忍不住道：“可是您——”

死了一次的人十分冷淡：“metaphor①.”

陈啸之试探着问：“以后……再改口？”

---

① 隐喻，暗喻，象征，标志。

“最好下辈子。”沈青慈忽然恶毒地开口，“你以后有女儿也会像我一样的。想象下你闺女在幼儿园小班的年纪被班上的小煤球拿根冰棍儿骗走，你接她回家她还为了那个小煤球抹了一路的眼泪，辛辛苦苦养到十五岁亭亭玉立了，又被同一个煤球骗走了！你活着多亏了国内禁枪，我诅咒你以后跟我感同身受。”

长大了的煤球忍不住开口：“可那是你的外孙女……”

“你们讨论问题的时候考虑下我的感受啊！”沈昼叶终于忍无可忍，悲愤道，“又是女儿又是外孙女的，陈啸之你脑子里装的都是什么？还有爸爸，我真没想到你是个这么虚伪的人，小时候，你明明鼓励我给他写信，说交到好朋友不容易，结果你当时心路历程是‘煤球骗人？冰棍儿？’你是小孩儿吗？！”

沈青慈面对女儿的指控沉默片刻后冷静答道：“男儿至死是少年。”

陈啸之把女孩子揽回怀里，又轻轻揉了揉她粉粉软软的小耳朵，安抚小猫似的。

“叔叔，”陈啸之说，“如果您还活着，我们周末应该会一起去玉渊潭钓鱼，去香山看日出。”

沈青慈想了想，终于认真地回答：“也许。”

“我做饭还可以，”陈啸之有些羞赧道，“叶叶很喜欢，阿姨和奶奶都说不错，说不定您也中意。”

沈青慈莞尔道：“我媳妇做饭不行，我家都是我在下厨。”

一颗星掠过他们之间。

陈啸之心酸道：“如果您还活着就好了。”

“是啊，”沈青慈难过地笑了笑，“如果我还活着就好了。”

沈爸爸身上泛起了第一丝金光。

那丝光忽而飘远，仿佛他这个人是由星光编就的，光离开他就会消散。

沈昼叶看见光弦的刹那，浑身一颤。

“爸爸……”

沈青慈温柔地唤她：“叶叶。”

沈昼叶嘴唇动了动，看着父亲身上拉扯的弦，却一句话都说不出。

父亲望着她，明白她的想法，温和地说：“昼叶，世上没有永夜，黑夜总会结束，而阳光照射之处，梦境不复存在。”

沈昼叶听了这句话，崩溃地大哭起来：“可、可是……才多久？爸爸，我还有那么多话没说，那么多事儿没做，我才刚见到你，你甚至都没……”

她说不下去，号啕大哭。

沈青慈酸楚地说：“宝宝，人生总要说再见。”

“这是你说的，”沈昼叶边哭边撕心裂肺地喊道，“是你要说再见的，我和妈妈奶奶没有一个人接受你的告别，凭什么你能走得这么潇洒，我们却在世上难过得连气都喘不过来？你明明说过会永远保护我们的……”

沈青慈眼圈发红，低声说：“爸爸一直在。”

沈昼叶大喊：“你撒谎！”

她比任何时候都清楚自己是在无理取闹。

但那些痛苦的情绪在她身体里翻滚，冲撞着她孱弱血肉。谁能承受这样的十年？谁愿意承受这样的告别？

你本来该在的，无论是妈妈的人生，还是我的。

可是你没有。

沈青慈抱住了自己的女儿，身后飞出数点星辰。

沈昼叶见了那几点光，哭得像要撕裂了一样。

“别哭了，”父亲的声音哑得不像话，“别哭了，宝宝。”

沈昼叶咳嗽不止，拼命扒着父亲的肩膀，蛮横地将鼻涕眼泪抹在他的身上，仿佛这样爸爸就不会走了。父亲没有温度，沈昼叶看见自己的胳膊陷下去一段，陷进父亲的身体，那里迸出星星。

“别走——”沈昼叶哭着说，“别走，爸爸。”

沈青慈颤抖着吁气：“爸爸必须走。但我一直都在。”

这无异于另一次葬礼，沈昼叶发自内心地感到绝望，她觉得自己又一次站在葬礼的棺材边，无法用任何力量阻止道别。

父亲一把捧住了她的脸，强迫女儿看向自己。

“听我说，”父亲声音发着颤，“先别哭，听我说，昼叶。”

沈昼叶睁开模糊的泪眼，看见爸爸眼里也满含着泪。

“叶叶，爸爸从来没离开过你们。”沈青慈给女儿擦去泪水，在撕扯的星辰中低声讲述，“亿万年对爸爸来说，都不过弹指一瞬，逝者如斯夫，不舍昼夜，可现在时间和空间成了一个我能定位的坐标轴。”

沈昼叶震惊地抽了口冷气。

"所以爸爸不是盘踞在这所房子里，"爸爸很浅地笑了笑，眼眶红着，语气却坚定而温柔，"也没在你的小本子里当过地缚灵。"

沈青慈的发梢飞出星星。

沈昼叶的泪水一颗颗地往下滚，颤声道："所以——"

"所以爸爸曾是你和妈妈身边的风，也曾是落在你们身上的雨，是你们呼吸的冬日清晨的空气。"沈青慈在崩裂的星辰中说，"我见过你早上起晚了去赶早课，也见过你妈妈晚上趁你睡着了偷偷点宵夜。"

沈昼叶被他逗得又哭又笑。

星门在爸爸身后打开，罪魁祸首正化为星辰。

沈青慈好脾气地笑了起来："看见了吧？爸爸一直在你们身边，从未离开。"

沈昼叶哭个没完，抽抽噎噎道："可……可我见不到你了呀。"

沈青慈揉了揉女儿的小脑瓜，哄小孩似的道："但叶叶知道爸爸无处不在了呀。"

离去的人是风和雨，他不复存在，他化为万物。

"爸爸，你真、真的不会走吗？"沈昼叶问话时用力地抱着父亲，可父亲的身体变得像清晨的阳光一样透明。

沈青慈把那颗和自己如出一辙的小卷毛用力搂在怀里，沙哑地承诺："不会，爸爸会永远看着你。看着你和啸之一步步往前走，看着你一天天长大又一天天变老，可能有一天你会躺在藤椅上晒太阳……而那时，啸之在一边给你念书，你们两个人都垂垂老矣。"

沈昼叶呜呜咽咽地问："真的？我变成老太婆你也不走？"

那可是很多很多年以后，很多很多年。

她的爸爸稳重地点了点头，郑重承诺："不走。"

沈昼叶眼泪吧嗒吧嗒地往外滚，扬起右手小手指："口说无凭，拉钩。"

沈青慈笑了起来，和闹脾气的女儿小指头钩了钩，又和她的大拇指印在一起。

"光我不够，爸爸信誉值太低了——和之之也拉钩。"

挟眼泪以令诸侯。

这位小曹操深谙两位诸侯的软肋，立刻得偿所愿，还得以恶趣味地逼迫两个大男人也拿大拇指印了个章，两个人印完尴尬至极，都不知道手往哪里放。

沈昼叶终于满意了一丁点儿，用爪子抹着眼泪，小声道：“爸，我其实还是不知道未来的路在哪儿。系里要我补交转方向的材料，二次开题的事情还没着落，换课题的话中筛也得重新准备……呜，新课题的事情我现在还卡在死胡同里呢！”

沈爸爸笑了起来，他身上泛起淡淡的光，后面的恒星清晰可见。

“没人知道未来的路在哪儿，年龄再大也不行。”他在光环中温柔地说，“人类这种生物无法预知未来，我们的天性就是迷茫的。”

沈昼叶擦干净眼泪，点了点头。

“可正是因为无法预知未来，才有了人们为了不确定的未来而拼尽全力生活，”沈爸爸说，“也正是因为我们天性迷茫，我们的种群才得以尝试一切诗意的化身。”

沈昼叶眼眶通红，闻言终于绽出浅淡温暖的笑容。

天体物理学最初的起源正是人类的迷茫。

古阿兹特克人仰望星空，试图寻求群星的指引，试图窥探未来与终焉。而星辰对未来缄默不语，它们安静永恒地存在，只将“当下”的宇宙运行的公理隐藏其中。

未来如何，无人知晓。

“人”是生活在当下的族群。过去曾是，现在亦然，而且永远如此。

“所以，‘迷茫’是好的。”沈青慈在萤火般的光中融向梦里的宇宙，对女儿说，“没人能预见自己将来会在什么地方。当下总有无数让你痛苦分心的东西，人每时每刻都在自我怀疑，就像站在雪原上被冻得瑟瑟发抖的旅人。”他停顿了数秒，对女儿温柔地一笑，“可倘若你能看见光，雪原就无法永远困住你。”

“你总会走出来的。”他说。

纵然白雪封山，叠嶂万千，雪原也终有尽头。

苦难困不住任何一个自由的灵魂。

“我明白了。”年轻姑娘破涕为笑，擦着眼泪问，“爸爸，我们以后还能再见吗？”

两个青年人面对着一个中年人，后者变得像冬日的朝阳一样透明，连手指尖都泛出灯火的颜色。

“一定会。”他笃定地说。

沈昼叶用手掌揉着自己的眼角，深深地呼吸。

“可是在那之前，”沈青慈望着女儿说，“你要得偿所愿、子孙绕膝，在春天傍晚躺着看凤凰花萌芽，你要和自己爱的人度过很漫长很好的一生，然后在爱里告别自己的人生。”

沈昼叶死死压抑着自己的泪水，用力点头。

陈啸之握住她的手。

“到那时，我会和你妈妈一起，和所有爱你们的人一起，在这里等你们。”父亲说。

沈昼叶满眼泪水，望着父亲的面目模糊在光环里，像是光正在吞噬他。

沈青慈说：“我不会对你们告别，因为我们一定会重逢。”

“你说话算话。”

一道清晨的阳光自宇宙尽头亮起，刺破沉沉的黑暗。

星空坍缩，他们抵达梦境终点。

“嗯，”父亲眷恋不舍，郑重地承诺，“我说话算话。”

沈昼叶的泪水止不住地往外流，她冒着强光竭力睁着眼睛，要将这一切尽数印在心里。

离去的人化为世间初生晨光，化为潮汐，化为狂风。

他迸裂为万千金雨，汹涌澎湃地淋在两个年轻孩子身上，每一滴雨都是温暖的。

梦终结在阳光中，万物在现实中勃发，世界在孩子面前绽放。

在喧嚣的世间，卷尽晨梦的大雨中，一句呢喃被海浪带回此岸人间。

那是创世之初宇宙温暖含混的爱语。

他说：“我从未离开过你们。”

远行的人从不曾真正离去，他们成为早晨海边花团锦簇的绣球花，公交站迎面吹来的风，他们化为雨，化为蓬勃蔓延的每一寸青苔与春草。

我们终将与他们在彼岸重逢。

一地如水的阳光。

沈昼叶睁开迷蒙的双眼。

华盛顿的家近十年无人居住，上次清扫还是两年前，因此，地上一层厚厚的泛白的灰尘。陈啸之躺在她身旁，身上仍穿着那件外套，似乎被太阳晒得不太舒服，揉了揉眼睛。

沈昼叶立刻一骨碌翻过去，用力推了推他。

陈啸之似乎也没在睡觉，立刻醒了，两人四目相对，愣愣地看着彼此。

沈昼叶艰难地开口道："你——"

陈啸之立刻制止了她的询问："没错。"

"所以，"沈昼叶傻傻地说，"我们不是在……"

所以我们不是在做梦？她想问。

但似乎也不是。

过去的夜晚不能用"梦"一字去界定，什么梦能让他们两个人同时出现？它其实更像梦与现实之间的浅滩，彼岸与此岸所联结之处，所以睁开眼时甚至分不清梦与现实。

"我不知道。"陈啸之展开手臂，"来抱抱。"

沈昼叶丝毫没有迟疑，直接钻进了他的怀里。

冬日的阳光温暖熨帖地落在两人发间，他们安静地躺在落满灰尘的地面上，头发梢滚上了白茫茫的灰。

"之之。"沈昼叶小声唤道。

陈啸之声音极轻地"嗯"了一声，捏了捏沈昼叶软软的耳朵。

沈昼叶舒服地喟叹，朝他怀里缩了缩，一本正经地说："虽然没过很久，但我已经想你了。"

青年的笑声在胸腔里回荡，沉闷如春夜雨雷："我也是。"

他们躺了好一会儿，陈啸之忽然道："你爸爸真的好能说。"

沈昼叶先是一愣，然后把眼睛笑成两轮小月牙："他是老师嘛。"

一贯不爱表达自我只爱骂人的陈啸之停顿了好一会儿，十分困扰道："那我是不是不太适合当老师？"

沈昼叶霸道地按了按他的胸肌，寻找更舒服的姿势蹭了蹭："大学老师又不用说多少话，谢尔顿·库珀①都能当，放心啦。"

陈啸之被按得叫苦不迭："姓沈的你为什么连姿势都和我的猫一样？而且你拿谢尔顿和我比较？谢尔顿被他学生拿鸡蛋砸，他和你类比才差不多吧？"

---

① 谢尔顿·李·库珀博士（英语：Sheldon Lee Cooper）是情景喜剧《生活大爆炸》（The Big Bang Theory）中的一个智商高达 187 的物理天才，该角色具有二次元思维特点。

沈昼叶使劲儿按了按他的胸，把身子撑起来打量陈教授，高傲道：“你放屁，我社交能力好得很。”

陈啸之面无表情道：“哦。”

社交能力优秀的沈昼叶撑了一会儿就累了，趴在他身上。

阳光在窗格间颤动。

“沈昼叶。”陈啸之突然说，“你爸不是说他会一直看着你，而且从未离开吗？”

“嗯？怎么了？”沈昼叶问。

陈啸之犹豫片刻，问：“那你觉得他现在有没有……”

他那句话没说完。

“应该……有吧。”沈昼叶挠挠头。

下一秒，陈啸之尴尬地挪开了放在她腰上的手，沈昼叶心虚地把手从他胸上移开。

又过了好一阵子，陈啸之没头没脑地说：“沈昼叶，你爸那是把你托付给我了，知道吗？”

“是……是吗？”

“嗯。”陈啸之抚摸着女孩儿沾满灰尘的头发，以膝盖一顶，把她往上抱了抱，于是两个人贴得很近，四目相对。

“之之，”让人不省心的沈昼叶伸手勾了下陈啸之的头发，尘土如春日柳絮飞扬，她呆呆地说，“你脑袋沾了好多灰，就像头发白了一样。”

那一瞬间，陈啸之觉得心都被她攥着捏成了一团。

白头偕老。

陈啸之光是想到这四个字，心跳都能化为鸣雷。

他抬起头想亲吻她，想拥抱自己的爱人。他年轻的心都要从胸腔里跃出来了，像是天地间振动的一轮月亮。

“如果爸爸在看怎么办？”沈昼叶揉了揉嘴唇，左顾右盼，心绪不宁道，“被爸爸看着做这种事儿是不是有点儿尴尬？”

陈啸之沉默了良久，终于说：“可能吧。”然后他稍坚定了些，“但是管他的。”

沈昼叶愣了下，然后笑着抱住了他的脖子：“你说的对，管他的呢！”

光与影在尘灰中晕开，两个孩子头发染着鎏金般的光，他们紧紧搂着，躺在地板上接吻。

这场旅途有些朝圣的意味。

但朝圣不是为了“去华盛顿”，而是为了倒掉自己心里的沙砾。

新年那天，他们大致清理了沈昼叶家的房子。

大多数东西都是老模样，客厅的沙发上蒙着罩布，电视机仍是2006年的老款，沉厚而敦实地压在电视柜上。书房里的书一本没卖，华盛顿治安还不错，这栋房子可能遭过贼，也可能没有，但贼从来不偷书。

房间里每一个相框都倒扣着。

沈昼叶仍记得厨房墙上挂着的是他们在奥兰多的迪斯尼乐园拍的合照，爸爸揽着妈妈的腰，小昼叶则揽着旁边的美人鱼爱丽儿。

倒扣的目的不是为了防氧化或积灰，是追悼会那天妈妈一个个翻过来的，那时她一直在掉眼泪。

沈昼叶当时不敢哭出来，怕妈妈彻底崩溃。她从小就知道父母相爱，也知道父亲的离世让妈妈不愿面对他们一起生活过的房子，一起工作过的大学，一起居住过的城市，甚至他们一起拍过的照片。

沈昼叶站在厨房墙前犹豫了一瞬，然后将相框翻过来。

相框里空无一物，照片已经被抽走了，只剩一块落满灰尘的玻璃。

沈昼叶怔了下，又去看其他的相框，却发现那些倒扣着的、翻过来的相框里都空了。

有人早在数年前就取走了这些合照。

“妈妈。”女孩儿在满室金红的阳光中喃喃道。

陈啸之正用抹布擦拭壁炉上的小饰品，当即一愣：“什么？”

沈昼叶用手指摩挲着空白的相框，沙哑地说：“我妈终于把这些照片带回家了。”

哪怕是深可见骨的伤痕，也会被时间弭平。

就像沈妈妈在电话里说的那样：总有一天，你会遇到一个彩虹般绚丽的人，自此以后，众生都不过是过眼云烟。

他们隔过生与死，仍然相爱。

第四十四章

只有你

启程回去的那天，是个阳光灿烂的好日子。

陈啸之在前面开车，沈昼叶靠着房车窗户懒懒地晒太阳。美国寒假短，前后不过三个星期，火红的土地依旧冻得结结实实，风滚草四处乱滚，但风里带来了一缕春的鲜味。

加州的春天可能也快来了，沈昼叶望着万里冰封的冻原想。

“陈啸之。”沈昼叶忽然唤道。

陈啸之漫不经心地“嗯”了一声。

“这么长时间我一直在想，我们存在的意义，我们族群存在的意义是什么。”沈昼叶裹着毯子，茫然道，“这宇宙的本质是趋向无序的，是不住熵增的，我们在中学就会学热力学第二定律，第二类永动机永远不可能实现……我们为什么会花千万年苦苦追寻一个答案？”

陈啸之笑了起来：“你觉得是为什么？”

沈昼叶想了想道：“因为我们必须相信它在那里。”

“我们必须相信这世上是有答案的——哪怕量子力学将世界切成了没有意义的小碎块，把时间拍成了烂水果，把我们尝试理解了千百年的宇宙一把火烧了，哪怕二十世纪的基础科学大爆炸后人类已经停滞不前近半个世纪，我们还是要相信。”

“半个世纪前我们相信人类会进行太空航行，会定居宇宙。《星际旅行》是那个时期的作品，星际联邦众生平等，疆土广袤，广达八千光年。可半个世纪后，我们仍脚踏地球，只是手里捏着个小屏幕。”

“于是我们欺骗自己，说这是技术带来的生活方式的变迁。”

沈昼叶怅然叹道：“真的太久了。”

大多数人都忘了自己的祖先曾要把蓝天踩在脚下，忘了前人们用一张演算纸和一支笔就杀了世上最后的“神”。人们热衷对石墨烯与晶体管高谈阔论，辩论4G和5G与互联网变迁。

人们望着光怪陆离的事物，却不愿关心事物的本质。

“可我们仍然必须相信，世上存在一个能解答我们一切疑问的答案。”沈昼叶望着即将沉没长河的夕阳，坚定地说，“只有这样——也唯有这样去追寻、去孜孜不倦地提问又磕得头破血流，向未知的高墙进发，为了真理挑战冰封的高山，去朝圣、去追问、去探索……这才是构成我们族群的‘意义’的存在。”

北斗朔天，日落融向大地，戈壁如燎原的大火，沉默犹如春雨淋在他们身上。

有什么在发芽——有一种更膨胀的、更光辉且沉重的东西淋了雨。

它松动土壤，在大地上抬起了头。

陈啸之觉得赶路没必要太累，总是走一会儿歇一歇，像旅游一般四处绕行，在戈壁之间穿行，又穿梭于树林之间。

他们甚至去佛罗里达玩了两天，那几天十分温暖，傍晚时，沈昼叶翻出那条去参加校董年终晚宴的晚礼裙套上，和陈啸之爬到房车顶并排坐着看夕阳。

“没那么热吧？”陈啸之不太赞同地看着她。

沈昼叶脖颈晒得像日落一样红，甜甜地笑了起来，问：“没有吗？”

陈教授耳根红了，像个小男孩儿，他支支吾吾地说：“可能有……有的吧。”

那条裙子显然没被正经对待，此时皱皱的，穿着裙子的姑娘脚上挂着凉拖一下下晃腿，于是小拖鞋敲着那段白而细腻的脚跟。

太阳落山，夜幕低垂。

“你记不记得我们小时候？”陈啸之回忆道，“夏天刚开始的时候，太阳落山就会被大人抓去洗澡，洗完澡再放我们见面。见面的时候我们就会沿着梯子爬到屋顶上去……你奶奶家屋顶上那时候种的是丝瓜，瓜下星河，我们看吹风看星星，我扯着丝瓜藤编故事给你听。”

沈昼叶想了想，颇为郑重地点头：“记得。不过你讲的故事我都忘了。”

陈啸之一顿，嗤地笑了出来：“我也忘了。”

他们在房车顶上躺下来，金属仍带着赤日余温，手指可以摸到沿途卡在车盖里的沙砾。

繁星漫天，人躺下来时仿佛浸进星辰之中，眼前只余无垠的黑夜与天体。

陈啸之忽然侧过身问：“沈昼叶，你是什么时候想起来的？”

沈昼叶想了想，小声回答：“你喝醉酒的那天。”

陈啸之陷入沉默。

“那天是我第一次去派出所捞人，”沈昼叶有些歉疚地说，“一路上好像还把你在地上摔了好几下。然后你哭了，我还以为你是被我摔哭的……你喝醉了比没喝醉能言善道十万倍……”

陈教授头都抬不起来，令人尴尬的沉默持续了许久，然后他终于找到了反驳点，气急败坏地问罪：“那这么长时间你都不说？！”

沈昼叶不顾陈教授的脾气，贴心地往他身边蹭了蹭，小声叽咕：“因为我觉得你会尴尬呀。之之你看，你现在不就——”

“别说了！”之之恼羞成怒。

叶叶立刻乖乖闭上嘴。

过了一会儿，她觉得车棚硌得不太舒服，拽了下之之的胳膊。

之之的耳根仍红得滴血，神色冷漠至极，却降尊纡贵地抽出胳膊，把她的脑袋安置上去。

佛罗里达玫瑰色的穹顶之下，风声温柔，连时间流淌时都绕他们而行。

他们到加州时，已经快开学了。

沈昼叶坐在副驾驶上向窗外看，见到灰茫茫的天穹与路边泛黑的融雪，熟悉的街道在面前一掠而过。

陈啸之穿过红杉树下时，忽然问：“你的补开题报告准备得怎么样了？”

沈昼叶一愣：“还没准备。但是，材料我们不是都有吗？”

“是。综述重新写吧，写完我给你把下关。”陈啸之说。

沈昼叶笑了出来：“之前那个课题，我写综述的时候都是找出版五年内的文献，14年的论文我导师都嫌过时了让我尽量别摘引，但我们现在这个——”

她没说完，看向自己的小导师。

小导师也乐了，问：“我记得我找给你的第一批论文里还有1986年的吧？”

“还有56年的呢。”沈昼叶提醒他。

红灯亮起，雨水细密地淋在挡风玻璃上。

“这就是热点专业和非热点专业的区别，”陈教授笑道，“尽管非热点方向的人少，大家都不愿意干，但无论什么时候，都需要有人来研究科学最基础的基石。”

他把笑容一收，神情变得冷酷，道：“现在，你要习惯。”

沈昼叶忍不住笑了起来。

如今，终于轮到她独自走向那石砌的山峰。

综述和开题报告加起来上万字，从开始到写完，沈昼叶只花了两周时间。

这么快的原因是她将那些文章读得滚瓜烂熟，下笔如有神助。唯一的问题是，这样冷门的方向很难找到期刊接收，就算有，审稿期也十分漫长——这就是非热点的、基础科学的方向。

陈啸之接收了文档，花了两天将它改完了返给沈昼叶，只有些计算格式和几个遗漏的数据，沈昼叶改完交过去，又与自己学科秘书聊了许久。

后来，她再登账号，发现自己的学生后台里开题名称连带开题文件都换成了新的，仿佛中间七八年一切都不曾发生。

她对着那课题的名字愣神许久，有种恍如隔世的感觉。

沈昼叶踏入大北朱红色校门那年，不过十七八岁。那时她年轻，朝气蓬勃，对自己的聪慧深信不疑，想改变人们对世界的认知，甚至想改变世界本身。

可这世界恨极了对梦想张扬肆意的年轻人。

它将荆棘与刀剑横于年轻人身前，令年轻人将行的路上万里冰封，朔风如刀。

于是，那个姑娘于险恶的世间浮浮沉沉，绕着世界兜兜转转，跌得浑身青紫，终于在晨曦破晓之时回到了自己的原点。

只不过这次她抬眼望去，荆棘与刀剑不再令人望而生畏。

阳春三月，加利福尼亚的春天来得猝不及防。

街边的咖啡店开始卖花，路边摆着三五个金属桶，百合和洋桔梗花上的水珠滴在地上，晨光熹微，沈昼叶跑过去时偶尔买几枝花，小心地用外套裹着，插在自己和陈啸之的办公室里。

沈昼叶每天坚持晨跑。

她自幼身体孱弱，跑两步就气喘吁吁心跳如擂，让她每天坚持晨跑的也许是痛苦，也许是某种东西即将破土而出的征兆。

但有一件事儿，在之后看来是确定的。

她所经历的是名为诞生的痛。在那种疼痛之后，有一样新事物即将破土而出。

沈昼叶仍住在那间小宿舍里。

陈啸之身上有种东方人特有的含蓄与固执，甚至老派得过了头：他坚持不跟女朋友住在一个屋檐下，说什么同居太快了对你不好云云……那么老式，甚至有点儿民国时期知识分子相敬如宾的味道，根本不像属于这个年代的感情。

可每次他们相遇，每次他们四目相对，他们的感情就如同漫过山岭的荣光与白雾，漾起恒久亘古的光。

他们中午和晚上会一起去食堂吃饭。期间，陈啸之可能找几个讲座问她要不要听，于是，沈昼叶抱着自己的笔记本，不务正业地四处乱窜，听了不少讲座，甚至还蹭过几个柴可夫斯基的论坛和茶话会。

而每个讲座，陈啸之总是到得比她早一些，占一个座，悄没声息地示意她过来。

讲座无聊的话，他们就脑袋顶着脑袋有一搭没一搭地聊天，找脑筋急转弯玩。

“我们这样是不是有点儿像本科生谈恋爱？”有次茶歇时，沈昼叶试探着问。

陈教授比他女朋友还困惑，一边给她往小盘子里夹司康饼一边问：“现在本科生这么谈恋爱吗？”

沈昼叶啃着司康饼，歉疚地道：“得不出结论，我这里样本量不够。”

陈啸之正在思考着什么，片刻后，他也悻悻道：“我也得不出。”

沈昼叶小口喝着红茶，很促狭地看着他，发出了“嘁”的一声。

陈教授眼睛当即一眯：“‘嘁’什么‘嘁’？”

“是看不起你的‘嘁’。”女孩儿很欠扁地回答。

陈啸之顿了下：“又看不起我了？”

沈昼叶毫不畏惧，甚至相当郑重地“嗯”了一声。

陈啸之处变不惊道：“这次是因为什么？”

“之之，连我们园里的猫都能在本科期间配对成功，尘尘和一只长毛狸花生了四只小猫猫，连姜丝鸭和薏米都出双入对过一段时间呢。”沈昼叶喝着茶，找事地说，“你连我们燕园的猫猫都不如。”

陈啸之揭短：“那您就脱单了呗？”

“没脱成哦。但我本科GPA4.0，忙着当江湖传说来着。”沈昼叶十分理直气壮，“而你就只是单身，而且GPA还没有4.0。”

陈教授面无表情地问：“那如果我当时脱单了呢？”

沈昼叶忽然哽了一下。

“如果我当时找了个漂亮的，个子比你高，比你前凸后翘，就是你最想拥有的C罩杯……的那种姑娘了呢？”陈啸之恶毒地补充道，“头发比你直还比你顺。”

他现出怀念的神情：“你别说，当时还真有这么个追我的。好像是我大二的时候吧？朋友派对上认识的。”

“你敢？”头发蓬乱乱的沈昼叶凶巴巴地威胁道，“你敢，我打断你的腿。”

人间四月。

加州春意盛甚，春雨细细密密地落在枝叶上。

时近傍晚，天色昏暗，沈昼叶坐在办公室里，将借阅的书归类，准备趁着图书馆关门前还书，忽然，门外响起笃笃两声敲门声。

“在吗？”陈啸之在门外说。

“在。”

陈教授推门而入，他问：“准备还书？”

“嗯，”沈昼叶抽出自己的书签，莞尔道，“不然逾期了。”

陈啸之自然地将那摞书往怀里一抱，示意她跟上自己。

楼外春雨飘摇，天暗沉沉的，沈昼叶自觉地撑开伞，跟在陈啸之身旁。

路边花开了，一派鹅黄柳绿的春景，细雨浇在伞上，像是包裹住他们的风。

静谧之中，陈啸之忽然问：“你痛苦吗？”

沈昼叶微微一愣，紧接着就明白了陈啸之所问何事。

“嗯。”她小声道。

陈啸之正要安抚她些什么，沈昼叶却说：“之之，处在我们的位置，很难不痛苦。”女孩儿目光澄澈，“我们位于环绕世界之海中央的一艘船上，你我不过是脆弱的血肉之躯，我们没有地图，没有罗盘，海上的每一丝风浪和每一团聚集的积雨云都能轻易要了我们的命。”

陈啸之低声道：“俄刻阿诺斯。”

“谁会不痛苦呢？”沈昼叶转了一下伞，小声说，“可是你我这艘船所探索的每一寸未知的海、每一寸风浪和云，都将成为我们已知世界的一部分。”

苦痛是探索者的宿命，它永远与全新的事物相伴而生，是属于清醒世间的啼哭，是真理降临世间的产痛。

一刹那，强风吹拂过他们的躯体。

陈啸之抱着书，怔怔望着沈昼叶蓬乱的头发和发丝遮掩不住的如淬钢又如晨星的双眼。

“她是为此而生的。”

陈啸之又一次感到心脏被刀锋刺穿，一种酸软且不断膨胀的情绪不受控制地奔涌而出。

这个瘦削头发蓬乱、看人时异常专注、但是无时无刻不在迷茫的姑娘身上蕴含着无穷尽的潜力。她是能穿破世界的光，是将刺穿已知领域的长矛，是象征未来与前进的力量。

“虽然话是那么说啦……”沈昼叶不好意思地揉了揉鼻尖，温和地小声道，“但是，痛苦还是不太好忍。”

陈啸之正想腾出手给她顺顺毛——然而下一刻，沈昼叶忽然小心翼翼地抱住了他的胳膊，像一朵需要呵护的花儿。

“不过这样就好一点儿。”她眉眼弯弯道。

明明不是什么多暧昧的动作，但陈啸之耳根红透了，像个毛头小子似的无所适从，立刻下意识地架起坏脾气：“幼不幼稚啊你？”

小青梅抬头看了他一眼，毫不在意地说：“你才幼稚呢。”

陈啸之凉飕飕道：“我比你大三个月。”

沈昼叶毫不退让：“你心理年龄比我小十岁。”

陈啸之抱着大摞图书馆藏书，恶毒地威胁：“你发育还停止在十年前呢怎么不说——你自己还书去？”

沈昼叶举着伞抬起头，仍抱着他的胳膊，认真地看着他。

陈教授被看得发毛，问：“怎么了？打算认错？”

沈昼叶顿了下，很认命地说：“之之，你胳膊夹到我了。”

张臻最近生活颇顺，兴致高昂，正在厨房里忙活着做中餐，沈昼叶一开始还想帮帮她的忙，却在动手切第二块肉时被无情地推了出去。

“我是让你切五花改刀块，不是让你剁自己的手指头。”张臻面无表情道。

“可是臻臻……”沈昼叶扒着门，一副不劳动就不能心安理得地吃东西的样子。

张臻扭头看看那条从华人超市买来的五花肉，本该切得四四方方的猪五花，被沈小师姐一双巧手剁成了拉莱耶的“旧日支配者”，每一块肉都是不可名状的形态。

张臻深吸口气，和善微笑：“乖叶叶，到沙发上坐着自己玩哈。”

于是，张臻独自在厨房炒菜，炒得虎虎生风，抽油烟机开到最大；沈昼叶则坐在客厅里，抱着自己的平板电脑安静地看杂七杂八的书。

“就你这个生活能力，以后结了婚怎么办？”张臻拿盘子装菜，忽然道，“陈教授家里好像蛮有钱，你们打算请阿姨？”

沈昼叶被问及未来，微微一愣，认真地回答：“应该不会。我不需要，他也不喜欢把生活上的事儿假手他人。”

张臻用汤勺撇去煮肉的浮沫感慨：“你俩还挺有性格。”

“也许吧，”沈昼叶小声道，“其实我去他家的时候我和他就是现在这种状态……他做饭，我在一边看着，然后他让我帮忙喂一下猫。”

张臻眼睛都圆了：“你去他家就干这个？”

“他做饭很好吃，还很照顾我，吃完饭后我们会亲一亲，然后牵着手出去散步。”沈昼叶认真地回忆，“他家附近的凤凰花开得很好，我们会沿着街一直走，聊很多乱七八糟的事情，比如，他会突然说他某个寒暑假回国在北海公园或者颐和园的渡口见到的情景，或者提起他在某节课上的所见所闻……我们什么都聊。”

张臻笑了笑，将菜铲进盘中，窗外的大雨沉灰绵延。

“某一天，他还突然对我说他想要个女孩儿。”沈昼叶笑了起来，“我一直认为他会想要儿子来子承父业。”

张臻若有所思地问：“因为女孩儿安静不闹腾？我看陈教授挺怕吵的。”

“他死活不肯说为什么，但是耳根都红了。”沈昼叶笑眯眯道，“肯定是心里有鬼嘛，我一直问一直问，才从他嘴里撬出一句‘你小时候蛮可爱的’。”

她说完，又忍不住笑了起来，身上洋溢着被爱的柔软的光。

张臻端着盘子平和地说："如果我有罪，上天会对我降下天罚，我妈会打电话让我回去考公务员，我爸会为了我不应该考公而应该去深圳当物理老师和我妈大吵一架，而不是在这宿舍里给你做卤肉饭，还听你讲你青梅竹马的男朋友以后想要女儿。"

沈昼叶哈哈大笑，她笑完，话锋一转："你不是也有情况吗？"

张臻一下子哽住。

沈昼叶好奇地问："所以他到底在硅谷的哪个——"

张臻脸涨得绯红，喊道："开饭了！"

沈昼叶怕惹急了厨子自己得饿着，立刻闭上嘴，跑到桌前吃张臻在美国用法式陶瓷锅焖出来的山东风味的台湾卤肉饭。

沈昼叶用筷子翻着小碗，挑剔道："葱是不是有点儿多？"

山东人冷酷无情："不准挑葱。"

沈昼叶不敢造次，一声都不敢吱，把葱吃了。

"我和那个……那个男孩子，是同学。"张臻忽然开口，声音很小，耳根泛着春花般的红，"我们城市小，所以我们小学初中高中都是同校，到了高中，他在尖子班，我在普通班。不过我们只是知道彼此的存在，几乎没说过话。"

沈昼叶一怔："你是普通班啊？"

张臻放松地笑了笑："神奇吧？"

不怪沈昼叶惊愕。

经历过高考分流的人都会明白，更何况能考上大北物科院的学生。"重点班"三个字几乎是这个学院最基本的敲门砖。

仔细想来，张臻身上的确没有被筛选的味道，没有那种"第一"头衔压迫出来的形状——她自由而随性，不把评级放在眼里。

"高中三年，我们每次放红榜，他永远是在前三名徘徊的人。老师和同学都觉得他一定是华清大北苗子。"张臻笑了笑，"但高考总是充满意外，我和他都是意外中的一员。"

沈昼叶挖了一小勺卤肉饭，眉眼柔和地一弯。

张臻说："我高考前心态太差，我爸怂恿我志愿报个大北缓解心理压力，因为就是打死我我也考不上，我听了我爹的，乱报一气，结果填上志愿之后从来没有这么轻松过。”

沈昼叶回忆道：“我记得你好像是擦线进的？”

“高一分。”张臻挠了挠头，“多亏了作文超常发挥。平心而论，你再把卷子放到我面前让我考一次，我也不可能考出这个分了，所以你知道我大学四年有多痛苦了吧？”

沈昼叶愣了一下：“你GPA不是挺好的？”

“都是你们这帮变态逼的。”张臻劈勺一指面前的“学神”，气愤地说，“个个那么聪明，和我都不是一个物种，上大学期间，我体会到了人和人的差距比人和狗都大……”

沈昼叶缩了缩脖子。

张臻怕吓着她，转了转勺子，气闷道：“我又不是多聪明的人，只能朝五晚十一地泡自习室，而且那GPA就是我的极限了。我无数次想退学回家卖烤冷面，大二的时候我甚至觉得如果一天少上两个小时自习，期末就会被清退……”

沈昼叶试图安慰她：“大二那年数学物理方法确实挺难……”

“沈昼叶你再放屁就别吃了。”

数学物理方法考了满分的“学神”不敢再安慰同侪，乖乖地闭了嘴。

“所以我其实很明白我的底线在哪里，滑坡也是一种必然结局，我不是天才，连冒尖儿的那批人都不是，我张臻只是一个凡人而已。”张臻认真地说，“我得过且过，喜欢下雨天吹着风坐在图书馆门口喝奶茶，喜欢在厨房里花一上午时间做卤肉饭也不愿在实验室泡着。这就是我的极限，拿超级电脑对我的能力求极值，我的坐标也就在这里。我花了四年的时间搞明白了这一点，而且接受了它。”

“我明白。”沈昼叶小声说。

“而那个同学和我不一样。”张臻用勺子扒拉了一下碗里水煮的上海青，“他从小是尖子生，高考失利也没能阻挡他，我那么拼命才得到的保研名额，他连看都没看……包括到现在。”

她没有再说下去。

沈昼叶笃定地说：“你崇拜他。”

“是。”张臻毫不犹豫，随后颇为羞赧地叙述道，“上个学期快期末的时候我拍了一张胡佛塔附近的晚霞发了朋友圈。他过来主动问我现在是不是在小利兰，我说是，他说他毕业两年了，正在做研发，想和我吃顿饭……我去找他的时候他在园区里打篮球，夕阳就像海一样。”

沈昼叶没有说话。

张臻又支支吾吾道：“我也不知道……”

沈昼叶静静地看着她。

“我心里似乎有愧。”张臻忽然道，“我觉得可能当年是我占了他的名额，抢了本该属于他的头衔，我抢走了本该属于他的老师，还浪费了这些……都是本该属于他的资源。他比我聪慧，比我目标明确。我想，如果他在我的位置上，一定做得比我要好。”

“臻臻，我不知道对方究竟是怎样的人。”沈昼叶用勺子刮着盘底，犹豫道，“但我觉得，你不应该这样形容自己的爱情。”

张臻迷茫地看着她。

“你在仰视他，甚至觉得自己不值一提。”沈昼叶小声说，“好像很多人在学生时代都经历过这样的事情——喜欢上一个学习很好的同学，然后就觉得自己是平平无奇的。”

张臻没有说话。

“这个同学可能长得很帅，也可能外貌平平，可能擅长运动，在球场上非常闪耀。你将他和自己放在天平上比较，就觉得自己是渺小的，你看到他闪耀的部分，愈发觉得自己灰白。”沈昼叶不善言辞，观察却总是细致入微，张臻点了点头。

“但我想说的是，爱人不是拿来仰视的。臻臻，我不会像其他人一样说你也很好，你不比他差或者不要自卑，因为你不可能听得进去。”

她说中了。张臻苦笑了下。

“但我想告诉你，‘爱’，不是由一句句的‘我不如他’构成的。‘我不如他所以我爱他’——这不是爱情，是埋藏在我们基因里的慕强心态，是挫了自尊的，是毁灭性的。”沈昼叶娓娓道，“而这样的感情必然不能长久，要么你对他的滤镜会碎，要么你的自我会碎，总不能两全。”

张臻想了一会儿，问：“可滤镜不就是爱情带来的吗？”

“滤镜是好感带来的，但它不是爱情的产物。”沈昼叶的话如一把锋利的刀。

张臻仿佛被击中一般，没有再说下去。

“爱是更为膨胀的更为温暖的情绪，是能让人暂时忘记生活的苦痛的船港。它是存在于你人生里的山岳一样的后盾，是你前进时坚实的步伐，是你做出选择时毫不犹豫的瞬间。”沈昼叶认真地说。

沈昼叶想起很多人，她感到整颗心都是滚热的，那滚烫情绪来源于她爱的人也源于爱她的人。

妈妈、奶奶、父亲、陈啸之。

爱是跨越生死的。

“爱是两个人包容彼此的坏毛病，又在日常生活里看到对方的优点。它是彼此信任，是互相尊重，是人在上百万年的进化中为了抵抗亘古的孤独而进化出的最温柔炽热的依偎——”沈昼叶清醒地说，“是我们永恒的归宿。”

天地间重归静谧，唯余一场柔和昏暗的大雨。

半晌，张臻忽而温和一笑，抬头道：“你倒是挺明白的。”

沈昼叶立刻谦虚：“算是吧，毕竟见得多了。”

“见得多了……”张臻咂摸一下这四个字，觉得和沈昼叶这种呆瓜形象格格不入，颇为嫌弃地说，“见得再多你也当不成恋爱导师，顶多在这里念叨我。”

沈昼叶笑起来，去挖碗里凉了的卤肉饭，道：“我这头也挺愁人的。”

张臻正在盛第二碗饭，眉头一挑：“你是说你和陈教授相敬如宾？”

沈昼叶点了点头：“虽然也很开心啦，但你不觉得有点儿老学究的感觉吗？别的情侣周末在外面约会，吵架又和好，朋友圈里总是在秀恩爱，老是火花四射的。”

张臻总结道：“你希望能和他更亲密一些？”

沈昼叶耳根微微有些泛红：“算是吧。”

我想像那些笨蛋情侣一样，和他吵架，又被他哄。那些现世安稳岁月静好的，那些如钱塘江山潮一般澎湃的，那些存在于我身边的，刻在铅字里化为传说的……我都想要，我贪心至极。

“那你直接和陈教授说说看呢？”张臻提议，“别总是这么沉默，想要什么就告诉他。你们两个都太安静了，你家那个还老端着。”

沈昼叶捕捉到关键信息，耳朵一竖：“他那是端着？真的不是有人碰他他会过敏什么的怪病？”

张臻含蓄地提示：“你自个儿心里应该有数。”

沈昼叶脸上终于出现了一点大梦初醒的意思……

“行了，”张臻吃完最后一口饭，道，“您老慢慢儿消化着这重磅消息吧，一会儿记得去把碗洗了。”

沈昼叶呆呆地点了点头，半晌害羞地别开了脸，看窗外的雨。

她像春日波斯菊中的戴着花环的少女，少女垂眸笑时，世界的河流竟相在她面前颂唱。

知道归知道，可沈昼叶还是过了好些日子才鼓起勇气对陈啸之开这个口。

正值四月的末尾，草坪青翠辽阔，紫雀花骨朵沐浴着阳光。

沈昼叶在圆厅听了一下午的讲座，抱着笔记本出来时，发现陈啸之正坐在花坛上等她。

陈教授穿了条水洗牛仔裤，条纹衬衫袖口卷着，没戴眼镜，因此十米外男女不分，架子十足，脸上写满了生人勿近。沈昼叶大老远就从后脑勺那撮毛辨认出了自己的小竹马，旁若无人地喊他的名字，裙角翩跹地跑到他身边。

“你怎么过来啦？之之，”沈昼叶笑着问，“我还以为你不想来听哲学讲座呢？”

陈啸之不为所动：“所以我这不是没听吗？”

“懂了，所以你是来等我的。”沈昼叶心情很好。

陈啸之不太自然道：“随，随你怎么想。”

沈昼叶的眼神里都是温暖的像金黄波斯菊般的笑意，问道：“我们去吃饭吗？”

“走。”陈啸之很自然地伸出手和沈昼叶十指交握，两个人往食堂走去。

“下个月佛罗里达有个会议，你想去吗？”陈教授絮絮叨叨地说，“你想去的话我就订票，等回国了我们再想来玩就麻烦多了，现在学科交流受限……”

沈昼叶非常郑重地开口：“之之。”

陈啸之一凛：“怎……怎么了？”

也许是沈昼叶的语气太严肃，陈啸之甚至流露了惶恐神色，唯恐大祸临头似的。

沈昼叶不解地问：“我又不是要吃了你，你怕什么？”

陈啸之意识到沈昼叶这次没打算来找他麻烦，说话时终于敢带上一点儿怨气：“还不是你每次一用这种语气我都要倒霉……”

“没有。”沈小师姐一脸天真，毫无愧意地补充，“就算有，也是你自找的。”

陈之之深吸一口气。

“之之，”沈昼叶认真地问，“你喜欢我吗？”

“你还需要……问吗？”陈之之羞耻到抬不起头，艰难地憋出句话，“当然喜……喜欢啊。”

沈昼叶闻言好奇道：“只是喜欢而已吗？”

陈之之脸红耳热，躲着沈昼叶灼热的目光，说：“怎么可能？”

沈昼叶觉得有趣，眨了眨眼睛，带着丝困惑道：“你要说得详细一点儿。”

她的竹马脸红得能烫熟鸡蛋，求饶地看向沈昼叶，发现后者根本没有半点儿怜悯之心。

他别无选择。

“很……很喜欢。”

沈昼叶露出不满的神色：“再详细一点儿。”

“非常喜欢，”陈教授艰难道，“就算再过十……再过二十年，再过五十年六十年，我也还是……你知道的……”

“不是你就不行。”

陈教授的耳朵红得像岭南晚春的凤凰花。

“然后呢？”沈昼叶追问。

陈啸之立刻毛了：“沈昼叶你没完了！”

沈昼叶现出失望的表情：“就这？”

事实是，陈啸之不知该如何表达自己。

他不是个诚实的人，他压抑别扭，心底却有一片花朵绽放的花园，那处有春夜细雨，有一丛丛杏桃花、南国鲜红的牡丹和春来发几枝的红豆，有绵延不绝的云雾与爱。那些雨与花在这个男人心里倾泻了半生，可面上不显露分毫。

你让他倾诉，他都无从开口。

“可是，之之，我很喜欢和你在一起。”沈昼叶看着他认真道。

陈啸之顿住了。

“我喜欢和你待在一个房间里，哪怕我们什么都不做只是发呆；喜欢和你天南海北瞎聊，聊我们经历过的，将要经历的；也喜欢和你手牵着手。”女孩儿说完，扬了下他们十指相扣的手，“你呢？”

陈啸之耳根通红，匆忙点了点头：“我……我也喜欢。”

“我还喜欢在听完讲座后看到你站在门口，感觉就像我们上学的时候你等我从办公室问完题出来一起回家；我喜欢和你一起看一天的日落，总是能让我想起我们小时候爬上瓦房顶，那时看见的地平线尽头的脚手架和夕阳。”

陈啸之沙哑道：“我也……喜欢。”

“之之，我总觉得我们的人生不曾分开过，”沈昼叶感慨，“仿佛我和你一起走过无数个我人生中重要的时刻，从小到大，每一个——哪怕你那时并不在场。”

陈啸之静了下，低声道：“我也是。”

“之之，我喜欢你做的好吃的东西，喜欢你和我说起的未来的打算，也喜欢你的猫，你的沙发，喜欢有你在的地方。”沈昼叶有点儿羞赧地说。

“我也……我也喜欢。”陈啸之脸颊也红了起来。

“所以，我喜欢和你在一起。”沈昼叶声音变得小小的，“各……各方面！”

“我……”陈教授又羞耻又震惊，却忍不住笑，“我也……”

沈昼叶忍着害羞替他接话：“你也是？”

她的本意是帮陈啸之解决沟通困难的问题，只需要他点头就行，不必支支吾吾。

然而陈啸之顿了下，郑重其事地摇了摇头。

夕阳将他们的面孔晒得泛红。

陈啸之半是羞耻半是甜蜜，在夕阳里对自己的小青梅说：“我也想。”

沈昼叶做了半晚上的噩梦——先是梦见自己在写毕业论文，交稿后被姓陈的打回来说写得语句不通，光是返稿就返了八次；接着梦见毕业答辩时遇到陈啸之，他仿佛在角逐最恐怖答辩专家宝座，坐在下面一个问题接一个问题，沈昼叶为了证明自己方法的严谨性甚至现场拿出电脑开始建模——

她在雀鸣中醒来，发现罪魁祸首兼心理阴影睡得十分安详，一条胳膊还横在自己胸口上。

沈昼叶深吸了一口气，告诉自己不能把梦上升到现实，不能迁怒这个陈啸之。

他是无辜的、他是无辜的、他是无辜的——沈昼叶重复三遍，停顿一瞬，恶毒地踹了姓陈的一脚。

陈啸之吃痛，立即睁开眼睛。

“早。”他迷迷糊糊地说，然后闭上眼睛，把沈昼叶搂进了怀里。

陈啸之没穿上衣，肌肤温暖熨帖，十分舒服。

沈昼叶被他一抱，气突然就没了。

“早饭想吃什么？”陈啸之半梦半醒间贤惠地问。

沈昼叶脸挤在他结实的肩膀上，想了想：“宫门口馒头铺的麻酱糖花卷和黏豆包配朝阳门外杭州驻京办的莲叶八宝粥。”又很娇贵地补充，“麻酱糖花卷要香厂路那家。”

任劳任怨的小竹马保证道：“回国一定给你排队，现在换一个。”

沈昼叶顺从地提出下一个要求：“西四的猪肉大葱包子和黑窑厂街糖油饼，再加一小碗豆腐脑，榨菜和小虾皮要多。”

陈啸之睁开眼，看着趴在他怀里、耳朵尖还带着牙印的女孩儿。

“故意找事儿是吧？再换个，我给你做。”他慢吞吞地说。

沈昼叶搓搓手：“那我要护国寺的奶油炸糕……”

娇气鬼话音未落，陈啸之手一动——

“啪”。

声音非常清脆。

“你——”沈昼叶震惊至极，甚至结巴了起来，“陈啸之你凭什么打……打我屁股！”

“你要是生在我家里，我爸妈得去小区里折小藤条抽你。”陈啸之慢悠悠地揉着沈昼叶的脑袋和耳朵说。

沈昼叶气鼓鼓道：“我乖得很，谁像你一样，上房揭瓦，被藤条抽的是你吧？”

陈啸之冷笑：“谁派我去上房揭瓦的啊？”

沈昼叶拍他得寸进尺使起劲的爪子，道貌岸然地回答：“反正不是我。”

“沈昼叶，我竟然想不起来小时候我哪次挨抽不是因为你的主意。”陈啸之面无表情道。

沈昼叶忽然想到这不是污蔑，小陈啸之真的因为她挨了不少揍，俨然是个完美受害者。如今长大的受害者意识觉醒，仗着比她高二十多厘米，将罪魁祸首蒙在被子里揉来揉去地欺负，又把她从被子里抱出来，静静抱在怀里，任由太阳晒着自己的脊背。

陈啸之搂着人晒太阳，懒洋洋道：“你混账得很呢。”

沈昼叶头发乱糟糟的，又脸红又胸闷，小声说：“那你还陪我玩。”

“不陪你玩你就太孤独了，”陈啸之声音低低的，“五岁的时候你好小一只，人瘦巴巴的，像个没长大的小猴子，跑不动跳不动，别的大孩子都欺负你，我看不过去。”

沈昼叶斟酌片刻，笃定道：“你喜欢我可爱。”

窗边漾起海一般的温柔缱绻的光尘。

“阿十。”陈啸之忽然唤道

沈昼叶立刻像小乌龟一样仰起脑袋：“嗯？”

陈啸之有点儿别扭地拽了拽被子，生气地说：“我抱你好久了，你不抱我。”

五月初，如雪的梨花绽于天地间。

沈昼叶推门进办公室，对上张臻不剩半点儿世俗欲望的眼神：“你们真能这么腻歪？”

“嗯？”沈昼叶不解地抓抓头发。

张臻问：“你以为我们走廊的隔音很好吗？”

沈昼叶去找梳子，随口道：“可是我刚刚在和他吵——”

“在吵架是吧？告诉你一个冷知识，这天底下只有你会觉得你俩在吵架。”张臻生无可恋地看着她。

沈昼叶想要反驳，却无法驳倒张臻对客观事物的感性认知，最终只得放弃，闭嘴受教。

“别总欺负陈教授。”张臻盯着屏幕道，“沈昼叶，摸摸良心，陈教授早上把你炒的菜吃光了究竟是因为爱你还是因为他是个自私鬼？”

沈昼叶争辩：“这才不是爱我的表现，他一点儿都没给我剩，我自己都没尝到——”

“就是因为没让你尝到，所以绝对是爱你。”张臻断言，“你欺负他上瘾。”

手机忽然一震，消息来自陈啸之。

他耐心地说：“到我办公室里来。”

沈昼叶赌气地回复：“我不。”

“陈老师命令你。”

他学生狗胆包天：“吃屎。”

沈昼叶胆儿已肥成一个拳头，不怕天不怕地，更不可能怕陈老师。

一分钟后，办公室门上笃笃两声，陈老师憋屈地在外面喊道：“出来。”

张臻扭头看着沈昼叶，用口型道：“你欺负他上瘾。”

沈昼叶心想，我才不是，他明显是更垃圾的那个，我一定要证明给你看。

她推开凳子，出了门。

走廊上的窗户大敞四开，春光似荡漾的湖水。

“终于肯出来了？”陈啸之靠在窗边看着她。

“还不是你非要提白巧克力。”沈昼叶气闷地朝他走了两步，“你老用这个嘲笑我，不就是——”

陈啸之看着她慢吞吞地说：“高汤的颜色真不是靠加白巧克力熬出来的。”

“你把我叫出来就是为了告诉我这个？”沈昼叶作势要走，陈啸之赶紧拽住了她的手腕。

天高云淡，风穿过悠长的走廊，吹起姑娘的头发与裙角。

沈昼叶拨开发丝，眉目清朗，犹如属于春天的海棠。

“你真烦。”她说，低头看陈啸之的手，他正握着自己的手腕。

小竹马忽然没头没脑道：“那是我第一次吃到你做的东西。”

这话一出，沈昼叶什么气都没了，低声坦白：“做得不好吃。”

陈啸之沉默片刻：“不然你以为我为什么会跑去学做饭？”

“你的厨艺居然是学来的……”沈昼叶哭笑不得，“我当时以为你天赋异禀，学习之余还对做饭无师自通……”

“天赋异禀也是真的。”陈啸之别扭地说，“你偶尔做做……也不是问题，我解决得掉。”

沈昼叶笑了起来。

他们在走廊里安静地站着吹风，陈啸之揉着女孩儿白皙柔软的手指，开口说：“入职合同已经签了。”

沈昼叶一愣。

“八月入职，”陈啸之平静地说，“待遇差了不少。”

沈昼叶想起自己学校人事招聘小气的条件，心虚地道：“国内我们平台是最好的……”

“放心，”陈教授好笑地说，“再少，养媳妇儿也够了。”

沈昼叶的脸立刻红成了苹果。

陈啸之浑然不觉，又说：“可惜的就是拿不到这里的tenure……不过也无所谓，不差这点儿。”

Tenure，终身教授制。顾名思义是一份持续终生的合同，合同效力之强可以说只有退休与死亡能终止这份教职，且聘任期间无视任何科研压力和指标，是几乎所有漂泊海外的科研人员的奋斗目标。它意味着科研自由和无论发生什么你都将在这所学校有一席之地的“后盾”。

名额极度稀少，尤其是小利兰这种名校，每个学院的终身教授数额几乎常年不变，除非有老教授即将退休或离职，否则不会有空缺。

“其实……”沈昼叶犹豫道，“你……晚两年回去也是可以……的。”

沈昼叶不希望陈啸之因为自己做出妥协。就像陈啸之坚信她身上蕴含着无限的可能性一般，她也觉得陈啸之应当拥有一切，他生来是个强大坚韧的人，也就该这样强大到老。

爱不是妥协，更不该折断对方身上蕴含的可能性，它应该是更为宏大的、更为温柔的，它是伸展的双翼，是归家前夜的不灭灯火。

“终身教职填的是罗什舒亚尔教授退休的空缺，得熬两年。”陈啸之忽而开朗一笑，“沈昼叶，多留两年我倒是无所谓，你怎么办？”

沈昼叶急切地说：“我可以——”

我可以等你，不过是两年罢了。别说两年，三年四年，甚至十年二十年，这样的等待也不是没有经历过——只是小时候不懂那就是等待。我可以等，不过就是分隔两地——

“可你会难过。”陈啸之打断了她的话。

沈昼叶霎时一愣。

陈啸之嗓音微微发颤：“沈昼叶，我想让你知道，我十五岁最后悔的就是那年让你站在……那个岔路口上。那时我还太小，不懂考虑你的感受。你是最后一个得知我要出国的，必然也是最难过的那个。”

沈昼叶深呼吸一口气。

他们第一次如此直白地谈起十年前的决裂。

“我爸妈可能会难过，但他们的人生与我的轨迹注定是不同的；我的朋友们可能会失落，但‘朋友’二字并不意味我们共命运。”陈啸之声音沙哑道，“沈昼叶，只有你，也唯有你……”

只有你，是那个我想令彼此人生共轭的人，是我想让两个独立的生命纠缠至密不可分的人，是我想与之度过漫长余生的想白头偕老的人。

我命中注定的世界之树，我的尤克特拉席尔。

凡世喧嚣，人间庸碌荒凉。可唯有你的光辉，是漫过山间的白雾。

陈啸之望着女孩儿黏在唇上的头发。

“所以，同样的错误我不会犯第二次。”他前所未有地郑重地承诺道，“无论另一端天平上是怎样的筹码。”

沈昼叶怔住了，似乎不知怎么应对这种剖白。

她鼻尖一红，眼眶中的泪水转了又转，又不愿哭，眼神飘忽别开，欲盖弥彰地望向远方。

“好吧。”她小声道，然后拽着陈啸之的手，轻轻地摩挲他的指节，没头没脑地转移话题，“时间过得真快啊，我们一起围着茶几做作业的日子好像还在昨天呢，一眨眼就过了这么多年。”

陈啸之笑了：“人生天地之间，白驹过隙，忽然而已。”

沈昼叶立刻一拍手：“庄子的《知北游》！你还教过我呢！”

“是，亏你还记得。”陈啸之看着她，喉结动了动，“我们以后还会谈论很多东西。”

沈昼叶眼睛像会说话似的，温暖明亮地看着他。

“我们会……谈论订婚，”陈啸之受鼓励般地说，“会谈论同学的礼金。”

沈昼叶灿烂地笑了起来。

“会谈婚纱，会谈三金，会谈蜜月去哪里，”他脸上浮现羞赧的神色，“邀请谁，我怎么和他们显……显摆，会谈小孩要去哪里上学，食堂的哪个口有了哪些新菜，谈工作……”

沈昼叶接话道：“会给小朋友辅导功课。”

“希望聪明一点儿，”陈教授忍俊不禁道，“像你就有点儿贪心了，至少像我吧。”

沈昼叶笑眯眯：“像你就不贪心了呀？”

陈啸之想了想，勉强道：“也是。”

“我们会谈论老，谈论死亡。”沈昼叶说。

陈啸之想起什么，笑了起来：“但那不足为惧。”

沈昼叶和他想到了同一个人，眉眼弯弯地说：“没错，谁会害怕呀？”

“况且……”陈啸之望向远方辽阔的地平线，坚定地道，“在那之前——”

沈昼叶笑着接过话：“我们还有将一起走的，漫长又漫长的一生。”

第四十五章

梦里，什么都有

春天是适合做梦的，团团的花坠在枝头上。

沈昼叶坐在阁楼窗前，在面前的日记本上用钢笔写下一行娟秀小巧的字——

“亲爱的我，展信佳。”

她沉吟片刻，随后，笔尖又一次轻轻落在纸上，墨水如阳光洇开。

“昨晚我睡得很好。梦里，我又见到他了。”她揉了下眼睛，写道，“我知道那不是他本人。”

沈昼叶蹬着自行车，车筐里放着书和路边折的向日葵，穿过雨后春天的原野。

车轮碾过湿软的草壤，湖面倒映着湛蓝的天空。

“爸爸是很吝惜入梦的，所以我看到的只是他的背影。我小时候希望他能来梦里看看我，但他总是很高冷，从不露面，久而久之我也不指望了，现在想来，他大概是怕被我抓住，我会不让他走吧。”

自行车摇摇晃晃地穿过公路，远方出现土黄色的高塔。

沈昼叶想到了什么，露出一个稍显心酸的笑容。

“但明明，到了最后，我的告别都是很体面的。”

日子一天天如流水般过着，生活大抵如此——平淡时居多，这世上不存在永远的冒险，岁月总会回归日常与平和。

唯有平静的日子才能令泥沙沉淀。

自行车在图书馆前停定，周三自然科学书库的管理员是个瘦削的老人，坐在桌前，戴一副金边眼镜，鼻梁歪歪的，看到沈昼叶，问：“来还书？”

沈昼叶抱着一堆杂七杂八的书，郑重地点了点头。

老人为人孤僻，不少学生都怕他，但他对沈昼叶却蛮好。他将书接过来，条码一一扫过，例行公事般问这个来交换的博士生：“有什么进展吗？”

沈昼叶摇了摇头，如实答道：“还在原来的地方。”

老人沉默片刻，道：“不是易事。”

沈昼叶笑了笑。

“我去听过不少讲座，”老人与她闲谈，“总体感觉人文社科类的发现和自然科学类的发现截然相反，人文社科是需要岁月积淀的，大多数成果都由泰斗们提供，年轻人负责阅读、行走和积累，五十岁前都是在沉淀；而自然科学的领域，几乎所有突破性的成果都出在发现者三十岁前。”

沈昼叶看着老人扫条形码：“宇称不守恒定律。”

“当时杨振宁和李政道也就三十几岁吧，”老人说，“两个人还在普林斯顿当研究员，傍晚时他们经常一同沿着特拉华的草坪散步，都年纪轻轻的。”

沈昼叶若有所思地“嗯”了一声。

“我后来想，和人文社科不同，自然科学的每一个突破都是一种对现有世界的反攻倒算——它的每一个突破都是叛逆的、不守旧规则的，甚至是推翻前人成就的。经典力学毁灭了亚里士多德，爱因斯坦在二十岁清算了牛顿，又被薛定谔与海森堡毁灭……”老人停顿了一下又继续说，“这是一股强盛得能毁灭旧规则的力量，而这种力量是独属于青年人的。”

沈昼叶道：“因为年轻的头脑仍空空荡荡，观点未成型，每一寸思想都可塑，每一分知识都可被质疑。”

老管理员点了点头，若有所指道：“只待灵感点燃。”

“只待点燃啊……”沈昼叶托起腮帮，望向窗外春色，喃喃道，“先生，我总觉得手里有一根线，非常细，它若隐若现，我无数次以为我要抓住它了，可它又像水里的鱼、天地间的雾……滑滑的，我——不，我和他……无论如何……”

那根线是镜中花，水中月。

“它不会这么轻易地到来。”老管理员平静地说。

沈昼叶迷茫地问：“可它会来吗？”

“我不知道，也没人知道，它神出鬼没。”

“也是。”

“但是，”老人忽然道，“改变世界的灵感都出现在刹那间——严格来说，它永远出现在漫长的积累、漫长的寂寞与自我怀疑后的刹那。硬要形容的话，就像下过倾盆暴雨后云层绽开一条缝，俄而阳光泼洒。能点燃世界的火光来得突然……但你不会措手不及。”

沈昼叶茫然地说：“我们尚且不知这个客人会不会来。”

“没错，我们不知道这个客人几点来，怎么来，来的时候带着怎样的结果，”老人将书垒起来，“甚至连它有没有来的打算都不知道。”

他将新书递给沈昼叶，说：“但我们扫榻相迎。”

沈昼叶笑着接过那一摞书，抱在怀里，和老先生道别，向门外明媚的蒲公英盛开的春光走去。

老先生说得太含蓄了，沈昼叶想。

大多数自然科学领域的人一生其实都在做同一个课题，如果去看这数百年间研究型教授的履历，会发现他们的博士毕业论文绵延了他们的一生，博士毕业后二三十年，也不过是在原先的论文基础上持续发掘。

而这已经是大多数自然科学研究者一生都难得一求的突破。

光是求得这样的灵感，就已经穷尽了他们一生的力量。

而“火光”这位客人，纵观整个人类史，到来的次数寥寥无几。

每次它降临人间都带来天翻地覆的改变，伴随着冲刷天地的风雨，足够整个人类耗费数个世纪来消化它的礼物，它是西西弗斯的巨石，是普罗米修斯在长夜里举起的火炬。

沈昼叶趴在窗边长久地思考，陈啸之板正地坐在桌前备课。

他曾经提了几嘴家里养沈昼叶相当于养猫，抽空得把阳台的窗户封上，免得她顺着窗户滚出去。

没过几天，沈昼叶发现陈教授真把两边窗户封了……

陈啸之做课件做到一半，忽然开口问：“阿十，你们上课的时候讲没讲过自然科学大停滞？”

沈昼叶一愣：“你是指二十世纪后半期至今的基础科学停滞吧？”

“差不多。”陈啸之疲倦地说，“你们课上怎么讲的，我参考下，我想给这批本科生着重讲讲这部分内容。”

“我们院老师讲‘基础科学停滞’的时候，就是提了自从七十年代之后理论物理就停滞不前，往后数十年都是在吃之前的老本，相对论的、量子力学的……顶多还有个弦理论。”沈昼叶谨慎道，“但是对弦理论他们都持保留态度，三位老师都认为将四种相互作用力和基本粒子统合起来创造出D3膜这个概念有点儿扯，我们量子力学的老师最恶毒，原话是‘搞弦理论之前先学会说人话怎样’……”

陈啸之饶有趣味地问：“哦？有人找他打架了吧？”

沈昼叶后怕地点了点头：“第二天，他跟我们宇宙学的教授打得难舍难分。场面宏大，校长都来劝架了。”

陈教授嘲讽道：“弦理论那帮人就是玩不起。”

“总之那部分是课上拓展的内容，目的是鼓舞学生，希望我们这一代人能解决基础科学的困境。”沈昼叶认真地说，“三位老师都提过，可见他们重视程度之高。”

“是，”陈啸之低头看电脑屏幕，“毕竟已经五十多年了。”

距离最后一个巨匠的离去，已经有五十余年。

没有人知道未来如何，不晓得人类会不会停步于此，更没人敢预言技术内卷的将来人类的命运。

沈昼叶“嗯”了一声，继续盯着窗外发呆，过了一会儿小声使唤陈教授：“之之，脚冷。”

陈啸之瞥了她一眼，拿着自己椅子后搭着的毛毯起身，到窗边给自己的小青梅裹上了。

“都五月了，快夏天了，你还怕冷，我说你体质不行你还和我犟。”他一边像个侍女一样给她裹毛毯，一边低声训斥。

沈昼叶抬头嚣张断言：“之之，你好凶，这算家暴了。”

然后，脑壳被一拍。

当事人捂着脑袋愤怒喊道：“陈啸之！你又！又！又打我脑袋！！”

陈啸之面无表情地反问：“怎样？”

沈昼叶气急败坏，使劲儿掐他胳膊。陈啸之由着女孩儿掐他，却把她推到墙上，低头，亲了亲女孩儿的面颊与唇。

气氛旖旎，呼吸交缠。

沈昼叶忽然被亲，脸都红了，小心翼翼地抬头看着他。

“也不看看咱家是谁家暴谁啊？一点儿不顺心就掐我，我胳膊都青了，再掐我就去警局验伤。”陈教授威胁道，“快给我道歉，不然送你进局子。”

沈昼叶刚一开口，陈啸之又捏着她的手腕缓慢向后抵，不容拒绝地吻她的唇，将她的话堵了回去。

“你这么好欺负，”陈啸之边吻边沙哑道，“要不是遇上我，你可怎么办？”

沈昼叶嘴硬地说：“你才好欺负，你全家都好欺负。”

陈啸之沉闷地笑了起来，把她搂在怀里，两个人靠在窗台上，沐浴着炽热的春日阳光。

“晚上给你做糕团。”陈啸之很沉稳地哄她，有一搭没一搭地揉她卷卷的头发。

沈昼叶困倦地把脑袋搭在陈教授颈窝里，闻着他身上的香气——两人住在一起的日子久了，沐浴露和洗发水用的同一款，可陈啸之身上的气味闻起来，有种别样的、如烛火般温暖的味道。

“之之。”沈昼叶小声唤他。

“嗯？”陈啸之微微低头回应。

“会是我们吗？”

陈啸之的呼吸乱了一瞬。

女孩子毛茸茸的脑袋靠在他胸口上，陈啸之恍惚觉得自己与她是一个密不可分的整体，他生来孤独的灵魂被填补完整。

“我不知道。”他诚实地说。

沈昼叶抱住他的腰，懒洋洋地小声嘟囔：“我也不知道。”

“个子不大口气不小，”陈教授很坏地捏了捏女孩子的腮帮肉，笑着说，“往上坐坐，你这样猫着腰不舒服。”

沈昼叶顺从地向上蹭了蹭，长而轻的睫毛擦在陈啸之的脖颈处。

阳光如湖水漾开，两个人静了许久，久到沈昼叶以为陈啸之睡着了。

然而陈啸之忽然道：“但我相信你可以，阿十。”

阿十一愣，睁开眼睛。

“你是个澄澈赤诚的人，”陈啸之侧脸英俊而阳刚，眼瞳在太阳下泛着琥珀般的色泽，他坚定道，“世界在你眼里，与在我们这样的凡人眼里是不一样的。”

沈昼叶的胸口微微起伏。

“我从小就有种这种念头，好像这世上不会再有第二个人，茫茫人间，我只看得到你。”陈啸之接着说，“在我眼里，如果你不行，我不知道还有谁可以。”

他低头，小心托着沈昼叶毛茸茸的脑袋，像是生怕她被磕到了似的，在她唇上轻轻一吻。

唇一触即分。

吻毕，沈昼叶望着面前的男孩儿，她感到自己体内有什么在疯狂生长，要撑破她的躯壳，成为春楼之下的蓝鸢尾，或是田野上皴裂的花穗。

她看见爱。

那爱如盛夏的积雨云，厚重且席天卷地。被爱的人心脏在凡世温热地鼓动着，将血液送向血肉之躯的每一寸。

这颗年轻鲜活的心脏知道自己此刻正被人爱吗?

知道。

它炽热地在胸腔中跳动。

“是我们，之之。”沈昼叶用力纠正道，“是我和你。”

因为在漫长的余生中，我们将荣辱与共。

我们是彼此的半身。

六月，陈啸之把自己在小利兰的课程结了题，不顾院长挽留，向校董事会递交了辞呈。

巴斯德曾说：“科学无国界，科学家却有祖国。”

2019年春天，随着局势急转直下，沈昼叶已经理解了陈啸之放弃小利兰的终身教授候选人的决定。哪怕他距离终身教职只差临门一脚，也不愿留在异国他乡，宁可回国另起炉灶，从头开始。

她理解后，一开始是有点儿崇拜陈啸之破釜沉舟的决心的。

但是这崇拜只持续到她看到大北给陈教授发的工作邀请的瞬间……看到人才待遇后，沈小师姐头都晕了：这算个屁的从头开始，如果从头开始就能有这么多钱，她愿意在开头趴一辈子。

人比人气死人。

她想起自己堪称沿街讨饭的研究生劳务费，又看看学校给陈啸之开的慷慨年薪，气得差点儿脑血栓。

况且陈啸之缺过钱吗？当真是旱的旱死涝的涝死……

陈啸之见沈昼叶没动几口碗里的萝卜炖牛腩，猜到她正被母校气得吃不下饭，带着一丝幸灾乐祸，嘚瑟道："老公当引进人才不好吗？"陈教授说话都假惺惺的，"阿十，我十分信任你的学习能力，但是，我必须说句实话，你得认清现实——你得被人养着。"

沈昼叶气得凶他："你放屁。"

陈啸之笑了起来，安抚地揉揉她的头，示意她好好吃饭。

沈昼叶愤愤地用筷子戳了戳炖得酥软的牛腩，过了会儿，小声道："我知道你是什么意思。"

"哦？"陈啸之饶有趣味。

"从小到大听了那么多次，就算是傻子也记住了，"沈昼叶难过地低着头，戳着饭碗里的米饭，"他们都……都这么讲，说我没心眼儿，连要饭都要不来……所幸脑袋弥补了致命缺陷，不和人打交道也饿不死，但也只能做到饿不死。"

话音刚落，陈啸之就毫无同情心地笑了起来："他们对你的点评还蛮精准。"

沈昼叶扽了下筷子，去夹牛腩，陈啸之给她盛了一小碗汤，那汤他用虫草和老母鸡精心煲了小半个下午，将老母鸡与虫草花的每一分滋味都炖进汤里。

阿十从小挑食，却从不会挑小竹马的手艺。

陈啸之安静地看着她吃东西。

沈昼叶吃东西时脸蛋塞得鼓鼓的，咀嚼时像小仓鼠啃向日葵籽，十分可爱，又让人感到宁静。

陈教授忽然怔怔地说："我的就是你的。"

"嗯？"沈昼叶抬起头，迷茫地看着他。

"我说，"陈啸之莞尔，"阿十，我所有的东西都是你的。"

沈昼叶的耳根霎时红成了春日傍晚的花，仿佛被小竹马欺负了一下，又像是被他亲昵地捏了捏脸，小声道："怎么像……可……可我不想被养。"

陈啸之立刻顿悟，说："那我以后不这么说。"

"我不是这意思，我是不想……"她话音未落，陈教授忽然讶异地打断她："阿十，你觉得你现在在做什么？"

捧着满满一碗虫草老鸡汤的沈昼叶顿住了。

"你觉得你十五岁在做什么？"陈啸之又问。

沈昼叶哆嗦着放下碗。

陈啸之缓慢地向椅背靠坐，问了第三句话："五岁呢？"

沈昼叶遭受毁灭性打击。

陈啸之夹了一筷子虾酱豆角炒蛋，用余光看着她，看了一小会儿，忽然没头没脑地说："但那又怎么了？"

沈昼叶支支吾吾道："我……"

我觉得挺不好意思的。

"从小时候我就觉得，只要你高高兴兴地围在我身边，下午我们在街边的树阴下跳房子，晚上躺在屋顶上讲才子佳人终成眷属的故事，你奶奶喊我们下去吃点心……对我来说，天下就没有比这些更高兴的事儿了。"陈教授看着自己的碗，娓娓道，"人长大了，又会比小时候贪心。后来不仅想要跳房子和讲故事，还想被你牵着手，朦朦胧胧的，就想要你的很多东西，想让你想起我，想和你亲亲贴贴，想让你笑眯眯地看着我……想让你把我当男人看待。"

沈昼叶专注地看着他。

"再后来，就更贪心了。"陈啸之莞尔道，"开始想要你的爱、要你的人、你的痴情、你的温柔和岁月……想要你和我这辈子都在一起，不看别人一眼。"

沈昼叶好似答应他般，轻轻"嗯"了一声。

陈啸之很少这样直率。他向来不爱把话说透，仿佛说透了就烫嘴。这人打小饱受大男子主义荼毒，在漫长的人生中将"沉默是金"和"口是心非"八个字贯彻得彻彻底底。但这段日子大约发现了对小青梅甜言蜜语的好处，嘴里开始有点儿实话了。

"但是这么多年，有一点，从没变过——我最高兴的事儿，"他停顿了许久，终于说了下半句，"就是你围在我身边。"

沈昼叶得逞似的，眉眼甜甜地弯了起来。

陈啸之大梦初醒般张了张嘴，终于反应过来那些话有多肉麻，差点儿跳楼自尽，欲盖弥彰道："吃、吃饭吧，今天这虾酱炒蛋挺不错的。"

沈昼叶乖乖地挖了一勺炒蛋，觉得小竹马说话实在是太惹人疼了，心里甜丝丝的，笑眯眯地看着小竹马，表扬他："你好可爱哦。"

被夸可爱的小竹马静了三秒后抬手："你别吃了。"

阿十立刻把炒蛋挖进米饭里然后用两勺米埋住，坚定地大喊："我不！"

两个人小学生般拉扯了半天，最终从桌边闹到沙发上，以沈昼叶栽进靠垫里告终。

下了黑手的陈教授拍了拍手，冷酷无情地警告：“不准说我可爱。”

天色已晚，沈昼叶歪在靠垫里，脸红扑扑的，笑个没完。

“不说你可爱了。”阿十吸取了教训。

陈啸之坐在一边，很高贵地“嗯”了一声。

沈昼叶爬起来，甜言蜜语：“说你对我好，做饭好吃，晚上睡觉会给我盖被子，给我削苹果会削小花。”

陈啸之耳根一红，似乎不知如何应对，手足无措的样子，下一刻，沈昼叶抱住了他的腰。

阿十的胳臂温温软软的，犹如这天地间存在的唯一的篝火。

“之之可爱，所以我最喜欢你了。”女孩儿甜甜地说。

陈啸之眼眶一烫。

他曾以酒、以通宵、以无尽的堕落，又曾以学业与岁月麻痹自己；他曾自我洗脑，说她不过是他人生的插曲，不值得惦记，更不值一提。

可那些深可见骨的伤口不会骗人。

它们在每个深夜里溃烂，流出稀薄的泪。

那男孩儿难受得撕心裂肺。

然而在十年后的某一天，四月的春风终于吻过他的血泪，来吻他的心。

于是，陈啸之那些经年溃烂的伤口，在风里、在绵延天边的枯草中合拢。它们愈合如初，一颗炽热的心如蒲公英般匍匐于少女的足下。

“嗯，”他的声音有丝几乎不可察觉的颤抖，他说，“我也喜欢你。”

沈昼叶得到回应，柔软的面颊在他脊背上蹭了蹭。

“之之，我明天想吃竹笋肉包子。”姓沈的小混蛋说。

陈啸之的心脏几乎要蹦出胸腔，他努力让自己镇定，抱怨道：“我去哪儿给你变竹笋？”

沈昼叶哼唧了一声：“我不管。”

“行，明天给你做。”陈啸之缓慢地将女孩儿抱在怀里。

天彻底黑了，两个人安静地抱着，沈昼叶的脖颈雪白纤细，在夜里，如栖息湖畔的天鹅。

“之之。”沈昼叶小声道。

陈啸之"嗯"了一声，把她抱紧了些。

沈昼叶似乎想说什么，欲言又止了数次，在陈啸之以为她已经犯困的时候，她慢慢地道："我好累呀。"

陈啸之几乎瞬间就明白了。

他知道阿十现在面对的是什么，这也是他正面对的。

陈啸之去握女孩儿的手指，心变得柔软而酸楚。

二人孤独地驻足于尘世，长夜尽头，潮汐冰冷地冲刷礁石，海边升起一轮孤单的弯月。

孤独，是人类与生俱来的宿命。

他们生于茫茫宇宙中一颗落单的星辰，上穷碧落下黄泉，也见不到第二个能与自己为伴的星。

从吃下伊甸苹果的那一刻起，这个族群就注定了务实。这片土地贫瘠，生存环境残酷至极，有人打猎，有人采集树果，他们为生存付出一切。

但总会有零星猿人离群索居。

他站在山巅仰望黑夜，在篝火中质问自己与这个世间——

为什么黑夜之后是白天？我头顶的星空缘何闪烁？

四季为何交替，为什么苹果会坠向大地，为什么天是蓝的，而人的身影倒映水底？

夜空里蕴藏着什么秘密，会有人理解我吗？

我的爱落在世间会有回响吗？

冬天，他与他的思想孤独地死在月下。

人年少时学习，周围总是有许多同侪的。

老师教他们已经不剩争议的知识，考试、课题，一点点地筛选。不知从何时起，课本上说明流派与观点的次数变多，课本上的文字被大段划去，小组课上再无"结论"一说。

初中、高中、竞赛、大学，再到硕士、博士。

这条路上同侪越来越少，考场里的同学逐渐只剩三五个。

而终有一天，你回过头，会发现身旁连导师都不复存在，学之一路上再不会有人指引。

那是人类这一族群的边境。

陈啸之递完辞呈后闲了下来，开始长时间坐在即将被搬空的办公室的黑板上擦擦算算，有时沈昼叶推门进来研究这块板子，擦掉一两行运算，在黑板前发半个小时呆，然后把擦掉的式子按原样誊回板子上。

目睹了全过程的陈教授嘲笑她："你跟我半斤八两。"

沈昼叶丢了粉笔，怒道："你这个肯定有问题！！"

"地球人都知道我这个肯定有问题。"陈啸之阴阳怪气道，"你觉得那个缺失的变量到底是什么？"

沈昼叶抬头看黑板，头痛道："我也在思考……我们肯定忽略了什么东西。"

陈啸之看热闹般端详她的背影。

沈昼叶坐立难安地绕着黑板走来走去，试图纠正这旷日持久的错误，但是没有半点儿插手余地。

黑板上的推论错得浑然天成逻辑严密：三个月前它的错误严丝合缝，三个月后它斗榫咬合，看一天怀疑人生，看久了直接厌世。

在沈昼叶准备把黑板砸了的时候，陈啸之终于看够了热闹，慢吞吞道："叶叶，过来。"

沈昼叶过去，陈啸之拿走她手里攥着的粉笔，顺了顺她的头发，把人抱在怀里，两人一起盯着黑板看。

"你觉得有没有可能是我们万有引力的计算出了偏差？我觉得那块的运算最硌手。"沈昼叶说。

陈啸之看了一会儿，不太赞同地说："我们推过七八遍了，这种情况应该搁置一段时间再算，除非有必然的把握，否则这叫机械性重复劳动。"

沈昼叶沉默了足足一分钟，展现出了个子小小脾气叼叼的本质，暴躁喊道："我不算啦！"

陈啸之憋着笑，沈昼叶挣扎着扭来扭去，暴脾气地喊道："物理不适合我！就是杀了我我也不要继续干理论物理啦！回国就去理教门口烤冷面，加蛋加肠七块钱，全家福十三，看到穿格子衫的就苦口婆心劝他们不要学理论物理，回家去吧，推个小车创业！"

陈啸之好心提醒："你烤冷面是会吃死人的。"

"你就是——"沈昼叶深吸一口气，含泪说，"你就是不想看我自力更生！连我烤冷面都不支持！陈啸之，你困不住我一辈子，你良心坏透了！！"

陈啸之心想这症状怎么能一天比一天严重，这到底是什么人间苦难，又搂着沈昼叶，两个人继续发呆。

办公室一团糟。不少专业书被他从书架上清了下来，有些卖给了同系的教授，有些被装进箱子里托运回国。此刻办公桌上只摊着本聂鲁达的西语诗集，第四十八页折了个角，被日光晒着，飞鸟振翅一般微抖。

“你还记不记得那句话？”陈啸之梦游般说，“事物的本质与它展现于外的模样是截然不同的。”

沈昼叶微微一怔。

日升月落、环绕世界的太阳其实才是那个静止天体——年轻的尼古拉·哥白尼在星辰间窥见秘密。但骄阳也并非永恒不动，百年后的科学家们发现太阳系的中心在银河系右旋臂上飞舞，随着公转，飞向宇宙尽头。

而诞生于二十世纪的一名伟大的科学家则告诉人们，人类奉为权威的“时间”并非一成不变。

在他的理论中，时间破碎不堪且不再统一。他对全世界宣布：此时此刻，你与我就处在不同的时间中。这是我们周围的引力场带来的细微时空弯曲，只是那时空的弯曲太过微小，以至于在此前绵延上千年的文明岁月里从未有人察觉。

有人说他疯了，将他斥为异端。

一百〇一年后的十月，伟大的科学家早已与世长辞，LIGO[①]站在摄像机前向世人展示一条黑底雪白的曲线。那曲线里，双中子星在宇宙中并为一体，在十三亿光年外迸发出万丈金光。时空涟漪抵达太阳系，声音轻柔，像是被戳破的啤酒泡沫。

“他是对的。”年轻的后继者们说。

看，事物的表象是会对人类撒谎的。

而自然科学在四百年前从哲学中分离出来，如离弦之箭般飞速发展的唯一原因，就是它敢于质疑过往的一切权威，反对一切表象与成见。它实事求是，哪怕再看似荒谬、违反常识的理论，只要是脚踏实地的，就会迎来被证实的那一天。

在科学中，没有不可讨论的问题，更没有不可推翻的真理。

---

① 激光干涉引力波天文台。

那一刹那，沈昼叶迷茫的神情之中忽然浮现出了一点儿别样的神色。

陈啸之没注意到，只是若有所思地说：“你觉得有没有可能是我们的问题？”

“出现在这公式前？”沈昼叶忽然扳开他的胳膊，连扶带爬地滚回黑板前，撑着黑板，仔细端详那一黑板公式。

“问题可能比黑板上的这些还要本源。”沈昼叶喃喃道。

陈啸之下意识接道：“四种作用力的概念错了？”

“不不……”沈昼叶声音发着颤，“不能……不能说它错了，它有……有个……我们一直以为我们忽略的是变量……”

沈昼叶说得支离破碎，但是陈啸之却一下子明白了，瞳孔震颤。

“我们筛了那么久的数据，大海捞针一样，想看看有什么干扰的变量……可是……”沈昼叶语无伦次。

“万一被忽略的是某个常量呢？是某个恒定的、不变的值。”陈啸之带着一丝迷茫道，“也不能这么说……某种更本源、比四种相互作用力更详尽的……”

那一刹那，火光穿过尘世，普罗米修斯之火在一间小小的、即将被搬空的办公室里迸发。

桌子上摊着诗集，小盘子里放着啃了一口的无花果，一对年轻的爱人隔着桌子望着彼此眼中表情慌乱的自己。

他们的心脏几乎要跳出胸腔。

“我……我不敢说。”沈昼叶发着颤道。

陈啸之两指按住额头，颤抖着摆摆手：“你……你让我想想……”

“我也……”沈昼叶手撑着黑板，手抖地抹掉一道公式，“我也……我也想想……”

两人沉默了近半个小时，甚至连姿势都没怎么变。

风吹起窗帘，陈啸之终于冷静了些许，打破了沉默：“现在不能激动。”虽然他理性仍未完全恢复，但已经整理好了思路，尽力镇定地给小青梅解释，“我们两个现在都需要独处，这时候待在一起只会互相影响，不利于将来的纠错和讨论。”

小青梅结巴道：“同、同意。”

“不能抱太大希望，”陈啸之仿佛也在劝自己，心平气和地说，“要保持悲观。”

沈昼叶复读："悲观，免得一场空欢喜。"

"没错。"陈啸之亦道。

沈昼叶拽开办公室门，陈啸之忽然叫住她："叶叶。"

"嗯？"

他面色仍带着一丝红，问："晚上你想吃什么？"

沈昼叶望着他，笑了起来。

人间温暖，光照耀着一对凡间的爱人，整个加州一派生机勃勃之色。

那对他们而言，永远是、也将是一个平凡的下午。

只是那天下午灵光停驻人世，无声无息地悬于他们头顶，犹如即将爆裂开来的超新星。

沈昼叶人生的前二十年都不曾这么勤苦。

一方面她不敢确定自己的构思是否正确，只能一步一步脚踏实地地验证自己的假设。她从初中起就不爱用计算器，六位数加减乘除随便心算，但在这一刻，她不敢留下半点儿隐患，每一个简单的式子，她和陈啸之至少要倒推三遍。

有时她在咖啡馆里和陈啸之喝着咖啡，会在纸杯托上写下下一步琐碎的灵感，陈啸之看一眼，有时赞同有时反对，而后争论不休的两人各自起身，跑到一边，互不干扰地证实自己的想法。

沈昼叶那时才意识到，自己和陈啸之共事是一件幸事。

小竹马求学十八年，十八年的苦修中未有一日对自己放松要求，理论知识的坚实程度与沈昼叶旗鼓相当，有极度强盛的好胜心与实事求是的精神，更懂得如何协调压力与工作的关系。

最后这条沈昼叶一直无法掌握，她一旦进入状态，不眠不休三天都是常事儿。

于是，陈啸之经常会把CPU超速运转的小青梅一铲子挖出来，带着她去公路上兜风，喂她好吃的小肉丸子，或是带着她跨越绵延荒草，一起去黄石公园。

小青梅哈哈大笑，摘了自己的眼镜，在春光中笨拙地与他在车上接吻。

女孩儿命里注定远航，那男孩儿是她的童年玩伴，是她的少时同侪，是志同道合者，是与她一起去向无尽之海航行的旅人。

他是爱人，是伟岸的战友，是人世间那个最与她互补的灵魂。

沈昼叶本科时听过一次讲座。

讲座那天，大北国际数学中心异常拥挤，大家都是想看看这个在美国籍籍无名多年，做过服务员、在名不见经传的大学做了十多年按日结薪的临时讲师，却忽然撼动了世界的人。

沈昼叶记得最清楚的并非这位先生的论文，而是他极度平静的样子。

他并不在意自己做出了怎样的成果，不在意名利，不在意自己曾在快餐店端了数年盘子当会计的过去，更不在意自己前五十多年的窘迫，做完讲座之后目光平静地盯着面前的纸与笔，像一口不会为外物撼动的古井。

沈昼叶望着这位先生，生出一种念头——他应该是真的喜欢。

这种热爱支撑了他的一生。

“他毕生的追求是很纯粹的。”年少的她模糊地想。

十九岁的沈昼叶同类相吸，看明白了这位比自己大近四十岁的禅修者，却因太过年少，尚来不及懂他。

讲座快结束时有个问答环节，鉴于这位先生的研究内容过于晦涩，大多数人都云里雾里，因此这环节提出的不少问题都是很浅显的。

有一个化院的男生站起来，开玩笑般问他，老师，你做出这个重大发现前有什么征兆吗？

老师闻言，腼腆地笑了起来，回答道：“我当时的确有一种念头，说是直觉可能并不确切，我没法论证它，但它在梦里告诉我，我距离那个答案只剩一根头发丝的距离。”然后他很平静地说，“我觉得我可以做出来。”

十九岁的沈昼叶不能认可，腹诽搞纯数学的说话怎么能比自己还难懂……我说话就已经够像放屁的了，这已经是玄学了。

但是在六年后，沈昼叶忽然发现，这位老师所言非虚。

他们见到了“头发丝”的距离。

像去爬科罗拉多大峡谷的高山，又像是经过儿时狭窄的胡同。

有时沈昼叶是船长，有时则是陈啸之把着船舵。

他们的船在海上展开船帆，破开万仞风浪，冲向迷雾的尽头。

那肯定是痛苦的。

但是每天早晨，沈昼叶都会生出一点儿念头——他们距离答案又近了一些。

她坐在桌前吃早餐，和陈啸之一起打包回国的行李。两个人一边打包一边争论不休，聊回去有什么好吃的，暑假要去哪里玩，再到家里要买什么装饰品，而每次抬起头四目相对时，沈昼叶都会在陈啸之眼里看到类似的光芒。

他也这么想。沈昼叶了然于心。

那些问题的答案正向他们呼啸而来。

第一个方程是陈啸之在餐厅买面包时候完成的。

那时他左手提着一瓶饮料，拧开喝着，手心全是冰饮料上凝的水，他右手拎着一袋切好的无花果面包，眼里映着如火的太阳。

忽然，他眼睛一眯，仿佛被太阳灼伤了双眼似的。

那其实只是个很普通的假设，但陈啸之忽然体会到了某种绝对的韵律之美。

仿佛它一直在那儿，陈啸之不过是它的发现者。

路上，陈教授如常地和所有人打招呼，不见有任何不同，他看球场上打球的学生的热闹，为骑山地自行车的冒失鬼让路，只是回办公室的步伐明显急切了不少。

他把沈昼叶叫到办公室，两个人齐心协力，把老黑板擦了个干干净净，陈啸之随手抄了截断掉的红粉笔默写刚才的式子，沈昼叶看到的瞬间，眼睛瞪得滚圆，像两颗杏仁。

“你解解看。”陈啸之拍掉手上的粉笔，“我路上没来得及。”

沈昼叶抽了张纸誊抄完式子，顿了一瞬，直率地说：“之之，我直觉就是它了。”

陈啸之不作声，撑在桌边，懒洋洋地晒太阳，他看着沈昼叶慢慢地算，一步步地推，又看着她耳根泛起激动的红色，低下头去和她接吻。

第二个方程的蛛丝马迹出现在深夜，它和第一个方程式的降生只隔了四天。

那天晚上，沈昼叶正在自己的宿舍里收拾行李，她把从国内带来的一大堆半导体物理器件的教材团了团丢进垃圾桶，又把自己在这里淘的书放进托运回国的行李箱中。

陈啸之在门外等着给她搬东西。

风吹过的那一刻，沈昼叶忽然灵感顿现。

浑然天成，大抵如此。

那公式的美感太过强烈，沈昼叶连说话的时间都没有，随手拽过一个本子，趴在地上将式子抄了下来，抄完左看右看，又觉得不够完美，咬了咬笔尖，加了两个停留于假设中的自变量，并定义了它们。

“之之，”沈昼叶甩过一个小本子，声音微微发颤，“你看看。”

陈啸之接过本子翻开。

他那时还不知道，他此刻的举动将是百年后世界与学术界地动山摇、天翻地覆的开端。

在那个夜风干燥温柔的夜晚，女孩儿跪坐在老旧的木地板上，仰着头，对他露出个再赤诚不过的笑容。

“我觉得，”姑娘的声音如赤子般热烈，对自己的小竹马道，“这个可能太超前了。”

人类历史上有过近千亿的人，这存在于历史中的、时期各不相同的个体，无一例外地背负了名为“生”的痛。他们被时代裹挟、被世人的目光绑架、被这时代的局限性捆绑、被比自己强大的人命令、被社会规训。

于是，少年时疯狂的梦死在月下，化为江流中的一滴水。

忘了它吧，丧钟为少年鸣响。你要长大，奔向更安稳的、更富足的、更充实的、更成熟的生活。

可年少的君王曾骑着骏马飞驰于尼罗河畔，有人被火烧灼宁死不屈，有人竖起冲天高塔，有人将脚步迈向山川大地，有人向深渊尽头嘶声大喊。

有人二十二岁那年离开家去拜谒天地，从此再不回来。

陈啸之在昏暗的光里低头，看着沈昼叶秀气又略嫌潦草的笔迹。

他的心脏几乎跳出胸腔。

那些我们少年时最狂野的梦。

那梦里有征服世界的野心，通往另一个世界的钥匙，有不服输的韧劲儿，有不肯弯折半分的属于少年人的脊梁。

有诗集，有无尽的梦与广袤无垠的天地。

你还记得吗？

在那梦里，什么都有。

正文·完

浥春胡同

“赵老师家的儿子要回来了。”

随着那句话，弹珠“吧唧”掉进了沙坑里。

1999年春。

春光正好，正搓弹珠的小小的陈啸之抬起头，望着自己的奶奶。他奶奶靠在门边，面色相当奇怪，看着来传递消息的阿姨，不太确定地问：“赵老师的儿子？那个从小很聪明，在美国找了媳妇儿的？叫青慈是吧？”

姓杨的阿姨信誓旦旦：“还能有第二个？赵老师守寡这么多年了，自从儿子结婚，绝口没提过他半句，还不是因为他在外头找的那媳妇儿？”

陈奶奶看着自己晒得黝黑的小孙子，若有所思地说：“家务事儿，哪有那么简单。”

杨阿姨想了想，赞同道：“也是。”

“哎，”陈奶奶长长地叹口气，“也不知道他现在怎样了……”

杨阿姨忽然道：“听说他孩子都老大了。”

陈奶奶终于听到点儿自己感兴趣的家长里短，饶有兴趣地“嗯”了声。

“那天赵老师漏了点儿口风，说儿子结婚没多久就有小孩儿了，还给我看了看照片，小丫头，长得有点儿她爸那书卷气，”杨阿姨比画了一下自己的头顶，“挺可爱，小卷毛，又白又秀气，像个小白猫似的。”

陈奶奶一愣：“结婚没多久就有小孩儿了？那不和我家老大是一年的吗？”

“是，”杨阿姨消息十分灵通，“跟您家笑笑一样，1994年出生的，就是听说经常生病。”

陈奶奶眉头一皱："小孩儿身体不好，这可不行。"

杨阿姨点头表示赞同："那可不。笑笑就壮实，省心，上次我看他在沟里摔了一跤，连皮都没破。"

小啸之听见话题转向自己，装没听见，开始收拾地上的弹珠。

杨阿姨又说："按说和笑笑一样大的，两人应该能玩得来，据说那小孩儿特聪明……"

被春天的太阳晒得黝黑的小啸之连想都不想，非常直白地道："我不和美国小丫头玩。"

陈奶奶恨不得踢孙子一脚，为他开脱了一句："这小孩儿这几天不喜人理。"

杨阿姨倒觉得好玩，弯下腰看看陈局长家的好大孙，笑道："哎呀，笑笑咋啦？在这儿闹别扭呢？"

五岁的小啸之最讨厌别人叫他笑笑，加上心里堵得要死，决心闹够三天三夜的别扭，一句话都不说。

陈奶奶顿了下，平和地说："闹脾气呢。"

小啸之刚被他爷爷拿鸡毛掸子抽完不久。

他爷爷陈局长退休了，为人不苟言笑，十分严厉，是个很板正的老头儿，退休后每天过着养花养草养鸟的板正日子，没曾想二儿子刚当上副局就惹了一屁股麻烦，在自己的地界都保不住儿子，很不要脸地把自己养的好大儿塞给了退休的陈局长。

所谓祖辈带孩子，带两三天，怎么看都顺眼；但如果带两三个月，那就不太好说了。

况且小啸之，是个麻烦中的麻烦。

陈局长没见过这么能混的小男孩儿，自己那俩儿子小时候上房揭瓦，但放到陈啸之这位好大孙前一比，两个小时候满街乱窜满身泥的儿子立时被比成两只乖巧的小白兔。

太皮了。

五岁的陈啸之块头比同龄男孩儿稍大点儿，到爷爷家的那天眉毛被磕断了，眉梢贴着块创可贴，皮肤晒得微微泛红，一双眼乌黑明亮，但不似寻常孩子，像一头不曾被规训的小兽，看不出他的所思所想。

大人捉摸不透他，但能听到他的事迹：小啸之到浥春胡同的第二个星期，就和街那头的小孩儿打了一架，又火速地和胡同里最讨厌的那帮小孩儿混在一起，几乎是旋风一样奠定了自己孩子王的地位。

陈局长听了这消息，喉咙里好似卡了节吐不出的鱼刺。

这波混账小孩儿虽不敢惹退休的配了警卫员的陈局长，但敢于在胡同里四处欺负别人，而且仗着人多，有时都敢对大人下手，追在开出租车的孙哥身后叫孙哥的诨名。

陈局长一开始觉得自己毕竟不是爹，管教孙子是越俎代庖，只在餐桌上对豆丁大的孙子耳提面命几句，让他别跟那群小混账混在一处，多从书房里找书看。没想到没过几天，他的警卫员在买笔墨回来的路上偷偷告诉他，说他看见陈小公子正勒索胡同里的小孩儿。

陈局长一开始是不信的，但那警卫员毕竟跟了他近十五年，从不打诳语，陈爷爷半信半疑地依着警卫员的提示盯梢了一次，结果居然真被他抓了个现行——在家还像点儿样的小啸之居然带着一群不三不四比他大不少的小孩儿，有模有样地勒索隔壁胡同的一个小胖子。

小陈啸之以前不是这样的。

陈局长思索了一下，想不出孙子为什么像变了个人似的，但他坚信，小男孩儿走弯路，只要被揍一顿就好了。他在身为祖辈的矜持和义务中纠结了三分钟，然后在小孙子回家后，请出了在大花瓶里尘封已久的鸡毛掸子。

命运的确是个轮回，那根鸡毛掸子在陈家待了三十多年，早年曾被陈局长拿来抽过他大儿子和二儿子，将两个如今高大伟岸的成年男子抽得嗷嗷叫并满街乱窜发誓再也不敢胡闹，如今，鸡毛掸子终于传到了陈家的大孙子身上。

那小男孩儿拧得很，被揍的时候都不肯求饶，只用那双眼睛狠狠地看着爷爷的鸡毛掸子，仿佛做好了最万全的准备，就要和大人们拧着干。

陈局长才不管这么多。

抽完那一顿，他明令禁了小啸之的足，并禁止他再和小混子们玩。

小啸之听说赵老师家的小孙女，就是这么个情况——

赵老师是浥春胡同里唯一一个学者，一个孀居的大学教授，本就很受尊敬。她的孙女更是整个胡同的焦点，在她回国之前，整个胡同就都知道了那小女孩儿是一个小神童，传得神乎其神。

什么聪慧程度更甚于她父亲当年，什么五六岁就已经自修完小学的课程……小啸之连2+2都算不利索呢，那小女孩儿就已经能拿着小积木给小朋友们讲分数的四则运算了。

小啸之连分数是什么都不知道，因为没人敢给他考试。

陈奶奶羡慕赵老师羡慕得要命，每次听完八卦都会提溜一下孙子的耳朵，让他和人家小妹妹学一学。

小啸之冷冷道："我没妹妹。"

陈奶奶十分坚定："那就是妹妹，人家四月生的，比你小仨月，得管你叫哥。以后你得多照顾点儿妹妹。"

小啸之的屁股半点儿挨不得凳子，上面都是一道道被鸡毛掸子抽出的棱，他语气非常孽障："怎么？现在就不禁足了？"

陈奶奶带大了俩儿子，闻言眼皮都不眨："禁，但跟赵老师家小妹妹玩例外。"

好家伙，那个叫四月的小姑娘居然是这种程度的正面典型。

小啸之气得恨不得咬她一口，恶毒地道："那不是我妹妹，我也不是她哥，奶奶，与其让我跟个书呆子玩，你们还是把我关到死吧！"

陈奶奶是个善良的奶奶，不会把孙子关到死，她只会笑眯眯地把门关上，将小啸之留在院子里玩泥巴。

日子临近，关于那小女孩儿的传言越来越离谱，什么是在美国吃牛肉长大的，所以金发碧眼，更有人传言她早已修完了大学的课程，已经在读博士，十岁就能拿到博士学位了。

博士？那是什么？

陈啸之被禁足时，曾爬上屋顶听胡同里的小朋友们八卦，有个女孩儿说那小姑娘聪明归聪明，实则是个怪物，五岁就长到了一米七八，非常成熟，胸很大，而且觉得所有人都幼稚，所以不会和他们一起玩。

然后一个小孩子很愤愤不平地说："我才不和美国人玩游戏！"

其他小孩儿纷纷应和，都坚决表达了自己连句话都不会和美国神童说的意愿。

爬到屋顶上偷听的小啸之真切地预感到那小姑娘将被孤立的未来。

他以前是去过托儿所的，和他同龄的小女孩儿都跟他差不多高，相当闹腾。小啸之在玩游戏时不小心碰到一个女孩儿，就会被她们使劲儿掐胳膊。

美国女孩儿如果敢掐我，我就把她打扁，把她揍得落花流水，哭着跑回美国！

小啸之两手揪着瓦片里长出的青草，充满要打倒敌人的冲动，探头看向赵奶奶家的院子。

那院子里葡萄藤郁郁葱葱，赵奶奶端着个脸盆出来朝院里泼水，贵妃椅旁摆着枣花酥和白茶，她看见屋顶探头探脑的小男孩儿，对他露出了个慈祥而温和的笑容。

“还没来呢。”赵奶奶仿佛知道他在想什么，仰头笑道，“之之，来我家，给你讲故事？”

“不了！”

五岁的小啸之没来由地一阵羞耻，耳根通红，飞也似的爬下屋顶。

一米七八是多高？

小啸之对着门比量，木门框旁用油笔画了一条条的横线，有爸爸的，有伯伯的，也有自己的——属于自己的那条刚过一米二。

也就是说，比我高五十厘米。

小啸之尽力展开双臂，把胳膊延展到极限，那是爸爸教自己的“五十厘米”的长度。

比我高这么多吗？像爷爷和爸爸那么高？不，比他们还高吧？

小啸之瞄了一眼书房，爷爷应该正在午睡，大门有条缝，奶奶去买菜时没关严。这是再好不过的机会，他大摇大摆地捡起地上的小猎枪，准备出门。

下一秒，爷爷在书房里怒吼道：“陈啸之！你敢跑！我把你的腿都打断！！”

小啸之险些被吓得胸闷气短，叛逆地喊道：“你关不住我一辈子——”

“我也没打算关你一辈子。赵老师家的小孙女什么时候回来，你什么时候出大门。”陈局长心怀不满地教育孙子，“话说回来了，陈啸之，人家小姑娘小小年纪什么都会了，你看看你！”

小啸之的屁股隐隐作痛，讨厌死了那个别人家的小孩儿。

流言愈演愈烈。

那毕竟是二十世纪的末尾，连出个国听上去都像天方夜谭的时代，赵老师和她儿子又是这样的一家人。人们聚在一起讨论个没完，将那小孩儿与她爸爸吹得天上天下绝无仅有。

陈啸之隐约地听了些，听不明白物理与奥赛是个什么东西，更是连特别对赵老师的儿子沈叔叔伸出橄榄枝的"哈扶大学"都没听过。

"哈扶才子的女儿。"

人们用一种很特别的方式来描述那个小女孩儿，于是，所有人啧啧称奇。

说不好奇是假的。小啸之很难不把她当成假想的敌人，让他日子不好过的罪魁祸首，将他听到的一切罪名都扣在那个素昧平生的小孩儿头上，决定等她来了给她点儿颜色看看。

他经常爬上屋顶，看那个奇形怪状的小孩儿来没来。

直到某日，浥春胡同里突然响起一声响亮的汽车喇叭声。

一辆出租车停在胡同口的老杨树下。

小啸之在家关久了，听觉敏锐，他立刻踩着竹梯子爬上屋顶，远远看见胡同尽头停着辆车，下来一个他没见过的叔叔。

那叔叔穿得很有美国电影里的模样，绒格子衬衫，一条水洗的牛仔裤，外罩是一件派克服，头发卷着，充满书卷气。

他从后备厢里往外拉行李，在杨树口站着，向里面喊："妈！我回来了——"

赵老师那边仍没动静，小啸之遥遥望着。

这估计就是赵奶奶家的叔叔了，他家那个奇形怪状的小孩儿在哪儿？

陈啸之抓着房顶的草，充满敌意地旁观着，难道没跟着回来？她没回来的话我的禁足令还能解吗？今晚应该找个由头再发作一番……

然后叔叔弯下腰，探头进了车里。

杨树在风里晃颤，一地斑驳的树影。

叔叔弯着腰往里探了探，似乎抱住了一样什么——那东西比他所有的行李都要珍贵，是而，须等到最后才能抱出来，以免惊扰了一场好梦。

叔叔向外撤了两步，抱着什么，用脚带上了出租车的车门。

"师傅，辛苦了。"他声音很轻。

"哪儿的话，您早些回去吧！"

出租车绝尘而去，留下一股黑烟。

叔叔重重地叹气，一手抱着小朋友，拎起地上的行李，转过了身。

直到那一刻，小啸之才知道之前听到的流言有多离谱。

传闻里的小朋友，别说一米七八这离谱的数了，她甚至都不太像五岁，那手小小的，人也小小的，皮肤很白，像是没见过太阳，身着软乎乎的棉卫衣和小牛仔裤，熟睡的眉眼似春日的暖阳。看不出过人的早慧，更没有传言的半分影子，与其他平凡的一千万个孩子别无二致。

五岁那年的春天，小啸之呆呆地拽着瓦里长的青草，望向那个睡觉的孩子。

他满脑子都是春天雪白的花。

为什么呢？小啸之无意识地摸了摸自己的胸口，仿佛那里长出了一轮月亮。

叔叔抱着小女儿大踏步走进胡同，笑着喊道：“妈！开门啊！”

陈啸之看见赵奶奶从屋里跑出来，手忙脚乱地拔开大门的插销，然后哭着抱住自己的儿子。

小女孩儿被奶奶一冲，很困倦地揉了揉眼睛，睁开双眼。

那家人和乐融融。

小啸之趴在砖瓦上看他们三代团聚，目光黏在那个愧吃了五年牛肉的小小的丫头片子身上，过了会儿，终于反应过来了似的，从屋顶上爬了下去。

还看！禁足令都结束了。

小时候太矮，连八仙桌都显得太高。

小啸之就讨厌那个八仙桌，又高又宽，吃不到饭，只有奶奶有时看他伸着短胳膊太辛苦，帮他夹两筷子对角的菜。

爷爷那天出去遛了个弯，回来就在餐桌上八卦他那些下属的去向，小啸之听不懂什么正科副局，只面无表情地扒拉面前的蚝油包菜。

“啸之，”爷爷忽道，“你见过那个妹妹了没有？”

小啸之充满叛逆，睁眼说瞎话似的，明知故问：“哪个妹妹？”

“赵老师家那小妹妹。”爷爷舀着碗里的小米粥，“我今儿去见了，非常文静，可讨人喜欢了。”

小啸之不敢太造次，但绝不配合：“我不和小丫头玩儿。”

爷爷道：“你可少跟你那些狐朋狗友玩吧，以后后悔也晚了。”

小啸之心想管天管地管不了我拉屎放屁，在外面当……当官久了，我陈啸之最爱对自以为是的人说不，我偏要让你知道这世上有你管不了的人。

“你知道当时为什么给你起这个名字吗？”爷爷问。

“因为我能乍乎？”

“你确实挺乍乎的。”奶奶不轻不重地斥道，“但你爷爷给你起这个名字，取的是‘长啸一声天地窄’的‘啸’。”

天地窄，好，好哇，小啸之想起古惑仔，颇以为然地点了点头。

陈爷爷很不满意："点个什么头，你根本不明白。"

小啸之问："那究竟是什么意思？"

"我们希望……"陈局长微微停顿一瞬，叹息道，"啸之，我们希望你能成为一个有魄力的、有目标的，纵然天地出手，也囚不住你的人。"

小啸之没听懂，看向手中的筷子。

什么人会不被天地囚禁？

哪有人是自由的。人生来就被地绑住，就像生于山脉深处的山石，此生无法离开这绵绵山岳。人类连头发梢都被天地束缚着，祖祖辈辈如此，将来皆然。

陈局长是个说话算话的老爷子，禁足令第二天就解了。

这是那小女孩儿带来的唯一一件好事儿，小啸之就像脱缰的野马似的，立刻去找那些狐朋狗友玩了。

没人管着他花钱，小啸之每天零花钱不少，不够还能再找奶奶拿。

在1999年，一个工人一个月也不过五六百块的时候，他的零花钱十分夸张——那个数足以让他成为胡同里最受欢迎的小少爷，下面豢养一堆想让他请吃冰棍喝饮料的小跟班。

陈少爷禁足令解了的当天，浥春胡同口的老杨树下又恢复了往日的热闹，聚着乌压压的一堆小孩儿，趿着跑出一层土的小拖鞋或军布鞋，中间围着一个五岁零两个月的陈啸之，他穿着黑袄子，兜里装满了玻璃弹珠，裤兜里揣着自由通往冰柜的钢镚。

小姑娘喜欢他长得俊，小男孩儿喜欢他大方。

陈啸之不在意他们是不是图自己什么，只是朦胧地觉得虚荣。

陈小少爷在料峭的春风里不怕死地舔着冰棍，暖阳洒落，栀子花影在地上晃来晃去。

周围的人笑嘻嘻地聊着自己的托儿所，聊着电视里的模糊的动画片。小胖子信誓旦旦地说他在电视台工作的爸爸说了，如果能找到一个能放大东西的眼镜，就能看清水兵月变身后的画面。

一个小男孩儿不解地问："戴上眼镜之后东西不是都会变小吗？"

小啸之想起爸爸的眼镜，皱起眉头，颇为正经地说："是会发晕吧？"

"不不，看到的东西是会变小，"另一个小孩严肃道，"因为变小了所以我们会发晕……因为眼镜会让眼球变小。"

“这么恐怖！”有小孩被吓到，连冰棍都不吃了，“难怪我妈戴上眼镜之后眼睛好像小了一圈……”

小孩子们七嘴八舌地交流，最后得出了根本没有能放大东西的眼镜的结论。

“有放大东西的眼镜呀。”

他们身后响起一个小姑娘的声音，稚嫩生涩，有点儿咬字不清。

“放大镜不就是吗？”

大杨树下，小孩儿们突然静了，小啸之鬼使神差地回过头。

说话的小女孩儿站在月季花后面，一副不敢走出胡同的样子，怯怯地向他们搭话。

她皮肤很白，耳朵红红的，小小的一只。

但是很会搞坏气氛。

玻璃弹珠

和陈啸之他们胡同串子不同，月季花丛后面的小姑娘头发干净柔软，脸白得像云。

有小孩愠怒地问："这谁啊？"

"赵老师家的孙女，"有人说，"那个从美国回来的。"

于是，一群人拉长腔揶揄地"哦"了一声。

那是仇人相见眼分明的声音——显然浥春胡同里的小孩儿这段日子没少因为这丫头被爹妈挑刺儿，吃着饭都要挨两句"你看看人家那孙女"。

小啸之也是小美国人受害者，今早吃饭刚被陈奶奶督促"你去找她学学数学"，创伤应激综合征还没好透呢。

小女孩儿被那声"哦"震了一下，但只是一瞬，接着，追求真理的执着压过一切，她小声道："就……那个眼镜，你们爸爸一般戴的都是近视镜，镜片是向内陷进去的，不近视的人戴着它看东西，它的成像很难落到你的视网膜上，所以会晕。"

一个小孩儿很不耐烦地问："我们讨论放大东西的眼镜，和近不近视有什么关系？"

小美国人很是不平，也不害怕了，说："有放大东西的眼镜呀！放大镜不就是吗！"

"你是不是来找事儿的！"胖墩愤怒道，"放大镜是放大镜，放大镜是眼镜吗？"

此话一出，大伙儿七嘴八舌地赞同了起来。

小美国人被震了下。

“可……”小女孩儿说话磕磕巴巴的，“可都是一样的啊……”

“哪里一样了！”一个女孩儿斥道。

赵老师家的小孙女当场愣住了。

她好像很害怕与人发生争执，带着养尊处优不经事儿的柔软，像个天生被养在书堆笔墨里的孩子。

小啸之看了她一会儿，心想，真胆小。

小美国人似乎在寻找解释这个问题的论据：“我这么解释试试看——”

那个女孩儿说：“我们不明白。”

我们？小啸之的第一反应是别扯上我。

陈啸之天生是个暴脾气，讨厌被代表，几乎想当场跟那代表他的女孩儿抬两句杠，但此时此刻他更讨厌小美国人，因此抿了下嘴，没有吭声，只冷冷地盯着她。

“这里没有你的位置，”女孩儿恶意十足地道，“我们不欢迎你。”

小美国人手足无措地站在那里。

下一秒，小孩们开始起哄。

“没错！”胖墩占据了道德制高点，“我们不和外国来的小孩儿玩！”

那小女孩儿愣住了，不知道到如此赤裸裸的恶意是怎么来的，也不知道如何反击。

“快走！”有人厌恶道。

小啸之瞅了发话的人一眼，又看向赵老师家的小孙女。

她的眼神很清亮澄澈，早慧，却无法保护自己，像个张开的蚌壳。

一个小孩儿大声喊：“离我们远点儿！”

赵老师家的小孙女害怕地后退一步，在众人的嘘声中跑了。

排斥异类是人的本能，这点在小孩身上体现得格外明显。

陈啸之照常和胡同串子们一处，他们在附近溜达来溜达去，去小沟里玩，胆儿大时也许坐车去后海；小姑娘们在胡同口跳皮筋玩过家家，也不带那个“小美国人”，仿佛不和她玩才能体现出自己的高贵。

沈叔叔似乎非常忙，没待几天就走了，之后，那小四合院里只有赵奶奶和小孙女住。赵奶奶赶她她也不愿出去，祖孙俩偶尔一起出门转转。

大多数时间，小女孩儿都孤零零地坐在葡萄藤下看一本很厚的书。

书有什么好看的？小啸之看不起她。

爱看书，安静，不太爱说话，白净得像只小猫，不合群——简直凑齐了被胡同串子们欺负的所有要素。

小啸之倒是不欺负她，他总觉得一群大老爷们儿排斥一个小丫头有点儿不是个味儿，但话说回来，男女毕竟有别。

只要那小女孩儿不出门，也没人敢去翻赵奶奶家墙头。

赵奶奶是读书人，这胡同里粗野孩子再多，骨子里也流淌着对读书人的敬重。

“读书”是什么呢？这念头有时会浮在小啸之的脑海里。

但他从小被散养长大，只懵懂地知道父母都上过大学，考上大学的话他爷爷可能挺高兴的——因为爷爷就错失了受教育的机会，总盼望家里的大学生再多些，但除此之外，读书意味着什么，五岁的陈啸之一无所知。

他自幼有一呼百应的资本，于是他那些哥们儿当佛爷似的供着他、讨好他，所以，陈啸之乐陶陶地这么过着。

如果硬要形容，那时的他就像另一个人，且隔着一层厚重、不清明的纱幕。按那个陈啸之的发展，他似乎有机会成为许多不同的个体——唯独不会成为二十年后的他。

小时候的日子总是过得很慢，后来陈啸之偶尔回想，总觉得那段日子蒙着层雾。

无法观测，回忆也不可信。

即便如此，但他仍记得晚春的某一天。

那天他跟着爷爷奶奶出门下馆子，回家时瞅见那个小姑娘在豌豆藤后孤零零坐着，看一本大部头。

似乎是赵奶奶去学校还书，把小女孩儿留在家里，而小姑娘出了趟门，把自己锁在了家门外。

陈奶奶见不得小朋友独自在外待着，立即热心地上前问她要不要进自己家里等，那小女孩儿偷偷地看了眼小啸之，似乎有点儿怕他，摇了摇头。

“不用啦，”小女孩儿认真地拒绝，又怯怯地看着小啸之补充，“我奶奶一会儿就回来了。”

小啸之莫名地有点儿烦，直接进了家门。

在家也没什么事儿做，毕竟他爷爷管他管得如铁桶一般，坚决不允许他在自己眼皮子下跟狐朋狗友鬼混。于是，他跟爷爷的警卫员玩了会儿大炮吃小兵的游戏。

游戏不难，总计十八个棋子的策略游戏，然而那位警卫员实在太菜，除了头几把勉强赢了拿着大炮的小朋友，接下来就被对方全方位碾压在地上。

警卫员没玩几盘就觉得没意思，找了个由头溜去给陈奶奶跑腿了。小啸之对着几个小石子发呆，突然听见墙根外传来嘈杂的声音。

声音不大，一听就是那几个隔壁胡同的男孩儿。

“生面孔啊，”一个有点儿幼稚的声音挑衅道，“你就是那个新搬来的？我昨天听人提起过你。”

小姑娘静了静，细声说：“是。”

“你会说英语？”另一个小男孩儿恶意道，“说一句听听。”

小啸之觉得那语气怪怪的，像在命令一只动物园里的猴子或是鹦鹉，总之不像在对待一个人。

墙根外十分安静，可能是小姑娘不知该如何应对，也可能是被吓到了。

男孩儿等了不到十秒钟，突然拔高音量，怒道：“我问你话呢！”

小姑娘似乎不习惯与他人争论，声音仍然小小的，开口申辩般说：“我……”

小啸之觉得心里有点儿扎，却不明就里，或许是太阳太晒，也或许是觉得隔壁胡同的王八蛋们烦，他将地上的石子捡起来，准备回屋。

正是那一瞬间——

“我问你话呢！”隔壁胡同的男孩儿大吼。

话音未落，小啸之听见墙外“咚”的一声——他明明没看到，却直觉，那是小姑娘看的大部头被摔在了地上。

小姑娘带上哭腔，小声地为自己的书讲话：“你别动……”

“你是看不起我们还是你听不懂中文？”那男孩儿嘲讽道，“哟，这本书里还都是英语的？”

“你、你别动它，那是我爸爸给我买的……”

“你爸就给你买这种东西？”

小啸之手里攥着石子和弹珠，在长着青苔的墙根待着，然后听见了一声清脆的撕纸声——书被撕了。

那个年纪的小孩儿的恶意来得没什么缘由，像毫无遮掩的恶劣人性，是支配感，也是对他人肆意伤害的权利。

因为可以这么做，所以做了。

“因为这么做对方会哭，所以做了。”

细而软弱的哭声从墙外传来。

陈啸之推测，这个叫沈昼叶的小女孩儿一看就是在没有泥腿子的世界里长大，因此连“受了欺负要哭得大声闹得对方害怕，才会引来大人给自己撑腰”这种最浅显的道理都搞不明白。

小啸之觉得玻璃弹珠硌得手心生疼，正午的骄阳落在他晒黑的额头上，他听见那个小女孩儿细弱的哭声，又听见那几个男孩儿带着恶意和满足感的嘲弄。

小啸之不知道自己为什么会站出去。

他推开了自己家的门，冷冷地看着那几个过来串门的熟面孔。

小啸之在胡同里混得还挺开，振臂一呼一呼百应，拉着脸看人时有种压迫感。

那几个小男孩儿见了陈啸之心里也有点儿发怵，惊恐道：“陈啸之你……”

小姑娘还在豌豆藤后哭。

小啸之见了她就烦，不懂为什么有人这样爱哭也这样软弱——但她不是主要问题。

主要问题是，陈啸之被烦到了。

小啸之冷冷地对那几个人道：“能滚吗？这我家门口。”

那几个小男孩儿没想到半路杀出个程咬金，仗着人多，本想回敬两句，然而考虑到这家有个警卫员，为首的男孩儿噎了半天，终究还是没敢。

陈爷爷在附近几条胡同赫赫有名，他孙子又是著名的混世魔王。

他带着他的小兄弟丢下那小姑娘跑了。

女孩子哭得耳朵都红了，阳光洒落在她身上，豌豆叶在春风中簌簌作响。

小啸之总觉得自己和她不对付，他对小丫头的敌意由来已久，或许恨不得揍之而后快——但猛然站到她面前，却只剩一种手脚不知如何安放的“无措”。

地上是一本挺厚的精装书，印着一行烫金的英文字母，有两页被撕了下来。

胡同里尘土四起，一页纸忽然向小啸之的方向卷来，陈啸之眼疾手快，一把捞住它。

那页书上印着一个单词，“Encyclopedia ”，小啸之看不懂，却觉得自己的心猛地动了一下。

他将那页纸递还给小姑娘，无措地说：“给。”

小姑娘接过那页书，带着哭腔说：“谢谢。”

她皮肤白得像四月的苹果花，眼泪仍在掉。小啸之没见过这样的爱哭鬼，一时手足无措，却又认定自己不能就这样走开。

仿佛自己天然地有去解决她的问题的义务。

“谢谢。”小女孩儿带着哭腔，再次认真地对小男孩儿说。

谢谢你帮我解围。

小啸之捡起另一页被撕掉的他大字不识一个的纸张，不受控制地问：“我给你补……补上吧？”

赵老师家的小孙女惊愕地张了张嘴，五岁的陈啸之静了两秒，似乎很羞耻地说：“你到我家……到我家坐一会儿，我给你把书补上，你别哭了。”

过了很多年，陈啸之仍记得幼年的他摩挲那张纸的触感。

苹果花似的小姑娘和她手里的书取代了他手里的玻璃弹珠。

那仿佛是一个急转舵，从此他的人生不再与之前相同。

普里梅茨

陈啸之从小动手能力就挺强。

据他妈说，他从四五个月时就能捏起小米粒——精细运动发育得尤其早，他妈一直将这当成儿子聪明的证据，逢年过节就拿出去吹嘘。陈啸之百般制止无果，只能在每次妈妈聚会时因为“抓小米粒”出洋相。

沈昼叶聪明的证据是她七岁被拉去旁听她爸的大学课程，还听得懂；她男人聪明的证据是能抓小米粒，说出去都有些磕碜。

但从小动手能力就强的陈啸之确实补好了书。

那天小昼叶坐在他家沙发上，抱着杯冰果汁，小啸之翻出爷爷的透明胶带，努力对齐书页被撕烂的地方，将被撕掉的书页牢牢地黏了回去。

小女孩儿的脑袋总往这里探，好奇地看了一会儿，震惊地感慨：“你好厉害呀！”

陈啸之忽然被夸，耳根不自然地红了，冷冷道：“你挡到我视线了。”

小女孩儿听话地把脑袋缩回去，然后嘀咕：“我才没有那么大的头。”

“你中文不是说得挺溜吗？”小啸之相当羞耻地转移话题，“为什么要装自己是美国人？”

小女孩儿一愣，认真道：“我不是美国人呀。”

美国人是胡同里其他小孩儿加的戏，她自己从来没说过，小啸之不慎把自己噎了一下，丢脸得很，索性不讲话了。

小昼叶认真地看他做手工，金黄的阳光洒在她白嫩嫩的脸蛋上，过了会儿，她笑了起来，甜甜地说：“谢谢你呀。”

小啸之脸都红透了，逞强地凶她：“你都说三遍了。”

“这是我爸爸送我的书，”小昼叶温温柔柔地解释，“我一直很想要这本，但是美国书太贵了，我从小到大看的很多书都是从旧货市场买的，但一直蹲不到这本百科全书，爸爸是因为要送我回国，可能是很愧疚，才买了这本全新的送给我。”

小啸之愣了一下：“百科全书？”

“是呀。”小昼叶信誓旦旦地对他讲，“就是什么都有的书的意思。”

小啸之看着那本书里斑斓的颜色——第一页上印着一只黑猩猩，印刷精美，是他不曾碰触的事物。

书应该是这样的吗？他奇怪地想。

小啸之见过的书不少，但是90年代的书大多是油印在薄如蝉翼的纸上的，只有一些点线面被晕开的文字，整本书唯一称得上彩色的部分只有封面，内页里连插画都少见。

连环画册自然有彩色的，但那些稀薄的色彩远没有这只大猩猩精美。

小女孩儿似乎察觉了他的错愕，细细白白的手指点在为首的单词上，很认真地说：“这个是Primates，意思是灵长类。”

小啸之愣了下：“普里梅茨？灵长类？张磊？”

“不是张磊，”小昼叶隔着茶儿甜甜地笑了起来，“灵长类是哺乳纲的一个目，我们人就是其中的一个分支，我们在动物分类学中和猴子是同一个地位。”

小啸之像看怪物似的看着她，半天后才说：“怎么可能？猴子是动物园笼子里的。”

“笼子里外又有什么区别呢？”小女孩儿笑眯眯地问，“说不定猴子也觉得我们是笼子里的猴子呢。”

小啸之像是被踩了尾巴，补着课本怒道：“怎么可能！你脑子坏掉了吧！”

“说不定呢？”小女孩儿一头小卷毛在阳光下蓬松泛黄，她开心地讲，“如果我是一只小猴子，从小在笼子里长大，每天有人给我吃香蕉，我会觉得那些经过笼子扒着铁栏杆来看我的人都是被笼子关住的没毛大猴……他们真可怜，都没人给他们吃香蕉。”

小啸之按着百科全书，一字一句道：“你才是猴子，我的香蕉都是爷爷奶奶买——我不吃香蕉！”

小女孩儿扑哧笑出声，小啸之不慎被绕进去，吃了嘴上的亏，怒冲冲地凶她：“你才是猴子！”

“我从一开始就说了‘如果我是一只小猴子’呀。”小昼叶没半点儿被冒犯的样子，笑着说，“而且我没有觉得我和猴子有什么不同，我知道的太少啦。”

陈啸之将书补好，黏得几乎天衣无缝，他听不懂小丫头片子在讲什么，只把书推了回去，却觉得面前这个五岁的小孩儿有些深沉，也有些怅然。

小啸之不懂为什么同龄人也会有这样的目光，怀着一丝探究的意味，问：“书好看吗？”

“好看呀。”小猴子认真地回答，然后笑眯眯地问，“要不要我给你讲一讲呀？”

金黄的阳光过于浓烈，总将人化在里面，像豆浆里的一勺糖。

陈啸之想不起那天小昼叶穿了什么，长成什么模样，却总觉得那一幕犹如盘古开天辟地，又如创世纪伊始，上帝说的那句话——

“Let there be light.”

要有光。

就有了光。

赵奶奶从学校回来时已经不早了。

小姑娘给啸之讲百科全书里的灵长类，讲物种起源与进化，讲一个叫达尔文的人和他在十三个群岛上发现的一种叫加拉帕戈斯雀的鸟，讲黑猩猩、倭猩猩与人。

直讲到门外赵奶奶喊孙女的声音惊动了整个浥春胡同，陈奶奶才发现人家小孙女拿着小铅笔和自己孙子一起画了只大马猴，结果画到一半两人都趴在纸上睡着了。

陈奶奶哭笑不得，把隔壁小丫头和她的砖头书抱去，还给赵奶奶。

彼时，夕阳穿过岁月里的胡同，各家各户飘出饭菜的香气。

赵奶奶抱着小孙女回去，自门口豌豆藤上薅了嫩尖儿，用水烫了，加芝麻酱凉拌了个菜。

第二天，北京有雨。

下雨天是不能出去玩的，也没人愿意淋着雨在外闹，小啸之独自在家看了会儿电视，结果电视信号也坏了，电影频道从一片雪花变成信号测试图——一个彩色的大圆盘。

他在沙发上打了几个滚，过了会儿，雨停了，胡同里的小胖墩敲门找他去耍。

明明平时挺喜欢雨后出去撒欢儿，这天小啸之却有点儿心不在焉。

出门时赵奶奶家的门紧闭着，分辨不出祖孙二人到底在不在家，小啸之耳边忽然闪过小女孩儿说的那句话："我知道的太少啦。"

五岁的小姑娘说那句话时真诚无比，小啸之莫名觉得那句话是"有光的"，也是更为闪耀的。

他想敲门和她再讲点儿什么，接着又打消了这个念头。

她指不定什么时候就回美国了，沈昼叶讲的故事哪怕再新鲜，也不一定能讲完。说不定下周她爸就来接她回美国，而且也说不定沈昼叶不会再来找自己说话了。

小啸之想到这里，心里颇为别扭，看着赵奶奶家紧闭的大门，下定决心，不继续和她玩了。

那是一个要回去的人。

陈啸之后来每每回想那段岁月——无论回忆时是带着对沈昼叶的怨恨或是带着对她的不舍，仿佛将自己心里的软肉生生剜出的疼痛，无论有多么痛苦，都有一个事实是他无法否认的——沈昼叶给他带来的影响，是通穿他整个人生的。

小姑娘和他相处一个下午，小啸之就对她依依不舍，连想到她以后会回美国都觉得难受。

于是出现自我防御机制——如果少和她玩，以后她走了就不会难受。

次日，雨过天晴，月季累累坠于枝头。

小啸之到胡同口大杨树下去玩时，胡同里的小孩儿也都去了个七七八八，有人在跳房子，有人在踢沙包，陈啸之百无聊赖地玩警卫员昨天给他带回来的飞行棋——飞行棋较之大炮吃小兵随机性强不少，他和同伴玩得有输有赢。

但他心不在焉，在下棋的间隙，眼角余光瞥到一个熟悉的身影。

小女孩儿抱着那本大部头，在杨树下探头探脑。

自从第一次来被排挤，她再也没来过，但这天，破天荒地露了个脑袋。

她知道自己不会吵架，不敢靠得太近，看见小啸之在下棋后呆了呆，似乎想过来和他搭话，又不敢，但更不愿就此回去。

于是她找了个不太起眼的地方坐下，晒着太阳，看起了自己带的书。

小昼叶个身量小，往灌木丛后一缩，几乎见不到人，大伙儿都看不见她，但小啸之知道她就在那里。

小啸之心里像是长了棵狗尾巴草，挠得他痒痒的，飞行棋下得心不在焉，匆匆结束了一局，接着，胡同里传来第一声“河东狮吼”——

“田亚梅！”杨阿姨大吼，“回家吃饭了！”

没有比回家吃饭更重要的事儿，除了田亚梅外，小孩们当即一哄而散。

小啸之慢吞吞状似不经意地收拾着飞行棋，收拾完往小姑娘的方向一看，发现小昼叶仍然在那儿抱着书，还在怯怯地向他张望。

他抱着棋盒过去，装着满不在乎地问：“你怎么在这儿？”

小昼叶耳朵红着，小声说：“我、我就出来晒晒太阳。”

“在太阳下看书会瞎的，”小啸之恶声恶气道，“下次去阴凉的地方待着。”

小昼叶害羞了。她害羞时，红晕甚至会红到眼皮，人又白嫩嫩的，说不出的娇憨。

小啸之坏脾气且居高临下地问：“你来这里不怕被他们欺负？”

“我藏好了呀。”小昼叶小声说。

陈啸之气笑了：“我还以为你出来玩儿的呢？”

小昼叶蔫巴巴地成为一只小鹌鹑。

“起来。”陈啸之伸出手，紧紧握着她的爪子，把她拽了起来，“你奶奶呢？”

“她今天去上课啦。”

“那你午饭怎么办？”小啸之眯起眼睛问，那模样已有了他日后无情的风范。

小昼叶认真地说：“她给我在桌上留饭啦。”

“那个饭凉了吧？”小啸之不容置疑地命令道，“你来我家吃午饭。”

陈家历来是陈奶奶下厨，陈奶奶战斗力超强，坚决不雇保姆，警卫员和司机跟他们一起开饭，四个人同坐在东屋，小昼叶被小啸之牵进来时，陈爷爷的眼皮不经意地撩了撩，又深沉地闭了回去。

“爷爷奶奶好，”小昼叶小声问好，“叔叔们好。”

陈奶奶热心肠，认定了小孩子长个儿就得多吃，给小昼叶端上来一个冒尖儿的大海碗，生怕她吃不饱，还将白米饭使劲儿压瓷实了。

小昼叶刚想抗议自己是吃不完一座山的，坐主位的陈爷爷就发了话：“小叶，我们家不剩饭。”

像是有点儿坏水。

“小叶”。

小啸之觉得这个称呼很可爱，却不好意思直说。

两个小朋友吃过饭后，小啸之破天荒地没蹿出门，而是抱着棋盘和小姑娘在堂屋的沙发上下起了飞行棋。

飞行棋玩腻了，两个人趴在堂屋布沙发上，小棋子在午后的暖阳中滚落于地。

小啸之忽然问：“你真的觉得大猩猩和我们没有什么不同？”

小昼叶在阳光下支起脑袋，说：“哪一方面呀？”

“所有方面。”

小啸之很喜欢小姑娘说这些话的模样——那是一个明明与他同龄，却更闪耀，仿佛向往着群星的存在。

他和小昼叶对视，像是在等一个认真的答案。

小昼叶想了想，抱起旁边她带的那本大部头，翻过画着“普里梅茨”大猩猩的那一页。

第二章是在铜版纸上印着的瓦蓝的海洋。

里面夹着张薄薄的大北信纸，小女孩儿在里面用不太工整的字迹写了一串英文与拼音，与缺胳膊少腿的汉字。

你这汉字写成这样，也太文盲了吧？小啸之忍不住想开口嘲两句，但还未及开口，小女孩儿就用手按着她带回来的英语大部头，开心地问：“我再给你讲一章故事吧？”

“这一章叫Lonely Planet。”

小啸之听不懂半个字，呆滞地“啊”了一声。

小昼叶想了想，翻译道：“这一章叫，孤独的星星。”

孤独行星

“我们真的有这么小吗？”小啸之在饭桌上忍不住开口问。

陈爷爷夹菜的筷子一顿，不晓得孙子什么意思，半拉垂下的眼皮一撂，看向拿着筷子对着肘子发愁的五岁小孩儿。

“啥‘这么小’？”陈爷爷漫不经心地问，“你爷我年纪够大了哈，都退休了。”

晚饭时分，钨丝灯泡在头顶悬着，淡红的光映着桌上的饭菜。

小啸之说不出话，满脑子都是从海里爬上来走到岸上的人类的祖先，他又将手指展开，看向指纹，寻找“陈啸之”由一个个小生命体构成的证据。

如果那一个个小细胞都是“我”，那现在正在思考的“我”究竟是什么？

五岁的陈啸之意识到连“陈啸之的存在”都是“不确定”的，稚嫩的脊背发麻。但那个未知的、充满不确定性的世界，隔壁小女孩儿书里藏的故事，却又这样稀奇。

啸之奶奶夹着菜问：“之之，你和小叶聊了啥？”

小啸之坐在饭桌前走神，过了好久才回答：“我们聊了两个瓶子。”

陈爷爷头一回听见这话题：“什么瓶子？”

“一个装满一些叫氢气、甲烷和氨气的瓶子，另一个瓶子装了温水，模拟几十亿年前的宇宙。”小啸之怔怔地答道，然后问，“爷爷，我们是从哪里来的呢？”

陈爷爷一愣：“什么气？”

“氢气、甲烷和氨气，”五岁的小啸之一字不差地答道，“好像是硫化氢吧，她说就是一种叫硫的小星星和另一个叫氢的小星星结合在一起的东西，就像两个人生的孩子。”

“小叶怎么会知道这个？”陈爷爷呛了个米粒儿，难以置信地问，“不对，你为什么会知道硫化氢？”

五岁的小孙子不知该怎么回答，似乎有问题想问他们，却问不出口。

陈爷爷和小孙子大眼瞪小眼，过了会儿，小孙子叹了口气，低头将饭扒了。

两个相连且被外界不停通电的瓶子，在持续通电了数周后，于温水中产生了生命的基础，氨基酸。米勒–尤列实验。

“我们是从哪里来的呢？”陈啸之想找个人问问，却不知该问谁。

小啸之躺在床上准备睡觉时，甚至觉得自己闭上眼，就不会再有明天。

胡同里的一切都虚化了，一切他曾经确定的东西都模糊了，包括存在本身。五岁的陈啸之对这长夜感到恐惧，又本能地好奇：这空气中有什么？我是谁？我们从哪里来？我们存在的意义是什么？

小男孩儿恐惧又激动，在睡前模模糊糊冒出个念头，明天一定要告诉她：“我现在也觉得我们和大猩猩没有区别了。”

陈啸之在睡梦中对自己道：“我也是和你一样的小猴子。”

不过他最终也没能说出口。

陈啸之看着来找他玩的小昼叶笑盈盈的双眼，看着她身后的阳光，无论如何都没法把那句听上去像在骂人的话讲出来。

或许她有天会知道吧？小男孩儿想。

也或许不会。

“所以我们是从哪里来的？”陈啸之问。

月季花瓣落了一地，有商贩推着二八大杠卖新鲜的莲蓬，五岁的男孩儿在家门前倚着，拧着眉头问小姑娘。

小昼叶又抱着那本书来找他，眉眼笑弯弯的，答道：“从时间中来呀。”

小啸之对这答案并不满意，冷冷道：“你糊弄我。”

“没有糊弄你哦。”小昼叶认真地对他说，“之之，你让我进去，等我给你讲完这一章你就知道啦。”

北京的暮春，向来有很好的阳光。

“所以他们还在吵架？”小啸之坐在屋顶上，难以置信地问，“这么一群科学家，这么一群大人，连这种问题都没能讨论出来？”

老宅的屋顶生机盎然，狗尾巴草被晒得暖融融的，小朋友们又在老杨树下聚着跳房子，但今天小啸之没出去，而是和小昼叶一起看完了那一章剩下的内容——关于生命的起源。

有人认为生命来自天外，有人认为生命来自远古海洋中持续了上亿年的碰撞，但谁都没有足够的证据。生命像一场发生了数百亿次而终于成功一次的例外，像终究会发生的极小概率事件——

但它发生了第一次，便有了接下来的数千亿次。

此后数亿年，这孤单的星星之上万物勃发，生命绚烂。

小昼叶那本关乎万物的书摊开了，夹着只有她本人看得懂的笔记，书页被吹得哗啦作响，铅字在风中飞荡。

书的小主人想了想，若有所思地回答：“大人做不到的，远比他们做得到的多。”

小混蛋说的似乎没啥问题，小啸之找不出堵她的话，气冲冲地想了半天，冒出句气愤的“懦弱”。

认可这么懦弱的逻辑，以后怎么办？

小昼叶笑眯眯的，也不讲话，只趴在他身边，目光暖融融地看向老杨树。

陈啸之小时候本就有点儿黑，现在脸又被太阳晒得发烫，像个红红热热的小煤球，小煤球顺着小姑娘的视线看过去，瞅见老杨树阴下的卖鲜莲蓬的商贩。

沈昼叶似乎没见过碧绿的莲蓬，遥遥看得出神。

陈啸之估摸着遥远的只存在于相片中的美洲也很孤独，不受控制地问这位小美国人：“你没吃过莲蓬子对不对？”

小啸之也不知道，自己为什么会给她买这么多莲蓬回来。

他一边剥莲蓬肉一边坏脾气地问小傻姑娘：“你在美国没见过吧？”

小昼叶等着投喂，很认真地点了点头，表示美国没有这个的。

陈啸之忽然放松了些——美国也不是什么都有嘛。

“我只在……Arboretum 里见过它的花。”读书读得有点儿傻的小昼叶中文说不利索，结结巴巴地告诉他，“在美国，这些花要养在小玻璃盒子里，还要给它调好温度，好金贵的。”

小啸之不知道“阿伯里吞”是什么，只说：“在这里它才不住玻璃盒子呢，会养死的。它开开心心晒着太阳，住在外面。”

然后他剥出一粒鲜鲜的小莲子，自己不舍得吃，塞给小昼叶啃。

小昼叶没想到莲蓬可吃的东西只有这么一点点，吃起来又这么麻烦，顺着小男孩儿的手啃了，然后一双清澈的眼看向他，仿佛在对他说谢谢。

“只有这里才有。”小啸之自己也不知自己是怎么想的，突然来了这么一句。

小昼叶露出不解的神情。

“莲蓬只在这里才有，”他说，然后强调般地重复，“在北京。”

五岁时，陈啸之说了谎。

他其实不知道他买的莲蓬并不是北京的，而是从河北的淀里割来，正如他不知道远处的江南水乡有莲叶衔天无穷碧。

“北京很好的，”他竭力说，“不比美国差。”

小姑娘疑惑地看着小男孩儿。

晒得黑黑的男孩子尴尬地顿了顿，又给她塞了个莲子。

她吃东西还挺顺从的，小啸之问：“美国是什么样子？”

“我不知道。”小昼叶想了想，诚实地回答，“我和他们不一样。”

“嗯？”

小昼叶看着脚尖，她穿着双干干净净的蓝色小运动鞋，像踩着片瓦蓝的天，轻声说：“我知道待的地方是有规则的，所有人都知道那个规则是什么……比如怎么和人相处，怎么才能交到朋友，怎么才能……活得不出格。大家都知道，但我不知道。”小女孩儿安静地讲，“我在我爸爸的教室里坐着，是个异类，因为我是教授的女儿，我还不到他们腰高……可是我在幼儿园秋千上坐着，也是个异类，因为他们知道我周末会去大学里听课。”

小啸之有点儿难受，想问什么，但还未及开口，对面的小姑娘又道：“所以我不知道美国是什么样子。”

在那地方，我从小孤独，为人群所不容。我抬头望向我所处之地，再无第二个人同我一样。

“所以，”小昼叶笑起来，犹如茫茫宇宙之中，一颗孤独的行星发出的信号，“谢谢你陪我玩。”

“以后……”五岁的小啸之顿了下。

老杨树下聚着一群小孩儿听他说话，马路上传来汽车的鸣笛声，但那鸣笛声触及不到参天的杨树。老青杨自清朝末年便植根于此，风雨飘摇，仿佛是这皇城脚下一个不变的坐标。

黑云蔽日，南风呼啸，夏雨在即。

小啸之坐在树下，深吸气，对所有人宣布：“以后，你们不准欺负她。”

他说完，周围小孩儿登时七嘴八舌地问为什么，小啸之糊弄地解释了两句，然后推开人群。

他回家前看了眼赵奶奶家门前的石狮子，推开了自家的门。

胡同里远近闻名的小魔头为啥能和那种安静的小姑娘玩在一处，直到今天都是个谜。

但无法改变的是，两个小朋友形影不离。

小昼叶非常黏隔壁的小哥哥。

小啸之比她大了三个月，因此大人总是以“哥哥妹妹”开两个小朋友的玩笑，但他们却不以这个称呼叫彼此。

仿佛一种小朋友之间的默契。

小昼叶开心地叫他之之，小啸之则不太喜欢对她直呼其名，只叫昼叶“阿屎”——据说是她写自己名字都写不对，将自己的名字写成了“沈昼十”的缘故。

陈奶奶憋着笑，教育孙子：“小叶是姑娘家，怎么能这么叫人家呢？以后怎么嫁人？”

嫁不掉的小叶坐在小凳子上，一本正经地鹦鹉学舌：“不可以！”

“阿屎。”小男孩儿高傲道。

小叶气呼呼，寄希望于陈奶奶给她撑腰，但是还没开口，就被叫她“屎屎”的胡同串子拽了出去。

陈奶奶乐得不行，往笸箩里装了点儿房山鲜桃，去隔壁找赵老师串门。

二十世纪末，北京春末夏初，像调色盘翻在旷野上。

那是北京一年里最好的时节——天儿还没热起来，偶有大风，葡萄沉甸甸地挂在檐下，两个小朋友坐在杨树下，聊一些乱七八糟的、天马行空的话题。

“所以……”小啸之顿了顿，“没有温度能比零下273.15度更低？”

小昼叶郑重地点了点头：“对。”

小啸之拧着眉毛，奇怪地看向她："科学家为什么会知道？他们有什么证据？说不定会有人研究出更强力的机器，更了不起的造冰功能……比我们家的冰箱厉害三十倍，只要厉害三十倍，就能把它冻到零下三百度了。北极难道也没有零下三百度……吗？"

小昼叶伸出小手，捏住了啸之的胳膊，笑眯眯地问："我的手心是不是热热的呀？"

小啸之没料到自己会被抓，一刹那，耷拉的坏脸色消失无踪，慌乱地点了点头。

"你知道我为什么会热乎乎的吗？"女孩子问。

小啸之支吾地回答："因为你吃……吃了热乎乎的饭……"

因为你吃了热乎乎的饭，洗了热热的澡。

因为你站在我身前，而你活着。

小女孩儿摇摇头，认真地告诉他："因为组成我的小颗粒，构成我的分子和原子们，在我们肉眼无法观测的尺度不停地震荡，动得越快，具备的动能越大，温度也就越高。"

小啸之觉得自己要烧起来了。

"举个例子，之之你跑得比我快，比我能吓唬住别人……你具备比我更大的动能，所以……"小小的白皙的爪子伸进小啸之明显黑三度的手心，牵住了他。

"所以你比我热。"她笑眯眯地讲。

小啸之看见自己指缝里的泥，茧上的裂纹，指甲修剪得不太干净，像个泥猴子。

两相对比，甚是刺眼。

小昼叶牵着他，说，"而绝对零度，就是指，在这个宇宙里，组成我们的分子达到最安静、一动不动的时候……我们能观测到的'粒子震荡的幅度'。"

小啸之一愣："温度就是构成这些东西的粒子震来震去，震得越剧烈，就越高？"

他甚至不需要人去点拨，就将这些概念串了起来。

小姑娘开心地点了点头。

"所以它们有绝对宁静的时刻……"小男孩儿茫然道，"但是骚乱却……接近于没有上限，对吗？"

小昼叶一本正经地点了点头。

啸之又犹豫着问："有上限吗？"

"有呀。"小昼叶笑得见牙不见眼，告诉他，"但那已经是很久很久以前的事情啦。"

"我以后会告诉你的。"她开心又神秘地说，"For this is an entropy-increasing universe."

因为这是一个熵增的宇宙。

灶上烧开的热水壶，手摸上去会发烫的晶体管电视，玻璃茶几上的冰果汁在初夏的夜蜿蜒流下水痕，爷爷奶奶温热的肌肤。

小啸之坐在不太明亮的客厅里，绞尽脑汁，想找出这理论的漏洞。

一切都是有漏洞的，他想。

就像人对光看衣服时，织物的间隙透下水一般的光——那是走线的缝隙，春夏秋冬的衣服，无论织物属于哪个季节，无论它有多厚都不例外。

怎么可能有无懈可击的事物？

小啸之甚至知道所有人都怕都尊敬的爷爷有一颗不太好的心脏。

"啸之啊。"爷爷倒着水开口唤他。

陈啸之"嗯"了一声，从名为"分子的震荡"的故事中回过神，看向爷爷。

爷爷忍俊不禁道："你赵奶奶说，小叶一醒就想来找你玩。"

小啸之耳根一红，说："她好烦的。"

陈奶奶笑道："人家小孙女可就喜欢你呢……我还听说你还发话，不准咱们胡同里那几个小混蛋欺负人家。"

小啸之简直一刻都坐不下去，想找个由头回房间，接着听到爷爷轻描淡写地说："别把她带坏了。"

这是小啸之长到那么大，第一个被长辈认可的朋友。

"人家小姑娘养得娇贵，你带着她玩，小心别给磕着碰着，多护着点儿……"奶奶笑道，"一个丁点儿大的小女孩儿，也费不了你多大的功夫。"

小啸之耳根涨得通红，强撑着"嗯"了声。

然后他抬起头，看见爷爷坐在客厅的阴影里，将药片服了下去。

此后很多年，他都烙印般记得那天夜晚，与他后来消失在岁月里的祖父祖母。

“费不了你多大的功夫。”

二十多年后，陈啸之想起来，都觉得这句话挺好笑的。

那天晚上，一向洗脸糊弄的小啸之正儿八经地打了盆热水，将自己的手在水里泡了好一会儿，泡开了从没洗干净过的死皮与泥灰。

他成天在外面晒着疯着，小小年纪手上就一层薄茧，但是毕竟年纪小，搓干净了竟然还有个小孩儿模样。

洗脸盆里温水荡漾，冒着白雾，水面映出一只黑黑的小啸之。

水分子振动随着时间减缓，白雾消散，五岁的陈啸之洗干净了手和脸，对着满满一盆水发呆。

他想起小昼叶说的那句话——“这个宇宙中，万物都将归于死寂。”

All shall rest in silence.

“真的吗？”小啸之觉得不太真实，在卧室里喃喃着问。

窗外传来夏夜虫鸣，蝉鸣连天，榆叶于风中簌簌作响。

你们都将消失吗？他想。

蝉，榆叶，这个夏天，爷爷奶奶，他所爱的人，还有这个世界……这所有的所有，最终都将归于寂静吗？

但明明此时此刻，他们如此坚实地存在着。

喧嚣，鲜活，而且被爱。

熵增宇宙

“那就叫热力学。”小姑娘趴在自家沙发上，严谨道，“一八几几年才被一个叫威廉·汤普森的人发展成具体的学科。”

啸之不解地问：“为什么不叫它温度学呢？”

“因为温度只是热力的一种表现方式，”小昼叶很认真地比画着解释，“就像我站在阳光下，出现了一个影子，这个影子表现了我的轮廓，连头发丝都能看得一清二楚……但你不能说这个影子就是沈昼叶，所以你也不能说温度就是热力。”

陈啸之听懂了，过了会儿，冒出一句：“你头发好卷。”

小卷毛甜丝丝地笑了笑，挺依赖他似的，向他的方向滚了滚。

小啸之坐在地上，自然地向她靠去。

他坐的青石砖地板光滑，裂纹也已被工匠用泥水补过，沈昼叶奶奶家中收拾得整整齐齐，四白落地的墙挂着相片，空地统统堆满了各色书籍，散发出陈旧油墨味道。

赵奶奶在书房闭关，她的书斋在西厢房，主屋留给两个小孩儿。

“你家好多书。”小啸之嘀咕道，拿起桌上的童话书。

童话书崭新的，是给小昼叶买的。

小啸之翻了几页，他识字不多，但勉强看得懂。毕竟不需要认识每个字，就能将故事看个八九不离十了。

他翻开的故事叫作《小泰莱莎》，是一个叫泰莱莎的小女孩儿在父亲死后拒绝长大，生长停滞，但最终为了帮助家人一点点变成大人的故事。

小昼叶趴在他旁边看他翻书，她认识的汉字也不多，问："之之，你觉得长大是怎么回事儿呢？"

这是小啸之所没想过的问题，他竭力思索一番："可以长高吧？"

"只有长高吗？"小昼叶在阳光下问他，而后胡乱发表看法，"还可以……去很远的地方，想吃零食可以自己买。"

小啸之忍不住放飞思绪："可以很久不回家……我们小孩子天一黑就要回家。"

小昼叶趴在沙发上补充："还可以结婚。"

她说完后，两个人安静待着，窗外的葡萄藤树影婆娑，金黄色的阳光漏在两个小孩子身上，犹如一条岁月织就的毛毯。

时光的洪流仿佛绕过了他们所在的角落，花影静谧落于地，孩子们宁静而柔软。

啸之望着童话书，书中朋友们嘲笑长不大的小泰莱莎，问她，你还是这么小，以后谁来娶你呀？

小阿十也看着那一页，奇怪地问："你觉得结婚到底是什么呢？"

五岁的陈啸之觉得这问题自己懂的比她多一点儿，一本正经地回答："就是两个彼此喜欢的人历经千辛万苦，最后手牵手在一起。"

小昼叶想了会儿，崇拜地看着小啸之，说："之之，你好会总结呀。"

小啸之被她一夸有些飘飘然，竭力冷淡着"哼"了一声，表示自己并不在意。

"你以后和谁结婚呢？"小昼叶凑过来，好奇地问。

小啸之的脸一瞬间红透了，他触电般一躲，深吸一口气，非常愤怒地看着她："你——"

"嗯？"

小男孩儿羞耻地顿了一下，眉头拧得死紧："你……"

趴在沙发上的小丫头片子望着他时，双眸盛着窗外下午三点的暖阳，澄澈而认真地问："怎么了呀？"

"以后不要问别人这种问题。"小啸之耳朵也红了。

小昼叶一怔，她知道自己缺乏与人相处的能力，以为冒犯到别人，立即要说对不起——但是，小啸之下一秒就道："问我没关系。"

"结婚是很久很久之后才会考虑的事情。"他小大人似的讲，"我会和我最喜欢的那个人结婚。”

小昼叶笑了起来，在小啸之身上嗅到了一点儿宽容，仿佛对他问怎样的问题都没关系，他不会在意，还会认真地回答。

小姑娘笑眯眯地问：“那你最喜欢谁呢？”

啸之没想到会有这么直白的人，看着她，小声道：“我、我哪儿知道……”

“那你会喜欢几个人呢？”小姑娘不以为意，开心地问他，“十个？二十个？”

“二十个也太多了。”小啸之不敢看她，支支吾吾道。

“是哦。”小昼叶摇头晃脑地说，“毕竟是那么长的人生。”

五岁的孩子会在这漫长的岁月中同另一个人相遇，被另一群人改变，为他们流泪也为他们欢笑。随着拔高的身体，他们俯下身去可以抚摸地上最湿润的青草，抬头时面前会闪过这世界上最狂野的梦。

那么长的时间里，充满了那么多不确定的故事。

别说以后和谁结婚了，他们连明天会发生什么都猜不到。

她会回美国吗？小啸之心里忽然丝丝地发酸，只是想到好朋友离开就觉得难过。他打定了主意，紧张地咽了下口水，竭力让自己看上去漫不经心一点儿，很坏脾气地对她开口：“吃不吃东西？”

“啊？”小昼叶从书本中抬起头。

“吃不吃好吃的？”小男孩儿凶神恶煞地重复。

他说话时眉毛拧着，不像是要请小女孩儿吃好吃的，倒像是准备把她丢垃圾桶。

小昼叶吓了一跳，但还是很诚实地点了点头，说：“吃。”

夕阳西下，小狗在远处叫，小昼叶抱着瓶瓷罐老酸奶坐在胡同口的老杨树下。

那罐老酸奶刚从冰柜里拿出来，瓶身上凝了一层薄薄的水雾，女孩儿的小手捏着它时抹出一条小路。

小啸之喝着汽水讲：“北京刚开春的时候，这棵杨树会开花。到时满城都是杨絮，就像在春天下一场大雪。”

“它也会开花吗？”小昼叶震惊地抬头看向那棵树。

“会。”小啸之一本正经道。

小女孩儿看着那棵树，仿佛在想象一场春日晴空下的雪。

“你……”小啸之听见自己别扭的声音，“如果留在这里，明年春天我就带你来看杨絮。”

小昼叶一愣。

“还挺好看的。”小啸之，又问小美国人，“美国应该看不到吧？”

小美国人认真地想了想，点了点头。

小啸之羞耻地停顿一下，又强撑着道：“其实这里也挺不错的……我是说北京。该有的东西都有，你如果留在这里，不回美国了……我们就一起去上小学。”

小昼叶呆呆地看着他。

“我爷爷能让我俩被分到同一个班里去。”小男孩儿深吸一口气，终于道，“那个班上，无论是谁觉得你是外……外星人，我都不让。”

谁是外星人啦……抱着酸奶罐的小昼叶双眼闪烁，犹如一汪含了泪的湖。

“你想看书，无论想看什么书……去学博士后的课本也可以，”小啸之尚不知道博士后并不是学历，却知道它是比博士更厉害的东西，所以他说，“谁都不许说你的不是。”

“因为我会陪你一起看。”小男孩儿嗓音稚嫩地宣布。

小昼叶眨了下眼睛，小啸之立刻感到自己被误解，怒气冲冲地问：“你不信是吧？”

“我……我不是……”女孩子声音小小的。

我不是不相信你。

然而不待她说完，小啸之就愤怒地盯着她道：“我说话是一定会算话的。”

小昼叶想解释：“不……”

“一直算话。”小男孩儿怒冲冲强调，“一直到很久很久之后……很久很久。”

“永远。”他道。

小女孩儿眼中盈着水，望着自己人生的第一个朋友。

“你要给我讲很多故事。”小男孩儿说，“我会保护你。”

“好呀。”小昼叶笑了起来，抱着小酸奶罐问，“结婚了也讲吗？”

两个人想了半天结婚是什么意思，最后小啸之笃定道：“讲。”

一锤定音。

“Entropy。”

小啸之重复：“嗯特罗屁。”

“不是特，”小昼叶认真地纠正，“是彻，entropy。熵。”

小啸之在纸上歪七扭八地写下这个单词，小昼叶趴在他身边。

正午时分，两个小孩儿头对头趴在凉席上，桌上放着一小碟切开的西瓜与水晶杏，窗外蝉鸣聒噪。

小昼叶听了一会儿蝉鸣，忽然问：“之之，你能感受到秩序的崩溃吗？”

喜鹊跳上枝头，五岁的之之不解地看着她。

“一个系统中的熵是不断增加的，永远不会变小。”小昼叶说完，指了指他，又指向自己，“举个例子，如果以你我为系统，你我就只会一天天地长大，永远不会变回小孩子……对这个宇宙来说，也是一样的。”

小啸之半懂不懂，但专注地看着她。

“之之，”小姑娘笑眯眯地开口，“你知道这个宇宙是个怎样的地方吗？”

“嗯？”

“我们诞生于一个奇点。Singularity，奇怪的奇。”小姑娘比画了一下，“这个点谁都无法定义，上亿人里有那么多聪明的头脑，但无一人知道它究竟是什么。在它之前，‘时间’是一个不存在的概念，‘空间’也没有诞生。”

小啸之吃了一惊："'奇点'不存在时空里？"

小昼叶点点头："不存在。"

"也没有——"小啸之震撼地问。

小姑娘抱着书，难得严肃道："什么都没有。"

"黑暗……"小啸之觉得自己词穷，搜肠刮肚地举例，"空气……"

"都没有。"小姑娘道。

那一刹那，小啸之震撼得无法言语，难以置信地看着对面的小女孩儿，这已经是超出他理解范围的故事，可是小女孩儿的眼神认真得前所未见，又闪烁着他没见过的光。

"然后它突然爆炸了。时间诞生于那一刻，空间也是，在接近无限高的热浪之中，引力诞生，'力'分裂为四种。"小姑娘用两手比画了一个变大的圈，用来象征一个正在膨胀的宇宙，"宇宙暴涨，电子与中子相继出现，暗物质初见雏形——它构成了我们宇宙的绝大部分，可我们至今还无法证实它的存在。"

小啸之手心出汗，有种陌生的恐惧，却没法把眼神从她身上移开。

你在向往什么？你想要的是什么？你在这俗世里追求的又是什么？

小啸之只觉灵魂都为之震颤，犹如在夜晚漂泊垂进湖中又被春风撼动的一轮月亮。

她过于闪耀。小男孩儿想。

"分化为四种的力与粒子互相制约，以一种绝妙的平衡，分毫不差的规律，从时间的伊始向我们绵延了百亿年，"小女孩儿向往道，"这就是你我生活的地方。"

小啸之恍惚地看着窗外的太阳："这个宇宙？"

"是。"小昼叶说，"这个遵守规律、不断熵增的宇宙。"

1999年夏天，小啸之永远记得他见到熵增宇宙的那一天。

他所见到的熵增的宇宙包括桌上的水、正落向地面的灰尘、窗棂外的杜鹃花、玻璃上碎开的光、厨房里飘来的饭菜香气，也包括宇宙之中的太阳、月亮与亿万星辰……还有两个坐在沙发上的懵懂的孩子。

"这世上一定有适用万物而皆准的'万物之理'。"沈昼叶看着他，一字一句地说，"我和你打包票。"

"你有什么证据能证明它？"五岁的胡同串子，人生第一次开口质疑。

怀疑、假设、寻找证据。

推演、提炼总结。

自然哲学的研究方法千变万化，然而万变不离其宗。

陈啸之漫长的一生中曾对他的老师、同学以及他的学生反复发出这疑问——陈啸之要他们的证据、要他们的演算过程、要他们的想象……要最后如磐石般无法动摇的证明。

那是人类向星辰深处抛出的疑问。

小昼叶一下子激动起来，她刚要举一些漂亮的例子来证明它有多完美，赵奶奶就端着两盘菜进了堂屋。

赵老师见俩小豆丁老凑在一块儿，忍不住一笑，对俩小朋友说："手上功夫先停一停，吃午饭啦。"

"总角之交，就是说，很久很久以前，男人和女人是梳不一样的发型的。"赵老师给俩小朋友夹了菜，笑眯眯地和他们讲，"古代汉族女子十五岁结发，叫及笄；男子二十岁行冠礼，就叫及冠。"

小昼叶捧着碗咯咯笑："鸡冠。"

赵老师忍不住笑，给小啸之盛了碗蛋花汤，道："但是在那之前，女子及笄前、男子未冠时梳的头，就是两个小揪揪。"

小啸之竭力端正地喝汤，说："总角？"

"对。"赵奶奶看着两个小饭桶，慈祥地说，"而童年时的朋友，就叫总角之交。"

存在本身

午后，商店外晃着个小黄鸟笼。

小啸之带着小昼叶出来买零食，看着旁边挑酸奶的小女孩儿，忍不住想，她以后长大了会是怎样的呢？

“及笄”了……长大了。

小朋友竭力想象了一番，然后冒出一个疑问——等阿十长大了，会漂亮吗？

一刹那，他的脸红透了，又忽然觉得，只要是她，连漂亮与否都没那么重要了。

最好不要那么漂亮，他赌气地想，免得遇到坏人。

“傻乎乎的。”小啸之羞耻至极，坏脾气地挑剔，却又说，“想吃的话两个都拿着。”

小昼叶立刻听话地拿了两瓶酸奶，小啸之用自个儿的零花钱付了账，两个小朋友顶着烈日回家，在路过大杨树时，小昼叶忽然没头没脑地问：“之之，你去过天文台吗？”

小啸之一愣，摇了摇头。

“我好想摸摸天文望远镜呀，”小昼叶嘀咕，“大的那种。”

小啸之不太清楚天文望远镜是什么：“只有天文台有吗？”

“嗯。”小昼叶小声说，“望远镜很大，也能看得很清楚。我爸以前保证过会带我去的……结果我至今没见过。”

小啸之没吭声。

两个人抱着买回来的零食，穿过夏日累累树影。烈日炎炎，初夏的风带来些许泥瓦的气息，门口的石狮子下挂着个红塑料袋，是邻居送来的甜瓜。

“阿十。”小啸之忽然开口，“你说我们活着是为了什么呢？”

小昼叶愣了一下，看向自己的第一个朋友。

小啸之晒黑的皮肤仅靠一朝一夕是白回不来的，头发贴在额角，显然是被热到了。

他拧着眉头问：“你不会觉得害怕吗？”

“害怕？”小昼叶重复。

“害怕我们怎么会这么小？”陈啸之停顿了一下继续说，“我们算什么呢？”

小昼叶抱着凉凉的酸奶站在石狮子前，安静地听着。

“这个世界那么大那么古老，有那么多人，但放在宇宙的尺度上，地球像一只小蚂蚁。连时间和空间都有消失的一天……那天你和我会在哪里呢？”陈啸之情绪有些低落。

小昼叶偏过头，望向他的眼神里满是专注。

宇宙万物终将归于永恒的寂静。

All shall rest in silence.

“我们为什么这么脆弱？到所有的一切都终结了，我们的这一刻又算什么呢？”小啸之听见自己问，“我们所做的一切又有什么意义呢？”

小啸之感到一种发自内心的恐惧。

那恐惧并不陌生，在小女孩儿抱着他看不懂的外语书给他讲第一个故事时就在心中落了根，那对未知与毁灭的恐惧，在这夏初的风中发狂地生长，成为年少的他灵魂的一部分。

“如果我们注定要去死，死了就是一把土，那我们现在是在做什么呢？”小啸之问。

小昼叶刚想回答，身后却传来陈奶奶的声音——

“啸之？”奶奶拎着个塑料袋，见到小孙子惊喜万分，“正好不用找了，你爸难得回来一趟，过一会儿就得走，你赶紧回去跟你爸见一面。”

陈奶奶揉了揉小昼叶的头，蹲下身，慈祥地看着她，道：“下午有雨，小叶回家看书吧，一会儿让之之来找你玩。”

小昼叶看了小啸之一眼，欲言又止，但是男孩子低下头不肯看她。

胡同刮过一阵南风，爬山虎在风中摇了满地影子，灰压压的云遮了光。

小啸之觉得自己说的话太怪，耳根一红，头也不回地跑进家门。

陈奶奶从袋里摸出俩大桃，塞给小女孩儿，让她带回去和自己奶奶一起吃。

“俩小孩儿跟小两口子似的。”陈奶奶憋着笑道。

啸之爸爸坐在沙发上，小啸之看着爸爸给自己买来的新汽车和新奥特曼玩具，一声不吭。

窗外飘起了小雨。

“刚俩人还一块儿玩呢。”爷爷慢吞吞地说。

啸之爸爸笑了起来：“向来没见过他这么老实。”

雨洒在窗台上，小啸之抿着唇，心想，这一切又有什么意义呢？

爸爸为之拼命的一切，爷爷为之拼命的一切——那些书、书上的知识、面前的小汽车和奥特曼……人类之于宇宙是那样孱弱且不堪一击，但哪怕是强大的宇宙也会有终结之日。

那你们现在正做的事情又有什么意义呢？男孩儿看着他们想。

五岁的胡同串子试图想象死后的一切，试图告诉自己这一切没什么好怕的，但是大人聊天的声音模模糊糊，像隔了一层雾。

他边走神边吃了晚饭。

傍晚六七点时雨停了，大人们在客厅聊天，他爸难得来一次，像是个贵客。

小啸之独自在房间里躺着。

天黑下来，那种难受劲儿稍微过去了，他忽然记起临走时没和阿十说再见。

阿十会不会以为我生气了？小啸之从床上一骨碌翻身坐起，想去对门找阿十，解释自己没有生气，但紧接着就想到她睡觉挺早，在门口站住了。

明天再去找她吧，小啸之收回伸出的手。

然而堂屋忽然热闹起来——傍晚串门的人总是很多。

他刚想爬回床上，房间门却忽然被奶奶推开了。

“笑笑？”奶奶声音轻轻的，探头进来，“小叶来找你玩啦。”

小啸之一愣。

接着，小昼叶将脑袋瓜从门缝伸了进来。

她似乎刚洗完澡，头发还湿漉漉的，见到朋友便笑起来：“之之。”

他们在房间里坐着，床头一盏小台灯亮着。

小昼叶坐在他的床上，那是一张老床——似乎还是他奶奶的嫁妆，刷着一层乌漆，对五岁的孩子来说太大也太高，他们俩都得踩一脚凳子才能爬上去。

小啸之讷讷地解释：“我当时没生气。”

小昼叶认真地说：“我知道。”

“我怕你……”小啸之支支吾吾，不敢说出心里话，停顿好一会儿，退而求其次道，“反正我怕你觉得我生气了。”

小昼叶深深呼吸，仿佛鼓起偌大的勇气，对朋友道：“之之，你陪我一起到屋顶上坐一会儿好不好？”

陈啸之似乎就没法儿对她说“不”。

陈家的房顶是能随便上的，他爸和他大伯小时候就喜欢到处爬，屡禁不止，陈爷爷就加装了铁栏杆和楼梯。

他们和大人说了一声，就爬了上去。

陈奶奶还专门上来给俩小朋友送了一盘蚊香和西瓜，下去前还千叮咛万嘱咐小啸之：“不准引着小妹妹调皮捣蛋。”

“晓得啦。”小啸之回答。

“不准在屋顶上乱跑，”陈奶奶又说，“被我听见你就等着被打屁股吧。”

小啸之臭着脸道：“知道了。”

陈奶奶反身下楼，女孩子奇怪地问：“之之，你为什么不说是我想上来的？”

把黑锅背到死的小啸之面无表情道：“他们都觉得你乖，以后做坏事甩锅给我就行。”背锅王顿了下，又道，“但是不准做得太坏。”

幕后主使小昼叶没忍住，开心地笑了起来。

北京雨后之夜如积水清明，青瓦湿润，缝里长出小狗尾巴草。

两个孩子坐在屋顶上，头顶即是万丈星空，深邃的云缝里现出海浪般的星辰，如一场亿万年不醒的美梦。

“之之。”小昼叶忽然轻声道，“我是来回答你的问题的。”

小啸之愣了下，似乎没想到小青梅会将他下午那些发泄般的问题记在心上。

小昼叶想了会儿，道：“之之，你抬下头，看看那些星星。”

啸之不明白答案和星星有什么关系，但还是仰起头，望向茫茫夜空。

“之之，你记不记得我和你讲过的故事里，我提的最多的一件事是什么？”小昼叶问。

“科学家们仍不知道原理？”

小昼叶眼神里带着笑意，看向小竹马。

“我有时候都以为你在骗我。”小竹马不无愤怒地说，“每个问题他们都没弄明白。这世上有六十亿人。那么多大人，但我想知道为什么，他们只能告诉我‘我不知道’？”

怎么能连这种简单的最基本的问题都没弄明白呢？小啸之想。

意识究竟诞生于哪个角落，构成我们的物质如何在大爆炸中诞生，那场大爆炸究竟是什么，生命究竟来源于何方？宇宙究竟是什么？

我们是谁？我们从何处来？我们又会往何处去？

对这个孱弱的种族来说，这些最基本的、关乎存在的命题竟都是“假说”。

“之之，就是因为不知道呀。”沈昼叶轻声说。

小啸之愣了下。

“我们那么脆弱。”小昼叶认真地摸自己的胸口，看着啸之甜甜一笑，“如果现在有人在我胸口捅上一刀，我就活不了了。”

小啸之讨厌阿十用自己举例：“阿十你——”

但阿十打断了他。

“就算什么都不做，没有人来捅我的胸口……过个八十年，”小昼叶往瓦片上一躺，摸着胸口，安静地坦白，“我也还是会死。”

五岁的小啸之恐惧死亡的概念，面前的小女孩儿忽然将恐惧的气球扎破，露出里面的“死亡”，胡来至极，却莫名令他镇定。

“我是这样，你也是。”小昼叶平静地说，“你爷爷奶奶也是，我甚至都没见过我爷爷。之之，可以说你睁开眼，无论走到哪里，见到的任何一个人，都很脆弱。”

小啸之心酸道：“我知道人是会死的……所以我们在这个宇宙里存在，就好像……”

就好像蝼蚁一样。五岁的之之想。

我们是时空中的偶然，在庞大的概念与规律下堪堪生存，朝不保夕，孤独又弱小。

“但我觉得我们不弱小呀。”小昼叶认真地说，她拽起小啸之的袖口，看进他的双眼，“人确实很容易就会死，我们存在本身也没有任何崇高的意义，每个人都只是活着而已……所以我理解你虚无的原因。”

小啸之突然明白他的朋友为什么夤夜而来。

因为这无边无际的关乎存在与意义的恐慌，阿十也经历过。

“我们所知越多，越会发现我们的无知，而我们越是无知，越是深感无力。”沈昼叶专注地看着朋友，说，“但恰恰就是因为我们无知，所以我们的种族才在不断地探寻。”

“从最初阿基米德的哲学，再到牛顿的自然哲学，又从自然哲学中分化出了现代的科学。我们不断向这宇宙提出假说，有无数人去不断验证，不断碰壁，在名为科学的混沌又未知的边界摸索。失败时居多，大多数人连名字都留不下。”小昼叶眨了一下眼睛，轻声道，“但每一个成功的瞬间，都是我们人类，自己为自己铸就的意义。”

小啸之的眼睛一下睁大，刹那间，他心中的恐惧与阴霾荡然无存。

“‘未知’存在的唯一意义，就是让那个时代中勇敢的人去探寻。”女孩子一字一句地说，“而我们人类存在的意义，不需要任何事物赋予。”

小啸之吃惊地望向她。

“无论是上帝，还是果壳，我们才是赋予他们意义的那一方。”面前的年幼的女孩儿坚定不移地道，“我们从虚无中诞生，从海洋走上陆地，经过亿万年的繁衍，面对着虎狼环伺的危机不断进化，又在历史中跌跌撞撞碰壁……我们走到今日，不是为了被任何事物赋予意义，而是为了定义自我。”

那一刹那，啸之仿佛从大梦中醒来。

小昼叶说话时神情严肃，看着小啸之的眼睛亮亮的。

“我们是为了去发现，是为了认识到自己的无知与弱小，然后向真理赤脚飞奔。”小昼叶郑重地道。

年幼的啸之大气都不敢喘，怔怔地望着她，然后，在夏夜长风中看见了小昼叶的笑容：“再说啦，你不觉得那些规律很美吗？”

她说话时浩然坦荡，仿佛那种“美”是理所当然的，是她天生就能观测到的。

五岁那年夏夜，陈啸之心中的春雪开始融化。

“为什么可以这么……刚好呢？”小昼叶眼睛亮亮的，问他也问自己，“为什么这个世界会这么均匀？为什么数学和物理的概念互通，但围观的层面上却是分开的，好像矛盾不可调和一样？之之，你想过这亿万个巧合的成因吗？”

之之耳朵通红，难以启齿道：“想过……但我不知道。”

“我也不知道。”小昼叶好像激动得不行，“但我认为那才不是巧合。”

小啸之疑惑地“啊”了一声。

“我相信这混沌与确定并存的世上，一定有个能诠释一切的完美理论。”小昼叶望向头顶星空道，“我相信那个理论放之四海而皆准，能将寰宇纳入一个完整的模型，”她的眼中仿佛盛满了星星，“也相信它在宇宙诞生的那一刻就已经存在了，只是等待我们去发现，一等就是上百亿年。”

陈啸之只觉胸中生长出了万物，那些充满生命与力量的念头将五岁的他撑裂。

“我相信万物归一。”小姑娘近乎执拗地说，“也相信答案就在那里。”

小啸之听见自己不受控制地问：“哪儿？”

“那儿。”五岁的沈昼叶往后方一仰，指向茫茫夏夜。

二十世纪末的北京上空星河湍急，烁似浪涛，神秘而悠远。

就在那繁星深处，在星河发源之地，在时间开始的荒野之中，在缔造了一切的大爆炸里。

“就在那一瞬间。”

1999年的夏夜，小女孩儿轻声说。

那是陈啸之终其漫长的一生都没忘记的盛夏。

五岁的小男孩儿鼻尖发酸，恐惧在猎户星座的火中燃烧殆尽，在胸腔中留下名为“信念”的事物。

啸之沙哑地问她：“你相信答案在星星里？”

“对。”小小的女孩子笃定地说，然后看着他粲然一笑。

小啸之莫名地想哭，他死死克制着，小声道：“就像占星家。”

“就像占星家。”小女孩儿笑眯眯地重复。

她稚嫩的眉目间尽是向往。

小啸之不愿让她知道自己已被震慑，抿着唇，过了会儿颤声道：“但死亡还是很可怕。”

他还没说完，就感到手被牵住了。

“要一起来吗？我们一起去找这个答案——可能找得到，也可能一辈子都找不到……”五岁的沈昼叶近乎执拗、恳求地看着自己唯一的玩伴，说，“但如果是我们一起的话，就不会觉得孤独了。”

“好。”

陈啸之答应了她。

在夜里，我们将进去窃取一根开花的树枝，
我们将翻过墙摸黑于陌生花园中，
阴影里的，
两个影子。

——聂鲁达《失窃的树枝》

自深深处

“小叶好像生病了。”

大人们在饭桌上闲聊时，爸爸突然说。

爸爸今天下午就要回浙江，行李都打包好了，还带走了好几件他十几岁时穿的冬衣，小啸之听了一愣，从豆浆焦圈里抬起头。

“今早出去买豆浆的时候正好遇到隔壁赵姨，”爸爸边说话边把八宝菜往焦圈里塞，然后看着自己儿子道，“她说小叶今早烧得滚烫，让我告诉你一声她今天来不了了，让你别等她。”

小啸之若有所思地放下豆浆碗。

他爸一笑：“你挺喜欢小叶的对吧？”

之之心虚极了，一声不吭，只赌气看向自己的爹。

他爸抓到了孩子的软肋，笑嘻嘻地说：“但你可以去探病。”

小啸之沉默着移开视线，专心解决自己面前的小面圈，然后听见爸爸在饭桌上闲谈：“青慈也回来了是吗？”

陈奶奶“嗯”了声：“回来了，但是把女儿送回来之后马上又走人了，说是两人太忙，实在是顾不过来孩子。”

“哎，这么多年没见了。”爸爸唏嘘道，“十年了吧？”

“十三年。”陈奶奶的记性好些，“你俩从上大学之后就没见过。我还记得你俩以前经常吵架呢。”

“从小就住对门……”陈爸爸颇不好意思地挠了挠头，“这种关系，不吵才不正常。”

“也就是青慈搭理你。”陈奶奶凶悍地说，“你个一日不打上房揭瓦的。”

已经三十好几的陈爸爸讪笑两声，不敢搭腔。

小啸之满脑子都是生病的阿十，两口喝净碗中的豆浆，匆匆洗把脸就出了门。

门外正值北京的盛夏，石榴花红彤彤的，一地树影。

“青慈估计还得回来接女儿吧？上次见他我俩还在上高中呢，一眨眼连孩子都那么大了，也不知道下次见是啥时候。” 小啸之关上门时听见他爸的感慨，“人和人真是太容易走散了。”

小啸之将满园夏色关在身后，一路跑去找自己生病的朋友。

小昼叶果然在发烧。

时值暑假，赵老师不必去学校点卯——确切来说她平时也不爱去，因此，她在小昼叶的床边坐着，小孙女吃过药后昏昏沉沉地睡觉，她在一旁看书。

小啸之跑来看小阿十在睡觉，赵老师给他搬了个小凳子，窗外喜鹊叽叽喳喳的，小啸之坐在朋友床边发呆，一步都不肯离开。

赵老师莞尔一笑：“之之，给你找本书看看？”

小啸之脸红着点了点头，又摇了摇。

赵老师觉得小朋友很有趣，弯下腰认真看他。

昼叶奶奶头发白得早，岁月在她身上刻下了太多痛苦的痕迹，但她透过镜片看人的眼神，却如一泓冰泉。

“是不是不太认识字？”赵奶奶颇有兴味地问。

小啸之羞耻至极，完全无法抵赖。他毕竟只有五岁，认识的字极其有限，让他从头至尾通读一本书，还不如杀了他。

赵奶奶温柔一笑：“阿十也不认识字呢。”

之之一怔，不敢相信，阿十抱着书给他讲了那么多故事——不识字？

“她不太认识汉字。”赵老师笑着解释，“每个字都是现学的，你没见过她书里夹的笔记吗？”

啸之这才想起阿十书中夹着的那些纸和纸上写得歪歪扭扭的拼音。

赵奶奶顿了下，笑眯眯地说：“我给你拿本书吧。”

小啸之这次没有拒绝，他恋恋不舍地将目光从朋友身上移开，然后接过奶奶塞给他的那本和阿十形影不离的百科全书。

他一翻开，两张带着笔记的信纸飘落，里面尽是他看不懂的英文单词。

“这个真的有人看得懂吗？”小啸之忍不住压低了声音问奶奶。

赵奶奶想了想，回答道：“愿意的人总会看得懂的。”

小啸之难以想象，偏过头看向床上熟睡的小昼叶，想看看能看懂的人脑袋里都是些什么——却突然听见昼叶奶奶柔和道：“之之，你已经和叶叶玩了这么久了……我想问你个问题。”

陈啸之诧异地抬头。

老太太单刀直入地问：“你认为人读书，是为了什么呢？”

尚不识几个字的啸之一愣。

“人人的答案都有所不同，所以我不需要你回答，我只需要你思考。”赵老师对一个五岁的小男孩儿一本正经地发问，“你认为‘一个读书一生的人’，书之于他，意味着什么呢？”

小啸之羞耻地回答：“我还没有自己读过。”

“所以，等以后……很久以后，我希望你能回答自己，读书给你带来了什么。”赵老师俯身，对男孩儿笑道，“读书，对那时的你来说，又意味着什么。”

小啸之年纪太小，远未晓得“很久以后”的含义。但他知道，这是他的朋友也会思考的问题。

中午，赵奶奶去外面做饭。

小啸之捧着那本大部头百科全书翻看，时不时跟大人似的摸摸小昼叶的额头，昼叶烧退了些，在床上蜷成小小一只。

啸之一页一页地翻，很难想象怎么会有人看得懂这种东西。

“之之？”旁边忽然有细弱的声音道。

陈啸之一愣，看向床上。

小昼叶将被子裹得严严实实，只露出一双眼睛，嗓音哑哑的：“你来找我啦。”

小啸之只觉胃里暖暖的，仿佛听到她的声音都开心——但他觉得这种快乐不应为她所知，于是戳她的脑袋瓜，凶恶地说：“你洗完澡就跑来我家屋顶吹风，你不感冒谁感冒？还在我家待到那么晚。”

病中的小昼叶甜甜地笑起来，试图抓朋友的手指，但是却没抓住。

小啸之怒从心头起恶向胆边生，又戳了她一下，愤怒道：“这下好了，起码得生一周的病呢。”

小昼叶笑眯眯的，却烧得嘴唇起皮，是个可怜的病孩子。

“所以我们说好了？”她声音软软的。

陈啸之一愣。

小昼叶认真地看着他，在确认他们夏夜的约定。

小男孩儿耳根发红，青涩道：“嗯。”

女孩子笑晏晏的，伸出热乎乎的手指和他拉钩，亲密无间。

“等以后……”小啸之顿了下，竭力掩饰着自己的羞赧，“等以后，我们一起上大学吧。”

小昼叶笑了起来，开心地点了点头。

那是个非常久远的约定，久远到已经超出了五岁孩子的掌控——但小啸之连想象都觉心潮澎湃。于是他勾着朋友的手指，别扭地和她用大拇指盖了个章。

“我们一起长大。”他稚嫩又故作成熟地说，“虽然我们现在还差得很远，但我会慢慢赶上你的。”

小昼叶发自内心地笑：“好呀。”

“我们要一起念到——”小啸之想了又想，说出自己认知概念中的“最高学历”，“念到博士后。”

小昼叶开心地点头，说：“好呀。”

啸之低头，故作姿态地训斥她：“你是个小傻子。”

病中的小傻子绝不会因这句话生气，甚至笑得像一捧春天的苹果花。陈啸之生怕她将那句话当真，牵着朋友的手，在温暖的阳光中，小声又认真地补充：“我会保护你的。”

窗外，藤萝在风中簌簌作响。

那是二十世纪末再平凡不过的一天。

“无论我们现在差得多远，我都会赶上你。”

奇怪的是，整个胡同再没人提过小昼叶回美国的事儿。沈昼叶远在美国的父母好像就把孩子留这儿了，音信皆无。

小啸之知道小昼叶想念父母，但她感情内敛，面上不表露。于是，小啸之尽可能无视她时不时会出现的孤独，每次察觉，都会不声不响地带她去买好吃的。

他试图让阿十忘记难过。

他们有时一起玩游戏，有时小昼叶给小啸之讲一点儿关于这世间的故事，随着时间的推移，她讲得愈发深入，从那些幻想般的故事慢慢变成“证明”。

时间为何无法逆转，独立系统中的熵为何不会增大？世间的一切，竟是以数字环环相扣起来的。

而当“假说”被数字捕捉的瞬间，它们就从“梦”化为属于人类的科学。

“数学是工具。”小昼叶趴在地上道，“但我也不知道为什么。”

小啸之问：“它是怎么被我们发现的呢？”

“我不知道。但是我曾经看过一本书，叫《数学魔鬼》，里面有一个浑身通红的魔鬼来到一个叫罗伯特的男孩子的梦里，告诉他数学究竟是什么。于是，罗伯特做了十二夜的梦。”小昼叶认真地讲，“第一夜梦里魔鬼告诉了他为什么数字有无穷多，第二夜的梦里告诉了他一种叫‘hop’的跳跃，那里的数字可以自己乘自己，第三夜的梦里告诉了他为什么不能用0除以任何数，第四夜的斐波那契数列、第五夜的杨辉三角……在最后一天的夜里，数学魔鬼带罗伯特去了一个既被称之为数学天国，又被称为数学地狱的地方。”

小啸之吃惊地问：“天国和地狱是一样的？”

“数学的天国似乎是这样的。那个数学乐园里全是数学家，克莱因也在那里。”小昼叶笑着在纸上画了个小麻花，“而那里，地位第二高的数学家是一个中国人，因为他发现了‘0’的存在。”

“那数学乐园里地位最高的人是谁？”

“是发现‘1’的人。”

陈啸之愣了下，稍一品味此中含义，露出震撼的神色。

“我觉得哦，他应该是察觉了‘数学’乃至‘万物’存在的人。”小昼叶说。

小啸之被这句话冲击得几乎魂游天外，怔怔地问：“那他是谁呢？”

“不知道。”阿十摇了摇头，旋即笑了起来，“但我觉得，一定是在那个人之后，才有了一切。”

五岁的陈啸之想了又想，无法反驳，只得点了点头。

当天色变深时，奶奶在家高声喊他回家吃饭，小啸之不情不愿地从凉席上爬起来，和他博学而认真的朋友道别。

两人临别时，约好明天见。

夏日临近尾声。

爷爷退休后时常和其他人下棋，有时和老棋友聊起小啸之以后的上学问题，老棋友推荐了几个小学，小啸之在一旁听着，过了会儿认真地问："能再带一个跟我一起上学吗？"

老棋友听了哈哈大笑，陈爷爷笑晏晏地望着小孙子，问："想带小叶？"

老棋友八卦道："小叶？"

小啸之一下耳朵红红，微微点了点头。

"我大孙子的好朋友。"陈爷爷对棋友解释。

一向靠谱的爷爷此时却不给准话，只是笑眯眯地问大孙子："这么想和小叶在一起吗？"

小啸之脸都红透了。

他总觉得被他人知晓自己所牵挂的人是很羞耻的，嗫嚅了半天，但最终都没敢点头。

"买一送一，"老棋友拊掌大笑，卖了个贫，"行啊！咱大孙子既然这么说了，我可不得马上给办了？"

陈爷爷眼皮缓缓耷拉下去，啐了老朋友一口："占谁便宜呢！"

小啸之从爷爷的朋友处得到一个半真半假的许诺，放松了些许，准备明天告诉小阿十。

他想象着和阿十一起去上学，放学时相约一起回家的情景。

属于孩子们的夏天一天天走到尽头，那本书被讲得越来越薄，小啸之带着小昼叶去挑她可能想看的书。

新华书店里的货柜上摆满了形形色色的书，小昼叶人还没展销台高。她踮起脚尖去翻找时，总是掩不住面上失望的神色。

与美国的琳琅满目种类繁杂的童书相比，二十世纪末，国内的童书品类仍停留在童话与绘本上，小蝌蚪找妈妈、小鸭子过河……和昼叶手中抱着的书完全不是一个量级。

她在那里看了一小会儿，最终什么书都没买，又回了家。

回家的路上，小啸之给她买了个冰淇淋，小昼叶啃它时若有所思。

陈啸之吃饭时和爷爷说起在书店的所见所闻，爷爷听了后沉吟良久，道："以后会一天比一天多的。"

小啸之纳闷地看着爷爷。

“因为我们会一天比一天强大。”爷爷说完，在孙子的头上揉了一揉。

小啸之似懂非懂，不太理解爷爷所说的“我们”是什么，却觉一种责任感自爷爷处传递而来。

转折就发生在那时候。

八月末的北京仍热得很，小啸之整日穿着背心短裤四处跑。

那天他要跟着奶奶出门买早点，路过胡同口时，忽然看见了一辆黄色的出租车自远方驶来。

那辆车穿过狭窄的胡同，车轮碾过浇花水洼，最后停在浥春胡同正前方。

分明是再寻常不过的场景，可小啸之牵着奶奶的手，鬼使神差地回头看了过去。

一个穿法兰绒衬衫、戴着金丝边眼镜的文质彬彬的中年人下了出租车，提起行李箱，转身向胡同深处走去。

小啸之觉得那个人有点儿熟悉，情不自禁地又多看了一眼——

那叔叔头发微卷，消失在胡同口，犹如一尾汇入江河湖海的鱼。

巨人的花圃

早餐桌上摆着糍粑。

常去的早点店今天上了新东西：猪油打的糯米块儿，在油里煎得金黄酥脆，吃时须蘸点儿红糖浆，据说是云贵一带的吃法。

小啸之吃第二块的时候，陈奶奶不疾不徐地推开门，对陈爷爷宣布：“青慈回来了！”

陈爷爷当即被稀饭呛了一口：“啊？”

小啸之一愣。

他记得这个名字，那是小昼叶的父亲，那个少小离家、远赴万里之外求学的人。

“我刚听老杨说的，”陈奶奶边洗手边道，“说大清早的从首都机场赶过来的……老陈，我觉得咱俩一会儿得去赵老师家看看青慈，你都多久没见他了？”

爷爷与奶奶闲扯，小啸之怔怔地看着面前的碗，小米粥映出他稚嫩的眉目。

小啸之思索许久，任凭小半碗小米粥在面前凉透。

“他是来接阿十回家的吗？”

爷爷一愣。

小啸之冷静地看着爷爷，又看向奶奶，一呼一吸间他明白了一切，然后这个五岁的小男孩儿平静地开口：“我明白了。”

奶奶似乎没想到孙子会是这样的反应，刚想开口糊弄两句，小啸之就低头将粥三两勺刮完，跳下凳子，去沙发上拿小昼叶留在这里的书，拎着书就回了自己的房间。

态度如常，不见哭闹。

陈奶奶连安抚大孙子的机会都没找着，老头老太太面面相觑，谁都没看明白。陈奶奶上前收拾孙子的碗筷，清亮的夏日晨曦洒在老瓷碗里。

也许他还太小，一个长在胡同里从未出过远门的五岁的小屁孩儿，哪里能明白什么叫相隔万里，什么叫山高水远，什么叫此去一别经年？

陈奶奶想起她六十余年岁月里散落的那些旧相识，许多人早已是最后一面。她叹了口气，用井水冲散孙子碗底残余的粥汤。

陈啸之在自己的房间里安安静静地看书。

小昼叶这次带过来的是一本叫《星球大战》的小说。小说的作者是一个叫乔治·卢卡斯的人，讲的是一个叫卢克·天行者的男孩儿在银河帝国与他们肆虐的武器“死星”中救下被掳走的莱娅公主，并摧毁了“死星”的故事。

彼时的小啸之并不知道这本书只是在转述一部开创时代的科幻电影，而纸上暗淡的文字与电影构建出的宇宙相比，堪称苍白无力，却仍令小男孩儿对书中的银河与高科技飞船心生向往。

这些幻想的故事和小昼叶所描绘的现实不同，但仍具强盛的未知的魅力。

陈啸之看完书，又看向窗外，窗外山雀啁啾，一片盛夏之景。

他静了一会儿，跳下床，拿着那本书跑了出去。

奶奶正在院子里修剪怒放的茉莉，看见孙子出门，当即问道：“去找小叶玩儿？”

小啸之温顺地“嗯”了声，跑出院门。

他穿过瓜藤，又穿过盛夏胡同，踩着一地碎阳光，冲进了赵老师家。

赵老师家的院子相当安静，大人们似乎串门去了，偌大一个院子只有小昼叶独自坐在廊下的贵妃椅上，正拿着蜡笔涂涂画画。

小女孩儿见了朋友，灿烂地笑了起来。

“之之。”小昼叶笑着招呼他，旋即拍了拍贵妃椅，让他坐过来。

小啸之坐了下来，小姑娘笑着指了指他手中的《星球大战》，问：“这个你看完了吗？”

小啸之顺从地点了点头。

“我爸带了DVD过来，应该比书好看。”小姑娘开心地说，“但是我奶奶家放不了，我一会儿把碟片拿给你——”

“我们走吧。”小啸之忽然冷不丁道。

小昼叶动作一顿。

“我带你走吧。”五岁的小男孩儿走着神说，“我们两个人。”

小姑娘愣住了，呆呆地抬起头看向他。

啸之这才意识到自己说了什么：他想把自己的朋友从她的父母身边带走。

他的面颊霎时红成猴子屁股，仿佛被狠抽了一个耳光，支支吾吾地辩解：“我就……刚刚说话没过脑子……”

“去哪里？”小昼叶认真地问。

“我不是那个意思，”小啸之慌里慌张地解释，“我的确想带你去很远的地方……但……”

但我不能这么干，他无措地想。

我带着她能去哪里呢？啸之心里有个声音说，阿十从小娇生惯养，受风受凉都会感冒，我带她出去，能带给她的只有难过而已。

“之之，你想带我去什么地方？”小昼叶的眼睛亮闪闪的，像是汪着一盏星星，她期待地问，“我们去哪儿？”

小啸之抵不住小姑娘那眼神，讷讷地移开了视线，道：“我还没……”

“我想去天文馆。”小女孩儿笑眯眯地说，“你带我去天文馆好不好？我爸爸从来没带我去过。他说我还太小了，走不了那么远。”

陈啸之一呆。

“之之，”小昼叶笑盈盈地看着他，认真地说，“你带我去看星星吧。”

陈啸之后来回想起那天，发现自己从小就拒绝不了小昼叶的任何一个请求。

他偷偷地翻了爷爷的北京市交通地图。陈爷爷一向节俭，东西用旧了也舍不得丢，一张地图用了快十年，已被翻得起了毛边，好在这十年间北京变化没那么大，仍能沿用。

小啸之努力从巨大的地图上辨认天文台的位置，在纸上记下公交线路。

“沙河……”小男孩儿嘀嘀咕咕，“好像有点儿远。”

他不知道回龙观在哪儿，只详细记下了公交线路和中转站。这对一个五岁的孩子来说简直是不可想象的，但这似乎也是陈啸之自幼规划能力强的体现。

地图上的许多字小啸之都不认识，但是他会照葫芦画瓢。他把那张写满拼音与地名的纸拿起来，对着盛夏骄阳看了看，自言自语道：“应该就这样吧。”

小啸之将那张纸板板正正折了两道，珍重地放进裤兜，思忖片刻，冲到赵奶奶家找到那家孙女，郑重道：“我明早八点来见你。”

小昼叶点了点头：“好。”

“你不问去哪儿吗？”小啸之不解地问。

小昼叶笑眯眯地重复：“我们去哪儿？”

“我带你去看……”小啸之顿了顿，一本正经道，“看巨大的望远镜，看很多星星，我会带你走很多很多路。我们去天文台。”

南风吹过，院子里的藤叶簌簌作响，犹如万里草原上掠过的苍鹰在扇动翅膀。

“好。”小昼叶背着手，笑意盈盈地看着他。

那一瞬间，站在太阳下的小啸之只觉喉头发干，心中烧得慌，像是怀里蹿起星点火苗，似是要将年幼的他燃烧殆尽。

小啸之在床上辗转反侧，人生第一次背着家长出远门的激动心情令他难以入眠。

翌日，天刚蒙蒙亮，他起床检查了一遍自己的小书包，包里装着水和小饼干，还有小心藏在里面的十块钱车费与北京的地图。

“差不多了。”他想。

早饭吃得食不知味，爷爷奶奶似乎也在走神，只在吃到一半时，爷爷冷不丁地冒出一句：“这几天多去找小叶玩儿吧。”

还不待小啸之回应，奶奶便问：“咱们是不是得空让啸之他爸回来一趟？”

爸爸？小啸之走了个神。

“他那儿一堆事儿……”陈爷爷夹着菜的手顿在半空，“回不回得来不知道，但青慈这趟回来，总归得告诉他。”

奶奶叹了口气，不再说话。

小啸之三两下吃完早饭，正要出门，奶奶唤住了他：“啸之。”

陈啸之站住，看着奶奶。

奶奶看了孙子片刻，欲言又止，终于道：“早点儿回来。”

小啸之似懂非懂地点了点头，拎起门边的书包，跑进了门外的万里盛夏。

他的朋友早已等候，见了小啸之便笑，伸出手来拉住他。

于是，两个孩子手牵手跑过胡同，上了往沙河去的第一辆公交车。

车上人并不少，但小啸之仍找到两个座位。小昼叶仿佛只要跟着朋友就不会害怕，在车上开心地晃着腿。小啸之穿着他的拖鞋，现出晒得黝黑的脚背，看着车穿过繁华的中关村。

窗外年轻的大学生们跨过斑马线，路口车水马龙。

年幼的孩子总觉得世界不会变。

他们懵懂地觉得，爷爷奶奶已经是老头老太太，所以永不会老去，父母已经是大人，所以鬓边永不会有白发。小朋友们想象不出万丈高楼平地起，总觉得儿时的胡同永远都会在。

就像五岁的陈啸之想象不出小阿十会离开。

两个小孩儿在车上还挺显眼，总有人不怀好意地打量。

小啸之攥着书包的手心不住地出汗，唯恐遇上人贩子，虚张声势地牵过他最好的朋友的小手，然后他朝着那些大人凶恶地瞪了回去。

二十世纪末的京郊不见高楼大厦，街上尘土飞扬。

时间已近中午，天地间弥漫着三十五六度的高温。公交车站上，小啸之紧张地牵着小女孩儿的爪子，小昼叶热得满头大汗，跟着朋友钻上了第二辆公交车。

第二辆公交车是开往沙河的。

小啸之落座后掏出水壶递给她，小昼叶捧着水壶，在颠簸的车上望向窗外。

窗外骄阳万里，道路两侧的杨树细弱，风扬起灰白的沙。

小昼叶小口抿着水，耳畔只剩老旧发动机的轰鸣声。

“美国在哪里呢？”小啸之忽然问。

这个问题难倒了阿十。

她想了又想，答道：“在海的对面。”

“海的对面……”小啸之茫然道，“远吗？”

小阿十摇了摇头，表示不知道。

“你说，”小啸之开口问，“他们有没有在找我们呢？”

小昼叶认真地想了半天，问道：“你怎么想？”

肯定找了。小啸之自知大祸临头，紧张地咽了下口水。

然后他听见引擎嗡鸣之中掺杂着的小昼叶的声音。

“之之，谢谢你。”她认真地说。

小啸之脸红到耳尖，支吾片刻，欲盖弥彰道：“多大点儿事。”

午后炽热的阳光覆盖在孩子们的身上，车咣当咣当地向昌平驶去。

阳光逐渐拉长，小昼叶犯了困，脑袋一点一点地。小啸之稍一思索，把小姑娘的脑袋揽了揽，令她倚靠在自己肩上。

他不敢睡，像是一名守夜的小士兵，警惕地听着站名，警戒着周围的乘客。他们到达回龙观时已近黄昏。昌平楼房矮矮的，能听见遥远的狗叫声，夏风吹向玉米地，犹如另一个被刺目的夏日掩去的时代。

“怎么走呀？”小昼叶左右张望。

小啸之观察周围，评估了下方位，说道：“跟我走。”

他带着朋友穿过空旷的马路，一路向北去。在穿过如树林般簌簌作响的翠绿的玉米地后，小啸之小心地牵过女孩子的手，说：“我们要到了。”

傍晚时分，天幕低垂，旷野上矗立着白砖老楼。

楼后，服役半个世纪的雪白的射电天文望远镜生着红锈，高大巍峨，与它的天线一同屹立，傲然直视火红的夕阳，楼前刻着“中国科学院北京天文台 沙河站”几个大字。

小昼叶惊愣得嘴都合不拢，眼睛瞪得滚滚圆，看看大字，又看看旁边的朋友，眼神里满是崇拜与信赖。

小啸之觉得腹中有蝴蝶振翅，强忍着骄傲与自豪，小声道：“这里就是天文台。”

他看见小昼叶眼里的星星满溢出来。

中科院沙河天文台始建于1958年，修建目的是为观测地球自转与人造卫星。然而随着时代发展与北京城域大幅拓展，1999年时，沙河站观测功能已很难维持，该站研究员大量分流至密云不老屯，服役四十余年的沙河站因城镇化接近荒废。

但两个孩子不关心这些。

天文台主楼只剩门头房与一个办公室还亮着灯。

门房大爷泡着茶，听收音机里的单田芳评书，单田芳用嘶哑又劲道的声音讲着《包公案》，在大爷背后的夜色里，小啸之拉着阿十猫着腰偷偷潜入了主楼。

他们飞速跑上了楼梯，在黑咕隆咚的楼梯间气喘吁吁地看着彼此。

“接下来怎么办？”小昼叶兴奋又紧张地问。

小啸之也没了主意，他的计划只进行到来天文台这一步，于是试探着问：“我们现在去找望远镜？”

“找不到。”小昼叶压低了声音，神神秘秘地告诉他，“都是在那种很大的房间里，得有钥匙才能进去。”

啸之一想也对，望远镜肯定挺贵，而贵的东西是要落锁的。

他心里霎时没了打算，茫然地看着面前的小姑娘，两人都是头一回干这么大的坏事儿，这一切已经超出了五岁小孩的能力范畴。

“要不……”小啸之支吾着道，“我们……”

要不我们就先回去？

这话只在舌尖打了个转，小啸之实在说不出口。他们坐了一天的车，离家出走，走了数十公里，总不能在这里打退堂鼓，这也太可悲了。但是接下来该做什么，他一点儿头绪都没有。

下一刻，小昼叶下定了决心，她说：“我们去试试运气。”

小啸之不明所以。

小昼叶眼睛亮晶晶的，一把拽住他的手，说：“走！”

陈姓胡同串子直接被文弱的好朋友拖上了二楼……

他文弱的朋友今年五岁，生得白皙又纯良，站在二楼唯一亮着灯的办公室前，连半秒都没犹豫，抬手在办公室门前敲了两下。

办公室里安安静静的。

姓陈的小胡同串子恐惧地后退一步，道：“阿十，可能办公室里没人，要不然我们先到一边找找有没有人把钥匙掉在外头。”

话音未落，小昼叶冷静至极地拽着他，在门上咔咔咔敲了三下。

小啸之第一次这么切实地体会姓沈的不是个好饼——否则也不会想和他离家出走。

胡同串子本能地怕大人，下意识想跑，然而小昼叶死死拽着他，又在门上敲了一下，一本正经地问：“您好，有人吗？”

办公室里终于传来窸窸窣窣的声音，有人迟缓地应了一声，随后桌椅板凳拖动，门把手咔嗒一响。

办公室的门打开了，满室的灯光如水倾泻，泼洒在两个孩子身上。

小啸之紧张地抬头，只见来开门的是一个睡眼惺忪的年轻学生，正震惊地看着两个来敲门的小屁孩儿。

学生大概觉得自己没睡醒，张了张嘴……

小啸之也张了张嘴……

在令人尴尬的沉默中，小昼叶拽着小啸之，诚恳地对那个学生道：“老师，您好。”她顿了顿，坦然地说，“我想借用一下您的天文望远镜。”

昴宿星团

沙河站的科研使命似乎真的要到头了。

整个大站里只剩一个研二的学生留守值班，从办公室里的遗留的物品也能看出来所剩的人不多。那学生二十来岁，俩小孩敲门时他正在值班的小床上睡觉。

头顶的吊扇呼呼作响，小昼叶和小啸之搬了张凳子坐在灯下，小昼叶两手握在膝盖前，看上去异常乖巧。

年轻学生狐疑地看着俩小孩，足足静了五分钟，问："你们俩真是自己来的？"

小啸之立刻下意识道："是我带她来的！"

先把罪责揽过来，他想。

"你俩也真住在海淀？"研究生倒没意识到小男孩儿在揽黑锅，喝了口茶压惊，难以置信地问，"几十公里跑过来，就是为了来这里看看星星？"

小女孩儿具体道："是想用射电天文望远镜看星星。"

研究生扑哧笑了出来："哟，还懂不少。"

小昼叶认真地点了点头，翻出自己的百科全书给大人看。

研究生接过书，颇有兴致地翻过两页，打趣道："小姑娘还认识英语？"

小昼叶点头，紧张又期待地看向这个年轻人，小声道："如果可以的话……我想试着看一看。如果您不方便打开仪器的话，您让我们摸一摸望远镜也可以……"

研究生好玩地问："想来窃取机密？"

五岁的陈啸之刚要用自己的人格作保，证明阿十是清白的——但还不待他开口，那年轻人打了个哈欠，缓缓道："开玩笑的。"

小昼叶脑袋好奇地动了动。

研究生莞尔："没什么机密不机密的，明年这里都要被改成科普基地了，连带这些望远镜一起。还有一台光学反射望远镜，你们想一并试试吗？"

小昼叶眼睛一亮，拽着小啸之的手拼命点头。

于是研究生带着俩小孩儿穿过长长的走廊。

这研究生是中科院的，和师兄师妹们轮流在近乎荒废的沙河站值夜。他仔细问过两个小孩儿的家庭住址后，表示明天上午十点有回中关村的班车，可以让司机把他们送回海淀。

然后他站在圆顶观测室门口，从门边抽了个小册子，拿了支笔在上面唰唰写了行字。写到一半时猛然问："今晚的负责研究员是谁来着？"

小啸之冷漠地看着他——你问我我问谁?

"慈……"学生顿了下，在启用设备手册负责人一栏写上："负责人，慈怀昌。"

他摸出钥匙，打开观测室的大门。

推门进去时，一股木头老化的味道传出。

而黑暗归拢的瞬间，小啸之倒抽口冷气：一台巨大的、观测用的光学反射天文望远镜，静静矗立于三米半高的穹顶之下，犹如一架直通天顶的楼梯。

小昼叶眼睛圆滚滚，吃惊至极："好高。"

"是吧，"年轻学生懒洋洋道，"我给你们开一下仪器……正好我在这儿有要处理的数据。小朋友们，用这么大的望远镜的时候手不要乱摸。"又叮嘱，"尤其不要摸目镜，轻手轻脚。"

他给俩小孩儿拿了两双鞋套，自己去开了仪器。

机械轰鸣。

五十余年的穹顶展开，星点如瀑布坠落。

沈昼叶惊呼："哇！"

陈啸之的心脏怦怦直跳，目不转睛地盯着穹顶，目光所及便是数万光年外的星辰。

在仲夏夜，在麦田的心脏上，在苞谷丛的深处，在古老的白楼中间，在古老失修的天文馆里，在向他们敞开奥妙的浩渺宇宙正中。

“你们自己不要乱调啊，”研究生边拧焦距边说，“仪器非常老，有一部分轴承已经老化了，你们自己调是调不过去的。我就在边上处理数据，有什么需要就找我。”

五岁的男孩儿无措地看看那学生，然后他低下头，看见了目镜中数不清的天体。

一，二……十七，十八……二十三……

小昼叶小声道：“你看到左边的这一团星星了吗？之之，就是那一团特别明亮的……你仔细数数，有七颗星星。”

陈啸之找到七颗星，“嗯”了一声，小女孩儿认真地讲：“它叫昴星团，又名七姐妹。最暗淡的那一颗星星就是天宫中的七仙女……她时隐时现。为首最亮的星星叫Atlas，希腊神话中双臂擎天的泰坦神；第二亮的是Maia，希腊神话中的风雨女神，也是阿特拉斯的女儿。”

五岁的陈啸之随口说：“星星就是诸神。”

小昼叶想了想，道：“不。是‘古时人们认为，星星就是诸神’。我认为，星星只是在召唤我们。”她贴上目镜，看镜中流淌的万千星河，认真地说，“并不是召唤跪在地上的人们，也不想要香火万世不绝的祠庙。”

小女孩儿在宇宙构建的海洋下，稚嫩地对她的好朋友说：“星星在召唤人们，令人的思想与头脑进入群星的领域。”

此话一出，小啸之只觉心脏肺腑俱燃，他看见朋友身上烧起普罗米修斯的火焰。

稚嫩的男孩儿看见熊熊山火，无穷至永劫的烈焰；他看见席卷天地的巨大海啸，还有万物归于寂寥时的一盏星光。

他听见自己轻声问：“星星里有什么呢？”

“有一个大一统的答案。”他的朋友轻而笃定地回答，“那个答案是美的，是准确的，是蕴含真理的，是放之四海而皆准的。”

小昼叶说完从目镜处抬起头，目光清澈地看向自己的小竹马，深重的夜色拢在他们身上，群星为孩子们加冕。

“你怎么知道？”小竹马问。

“没人知道，”沈昼叶说完，又认真地重复，“我也从来没说过我知道呀。”

陈教授一生研究都挺务实稳重，有时甚至有一种工程师的风貌，和他伴侣的新锐而大胆的梦想家特质不同。

这一点，在他们稚嫩的童年时就已有体现。

“我曾经做过一个，我孤身飘浮在宇宙中的梦。”五岁的沈昼叶看着他，认真地说。

小啸之愣住了。

小女孩儿笨拙地描绘：“星星就像比目鱼一样游过我的身边，我在宇宙里飘来飘去，却不觉得寒冷或窒息。而在宇宙的原点，穿过十万亿颗星星后，有一团温暖的光等待着我。”

“那就是星星里的答案。”小昼叶道。

五岁的陈啸之呆呆地望向她。

“所以我相信有这么一个东西。”小女孩儿艰难地跨过天文望远镜，坐到他的面前，“我相信放之四海而皆准的真理，相信在宇宙的尽头有一个美而匀称的答案。”

夜空下，五岁的沈昼叶眼神明亮而坚定，不见半分怯懦生涩，新锐得犹如将刺穿一切的矛。

“嗯。”小啸之嗫嚅道，他听见自己胸腔深处的怯懦畏惧，听见茫然，听见一个不敢回应、不敢与她比肩的人久久望着孤月的悲哀。

下一秒，他最好的朋友拉起他的手。

五岁小女孩儿的手柔软又暖和，小小的，却有不容犹豫的能量。

1999年仲夏夜，时年五岁的沈昼叶问那个晒得黝黑的男孩儿。

“陈啸之。”她叫着对方的大名，认真地重复，“你愿意和我一起去看吗？”

去看那个我飘浮在宇宙中的梦，看我梦中那团温柔而坚定的光。

五岁的陈啸之一刹那察觉了一团火焰。他的灵魂被那团火付之一炬，却又在灰烬上重构，宛如新生。

他与她沉没水底，却又在无数个岸边重逢。

研究生的收音机里传来邓丽君的歌。邓丽君甜美的声音唱着《何日君再来》，学生跟着小声哼曲子，什么好花不常开，好景不常在云云。他自得其乐，并没在意两个孩子这一小段对话。

两个孩子不懂分别，也不懂重逢。

五岁的陈啸之不受控制地点了点头。

“我愿意。”

今宵离别后，何日君再来。

“人生哪得……几回醉……”小昼叶无意识地哼哼唧唧，跟着收音机里邓丽君柔婉的歌声。

仲夏夜繁星如水，时年五岁的陈教授也跟着她唱：“不欢更何待……”

1999年的仲夏，他们约好去看昴宿星团。从此白云苍狗，可那夏天再没走远。

小昼叶睡眼惺忪地问：“我们明天回去吗？”

陈啸之没有回答。

“谢谢你，”小女孩儿迷迷糊糊地向他靠了靠，“之之。”

这次，小啸之终于轻轻地“嗯”了一声。

他们在研究生值班室睡了一觉。

那研究生是个挺不错且随和的人。值班室有一张上下床，他将下铺让给两个小孩儿睡，自己在办公室里听歌看书。

次日，他又把俩小孩儿鼓捣起来，给他俩在食堂买了包子和豆浆，把他们送上了回中关村的班车。

临送走他们时，学生还和开班车的司机师傅特意叮嘱了一番。

“这俩可调皮捣蛋，”学生道，“您可得盯着点儿。”

司机师傅抽着烟点点头，表示知道了。

然后研究生转过头，对两个孩子打趣地说：“这条路可远得很呢。”

那确是一条非常遥远的路。

盛夏阳光如火，小啸之坐在派出所等家长来接。

他的阿十就坐在旁边，紧张得额头上蒙着一层薄汗——小啸之注意到她的冷汗，为她擦了擦。

大概是离家近了，小昼叶回过味儿来，也害怕家长发脾气。

她数次想和小啸之商量该怎么和家长讲，但是每次刚一开口就被民警呵斥住了。

“怎么想的？”民警叔叔没好气，“俩人就跑那么远？”

小昼叶怯生生地点点头，表示认领这桩错处。

小啸之觉得点头的她可爱。

“你们知不知道北京现在有多少拍花子的？”民警点了根烟，凶巴巴道，“你俩小毛孩儿年纪加起来还没我儿子鞋码大，往沙河跑？不要命了？”

小啸之向阿十身前拦了拦，示意她先别说话。

民警从面前堆积如山的案宗里翻了半天，翻出个黑文件夹，朝俩小孩面前一推，冷冷道：“我看你俩还识字，翻开看看。”

小啸之挡在阿十身前，把案宗翻开，里面是一个小女孩儿的照片。

年纪很小，身材将将抽条，头发被发箍绑着，笑的时候露出满嘴的牙。

“这小丫头十一岁。”民警伸出食指在女孩儿照片上点了点，“上个月家长来报失踪，说放学路上走丢的，家长哭成啥样你们知道吗？”

小啸之回答道：“应该很惨。”

民警冷酷地看了他片刻，冷冷地说：“不会有这个小姑娘惨。”

“你们也就是运气好。”民警话锋一收，无情地问，“谁撺掇的谁，说给我听听？”

还不待他们回答，派出所门口便传来一个颤抖的声音：“沈昼叶！”

小啸之呆呆回过头，看见阿十的父亲站不稳似的扶着派出所大门。

后面紧跟着的是陈爷爷与陈奶奶，两位老人面色苍白，头发凌乱，陈爷爷又惊又怒，几乎能将整条南三街烧了。

紧接着，阿十的奶奶也出现。

赵老师显然一夜没睡，哭得眼圈红肿，花白的头发凌乱地披着。

小啸之还没反应过来，陈爷爷三步并作两步，狠狠一拧陈啸之的耳朵！

“是你干的吧？！”陈爷爷眼里喷火，老当益壮声如洪钟，“陈啸之！！”

耳朵就是小孩子的把手，小啸之被拧得眼泪都出来了——胡同串子太久没被拧耳朵了，有点儿丢脸。

小阿十至今没被人戳过半指头，这是头一回见全武行，被吓了一跳，眼泪也在眼眶里打转，她极力辩明：“陈爷爷，不是之之，是我撺掇他……”

“是我。”小啸之带着哭腔说。

陈爷爷的怒火更上一层楼，陈啸之被揪着耳朵提起来，他甚至听见自己耳朵噼啪作响，疼痛让他眼泪在眼眶里打转。

“是我带她出门的，”年幼的陈啸之哽咽道，“阿十说她不敢去，我非拉着她跟我一起，她一路上都很害怕，好几次都拉我回、回去。我告诉她没事儿，有我在。”

小男孩儿泪眼蒙眬地看向小阿十。

阿十已经被爸爸抱了起来，却在竭力挣脱，想为自己的朋友辩解。

胡同串子只觉耳朵非常痛，但仍忍着说：“是我干的。”

“陈啸之！！！”陈爷爷现场就想送孙子一个大嘴巴，被民警拦下。

民警无奈道：“您这也不能在派出所打孩子啊。”

陈爷爷觉得确是这个理，便没对大孙子下死手，小昼叶哭着要从爸爸怀里挣脱，道：“不是之之，不是他。”

沈青慈搂着小女儿，失而复得般按着她的小脑壳，缓了好半天。

五岁的陈啸之看着那对父女俩的背影，被他爷爷提着耳朵揪出派出所。

陈奶奶懒得劝，她也觉得大孙子欠一顿好揍，只长吁了口气，跟着丈夫与孙子一路小跑回家。

小啸之听见身后阿十在号啕大哭，又感到自个儿左耳朵变成爷爷的提手。

他痛得不行，放到先前一定已经开始边哭边求饶，但他这次没有。

大门轰然一关。

陈爷爷气得从门后抄了把笤帚，小啸之下意识畏惧高粱秆笤帚，瑟缩一下，但是当笤帚抽上来时，他没有躲。

一下，两下……

小啸之痛得泪水不受控制地往下流，却咬着牙不肯求饶也不肯躲。

他死死闭着眼，等笤帚抽上来，但没等到那顿好揍。

他害怕地睁开眼睛，结果对上爷爷的双眼。

陈爷爷双目冷静清明，深深地呼吸，冷冷道：“不是你。”

小啸之的声音里带着难以克制的哭腔，问：“为什么不是我？”

“是你俩一块儿干的。”陈爷爷缓缓道，“小叶撺掇的你……你不舍得她被骂。”

还不待小啸之想好说辞，陈爷爷便观察他瞬息万变的脸色，叹息道：“还真被我说中了。”

小啸之竭力忍着泪，被揭穿的难堪让他无所适从，嗫嚅半天，恳求道：“别告诉她爸爸。”

老爷子离谱到笑出了声，然后说：“不用我告诉。”

门上敲了两下，紧接着传来昼叶父亲的声音，大约是办完了领孩子的手续，压低了声音叫“陈伯伯”。

老头知他来意，将笤帚一丢，冷冷示意孙子滚进屋里。

自山谷深处

这是小啸之人生头一回闯这么大的祸，也是第一次竟然没人来问他的责。

陈啸之被关在自己的卧室里，听见客厅里阿十的父亲和陈爷爷说话。隔着门板，小男孩儿听得不太真切，但是隐约听见沈叔叔轻声劝解：“他们去的天文台，一看就是阿十的主意。您觉得啸之没事儿会往天文台跑吗”和“陈伯伯您可千万别跟啸之置气，咱啸之是好孩子”。

然后小啸之听见爷爷长长地叹息：“青慈，我记得你上次回国的时候，连博士还没毕业呢。”

沈爸爸说：“十年了。”

爷爷沉默良久，问：“人生能有几个十年？”

沈爸爸道：“也许多，也许少，谁知道呢。”

“是。”陈爷爷叹了口气，“我有时候还会梦见我是个半大小伙子，醒来发现自己早是个糟老头子了。从现在再过上个十年，我在不在都不一定呢。”

阿十的爸爸轻声道：“陈伯伯总是健康的。”

“青慈，给你陈伯伯一个面子。”陈爷爷慢条斯理道。

沈青慈笑了起来：“您尽管说。”

“小叶这个小孩儿，”陈爷爷慢吞吞道，“对我家啸之影响很大。”

沈青慈垂下目光，温顺地听长辈吩咐。

“我那孙子原来可让人头疼。”老头点了根烟，娓娓道，“他爸现在工作忙，顾不上他，放我这儿呢，又隔代亲。我一个老头，加上他奶又疼他，想管也不知道该怎么下手。他就好在外头惹是生非，年初还被我禁足了一段时间。”

小啸之只觉心脏狂跳，难受得连气都喘不上来了。

“但他本性并不坏。”老头将烟头在桌上磕了两下，又说，“从小叶来了之后，两个孩子经常在一起玩儿，看个书什么的。”

沈青慈温顺称是。

“所以，”老人缓缓道，“要我说，在你带着小叶回美国之前，咱们照旧还是让俩小孩儿在一块玩。”陈爷爷连忙补充，“你放心，陈伯伯作保，再也不让啸之搞出幺蛾子来。什么离家出走啊，去天文台啊……我已经把他教训过了，你放心就行。”

沈青慈抬头看向这位长辈。

“毕竟，这一辈子再想见一面，也难了。”老人缓缓道。

他们两人后面又说了什么，小啸之没有听清，他低头看向自己的手心。正午的太阳洒落进他的手心，但是每每伸手握紧，那太阳就流淌出去。

爷爷进来，告诉他：“你洗把脸，睡个觉，晚上再去找小叶玩儿吧。”

小啸之心中空落落，茫然问：“爷爷，她会走吗？”

爷爷静了好一会儿，终于回答：“是”。

小啸之鼻尖一酸，泪水汪在眼底。

老头将他抱起来，又掀起他的T恤袖子，看他被打出的瘀青。

“但不是今天。”古板严肃的爷爷把孙子抱到床上，说，“你沈叔说她挺累，估计要睡一会儿，你睡一觉，吃个饭再去找她，她估计就醒了。”

“爷爷，你不继续抽我了吗？”

陈爷爷乐了：“还想挨揍啊？”

小啸之忍了泪。

他是个男人，而男人应当沉默，应当坚强。他想。

黄昏时分，小啸之推开赵老师家的大门。

赵奶奶正在剪新熟的葡萄，又拉了贵妃椅，要在屋外纳凉，见了男孩儿便温和一笑，向屋里喊道：“青慈！”

沈叔叔端着盘子，挑开门帘。

这是陈啸之第一次认认真真地看昼叶的爸爸。

和陈啸之的爸爸的强干精悍不同，昼叶的父亲长期浸润在书卷之中，鬓角生了少年白，气质温柔。他探究地看着院子里站的小孩儿，然后莞尔道：“这就是那个聪明小朋友？”

赵奶奶不置可否：“被你闺女带坏的那个。”

沈叔叔被逗乐，旋身一让，让啸之进屋，别被蚊子咬了。

阿十听见朋友来的声音，已经开心地从卧室里跑了出来。

夕阳鎏金，女孩子一路小跑站在自己跟前，是那样鲜活。

她甜甜地喊他：“之之。”

她要走。小啸之不受控制地想。

“之之。”小阿十牵起他的手，温暖地问，“你来啦。”

他们偶尔玩拼字游戏，有时候出去玩点儿小孩儿的游戏，譬如过家家；但大多数时候，他俩都是围在一起看那本巨大的百科全书。

那本书只有小昼叶看得懂，两人在一起读了数月，却还有近二百页没读。

小昼叶说拜伦的女儿是这世上第一名程序工程师，一名伟大的数学家；她又说DNA其实并不是世人广为人知的詹姆斯·沃森和弗朗西斯·克里克发现的，发现它的另有其人，是一名叫罗莎琳德·富兰克林的女科学家。

这位科学家求学的过程曾受许多阻碍。二十世纪初的英国并不给女人颁发学位，因此成绩顶尖的她在剑桥大学所获的学位仅是荣誉学士。而她在实验室中工作的时候，也并未受过尊重，有人只把她当助手。后来因发现DNA而获得诺伊尔奖的詹姆斯·沃森更是在回忆录中写她“不可理喻，是个故意不想有女人味的孤僻女人”。

“你说，‘女人味’是什么呢？”小昼叶好奇地问，“怎么会比她做的事儿还重要？”

小啸之想了半天，说：“我也不知道。”

两个孩子趴在沙发上，他们五官还没长开，除了肤色，几乎看不出什么区别。

沈昼叶得不到答案，翻了一页书，小啸之忽然说：“但是……”

小昼叶抬头望着他。

“没什么。”小啸之支吾道。

小昼叶低下头继续看书。小啸之耳根通红，可那些到嘴边的话却说不出口。

我想你与生俱来的光不被他人泯灭，我想要所有人崇拜地望着你与你的星辰，而不是称你为“那个小丫头片子”。

我眼中的你是自由而锐利的，是不会被困住的，又那么可爱。

“我曾做过似梦非梦的梦境……”小女孩儿念着拜伦的《黑暗》，“梦中熊熊烈日熄灭，而星星在亘古不变的虚空中消弭……”

消弭，离别。

五岁的陈啸之坐在沙发上，听即将离开的好朋友念书。

念书的声音渐渐停止。

小啸之只觉眼尾烫得丢脸，死死克制着要哭的冲动。可他抬起头时，却看见小阿十婆娑的泪眼。

“我不想走。”阿十悲伤的泪落在书上，“之之。”

身后夕阳斜沉，地上是她敞开的、小小的行李箱。

那是他们分别的前夜。

赵奶奶和沈爸爸在一旁收拾行李，坐在沙发上的小昼叶抽抽搭搭，把厚厚的百科全书往朋友手里塞。

陈啸之哭得泪眼模糊，不肯收。他知道这本书对小昼叶而言尤为珍贵，况且他连一个字都看不懂。

“我不要。”小啸之极力推辞。

沈爸爸道：“啸之，收下吧。”

小啸之哭得抽抽噎噎：“我不能收。”并给出理由，“它贵。”

沈爸爸拿着旧毛衣，莞尔道：“你拿着吧，我再给小叶买一本。”

小啸之至少懂点儿人情世故，仍不收。沈爸爸端详他片刻，放下手中的旧毛衣，温和地在他肩上一拍，示意小男孩儿和自己出来透一下气。

夏末秋初，星河万里，夜风中藤叶簌簌作响。

沈青慈出来后蹲下身，用湿毛巾给男孩儿擦了擦脸，将他哭出的鼻涕抹干净了。

小啸之相当羞耻，满脸通红，面对着阿十的爸爸。

沈青慈神色柔和，与年幼的陈啸之目光平视。

“啸之，你是个好孩子。”他说。

小胡同串子死死忍着泪水，摇了摇头，沈叔叔温柔亲昵地看着他，道：“你舍不得小叶，对吗？”

小啸之哽咽着“嗯”了声。

沈昼叶是他这一生从未见过的也从未拥有过的人。

她把这个世界与它的万千谜题介绍给了他，将一枚火种留在他心中。

“我隐约能猜到她给你带来了怎样的影响，你爷爷和我说了很多。我家昼叶不太会与人交往，在其他人玩游戏过家家的时候，她喜欢花大功夫读一些对大人来说都稍显晦涩的书……从小孤独。”沈叔叔话虽这么说，却由内而外地洋溢着自豪。

然后他骄傲地总结：“我家小姑娘是个小书呆，但是她身上有一股非常强盛的力量。”

小啸之不知如何描述他最好的朋友，强忍泪水点了点头。

“只是大多数人都不会回应她，许多人连听都听不懂，更别提和她产生共鸣了。”沈青慈温柔地说，“可你甚至不只是和她有共鸣，就像在啸之你的眼中，昼叶是独一无二的一样，你对昼叶来说，也是绝无仅有的个体。”

幼小的男孩儿视线一片模糊，颤抖着“嗯”了一声。

绵延长风刮过世间。

“昼叶也非常非常喜欢你。”中年男人耐心地说，“但是就像夏天总会结束，秋天总会来一样，叔叔也得带走她。美国很远，我们这一走不知道什么时候才能回来，就算回来了，可能你爷爷奶奶也已经搬走了。”

五岁小啸之点点头，表示知道。

沈叔叔思索措辞，道：“其实我蛮可以说你年纪还小，很快就会忘了她……大人都会这么说。”

小啸之倔强着一言不发。

“但是我想对你说点儿不一样的。”沈青慈轻而温和道，“啸之，我希望你们重逢。”

“这很难。世界那么大，你和她相距那么远，你们这么小，接下来的人生又那么长，老天都不知道你们还会遇见谁，经历什么。”沈青慈凝视孩子，犹如看进他的灵魂，“但摆在你与小叶面前的，其实有一条路。这条路非常长，很孤独，也很苦涩，世上没几个人愿意走。”

昼叶的父亲拿出《百科全书》。

“啸之，我希望你收下它。”他说，“我希望你和小叶在路的尽头重逢。”

在熹微的白炽灯下，那位父亲耐心地将书塞进男孩儿的怀里。

绿窗纱外蛐蛐吱吱乱叫，厢房里，老太太给已近中年的儿子塞他小时爱吃的桃酥，用油纸和红塑料袋包着，又用绿塑料袋缠了一层又一层。

男孩儿只觉胸腔里酸痛欲裂，痛楚被重力牵引下坠，直至灵魂深处，它落地有声，回声响彻幼小身躯。

De Profundis。

自深渊之底。

“后来呢？”沈昼叶小声，拧开台灯，头发乱糟糟的，线夹七零八落地吊着。

陈教授的强迫症已经到了第二十六个年头，早已病入膏肓，见不得姓沈的头顶鸟窝，面无表情地把她拽过来，从她的鸟窝里一根根揪出卡子。

他揪到第三根时漫不经心道：“后来我就不记得了。”

“你放屁！”沈昼叶被揪得有点儿痛，愤愤道，“你怎么可能不记得，你就是不想讲最后……哎呀！别揪我毛！”

陈啸之面无表情地甩掉两根卷卷毛：“就是记不得了。”

小沈老师看着陈啸之把卡子放在床头柜上，灯光暖黄，恍如隔世。

“没想到你记性好到连我爸都记得。”她怔怔地说。

“他是个很好的人。”陈教授轻轻道。

小沈老师陷入回忆，片刻后想起什么，紧张地问陈教授：“对了，你爸爸怎么说呀？”

灯光下，陈啸之眉峰一扬。

他与小时候黑黝黝的模样判若两人，只有那不驯欠揍的眉毛一如既往。

“什么怎么说？具体点儿。”

小沈老师气得耳朵冒烟：“你是不是要死啊陈啸之？我能问你什么？我是问咱们两家人吃饭的日子怎么……”

“看微信。”陈啸之散漫道，“你什么时候能正眼看看我给你发的消息？我一早就把日子定下了。”

小沈老师心里一虚，拿过自己手机翻历史消息，这一翻不要紧，发现陈教授早在两天前就选定了三个酒店与五个差不多的时间，只待沈昼叶拍板决定。

而那条消息埋没在两个人你来我往的，博士毕业论文初稿二稿三稿……之中。

陈啸之回国不久，加上工作年限短，暂未取得博士生导师资格，但他是那篇论文的共同第一作者，因此大论文的指导任务无可争议地落在了他的身上。

“你答辩用的PPT我也改完一稿了，”陈教授懒懒道，“你再骂我一句试试。”

沈昼叶心虚地闭嘴，过了会儿又小声问：“之之，你说我用那篇论文毕业，是不是太……嚣张了？”

那篇他们两人共同发表的文章至今在学界争论不休，它大胆而疯狂地推翻了自二十世纪中叶至今理论物理研究的主流方向，打开了另一个并不完美却更自洽的领域。

以这样的成果作为毕业课题，总有种嚣张的意味。

陈教授打量她，而后“嗤”地笑了出来。

“后来就不记得了”。

怎会不记得，陈教授想。

1999年，8月27日。

二十一年前那日，清晨蒙雾，透出稀薄金光。

早晨五点多，小啸之触电般睁开了眼睛。

门外传来喧闹声。

放在平时他必然忽略得一干二净，可那天却不然。

他爬起来，枕边还放着那本百科全书，书封皮崭新。小男孩儿趿上拖鞋出门查看，天刚刚蒙蒙亮，连爷爷的司机都还没醒。

北国秋高气爽，院中的月季花凋零。

小啸之奔出门，看见一辆出租车停在赵老师家门口。

他扶着自家红漆木门，和走出院门的沈叔叔打了个招呼。

沈叔叔没料到他这么早起。父女两人是早上八点多的飞机，又不愿兴师动众，因此前一天小啸之和小昼叶已道过别。

沈叔叔左手拎俩大袋子，绿塑料袋装着的桃酥与苏式月饼，拉着巨大的行李箱。出租车司机搭了把手，他道了声谢，然后转头呼唤仍在磨叽的女儿。

“叶叶！再不走就晚了！”

小昼叶应道：“来啦！”

沈叔叔望着门边的小啸之，片刻后对他亲昵地一点头，将行李搬上车。

小丫头跑出门，见到朋友先是一愣，而后眉开眼笑地跑向他。

陈啸之永远记得那天的朝阳。

小啸之想问她明年夏天你还会不会来找我，想问她美国有多远，想她问太平洋有多宽，想告诉她别说英语，自己连汉字都还不识一箩筐，那本英文书根本就读不懂。

接着他想起自己曾问爷爷与他的朋友，小昼叶能不能同自己一起上学。

本来明年就要入学了。

不能哭，男孩儿死死忍着泪，告诉自己，男子汉不能哭。

“之之。”

陈啸之抬头看他的阿十，却看见对方笑弯弯的眼中盈满泪光。

阿十靠过来，给了他一个稚嫩的拥抱。

“之之，”小昼叶带着难以克制的鼻音唤他，“之之。”

我曾做过一个飘浮在宇宙中的梦。

小啸之的泪水如线滴落，他伸出手去环住一位对他而言无比重要的人。

“之之，”阿十哽咽不止，“你是我见过的最……最……独一无二的人。”

所以我相信有这么一个东西，一个放之四海而皆准的真理。

小啸之闻见小姑娘发间的洗发水香味，他闭上眼，任凭泪尽数滴进去。

“最独一无二的人。”沈昼叶一边哭一边强调，“之之，我想和你一起玩儿，想和你一起看书，一起上学。”

“嗯。”小啸之听见自己的哭腔。

我飘浮其中，却觉如春天般温暖。

他竭尽全力又幼稚地回抱她。

“你会忘了我吗？”小昼叶难过地问，“他们都说我们很快就会忘掉这个夏天，因为我们年纪太小，以后的人生还太长，面对的选择也太多……他们说我们会在很多胡同迷路，最后连自己都不认识。”

小啸之哭得肝肠寸断，说：“我不会。”

“我也不会。”昼叶任性地揪着小啸之后脑勺的头发，哭得上气不接下气，“如果我迷路了，你会带我找路吗？”

被揪毛的小啸之说不出话，无声又笨拙地点头。

“你保证？”女孩子哭着问。

“我保证。”小啸眼眶通红地说。

小昼叶不再揪他的头发，似乎还想和朋友说什么，但是爸爸高声喊道：“昼叶！上车了！咱们再不走就得迟到了啊！”

啸之仍愣愣地站在红漆大门前。

小昼叶匆匆同他道别，跑去找爸爸。

沈青慈深深看了小男孩儿一眼，似乎也要和他说点儿什么，但终究没有。嫩黄的出租车上，小昼叶又带着哭腔大声和他道别，小啸之仍呆呆站着。

下一秒，出租车发动，一股烟尘激起。

那一瞬间，小啸之终于意识到离别意味着什么，他浑身一颤追上去，但出租车已然滚滚向前，他穿着不合脚的拖鞋，喊道："阿十！"

我曾做过一个飘浮在宇宙中的梦。

小啸之泪水模糊，觉得血肉从自己心脏深处生生撕开。

你愿意和我一起去看吗？

小啸之甚至不知道自己为什么追。

似乎是本能，不想与她分开的本能。这个撼动他的人生，将这世间一切的奥秘放在望远镜里给他看的小姑娘，是他内心最深处的痛楚，那是名为成长的痛。

"阿十！！"他哽咽着喊，然后看见车窗里探出小昼叶的头，她也在哭，喊他"之之"。

"阿十！"小胡同串子拼命去追。

他追出胡同，追出早点摊，哭得稀里哗啦。

但是，五岁男孩儿的脚程追不上出租车，更追不上波音飞机。他一边跑一边徒劳地看着那辆嫩黄色的出租车挤进车流。

突然，他被路上突出的地砖一绊。

天旋地转，拖鞋搭扣断了。

不看路的小啸之飞出去，狠狠地摔了，在地上滚了两圈才停下。早点摊旁的叔叔婶婶惊讶地看着他。

小啸之泪眼模糊，如野兽般喘着粗气趴在地上，拖鞋就在他不远处，但是那辆出租车和阿十不知所踪，仿佛从未出现过——阿十也好，沈叔叔也好。

只剩一个普通的世界。

但他仍能听见沈叔叔的声音，仍能听见邓丽君的歌声，那些声音与那个小姑娘无声无息地成为陈啸之人生的一部分。

时间化为漆黑的潮水层层退去，化为阿十清澈明亮的双眼。

"好。"小啸之听见自己说。

男孩儿听见自己的哭声，听见早点摊上的人对自己指指点点。

他听见自己身体里的深渊里传来无尽回响，自深深处，De profundis，自他的灵魂源头燃起无尽的燎原山火。

“好。”陈啸之轻声说。

我们在路的尽头重逢。

飞鸟之国

这名为世界之地是一间破旧的旅社，这里昼夜轮替，日月穿梭。

它是一百个贾姆希德剩下的残宴，

是一座墓，把百个巴赫拉姆吞没。

——[波斯]奥马伽音

董乐夹着平板电脑从报告厅出来时，正巧撞上了台风带来的大雨。

九月的北京，暴雨倾盆。

这是一场来自小利兰诺奖课题组的重量级报告，因此人满为患，报告厅门口全是被大雨堵在门口的师生。

“真倒霉。”董乐小声嘀咕，心算了下到辅导班的距离，感觉至少得迟到十五分钟。

一小时一千块……迟到十五分钟，损失二百五。

脑海中，父亲不满的声音叫道：“你以为家里的条件有多好吗？”

董乐甩甩头，竭力让父亲的嗓音消失在雨里。

考上北航时“全家的骄傲”的身份，随着她升入大三化为泡影。取而代之的是GPA与读研的压力——这两样都不甚如意。董乐满脑子都是今年学长们春招的行情，又想起保研的名额，一时之间不知如何是好。

上大学前没人告诉学生们大学不是结束，人生步履永远不停。

或许人生就是筛选，这个社会在一刻不停地掐尖儿。上高中时掐尖儿上重点，上了高中再掐尖儿上精英班，精英班里再分三六九等，最好的那一批上名校。而进了名校之后还要继续掐尖儿：春招掐一批，出国掐一批，保研则掐他们剩下的。

但是无论何时，掐过尖儿后，都会有一批剩下的“农作物”。

董乐长长地叹了口气，环顾四周，看见一堆没带伞傻等的人。

你们以后会去哪里？会过怎样的人生？董乐看见正给导师打电话的研究生，看见兴致勃勃地讨论讲座内容的学生，有上了年纪的老教授聊着天走出报告厅……在这之中，董乐忽然看见一个头发卷卷的女孩儿。

女孩儿的长发浓密蓬松，披散在肩上，穿着牛仔裤配帆布鞋，背着个沉甸甸的双肩包，气质静谧温和，学生气极重，看起来顶多大二。

藤萝叶上滴着水，她孤零零地站在廊下，似是走神，又似是在等人。

董乐对这位看似还没被锤打过而保留这么浓重学生气的姑娘升起一丝怜悯，心道欢迎来到真实的世界。

接着，一个高个瘦削的男人走出报告厅。

那男人有种凌厉的书卷气，一架金丝眼镜，拎着把黑伞，周身写满“生人勿近”的气场。他将伞上的雨水抖了抖，稍倾下身，撑开伞，将那个女孩儿罩在伞下。

女孩子看着他笑了起来，用面颊蹭了下他的肩膀。

男朋友挺帅，可爱的大二小丫头，可爱的小情侣。董乐打趣地想，然后吸了口气，将手机揣进裤兜，冲进雨帘。

每当下雨，打车就变得格外困难，董乐上车时已经淋成了落汤鸡。

学院路水泄不通，北四环干脆变成了停车场。

只剩半个小时了。董乐焦急地想，但好在今天不是1v1，迟到的损失没有那么大。

她和师傅说了目的地，随后将头枕在车窗上，听着雨声，脑中又闪过前几天她返校前妈妈说的话。

尴尬，实在是太尴尬了，妈妈喃喃道。

无论是出国申请还是国内保研，竞争都极为激烈。

董乐的成绩正在保研的边缘，本想参照往届行情保研本校，结果上一届保研夏令营名单一票华清大北的赫然在列——竞争过于激烈。而在本校学生中也不算突出的董乐回去和父母商量了一个暑假，最终决定由家里出钱，出国读研。

然后呢？

然后成为普通的朝阳区上班族，她心中的声音回答。

报刊亭的大叔将本月的杂志罩上塑料膜，背双肩包的上班族拿着咖啡冒雨冲锋，为上班争分夺秒。

董乐看着前辈们，感到自己身处一道永恒的谜题之中。

长大后的人生不属于自己，而路那样的窄。

有的工作赚得盆满钵满，有的工作劳碌不堪。唯一不变的是锐利的少年们被现实席卷而去，而哪怕一秒的停滞，都会被万劫不复的洪流卷走。

她叹了口气，低头看手机，微信上宿舍老大问："今晚《数学物理方法》有没有人需要我占位的？"

她上铺难以置信地问："数理这破课都要占位了？学校是不是要倒了啊？"

董乐对上铺的姐妹相当失语，毕竟对方上个学期因躺得太久而骨折被医院拉走……董乐说："沈老师的数理帮我占个靠前的位置。"

"别人的数理不用占，"老大说，"但这个沈老师的课必须占。"

董乐介绍道："这个沈昼叶非常厉害，是大北的，只在北航教这个学期。但沈老师在大北是给强基班上课，而且每次开数理，教室后排都能站满人。"

她上铺的吃了一惊："为啥？"

"因为厉害，也因为年轻。"

董乐想起自己大一时读到的那篇毕业论文。

白纸黑字，轻飘飘的一本小册子，却能撼动整个世界。

有人说，这个叫沈昼叶的26岁的女孩儿在通过博士答辩的瞬间就成了未来十年院士的热门人选。

有人说和她的搭档陈啸之教授将名留青史。

有人说他们是二十一世纪的李政道与杨振宁，那样年轻，却那样明亮，像一颗冉冉的超新星。

更有人说这两个年轻人打破了长达半个多世纪的理论物理僵局，将物理学推到一个前所未有的领域。

"或许每个人都做过这样的梦吧，"董乐收起手机，喃喃自语，"成为科学家或者什么别的……反正我小时候是做过的。"

但是长大才发现，那条路太难。

大雨倾盆，出租车穿过车如流水马如龙的望京。董乐在路上看了会儿手机，下出租车时还干呕了数声，但是时间不容耽误，旋即淋着雨冲进辅导班。

语言学校的前台见了她，笑着问："小董，你准备什么时候考GRE[1]？"

"十一月吧。"董乐回答，"还有两个月，准备一下，应该来得及。"

"目标分数是325？"前台问。

董乐笑了笑："目标定高点儿，就算砸也不至于太烂。"

她感到一个一成不变的模版正被套在身上，正如她报名的小班课——那是打造"普通人"的流水线。

董乐小时候最怕自己会成为普通人，怕自己同别人一样。因此小时候的她总暗暗地想压人一头——她偷偷学高年级的内容，好在老师提问时能一鸣惊人，又假装自己做什么都毫不费力。但是最终，在路的尽头，她还是出现在这个流水线上。

这个小班教学质量并不好，有一半时间在让学生自己做题。董乐一边同晦涩的词语做斗争，一边冒出个莫名念头："像沈昼叶那样的人，应该从小就知道自己与众不同吧？"

董乐边做题边揣摩，最后觉得自己一个常人不好揣测天才的想法与人生。

我们根本不是一个世界的，她无奈地想。

但董乐内心深处，对那世界有种难言的向往。

我想看看他们，我想窥见天才的身影。

GRE课后，董乐在辅导班楼下的面包店买了个肉松面包，在奔向地铁站的路上狼吞虎咽地啃完，挤上晚高峰的地铁。地铁上人挤人，像行驶在城市地下的紫菜包饭，而董乐就是紫菜包饭里的一粒米。

十三号线报站知春路，董乐挤出地铁站，冒着雨冲向数理教室。

临近上课的时间，教学楼里满满当当的都是人。董乐不喜欢和人挤来挤去，她站在楼下翻自己的书包，想把自己的平板拿出来，还没掏几下，就突然听见一个女孩儿清澈又友好的声音："同学，C座从哪儿进？"

董乐狼狈地抬头，看见她下午时见到的那个女孩儿——那个在讲座厅门口被男朋友接走的姑娘。

这学妹挺有辨识度的，董乐想。

---

① GRE，全称Graduate Record Examination，适用于申请世界范围内的理工科、人文社科、商科、法学等多个专业的硕士、博士以及MBA等教育项目。

女孩子长得挺好看，但是抓人的并不是她的相貌，而是她身上单纯的书卷气。女孩儿穿着宽松的格纹衬衫，微卷的长发高高扎起，手里抱着杯提神的热饮，双肩包背在身上。

这个学妹看着董乐，开心而温和地笑了笑，似乎很喜欢她。

董乐一刹那脸红了。

她忙不迭给女孩儿指了个路，然后手足无措地待了一会儿，钻进教室。

数理教室也在C座，因为沈昼叶名声在外，教室被慕名而来的学生挤得水泄不通。董乐抱着平板进去，四处寻找舍友——结果看见说要占座的舍友在角落里挫败地举了下手，示意没抢到座。

再正常不过，董乐安慰自己。

这毕竟是未来铁板钉钉的诺伊尔奖得主……之一，大家把未来的诺奖得主当猴看，是很正常的。

她找了个能落脚能记笔记的位置坐下，陆陆续续还有不少人进来。助教在台前调试多媒体，董乐转着笔，看见系主任出现，接着看见那个女孩儿背着包走进教室。

那姑娘进教室看见乌泱泱的一大片学生就吓蒙了，无措地往门口看去。

系主任站在门口，无奈地一摊手。

然后那年轻的学妹似的女孩子很痛苦地叹了口气，背着书包走上讲台。

教室安静了，所有人都目瞪口呆，没想到沈昼叶会是这么年少又好看的女孩子。

沈昼叶把双肩包往桌上一放，拿出课本和激光笔，示意助教打开演示文档的第一页，认命地叹了口气，抬头问："今天来上课的同学，有不少不是咱专业的吧？"

教室里纷纷应是。

董乐沉浸在吃惊之中，紧接着意识到她今天见到的那个来接沈昼叶的男人，就是陈啸之教授。

沈昼叶面对着大批其他专业的人，无奈地说："来旁听可以，但是同学们，我必须提前说，《数学物理方法》这门课难度不低，没有大一大二的高数和物理基础的话，听课恐怕会和听天书似的……我的教学进度也会很快。"

她停顿了一下。

无人离场。

沈老师无奈一笑，挽着袖管道：“那我先简单介绍一下我们这堂《数学物理方法》的课程设置。本课程的32课时的理论教学部分由我来带领大家——”然后她后知后觉地笑了起来，向全班同学说，“先自我介绍一下，同学们好，我叫沈昼叶。”

一刹那，全班响起雷鸣般的掌声。

董乐也想给沈老师鼓掌，但是她刚抬手，触屏笔就掉到了地上。那支笔价值九百块，董乐忙低头去捡，感到自己被微不足道的琐事撕开，心里弥漫起星星点点的痛楚。

她再抬头时，台上年轻的教授已开始介绍课时设置。

沈教授似乎不明白，大多数来旁听的同学都是想听她的人生故事才来的，董乐想。

我们本能地好奇天才，好奇天才如何与众不同，向往他们身上撼动世界的能量，向往他们的理性与神性。

但年轻的教授或许是觉得自己的成就不值一提，或是认为它与这堂课没关系——总之她忽略了自己，直奔主题，上起了课。

她的课上得很好，深入浅出，但是讲得飞快，董乐一听就知自己今天不虚此行。

你会有我的烦恼吗？董乐在心中对沈昼叶发问。

你会害怕自己去往何方吗？你会害怕未知的将来，害怕自己被时代抛弃吗？你会怀疑自己的天分吗？你会害怕自己的平庸吗？

董乐感到胃被拧紧。

她望着那个温润清秀的姑娘，试图在她身上寻找坚硬的成分，却觉得她与自己想象中的天才不同，是那样的真实……却又易碎。

犹如另一个自己。

沈昼叶讲课时完全脱稿，捏着粉笔道：“同学们翻到课本第16页，来看R3空间向量的习题1–3。”

董乐忙翻课本，还没翻到呢，沈昼叶就探头看课本，说：“不对，课本第21页。”

沈老师莞尔道：“我大三上课的时候用的是数理方法第四版，现在你们都第五版了，我记错了……但是习题没变，总之我们来看习题1–3。”

董乐翻到第21页，看见那道习题，好笑地想，老师比学生看上去更像大三。

董乐总在走神。她一会儿想到GPA，一会儿想到留学中介，然后想到家中的父母，想到自己到望京的奔波……

而她回过神时，多媒体屏幕上只留着“谢谢大家”四个字。

沈昼叶老师上完这节课，脸上红扑扑的，似乎讲得过瘾，胳膊闲适地撑在讲台上，褐色的格纹衬衫被扎进牛仔裤，显出纤细的腰身。

距离下课还有一小会儿时间，沈昼叶笑眯眯地说：“要不然，这节课剩下的时间大家自由提问？”

下面立刻炸开锅，众人议论纷纷，紧接着就有人举了手。

沈老师示意举手的同学起来，董乐看见那是个戴眼镜神色紧绷的女孩儿，系第一名。

“老师，为什么这道题多项式的加法与乘法均不构成线性空间？”

沈昼叶稍一思索，简单地列了个式子，写在黑板上，道：“你看，这个Q[x]n 对于多项式的加法与乘法……”

第一名恍然大悟：“不封闭！”

沈昼叶笑着点点头，第一名坐下，又有人争相举手。

沈老师伸手点了一个，那是个董乐不认识的男生。

男生站起身，大喊：“沈老师你大学的时候谈过恋爱吗？”

教室里爆出哄堂大笑，沈昼叶见怪不怪，笑起来，回答：“大学期间没有。”

“我不信，”那男孩儿大声喊道，“你在物院那种地方，他们能放你单着吗！”

全班笑得更疯，沈昼叶笑得眉眼弯弯，面颊泛起红色。

董乐隐约听说过沈昼叶的腼腆与怕生，在整个大北物院都很出名，这恐怕是她很难承受的场合。

董乐将手高高地举了起来，她知道，自己是在给怕生怕起哄的沈教授解围。

沈老师立刻点了她。

董乐直到站起身才意识到自己干了什么——英雄逞能的结果是成为众人目光焦点，她硬着头皮看向沈老师，不确定她认没认出刚刚给她指路的自己，无数个问题在嘴边打转，最后冒出一句：“您动摇过吗？”

语毕，她看见沈教授吃惊地睁大了眼睛。

董乐连掐死自己的想法都有了，怎么能问这么尴尬的问题！简直是名留青史！沈昼叶老师不会觉得北航学生蠢得无药可救吧，呜呜呜呜……

“当然。”沈昼叶轻声道。

她似乎还想说什么，但还不等开口，下课的铃声便响起。

董乐呆呆地看着她，然后看见人群中，沈昼叶对她报以感激一笑。

董乐耳根都红了。

下课时分人群嘈杂，外面又下着黑漆漆的雨，董乐不喜欢人挤人地走，于是慢吞吞地收拾自己的包，待到教室里人走得七七八八了才慢吞吞地出门。

教学楼里人已经不多，她踩着楼梯下去，反复地想着今天的一切，没想到走出C座，又见了沈昼叶。

C座楼外大雨淋透冷杉树，廊下站着一位穿黑衬衫的高挑青年，他面容俊秀淡漠，拎着伞，低头看手机，屏光映着他金边眼镜，他似是在等人。

“之之！”沈昼叶开心地喊道。

那个青年男人抬头看见沈昼叶，笑着低头和她抱了一抱。

沈昼叶和他贴了贴。

“下课了？磨叽这么久，我车还停校外呢。”青年人微微愠怒道，“我驾照的分都是因为等你扣没的。”

董乐无法揣测天才的经历，注定无法改变自己的天资分毫，只能看着天才辉煌的神性。

她觉得自己像是流水线生产的物事，像是一滴水，为GPA、工作与简历低头——她低头的次数太多，想起自己年少时的骄傲与抱负，都觉是大梦一场。

但是——

董乐看向落雨的黑夜。

能知道这世上还有像星辰一样的人，能看见他们，知道在这漫长的时代中仍有理想与梦的存在，是这世上最宏大的宽慰。

所以我更要努力生活。董乐想。

她再抬头时，看见两人在雨下树阴中，沈昼叶微微颤抖着踮脚，似是在伞下接吻。

——完——

图书在版编目（CIP）数据

梦里什么都有 / 星球酥著. —北京：九州出版社，2023.5

ISBN 978-7-5225-1760-5

Ⅰ. ①梦… Ⅱ. ①星… Ⅲ. ①长篇小说－中国－当代 Ⅳ. ①I247.5

中国国家版本馆CIP数据核字（2023）第064582号

梦里什么都有

作　　者　星球酥　著
责任编辑　杨宝柱　张皖莉
出版发行　九州出版社
地　　址　北京市西城区阜外大街甲35号(100037)
发行电话　（010）68992190/3/5/6
网　　址　www.jiuzhoupress.com
印　　刷　三河市中晟雅豪印务有限公司
开　　本　700毫米×980毫米　16开
印　　张　55.75
字　　数　940千字
版　　次　2023年5月第1版
印　　次　2023年5月第1次印刷
书　　号　ISBN 978-7-5225-1760-5
定　　价　108.00元（全三册）

新年，
我许愿阿十回来。

1999年12月

我希望我的人生里从来就没有过邝际伟之

我希望我从来没做过"成为天体物理学家"这个梦。

我希望年少的我规避一切将要降临到我身上的伤害与不如意。

我希望过去的我有个不一样的人生。

我不想。

一、竞赛到了家门口了不打白不打，我复赛名次不错，决赛我一定要坚决参与，不打退堂鼓。

二、陈啸之好帅一男的，他跑了我不一定能找到这么好看的男的了！他真的赏心悦目。不分。

三、我觉得天体物理真的很好玩，十分谨慎想过了，能走多远算多远。

十五岁的我，展信佳：

你的回信我已经收到了，我不知道该怎么形容我的感受，我只有一个想法——十五岁的我真的有这么冥顽不化吗？

就好像有一个坑摆在你的面前，我告诉你那是个坑，跳进去会死，但你看了一眼就对我说"要你管！"然后顺而自证地往里跳一样。我甚至花了好一会儿回忆妈妈有没有对我提出过我的这个问题，答案是没有。

我明明已经告诉你了。我就是这条路上的过来人，为此伤痕累累，远超我能负荷的一切。我告诉你此路~~肯定~~一定不通，但你为什么就是这么固执呢？

你能想象我走到今天仍然一事无成，一无所有么？你能想象我对不起的人里有我的恩师，有我的朋友么？这个我不只是"我"，还是将来的你。

你也会一事无成，也会一无所有。

你也会怀揣像你我一样的，对恩师与挚友最深刻的愧疚。我或许不可能了解十年前的自己，但我了解现在的这个人，我们两个人都受不了这种愧疚的重量。

说实话，此时此刻的我很震惊，十年的岁月并没有那么长，但为何你我判若两人？我在那时真的曾像你一样冥顽不灵，自大而又不听人劝么？你莫非觉得我会害你？

我是这世上最不会害你的人。

请你用理智与头脑仔细思考我的建议，你可以当做我在恳求你。我真的太过痛苦，不愿让你以另一个我经历这条路上的分毫。

我甚至希望我自己被抹去。

来自

二十五岁的你

也是另一个人。

我不要。

沈叠叶，我直说了，

我对你感到失望。

亲爱的我，展信佳：

昨晚我睡得很好。

梦里，我又见到他了。

我知道那不是他本人。爸爸是很吝惜入梦的，所以我看到的，只是他的背影。

我小时候希望他能来梦里看看我，但他总是很高冷，从不露面，久而久之我也不希望了，现在想来，他大概是怕被我抓住，我不让他走吧。

但明明，到了最后的最后，我的告别都是很体面的。